William Kinsolving schloß 1958 seine Ausbildung an der Yale Universität ab, studierte dann an der Londoner Akademie für Musik und Drama und wurde Schauspieler in Film- und Fernsehproduktionen. Er schrieb Drehbücher und bisher drei Romane. ›Zum Siegen geboren‹ ist sein erster Roman in deutscher Übersetzung. Kinsolving gehört einer in den USA berühmten Familie an (sie stellte bisher 16 Bischöfe) und lebt in Bridgewater, Connecticut.

›Zum Siegen geboren‹: Nach einer von Armut und Gewalt überschatteten Kindheit flüchtet Annie mit fünfzehn Jahren nach New York. In den 50er und 60er Jahren unseres Jahrhunderts lernt sie das Renn-, Wett- und Zuchtgeschäft von der Pike auf – bis sie durch die Heirat mit Sam Cumberlands bestem Freund auf die Seite des Erfolgs wechselt: Reichtum und Glamour erwarten sie, aber auch Schande und Skandale.

Nach zwei zerbrochenen Ehen, einer lebenslangen Liebe zu Sam, die doch nie wirkliche Erfüllung findet, und der Bedrohung all ihrer Träume im privaten wie beruflichen Bereich, schafft es Annie in den 80er Jahren schließlich doch: Mut, Willensstärke, Liebe und nicht zuletzt ihr instinktives Wissen über Pferde und das Renngeschäft bescheren ihr am Ende den – bitteren – Sieg. Vor dem Hintergrund der großen Gestüte und der Rennbahnen in den USA, in Frankreich und England wird Annie Grebauers Leben von 1955 bis 1990 zur mehrschichtigen und abwechslungsreichen Geschichte von Siegen und Gefahren in der Welt des internationalen Derbys und der Männer und Frauen, die die Zügel in Händen halten.

William Kinsolving

Zum Siegen geboren

Roman

Aus dem Amerikanischen von
Manfred Ohl und Hans Sartorius

Fischer Taschenbuch Verlag

Veröffentlicht im Fischer Taschenbuch Verlag GmbH,
Frankfurt am Main, Dezember 1994

Deutschsprachige Erstpublikation im Wolfgang Krüger Verlag,
Frankfurt am Main

Die amerikanische Originalausgabe erschien unter dem Titel
›Bred to Win‹ im Verlag Doubleday, New York

Druck und Bindung: Clausen & Bosse, Leck
Printed in Germany
ISBN 3-596-12471-9

Gedruckt auf chlor- und säurefreiem Papier

Für Eliza

Erster Teil

Certainty

1955–1960

1

Die warme nächtliche Brise, die aus Süden kam und den Big Sandy River hinaufwehte, war eine Erlösung nach den kalten Stürmen aus dem Norden, die den ganzen Winter über den Ohio heruntergefegt waren. Die beiden Flüsse vereinigten sich nicht weit von dem Platz entfernt, an dem Annie frierend vor der Hütte ihres Vaters stand. Sie preßte die Arme an den zitternden Körper und drückte die Hände auf ihre Brust unter der weichen Schlafanzugjacke. Zum ersten Mal in diesem Jahr lag der aromatische Kiefernduft in der Luft. Annie atmete tief ein und hörte das dumpfe Signalhorn einer Diesellokomotive. Etwa fünf Meilen entfernt fuhr ein Zug durch Ashland und am diesseitigen Ufer des Ohio River entlang. Annie war mit fünfzehn größer als die meisten Jungen in der High School von Catlettsburg. Während des Winters hatten sich ihre Brüste entwickelt. Annie versuchte, sie zu verbergen, indem sie weite Pullover trug. Trotzdem warfen ihr die Jungen inzwischen andere Blicke nach, auch wenn sie es immer noch vermieden, mit ihr zu sprechen. Die Mädchen redeten zwar mit ihr, aber sie äußerten sich gemeiner als üblich über ihre Haare und Kleider. Annie atmete noch einmal tief die kalte Luft ein und schüttelte trotzig den Kopf.

Die Kinder in der Schule hatten Annie den Spitznamen »Rattennest« gegeben, weil ihre dichten bernsteinfarbenen Haare meist hoffnungslos zerzaust waren. Sie fuhr verdrießlich mit den Fingern durch ihre Mähne. In der Hütte gab es kein warmes Wasser. Wenn Annie sich die Haare waschen wollte, mußte sie Wasser auf dem Kohleofen erhitzen. Die Haare waren noch etwas feucht, denn sie hatte es geschafft, am Abend zuvor zu baden. Fröstelnd ging sie auf dem Feldweg in Richtung der Bahngeleise, die unten am Flußufer entlangliefen.

Im Winter schliefen Annies ältere Brüder, Jimmy Lee und Fungo, neben ihr in dem Doppelbett am Ofen. Sie rissen die Decken an sich, schnarchten mit offenem Mund und rochen nach Winterschweiß, den sie erst abwuschen, wenn der Fluß warm genug zum Schwimmen war. Jimmy Lee hatte sich in der Nacht an sie herangemacht, aber sie hatte ihn weggestoßen. Als er sie dann an den Haaren zog und mit den Fäusten auf den Rücken schlug, war Annie aus dem Bett gesprungen, schnell in die Turnschuhe geschlüpft und ins Freie gerannt. Sie war inzwischen auf solche Dinge vorbereitet, trug nachts immer ihre Jeans und knöpfte die warme Schlafanzugjacke sorgfältig bis oben zu.
Die Hütte bestand aus Brettern und Dachpappe. Annie hatte nie ein anderes Zuhause gehabt. Die Fußbodendielen lagen direkt auf der Erde, die im Winter steinhart gefror, im Frühling als Schlamm durch die Ritzen der Bretter nach oben drang und im Sommer zu Staub wurde, den der Wind im Herbst in die Zimmerecken blies. Es gab drei Räume, aber nur im größten stand ein Ofen. Die Jahreszeiten machten sich für Annie nicht nur durch den Zustand der Fußbodenbretter bemerkbar, sondern auch dadurch, wie viele Personen außer ihr in dem Bett neben dem Ofen schliefen. Schnee lag in der Frühlingsluft, und Annie sehnte sich fröstelnd nach einem warmen Pullover. Wenigstens würde es bald hell werden.
Bei dem Gedanken daran, was am Tag zuvor geschehen war, krümmte sie sich innerlich, und die Schamröte stieg ihr ins Gesicht. Am Dienstag hatte eine nette Frau von der Baptistenkirche in Catlettsburg wieder einmal ein Paket abgelegter Kleider zur Hütte gebracht. Die Sachen waren immer so sauber – sauberer als alles, was Annie besaß. Diesmal war ein hübsches Kleid dabei gewesen, das Annie tatsächlich paßte. Es war weiß mit gelben Streifen. Sie hatte sich nie viel aus ihren Kleidern gemacht, denn üblicherweise waren sie abgetragen und hingen lose an ihrem schlaksigen Körper. Das gelbgestreifte Kleid hatte vorne vom weißen Kragen bis zum Saum eine Reihe Knöpfe. An Brust und Taille saß es so perfekt, als sei es für Annie gemacht. Der Rock war weit, und die Ärmel mit den weißen Manschetten, die ebenfalls geknöpft wurden, reichten genau bis zu ihren Handgelenken.
Annie hatte beschlossen, das Kleid am nächsten Tag in der Schule zu tragen. Abends versuchte sie, sich die Haare zu waschen, aber ihre Brüder ließen sie nicht in Ruhe. Die beiden hatten keinen Schulabschluß

und arbeiteten als Tellerwäscher in einem billigen Restaurant. Dienstags hatten sie ihren freien Abend, und Annie badete nie, wenn sie zu Hause waren.

Am nächsten Morgen band sie ihre Haare zu einem Pferdeschwanz. Vor ein paar Jahren hatte sie in einem Kleiderpaket ein Paar weiße Lackschuhe gefunden. Das Leder war inzwischen sehr brüchig, und die Schuhe drückten. Deshalb trug Annie sie ohne Strümpfe. Während sie bedächtig einen Knopf nach dem anderen zuknöpfte, freute sie sich über das schöne Kleid und lächelte glücklich. Ehe sie zum Schulbus ging, warf sie zögernd einen Blick in den Spiegel über dem Spülbecken. Annie fand, sie habe noch nie so hübsch ausgesehen.

Dann lief sie zur Landstraße und stieg in den Bus. Das neue Kleid, ihr großes Geheimnis, war unter der alten warmen Jacke verborgen. Aber sie stellte sich aufgeregt vor, wie die anderen reagieren würden, wenn sie das Kleid sahen, und sie dachte bereits darüber nach, was sie auf ihre Komplimente erwidern sollte.

Nachdem Annie die Jacke in ihren Spind gehängt hatte, rief Mary Lou McCasslin, das reichste und beliebteste Mädchen der Schule, das noch nie mit ihr gesprochen hatte, durch den Gang: »Wo hast du das denn her? Das ist ja mein Kleid!« Sie lachte. »Meine Mutter hat zwar gesagt, ich soll es wegwerfen, weil es zu alt ist. Aber trotzdem, Rattennest, das geht zu weit! Wie kommst du dazu, *mein* Kleid anzuziehen?«

Bei der Erinnerung an diese Demütigung blieb Annie stehen. »Ich gehe nie mehr zur Schule«, sagte sie laut in die Dunkelheit. Sie erschien ohnehin nicht regelmäßig zum Unterricht. Ihr Vater sorgte oft dafür, daß sie den Schulbus versäumte. Und wenn Schnee lag, konnte sie unmöglich die sechs Meilen auf der Landstraße nach Catlettsburg zu Fuß gehen. Das Lernen machte ihr Spaß, und sie war gut in der Schule, aber Annie wollte von zu Hause weg.

Sie hatte als Fünfjährige ihre Mutter verloren. Als sie zehn war, hatte ihr Vater sie brutal geschlagen und ihr dabei den Arm gebrochen. Nun schrieb man 1955; Annie war dreimal fünf Jahre alt und glaubte, es werde etwas geschehen, denn sie hatte bald wieder Geburtstag.

Beim Gehen dachte sie an das Buch, das der Klassenlehrer ihr geschenkt hatte. Er hatte Mary Lou McCasslins Bosheit im Gang gehört. Er war ein netter alter Mann, der Annie sonst nie zu beachten schien. Kurz vor dem Klingeln legte er das Buch mit der Bemerkung auf ihr Pult, sie dürfe es mit nach Hause nehmen. »Es wird dir gefallen, Annie«, sagte er. Das Buch hieß *Große Erwartungen.* Der Lehrer hatte noch nie jemandem ein Buch geschenkt. Annie wollte nicht noch mehr Aufmerksamkeit erregen und bedankte sich wortkarg.

Zwei Meilen entfernt ertönte das Signalhorn noch einmal. Ihr Vater saß im Signalhäuschen und wartete darauf, daß er die Weichen für die Nahverkehrszüge stellen konnte. Annie rannte, denn sie wollte unbedingt den Zug vorbeifahren sehen. Das hatte sie schon als kleines Mädchen getan; es war inzwischen eine Art Ritual.

Es war ein ›Stromlinienzug‹. Ihr Vater benutzte dieses altmodische Wort, aber Annie gefiel es. Es paßte für diesen Zug: ein glänzendes, pfeilschnelles Gefährt mit größtem Komfort und jeder erdenklichen Bequemlichkeit, mit Speisewagen, Salonwagen, Schlafwagen und Luxusabteilen. Annie kannte die Fahrpläne aller durchfahrenden Züge auswendig, solange sie denken konnte. Das hier war der *George Washington.* Er raste dreimal in der Woche durch die Morgendämmerung und in einen neuen Tag. Der *George Washington* kam aus Chicago und Cincinnati; in Ashland wurden Wagen aus Toledo und Lexington angehängt; wenige Minuten, nachdem er hier vorbeigebraust war, fuhr er von Kentucky über den Big Sandy River nach West Virginia und brachte seine privilegierten Fahrgäste in ihren luxuriösen Abteilen nach Charleston, Washington, Philadelphia und New York. Annie prägte sich immer alles genau ein, was sie durch die Fenster der Stromlinienzüge sah. Diese Bilder waren für sie wie Schnappschüsse einer Kamera. Annie dachte oft an einen Mann in einer kastanienbraunen Rauchjacke mit glatt zurückgekämmten Haaren, der eine Zigarettenspitze in der Hand hielt, und an eine nackte Frau, die in das frühe Morgenlicht blickte. Einmal hatte ein Junge in Annies Alter ihr die Zunge herausgestreckt; dann hatte sie einen Mann mit einem Schäferhund gesehen und eine Frau mit einer Halskette aus Goldmünzen. Während des Koreakriegs füllten Soldaten die luxuriösen Pullmanwagen – einer spielte für sie unhörbar Trompete. Einmal pinkelte ein ordengeschmückter Offizier von der hinteren Plattform des Salonwagens. Annie bewahrte diese Bilder in ihrer Erinnerung wie in einem Album auf.

Sie lief noch schneller, um am Gleis zu sein, wenn der Zug vorüberfuhr. »Mama, du fehlst mir schrecklich«, stieß sie heftig hervor, als sie das leise Donnern des näherkommenden *George Washington* hörte. »Ich schwör' dir, Mama, irgendwann hau' ich hier ab!«

Es begann zu schneien – Frühlingsschnee mit großen flauschigen Flokken. Ihre zwei Brüder und der Vater sagten immer, Annie sei schuld am Tod der Mutter, die sich nach Annies Geburt nie mehr erholt hatte. Aber Annie wußte noch genau, wie schlecht die drei ihre Mutter während der jahrelangen Krankheit behandelt hatten. Sie ließ sich nicht weismachen, daß sie die Ursache für ihren Tod war. Und wenn sie sich fürchtete oder wenn etwas sie verletzt hatte, unterhielt Annie sich mit ihrer Mutter. Jimmy Lee und Fungo behaupteten dann, sie sei verrückt.

Annie erreichte den Weg entlang der Bahngeleise. Sie mußte wieder an das gelb gestreifte Kleid denken, das in der Hütte über einer Stuhllehne hing, und beschwor ihre Mutter: »Bitte, bring Gott dazu, daß Mary Lou McCasslin etwas wirklich Schlimmes passiert.«

Plötzlich hörte Annie kreischende Bremsen, das schrillende Signalhorn und den ohrenbetäubenden Aufprall von Stahl auf Stahl. Sie rannte atemlos auf den Lärm zu. Metall verbog sich krachend, Glas splitterte, Kupplungen rissen, Druckschläuche barsten, und Räder kreischten auf verbogenen Schienen, deren Nägel mit dem Geknall wie von Gewehrschüssen aus den Schwellen flogen. Einen Augenblick lang herrschte Stille, als habe das Metall jeden Widerstand aufgegeben, dann explodierte die Diesellok mit einem gewaltigen dröhnenden Donnerschlag. Als Annie an der letzten Kurve entsetzt stehenblieb, wußte sie bereits, daß ihr Vater schuld an dem Unglück war. Sie sah die brennende Diesellok; die silbernen Wagen dahinter hatten sich wie eine Ziehharmonika ineinandergeschoben. Einige waren umgestürzt, andere standen noch. Die beiden letzten Wagen waren aus dem Gleis gesprungen und die Böschung zum Fluß hinuntergestürzt. Annie hörte die Schreie der Fahrgäste und etwas weiter entfernt panisches Wiehern von Pferden. Sie blieb wie angewurzelt stehen und betrachtete die Szene mit aufgerissenen Augen, als habe sich das Unglück auf einer Leinwand ereignet und nicht fünfzig Meter von ihr entfernt. Ein Adrenalinstoß riß Annie schließlich aus ihrer Betäubung. Sie rannte los, um ihren Vater zu suchen.

Der Schnee schmolz in der Luft über der brennenden Lokomotive. Menschen schrien um Hilfe, während sie aus zersplitterten Fenstern kletterten, verstört in Schlafanzügen und Nachthemden herumirrten, sich blutend, stöhnend und schreiend aneinanderklammerten.

Annie rannte weiter. Sie hatte beschlossen, das Signalhäuschen etwa eine Meile hinter der Unglücksstelle in Richtung Ashland zu erreichen. Sie haßte ihren Vater, aber wenn sie ihn fand, konnte sie ihm vielleicht die Flasche mit Fusel abnehmen, ihn zum Fluß und ins Wasser schleppen, damit er nüchtern wurde. Dann würde sie möglicherweise auch den Hebel finden, den er falsch gestellt hatte, und den Fehler berichtigen können.

Von einem der letzten Wagen drang ein Pistolenschuß herauf, und Annie blieb erschrocken stehen. Sie hörte den Todesschrei eines Pferdes und das panische Trampeln von Hufen gegen die Seitenwände. Annie sprang auf die Gleise und blickte zu den beiden umgestürzten Wagen am Fuß der Böschung hinunter. An den Fenstern des einen Wagens fielen ihr elegante Vorhänge auf und dahinter kleine Deckenleuchter, glänzendes Holz und Samtpolster. Der andere sah nach einem Güterwagen aus; außer mehreren Fenstern hatte er große Schiebetüren. Annie sah zu, wie zwei Frauen in dünnen Nachthemden unter den Pelzmänteln aus einem Fenster ihres umgestürzten Wagens kletterten. Die ältere Frau hatte blasse Haut und blaugraue Haare mit kleinen Locken, die wie Stahlwolle aussahen. Die andere, jüngere, war hübsch und blond. Von ihrem Kinn tropfte Blut auf den weißen Pelzmantel. Sie stützte die ältere Frau beim Gehen. Die beiden bewegten sich stumm, aber zielbewußt. Sie schienen genau zu wissen, wohin sie gingen, als seien selbst bei einem Zugunglück bevorzugte Plätze für sie reserviert.

Während zwei Männer aus dem Fenster des Privatwagens sprangen, wurde das Schlagen der Pferdehufe gegen die Seitenwände des Güterwagens so heftig und schnell, daß es in Annies Ohren wie eine Maschinenpistole klang. Dann übertönte ein Schuß den Lärm. Das Schlagen der Hufe verstummte sofort, und das schrille Wiehern verängstigter Pferde setzte wieder ein.

Die Schiebetür wurde von innen geöffnet. Ein Mann mit nacktem Oberkörper und einer Pistole in der Hand kletterte heraus, blieb auf dem Wagen stehen und sah sich um. Die ältere Frau saß inzwischen auf einem Baumstumpf, den der Fluß ans Ufer geschwemmt hatte. Als säße sie auf einem Thron, rief sie den Männern entgegen: »Meine Handtasche! Gehen Sie und suchen Sie meine Handtasche!« Einer der

beiden eilte gehorsam zu dem umgestürzten Wagen zurück. Der andere Mann, dem die grauen Haare in die Stirn fielen, ging hinkend auf die Frauen zu. Aus dem Güterwagen hörte man einen Schrei.
Ein Pferd sprang aus der offenen Schiebetür, stolperte und stürzte auf die glatte Seitenwand. Der Mann mit dem nackten Oberkörper ließ die Pistole fallen, packte das Halfter des Pferdes und versuchte, das heftig ausschlagende Tier festzuhalten. Dabei fielen sie beide vom Wagen auf die Erde. Der Mann lag obenauf. Das Pferd kam auf die Beine, schüttelte den Mann ab, stieg und schlug mit den Vorderbeinen in die Luft. Dann machte es einen Satz, stürmte die Böschung hinauf und geradewegs auf Annie zu.
Der Mann stand schnell wieder auf und bemerkte Annie. Das Pferd wirkte riesig. Als es näherkam, sah Annie, daß es die Augen verdrehte, und sie sah riesige Zähne. Bei jedem Satz auf der steilen Böschung keuchte es laut vor Anstrengung. Annie fürchtete, von dem Tier niedergetrampelt zu werden, und sprang schnell zur Seite.
»Halt den Hengst fest!« schrie der Mann, als das Tier schnaubend an Annie vorbei und auf den Weg neben den Schienen sprang. Es stolperte, fing sich jedoch schnell und verschwand im Galopp in einem Wäldchen mit Krüppelkiefern auf der anderen Seite.
Annie rannte ihm nach. Sie kannte zwar die Umgebung, aber sie wußte, einholen konnte sie das Pferd nicht. Sie folgte den Hufspuren im frisch gefallenen Schnee bis zum Kiefernwäldchen. Wenn das Pferd die Landstraße erreichte, konnte es ewig weitergaloppieren. Sie mußte es unbedingt in eine andere Richtung treiben.
Sie konnte das Pferd zwar nicht sehen, aber sie hörte, wie es durch die niedrigen Zweige der Bäume brach. Plötzlich wurde es vor ihr still. Annie ging langsamer weiter und versuchte dabei, jedes Geräusch zu vermeiden. Auf der rechten Seite hörte sie ein Wiehern. Gleichzeitig heulten links laute Sirenen. Feuerwehrwagen fuhren die ansteigende Landstraße hinauf.
Annie hielt schützend die Arme vor das Gesicht und bahnte sich einen Weg durch Äste und Zweige. Sie stolperte über einen Baumstumpf, stützte sich mit den Händen ab und rannte weiter. Rechts vor ihr hörte sie das Pferd. Sie erreichte die Landstraße am Waldrand und sah einen Feuerwehrwagen, der die Anhöhe hinter sich hatte und jetzt mit zunehmender Geschwindigkeit den Hang herunterfuhr. Annie drehte

sich suchend nach dem Pferd um. Als sie es weiter vorne im Wald hörte, lief sie mit hoch erhobenen Armen aufgeregt winkend dem Feuerwehrwagen entgegen. Die Hupe dröhnte, die Sirenen heulten, und das Blaulicht blitzte. Der Fahrer trat auf die Bremse. In diesem Augenblick tauchte das Pferd in einiger Entfernung vor dem Wagen zwischen den Bäumen auf. Es blieb zögernd am Straßenrand stehen, und Annie lief auf das Tier zu. Der schwere Wagen kam auf dem glatten Schnee ins Rutschen. Erschrocken vom Lärm der Sirenen machte das Pferd kehrt und verschwand wieder im Wäldchen. Annie sprang gerade noch rechtzeitig beiseite, als der Wagen an ihr vorbeiraste und sie nur um Haaresbreite verfehlte.

Sie stolperte und fiel hin. Erst als sie wieder aufstand und sich nach dem Pferd umblickte, stellte sie fest, daß sie keine Luft bekam. Sonst fehlte ihr nichts. Ein paar Feuerwehrmänner waren bereits vom Wagen gesprungen und rannten aufgeregt rufend auf sie zu. Aber Annie wartete nicht, um zu hören, ob die Männer schimpften oder besorgt waren. Sie rief: »Tut mir wirklich leid!« und folgte sofort den Hufspuren in den Wald.

Das Pferd hatte einen großen Vorsprung, aber wenigstens entfernte es sich von der Straße. Annie tropfte der Schweiß in die Augen, und sie fuhr sich mit der Hand über die Stirn. An ihrer Hand klebte nicht nur Schweiß, sondern auch Blut. Sie wischte es an den Jeans ab, ohne stehenzubleiben. Sie hatte die verdrehten Augen des Pferdes gesehen; es war ein Ausdruck nackter Angst. Annie kannte diese Angst, und deshalb rannte sie schneller.

Zwei Stunden lang folgte sie dem Pferd durch den Wald, über Felsen und Wiesen. Es hörte auf zu schneien, und der Tag wurde klar und schön. Dreimal blieb das Pferd stehen und beobachtete sie. Jedesmal bemühte Annie sich, es nicht zu erschrecken, und einmal redete sie mit ihm, ehe es wieder ausriß.

Annie beschloß, das Pferd in Richtung Fluß zu lenken. Es konnte sicher nicht so schnell schwimmen wie laufen. Sie wollte es auf die Lichtung einer kleinen felsigen Anhöhe treiben, die steil zum Fluß abfiel. Während sie keuchend hinter dem Pferd hinaufstieg, glaubte sie, ihre Beine würden ihr den Dienst versagen.

Auf der Lichtung trabte das Pferd schnaubend und wiehernd am Rand des Steilufers entlang. Es suchte einen Ausweg. Etwa acht Meter tiefer strömte der Fluß. Annie sank erschöpft auf die Knie. Das Pferd blieb sofort stehen und beobachtete sie. Annie wußte nicht, was sie tun sollte. Das Pferd trug zwar ein Lederhalfter, aber Annie bezweifelte, daß sie es festhalten konnte, selbst wenn es ihr gelingen sollte, das Halfter zu packen. Das Tier war zu groß und zu stark.

Das Pferd machte vorsichtig einen Schritt auf sie zu. Annie rührte sich nicht, obwohl ihr vom Knien allmählich die Beine einschliefen. Die Pferdeohren zuckten nervös. Annie wußte, daß das Tier jeden Augenblick wieder ausreißen konnte, und streckte langsam die Hand aus. Das Pferd blieb stehen, kam dann zögernd heran und beschnupperte die Hand. Annie hatte große Angst, es könne beißen. Plötzlich entdeckte sie am Seitenriemen des Halfters eine goldene Namensplakette. Langsam bewegte sie die Hand nach unten, riß etwas Gras ab und hielt es dem Pferd entgegen. Das riesige Tier war jetzt so nahe, daß es auf ihre Hand hätte treten können. Annie fiel auf, daß die schlanken Fesseln nur wenig stärker waren als ihre Handgelenke, und sie wunderte sich, daß ein so großes Tier mit diesen dünnen Beinen rennen konnte. Als das Pferd begann, das Gras zu kauen, bewegte Annie die andere Hand vorsichtig nach oben und packte das Halfter. Auf der Namensplakette stand CERTAINTY – Gewißheit.

Das Pferd spürte, daß es festgehalten wurde; es wich zurück, wieherte, hob den Kopf und machte kehrt. Annie wurde hochgezogen, ließ aber das Halfter nicht los. Das Pferd lief schneller, und sie versuchte Schritt mit ihm zu halten. Sie wurde in großen Sprüngen vorwärtsgezogen, bis die Beine unter ihr nachgaben und das Pferd sie mit sich schleppte. Plötzlich schwebte sie frei in der Luft – das Pferd war über den Rand des Steilufers gesprungen. Das Wasser kam ihr entgegen, sie ließ das Halfter los und versuchte, Abstand von dem Tier zu gewinnen. Annie glaubte, sie werde sterben.

Das Pferd landete einen Augenblick vor Annie im Wasser. Sie tauchte nicht tief, aber das eiskalte Wasser nahm ihr den Atem. Neben sich hörte sie Wiehern und Klatschen, und sie schwamm in die andere Richtung. Die Kälte nahm ihr den Atem, und sie rang nach Luft. Als sie sich umdrehte, sah sie das Pferd in etwa zehn Meter Entfernung. Es tauchte auf, reckte den Hals, um den Kopf über Wasser zu halten, und sank wieder zurück. Annie nahm ihren Mut zusammen und schwamm so nahe heran wie möglich.

»Certainty!«

Das Pferd drehte den Kopf und sah sie an. Offenbar beruhigte es sich bei ihrem Anblick etwas. Es schlug zwar weiterhin mit den Beinen, tauchte dadurch bis zur Schulter auf, sank wieder zurück und tauchte wieder auf, aber sein Kopf blieb über Wasser.

»So ist es gut, Certainty. Weiter so.« Annie schwamm in einiger Entfernung neben dem Pferd her und achtete darauf, daß das Tier sie sehen und hören konnte. Unterhalb der Knie waren ihre Beine völlig gefühllos. Sie konnte jedoch gut schwimmen, besser als ihr Bruder Fungo – obwohl es ihr nie gelang, Jimmy Lee zu übertreffen.

Annie kannte den Fluß. Die Strömung würde sie zur Unglücksstelle zurücktreiben, und dort konnte sie um Hilfe rufen. Sie schwamm noch näher an das Pferd heran und redete ihm beruhigend zu: »Es ist nicht weit, schwimm schön weiter, Certainty, ja, so ist es gut.« Sie riskierte einen Griff in die Mähne und hielt sich daran fest. Dann legte sie sich auf den Rücken des Pferdes, ließ sich von ihm durch das Wasser ziehen und redete dabei weiter beruhigend auf das Tier ein.

Als die Flußbiegung hinter ihnen lag, sah Annie einige hundert Meter flußabwärts die Unglücksstelle. Dort standen inzwischen mehrere Dutzend Feuerwehrautos, Polizeiautos und Krankenwagen mit blinkenden Lichtern. Ein großer Kran hob gerade einen zertrümmerten Wagen von den Gleisen. Annie ließ mit einer Hand die Pferdemähne los und versuchte zu schwimmen, aber sie konnte den Arm nicht heben. Vom Ufer drang ein lautes, aufforderndes Wiehern herüber, und Certainty antwortete. Das Pferd schwamm schnell und zielstrebig auf das Ufer zu, und Annie wurde wieder auf seinen Rücken getrieben. Sie sah, daß die beiden letzten Wagen immer noch umgestürzt am Ufer lagen. Oben an der Böschung, auf dem Weg hinter den Gleisen standen ein riesiger silberfarbiger Transportwagen und eine große graue Limousine. Annie sah Gestalten eilig von dort hinunter zum Ufer laufen und begann zu rufen.

Sie rief immer noch, als ihr die Pferdemähne durch die erstarrten Finger glitt. Certainty schwamm unter ihr davon. Sie versuchte vergebens, sich über Wasser zu halten. Als sie sich wieder an die Oberfläche zurückkämpfte, fiel ihr Blick auf den Mann, der ihr zugerufen hatte, sie solle das Pferd festhalten. Sie sah nur noch, daß er ins Wasser sprang.

2

Annie schlug die Augen auf. Sie sah Sonnenlicht, das sich in eckigen, geschliffenen Karaffen brach, die zusammen mit sechs kleinen Gläsern etwa einen Meter vor ihr in einem glänzenden Holzgestell standen. Ein Motor lief, und sie blickte sich um, ohne den Kopf zu drehen. Sie lag unter einer Pelzdecke auf dem Rücksitz eines Wagens, wie sie ihn noch nie gesehen hatte.

Draußen hörte sie Männerstimmen. Erschöpft fiel ihr das Zugunglück wieder ein – Certainty, das Steilufer, der Fluß. Dann erinnerte sie sich, daß sie die graue Limousine und den Mann gesehen hatte . . .

Die Tür wurde geöffnet, und Annie schlug die Augen auf. Der Mann, der ins Wasser gesprungen war, sah auf sie hinunter. Er trug eine Jacke und eine Krawatte und sagte: »Hallo, Langbein, wie geht es dir?« Dann lächelte er.

Annie konnte nicht antworten. In Filmen hatte sie hübsche Männer gesehen, aber noch nie in Wirklichkeit und aus solcher Nähe. Die Augen unter seinen dunklen Brauen und Wimpern waren von einem blassen, hellen Blau, wie Annie es nur von Vogeleiern kannte. Sein Kopf wirkte groß, und die welligen Haare hatten das glänzende Schwarz von heißem Teer. Die tiefgebräunte Haut betonte das leuchtende Weiß seiner Zähne. Er lächelte verschmitzt, und Annie sah ihn staunend an. »Wie heißt du denn, Langbein?«

»Annie –« Sie würgte, beugte sich vor und erbrach etwas Wasser auf den Boden. Es war ihr so peinlich, daß sie den Kopf gesenkt hielt.

»Mach dir deshalb keine Sorgen. Nach allem, was du für uns getan hast, kannst du hier drinnen den ganzen Ohio ausspucken, wenn es sein muß. Der Arzt ist hier, Annie. Er will dich vorsichtshalber unter-

suchen.« Seine Aussprache klang nicht so, als käme er aus der Gegend. Annie dachte: Er muß wohl aus dem Norden sein . . .
Der Sitz gab nach, als ein Mann sich neben sie setzte. »Na, mein Fräulein, laß dich mal ansehen.«
Annie richtete sich auf und nickte, ohne den Arzt anzublicken. Sie zuckte zusammen, aber nicht wegen des kalten Stethoskops auf ihrem Rücken, sondern weil sie daran dachte, daß sie sich auf dem Wagenteppich übergeben hatte. Zum Glück war es nur Wasser gewesen.
»Tief durchatmen, bitte.«
Annie atmete tief und blickte dabei aus dem Fenster. Der Schnee war geschmolzen. Der schwarzhaarige Mann sprach mit einem Polizisten. Hinter ihnen standen die beiden Männer, die aus dem Privatwagen geklettert waren. Beide trugen Anzüge und Krawatten. Annie fiel auf, wie elegant sie aussahen, wie ihre Schuhe glänzten. Von den beiden Frauen war nichts zu sehen.
»Hast du Schmerzen? Ist irgend etwas gebrochen?«
»Nein.«
»Hören wir mal das Herz ab. Wie es aussieht, hast du alles recht gut überstanden.«
Annie fragte sich plötzlich, was wohl mit ihrem Vater geschehen war und wo ihre Brüder waren.
»Ich sehe mir noch die Ohren an. Das Wasser muß schrecklich kalt gewesen sein.«
»Wieso ist der Zug verunglückt?«
»Der Bahnwärter hat vergessen, eine Weiche umzustellen. Kein Wunder, denn sie haben ihn total betrunken im Wärterhäuschen gefunden, und er war so wütend über die Störung, daß er beinahe eine Schlägerei angefangen hätte . . . Bleib hier in der Wärme, bis wir wissen, wie wir dich nach Hause bringen«, fügte der Arzt noch hinzu und stieg aus.
Ehe Annie zu hoffen wagte, der schwarzhaarige Mann werde zurückkommen, saß er auch schon neben ihr und schloß die Wagentür. Er lächelte sie wieder an. Annie versuchte, das Lächeln zu erwidern, senkte aber schnell den Blick. Draußen kam der Mann, den die ältere Frau in den Wagen zurückgeschickt hatte, um ihre Handtasche zu holen, gerade mit einem anderen Mann im schwarzen Anzug und einer Chauffeurmütze die Böschung herauf. Die beiden trugen Ledergepäck.
»Der Arzt findet, du bist in einem erstaunlich guten Zustand. Wir

möchten alle gern wissen, wie es kommt, daß du plötzlich aus dem Nichts aufgetaucht bist, um unseren Hengst zu retten.«
Annie sah ihn an. Sie konnte nicht glauben, daß jemand so gut aussah. Plötzlich begann sie am ganzen Körper zu zittern.
Der Mann vermutete, sie bekomme einen Schock, griff hastig nach einer Karaffe in dem glänzenden Holzgestell, nahm den Stopfen ab und goß etwas von der goldbraunen Flüssigkeit in ein Glas. Er reichte es Annie und sagte: »Trink das, ganz langsam.« Annie schüttelte den Kopf. *»Trink.«* Das war ein Befehl, und sie gehorchte. Es fühlte sich im Mund wie Sirup an und schmeckte wie Petroleum.
»Ich heiße Sam Cumberland. Mein Vater, da drüben steht er, und ich möchten, daß du weißt, wie dankbar wir dir dafür sind, daß du den Hengst zurückgebracht hast. Ich mußte zwei junge Stuten erschießen und hätte ihn höchst ungern auch noch verloren. Du mußt ja eine Ewigkeit hinter ihm hergelaufen sein.«
Annie starrte in das Glas. »Ach, schon gut.«
»Das ist mehr als gut, Annie. Hier ist ein kleines Zeichen unserer Dankbarkeit.« Annie warf einen Blick auf den Umschlag, den er ihr hinhielt, und nahm ihn entgegen. Er war aus dickem, etwas rauhem Papier.
»Was macht Certainty?« fragte sie, ohne den Blick von dem Umschlag zu wenden.
»Dem geht es gut«, erwiderte er. »Er ruht sich wohl gerade in der Box aus. Der Tierarzt von der Versicherung war da. Er hat gesagt, Certainty braucht ein paar Tage Ruhe, ehe wir ihn transportieren können ... Woher hast du das Grübchen?«
Er sah sie an. Annie berührte die Stelle an ihrer linken Wange und zuckte die Schultern.
Es entstand eine lange Pause. Sie wollte nicht, daß er ging, und dachte fieberhaft darüber nach, was sie sagen könnte.
»Wer hat mich aus dem Fluß geholt?«
»Ich, und ich kann dir sagen, ich *hasse* kaltes Wasser.« Er lachte. Es war ein tiefes, rauhes Lachen, und es gefiel Annie. Sie überlegte, wie er sie wohl getragen hatte. Möglicherweise hatte er sie auf den Rücksitz gelegt. Hatte er die zerrissene Schlafanzugjacke bemerkt? Hatte die Jacke ihren Oberkörper verhüllt ...? Aber das konnte sie nicht fragen. Es mußte etwas anderes sein. Irgend etwas.

»Was für ein Auto ist das?«
»Ein Rolls-Royce.«
»Oh . . . Und wie ist er so schnell hierher gekommen?« Sie wandte sich ihm zu, um zu sehen, ob er immer noch lächelte. Ja, er lächelte, aber in seinen Augen lag etwas, das Annie plötzlich ein Gefühl der Minderwertigkeit gab.
»Der Chauffeur war auf der Rückfahrt von Lexington nach Long Island«, sagte er und blickte geistesabwesend aus dem Fenster. »Zufällig hat er in Grayson übernachtet. Die Polizei hat ihn freundlicherweise ausfindig gemacht, und da ist er nun.« Er sah Annie an und lächelte. Sie wandte den Blick nicht ab, denn sie spürte, daß ihr Zusammensein bald zu Ende sein würde. Sie betrachtete den Mann mit großen Augen, und das verwirrte ihn.
»Annie, wir müssen los. Der Polizeibeamte da draußen wird dich nach Hause bringen, mit Blaulicht und Sirene, wenn du willst.«
Er streckte die Hand aus. Verlegen stellte Annie das Glas in das Gestell zurück, nahm den Umschlag von einer Hand in die andere und ergriff seine Hand.
Der Mann sagte: »Den Hengst habe ich selbst gezüchtet. Ich liebe ihn sehr. Vielen Dank.«
Annie sah ihn an und stellte fest, daß er wie beiläufig auf ihre Brust blickte. Es war ihr peinlich, daß er unter der zerrissenen Flanelljacke möglicherweise etwas sah. Deshalb zog sie schnell die Hand zurück und verschränkte die Arme.
»Komm, steig auf dieser Seite aus, Annie. Ich möchte, daß du meinen Vater kennenlernst.«
Annie steckte den Umschlag in die Tasche ihrer Jeans und stieg aus. Der ältere Mann sah sie prüfend und ohne zu lächeln an. »Walker«, sagte er, »suchen Sie die Schuhe der jungen Dame.«
Während der Mann namens Walker sich auf die Suche nach den Schuhen machte, wurde Annie vorgestellt. Sie gab einen falschen Namen an – McCasslin war der erste, der ihr einfiel. Während der alte Herr seinen tiefen Dank zum Ausdruck brachte, blickte er über Annies Kopf hinweg, als betrachte er dabei die Landschaft. »Verstehen Sie, meine Liebe, in den Adern dieses Hengstes fließt väterlicherseits das Blut von Phalarus und Nearco. Er hat beinahe dasselbe Pedigree wie Nashua, der vermutlich der Hengst des Jahres ist. Aber Certaintys Mutter ist eine

Tochter von Man O'War! Und das ist die edelste Blutlinie in ganz Amerika. Wenn wir den Hengst verloren hätten, wäre das eine Tragödie gewesen – nicht nur für den Rennsport, sondern für kommende Generationen.«

Er wirkte erregt, aber Annie hatte keine Ahnung, wovon er sprach. Sie kam sich dumm vor. Es war das gleiche Gefühl, das sie oft in der Schule überkam, wenn sie ein paar Tage gefehlt hatte. Mr. Cumberland blickte auf sie hinunter, begriff, daß sie ihn nicht verstand, und richtete den Blick auf die Unglücksstelle.

Annie bemerkte die Ähnlichkeit zwischen Vater und Sohn, die sich in den tiefliegenden und durchdringenden hellblauen Augen, besonders aber an der langen geraden Nase zeigte.

»Welch eine schreckliche Tragödie«, fuhr Mr. Cumberland fort. »Zwei so wertvolle Stuten ... *tot.*« Beim letzten Wort zitterte seine Stimme.

»Es sind auch mindestens sechs *Menschen* umgekommen, Vater«, sagte Sam. Seine Stimme klang zwar ernst, aber er warf Annie einen kurzen, spöttischen Blick zu.

»Schrecklich, schrecklich«, erwiderte der ältere Cumberland kopfschüttelnd. Annies Magen krampfte sich zusammen, denn sie sah, daß der Polizist zu ihr herüberblickte.

»Ah, die Schuhe«, sagte Mr. Cumberland, als der Chauffeur zurückkam. Er hielt die Turnschuhe an den Schnürsenkeln wie zwei Fische an Angelschnüren. »Komm, Sam, die Damen warten. Hast du an ihr, äh, *pourboire* gedacht?«

Er ging zum Rolls-Royce zurück und schien dabei keinen Zweifel zu haben, daß ihm jemand den Wagenschlag aufhalten würde.

Annie hob die Schuhe auf, fragte sich, was ein pourboire wohl sein mochte, und setzte sich auf den Weg, um die nassen Schnürsenkel zu lösen.

»Also, Annie Langbein, nochmals vielen Dank.«

Sam stand neben ihr, und ihr fiel auf, daß seine Schuhe waagrecht geschnürt waren und nicht kreuzweise. Sie überlegte, wie sie ihn zum Bleiben bewegen könnte. »Wohin fahren Sie jetzt?«

»Weiter nach Huntington«, erwiderte er. »Es ist schon eine Maschine unterwegs, damit Mutter zu ihren Spezialärzten in New York fliegen kann.« Er lachte leise und schüttelte den Kopf.

An der Unglücksstelle begannen plötzlich die Arbeiter aufgeregt zu rufen und zu schreien. Der Polizeibeamte rannte zum Kran, an dem in etwa drei Meter Höhe ein Wagen schaukelte. Annie sah zuerst Jimmy Lee und dann Fungo in der offenen Tür auftauchen. Beide hielten Pelzmäntel und Schmuck in den Händen. Sie schrien sich an und stritten darüber, wer zuerst springen solle. Schließlich warf Jimmy Lee alles hinunter und sprang. Fungo sah zu, wie sein Bruder auf die Erde fiel, sofort wieder auf die Beine kam und davonrennen wollte. Aber vier Polizisten, zwei davon mit Gewehren, hielten ihn sofort fest. Andere, ebenfalls bewaffnete Polizisten riefen Fungo zu, er solle sich nicht bewegen. Die Bahnarbeiter warfen Steine nach Fungo. Er ließ Pelze und Schmuck fallen und duckte sich.

»Meine Güte, Plünderer«, sagte der junge Cumberland angewidert.

»Nun komm schon, Sam«, rief Mr. Cumberland durch die offene Wagentür. »Die Damen warten.« Sam eilte zum Rolls-Royce, und der Chauffeur schloß die Tür hinter ihm.

Annie hoffte auf ein Winken oder Lächeln. Sie stand auf und beobachtete, wie der Wagen anfuhr. Für den Fall, daß Sam sie sah, winkte sie, kam sich dabei aber albern vor. Sie blickte dem Wagen nach, bis er um die Kurve verschwand.

Der Lärm am Kran wurde lauter. Annie überquerte unauffällig den Weg und ging den Abhang zum Wald hinauf. Oben drehte sie sich um, weil sie feststellen wollte, ob jemand sie beobachtet hatte. Der Kran ließ gerade langsam den Eisenbahnwagen ab. Auf Fungo wartete grimmig eine Gruppe Polizisten. Andere Männer drängten sich um Jimmy Lee. Annie sah eine Hand, die ihn an den blonden Locken festhielt und ihm das Gesicht in den Schlamm drückte. Sie verschwand schnell zwischen den Bäumen. Sie wollte nicht, daß ein Polizist sie nach Hause brachte und feststellte, daß sie mit den ›Plünderern‹ verwandt war.

Annie setzte sich auf ein dickes Nadelpolster hinter einem umgestürzten Baum. Von hier konnte sie die Unglücksstelle gut überblicken. Man hatte Jimmy Lee und Fungo zu einem Polizeiwagen geschleppt. Dort standen sie breitbeinig und mit erhobenen Armen, während sie durchsucht wurden und zwei Beamte ihnen Gewehrläufe an den Hinterkopf drückten. Annie fragte sich, ob ihre Brüder jetzt wohl große Angst hatten. Fungo redete vermutlich wie ein Wasserfall und entschuldigte sich bei jedem, der ihm zuhörte. Das tat er immer, wenn er sich fürchtete

und niemanden zusammenschlagen konnte. Jimmy Lee blieb in solchen Situationen zunächst ganz still und nahm alles, wie es kam. Dann lächelte er wie ein Engel und zielte dabei in Gedanken entweder auf die Augen oder zwischen die Beine des Gegners. So war es damals gewesen, als den Brüdern eines Abends zwei Männer vom Wirtshaus nach Hause folgten. Annie war allein in der Hütte und hatte vom Fenster aus alles gesehen. Jimmy Lee hielt sich heraus, als sie Fungo zusammenschlugen. Dann bot er den Männern als Friedensgeste eine Flasche von dem selbstgebrannten Schnaps seines Vaters an. Während die beiden tranken, zog er ein Messer aus dem Stiefel, stach dem einen zwischen die Beine, packte die Flasche und schlug damit dem anderen so fest ins Gesicht, daß sie zersplitterte.
Der Kran hob den Wagen auf einen offenen, flachen Güterwaggon, den man inzwischen gebracht hatte. Eine Rettungsmannschaft barg aus den Trümmern eines anderen Wagens die Leiche einer Frau. Sie wurde auf eine Bahre gelegt. Ein Mann, der daneben stand, zog der toten Frau schnell das Nachthemd über die Beine und griff nach ihrer Hand. Annie konnte sehen, daß er mit der Toten sprach. Während die Männer der Rettungsmannschaften und die Bahnarbeiter hin und her eilten, sank der Mann auf die Knie und begann zu weinen.
Annie spürte, wie ihr die Tränen über das Gesicht rannen. »Mama«, flüsterte sie, »sag Gott, er hat schon wieder einen schrecklichen Fehler gemacht.«
Sie beugte sich vor, legte den Kopf auf den Baumstamm und schloß die Augen.
In diesem Augenblick heulten Polizeisirenen. Sie schreckte auf und sah gerade noch zwei Wagen der Autobahnpolizei davonfahren. Annie stand langsam auf. Zuerst hatte man ihren Vater festgenommen und nun auch ihre Brüder. Die Hütte war leer. Annie machte sich auf den Rückweg durch den Wald.
Annie wußte noch vom letzten Gefängnisaufenthalt ihres Vaters, wie schnell die Sozialarbeiter kommen würden. Damals hatte er den einzigen Wagen zu Schrott gefahren, den sie jemals besaßen, soweit Annie sich erinnern konnte. Die Verkehrspolizei hatte ihren Vater am Fuß einer Böschung völlig betrunken hinter dem Steuer eingeklemmt gefunden. Der Richter verurteilte ihn zu dreißig Tagen Haft, und die Bahngesellschaft hatte ihn danach auf Bewährung wieder eingestellt.

Die Polizei hatte ihren Vater kaum abgeholt, als die Brüder einen Wagen stahlen und nach Cincinnati fuhren. Dort hatten sie einige Zeit in einer Kegelbahn gearbeitet. Als Annie damals von der Schule nach Hause kam, erwarteten sie bereits zwei Sozialarbeiter. Sie verbrachte zehn Wochen bei Pflegeeltern.
Es war die schrecklichste Zeit ihres Lebens. Sie war dreizehn und in einer sehr schwierigen Phase. Am ersten Tag war sie völlig durcheinander. Sie stolperte und fiel gegen den Spiegeltisch, auf dem eine Sammlung kunstvoll bemalter ausgeblasener Eier stand. Drei zerbrachen, und die Frau schrie und tobte. Annie brachte in Gegenwart des Ehepaars kein Wort über die Lippen. Sie verließ ihr Zimmer im Keller nur zu den Mahlzeiten und wenn sie zur Schule ging. Zu essen bekam sie nur Reste.
Eines Nachts wachte Annie auf und lag in einer klebrigen Flüssigkeit. Sie war entsetzt und versuchte, die Bettwäsche in der Waschküche mit der Hand auszuwaschen. Den Rest der Nacht verbrachte sie damit, ihr Zimmer und sich selbst zu säubern. Am nächsten Morgen band sie sich ein Handtuch zwischen die Beine, ehe sie zur Schule ging, und betete, daß niemand die feuchte Bettwäsche entdecken würde, mit der sie das Bett wieder bezogen hatte. Die Krankenschwester in der Schule klärte sie über die Sache auf, da sich zuvor niemand diese Mühe gemacht hatte. Die feuchten Bettücher wurden jedoch entdeckt, und danach mußte sie ohne Bettwäsche schlafen . . .
Annie verließ den Wald und erreichte den Feldweg, der an der Hütte vorbeiführte. Sie rannte zur Tür, riß sie auf und zog sie schnell hinter sich zu. Sie wußte, sie mußte weg und durfte nicht erst lange überlegen. Es blieb ihr keine Zeit, sonst würde man sie wieder abholen.
Mit einem Papiersack, den sie hinter der offenen Mülltonne unter dem Spülbecken hervorholte, ging Annie zu der Holzkiste neben der Badewanne, in der sie ihre Kleider aufbewahrte. Ohne darüber nachzudenken, was sie brauchte, holte sie ihre Lieblingssachen heraus: eine blaßgrüne Bluse, ein Plastikarmband, den dicken blauen Pullover und eine saubere Jeans. Ihre Zahnbürste hing an einem Nagel über dem Spülbecken.
Unter dem Bett entdeckte sie das Buch, das der Lehrer ihr geschenkt hatte. Es war schwer, aber sie steckte es ebenfalls in den Sack. Dann drehte sie sich um und sah zwei Dinge gleichzeitig: das gelbgestreifte

Kleid und den Kanister Kerosin, mit dem sie den Ofen anzündeten. Annie hätte es am liebsten über die dunklen Bretter geschüttet. Im Geist sah sie die Hütte völlig abbrennen, so daß nur noch der kleine Schuppen dahinter übrigblieb.
Annie schüttelte energisch den Kopf. Die Hütte gehörte der Bahngesellschaft. Wenn sie Feuer legte, würde es Schwierigkeiten geben. Man würde sie verfolgen, und dazu wollte sie niemandem einen Anlaß geben. Annie wollte verschwinden.
Als sie begann, die Jeans auszuziehen, um in das Kleid zu schlüpfen, knisterte der Umschlag in der Tasche. Annie öffnete ihn vorsichtig und zog fünf Scheine heraus. Sie waren sehr neu, sehr sauber und sahen wie Spielgeld aus. Die Zahlen schienen eng beieinander zu stehen und waren auf allen Scheinen gleich: 100. Annie hatte bisher höchstens einmal Zwanzigdollarscheine gesehen. Während sie das unbekannte Gesicht auf dem Papier betrachtete, begriff sie langsam, daß sie fünfhundert Dollar besaß.
»Fünfhundert Dollar, fünfhundert Dollar«, wiederholte sie mehrmals, faltete die Scheine und strich sie wieder glatt. Schließlich legte sie das Geld in den Umschlag zurück und fuhr mit dem Finger über die Adresse auf der Lasche, die leicht erhaben aufgedruckt war: 10 East Seventieth Street, New York 21, New York.
Das ist also ein *pourboire*, dachte sie, und diese Leute haben auf Reisen ihr Briefpapier dabei. Sie legte den Umschlag auf das Bett, zog Turnschuhe, Jeans und Schlafanzugjacke aus und ließ die Sachen einfach auf dem Boden liegen. Während sie Unterwäsche, Socken, Schuhe, das gelbgestreifte Kleid und die dicke Jacke anzog, sah sie sich in der Hütte um – zum letzten Mal, wie sie hoffte.
Durch das Fenster neben dem Spülbecken blickte man auf den Schuppen und den angesammelten Schrott. Von einem dicken Baumast hing an einer rostigen Kette die alte Schaukel aus Autoreifen. Annie erinnerte sich, daß ihre Brüder sie früher darauf geschaukelt hatten. Sie dachte an die gemeinsamen Lagerplätze und an die Schneebälle, die sie übermütig auf vorüberfahrende Züge geworfen hatten, ehe die beiden gemein zu ihr geworden waren.
Im Spülbecken stand schmutziges Geschirr. Wie immer tropfte der Wasserhahn im selben Rhythmus, zu dem Annie normalerweise einschlief. In der Mitte des Zimmers standen der schwere Kohleofen und

an der Wand das Bett. Davor lag der abgetretene Flickenläufer, auf dem Annie geschlafen hatte, als ihre Mutter im Sterben lag. Gegessen hatten sie an einem wackligen Tisch mit vier verschiedenen Stühlen. Annie dachte daran, wie ihr Vater nach dem Tod der Mutter den fünften Stuhl zerschlagen und als Brennholz benutzt hatte. Zwei Türen führten in die beiden anderen Zimmer: in einem schliefen üblicherweise Annies Brüder, in dem anderen schlief tagsüber ihr Vater, denn er arbeitete nachts.

Die Wand gegenüber dem Spülbecken war mit den Bildern nackter Mädchen gepflastert, die Annies Brüder dorthin geklebt hatten. Die Frauen hatten riesige Brüste und hübsche, lächelnde Gesichter. An einer Seite hing ein schmales Brett mit Schlitzen für das Besteck an der Wand. Annie hatte es einmal gemacht, nachdem sie es auf einer Abbildung gesehen hatte, weil sie dachte, dadurch würden Messer, Gabeln und Löffel sauber bleiben.

Sie trat vor das Brett und richtete eine Gabel gerade. Vom Bett hatte sie oft zu dem hübsch aufgereihten Besteck hinübergeblickt, das ordentlich an seinem Platz hing und auf dem das Mondlicht glänzte. Diese Ordnung hatte sie beruhigt. Daneben befanden sich im Holz der Wand ein paar Astknoten, in denen Annie immer die sechs Augen eines schrecklichen Ungeheuers gesehen hatte, das nachts lebendig wurde. Jetzt warf sie einen letzten Blick darauf und ging entschlossen zum Bett zurück. Sie nahm das Geld aus dem Umschlag, faltete die Scheine in der Mitte und steckte drei in den linken und zwei in den rechten Schuh. Den Umschlag legte sie in den Papiersack und griff danach, um ihn hochzunehmen.

In diesem Augenblick sah sie sich im Spiegel über dem Spülbecken. Sie ging hinüber und nahm ihn ab. Die Sonne schien durch das Fenster und verlieh ihrem Haar einen rötlichgoldenen Schimmer. Es hatte beinahe dieselbe Farbe wie die Flüssigkeit aus der Kristallkaraffe, die Sam Cumberland ihr zu trinken gegeben hatte. Sie erinnerte sich daran, daß Fungo den Spiegel einmal so gehalten hatte, daß sie Jimmy Lee sah, der auf ihr lag. »Du kommst dir doch so schlau vor. Dann guck dir mal an, wie schlau du bist.« Jimmy Lee hatte das Spiegelbild gesehen, und von da an mußte Fungo jedesmal den Spiegel halten. Annie hob ihn über den Kopf und zerschlug ihn auf dem Rand des Spülbeckens. Die Splitter fielen in das schmutzige Wasser, auf die Teller, Tassen und Töpfe. Annie nahm den Papiersack und lief aus der Hütte und in den Wald, ohne die Tür hinter sich zu schließen.

Erst als sie die Hütte nicht mehr sah, wurde ihr klar, daß sie keine Ahnung hatte, wohin sie gehen wollte. Sie lief einfach weiter, schlug, ohne nachzudenken, die Richtung nach Ashland ein, und noch ehe sie genau wußte, wie oder warum, beschloß sie, mit einem Stromlinienzug nach New York zu fahren.

3

Sechs Monate später träumte Annie, sie hätte den Zug verpaßt und renne auf den Schienen hinter ihm her, als ihr ein Polizist mit dem Knüppel in die Rippen stieß. Noch ehe sie richtig wach war, hielt sie schützend die Arme über den Kopf.

»Nun komm schon«, sagte die Stimme. »Der Wagen wartet.«

Annie richtete sich auf und duckte sich sofort. Sie sah Polizeibeamte, die Männer und Frauen von den Bänken des Wartesaals in Pennsylvania Station aufscheuchten. Ihre Stimmen hallten durch den riesigen gewölbten Raum, den ein Sonnenstrahl, der durch ein hohes Fenster fiel, in zwei ungleiche Hälften teilte.

»Ich bin Fahrgast«, sagte Annie schlaftrunken.

»Und wo ist deine Fahrkarte?«

»Ich habe noch keine gekauft.«

»Bestimmt nicht. Also gut, komm mit.«

»Warten Sie«, sagte Annie, beugte sich vor, zog den linken Schuh aus und brachte einen Zwanzigdollarschein zum Vorschein.

Der Polizist sagte gelangweilt: »Der Fahrkartenschalter ist dort drüben.«

Annie stand auf und ging durch den schwach erleuchteten Raum. Als der Sonnenstrahl sie traf, war sie einen Augenblick lang geblendet. Am Fahrkartenschalter blickte sie zu dem Polizeibeamten zurück. Er ließ sie nicht aus den Augen, während er einen Mann von einer Bank zog. Annie spürte die Kälte und zog ihre dicke Jacke enger um sich. Dabei bemerkte sie, wie die Naht unter dem linken Ärmel riß.

»Wohin?«

»Nach Belmont.«

»Hin und zurück?«

Annie zögerte. »Nein, einfach.« Sie schob den Geldschein unter der Glasscheibe hindurch. Mehr war von dem *pourboire* der Cumberlands nicht mehr übrig. Sie steckte das Wechselgeld in die Jackentasche, drehte sich um und hielt die Fahrkarte hoch. Der Polizist sah sie, verzog aber keine Miene.

»Entschuldigen Sie«, Annie wandte sich wieder dem Schalter zu. »Können Sie mir bitte sagen, wann der –«

»Ich verkaufe Fahrkarten. Die Auskunft ist im großen Wartesaal.«

Annie reagierte auf die für New York typische ›Höflichkeit‹, die sie im vergangenen halben Jahr so oft erlebt hatte, mit einem Lächeln, sagte: »Danke« und drehte sich um.

Der erste Zug nach Belmont ging um zehn Uhr dreißig. Sie mußte vier Stunden warten. Die Damentoilette war leer, aber schmutzig. Annie hatte die letzten vier Nächte im Bahnhof verbracht und wußte, die Putzfrauen kamen um sieben Uhr dreißig. Sie benutzte keine der Toiletten, fand jedoch ein verhältnismäßig sauberes Waschbecken und wusch sich mit Papierhandtüchern. Unter der warmen Jacke trug sie zwei Pullover. Sie knöpfte die Jeans beim Waschen auf, Schuhe und Socken ließ sie jedoch an. Sie warf keinen Blick in den Spiegel.

Annie ging zurück zu der Bank, auf der sie geschlafen hatte, und setzte sich. Während sie beobachtete, wie der Sonnenstrahl allmählich vertikal in den Wartesaal fiel und schließlich verschwand, drang aus den Imbißstuben im Bahnhof zuerst der Geruch von Kaffee und dann von Toast herüber. Annie hatte am Abend zuvor nichts gegessen, weil sie den letzten Zwanzigdollarschein nicht wechseln wollte. Jetzt spürte sie, wie hungrig sie war, und versuchte, an etwas anderes zu denken.

Belmont Park. Unvermittelt wurde sie nervös. Sie wußte, daß die Cumberlands ihre Pferde dort laufen ließen. Annie hatte als Bedienung in verschiedenen Lokalen gearbeitet, und in den Zeitungen, die Gäste manchmal liegenließen, hatte sie öfter von den Cumberlands gelesen. Das *Journal-American* mit seinen endlosen Klatsch- und Gesellschaftsspalten war die nützlichste Quelle solcher Informationen. Außerdem berichtete ein Mann namens Breslin darin über Pferderennen. Annie hatte Bilder von den Cumberlands in ihrer Rennbahnloge in Belmont, im Führring und im Stall gesehen. Sie hatte gehofft, eines Tages, wenn sie selbst zu den Erfolgreichen gehörte, nach Belmont zu fahren und

»Guten Tag« zu sagen, sich nach Certainty zu erkundigen und vielleicht noch einmal mit Samuel Barkeley Cumberland III zu sprechen. Statt dessen wollte sie jetzt dorthin, weil sie um Arbeit bitten mußte. Annie preßte die Lippen zusammen, damit sie nicht zitterten.
Sie blickte an sich hinunter und sah, daß das Jackenfutter heraushing. Sie wollte es abreißen, damit man es nicht sah, aber dabei platzten nur noch mehr Nähte; deshalb stopfte sie das Futter schnell in den Jackenärmel.
Annie hatte seit vier Nächten in ihren Kleidern geschlafen. Die beiden Pullover stammten aus Ashland, Kentucky. Annie hatte sie zusammen mit einem Pappkoffer gekauft, ehe sie in den Zug nach New York gestiegen war. Die restlichen Kleider hingen in ihrer Einzimmerwohnung im fünften Stock eines Hauses in Greenwich Village, die dreiunddreißig Dollar im Monat kostete. Der Vermieter hatte das Zimmer abgeschlossen und verweigerte Annie den Zutritt, solange sie die Miete für die beiden zurückliegenden Monate nicht bezahlt hatte.
Das Geld der Cumberlands hatte nicht lange vorgehalten. Aus einer Art Aberglauben heraus behielt Annie den letzten Zwanzigdollarschein, denn sie war sicher, wenn sie auch den ausgab, bestand keine Hoffnung mehr. Während der sechs Monate in New York hatte sie in vierzehn Lokalen gearbeitet – meist als Kellnerin in Bars. Nur wenige Arbeitgeber interessierten sich für ihr Alter. Ein wütender Gast, der Annie einen Antrag gemacht hatte und abgeblitzt war, drohte mit einer Anzeige, und ein übereifriger Polizist hatte etwas dagegen, daß sie Alkohol servierte. Sonst erhob niemand Einwände. Aber ihr Verdienst war kaum der Rede wert. Sie konnte nie genug sparen, um die Miete zu bezahlen oder um sich neue Kleider zu kaufen. Als Annie nun mit der Fahrkarte nach Belmont auf der Holzbank im Bahnhof saß, überkam sie wieder einmal die schon vertraute Panik. Sie kämpfte dagegen an, indem sie sich an die Hoffnung klammerte, sie werde Arbeit finden. Die Leute aus den Nahverkehrszügen hasteten an ihr vorbei, und Annie musterte mit schnellen Blicken ihre Gesichter. Sie überlegte, ob sie die Hand ausstrecken und betteln sollte, aber sie brachte es nicht über sich – noch nicht.
In den vier Stunden verließ sie ihren Platz nur einmal: Sie ging zur Toilette, nachdem sie gesäubert worden war. Sie trank viel Wasser, aber trotz der Düfte, die ihr in die Nase stiegen, kaufte sie nichts zu essen.

Statt dessen versuchte sie sich einzureden, es werde ihr Glück bringen, daß sie den letzten Zwanzigdollarschein gewechselt hatte. Ihr war schwindlig vor Hunger. In diesem Zustand überließ sie sich wieder ihren Tagträumen von den Cumberlands.

Vor ein paar Wochen war Annie an ihrem freien Abend an der East Seventieth Street Nr. 10 vorbeigegangen. Dort wurde gefeiert. Ein Klavier spielte, und hinter nachlässig geschlossenen Vorhängen fiel der zuckende Schein von Kerzen auf eine dunkle Eichenholzdecke. Lachen erfüllte die Seventieth Street, wo Limousinen auf die sonnengebräunten Männer im Smoking und Frauen in Abendkleidern warteten.

Nr. 10 wirkte auf Annie wie ein Schloß – ein Schloß, wie man es nur in New York kannte. Sie war mehrmals daran vorbeigegangen. Die schmuckvolle Steinfassade war doppelt so lang wie die der anderen Häuser in diesem Block. Im ersten Stock befanden sich sechs hohe Glasflügeltüren hinter einem schmalen schmiedeeisernen Balkon. Durch die Vorhänge mit den reich bestickten Rändern sah man grüne samtbezogene Wände mit Gemälden, über deren üppigen Goldrahmen Lampen brannten. Die Zimmer hatten geschnitzte Eichendecken. An den Fenstern im Stockwerk darüber sah sie üppig geraffte Gardinen. Das Dachgeschoß hatte Gauben, die aus dem steilen grünen Kupferdach herausragten.

Hinter dem mehr als zwei Meter hohen schwarzen schmiedeeisernen Zaun sah sie eine imposante zweiflügelige Haustür aus glänzendem dunklen Holz mit polierten Messingbeschlägen. Zu beiden Seiten des Eingangs brannten Tag und Nacht Gaslampen. Auf dem Gehweg und dem Vorplatz wuchsen in Pflanzenbehältern goldgelbe Ringelblumen, kleine Chrysanthemen und Margeriten, die auch in den Blumenkästen an den Fenstern in allen vier Geschossen üppig blühten.

Annie hatte sich eine Margarite pflücken wollen, es aber nicht gewagt.

Endlich wurde der Zug nach Belmont angekündigt. Als Annie aufstand, drehte sich ihr alles vor den Augen, und sie wäre beinahe gefallen. Sie fand aber das Gleichgewicht wieder, eilte zur Sperre und stieg langsam die Treppe des Tunnels hinunter. Im Zug suchte sie sich einen Fensterplatz. Es war ein Wochentag, und die Wagen waren nicht überfüllt. Die Männer, die einstiegen, setzten sich schnell und schlugen sofort den *Morning Telegraph* auf. Annie hatte hin und wieder in einer der Bars eine Rennzeitung ergattert. Die vielen Zahlen, Symbole und der kleine Druck verwirrten sie aber jedesmal. Sie suchte Neuigkeiten über die

Cumberlands. Die Tabellen, die als ›Form‹ bezeichnet wurden, gaben Aufschluß über die Rennerfolge der einzelnen Pferde, die auf fünf oder sechs Rennplätzen im Osten des Landes liefen. Annie sagten nur die Worte ›Gestüt Caernarvon‹ etwas, das manchmal als ›Besitzer‹ von Pferden erwähnt wurde, die in Belmont liefen. Das Caernarvon-Gestüt gehörte den Cumberlands.

Der Zug fuhr aus dem Tunnel in das helle Oktoberlicht hinaus. Annie legte die Hände auf ihr Herz. Es klopfte so heftig, daß sie das Gefühl hatte, es springe ihr in die Hand. Die rasenden Kopfschmerzen, die sie die ganze Zeit ignoriert hatte, quälten sie wie ein Folterinstrument. Sie schloß die Augen und fragte sich, wie kalt es wohl draußen sein mochte und ob ihre Jacke warm genug war. Plötzlich überkam sie panische Angst. Sie hatte keine Ahnung, wie sie die Cumberlands finden würde, um nach Arbeit zu fragen. Beklommen schlug sie die Augen wieder auf, blickte aus dem Fenster, sah ihr Spiegelbild und schloß die Augen schnell wieder. Sie überlegte, wo Certainty wohl sein mochte, und dann dachte sie an Sam.

Da Annie kein Geld gehabt hatte, um es in ihrer freien Zeit auszugeben, saß sie oft in ihrem Zimmer und las immer wieder die Artikel, die sie aus Zeitungen, Sonntagsbeilagen und mit etwas Glück auch aus alten Zeitschriften ausschnitt. Daher wußte sie, daß Sam zehn Jahre älter war als sie. Er übernahm allmählich die Führung des Gestüts Caernarvon von J. Cardell Cumberland, seinem Vater. Zum Rennstall der Cumberlands gehörten ein dreihundert Morgen großer Besitz bei Stony Brook auf Long Island, das zwölfhundert Morgen große Gestüt in Kentucky außerhalb von Lexington und, zum Training der Pferde, beziehungsweise als Winterquartier, die Einrichtungen auf der Plantage der Cumberlands in der Nähe von Aiken in South Carolina. Außerdem gab es Caernarvon-Gestüte in Newmarket, England, und im County Limerick in Irland.

Sam lebte mit seiner Frau Belinda in einer Wohnung in der Fifth Avenue ganz in der Nähe von Nr. 10. Sie hatten einen Schweizer Koch, zwei norwegische Dienstmädchen, einen englischen Butler und ein französisches Kindermädchen. Annie lehnte sich auf ihrem Sitz zurück. Das erste Kind der beiden, ein Mädchen, war im September geboren und von einem Bischof der Episkopalkirche auf den Namen Alycia getauft worden.

Wie in den Gesellschaftsspalten berichtet wurde, führten die Cumberlands ein sehr geordnetes Leben, und Annie hatte sich seinen Ablauf eingeprägt. Jedes Jahr am 2. Januar wurde ›Gwydian‹, ihr Privatwagen, an einen Zug zur Atlantikküste angehängt, und die Cumberlands fuhren nach Palm Beach. Die Familie blieb bis Ende März in Florida und verbrachte den April entweder auf dem Gestüt in Lexington oder in Europa. Wo immer sie sich auch befanden, sie kehrten stets zu ihrer Party am Vorabend des Kentucky Derby, das am ersten Samstag im Mai stattfand, nach Lexington zurück. Seit der Jahrhundertwende hatten die Farben von Caernarvon – Karminrot, Gold und Königsblau – viermal das Derby gewonnen. Nach dem Derby wurde ›Gwydian‹ an den Zug Chesapeake–Ohio angehängt, und die Cumberlands kehrten nach New York zurück. Im letzten April war der Zug verunglückt. Zwei junge Stuten von Caernarvon mußten getötet werden, und ›Gwydian‹ war nur noch Schrott.

»Es sind auch mindestens sechs *Menschen* umgekommen«, murmelte Annie und wiederholte damit Sams Worte. Sie starrte aus dem Fenster und dachte an ihr überraschendes Auftauchen im Leben der Cumberlands.

Für den Rest des Frühlings und den Sommeranfang blieb die Familie in der Stadt oder auf Long Island. Den Juli verbrachten sie bei Cousins in Newport, pendelten dabei jedoch immer wieder entweder mit einer Privatmaschine oder ihrer Sechsunddreißig-Meter-Yacht *Merlin*, einem Zweimaster mit Rahtakelung, zwischen Virginia und New York hin und her. Mrs. Cumberland wurde leicht seekrank und mied das Schiff. Im August fuhren sie mit der Bahn in ihr ›Camp‹, ein riesiges aus Stein errichtetes Sommerhaus am Saranac-Lake in den Adirondacks. Es lag zwei Stunden nördlich vom Rennplatz in Saratoga Springs, wo die Pferde der Cumberlands seit fünfundvierzig Jahren liefen.

Das Gestüt Caernarvon war 1910 von Sams Großvater gegründet worden und trug den Namen der Stadt in Wales, von der die Cumberlands 1756 nach Amerika ausgewandert waren. Der Pferdezucht und dem Rennstall galt die ganze Leidenschaft von drei Generationen der Cumberlands, denen ihre Verantwortung gegenüber der Vollblutzucht heilig war. Samuel Barkeley Cumberland III (sein Großvater war der erste und sein Onkel der zweite gewesen) war ein Einzelkind. Man hatte ihn im Geiste des Erbes erzogen, das er einmal antreten würde. Er war nominell Präsident der Cumberland-Stiftung, die ihren Sitz in der Park Avenue hatte. Allerdings bestimmte seine Mutter, Cornelia Talasker Cumberland, die Empfänger der von der Stiftung zu verteilenden Mittel. Als Erbin einer Ölgesellschaft hatte sie die Hälfte des Stammkapitals eingebracht.

Sam bekam mit fünf sein erstes eigenes Pony, ging mit sechs zum Rennen nach Saratoga und spielte Polo während seines Studiums an der Princeton University. Ein Jahr nach dem Examen heiratete er Belinda Hasquith Clayton, die aus einer der ältesten Familien Kentuckys stammte. Die Claytons besaßen ein Vollblutgestüt, die eintausendachthundert Morgen große Sweetwater Farm. Sie grenzte an das Land des Caernarvon-Gestüts in Kentucky. Belinda wurde in Chatham Hall und in Sweet Briar erzogen und beim Schwarzweißen Ball in New York und dem Internationalen Debütantinnen-*Cotillion* in Versailles in die Gesellschaft eingeführt. Sie kannte Sam Cumberland schon als kleines Kind. Die Romanze begann erst nach einem zweijährigen Aufenthalt Belindas in Europa. Sie hatte dort an Schaureitturnieren teilgenommen und außerdem Französisch und Italienisch gelernt.

Annie fragte sich, ob Belinda Cumberland jemals im Leben Sorgen gehabt hatte. Selbst nach dem Zugunglück hatte sie sehr gelassen gewirkt. Annie dachte an das Bild, das sie in einer Zeitschrift gefunden hatte: Sam und Belinda standen vor einem neuen Stallgebäude von Caernarvon in Kentucky. Sie hielten sich bei der Hand und lachten. Belinda trug einen dünnen Pulli, eine einreihige Perlenkette, Reithose und dunkle Reitstiefel. In der freien Hand hielt sie lässig eine Reitgerte. Sie war schlank, sehr blond, hatte graue, lockende Augen und einen entschlossenen, selbstbewußten Mund.

Sam trug alte Jeans, ein nicht ganz frisches Arbeitshemd, einen ausgefransten Strohhut und schmutzige derbe Arbeitsstiefel. Er lächelte so verschmitzt wie damals im Wagen, als Annie den Kopf abgewandt hatte. Nur die getriebene silberne Gürtelschnalle mit den Buchstaben C und F verriet, daß er mehr war als ein gewöhnlicher Stallbursche. Annie hatte das Bild ausgeschnitten und bewahrte es gefaltet zwischen den Seiten von *Große Erwartungen* auf. Sie hatte es so oft betrachtet, daß das Papier schließlich am Knick zerriß, der genau durch die Hände der beiden ging und Sam von Belinda trennte.

Annie merkte nicht, daß der Zug in Belmont Park einfuhr, denn sie saß auf der falschen Seite des Wagens. Der Schaffner rief die Station aus, und Annie wartete, bis die anderen Fahrgäste ausgestiegen waren. Als sie aufstand, wurde ihr wieder schwindelig, und es dauerte einen Augenblick, bis sie zur Tür gehen konnte. Beim Aussteigen spürte sie sofort die Kälte. Überrascht blieb sie stehen. Der Zug hielt ganz in der Nähe der Tribünen. Sie befanden sich nur etwa hundert Meter entfernt und wirkten wie eine hohe Mauer ohne Eingänge. Davor sah sie mehrere eingeschossige Gebäude und Hecken, die zu einem kleinen Gehölz führten. Die anderen Fahrgäste wußten offenbar, wohin sie gehen mußten. Annie folgte ihnen. Die Sonne schien, und es wehte kein Wind. Sie hoffte, die Jacke würde sie warm halten.

Beim Näherkommen bemerkte sie zuerst einen Tunnel, der unter den Tribünen hindurchführte, und dann zahlreiche Eingänge hinter einem Maschendrahtzaun und zahlreichen Kassenhäuschen. Ein Schild mit einem Pfeil wies zur HAUPTTRIBÜNE, ein anderes zum CLUBHAUS. Annie wußte nicht, welchem Pfeil sie folgen sollte. Hinter dem Zaun stand ein uniformierter Ordner. Annie lächelte ihn an, und sein ausdrucksloses Gesicht verzog sich zu einem feindseligen Grinsen.

»Hallo«, sagte Annie. Offenheit konnte die New Yorker manchmal entwaffnen und einen Augenblick verwirren.

»Was willst du?«

»Nichts. Ich überlege nur, wo die Pferde sind.«

»Nicht hier, Kleine. Hier sind die Leute. Woher hast du denn die Jacke? Von der Heilsarmee?«

Annie stellte fest, daß das Futter aus dem Ärmel hing. Sie stopfte es zurück und ging weiter, ohne dem Mann den Genuß zu gönnen, die Wirkung seiner Bemerkung zu sehen. Sie hatte gelernt, daß die Leute in New York sehr schnell unangenehm werden konnten. Zu Hause in Kentucky brauchten sie für Bosheiten etwas länger.

Sie ging zu einem Kassenhäuschen. Auf der Tafel stand: CLUBHAUS $ 2,00. In New York kosteten drei Mahlzeiten zwei Dollar.

»He, Schönheit, wie wär's mit einer Wette?« Der Mann lehnte mit dem aufgeschlagenen *Morning Telegraph* an einem Pfosten der Markise über dem Weg vom Kassenschalter zu einem Clubhaus-Eingang. Er hatte unüberhörbar eine New Yorker Aussprache und schob einen Zahnstocher zwischen den Lippen hin und her. Er lächelte, und dabei klemmte er den Zahnstocher unter der Zunge fest.

Annie versuchte, ihm direkt ins Gesicht zu blicken, schaffte es aber nicht. Normalerweise hätte sie nicht reagiert. Sie hoffte jedoch, der Mann könne ihr helfen, auf die andere Seite des Zauns zu gelangen, damit sie die Ställe suchen konnte.

»Worum?« fragte sie.

»Das Nummernschild des nächsten Wagens, der hier vorbeifährt. Hundert Dollar, wenn es eine gerade Zahl ist.« Der Mann sprach leise, gerade laut genug, daß Annie ihn verstand. Sie sah zu, wie er die Zeitung faltete, ein Bündel Geldscheine aus der Tasche holte, einen Hunderter herauszog und ihn zwischen den Fingern hochhielt. Er grinste wieder und schob den Zahnstocher mit der Zunge zwischen den Lippen hin und her.

Annie bekam einen trockenen Mund. Aber sie zwang sich zu antworten. »Tut mir leid. Ich habe keine hundert Dollar bei mir.«

Er tat es mit einem Achselzucken ab. »Wieviel hast du?«

»Nicht allzu viel.«

»Wieviel?«

»Fünf.« Wenn sie verlor, blieben ihr noch sechs Dollar fünfundsechzig.

»Nicht schlecht. Ich geb' dir eine Quote von zwanzig für eins. Ungerade oder gerade?«

»Moment mal. Warum machen Sie das?«

»Weil es mir gefällt. Ungerade oder gerade?«

»Gerade.«

»Da kommt ein Wagen.« Der Mann wies auf die Straße hinter Annie, die zwischen zwei Hecken verlief. Von dort rollte eine schwarze Limousine heran.

Der Mann stellte sich neben Annie an den Zaun und beobachtete das Fahrzeug. Er war schlank, beinahe schmächtig und trug die schwarzen Haare wie ein Halbstarker mit einer Schmachtlocke vorne und im Nakken lang. Sein blauer Flanellmantel stand offen, und Annie sah darunter eine dreiteilige Kombination mit Jackett und Weste aus unterschiedlichem Stoff. Seine Krawatte war mit einer nackten Frau bemalt. Er trug weiße Lackschuhe mit seitlichen Gummizügen und einen weißen Lackgürtel, den die kurze Weste nicht bedeckte. Die Stirn hatte er finster gerunzelt, und sein Gesicht mit der glatten, leicht bräunlichen Haut war makellos rasiert. Annie warf einen Blick auf die Hand mit

dem Geldschein. Die Finger kamen ihr ungewöhnlich lang vor. Sie hatte noch nie so saubere, glänzende Fingernägel gesehen.
»Hast du ein Glück, Schönheit! Die letzte Zahl ist eine Acht. Hier ...«
Er faltete den Geldschein der Länge nach und schob ihn durch den Maschendraht. »Doppelt oder nichts beim nächsten?«
»Nein! Ich kann Ihr Geld nicht ...«
»Klar kannst du das. Du hast es doch ehrlich gewonnen.«
»Ich weiß nicht einmal, wer Sie sind oder ...«
»Das Problem läßt sich leicht lösen, oder?«
Er grinste Annie wieder an, ohne den Geldschein zurückzuziehen. Der Zahnstocher blieb ruhig, während der Mann ihr direkt in die Augen blickte. Seit Annie in New York lebte, hatten viele Männer Annäherungsversuche gemacht, doch noch keiner war so aalglatt wie der hier gewesen. Sie hatte Angst. Aber schließlich stand er auf der anderen Seite des Zauns. Sie nahm den Geldschein.
»Bei dieser Aussprache mußt du aus Georgia oder irgendwoher weit im Süden kommen.«
»Catlettsburg, Kentucky.«
»Suchst du Arbeit?«
Annies Gesicht glühte. »Sieht man mir das so deutlich an?«
»Bei meiner Art Arbeit entwickelt man einen guten Instinkt. Ich würde sagen, du hast in deinen Kleidern geschlafen, aber trotzdem sieht man, wer du *bist*. Komm rein, Schönheit. Es ist beinahe Zeit fürs Mittagessen. Ich zahle.«
Annie besaß jetzt mehr als zwei Monatsmieten. Sie befand sich an einem öffentlichen Ort. Sie war sehr hungrig und suchte Arbeit. Sie griff in die Tasche, nahm zwei Dollar heraus und ging zum Eingang. Der Mann erwartete sie hinter dem Drehkreuz. Sie hatte die Faust fest um den Hundertdollarschein geschlossen.
»Du bist ein wirklich kluges Mädchen«, sagte der Mann lächelnd.
»Woher wissen Sie das?«
»Na ja, du suchst Arbeit, hast vermutlich kaum noch Geld, aber du kommst zum Clubhaus. Du hättest einen Dollar sparen können, wenn du mit den anderen zu den Tribünen gegangen wärst. Aber du läufst nie mit der Masse, nicht wahr?«
Er hielt sie leicht am Arm und führte sie in das Clubhaus. »Ich weiß nicht, was Sie meinen.«

»Warst du schon einmal auf der Rennbahn?«

»Nein.«

Er nickte, als habe sich seine Einschätzung bestätigt. »Auf jeder Rennbahn gibt es Tribünen und ein Clubhaus. Das Clubhaus kostet mehr Eintritt, und du bekommst nicht viel für dein Geld – ein paar Pflanzen in Pötten und ein bißchen Farbe. Aber es ist eine andere Welt. Die Leute haben hier ihre Logen, der Jockey Club hat seinen eigenen Speisesaal, du begegnest Leuten aus Familien, die seit Generationen Pferde besitzen . . .«

Annie blieb stehen. Das war nicht der Platz, zu dem sie wollte. Sie blickte sich nervös um. Sie standen in einer großen Halle. An einer Seite befand sich eine Reihe Fenster, die wie die Fahrkartenschalter in Pennsylvania Station aussahen. Die Schalter waren noch nicht geöffnet. Trotzdem liefen bereits Leute durch die Halle. Die meisten lasen den *Morning Telegraph* oder strichen sich mit dem Bleistift etwas darin an.

»Was ist los?« fragte der Mann.

»Sieht ziemlich voll hier aus.«

Er grinste unbeeindruckt. »Ja. Die sollten den Eintrittspreis erhöhen, um das Volk draußen zu halten.«

Annie sah ihn an und mochte ihn. Er nahm den Zahnstocher aus dem Mund, lächelte und blickte sie dann ernst und prüfend an, als er sagte: »Hör zu, man geht immer gegen die Masse, sonst bekommt man keine anständige Quote.«

»Was heißt das?«

Er lächelte, zufrieden darüber, daß er sein Wissen anbringen konnte. »Beim Pferderennen setzt der große Haufen immer auf den Favoriten. Wenn er gewinnt, bekommen sie wegen der miesen Quoten bei ihrer Zwei-Dollar-Wette nur ein paar Cents, und sie stehen den ganzen Tag Schlange, um sie abzuholen. Das ist kein großes Geschäft, kapiert? Favoriten gewinnen bei einem Drittel der Rennen. Das sind die besten Quoten, die der große Haufen jemals bekommt. Die übrige Zeit ihres Lebens sind sie die Verlierer. Ich wette zwanzig zu eins, daß du bessere Quoten bekommst. Ich meine, man sieht es dir an. Du hast doch gerade mich getroffen, oder nicht?« Er steckte den Zahnstocher wieder in den Mund und griff nach ihrem Arm. »Komm, ich führ' dich rum.«

»Wie kommt es, daß Sie soviel über Pferderennen wissen?« fragte Annie, als sie zu den Stufen gegenüber den Wettschaltern gingen.

»Ich verdiene hier mein Geld.«
Annie sah ihn überrascht an. Sie erreichten das obere Ende der Treppe. Vor ihnen lag die Bahn. »Gefällt es dir?«
»Es ist so riesig groß und so... schön.« Annie meinte mehr als nur das, konnte es aber nicht in Worte fassen. Vor dem dunklen Hintergrund der Tribünen schienen die Farben – Sandgelb, Grün und Blau – zu brennen. Der Himmel war ihr noch nie zuvor so leuchtend erschienen. In der kalten Luft lag ganz schwach ein zarter Duft. Die breite gepflegte Sandbahn beschrieb in anmutigen Kurven ein großes Oval. Sie wand sich um eine zweite, leuchtendgrüne, sorgfältig gemähte Grasbahn. Die beiden Bahnen umrahmten eine Rasenfläche mit flachen Erhebungen und kleinen Teichen. Sie waren von einer eineinhalb Meilen langen, niedrigen weißen Einzäunung umgeben, in der sich in gleichmäßigen Abständen gestreifte und bunte Pfosten befanden. Auf dem Platz direkt unter Annie stand eine altmodische Waage mit einer großen Gewichtsanzeige, die wie das Zifferblatt einer Uhr aussah. Dahinter war in einiger Höhe quer über die Bahn ein Draht gespannt. An dem Pfosten, der ihn hielt, hing eine Tafel mit der Aufschrift *ZIEL*. Vier Traktoren fuhren versetzt die Bahn ab und zogen die Sandflächen glatt. Auf der Rasenbahn arbeiteten Männer, die zertrampelte Grassoden auswechselten. In der Ferne sah man hinter den beiden Bahnen die ordentlichen Reihen der Stallgebäude. Von der ganzen Szene ging eine Atmosphäre der Gelassenheit und Ordnung aus. Annie atmete tief ein und seufzte zufrieden.
»Jetzt sieht es ganz gut aus«, sagte der Mann. »Bei Regen ist es nicht mehr so hübsch. Komm mit hinunter in mein Büro.«
Der Mann führte sie durch die Reihen der Logen, von denen die meisten noch unbesetzt waren. Die Abtrennungen bestanden aus Eisenrohren. In den Logen war Platz für acht Stühle in zwei Reihen und ein schmales Ablagebrett an der Vorderseite. An dem Geländer zum Gang waren kleine Namensschilder angebracht. Annie folgte dem Mann an mehreren Platzanweisern vorbei, die er mit ihrem Namen begrüßte. Die Männer nannten ihn Phil.
»Wie geht es, Gil?« sagte Phil zu einem Platzanweiser, der ihn erwartungsvoll lächelnd ansah. Phil zog einen Fünfdollarschein aus seinem Bündel und gab ihn dem Mann. »Holst du mir und der Dame etwas zu essen?«

»Aber klar, Phil«, sagte der Platzanweiser. »Das Übliche?«
»Bring ihr irgend etwas ... Was möchtest du trinken. Kaffee, Bier, Milch?«
»Milch bitte.« Der Platzanweiser ging eilig davon.
Phil betrat eine Loge ohne Namensschild. Sie befand sich in der ersten Reihe auf einem Balkon. Unter ihnen standen Bankreihen auf einer Betonplattform. Phil rückte Annie einen der Metallstühle zurecht. Sie setzte sich und beobachtete, wie Leute hereinkamen, ihre Logen suchten und sich begrüßten.
»Wozu sind die kleinen Schilder? Ich meine, die mit den Namen darauf?« fragte Annie.
»Daran erkannt man, wem die Loge gehört.«
»Gehört?«
»Die Leute mieten sie für die Saison. Aber wer einmal eine Loge hat, behält sie, bis er stirbt. Und danach übernehmen sie die Kinder.« Er blickte in Richtung der Logen an der Ziellinie. »Wenn eine Loge frei wird, die näher an der Ziellinie liegt als die eigene, geht die wilde Jagd danach los. Das eine kann ich dir jedenfalls sagen, im Jockey Club fließt eine Menge blaues Blut.«
Annie verstand nicht, was Phil damit meinte. Er nahm den Zahnstocher aus dem Mund und schnippte ihn mit den langen Fingern über den Rand des Balkons.
»Kannst du fahren?« fragte er.
»Nein.«
»Okay. Wie ist es mit Pferden? Hast du je etwas mit Pferden zu tun gehabt?
»Ja.«
»Ja? Phantastisch. Ich glaube, ich weiß, wo es Arbeit für dich gibt.«
Ehe Annie ihn danach fragen konnte, kam der Platzanweiser mit zwei Hotdogs, Pommes frites und Milch zurück. Bei dem Geruch knurrte Annies Magen, und das Wasser lief ihr im Mund zusammen. Sie wartete ruhig, bis der Mann die Sachen auf das Ablagebrett gestellt hatte. Aber dann schlang sie das Essen hinunter, ohne zu kauen.
»He, laß dir Zeit. Wann hast du denn das letzte Mal etwas gegessen?«
Annie zuckte lächelnd die Schultern, ohne zu antworten. Phil griff nach einem der Programme, die der Platzanweiser mitgebracht hatte,

und las, bis sie fertig war. Sie hätte gern noch mehr gegessen, sagte aber nichts.
»Meinst du, du kannst jeden Morgen um fünf hier draußen an der Gegengeraden sein?« fragte er beim Lesen.
»Was ist die Gegengerade?«
Phil sah sie ungläubig an und grinste. »Du hast ja wirklich keine Ahnung. Zum Glück bin ich ein guter Lehrer.«
Annie erwiderte sein Lächeln.
»Die Gegengerade ist dort drüben«, erklärte er und wies auf die andere Seite der Bahn. »Die Gegengerade ist der gerade Teil der Bahn, der am weitesten von den Tribünen entfernt ist. Es gibt den Clubhaus-Bogen, direkt hier vor uns. Es ist der erste Bogen nach dem Start, dann kommt Mitte Gegenüber oder die Gegengerade, dann der Einlaufbogen da drüben, die Zielgerade und die Distanz, das sind die letzten zweihundert Meter vor der Ziellinie. Hast du das verstanden?«
Annie zeichnete mit dem Finger ein Oval in die Luft und zählte auf: der Clubhaus-Bogen, die Gegengerade, der Einlaufbogen, die Zielgerade, die Distanz und die Ziellinie.
Phil nickte. »Ich hab's ja gleich gesagt, du bist ein kluges Mädchen.«
»Sie sind ein guter Lehrer.«
Annies Kopfschmerzen waren verschwunden, und endlich fror sie nicht mehr. Sie holte noch einmal tief Luft und fühlte sich plötzlich wohl.
»Du wirst bestimmt meine beste Schülerin. Hinter der Gegengeraden, von der ich rede, sind die Ställe. Man nennt das Ganze die Gegengerade, weil sie sich auf den meisten Rennplätzen dort befinden. In den Ställen stehen die Pferde, solange sie auf einer Bahn laufen. Da braucht man immer Leute, und ich kenne ein paar Trainer. Ich werde mit ihnen reden, wenn du glaubst, du kannst sieben Tage in der Woche so früh aufstehen. Pferde kennen keinen Sonntag und keinen Feiertag.«
»Zu Hause bin ich immer um diese Zeit aufgestanden. Und was würde ich da tun?«
Phil blickte zum Himmel hinauf und dann auf seine Armbanduhr. Annie sah, daß das Zifferblatt Diamanten anstelle von Zahlen hatte.
»Komm«, sagte Phil, »ich fahr' dich rüber.«
Während sie zum Ausgang gingen, redete er weiter: »Hinter der Gegengeraden arbeiten vier Gruppen von Leuten. Da sind die Trockenführer, die nichts anderes tun, als die Pferde nach der Morgenarbeit jeweils

eine halbe Stunde im Kreis zu führen. Das machen sie etwa drei bis vier Stunden. Dann gibt es die Pfleger, die drei oder vier Pferde versorgen, sie füttern, waschen, striegeln, ihnen die Fesseln bandagieren und die Box ausmisten . . .«

Sie erreichten die Logen vor der Ziellinie. Die Namensplaketten wurden erkennbar. Annie las sie schnell im Vorbeigehen, gab sich dabei aber den Anschein, als blicke sie auf die Bahn. Es handelte sich meist um die Namen von Gestüten oder Rennställen. Näher an der Ziellinie entdeckte Annie Namen, die sie im *Journal-American* gelesen hatte: Whitney, Vanderbilt, Belmont und einige andere, die Jimmy Breslin in seinen Rennberichten erwähnt hatte, etwa Widener, Guest, Chenery, Phipps und Mellon. Und dann, an der vierten Loge vor der Ziellinie, sah Annie die Plakette mit der Aufschrift: Mr. und Mrs. J. Cardell Cumberland.

Annie blickte sich schnell um, während sie neben Phil herging, um zu sehen, ob einer der Cumberlands kam, und betrachtete sich dann die Loge genauer. Die Stühle hatten abnehmbare Sitzkissen mit einem eingewebten Wappenschild in Karminrot, Gold und Königsblau. Die Buchstaben C und F waren auf die gleiche Weise ineinander verschlungen wie bei Sams silberner Gürtelschnalle auf dem Bild aus der Zeitschrift. Die Befestigungsschrauben der Plakette waren rostig.

»Dann gibt es die Trainingsreiter«, fuhr Phil fort. »Sie arbeiten mit den Pferden jeden Morgen auf der Bahn. Üblicherweise sind es ehemalige Jokkeys oder Leute, die hoffen, daß sie einem Trainer auffallen und später Jockeys werden. Aber meistens sind sie zu groß oder zu schwer dafür. Jedenfalls tun sie nichts außer reiten . . . He, worauf wartest du denn?«

Annie stand immer noch vor der Loge der Cumberlands. Jetzt lief sie eilig die Stufen hinauf. Oben angekommen, drehte sie sich um und warf noch einmal einen Blick über die Bahn.

»Es gefällt mir hier«, sagte sie. »Vielen Dank, daß Sie mich hergebracht haben.«

»Warte, bis die Rennen anfangen. Komm.«

Sie durchquerten die Halle, und Annie sah, daß sich inzwischen vor einigen Schaltern Schlangen gebildet hatten. Dort hingen Schilder mit der Aufschrift: SIEG $ 2,00 oder SIEG $ 10,00. Am Ende der Reihe gab es zwei mit Schildern: SIEG $ 50,00. Zwischen den »Sieg«-Schaltern gab es andere, mit Schildern für »Einlauf« und »Platz«.

Phil nahm ihre Frage vorweg. »Bei Einlauf setzt man auf die ersten beiden Pferde, bei Platz setzt man darauf, daß ein bestimmtes Pferd als zweites oder drittes durchs Ziel geht.«
Annie wandte sich ihm zu und lachte. »Sieg, Einlauf, Platz, Trockenführer, Pfleger und Trainingsreiter. Was ist ein Trainer, Herr Lehrer?«
Phil griff nach ihrem Arm und fragte: »Wie heißt du?«
»Annie Grebauer«, antwortete sie zögernd.
»Nein«, sagte er.
»Was heißt nein?«
»Nein, nicht Grebauer. Es muß Annie, Moment mal, Annie ... Brown sein! Stimmt's? Annie Brown. Das gefällt mir. Sehr schlicht und geschmackvoll. Verstehst du, was ich meine? Ich bin sehr gut im Erfinden von Namen. Versuch's mal.«
»Annie Brown«, sagte sie und lächelte unsicher.
»Er wird dir gefallen, wenn du dich daran gewöhnt hast. Also gut, hör zu. Der Trainer ist der Boss hinter der Gegengeraden. Er bestimmt über die Pferde, die ihre Eigentümer ihm zum Training übergeben. Er muß alles über das Pferd wissen, also wie weit er bei der Arbeit mit ihm gehen darf, ob es nicht frißt, ob es wund ist, wann es bereit ist zu laufen, und wie er es auf ein Rennen vorbereitet. Es gibt Privattrainer, die nur für einen Stall arbeiten, und öffentliche Trainer, die die besten Pferde annehmen, die sie bekommen können. Manche Trainer haben zwei Pferde, die großen haben bis zu dreißig auf einer Bahn und vielleicht noch fünfzig im Training oder bei anderen Rennen. Sie bekommen von der Rennbahnleitung Plätze, das heißt, Stallboxen, weil man für die Rennen an den besten Pferden mit den besten Trainern interessiert ist. Hier in Belmont sind die besten. Ich meine, es gibt weit und breit keine bessere Bahn.« In Phils Stimme lag Stolz.
»Es muß ein guter Platz sein, um hier zu arbeiten. Was machen Sie denn hier?«
»Ich wette.«
Sie standen am Drehkreuz. Ein Mann drückte ihnen einen unsichtbaren Stempel auf die Hand. Phil nahm Annie wieder am Arm und führte sie zum Parkplatz. Annie schwieg. Dort, wo sie herkamen, standen Spieler und Wetter in einem schlechten Ruf, und man traute ihnen nicht. Der Mann neben ihr besorgte ihr Arbeit und hatte eine Wette

mit ihr verloren. Sie griff in die Tasche und betastete den Hundertdollarschein.
Phil und Annie erreichten einen schwarzen Wagen. Phil öffnete ihr die Tür. Der Wagen war innen sehr sauber. Annie zögerte.
Phil merkte es und sagte: »Ich stehe nicht auf Vergewaltigung, falls du dir deshalb Sorgen machst. Ich habe nur keine Lust, den ganzen Weg zu laufen.«
Annie nickte und stieg ein. Der Sitz roch nach Leder. Am Handschuhfach las sie ›Oldsmobile‹. Sie hörte, wie der Kofferraumdeckel geöffnet wurde und drehte sich um. Phil holte einen rotweiß gestreiften Signalkegel heraus und stellte ihn in die Lücke, nachdem er den Wagen herausgefahren hatte.
Sie bogen vom Parkplatz auf die Straße vor dem Drahtzaun der Anlage.
»Hör zu, Annie, ich möchte, daß du mit mir zurückkommst und meinen Partner kennenlernst, wenn wir da drüben fertig sind. Er hat vielleicht noch etwas anderes, damit es sich für dich lohnt, hier draußen zu arbeiten.«
»Wettet er auch?«
»Ja, er ist ein netter Kerl. Im Ruhestand. Du wirst ihn mögen.«
»Warum tun Sie das alles?«
Phil sah sie von der Seite an und richtete den Blick wieder auf die Straße. »Mein Leben dreht sich um Wetten, Annie. Ich bekomme echt gute Quoten dafür, daß ich Leuten einen Gefallen tue.«
An einem Tor im Zaun bog er ab, und zwei uniformierte Pförtner forderten ihn durch Zeichen auf, langsamer zu fahren. Phil tat es und wies dabei auf die vordere Stoßstange. Die Pförtner winkten ihn durch, und Phil fuhr langsam bis zu den Ställen.
»Ein Gefallen ist zwar eine blinde Wette«, fuhr Phil fort, während Annie aus dem Fenster blickte. »Man weiß nie, wann und in welcher Form er sich auszahlt. Aber in meiner Branche ist ein Gefallen eine bessere Investition, als man sie an der Wall Street findet. Hier, ich will dir etwas zeigen.«
Er hielt am Straßenrand an, und sie stiegen aus. Phil führte Annie zwischen den Ställen hindurch. In jedem Gebäude befanden sich nebeneinander dreißig Boxen mit Öffnungen zum Weg. Die obere Hälfte der Türen stand offen, und die meisten Pferde blickten heraus. »Hier

stehen die Pferde des Gestüts Belair, das der Familie Woodward gehört. Und der große Braune dort mit dem weißen Stern« – Phil flüsterte plötzlich ehrerbietig – »ist das größte Rennpferd unserer Zeit. Er heißt Nashua.«

Annie erinnerte sich an den Namen. Mr. Cumberland hatte ihn in Zusammenhang mit Certainty erwähnt. Annie betrachtete das Tier, aber es wirkte auf sie nicht viel anders als jedes beliebige Pferd in einem Stall. An der Wand jeder Box hing eine Futterkrippe, auf dem Boden stand ein grün und rosa gestrichener Tränkeimer, und über die geöffneten oberen Halbtüren waren Netze gespannt. Die Erde vor dem Stall war geharkt, und an jeder fünften Box stand ein mit Blumen bepflanztes halbiertes Faß. Alles wirkte sehr ordentlich und gepflegt. Die Ställe, die Annie in Kentucky gesehen hatte, waren meist baufällig, voller Gerümpel, Werkzeuge und Maschinen.

»Nashua hat im letzten Jahr in einem Match gegen Swaps hunderttausend Dollar gewonnen. Ich will bei ihm vorbeigehen und Danke sagen, denn ich habe dabei tausend gemacht.«

»Was ist ein Match?«

Phil wurde durch die Frage aus seinen Gedanken gerissen und sah Annie verständnislos an. »Mensch! Du hast ja wirklich keine Ahnung! Komm, gehen wir weiter. Also, es gibt vier Arten von Rennen, die du kennen solltest. Ein Match ist etwas Besonderes. Es gehen nur zwei Pferde an den Start und laufen um den Preis, den die Besitzer oder die Rennbahn aussetzen. Üblicherweise laufen nur zwei sehr berühmte Pferde ein Match. Die Rennen, die du jeden Tag siehst, sind Verkaufsrennen. Dabei haben alle Pferde denselben Preis, den jeder vor dem Rennen hinterlegen kann. Nach dem Rennen gehört ihm das Pferd, auch wenn es bis dahin tot ist. Bei einem Aufgewichtsrennen tragen die Pferde ein festgesetztes zusätzliches Gewicht. Beim Handikaprennen oder Ausgleichsrennen bestimmt ein Mann, der Ausgleicher, je nach dem Gewicht des Pferdes, welches zusätzliche Gewicht es tragen muß – in Form von Bleiplatten am Sattel. Damit sollen alle Pferde gleiche Gewinnchancen haben und um den ersten Platz kämpfen. Das ist aber noch nie passiert. Bei ›Stakes‹ setzt sich die Gewinnsumme aus den Einsätzen der Besitzer zusammen und üblicherweise einer zusätzlichen hohen Summe, die die Rennbahn einbringt. Die besten Pferde laufen bei Stakes. Hast du das verstanden?«

»Aber sicher!« Annie mußte plötzlich über sich selbst lachen. »Zumindest kann ich sie aufzählen: Match, Verkaufsrennen, Aufgewichtsrennen, Handikaprennen und Stakes.«

Phil hob anerkennend die Hand. »Ich wette, es dauert nicht lange, bis du alles hier fest im Griff hast. Da sind wir.«

Sie waren inzwischen zwei Ställe weitergegangen und standen vor einem Eingang in der Längswand des Gebäudes. Phil öffnete die Tür und ging voraus. An den Wänden des Raums hingen dicht über- und nebeneinander Sättel und Zaumzeug. An einem Tisch saß ein Mann mit Hängebacken und schütterem Haar. Er trug eine Brille, und in seinem Mund steckte eine Zigarre. Bei Phils Anblick runzelte er die Stirn und sagte: »Besitzer haben nur mit meiner Erlaubnis Zutritt zur Sattelkammer.«

»He, Johnny, ich bin kein Besitzer. Ich bin nur der Freund eines Besitzers. Ich möchte dir Annie Brown vorstellen. Sie kommt aus Kentucky, ist mit Pferden aufgewachsen und hatte ihr ganzes Leben mit Pferden zu tun. Sie ist sehr clever und sucht Arbeit als Trockenführerin.«

Annie wollte protestieren, fand aber keine Gelegenheit. Der Mann starrte Phil durchdringend und geringschätzig an und sagte: »Du brauchst mir keine Märchen über ihre Begabung zu erzählen. Wenn sie die Arbeit richtig macht, könnte sie meinetwegen ein Affe vom Nordpol sein.« Er wandte sich an Annie. »Ein Trockenführer muß nur laufen können und Punkt fünf Uhr morgens hier sein. Wie sieht es damit aus, Kleine?«

»Das kann ich«, erwiderte Annie ruhig. »Und wieviel gibt es dafür?«

»Zwanzig Dollar die Woche.«

»Wenn Sie wollen, bin ich morgen früh um fünf hier.«

4

Phil ließ Annie bei den Ställen zurück, damit sie sich dort umsehen konnte, und fuhr weg, um seinen Partner abzuholen. Er hatte ihr eingeschärft, sich rechtzeitig zum ersten Rennen wieder im Clubhaus einzufinden. Als Annie sich jetzt der Loge näherte, sah sie, daß Phil mit drei anderen Männern dort saß. Einer hatte weiße Haare. Er trug einen alten Hut, eine randlose Brille, einen zerknitterten schwarzen Mantel und einen karierten Wollschal. Der zweite hatte einen kräftigen, massigen Körper; seine Lederjacke spannte über den Schultern und an den Handgelenken, und sein Bauch hing über den Gürtel. Er trug eine Tweedmütze. Der dritte Mann schien der jüngste zu sein. Er war dick und hatte lange, fettige braune Haare. Er trug einen weiten, grauen Regenmantel. Die Ringe an seinen kleinen Fingern schnitten ihm in die Haut. Das Metallgestell seiner Brille versank in den Fettfalten des Nasenrückens.

Annie blieb zögernd vor der Loge stehen und fragte sich, welcher der drei Männer wohl Phils Partner sein mochte. Der weißhaarige Mann mit dem Hut und der massige Mann blickten zu ihr hinüber und verstummten. Nur der Dicke redete weiter, bis er schließlich merkte, daß die anderen nicht bei der Sache waren. Als er Annie sah, rief er mit Fistelstimme: »Großer Gott, seht euch diese tollen Haare an!«

Phil warf Annie einen gelangweilten Blick zu und sagte zu dem Dicken: »Dein Typ, Blimpie. Das ist Annie Brown.«

Der dicke Mann sagte: »Hallo, Schätzchen!« und starrte Annie an, ohne zu lächeln. Phil fuhr mit dem Vorstellen fort, ohne aufzustehen. »Das hier ist Teddy Lapps.« Der massige Mann nickte. »Charlie, das ist Annie Brown. Annie, ich möchte dir Mr. Charlie Dell vorstellen.«

Der weißhaarige Mann stand auf, zog den Hut und lächelte. »Hallo, Miss Brown«, sagte er höflich und bot ihr einen Stuhl in der ersten Reihe an.
Annie setzte sich zwischen Phil und Charlie Dell. Phil hatte sich verändert. Er wirkte plötzlich kühl und distanziert. Die Männer nahmen ihre Unterhaltung wieder auf, griffen nach den Rennprogrammen und beschäftigten sich intensiv mit dem *Morning Telegraph.* Annie hörte nur hin und wieder Bemerkungen von Phil oder Charlie Dell, wie etwa: »Seht euch mal die Quote für die Stute mit der Nummer 2 im zweiten Rennen an. Und dabei war sie beim letzten Mal eine völlige Niete.« – »Seit wann hat denn Billy Dixter die Gewichtserlaubnis verloren?« – »Wie siehst du denn den Einlauf?«
Annie verstand nichts von all dem. Der Dicke war nicht recht bei der Sache und sah sie verstohlen über den Rand der Zeitung immer wieder an. Er rutschte auf dem Stuhl hin und her und schien ihr etwas sagen zu wollen, widmete sich dann aber doch wieder seiner Zeitung. Annie überlegte, was man von ihr erwartete. Charlie Dell fragte sie plötzlich:
»Möchten Sie das Fernglas?«
Annie nahm es ungeschickt. »Danke«, sagte sie.
»Man blickt *so* hindurch und stellt es ein, indem man da dreht.«
Sie lächelte dankbar über seine liebenswürdige Erklärung. Charlie Dell erwiderte das Lächeln und nickte. Er hatte ein freundliches Gesicht und tiefe Falten um die wachen grauen Augen, die ihm etwas melancholisch Verständnisvolles gaben. Annie setzte das Glas an die Augen, stellte es so ein, daß sie die Fahnenstange klar und deutlich sah, und richtete es dann auf die Gegengerade. Nach einiger Zeit wandte sie sich zur Seite und betrachtete die Logen nahe der Ziellinie. In vielen saßen inzwischen elegant gekleidete Leute, die sich winkend und rufend begrüßten. Die Loge der Cumberlands war leer.
»He Annie, hast du Lust, hinunter zum Sattelstand zu gehen?« fragte der Dicke.
»Ich weiß nicht, was das ist«, erwiderte sie, ohne das Fernglas abzusetzen.
Sie hörte Phil. »Das hab' ich dir doch gesagt.« Annie sah ihn fragend an, aber sein Gesicht blieb ausdruckslos.
»Dort werden die Pferde vor dem Rennen gesattelt«, erklärte Charlie

Dell freundlich. »Die Trainer besprechen mit den Jockeys, wie sie das Pferd reiten sollen, und die Besitzer stehen herum und versuchen, so auszusehen, als hätten sie etwas zu melden.«
Die anderen Männer lachten. Charlie Dell sah sie lächelnd an. »Miss Brown«, fuhr er leise fort. »Ich habe mit Phil geschäftliche Dinge zu besprechen. Der Sattelstand wird Ihnen gefallen. Blimpie wird sich um Sie kümmern. Und würden Sie das bitte auf dem Rückweg auf Sieg von Nummer Zwei im ersten Rennen setzen?« Er griff in die Jacke, holte die Brieftasche heraus und zählte zehn Hundertdollarscheine ab. »Das Pferd heißt Valencia.«
»Schicken Sie lieber einen anderen«, sagte Annie und blickte auf das Geld. »Ich weiß nicht, wie man das macht.«
»Sie können das schon«, erklärte Charlie Dell. »Ich glaube, Sie haben Glück.« Er drückte ihr das Geld in die Hand.
Annie stand auf und verließ die Loge. Sie hörte, wie der Dicke ihr eilig folgte. »Hier entlang, Annie«, sagte er. An der Treppe spürte sie seinen schweren Atem dicht hinter sich. Sie entdeckte einen Pfeil mit der Aufschrift SATTELSTAND UND FÜHRRING und lief rasch die Stufen hinunter. Direkt vor den Tribünen befand sich ein großes, von Bäumen beschattetes Oval. Es war von einem weißgestrichenen Holzzaun umgeben. Viele Menschen drängten sich am Zaun, während ein halbes Dutzend Pferde unter den Bäumen im Kreis geführt wurde. Auf der gegenüberliegenden Seite des Führrings befand sich ein offener Schuppen mit numerierten Ständen, in denen mehrere Pferde gesattelt wurden.
Annie fand einen Platz an der Umzäunung. In diesem Augenblick führte ein Mann ein Pferd vorbei, das ein ebenso glänzendes braunes Fell hatte wie Certainty. Annie sah im Geist sofort wieder den schönen jungen Hengst vor sich. Sie spürte wie damals die Aufregung, aber auch die Angst davor, ihm so nahe zu sein, und hörte Sam sagen: »Den Hengst habe ich selbst gezüchtet. Ich liebe ihn sehr.« Annie lächelte. Sie würde Sam nicht um Arbeit bitten müssen. Eines Tages würden sie sich vielleicht zufällig begegnen. Bei diesem Gedanken schloß sie kurz die Augen.
Es wurden noch mehr Pferde in den Führring gebracht. Gleichzeitig erschienen durch einen anderen Eingang elegant gekleidete Leute und begrüßten sich eher beiläufig. Einige schlenderten unter den riesigen

alten Bäumen entlang, andere gingen zu den Sattelständen hinüber. Dort standen Männer, die bunte Halstücher und derbe Arbeitsstiefel trugen. Sie beaufsichtigten das Auflegen der Sättel. Schließlich kamen die Jockeys mit ihren bunten, leuchtenden Jacken und Mützen mit Mustern aus Streifen, Punkten, Rauten und Dreiecken in den Führring. Jeder trat zu einer Gruppe, die um ein Pferd stand, und jetzt sah Annie, wie klein die Jockeys waren. Hände wurden geschüttelt. Annie beobachtete, wie die Jockeys sich konzentriert und aufmerksam mit ihren Trainern unterhielten. Die elegant gekleideten Frauen lächelten. Ihre Gelassenheit wirkte auf Annie ebenso einschüchternd wie ihre Garderobe. Plötzlich rief ein Mann mit einem roten Jackett: »Aufsitzen!« Die Jockeys wurden auf die Pferde gehoben und ritten in einer Linie um das Oval. Insgesamt waren es zwölf Pferde. Einige scheuten oder versuchten auszubrechen und mußten von ihren Reitern gezügelt werden. Andere blieben völlig ruhig oder tänzelten anmutig.
»Das ist der Sieger«, sagte Blimpie. Er stand so dicht hinter Annie, daß sie seinen schlechten Atem roch.
Sie rückte unauffällig etwas ab und fragte: »Woher wissen Sie das?«
»Es ist die Nummer Zwei, siehst du? Auf den sollst du setzen, und Onkel Charlie gewinnt immer.« Er lächelte stolz.
»Und wohin muß ich mit dem vielen Geld gehen?«
»Oh, *ich zeig'* es dir. He, deine niedliche Aussprache gefällt mir. Hast du etwas dagegen, daß ich dich duze?« fragte er eifrig.
Annie lächelte schwach, erwiderte jedoch nichts. Sie beobachtete, wie die Männer und Frauen den Führring verließen und zum Clubhaus zurückgingen. Sie hatte noch nie im Leben so schöne Kleider und so schönen Schmuck gesehen, noch nie so viele elegante Menschen. Alles an ihnen, von den Schuhen bis zu den Hüten, vom Kleidersaum bis zur Frisur wirkte makellos und gepflegt. Sie folgten langsam den Pferden und gingen durch einen gesonderten Eingang an den Ordnern vorbei zu ihren Logen. Annie blieb noch einen Augenblick stehen und sah ihnen nach.
»Komm schon«, drängte Blimpie, »wenn du dich nicht beeilst, sind die Schalter geschlossen.«
Sie stiegen durch das Gedränge die steile Treppe zur Halle mit den Wettschaltern hinauf. Dort standen lange Schlangen vor den Fenstern. Die Leute wirkten angespannt und ernst. Viele studierten den *Morning*

Telegraph, das Rennprogramm oder ein farbiges Blatt Papier mit einer Liste von Pferdenamen.

»O mein Gott, da komme ich ja nie mehr rechtzeitig dran«, sagte Annie.

»Hier rüber, Annie«, sagte Blimpie, legte ihr die Hand auf die Schulter und führte sie um eine Ecke.

Annie wehrte sich nicht. Sie erreichten einen Schalter mit dem Schild: SIEG $ 50,00. Es standen nur drei Leute vor Annie.

»Was muß ich denn sagen?«

»Nummer Zwei, tausend auf Sieg.«

Annie wiederholte den Satz mehrmals leise, ehe sie die Wette anlegte. Sie erhielt die Gewinnscheine, machte sich auf den Rückweg zur Loge und versuchte, Blimpie zu ignorieren.

»Annie, können wir miteinander reden?« fragte er, als sie an ihm vorbeiging. Er folgte ihr und sagte: »Nur eine Minute, Annie. Ich möchte ... *Annie* ...« Als sie nicht reagierte, packte Blimpie sie am Arm und drehte sie grob herum. Er schwitzte, und Annie sah, wie sich Speichel an den Mundwinkeln sammelte.

»Hör zu, ich *muß* nicht nett sein«, zischte er mit vorgeschobenen Lippen. Seine Augen quollen hervor, als er Annies Arm losließ.

»Fassen Sie mich nicht mehr an, verstanden?« sagte Annie betont ruhig in dem Versuch, ihn zur Vernunft zu bringen. Aber trotz der vielen Menschen hatte sie Angst. Sie drehte sich um und stieg die Treppe zu den Logen hinunter. Sie hörte nicht, daß Blimpie ihr folgte. Aber plötzlich flüsterte er dicht an ihrem Ohr. »Ich soll dich nicht anfassen? Laß mich doch wenigstens einmal mit der Hand durch deine tollen Haare fahren, ja?«

Sie lief schneller, und als sie in den Mittelgang einbog, gab Blimpie schließlich auf. Annie blieb zitternd stehen. Ein Platzanweiser kam näher, aber sie wollte nicht zur Loge. Sie drehte sich um, ging schnell eine andere Treppe nach oben und in die Halle mit den Wettschaltern zurück. Dort lief sie ziellos umher. Der Lautsprecher verkündete, daß die Pferde am Start standen. Die Schalter wurden geschlossen. Die Wartenden, die ihre Wetten nicht mehr anlegen konnten, machten ihrer Enttäuschung Luft, und die Schlangen lösten sich rasch auf.

Annie ging in der leeren Halle auf und ab. Eine blecherne Lautsprecherstimme verkündete den Beginn des Rennens. Annie merkte, daß

sie zitterte, und versuchte sich zu beruhigen. Dann hörte sie die Stimme des Ansagers: »Valencia dritter auf der Außenbahn.«
Sie lief zu den Logen, stellte sich dahinter und blickte auf die Bahn. Sie konnte die Pferde kaum sehen, die gerade den Einlaufbogen nahmen. Die Pferde und die Jockeys in ihren bunten Jacken verschmolzen zu einem unbestimmten Farbklecks. Die Stimme des Ansagers übertönte den anschwellenden Lärm der Zuschauer: »... dritter, aber Valencia holt auf...«
Ohne zu überlegen, begann Annie zu rufen: »Lauf, Valencia! Schneller!« Ein paar Leute drehten sich flüchtig nach ihr um und lächelten. Die Zuschauer wurden immer lauter, und der Ansager war nicht mehr zu hören. Plötzlich sah Annie deutlich die Nummer 2 neben dem ersten Pferd in der Zielgeraden. Es war schneller als das Pferd an der Spitze. Annie hüpfte auf und ab und klatschte in die Hände.
»Lauf! Lauf, Valencia!« Nummer 2 setzte sich an die Spitze, das andere Pferd fiel zurück, und Annie jubelte, während Valencia als Sieger durch das Ziel ging. Mehrere Leute in ihrer Nähe drehten sich um, stießen Freudenschreie aus, hielten ihre Gewinnscheine in die Höhe und bezogen Annie sofort in die Kameradschaft der Gewinner mit ein. Annie lachte ebenfalls und hob stolz den Kopf. Dann drängte sich eine Schar Leute an Annie vorbei und eilte zu den Wettschaltern.
Annie war viel zu aufgeregt, um ihnen zu folgen. Sie sah zu, wie Valencia immer noch im Galopp um den Clubhausbogen in Richtung Gegengerade stürmte, bis der Jockey das Pferd schließlich zum Stehen brachte. »Wo zum Teufel warst du denn?« Phil stand wütend hinter ihr. »Hast du Charlies Wette angelegt?« fragte er.
»Sicher.« Sie gab Phil die Gewinnscheine.
Sein Gesicht wurde freundlicher. »Der gottverdammte Gaul ist mit sechs zu eins durchs Ziel. Das bedeutet Geld für dich, Annie. Charlie rundet seinen Gewinn auf fünfhundert auf oder ab und gibt den Rest seinem Läufer.« Erleichtert ging Phil mit ihr zum Fünfzig-Dollar-Schalter, und sie reihten sich in die kurze Schlange ein.
»Phil, was ist mit Blimpie?«
»Was soll mit ihm sein? Übrigens, du hast Eindruck gemacht. Charlie wird dir einen Job anbieten.«
»Warte! Was ist ein Läufer? Was heißt sechs für eins? Und *wer* ist Charlie Dell?«

Phil sah sie ungeduldig an, grinste und schüttelte den Kopf. »Er ist mein Partner. Er braucht jemanden, der ihn und Teddy Lapps hierher fährt.« Er faßte Annie am Arm und sprach wieder in dem vertraulichen Ton, den er benutzt hatte, als sie sich kennenlernten. »Ein Läufer legt die Wetten für jemanden an, der große Summen setzt, damit er sich nicht selbst anstellen muß und sein Gesicht an den Wettschaltern nicht zu bekannt wird. Sechs für eins bedeutet, für jeden Dollar, den du setzt, bekommst du sechs Dollar und ein paar Cents zurück. Charlie hat gerade mehr als sechs Riesen gemacht, das gibt für dich ein paar Hunderter und Kleingeld.«

Er sah Annie an, deren Augen vor Staunen groß wurden, und grinste.

»Blimpie ist Charlies Neffe, das einzige Kind seiner verwitweten Schwester. Charlie kann ihn nicht ausstehen, aber er gehört eben zur Familie.«

»Ist Blimpie verrückt?«

Phil sah sie fragend an. »O ja, besonders nach kleinen Mädchen.« Er lachte.

Sie standen direkt am Schalter. »Okay, also gib ihm die Gewinnscheine und *zähl das Geld* sofort nach«, sagte Phil und lief eilig davon.

Annie bekam sechstausendzweihundertsechzig Dollar ausbezahlt. Als sie zur Loge zurückkam, gab Charlie Dell ihr zweihundertsechzig Dollar und erklärte ihr, wie man die Register im *Morning Telegraph* las. Am Ende des achten Rennens besaß Annie weitere zweihundertvierzig Dollar, nachdem sie zwei kleinere Wetten für Charlie Dell plaziert hatte.

Blimpie kam nicht in die Loge zurück, und Annie sah ihn an diesem Tag nicht mehr. Der Tag war zu schön, um sich deshalb Sorgen zu machen. Teddy Lapps sprach wenig, schien aber freundlich zu sein. Phil schwieg, solange er nicht angesprochen wurde.

»Also Miss Brown, was halten Sie davon, Autofahren zu lernen?« fragte Charlie Dell, während sie auf den Beginn des neunten Rennens warteten. Annie warf Phil einen Blick zu, aber er studierte den *Telegraph*. Charlie Dell bemerkte Annies Blick und lächelte beruhigend. »Phil hat mir gesagt, daß Sie nicht fahren können. Aber das haben Sie schnell gelernt.«

»Macht es Ihnen etwas aus, mich einfach Annie zu nennen?«

Die Falten um Charlie Dells Augen hinter der Brille wurden tiefer, als er lächelte. Er schien ein sehr freundlicher Mann zu sein. »Ich will Ihnen mein Problem erklären«, sagte er. »Ich habe ein paar Pferde hier draußen stehen, die Johnny Phillips für mich trainiert. Ich komme zwei- oder dreimal in der Woche heraus, um ihnen bei der Morgenarbeit zuzusehen. Das hilft mir, auf dem laufenden zu bleiben. Teddy hat mich immer gefahren, aber er hat jetzt Probleme mit seinem Bein. Eine alte Kriegsverletzung macht das Fahren schmerzhaft für ihn. Ich dachte, Sie könnten uns auf Ihrem Weg zur Arbeit bei Johnny mitnehmen, nach Hause fahren, wenn Sie fertig sind, und vor dem ersten Rennen wieder hierher bringen. Dann können Sie bleiben, und wenn Sie wollen, ein paar Wetten für mich anlegen. Es wird Ihnen gefallen. Sie scheinen Pferde zu mögen.« Er lächelte wieder. »Was haben die Leute in der Fahrschule gesagt, Phil? Wie lange dauert der Fahrunterricht?«
Annie sah zu Phil hinüber, und ihr wurde klar, daß Charlie nicht Phils Partner, sondern sein Boss war.
»Drei Wochen. Sie könnte es in zwei Wochen schaffen.«
»Wissen Sie, Annie«, erklärte Charlie Dell, »Phil fährt seit einer Woche, und er haßt das frühe Aufstehen. Deshalb wäre er sehr froh, wenn Sie das übernehmen würden.« Er und Teddy Lapps lachten leise. Phil zuckte die Achseln.
»Was meinen Sie dazu, Annie?« fragte Charlie.
»Ja, Mr. Dell, das wäre sehr schön.«
»Gut«, sagte Charlie und erhob sich. Teddy stand ebenfalls auf. »Phil, melde sie für morgen zur Fahrstunde an. Sie kann mit dem Oldsmobile üben, wenn du uns nach der Morgenarbeit nach Hause gefahren hast. Ich geh' mir noch die Hände waschen. Wir treffen uns auf dem Parkplatz. Bis morgen, Annie.«
»Danke, Mr. Dell«, sagte Annie.
»Ich heiße Charlie«, sagte er und ging mit Teddy Lapps davon. Annie fiel auf, daß Teddy hinkte.
»Aus Annie Gebrauer wird also Annie Brown, und sie geht am ersten Tag mit sechshundert Dollar nach Hause. Nicht schlecht.« Phil grinste sie an. »Kannst du morgen früh problemlos hierher kommen? Wo wohnst du denn überhaupt?«
»In New York.«

»Ab heute nicht mehr«, sagte Phil und stand auf. »Du mußt dir etwas hier draußen suchen. Du hast zuviel zu tun, um zu pendeln. Aber hör zu, unterschreib keinen Mietvertrag. Geh in ein Motel in Elmont. Wenn alles klappt, wird dir Charlie eine Wohnung über seiner Garage anbieten. Er hat ein schönes Haus in Garden City . . . He, was ist denn los?«

Annie hatte sich mit beiden Händen an den Kopf gegriffen. »Ich kann nicht glauben, daß das alles wahr sein soll.«

»Morgen wirst du es schon glauben. Zieh dich warm an. Hast du eine Mütze? Hier ist meine. Und komm nicht zu spät.« Er strich ihr mit den Fingerspitzen über die Wange. »Ich bin froh, daß ich dich gefunden habe, Annie.«

»Wie lange suchen Sie schon jemanden?«

»Seit ich zum ersten Mal morgens um halb fünf aufgestanden bin.«

»Wie sind Sie auf mich gekommen?«

»Ich habe einen Blick für zwei Dinge im Leben: für Pferde und für Frauen! Und ich sehe, wenn sie Klasse haben.« Er kniff die Augen zusammen. »Bei Pferden ist es leichter, aber bei dir war es nicht schwer. Bis morgen.«

Annie fuhr nach New York zurück, bezahlte die überfällige Miete und nahm ein langes heißes Bad. Nach dem teuersten Steak, das sie je gegessen hatte, packte sie ihre paar Kleider und Sachen in den Pappkoffer. Sie war viel zu aufgeregt, um schlafen zu können. Deshalb fuhr sie nach Mineola, nahm ein Taxi und fand eine halbe Meile vom Rennplatz entfernt ein Hotel. Um vier Uhr dreißig stand sie am Eingangstor zu den Ställen und zückte den Ausweis, den Johnny Phillips, der Trainer, ihr am Vortag gegeben hatte.

Mit Phils Mütze auf dem Kopf und so vielen Sachen am Leib, wie sie übereinanderziehen konnte, wartete sie vor der Sattelkammer. Phillips kam kurz nach ihr, gefolgt von den Pflegern, Trainingsreitern und anderen Trockenführern. Die Leute tauchten aus der Dunkelheit auf, begrüßten sich wortkarg und gingen an die Arbeit. Niemand nahm besondere Notiz von Annie, man warf ihr höchstens ein paar abschätzende Blicke zu. Phillips schrieb mit Kreide etwas auf eine Tafel, und die Pfleger verschwanden in den Boxen. Die stille, kalte Nachtluft roch nach Pferdemist und Leder.

»Wie heißt du?« fragte ein Mann und drückte ihr einen Lederriemen mit einer etwa dreißig Zentimeter langen Kette an einem Ende in die Hand.
»Annie«, erwiderte sie.
»Du kannst mit Tonyblue anfangen. Er arbeitet heute nicht«, befahl der Mann und drehte sich um.
»Welcher ist das?«
»Der in Box Nummer fünf«, sagte der Mann ungeduldig und verschwand wieder.
Annie lief zu der angegebenen Box. Ein Pfleger führte gerade einen Hengst heraus. »Da hast du ihn«, sagte der Mann, ein Schwarzer, ohne Annie anzusehen.
»Entschuldigung, aber was soll ich denn mit ihm machen?«
Der Mann blieb stehen und sah sie ärgerlich an. »Ein Greenhorn«, sagte er laut, und mehrere andere, die ihn hörten, wiederholten es. Er nahm Annie den Lederriemen ab und begann, ihn am Halfter des Pferdes zu befestigen. »Das ist ein Führzügel. Du führst die Kette zuerst durch den linken Halfterring, dann über die Nüstern und befestigst den Karabinerhaken am rechten Halfterring. Wenn das Pferd nicht pariert, ziehst du am Zügel. Verstanden?« Annie nickte. »Gut, kannst du allein laufen?« Sie nickte noch einmal und nahm den Zügel in die Hand. Sie machte ein paar Schritte und zog, aber der Hengst rührte sich nicht von der Stelle. Annie drehte sich um und betrachtete das große Tier. Aus den Augenwinkeln sah sie, daß der Pfleger sie beobachtete. Sie packte den Zügel fester, zog heftig und sagte leise, aber entschlossen: »Du kommst jetzt mit, hast du gehört?«
Der Hengst bewegte den Kopf ruckartig nach oben und lief so schnell los, daß Annie zur Seite springen mußte. Ein anderer Hengst wurde bereits auf einer ovalen Bahn zwischen den beiden Stallgebäuden herumgeführt. Annie machte sich zögernd auf den Weg und warf nach jedem zweiten Schritt einen Blick zurück auf ihr Pferd. Trotz der Kälte schwitzte sie inzwischen vor Angst. Sie hatte das Gefühl, von einem Riesen verfolgt zu werden.
So lief Tonyblue im Oval, bis das erste Tageslicht durch die Wolken drang. Der Atem von Pferden und Menschen kondensierte zu weißen Wölkchen in der kalten Oktoberluft. Die Trainingsreiter erschienen mit Thermoskannen voll Kaffee und versammelten sich vor der Tafel. Sie

waren so mager und zäh wie Jockeys, wenn auch nicht so klein. Sie trugen Reitstiefel, lange Lederhosen und Jeansjacken. Plötzlich tauchte am Ende des Stallgebäudes eine Frau mit langen, zu einem Pferdeschwanz gebundenen platinblonden Haaren auf. Sie trug außer der ledernen Reithose auch eine Lederjacke und Cowboystiefel aus Eidechsenleder.

»Belmont sei stolz, hier kommt Vera!« rief sie mit einer Stimme, die wie ein Automotor an einem kalten Morgen klang. Die Pfleger lachten spöttisch, und die Trainingsreiter begrüßten sie vor der Tafel.

»Graycloud?« sagte sie, nachdem sie gelesen hatte, was dort stand. »Er setzt mich mit meinem armen müden Hintern schon beim ersten Durchgang auf so einen knochigen Gaul?«

John Phillips kam auf einem alten dicken Pferd angeritten und sagte: »Dein Hintern ist sehr viel Schlimmeres gewohnt, Vera. Also los!«

Die fünf Trainingsreiter gingen zu ihren gesattelten Pferden. Jeder streckte ein Bein nach hinten, ein Pfleger ergriff es, hob den Reiter in den Sattel, und die Stiefel glitten in die Steigbügel. Die Pferde wurden hintereinander aufgestellt, und die Gruppe folgte Johnny Phillips zur Bahn. Vera ritt auf Graycloud an Annie vorüber und warf ihr einen Blick zu.

»Mein Gott, jetzt läßt er schon Kinder für sich arbeiten!« rief sie.

Annie senkte die Augen und ging weiter.

Phillips betreute in Belmont vierzehn Pferde. Vier davon gehörten Charlie Dell, wie Annie erfuhr. Ein Pfleger versorgte drei Tiere; fünf Trainingsreiter arbeiteten mit ihnen, und fünf Trockenführer, einschließlich Annie, standen bereit, um die Pferde anschließend zu übernehmen. Hier hinter der Gegengeraden war das Trockenführen die schlechteste und die niederste Arbeit, aber sie war sehr wichtig. »Wenn du ein Pferd nach dem Training einfach stehenläßt, bekommt es eine Lungenentzündung«, beantwortete ein Pfleger Annies Frage. »Es ist innerhalb von ein paar Stunden tot. Das kannst du mir glauben.«

Als zweites Pferd bekam Annie einen verspielten Zweijährigen, der anfangs friedlich hinter ihr herlief. Plötzlich kam er jedoch näher und knabberte an ihren Jeans. Sie hatte Angst vor seinen Zähnen und machte einen Satz. Die anderen bedachten ihre übertriebene Reaktion mit stummem Kopfschütteln. Annie versuchte, sich nicht darum zu kümmern, und nahm sich vor dem frechen Hengst in acht. Das über-

mütige Pferd überlistete sie jedoch noch ein paarmal, und sie hörte jedesmal Gelächter.
Annie lief verbissen weiter im Oval und beobachtete mit zusammengekniffenen Augen die Pferdepfleger. Sie misteten die leeren Boxen aus und fuhren den Mist zu einem Haufen am anderen Ende des Stalls. Es fielen immer wieder Bemerkungen über Annies Schwierigkeiten mit dem Hengst, wenn auch so leise, daß Annie sie nicht verstand. Sie hörte nur das spöttische Lachen und sah belustigtes Grinsen. Sie legte auf diese Art Aufmerksamkeit überhaupt keinen Wert und tat so, als sehe und höre sie nichts. Beim Gehen warf sie jedoch immer wieder einen Blick über die Schulter. Trotzdem gelang es dem Hengst, noch einmal an ihren Jeans zu knabbern.
Die Trainingsreiter kamen zurück, und plötzlich stieg eines der Pferde, eine Stute. Ihr Reiter sprang ab, hielt sie am Zügel und wartete, bis sie sich beruhigte. Das lenkte alle für den Augenblick ab. Annie spürte plötzlich, wie ihr etwas in die Gesäßtasche gesteckt wurde. Es war ein Taschentuch. Vera hatte sich vom Pferd heruntergebeugt und es ihr zugesteckt. Als die anderen ihre Aufmerksamkeit von der inzwischen ruhigen Stute wieder auf Annie richteten, wieherte der Hengst einmal kurz, als er das Taschentuch sah, folgte ihr aber sofort und benahm sich von da an anständig. Vera reihte sich zwischen die anderen ein. Es war kein Gelächter mehr zu hören, und jeder ging wieder an seine Arbeit.
Die Pfleger arbeiteten flink in den leeren Boxen, machten sie sauber und brachten frische Streu ein. Annie schob irgendwann das Taschentuch geistesabwesend in die Tasche. Sofort streckte der Hengst den Kopf vor und versuchte, es herauszuziehen. Annie drehte sich um und sah ihm in die Augen. Er schien sich wie über einen gelungenen Spaß zu freuen. Lächelnd ging Annie weiter, zog das Taschentuch wieder halb heraus und hörte sein Wiehern. Sie spielten das Spiel, bis die Zeit um war.
Annie führte das Pferd zu seinem Pfleger, der inzwischen mehrere Eimer mit Wasser und Schwämmen bereitgestellt hatte. Dann hob sie die Hand, um das Tier am Kopf zu streicheln. Der Hengst scheute, wieherte und wich zurück. Der Mann mußte ihn am Halfter festhalten. »Hör zu, Kleine«, sagte der Pfleger, nachdem der Hengst sich wieder beruhigt hatte, »man bewegt die Hand nicht vor den Augen eines Pfer-

des auf seinen Kopf zu. Pferde haben zwischen den Ohren einen kleinen Knochen, das Scheitelbein. Er liegt ziemlich ungeschützt, und wenn er verletzt wird, ist das Pferd tot. Das wissen die Tiere, und deshalb haben sie Angst, wenn sich dieser Stelle etwas nähert. Man führt die Hand von unten nach oben und läßt das Pferd daran schnuppern. So, siehst du? Versuch es.«

Annie brachte die Hand in Höhe des Pferdemauls, und der Hengst beschnupperte sie eingehend. Danach durfte sie ihn am Kopf tätscheln, während er ungeduldig zur Tür seiner Box blickte.

»Danke«, sagte Annie und hielt den Hengst am Zügel, während der Pfleger begann, das Pferd mit dem Schwamm abzuwaschen und ihm das warme Seifenwasser über die Kruppe rinnen zu lassen. »Kann ich zurückkommen und Ihnen bei der Arbeit zusehen, wenn ich fertig bin?«

»Ich werde dir wahrscheinlich etwas zu tun geben«, erwiderte der Mann, ohne aufzublicken, während er mit kreisförmigen Bewegungen den Pferdeleib wusch.

»Ich habe nichts dagegen«, sagte Annie.

Der Pfleger war gerade fertig, als Annie hörte, wie die erste Gruppe von der Bahn zurückkam. Sie hängte sich den Führzügel über die Schulter, wie sie es bei den anderen gesehen hatte, und ging hinüber, um ihr nächstes Pferd abzuholen.

Ein Pfleger wartete mit einer Stute auf sie. Annie befestigte den Zügel am Halfter und lief los. Beim Gehen blickte sie zu den Stallgebäuden, die zwischen ihr und der Bahn standen, und sah, daß auch dort geschäftiges Treiben herrschte. Auf der Bahn galoppierten Pferde; die Reiter saßen weit über den Pferdehals gebeugt oder standen in den Steigbügeln. Die frühe Morgensonne verbreitete ein milchiges Licht, in dem Tribünen und Fahnen in der Ferne verschwammen. Annie fühlte sich plötzlich glücklich. Sie hatte eine gute Arbeit gefunden. Es gefiel ihr alles – die Luft, das Gefühl, etwas Sinnvolles zu tun, die Schönheit, das Wesen der Tiere und die Ruhe und Ordnung im Stall.

»Hört mal alle her«, rief Vera und kam auf Annie zu. »Vergeßt nicht, wenn ihr heute abend in der Kneipe sitzt, daß ich wieder bei der Wahl zur Miss Rheingold antrete. Füllt eure Stimmkarten aus...« Alle stöhnten auf. »Vergeßt nicht, wenn ich gewinne, werde ich euch kleine Leute nie vergessen, und ich meine damit nicht die Jockeys.« Sie ging

neben Annie her und sagte in normalem Ton: »Wenn du fertig bist, komm in die Kantine. Ich bezahl' dir einen Kaffee.« Ohne eine Antwort abzuwarten, lief sie weiter und rief: »Weiß jeder von euch, wie man Vera schreibt? V-E-R-A. Helft euch gegenseitig.«
Annie mußte den Pfleger nach dem Weg zur Kantine fragen. Als sie in den alten Bretterschuppen kam, saß Vera an einem Tisch mit vielen Männern zusammen, die sie zum Lachen brachte. Sie entdeckte Annie, stand auf und kam zu ihr herüber.
»Was hat Johnny denn mit dir gemacht? Bist du mit dem Gaul nach Brooklyn gelaufen?«
Vera hatte violetten Lidschatten und die Lippen tiefrot geschminkt. Sie besaß ein hübsches Gesicht mit einer kleinen Stupsnase, kräftigen Wangenknochen und einen großen Mund, der zu einem Dauerlächeln erstarrt zu sein schien. Sie zog ständig Stirn und Augenbrauen hoch, als warte sie auf eine Antwort. Vera war kleiner als Annie. Ihre Haut zeigte Spuren der Arbeit im Freien. Sie hatte einen drahtigen, festen Körper, der so hart wie Stein zu sein schien.
»Meine Güte, du siehst gut aus«, sagte sie und musterte Annie. »Wie heißt du denn?«
»Annie . . . Brown.«
»*Hah!*« Vera lachte schallend. »Hat Phil dir den Namen gegeben?«
Annie nickte überrascht.
»Junge, Junge«, murmelte Vera und stellte sich für den Kaffee an. »Dein Gesicht ist phantastisch. Und die Haare unter deiner Mütze haben vielleicht eine Farbe . . . Wie sagt man doch? Bernstein? Ja, Bernstein, und dein Körper ist beinahe so gut, wie meiner in deinem Alter war. O Gott, wann war das denn? Damals gab es noch *Dinosaurier*!«
Annie bestellte sich ein ordentliches Frühstück mit Rührei und Speck. Es gab sogar Maisgrütze, die Annie nur aus Kentucky kannte. Die Kantine war verräuchert, und ein fettiger warmer Dunst hing in der Luft. Der Linoleumfußboden war abgetreten, um die Holztische standen Metallstühle, und an der Wand hing ein Kalender mit einer Gebirgslandschaft. Sie fanden einen Tisch in der Ecke und setzten sich. Vera hatte nur einen Becher Kaffee.
»Ich habe Johnny gefragt, wie du zu ihm gekommen bist. Deshalb weiß ich von Phil.«
»Ist er ein Freund von Ihnen?«

»Phil? O nein«, erwiderte Vera mit einem tiefen Lachen. »Sagen wir, er ist ein Bekannter, den ich sehr gut – leider viel zu gut kenne. Was weißt du von ihm?«

»Nichts. Er hat mir die Arbeit besorgt.«

»Hast du Charlie Dell und Teddy Lapps kennengelernt?«

Annie nickte und begann zu essen, weil sie hoffte, Vera würde dann weniger Fragen stellen.

»Du wirst sie also fahren und bei Charlie über der Garage wohnen.«

Annie ließ Messer und Gabel sinken und sah Vera an. »Woher wissen Sie das?«

»Charlie hat mir die Stelle vor einer Woche angeboten und dabei angedeutet, daß ich als alte Frau vielleicht den Sattel mit dem Fahrersitz vertauschen möchte. Ich habe ihn zum Teufel gejagt.« Vera lächelte vergnügt über ihre Geschichte. »Hör zu, Annie, du bist noch ein Kind, und ich weiß nicht, woher du kommst. Aber du sollst wissen, worauf du dich einläßt ...« Sie trank einen Schluck Kaffee. »... das heißt natürlich, wenn du es wissen willst.«

Annie griff wieder nach Messer und Gabel. »Ja, bitte«, sagte sie deprimiert, denn sie glaubte, die ganze Sache würde sich wieder zerschlagen.

»Mach dir keine Sorgen«, sagte Vera, die ihre Ängste erriet. »Charlie Dell ist der netteste Mann auf der Welt. Wenn er dich mag, wird er immer für dich da sein. Das ist vielleicht ein Typ. Mit vierzehn ist er aus Kalabrien hierhergekommen. Kalabrien liegt in Italien. In den zwanziger Jahren ist er mit einem zweirädrigen Karren herumgefahren und hat altes Eisen aufgekauft. Vom Schrottplatz ist er dann ins Baugeschäft im Hafen übergewechselt. Der Zweite Weltkrieg hat ihn reich gemacht, und nach Kriegsende hat er sich aus dem Geschäft zurückgezogen, Häuser und Grundstücke gekauft und angefangen zu wetten. Aber das ist nicht die ganze Geschichte, sondern die nette, frisierte Version.«

Annie verstand nicht, was Vera meinte, und lächelte. Vera stützte sich mit den Armen auf den Tisch, beugte sich vor und sagte langsam und leise: »Charlie *del* Vicario ...«, sie sah Annie ernst an, »ist in gewissen Kreisen als der Leichenbestatter bekannt. Die Unterwelt hat ihre Leichen zu ihm gebracht, und Charlie hat sie beiseite geschafft. Auf seinen Schrottplätzen mußte er so ungefähr jedesmal, wenn er ein Auto oder einen Heißwasserboiler verkaufen wollte, zuerst eine Leiche woanders unterbringen. Als er dann im Baugeschäft war, hat er die Leichen in die Fundamente einbetoniert. Charlie ist gerissen. Er hat von den Gangstern nie etwas für seine Dienste verlangt. Deshalb hat man ihn gut behandelt – zum Beispiel mit saftigen Aufträgen der Stadtverwaltung, guten Vereinbarungen mit der Gewerkschaft. Jeder Widerspruch gegen Bauvorschriften hatte Erfolg, jeder Antrag auf Änderung der Baugesetze, den er stellte, wurde genehmigt. Und jetzt läßt man ihn in Ruhe. Sie haben alle Respekt vor ihm, denn niemand weiß besser als Charlie, wer im wahrsten Sinne des Wortes wo Leichen im Keller hat. Sie liegen überall in der Stadt. Charlie könnte ganz genau angeben, wo man danach graben muß.«

Annie saß kerzengerade auf ihrem Stuhl. »Großer Gott«, sagte sie. »Und wer ist Teddy Lapps?«

»Ich habe gehört, daß er früher einmal für Albert Anastasia in der Murder Inc. gearbeitet hat. Du bist noch zu jung, um zu wissen, was das ist, oder? Du mußt es auch nicht wissen. Teddy hat einen Schuß ins Knie abbekommen, und sie haben ihm eine Stahlplatte eingesetzt. Danach war er nicht mehr voll einsatzfähig. Er kann nicht schnell laufen. Also haben sie ihn von der Front abgezogen. Charlie hat ihn billig eingekauft, als es Teddy lausig ging. Jetzt bewacht er Charlie. In Charlies Kreisen kann man nie vorsichtig genug sein. Wahrscheinlich fühlt er sich mit einem Killer an der Seite wohler.«

»Weiß das hier jeder?« fragte Annie leicht gequält.

»Nein, nur ein paar Leute. Wenn etwas von seiner Vergangenheit in der Rennwelt bekannt wäre, hätte er nie eine Lizenz bekommen. Weißt du, Charlie Dell und ich, wir haben eine Weile etwas miteinander gehabt. Ich habe früher in New Jersey auf einem Autoschrottplatz gearbeitet. Er hat mich dort gesehen und mich auf die Sache mit den Rennpferden gebracht. Charlie war immer nur gut zu mir. Ich war etwa in deinem Alter, als er mich mitgenommen hat. Das ist beinahe zwanzig Jahre her. Aber wenn ich es noch einmal zu tun hätte, wüßte ich lieber über ihn und seine Freunde Bescheid, ehe ich mich mit ihm einlasse.«

Annie starrte Vera an, die lächelte. »Klingelt es jetzt bei dir? Verstehst du nun, wieso die Alte immer noch reitet? Na ja, ich bin eine gute Reiterin, und Charlie bezahlt damit gewissermaßen seine Schulden. Seine

›Ehre‹ verlangt das, und Ehre gibt Männern ein gutes Gefühl. Natürlich müssen sie sich selbst zurechtlegen, was für sie Ehre ist.«

»Und was ist mit Phil?«

Vera lachte. »Eines Tages ist Phil auf dem Rennplatz aufgetaucht und hat Charlie um fünf Dollar angepumpt, weil er für das nächste Rennen einen todsicheren Tip hatte und wetten wollte. Charlie kannte ihn nicht, hat ihm das Geld aber gegeben, und Phil hat es verloren. Soviel zu todsicheren Tips. Phil hätte damals in der Schule sein sollen. Für Charlie war er ein unerfahrener Junge, der jede Menge Schwierigkeiten bekommen würde. Also hat er sich um ihn gekümmert und zu einer Art Juniorpartner gemacht. Charlie mochte Phil, weil Phil seine Seele für Pferderennen verkauft.«

Vera beugte sich vor und sagte leise: »Gerüchten nach schuldet Phil seinem Boss fünfunddreißigtausend Dollar. Phil kann nicht aufhören zu spielen. Er spielt und wettet auf alles. Charlie bezahlt seine Schulden.«

»Wieso?«

»Damit Phil nicht vor die Hunde geht – wogegen ich nichts einzuwenden hätte. Aber um offen zu sein, damit er die Dreckarbeit für ihn macht . . . und wer weiß, was in der Zukunft noch alles. Hör zu, du ißt jetzt auf, und dann führe ich dich ein bißchen herum.«

Annie versuchte zu essen, aber vor Nervosität war ihr der Hunger vergangen. »Ich treffe mich mit Phil am Tor zur Fahrstunde.«

»Ich geh' mit dir rüber.«

In der kalten klaren Luft draußen verflogen die schweren Kantinendünste. Annie atmete tief durch. Die Sonne stand am Himmel, und die plötzliche Helligkeit trieb ihr Tränen in die Augen.

»Glauben Sie, die drei sind gefährlich?« fragte Annie, als sie neben Vera an den Ställen vorbei zum Tor ging.

»Nein. Charlie ist nicht gefährlich. Er ist nur unheimlich clever. Er tut, was er muß, um sicher zu sein. Teddy würde für ihn jemanden umbringen, wenn es sein müßte, und Phil wäre gerne gefährlich. Aber bis jetzt hat Charlie dafür gesorgt, daß er ziemlich harmlos bleibt . . . Wie hast du gelernt, mit Pferden umzugehen?«

Annie lächelte. »Ich habe heute morgen damit angefangen.«

»Ach ja, ich habe gehört, daß sie dich ›Greenhorn‹ nennen. Also, wenn du willst, sag' ich dir alles, was du wissen mußt.«

»Das wäre schön, denn ich habe wirklich keine Ahnung.«
»Keine Angst, du schaffst das schon. Halt den Mund und mach die Augen auf. Die Rennbahn ist eine eigene Welt mit einer strengen Hackordnung. Man sagt, in ganz Amerika gibt es nur noch beim Militär und auf der Rennbahn das alte System von Herren und Sklaven wie früher auf den Plantagen. Du und ich, Annie, wir sind die Sklaven. Aber ich sitze auf einem Pferd, und mein Rang ist höher – ein bißchen höher. An der Spitze der Hierarchie stehen die Trainer, und denen muß man folgen, als wären sie der Papst persönlich. Natürlich gibt es auch noch die Besitzer. Aber die siehst du kaum einmal. Sie sind wie Gott höchstpersönlich, und wenn sie auftauchen, dann fallen sie einem meistens auf die Nerven.«
Sie gingen gerade an einem Stallgebäude vorbei, wo die Türen der Boxen und die Netze vor den Öffnungen rot und gold angemalt waren.
»Das hier ist übrigens eine Ausnahme. Es ist der Weatley-Stall. Er gehört Mrs. Henry Carneghie Phipps. Sie ist eine kluge alte Dame und versteht etwas von Pferden. Sie hat natürlich Eddie Arcaro, der für sie reitet, und Sunny Jim Fitzsimmons als Trainer. Er ist ein Genie, und er arbeitet auch für Belair...«
»Für den Stall der Woodwards«, unterbrach sie Annie, die sich freute, daß sie auch etwas wußte. »Denen gehört Nashua.«
»Richtig! He, es wird nicht lange dauern, und du hast das alles kapiert und fest im Griff. O Annie, warte nur, bis du Nashua laufen siehst. Dafür lohnt es sich zu leben. Wenn du ihn auf der Bahn beobachtest, weißt du, warum das Ganze mehr ist als ein Glücksspiel oder der Sport der Reichen.«
Annie warf Vera von der Seite einen Blick zu. Soviel Begeisterung von jemandem, der offenbar über alles spottet, überraschte sie.
»Halt die Augen nach dem Besten offen, nach den besten Pferden wie Nashua oder Swaps, nach den besten Ställen wie Wheatley, Belair, Caernarvon, Greentree, aber vor allem nach den besten Trainern, etwa Fitzsimmons oder den jungen, die sich gerade einen Namen machen, wie Woody Stephens oder Frank Carney. Sieh zu, daß du irgendwie da reinkommst. Johnny Phillips ist ein guter Anfang, er ist auf dem besten Weg. Wenn du es ihm leicht machst, dir etwas beizubringen, wird er es tun.«
Als sie um die Ecke eines Stalls bogen, kam ihnen Sam Cumberland mit

einem anderen Mann entgegen. Vera stieß Annie in die Seite. Annie wollte ausweichen, aber es war zu spät. Sam trug einen dunklen Anzug und eine gestreifte Krawatte. Er redete lebhaft auf den anderen ein. Der Mann war etwa in Sams Alter. Er hatte ein kantiges Gesicht und hörte mit unbewegter Miene zu. Er sah auf seine hagere Art sehr gut aus, so wie Sam auf seine Art in Annies Augen ungeheuer hübsch war. Seine sandfarbenen Haare wirkten wie ein Büschel Stroh. Während Sam große Gesten machte, hatte der andere Mann beim Gehen die Hände in die Gesäßtaschen seiner Jeans gesteckt. Er sah Annie mit seinen blaugrünen Augen durchdringend an und wandte den Blick erst nach einem Moment ab. Annie starrte zurück, weil sie zu große Angst hatte, Sam beim Näherkommen anzusehen. Der blonde Mann nickte höflich. Sam bemerkte Annie und blieb einen Schritt hinter seinem Begleiter zurück, um den beiden Frauen den Weg freizumachen. Ohne ein Zeichen des Wiedererkennens ging er an Annie vorüber.
»*Das* war die Creme de la creme!« sagte Vera aufgeregt. »Frank Carney hat gerade Caernarvon übernommen. Alle sagen, er wird einer der ganz großen Trainer, wenn er mit Sam zurechtkommt. Aber wie man hört, ist das die große Frage . . . He, was hast du denn, Annie?«
»Ich bin spät dran. Ich muß los«, erwiderte Annie und rannte zum Tor. Sie konnte sich hinterher einen Grund für die Tränen ausdenken.

5

»Paß auf!« rief Johnny Phillips von der Tür der Sattelkammer Annie zu. Er schrie nicht, aber er war auch nicht zu überhören. Hinter der Gegengeraden schrie niemand. Annie drehte sich um und sah, daß die Stute, die sie führte, seitlich ausbrach und mit der Hinterhand nach einer anderen Stute ausschlug. Annie zog heftig am Zügel. Die Stute warf den Kopf, wich zurück und hätte Annie den Zügel beinahe aus der Hand gerissen. Annie umklammerte den Lederriemen, blieb stehen und sah zu, wie das Tier tänzelte und versuchte zu steigen. Die andern brachten ihre Pferde schnell aus der Nähe der widerspenstigen Stute.

»He, he, nun komm schon«, sagte Annie und zog noch einmal am Zügel. »Kein Grund zur Aufregung. So, nun komm schön.« Sie stellte Augenkontakt her und sprach weiter leise und ruhig auf das Tier ein.

»Hör zu, ich fürchte mich genauso wie du. Wir brauchen nicht miteinander zu kämpfen.«

Nach kurzem Widerstand hörte die Stute auf zu tänzeln, blieb mit leicht gesenktem Kopf ruhig stehen und betrachtete Annie, die lächelte und sagte: »Bist du fertig? Wollen wir unseren Spaziergang beenden? Also gut, komm.« Sie ging näher an das Pferd heran, ließ es an ihrer Hand schnuppern, und als sie ihm behutsam den Hals streichelte, glaubte sie zu spüren, wie die Ruhe ihrer Hand sich auf die Stute übertrug. Verblüfft blieb sie stehen. Aber als ihr bewußt wurde, daß man sie beobachtete, drehte sie sich um und lief weiter. Im Vorübergehen sah sie, wie John Phillips sich auf das dicke alte Pferd mit dem Westernsattel schwang. Er nickte ihr zu, ohne zu lächeln – anerkennend, wie Annie dachte –, und ritt mit ein paar Hengsten zur Arbeit auf die Bahn.

Annie hatte in ihrem ersten Monat viel gelernt, morgens bei der Arbeit auf der Bahn und im Stall und nachmittags in der Clubhaus-Loge bei Charlie Dell. Von den Pflegern, mit denen sie sich anfreundete, lernte sie, wie man ein Pferd mit Bürsten und Lappen putzt, wie man die Box ausmistet und Stroh einbringt, damit es eine bequeme Unterlage für das Pferd ergibt und die Box frisch riecht, und wie man Bandagen anlegt, um die unglaublich dünnen Fesseln eines Vollbluts sowohl im Stall als auch auf der Bahn zu schützen. »Die Pferde haben dreiundzwanzig kleine Knochen in den Fesseln«, erklärte Burt, der schwarze Pfleger. »Und alle zusammen sind sie so dünn wie dein Armgelenk. Wenn sie im Rennen bei jedem Schritt mit tausend Pfund Vollblut belastet werden, gibt das eine Menge Probleme, denn keine Beine – kein Pferd.«

»Was bedeutet ›Vollblut‹?« fragte Annie und sah zu, wie der Mann behutsam und sorgfältig die Stallbandage um eine Fessel des Hengstes wickelte. Burt blickte zu ihr auf, und an seinen Augen sah sie, daß er sich über diese Frage freute. »Es ist die Rasse, die Rasse der Rennpferde. Das Tier, das man Pferd nennt, wird schon sehr lange gezüchtet, und man hat verschiedene Arten für verschiedene Aufgaben geschaffen. Heute gibt es etwa zweihundert Rassen: Wagenpferde, Zugpferde, Lastpferde, Pferde zum Pflügen. Aber Vollblüter sind nur auf Schnelligkeit gezüchtet worden, nur auf Schnelligkeit.« Die Bandage saß, und der Mann fuhr mit der Hand am Pferdebein nach oben. »Schön«, sagte er, »so etwas Schönes hat nicht Gott erschaffen, sondern die Menschen, verstehst du?« Er sah Annie an und lächelte. »Irgendwann wirst du es verstehen, Annie! Du wirst an mich denken und mich verstehen.«

Eines Tages sah Annie sogar Nashua auf der Bahn. Der Besitzer des berühmten Hengstes war von seiner Frau erschossen worden – es war ein Unfall gewesen, und in den Ställen sprach man tagelang nur von dieser Tragödie. Man stellte Vermutungen darüber an, was die Familie mit dem Gestüt Belair und seinem Champion tun werde. Eines Morgens verbreitete sich die Nachricht, Nashua sei außerplanmäßig an diesem Morgen um zehn Uhr bei der Arbeit zu sehen. Als Annie an der Umzäunung der Bahn, an den *Rails*, wie man es nannte, eintraf, fiel ihr auf, daß dort mehr Menschen als üblich standen. Sie entdeckte nicht nur bekannte Gesichter, sondern auch Fremde mit Kameras, viele bedeutend aussehende Herren mit Seidenkrawatten und sogar einen großen Übertragungswagen vom Fernsehen.

Etwa zehn Schritte neben dem Zugang sah sie den Rolls-Royce der Cumberlands. Beim Anblick des Chauffeurs krampfte sich ihr Magen zusammen, und sie lehnte sich haltsuchend an die Rails. Sie hatte Sam seit jener Begegnung am ersten Tag nicht mehr gesehen und es vermieden, in die Nähe des Caernarvon-Stalls zu gehen. Selbst wenn sie Frank Carney, den neuen Trainer, sah, oder wenn jemand über ein Pferd von Caernarvon sprach, wurde sie nervös.

Annie drehte sich um und sah, wie Nashua zur Bahn geführt wurde. Im Sattel erkannte sie Eddie Arcaro. Der beste Jockey der Welt arbeitete morgens nur selten mit einem Pferd, außer wenn er sich gerade auf ein großes Rennen vorbereitete. Es war ein besonderes Ereignis. In der Gruppe, die dem Hengst folgte, befand sich Sam Cumberland. Er trug einen Kamelhaarmantel und eine Tweedmütze, und um seinen Hals hing ein Fernglasfutteral. Frank Carney in alten Jeans und Lederjacke blickte geradeaus, ohne Notiz von jemandem zu nehmen.

Nashua begann mit der Arbeit. Annie hatte in dem Monat in Belmont viele hervorragende Vollblutpferde gesehen, aber ihr wurde schnell klar, Nashua unterschied sich deutlich von ihnen. Selbst ihr unerfahrenes Auge entdeckte Adel und Entschlossenheit an diesem Hengst. Arcaro ließ ihn unter den Blicken der stummen Zuschauer im Schritt über die Gerade gehen. Dann, am Bogen, setzte er Nashua in Galopp. Annie sah die raumgreifenden, fließenden Bewegungen und die gebändigte Kraft des leuchtendroten Tieres, dessen schwarze Mähne und Schweif im Wind wehten.

»Er ist auf der Bahn in seinem Element«, sagte jemand.

»Er läuft zwei Minuten«, sagte ein anderer Mann. Annie wußte inzwischen, das war die Zeit, die er für eine Meile im Galopp brauchte. Auf der anderen Seite der Bahn passierte der Champion mit seinen mühelosen, gleichmäßigen Sprüngen die leeren Tribünen. Die Meile war dort zu Ende, wo an diesem Morgen die Zuschauer standen. Arcaro verlangsamte das Tempo nicht, sondern beugte sich in seiner typischen Haltung vor und ließ den Hengst aus den Augenwinkeln die Gerte sehen. Das genügte. Nashua flog so schnell vorwärts, daß Annie den Atem anhielt. Sekunden später galoppierte er in seiner ganzen wilden, ungezügelten Kraft an Annie vorbei, die völlig überwältigt, aber auch hingerissen war. Die Leute an der Umzäunung machten ihrer Begeisterung und ihrem Respekt mit lautem Beifall und Rufen Luft. Arcaro brachte den Hengst zum Stehen, wendete und kam im Schritt zurück. Annie empfand neben der Erregung und dem Gefühl der Unzulänglichkeit eine gewisse Scheu angesichts solcher Vollkommenheit.

Jemand berührte sie am Rücken. »Verzeihung, ist das . . .«

Es war Sam. Annie wandte sich nach ihm um, und ihr stockte der Atem.

»Annie? Ist das Annie Langbein?«

Sie nickte, denn sie konnte immer noch nicht sprechen, nicht einmal lächeln.

»Ich dachte es mir. Als ich Nashua mit dem Fernglas auf der Bahn verfolgte, habe ich deine Haare gesehen. Ich konnte sie nie vergessen. Was um alles in der Welt tust du denn hier?« Es war eine freudige Überraschung, und er lächelte breit.

Sie erinnerte sich, am ersten Tag hatte sie Phils Mütze getragen, und er konnte ihre Haare nicht sehen. »Ich arbeite hier«, sagte sie schließlich und lächelte.

Er sah sie verblüfft an.

»Was? Wie bist . . .« Sein Trainer näherte sich, offenbar wollte er gehen.

»Ach, Annie, das ist Frank Carney«, sagte Sam, der gewohnheitsmäßig mit einer höflichen Vorstellung die gesellschaftlichen Formen wahrte. »Die junge Dame hat Certainty gerettet, und nun ist sie hier.«

Der Trainer nickte Annie zu, und seine blaugrünen Augen verrieten, daß er sie wiedererkannte. Dann sagte er: »Wenn wir fertig sind, gehe ich besser wieder zurück.« Seine ruhige feste Stimme klang direkt und aufrichtig, und sie hatte die Autorität eines Mannes, der wußte, wer er war und nicht gerne unnötige Worte machte.

»Wir sind noch nicht ganz fertig«, sagte Sam, und Annie glaubte, eine gewisse Spannung herauszuhören. »Viel Glück, Annie. Es freut mich, dich wiedergesehen zu haben.«

»Wie hat Ihnen Nashua gefallen?« fragte sie, denn sie wollte nicht, daß er so schnell ging.

Sam kam zu ihr zurück. »Kannst du ein Geheimnis für dich behalten?« sagte er und beugte den Kopf an ihr Ohr.

Annie nickte stumm. Sie war sich seiner Nähe mehr als deutlich bewußt.

»Ich werde ihn kaufen.« Sam richtete sich auf und legte den Finger auf

die Lippen. »Unser Geheimnis«, sagte er und eilte Frank Carney hinterher, der nicht auf ihn gewartet hatte.
Keiner der Leute, die Annie kannte, hatte die Unterhaltung mit Sam beobachtet. Sie war glücklich darüber, daß Sam sie erkannt, daß er mit ihr gesprochen und ihr sogar ein so aufregendes Geheimnis anvertraut hatte. Aber dieses Gefühl wurde von der Enttäuschung darüber aufgewogen, daß sie nicht wußte, wie sie eine neue Begegnung herbeiführen sollte. Es nützte nichts, daß sie ihn eine Woche später durch Charlies Fernglas in der Loge der Cumberlands sah. Belinda war bei ihm. Sie sah sehr schön aus. Sie trug eine leuchtend grüne karierte Jacke und einen passenden eng anliegenden Hut. Annie setzte das Fernglas ab und benutzte es an diesem Tag nicht mehr.
»Wer ist denn dein Tip für das fünfte Rennen, Annie?« fragte Charlie Dell, der den *Morning Telegraph* studierte.
»Nummer Vier, die Queen of Burma«, antwortete Annie, ohne zu zögern.
»Du bist verrückt«, sagte Phil. »Sie hat gerade dreimal hintereinander in dieser Distanz verloren.«
Annie erwiderte achselzuckend. »Wir werden ja sehen.«
Charlie sah sie an und kniff beim Lächeln die Augen hinter der Brille zusammen.
Phil hatte recht behalten. Annie lernte das Autofahren schnell, und sobald sie den Führerschein hatte, bot Charlie Dell ihr die kleine Wohnung über seiner Garage in Garden City an. Zu dieser Zeit kannte Annie ihn bereits gut genug, um sich keine Sorgen zu machen. Die Wohnung hatte einen separaten Eingang und bestand aus Schlafzimmer, Wohnzimmer, Bad und einer winzigen Küche. Charlie besaß eines von mehreren Backsteinhäusern im Tudorstil, die auf kleinen Grundstücken nebeneinander standen. Vor und hinter dem Haus befand sich eine Rasenfläche mit Ahornbäumen. Die kleine Wohnung war ruhig, bescheiden, jedoch geräumig und nur zwanzig Minuten von Belmont entfernt. Zu ihrer Abmachung gehörte, daß Annie sich um das Haus kümmern würde, wenn Charlie und Teddy Lapps für die Rennsaison im Winter nach Florida und Kalifornien fuhren. Johnny Phillips behielt seine Boxen in Belmont den ganzen Winter, auch wenn auf keiner der drei New Yorker Bahnen – Belmont, Jamaica und Aqueduct – Rennen stattfanden. Phillips fuhr mit einigen Pferden und Pflegern in den

Süden und überließ seinem Stallmeister die Aufsicht in Belmont. Für Annie würde es immer noch genug Arbeit geben, und Phillips war froh, daß sie blieb.

Annie liebte die Wohnung über der Garage. Das Zimmer in New York im fünften Stock hatte nur ein Fenster mit Blick auf eine trostlose Backsteinmauer gehabt. Von den Fenstern der Räume über der Garage hatte sie einen Blick über die Baumwipfel von Garden City bis zum Turm der Kathedrale. In der anderen Richtung sah sie gerade noch die Umrisse des alten Garden City Hotel und den Golfplatz dahinter. Die Wohnung mit ihren schlichten Farbtönen – hellblaue Gardinen, dunkelblauer Teppichboden, blaue Handtücher und blaues Porzellan – erschien Annie luxuriös. Von ihrem Geld als Charlies »Läuferin« kaufte sie sich einen Plattenspieler aus knallrotem Plastik und hörte Platten von Peggy Lee, Harry Belafonte und Frank Sinatra. In den Ställen fand sie Pferdezeitschriften, die andere ausgelesen hatten, etwa *Das Vollblut* und *Das Vollblutregister.* Die Hefte lagen in ordentlichen Stapeln auf dem großen hellen Holztisch im Wohnzimmer, und Annie las sie vom Titelblatt bis zur letzten Seite. Hin und wieder entdeckte sie einen Artikel über Caernarvon und ein Bild von Sam. Dann schnitt sie es aus und heftete es mit einem Reißnagel zu den anderen an der Schlafzimmerwand. Das auseinandergefallene Bild von ihm und Belinda lag nach wie vor zwischen den Seiten von *Große Erwartungen*, aber sie hatte das Buch immer noch nicht gelesen.

Jeden Abend vor dem Schlafengehen studierte Annie mehrere Stunden im *Telegraph* die Angaben über die Pferde, die am nächsten Tag in Belmont laufen würden. Wenn sie Charlie morgens zum Rennplatz fuhr, verglichen sie ihre Notizen. Nach der Arbeit ging sie zu den Ställen, wo die Pferde auf das Rennen vorbereitet wurden. Dabei hielt sie Augen und Ohren offen und bekam oft Informationen, die selbst Charlie nicht haben konnte, zum Beispiel wenn einem Pferd für ein anderes Rennen ein günstiges Handikap gesichert werden sollte und es deshalb an diesem Tag nicht gewinnen durfte, oder wenn ein Pferd nicht fraß oder mit schmerzstillenden Medikamenten vollgestopft war. Nichts machte Annie größeres Vergnügen, als auf ein anderes Pferd zu setzen als Charlie und zu erleben, daß ihr Favorit gewann. Dann schien Charlie jedesmal stolz auf sie zu sein.

»Jeder muß es für sich lernen. Ich habe mir Englisch beigebracht. Du kannst dir alles Notwendige über Pferde aneignen, damit du Bescheid weißt. Man wettet niemals bei jedem Rennen. Und man wettet immer, um zu gewinnen. Jemand hat herausgefunden, daß es in jedem Rennen mehr als zehntausend Variablen gibt. Man kann nicht alle mit einkalkulieren, aber man versucht es trotzdem.«

Nach dem Ende der Rennsaison in Belmont wurden die Pferde mit Transportern zu den kurzen Renn-Meetings zuerst in Jamaica und dann Aqueduct gefahren. Annies Ausbildung hinter der Gegengeraden ging weiter. Vera wurde zu einer Mischung aus Freundin und Glucke, und Annie entwickelte sich zum Liebling der Pfleger in John Phillips' Stall. Burt sagte, sie habe »die glückliche Hand«. Bald übertrug man es ihr, die schwierigsten »wilden« Hengste zu führen. Mehrmals kam sie in ernste Schwierigkeiten, wenn ein Hengst plötzlich stieg und sich losreißen wollte. Annie hatte zwar Angst, aber sie war der Situation jedesmal gewachsen und begann niemals zu schreien. Sie zog energisch am Führzügel, lenkte so die Aufmerksamkeit des Pferdes auf sich und erinnerte es, ohne Furcht zu zeigen, daran, daß sie es unter Kontrolle hatte. Dann sprach sie leise auf das Tier ein und streichelte es schließlich am Kopf oder am Hals. Dabei spürte sie, wie die Ruhe von ihrer Hand auf den Pferdekörper überging.

Einige Pferde ließen sich von niemandem anfassen. Auch wenn Annie es versuchte, legten sie die Ohren zurück und machten Anstalten, sie in die Hand zu beißen. Ein Hengst bekam dabei einmal ihren Arm zu fassen, und Annie hatte hinterher Bißspuren und Quetschungen. Selbst in diesem Augenblick schrie Annie nicht, sondern behielt die Ruhe. Sie zwang den Hengst mit Strenge und Entschlossenheit, so lange die Runden zu gehen, bis er abgekühlt war. Immerhin schmerzte die Verletzung eine Woche sehr.

»Mit Rennpferden gibt es ein grundsätzliches Problem«, sagte Phillips eines Morgens mißmutig. Er sah Annie zu, die Burt beim Anlegen von Stallbandagen half. Phillips gehörte zu den wenigen in den Ställen, die keinen Südstaatendialekt sprachen. Selbst Leute aus dem Norden begannen nach wenigen Tagen allmählich, die Worte zu dehnen und aus einer Silbe zwei zu machen. Phillips stammte aus Brooklyn, und Annie vermutete, daß er den Mund nicht breit genug verziehen konnte, erst recht nicht mit einer angekauten Zigarre zwischen den Lippen. »Du mußt verstehen, Annie, diese Pferde werden seit zweihundert Jahren nur zum Laufen gezüchtet. Wir trainieren sie hier für die Rennen und halten sie dreiundzwanzig Stunden am Tag in einer Fünf-Quadratmeter-Box. Kein Wunder, daß so viele verrückt sind. Es geht ihnen wie den Menschen nach ein paar Tagen in einer Gefängniszelle.«

Annie hob den Blick nicht von ihrer Arbeit und wickelte die Bandage sorgsam und glatt über die Fesselknochen.

»Ich sage mir immer vor«, fuhr Phillips nachdenklich fort, »daß sie nur Schatten sehen und keine Farben. Sie hören alles, von hier bis weiß Gott wo, sie riechen alles, ob es lebendig oder tot ist, und wenn es sein muß, haben sie ein besseres Gedächtnis als Elefanten. Aber da ist auch ihr zweitklassiger Magen, der empfindlicher ist als dein Trommelfell, oder der drittklassige Atemapparat, der leicht versagen kann, und ihre Fesseln mit den Knochen, die wie dreiundzwanzig dünne Glasröhrchen sind. Du siehst, das ganze verdammte Tier ist einfach ein Ding der Unmöglichkeit!«

Am letzten Tag der Rennsaison in Aqueduct sah Annie das dritte Rennen von den Rails der Gegengeraden aus. Sie war mit Burt und zwei Pferden von Phillips hinübergefahren. Es gab viele leere Plätze auf den Tribünen, aber das Publikum ging begeistert mit. Im Hauptrennen verunglückte etwa zwanzig Meter von ihrem Platz entfernt ein dreijähriger Hengst. Man hörte deutlich das Geräusch brechender Knochen, als sein linkes Vorderbein einknickte, aber der Hengst rannte weiter. Er verstand die Schmerzen nicht, die ihn verwirrten, und stützte sich weiter auf das gebrochene Gelenk. Schließlich wurde er langsamer und humpelte auf drei Beinen. Der Jockey brachte ihn zum Stehen und sprang ab.

Annie rannte zusammen mit mehreren anderen auf die Bahn, während der Hengst, völlig verwirrt und in panischer Angst versuchte, seinen schrecklichen Schmerzen zu entfliehen. Er lief wiehernd um den Jockey herum, der die Zügel hielt. Annie sah, daß sich der große, geschlossene Unfallwagen aus der einen und der Wagen mit dem Tierarzt aus der anderen Richtung näherten. Mehrere Männer versuchten, an den Hengst heranzukommen, um ihn festzuhalten. Aber das Tier war außer sich, und man konnte, wenn überhaupt, nur mit den Zügeln etwas ausrichten. Plötzlich blieb der Hengst regungslos stehen. Er verdrehte die Augen, bis man ganz kurz das Weiße sah, brach zusammen und fiel auf die Seite.

Die Männer wichen geschickt den gefährlich schlagenden Hufen aus, als sie herbeisprangen und den Hengst festhielten. Annie kniete sich neben ihn auf die Erde, redete beruhigend auf ihn ein und streichelte ihn. Die Männer sprachen leise miteinander, während der Tierarzt das Vorderbein untersuchte. Die Besatzung des Unfallwagens verbarg schnell die Szene mit einer dunkelgrünen Plane vor den Blicken der Zuschauer.

Annie fiel plötzlich die allgemeine Stille auf. Die mehreren tausend rennbegeisterten Zuschauer waren bedrückend ruhig geworden. Sie sah eine Injektionsspritze am Kopf des Pferdes und hörte jemanden flüstern. »Streicheln Sie ihn einfach weiter.«

Sie beobachtete die Augen des Hengstes und redete sanft auf ihn ein, bis sein Blick starr wurde. Ein langes Seufzen drang aus dem Maul des Tieres, die Halsmuskeln erschlafften, und sein Kopf fiel schwer auf die Erde. Annie versuchte, ihn hochzuheben, denn er lag verdreht und mit dem offenen Auge im Sand. Aber jemand sagte: »Also los, bringen wir ihn weg.« Man befestigte einen breiten Ledergurt an den Hinterbeinen und an der Winde des Unfallwagens.

Das Pferd wurde weggeschleppt, und Annie verließ die Bahn. Sie lief, bis sie einen Stall erreichte. An der Rückseite sank sie zu Boden und weinte. Sie glaubte, noch nie im Leben so sehr geweint zu haben.

Aqueduct wurde geschlossen, und damit war die Rennsaison im Staat New York zu Ende. Die Pferde der Rennställe, die im Süden überwinterten, waren bald alle weg. Zurück blieb eine verhältnismäßig kleine Zahl von Pferden mit ihren Pflegern. Die Stimmung an der Gegengeraden in Belmont schlug so schnell um wie das Wetter, und alles wurde drückend grau.

Charlie Dell und Teddy Lapps bereiteten sich auf die Reise nach Miami – zum Hialeh-Rennen – und nach Los Angeles und Santa Anita vor. Sie würden erst im Mai zurückkommen, nachdem sie das Kentucky-Derby besucht hatten. Eine Woche vor Weihnachten fuhr Annie die beiden zur Pennsylvania Station in New York, wo sie in den Schlafwagen steigen wollten. Ein Gepäckträger nahm die vier Lederkoffer aus dem Oldsmobile, und Teddy Lapps folgte ihm in den Bahnhof. Charlie blieb mit Annie beim Wagen stehen. Er zog ein kleines, in Geschenkpapier eingewickeltes Päckchen aus der Manteltasche.

»Es geht los«, sagte er.

»Ich werde Sie wirklich vermissen«, sagte Annie leise.
»Es ist schön, das zu hören. Ich habe ein Weihnachtsgeschenk für dich.«
»O Gott, Charlie. Ich habe nichts . . .«
»Mach dir deshalb keine Gedanken. Steck das ein. In dem Päckchen ist dein Weihnachtsgeld zusammen mit ein paar Telefonnummern, für den Fall, daß du mich brauchst.« Er sah sie an, und wie immer lächelte er. »Ich möchte, daß du Phil anrufst, wenn es nötig ist. Hast du seine Nummer? Ist dir das recht?«
Annie nickte dankbar. Charlie rückte seinen Schal zurecht und tat, als beobachte er den Verkehr. »Zu dem Geschenk mußt du wissen, was ich dir gebe, ist für mich keine große Sache. Ich habe es schon lange und praktisch umsonst bekommen. Ich dachte, ich könnte es einmal einem besonderen Menschen geben, meiner Frau, meiner Tochter . . . Sowohl das eine als auch das andere habe ich nie gehabt, und ich glaube, ich werde es auch nie haben. Außerdem macht es großen Spaß zu erleben, wie sehr du an Pferden hängst. Ich werde dich auch vermissen.«
»Alles erledigt, Charlie«, rief Teddy Lapps von einem der Granitportale des Bahnhofs.
Annie beugte sich vor und küßte Charlie auf die Wange.
»He«, sagte er und nahm ihre Hand, »das kannst du hier draußen auf der Straße nicht machen. Was sollen die Leute denken.« Er drückte ihre Hand und ging zu Teddy.
»Wiedersehen, Annie«, rief Teddy Lapps zu ihr herüber.
»Passen Sie gut auf ihn auf, Teddy«, sagte Annie und schlang frierend die Arme um ihren Oberkörper.
»Mach ich. Dann bis zum Frühjahr.«
Ein eisiger Wind fuhr durch die Seventh Avenue. Annie drehte sich um und ließ ihn sich einen Augenblick ins Gesicht wehen. Dann stieg sie in den Wagen. Sie wollte gerade den Motor anlassen, als sie eine Gruppe festlich gekleideter Menschen sah, die mit großen, in Weihnachtspapier verpackten Paketen zum Bahnhofsgebäude gingen. Annie sah ihnen nach, bis sie im Innern verschwanden. Sie lehnte sich im Sitz zurück und überlegte, ob sie einen Weihnachtsbaum für ihre Wohnung kaufen sollte. Dann schüttelte sie den Kopf und packte langsam Charlies Geschenk aus. In einer Schmuckschatulle aus grauem Samt fand sie fünf Hundertdollarscheine, eine Karte mit zwei Telefonnummern, die eine in Miami, die andere in Los Angeles, und eine einreihige Kette aus

großen, schimmernden Perlen. Annie kamen die Tränen. Sie konnte sich nicht vorstellen, bei welcher Gelegenheit sie die Perlen jemals tragen würde, aber sie verstellte den Rückspiegel und knöpfte den Mantel auf. Die Kette hatte einen eleganten getriebenen Goldverschluß. Annie legte sich die Perlen um den Hals.

Als sie in den Spiegel blickte, erinnerte sie sich an ein bestimmtes Weihnachten in der Hütte. Nach dem Tod der Mutter ging Weihnachten meist unbeachtet vorüber. In diesem besonderen Jahr hatte Annie einen Baum geschlagen, durch den Wald nach Hause geschleppt und ihn mit Papiersternen und Ketten aus Popcorn geschmückt. Trotz allem, was sie ihr angetan hatten, machte sie Geschenke für ihren Vater und die beiden Brüder. Sie strickte Handschuhe und schnitzte Gürtelschnallen. Ihr Vater überraschte sie mit Malbüchern und einer Schachtel Malstifte. Er machte zum Frühstück Pfannkuchen und nahm sie dann auf den Schoß. Er lachte und erzählte ihr von Orten, die er während seiner Arbeit bei der Bahn gesehen hatte. Dann warf er Jimmy Lee und Fungo einen neuen Fußball zu. Es war ein schönes Weihnachtsfest, das einzige schöne nach dem Tod der Mutter. Annie betrachtete sich noch einmal im Spiegel, rückte ihn wieder zurecht und ließ den Motor an.

Sie fuhr in Richtung Midtown Tunnel, weil sie nach Long Island zurück wollte. An der Madison Avenue bog sie aus einem Impuls heraus jedoch nach Norden ab. Die Geschäfte hatten geschlossen, aber auf den Gehwegen drängten sich die Fußgänger. Viele trugen Pakete, und die meisten betrachteten trotz des scharfen Windes Schaufenster. Annie fuhr um einen Block, um von der Fifth Avenue einen Blick auf das Rockefeller Center und den riesigen Weihnachtsbaum davor zu werfen. Plötzlich kam ihr eine Idee. Sie fuhr zur Madison Avenue zurück und wieder nach Norden.

An beiden Flügeln der Eingangstür der Nummer 10 in der East Seventieth Street hingen üppige Ilexkränze mit steifen roten Satinschleifen. Ähnliche Kränze mit einer brennenden Kerze in der Mitte hingen auch in den Fenstern in allen vier Stockwerken. Die Vorhänge der beiden Mittelfenster im ersten Geschoß waren zurückgeschlagen und gaben den Blick auf eine riesige Kiefer frei. Sie war geschmückt mit unzähligen blauen Lichtern, silbernen Kugeln und Lametta und wirkte wie eine leuchtende blaue Wolke.

Annie parkte den Wagen mit laufendem Motor in der zweiten Reihe auf der anderen Straßenseite. Sie blickte auf das festlich geschmückte, herrschaftliche Haus mit der großen Eingangstür, auf den hohen Raum im ersten Stock mit der geschnitzten Holzdecke und den grünen samtbespannten Wänden, auf die der Widerschein tanzender Flammen fiel. Sie legte den Kopf auf das Steuerrad und fragte sich, ob die Hütte in den Wäldern am Ohio noch stand.

Grelles Scheinwerferlicht drang zuerst durch das Rückfenster, dann durch die Seitenfenster ins Wageninnere und glitt weiter. Annie hörte einen Wagen anhalten. Sie blickte hoch und zur anderen Straßenseite hinüber, rutschte aber sofort tiefer in ihren Sitz. Durch die Windschutzscheibe sah sie, daß sich die Tür des Rolls-Royce öffnete, ehe der Chauffeur sie erreicht hatte. Sams Mutter und Vater stiegen aus. Mrs. Cumberland trug ein langes Kleid und einen Pelzmantel, er einen Abendanzug ohne Mantel. Sie gingen rasch zur Haustür, die bei ihrem Näherkommen von einem Butler geöffnet wurde. Der Rolls-Royce fuhr wieder an, hielt aber sofort noch einmal, und Sam stieg aus. Er drehte sich um, sagte ärgerlich etwas, bedeutete dem Chauffeur mit einer Geste weiterzufahren und schlug die Wagentür heftig zu. Er blickte dem Wagen nach, der geräuschlos davonglitt. Plötzlich schien er das Gleichgewicht zu verlieren. In einer Hand hielt er eine der geschliffenen Karaffen, die in der kleinen Bar des Wagens standen, und ging mit unsicheren Schritten in Richtung Madison Avenue.

Annie hörte ihr Herz pochen. Sie zog die Baskenmütze vom Kopf und ließ ihre Haare auf die Schultern fallen. Als sie sah, daß Sam an der Ecke stehenblieb, weil er offenbar ein Taxi anhalten wollte, setzte sie den Wagen in Bewegung und fuhr ihm nach. Mit einem Ruck hielt sie auf gleicher Höhe mit ihm am Straßenrand, öffnete das Fenster und rief über die Straße: »Soll ich dich irgendwohin fahren, Sam?«

Ihr stockte der Atem, als ihr klar wurde, was sie tat und daß sie ihn zum ersten Mal geduzt hatte.

Sam sah überrascht zu ihr hinüber. Er wußte nicht, wer gerufen hatte, und machte ein paar Schritte auf den Wagen zu. Dann blieb er wie erstarrt stehen. »Mein Gott, du bist es! Wie hast du es gehört?«

Seine Schleife hing schief, und obwohl sein Mantel offenstand, schien er den Wind nicht zu merken. Der Ausdruck der Verwirrung auf seinem Gesicht ließ ihn weniger eindrucksvoll aussehen, aber trotzdem wurde es Annie wie immer bei seinem Anblick ganz anders.

»Was gehört?« fragte sie und schluckte, denn ihre Stimme hatte gepreßt geklungen. »Ich bin gerade vorbeigefahren und habe gesehen, daß du ein Taxi suchst.«
Sam sah sie an. Dann ging er um den Wagen herum, kämpfte mit dem Türgriff und stieg ein. Hinter ihnen hupte jemand ungeduldig.
»Wohin willst du?« fragte Annie.
»Ganz egal. Du kannst mich irgendwo rauslassen.«
Annie bog in die Madison Avenue ein und fuhr in Richtung Süden. Sie holte mehrere Male tief und langsam Luft.
»Es war unser Geheimnis«, sagte Sam und schüttelte verwundert den Kopf. »Du willst sagen, du bist ausgerechnet an diesem Abend so einfach in der Gegend?«
»Ich weiß nicht genau, was für ein Abend das ist. Aber ich war in New York...«
»Ich habe ihn nicht bekommen!« stieß Sam hervor, nahm den Stopfen von der Karaffe und setzte sie vorsichtig an die Lippen.
Annie warf ihm beim Fahren einen Blick zu. Sein Gesicht war zu einer Grimasse von Zorn und Qual verzogen. »Wen hast du nicht bekommen?« fragte sie.
Sam wandte sich ihr zu. »Nashua«, sagte er, und sein Ton verriet, daß die Antwort auf der Hand lag. »Erinnerst du dich nicht? Der Anwalt der Woodwards hat heute die Angebote eröffnet.« Er sank auf dem Sitz zusammen und nahm noch einen Schluck aus der Karaffe.
»Wegen *lumpiger zwanzigtausend Dollar* habe ich ihn nicht bekommen!« sagte er angewidert und starrte durch die Windschutzscheibe. »Mutter und Vater haben sich gefreut. Und Frank Carney, der Hundesohn, auch! Sie haben sich alle gegen mich gestellt, sobald ich beschlossen hatte, ihn zu kaufen. Wie üblich hat Carney meinem Vater zugestimmt. Das tut er ja immer. Zum Teufel, der Stall gehört Vater nicht mehr! Das soll sich Frank besser ganz schnell hinter die Ohren schreiben! Vater hat gesagt: ›Man bietet einfach keine Million für ein Pferd. Das ist zu protzig. Die höchste Summe, die je für ein Pferd bezahlt wurde, waren die siebenhunderttausend für Tulyar, den das Irische Staatsgestüt dem Aga Khan abgekauft hat.‹« Sam imitierte den belehrend überheblichen Ton seines Vaters perfekt. »›Vielleicht denkst du daran, daß Caernarvon *nicht* das Irische Staatsgestüt ist, und daß *wir* auf einen solchen Ruf verzichten können.‹ Kannst du ihn hören, Annie,

wie er das gesagt hat? Er hat dabei diesen gewissen Unterton, der erkennen läßt, daß wir etwas Besseres sind als ein Haufen lumpiger Iren, die sich beim Aga Khan anbiedern wollen... Du hast meinen Vater doch kennengelernt, nicht wahr?«
Die Frage verriet seine undeutliche Erinnerung an einen Tag, der Annie in allen Einzelheiten klar vor Augen stand. »Ja«, erwiderte sie. Das schien Sam zu beruhigen, und er nahm noch einen Schluck.
»Ich habe eine Million zweihundertdreißigtausend geboten, und mein Vetter Leslie Combs hat mich verdammt noch mal um zwanzigtausend Dollar überboten. Soviel gibt Mutter im Jahr für den Friseur aus. Nun ja, es ist nicht der Weltuntergang. Caernarvon hat schließlich zwei oder drei recht gute Pferde.« Er hob die Karaffe noch einmal, trank auf diese tröstliche Tatsache und leerte die Karaffe. »Ich würde sagen, wir –« Er verstummte, und Annie blickte fragend zu ihm hinüber, um zu sehen, was los war.
»Mist«, sagte er. »Ich versuche, mir einzureden, es ist nicht schlimm, daß ich den Hengst nicht bekomme. Aber es bringt mich beinahe um. Ich habe heute abend eine Menge getrunken, ich wollte sie alle wütend machen. Aber es ist ihnen egal. Carney war vermutlich erleichtert, daß er die Verantwortung für ein solches Pferd nicht übernehmen muß. Mein Gott, weißt du, daß Belinda gelacht hat? Sie sagte: ›Mal gewinnt man und mal verliert man.‹ Natürlich soll ich mir das Ganze nicht zu Herzen nehmen, ein guter Verlierer und ein Cumberland sein! Aber verdammt noch mal, auf einen solchen Hengst kann man einen ganzen Stall, ein ganzes Leben aufbauen.« Er sah Annie an, in der Hoffnung, sie werde ihn verstehen.
»Das tut mir wirklich leid, Sam.«
»Annie«, sagte er. »Annie Langbein mit den schönen bernsteinfarbenen Haaren.«
Er streckte die Hand aus, um Annie zu berühren, zog sie aber wieder zurück. »Hör zu, ich bin sehr müde und sehr betrunken. Aber bevor ich nicht mehr klar denken kann, muß ich dich fragen, was zum Teufel du hier machst.«
»Na ja, ich habe dich an der Ecke gesehen und dachte, ich sag' dir guten Tag.«
»Und warum warst du...« Er brach ab, denn er hatte den Faden verloren und begann, mit unsicheren Händen den Mantel zuzuknöpfen.

»Ich glaube, ich kann nicht mehr reden. Laß mich einfach an der nächsten Ecke raus. Ich nehme ein Taxi zum Club. Ich will verdammt sein, wenn ich nach Hause gehe!«
Annie fuhr langsamer und hielt an der Ecke. »Ich fahre dich gern.«
»Nein, nein. Ich will dir keine Umstände machen«, sagte Sam, als er die Tür öffnete und ausstieg. Sofort drang der kalte Wind in den Wagen. Sam schätzte die Entfernung zum Bordstein falsch ein, machte einen großen Schritt und fiel. Die Karaffe zersplitterte auf dem Gehweg.
Annie zog schnell die Handbremse an und rutschte über die Sitzbank. Aber Sam stand bereits, als sie ihn erreichte. Ein eisiger Windstoß traf sie.
»Mein Gott, ist das kalt. Hier...« Instinktiv legte Sam den Arm um sie, machte den Mantel auf und hüllte Annie mit hinein. Annie wandte sich ihm zu. Er drückte sie fester an sich, und sie legte zögernd die Arme um seinen Körper. Ihr Kopf lag an seiner Schulter, ihre Brüste drückten sich an seine Rippen, ihr Magen an seine Hüfte, und ihre Beine preßten sich an die Außenseiten seines Schenkels. Annie wagte nicht, sich zu bewegen. Sie blickte auf die Glassplitter und spürte seine Wange an ihrem Haar. »Ich möchte nicht gleich in den Club gehen«, sagte er. »Kann ich mit dir kommen?«
Annie blickte zu ihm auf. Sie brachte kein Wort hervor. Sam ließ sie los, und Annie ging zum Wagen. Sie setzte sich an das Steuer und überlegte, wohin sie fahren könnte. Die Wagentür fiel zu.
»Ich wohne auf Long Island«, sagte Annie.
»Gut. Mir ist es recht.« Sam legte den Kopf zurück und schloß die Augen. Sie betrachtete ihn einen Augenblick, legte den Gang ein und fuhr zum Midtown Tunnel. Sam schien einzuschlafen. Er begann gleichmäßig zu atmen und bewegte sich in der nächsten halben Stunde kaum.
Annie wußte nicht, was sie tun sollte. Sam konnte in Charlie Dells Haus schlafen. Sie hatte die Schlüssel für alle Räume bis auf das Arbeitszimmer. Es kam niemand außer Phil, der sich in Abständen meldete, und einmal in der Woche Charlies Schwester. Sie goß die Pflanzen und nahm seine Post mit. Die Schwester war noch nicht zu erwarten, Phil kam immer vor ihr. Aber Annie wollte Sam in ihrer Wohnung haben. Sie dachte an die Bilder von ihm im Schlafzimmer. Sie erinnerte sich, daß sie ihn damals bei dem Zugunglück mit nacktem Oberkörper gesehen hatte. Da sie die Reihenfolge bei einer Verführung nicht

kannte, stellte sie sich Sam nackt auf ihrem Bett vor, wie er sie beim Ausziehen beobachtete. Annie konzentrierte sich so sehr auf diese Szene, daß sie die Straße kaum noch wahrnahm.

»Annie.« Sie spürte seine Hand im Nacken. Seine Finger spielten mit den Perlen. Sie warf ihm einen Blick zu. Sein Gesichtsausdruck ließ ihren Atem stocken, und ihr Herzschlag setzte aus. Er rutschte auf der Bank zu ihr, zog den Mantel aus und warf ihn auf den Rücksitz. Mit einer Hand fuhr er ihr durch die Haare und hielt ihren Kopf fest, als er ihr Ohr küßte. Die andere Hand lag auf ihrem Bauch, bewegte sich nach oben und glitt über ihre Brüste.

Ein beinahe schmerzhaftes Ziehen schoß durch Annies Körper. Sie versuchte weiterzufahren, gab es jedoch bald auf und hielt am Straßenrand. Es herrschte kaum Verkehr, und Annie überlegte, wo sie wohl waren. Sam zog sie sanft auf den Sitz hinunter. Sie sah, wie er sie anblickte. Er öffnete die Lippen und beugte sich über sie, als wolle er sie verschlingen. Annie wich zurück, aber er zog sie an sich. Er preßte seinen Mund auf ihren Mund, und seine Zunge drängte sich zwischen ihre Lippen.

Annie streckte die Beine auf dem Sitz aus und spürte Sam auf sich; er hatte die Beine zwischen ihren Beinen angezogen. Ihr Rock war bis zur Hüfte hochgeschoben, er griff in ihren Slip und betastete ihre Schenkel. Seine Hand glitt weiter, packte ihre Hüften, glitt zurück und fuhr durch die Haare zwischen ihren Beinen. Sein Kuß nahm kein Ende, und er saugte an ihrer Zunge. Mit der anderen Hand knöpfte er ihren Mantel auf und zog ihr die Bluse über eine Schulter. Dann schob er beide Hände unter ihren Rücken, um den Büstenhalter zu öffnen. Annie stützte sich mit den Schultern ab, um ihm zu helfen; dann war der Büstenhalter offen. Sein Mund löste sich von ihr, sein Kopf sank auf ihre Brüste, und er küßte erst die eine, dann die andere. Seine Zunge spielte mit den Brustwarzen, während er mit einer Hand nach unten griff und an ihrem Slip zerrte. Sie zog die Beine an, damit er ihn leichter ausziehen konnte. Er zog den Slip über ihren Strumpfhalter, griff wieder zwischen ihre Schenkel, die er hochhob und dann küßte.

Annie spürte, wie sich ein unbekanntes Gefühl in ihr ausbreitete. Er mußte sie berühren, sie brauchte es. Als er sie wieder küßte, wand sie sich unter ihm. Plötzlich spürte sie sein hartes Glied an ihrem Körper, dann preßte es sich in sie und füllte sie mit einem einzigen langsamen

Stoß. Sie hatte das Gefühl, ihr Fleisch würde sich weich darum schließen, und sie konnte dem Drang nicht widerstehen, sich dagegenzupressen. Er drang tiefer in sie ein, massierte mit der Hand ihre Brust und saugte an ihrer Zunge. Annie schob sich an ihn und spürte, wie das Drängen in ihr stärker wurde, bis sie glaubte zu bersten, zu zerreißen. Ihre Angst hielt sie zurück, aber nur einen kurzen Augenblick. Die Empfindungen, die Angst und die Zuneigung wurden übermächtig: »O mein Gott, ich liebe dich, Sam.« Und noch bevor sie es ausgesprochen hatte, wußte sie, wie dumm es von ihr war.

Sie spürte, wie er nach oben stieß und innehielt, als seine Kiefermuskeln sich spannten und seine Zunge in ihrem Mund hart wurde. Dann löste sich seine Spannung, und er zog sich keuchend zurück. Er sah sie an, zuerst ernst, dann lächelnd, als hätten sie etwas Verbotenes getan, als habe er ihre Worte nicht gehört. Er rutschte etwas weiter weg und richtete sich auf, um zu sehen, ob ein Wagen kam. Annie sah zu, wie er seine Kleider ordnete und die Hose zuknöpfte. Dann setzte sie sich ebenfalls, zog die Bluse an, griff auf den Rücken und schloß den Büstenhalter. Der Rock war zerrissen, aber es gelang ihr, die Beine damit zu bedecken. Auf dem Boden neben Sams Fuß sah sie ihren Slip.

»Wo sind wir überhaupt?« fragte Sam und blickte aus dem Fenster, so daß Annie sein Gesicht nicht sah. Seine Stimme klang nüchtern und kühl. Annie wurde plötzlich schrecklich verlegen, und der Gedanke, daß sie in ihre Wohnung fuhren, entsetzte sie. Da sie nicht wußte, was sie tun sollte, ließ sie den Wagen an und fuhr los.

Sie schwiegen: Nach fünf Minuten blickte Annie zu Sam hinüber. Er schlief bereits wieder. Sie dachte daran, umzukehren und ihn zurückzubringen, damit keine Zeit zum Reden bleiben würde. Sie fuhr jedoch weiter und nahm die Kurven vorsichtig, um Sam nicht zu wecken, denn sie wollte bei ihm sein. Sie überlegte, was sie sagen würde, verwarf aber jeden Einfall sofort wieder.

Annie parkte den Wagen in der Einfahrt. Sie betrachtete Sam und verdrehte nach einem Augenblick den Rückspiegel, um festzustellen, wie sie aussah. Es war zu dunkel. Schließlich legte sie Sam die Hand auf den Arm. Sie schüttelte ihn zweimal, bevor er aufwachte.

»Was?« Er hob den Kopf und sah sie an. »Oh«, sagte er und blickte sich um. »Sind wir da?«

Sie stiegen aus, und Sam trat auf etwas. Annie reichte ihm die Hand, und sie stiegen die Außentreppe zu ihrer Wohnung nach oben. Sie schloß die Tür auf und sagte: »Hier wohne ich. Aber du kannst drüben im Haus schlafen, wenn du möchtest.«

»Weshalb sollte ich das wollen?« fragte er.

Er lachte leise, als Annie das Licht einschaltete. Mit drei Schritten stand er mitten im Zimmer und sah sich um. Dann lächelte er. Aber sein Gesichtsausdruck sagte alles.

»Willst du den Mantel ausziehen?« fragte Annie.

Sam zögerte, legte ihn dann aber ab. Annie hatte den Eindruck, daß er es tat, um nicht unhöflich zu wirken. Sie zog ihren Mantel aus und warf ihn auf einen Stuhl.

»Ich kann dir leider nichts zu trinken anbieten.«

»Gott sei Dank. Ich will nur schlafen.«

Annie warf ihm einen Blick zu, um zu sehen, was er damit meinte. Sie entschied sich dafür zu glauben, er wolle tatsächlich bleiben.

»Laß mir einen Augenblick Zeit. Ich will mich nur waschen und umziehen. Du entschuldigst mich.«

»Hier«, sagte er und zog ihren Slip aus seiner Manteltasche. Annie nahm ihn und spürte, wie sie rot wurde.

»Ich mache es mir inzwischen bequem«, sagte er lächelnd. Aber Annie sah an seinen Augen, daß er die Worte bedauerte, noch ehe er sie ausgesprochen hatte.

Auf dem Weg zum Badezimmer riß Annie Sams Bilder von der Schlafzimmerwand und warf sie in eine Schublade. Der Verschluß der Perlenkette ließ sich schwer öffnen. Sie legte die Kette ebenfalls in die Schublade. Sie zog sich aus und wusch sich so geräuschlos wie möglich. Dabei dachte sie nur an die erregende Aussicht, mit ihm zu schlafen und neben ihm aufzuwachen. Sie bedauerte, kein Parfüm zu haben. Aber die Seife roch gut und mußte genügen. Annie schlüpfte in das Nachthemd, das an der Tür hing, und sammelte ihre Kleider zusammen, um sie mit hinauszunehmen. Sam würde das Bad vielleicht ebenfalls benutzen wollen. Aber als sie in das Wohnzimmer zurückkam, stand Sam bereits im Mantel an der Tür.

»Ich glaube, ich gehe lieber, Annie.«

Es traf Annie wie ein Keulenschlag, und das mußte sich in ihrem Gesicht zeigen, denn Sam wirkte sehr beunruhigt.

»Es tut mir wirklich sehr leid«, sagte er. »Ich war schrecklich egoistisch, und du hast es nicht verdient, mir heute begegnet zu sein.«
»Ich bin froh, daß ich dir begegnet bin. Du mußt meinetwegen kein schlechtes Gewissen haben. Ich wünsche mir sehr, daß du bleibst.«
Sam schüttelte den Kopf. »Das kann ich wirklich nicht.« Er lächelte traurig. »Als ich dich heute abend erkannte, war ich sehr froh, daß du es warst und nicht irgendein Mädchen, das ich schon mein Leben lang kenne. Ich hatte das Gefühl, dir alles sagen zu können.«
»Ich bin froh, daß ich da war.«
Sie standen sich gegenüber und sahen sich an. Nach einem kurzen Augenblick sagte Annie. »Ich fahre dich zurück.«
»Nein, laß mich zu Fuß gehen, damit ich nüchtern werde. Wo sind wir?«
»In Garden City.«
»Wie kommt man von hier zu einem Hotel?«
»Du läufst vier Straßen geradeaus, dann zwei Straßen nach links. An der Sackgasse gehst du rechts.«
Offenbar gab es nichts mehr zu sagen. Sam warf einen Blick zur Tür, machte dann aber zwei Schritte vorwärts und nahm Annie in die Arme. Er küßte sie noch einmal – voll Verlangen, wie Annie sich sagte. Dann sah er sie an, zuerst neugierig, dann verwirrt. Er ließ sie los, verließ das Zimmer und schloß die Tür hinter sich.
Annie blieb einen Augenblick wie erstarrt stehen. Dann rannte sie zur Tür, riß sie auf, und ohne zu wissen, was sie sagen würde, rief sie:
»Sam!«
Er war bereits unten angelangt. »Ja, Annie?«
»Ich . . . du hast mir nicht gesagt, wie es Certainty geht.«
»Er macht sich sehr gut. Wir glauben, er wird ein Champion werden.«
»Hoffentlich.«
»Danke. Gute Nacht, Annie.«
»Gute Nacht, Sam.«
Sie ging in ihre Wohnung zurück und schloß die Tür.

6

Phil wartete auf Annie an der Ecke Astoria Boulevard. Sie hielt an, um ihn einsteigen zu lassen. Er ging um den Wagen herum zur Fahrertür und bedeutete ihr, auf den Beifahrersitz zu rutschen. Sie hatte nichts dagegen, ihn ans Steuer zu lassen.

»Ich hasse den April«, brummte Phil, während er durch Queens fuhr. »Richtig verrücktes New Yorker Wetter. Zuerst ein paar schöne Tage. Man glaubt, es ist Frühling, und dann kommt eine Woche mit dieser Scheiße.«

Annie starrte nach vorne auf die Straße, während die Scheibenwischer die Graupelkörner über das Glas schoben.

»Ich hoffe, du magst Gnocchi, denn in diesem Club gibt es die besten Gnocchi westlich von Genua.«

»Wohin fahren wir?«

»Nach College Point. Es wird dir gefallen. Eine einzige Familie schmeißt den ganzen Laden. Mama kocht, die Söhne und Töchter bedienen, die Vettern stehen hinter der Bar oder waschen das Geschirr ... Mensch, Annie, mach nicht so ein Gesicht! Was ist denn los? Hast du was gegen Gnocchi?«

Anni versuchte zu lächeln und schüttelte den Kopf. »Gnocchi? Was ist das?«

»Ach du liebe Zeit! Zuerst muß ich dir alles über Pferderennen erklären und jetzt auch noch Unterricht im Essen erteilen. Aber vermutlich sollte ich dankbar sein, daß du mir keine Fragen über Religion oder Moral stellst.«

Annie zwang sich zu lachen, denn Phil wollte sie zum Lachen bringen. Er sah sie schnell von der Seite an, blickte auf die Straße und dann wieder auf sie.

»Du siehst wirklich gut aus, Annie«, sagte er sachlich, »besonders wenn du lächelst. Wenn du ein paar Jahre älter wärst, würde ich mich vielleicht an dich ranmachen, aber ich bin kein Kinderschänder. Dein Grübchen . . ., ich meine, wenn du lächelst, geht die Sonne auf. Ich kannte einmal ein Mädchen, sie hieß Francine Taliaferro, sie wollte unbedingt ein Grübchen haben. Deshalb ist sie zum Schönheitschirurgen gegangen und hat sich eins reinschneiden lassen. Aber der Mann hat nicht gut gearbeitet. Das Grübchen sah wie ein Einschußloch aus.«
Annie lachte und sagte: »Das hast du dir ausgedacht.«
»Aber keineswegs! Ehrenwort. Wir nannten sie die Madonna. Willst du wissen, was Francine jetzt macht?«
»Nein!«
»Sie arbeitet in einem Billardschuppen.«
Phil wartete, bis Annie fragte: »Und was macht sie da?«
Er klopfte mit dem Finger leicht gegen seine Wange und antwortete: »Sie steckt sich ein Stück Kreide in das Loch. Dann können ihr die Kerle die Queues in die Backe stecken und einkreiden! Und frag mich jetzt nicht, was ein Queue ist!«
Annie schlug ihm auf die Schulter und lachte so sehr, daß sie husten mußte. Mit einem breiten Grinsen und dem tanzenden Zahnstocher im Mund brachte Phil den Wagen vor einer schäbigen, ausgebleichten grün und rosa gestreiften Markise zum Stehen. Auf einem Schild über der Eingangstür stand CLUB TAHITI. Zwischen dem Glas und den Innenläden der beiden Fenster hingen an Elektrokabeln grüne Leuchtstoffreklamen in Form von Martinigläsern und rosa Kirschen. Ein Mann mit einem abgeschabten Admiralshut und einer Lederjacke kam eilig aus der Tür und rief dienstbeflissen: »Hallo Angel, wie geht's? Ich park' den Schlitten für dich.«
Alle Angestellten im Restaurant begrüßten Phil wie einen alten Bekannten, und sie nannten ihn Angel – ein komischer Engel, dachte Annie. Sie konnte anfangs überhaupt nichts sehen, aber als sich ihre Augen an das schummrige Licht gewöhnt hatten, entdeckte sie an den Wänden Bänke mit zerschlissenen Plastikbezügen und in der Mitte des Raumes etwa fünfzehn Tische; die Hälfte davon war besetzt. An der Decke hingen Fischernetze und künstliche Palmblätter. Die Wände waren mit Inselszenen bemalt und wurden von grünen und rosa Glühbirnen schwach beleuchtet. Am Ende des Raumes befand sich ein kleines

Podium. Auf einer Seite standen ein Schlagzeug, ein Klavier und drei Notenpulte aus Pappe mit der Aufschrift: JACK STRADDLERS BIG BAND. Aber die Musiker waren noch nicht da. Die Aschenbecher auf den Tischen quollen über, auf dem Fußboden lagen Bierdeckel, Servietten und Zigarettenschachteln. Die Luft war warm und abgestanden. Es stank nach Zigarettenrauch und Alkohol.

Phil begrüßte jeden mit Namen, aber ohne zu lächeln, und ging auch geflissentlich darüber hinweg, daß er in Begleitung war. Ein betulicher Oberkellner führte ihn und Annie an einen freistehenden Tisch, aber Phil stieß den Mann vor den Kopf, indem er auf einen der Tische an der Wand deutete. Nachdem sie saßen, erschien eine Kellnerin und fragte Phil mit einem anzüglichen Lächeln nach seinen Wünschen. Sie trug einen langen, grünen, geschlitzten Rock und eine schulterfreie rosa Bauernbluse. Als die Frau sich vorbeugte, um ihnen die Karte vorzulegen, sah Annie ihre nackten vollen Brüste.

Phil bestellte eine Flasche Wein und zweimal Gnocchi.

»Kommst du oft hierher?« fragte Annie.

Er zuckte die Schultern. »Na ja ...«, er sah sich angewidert um, »das hier ist ein Stall. Wenn ich dich mitnehme an die Copacabana oder in das Desert Inn in Las Vegas, und ich werde dort so begrüßt, dann weißt du, mit wem du es zu tun hast. Hier hat das nichts zu bedeuten. Ich komme wegen der Gnocchi. Sie sind das einzige, weshalb sich ein Essen hier lohnt.«

»Und wenn ich keine Gnocchi mag?«

»Keine Sorge. Versuch sie erst mal.«

Der Wein kam und wurde unter Großeinsatz von Korkenzieher und Busen geöffnet und eingegossen. Phil beobachtete es mit düster vergnügter Miene, probierte und billigte den Wein. Nachdem sie wieder allein waren, sah er Annie eindringlich an. »Also, was ist los mit dir? Bis ich dir das von Francine erzählt habe, hätte ich genau so gut mit einem Sack Zement durch die Gegend fahren können.«

Annie blickte ins Glas. »Ich habe mich einfach nicht so gut gefühlt.«

»Das sagst du am Telefon dauernd, und immer muß *ich* anrufen. Die Abmachung war, daß wir uns beide melden. Hast du meine Nummer?«

Annie nickte. »Hör zu, Charlie macht sich deinetwegen Sorgen. Johnny Phillips hat ihm natürlich gesagt, daß du aufgehört hast. Und dagegen ist nichts zu sagen. Das ist deine Sache, aber vergiß nicht, Charlie ...«

»Ich habe Johnny rechtzeitig Bescheid gegeben. Er hat gesagt, er kommt ohne mich zurecht ...«
»He, warte. Kein Mensch wirft dir etwas vor. Johnny findet, du bist Spitze. Charlie will nur wissen, ob alles in Ordnung ist und hat mich gebeten, das herauszufinden. Ich hatte dich eine Weile nicht gesehen und deshalb dachte ich, wir essen einmal zusammen.«
»Mir geht es gut.«
»Ist im Haus alles in Ordnung?«
»Ja.«
»War niemand da und hat dich belästigt?«
»Nein. Charlies Schwester kommt vorbei, aber ich unterhalte mich nicht mit ihr ... Blimpie ist ein paarmal aufgetaucht.«
»Blimpie? Verdammt noch mal, was will er denn von dir?«
»Nichts. Er will einfach nett sein oder versucht es wenigstens. Ich rede nie lange mit ihm.«
»Halt ihn dir vom Leib ... Hast du genug Geld?«
»Ja!« erwiderte sie gereizt.
»Charlie wollte es wissen«, erklärte er herablassend fürsorglich. »Was ist es also dann? Johnny sagt, du hast vor der Kündigung beinahe mit keinem Menschen mehr geredet. Sogar Burt hat sich Sorgen gemacht. Wenn ich dich anrufe, klingst du wie ein Roboter. So ist es seit Weihnachten, Annie. Sag mal, was machst du eigentlich den ganzen Tag?«
Sie versuchte, sich etwas auszudenken, sagte dann aber die Wahrheit. »Ich höre Schallplatten, lese Charlies Pferdezeitschriften, mache sauber, esse und schlafe.«
»Er hat eine Putzfrau.«
»Ich *weiß*, Phil. Aber so habe ich wenigstens etwas zu tun. Hör zu, ich wollte einfach nicht mehr zur Rennbahn. Ich rufe Charlie an und sag ihm, daß alles in Ordnung ist.«
»Tu's nicht, das würde ein schlechtes Licht auf mich werfen.« Phil grinste und hob das Glas: »Tschin-tschin.«
Annie fragte nicht, was das bedeutete. Sie griff nach dem Glas, trank höflich einen Schluck und war überrascht, wie gut der Wein schmeckte.
»Ich kann es dir nicht verdenken«, sagte Phil. »Der Winter hier in New York ist wirklich schlimm. Man sagt, den Pferden macht es nichts aus, aber fünf Uhr morgens ist im Januar für Menschen nicht gerade eine angenehme Zeit.«

»Die Arbeit fehlt mir«, sagte sie.
Zu Annies Erleichterung ging Phil nicht auf diesen Widerspruch ein. »Warte, bis es Frühling ist. Ich meine den wirklichen Frühling in New York, die fünf Tage zwischen Winter und Sommer. Um diese Zeit fangen die Rennen an. Dann kannst du wieder zurück.«
Annie stimmte ihm halbherzig zu, glaubte aber nicht, daß sie bis dahin ihre Meinung ändern würde. »Warum nennen sie dich hier Angel?« fragte sie, weil sie nicht länger von sich reden wollte.
»Mein Familienname ist Angelo. Ich heiße Phil Angelo. Hast du das nicht gewußt?«
»Nein. Wohnst du hier in der Gegend?«
»Ich bin hier aufgewachsen. Ich wohne in der Nähe von Belmont, aber ich ziehe nach Manhattan, sobald ich die richtige Wohnung finde. Ah, da kommen sie ja! Warte, bis du dieses italienische Wunder probiert hast.«
Die Kellnerin stellte zwei Teller Gnocchi auf den Tisch, und Phil begann sofort zu essen. »Mhm! mhm! Wohin wir auch gehen, Annie, nach Miami, Beverly Hills oder an die Riviera, wir werden uns ansehen und sagen: ›Im Club Tahiti sind die Gnocchi besser!‹«
»Du redest ständig davon, wohin wir überall gehen werden«, sagte Annie mit einem schwachen Lächeln.
»Ich denke, wir werden lange zusammenbleiben, Annie. Und du wirst allmählich erwachsen.« Er grinste anzüglich. »Du glaubst doch nicht, daß wir ewig in solche Schuppen gehen müssen?« Als sie ihn mit großen fragenden Augen ansah, fügte er hinzu: »Also, wenn du keine großen Träume hast, woher sollst du dann zum Teufel wissen, was du willst? Ich zum Beispiel werde eines Tages einen Traumwagen haben. Und ich sehe jetzt schon meine Wohnung in New York vor mir. Ich muß nur noch über die Brücke fahren und sie finden. Ganz im Ernst, ich sehe uns auf einer Veranda sitzen und über das ganze große Mittelmeer blicken. Verstehst du, was ich meine? Nun iß schon deine Gnocchi und erzähle mir deine Träume.«
Annie nahm einen Bissen und kaute langsam. »Schmeckt wirklich gut.«
»Was hab ich dir gesagt?«
»Paß auf«, sagte sie schnell, »du erzählst mir deine Träume, und ich kann dabei in Ruhe essen. Deine Träume sind ohnehin besser als

meine, obwohl ich nicht weiß, weshalb ich in deinen vorkomme. Vielleicht nur, weil ich zufällig hier sitze.«
Phil grinste: »Du bist gar nicht so dumm, Annie. Ich soll die Karten auf den Tisch legen. Also hör zu, natürlich bist du in meinen Träumen ein bißchen älter, verstehst du?«
Annie spürte, wie ihr Gesicht heiß wurde, und konzentrierte sich auf das Essen. »Ich habe eine Postkarte von Vera bekommen«, sagte sie. Phil aß weiter, ohne zu reagieren. »Es gefällt ihr in Miami. Aber sie sagt, jedes dritte Pferd ist entweder infiziert oder gedopt. Was bedeutet...«
»Veras Mund ist größer als ihr Verstand!« bemerkte Phil so giftig, daß Annie erschrak. »Sag ihr niemals etwas, wenn es nicht die ganze Welt erfahren soll. Sie steckt ihre hübsche Nase in Dinge, in denen sie nichts verloren hat.« Er trank seinen Wein aus und goß sich nach. Dabei sah er Annie durchdringend an. »In Florida ist es warm und feucht. Deshalb entwickeln sich leicht Bakterien in den Ställen. Da unten werden die Pferde schnell krank. Wenn sich ein Virus ausbreitet, kann er alle Pferde lahmlegen. Manchmal sterben sie sogar. Ein Virus ist beinahe so schlimm wie Feuer.«
Es entstand plötzlich Unruhe im Raum. Ein Mann schimpfte laut mit seiner Frau. Phil blickte zu dem Tisch hinüber und machte ein finsteres Gesicht. »Mein Gott, heute ist mein freier Abend.«
»Aber was meint sie mit Doping?«
»Verdammt noch mal, Annie, wann machst du endlich die Augen auf und stellst keine dummen Fragen mehr? Es gibt nur eine Möglichkeit für ein Pferd, ein Rennen zu gewinnen: Es muß an den Start! Um das zu schaffen, brauchen die Pferde sehr oft Hilfe. Und wenn ein Pferd nicht gut ist, wird es durch Doping besser. Das gehört zum Rennen dazu. Ich rede nicht von Nashua. Ich meine die fünfundneunzig Prozent der Rennpferde, bei denen es die Leute nur interessiert, daß sie gewinnen.«
Der Mann, der seine Frau angebrüllt hatte, schlug ihr jetzt ins Gesicht. Sie begann, heftig zu schluchzen, und kauerte sich auf ihrem Platz zusammen.
Phil schnaubte wütend, stand auf und legte die Wagenschlüssel neben Annies Teller. »Du gehst jetzt besser«, sagte er mit einem Blick auf das Paar, »es gibt Arbeit für mich.«

»Was meinst du damit?«
»Ich arbeite für den Besitzer. Ich sorge hier für Ruhe und Ordnung. Es wird jetzt ein bißchen unangenehm, und so ist es besser, wenn du schnell nach Hause gehst.«
Der Oberkellner eilte herbei und wollte Phil bedeuten, er müsse sich der Sache annehmen. Phil war aber bereits aufgestanden und näherte sich dem Paar, das auf der anderen Seite des Raumes saß. Auf dem Weg zum Ausgang sah Annie, wie Phil blitzschnell die Hand des Mannes packte, der die Frau noch einmal schlagen wollte. Ohne die Hand loszulassen, griff Phil dem Mann in die Haare, zerrte ihn mit einem Ruck von seinem Platz und ließ ihn los. Der Mann fiel wie ein Sack zu Boden. Noch bevor der aufstehen konnte, trat Phil ihm zweimal in die Rippen, packte ihn wieder an den Haaren, zog ihm den Kopf hoch und schlug ihm mehrere Male ins Gesicht. Die Frau fing hysterisch an zu schreien. Annie eilte ins Freie.
Phil rief am nächsten Tag an. »Bist du gut nach Hause gekommen?« fragte er.
»Ja? Und du?«
»Na klar. Das glückliche Paar hat den Geburtstag des Mannes gefeiert. Ist das zu glauben? Und die Moral von der Geschichte: Heirate nie und werde nicht älter. Ruf mich mal an. Hast du die Nummer?«
»Mayflower 5-2760«, sagte Annie pflichtschuldig. »Ich war heute morgen in Belmont und habe mit Johnnys Stellvertreter geredet. Ich fange wieder an zu arbeiten. Vielleicht nach dem Derby, wenn Charlie zurück ist.« Ihre freudige Erregung war unüberhörbar. »Du kannst es Charlie sagen!«
»Klingt gut... Hör zu, wenn ich dich nach Las Vegas mitnehme, muß ich keine solche Dreckarbeit machen.« Er legte auf.

Am Tag des Kentucky Derby kaufte Annie ein billiges Radio, um die Übertragung aus Churchill Downs in Louisville zu hören. Sie hatte an diesem Morgen in Belmont Park mit Johnny Phillips gesprochen, der aus Florida zurück war. Burt zog sie wegen der ›Winterferien‹ auf. Annie hatte gewußt, daß sie die Pferde vermißte, aber wie sehr, wurde ihr erst klar, als sie an den Boxen entlangging und einige der Hengste und Stuten begrüßte. Sie wettete mit Burt, wer das Derby gewinnen werde, und ging dann mit Johnny zur Bahn, um den Pferden bei der Arbeit zuzusehen. Inzwischen juckte es sie bereits in den Fingern, Bandagen anzulegen und Flanken zu striegeln.

Annie freute sich nicht nur auf die Arbeit, sondern auch auf Charlie Dells Rückkehr wenige Tage nach dem Derby. Während sie in ihrer Wohnung einen Platz suchte, an dem das Radio einen störungsfreien Empfang hatte, stellte sie sich vor, was Charlie und Taddy Lapps wohl gerade taten. Das Rennen war ein großes Ereignis in Kentucky. Trotzdem war Annie früher nie bei einem Derby gewesen oder hatte sich um die Pferderennen in ihrer Heimat gekümmert. Aber an diesem Tag saß jemand unter den Zuschauern, den sie kannte, und aus Charlies Rennzeitschriften wußte sie so einiges über jedes Pferd am Start.

Sie fuhr zusammen, als es an der Tür klopfte. Das Radio spielte sehr laut. Deshalb hatte sie nicht gehört, daß jemand die Treppe heraufgekommen war. Durch das Glas in der Tür sah sie auf dem Treppenabsatz eine Vase mit Blumen. Vorsichtig öffnete sie die Wohnungstür. Davor stand in einer weißen Plastikvase ein Strauß mit violetten Iris, rosa Tulpen und roten Nelken. Sie ging hinaus und hoffte einen Augenblick lang, die Blumen seien von Sam.

»Hallo, Annie!«

Am Fuß der Treppe stand Blimpie. »Ich wollte dir keine angst machen und bin deshalb heruntergegangen.«

Annie spürte, wie sie eine Gänsehaut bekam. Auf Blimpies süßlichen Singsang in seiner sonderbar hohen Stimme konnte sie nur mit größter Mühe freundlich nicken. »Wozu sind die Blumen?« Sie sah den Wagen seiner Mutter am Bordstein.

»Na ja, ich wollte mich schon eine Ewigkeit für mein Benehmen damals auf dem Rennplatz entschuldigen. Ich hatte mich bereits über Phil Angelo geärgert, als du aufgetaucht bist, und ich glaube, ich habe meine schlechte Laune an dir ausgelassen. Verzeih mir.«

»Schon gut«, sagte Annie, warf einen Blick auf das Telefon hinter der Tür und lächelte Blimpie an. Das Radio spielte laut. »Danke für die Blumen. Sie sind sehr schön.« Sie hoffte inständig, er werde gehen, und versuchte, selbstsicher zu wirken.

»Ich habe ein Geheimnis, Annie Grebauer.«

Annie lächelte immer noch, aber sie erschrak, weil er offenbar ihren richtigen Namen kannte. »Und das wäre?« fragte sie.

»Na ja, ich möchte, daß wir Freunde sind, denn Onkel Charlie nimmt

mich nicht mehr zum Rennen mit. Vielleicht hast du ihm ja etwas über mich gesagt. Ich will die Sache wieder in Ordnung bringen, und wenn du mir verzeihst, weihe ich dich in das Geheimnis ein.«
Er zog lächelnd einen Schlüsselring mit drei Schlüsseln aus der Tasche und hielt ihn hoch.
»Darf ich dreimal raten?« fragte Annie. Sie versuchte, unbeschwert zu klingen, ohne Blimpie zum Bleiben zu ermutigen.
»Es sind die Schlüssel von Onkel Charlies Haus.«
»Die habe ich auch«, sagte Annie. »Trotzdem vielen Dank.«
Aber Blimpie ließ sich nicht entmutigen und sagte: »Aber den Schlüssel für sein Arbeitszimmer hast du nicht.« Er lächelte durchtrieben. »Willst du sehen, wie es aussieht?« Seine Augen hinter den dicken Brillengläsern wurden ganz groß.
»Hat Charlie dir die Schlüssel gegeben?«
»Nein, er gibt sie meiner Mutter, wenn er verreist. Sie kommt einmal in der Woche, um die Post abzuholen und die Blumen zu gießen. Aber sie hat Ischias und kann heute nicht kommen. Deshalb muß ich die Pflanzen gießen. Im Arbeitszimmer stehen auch welche, zwei große Birkenfeigen.«
»Was ist das für ein Geheimnis?«
Blimpie schluckte. Dann lächelte er und leckte sich schnell den Speichel von den Mundwinkeln. »Onkel Charlie hat eine Akte über dich: Annie Grebauer. Ich habe sie einmal auf seinem Schreibtisch gesehen. ›Grebauer‹ war durchgestrichen und durch ›Brown‹ ersetzt. Was in der Mappe ist, weiß ich nicht. Willst du sie dir nicht ansehen?«
Annie stand wie erstarrt auf dem Treppenabsatz. Sie konnte nein sagen und die Tür von innen abschließen. Aber dann dachte sie an die Akte mit ihrem Namen. Warum hatte Charlie eine Akte über sie? Was stand darin?
Langsam antwortete sie: »Das würde ich gerne, Blimpie, aber ich habe immer noch Angst nach dem, was in Belmont passiert ist.«
Blimpie richtete sich auf und warf sich in die Brust.
»Ich wollte dir keine angst machen. Ich war nur wütend. Ehrlich, Annie. Bitte vergiß es. Das damals war dumm von mir.«
Annie lächelte ihn versöhnlich an, und das schien die gewünschte Wirkung zu haben. Er erklärte im Brustton der Überzeugung: »Ich schwöre bei Gott, ich fasse dich nicht an!«

»Kann ich dich dann um einen Gefallen bitten?«
»Aber sicher! Na klar! Um alles, was du willst...«
»Wenn wir drüben sind, gibst du mir die Schlüssel, sobald du aufgeschlossen hast. Ich behalte sie in der Hand, bis wir gehen. Versteh mich nicht falsch. Aber ich habe wirklich Angst, und das würde mir helfen.«
Blimpie sah sie an – leicht argwöhnisch, wie Annie dachte. Dann legte er die Schlüssel auf die zweite Treppenstufe.
»Nimm sie gleich. Du mußt dir absolut keine Sorgen machen.«
Annie sah sich um, lächelte Blimpie an und sagte: »Ich will nur das Radio abstellen. Wir treffen uns drüben.«
Sie trug die Blumen in die Wohnung und dachte daran, Phil anzurufen. Aber sie wollte die Akte mit ihrem Namen sehen, und die sollte Phil auf keinen Fall zu Gesicht bekommen. Sie vergaß, das Radio auszuschalten, und ging über den Rasen hinüber zu Charlies Haustür, wo Blimpie wartete. Er bedeutete ihr mit einer galanten Geste aufzuschließen. Annie tat es, und nachdem der Riegel zurückgeschoben war, durfte Blimpie die Tür öffnen. Als Annie das Haus betrat, zitterten ihr die Beine.
Blimpie kannte sich aus und schaltete das Licht an. Annie steckte die Schlüssel in die Tasche ihrer Jeans und folgte ihm durch das Haus. An den Fenstern der Zimmern hingen dicke braune Samtvorhänge mit Fransenborten. Das Licht kam von violetten und grünen Wandlampen und kleinen Deckenleuchtern. An den Wänden hingen Landschaftsbilder, die Tapeten hatten kleine Blumenmuster, und überall lagen Orientteppiche. Im Eßzimmer stand ein dunkler Eichentisch, und im Wohnzimmer gab es alte, dick gepolsterte dunkelbraune Sofas und Sessel. Blimpie ging vor ihr her zum Arbeitszimmer, das im hinteren Teil des Hauses lag. Annie schloß die Tür mit Blimpies Schlüssel auf. Das Licht in diesem Raum war heller, und an allen vier Wänden standen deckenhohe Regale voller Bücher.
»Du kannst schon anfangen zu suchen, während ich die Pflanzen gieße. Im Schlafzimmer oben hat er den reinsten *Dschungel*. Aber sei vorsichtig. Leg alles wieder so zurück, wie es war. Wenn er herausfindet, daß wir hier drin waren, bringt er uns um.«
Annie wartete. Sie hörte in der Küche das Wasser laufen, dann ging Blimpie mit einer Gießkanne an der offenen Tür vorbei. Er trug Gummi-

handschuhe. Als Annie hörte, wie er die knarrende Treppe nach oben stieg, lief sie schnell zum Schreibtisch. Bis auf zwei Telefone und Stapel alter Ausgaben des *Morning Telegraph* und der Zeitschrift *Das Vollblut* war alles weggeräumt. Die Schubladen waren abgeschlossen. Auf der Suche nach dem Schlüssel fuhr sie mit den Fingern unter der Kante der Platte entlang und hob die Telefonapparate hoch. Sie suchte hinter den Kissen und unter den Polstern der Sessel. In einem Regal stand eine kleine Vase in einer Lücke zwischen den Büchern. Annie nahm sie heraus und schüttelte sie. Die Vase war leer.

Annie stellte sie vorsichtig zurück und dachte, sie würde den Schlüssel nie finden. Dann fiel ihr Blick auf die Bücher. Viele waren in Leder gebunden, offenbar handelte es sich um Gesamtausgaben in zwanzig bis dreißig Bänden. Vielleicht lag der Schlüssel in einem Buch. Sie fuhr mit der Hand über die Rücken einer alten blauen Lederausgabe und entdeckte zu ihrer Überraschung *Große Erwartungen.*

Sie lauschte auf das Knarren der Dielen im oberen Stock und nahm das Buch aus dem Regal. Es war schwerer als ihre Ausgabe. Beim Durchblättern stellte sie fest, daß viele Stellen unterstrichen waren, und am Rand standen Bemerkungen in einer fremden Sprache.

Ein Blatt Papier fiel heraus und schwebte zu Boden. Annie starrte einen Augenblick darauf, bückte sich und nahm es in die Hand. Es war eine numerierte Namensliste. Hinter jedem Namen stand ein Datum, eine Adresse und ein Zusatz, etwa ›zweites Untergeschoß, nordwestlicher Betonpfeiler‹. Alles war in derselben kleinen Handschrift wie die Anmerkungen auf den Seitenrändern der Bücher geschrieben.

Die Treppe knarrte. Ohne zu überlegen, stellte Annie das Buch an seinen Platz zurück. Als ihr klar wurde, daß sie das Blatt Papier noch in der Hand hielt, schob sie es hastig in ihren Büstenhalter und eilte zur Tür. Plötzlich lief ihr der Schweiß aus allen Poren. Sie wollte so schnell wie möglich das Haus verlassen.

»Hallo«, sagte Blimpie. Annie hob den Kopf. Er stand zwischen ihr und der Haustür. Annie starrte mit aufgerissenen Augen auf seine weißen Socken. Er war bis auf die Gummihandschuhe nackt.

»Du hast gesagt ...«, Annie brachte kein Wort mehr hervor.

»Ich habe gesagt, *ich* werde dich nicht anfassen«, stieß er aufgeregt hervor. »Das tue ich auch nicht! Siehst du? Ich habe Gummihandschuhe

an! Und wenn *du* mich anfaßt, werde ich dich nicht anfassen, abgemacht?« Er kam auf sie zu.
»Was?« Annie sprang ins Arbeitszimmer zurück, schlug die Tür zu und schloß ab. Blimpie rüttelte von draußen an der Klinke.
»Ich will dir keine angst machen«, rief er. »Und du kannst schreien, soviel du willst. Die Fenster sind vergittert. Du kannst sie nicht öffnen. Außerdem sind die Winterfenster eingehängt. Niemand wird dich hören, das weiß ich. Ich benutze Onkel Charlies Haus nicht zum ersten Mal.« Er schlug gegen die Tür und ging dann kichernd davon.
Annie eilte zum Telefon und wählte Phils Nummer. Während sie darauf wartete, daß er abnahm, wählte sie auf dem anderen Apparat die Auskunft, um sich die Nummer von der Polizei geben zu lassen.
Phil meldete sich nach dem vierten Klingeln. »Hallo?«
»Phil, ich bin in Charlies Arbeitszimmer eingeschlossen. Blimpie will mich vergewaltigen!«
»Großer Gott!« Phil legte auf.
Annie schob Sessel und Tische durch das Zimmer zur Tür. Sie stellte alles übereinander und versuchte dann, die Barrikade durch den Schreibtisch zu verstärken. Aber er war zu schwer und ließ sich ebensowenig von seinem Platz schieben wie die Töpfe der beiden riesigen Birkenfeigen. Sie stand mitten im Zimmer, als die Fußbodendielen im Flur knarrten. Dann hörte sie Blimpies Kichern. Er machte sich an der Tür zu schaffen. Annie blickte sich im Zimmer nach etwas um, das sich als Waffe eignete.
»Ich weiß, daß da drin Telefone stehen«, rief Blimpie. »Aber wenn du die Polizei anrufst, sage ich einfach, du bist herübergekommen, hast dir die Schlüssel genommen, während ich die Pflanzen gewässert habe, und dich in Onkel Charlies Arbeitszimmer eingeschlossen.« Das Kratzgeräusch an der Tür hielt an. Blimpie lachte schrill. »Natürlich bin ich dann angezogen und behaupte, daß ich nur versucht habe zu verhindern, daß du etwas suchst oder stiehlst.« Er lachte noch einmal.
»Blimpie, das glaubt dir die Polizei nie. Und selbst wenn, Charlie wird es bestimmt nicht glauben.«
Blimpie arbeitete weiter, ohne zu antworten. »Das ist ein altes Haus. Ach übrigens, hast du die Türbänder *hier draußen* gesehen? Sie sind an allen Türen! Dadurch wirkt das ganze Haus vornehm und alt.« Er lachte schrill. »Jede Tür hat zwei Angeln, und jede Angel ist . . . einen

Moment – mit zwölf Schrauben befestigt... also insgesamt vierundzwanzig. Eine heillose Schrauberei, Annie! Und *das* ist... Nummer zwei!«

Annie ging wieder zum Telefon und wählte die Vermittlung. »Ich brauche die Nummer der Polizei.«

»Ich kann Sie verbinden. Wo sind Sie?«

»Können Sie mir nicht einfach die Nummer geben?«

»Sind Sie in Hempstead?«

»In Garden City.«

Es gab keinen Bleistift oder Kugelschreiber. Annie wiederholte die Nummer. Auf der anderen Seite der Tür sagte Blimpie: »Nummer drei!«

Sie sah im Arbeitszimmer nichts, womit sie sich gegen ihn wehren konnte. Die Vase war zu klein, die Beistelltische und Sessel waren zu schwer, um sie hochzuheben und auf ihn einzuschlagen. Sie hörte Blimpie ächzen, während er sich mit den Schrauben abmühte und nach jedem erfolgreichen Versuch laut zählte. Sie ging zu den Fenstern; sie waren so verzogen, daß sie sich nicht öffnen ließen. Annie schlug mit einem Buch eine Scheibe ein. Das Winterfenster schien aus dickem, unzerbrechlichem Plastik zu bestehen. Und davor befand sich ein Eisengitter. Sie hörte, wie Blimpie eine Schraube nach der anderen herausdrehte, und war dankbar, daß es jedesmal so lange dauerte. »Schade, daß du ein solches Durcheinander anrichtest. Onkel Charlie wird wütend sein. Es wäre besser, du würdest einfach die Tür aufmachen. Es ändert bestimmt nichts, weil... verdammt! Nummer siebzehn will nicht. Also, ich habe keine Lust mehr. Ich nehme das Brecheisen. Ist mir doch scheißegal, was Onkel Charlie denkt!« rief Blimpie wütend.

Annie hörte das Knarren der Dielen, als er durch den Flur lief. Sie begann zu zittern. Sie ging zum Schreibtisch und hämmerte mit den Fäusten auf die Platte, um das Zittern zu unterdrücken. »Phil kommt«, sagte sie, um sich zu beruhigen, »Phil kommt.« Sie hämmerte weiter auf den Schreibtisch.

»Meine Güte, was ist denn da drinnen los?« fragte Blimpie, und Annie hörte das dumpfe Geräusch des Brecheisens, das unter eine Türangel geschoben wurde. Blimpie ächzte, und das Metallband löste sich. Die Tür bewegte sich im Rahmen, als er die Brechstange wieder ansetzte.

»Blimpie, du bist verrückt!« schrie Annie. »Du bist verrückt!« Sie

rannte zum Schreibtisch und begann, die Nummer der Polizei zu wählen. Blimpie lachte auf der anderen Seite der Tür, stöhnte dann vor Anstrengung, und das zweite Metallband löste sich. Die Tür rutschte etwa einen Fingerbreit tiefer. Blimpie steckte die Brechstange durch den Spalt und hebelte die Tür aus dem Rahmen. Dann schob er keuchend die Möbel beiseite und stand mit einem breitem Grinsen im Türrahmen. Seine Lippen spannten sich über dem Zahnfleisch, die Zunge hing ihm zwischen den Zähnen heraus. Um seine hervorstehenden Brustwarzen wuchsen zottige Haare auf der schlaffen weißen Brust. Er war so dick, daß Annie nicht zwischen seine Beine sehen konnte.
»Ich faß dich nicht an«, sagte er fröhlich, »wenn du mich nur überall berührst . . . *überall!*«
»Das kann ich nicht, Blimpie«, sagte Annie ruhig und zögerte, die letzte Null zu wählen.
»*Wieso nicht?*«
»Weil . . . ich dich umbringe, wenn ich dich anfasse!« Annie griff hinter sich in das Regal, packte ein Buch und warf es mit aller Macht auf Blimpie. Der Telefonapparat fiel zu Boden. Das Buch traf Blimpie im Gesicht und verschob seine Brille. Er stöhnte und richtete sie wieder auf. Er blutete an der Nase. Annie warf noch ein Buch und noch eins nach ihm. Aber Blimpie kam schwitzend und grinsend näher, wehrte die Bücher mit den Armen ab und leckte sich die Mundwinkel.
In diesem Augenblick erschien Phil mit einer Pistole in der Hand im Türrahmen. Blimpie wollte gerade die Hand nach Annie ausstrecken, als er laut aufschrie und erstarrte. Seine Augen wurden groß und traten hervor.
»Eine Bewegung, Blimpie«, flüsterte Phil dicht hinter ihm, »und du hast ein zweites Loch im Arsch.«
»Nimm den Lauf da raus!« kreischte Blimpie.
»Wenn du den Arsch zusammenkneifst, drück ich ab, Blimpie. Bleib einfach ganz still stehen. Annie, geh raus.«
Annie wollte schnell an dem zitternden und blutenden Blimpie vorbei, aber er warf sich auf sie, und sie fielen beide auf den Boden. Annie lag unter ihm und roch seinen Atem. Sie spürte, wie er sich auf ihr wand, obwohl Phil ihn wüst beschimpfte und mit Fußtritten bearbeitete. Phil packte ihn mit beiden Händen und zerrte ihn hoch. Aber Blimpie war sehr schwer, und als er sich gegen Phil warf, stürzten sie beide. Annie

sprang auf und sah Phils Pistole auf dem Boden, hob sie auf und hielt sie mit beiden Händen fest. Sie zielte auf die beiden Männer, die wütend aufeinander einschlugen. Phil rollte von Blimpie herunter. Und Blimpie sah, daß Annie mit der Pistole auf seinen Kopf zielte. Als sie den Lauf zwischen seine Beine richtete, verzerrte sich sein Gesicht vor Angst.

»Annie!« brüllte Phil, »laß das! Es lohnt sich nicht!«

Annies Arme begannen zu zittern. Sie merkte, daß sich ihre Finger am Abzug spannten. Sie konnte nichts dagegen tun. Deshalb drehte sie sich ruckartig um. Der Schuß ging los, und sie ließ die Pistole fallen. Als sie sich umsah, war Phil auf den Beinen. Blimpie wand sich am Boden. Das Blut von der Wunde an der Nase hatte seine Brust verschmiert.

»Geh zurück in deine Wohnung«, sagte Phil. »Ich kümmere mich um alles. Wo sind die Schlüssel?«

Annie ließ den Schlüsselring zu Boden fallen, stieg über die Möbel, schob sich draußen an der Tür vorbei und lief durch den Flur zur Haustür. Als sie im Sonnenschein über den Rasen rannte, legte sie schützend die Hand über die Augen. Es war für sie nicht mehr derselbe Tag wie noch vor kaum einer Stunde. Auf der Treppe hörte sie Musik. Sie kam aus dem Radio. Die Zuschauer in Churchill Downs sangen »My Old Kentucky Home«, die traditionelle Hymne vor dem Beginn des Derbys.

Annie ging zum Radio und schaltete es mit solcher Heftigkeit aus, daß der Plastikknopf abbrach.

7

Annie saß wie gelähmt auf der blaugestreiften Couch in ihrem Wohnzimmer und starrte die Namen an, die auf dem Blatt Papier standen. Die Gedanken in ihrem Kopf überschlugen sich. Sie mußte Blimpies Schlüssel von Phil bekommen, damit sie die Liste zurückbringen konnte. In panischer Angst überlegte sie, ob Charlie das Blatt an einer bestimmten Stelle des Buches aufbewahrte. Es würde nichts ausmachen, solange sie das Blatt überhaupt wieder zurückbrachte. Charlie würde nicht erfahren, daß *sie* es an eine andere Stelle gelegt hatte.

Die Liste enthielt vierzig Namen. Sie kannte keinen davon. Einige tauchten mehrmals auf: Luciano viermal, Anastasia sechsmal. Plötzlich erinnerte sich Annie an diesen Namen im Zusammenhang mit dem, was Vera über Murder Inc. erzählt hatte. Es wiederholten sich noch andere, aber nicht so häufig. Genovese, Lansky, Zwillman, Costello, Siegel, Schultz, Moretti, Gambino, Colombo, Bonanno. Die Daten begannen 1935 und reichten bis Ende 1950. Fünfzehn Jahre! Dreimal fünf, dachte Annie und biß sich auf die Lippen. Aus den Wiederholungen der Namen schloß sie, daß es sich um die Leute handelte, denen Charlie einen ›Gefallen‹ erwiesen hatte, indem er Leichen beseitigte. Sehr wahrscheinlich verrieten Datum und Ortsangabe, wann und wo die Leichen im Beton verschwunden waren.

Sie hörte Phil auf der Außentreppe und versteckte die Liste unter einem Sofakissen. Dann überlegte sie es sich jedoch anders, faltete das Blatt wieder und steckte es in ihren Büstenhalter. Als Phil an die Tür klopfte, stand sie auf und ließ ihn ein. Er hatte um die Pistole ein Papierhandtuch gewickelt.

»Alles in Ordnung?« fragte er.

Sie wollte sich gerade bei ihm bedanken, als er ihr brutal einen Stoß gab und schrie: »Was hast du denn da drüben *gemacht*, verdammt noch mal?«

»Blimpie hat mich aufgefordert, ihn zu begleiten«, murmelte sie.

Phil wischte den Lauf der Pistole mit dem Papierhandtuch ab, knüllte es zusammen und warf es in den Papierkorb neben dem großen Tisch.

»Blimpie hat dich aufgefordert? Mein Gott, Annie! Ich habe dir doch alles über Blimpie gesagt. Bist du *doof* oder was?«

Erschrocken und von seinem Geschrei verängstigt, murmelte sie: »Ja, das war dumm von mir.«

»Er ist *dreimal* wegen Exhibitionismus und unsittlicher Belästigung festgenommen worden. Er war zwei Jahre in einem privaten Irrenhaus. Sie haben ihn in Latzhosen eingenäht, weil er im Eßzimmer ständig die Hose heruntergezogen hat.« Phil schnaubte wütend.

Annie setzte sich auf die Couch. »Es tut mir wirklich leid«, sagte sie. »Das habe ich nicht gewußt.«

»Es würde dir noch sehr viel mehr leid tun, wenn mein Nachbar nicht für einen Hunderter zehn Ampeln bei Rot überfahren hätte, um mich hierher zu bringen.« Er stand mit der Pistole in der Hand vor Annie und blickte auf sie hinunter.

»Es tut mir leid«, wiederholte Annie.

Phil war immer noch wütend. »Jetzt hör mal gut zu. Auf dem Weg zum Arzt habe ich Blimpie eindeutig klargemacht, daß er niemandem etwas erzählt, auch nicht seiner verdammten Schlampe von einer Mutter. Und das gilt auch für dich! Morgen kommt ein Freund von mir und bringt das Fenster und die Tür in Ordnung. Das meiste Blut von dem fetten Schwein habe ich aufgewischt, und den Rest sieht man auf dem Teppich nicht. Wenn Charlie nämlich« – er lockerte sich die Krawatte – »jemals herausfindet, daß du in seinem Arbeitszimmer warst, muß er dich bestrafen. Ich weiß nicht wie, aber ganz gleich, was er beschließen würde, ich müßte es tun. Kapiert?«

Er starrte so lange auf sie hinunter, bis Annie schließlich sagte: »Ich habe verstanden.«

Phil legte Annie die Pistole in den Schoß.

»Kannst du damit umgehen?« fragte er.

»Nein.«

»Nimm sie und lerne es. Blimpie ist verrückt. Du weißt nie, wann er wieder auftaucht, und vielleicht bin ich dann nicht zu Hause. Du hältst ihn dir nicht dadurch vom Leib, daß du mit Büchern nach ihm wirfst. Ach ja, die Kugel ... Sie ist in einer Ecke im Ledersofa eingeschlagen. Man sieht das Loch kaum. Ich habe ein Kissen darauf gelegt. Niemand außer der Putzfrau wird es je wegnehmen, und was weiß die schon?«

Annie versuchte, die entsprechende Dankbarkeit zu zeigen, und sagte: »Danke, Phil. Ich bin wirklich froh, daß du gekommen bist ... Hast du die Schlüssel noch?«

Phil sah sie streng an. »Natürlich habe ich die Schlüssel.« Dann grinste er. »Ist dir klar, wie schwer es ist, bei so einem fetten Kerl das Loch zu finden?«

Annie war sehr erleichtert darüber, daß sein Zorn sich gelegt hatte, und reichte ihm die Hand. Phil ergriff sie und zog Annie sanft hoch. Die Pistole fiel von ihrem Schoß auf den Boden. Phil legte die Arme um Annie. Er blickte auf sie hinunter, und sie wußte, was geschehen würde.

»Vielleicht bist du doch schneller erwachsen geworden, als ich dachte«, sagte er.

Annie dachte nur: Ich muß an die Schlüssel kommen! Ich muß die Liste in das Buch zurücklegen ...

Sie wagte nicht, ihn zurückzuweisen ... Plötzlich dachte sie an den Abend mit Sam Cumberland. Als Phil sie küßte, erwiderte sie seinen Kuß und versuchte zu verdrängen, was ihr in den Sinn gekommen war. Phils Hand fuhr ihr geschickt in den Büstenhalter. Seine Finger berührten das Papier.

»Was ist denn das zum Teufel?« fragte er und küßte ihr Ohr.

»Die Einkaufsliste«, sagte sie mit schreckgeweiteten Augen über seine Schulter.

Nach kurzem Zögern zog er das gefaltete Papier heraus, schob Annie auf die Couch zurück und trat mit der Liste an das Fenster. »Quatsch, Annie. Hast du das da drüben gefunden?«

Annies Blick fiel auf die Pistole zu ihren Füßen. Ohne zu überlegen, bückte sie sich, hob die Waffe auf und richtete sie auf Phil.

»Leg sie weg«, sagte Phil böse, »oder ich schlag dich zu Brei.«

Annie schüttelte den Kopf. Sie hatte das Gefühl, sich übergeben zu müssen. Phil hielt die Liste hoch. »Woher hast du das?«

»Bitte laß das Blatt Papier sofort fallen und gib mir die Schlüssel.« Die

Pistole kam ihr plötzlich viel schwerer vor, und ihre Hand zitterte. Sie faßte die Waffe mit beiden Händen und versuchte, den Lauf ruhig zu halten. Sie erinnerte sich daran, was sie in Filmen gesehen hatte, und tastete nach der Abzugssicherung, fand sie und sicherte oder entsicherte – sie wußte es nicht. Phil hörte das Klicken.

»Spiel nicht daran herum, Annie. Du kannst nicht damit umgehen.« Er kam auf sie zu. Schnell zielte sie auf einen Punkt seitlich von Phil und drückte ab. Die Explosion machte sie taub und schlug ihr beinahe die Arme gegen das Gesicht. Aber sie fing sich sofort und zielte auf Phils Kopf. Er blieb stehen. Die Kugel war an seinem Ohr vorbei in die Wand neben dem Fenster geschlagen.

»Leg das Blatt hin und geh, Phil.« Annies Hände begannen wieder zu zittern.

»Was willst du damit machen?« fragte er und ließ das Blatt zu Boden fallen.

»Wenn du es nicht gesehen hättest, wäre es nicht wichtig. Ich hätte es einfach zurücklegen können. Aber so . . .«

»Annie, ich *weiß*, was wir damit machen. Es ist vielleicht *Millionen* wert. Wir können teilen.«

»Bitte geh!«

»Immer mit der Ruhe, ja?« Als er sah, daß sie es ernst meinte, ging er langsam zur Tür. »Beruhige dich erst einmal und dann reden wir darüber . . . ich meine, bevor Charlie zurückkommt. Was ist mit morgen? Wir frühstücken zusammen. Ich kann dir helfen, Annie! Das weißt du. Verlier die Liste nicht und sprich mit niemandem darüber.« An der Tür sah er sich noch einmal um. »Und glaub ja nicht, daß du clever bist, Annie. Wenn du mit der Liste das Falsche tust, bist du tot.«

Er schloß die Tür hinter sich. Annie rannte hinüber, legte den Riegel vor, lehnte sich mit dem Rücken an die Tür und sank langsam zu Boden. Sie blieb sitzen und hörte, wie Phil die Treppe hinunterging. Die Hand mit der Pistole lag in ihrem Schoß. Annie starrte auf ihren Finger am Abzug und dann auf das Einschußloch in der Wand. Sie stand auf, sicherte und legte die Waffe auf den Tisch. Sie mußte hier weg, um nachzudenken.

Annie hob die Liste vom Boden auf, faltete das Blatt und steckte es wieder in ihren Büstenhalter. Sie zog den Mantel an und ging zum Medizinschrank. Dort nahm sie die Dose mit dem Heftpflaster heraus, in der sie ihr Geld aufbewahrte. Mit den Wagenschlüsseln in der einen Hand entsicherte sie die Pistole, steckte sie, ohne loszulassen, in die Manteltasche und öffnete die Wohnungstür. Von oben sah sie, daß Phil in der Einfahrt am Oldsmobile lehnte. Mit einer spöttischen Geste tat er, als öffne er ihr die Wagentür.

»Geh vom Wagen weg, Phil.«

»Ich habe Blimpies Wagen beim Arzt gelassen und bin mit dem Taxi zurückgekommen. Fahr mich nach Hause.«

»Nein. Geh vom Wagen weg.«

Phil wich langsam über den Rasen zurück.

»Steck das Schießeisen weg, Annie. Denk daran, wer dir heute das Leben gerettet hat. Ich vertraue dir.«

»Einen Dreck tust du«, sagte Annie wütend.

Er zuckte die Schultern und hob ergeben die Hände. »Bleib ganz ruhig, ja? Hör dir an, was ich zu sagen habe.« Er grinste liebenswürdig. »Und vergiß das Frühstück morgen nicht.«

Sie kam langsam die Treppe hinunter und ließ ihn dabei nicht aus den Augen. Als sie sich von ihm abwandte, um einzusteigen, sagte Phil: »Weißt du was, Annie? Als du vorhin Blimpie beinahe erschossen hast, warst du fast so verrückt wie er. Sei also vorsichtig, ja?«

Annie erwiderte nichts. Sie ließ den Motor an und fuhr rückwärts aus der Einfahrt. Phil stand bewegungslos auf dem Rasen und sah ihr nach. An der Ecke bog sie in die Straße zum Bahnhof Mineola ein und nahm den nächsten Schnellzug nach New York.

Das Zugabteil war nicht allzu voll. Annie zog die Liste aus ihrem Büstenhalter und las die Namen noch einmal durch. Allmählich begriff sie, was sie gefunden hatte. Die Liste enthielt die Namen von Killern. Sie alle kannten Charlie Dell, und er hatte unter Beweis gestellt, daß sie ihm trauen konnten. Annie kannten sie nicht. Wenn einer dieser Männer herausfand, daß sie die Liste hatte, würde er sie umbringen. Phil Angelo konnte es jedem erzählen, und vermutlich würde er das auch tun. Er hatte die Liste ebenfalls gelesen. Möglicherweise kannte er die Namen, aber beim schnellen Überfliegen konnte er sich höchstens ein oder zwei eingeprägt haben. Sie mußte einen Weg finden, die Liste für Phil nutzlos zu machen. Sie blickte aus dem Fenster und zuckte beim Gedanken an diese beinahe unmögliche Aufgabe zusammen.

Vom Pennsylvania-Bahnhof lief sie über die Straße zum Statler Hotel und nahm das billigste Zimmer. Am nächsten Morgen ging sie in die öffentliche Bibliothek. Sie hatte keine Ahnung, wie und wo sie Informationen finden konnte. Deshalb stand sie im großen Lesesaal und beobachtete die Leute. Schließlich bat sie eine Bibliothekarin um Hilfe. Es war eine nette Frau, und sie erklärte Annie das Katalogsystem. Rein zufällig erwähnte sie auch Zeitungen. Bald saß Annie über dem *New York Times Index* und blätterte in den alten Ausgaben des Blattes. Sie verbrachte den ganzen Tag im Lesesaal. Als sie schließlich die breiten Stufen zur Fifth Avenue hinunterging, war sie entsetzt über das, was sie gelesen hatte. Auf der Liste standen die Namen der mächtigsten Männer des organisierten Verbrechens. Annie hatte Beweismaterial, das vermutlich jeden als Mörder überführte.
Annie lief ziellos durch die Straßen und versuchte herauszufinden, was sie tun sollte. Phil konnte sie nicht trauen. Sie wußte auch, sie konnte Charlie nicht belügen. Plötzlich wurde ihr klar, daß Charlie sie umbringen mußte, um sich selbst zu schützen, wenn er erfuhr, daß sie die Liste gesehen hatte. Er würde auch Phil töten. Phil schwebte in ebenso großer Gefahr wie sie. Beim Gehen kam ihr eine Idee. Als erstes mußte sie die Liste verstecken, vielleicht in einem Safe in einer Bank. Sie erinnerte sich, auf der Fifth Avenue an einer Bank vorbeigekommen zu sein, und lief eilig zurück. Nach mehreren Blocks stand sie vor einem neuen Glasgebäude. Von außen sah man einen riesigen, silbernen, hell erleuchteten Tresor. Annie blickte auf das glänzende Metall, auf die riesigen Scharniere, auf die Schlösser und die massiven Stahlriegel.
Am nächsten Morgen stand sie an derselben Stelle und sah zu, wie der Tresorraum geöffnet wurde. Die Gittertüren hinter der Stahltür schoben sich automatisch zurück, und die Bankangestellten gingen hinein und heraus. Annie stand lange dort. Schließlich sah sie, wie ein Kunde mit einem Angestellten in den Tresorraum ging. Sie kamen mit einem Metallkästchen wieder heraus. Der Kunde verschwand damit durch die Tür. Der Bankangestellte, ein älterer Mann mit weißen Haaren und einer Brille, die an einem Seidenband um seinen Hals hing, sah Annie durch das Glas und lächelte. Annie erwiderte das Lächeln, holte tief Luft und betrat die Bank.
Der Mann hieß Fogle. Er erklärte Annie höflich den Sinn eines Depots. Ganz erfüllt von seinen Pflichten sagte er: »Ich muß Ihnen sagen,

Miss, es freut mich sehr zu erleben, daß auch junge Menschen *etwas* aufbewahren oder sparen wollen. Niemand scheint sich heutzutage noch an die Depression zu erinnern.« Er füllte die Empfangsbestätigung für Annies Schlüssel aus, und sie gab als Namen Mary Lou McCasslin und eine fiktive New Yorker Adresse an. Er nahm einen langen flachen Metallkasten aus der Tresorwand und führte Annie durch die Tür neben dem Safe in einen kleinen Raum. Als sie allein war, zog sie die Liste aus dem Büstenhalter und legte sie in den Kasten, ohne noch einen Blick darauf zu werfen. Sie dachte daran, die Pistole hineinzulegen, entschied sich aber doch dagegen. Sie brachte Mr. Fogle den Kasten zurück und sagte: »Darf ich Sie noch etwas fragen?«

»Gewiß«, sagte Mr. Fogle. Er schob den Kasten an seinen Platz zurück und verschloß das Türchen mit einem von Annies beiden Schlüsseln. »Fragen Sie, soviel Sie wollen.«

Als er ihr den Schlüssel zurückgab, sagte sie: »Kann ich die Schlüssel bei Ihnen lassen? Ich habe Angst, ich verliere sie, oder jemand anders findet sie.«

»Das ist leider nicht möglich, Miss McCasslin. Vielleicht finden Sie ein gutes Versteck dafür.«

»Nun ja, dann habe ich eine Frage. Was ist, wenn mir etwas zustößt, und ich möchte, daß jemand den Inhalt des Kästchens bekommt?«

»Üblicherweise finden sich solche Anweisungen in einem Testament. Aber dazu sind Sie ja wohl noch zu jung, nicht wahr?«

»Ich werde ziemlich schnell älter«, sagte Annie, und Mr. Fogle mußte leise lachen.

»Vielleicht sollten Sie mit Ihren Eltern zu einem Anwalt gehen. Er könnte Ihre Anweisungen zu Protokoll nehmen und sogar Ihren Schlüssel aufbewahren. Sie unterschreiben eine sogenannte Generalvollmacht, die ihm oder einem anderen den Zugang zu Ihrem Safe gestattet, falls Sie . . . verhindert sind. Wir öffnen ständig Safes unter solchen Umständen.« Annie fragte: »Und wo finde ich einen Anwalt?«

Mr. Fogle lachte. »Überall.« Als er Annies Verwirrung sah, wurde er wieder ernst. »Zum Beispiel ist gleich an der Ecke Fifth Avenue und Fiftieth Street das Esso-Hochhaus. Dort gibt es eine ganze Reihe von Anwaltskanzleien. Suchen Sie im Firmenverzeichnis in der Halle nach einer Kanzlei mit vielen Namen und sprechen Sie mit einem der Anwälte darüber.«

Annie steckte den Umschlag mit den beiden Schlüsseln in die Tasche ihrer Jeans und ging zum Esso-Hochhaus. Sie fand im Verzeichnis eine Kanzlei namens Pickerell, Herskewitz und Showalter und fuhr mit dem Fahrstuhl in das fünfzehnte Stockwerk. Als sich die glänzenden Fahrstuhltüren geräuschlos öffneten und Annie zögernd den Fahrstuhl verließ, befand sie sich in einem großen Raum. Ein antiker Schreibtisch stand in der Mitte. Dahinter saß eine Empfangsdame. Sie trug ein elegantes Seidenkostüm und ein buntes seidenes Halstuch.
»Kann ich Ihnen helfen?« fragte sie und lächelte herablassend.
»Ich muß mit einem Anwalt sprechen«, sagte Annie, der bewußt war, daß die Frau ihre Jeans, die Stiefel und die Jacke mit hochgezogenen Augenbrauen musterte.
»Haben Sie einen Termin?«
»Nein.«
Die Empfangsdame sah sie mißbilligend an, dann sagte sie: »Vielleicht nehmen Sie Platz. Es kann einige Zeit dauern.«
Annie setzte sich und wartete zwei Stunden. Sie lächelte der Empfangsdame zu, wann immer sich ihre Blicke quer durch den Raum trafen. Leute kamen und gingen, ohne Annie zu betrachten. Nur hin und wieder warf jemand einen Blick auf ihre Kleider. Annie war schrecklich verlegen, aber sie ließ sich nicht einschüchtern. Ein junger Mann mit hochgerollten Hemdsärmeln und roten Hosenträgern ging mehrmals eilig durch den Raum. Die ersten beiden Male nahm er kaum Notiz von Annie, aber beim dritten Mal lächelte er. Schließlich kam er zurück, als er sah, daß Annie immer noch wartete, und fragte die Angestellte: »Toody, wartet die Dame auf jemanden?«
»Sie hat keinen Termin«, erwiderte Toody abweisend.
Der Mann runzelte die Stirn und kam zu Annie herüber. »Hallo, ich bin Archibald Delansig. Wenn Sie einen Anwalt suchen, kommen Sie bitte mit.«
Er ging durch eine Tür voran, dann durch einen langen Flur und in ein kleines Büro. Dort stand ein Schreibtisch, auf dem sich Akten und Papiere türmten. »Verzeihen Sie die Unordnung. Hier, dieser Stuhl ist frei. Nehmen Sie Platz. Also, was kann ich für Sie tun?«
Er ließ sich in einen ledergepolsterten Drehsessel fallen, nahm die Brille mit dem hellen Plastikgestell ab und rieb sich die Augen. Auf einem Bord hinter ihm sah Annie gerahmte Photos einer Frau mit zwei

Babys auf den Armen. An der Wand hingen eine Reihe Urkunden und mehrere Gemälde in hellen Farben. Sie erinnerten Annie an verschmierte Regenbogen.

Annie sagte sehr verlegen: »Ich brauche jemanden, dem ich ein Geheimnis anvertrauen kann ...«

Mr. Delansig setzte die Brille wieder auf und erwiderte: »Nun ja, ein Anwalt unterliegt der Schweigepflicht, und wenn ich Ihr Vertrauen mißbrauche, können Sie mich aus dem Anwaltsstand ausschließen lassen.« Er lächelte. »Wie finden Sie das?«

Annie hatte keine Ahnung, wovon er sprach, aber sie vertraute ihm. Sie sagte langsam: »Wenn ich Ihnen die Schlüssel für mein Depot zur Aufbewahrung überlasse und eine Vollmacht unterzeichne, damit Sie die Schlüssel benützen können, ist es dann möglich, daß Sie den Inhalt sofort der Polizei übergeben, falls mir etwas zustößt?«

Als Annie ihre Frage beendet hatte, betrachtete Archibald Delansig sie sehr aufmerksam. Er war etwa dreißig, hatte braune Haare, eine hohe Stirn und große braune Augen, die selbst dann durchdringend blickten, wenn er sie wie jetzt halb geschlossen hielt. Er sah recht gut aus, aber alles an seinem Gesicht – die schmalen Wangen, die kurze spitze Nase und die leicht angespannten Lippen – schien in seine Konzentration einbezogen zu sein. Er trug eine einfarbige blaue Krawatte, die zwischen den feuerroten Hosenträgern hing.

»Ja«, sagte er nur.

»Wieviel würde das kosten?«

»Ich mache Ihnen die Generalvollmacht und den Brief mit Ihren Instruktionen für fünfzig Dollar. Es kostet Sie fünfzig Dollar im Jahr, das alles in unserem Tresor aufzubewahren.«

»Einverstanden«, sagte Annie.

»Wie oft muß ich wissen, daß mit Ihnen alles in Ordnung ist? Jeden Tag, jede Woche?«

»Nein, nicht so oft. Vielleicht jeden Monat.«

»Gut. Schicken Sie mir eine Postkarte. Wenn ich keine bekomme, öffne ich Ihr Depot.«

»Kann ich Sie nicht einfach anrufen?«

»Ich traue Telefonanrufen nicht. Ich würde nicht wissen, ob jemand Sie zwingt anzurufen. Wenn die Postkarte unter Zwang geschrieben ist, unterschreiben Sie ›herzlichst‹, ansonsten ›wie immer‹. In Ordnung?«

»Klingt gut«, sagte Annie.
»Ich rufe meine Sekretärin und diktiere es ihr. Sonst noch etwas?«
»Fragen Sie mich nicht, was in dem Depot ist?«
Delansig lächelte. »Würden Sie es mir sagen?«
»Nicht, wenn es nicht unbedingt sein muß.«
»Wenn und falls ich es wissen soll, sagen Sie es mir. Ich hoffe, Sie müssen es nicht tun. Aber wenn doch, können Sie gerne jederzeit anrufen oder vorbeikommen. Ich gebe Ihnen nur den einen Rat, warten Sie nicht zu lange, wenn die Zeit gekommen ist. Und lassen Sie sich von Toody da draußen nicht abschrecken.«
Annie lächelte: »Danke, Mr. Delansig. Ich werde mich nicht von ihr abschrecken lassen.«
Annie nahm die Bahn bis Mineola und fuhr nach Garden City. Sie hoffte, mit Phil reden zu können, ehe Charlie zurückkam. Als sie in die Einfahrt bog, kam Phil eilig aus dem Haus und begann schon zu schimpfen, bevor sie die Treppe zu ihrer Wohnung erreicht hatte.
»Wo warst du denn, verdammt noch mal? Weißt du nicht, daß Charlie . . .«
»Phil, komm mit rauf. Wir haben über vieles zu reden.«
Phil sah sie wütend an und folgte ihr die Stufen nach oben. In der Wohnung begann Annie zu sprechen, ehe er etwas sagen konnte.
»Die Liste ist in einem Safe. Die Schlüssel sind bei einem Anwalt. Die Liste bekommt der Staatsanwalt, sobald mir jemand Schwierigkeiten macht.«
Phil starrte sie mit großen Augen an. *»Du hast den Verstand verloren!* Charlie kommt heute abend zurück. Wir müssen das Blatt Papier dorthin zurücklegen, wo du es gefunden hast. Vielleicht sucht Charlie heute abend nicht danach. Morgen früh holst du die Liste aus dem Safe, und wir . . .«
Phil brach ab, als er sah, daß Annie den Kopf schüttelte. »Phil, ich lege sie nicht zurück.«
»Weißt du, was du da machst, du dummes Weibsstück?«
Annie ignorierte seine Wut. »Hast du Blimpie etwas von der Liste gesagt?«
»Nein, verdammt noch mal. Weiß er etwas davon? Hat er gesehen, wie du . . .?«
»Nein. Das ist also einer weniger, um den wir uns Sorgen machen müs-

sen.« Sie setzte sich an den Tisch und hielt sich mit den Händen an der Platte fest, um nicht zu zittern. »Nachdem du gesagt hast, daß die Liste Millionen wert ist, nehme ich an, du denkst daran, ein paar von den Leuten zu erpressen, die auf der Liste stehen. Phil, diese Männer lassen sich nicht erpressen. Es wäre dein Ende, mein Ende *und* Charlies Ende, denn sobald du ihnen sagst, wo die Leichen liegen, wissen sie, woher die Informationen stammen.« Annies Arme begannen zu zittern, und sie umklammerte den Rand der Tischplatte fester. »So, wie es jetzt steht, muß ich nur dich und Charlie davon überzeugen, daß ich niemals Gebrauch von der Liste machen werde. Sie bleibt, wo sie ist. Es ist das Beste für uns alle drei, wenn wir das Ganze einfach vergessen.«

Phil starrte sie an und wollte sie über den Tisch hinweg packen. Annie lehnte sich zurück, um die Berührung zu vermeiden. »*Vergessen*? Du bist verrückt! Du läßt dir die Chance entgehen ...« Er brach ab und saß starr auf der Couch. »Glaubst du, Charlie wird ›vergessen‹, daß du in seinem Arbeitszimmer geschnüffelt hast? Daß du etwas gefunden hast, das ihn dreißigmal das Leben kosten kann? Glaubst du nicht, Charlie kann Teddy Lapps befehlen, mit dir das zu tun, was jeder Kerl auf der Liste mit dir tun würde?« Er verzog die Lippen und zeigte die Zähne. Annie hatte das Gefühl, er werde sie schlagen, wenn sie jetzt schwieg. Deshalb sagte sie schnell:

»Das weiß ich alles, Phil. Aber Charlie kann mir nichts tun, sonst bekommt der Staatsanwalt die Liste, und wenn das bekannt wird – und das wird es –, ist Charlie tot. Das Problem ist, wenn Charlie erfährt, daß du die Liste gesehen hast, wird ihn *nichts* daran hindern, *dich* umzulegen.« Phil wurde bleich.

»Ich werde ihm sagen«, fuhr Annie rasch fort, »daß du die Liste nicht gesehen hast, nicht einmal weißt, daß ich sie habe. Ich werde sagen, daß du nur gekommen bist, um mich vor Blimpie zu retten, weil ich dich angerufen habe. Und das ist die Wahrheit.«

Phil starrte sie immer noch an. Er fuhr sich mit den langen Fingern durch die Haartolle. »Das ist wirklich nett von dir, Annie. Aber du könntest Charlie sagen, daß ich die Liste gesehen habe, wann immer es dir paßt.«

Annie sah ihn an und sagte ruhig: »Dazu habe ich keinen Grund, oder?«

»Du meinst, solange ich ein braver Junge bin, wirst du es ihm nicht sagen. Verdammt noch mal, das paßt mir überhaupt nicht!«
»Darum geht es nicht, Phil. Ich habe *Angst*! Es wäre besser, wenn ich die Liste nie gesehen hätte, und wenn *du* sie auch nie gesehen hättest. Aber wir haben sie gesehen, und deshalb schütze ich mich. Ich will keine Schwierigkeiten heraufbeschwören, und ich bin nicht sicher, daß ich alles bedacht habe. Aber wie auch immer, ich brauche dich. Du mußt auf meiner Seite sein.« Sie wollte, daß Phil glaubte, sie sei von ihm abhängig, damit er sich mit der Lage abfand.
»Wo ist die Pistole?« fragte er und begann zu husten.
»Hier in der Jackentasche. Ich schleppe sie wirklich nicht gerne mit mir herum.«
Phil ging in die Küche und goß sich ein Glas Wasser ein. Er trank, während er zurückkam. Er räusperte sich mehrmals und sah dann Annie an. »Kauf dir eine Handtasche. Behalte die Pistole bei dir. Wisch deine Fingerabdrücke ab und gewöhne dir an, Handschuhe zu tragen, für den Fall, daß du sie brauchst. Wenn es dazu kommt, laß sie fallen und lauf.«
»In Ordnung«, sagte Annie fügsam.
»Und was willst du Charlie erzählen?« fragte er wütend.
Phil versuchte, die Situation in den Griff zu bekommen, aber Annie hörte einen Anflug von Furcht in seiner Stimme.
»Alles, was da drüben passiert ist«, erwiderte sie, »sogar das, was du nicht weißt, nämlich wo ich die Liste gefunden habe . . . und *nichts* von dem, was hier passiert ist.« Sie wandte verlegen den Blick ab. »Ich meine, daß du die Liste entdeckt hast. Er wird dich fragen, um herauszufinden, ob du etwas davon weißt. Du wirst gut lügen müssen.«
»Danke. Ich bezweifle, daß Charlie sehr begeistert davon sein wird, daß du alle diese Namen kennst.«
»Ich weiß. Aber Charlie mag mich und weiß, daß ich ihn mag. Ich denke, er wird mir glauben und einsehen, daß ich mich selbst vor ihm schützen muß, und daß ich das Ganze einfach vergessen will. Sag mal, Phil, wieviel hast du gesehen?«
Phil schwieg. Nach einem Augenblick sagte er: »Das geht dich einen Dreck an! Und ich sag dir eins. Du wirst die Liste nie vergessen, Annie. Mach dir nichts vor.« Er stand auf. »Wenn du Charlie abholst, redest du besser gleich mit ihm darüber, bevor er selbst herausfindet, daß die

Liste verschwunden ist.« Er wirkte plötzlich ratlos. Dann ging er und schlug heftig die Tür hinter sich zu.
Annie zitterte. Sie war in kalten Schweiß gebadet. Erschöpft legte sie den Kopf auf den Tisch. In einer Stunde mußte sie zum Flughafen La Guardia fahren. Sie ging ins Badezimmer und duschte. Während die spitzen heißen Wasserstrahlen auf ihr Gesicht prasselten, dachte sie noch einmal über alles nach, was sie Phil gesagt und wie er reagiert hatte. Sie glaubte, ihn überzeugt zu haben.

Als Charlie aus dem Flughafengebäude kam, sah er blendend aus. Annie hatte ihn noch nie in so guter Verfassung erlebt. Er war braun gebrannt und hatte zugenommen. Er entdeckte den Wagen und kam, gefolgt von Teddy Lapps und einem Gepäckträger, mit energischen Schritten Annie entgegen.
»Wie laufen sie, Annie?« fragte Charlie und drückte sie an sich.
»Nicht so gut wie in Kalifornien«, erwiderte Annie.
»Für mich sind sie recht gut gelaufen«, sagte er und stieg in den Oldsmobile.
Auf der Fahrt nach Garden City berichtete er Annie vom Derby, von Santa Anita und Hialeah. Er erzählte gutgelaunt Klatsch und Tips, die er gehört hatte. Als sie in der Einfahrt parkte und Teddy ausstieg, um das Gepäck aus dem Kofferraum zu nehmen, legte Annie die Hand auf Charlies Arm und sagte: »Charlie, ich muß sofort mit Ihnen sprechen.«
Er sah sie an und begriff, daß es dringend war. »Hat Johnny Phillips keine Arbeit für dich?«
»Das ist es nicht, Charlie. Es geht um *Große Erwartungen*.«
Charlie wurde so blaß, daß seine Haut plötzlich wie grauer Gummi aussah.
»Was willst du damit sagen?«
»Ich habe die Liste gesehen. Ich muß mit Ihnen darüber sprechen.«
Charlie rang nach Luft. »Wer weiß sonst noch etwas davon?« Er brachte die Worte kaum über die Lippen.
»Niemand. Nur ich.«
Charlie sah sie an und sagte nach einem Augenblick. »Komm herüber, sobald du willst.« Er stieg aus und ging über den Rasen zur Haustür, wo Teddy Lapps auf ihn wartete.

Ein paar Minuten später ging Annie zum Haus hinüber und klopfte an die Tür. Teddy Lapps öffnete und fragte leise: »Was zum Teufel ist denn passiert?«

Annie erwiderte achselzuckend: »Er will mit mir sprechen.«

Teddy sah sie verwirrt, aber freundlich an, wies in Richtung Arbeitszimmer und verschwand im Wohnzimmer.

»Hier bin ich, Annie«, rief Charlie aus dem Arbeitszimmer. Sie trat ein. Er saß am Schreibtisch. Das blaue, ledergebundene Buch lag aufgeschlagen vor ihm. Charlie blickte immer noch blaß, aber sehr ruhig zu ihr herüber. »Also, was ist passiert?«

Annie schloß die Tür und berichtete die Geschichte in allen Einzelheiten. Sie räumte ein, daß es ein Fehler gewesen war, Blimpies Aufforderung nicht abzulehnen, und gab, ohne sich dafür zu entschuldigen, als Grund ihre Neugier auf die Akte an, die Blimpie erwähnt hatte. Sie beschrieb, wie sie die Liste gefunden hatte, und sprach von ihrem Bedauern und ihrer Angst, als sie erkannte, worum es sich handelte. Sie bat Charlie, ihr zu glauben, daß sie nicht beabsichtigte, jemals Gebrauch von der Liste zu machen, um ihm damit zu schaden. Gleichzeitig machte sie jedoch deutlich, weshalb sie sich auf die Art schützen mußte, wie sie es getan hatte.

Charlie hörte aufmerksam zu, und als Annie schwieg, blickte er schweigend auf das offene Buch.

»Ich sage den Leuten immer, Charles Dickens war der Mann, bei dem ich Englisch gelernt habe ... Er war mein Privatlehrer. Es ist das erste englische Buch, das ich gelesen habe. Es ist wunderbar. Später habe ich alles von ihm gelesen, und danach alles, was irgend jemand geschrieben hatte. Dickens hat mir über die ersten schlimmen Jahre hinweggeholfen, Annie. Er hat mich meinen knurrenden Magen vergessen lassen, wenn ich hungrig war ...«

Er sah Annie an. »Hast du es gelesen?« fragte er und blätterte ein paar Seiten um.

»Noch nicht«, erwiderte sie bedauernd.

»Oh, ich beneide dich. Du hast das alles noch vor dir. Wie alt bist du eigentlich wirklich, Annie?«

»Seit einem Monat siebzehn«, sagte sie.

Charlie verzog das Gesicht. »O Gott ...«

Er schüttelte den Kopf und wandte den Blick ab. Dann zog er einen

Schlüsselring aus seiner Tasche und schloß eine Schreibtischschublade auf. Er nahm eine Akte heraus und reichte sie Annie über den Schreibtisch. Auf dem Deckel stand ihr Name, aber sie schlug die Akte nicht auf.

»Annie, ich glaube dir, und ich verstehe, daß du dir soviel Mühe gemacht hast, um dich zu schützen. Ich staune, wie klug du bist. Nun zu der Akte. Du hast Phil gesagt, daß du Grebauer heißt und aus Catlettsburg, Kentucky, kommst. Ich muß jeden überprüfen, der in meiner Umgebung arbeitet. Ich habe einem Privatdetektiv in Cincinnati ein paar hundert Dollar für die Informationen in dieser Akte bezahlt. Hör mir zu, Annie. Ich mache mir deinetwegen keine Sorgen. Aber du mußt sicher sein, daß Blimpie oder Phil nichts gesehen haben.«

»Es ist so, wie ich gesagt habe. Ich bin absolut sicher«, erklärte Annie ohne jedes Zaudern.

»Gut, dann werde ich es vergessen, und ich vertraue darauf, daß du es ebenfalls vergißt. Aber ich will dir etwas erklären. Ich weiß nicht, wieviel du von dem verstehst, worum es hier geht. Aber das kann ich dir sagen, jeder auf der Liste wünscht sich nichts mehr, als im eigenen Bett zu sterben. Verstehst du, was ich meine? Wir wollen nicht im Rinnstein oder in einer Zelle sterben, sondern im eigenen Bett. Das ist der größte Luxus, den sich alle Leute auf dieser Liste vorstellen können, und ihre Millionen garantieren ihnen das bedauerlicherweise nicht. Ich habe es so eingerichtet, daß die Liste es mir garantiert, so wie sie es dir jetzt garantiert. Aber wenn irgend jemand herausfindet, daß ein anderer außer mir gesehen hat, was auf dieser Liste steht, liege ich mit einer Kugel im Kopf im Rinnstein. Verstehst du?«

»Ja, Charlie.«

»Wenn das geschieht«, fuhr Charlie niedergeschlagen fort, »und versteh mich richtig, Annie ... Mein Gott, daß ich so etwas zu einem siebzehnjährigen Mädchen sagen muß ..., aber ich muß mich ebenso schützen wie du. Wenn es also geschieht, habe ich alles vorbereitet, damit Teddy Lapps dich erledigt.«

Annie starrte Charlie an. In seinem Blick lag tiefes Bedauern.

»Mein Gott, Charlie, ich wünschte, ich hätte dieses verdammte Stück Papier nie gefunden«, sagte Annie und schloß die Augen. In ihr stieg eine schreckliche Angst auf, die sie nicht empfunden hatte, als sie dasselbe zu Phil sagte.

»Das wünsche ich auch, aber du hast es nun einmal gefunden. Also bleiben wir Freunde und machen das Beste daraus. Dir geht es genauso, wie es mir einmal ergangen ist. Auch du mußtest zu schnell erwachsen werden, um überhaupt am Leben zu bleiben. Ich wünschte, ich könnte dir eine Kindheit geben, Annie.«

Annie spürte, wie ihr die Tränen in die Augen stiegen, und blinzelte heftig, um sie zu unterdrücken. »Ich glaube, dazu ist es wohl zu spät«, sagte sie und versuchte zu lachen.

»Hier, nimm das Buch und lies es.«

»Ich habe es selbst.« Sie lächelten beide traurig.

»Wenn du es ausgelesen hast, gebe ich dir ein anderes«, sagte Charlie. Er stand auf, und Annie wandte sich zum Gehen.

Auf dem Weg zur Haustür sagte Charlie: »Am Donnerstag unterhalten wir uns auf dem Weg nach Aqueduct über Bücher.«

Annie lächelte bei dieser Aussicht ebenso wie er.

»Charlie, danke für die Perlen. Ich habe im ganzen Leben noch nie so etwas Schönes gehabt.«

»Niemand in meinem Leben verdient sie so sehr wie du.« Er öffnete die Haustür und fuhr fort: »Annie, ich muß meine Schwester und Blimpie bestrafen. Du wirst vermutlich davon hören.«

»Ich wünschte wirklich, Sie würden es nicht tun, Charlie«, sagte Annie und drehte sich rasch noch einmal um. »Er wird mir die Schuld geben, weil ich es Ihnen gesagt habe, und sich an mir rächen.«

»Nein, er wird Phil die Schuld daran geben, denn ich werde ihm sagen, daß ich es von Phil weiß. Und ich verspreche dir, Blimpie wird begreifen, daß er es nicht überlebt, wenn er dich noch einmal belästigt. Gute Nacht, Annie.«

8

»Saratoga!« Hinter der Gegengeraden wurde so soft davon gesprochen, daß es für Annie mittlerweile ein mystischer Ort zu sein schien. Als sie im Mai ihre Arbeit in Belmont wieder aufnahm, hörte sie immer und immer wieder: »Saratoga!« Nach dem letzten Samstagsrennen im Juli wurde Belmont Park geschlossen. Am selben Abend und am nächsten Tag reisten alle Angestellten, angefangen von den Platzanweisern für die Tribünen bis zu den Trockenführern, einhundertachtzig Meilen nach Norden in die kühle, klare Luft der Adirondacks. Am Montag darauf begann die Rennsaison in Saratoga. Annie fuhr Charlie und Teddy Lapps hinauf und war über die Ortsveränderung ebenso erleichtert wie alle anderen. Ihre Arbeit frustrierte sie inzwischen. Sie wollte mehr tun, als die Rennpferde nur im Kreis herumzuführen.
Charlie besaß ein paar Meilen vor der Stadt ein kleines Sommerhäuschen. Er fuhr seit zwanzig Jahren – bis auf drei Jahre während des Zweiten Weltkriegs, als die Bahn geschlossen blieb – im August zu den Rennen in dem alten Badeort. Für Charlie war Saratoga der ideale Rennplatz mit guten Pferden, hin und wieder großen Mengen unerfahrener Zuschauer, die die Quoten in die Höhe trieben, und einer entspannten Atmosphäre, die den Aufenthalt zu einem Genuß machte. Er hatte an der Geschichte der traditionsreichsten Rennbahn des Landes ebensowenig Interesse wie an den gesellschaftlichen Vergnügungen, die der Stadt einen turbulenten Monat im Jahr bescherten. Charlie war ein Spieler und hatte keine Zeit für »Minderbemittelte«, wie er die Angehörigen der Gesellschaft bezeichnete.
»Ich kann mich an das Whitney Stakes vor zehn Jahren erinnern«, sagte er vom Rücksitz des Oldsmobile. »Glaubst du, auch nur einer von

diesen feinen Leuten weiß noch, was er am Abend zuvor auf diesen ewigen Partys geredet hat? Nun ja, dagegen ist nichts zu sagen. Die Leute vertreiben sich damit die Zeit wie ich auch. Aber ich lese abends lieber im Schlafanzug den *Telegraph*, als mich im Smoking mit Mrs. Fipps zu unterhalten, womit ich niemanden beleidigen will.«

Annie lächelte. Bis jetzt war der Sommer für sie ein finanzieller Erfolg gewesen. Als Läuferin für Charlie und dank gelegentlicher eigener Wetten hatte sie beinahe zweitausend Dollar gespart. Wäre sie im Clubhaus geblieben, wenn sie sah, daß die Loge der Cumberlands besetzt war, hätte es mehr sein können. Keiner kannte den Grund für ihr plötzliches Verschwinden oder fragte, weshalb sie manchmal beschloß, die Rennen von der Gegengeraden aus zu verfolgen. Dann legte Teddy die Wetten für Charlie an. Wenn Annie die beiden später auf dem Parkplatz traf, um sie nach Hause zu fahren, waren sie mehr mit den Ereignissen des Tages beschäftigt als mit Annies Abwesenheit.

Phil war in diesem Sommer nur unregelmäßig in Belmont aufgetaucht. Annie hörte, wie Charlie einmal Teddy Lapps erzählte, Angel habe große Pläne und arbeite irgendwo auf kleineren Rennplätzen. Aber sie erkundigte sich ganz bewußt niemals nach ihm.

Vera lud Annie ein, mit ihr in dem Gästehaus zu wohnen, in dem sie seit Jahren abstieg. Morgens konnten sie zusammen mit dem Oldsmobile zur Arbeit fahren. Wenn Charlie auf der Terrasse der Rennbahn frühstücken und die Pferde bei der Morgenarbeit beobachten wollte, würden er und Teddy ein Taxi nehmen. Kam Charlie morgens nicht, sollte Annie die beiden Männer in Charlies Haus abholen, wenn sie mit ihrer Arbeit fertig war, sie zur Rennbahn fahren und den Wagen auf dem für die Pferdebesitzer reservierten Parkplatz am Haupteingang abstellen.

»Annie, du kannst jederzeit mit uns zu Mittag essen und in der Loge sitzen«, sagte Charlie, als sie in Saratoga einfuhren.

»Danke, Charlie. Ab und zu werde ich das tun. Es ist nur so, daß ich hinter der Gegengeraden eine Menge lerne.«

»Oh, in Saratoga wirst du viel lernen. Jeder hat seine Geschichte zu erzählen, und es sind gute Geschichten. Aber die meisten sind Lügen.«

Annie liebte Saratoga vom ersten Morgen an, als sie und Vera vom Gästehaus durch die schlafende Stadt zur Rennbahn fuhren. Die alten

Holztribünen mit ihren geneigten Dächern und hohen spitzen Kuppeln waren mit langen Reihen leuchtend roter Geranien geschmückt und wirkten weniger gewaltig als die in Belmont; frische weiße Farbe glänzte in der Sonne, die durch den morgendlichen Dunst drang. Die Ställe standen unter Bäumen hinter der Gegengeraden direkt neben der Bahn und um eine Trainingsbahn auf der anderen Seite der Union Avenue. Vera liebte die Arbeit in Saratoga, denn die Terrasse an den Tribünen war morgens oft bevölkert von Frühstücksgästen. Sie war durch ihren platinblonden Pferdeschwanz dort bekannt, und wenn sie vorbeiritt, erhielt sie üblicherweise Applaus. In den Ställen arbeiteten nur wenige Frauen, und einer hübschen schenkte man besondere Aufmerksamkeit. Wenn Vera langsam genug ritt, bedankte sie sich mit einem Winken.

»Man nennt Saratoga die ›Königinwitwe unter den Bädern‹«, erklärte Vera eines Abends, »und die Bahn ist ›der Friedhof der Favoriten‹, denn hier verlieren viele gute Pferde. Das wichtigste Rennen des Treffens, das Travers Stakes, kann zum Travers-Sumpf werden. Das Wetter hier spielt im August verrückt, es wechselt ganz plötzlich. Der Regen verwandelt eine schnelle Bahn innerhalb von zwei Minuten in braune Brühe. Du kannst es mir glauben, ich habe es schon erlebt.«

»Weshalb gibt es dann in Saratoga überhaupt eine Bahn? Es liegt irgendwie so weit ab von allem«, fragte Annie, während sie an einigen prächtigen viktorianischen Villen vorbeifuhren.

»Daran ist das abscheuliche Mineralwasser schuld. Es soll angeblich alles kurieren, vom Kater bis zum Hexenschuß«, sagte Vera. »Es wurden Hotels gebaut und ›Häuschen‹ mit fünfzig Zimmern, Spielcasinos und Restaurants. Und damit die reichen Leute tagsüber etwas zu tun hatten, baute man auch eine Rennbahn. Eine Zeitlang war es *der* Ort schlechthin, selbst wenn man nicht gerade Pferde liebte. Dann fanden Wissenschaftler heraus, daß das Wasser nichts nützt, und schließlich gaben die Leute zu, daß das Zeug einen abscheulichen Geschmack hat. Ich habe einmal von der Quelle getrunken. Es schmeckt wie faule Eier. Übrigens, in der Spring Street ist die Schwefelquelle. Und so begann der Exodus. In den Casinos gab es von Zeit zu Zeit Razzien, und die Stadt verlor ihre Anziehungskraft. Sie erwacht nur für einen Monat im Jahr wieder zum Leben, wenn die New Yorker hier ihre Pferderennen veranstalten. Die Rennen sind immer noch Spitze, und es ist für alle wie Ferien.«

Annie fühlte sich bei der Arbeit in Johnny Phillips' Stall zu Hause. Der Trainer gab ihr mehr zu tun: Sie mischte Futter, überprüfte das Heu, wenn es geliefert wurde, und half dem Tierarzt, wenn er kam. Burt brachte ihr bei, was er über die Behandlung von Krankheiten wußte, und eines Morgens zeigte er ihr, wie man Umschläge macht.

»Ein Pferd mit einer Entzündung kann nicht laufen, und früher oder später bekommt jedes Pferd einmal eine Entzündung«, erklärte er, während er verschiedene Zutaten in einem Mörser zerstampfte. »Und gegen Lahmen hilft nur ein Mittel: Ruhe! Nur dann gehen die Schwellungen und die Hitze um das entzündete Gelenk oder den Muskel zurück. Aber üblicherweise bleibt nicht genug Zeit, damit ein Pferd ausruhen kann, und deshalb mischt man dieses Zeug, um die Hitze herauszuziehen. Jeder hat ein eigenes Rezept, von Vitaminen bis hin zu Bussardblut. Ich benutze dieses und jenes, Borsäure und Pfefferminzöl, etwas Kreosot und Kaolin. Ich spucke einmal darauf, mische alles, spucke wieder darauf, bis es flüssig genug ist, trage es auf und bandagiere die Stelle. Das funktioniert genausogut wie das Zeug, das der Tierarzt benutzt. Aber verrate ihm nicht, daß ich das gesagt habe. Er berechnet lieber eine Bute-Spritze.«

»Was ist Bute?« fragte Annie, die zusah, wie Burt seine Paste mischte.

»Butazolidin ist eines dieser Medikamente, die Wunder wirken sollen. Es ist sogar ziemlich gut. Die Entzündung schwillt sofort ab, und das Zeug zieht die Hitze heraus. Das Problem ist nur, es ist außerdem ein wirklich gutes Schmerzmittel. Das ist in Ordnung für das Pferd, solange die Entzündung abheilt. Aber die Leute benutzen es, um die Pferde damit an den Start zu bekommen. Ein Pferd, das keine Schmerzen hat, läuft und verletzt sich von neuem, wahrscheinlich sogar noch schlimmer als zuvor. Mir ist meine Salbe lieber. Viele Leute, die etwas von Pferden verstehen, ziehen ihre Salbe den Medikamenten vor. Woody Stephens mischt ein wahres Hexengebräu zusammen. Und Frank Carney macht eine Salbe, die ist so gut, daß er niemandem verrät, was drin ist. Du weißt doch, wen ich meine?«

»Ja«, sagte Annie, und um das Thema zu wechseln, fragte sie, weshalb ein Hufschmied ›Farrier‹ genannt wurde. Während Burt erklärte, daß dieser Begriff wie so viele andere mit den Vollblütern aus England gekommen war, dachte Annie an den berühmten Trainer von Caernarvon mit den sandfarbenen Haaren, der von allen hinter der Gegengerade respektiert wurde. Sie sah ihn oft, wenn er im Sattel saß und seine Pferde bei der Arbeit beobachtete. In Belmont hatte er ihr im Vorübergehen einmal zugenickt. Aber sie wußte nicht, ob es auf Höflichkeit geschah oder weil er sich daran erinnerte, daß Sam sie miteinander bekannt gemacht hatte.

»Ich würde sagen, Carney gehört zu den fünf besten Trainern in der Gegend«, sagte Vera, als Annie sich an diesem Abend nach ihm erkundigte. »Er ist wirklich ernsthaft bei der Sache und sehr geschickt, ein echter Pferdemann. Er hat schon ganz früh bei Caernarvon angefangen und sich vom Trockenführer hinaufgearbeitet. Der alte Cumberland hat ihn gewissermaßen adoptiert. Wie ich gehört habe, sind er und Sam nicht gerade Freunde. Ich habe auch gehört, daß Carney ein bißchen viel trinkt.«

»Du meine Güte, das tut doch jeder hier.«

»Leider ist es wahr!« Vera war einen Augenblick ungewöhnlich still und sagte dann sehr ernst: »Fang niemals damit an, Annie. Das bringt dich sehr schnell ins Grab. Meine Mutter ist mit sechsundvierzig als Säuferin gestorben. Sie hat zehn Jahre dazu gebraucht, aber sie hat es geschafft. Es zeigt sich am Gesicht, bevor es die inneren Organe zerstört. Wenn ich es nicht mit eigenen Augen gesehen hätte, ich glaube, ich hätte sie schließlich nicht mehr erkannt, so sehr hat sich ihr Gesicht verändert.«

Annie und Vera aßen gemeinsam ein Eis und reichten sich abwechselnd den Becher. Sie sahen zu, wie der Himmel dunkler wurde, und wollten noch nicht ins Haus, obwohl sie dort vor den Stechmücken sicher gewesen wären. Sie saßen in alten Korbsesseln auf der Veranda des Gästehauses. Annie hielt einen ledergebundenen *Don Quijote* in der Hand, den Charlie ihr geliehen hatte. Ihre Zimmer lagen im ersten Stock; sie teilten sich Bad und Küche und lebten deshalb sehr billig. Die Vermieterin war Veras alte Freundin und freute sich darüber, die beiden Frauen bei sich zu haben. Sie war eine fanatische Zwei-Dollar-Wetterin und fragte sie nach guten Tips, die sie ihr reichlich gaben.

»Meine Mutter ist mit vierunddreißig gestorben«, sagte Annie unvermittelt.

»Das war sehr jung«, sagte Vera. »Wie ist es denn gekommen?«

»Mein Vater und meine Brüder haben immer gesagt, es sei meine

Schuld gewesen. Ich war eine schwere Geburt, und hinterher wurde sie nie mehr richtig gesund. Aber es lag nicht nur an mir. Sie waren sehr gemein zu ihr, wenn sie nicht kochen oder saubermachen konnte. Ich glaube, sie ist nur gestorben, um dem schrecklichen Leben zu entgehen.«

»Wie alt warst du damals?« Vera schlug nach einer Stechmücke und schnippte sie vom Handgelenk.

»Fünf. Ich kann mich nicht sehr gut an sie erinnern. Ich denke mehr daran, wie sie mir fehlt, als daran, wie sie war. Sie ist im Sommer gestorben. Es war so warm wie jetzt. Ich habe jede Nacht auf einem kleinen Teppich neben ihrem Bett geschlafen und ihre Hand gehalten. Wenn ich aufwachte, sah ich, daß ihre Hand über dem Bettrand hing, damit ich sie halten konnte. Sie hat mich immer angelächelt, ganz gleich, wie schlimm die Schmerzen waren. Und sie waren am Ende sehr schlimm. Eines Morgens griff ich nach ihrer Hand, und sie war kalt. Als ich Mutter ansah, lächelte sie nicht mehr.«

Sie schwiegen eine Weile. Annie staunte über sich. Sie hatte noch mit keinem Menschen über ihre Familie gesprochen.

»Hat dein Vater wieder geheiratet?« fragte Vera.

Annie schüttelte den Kopf. »Er hatte drei kleine Kinder. Wir lebten in einer Hütte, die der Bahn gehörte, im Wald in der Nähe von Catlettsburg. Keine Frau, die klar bei Verstand war, wäre dort hinaus gezogen. Außerdem hatte er angefangen, immer mehr zu trinken. Ich frage mich oft, wie anders alles hätte sein können, wenn meine Mutter noch gelebt hätte. Ich bezweifle, daß es irgend jemandem gelungen wäre, die drei unter Kontrolle zu halten. Sie waren wie, na ja, wie Tiere ... Kann ich dir etwas sagen, Vera? Wirst du es niemandem erzählen?«

Die Angst in Annies Stimme brachte Vera dazu, sich ihr zuzuwenden.

»Ich habe einen großen Mund und ein großes Herz. Und darin begrabe ich vieles. Sag mir alles, was du willst. Ich rede nur über Dinge, die mich in Schwierigkeiten bringen.«

»Mein Vater hat angefangen, schwarz gebrannten Whiskey aus den Bergen zu trinken«, begann Annie leise und langsam, als erzähle sie eine Gute-Nacht-Geschichte. »Dadurch wurde er gemein, und wir drei Kinder haben uns von ihm ferngehalten, wenn er betrunken war. Er arbeitete meistens nachts, und so blieben wir ziemlich viel allein.

Meine Brüder waren drei und vier Jahre älter als ich, und sie kümmerten sich ein paar Jahre um mich. Aber dann wurden auch sie gemein. Nicht vom Whiskey, vermutlich einfach vom Älterwerden. Als ich neun war, haben sie angefangen, mich auszuziehen. Ungefähr ein Jahr später hat Fungo mich nackt an der Wand festgehalten, und Jimmy Lee, der Ältere, hat versucht, in mich einzudringen. Aber ich war zu eng. Er wurde furchtbar böse, schlug mich und behauptete, ich mache etwas, damit ich so eng blieb. Dann ging er zum Herd. Ich konnte ihn im Spiegel sehen, der über dem Spülbecken hing. Ich sehe ihn immer noch vor mir. Er nahm Schmalz. Als er zurückkam, flehte ich ihn an, es nicht zu tun. Aber keiner der beiden hörte auf mich. Er hat mir furchtbar weh getan. Als er fertig war und Fungo mich losließ, rannte ich davon, um meinen Vater zu suchen. Er war Weichensteller und arbeitete etwa eine Meile entfernt. Ich rannte, so schnell ich konnte. Aber als ich bei ihm ankam, war er betrunken. Als er mich nackt und schreiend vor sich sah, drehte er durch. Er packte mich am Arm und warf mich so heftig zu Boden, daß er mir den Arm brach ... Ich war damals gerade zehn geworden ... zweimal fünf.«

Annie schwieg. Sie spürte die Aufregung in ihrer Brust.

Vera räusperte sich. »Was heißt das, zweimal fünf?« Ihre Stimme bebte, und Annie sah sie an. Vera blickte in die Dunkelheit vor der Veranda, ihre Augen waren größer als gewöhnlich.

»Nichts. Nur so eine Idee von mir. Es tut mir leid, daß ich dir das alles gesagt habe, Vera.«

Vera schwieg einen Augenblick, ehe sie fragte: »Und was ist dann passiert?«

Annie lehnte sich zurück, und der Korbstuhl knarrte. Sie blickte ebenfalls in die Dunkelheit. »Eine Weile war es schlimm. Sie waren oft hinter mir her. Aber als ich größer war, konnte ich mich wehren und davonlaufen. Einmal haben sie es vor meinem Vater getan, als er betrunken war. Er hat *gelacht*. Er hat ... gelacht.« Sie zögerte und schüttelte dann den Kopf. »Als ich fünfzehn war, bin ich von zu Hause davongelaufen.«

Das Zirpen der Grillen tönte durch die Nacht. Die beiden Frauen saßen auf der Veranda und lauschten.

»Leben sie immer noch dort?« fragte Vera schließlich.

»Nein«, erwiderte Annie. Sie fühlte sich plötzlich erschöpft. »Sie sitzen alle drei im Gefängnis. Ich wußte es nicht einmal, aber Charlie hat Auskünfte über mich eingeholt, als ich anfing, bei ihm zu arbeiten. Er hat mir eine Akte gezeigt. Meine Brüder hat man beim Stehlen ertappt. Schwerer Diebstahl, hieß es. Es hat jedem sieben Jahre eingebracht. Mein Vater hat ein Eisenbahnunglück verursacht, weil er betrunken war. Fahrlässige Tötung. Er hat zwanzig Jahre bekommen. Sie sind alle im Staatsgefängnis in Eddyville, in Kentucky.«

»Dort ist es sicherer für sie«, sagte Vera.

»Was meinst du damit?«

»Wenn mir nämlich einer von ihnen über den Weg laufen sollte, würde ich ihn umbringen. Darauf kannst du Gift nehmen.« Sie griff nach Annies Hand und hielt sie eine Weile fest. Dann stand sie auf und ging, ohne Annie anzusehen, ins Haus und in ihr Zimmer. Annie folgte kurze Zeit später. Sie schleppte sich die Treppe hinauf, sank auf das Bett und schlief ein, ohne sich auszuziehen.

Am nächsten Nachmittag, beim dritten Rennen, setzte sich Jaybird, Charlie Dells bester Hengst, im Schlußbogen an die Spitze. Annie stand an den Rails und feuerte ihn laut schreiend an, als er vorbeischoß. Sie war sicher, daß der Hengst sie hörte. Eine halbe Minute später hatte er gewonnen, und Annie fühlte sich so glücklich, daß sie glaubte zu schweben. Sie kannte den Hengst gut und hatte ihn seit dem ersten Tag in Belmont trockengeführt. Er war boshaft. Burt war sein Pfleger, und selbst er mußte sich vorsehen, wenn er die Box betrat. Jaybird war dafür bekannt, daß er mit erschreckender Treffsicherheit ausschlug. Wenn Annie ihn führte, wurde er jedoch relativ friedlich. Sie hatte seine Fügsamkeit mit einer altbewährten Methode gewonnen: Sie gab ihm jeden Morgen nach der Arbeit ein Stück Zucker.

Annie wartete an der Öffnung der Umzäunung, bis Jaybird vom Führring zum Untersuchungsstand geführt wurde, und fragte sich, ob Charlie Dell wohl aus seiner Loge heruntergekommen war, um sich im Führring fotografieren zu lassen. Sie bezweifelte es. Dann fiel ihr die eigene Zehn-Dollar-Wette zu zwölf für eins ein, und sie wußte, daß sie einhundertzwanzig Dollar abholen konnte. »Freies Geld«, nannte sie ihren Wettgewinn. Der schöne warme Tag in Saratoga war beinahe vollkommen.

Annie entdeckte den Hengst bald vor der Haupttribüne zwischen den anderen Pferden, die ihren Besitzern Gewinne eingelaufen hatten. Sie waren abgesattelt, trugen auch die Startnummern nicht mehr und wurden von den Pflegern in Annies Richtung zum Durchgang geführt.

Überraschenderweise war nicht Burt bei Jaybird, sondern ein junger Kubaner, der mit Annie als Trockenführer arbeitete. Als er Annie an den Rails entdeckte, brachte er den Hengst zu ihr und gab ihr den Zügel. »Da ist dein Pferd. Übernimm es.« Jaybird erkannte Annie, und trotz seiner Müdigkeit wieherte er leise und stieß sie mit den Nüstern an. Er suchte nach dem Zuckerwürfel.

Ein Ordner ließ sie nicht aus den Augen. Deshalb führte Annie den Hengst zum Untersuchungsstand, wo den Tieren Blut- und Urinproben entnommen wurden.

»Wo ist Burt?« fragte Annie.

»Er ist krank. Es sieht schlimm aus. Er hat starke Schmerzen«, sagte der Kubaner und deutete auf die rechte Körperseite. »Man hat ihn im Krankenwagen abgeholt.«

Sie betraten das abgetrennte Gelände des Untersuchungsstandes und mußten ihre Arbeitsausweise vorzeigen. Annie führte Jaybird um das Gebäude herum, während die staatlichen Veterinärärzte darauf warteten, daß die Pferde urinierten.

Als sie um die Ecke bog, sah sie den schwitzenden Johnny Phillips neben dem jungen Kubaner stehen. Er war eilig vom Führring herübergekommen.

»Gratuliere, Johnny!« sagte Annie immer noch ganz aufgeregt.

Phillips winkte ab. »Danke. Gib ihn Humberto. Ich muß mit dir reden.«

Annie übergab dem Kubaner den Zügel und ging mit Phillips beiseite.

»Burt hat Blinddarmentzündung«, erklärte Phillips, ohne die feuchte Zigarre aus dem Mund zu nehmen. »Vermutlich schneiden sie ihn gerade auf. Er wird acht bis zehn Tage im Bett liegen. Glaubst du, du kommst mit den Pferden zurecht?«

»Ja, Mr. Phillips«, erwiderte Annie, und ihr Eifer verdrängte jeden Zweifel. »Vielleicht werde ich Hilfe beim Futtermischen brauchen.«

»Das kann ich machen. Das gilt nur so lange, bis Burt wieder auf den Beinen ist.«

»Mir ist es recht«, sagte Annie. Sie wußte, wenn sie erst eine Lizenz als Pflegerin hatte, konnte sie jederzeit eine andere Stelle finden.

»Also gut, du bist Pflegerin. Ich erledige das mit den Papieren. Übrigens, herzlichen Glückwunsch von Charlie. Er fand es eine hervorragende Idee.«

»Hat er sich fotografieren lassen?«

»Aber nein. Er war zu sehr damit beschäftigt, Teddy Lapps wegzuschikken, um die Wettscheine einzulösen... He, Doktor, mein Hengst ist soweit!« rief er zu einem der Ärzte hinüber, der Humberto zeigte, welche Box im Unterstand er benutzen sollte. Humberto ließ Jaybird allein, und ein Mann hielt einen etwa fünfzig Zentimeter langen Bambusstock mit einem Plastikgefäß an einem Ende unter den Hengst. Er begann zu pfeifen, um Jaybirds Urinierreflex auszulösen.

»Annie, Burt war meine Stallwache«, sagte Phillips. »Er hat in der Sattelkammer geschlafen, die Pferde abends gefüttert, morgens das Gas angezündet, um das Waschwasser heiß zu machen. Ich überlege...«

»Ja, Mr. Phillips, das mach ich auch«, unterbrach sie ihn. »Aber nachmittags muß ich Charlie fahren.«

»Ich habe nichts dagegen. Du bekommst etwas mehr Geld als Stallwache.«

»Ich weiß«, sagte Annie, und Phillips eilte zurück zu den Tribünen.

Das Pfeifen in der Box verstummte, und Annie hörte es plätschern. Bald wurde die Tür der Box geöffnet, und der Mann kam mit dem vollen Becher heraus. Einer der Tierärzte entnahm dem Hengst am Hals eine Blutprobe. Danach brachte Humberto den Sieger des Rennens zurück in den eigenen Stall.

Annie lief nebenher und versuchte, sich die freudige Erregung nicht anmerken zu lassen, daß sich ihr die Chance bot, Pferdepflegerin zu werden. Humberto führte Jaybird vor dem Stall noch einige Zeit im Kreis. Unterdessen kontrollierte Annie seine Box, griff nach einer vierzinkigen Gabel und wendete und lockerte das Stroh. Dann füllte sie die Wassereimer, um Jaybird zu waschen.

Die neue Verwantwortung vergrößerte den Respekt für ihre Pferde sofort. Sie verbrachte immer mehr Zeit im Umgang mit den beiden Hengsten und der Stute und beobachtete die Wirkung menschlicher Ruhe auf die ängstlichen Vollblüter.

»Du darfst nie vergessen«, sagte Johnny Phillips eines Tages, »vom Instinkt her sind sie wilde Tiere. Die Gefangenschaft und das Training werden ihnen aufgezwungen. Und damit wird jeder anders fertig.

Wenn du diese Unterschiede verstehst, dann hast du den richtigen Pferdeverstand.«

Wenn Annie beobachtete, wie ihre Pferde vom Start galoppierten und auf die Ziellinie zurasten, feuerte sie sie mit jedem Sprung an. Wenn sie gut abschnitten, was oft geschah, überließ sie sich ganz ihrer Freude. Wenn sie verloren, war sie niedergeschlagen. Wenn sie sich beim Rennen verletzten, wie die Stute, die eines Tages die Vorderfessel mit dem Hinterhuf strich, durchzuckte Annie ein mitfühlender Schmerz. Alle diese Gefühle hielt sie jedoch unter Kontrolle. Sie hatte gelernt, daß der Rennsport von viel zu vielen Emotionen umgeben war, um den eigenen freien Lauf zu lassen.

Ihre Pflichten als Stallwache verlangten, daß sie nicht tief schlief. Sie mußte abends alle fünfzehn Pferde füttern und versuchen, zwischen Sätteln, Halftern und Zügeln auf dem Feldbett in der Sattelkammer zu schlafen. Morgens um vier zündete sie die Gasbrenner unter den Wasserfässern an, um heißes Wasser bereit zu haben, wenn die Pferde von der Morgenarbeit zurückkamen und gewaschen wurden. Ihre wichtigste Aufgabe war es, dafür zu sorgen, daß niemand die Pferde störte oder beunruhigte. Obwohl Nachtwächter von Pinkerton im Auftrag der Rennbahn Dienst taten, wachte Annie oft auf und sah selbst nach dem Rechten.

Burt bekam nach der Operation eine Rippenfellentzündung. Johnny Phillips bat Annie, zumindest bis zum Ende der Saison in Saratoga als Pflegerin und Stallwache weiterzumachen. Annie arbeitete hart und war stolz auf ihre wachsenden Kenntnisse. Ihre beiden Hengste und die Stute liefen gut und sahen dank Annies hingebungsvollem Bürsten und Striegeln immer hervorragend aus. Von einem alten Iren, der in einem anderen Stall arbeitete, lernte sie, die Pferdemähnen für ein Rennen auf verschiedene Weise zu flechten. Andere Pfleger sahen ihre hübschen Zöpfe und zahlten ihr fünfzig Cents, damit Annie auch ihre Pferde verschönerte.

Eine Pflicht übernahm sie nicht. Sie gab Schüchternheit vor und richtete es immer so ein, daß ein anderer Pfleger die Pferde vor dem Rennen zum Sattelplatz führte. In Saratoga war der Sattelplatz nicht umzäunt und befand sich unter den mächtigen Bäumen neben einem Zugang zu den Logen. Die Besitzer begutachteten dort oft die Pferde, und Annie wollte nicht in die Nähe der Cumberlands.

Annie hatte ihre Rennfarben beinahe jeden Tag an den schönen Pferden von Caernarvon gesehen, meist beim Hauptrennen. Das war schlimm genug für sie. Eines Abends in dem Geschäft am Broadway, wo Annie und Vera ihren *Telegraph* und etwas zu essen für das Frühstück einkauften, sah Annie zufällig ein Bild von Cornelia und Belinda Cumberland auf der Titelseite der Lokalzeitung. Sie trugen elegante, gemusterte Kleider, breitkrempige Sommerhüte und weiße Handschuhe. Beide lächelten. Annie griff nicht nach der Zeitung, überflog jedoch den Artikel. Die beiden Damen hatten an einem Mittagessen teilgenommen, dessen Erlös dem örtlichen Krankenhaus zugute kam, und hatten in der anschließenden Versteigerung das höchste Gebot für einen Satz antiker Messerkästen abgegeben.
Als Annie später auf dem Feldbett in der Sattelkammer lag, las sie im *Telegraph*, daß ein Pferd von Caernarvon für das Hopeful Stakes angekommen war, ein Hengst namens Certainty. Annie war wie elektrisiert. Das Hopeful war eines der wichtigsten Rennen für zweijährige Hengste und gab Aufschluß darüber, welche Pferde als Dreijährige möglicherweise Champions sein würden. Certainty hatte sein erstes Rennen in diesem Sommer in Monmoth Park gewonnen und im Anschluß daran noch zwei weitere in einer beeindruckenden Zeit.
Annie legte die Zeitung beiseite, schaltete das Licht aus und versuchte zu schlafen. Einige Stunden später hörte sie, wie sich ein Pferd unruhig in seiner Box bewegte und ärgerlich wieherte. Annie schlief in ihren Kleidern, aus Gründen der Schicklichkeit, aber auch, um notfalls sofort aufstehen zu können. Sie griff über den Sattelbock nach der Taschenlampe auf dem Fensterbrett und beugte sich zurück, um von dem Gestell an der Wand einen Hufkratzer zu nehmen. Leise öffnete sie die Tür der Sattelkammer und schlich hinaus. Sie stellte fest, daß eine Box offenstand und ging geräuschlos darauf zu. Sie hockte sich neben die Tür, streckte den Arm mit der Taschenlampe aus, kroch in die Türöffnung und schaltete die Taschenlampe ein. Als erstes sah sie eine Injektionsnadel an der Flanke des Pferdes. Ein Mann fluchte auf Spanisch, warf die Spritze in das Licht und machte einen Satz in Richtung Tür. Annie duckte sich und hielt den Hufkratzer über ihren Kopf. Sie stieß dem Mann damit genau zwischen die Beine, der über sie hinwegsprang und auf der Erde landete. Er schrie vor Schmerz und krümmte sich. Annie stand schnell auf, um sich gegen ihn wehren zu können. Aber

der Mann erhob sich unter Fluchen und Stöhnen und verschwand humpelnd im Dunkeln.
Annie hatte ihn nicht genau gesehen. Sie wartete, bis sie nicht mehr zitterte, und ging dann in die Box, um das Pferd zu beruhigen. Es war Jaybird. Er sollte am nächsten Nachmittag wieder laufen. Glücklicherweise war er nicht aus der Box gestürmt, obwohl das Netz nicht vorgespannt war. Annie suchte mit der Taschenlampe vor der Box die Spritze und nahm sie mit in die Sattelkammer. Sie wartete, bis ein Nachtwächter vorbeikam, und berichtete ihm, was geschehen war. Der Mann erklärte sich bereit, für den Rest der Nacht in der Nähe zu bleiben. Annie legte sich wieder auf das Feldbett und überlegte, ob sie die Pistole holen sollte. Sie befand sich im Gästehaus in dem Kästchen, in dem Annie Charlies Perlenkette und das ersparte Geld aufbewahrte. Aber Annie wurde schläfrig und entschied, die Pistole dort zu lassen.
Jaybird gewann an diesem Nachmittag wieder. Drei Tage später kam das Untersuchungsergebnis der Spritze. Sie hatte Luminal enthalten, ein starkes Beruhigungsmittel. Mehrere Untersuchungsbeamte erschienen und befragten Annie. Sie hatte das Gefühl, ihnen nicht viel helfen zu können.

Am nächsten Morgen, als die dritte Gruppe Pferde nach der Arbeit gewaschen wurde, fuhr Phil Angelo in einem gelben Thunderbird Cabriolet vor. Die ganze Stallmannschaft beobachtete seinen Auftritt. Phil genoß das sehr. Er war dunkel gebräunt und trug eine Pilotensonnenbrille. Die Tolle und die langen Haare im Nacken waren verschwunden; er hatte jetzt adrette Wellen. Der hellbraune Leinenanzug stand ihm besser als die üblichen Kombinationen, die Annie an ihm kannte, und das offene Hemd gab den Blick frei auf eine schwere Goldkette. Das Glitzern auf der Brust fand seine Entsprechung in kleinen goldenen Schuhschnallen. Phil sah Annie beim Aussteigen, reagierte aber nicht. Er ging zu Johnny Phillips und redete kurz mit dem Trainer. Phillips kam dann mit ihm zu Annie herüber, die eines ihrer Pferde mit dem Schwamm abwusch und mit einem Schweißschaber abtrocknete.
»Hallo Annie, wie geht's?« fragte Phil und grinste vertraulich. Annie fiel auf, daß er keinen Zahnstocher kaute.
»Gut«, sagte Annie und arbeitete weiter. Phil folgte ihr, als sie das Pferd in die Box führte.

»Ich komme nach den Rennen zurück, um dich abzuholen. Wir gehen essen in einem Restaurant, das ich kenne.«

»Ich kann nicht weg. Es gibt hier immer etwas zu tun.«

»Ich habe bereits mit Phillips gesprochen. Er läßt dich bis nach dem Essen vertreten«, erwiderte Phil und grinste selbstzufrieden.

»Ich möchte nicht, Phil.«

Das Grinsen wich einem bösartigen Blick.

»Keine Ausreden, Annie. Du kommst mit! Ich habe dir etwas von Charlie zu sagen, verstanden?« Er grinste wieder.

Annie begann zu zittern. Sie griff nach dem Lappen und begann, das Pferd trockenzureiben. Charlie war seit drei Tagen nicht zum Rennplatz gekommen, nicht einmal, um Jaybird laufen zu sehen. Er hatte ihr keine Erklärung dafür gegeben, wenn sie ihn zu Hause abholen wollte, und war sehr wortkarg gewesen.

»Also gut, Phil«, sagte sie. »Wir treffen uns vor dem Haupteingang. Ich bin nicht besonders scharf darauf, gesehen zu werden, wenn ich in deinen Wagen steige.«

Phil drehte sich selbstzufrieden um und schlenderte zu seinem Thunderbird. Dann konnte er der Versuchung nicht widerstehen und raste mit heulendem Motor in einer Staubwolke davon.

Nach den Rennen ging Annie in Jeans, sauberen Stiefeln und einem Arbeitshemd zu ihrer Verabredung. Phil lehnte am Thunderbird, der vor dem Haupteingang der Rennbahn parkte. Die Menge hatte sich bereits verlaufen, nur ein paar Verrückte suchten in den vielen tausend Wettscheinen auf der Erde nach einem möglichen Gewinn, den jemand vielleicht versehentlich weggeworfen hatte. Phil musterte Annie mit einem schnellen prüfenden Blick und nickte anerkennend.

»Hast du gewußt«, sagte er nachdenklich, »daß jedes Vollblut auf der ganzen Welt von drei Araberhengsten abstammt, die im achtzehnten Jahrhundert nach England gebracht worden sind? Den einen Hengst hat ein Mann in Paris entdeckt, wo er halbverhungert einen Eiswagen zog. Verstehst du, es kam nicht darauf an, was das Pferd macht oder wie es aussieht. Der Mann sah die Rasse und wußte, was Klasse ist.« Er grinste anzüglich und durchbohrte sie mit einem prüfenden Blick und sagte dann: »Übrigens, ich auch.«

Annie lachte über Phils Eigenlob. Er öffnete ihr die Tür des Thunderbird, und Annie stieg ein. Während sie durch Saratoga fuhren, sagte

Annie: »Phil, ich muß nicht großartig mit dir essen gehen, nur damit du mir etwas ausrichten kannst. Warum sagst du mir nicht einfach, was es ist?«

Phil setzte die Sonnenbrille ab, und Annie sah zum ersten Mal seine Augen. Sie hatte vergessen, wie tückisch sie wirken konnten.

»Die Sache ist die, Annie. Wir gehen essen, oder du bekommst Charlies Nachricht nicht. Und das wäre wirklich gefährlich für dich.« Dann sah er sie an. »Warum zum Teufel kannst du nicht locker sein und etwas genießen?«

Annie hätte beinahe gelacht. Aber sie schwieg.

Mit finsterem Gesicht fuhr er weiter. Ganz unvermittelt sagte er: »Ich finde, du siehst sehr gut aus.« Annie spürte, wie sie errötete, aber sie schwieg.

Das Restaurant lag außerhalb Saratogas an der großen Straße zum Lake George. Phil bestellte Steaks. Beim Essen stellte Annie fest, daß vertraute Gesichter von der Bahn den Raum füllten. Die Stimmen waren laut und die Gespräche oft hitzig. Eine Frau spielte auf einer elektrischen Orgel. Phil aß schnell und sprach wenig.

Annie legte schließlich die Gabel weg. »Phil, was ist los? Was hat Charlie gesagt?«

Er grinste sie an und wischte sich den Mund mit der Hand ab. »Also gut, ich habe dir folgendes zu sagen. Charlie würde es anders ausdrükken, aber ich weiß mehr über deine Beziehung zu ihm, als er glaubt. Also bin ich ganz offen zu dir. Vermutlich solltest du tot sein.«

Annie beobachtete Phils Augen. »Warum?«

»He, sieh mich nicht so streng an. Zeig dein Grübchen. Sei hübsch für mich.«

»Sag mir nur, warum ich tot sein sollte«, sagte Annie, und ihre Stimme klang gepreßt.

»Keine Sorge. Ich paß auf dich auf. Also gut. Für Charlie geht es um Wetten, kapiert? Er ist nicht im Geschäft, um die Rasse zu verbessern. Er will gewinnen wie jeder andere auch. Ich war in diesem Sommer unterwegs und habe ein paar Sachen für Charlie ausprobiert. Wir haben auf den Rennbahnen im ganzen Land wirklich gute Gewinne erzielt. Aber neulich hat uns hier in Saratoga jemand die Sache verpatzt. Und das warst du. Hier werden große Rennen gelaufen, bei denen viel auf dem Spiel steht. Und dein Eingreifen, das hat uns nicht gerade gefreut.«

Annie ahnte, worum es ging, hoffte jedoch, sich zu irren.
»Warum ich?«
Phil lehnte sich zurück, seufzte ergeben und sagte: »Charlie mag dich, Annie, und zwar nicht nur, weil du etwas über ihn in der Hand hast. Er hat hier Pferde laufen. Jaybird hat oft genug gewonnen, um Favorit zu sein. Das ist ein guter Ausgangspunkt, wenn du weißt, was ich meine. Untersucht werden nur die Gewinner eines Rennens. Es ist geplant, das bald zu ändern und auch Favoriten zu untersuchen, die verlieren. Deshalb müssen wir schnell sein. Aber du bist uns bei unserem Geschäft in die Quere gekommen, und Charlie will, daß du das sein läßt. Das ist die Nachricht. Hast du verstanden?«
»Du meinst, er läßt seine Pferde dopen?« Annie war so entsetzt, daß ihr übel wurde.
»Bleib einfach in der Sattelkammer und schlaf die ganze Nacht, Annie. Der Kerl hat dich nur wegen Charlie nicht auf der Stelle zusammengeschlagen.«
Annie starrte Phil an. »Hängt Johnny Phillips auch mit drin?«
»Nein. Es funktioniert immer besser bei einem Stall, von dem jeder weiß, daß er sauber ist. Man gibt einem Favoriten eine Injektion, damit er nicht gewinnt. Man besticht ein paar Jockeys und setzt auf die Außenseiter.«
»Hast du damit diesen Sommer soviel Geld gemacht?«
Seine Augen wurden ausdruckslos. »Werd nicht zu schlau, Annie. Das geht dich verdammt noch mal nichts an.«
»Phil, ich muß zum Stall zurück.«
Er sagte gereizt: »Sei doch nicht so verdammt ehrgeizig, Annie«, aber als sie aufstand, zog er Geld aus der Tasche, legte es auf den Tisch, nahm ihren Arm, und sie verließen das Restaurant.
Sie fuhren schweigend nach Saratoga zurück. Schließlich sagte Phil wütend: »Kannst du dir nicht denken, warum ich...?« Er beendete den Satz nicht.
»Was kann ich mir denken?« fragte sie.
Er fuhr schweigend weiter und sagte dann: »Weißt du, vielleicht gibt es einen Grund dafür, daß ich mich um dich kümmere.«
»Ich bin sicher, du kannst Charlie damit einen Gefallen tun.« Trotz ihrer Angst wurde Annie zornig.
Phil sah sie überrascht an, blickte aber dann sofort wieder geradeaus.

»Verdammt noch mal, Annie, du kannst es mir glauben – entweder ich mag jemanden oder ich mag ihn nicht, und dann schade ich ihm. Dazwischen gibt es für mich nichts. Und dir habe ich *nie* geschadet.« Er sah sie an. »Das sollte dir eigentlich etwas bedeuten.«

Annie nickte, ohne seinen Blick zu erwidern. Sie fürchtete sich vor dem, was in seinem Gesicht geschrieben stand. Ob Brutalität, ob ein seltsamer Ausdruck der Zuneigung, sie wollte es nicht sehen.

Sie sprachen nicht mehr, bis sie die Stallungen erreichten. Als Phil durch das Tor in der Umzäunung fuhr, sagte Annie: »Phil, richte Charlie aus, es tut mir wirklich leid, aber ich kann da nicht mitmachen. Wenn er seine Pferde dopen will, ist das wohl seine Sache – wenn er das Risiko eingeht, geschnappt zu werden. Aber ich werde *niemandem* erlauben, ein Pferd zu dopen, das ich versorge. Ich sage Johnny morgen, daß ich aufhöre.«

Phil hielt den Wagen mitten auf er Straße an und wies mit dem Finger auf sie. »Laß dir ja nicht einfallen zu kündigen!« Er wandte sich aufgebracht ab. »Mein Gott, Annie, du kannst einem wirklich auf die Nerven gehen!«

»Hör zu, Phil. Du weißt, daß ich alles tue, um mich aus Charlies Vergangenheit herauszuhalten! Ich hatte keine Ahnung, daß ihr solche Dinge macht, und du kommst hierher, um mich hineinzuziehen. Da könnt ihr bei mir nicht landen!«

Phil packte sie am Arm und zog sie zu sich hinüber.

»Sei still und hör mir zu. Du *schuldest* Charlie etwas. Du schuldest ihm etwas dafür, daß du hier bist, für deinen Job als Pflegerin, für all das Geld, das er dir gegeben hat, weil du seine Wetten anlegst. Er gibt sich große Mühe mit dir, und wie ich gesagt habe, tut er das nicht wegen der Liste. Er hält dich für zäh und clever. Er bewundert dich. Weshalb, verdammt noch mal, kannst du ...«

»Weil ich nicht kann! Und ich lasse mich von Charlie nicht kaufen. Sag ihm das.« Sie wollte die Tür öffnen und aussteigen, aber Phil ließ ihren Arm nicht los und gab Gas.

Auf dem Weg zu Phillips' Stall sagte er: »Verdammt noch mal, du hörst nicht auf, nicht, bevor du Charlie gesehen hast. Vielleicht kann er es dir ausreden.« Als sie sich dem Stall näherten, ließ Phil ihren Arm los. »Er kommt morgen raus.«

Phil brachte den Wagen zum Stehen, sah Annie aber nicht an. In einem anderen Stall spielte ein Kofferradio. Nachtfalter tanzten um die Lampe am Ende des Gebäudes. Annie stieg aus und ging auf die Sattelkammer zu.

Phil sah ihr nach und sagte: »Clever sein ist gut, Annie, aber zu clever ist gefährlich.« Er legte den Gang ein. »Du hast doch die Liste noch, oder?«

Annie nickte. Phil nickte ebenfalls. »Paß gut darauf auf. Eines Tages bist du vielleicht so clever und machst mich zu deinem Partner.« Er grinste und fuhr davon.

In dieser Nacht schlief Annie nicht. Sie saß in der Sattelkammer und machte Pläne. Sie würde einen Brief für Johnny Phillips zurücklassen und sich für ihr Weggehen entschuldigen, es aber nicht erklären. Vera würde wie üblich am Morgen das Oldsmobile bringen. Annie wußte, wo sie ihn parkte, und daß die Schlüssel unter der Fußmatte liegen würden. Sie würde zum Gästehaus fahren, packen, eine Nachricht für Vera hinterlassen und den Wagen auf dem Besitzer-Parkplatz vor der Rennbahn abstellen. Dann würde sie mit dem Taxi zum Busbahnhof fahren. Wohin sie danach gehen wollte, das wußte sie noch nicht.

Etwas konnte sich Annie jedoch nicht verkneifen, ehe sie ging. Am frühen Morgen, nachdem sie den Brief für Phillips geschrieben hatte, gab sie einem der Nachtwächter fünf Dollar, damit er am Stallgebäude blieb, bis der Trainer kam. Es war noch dunkel, und es arbeitete noch niemand in den Ställen. Annie ging auf die andere Seite der Union Avenue zu den Stallungen an der Trainingsbahn. Das Gebäude Nr. 71 gehörte Caernarvon. Annie war während der ganzen Zeit in Saratoga nicht ein einziges Mal dort gewesen. Aber am Tag zuvor war Certainty eingetroffen.

Im Vergleich zu den anderen Ställen waren die Boxen von Caernarvon nicht nur makellos sauber, sondern wirkten luxuriös. Eine geschnitzte Holztafel mit dem Zeichen der Farm, dem ineinander verschlungenen C und F, hing an beiden Enden der Stallgasse mit den einunddreißig Boxen. Die Futterkrippen, Netze und Tränkeimer waren in den Caernarvon-Farben – Karminrot, Gold und Königsblau – gestreift. Das Stroh in jeder Box war dicht gepackt und am Eingang zu einem Halbmond geformt. In der Sattelkammer in der Mitte des Stallgebäudes glänzten die polierten Sättel, Zügel und das Zaumzeug. Auf einer Wäscheleine hingen dreifarbige Decken und Sattelunterlagen mit der Aufschrift Caernarvon in altenglischen Schriftzeichen. Auf ganzer Länge des Gebäudes standen alle fünf Schritte Pflanzengefäße in den Farben des Gestüts mit weißen Petunien. Die Blumenkästen an den Fenstern der Sattelkammer ähnelten denen an der Nr. 10 in der Siebzigsten Straße. Annie fiel auf, daß die ganze Fläche vor dem Stall sorgsam gerecht war.

Annie wartete, während der Pfleger, der Nachtdienst hatte, das Gas unter den Wasserbehältern anzündete. Sonst schien niemand da zu sein. Sie begrüßte den Mann und erklärte, sie sei auf dem Weg zur Arbeit und wolle nur einen kurzen Blick auf Certainty werfen. Der Mann sah ihre Dienstmarke und wies auf die Box des Hengstes. Die meisten Pferde streckten die Köpfe über die Netze hinweg heraus, und einige begrüßten sich leise wiehernd. Certainty stand jedoch mit dem Kopf zur Hinterwand der Box.

Annie wartete einen Augenblick am Netz und sagte dann: »He, Certainty, erinnerst du dich noch daran, daß wir einmal zusammen geschwommen sind?«

Beim Klang von Annies Stimme drehte Certainty den Kopf und stellte die Ohren in ihre Richtung.

»Ja, ich bin es«, sagte Annie und streckte ihre Hand aus, aber so tief, daß er sie sehen konnte. Certainty kam herbei und schnupperte daran. Dann streckte er den Kopf über das Netz und beroch ihr Gesicht. Annie ließ es geschehen; sie wußte nicht genau, ob er sie erkannte. Sie tätschelte seinen Hals. Sie hatte ihn damals als Jährling gesehen. Inzwischen war er kräftiger geworden. Er hatte starke, gerade Vorderbeine, und seine Brust war erheblich breiter geworden. Annie war zwar keine Expertin in Sachen ›Gebäude‹, wie die Fachleute den Körperbau des Pferdes nennen, aber sie sah, daß aus Certainty ein ausgezeichnetes, starkes Rennpferd geworden war.

Sie nahm einen Zuckerwürfel aus der Tasche und streckte den Arm aus. Im nächsten Augenblick packte ihn jemand.

»Was ist das?«

Annie drehte sich um und sah, daß Frank Carney ihr Handgelenk festhielt. Er ließ sie zwar sofort los, stellte sich aber zwischen sie und Certainty.

»Nur ein Stück Zucker« sagte Annie. Sie war sich seiner Autorität bewußt und auch, daß sie sich nicht ganz richtig verhielt. »Ich wollte Sie nicht stören.«

»Ich kenne Sie«, sagte Carney. »Sie haben Certainty gerettet ... wie unser Chef sagt.« Er lächelte geringschätzig.
Annie nickte und roch den Whiskey in seinem Atem.
Carney sah sie an, blinzelte und blickte dann in die Box. »Ich möchte mich bei Ihnen bedanken. Certainty wird unser erster Champion sein ... meiner und Sams.« Er lachte leise.
»Ich hoffe für Sie, daß er gewinnt«, sagte Annie. Sie lächelte, aber sie wollte unbedingt weg. »Würden Sie mir einen Gefallen tun?«
»Wie es aussieht, bin ich Ihnen einen schuldig.« Er wies mit dem Kopf auf Certainty.
»Macht es Ihnen etwas aus, niemandem zu sagen, daß ich hier war?«
»Niemand, das heißt Sam?« Als Annie nickte, lächelte er und erklärte: »Ich sage Sam nicht mehr, als ich unbedingt muß. Es gibt da einen guten Trainer in Kalifornien, der sagt, man muß die Besitzer der Pferde behandeln wie Champignons – man hält sie im Dunkeln und gibt ihnen viel Mist.«
Sie lachten beide. Carney brach gleich wieder ab und sagte: »Es ist nicht sehr klug von mir, so über meinen Chef zu reden.« Er streckte Annie die Hand entgegen. »Ich werde nichts sagen, wenn es Ihnen nicht recht ist.«
Annie blickte verlegen zu Boden. Als sie seine Hand ergriff, spürte sie harte Schwielen und sah im Lampenlicht zackige Narben, die sich am Handgelenk kreuzten.
»Danke«, sagte sie und wandte sich zum Gehen.
»Bis dann«, sagte Carney und sah Annie nach, die schnell in der Dunkelheit verschwand.

9

Annie wohnte acht Monate in einer Kellerwohnung auf der Westseite von Manhattan in einer Gegend, die als ›Höllenküche‹ bekannt war. Anfangs lebte sie in der ständigen Furcht, Charlie und Phil könnten sie finden, sie ›bestrafen‹, weil sie aus Saratoga verschwunden war und zuviel wußte. Als die Monate vergingen und ihr allmählich das Geld ausging, legte sich ihre Angst, und sie machte sich auf die Suche nach Arbeit. Sie hatte Glück und fand etwas, aber das stellte sie vor eine Reihe Probleme. Deshalb beschloß sie, mit dem Anwalt zu sprechen.

»Also«, begann Archy Delansig, lehnte sich im Drehsessel zurück und faltete die Hände hinter dem Kopf, »werde ich jetzt in die Geheimnisse Ihres Depots eingeweiht?« Seine Augen hinter der Brille mit dem Plastikgestell schlossen sich halb.

»Ich weiß nicht«, erwiderte Annie und verlagerte ihr Gewicht auf dem Stuhl vor dem Schreibtisch. Sie hatte vergessen, wie intelligent und vornehm der Anwalt aussah, und sie erinnerte sich auch nicht mehr daran, daß er graue Schläfen hatte. Aber an die farbigen Hosenträger erinnerte sie sich. An diesem Tag waren sie hellgrün und gelb. »Sie haben mir damals versichert, daß Sie mit niemandem über Dinge sprechen dürfen, die ich Ihnen sage. Gilt das auch bei Beweisen für Verbrechen?«

»Ja.«

»Selbst, wenn es um Mord geht?«

Er nickte, ohne Überraschung zu zeigen. »Ich bin Ihr Anwalt, Miss Grebauer. Von mir wird nicht verlangt, daß ich etwas melde, was Sie mir sagen. Wenn das Beweismaterial von Bedeutung für die gerade laufende Untersuchung eines Verbrechens ist, würde ich Ihnen unter Umständen raten, es nicht der Polizei vorzuenthalten, denn so etwas verstößt gegen das Gesetz. Sollten Sie sich jedoch entschließen, meinem Rat nicht zu folgen, bin ich nicht gezwungen, es zu melden.«

Annie strich ihren grauen Flanellrock über den Oberschenkeln glatt. »Und wenn es für Sie gefährlich ist, das Beweismaterial zu kennen? Ich meine, wenn gewisse Leute herausfinden würden, daß Sie davon wissen, könnten Sie ... Sie haben eine Familie.«

Archy Delansig dachte eine Weile darüber nach, schaukelte dabei leicht mit dem Sessel und beobachtete Annie.

»Ich glaube, Miss Grebauer, ich würde vermutlich alles so arrangieren, wie ich annehme, daß Sie es getan haben. Dann würde jeder Schaden, den diese Leute mir zufügen, einen größeren Schaden für sie selbst bedeuten.«

»Wenn Sie nichts dagegen haben, würde ich Ihnen gerne alles erzählen und Ihren Rat hören.«

Er reagierte zunächst nicht darauf, sondern stand auf und ging in dem kleinen Büro hin und her. »Aber sagen Sie mir bitte vorher, was Ihr Kommen heute notwendig gemacht hat.«

Annie holte tief Luft und blickte in den Himmel hinter dem Fenster. »Ich halte mich seit acht Monaten versteckt. Ich habe kein Geld mehr und mußte deshalb Arbeit suchen. Ich soll heute abend anfangen, aber ich habe Angst.«

»Gefährdet die Arbeit Ihre Sicherheit?«

Annie verlagerte ihr Gewicht. Sie wollte reden, mußte aber zuerst schlucken. »Ich werde als Showgirl im Latin Quarter arbeiten.«

Delansig federte leicht auf den Fußballen. Dann öffnete er die Tür und bat seine Sekretärin, keine Telefongespräche durchzustellen. Er ging zu seinem Drehsessel zurück, setzte sich und sagte: »Ich kann Ihnen versichern, Miss Grebauer, Sie haben meine volle Aufmerksamkeit.«

Er hörte beinahe eine Stunde zu, während Annie ihm von der Namensliste berichtete, wie sie ihr in die Hände gefallen war, und wie sie sich mit Charlie und Phil geeinigt hatte. Sie erzählte auch, wie sie im letzten Sommer aus Saratoga abgefahren war, nachdem Phil ihr berichtet hatte, daß er als Partner von Charlie den Ausgang von Rennen manipulierte. Als Annie geendet hatte, spürte sie, daß ihre Rückenmuskeln verkrampft waren und schmerzten, weil sie sich beim Sprechen immer wieder aufgerichtet hatte, um sich nicht anzulehnen.

»Sind Sie nach New York zurückgekommen, um sich zu verstecken?« fragte Delansig.
»Es ist die einzige Stadt, die ich kenne. Ich dachte, wenn ich an einen fremden Ort gehe, würde ich auffallen. In New York fällt niemand auf.«
»Und was haben Sie in den acht Monaten getan?«
»Nicht viel. Ich war die meiste Zeit in der Bibliothek und habe gelesen.«
»Vermutlich *Große Erwartungen*«, sagte Delansig lächelnd.
Annie nickte. »Ich habe viel Dickens gelesen, und alle möglichen anderen Bücher. In der Bibliothek arbeitet eine Frau, die wollte mich irgendwie bilden.«
»Und wie um alles in der Welt sind Sie zu einer Arbeit im Latin Quarter gekommen?«
Annie lächelte. »Es liegt auf dem Weg von meiner Wohnung zur Bibliothek. Abends auf dem Heimweg bin ich immer da vorbeigekommen. Der Portier kannte mich nach einer Weile und grüßte mich. Als ich Arbeit suchte, habe ich ihn nach einer Stelle hinter der Bar oder als Bedienung gefragt. Er empfahl mir, mich vorzustellen. Ich dachte, ich würde als Bedienung arbeiten.« Annie sah, daß Delansig lächelte. »Also bin ich hingegangen, und sie haben mich genommen. Offenbar suchen viele Nightclubs für ihre Shows große Mädchen. Ich habe eine Woche geprobt. Ich habe nicht viel zu tun, außer herumzugehen« – sie brach ab – »ohne Kleider.« Dieser Teil der Arbeit beunruhigte sie immer noch.
»Miss Grebauer, wie alt sind Sie?«
»In ein paar Wochen, am achtundzwanzigsten April, werde ich achtzehn.«
Delansig nickte wieder. »Ich muß Sie davon in Kenntnis setzen, daß die Beweise, die Sie haben, von allergrößter Bedeutung sind. Ich möchte meinen, es handelt sich um Fälle, die von staatlichen und von New Yorker Behörden untersucht werden. Solche Informationen zurückzuhalten, ist ohne Berücksichtigung der Umstände ein strafbares Vergehen. Die Regierung bietet ein Zeugenschutzprogramm an, durch das Sie geschützt würden. Und nachdem Sie Ihre Aussage gemacht hätten, würde man Ihnen eine neue Identität geben. Sie könnten ein neues Leben als eine andere Person beginnen.«

»Ist das Ihr Rat?« fragte Annie sichtlich enttäuscht.
»Nein«, erwiderte er. »Das ist die Information, die ich Ihnen geben muß. Mein Rat ist, gehen Sie heute abend zu Ihrer Arbeit und lassen Sie der Sache einfach ihren Lauf.«
»Wie?« rief Annie und lachte erleichtert. Aber sie verstummte sofort wieder und fragte: »Sie geben mich doch nicht auf, oder?«
»Im Gegenteil«, sagte Delansig. »Ich gehe davon aus, daß Sie als Klientin meiner relativ alltäglichen Praxis einen dringend benötigten Hauch von Glamour, um nicht zu sagen Aufregung bringen werden.« Er lachte. Dann war er einen Augenblick still und sagte: »Lassen Sie mich Ihnen meine Schlußfolgerung erklären. Ich bezweifle, daß auf Grund des Beweismaterials auf der Liste jemand verurteilt werden würde. Es beruht weitgehend auf Hörensagen, das heißt, es beweist nicht, daß der Genannte die entsprechende Person getötet hat. Selbst wenn Charlie Dell aussagen würde, was er niemals tun wird, selbst wenn man die Leichen aus ihren Betongräbern hervorholen sollte, wäre das kein sicherer Beweis. Die Liste bringt die Leichen mit Verbrechern in Verbindung. Aber sie alle hätten Alibis, eine sehr gute Verteidigung, und die Fälle liegen zwischen fünf und zwanzig Jahre zurück. Deshalb, Miss Grebauer, halten Sie nicht gerade Beweismaterial zurück, das Amerika von diesen Verbrechern auf einen Schlag befreien würde. Sie halten Beweismaterial zurück, das diese Männer nach meiner Beurteilung unter starken Druck setzen würde. Und die Behörden würden sie mit Freuden unter Druck setzen und würden diese Liste unbedingt haben wollen, wenn sie von ihrer Existenz wüßten. Aber Verbrecher wollen keinem Druck ausgesetzt sein. Die Liste in der Hand der Behörden würde beinahe mit Sicherheit den Tod von Mr. Dell, von Mr. Angelo und Ihren Tod bedeuten, selbst wenn Sie das Zeugenschutzprogramm in Anspruch nehmen sollten. Es ist ein Programm der staatlichen Bürokratie, und da Bürokraten bekanntermaßen in allen Dingen unfähig sind, würde ich ihnen nicht mein Leben anvertrauen, nur damit diese Herren Druck auf ein paar Verbrecher ausüben können.«
Annie beobachtete ihn und versuchte zu verdauen, was er alles sagte. Sie fühlte sich bereits erleichtert, aber dann fragte sie: »Und was ist mit Charlie und Phil? Ich bin ziemlich sicher, wenn ich auf der Bühne im Latin Quarter herumlaufe, werden sie es erfahren. Und wenn sie dann auftauchen?«

»Ich sehe nicht, daß Ihre Kenntnis von den Wettmanipulationen Sie für einen der beiden zu einem größeren Problem macht als durch den Besitz der Liste. Sie haben in den – wieviel? – acht Monaten niemandem etwas davon erzählt. Wichtig ist, daß die Liste für beide immer noch den Tod bedeuten kann, falls einer der Aufgeführten von ihrer Existenz erfährt. Ihre Freunde wissen das, und sie wissen auch, daß Sie alles vorbereitet haben, damit der Inhalt der Liste bekannt wird, falls Ihnen etwas zustoßen sollte. Sie haben mit Sicherheit nichts getan, um den beiden zu schaden. Ich bezweifle sehr, daß einer von ihnen es wagen würde, den Status quo zu gefährden. Nach allem, was Sie gesagt haben, scheint Mr. Dell Sie außerdem zu mögen. Ich glaube, wenn diese Herren plötzlich auftauchen, liegt es bei Ihnen, ob Sie mit ihnen sprechen. Ich rate Ihnen davon ab, aber ich weiß natürlich nicht, ob Sie die beiden mögen.«

»Das weiß ich auch nicht.« Annie stand auf. »Jetzt fühle ich mich wirklich sehr viel besser. Vielen Dank, Mr. Delansig.«

»Ich danke *Ihnen*, Miss Grebauer. Ich glaube, Sie sollten mich eine Zeitlang einmal in der Woche anrufen, um mich auf dem laufenden zu halten. Das werde ich Ihnen nicht berechnen, das heutige Gespräch allerdings schon.«

»Ich zahle, sobald ich mein erstes Geld bekommen habe.«

An diesem Abend kam sie, wieder einmal als Annie Brown, ins Latin Quarter, um ihre Arbeit aufzunehmen. Mit ihren einsdreiundsiebzig wurde sie von den anderen Mädchen in der überfüllten Garderobe sofort ›Kleine‹ getauft. Die anderen mit ihren aufreizenden Netzstrümpfen waren alle einsachtzig oder noch größer. Niemand stellte Annie über ihr Alter oder über etwas anderes Fragen – das schien eine stillschweigende Übereinkunft zu sein. Ihre Jugend und Unerfahrenheit waren unübersehbar. Von einem der Mädchen lernte sie, in den Schuhen mit den Bleistiftabsätzen zu gehen, die die Kostüme verlangten; eine andere zeigte ihr, wie sie die Klebstreifen anbrachte, damit die Kostüme ihr nicht die Brustwarzen wundrieben, eine dritte, wie sie sich die Schamhaare schneiden mußte; und alle gaben ihr Tips über die Feinheiten beim Anlegen des Make-up am Körper, damit es die beste Wirkung erzielte. Annie befolgte ihren Rat, sprach wenig und tat, was man ihr sagte. Sie tat es, als beobachte sie sich selbst aus sicherer Distanz.

Die Produktion des Latin Quarter hieß: *Das internationale Liebeskonzil.* Acht Showgirls und sieben Tänzerinnen traten auf. Sie teilten sich alle die enge, laute Garderobe mit den Kostümständern in der Mitte und den beleuchteten Schminktischen an den Wänden. Für die Frauen, besonders für die acht großen, blieb wenig Platz. Trotzdem gab es kaum Reibereien; Annie erlebte eine Kameraderie des Überlebens in einer bizarren Welt perfekter Körper, nackten Glamours und lächerlicher Phantasien.

Ihre erste große Nummer hieß ›Ein Boudoir im Himmel‹. Sie kam in einem kurzen, durchsichtigen Negligé als Engel mit kleinen Flügeln auf dem Rücken und einem Globus in der Hand in einer Gondel auf die Bühne. Sie trat aus der Gondel und schritt zu den Klängen von ›Ich bau dir eine Treppe zum Paradies‹, blechern gespielt vom Orchester Joe Lombardi, im Rampenlicht auf und ab. Zu ihren anderen Aufgaben gehörte es, als Nebenattraktion in den ›Tanzenden Fontänen‹ auf einem Podest stehend auf ein Stichwort klassische Posen einzunehmen. Das Ganze war ein Wunderwerk der Bühnenklempnerei, denn im bunten Scheinwerferlicht sprühten unzählige Fontänen ihr Wasser im Rhythmus der Musik nach oben und unten und allen Seiten. Annie absolvierte ihre Nummern fehlerlos und war den anderen Mädchen dankbar, die ihr unauffällig hin und wieder hilfreich zur Seite standen. Am meisten überraschte sie, daß sie sich überhaupt nicht schämte. Bei den Proben und vor dem Auftritt war ihr der Gedanke entsetzlich gewesen, beinahe nackt auf der Bühne in einem Raum voller Menschen herumzulaufen. Als sie jedoch aus der Gondel stieg und hörte, wie die Männer anerkennend den Atem ausstießen oder applaudierten, empfand sie ihre Nacktheit als ein Kostüm.

Annies Wirkung auf das Publikum gab ihr in den ersten Wochen ihres Auftretens allmählich ein Gefühl der Sicherheit. Sie lernte, daß sie den Zuschauern Reaktionen entlockte, wenn sie sich auf eine gewisse Weise bewegte, auf eine gewisse Weise lächelte oder sich auf dem Laufsteg mit einem gewissen, erwartungsvollen Blick drehte. Die Bezahlung war eine weitere Überraschung. Nackt herumzulaufen, brachte ihr dreimal mehr als Pferdepflegen. Sie hätte noch immer das eine ohne das geringste Zögern mit dem anderen vertauscht, aber der Rückweg war ihr versperrt. Sie brauchte das Geld und freute sich über die leichte Arbeit.

Eines Abends fragte sie eines der Mädchern vor dem Auftritt, ob sie Lust auf eine Party hätte.
»Was heißt das?« fragte Annie, während sie sich beide die falschen Wimpern anklebten.
»Manchmal gibt es nach der Show eine Party«, sagte die andere eher beiläufig. »Du weißt schon. Sie laden uns in ein Penthaus ein, wir unterhalten sie . . . nun ja, wo immer sie wollen.« Sie lächelte Annie im Spiegel zu.
»Ich glaube, das ist nichts für mich«, sagte Annie.
»Hör zu, das ist besser, als im Schnellimbiß ein Salamisandwich zu essen. Die Männer machen einem Geschenke. Und es führt zu anderen Dingen – Trips auf einer Yacht, Wochenenden in den Hamptons. Georgina hat letztes Jahr ein Rubinarmband bekommen, und Phyllis . . . du kennst sie nicht, aber sie hat so einen Kerl geheiratet und lebt jetzt in Palm Beach. Man weiß nie . . . «
Annie klebte die Wimpern fest und blinzelte mehrmals, dann sagte sie: »Du ahnst nicht, wie sehr ich Salamisandwichs mag.«
Das Mädchen lachte. »Wie du willst. Aber sag mir, wenn du deine Meinung änderst.«

Frühstück im Schnellrestaurant wurde für Annie zu einer Gewohnheit. Nach dem Ende der Show gegen Morgen war sie üblicherweise zu aufgedreht, um in die Kellerwohnung zurückzugehen. Sie begann, nachts zu leben und tagsüber zu schlafen. Sie arbeitete, hatte ein paar Freundinnen, und wenn sie daran dachte, daß Charlie Dell sie finden würde, sagte sie sich, sie sei bereit, ihm gegenüberzutreten.
Aber als sie eines Tages aus dem Bühneneingang kam und das Oldsmobile in der Reihe der großen Wagen entdeckte, die darauf warteten, die Mädchen zu irgendwelchen Partys zu bringen, begann Annie zu zittern. Teddy Lapps stand an der hinteren Wagentür, um sie für Annie zu öffnen. Hinter sich hörte sie eine vertraute, spöttische Stimme: »Na, wie geht's denn, Annie Brown?«
Sie zwang sich einzusteigen, und Teddy Lapps schloß die Tür. Phil setzte sich ans Steuer und Teddy auf den Beifahrersitz. Annie wandte sich Charlie Dell zu, der auf seinem gewohnten Platz saß.
»Hallo, Charlie«, sagte sie und drückte sich in den Sitz, um nicht zu zittern. Trotz allem, was Archy Delansig gesagt hatte, glaubte sie, sie

werde den Wagen wohl nicht lebend verlassen. Das Oldsmobile fuhr durch den nicht sehr dichten frühmorgendlichen Verkehr.
»Annie, sag mir, weshalb du mich nicht angerufen hast«, sagte Charlie, und es klang gekränkt. Annie sah ihn an. Es ärgerte sie, verspottet zu werden. Sie sah, daß der alte Mann sich verändert hatte: die Kleider schienen zu groß für ihn zu sein, und er saß zusammengesunken auf seinem Platz. Eine seiner Hände im Schoß zuckte krampfartig.
»Sie wissen warum, Charlie«, erwiderte sie leise. »Ich hatte Angst davor, so wie ich jetzt Angst habe.«
»*Wieso?*« fragte er schmerzlich überrascht.
»Um Himmels willen, Charlie, schließlich weiß ich eine ganze Menge.«
Charlie schwieg. Nach einem Augenblick sagte er verärgert: »Angel hat dir zuviel gesagt.« Annie blickte zum Fahrersitz und sah Phils Augen im Rückspiegel. Er hob die Schultern. Charlie beugte sich zu ihr und flüsterte eindringlich: »Du weißt eine ganze Menge, Annie, aber du solltest inzwischen verdammt gut wissen, daß ich dir *vertraue*.«
Annie flüsterte jetzt ebenfalls, aber sie spürte, wie ihre Stimme zitterte und ihr die Tränen kamen. »Ich habe Ihnen nicht mehr getraut, Charlie, nicht, nachdem ich gehört hatte, was Sie mit den eigenen Pferden tun.«
Mühsam lehnte Charlie sich in die Wagenecke zurück. Sie fuhren schweigend weiter, und es dauerte lange, bis er wieder sprach.
»Es war mein großer Fehler zu glauben, ich könnte erwarten, du würdest meine Art Geschäfte verstehen ... oder auch nur verstehen wollen. Es tut mir leid, Annie. Ich hatte mir Sorgen gemacht, daß dir etwas zustoßen könnte, wenn du in Saratoga zu sehr im Weg sein würdest.«
Er holte tief Luft und begann plötzlich heftig zu husten. »Wir sind aus diesem Geschäft ausgestiegen«, fuhr er fort, »also mußt du dir deshalb keine Sorgen machen.« Er hustete wieder, bis er sich schließlich erschöpft vorbeugte und kurz und flach atmete. Teddy Lapps sah sich schweigend nach ihm um. Er und Phil schienen das zu kennen. Annie legte Charlie die Hand auf dem Arm, als er sich wieder aufrichtete.
»Alles in Ordnung, Charlie?«
Er sah sie mit der alten Zuneigung an. »Wir fahren nach Belmont. Ich dachte, du würdest vielleicht gerne mal wieder hin. Wenn nicht, besorgt dir Teddy ein Taxi.«

Annie blickte ihm in die Augen und sah sein Vertrauen, das sie nicht enttäuschen konnte. »Aber sicher«, sagte sie, »warum nicht?«
Phil fuhr sofort schneller. Niemand sprach, und während die lange Kette der Leuchtstoffröhren im Tunnel rhythmisch das Wageninnere erleuchtete, sah Annie, daß Phil sie im Rückspiegel beobachtete. Ihre Augen begegneten sich, und er grinste, als sei alles in Ordnung. Sie warf ihm einen bösen Blick zu, wandte sich ab und blickte aus dem Fenster. Als sie aus dem Tunnel herauskamen, reichte Charlie ihr den *Morning Telegraph*. Annie bedankte sich und nahm die Zeitung. Die aufmerksame Geste weckte von neuem das Unbehagen wegen ihres Verhaltens Charlie gegenüber und seiner Erwartungen nach allem, was er für sie getan hatte. Sie erinnerte sich auch wieder an die Monate, bevor sie die Arbeit im Latin Quarter gefunden hatte, als sie sich nicht leisten konnte, fünfzig Cents für den *Telegraph* auszugeben, denn soviel kostete ihr Abendessen aus dem Automaten. Sie überflog die Titelseite und entdeckte einen Artikel, der solche Überlegungen sofort verdrängte. Der Artikel beschäftigte sich mit drei neuen Nennungen für das Belmont Stakes, das in zehn Tagen stattfand. Eine der Nennungen war für Certainty von Caernarvon. Annie las den Artikel zweimal.

> ... Hinter Certainty liegt eine Ruhepause im Trainingslager von Caernarvon in South Carolina, wo er sich von der Viruserkrankung erholt hat, die im Frühjahr auf den Rennbahnen in Florida grassierte. Das Virus hat mehrere Teilnehmer an den Rennen für die dreifache Krone umgeworfen, aber Certainty hat das tägliche Training wieder aufgenommen. »Er will wohl den ganzen Spaß nachholen, der ihm entgangen ist«, sagt Frank Carney, der Trainer des Stalls, der den Gesundheitszustand des jungen Hengstes überwacht.

»Wie war das Derby, Charlie?« fragte Annie, als unterhielten sie sich wie früher während der täglichen Fahrt nach Belmont.
»Überfüllt. Ein verrücktes Rennen. Shoemaker dachte am sechzehnten Pfosten, er hätte die Ziellinie erreicht und stellte sich in die Steigbügel. Sein Pferd kam aus dem Tritt und hat verloren. Beim Derby kann eben alles passieren.«
»Wer wird das Belmont Stakes gewinnen, was glauben Sie? Es gibt drei neue Nennungen«, sagte Annie und fand allmählich den Ton zwischen ihnen wieder.

»Wen interessiert das schon? Beim Belmont Stakes wettet man nicht. Die Pferde kommen hierher und laufen über größere Entfernungen. Über diese neuen Nennungen weiß niemand viel, einer war krank. Es lohnt sich nicht.«
»Ich hätte nichts dagegen, das Stakes einmal zu sehen«, sagte Annie beiläufig. Sie versuchte, ihre Aufregung nicht zu zeigen.
»Willst du gehen, Annie?« fragte Phil vom Fahrersitz. »Ich besorge uns Karten.« Er tat, als wolle er sie zum Gottesdienst begleiten.
Annie blickte in den Rückspiegel. Ihr war klar, sie mußte irgendwie Frieden mit Phil schließen. »Ich werde es mir überlegen.«
Sie sah, daß Phil grinste.
Charlie begann wieder zu husten. Diesmal klang es noch gequälter. Annie rutschte hinüber und legte die Arme um ihn; der Husten schien seinen Körper zu zerreißen. Als Charlie sich im Sitz zurücklehnte, ließ Annie den Arm um seine Schulter liegen. Er nahm es mit einem flüchtigen Lächeln zur Kenntnis, blickte aber dann teilnahmslos aus dem Fenster.
»Was ist los mit Ihnen, Charlie?«
Er holte vorsichtig Luft, ehe er erwiderte: »Man hat mir gesagt, daß meine Lunge aus der Zeit, als ich noch gebaut habe, mit Asbest ausgekleidet ist.« Er sah Annie in die Augen. »Ich habe immer mit dem besten Material gebaut. Asbest war damals das Beste.«
Annie versuchte, nicht betroffen zu sein. »Können die Ärzte nichts dagegen tun?«
Charlie wandte den Blick wieder ab. »Die Ärzte? Ich mußte in die Stadt ziehen, damit ich ihnen näher bin. Aber was sie mir raten, ist schlimmer als Sterben. Annie, ich möchte lieber über Pferde reden.«
Annie beugte sich spontan hinüber und küßte ihn auf die Wange. Charlie blickte weiter aus dem Fenster, griff aber nach ihrer Hand.
Sie fuhren eine Weile schweigend weiter. Annie überlegte, wie krank Charlie wohl war. Als sie auf die gebührenpflichtige Straße nach Hampstead abbogen, dachte Annie über die Aussicht nach, daß Sam Cumberland beim Belmont Stakes sein würde. Certainty war sein Pferd. Sam hatte es gezüchtet. Annie hatte es gerettet.
»Phil, wenn du zum Stakes gehst, komme ich mit.« Sie wäre lieber alleine gegangen, aber sie glaubte, es sei eine gute Möglichkeit herauszufinden, was Phil dachte und tat.

»Phantastisch«, sagte er. »Ich will sehen, ob ich das dritte Rennen für uns entscheiden kann.« Er lachte über seinen Witz, den die anderen schweigend aufnahmen. »He, das war doch nur Spaß.« Mit einem Blick in den Spiegel suchte er nach einem Anzeichen dafür, daß seine gute Laune geteilt wurde. Aber er sah keine Reaktion.

Sie parkten an der Umzäunung hinter der Gegengeraden. Eine halbe Stunde später sah Annie, daß Certainty zur Morgenarbeit auf die Bahn kam. Sie beobachtete ihn vom Wagen aus, denn sie wollte nicht riskieren, daß jemand sie sah. Charlie hatte das Fernglas für sie auf dem Rücksitz liegen lassen. Frank Carney ritt voraus und führte Certainty mit seinem Jockey am Zügel über die Gegengerade. Als Carney ihn schließlich freigab, schoß Certainty vorwärts. Er lief tausend Meter in achtundfünfzig Sekunden. Annie nahm die Zeit durch Zählen; das hatte sie in Saratoga gelernt, weil sie kein Geld für eine Stoppuhr ausgeben wollte.

Annie hörte, wie sich die Reporter des *Morning Telegraph* im Richterturm neben der Gegengeraden in der Nähe des Oldsmobile aufgeregt unterhielten und ihre Stoppuhren verglichen. Als Certainty mit seinem Reiter zu Frank Carney zurückkam, führte er ihn am Richterturm vorbei. Einer der Männer rief herunter: »Ziemlich schnelle Gangart, Carney. Was für eine Zeit haben Sie?«

Ohne sein Pferd anzuhalten, erwiderte der Trainer: »Ich habe nur ein echt gutes Gefühl. Was haben Sie denn gemessen?«

Die Männer lachten, und einer rief: »Sind Sie mit achtundfünfzig und zwei einverstanden?«

»Ich bin mit allem einverstanden, was Sie sagen.« Die Männer lachten schallend über die spöttische Bemerkung.

Carney führte Certainty von der Bahn und kam dabei dicht neben dem geparkten Oldsmobile vorbei. Annie sah die Narben an Carneys Hand, die auf dem Oberschenkel lag. Sie blickte in sein konzentriertes Gesicht. Seine blaugrünen Augen wanderten scheinbar grundlos zu dem Wagen. Plötzlich blieb der Trainer stehen. Er und der Jockey, der immer noch auf Certainty saß, blickten zurück auf die Bahn. Dort galoppierte gerade Eddie Arcaro vorbei.

Auch Annie sah ihn. Arcaro saß tief über den Pferdehals gebeugt mit gestrecktem Rücken im Sattel. Sein Kinn berührte beinahe die Mähne. Er trieb den Hengst mit den Zügeln in den Händen an. Annie wußte, welchen Vorteil ein Pferd mit Arcaro als Jockey hatte. Ihre Sympathien gehörten aber bereits Certainty, und sie beobachtete Arcaro mit zusammengebissenen Zähnen.

Später sah sie, wie Johnny Phillips und Burt einen jungen Hengst durch den Zugang in der Umzäunung auf die Bahn führten. Annie hatte das Gefühl, wenn sie mit ihnen sprach, würde sie sofort die Arbeit im Latin Quarter aufgeben und zurückkommen. Eines Tages würde sie das vielleicht auch tun, aber nicht an diesem Morgen. Sie hielt nach Vera Ausschau, und später auf dem Rückweg fragte sie Charlie nach ihr.

»Vera ist in Florida gestürzt und hat sich ein Bein gebrochen. Ich habe sie überredet aufzuhören und einen Schönheitssalon zu führen, den ich zufällig in Queens günstig kaufen konnte.«

Annies einzige Reaktion war ein weiterer Kuß, den er mit einem Schulterzucken abtat.

In den folgenden zehn Tagen kam sie noch dreimal mit Charlie nach Belmont zurück. Halb im Spaß schlug Phil vor, sie möge doch wieder fahren, weil er das frühe Aufstehen entsetzlich fand. Die Idee blieb unbeachtet. Annie wußte, welche Folgen ihre Verbindung mit den beiden haben würde, wenn man jemals entdeckte, daß Charlie oder Phil ein Rennen manipulierten. Leute mit Beziehungen zu unlauteren Wettern, Fixern oder der Unterwelt bekamen auf keiner Rennbahn im ganzen Land eine Lizenz. Aber Charlie war gut zu ihr gewesen und jetzt schwer krank. Annie konnte ihn nicht im Stich lassen. Sie nahm ihre alte Gewohnheit wieder auf, mit ihm auszutauschen, was sie in der Zeitung entdeckt hatten und was ihnen bei der Morgenarbeit auffiel. Phil brachte sie mit dem Wagen nach Belmont, Annie fuhr später mit dem Zug zurück nach Manhattan und legte sich schlafen. Sie ließ sich nie etwas anmerken, wenn sie Certainty sah, und nahm sich besonders an dem Morgen in acht, als sie entdeckte, daß der graue Rolls-Royce der Cumberlands zu den Ställen fuhr. Die Spannung, mit der sie das Belmont Stakes erwartete, wuchs bei jedem Besuch. Die allgemeine Aufmerksamkeit richtete sich ganz auf Arcaros Pferd und die Sieger des Derbys und des Preakness. Certaintys Quoten blieben niedrig, obwohl seine Zeiten veröffentlicht worden waren.

Annie hatte in Saratoga gesehen, wie die reichen Damen sich kleideten, wenn sie hinter der Gegengeraden herumspazierten, ihre Pferde besichtigten und den Angestellten hoheitsvoll zulächelten. Annie hatte auf die Schuhe, auf den Schmuck, die Frisuren, das Make-up geachtet und den Unterschied begriffen zwischen einer Frau, die zeigte, was sie hatte, und der eleganten Schlichtheit einer Frau mit soviel Selbstsicherheit, daß ihr das nie in den Sinn kam. Annie wußte aus den Klatschspalten, daß man bei den Reichen selten von Angeben sprach. O nein, bei ihnen war alles Stil. Angeblich wurden die Reichen damit geboren, und dazu gehörte auch eine gute Erziehung, guter Geschmack, gutes Aussehen und viel, viel Geld.

Annie gab einen großen Teil ihres gesparten Geldes aus, um sich für das Rennen einzukleiden. Sie kaufte ein blaßgrünes, seidenes Crêpe-de-Chine-Kleid mit kurzen Ärmeln, einem tiefen Ausschnitt und plissiertem Rock, dunkelgrünen Pumps mit Fersenriemen und einen schlichten, jadegrünen Strohhut, dessen Rand ihre Augen verbarg. Und sie erstand ihr erstes Paar weiße Baumwollhandschuhe. Am Tag des Rennens ging sie sehr früh morgens zum ersten Mal in ihrem Leben zum Friseur. Aus der Zeitschrift *Town and Country* hatte sie ein Bild herausgerissen und zeigte dem Friseur, was sie wollte: eine bernsteinfarbene Kaskade, die ihr auf die Schultern fiel, und einen Mittelscheitel, damit die Haare ihr Gesicht umrahmten. Gehalten wurden sie von zwei schlichten Schildpattspangen. Als einzigen Schmuck trug sie Charlies Perlen, die seit dem Abend mit Sam in der Schatulle gelegen hatten.

Es war ein strahlender Tag mit einem wolkenlosen Himmel, aber die Luft wurde zunehmend feuchter. Phil erwartete Annie an der Pennsylvania Station. Er musterte sie abschätzend, äußerte sich jedoch nicht zu ihrem Aussehen. Zum ersten Mal seit jenem Gespräch in Saratoga waren sie allein, und keiner von beiden hatte Lust zu reden. In der Bahn studierten beide den *Morning Telegraph*, obwohl Annie sich an diesem Tag für kein Rennen außer dem Belmont Stakes interessierte. Die ungefähren Wettquoten des Tages, die das Wetter, mögliche Ausfälle in letzter Minute und den Zustand des Geläufs berücksichtigten, waren als Morgenbasis bekannt. Annie freute sich, als sie entdeckte, daß Certainty immer noch als Außenseiter mit einer Quote von fünfzehn für eins notiert wurde. Als dritter von innen hatte er eine gute Position in den Startboxen.

Phil sagte beiläufig: »Ich habe dich ein paarmal im Latin Quarter gesehen. Ich hatte vergessen, daß du so phantastisch aussiehst.« Er grinste, um sein Kompliment zu bekräftigen.

»*Vielen* Dank, Phil«, erwiderte Annie sarkastisch.
Phil blätterte den *Telegraph* um. »Du weißt, daß Charlie bald sterben wird.«
»Ja«, sagte Annie leise.
»Was machst du mit der Liste, wenn es soweit ist?« Er tat, als lese er immer noch.
Annie ebenfalls. »Mit welcher Liste?«
Phil klappte heftig die Zeitung zu. »Werd nicht frech, Annie. Ich meine, die Liste ist vielleicht zehn Millionen wert, wenn man richtig damit umgeht. Sie wird Charlie nicht mehr schaden, wenn er tot ist, und *ich* weiß, wie man damit umgeht.«
»Schaufelst du schon sein Grab, Phil?«
Phil packte sie am Handgelenk: »Hör gut zu, du ...«
»Laß mich los, Phil.«
Er ließ los, sprach aber weiter. »Niemand weiß, wer die Liste hat. Jeder der Kerle, die auf dieser Liste stehen, ist vielfacher Millionär. Sie werden alt, wollen in Ruhe leben und im Bett sterben. Einer geht dem anderen aus dem Weg. Vito Genovese wollte letzten Monat Frank Costello umlegen lassen. Hast du davon gehört? Der Kerl, den er schickte, war so schlecht, daß er Costello nicht getroffen hat. Sie stehen beide auf der Liste. Nun hör gut zu. Jedesmal, wenn einer von diesen Kerlen umgelegt wird oder stirbt, sinkt der Preis für die Liste. Begreif doch endlich, jeder von ihnen würde ohne weiteres fünfhunderttausend zahlen, um zu verhindern, daß Beweismaterial zum Vorschein kommt, das ihn aus seinem bequemen Sessel holen und vor Gericht bringen kann! Denk nur mal darüber nach, ja? Denk nur mal in Ruhe darüber nach.«
»Das klingt ganz so, als hättest du sehr viel darüber nachgedacht.«
»Annie, treib es nicht zu weit!«
»Warum willst du nicht begreifen, daß diese Leute vielleicht alt werden und sich zurückziehen, daß sie aber nicht blöd sind? Sobald einer von ihnen hört, daß eine der alten Leichen wieder ins Spiel kommt, denkt er sofort an Charlie und schnappt sich jeden, der vor Charlies Tod in seiner Nähe war. Das bist du, und das bin ich. Ich bezweifle, daß sie Teddy Lapps dafür verantwortlich machen. Vielleicht könntest du dich rausreden, aber ich kann nicht lügen. Deshalb sage ich dir: Die Liste bleibt, wo sie ist.«

»Weißt du, ich habe ein paar Namen und Adressen gesehen«, erklärte Phil herausfordernd.

»Das habe ich mir gedacht. Wenn du davon Gebrauch machst, und ich gerate ins Schußfeld, was bestimmt der Fall sein wird, weil sie von uns wissen, Phil, ist die Liste im Handumdrehen bei der Polizei. Dann sind deine paar Namen wertlos, und wir können für den Rest unseres Lebens rennen und uns verstecken, falls wir dazu noch eine Chance haben.«

Phil saß wie erstarrt auf seinem Platz und stieß aufgebracht hervor: »Du bist die beschissenste Frau auf der ganzen gottverdammten Welt!«

»Das kannst du ruhig auch weiterhin denken, Phil, wenn es dir hilft, die Liste zu vergessen!«

Annie stand auf und suchte sich einen Platz am anderen Ende des Abteils. In Belmont stieg sie schnell aus und ging allein zum Eingang der Haupttribüne. Als sie eine Karte kaufte, versuchte Phil, der ihr gefolgt war, sie davon abzuhalten, und sagte, sie könnten Charlies Loge benutzen. Aber Annie bezahlte und folgte der Menge.

Kurz bevor das vierte Rennen begann, entdeckte Annie, daß Phil sie auf der anderen Seite der Abtrennung beobachtete. Sie ignorierte ihn, aber nachdem das Rennen zu Ende war, kam er herüber und setzte sich neben sie.

»Der Platz ist besetzt.«

»Ja. Ich habe dem Mann fünfzig Dollar gegeben, damit er hinuntergeht und von den Rails aus zusieht.«

Annie stand auf. »Das ist eine gute Idee.«

»Also setz dich, ja? Vergessen wir die verdammte Liste.«

»Als könntest du das.«

»Schon geschehen. Vergessen.«

Annie setzte sich wieder und beobachtete geistesabwesend das Publikum. »Ich weiß aber, daß du dir bereits einen neuen Weg ausdenkst, um an die Liste heranzukommen ...«

Phil grinste. »Du weißt eben, was für ein kluges Bürschchen ich bin.« Er schlug den *Telegraph* auf. »Wen finden wir denn im fünften Rennen gut?«

Annie griff herüber und nahm ihm das Fernglas von der Schulter. Ein paar Pfeiler und die Abtrennung versperrten ihr den Blick auf die Loge der Cumberlands. Trotzdem richtete sie das Fernglas in diese Richtung. Sie sah die üblichen Gruppen eleganter Damen und Herren, die sich angeregt unterhielten. Sie glaubte, Cornelia Cumberland zu sehen, und setzte das Fernglas ab. Plötzlich wurde ihr bewußt, wie nervös sie war. Ihr Magen verkrampfte sich, und sie spürte den Schweiß auf der Stirn. Sie machte sich Sorgen, daß sie das Kleid durchschwitzen könnte, und wünschte, sie sei hinter der Gegengeraden und betreue Certainty. Es kam ihr unnatürlich vor, daß sie auf der Tribüne saß, wenn ihr Pferd lief.

Die nächsten Rennen empfand Annie als irritierende Ablenkung. Phil gewann, aber Annie begleitete ihn nicht zu den Wettschaltern. Sie wartete unruhig, bis das siebte Rennen zu Ende war. Dann sprang sie auf und lief zum Führring. Phil konnte kaum Schritt mit ihr halten.

Vor der Tribüne drängten sich die Leute bereits in fünf Reihen hintereinander. Annie konnte nur wenig sehen. Als die Pferde jedoch in den Führring kamen, erhaschte sie einen kurzen Blick auf Certainty. Er war ein herrlicher Hengst. Er kam, von seinem Pfleger geführt, tänzelnd und nervös in den Ring. Die Sattelunterlage war eine Spezialanfertigung für dieses Rennen und trug neben der Startnummer 3 auch seinen Namen. Annie entdeckte Frank Carney, der beobachtete, wie sein Pferd um den Sattelplatz geführt wurde. Der Trainer schien sich in seinem Jackett und mit der Krawatte nicht wohl zu fühlen. Dann sah sie, daß er zwei Männer begrüßte, einen weißhaarigen und einen, dessen Haare so schwarz wie Teer waren . . .

Annie drehte sich auf dem Absatz um, drängte sich durch die Menge und ging zu ihrem Platz zurück. Dort wartete sie auf den Beginn des Rennens. Sams Anblick hatte in ihr einen Sturm der Gefühle ausgelöst.

Ein Trompetenstoß kündigte den Aufgalopp an, und die Pferde kamen, von Ponyreitern am langen Zügel geführt, auf die Bahn. Phil tauchte wieder auf und setzte sich neben sie.

»Arcaro wird gewinnen. Bei diesen Quoten ist es sinnlos zu wetten.«

Annie hörte ihn kaum. Sie wollte durch das Fernglas noch einmal zu der Loge der Cumberlands hinüberblicken. Statt dessen beobachtete sie Certainty. Auf seinen Flanken lag ein leichter Schweißfilm, als er an den Tribünen vorbeikam – ein deutliches Zeichen seiner Nervosität. Unter der Führung des Reiters auf dem Pony galoppierte er über die

Bahn. Als er mit dem Rest des Feldes zu den Startboxen zurückkam, hatte er sich beruhigt. Ein Teil seiner nervösen Energie war verpufft, und er ließ sich ohne Zögern in die Box führen. Ein Hengst hinter ihm machte allerdings Schwierigkeiten. Er stieg und wich zurück. Die Mannschaft an der Startmaschine drängte ihn auf seinen Platz, aber der Hengst wurde zunehmend störrischer. Einer der Männer griff nach einem Instrument, das wie ein großer Nußknacker aussah. Damit hielt er das Ohr des Tieres fest, damit es den Kopf auf die Bahn vor ihm richtete.

Noch keine Sekunde, nachdem das letzte Pferd in Position war, drückte der Starter den Knopf. Die Klappen flogen mit einem Knall auf, die Startglocke läutete, und neun Pferde schossen aus den Boxen hervor. Nummer 3 kam gut ab, und sein Jockey hielt ihn im Vorderfeld auf dem vierten Platz. Die Pferde jagten an den Tribünen vorbei in den Clubhausbogen, und beim Kampf um eine Position auf der Innenbahn stießen mehrere gegeneinander. Phil ließ sich von Annie das Fernglas zurückgeben. Ihr Blick eilte voraus über das große, weite Oval der Bahn. Die gewaltige Entfernung und die Distanz der Strecke erfüllte sie wieder einmal mit großer Ehrfurcht.

In der Gegengeraden änderte sich bei den Positionen wenig. Nur die langsameren Pferde, die Außenseiter, fielen allmählich hinter der Fünfergruppe an der Spitze zurück. Vor dem Schlußbogen rückte Certainty mit mühelosen, großen Sprüngen auf. Er erreichte den Anführer, und sie liefen Kopf an Kopf.

»Na los, los, *los*, LOS!« schrie Annie und schreckte Phil damit auf.

»He, Annie, sei still, ja?« murmelte er.

Certainty setzte sich an die Spitze, löste sich vom Feld, stürmte in den Einlaufbogen und in die Zielgerade. Annie hatte plötzlich einen trockenen Mund. Arcaro auf der Außenbahn holte auf. Er trieb sein Pferd mit der Peitsche an, damit es ihn zu einem weiteren Sieg beim Belmont Stakes trug.

»Möchtest du das Glas?« fragte Phil, als das Feld über die Zielgerade flog und man kein Fernglas mehr brauchte. Annie schüttelte den Kopf. Sie hatte keine Mühe, die Farben von Caernarvon im Auge zu behalten. Der Lärm auf den Tribünen schwoll an, als das Rennen zu einem Kampf zwischen dem Willen des größten Jockeys der Welt und einem Außenseiter wurde. Certainty schien nichts von Arcaros menschlichem

Ehrgeiz zu ahnen. Er reagierte nur instinktiv auf ein anderes Pferd, das sich sehr schnell an ihn heranschob.
Annie fand ihre Stimme wieder, brachte aber kein Wort hervor. Das Geräusch, das sie machte, eine Art schreiendes Geheul, überraschte sie und reizte Phil noch mehr. Annies Rufen ging unter in der aufbrandenden Woge des Lärms, der von den Tribünen auf das schnelle, von der Junisonne hartgebackene Geläuf hinunterflutete, als Certainty in riesigen Sprüngen mit einem winzigen Vorsprung als Sieger über die Ziellinie stürmte.
Annie stand völlig still im allgemeinen Tumult. Plötzlich verieß sie schnell ihren Platz in der Reihe.
»He, wohin gehst du denn?« rief Phil.
Annie gab keine Antwort. Sie wußte, er würde sich wieder dem *Telegraph* zuwenden und die Vorschau auf das letzte Rennen studieren.
»Wohin wollen Sie, Miss?« Am Eingang zur Bahn stand ein Ordner von Pinkerton. Annie hatte inzwischen viel gelernt über das Einverständnis zwischen denen, die das Gesetz schützten, und denen, die es brachen. Sie setzte auf diese kaum greifbare Intimität und bedachte den Mann mit einem Lächeln, das alles eingestand und jeden herausforderte, der es wagen sollte, sie aufzuhalten.
»Mein Pferd hat gerade gewonnen!«
»Gratuliere. Die Zwei-Dollar-Schalter sind da oben.«
»Sie haben nicht richtig verstanden. *Mein* Pferd hat gewonnen. Ich gehöre zu den Cumberlands.«
Annie wußte, der Ordner würde ihr möglicherweise nicht glauben. Aber ihre Aufmachung stimmte und ihr Lächeln ebenfalls. Außerdem wußte der Mann, die Cumberlands gehörten zu den höchsten Kreisen in Belmont, und zwischen ihr und dem Führring standen noch viele Ordner. Er überließ es ihnen, mit dem Problem fertig zu werden, und gab Annie den Weg frei. Aber sein Blick verriet, daß er wußte, sie hatte gelogen.
Nach dem fünften Ordner glaubte Annie selbst so fest an das, was sie sagte (»Mein Pferd hat gewonnen. Ich gehöre zu den Cumberlands«), daß keinem Ordner mehr Zweifel daran kamen. Während sie sich zum Führring durchdrängte, sah sie im Geist Sams verschmitztes Lächeln, mit dem er sie vor so langer Zeit auf dem Rücksitz des Rolls-Royce angesehen hatte.

Über den Köpfen der Menschen entdeckte sie ›ihr‹ Pferd. Frank Carney führte Certainty von der Bahn. Als Annie den niedrigen Lattenzaun erreichte, der die lachenden jubelnden Menschen von dem kleinen Platz direkt neben dem Geläuf fernhielt, dachte sie daran, daß Sam ihr die Hand geschüttelt und ihr für Certaintys Rettung gedankt hatte. Sie erinnerte sich, wie verlegen sie gewesen war, weil sie nur eine zerrissene Schlafanzugjacke getragen hatte. Bei diesem Gedanken lachte sie und sah im selben Moment, wie Sam die Zügel von Carney übernahm und mit Certainty in den Führring kam. Die beiden sprachen nicht miteinander. Mehrere Männer legten dem Hengst die traditionelle Decke aus weißen Nelken auf den Widerrist.

Annie wurde von ihren Gefühlen überwältigt. Der dreijährige Hengst schnaufte immer noch vom Rennen, und die Adern um die Muskelstränge unter dem glänzenden kastanienbraunen Fell traten pulsierend hervor. Der Lärm und die Erregung mehrerer tausend Zuschauer verwirrten ihn, und er tänzelte. Der Jockey machte lachend eine Bemerkung zu Sam, der strahlte und gar nicht erst versuchte, hinter einem würdevollen Auftreten zu verbergen, daß er glücklich war. Ihn erfüllte eine solche Freude, daß es aussah, als werde er platzten. Annie liebte ihn. Die Knie wurden ihr weich, und sie konnte sich kaum auf den Beinen halten. Natürlich war Certainty ihr Pferd! Natürlich gehörte sie zu den Cumberlands! Ohne Annie Grebauer wäre das alles nicht möglich gewesen! In ihrer Vorstellung sah sie die Cumberlands, die sie umarmten, ihr dankten und sie einluden, mit ihnen den Sieg zu feiern. Als Sam noch einmal mit Certainty vorbeikam, streckte Annie die Hand aus. Der Hengst sah sie und zögerte. Sam wurde jedoch durch die Ankunft seiner Eltern und seiner Frau abgelenkt, die ein Baby auf dem Arm trug. Er führte das Pferd weiter.

Die Menge jubelte, als zwei elegant gekleidete Herren den Führring betraten. Einer hatte ein goldenes Wappen auf der Brusttasche des dunkelblauen Blazers mit den Goldknöpfen. Er trug in beiden Händen den August Belmont Memorial Cup und stellte ihn auf einen Tisch in der Nähe von Annies Platz. Der andere Mann war Averell Harriman, der große, würdevolle Gouverneur von New York. Er begrüßte die Cumberlands als liebe alte Bekannte und trat neben Sam, als die Familie für die vielen Fotografen vor Certainty Aufstellung nahm. Mr. Cumberland winkte Carney, damit er sich ebenfalls einreihte, aber der Trainer

lehnte ab. Für das Foto wurde der Pokal hochgehoben, und die Zuschauer brachen in einen Beifallssturm aus.
Sam entdeckte plötzlich Annie. Zunächst glaubte er, seinen Augen nicht zu trauen, aber dann kam er auf sie zu. Doch die Presseleute verlangten lautstark weitere Fotos. Deshalb ging Sam zu seiner Familie zurück, die auf Annie blickte, sich aber sofort ohne ein Zeichen des Wiedererkennens noch einmal aufstellte. Sam warf einen besorgten Blick zurück, sah Annie einen Augenblick an, und dann erschien langsam das verschmitzte Lächeln auf seinem Gesicht. Er flüsterte den anderen etwas zu und wies auf Certainty. Sie sahen alle noch einmal zu Annie hinüber – Belinda etwas länger als die anderen – und warfen sich dann nachsichtig verständnisvolle Blicke zu. Belinda sagte etwas zu Sam, aber er reagierte nicht. Die Cumberlands lächelten wieder für die Kameras. Sie lächelten den Gouverneur an, den Pokal und den Hengst.
Annie begriff, sie stand zwar keine fünf Meter von ihnen entfernt, aber die Cumberlands befanden sich in einer anderen Welt. Ganz plötzlich hatte sie das Gefühl, zu stark geschminkt zu sein. Bis zu den nachsichtigen Blicken, mit denen sich die Cumberlands angesehen hatten, war sich Annie attraktiv, ja sogar elegant vorgekommen. Nun begann sie plötzlich zu schwitzen, und unter einem Arm rann ihr der Schweiß herab. Sie spürte, daß jemand sie ansah, und warf einen Blick über den Führring. Frank Carney stand ebenfalls vor dem Zaun und beobachtete sie. Annie versuchte zu lächeln und wünschte, sie hätte etwas zu ihm sagen können.
Der Jockey saß ab, und der Jockeydiener sammelte seine Sachen ein. Die Nelken wurden abgenommen, und ein Pfleger brachte Certainty schnell hinter die Gegengerade zurück, um ihn trockenzuführen. Frank Carney folgte ihm. Die Pressefotografen wollten noch ein weiteres Bild von Gouverneur Harriman mit den Cumberlands. Sam lächelte Annie unauffällig zu und bedeutete ihr zu warten, ehe er sich wieder den Kameras zuwandte.
Annie kam sich vor, als habe man ihr einen Knochen vorgeworfen. Sie betrachtete die Schuhe – die der Männer waren glänzend poliert und wirkten mit den modisch, eleganten Spitzen unpassend im Staub des Führrings, was aber nur darauf hinwies, daß jemand, der Cumberland hieß, an Dinge wie Staub niemals dachte. Die Frauen trugen sündhaft teure Lackpumps und kühle, faltenlose pastellfarbene Seidenkleider.

Der Schmuck war zwar dezent, aber kostbar. Annie konnte von ihrem Platz Belindas feingearbeitetes Goldarmband sehen, Cornelias Perlenbrosche und ihren kantigen Smaragdring mit einer schweren Fassung.

Die Leinenanzüge der beiden Männer saßen, wie keine von Phil Angelos Sachen jemals gesessen hatten. Mr. Cumberland trug einen Strohhut, eine sogenannte ›Kreissäge‹, eine gestreifte Fliege und in der Brusttasche ein Seidentuch, das die Farben von Fliege, Hemd und Hutband nicht aufnahm, sondern perfekt und dezent koordinierte. Sam trug keinen Hut. Der hellbraune Leinenanzug, das blaue Hemd und die leuchtende gelbe Seidenkrawatte brachten seine tiefgebräunte Haut und die tiefschwarzen Haare noch mehr zur Geltung.

Annie haßte sie plötzlich alle. Die Cumberlands standen dort, weil sie ihren Hengst in den eiskalten Fluß getrieben hatte und mit ihm zurückgeschwommen war, um ihn davor zu bewahren, daß er in Panik aus dem Wald auf die Straße rannte und von einem Feuerwehrwagen angefahren wurde. Nein, dachte sie, die Cumberlands stehen dort, weil sie dazu geboren sind. Und der Rest der Welt ist da, um sie zu bedienen, um ihnen zu applaudieren und durch respektvollen Neid ihr Vergnügen zu steigern. Annie hatte eine Nebenrolle in ihrem Leben gespielt, war für ihre Dienste mit einem Trinkgeld belohnt worden, hatte Sams Lust befriedigt, als er betrunken war, und er hatte ihr ein freundliches Lächeln geschenkt.

Das Baby begann zu weinen. Annie sah, wie die beiden Frauen wohlwollend auf den Erben hinunterlächelten. Die Fotografen umtanzten sie eifrig, um die menschliche Note des Augenblicks einzufangen. Die beiden Damen unterhielten sich angeregt mit Gouverneur Harriman. Cornelia Cumberlands kleine graublaue Löckchen gerieten in der allgemeinen Erregung ebensowenig in Unordnung wie Belindas blonde Pagenfrisur. Mr. Cumberland und Sam lächelten sich mit hochgezogenen Augenbrauen an und genossen die Ehrung. Leutselig schüttelten sie dem Jockey die Hand und entließen ihn. Dann reichten sie den beiden Damen den Arm, unterhielten sich weiter lachend mit dem Gouverneur und machten sich auf den Weg zurück zu den Logen. Sie überließen es dem Direktor der Rennbahn, ihnen den glänzenden Pokal nachzutragen. Die Menge klatschte Beifall, die Fotografen baten um weitere Bilder. Aber die Cumberlands ignorierten alles.

Der Direktor der Rennbahn stellte sich seitlich am Ausgang des Führrings in Position, bis der Gouverneur und die Cumberlands gegangen waren. Dann wollte er den Pokal vom Tisch nehmen. Ohne zu überlegen, streckte Annie die Hand aus und packte einen silbernen Henkel des August Belmont Memorial Cup. Der Mann sah sie alarmiert an.
Die Reaktion des Publikums und die Aufregung der Fotografen brachten die Cumberlands dazu, sich noch einmal umzudrehen. Annie sah, daß die Augen der ganzen Familie auf ihr ruhten.
»Verstehen Sie, ich verdiene den Pokal ebenso wie die Cumberlands«, sagte Annie leise zu dem Rennbahndirektor. Der Mann wurde puterrot. Annie hielt den Pokal immer noch fest. Der Mann begann zu ziehen und rief laut nach Verstärkung.
Annie ließ den Henkel los, als sich zwei Ordner durch die Menge zu ihr drängten. Sie erkannte den einen, der sie als erster durchgelassen hatte. Der Direktor verstummte, versuchte seine Würde wiederzugewinnen, und befahl den beiden Männern, Annie mitzunehmen. Dann begann er, imaginäre Staubkörner vom Wappen seines Blazers zu wischen.
Noch ehe die beiden Ordner reagieren konnten, war Sam da. Er erzwang lächelnd Ruhe und befreite Annies Arme aus dem Griff der Ordner.
»Sie ist mit uns hier, Männer«, sagte er locker, aber entschieden. »Eine alte Freundin.« Dann sprach er sehr freundlich mit dem Direktor, der sich geschmeichelt fühlte und in nervöses Lachen ausbrach. Annie warf einen Blick auf die Cumberlands, die die Szene mit einem Ausdruck des Widerwillens beobachteten, bis Cornelia sich entschlossen Gouverneur Harriman zuwandte und weiterging. Ihr Mann und Belinda mit dem Baby schlossen sich an. Sam bat den Direktor, mit dem Pokal seiner Familie zu folgen. Der Mann tat es eifrig und erleichtert. Dann kam Sam zurück zu Annie und lächelte die Ordner an.
»Danke, Männer.«
Damit waren die Ordner entlassen. Sie nickten und verschwanden in der Menge.
Sam musterte Annie, und sein Blick galt nicht nur ihrem Aussehen, sondern auch ihrer Aufmachung. »Ich bin am nächsten Tag zurückgefahren und stundenlang durch Garden City gelaufen«, sagte er. »Ich war zu betrunken gewesen, um mich daran zu erinnern, wo du wohnst.

Ein paar Wochen bin ich immer wieder dort gewesen und hoffte, dich zufällig auf der Straße zu sehen. Dann waren wir in Florida, und . . .«
Plötzlich war die Welt verändert: Er hatte sie gesucht!
»Warum?« fragte sie leise.
»Um mich zu entschuldigen. Und weil ich dich wiedersehen wollte.« Er lächelte wieder. »Du bist sehr erwachsen geworden, Annie.«
»Und du hast wieder ein Kind«, erwiderte sie kühl. »Wie heißt es?«
»Wie ich. Aber wir nennen ihn Barky. Wie du siehst, genießt es meine Frau, sich als Mutter zu präsentieren.«
»Was hat sie gerade gesagt, als sie mich sah?«
»Sie überlegte, ob deine Perlen echt sind.« Sam lachte leise.
»Macht es dir Spaß, Vater zu sein?«
»Gelegentlich.« Er lachte dumpf. Sie stimmte nicht in sein Lachen ein. Als Sam sie ansah, waren seine Augen ernst. »Was tust du hier, Annie?«
»Ich bin gekommen, um zu sehen, wie unser Pferd gewinnt.«
Sam bestätigte ihre Teilhaberschaft mit einem langen unbefangenen Lächeln. Er trat näher und sagte: »Wenn ich dir den verdammten Pokal geben könnte, würde ich es tun. Wir bekommen ihn nur für ein Jahr und geben ihn dann wieder zurück. Es ist ein häßliches altes Kitschding.« Er griff nach ihrer weiß behandschuhten Hand, aber nicht um sie zu schütteln, sondern um sie zu halten. »Das Wichtigste ist, Annie, *unser* Pferd hat unbestreitbar gewonnen!« Während Sam ihre Hand hielt, sah Annie ihn an und versuchte, ihre Wirkung auf ihn abzuschätzen. »Wir sind dir alle immer noch so dankbar«, sagte Sam.
Annie lächelte. »Ich habe gemerkt, wie dankbar deine Mutter war, als sie herüberkam und mich umarmte«, sagte sie spöttisch.
Sam lachte. Dann trat er noch näher und erklärte mit gesenkter Stimme: »Dankbarkeit bedeutet für meine Mutter, daß die Welt sich freut, ihr Gefälligkeiten zu erweisen. Meine Güte, ich muß gehen, Annie. Bitte sage mir, wo du wohnst. Ich möchte dich wiedersehen.«
Er hielt immer noch ihre Hand. Annie entzog sie ihm. »Wenn ich das täte, würde ich zuviel Zeit damit verbringen, auf dich zu warten. Es ist besser, wenn ich denke, du wolltest kommen und weißt nicht, wo du mich findest . . . Aber ich weiß, wo du wohnst. Vielleicht begegnen wir uns wieder einmal zufällig.«
Sie schwiegen einen Augenblick.

»Dann warte ich auf dich, Annie«, sagte er, trat einen Schritt zurück und lächelte. »Laß mich nicht zu lange warten.« Er ging. Annie sah ihm nach, bis er durch eine Seitentür verschwunden war.
Sie lehnte sich an die Umzäunung. Außer ihr war niemand mehr am Führring. Beim Gedanken an ihre Phantasievorstellung, daß die Cumberlands sie auffordern würden mitzukommen, haßte Annie sie wieder. Natürlich überlegte Belinda, ob die Perlen echt waren, weil sie vermutlich den Rest als Imitation erkannte. Annie dachte darüber nach, was wohl geschehen wäre, wenn Sam ihr tatsächlich vor eineinhalb Jahren in Garden City auf der Straße begegnet wäre. Sie liebte ihn noch mehr, weil er gesagt hatte, er habe sie gesucht, und sie haßte ihn für das, was er und seine Familie mit Sicherheit von ihr denken mußten.
»Verdammt noch mal, ich bin mehr als das«, sagte sie und sah sich erschrocken um, ob es vielleicht jemand gehört hatte. Sie blickte noch einmal über den Führring und war froh, daß sie das ›Kitschding‹ festgehalten hatte. Sie schüttelte den Kopf. Sam hatte gesagt, er habe sie gesucht und er wolle sie wiedersehen. Konnte sie ihm glauben, oder hatte er das nur so gesagt?
Innerlich aufgewühlt und niedergeschlagen zugleich ging sie zurück, um Phil zu suchen.

10

Bei den ersten drei Nummern der letzten Show im Latin Quarter war ein Tisch für sechzehn Personen an der Bühne leer geblieben. Während die tanzenden Fontänen zur dröhnenden Version von ›La Mer‹ des Joe Lombardi Orchestra kontrapunktisch zu gurgeln und sprühen begannen, erschienen Annie und ihre Kolleginnen auf der Bühne und nahmen auf ihren Sockeln verlockende Posen ein, die sie unisono alle sechzehn Takte veränderten. Die fleischfarbenen Pflästerchen und winzigen Tangas erweckten den Eindruck brustwarzenloser, haarloser Nacktheit.

Auf der Treppe hörte man plötzlich eine lärmende Gruppe. Annie warf einen Blick auf eines der Mädchen, die beim Gedanken an einen weiteren rüden Trupp Männer dicht an der Bühne die Augen verdrehte. Der Oberkellner führte eine Gruppe von sechzehn Herren im Smoking zum Tisch. Sie redeten alle unaufhörlich, lachten, und einer sang sogar die Melodie von ›La Mer‹ mit. Am Tisch einigten sie sich lautstark über die Plätze. Einer der Männer kletterte plötzlich auf die Bühne. Mit lallender Stimme, die durch ein Mikrophon in der Nähe verstärkt wurde, verkündete er: »Das ist die komischste Herrentoilette, die ich je gesehen habe.« Er knöpfte sich den Hosenlatz auf und leistete einen beachtlichen Beitrag zu den tanzenden Fontänen. Ein paar seiner Freunde packten ihn gerade noch rechtzeitig, ehe zwei Bühnenarbeiter und der Rausschmeißer erschienen. Sie zogen ihn von der Bühne herunter an den Tisch zurück, wo er sich bemühte, den Reißverschluß über dem heraushängenden Hemdzipfel zu schließen. Das Publikum vergaß die anfängliche Verärgerung über das lärmende Auftreten der Gruppe, klatschte Beifall und johlte. Das ermunterte den Mann dazu, auf den

Tisch zu steigen, zu winken und sich vor aller Augen mit seinem Hosenlatz abzumühen.
Die Band spielte ungerührt weiter. Annie und zwei der Mädchen sahen sich an und fingen an zu kichern. Die Gäste merkten es sehr schnell, und bald lachte das ganze Lokal. Die Showgirls veränderten aber trotz Gekicher alle sechzehn Takte ihre dramatischen Posen.
Plötzlich sah Annie die unverkennbaren tiefschwarzen Haare. Sie hörte auf zu lachen. Sam half in bester Laune den anderen, seinen Freund vom Tisch zu holen, und führte ihn zu einem Sessel. Über die Musik und das allgemeine Gelächter hinweg schrie er dem ganzen Tisch etwas zu. Als das Orchester den wäßrigen Höhepunkt mit angemessener Lautstärke erreichte, standen alle sechzehn Männer am Tisch auf, um zu applaudieren, und aus jedem Hosenlatz hing ein Hemdzipfel.
In diesem Augenblick entdeckte Sam sie. Annie starrte ihn an. Sein Blick wanderte an ihr vorbei zu den anderen, hysterisch lachenden Mädchen, kehrte aber sofort wie gebannt zu ihr zurück. Seine Freunde drehten sich um und verbeugten sich unter dem Gejohle und dem Applaus des Publikums. Sam sah Annie mit seinem verschmitzten Lächeln an, bis ›La Mer‹ verklungen war und es im Raum dunkel wurde.
Die Band begann ohne Unterbrechung munter und laut das Vorspiel zur nächsten Nummer, und in der Dunkelheit hörte man eine sonore Stimme: »Lou Walters Latin Quarter gibt sich die Ehre, direkt aus . . .« Gleichzeitig kletterte ein Teil der Männer auf die Bühne. Sie stolperten über Wasserleitungen, stießen gegen Fontänen und aufgebrachte Bühnenarbeiter, und einer lief hinter einem kreischenden Mädchen her. Taschenlampen wurden eingeschaltet und beleuchteten das Durcheinander. Plötzlich trat einer der Männer auf eine Düse, und Wasser sprühte ins Publikum. Laute Schreie und noch mehr Durcheinander waren die Folge.
Annie sprang von ihrem Sockel und eilte hinter die Bühne. Jemand faßte sie am Arm.
»Annie«, Sam zog sie an sich und legte den Arm um sie. Sie blickte auf, konnte aber nicht einmal sein Gesicht erkennen. Er preßte seinen Mund auf ihre Lippen. Sie überließ sich ihm, während seine Hände hastig über ihren Körper glitten. Plötzlich gingen die Arbeitslichter hinter der Bühne an, und Annie wich zurück. Mit einem Lächeln bat er sie zu bleiben. Auf der anderen Seite der Kulisse hörten sie immer noch Geschrei,

Wasser aus Plastikrohren, das Orchester, das inzwischen improvisierte, und das Johlen und Lachen des Publikums. Offenbar sah niemand die beiden. Sam küßte sie noch einmal leidenschaftlich, legte ihr dabei die Hände auf die Brüste und streichelte die Pflästerchen.

Der Ansager begann wieder: »Meine Damen und Herren, Lou Walters Latin Quarter gibt sich die Ehre, Ihnen ...« Das Publikum hatte sich immer noch nicht beruhigt, und deshalb mußte er warten.

»Gehen wir hier raus«, sagte Sam.

Das Licht hinter der Bühne erlosch, und in der Dunkelheit setzte ein dramatischer Trommelwirbel ein. Offenbar war auf der Bühne wieder eine gewisse Ordnung eingekehrt.

»Ich muß bis zum Ende der Show bleiben. Was willst du hier?«

»Das ist eine Junggesellenparty.«

»... direkt von ihren sensationellen Gastspielen in Monte Carlo und Biarritz ...«

»Ich warte am Bühnenausgang.« Sam küßte sie und verschwand.

»... die großartige Katinka zu präsentieren!«

Katinka war eine Jongleuse. Ihr Auftritt in leuchtend roten Kosakenstiefeln und ansonsten wenig dauerte zwölf Minuten plus einer Zugabe von drei Minuten. Annie blieb Zeit, sich an die Rückwand zu lehnen und wieder zu Atem zu kommen. Sie wagte nicht, an Sam zu denken, obwohl sie in den zwei Wochen seit dem Belmont Stakes kaum etwas anderes getan hatte. Sie verließ den Platz an der Wand und ging langsam hinter der Kulisse über die Bühne, auf der Katinka mit zwanzig Dolchen jonglierte.

Annie hatte noch zwei Auftritte in der Show: einen als Orchidee und im Finale als Marie Antoinette. Zum ersten Mal, seit sie im Latin Quarter arbeitete, war es ihr schrecklich peinlich. Sie unterließ es, zu Sam oder seinen Freunden hinüberzublicken, und zwang sich durchzuhalten. Sie überlegte, ob er seinen Freunden gegenüber damit prahlen würde, was hinter der Bühne geschehen war, während sie gemeinsam Champagner tranken und die Körper vor ihnen im Scheinwerferlicht begutachteten. Beim Finale nahm sie ihren ganzen Mut zusammen und sah ihn an. Er trank Kaffee und beobachtete sie. Als sich ihre Blicke trafen, öffnete er leicht den Mund. Annie lächelte. Er lächelte zurück, und das genügte, um Annie die Gewißheit zu geben, daß er am Bühnenausgang sein würde.

Als die Scheinwerfer zum letzten Mal ausgingen und der Beifall nachließ, brachte Annie ihren Reifrock, den Schäferstab und den breitrandigen Hut in die Garderobe. Sie beeilte sich, um als erste unter der Dusche zu stehen, und während sie sich die Schminke vom Körper wusch, dachte sie an ihre Sachen im Spind: Jeans, ein Hemd und einen Pullover. Annie hatte geplant, mit Charlie nach Belmont zu fahren. Charlie würde draußen warten.

Das war egal. Als sie aus dem Bühnenausgang trat, sah sie als erstes das Oldsmobile. Ein halbes Dutzend von Sams Freunden wartete auf dem Gehweg, darunter auch der, der die Show durcheinandergebracht hatte. Er kam zu ihr herüber, richtete sich auf und hielt sich sehr gerade, aber trotzdem war er etwa einen Fingerbreit kleiner als Annie. Er war ein blonder junger Mann mit einem runden Gesicht, einem schmalen Oberlippenbart und blauen Augen, die trotz eines gewissen Champagnerglitzerns seltsam niedergeschlagen wirkten. Er sah Annie leicht verschmitzt an.

»Annie . . . ›Brown‹ . . . wie es hier in diesem anschaulichen Programm heißt?« fragte er mit einem schiefen Lächeln. Annie wußte nicht, ob der Champagner daran schuld war oder ob er immer so lächelte. Sie nickte.

»Mein Name ist Winton Sumner. Ich bin gekommen, um Sie zu begleiten.« Er bot ihr mit großer Geste den Arm.

»Eine Sekunde«, sagte Annie und eilte zu Charlies Wagen. Teddy Lapps öffnete ihr wie üblich die Tür, aber Annie beugte sich nur hinein.

»Charlie, es tut mir wirklich leid. Aber heute morgen kann ich nicht. Vielleicht das nächste Mal.«

Charlie zeigte seine Enttäuschung, bevor er nickte. Phil beobachtete sie vom Fahrersitz, wandte sich aber schnell ab.

Annie ging zu Sams Freund zurück und sagte: »Gehen wir.«

Die anderen jungen Männer im Smoking machten hinter ihrem Rükken beifällige Bemerkungen, als Annie und Winton Sumner zum Broadway gingen. Er redete munter drauflos, aber Annie hörte kein Wort. Sie bogen um die Ecke Forty-sixth Street, und dort wartete Sam in einem Taxi.

Er stieg aus und öffnete Annie die Tür. »Danke, Winnie.« Sam lächelte, als er einstieg und dem Fahrer eine Adresse nannte.

Einen Augenblick sahen sie sich an und überlegten, was sie sagen soll-

ten. Sam berührte sie im Nacken und zog sie dann langsam an sich. Während das Taxi durch den Central Park nach Norden fuhr, hielten sie sich schweigend umschlungen, küßten und streichelten sich.
Schließlich sagte Sam: »Bist du sicher, du willst so etwas anfangen?«
Selbst in ihren kühnsten Träumen hatte Annie nie an einen solchen Vorschlag gedacht. Sie spürte, wie sie rot wurde.
»Ich habe nicht viel darüber nachgedacht.«
»Du solltest es tun.« Das war eine Warnung.
»Wohin gehen wir?«
»In meine alte Wohnung. Ich habe dort nach dem College gewohnt, als ich noch nicht verheiratet war.« Er hatte das Wort bewußt gewählt und wartete auf ihre Reaktion.
Annie sah ihn an. »Und was fangen wir an?«
Sam nahm ihren Kopf zwischen die Hände. »Ich«, er küßte sie zärtlich, »weiß es nicht. Und ich glaube«, er küßte sie wieder und diesmal noch zärtlicher, »daß wir das heute morgen herausfinden müssen.« Er lächelte zwar, aber er betrachtete sie prüfend, ehe er sagte: »Ich kann dir nichts versprechen, Annie.«
Annie sagte zu ihrer eigenen Überraschung schnell: »Was immer es auch sein wird, es hat nichts mit Versprechungen zu tun.«
Sam schien ebenfalls überrascht zu sein. »Man hat mir schon oft gesagt, daß ich egoistisch bin.«
Annie sah ihn an: »Wozu all die Warnungen?«
Annie bemerkte, daß er verlegen nach einer Antwort suchte, und sagte schnell: »Ich will soviel davon haben, wie ich haben kann. Ich erwarte nichts. Ich hoffe nur, du willst mich auf dieselbe Weise.«
Er beugte sich näher und küßte sie. Annie griff unter seine Jacke und zog das Hemd aus der Hose, damit sie seinen Rücken berühren konnte. Seine Hände glitten sanft über ihren Körper nach unten. Das Taxi hielt an.
Als Annie ausstieg, wußte sie nicht genau, wo sie sich befand. Der Central Park lag auf der anderen Straßenseite. Sie blickte nach oben und sah die beiden hohen Türme des Gebäudes, vor dem sie standen. Sam nahm ihren Arm und läutete an der Eingangstür. Ein verschlafener Pförtner ließ sie ein und brachte sie in das vierunddreißigste Stockwerk. Als sich die Fahrstuhltüren öffneten, stiegen sie schnell aus. Sam fummelte ungeduldig an seiner goldenen Schlüsselkette und schloß die

Wohnungstür auf. Auf dem Weg durch den Flur zum Wohnzimmer zogen sie sich gegenseitig aus. Annie sah eine Couch; sie trug nur noch die Unterwäsche. Sam zerrte an seinem Hemd und kämpfte mit Kragen- und Manschettenknöpfen. Er zögerte, als Annie sich nackt auszog und auf die Couch legte. Im nächsten Augenblick war er ebenfalls nackt und über ihr. Er glitt mühelos in sie, und sie ließ ein Bein über den Rand der Couch hängen. Während sie sich liebten, setzte das Gefühl, das Annie schon einmal mit ihm erlebt hatte, wieder ein, diesmal aber schneller, als habe es seit dem Augenblick hinter der Bühne des Latin Quarter darauf gewartet zu explodieren. Sam spürte, daß er kam, und preßte ihre Hüfte nach unten. Sie hörte sich nicht schreien, weil Sam gleichzeitig schrie. Sie sanken beide zusammen und bewegten sich nur, um das letzte, langsam verklingende Beben zu verlängern.

Lange lagen sie regungslos und stumm auf der Couch. Schließlich hob Annie die Hand und strich Sam über die Haare, und er wölbte eine Hand über ihre Brust. Die Wohnungstür stand weit offen, aber das schien nichts auszumachen. Annie hörte ihr Herz pochen. Sam hustete und lachte glücklich. Es war ein tiefes, lautes Lachen, und er mußte sofort noch einmal husten. Dann war er still, und Annie spürte, daß er sie ansah. Sie lächelte über seine Freude, drückte ihre Brust fester in seine Hand und drehte sich nach ihm um.

»Annie, ich muß bald gehen.«

»Mein Gott«, sagte sie gespielt amüsiert, entzog sich ihm und stützte sich auf den Ellbogen, »du denkst schon *daran*?«

»Du verstehst doch, daß ich nicht bleiben kann.«

»Ich hatte mir gedacht, daß wir keinen Hausstand gründen.«

Sam lächelte dankbar, aber wachsam: »Ich hatte das nicht geplant.«

»Denkst du vielleicht, *ich*? Als ich dich heute abend da sitzen sah, bin ich beinahe von meinem Sockel gefallen.«

Sam lachte, stand auf, zog Annie hoch und küßte sie. Dann betrachtete er sie einen Augenblick und ging hinaus, um die Wohnungstür zu schließen. Der Schlüssel steckte immer noch im Schloß und hing zusammen mit der Taschenuhr an der Goldkette. Sam hob sein Jackett und die Weste auf, und als er zurückkam, nahm er den Schlüssel von der Kette und wollte ihn Annie geben.

»Du kannst hier bleiben«, sagte er, »solange du willst.«

Annie mußte sich räuspern. »Ich bleibe nicht hier.«

»Ich wünschte, du würdest bleiben. Ich weiß nicht, wo du lebst. Die Wohnung steht leer, und niemand benutzt sie. Die Putzfrau kommt einmal in der Woche.«

Annie beobachtete ihn aufmerksam. »Damit ändert sich die Sache wirklich sehr schnell, nicht wahr?« Sie verschränkte die Arme über der Brust, denn sie fror.

»Ich möchte dich nicht wieder verlieren, Annie.« Sam warf den Schlüssel auf einen Beistelltisch, kam zurück und legte sich wieder auf die Couch. »Vergiß nicht, wir haben mehr als zwei Jahre gebraucht, um soweit zu kommen.« Annie legte den Kopf an seine Schulter und sah sich im Zimmer um. Die Polstermöbel hatten gemusterte, leuchtendgelbe Bezüge, die Wände waren blaßgrün, es gab einen Kamin und vier hohe Fenster. Durch den Dunst hinter den Gebäuden auf der anderen Seite des Parks sah sie groß und rot die Sonne aufgehen.

»Die Bar ist im Schrank, und der Plattenspieler ist hier in der Musiktruhe«, erklärte Sam, der bereits voraussetzte, daß sie blieb. »Darunter steht eine Sammlung von Jazzplatten, die sich sehen lassen kann ... Meine Güte, ich weiß gar nicht mehr, wann ich zum letzten Mal eine davon gehört habe. Komm, ich zeig dir die Wohnung.«

Er führte sie in den Flur und wies auf die einzelnen Zimmer. »Das Eßzimmer ... die Küche mit allem, was du brauchst ... hier drüben das Arbeitszimmer ... und nicht zu vergessen das Schlafzimmer.«

Es war riesig und so hoch wie das Wohnzimmer. Außerdem hatte es Eckfenster, von denen man den Central Park nach Süden überblickte. Die Wände waren mit dunklem Wildleder bezogen, Bettwäsche und Tagesdecke auf dem breiten Bett waren cremefarbig. Am Fußende des Bettes stand ein Ledersofa mit Pelzkissen vor einem kleinen Kamin.

»Das Badezimmer ist dort drüben. Es ist der beste Raum in der ganzen Wohnung. In der Badewanne kann man tauchen. Und hier ist ein Bademantel.« Er öffnete eine Tür. Die automatische Beleuchtung schaltete sich ein, und Annie sah einen großen, begehbaren Kleiderschrank voller Männersachen vor sich. Sam wählte einen kastanienbraunen Morgenmantel aus und hielt ihn, damit Annie hineinschlüpfen konnte. Sie zögerte, aber Sam drängte sie mit einem ermunternden Lächeln. Annie streckte einen Arm aus und drehte sich um, als sie die luxuriöse Seide auf der Haut spürte. Sam hüllte sie in den Mantel und hielt sie von hinten fest.

»Bleib hier«, sagte er und küßte ihr Ohr. »Bitte, Annie.«
Annie wußte bereits, daß sie entgegen aller Vernunft bleiben würde. Sie hatte bisher jeden Augenblick mit Sam als den letzten betrachtet. Selbst jetzt fand sie sich damit ab, daß Sam zurückging zu Belinda, den Kindern, zur Nummer 10 und dem ganzen Cumberland-Erbe. Er konnte seine Meinung über den spontanen Vorschlag und die Nacht mit einem Showgirl ändern. Vielleicht würde er nicht mehr in die Wohnung zurückkommen, damit sie von selbst begriff, daß sie diskret verschwinden sollte. Trotz allem glaubte Annie, daß diesmal, wenigstens dies eine Mal ihre Chancen nicht so schlecht standen ...
»Und diese Sachen?« fragte sie, um Sam abzulenken.
»Es sind meine«, sagte Sam.
»Brauchst du sie nicht?«
»Ich habe andere«, sagte er mit jenem gewissen Anflug von Nachlässigkeit, den die Reichen haben, wenn sie mit einem Beweis ihres Reichtums konfrontiert werden. Er nahm für sich ebenfalls einen Hausmantel heraus.
»Wenn ich bleibe, dann nur unter einer Bedingung.«
Das verschmitzte Lächeln erschien auf seinem Gesicht. »Alles, was du willst.«
»Wenn du einmal möchtest, daß ich gehe, mußt du es mir sofort sagen.«
»Wenn das je der Fall ist, werde ich es dir sagen«, erwiderte er und küßte sie. »Komm, hier müßte Kaffee sein.«
Sie saßen am Küchentisch, hielten sich bei der Hand und sprachen von ihren früheren Zusammentreffen, bis Sam in die Gegenwart zurückkehrte.
»Annie, ich wußte nicht, daß das geschehen würde. Aber ich weiß, was ich tue«, erklärte er. »Ich will es wirklich. Ich habe seit Belmont viel an dich gedacht.« Er sagte das ganz ernst, aber jetzt lachte er. »Ich fand es toll, daß du Sturdevant den Pokal abgenommen hast. Dieser Idiot! Weißt du, was passiert ist? Mein Vater hat von mir verlangt, daß ich mich schriftlich bei diesem Kerl dafür entschuldige, daß eine ›nicht eingeladene Bekannte‹ ihn in Verlegenheit gebracht hat. Sturdevant und er sind Kämmerer des Jockey Clubs, und ein Kämmerer bringt einen anderen Kämmerer nicht in Verlegenheit ... na ja, du weißt schon, dieser ganze Mist.«

Wieder traf Sam ganz genau den hochnäsigen Ton seines Vaters. »Also habe ich dem blöden Affen geschrieben, allerdings auf dem rosa Papier meiner Frau. Alle haben geschäumt, weil er den rosa Brief beim Mittagessen im Knickerbocker Club meinem Vater mit großer Geste auf den Teller geknallt hat. Innerhalb von *zwei Stunden* hatte es meine Frau im Colony Club gehört, und meine Mutter erfuhr es im Le Pavillon. Großer Gott, kannst du dir vorstellen, daß so etwas Albernes wichtig genug ist, um soviel Zeit damit zu verschwenden?« fragte er verärgert.
Er sah Annie an und überlegte, ob sie etwas von all dem verstand, was er gesagt hatte. Nun ja, bis auf die gesellschaftlichen Feinheiten verstand sie es. Sie begriff klar und deutlich, daß Sam Cumberland einen Bereich in seinem Leben brauchte, in dem er frei war vom Erbe der Cumberlands, und daß sie der einzige Mensch war, den Sam Cumberland kannte, der ihm das vielleicht bieten konnte.
Annie lächelte und sagte: »Ich weiß auch, was ich tue. Aber du gehst sehr viel mehr Risiken ein als ich.«
Sam nickte, zog sie hoch, und im nächsten Augenblick waren sie im Schlafzimmer. Im Gegensatz zum stürmischen, drängenden ersten Mal liebten sie sich jetzt langsam, beinahe spielerisch und ließen sich Zeit zu gegenseitigen Erkundungen. Annie entdeckte eine tiefe, halbmondförmige Narbe auf Sams Rücken, aber wie bei so vielen Dingen an diesem Morgen hielt sie sich zurück und fragte ihn nicht danach. Bald war sie so zufrieden und so erschöpft, daß sie einschlief.
Als es an der Tür klingelte, wußte Annie nicht, wo sie sich befand, welcher Tag es war, oder wo ihre Kleider lagen. Sie sprang aus dem Bett und stellte dabei fest, daß sie unter einer Pelzdecke gelegen hatte.
»Ich komme!« rief sie, griff nach dem Hausmantel, rannte in das Wohnzimmer und fand dort ihre Kleider auf der Couch. Sie packte alles zusammen und lief zur Wohnungstür.
»Wer ist da?«
»Hm, Winton Sumner. Wir haben uns letzte Nacht kurz gesehen. Ich bringe Geschenke und ein aufregendes und bedeutsames Kommuniqué.«
»Würden Sie bitte eine Minute warten?«
»Jahrhunderte, wenn es sein muß, liebe Annie.«
»Ich mache auf, aber kommen Sie nicht gleich herein, ja?«
»Ich zähle bis eins.«

Annie lachte, öffnete die Tür und verschwand eilig im Schlafzimmer, um sich anzuziehen. Sie fand Winton Sumner in der Küche, wo er gerade einen von vier Kartons Champagner öffnete, die er in einer Ecke übereinandergestapelt hatte. Er trug einen maßgeschneiderten Seersucker-Anzug, eine Fliege und spitze Schuhe. Zwischen den Kaffeetassen auf dem Tisch stand eine Vase mit buntem Mohn. Neben dem Spülbecken lagen Einkaufstüten aus braunem Packpapier, die noch ausgepackt werden mußten.

»Hallo«, sagte Annie.

Winton Sumner hielt eine Flasche Veuve Cliquot in den Händen und starrte sie mit seinen traurigen blauen Augen an, als sähe er eine Vision. »O ja, Sie sind noch hübscher, als Sam gesagt hat, und als ich mich erinnere. Wissen Sie, seiner Meinung und meinem Gedächtnis kann man bekanntermaßen nicht trauen.«

»Sie sind Winnie. Macht es Ihnen etwas aus, wenn die Leute Sie so nennen?«

»Es ist ein furchtbarer Spitzname, aber besser als das ›Winn‹ meines Großvaters, dessen Pferde immer gewonnen haben, oder das traurige ›Wenn‹ meines Vaters, dessen Pferde bedauerlicherweise nie gewonnen haben. Ich bin der dritte dieses Namens, und meine Mutter, die mir den Spitznamen verpaßt hat, war manisch anglophil und bewunderte Churchill. ›Winnie‹ paßte gut in die Reihe der Pferdemetaphern, aber zum allgemeinen großen Kummer langweilen mich diese Biester zu Tode. Kann ich ein Glas Champagner haben? Es ist Teezeit.«

»Bedienen Sie sich. Woher kommen diese Sachen alle?«

Winnie öffnete einen Küchenschrank, holte zwei Champagnerflöten heraus und bewies damit, daß er die Wohnung gut kannte. »Nun ja, das bringt uns schnell zum Kommuniqué. Sam schickt liebe und andere Grüße, die zu kompliziert sind, um sie einem Boten anzuvertrauen. Für Sie auch ein Glas?«

»Ich kann nichts trinken. Ich habe noch nicht gefrühstückt.«

»Soll ich Ihnen etwas machen? Ich liefere Ihnen ›Haute Cuisine‹, wenn Sie mit weichgekochten Eiern zufrieden sind.«

»Was immer das ist. Nein, vielen Dank. Was sollen Sie mir sonst noch sagen?«

»Zuerst muß ich etwas wissen. Wann haben Sie einen Abend frei, und wann können Sie zwei Abende schwänzen?«

»Der Club ist sonntags geschlossen, aber ich bin nicht besonders gut im Schwindeln und darin, mich krank zu stellen.«

Winnie nickte. Er sah sie immer noch an. Doch ehe die Stimmung für einen Augenblick ernsthaft werden konnte, hob er das Glas. »Also dann, auf Sie und Sam und mich, denn das ist der Grund für mein Hiersein.«

Er trank und ging mit der Flasche in der Hand voraus in das Wohnzimmer. »Sam hat mich heute morgen angerufen – übrigens viel zu früh. Es war ein Uhr mittags. Er hat mir endlos von Ihnen erzählt. Ich will Sie nicht mit aufregenden Einzelheiten langweilen. Mir wurde bald klar, daß er sich große Sorgen wegen einer möglichen Entdeckung macht, und diese Sorgen sind durchaus berechtigt.«

»Was soll denn entdeckt werden?«

Winnie lächelte sie strahlend an. »Ich meine, daß die gemeine Welt draußen herausfindet, was mit euch beiden offenbar los ist. Sam hatte die brillante Idee, daß ich als Ablenkung fungiere, so daß wir und nicht Sam und Sie die Adleraugen der Gesellschaft auf uns ziehen, die ständig neues Futter suchen, von dem sie sich ernähren.« Winnie trank einen Schluck Champagner und hob erwartungsvoll die Augenbrauen über dem Rand des Glases.

»Und das würden Sie tun?« fragte Annie, ohne zu verraten, was sie von dem Plan hielt.

»Sicher«, sagte er mit einer lässigen Handbewegung. »Ich würde gern sehen, wie lange wir es durchhalten, und ob ich möglicherweise aus dem *Social Register* gestrichen werde, obwohl dazu normalerweise eine zweifelhafte Heirat gehört. Und ich verspreche Ihnen, *ganz* so weit werden wir nicht gehen.« Er lachte auf seine wiehernde, nasale Art und füllte sein Glas aus der Flasche, die er immer noch in der Hand hielt.

»Wissen Sie, Annie, ich habe gerade unbeschadet einen der raffiniertesten Heiratspläne überlebt, den sich nur eine verrückte Mutter ausdenken kann. Nicht *meine* Mutter, die ist tot. Kacky Mundlapps Mutter. Den Mundlapps gehört bereits ganz Oklahoma, und sie haben ein großes Anwesen neben unserem in Locust Valley gekauft. Sie sind schon so lange hier und haben inzwischen genug Geld ausgegeben, um unbedingt zur Gesellschaft gehören zu wollen. Mrs. Mundlapp kam zu der Ansicht, wenn sie Kacky mit einem der Sumner-Jungen verheiratet – ich habe zwei Brüder –, würde das allen Mundlapps einen Platz in der

Geschichte, die ererbten Rechte und die nicht existierende Gastfreundschaft der New Yorker Gesellschaft sichern.«
Er stand auf, ging im Zimmer hin und her und unterstrich seine Erzählung durch große Gesten mit Champagnerflasche und Glas. Annie hörte ihm gebannt zu.
»Kacky war nicht ohne Charme, aber es war ein gewaltiger Charme. Alles an ihr ist groß – die Hände, der Mund, die Schultern, mit denen sie leicht jeden hätte umwerfen können. Wenn sie über den Rasen ging, spürte ich die Erde beben. Wenn ich mit ihr tanzte, fürchtete ich, sie würde mich zu Tode quetschen. Eines Abends schlug sie vor, wir sollten zusammen ins Bett gehen, und schaffte es, ihren Riesenkörper im Handumdrehen von seiner Hülle zu befreien, die mindestens so groß wie ein Gobelin gewesen sein muß. Nach einem Blick auf das Ungeheuer – mit großen Augen, wie Sie sich vorstellen können – floh ich laut schreiend in die Nacht.
Schlimmer war, daß mein Vater im Sterben lag. Mrs. Mundlapp nutzte die Situation und überredete ihn, von mir den Schwur zu verlangen, Kacky zu heiraten. Er verlangte es von mir und Kacky, und ich leistete keinen Widerstand mehr. Sie und ich legten den Schwur aus keinem anderen Grund ab, als den armen alten Mann in Frieden sterben zu lassen, was er *am Ende* auch tat. Kacky war beim Begräbnis, aber auch Schwarz machte sie in keiner Weise zierlicher.«
Annie lachte, und Winnie machte eine Pause, um seinen Champagner auszutrinken. »Du meine Güte, und was ist dann passiert?« fragte sie.
»Der amerikanische Traum von der großen Liebe, teuerste Annie, hat mich gerettet. Kackys Vater, ein ehemaliger Sooner und ein Wohltäter dieser Schule, besuchte an Neujahr ein Footballspiel, bei dem die Mannschaft von Sooner um die amerikanische Meisterschaft spielte. Er machte seine riesige Tochter mit dem Mannschaftskapitän bekannt, einem freundlichen Koloß mit dem passenden Spitznamen ›Bulldozer‹. Es war Liebe auf den ersten Blick! Der Mann konnte kaum weiterspielen, lief aber unter den glühenden Blicken seiner Angebeteten bald zu ungeahnter Hochform auf. Nach dem Sieg der Mannschaft, zu dem Bulldozer entscheidend beitrug, verschwanden die beiden für eine Woche. Das führte dazu, daß Mrs. Mundlapp sich die ohnehin dünnen Haare raufte, aber ihr Mann, ein echter Sooner, konnte kaum etwas da-

gegen haben. Schließlich ist Bulldozer in Oklahoma inzwischen eine Art Staatsheiliger. Nicht lange nach der Rückkehr gestand Kacky, daß sie etwas im Leib trug, was möglicherweise ein kleiner Bulldozer sein würde, und im Handumdrehen hatte das verliebte Paar geheiratet – ich glaube in einem mobilen Hangar. Man lud mich zu der Festivität nicht ein, aber ich schenkte ihnen zur Hochzeit ein lebenslanges Abonnement: *Der Bulldozer, gestern, heute und morgen. Die Fachzeitschrift für den Profi.*«

Er machte eine Pause und trank noch ein Glas Champagner. »Sagen wir einfach, als abgewiesener Bewerber um Kacky Mundlapps Hand kann man von mir ein Verhältnis mit einem Showgirl aus dem Latin Quarter erwarten und wird es mir verzeihen. Es wäre sogar ungeheuer gut für mein Image. Außerdem scheinen Ihnen meine kleine Geschichten zu gefallen, und das schmeichelt mir maßlos.«

»Die Geschichten gefallen mir wirklich«, sagte Annie lachend. »Aber wie soll das funktionieren? Was ist zum Beispiel für meinen freien Tag geplant?«

Winnie nickte. »Sam hat mir gesagt, daß Sie aufs Ziel lossteuern wie eine Fledermaus im Dunkeln. Nun ja, sehen Sie, ich habe ein Flugzeug, eine ehemalige Kriegsmaschine, eine P 38. Es ist eine der wenigen Zweisitzer, die Lockheed jemals gebaut hat. Ich liebe meine P 38 über alles und muß sie alle paar Tage fliegen, sonst fange ich hier unten auf dem Boden an zu schimmeln. Was halten Sie davon, wenn wir am Samstag nach der letzten Show auf die Bermudas fliegen? Selbstverständlich wird Sam uns dort auf dem Flugplatz erwarten, und ich bringe Sie rechtzeitig für die erste Show am Montag zurück.«

Annie schwieg einen Augenblick. Sie konnte sich nicht so rasch auf solch komplizierte und verschwenderische Arrangements einstellen, obwohl sie wußte, daß es für Sam und Winnie normale Vergnügungen waren. »Und was geschieht bis dahin?«

»Man wird Sie und mich sehen. Man wird feststellen, daß Sie hübsch sind und über meine Witze lachen. Ich bin scheinbar hingerissen von Ihren Reizen, und jeder, der uns kennt, wird mich voll Neid und Sie voll Mitgefühl betrachten. Der ganze Haufen wird uns in allen Schuppen sehen, wenn Sie wollen vielleicht sogar im Pavillon, sozusagen in der Höhe des Cumberland-Drachens.«

Er lachte wiehernd.

»Winnie, ich kann mich nicht an solchen Plätzen sehen lassen.« Bereits bei der Vorstellung, mit Cornelia Cumberland in einem Raum zu sein, wurde ihr unbehaglich.

Winnie beobachtete sie mit hochgezogenen Augenbrauen. Die belustigte Maske verdeckte scharfsichtige Anteilnahme. »Annie, ich glaube, es ist Zeit, daß wir uns über das wahre Wesen von Geld unterhalten. Finden Sie nicht auch?«

Annie war alarmiert, als er ein Problem ansprach, das so kompliziert war, daß sie noch nicht gewagt hatte, daran zu denken. Sie erwiderte: »Ich würde sagen, Ihre Vorstellung von Geld unterscheidet sich sehr von meiner.«

»Ganz bestimmt. Das ist der springende Punkt. Nun ja, sagen wir es ruhig laut, daß Sam und ich ungeheuer reich sind und Sie nicht. Factum est! Wir sind seit Generationen reich. Sie müssen verstehen, von unserem Standpunkt aus ist Reichtum so, als gehörte einer Familie eine Wüste, ich meine Millionen Morgen Sand. Wie die meisten Wüsten wächst auch diese Wüste, ohne daß jemand viel dazutut. Verstehen Sie, Annie, wenn einem eine Wüste gehört, bedeutet einem Sand überhaupt nichts. Grundsätzlich will man zwar nicht, daß jemand den Sand stiehlt. Man tauscht vielleicht einmal eine Düne ein, um sich ein Schloß aus Stein zu bauen. Aber wenn man ein paar Eimer verschenkt, ist das kein Verlust, und es hat ganz sicher keine Auswirkungen auf die ganze große Wüste. Verstehen Sie, was ich meine?«

Annie lächelte und erwiderte achselzuckend: »Ich glaube schon, aber –«

»Gut«, fiel ihr Winnie ins Wort und goß den Rest Champagner aus der Flasche in sein Glas. »Also dann, liebe Annie, wann gehen wir einkaufen?«

11

Um Annies angebliche Affäre mit Winnie Sumner bekannt zu machen, besuchten sie gemeinsam Nightclubs und Restaurants, Vernissagen, Auktionen für wohltätige Zwecke und Veranstaltungen, von denen sie verschwinden konnten, wenn Annie begann, sich unbehaglich zu fühlen. Sobald die Klatschreporter Wind von diesem Leckerbissen bekamen, belagerten sie den Bühneneingang des Latin Quarter, boten Annie Geld für Interviews, bestachen den Portier, um sich Zugang zur Garderobe zu verschaffen und Annie zu fotografieren, und folgten ihr und Winnie, wenn er sie nach der Show abholte.

Das Latin Quarter freute sich über die kostenlose Werbung und stellte der Presse alte Fotos von Annie in wenig verhüllenden Kostümen und provozierenden Posen zur Verfügung. Als die Bilder unter der Überschrift ›Das Showgirl und der Sumner-Erbe‹ in den Zeitungen erschienen, gab Annie die Stelle auf.

Inzwischen hatte Charlie Dell häufig umsonst am Bühnenausgang gewartet, weil Annie lieber mit Winnie zum Apartment fuhr, um Sam zu treffen. Eines Morgens stieg sie schließlich in das Oldsmobile ein. Wie üblich saß Phil am Steuer, aber Annie begrüßte ihn nicht. Teddy Lapps setzte sich auf den Beifahrersitz, aber als Annie anfing zu sprechen, stieg er wieder aus. Als dann das Gespräch zu Ende war, öffnete er ihr die Wagentür.

»Charlie«, begann sie, »ich kann nicht mehr mit Ihnen nach Belmont fahren. Ich gebe meine Arbeit auf, und es wird nicht so leicht sein ...«

Charlie nickte. »Ich habe in den Zeitungen Artikel über dich gelesen.«

Annie wandte verlegen den Blick ab. »Ja.«

Charlie lächelte freundlich. »Keine Sorge, Annie. In meiner Art Leben gewöhnt man sich daran, daß die Leute kommen und gehen. Tu, was das Beste für dich ist. Aber sei vorsichtig bei diesen reichen Kerlen. Sie sind anders als die meisten Leute.« Er lächelte und sah sie an, als fehle sie ihm jetzt schon. »Wenn du Hilfe brauchst, bekommst du sie. Hier ist eine Telefonnummer. Sie wissen immer, wo ich bin.« Er machte eine Pause, um Luft zu holen. »Sei glücklich, Annie. Denk daran, ich vertraue dir, und du kannst mir immer vertrauen.«
»Das werde ich, Charlie.«
»Wenn etwas daraus wird, lädst du mich zur Hochzeit ein. Ich komme als Herzog.«
Annie küßte ihn und stieg aus, ohne ein Wort mit Phil gesprochen zu haben. Sie gab lächelnd Teddy Lapps die Hand, der sie ebenfalls lächelnd drückte.
Es war merkwürdig für Annie, die Arbeit im Nightclub aufzugeben. Mit der Angst, die sie bei Charlie Dell empfand, wurde sie scheinbar leichter fertig als mit der Welt, die sie nun betrat. Schon nach dem ersten Einkaufsbummel mit Winnie erschien ihr selbst ein Kleiderkauf aufregend und bedrückend zugleich. Sie gingen zu Bergdorf Goodman, um Schuhe zu finden. Annie probierte zwanzig Paar und kaufte eins, das sie tagsüber und am Abend tragen konnte. Am nächsten Tag wurden zwölf Paar in Sams Wohnung abgeliefert. Ohne daß Annie etwas merkte, hatte Winnie den Verkäufer angewiesen, alles zu schicken, was Annie gefiel. Auf diese Weise hatte sie auch schnell ihre ganze Garderobe beisammen.
Annie gab zu, daß sich nichts mit dem Gefühl vergleichen ließ, ein maßgeschneidertes Kleid oder Kostüm anzuziehen. Anfangs war sie eingeschüchtert von der Sicherheit, mit der Winnie und die Designer über Material und Stil entschieden. Allmählich setzte sie jedoch ihren eigenen Geschmack durch, und eines Tages kam sie in einem selbstgewählten Seidenkostüm aus der Umkleidekabine.
Winnie sah sie an, und seine gebrochenen blauen Augen wurden groß vor Stolz: »Liebe Annie, unzählige Frauen können die besten Kleider der Welt kaufen. Aber du kannst sie tragen.«
»In einem so schönen Kostüm würde jede Frau gut aussehen.«
Winnie lächelte nachsichtig und erwiderte: »Ich kann dir überhaupt nicht sagen, wie sehr du dich irrst.«

Annie freute sich über sein Lob, aber als das Kostüm geliefert wurde, fand sie kaum Platz, um es aufzuhängen, obwohl Sam seinen Schrank hatte ausräumen lassen. Annie blickte auf die langen Reihen neuer teurer Kleider und schloß schnell die Schranktüren.

»Ich kann das nicht mehr, Sam«, sagte sie eines Morgens, nachdem Winnie nicht nur einen, sondern zwei Pelzmäntel, einen Seehund und einen Nerz, hatte liefern lassen. Annie hatte beide zurückgeschickt.

Sam lachte. »Das liegt nur daran, daß es Sommer ist. Im Winter wirst du sie brauchen.« Er lag mit einem Handtuch um die Hüfte auf dem Bett.

Annie trocknete sich die Haare und stand vor der Spiegeltür des Kleiderschranks. »Das meine ich nicht, und das weißt du auch.«

»Betrachte es einfach als eine Broadway Show«, sagte er und sah sie an. »Ich bin der Produzent, Winnie ist der Regisseur, und du bist der Star. Deine Rolle verlangt eine Menge Kostüme.«

»Ich wußte, daß eine Geliebte teuer ist«, sagte Annie, ohne jeden Vorwurf in der Stimme, »aber du übertreibst wirklich.« Als sie das Handtuch vom Gesicht nahm, sah sie im Spiegel, daß Sam hinter ihr stand.

»Betrachtest du dich als das?«

Annie sah sein Spiegelbild an und erwiderte: »Es ist meine Rolle in der Show. Wir wollen, daß alle denken, ich bin Winnies Geliebte. Du bist nur der Mann hinter der Bühne, den ich liebe.«

Es rutschte ihr einfach heraus. Von Anfang an hatte keiner von beiden dem anderen eine Liebeserklärung gemacht. Sam legte ihr den Arm um die Taille und küßte sie auf die Schulter.

»Was ich für dich empfinde, scheint mir eine ganze Menge mehr als Liebe zu sein. Ich vermeide das Wort nicht, ich weiß einfach nicht, was es in unserem Fall bedeutet. Ich habe es bewußt nicht ausgesprochen, weil ...« Er brach ab, unfähig, es Annie zu erklären.

»Ich weiß«, sagte sie. »Nun ja, für mich ist es leichter, das zu sagen. Ich glaube, du riskierst eine ganze Menge Schwierigkeiten. Es ist nur, daß noch kein Mensch soviel Geld für mich ausgegeben hat, und ich bin nicht sicher, daß ich richtig damit umgehen kann.«

»Annie, dieses gottverdammte Geld ist unwichtig«, sagte er leicht ungeduldig.

Sie drehte sich um, blickte zu ihm auf und schlang die Arme um seinen

Hals. »Es *ist* wichtig, Sam.« Sie küßte ihn. »Dir bedeutet Geld nichts. Aber ich habe mir bis jetzt jeden Tag meines Lebens Sorgen um Geld gemacht. Ich kann das nicht einfach plötzlich vergessen. Es ist wundervoll, hier zu leben. Mit diesen Kleidern komme ich mir wie ein Filmstar vor. Aber es beunruhigt mich, daß du Briefumschläge mit Geld hierläßt, daß du all diese Sachen zu essen und zu trinken schickst und meine Kleider bezahlst.

Verstehst du, es ist mir egal, wieviel Geld du hast. Um die Wahrheit zu sagen, es wäre mir recht, du hättest weniger, denn ich glaube, dann wären meine Chancen sehr viel größer. Es ist nur, es kostet dich einiges, mich auszuhalten, und ich wünsche weiß Gott, es wäre nicht so.«

Er stand auf der anderen Seite des Bettes.

»Annie, ich habe Geld auf besonderen Konten, das ich ausgebe, wofür ich will. Ich will nichts anderes als dich. Warum soll ich es dann also nicht für dich ausgeben? Ich bin glücklich, und das rechtfertigt ganz sicher die Kosten. Ich würde das Geld nicht anders ausgeben, wenn wir verheiratet wären.«

Annie war verblüfft. Aber sie sah, daß Sam seine Worte mehr überraschten als sie. Heirat war ein gefährliches Thema. Sie schlüpfte unter die Decke und bat: »Dann sag mir, Sam, wieviel Geld *hast* du? Wenn ich das weiß, verstehe ich vielleicht besser, wie belanglos ein Nerzmantel ist. Und ich schwöre dir, ich frage nur aus diesem Grund.«

Sam lachte leise, als er das Handtuch durch das Zimmer auf einen Sessel warf und ins Bett kam. Er legte sich auf den Rücken und zog sie an sich, bis ihr Kopf auf seiner Brust lag. »Kein Mensch hat sich bis jetzt getraut zu fragen, wieviel Geld ich habe, obwohl viele um die Frage herumgeschlichen sind wie die Katze um den heißen Brei. Das Problem ist, ich würde sagen, seit drei Generationen hat es keinen Cumberland gegeben, der die Antwort darauf weiß.«

Annie stützte sich auf den Ellbogen. »Das kann nicht dein Ernst sein.«

»Es stimmt. Ich kann dir sagen, wie hoch das Kapital der Cumberland-Stiftung im Augenblick ist: zweihundertfünfzig Millionen. Ich kann dir meine Steuererklärungen zeigen, aber ich habe einen privaten Buchhalter, der sein Leben damit verbringt, Lücken in den Steuergesetzen zu finden und mit Zahlen zu jonglieren. Da gibt es seit einer Ewigkeit Treuhandgelder, die sich mit jeder Generation vermehren. Manche Leute drücken es so aus: Ich bin einer von den Leuten, die von den Zin-

sen der Zinsen ihres Vermögens leben. Deshalb *kostet* mich ein Nerzmantel eigentlich nichts. Es ist einfach etwas, von dem ich entscheide, daß jemand wie du es haben soll, mehr nicht.« Er rollte sich auf den Bauch; offenbar wollte er das Thema beenden. »Wenn du mir den Rükken massierst, massiere ich dir deinen.«
Annie wußte, daß die Erklärung für Sam völlig logisch war. Für sie nicht, niemals.
»Was für eine Narbe ist das hier, an deiner Schulter?« fragte sie und setzte sich rittlings auf Sams Rücken.
»Winnie und ich haben Polo gespielt, als wir zusammen in Princeton waren. Er ist einmal mitten im Gewühl schwer gestürzt. Er hatte das Bewußtsein verloren, und der Helm war davongerollt. Da bin ich auf ihn gesprungen und ziemlich zertrampelt worden.«
»Mein Gott, das war sehr mutig. Wahrscheinlich hast du ihm das Leben gerettet.«
»Daran erinnere ich Winnie ständig.«
»Ich dachte, er mag keine Pferde.«
»Er hat sie nie gemocht. Er hat seinem Vater zuliebe angefangen, Polo zu spielen. Nach dem Sturz ist er nie mehr geritten. Er hat angefangen, Blutlinien zu studieren und wollte züchten. Aber es hat ihn gelangweilt.«
»Das hat er mir nie erzählt.«
»Frag ihn einmal nach dem Rosewood-Gestüt. Er hat wunderschöne Ställe in Lexington und in Millbrook und auch ein Gestüt drüben in Frankreich.« Sam lachte leise. »Er will, daß ich sie ihm abkaufe.«
»Warum tust du das nicht und gibst sie mir? Wenn Geld wirklich keine Rolle spielt, hätte ich lieber Pferde als einen Nerzmantel.«
Er drehte sich um und lachte, als er Annies Lächeln sah. Dann zog er sie in seine Arme. »Sei lieber vorsichtig. Manchmal bekommt man das, was man sich wünscht. Ich kenne Leute, die Ställe haben und durchdrehen.«
»Ich weiß nur«, sagte Annie und fuhr mit den Händen langsam über die harten Muskeln, »wenn ich hoffen könnte, daß niemand etwas merkt, würde ich dich um eine Stelle als Pflegerin bei Caernarvon bitten. Das würde ich lieber tun als alles andere.«
Sam lachte leise. »Du weißt, Certainty läuft im August beim Travers Stakes in Saratoga.«

Annies Hände zögerten, und Sam spürte es. »Du wirst dabei sein, Annie. Winnie und ich denken uns etwas aus.«

»Oh, da bin ich sicher. Er und ich, wir fahren nach Saratoga und verstecken uns vor allen Cumberlands, bis du und ich eine Gelegenheit finden, uns heimlich zu treffen. Ich wollte damit sagen, ich wünschte, ich könnte Certainty für dieses Rennen betreuen.«

Sam küßte sie und sagte: »Sag mir eins, Annie ›Brown‹ ... woher hast du den Namen übrigens?«

»Jemand hat gesagt, Brown klingt besser als mein richtiger Name. Eigentlich heiße ich Grebauer. Aber ich habe kein allzu großes Verlangen danach, daß man das weiß.«

»Warum nicht?« fragte er.

Annie holte tief Luft. »Vermutlich kannst du das nicht verstehen, Sam. Du kommst aus dieser alten Familie, die Generationen zurückreicht, vielleicht bis Adam und Eva, was weiß ich. Bei mir ist es nur eine Generation, und ich bin nicht allzu stolz darauf. Meine Mutter war eine Ausnahme, aber sie ist gestorben, als ich fünf war. Ich habe sie kaum gekannt.«

Ihre Kehle war wie zugeschnürt, aber sie sprach weiter. »Mein Vater ist Säufer. Er war der Weichensteller, der damals das Zugunglück verursacht hat. Meine beiden Brüder sind die Diebe, die man gefaßt hat. Erinnerst du dich? Sie waren in einem Wagen und haben den Schmuck der Toten gestohlen. Sie sitzen alle drei im Gefängnis. Unsere Hütte stand ungefähr vierhundert Meter von der Unglücksstelle entfernt. Mit dem Geld, das du mir gegeben hast, bin ich am selben Tag von dort weggelaufen. Seitdem habe ich nicht mehr viel von ihnen gehört, und das ist mir auch ganz recht.«

Sam sah sie an. »Das darf nicht wahr sein. Du bist ja wirklich unglaublich.«

»Nein«, widersprach sie. »Ich gehöre, wie deine Familie vermutlich sagen würde, ›zum Gesindel‹.«

»Wenn du uns schon in Schubladen stecken mußt, dann bin ich nur ein verwöhnter kleiner reicher Junge, der nicht mehr wert ist als sein Bankkonto. Das ist alles Mist, Annie. Außerdem weiß ich inzwischen, daß du *einmalig* bist. Winnie sagt es auch. Also mach dir bitte keine Sorgen wegen der vielen Generationen meiner Familie, und ich mache mir keine wegen der einen Generation deiner Familie, abgemacht?«

Annie lächelte. Das Wort ›einmalig‹ gefiel ihr, und sie überlegte, ob Sam es zuerst gesagt hatte oder Winnie.

Am nächsten Tag ging Winnie mit Annie wieder einmal auf eine Cocktailparty, diesmal hoch oben in einem Apartmentgebäude in der Fifth Avenue mit Blick auf den Central Park. Inzwischen waren ›das Showgirl und der Sumner-Erbe‹ in der Gesellschaft kein Thema mehr, sondern eher eine akzeptierte Tatsache. Trotzdem spürte Annie, als sie durch den Park fuhren, daß sich ihr Magen wie üblich nervös verkrampfte, weil sie die Blicke der Leute fürchtete und daran dachte, wie mühsam es ihr wieder fallen würde, sich so zu benehmen und zu unterhalten, wie man es von ihr erwartete.
»Darf ich dir noch einmal sagen, wie sehr ich es genieße, mit dir einen Raum zu betreten?« sagte Winnie.
»Vielen Dank, mein Herr«, flötete sie und lachte. »Mir kommt es vor, als springe ich in ein eiskaltes Meer unwirklicher Menschen.«
»Unwirklich ist genau die richtige Bezeichnung für uns«, erwiderte er. »Und da ich einer der unwirklichsten bin, werde ich dich mit Freuden durch dieses Gewässer voller Haie führen.«
Winnie hatte sie nicht nur in Hinblick auf Mode-Designer beraten, sondern auch auf Make-up-Spezialisten, Schmuck (»Deine Perlen sind sehr gut. Aber du mußt sie ständig auf der Haut tragen, damit sie ihren Schimmer nicht verlieren.«) und Friseure (»Laß deine Haare lang und trag eine einfache Frisur, außer bei besonderen Anlässen. Dann steckst du sie auf, und alle sind hingerissen!«). Er hatte sie die Feinheiten des Benehmens gelehrt (»Die Fingerschale und die kleine Serviette werden *niemals* benutzt, sondern zusammen an einen Punkt neben deinen Platz gestellt, der auf einem Zifferblatt der Elf entspricht, *bevor* du Löffel und Gabel neben den Teller legst.«), sie über die Kompliziertheiten familiärer Beziehungen ebenso aufgeklärt (»Da Scheidungen immer häufiger werden, ist keine Erbschaft garantiert. Selbst wenn jemand den Namen seines Vaters trägt, der Vater sich aber scheiden läßt und ein süßes Ding mit sechs eigenen kleinen Schätzchen heiratet, kann es sein, daß der arme Namensträger im Testament seines Vaters völlig vergessen wird.«), wie über die Umgangsformen einer Gesellschaft, in der es außer dem finanziellen keinerlei sichtbaren Rang gab, und sei er auch kirchlich (»Das Hochwürden eines Erzdiakons der Episkopalkirche

garantiert einem ganz gewöhnlichen Geistlichen einen Platz an den besten Tischen. Ein Dekan schafft es bis zur Linken der Gastgeberin, ein Bischof erhebt den frommen Mann fast, aber niemals ganz auf dieselbe Stufe. Diese Gunst wird jedoch den entsprechenden Rängen von Baptisten, Mormonen oder Katholiken niemals zuteil, wenn man solche Leute überhaupt kennt. Und ›Rabbi‹ ist ein Wort aus einer fremden Sprache. Wenn die Gastgeberin allerdings mit einem vertrottelten englischen Baron aufwarten kann, ißt der ganze kirchliche Haufen natürlich in der Küche«).

Später am Abend erklärte Winnie ihr im Clubzimmer des Stork Club die Sitzordnung und die Signale (das Zupfen der Krawatte, das Hervorziehen und Betasten des Taschentuchs), mit denen Sherman Billingsly, der Besitzer, einen seiner Untergebenen auf bevorzugte Gäste hinwies, die mit einem Geschenk von Champagner oder Parfüm bedacht wurden. Und in den frühen Morgenstunden, ehe Sam zu ihnen stieß, brachte Winnie im El Morocco Annie das Tanzen bei, klärte sie darüber auf, wieviel Trinkgeld sie der Toilettenfrau geben mußte und wann sie für die gelegentlich auftauchenden Fotografen lächeln sollte (»Du bist nie wild darauf, fotografiert zu werden. Es ist mehr, als ob du die Kamera wie einen alten, allerdings keinen besonders guten Freund begrüßt«). In den folgenden zwei Wochen sahen sie dreimal *My Fair Lady*. Es war das erste Musical, das Annie je gesehen hatte. Winnie übernahm die Rolle von Higgins, Annie die von Eliza Doolittle. Sie lernten die Lieder alle auswendig und sangen sie oft zusammen. In seiner Rolle als Professor riet Winnie ihr dringend, sich unter keinen Umständen für ihren Kentucky-Dialekt zu schämen und ihn möglicherweise zu unterdrücken. Hin und wieder gab er ihr jedoch allgemeine Hinweise, wie sie sich ausdrücken sollte.

Am Anfang ihrer Affäre mit Sam verstand Annie nicht, weshalb Winnie sich die Mühe machte, seinem Freund Rückendeckung zu geben. Aber als sie mit den tief verwurzelten Gewohnheiten der Gesellschaft vertrauter wurde, begriff sie, daß Winnies demonstrative Beziehung mit ihr Sam sehr viel von seinem ehelichen Druck nahm.

»Als extrem begehrenswerter Fang«, erklärte Winnie ihr eines Tages in der gedehnten Aussprache von Locust Valley, mit der er die feine Gesellschaft imitierte, »bin ich normalerweise das Objekt zahlloser Heiratspläne. Denk an die Belagerung durch Kacky Mundlapp!«

Sie saßen in der Oak Room Bar im Plaza und warteten wie üblich auf Sam. »Ich meide alleinstehende Frauen meiner Schicht nicht nur, um möglichen Fallen zu entgehen, sondern auch der Langeweile wegen. Ich kenne ihre Gespräche so gut, daß ich Allergien bekomme, wenn ich nur von der Saison in St. Moritz höre oder von der Romanze am Bailey's Beach in Newport. Man braucht Bailey's Beach nur zu *riechen*, um zu wissen, wie idiotisch eine Romanze dort wäre, vom Schwimmen überhaupt nicht zu reden. Es ist abscheulich dort! Und trotzdem eilt seit zwanzig Jahren jede Debütantin an diesen Tümpel, stellt ihre Reize am stinkenden Strand zur Schau und hofft, sich irgendeinen jämmerlichen Trottel zu angeln!«

Er trank Gimlets, während sie durch die Fenster der kühlen, dunklen Bar mit der Eichentäfelung die Fußgänger beobachteten, die in der drückenden Julihitze vorbeigingen. Annie nippte an ihrer Limonade und blickte auf die Frauen in knappen Shorts mit Pudelfrisuren und bunten Perlenketten. Jeder zweite Mann trug ein rosa Hemd – der letzte Schrei in diesem Jahr. »Die Wahrheit ist, liebe Annie, wenn in der Ehe einer solchen heiratswütigen Debütantin mit dem armen Trottel die ersten Wölkchen am rosa Himmel aufziehen, hat sie Affären. Ich stehe seit langem im Ruf, für diese Art Frau unwiderstehlich zu sein. Sie weiß, sie geht mit mir kein Risiko ein, und ich versuche nicht, ihr finanzielles Arrangement zu stören, an dessen Zustandekommen sie so hart gearbeitet hat. Aus demselben Grund bin ich auch sicher davor, daß sie den Drang hat, mich zu heiraten. Deine Präsenz in meinem Leben macht es schwer, an meine Präsenz in ihrem Leben zu glauben, falls ihr Ehemann jemals etwas vermuten sollte.«

Winnie hob den Blick, um zu sehen, wie Annie reagierte.

»Nun ja«, sagte sie, »es freut mich zu hören, daß ich dir in einer Hinsicht von Nutzen bin.«

Er wußte nicht genau, ob sie verstimmt war oder nicht und wollte etwas erwidern. Aber Annie lächelte und sagte: »Du hast mir nie etwas von deinem Rennstall, von Rosewood, erzählt.«

Erleichtert begann Winnie, von seinem großen Ärgernis zu sprechen. »Ach, du meinst das Kreuz, das ich mit Rosewood trage. Nach dem Tod meines Vaters, liebe Annie, traten ich und meine beiden Brüder unser Erbe an, das unter anderem aus sehr viel Land in Manhattan und Westchester County bestand. Als ältester Sohn erklärte ich mich widerwillig bereit, die Last der Verwaltung des Sumner-Vermögens auf mich zu nehmen. Meine beiden Brüder zeigten wenig Neigung zu derartigen Pflichten. Einer interessiert sich nur für schnelle Autos und hat sein Studium in Princeton aufgegeben, um Rennen zu fahren. Der andere liebt flotte Mädchen und hat das Studium abgebrochen, um sich seinen Amouren zu widmen. Ich ärgere mich über meine Aufgabe und verwünsche die launenhafte Reihenfolge unserer Geburt besonders deshalb, weil es zu den großen Ehrenpflichten der Sumners gehört, die Tradition des Rennstalls der Familie und seine chartreuse und blutroten Farben zu pflegen. Kannst du dir eine schrecklichere Farbkombination vorstellen?«

Er trank aus und bestellte ein neues Glas. »Mein Großvater hat den Stall vor dem Ersten Weltkrieg gegründet. ›Winn‹ Sumners Rosewood Stables mit dem unvermeidlichen Gestüt in Kentucky, einem zweiten in Millbrook und einem hübschen französischen *Haras* in der Normandie entwickelte sich zu einem der feinsten Unternehmen in der Welt des Turfs. Zwischen den Weltkriegen haben die Vollblüter von Rosewood viele der großen Rennen auf beiden Seiten des Atlantik gewonnen. Aber als mein Vater, ›Wenn‹ Sumner, Ende der dreißiger Jahre das Ganze übernahm und viermal hintereinander das Kentucky Derby verlor, war er nicht mehr mit ganzem Herzen dabei. Der Stall büßte seine Bedeutung ein. Mein Vater behielt ihn aus Gründen der Familientradition und natürlich wegen der großen steuerlichen Vorteile, die auch für mich der einzige Grund dafür sind, daß ich ihn nicht verkaufe.«

»Einen Augenblick lang hat es geklungen, als ob du sehr stolz darauf bist«, sagte Annie.

»Einen Augenblick lang war es etwas, worauf man stolz sein konnte.«

»Könnten wir irgendwann einmal zu einem der Gestüte fahren?«

»Ich denke schon. Ah, da kommt Sam.«

Das Thema war vergessen, sobald Sam sich zu ihnen setzte. Er war an diesem Morgen wie jede Woche aus Newport in die Stadt gekommen, um geschäftliche Dinge zu erledigen.

»Ich bin auf der Yacht meines Vetters durch die Gegend gesegelt und beim Gedanken an dich verrückt geworden.«

Annie lächelte und drückte seine Hand unter dem Tisch; es war der einzige Körperkontakt, den sie sich in der Öffentlichkeit erlaubten.

»Spar dir bitte deine endlosen Hymnen bis später, wenn du Annie für dich allein hast. Wie sieht denn der Plan für heute abend aus?«
»Ich muß mit Freunden meiner Eltern, die aus Spanien hier sind, zum Abendessen gehen. Ich rufe an, sobald ich mich von ihnen losgemacht habe. Erzählt mir alles. Mein Gott, ich habe ... *euch beide* vermißt.«
Sie lachten, und Annie staunte wieder einmal, wie natürlich es ihr erschien, mit Sam und Winnie fröhlich in einer Bar zu sitzen, obwohl sie wußte, daß es eigentlich völlig unnatürlich war.
»Hört zu, ich habe eine phantastische Idee«, sagte Sam. »Möglicherweise muß ich im August zur Auktion in Deauville. Da ist eine Blutlinie vertreten, hinter der wir her sind, und vielleicht finde ich ein paar ›Nicks‹ für Certainty. Winnie, möchtest du Annie nicht begleiten?«
»Du bist ein wahrer Hellseher. Wir haben gerade über Rosewood gesprochen. Möchtest du nach Deauville fahren, liebe Annie?«
»Wo ist das?«
»An der Küste der Normandie, in Frankreich«, erklärte Winnie, »etwa fünfunddreißig Kilometer vom *Haras* von Rosewood, dem *Haras de la Brise*, entfernt. Dort könnten wir alle wohnen. Ich nehme an, ich sollte einmal einen Blick auf die Pferde werfen. Mein Gott, es ist Jahre her, seit ich zuletzt dort war. Und ich muß ohnehin den Weinkeller auffüllen.«
»Was meinst du, Annie?« fragte Sam eifrig. »Wir werden natürlich auch nach Paris fahren.«
Annie versuchte, ihre Verwirrung nicht zu zeigen, und sagte: »Nur wenn mir jemand das Reiten beibringt.«
Sam sah sie verblüfft an. »Reiten ... ich dachte ...«
Annie lächelte. »Pfleger steigen nicht auf die Pferde, Sam. Werden wir rechtzeitig zurück sein, um Certainty im Travers zu sehen?«
»Ja, eine Woche vorher. Carney sagt, er hat Certainty nie in einer besseren Form erlebt.«
»Ich werde dir erklären, was ›Nicks‹ sind. Das ist das einzige Gebiet, auf dem ich mich bei Pferden auskenne«, sagte Winnie. »Sam kann dir Reitunterricht geben. Bestellen wir noch etwas und trinken wir auf Frankreich. Was für ein wunderbarer Plan.«

Als die beiden am Abend in der Wohnung auf Sams Anruf warteten, trank Winnie Champagner und sprach über ›Nicks‹. »Bei einem Voll-

blüter mit einer besonders vorteilhaften Kombination zweier guter Blutlinien spricht man von einem Nick. Für den Stammbaum ist das von großem Wert, denn die Verdopplung einer bestimmten Eigenschaft führt vielleicht zu überdurchschnittlichen Ergebnissen. Deshalb sucht man Pedigrees, die zusammenpassen, wenn man Hengst und Stute paart.«
»Du meinst, man kann das so sorgfältig kontrollieren?«
»Nein, nicht ganz genau. Es ist immer ein Glücksspiel, aber bei der Zucht nutzt man so viele Vorteile wie möglich. Verstehst du, das Pferd, *Equus caballus*« – er nickte ihr lehrerhaft zu – »ist für seine genetische Beständigkeit oder Vererbungssicherheit bekannt. Das heißt, für die Fähigkeit der Eltern, bestimmte Eigenschaften an die Nachkommen weiterzugeben. In Fachkreisen sagt man, sie prägen ihre Nachkommen oder ›drücken ihnen ihren Stempel auf‹. Bei der Vollblutzucht geht es ebensosehr um die Vererbungskraft als um den Sieg bei Rennen.«
Winnie nahm einen Schluck aus seinem Glas, Annie lächelte strahlend und bat: »O Professor Higgins, warum erzählen Sie mir nicht die ganze Geschichte?«
Er lachte: »Sie ist endlos. Mein Gott, diese Blutlinien, die ich bis zu diesen drei Arabern zurückverfolgt habe. Weißt du etwas über sie?«
»Nicht genug, um viel damit anfangen zu können.«
»Also gut, Eliza. Erstens haben die Menschen seit ungefähr dreitausend Jahren vor Christus, als das Pferd domestiziert wurde, die unglaubliche genetische Beständigkeit dieser Tiere genutzt, um sie für die verschiedensten menschlichen Bedürfnisse zu züchten, angefangen vom Schlachtroß bis hin zum Kinderpony. Heute gibt es ungefähr zweihundertfünfzig anerkannte Rassen, aber 1750 gab es noch kein Vollblut. Kein einziges. Das Vollblut verdankt seine Entstehung weitgehend einigen englischen Königen, hauptsächlich Charles dem Zweiten – und das gibt allen amerikanischen Besitzern das Gefühl einer aufregend engen Verbindung zum Hochadel. Natürlich übersehen sie, was für ein liederlicher Taugenichts dieser Charles war. Sie übersehen es deshalb, weil er für das Vollblut soviel getan hat. Nach dieser Logik werden auch die Aufnahmebestimmungen der meisten Jockey-Clubs auf der Welt immer wieder umgangen. Aber Charles, dieser degenerierte König, erkannte die Bedeutung der Blutlinien, und deshalb, Annie, trinke ich auf ihn.«

Annie fiel auf, daß Winnie bisher noch nie mit solchem Engagement von einer Sache gesprochen hatte. »Und was geschah dann?« fragte sie.

Winnie zögerte, stand auf und ging hin und her. Seine Augen glänzten lebhafter als sonst, während er sich immer mehr für sein Thema erwärmte.

»Nun ja, der alte Knabe kannte Araber. Weißt du, es gab damals sehr viele Pferde in England, auch gute Araber. Der König wurde darauf aufmerksam: Araber waren bekannt für ihre Qualität, für Mut, Ausdauer und Schnelligkeit. Wenn Araber mit Pferden anderer Rassen gekreuzt wurden, verbesserte sich selbst damals die Qualität der Nachkommenschaft. Sie haben eine unglaubliche Vererbungskraft, die vermutlich auf das Alter der Araber als Rasse zurückzuführen ist. Ein Mann namens El Kalbi, ein Historiker aus dem achten Jahrhundert, verfolgte zum Beispiel arabische Blutlinien zurück zum Urenkel Noas. Dann kam Mohammed und schrieb, jedes Gerstenkorn, das man einem Pferd gebe, werde in die Liste guter Werke aufgenommen. Arabische Stammtafeln wurden jahrhundertelang kontrolliert und feierlich mündlich weitergegeben. Deshalb galten Araberpferde als die stärksten Vererber einer vererbungsstarken Art.« Er brach ab und wandte sich an Annie: »Also, Eliza, wie heißt der Historiker aus dem achten Jahrhundert?«

»El Kalbi, Herr Professor.«

»Ausgezeichnet! Nun, Seine Majestät schickte seinen Oberstallmeister in die Levante, um Araberhengste zu kaufen. Er richtete ein Gestüt für die ›Royal Mares‹, die königlichen Stuten ein, was zu vielen Witzen über die königlichen Mätressen führte, von denen es beinahe ebenso viele gab. Als Folge davon suchte jeder, der auf sich hielt, gutes arabisches Zuchtmaterial. Und tatsächlich brachte man drei Hengste nach England, die das Vollblut als Rasse begründeten. Merk dir die Namen, Eliza, dann kannst du dich in jedem Rennclub endlos darüber unterhalten. Es sind: Byerley Turk, der 1686 in irgendeinem Krieg gegen die Türken als Kriegsbeute an einen gewissen Hauptmann Byerley kam; Darley Arabian, den Thomas Darley, der englische Konsul, in Syrien 1703 in Aleppo gegen ein Gewehr eintauschte, und Godolphin Arabian. Niemand weiß, woher er kam. Angeblich wurde er entdeckt, als er in Paris einen Eiswagen zog. Man brachte ihn nach England und verkaufte

ihn schließlich 1730 als Probierhengst an das Gestüt von Lord Godolphin.«
Er warf Annie einen Blick zu, um zu sehen, ob sie mit dem Begriff ›Probierhengst‹ etwas anfangen konnte. Sie zuckte verneinend die Schultern.
»Ein Probierhengst, liebe Annie, ist der bedauernswerte Hengst mittelmäßiger Abstammung, der bei der Zucht eingesetzt wird, um die Stute zu erregen, damit sie auf den Deckhengst vorbereitet ist. Man sagt, Godolphin Arabian habe sich gegen seine Rolle gewehrt, den vorgesehenen Hengst vertrieben und die Stute selbst gedeckt. Dafür trinke ich auf ihn.«
Annie war beeindruckt. »Winnie, du kennst dich wirklich gut aus.«
»Ja – damit habe ich versucht, meinem Vater zu gefallen, oder, da ich in der Zwischenzeit das Interesse verloren hatte, ihn zu ärgern. Ich weiß nicht, was von beidem.«
»Aber wenn du das alles weißt, Winnie, weshalb ...?« Als sie seinen gereizten Gesichtsausdruck sah, beendete sie die Frage nicht.
»Vermutlich, weil mich die Theorie interessiert«, erwiderte Winnie, »oder zumindest interessiert hat. Aber die Praxis ist ungeheuer langweilig. Ich habe seit Jahren versucht, Rosewood loszuwerden. Ich rede Sam immer wieder zu, er soll den Stall kaufen, weil ich das Gefühl habe, daß mich die Geister meiner Vorfahren nicht verfolgen, wenn ein Freund ihn übernimmt. Aber Caernarvon braucht einfach nicht noch mehr Land. Also behalte ich Rosewood und brüte darüber, was geschehen soll. Ich bringe es nicht über mich, den Stall zur Auktion auszuschreiben, weiß Gott, warum nicht.« Er trank Champagner.
Annie blieb ruhig sitzen und hoffte, er werde weitersprechen. »Warum brütest du darüber?« fragte sie.
»Nun ja, weil ich mich vermutlich schämen sollte«, fuhr Winnie fort. »Es wird zwar nie ausgesprochen, aber man erwartet von mir, daß ich mich schäme, weil der Rennstall der Familie so schlecht geworden ist. Mein Vater hatte große Schuldgefühle, weil Rosewood *seinem* Vater soviel bedeutet hatte. Mir ist Rosewood eigentlich gleichgültig. Aber in Rennkreisen hält man meine Gleichgültigkeit für Versagen, Willensschwäche, für einen Niedergang der Familienehre, für etwas Ähnliches wie Verrat, oder wenn man Inzucht bis zur Verblödung betreibt. Mein

Gott, ich hasse das alles! Warum gebe ich den ganzen verdammten Stall nicht einfach dir, Annie?«

Das Telefon auf dem Beistelltisch neben ihr klingelte, als Winnie noch über seinen Einfall lachte. Annie drehte den Oberkörper, um abzunehmen, und sagte: »Wenn du ihn mir geben solltest, würde ich im Handumdrehen etwas daraus machen, worauf du stolz wärst.« Sie griff lächelnd nach dem Hörer.

»Hallo?«

»Hallo, mein Schatz«, sagte Sam. »Ich bin hier im El Morocco. Komm her und tanz mit mir. Bring Winnie mit, dann überlegen wir, was wir später tun.«

Im Taxi sprachen sie und Winnie über den Plan der gemeinsamen Reise nach Frankreich und darüber, ob sie am folgenden Dienstag ins Theater gehen sollten oder nicht. Annie beschäftigte sich jedoch immer noch mit der leichthin gemachten Äußerung. Winnie hatte einen Rennstall, den er nicht wollte, und Annie wußte sehr wohl, sie konnte nicht im Traum daran denken, seine Leitung zu übernehmen. Doch die Vorstellung reizte sie so sehr, daß sie nicht darauf achtete, was Winnie sagte. Ihm entging das nicht und er machte sich darüber lustig, daß sie es scheinbar nicht abwarten konnte, Sam zu sehen.

Das Taxi hielt vor dem El Morocco, und Annie entdeckte Sam am Eingang. Der Portier öffnete die Wagentür; Sam kam eilig herüber. Annie stand am Bordstein und lächelte ihm zu. Plötzlich sprang Winnie aus dem Taxi, stellte sich schnell zwischen sie und legte den Arm um Annie. Er lächelte breit und blickte dabei betont auf einen Punkt hinter Sam.

Belinda Cumberland näherte sich mit zwei Paaren dem Eingang des Clubs und entdeckte sie gerade in diesem Augenblick. Annie erstarrte, als die Gruppen sich trafen, und Küßchen auf die Wange tauschten. »Welche Überraschung! Was tut ihr denn hier?« Winnie nahm Annies Arm und stellte sie kurz vor. Ein Mann sagte: »Komm mit uns, Winnie«, worauf er rasch erklärte: »Ich kann nicht, wir gehen gerade.« Annie schüttelte Hände und hörte dabei, wie Sam sagte: »Wie bist du denn hierher gekommen? Ich dachte, du bist...« Belinda erwiderte: »Phyllis hat angerufen, und Charlie Neal ist mit seinem Wasserflugzeug heruntergeflogen. Also habe ich beschlossen mitzukommen. Mach mich mit Winnies Freundin bekannt.« Annie wollte sich nicht umdrehen, aber

Sam sagte: »Winnie . . .«, und Winnie wandte sich an Belinda. »Liebe Belinda, was tust du denn mit solchen Leuten auf der Straße? Darf ich dir Annie Brown vorstellen? Belinda Cumberland.«
Belinda bot Annie nicht die Hand und lächelte auch nicht, sondern musterte sie nur eingehend.
»Hallo«, sagte sie. »Sie sind sehr viel hübscher als auf den Bildern.«
Annie sagte: »Hallo, Belinda. Danke.«
Dann bemerkte Belinda die Perlen. Sie legte den Kopf schief, und ihr Gesicht verriet, daß sie sich erinnerte. Im nächsten Moment hob sie argwöhnisch die Augenbrauen. Und dann begriff sie. Ihre Augen funkelten böse, und ihr Blick wanderte langsam von Winnie zu Sam und wieder zurück zu Annie. »Nein, Sie sehen überhaupt nicht wie auf den Bildern aus. Gehen wir hinein, Liebling?« fragte sie und lächelte Sam an.
»Taxi!« rief Winnie dem Portier zu, der einen Wagen aus der Reihe herbeiwinkte, die vor dem Club warteten. Annie stieg ein, während Winnie sich geistreich von der Gruppe verabschiedete, die im Eingang verschwand. Sam sah zu, drehte sich aber gleichgültig um und folgte Belinda.
»Sie weiß Bescheid!« sagte Annie, und ihre Stimme klang vor Aufregung hohl.
»Was redest du da?« fragte Winnie überrascht. »Ich dachte, unser Abgang war so gekonnt wie beim Ballett.«
»Belinda hat mich einmal in Belmont gesehen. Heute abend hat sie mich wiedererkannt. Ich konnte es an ihrem Gesicht ablesen. O mein Gott, ich wollte nicht mit ihr zusammentreffen.«
»Was macht das schon? Sie weiß, daß du in Sams Apartment wohnst und daß ich dich damals mit Sam im Latin Quarter kennengelernt habe.«
»Sie wußte nicht, daß ich es war, die Certainty gerettet hat, und . . .«
»Aber liebe Annie, das läßt sich leicht erklären. Sam wird einfach sagen, er hat dich im Latin Quarter erkannt und mich auf dich aufmerksam gemacht. Glaub mir, er ist nicht auf den Kopf gefallen und kann für sich selbst sorgen.«
»Frauen wissen bestimmte Dinge einfach, Winnie. Mit Erklärungen kann man sie nicht vor ihnen verbergen.« Annie verzog das Gesicht und schloß die Augen. »Außerdem haben wir gerade aufgehört zu spielen und angefangen zu lügen.«

»Hör auf, Annie«, sagte Winnie freundlich. »Es besteht überhaupt kein Grund, in Sack und Asche zu gehen. Das ist zuviel der Ehre für Belinda.«

»Sag nichts Schlechtes über sie, ja?«

Sie fuhren schweigend zur Wohnung zurück, und Winnie verabschiedete sich vor dem Haus. »Mach dir keine Sorgen, Liebes«, sagte er.

Das sagte auch Sam, als er am nächsten Tag anrief. »Sie hat nicht mit der Wimper gezuckt, Annie. Sie hat nicht nach dir gefragt und nichts gesagt, als die anderen von dir und Winnie geredet haben. Du hättest sie hören sollen. Sie fragen sich, ob ihr beide *heiraten* werdet. Liebling, es tut mir so leid. Es wird nicht wieder vorkommen, ich verspreche es dir.«

Annie schwieg einen Augenblick. »Sie hat nicht einmal gefragt, ob ich das Mädchen bin, das sie in Belmont gesehen hat? Oder ob meine Perlen echt sind?«

Sam erwiderte nach kurzem Zögern: »Nein. Sie hat nicht gefragt.«

Annie hörte die winzige Pause und erklärte: »Sie hat mich erkannt, Sam. Wenn ihr die Sache mit uns beiden nicht klar geworden wäre, hätte sie sich zumindest erkundigt, ob sie mich nicht in Belmont gesehen hat. Sie wird ihr Wissen benutzen, wann es ihr paßt.«

»Soll sie es. Du kennst Belinda nicht, Annie. Sie hat, was sie will, und wird nichts tun, um sich selbst zu schaden.«

Es herrschte Schweigen. »Wann sehe ich dich?« fragte Annie.

»Heute nicht. Es tut mir leid. Charlie Neal fliegt uns nach Newport zurück. Es wäre ziemlich eindeutig, wenn ich nicht mit ihnen gehen würde.« Sam räusperte sich. »Hör zu, Annie, wir sehen uns nächste Woche. Und denk an unsere Reise. In Frankreich holen wir alles nach.«

Annie schloß die Augen und erleichterte ihm die Situation dadurch, daß sie das Thema wechselte. »Brauche ich einen Paß?«

»Großer Gott! Aber ja doch! Sag Winnie, er soll dir helfen. Ich liebe dich, Annie.« Er legte auf – hastig, wie Annie dachte. Sam war keine Unruhe in seinem Leben gewöhnt. Sie fragte sich, wie er damit umgehen würde, wenn es Unruhe gab.

12

Obwohl Winnie für den Rennstall der Familie so wenig übrig hatte, verbrachten die drei Verschwörer im Haras de la Brise ihre glücklichste gemeinsame Zeit. Das Château aus dem fünfzehnten Jahrhundert, das zum Haras gehörte, stand auf einer Anhöhe inmitten von Apfelgärten, deren Bäume voller Früchte hingen. Hecken aus uralten Fliederbüschen führten hinunter zu den aus Stein gemauerten Stallgebäuden. Dahinter hatte sich ein tiefer Bach sein Bett in die fruchtbare Erde der Normandie gegraben. Das Château de la Brise war nicht allzu groß. Es hatte zwanzig Zimmer, ein Mansardendach, vier runde Ecktürme und zu beiden Seiten des Portals mit dem schweren Gesims und den massiven Pfosten je vier symmetrisch angeordnete Glastüren. Es gab hallende Steinflure und eine knarrende Holztreppe mit einem wackligen Geländer und hohen Stufen. Die Räume hatten riesige offene Kamine, große alte Schränke mit reich geschnitzten Türen, und in Sams und Annies Zimmer standen eine Recamière und ein großes Himmelbett mit Gobelinbehängen.

Winnie beaufsichtigte die Köchin, eine gut aussehende, eigenwillige Französin aus dem Dorf, die er beinahe sein ganzes Leben lang schon kannte. Mit ihrem sachkundigen Rat ging er daran, den Weinkeller des Château aufzufüllen. Obwohl die Pferde der angebliche Grund für seinen Besuch waren, ging Winnie nicht ein einziges Mal zu den Stallungen hinunter, sondern sprach nur mit den Gestütsverwaltern im Salon des Château.

Annie fühlte sich vom ersten Augenblick an in dieser Umgebung sehr wohl und war glücklich. Endlich lernte sie reiten, und abgesehen davon konnte sie wie nie zuvor ganz offen mit Sam zusammensein. Sie gin-

gen jeden Morgen hinunter zu den Ställen und sattelten zwei Vollblüter aus dem Bestand von vierzig Pferden. Sie ritten mehrere Kilometer auf weichen Sandwegen, den sogenannten Galoppstrecken, die das fünfhundert Hektar große Gelände durchzogen, und dann über die üppigen Wiesen der Umgebung.
»Paß dich deinem Pferd an! Du mußt *seine* Bewegungen fühlen!« rief Sam, als er neben Annie im Kanter über eine der Galoppstrecken ritt. »Richtig! Niemals starr werden. Du bist ein Teil des Rückgrats!« Sam ritt einen sehr großen Hengst und saß doch so selbstverständlich im Sattel, als habe er dort Wurzeln geschlagen.
»Großartig, Annie! Du bist *sehr gut*! Das reicht.« Annie zügelte das Pferd und war auf sein Lob so stolz wie ein Schulmädchen, das eine gute Note erhalten hat. Als ihre Stute in Trab fiel, hob Annie sich immer wieder anmutig aus dem Sattel, bis sie schließlich im Schritt ritten.
Sam hatte sie beobachtet und fragte: »Bist du stolz auf dich?«
»Und wie!« erwiderte Annie.
»Ich glaube, du bist ein Naturtalent.«
»Und ich glaube, du bist ein großer Schmeichler. Aber Reiten ist schön.«
»Ich will dir nicht schmeicheln. Es ist meine ehrliche Meinung. Man hat bei dir den Eindruck, als hättest du dein ganzes Leben auf dem Pferd gesessen.«
»Ach, das würde ich mir jetzt wünschen«, sagte sie lachend und tätschelte den Hals ihrer Stute. »Dann wäre ich an gewissen Stellen nicht so wund!« Sie sah ihn mit komisch verzerrtem Gesicht an und lachte wieder. »O Gott, finde ich das schön!« Sam lachte mit ihr. Dann fragte sie: »Und du, Sam? Hast du Pferde schon immer geliebt, oder kommt es nur daher, daß du mit Caernarvon zu tun hast?«
Sam antwortete nicht sofort, sondern dachte über ihre Frage nach. Dann sagte er achselzuckend: »Es ist wie bei dem Ei und der Henne. Ich weiß nicht, was zuerst da war. Mit zu den ersten Dingen, die sich mir in meinem Leben eingeprägt haben, gehörte das Wissen, daß Caernarvon einmal meine Aufgabe sein würde. Daran gab es nie einen Zweifel. Ich bin ja schließlich sozusagen auch mit Pferden aufgewachsen. Wer mit Pferden zu tun hat, muß einfach zugeben, daß sie wirklich« – er suchte nach dem richtigen Wort – »etwas Besonderes sind. Im Umgang mit

Pferden habe ich langsam begriffen, daß sie noch etwas haben, was uns verlorengegangen ist... Ihr Charakter oder ihr Mut, oder wie du es nennen willst, ist frei von den Kompliziertheiten oder Vorbehalten, die Menschen immer begleiten. Bei einem guten Pferd ist das, was man Charakter nennt, so gerade und aufrichtig wie nur etwas, das Gott geschaffen hat. Diese Erfahrung im Umgang mit Pferden zeigt dir schonungslos, wie sich die Menschen in den meisten Fällen nur wichtigtuerisch aufblasen.« Er lachte über sich selbst. »Ich will morgen in Deauville versuchen, dir zu zeigen, was ich meine. Ich habe im Auktionskatalog einen phantastischen jungen Hengst entdeckt.«

Am westlichen Horizont sahen sie das Château.

»Möchtest du zurück?« fragte er.

Seine Worte hatten Annie bewegt. »Nein! Hier ist es einfach zu vollkommen.«

»Winnie hat ein besonderes Mittagessen vorgesehen.«

Annie lachte. »Keine Sorge, er und Madame Brunot haben nichts dagegen, wenn wir uns den ganzen Tag nicht blicken lassen. Ich möchte heute nur reiten, Sam. Im Sattel ist der beste Platz auf der Welt.«

Sie sagte das mit solcher Überzeugung, daß Sam lächelte und nach ihrer Hand griff.

»Du bist nur verliebt«, sagte er.

»Das stimmt.«

Er beugte sich aus dem Sattel, und sie küßten sich, bis die Bewegung der Pferde sie trennte.

»Ich stimme dir zu«, sagte Sam und blickte über die endlosen Felder, die zum Meer führten nach Westen. »Ein idealer Ort zum Leben, zum Lieben, zum Essen, zum Pferdezüchten. Was kann es sonst noch geben, um glücklich zu sein?« Er lächelte wehmütig. »Wir sind zwei Stunden von Paris entfernt, und Deauville liegt um die Ecke. Im August gibt es dort phantastische Rennen und eine der besten Pferdeauktionen der Welt. Was könnte besser sein?«

»Weshalb kaufst du dann nicht Rosewood, verkaufst die Farmen zu Hause und stellst mich an, um das Gestüt hier zu leiten?« Annie staunte über ihren Vorschlag und wagte zu glauben, daß sie es ernst meinte.

Sam lachte. »Auch das könntest du!«

»Und ob ich es könnte. Aber dann dürftest du nur jede Woche einmal herüberkommen. Mehr Zeit hätte ich nicht für dich.« Sie sah ihn mit großen Augen an. »Sam, wenn dieses Gestüt hier wirklich so ideal ist, warum läßt du es nicht von Caernarvon kaufen?«

»Wir haben bereits ein Gestüt in Newmarket in England und ein anderes in Irland. Wir schicken unsere Pferde zu Rennen in ganz Europa. Und außerdem, wer um alles in der Welt will schon Französisch lernen?«

»Ich hätte nichts dagegen, wenn ich erst einmal richtig Englisch kann.«

Sam lächelte, streckte die Hand aus und berührte sie an der Wange. »Annie, ändere dich nie.«

»Ich bezweifle, daß ich das könnte, selbst wenn ich es versuchen würde. Ich hätte nur nichts dagegen, beim Reden keine Fehler mehr zu machen.«

»Sag mir, daß du mich liebst.«

»Ich liebe dich, Sam.«

»Das klingt in meinen Ohren richtig«, sagte er lächelnd, beugte sich zu ihr und küßte sie.

Am nächsten Morgen fuhren sie mit einem gemieteten Peugeot zur Auktion in Deauville. Als das Trio ankam, war der Pavillon gegenüber der Rennbahn, der *Hippodrome de la Touques*, voller Käufer. Sie saßen um einen kleinen, mit Sägespänen bestreuten Ring und hoben stumm die Hand für das zum Versteigern angebotene Pferd. Ihre Gebote wurden von mehreren Männern, die um den Ring verteilt standen, dem Auktionator auf seinem Podest zugerufen. Über dem Auktionator befand sich eine elektrische Anzeigetafel, auf der die gebotenen Beträge aufleuchteten.

Sam wurde von einem französischen Agenten erwartet, der für ihn bieten sollte, und wenn es erfolgreich war, den Transport des Hengstes zum irischen Gestüt von Caernarvon übernehmen würde. Während die beiden Männer Einzelheiten besprachen, sagte Winnie, der während der Fahrt den Auktionskatalog auf dem Rücksitz studiert hatte: »Der Hengst im Ring kommt aus der Nasrullahlinie. Er würde gut zu ein paar Zuchtstuten von Rosewood in Kentucky passen.«

»Das sind eine Menge Nicks, nicht wahr?«

»Möglicherweise«, sagte Winnie, erfreut über das Ergebnis seines Unterrichts.

»Kauf ihn.«
»Nein!«
»Nun komm schon, Winnie«, sagte sie lachend, drehte sich um und hob die Hand. Der Auktionator sah es und nahm ihr Gebot sofort entgegen.
»Nein, Annie. Sein Gebäude stimmt nicht.«
Ein höheres Gebot wurde abgegeben, und Winnie lachte laut über Annies Unverfrorenheit. Dann sagte er belehrend: »Nicks sind ein unsicheres Spiel und nur einer der Gründe, wegen derer man ein Pferd kauft, liebe Annie.«
»Was bedeutet eigentlich ›Gebäude‹, Winnie? Ich höre dieses Wort immer wieder seit meiner Arbeit in den Rennställen, und ich habe es nie verstanden.«
»Einfach ausgedrückt, sind es Form und Ausbildung der Gliedmaßen. Für die Wahl eines Pferdes ist das Gebäude so wichtig wie der Stammbaum, wenn nicht sogar wichtiger. Es gibt tausend Regeln für das Aussehen eines Pferdes, und beinahe jedes große Pferd verstößt auf die eine oder andere Weise dagegen. Man sagt, ein Pferd, das gut aussieht, kann meist nicht laufen. Aber man kauft nicht ein Pferd mit offensichtlichen Mängeln, nur um herauszufinden, ob es darüber hinwegkommen kann. Der Hengst dort unten hat einen zu wenig ausgeprägten Widerrist. Das kann bedeuten, daß sich sein Schultermuskel nicht ausreichend entwickelt. Und die Schulter macht ein Rennpferd stark. Weshalb das bei diesem Hengst so ist? Wer weiß? Irgendwann ist diese Schwäche bei seinen Vorfahren aufgetaucht. Und eine Schwäche kann sich ebenso weitervererben wie eine gute Eigenschaft. Deshalb ist die Zucht so ... Du meine Güte, Annie.« Er lachte kurz und wandte den Blick ab. »Es sieht so aus, als wollte ich vor dir angeben.«
»Tu das ruhig und sprich weiter«, sagte sie, »sonst hebe ich gleich noch einmal die Hand.«
Winnie lächelte sie an. Er wirkte zum ersten Mal scheu, als habe man ihn aufgefordert, eine Solopartie zu singen. »Erinnerst du dich an die drei Begründer der Rasse, die Hengste, von denen ich dir erzählt habe?«
»Ja. Byerley Turk, Darley Arabian und Godolphin Arabian«, sagte Annie stolz.
»Ja«. Winnie freute sich. »Nun ja, keiner der drei ist je ein Rennen ge-

laufen. Sie haben ihre Qualitäten erst Generationen später unter Beweis gestellt, als ihre Nachkommen hervorragende Leistungen auf der Rennbahn erbrachten, und man ihre Abstammung bis zu diesen drei Hengsten zurückverfolgte. Um diese Zeit hatte man bereits *The General Stud Book* angelegt, das seitdem eine Art Stammbuch der Vollblutpferde ist. Darley Arabian war der Vater eines Hengstes, der 1764 geboren wurde. In diesem Jahr hatte es eine Sonnenfinsternis gegeben, und man nannte ihn deshalb Eclipse. Er wurde in achtzehn Rennen nie geschlagen, war der Vater von mehr als dreihundert Siegern, und mit ihm begann die Linie, von der neunzig Prozent der heutigen Vollblüter abstammen.«

Sam setzte sich auf den Stuhl neben ihnen. »Wir sind zu allem bereit«, sagte er. »Wir hoffen nur . . .«

»Warte, Sam. Winnie erklärt mir gerade etwas.«

»Es ist nichts Wichtiges«, sagte Winnie und schlug den Auktionskatalog auf.

»Doch. Ich möchte es wissen.«

Winnie warf Sam unbehaglich einen Blick zu, aber Sam nickte aufmunternd.

»Viele Leute vergessen, daß Eclipse nur ein Meter achtundvierzig hoch war, und bei den Rennen, die damals gelaufen wurden, schwankte die Distanz zwischen zwei und zwölf *Meilen*. Oft gab es an einem Tag mehrere Heats, das heißt Ausscheidungswettkämpfe. Bei Jockeys achtete man nicht auf Größe und Gewicht, und so trug ein Pferd vielleicht über einhundertfünfzig Pfund. Um all das leisten zu können, mußte es ausgewachsen sein. Es war also etwa fünf Jahre oder älter. Aber bei fünf Jahren Training dauerte es sehr lange, bis sich eine Investition auszahlte. Beim Sport der Könige sind sogar Könige an Geld interessiert. Deshalb wurden die Rennstrecken kürzer und die Pferde jünger. In hundert Jahren züchterischer Arbeit, das heißt in einem kurzen evolutionären Augenblick, wurde der durchschnittliche Vollblüter von ein Meter achtundvierzig einen Meter fünfundsechzig hoch, und die Geschwindigkeit auf kürzeren Strecken steigerte sich um zwölf Meilen in der Stunde. 1850 war die Rasse konsolidiert, und seitdem hat es verhältnismäßig wenig Veränderungen hinsichtlich Größe und Schnelligkeit gegeben. Was wir also heute bei der Zucht suchen, ist irgendein winziger Vorteil, auf den man, vernünftig gesehen, nicht einmal hoffen

kann. Aber wenn man ihn findet, hat man in seinem Leben ein Wunder erlebt.«
Winnie sprach so eindringlich, daß die beiden gespannt zuhörten. Plötzlich warf er ihnen einen Blick zu, lachte und verscheuchte die ernsthafte Stimmung. »Bitte kauf dein Pferd, Sam, damit wir zum Mittagessen gehen können.«
Bald darauf bot Sams Agent für den Hengst und erhielt den Zuschlag für vierzigtausend Franc weniger, als Sam geglaubt hatte. Die drei gingen vom Auktionspavillon zu Fuß durch Deauville zu Cyro, einer Brasserie mit Blick auf den Strand und den Ärmelkanal. Sie aßen Crêpes und tranken Calvados. Danach spazierten sie leicht benebelt und lachend über die *Planches*, die hölzerne Promenade. Dann gingen sie zurück zum *Hippodrome* und sahen sich ein paar Rennen an. Es war eine wunderschöne Grasbahn mit relativ kleinen Tribünen; auf den mit Geranien eingefaßten Rasenflächen saßen Leute beim Picknick.
»Du lieber Himmel!« rief Annie, als das erste Rennen begann. »Sie laufen ja in die falsche Richtung.«
»In Europa ist bis auf die Pferde so ungefähr alles anders«, sagte Sam bewundernd. »Sie laufen im Uhrzeigersinn. Es gibt keine Stallungen hinter der Gegengeraden. Die Pferde werden erst am Renntag hierher gebracht – oh, und das wird dich interessieren, Annie. Die Pfleger heißen hier Stallburschen, und sie erledigen alle Arbeiten. Sie reiten die Pferde bei der Morgenarbeit, führen sie trocken und versorgen sie.«
»Das würde mir gefallen«, sagte Annie.
»Und sie laufen auf einer Grasbahn. Die Europäer halten uns für Barbaren, weil wir feste Bahnen haben. Sie sagen, das beansprucht die Gelenke zu sehr, und sie haben recht. Gras ist viel weicher.«
»Daran habe ich noch nie gedacht«, sagte Annie und fragte: »Warum haben wir Aschenbahnen?«
Sam wies auf eine Gruppe Männer, die über die Grasbahn liefen. Sie drückten mit einem langstieligen Gerät Grasbüschel an ihren Platz, die beim vorhergegangenen Rennen von den Pferdehufen ausgerissen worden waren. »Siehst du diese Männer? Es sind die *Reboucheurs des trous*. Sie halten den Rasen in bestmöglichem Zustand. Trotz ihrer Arbeit hält eine Grasbahn nicht lange, besonders nicht nach einer Woche Regen. Deshalb ist in Europa die Rennsaison kurz. Deauville hat sogar eine zweite Grasbahn, damit der Rasen hier sich erholen kann. Wenn es

sein muß, kann man eine Aschenbahn das ganze Jahr hindurch Tag für Tag benutzen.«

»Ist eine Aschenbahn für das Pferd wirklich anstrengender?« fragte Annie.

Sam zuckte die Schultern und lächelte: »Das hängt davon ab, von welchem Pferd du sprichst.«

Nach dem Tag in Deauville näherte sich ihr Aufenthalt viel zu schnell dem Ende. Sie kehrten eilig zum Haras de la Brise zurück, packten, fuhren am nächsten Tag in aller Eile nach Paris und beeilten sich, ins Hotel zu kommen. Es regnete. Winnie ging zu seinem Schneider, und Sam zeigte Annie schnell Paris. Wie es sich gehörte, war Annie überwältigt von der Schönheit der Stadt. Das schlechte Wetter sorgte dafür, daß die Menschen in den Häusern blieben, und Annie hatte das Gefühl, daß die Boulevards beinahe ihr und Sam ganz allein gehörten.

Er zeigte ihr seine Lieblingsplätze, die er kannte, seit er ein Junge gewesen war: ein Haus am Rande des Bois de Boulogne, das einige Zeit den Cumberlands gehört hatte, das Napoleondenkmal mitten auf dem Place Vendôme, auf das Sam mit dem Fernglas geklettert war, um in die Fenster des Ritz zu spähen, und ein Restaurant ganz in der Nähe des Boulevard Saint Germain, wo er seine erste Flasche Château Petrus getrunken hatte.

»Es gibt so unglaublich viel auf der Welt, was ich dir gerne zeigen möchte, Annie.«

»Ich wäre glücklich, wenn ich ein Zehntel von dem sehen würde, was du gesehen hast. Offenbar muß man anfangen zu reisen, Kunst und Kultur und alles erleben, wenn man noch sehr klein ist – vielleicht, wenn man so alt ist wie deine Kinder.«

»Das fängt früher an. Mein Vater hat mich zum Reiten mitgenommen, als ich drei Monate alt war. Er hat mich beim Ausreiten im Central Park vor sich im Sattel gehalten. Als meine Mutter mit mir schwanger war, vertauschte sie unsere Loge in der Philharmonie mit der ersten Reihe im Parkett, damit ich schon im Mutterleib Musik erleben konnte.«

»Hat es gewirkt?«

»Nein, ich habe nicht das absolute Gehör. Aber so kompliziert kann Kindererziehung werden.«

»Tut ihr, ich meine Belinda und du, so etwas auch?«

Sie schlenderten am Quai Voltaire entlang und hielten gemeinsam den

Regenschirm. Sam sah Annie an und ging dann auf das Thema ein, über das sie noch nie gesprochen hatten.

»Ja. Ich nehme an, wir tun es wegen der Kontinuität. Barky saß innerhalb von drei Monaten auf dem Pferd und hat wegen seiner Allergie natürlich sofort angefangen zu niesen. Mein Gott, ich hoffe, das verliert sich, wenn er älter ist. Alycia, nun ja, es ist zu früh, um etwas zu sagen. Aber sie hält sich recht gut, wenn sie mit ihrer Mutter ausreitet.«

Sie gingen einige Zeit schweigend nebeneinander. Sam überlegte, ob er sich ausführlicher zu dem Thema äußern sollte, und tat es schließlich mit einer Spur Gereiztheit.

»Belinda hat viel Pferdeverstand. Sie weiß genau, was sie beim Schaureiten tun muß. Dieses hübsche Galoppieren und Springen über ordentliche, kleine, weißgestrichene Gatter und Plastikhecken interessiert mich nicht besonders. Aber ich kann sie nur bewundern. Sie steht jeden Morgen um sechs auf und fährt zu einer Reitschule in New Jersey, die einem Österreicher gehört, der von Turnierreitern wie ein Gott verehrt wird ...«

»Und was ist mit den Kindern?« fragte Annie so beiläufig wie möglich.

»Oh, Belinda nimmt Alycia und das Kindermädchen mit, und Barky bleibt beim Hausmädchen. An den Wochenenden in der Stadt ist es anders. Dann läßt sie sich vom Reitstall im Central Park ein Pferd herüberbringen. Wenn wir auf dem Land sind, kommt sie kaum ins Haus, so lange sitzt sie im Sattel oder hält sich in den Ställen auf.«

»Wenn ich die Möglichkeit dazu hätte, würde ich es wahrscheinlich auch so machen.«

Sam schüttelte traurig den Kopf. »Sie möchte eine Champion-Reiterin werden, und vermutlich schafft sie das nicht. Sie weigert sich, in Betracht zu ziehen, daß sie es nicht schaffen könnte. Ihr Fanatismus ist mittlerweise schon leicht verrückt, und es wird von Tag zu Tag schlimmer. Wenn sie könnte, würde sie ihren verdammten Gaul mit in die Kirche nehmen.«

Annie war nicht ganz wohl bei diesem Thema und sagte schnell: »Wie ich gehört habe, gehen die Cumberlands viel in die Kirche.«

»Das ist etwas anderes«, erwiderte Sam ungeduldig.

»Wieso?«

»Wir gehen in die Kirche, weil es bei uns einfach dazugehört. Mein Urgroßvater hat das nördliche Querschiff von Saint Luke bezahlt. Wir müssen in die Kirche gehen. Man erwartet das von uns. Die Leute verlassen sich darauf.« Er brach ab, denn seine Argumentation klang auch in seinen Ohren nur wenig überzeugend. »Man tut es für die anderen ...« Unzufrieden mit sich gab er auf und sprach nicht weiter.
»Wegen der Kontinuität?« fragte Annie fröhlich und versuchte mit dieser Ironie, seine ernste Stimmung zu vertreiben.
Sam funkelte sie wütend an. »Das auch.« Als er sah, daß er Annie damit verletzt hatte, runzelte er die Stirn und schüttelte bedauernd den Kopf. »Tut mir leid.«
Sie erreichten den Quai de Montebello in Höhe von Notre Dame am anderen Seineufer. Sie blieben beim Anblick der berühmten Kathedrale automatisch stehen, aber keiner von beiden war so recht bei der Sache.
»Ich nehme an, du fragst dich, wie du in diese ganze Kontinuität paßt«, sagte Sam.
»Kaum noch«, erwiderte Annie, »denn ich kenne die Antwort. Ich passe nicht hinein.«
Sie beobachteten die Menschen auf dem Platz vor Notre Dame. Sam widersprach nicht. Er wandte sich Annie zu, lächelte plötzlich verschwörerisch und lachte dann über sich selbst. »Mein Gott, wie oft hat sich ein verheirateter Mann in eine andere Frau verliebt, ist mit ihr nach Paris gefahren und am Seineufer entlanggegangen, um ihr zu erklären, warum seine Ehe nicht funktioniert?« Er machte ein finsteres Gesicht, weil er sich über sich selbst ärgerte.
»Der Platz hier ist so gut wie jeder andere«, sagte Annie, »und bestimmt besser als die meisten.«
»Also, meine Ehe funktioniert *nicht*. Wir haben aus vielen falschen Gründen geheiratet – die Eltern, unsere lange Bekanntschaft – meine Güte, ich kenne Belinda seit ihrer Geburt. Es war alles so einfach. Es lag auf der Hand, und es war an der Zeit. Die beiden Familien ... *paßten zusammen*. Wir haben mit der Hochzeit alle zufriedengestellt.« Er blickte auf den Fluß und schüttelte den Kopf. »So sind wir in diese Ehe hineingerutscht. Wir haben inzwischen beide erkannt, daß wir in der Falle sitzen. Wir haben zwei Kinder, wir lieben sie beide sehr. Wir erfüllen die Pflichten der Cumberlands, und rein äußerlich passen wir so

verdammt gut zusammen. Ich nehme an, daß wir uns irgendwie gegenseitig achten. Aber mit Sicherheit mögen wir uns nicht sehr.«
Sam legte den Arm um Annie, beugte sich hinunter und küßte sie.
»Ich weiß, wie egoistisch das ist, aber ich habe noch nie jemanden so geliebt wie dich. Ich wußte nicht, daß das überhaupt möglich ist, und jetzt kann ich nicht damit umgehen. Ich will es aber, und ich sehe verdammt noch mal keinen Grund dafür, warum es nicht möglich sein soll. Ich wünschte nur, wir hätten uns früher gefunden, bevor mein ganzes Leben so vollgestopft ist von dieser . . . Kontinuität.«
Annie erwiderte: »Das hätte vermutlich sein müssen, bevor deine Mutter und dein Vater dich geprägt hatten.«
»Vermutlich.«
»Ich zweifle nicht daran, daß du das mit Belinda richtig beurteilst. Ich kenne sie nicht. Aber was du auch tust, meinetwegen mußt du dir keine Sorgen machen. Ich habe kein Recht auf dich. Du bist der Mann einer anderen Frau, der Vater ihrer Kinder, und dein Leben war bis zum Rand gefüllt, bevor wir uns gesehen hatten. *Ich* war egoistisch genug, um in dein Leben hineinzuwollen. Ich nehme, was ich bekommen kann, und das ist mehr, als ich je erwartet habe.« Sie wandte sich Sam zu und blickte zu ihm auf. Ein paar Regentropfen trafen ihr Gesicht. »Es ist nur schrecklich, dich zurückgeben zu müssen, nachdem ich dich die ganze letzte Woche für mich allein gehabt habe.«
Sie weinte nicht, aber Sam glaubte es.
»Weine nicht.«
»Ich weine nicht, aber es ist doch wohl erlaubt, oder nicht?«
»Ja. Aber wenn du erst anfängst, bekommt deine Stärke einen Riß.«
»Sagen das die Cumberlandpapis zu ihren Kindern, wenn sie vom Pferd gefallen sind?«
Sam lächelte. »Ja, das sagen sie.«
»Keine Sorge. Ich warte gewöhnlich mit den Tränen, bis ich allein bin.«
Sam lächelte, aber sie sah, daß er frustriert war. Unruhig setzten sie ihren Weg fort und gingen über den Pont au Double zur Île de la Cité.
»Wenn ich also so empfinde«, fuhr Sam fort, »weshalb breche ich dann nicht aus und tue das, was ich will? Glaub mir, Annie, das frage ich mich jedesmal, wenn ich von dir weggehe. Die Antwort ist jedesmal

dieselbe: Es funktioniert nicht. Ich kenne Männer, die gesagt haben, zum Teufel mit allem – Frau, Kinder, Familie, Erbe –, und davongelaufen sind, um zu tun, was für sie die lebenswerte Wirklichkeit war. Beinahe jeder findet ein hübsches Mädchen, das er heiratet und dazu benutzt, seine Familie und seine Freunde zu schockieren.« Er blieb stehen und sah Annie an. »Das bin nicht ich, und das bist nicht du.« Er küßte sie zart, ehe sie weiterschlenderten.

»Ich kenne mehrere Männer, die nach diesem Grundsatz gelebt haben. Aber meistens bedeutete das drei oder vier Ehen und viele bedauernswerte Kinder. Wenn die armen Kerle sich durchgesetzt hatten, waren sie am Ende ihrer Kräfte und weniger glücklich als angeekelt von sich selbst.«

Es hatte aufgehört zu regnen, und Sam klappte den Schirm zu.

»Ich bin glücklich«, sagte Annie und lächelte Sam an.

»Ich auch«, erklärte Sam und nahm ihren Arm, während sie am Quai des Orfèvres entlang zum Pont Neuf gingen.

Am Abend zogen sie sich elegant an. Kurz bevor sie sich mit Winnie trafen, machte Sam ihr ein Geschenk: ein Saphirarmband mit Diamanten. Er ließ Annie keine Zeit, um sich zu bedanken, und so konnte sie es nur rasch anlegen. Winnie kam zu ihnen, und da es nicht mehr regnete, gingen sie zu Fuß vom Ritz zum Lucas-Carton, dem *Belle Époque*-Restaurant in rotem Plüsch, das ihnen von der Madeleine entgegenleuchtete. Das Armband machte Annie so befangen, daß sie jedesmal nervös lachte, wenn sie das Funkeln am Handgelenk wahrnahm. Sie aßen, tranken und lachten genug, um zu vermeiden, daß sie mit Beklommenheit an den nächsten Tag dachten.

Als sie später allein in ihrer Suite waren, stand Annie am Fenster und blickte auf den Place Vendôme hinaus. Sam goß Champagner in zwei Flöten und reichte ihr eine. »Worüber machen wir uns Sorgen?« fragte er.

Nach kurzem Zögern erwiderte Annie: »Darüber, wie lange wir damit durchkommen, und was geschieht, wenn es zu Ende ist.« Sam sah sie an und nickte. »Wenn wir es bis jetzt geschafft haben, wird es so lange dauern, wie wir es ertragen können. Wenn es zu Ende ist, werden wir einen anderen Weg finden. Ich liebe dich, Annie . . . Auf Certainty.« Er hielt das Glas hoch. »Ich sehe dich Freitag abend beim Travers Ball.«

Seine Worte kamen dem sehr nahe, was Annie hören wollte. Auf mehr

konnte sie nicht hoffen. Sie hob das Glas, und sie tranken den Champagner.
Sam brachte Annie und Winnie am nächsten Tag zur Maschine an den Flughafen Orly. Sein eigener Flug ging eine Stunde später. Annie sah ihn am Flugsteig stehen. Er winkte nicht, als die Maschine davonrollte. Das Flugzeug drehte und entzog Sam ihren Blicken. Sie lehnte sich zurück und starrte trübe auf die Trennwand vor den Sitzen.
»O Gott, Winnie, wie sollen wir nach all dem wieder anfangen, den Leuten etwas vorzuspielen?«
Winnie griff nach ihrer Hand und hielt sie fest. »Man sagt immer, die Show muß weitergehen, aber in diesem Fall nur, solange du willst.« Annie erwiderte nichts, und Winnie fuhr fort: »Ich will die Metapher nicht überstrapazieren, aber du mußt nur ein Wort sagen, und ich lasse mit Vergnügen den Vorhang fallen. Obwohl ich gestehen muß, daß ich mir Sorgen mache, wenn ich mir vorstelle, wie es sein wird, nachdem der Vorhang gefallen ist.«
Annie sah ihn an. Es überraschte sie, daß er sich ähnliche Sorgen machte wie sie. Er wandte sich ihr kaum zu, und die Brauen über seinen traurigen Augen waren nachdenklich hochgezogen. »Ich habe einen Freund, der Schauspieler ist«, fuhr er fort, während die Maschine zur Startbahn rollte, »er ist sogar ein sehr guter Schauspieler. Er hat mir einmal gesagt, wenn ein Stück lange läuft, besteht die Gefahr, daß die ursprüngliche kreative Freude der Proben und ersten Vorstellungen durch die Wiederholung abgetötet wird. Vielleicht erleben wir etwas Ähnliches. Was meinst du?«
Annie schüttelte nur den Kopf. »Sprich weiter, Winnie. Ich möchte einfach nicht darüber nachdenken, wie es ist, wenn ich Sam und Belinda zusammen beim Travers Ball sehen werde.«
Die Maschine hob ab und gewann Höhe; Winnie hielt immer noch Annies Hand.
»Annie«, sagte er und sah sie sehr ernst an, »ich *muß* dir etwas sagen.« Er seufzte und schien seine Meinung zu ändern. »Über Belinda.«
»Belinda interessiert mich nicht«, sagte Annie. »Ich finde es nur nicht gut, wenn sie weiß, daß ich mich heimlich mit ihrem Mann herumtreibe.«
»Das verstehe ich«, sagte Winnie. »Aber du solltest begreifen, daß sich Belinda deinetwegen wahrscheinlich nicht die geringsten Sorgen

macht. Über einen zu locker geflochtenen Zopf in der Mähne eines ihrer Springpferde würde sie sich viel mehr aufregen. Weißt du, Annie, Belinda ist eine dieser Südstaatenfrauen, die mit sterilisiertem Magnoliensaft und angenehmen Manieren aufgewachsen ist. Sie hat einen Grundsatz verinnerlicht – sie gibt einem Mann genau das, was er will, um genau das zu bekommen, wofür sie erzogen worden ist. Südstaatenmütter träufeln diesen Grundsatz ihren Töchtern ein und manipulieren damit ihr Gehirn. Ist das Ziel erst einmal erreicht, wird der Mann zur Nebensache. Belinda ist im Augenblick geschützt durch die Zukunft, die ihr die Geburt zweier kleiner Cumberlands garantiert. Sie kann sich jetzt ungehindert mit ihrem lästigen Ehrgeiz herumschlagen, eine erstklassige Turnierreiterin zu werden. Soweit ich gehört habe, ist sie dafür nicht gut genug. Aber glaub mir, ihr ehrgeiziger Versuch, es trotzdem zu schaffen, schließt aus, daß sie sich wegen dir und Sam echte Sorgen macht.«

»Es wäre mir sehr lieb, wenn es so einfach wäre, Winnie. Mir ist nur die Vorstellung unangenehm, daß sie etwas davon weiß. Sam geht es genauso. Glaubst du nicht, die anderen Cumberlands werden sich wundern, daß du nicht mehr bei ihnen auftauchst, seit du mich kennst?«

Winnie lachte und sagte: »Die Cumberlands setzen voraus, daß ich, wenn ich schon mit einem Showgirl herumziehe, niemals so taktlos wäre, dieses Mädchen zu ihren Einladungen mitzubringen oder zu versuchen, es in die Gesellschaft einzuführen. Andererseits erwartet man von meinen Freunden, daß sie sich um mich kümmern. Und Sam ist mein Freund. Die Leute glauben, ich will mich nur ausleben, und sind sicher, daß die Sache irgendwann zu Ende geht. Wenn es soweit ist, werden sie mich wie einen verlorenen Sohn mit offenen Armen wieder aufnehmen.«

»Winnie ...«, begann Annie, aber die Stewardeß brachte das Essen.

»Ja?«

»Ich möchte nicht nach Saratoga gehen und all diese vornehmen Leute treffen. Ich werde nie eine von ihnen sein. Ich möchte nicht so sein.«

»Liebe Annie, dir fehlen nur die etlichen hundert Schichten gesellschaftlicher Politur, die uns so glänzen läßt. Aber natürlich bekommen wir dadurch oft auch Sprünge und Risse. Keine Sorge, der Grund für Saratoga ist Sam, und, wenn ich mich nicht irre, auch Certainty. Wenn der Hengst gewinnt, wird er vermutlich das Pferd des Jahres. Das ist ein guter Grund, dort zu sein. Aber ich verspreche dir, wir meiden die feine Gesellschaft wie die Pest.«

Am folgenden Freitag flogen Annie und Winnie in seiner P 38 nach Saratoga. Sie sollten das Wochenende bei Freunden von Winnie aus seiner Zeit in Princeton verbringen, die dort ein Haus besaßen. Inzwischen hatte sich Annie an den Gedanken gewöhnt, daß sie zum ersten Mal zusammen mit dem Rest der Cumberlands in einem Raum sein sollte. Abends stand sie in ihrem Gästezimmer und schloß den Verschluß des Saphir- und Diamantarmbands an ihrem Handgelenk. Sie dachte daran, was Sam in Paris zu ihr gesagt hatte, als sie ihm dafür danken wollte.

»Du mußt dich niemals für etwas bei mir bedanken, Annie«, sagte er, und das meinte er ehrlich. »Ich unterschreibe nur einen Scheck dafür. Ich werde dir nie etwas geben können, das annähernd dem gleichkommt, was du mir gegeben hast.«

Bei dem Wort ›nie‹ runzelte Annie die Stirn.

Sie ging durch das Zimmer zu dem großen Ankleidespiegel, betrachtete sich und schüttelte den Kopf. Das Kleid glich in ihren Augen haargenau einem der Kostüme, die sie für die Show im Latin Quarter getragen hatte. Der einzige Unterschied bestand darin, daß das lange schwarze Taftkleid von Mainbocher mehr Haut bedeckte.

Es klopfte an der Tür. »Die Kalesche wartet«, rief Winnie.

»Komm rein«, sagte Annie, während sie zum Bett ging, um ihre Abendtasche zu holen.

»Ähm, ich glaube, das geht nicht. Komm raus.«

Annie ärgerte sich über sich selbst und seufzte. Sie würde nie die Anstandsregeln beherrschen, und sie hatte das alles satt. Obwohl jeder über ihre ›Beziehung‹ Bescheid wußte und man sie längst akzeptiert hatte, erwartete man von Annie und Winnie, daß sie als Hausgäste bestimmte Anstandsregeln beachteten. Und dazu gehörte, daß sie die Privatsphäre ihrer jeweiligen Zimmer respektierten.

Annie öffnete die Tür, und Winnie sah sie an. Sein wie üblich belustigt abschätzender Blick wich unerwartet sehnsüchtigem Verlangen.

»Liebe Annie, ich könnte aufhören zu atmen, ja sogar zu reden, nur um dich anzusehen.« Er trug einen Abendanzug (». . . oder Dinner Jacket, aber niemals *Smoking*!«).

Annie lächelte ebenfalls. »Ich bin fertig, wenn du es auch bist«, sagte sie, und ihrer Stimme hörte man die innere Spannung an.
Winnie verstand sofort ihre Besorgnis und Ängste.
»Wenn du wirklich willst, daß niemand von dir Notiz nimmt, liebe Annie, dann darfst du nicht so hinreißend aussehen. Komm, wenn du nicht jedes Cumberlandauge blendest, werde ich hineinspucken.« Er bot Annie den Arm. Sie ergriff ihn, lehnte sich an ihn und küßte Winnie auf die Wange. Er zuckte zurück, als habe sie ihn schockiert. Auf seinem Gesicht lag ein Ausdruck schmerzlicher Verzweiflung.
»Was hast du?« fragte Annie überrascht.
In diesem Augenblick erschienen ihre Gastgeber am anderen Ende des Flurs, begrüßten sie und machten Komplimente, die Winnie im gleichen Ton erwiderte. Gemeinsam gingen sie die Treppe hinunter und zur Haustür. Der Butler half ihnen beim Einsteigen in die Limousine (»vorzugsweise eine europäische, vielleicht auch noch ein Lincoln oder ein Packard, aber *niemals* ein Cadillac. Der ist für Beerdigungsinstitute – oder ein Mietwagen«). Annie saß neben ihrer Gastgeberin auf dem Rücksitz, und Winnie brachte seinen Studienfreund, der auf dem Klappsitz saß, zum Lachen. Annie spürte, daß irgend etwas nicht stimmte, und beobachtete Winnie aufmerksam. Aber dann dachte sie an Sam und Belinda und an Cornelia und J. Cardell Cumberland. Wenigstens würden die beiden Kinder nicht auf dem Ball sein.
Ihre Gastgeberin plauderte über das schlechte Wetter, und Annie dachte wieder an Paris. Der Chauffeur schaltete die Scheibenwischer ein, worauf die Gastgeberin verkündete, das Travers Stakes würde mit Sicherheit wieder einmal im Schlamm gelaufen werden. Winnie warf einen Blick auf Annie und sah ihre sorgenvollen Augen. Er griff nach ihrer Hand.
»Ich war dir gegenüber immer aufrichtig, liebe Annie«, sagte er laut und vernehmlich, »deshalb muß ich dir jetzt gestehen, daß ich beinahe rettungslos in dich verliebt bin.«
Ihre Gastgeber fanden diese Erklärung charmant, aber Annie war wie vom Donner gerührt. Sie hatte Winnie viele Hinweise auf ihren Kummer gegeben, doch ihr war nie in den Sinn gekommen und sie hatte keine Anzeichen gesehen, daß auch Winnie litt. Als sie an seine Reaktion auf den harmlosen Kuß im Flur dachte, bezweifelte sie, daß er geplant hatte, ihr das an diesem Abend zu sagen.

»Es tut mir so leid«, sagte Winnie in einem so ernsten und ungewohnten Ton, daß das Ehepaar in nervösem Schweigen versank. Diesmal fiel es zur Abwechslung Annie zu, die anderen abzulenken.

»Du meinst das Wetter? Keine Sorge, Winnie. Manche laufen auf einer glatten Bahn sehr viel besser.« Ihren Gastgebern entging der Doppelsinn von Annies Worten, aber es gelang ihr damit, Winnie ein anerkennendes Lächeln zu entlocken.

Der Travers Ball fand in einer höhlenartigen Halle statt, in der früher die Gäste des berühmten Bads das Mineralwasser getrunken hatten. Im Ballsaal drängten sich die Menschen bis zu den Backsteinmauern des Gebäudes. Fünfhundert Paare, darunter einige Spitzen der Vollblutwelt und angesehene Bürger Saratogas, feierten und tanzten zu den Klängen des Orchesters Lester Lanin.

Für Annie war es ein gefährlicher Ort. Sie entdeckte den Tisch der Cumberlands auf der anderen Seite der Tanzfläche sofort, als sie Platz nahm. Sie blickte nicht noch einmal hinüber. Nachdem sie Belinda in einem schulterfreien königsblauen Kleid von Dior, das ihr Smaragdcollier bestens zur Geltung brachte, gesehen hatte, versuchte sie nicht darüber nachzudenken, ob Sam auch für diesen Schmuck einen Scheck ausgestellt hatte. Natürlich hatte er das. Sie war schließlich seine Frau. Beim Vergleich von Belindas Schmuck und Modellkleid mit den eigenen Sachen zuckte Annie innerlich zusammen.

Ihre Gesellschaft bestand aus zwölf Personen. Es waren alles Freunde von Winnie, und Annie hatte einige bereits früher kennengelernt. Wie üblich waren sie ihr gegenüber höflich und besonders aufmerksam. Der Geräuschpegel im Raum war hoch, und der Lärm hallte von den dicken Wänden wider, so daß man schreien mußte, um sich zu unterhalten. Die Farben des Siegers im Travers Stakes des Vorjahres, Schwarz und Purpurrot, hingen an jedem Wandleuchter und waren in den Baldachin aus Kreppapier über der Tanzfläche eingearbeitet. Die Band spielte ausschließlich Musik, zu der man gut tanzen konnte, und lockte Achtzigjährige ebenso wie Teenager auf die Tanzfläche. Preise wurden verteilt, und bei einer Auktion verkaufte man gestiftete Antiquitäten, die Pferdebilder eines ansässigen Malers und aparterweise auch ein Rennruderboot.

Annie und Winnie saßen beisammen und hielten sich fast ebenso aus Verzweiflung wie aus Zuneigung unter dem Tisch die Hand. Beide lächelten ununterbrochen und beteiligten sich zunehmend desinteressierter an der Unterhaltung der Tischgesellschaft.

Annie wandte sich gerade Winnie zu, um zu erklären, sie werde das Täuschungsmanöver keinen Augenblick länger mitspielen, als Sam an den Tisch kam. Er forderte ihre Gastgeberin zum Tanz auf und machte an ihren Mann gerichtet ein paar scherzhafte Bemerkungen über Princeton. Winnie beteiligte sich ganz automatisch an den Witzeleien und gab Sam damit Gelegenheit, Annie in der lange praktizierten offenen Art zu begrüßen, die keine Spur Intimität verriet. Wie immer, wenn sie Sam in der Öffentlichkeit begegnete, reagierte Annie mit einem freundlichen, aber gleichgültigen Lächeln.

Die beiden beobachteten, wie Sam mit ihrer Gastgeberin tanzte, und wußten, daß Winnie wie üblich eingreifen sollte, damit Sam galant und ungestraft das Showgirl seines Freundes zum Tanz auffordern konnte. Annie setzte an, um Winnie noch einmal zu sagen, daß sie mit diesem widerwärtigen Theater auf der Stelle Schluß machen wollte, aber ihr Tischnachbar auf der anderen Seite begann mit ihr eine Unterhaltung. Winnie stand auf, entschuldigte sich und ging zur Tanzfläche. Wenige Augenblicke später kam Sam zurück.

»Möchtest du tanzen, Annie?«

Sie erhob sich und ging wie üblich an eine Stelle in der Nähe der Band, wo die Musik die Möglichkeit verringerte, daß man sie belauschte.

Sobald er Annie im Arm hielt, sagte Sam in ihr Ohr: »Du hast mir gefehlt. Ich liebe dich.«

Annie konnte ihn anstelle einer Erwiderung nur fester an sich drükken.

»Es klappt heute abend nicht«, fuhr er fort, »es tut mir wirklich leid. Sobald das Travers vorbei ist, läuft alles wieder normal. Wir haben so viele Gäste, daß das Haus überquillt, und . . .«

»Sam, ich kann nicht mehr so weitermachen. Ich will es nicht.«

Sie tanzten weiter. Sam wandte den Blick ab, nicht überrascht, aber sichtlich niedergeschlagen. Schließlich sagte er: »Dann müssen wir . . .«

In diesem Augenblick sah Annie, daß Belinda sich lächelnd einen Weg durch die Menge auf der Tanzfläche bahnte und geradewegs auf sie zusteuerte. Bei ihnen angekommen, sah sie Annie an, bis Sam schließlich ihre Anwesenheit bemerkte. Annie wußte sofort, daß Sam seine Frau nicht sehr gut kannte. Trotz Belindas Lächeln verrieten ihre kampflustigen Augen den eisernen Willen, mit dem sie ihre instinktiven Reaktionen unterdrückte. Erschrocken trat Sam zurück, um Annie wieder einmal vorzustellen. Winnie tanzte ganz in der Nähe mit ihrer Gastgeberin. Er verstand die Situation sofort und wirkte alarmiert.

»Bea, erinnerst du dich . . . ?« begann Sam.

»Ach, halt den Mund, Sam. Ich weiß genau, wer sie ist. Ich wollte sie nur noch einmal ganz aus der Nähe sehen«, sagte Belinda, und in ihrer gedehnten Aussprache klang es wie ein gefährliches Schnurren. »Was erzählt Ihnen Sam über mich?«

»Daß er Sie bewundert und achtet«, erwiderte Annie. »Aber wir sprechen nicht sehr oft von Ihnen.«

Belinda kniff leicht die Augen zusammen, und ihr Lächeln wurde breiter.

»Ich bin sicher, ihr habt über Besseres zu reden«, sagte sie, »vermutlich auf französisch. Und ich will euch nur sagen, mir ist es gleichgültig. Aber es wäre mir recht, ihr würdet es für euch behalten. Die Leute reden, und ich möchte nicht, daß meine Kinder jemals hören, ihr Vater zieht herum mit einer . . . nun ja, zieht herum.« Sie wandte sich an Sam. »Und deine Mutter möchte das übrigens auch nicht.«

Sam blickte erschrocken zum Tisch der Cumberlands hinüber. »Weiß sie es?«

»Natürlich weiß sie es, Schätzchen. Ich habe es ihr gerade gesagt. Sie fragte, mit wem du tanzt, und ich sagte mit deiner Geliebten . . . in Ermangelung eines besseren Ausdrucks.« Sie lächelte immer noch, als sie sich umdrehte, um zum Tisch zurückzugehen. Aber Sam packte sie am Arm und zerrte sie herum. »Du Miststück«, sagte er so laut, daß mehrere Paare in der Nähe es hörten.

»Aber sicher doch, Schätzchen«, sagte Belinda und machte sich los. Lächelnd drehte sie sich um und ging durch die Tanzenden zurück zu ihrem Platz.

Winnie hatte ihre Gastgeberin an den Tisch zurückgebracht und kam eilig zu ihnen herüber. Die Band spielte zwar weiter, aber mehrere Musiker und tanzende Paare beobachteten neugierig das Geschehen.

Sam wirkte bestürzt. »Du hattest recht. Sie weiß es.«

»Du kümmerst dich jetzt besser um deine Familie, Sam«, sagte Annie. »Für uns ist der Ball zu Ende.«

Sam drängte sich durch die Zuschauer, deren Zahl gewachsen war, als die Neuigkeit sich auf der Tanzfläche verbreitet hatte.
»Ich bring dich nach Hause, Annie«, sagte Winnie und bot ihr den Arm.
»Tanz mit mir, Winnie.«
»Wie bitte?«
»Komm schon, tanz mit mir. Wir bleiben.«
Die Nachricht von der Szene verbreitete sich rasch im Saal, und die Gäste der Cumberlands vertieften sich diskret in ihre Unterhaltung, während Belinda Mr. und Mrs. Cumberland weitere Erklärungen gab, und Sam ihr wütend widersprach. Cornelia brachte mit einer einzigen lauten Bemerkung alle zum Schweigen. Dann begann sie mit einem schneidenden Lächeln eine Unterhaltung mit dem Mann, der rechts neben ihr saß.
Winnie tanzte mit Annie zur anderen Seite und sah sie dabei mehrmals besorgt und bewundernd an.
»Hört Belinda eigentlich jemals auf zu lächeln?« fragte Annie.
Winnie lachte leise und sagte: »Nicht einmal, wenn sie vom Pferd fällt.«
»Es ist alles aus, Winnie.«
»Ich weiß.«
Sie lächelten sich traurig an und wirbelten über die sich plötzlich leerende Tanzfläche. Ihnen war deutlich bewußt, daß sie im Mittelpunkt der Aufmerksamkeit aller Anwesenden standen. Annie sah flüchtig Cornelia, die sich noch immer mit ihrem Tischnachbarn unterhielt. Dabei ließ sie Annie mit einem bösen Blick nicht aus den Augen, der verachtungsvoll wurde, als sie sich kurz ansahen.
Die Musik ging in ein schnelles Potpourri aus *My Fair Lady* über. Winnie und Annie waren dankbar dafür und überließen sich den überschäumenden Klängen. Annie drückte sich an ihn, während er sie über die Tanzfläche wirbelte.
»Du bist, meine liebe Annie, eine großartige Frau«, flüsterte ihr Winnie ins Ohr. Sie sahen, wie Cornelia Cumberland aufstand und, ohne sich von jemandem zu verabschieden, den anderen drei Cumberlands um die Tanzfläche herum zum Ausgang vorausging. Mr. Cumberland, dicht hinter ihr, blickte wie üblich über die Köpfe aller hinweg. Er schien damit anzudeuten, er habe Wichtigeres im Sinn. Belinda lächelte

immer noch und blickte dabei geradeaus. Sam folgte ihr. Er war sichtlich wütend, aber man wußte nicht genau, auf wen.

Während Annie den Abgang beobachtete, sagte Winnie etwas zu ihr, was sie nicht verstand, denn Sam verließ in diesem Moment den Saal, ohne sich noch einmal nach ihr umzudrehen. Sie wußte, er tat es bewußt nicht, und vielleicht fiel es ihm schwer. Aber er wollte sich keinen Anlaß zu weiteren Spekulationen geben. Annie hatte große Angst, daß nun alles zu Ende war, und wäre ihm am liebsten nachgelaufen. Aber sie tanzte weiter.

»Was hast du gesagt, Winnie?«

»Ich habe gefragt, ob du mich heiraten willst?«

Annie blieb stehen und starrte Winnie an. Er lächelte nicht und schien ebensosehr zu leiden wie sie. Sie schloß die Augen und umarmte ihn. Einen Augenblick standen die beiden eng umschlungen auf der Tanzfläche und riefen damit noch mehr unfreundliche Bemerkungen hervor.

Die Band begann eine bekannte Melodie, die sie besonders mochten. Sie sahen sich hilflos an und lachten. Winnie begann zu singen, und Annie stimmte ein, während sie sich auf der Tanzfläche drehten.

13

Lieber Sam,
ich habe noch nie zuvor einen Brief geschrieben, außer um mich bei Leuten zu bedanken, und das hat mir Winnie beigebracht. Ich glaube nicht, daß ich alles schreiben kann, was ich Dir sagen will. Aber ich bezweifle, daß ich es besser sagen würde, als ich es schreibe.
In Paris hast Du gesagt, wenn das passiert, was passiert ist, finden wir einen anderen Weg. Damals habe ich es geglaubt, wahrscheinlich, weil ich es so sehr brauchte. Aber jetzt glaube ich es nicht mehr. Wir könnten niemals haben, was wir wollen, nämlich alles. Weniger wäre ebenso schmerzlich wie der gestrige Abend, und es würde immer schlimmer werden. Glaub bitte nicht, ich liebe Dich weniger. Wahrscheinlich liebe ich Dich mehr. Wir haben uns einfach zu spät gefunden.
Winnie hat mich gebeten, ihn zu heiraten. Ich werde es tun, weil ich keinen guten Grund sehe, es nicht zu tun. Er weiß besser als jeder andere über uns Bescheid, also machen er und ich uns gegenseitig nichts vor. Wir fahren sofort nach dem Travers. Ich werde Dir zu Certaintys Sieg nicht gratulieren können.
Es tut mir so leid, Sam. Ich liebe Dich. Auf Wiedersehen.
Annie

Winnie mietete einen Wagen mit Chauffeur, um mit Annie zur Rennbahn zu fahren. Sie entschuldigten sich bei ihren Gastgebern dafür, daß sie beim Travers nicht in ihrer Loge sitzen würden. Nach dem vorausgegangenen Abend verstand man ihr Verhalten. Sie ließen das Gepäck in den Wagen laden und warteten, bis es Zeit für das sechste Rennen war. Am Clubhauseingang stieg Winnie aus und gab einem Platzanweiser, der sagte, er kenne die Cumberlands, zwanzig Dollar. Er wies den Mann an, Sam nach dem Travers aus der Loge zu bitten und ihm Annies Brief zu geben. Danach fuhren sie zum Eingang an der Gegengeraden.

Annie trug eine Hose aus einem kräftigen Stoff, eine dünne weiße Bluse und eine leichte Jacke. Sie fühlte sich erschöpft und wußte, daß man es ihr ansah. Sie standen an einem schattigen Pfad entlang der Rails zwischen einer großen Gruppe von Beschäftigten der Rennbahn und ihren Familien. Certainty kam, von seinem Pfleger geführt, auf dem Weg zum Sattelplatz vorüber. Frank Carney begleitete ihn. Die Leute um Annie machten Photos und riefen dem Pferd und seinem Trainer Ermunterungen zu. Frank Carney wirkte scheu und verlegen mit Jacke und Krawatte und murmelte mit gesenktem Kopf: »Danke . . . vielen Dank.« Sein drahtiger Körper wirkte geschmeidig neben dem Hengst, als er die Hand hob und sich nervös durch die Haare fuhr.

Plötzlich blieb Certainty stehen, blickte auf die Gruppe und zog seinen Pfleger rückwärts. Auch Carney blieb stehen. Mehrere Zuschauer lachten. Einer sagte: »Der Hengst wird so berühmt, daß er schon *vor* dem Rennen nach den Kameras Ausschau hält.« Annie sah, daß Certainty zu ihr herüberblickte und mehrmals den Kopf hochwarf. Carney entdeckte sie und nickte. Annie ging zu dem Hengst und ließ ihn die Hand beschnuppern. Carney hielt den Blick auf sein Pferd gerichtet, als er sagte: »Sie tauchen aber wirklich an den erstaunlichsten Plätzen auf.«

Annie streichelte Certaintys Kopf und trat dann zurück. »Ich liebe Certainty. Er wird heute gewinnen. Das hat er mir gerade gesagt.«

Sie lächelte, aber Frank Carney blickte beiseite. »Gut zu wissen«, sagte er. Der Hengst wieherte und setzte sich dann in Richtung Sattelplatz in Bewegung. Carney beeilte sich, um Schritt mit ihm zu halten. Er drehte sich nach Annie um, als wolle er etwas sagen, ging aber dann stumm weiter.

Als Annie zu Winnie zurückkam, sagte sie: »Er wird gewinnen.«

»Da wird Cornelia sich aber sehr freuen«, erwiderte er sarkastisch. Annie lächelte und nahm seinen Arm.

Sie stellten sich an die Rails und warteten gegenüber dem Pfosten, der die halbe Meile markierte. Der Trompetenstoß, der den Aufgalopp ankündigte, drang als Echo herüber, das sich an den vollen Tribünen brach. Die Pferde wurden in die Startboxen geführt, und plötzlich stürmten sie davon. Die Rufe der Menge beim Start drangen erst Sekunden später zur Gegengeraden herüber. Certainty war sechs Längen hinter dem Anführer an siebter Stelle, als er an Annie und Winnie vorbeigaloppierte. Annie sah mit leichter Besorgnis, daß der Jockey Certainty mit den Zügeln antrieb und ihm die Peitsche zeigte. Der Hengst rückte auf und setzte sich im Einlaufbogen an die Spitze des Feldes. Büsche und der Totalisator nahmen Annie teilweise den Blick auf das letzte Stück der Zielgeraden und die Ziellinie. Als einige Sekunden später der laute Jubel von den Tribünen über das Gelände herüberdrang, sah Annie zwischen den Büschen und dem Totalisator flüchtig die Farben von Caernarvon. Certainty führte mit einer Länge Vorsprung. Annie wandte sich an Winnie und sagte: »Gehen wir.«

Der Chauffeur brachte sie zum Flughafen und lud ihr Gepäck in die P38. Winnie half Annie auf den Sitz hinter seinem Platz und versicherte sich, daß sie ordentlich angeschnallt war. Dann stieg er ebenfalls ein.

Durch die Propellerflügel hindurch sah Annie, wie ein offener Wagen durch das offene Tor raste und quietschend auf der Rollbahn vor der P38 zum Stehen kam. Sam sprang heraus und rannte zur Maschine. Seine marineblaue Krawatte hing lose auf dem Hemd, und sein Leinenanzug war zerknittert.

Winnie wandte sich nach Annie um und sagte düster: »Bringen wir es hinter uns.« Er öffnete das Kabinendach des alten Kampfflugzeugs und half ihr beim Aussteigen.

»Na, alter Junge, das ist ja sehr dramatisch«, sagte Winnie. Wie üblich hatte er belustigt die Augenbrauen hochgezogen. Sowohl Sam als auch Annie wußten, daß die Belustigung gespielt war. Auf seiner Stirn standen Schweißperlen.

»Weißt du, falls du sie aus einem edlen Motiv heraus heiratest«, sagte Sam, »dann wird das nicht gutgehen.« Annie hatte das Gefühl, er habe den Satz auswendig gelernt. »Wir *wußten*, daß die Leute früher oder später dahinterkommen würden«, fuhr Sam fort. »Was soll das Ganze also, zum Teufel noch mal?«

Sam blickte ihr fest in die Augen. »Annie, komm mit zurück. Jetzt

gleich. Wir hatten überhaupt keine Chance. Wir werden einen anderen Weg finden. Das ...«, er machte eine Geste in Richtung Winnie und Flugzeug, ohne den Blick von ihr zu wenden, »... ist absurd, nichts als eine Farce.«
»Vermutlich ist es für alle absurd«, sagte Annie ruhig, »außer für Winnie und für mich.« Sie sah Winnie an, der immer noch verloren lächelte.
»Annie!« sagte Sam heftig. »Bist du nicht einmal bereit, es mit mir zu versuchen? Ich habe dich nie für jemanden gehalten, der vor irgend etwas davonläuft.« Er stand breitbeinig da, als sei er bereit, um sie zu kämpfen.
»Dreh die Sache nicht um, Sam«, sagte Annie. »Was soll ich versuchen? Eine andere Wohnung näher bei dir, damit du dich schneller und besser zu mir schleichen kannst? Soll ich versuchen, länger und länger auf dich zu warten? Dich seltener zu sehen, weil alle aufpassen? Mich fragen, was Belinda vermutet oder weiß?« Sie hörte, wie sie Belindas Namen sarkastisch dehnte. Sams Anblick, der aggressiv und mit vorgestrecktem, eckigem Kinn vor ihr stand, machte sie wütend.
»Belinda ist es egal!« stieß Sam gereizt hervor.
»Es ist ihr nicht egal!« fauchte Annie. »Das möchtest du gerne glauben. Ich kenne sie nicht, aber ich habe genug gesehen, um zu wissen, daß es ihr nicht egal ist. Sonst hätte sie dir keine Szene gemacht und den Abgang der Familie so genossen ...« Sie brach ab und sagte dann traurig: »Sam, verstehst du nicht? Für uns gab es nie eine Chance und war nirgends Platz ...«
Er warf den Kopf zurück und sah sie argwöhnisch an. »Verlangst du, daß ich mich scheiden lasse?« fragte er hart.
Annie starrte ihn an. Sie spürte, wie ihr der Zorn die Kehle zuschnürte. »Das würde ich *niemals* von dir verlangen. Wage nicht, mir das zu unterstellen.«
Sam streckte blitzschnell den Arm aus und packte sie am Handgelenk. Annie erstarrte und sagte dann ganz langsam: »Komm, Winnie, es ist Zeit, daß wir gehen.«
Winnie trat einen Schritt vor und sagte: »Laß sie los, Sam.«
»Das kannst du nicht tun«, sagte Sam, ohne Winnie zu beachten. »Ich liebe dich, Annie, und du liebst mich immer noch. Verstehst du das nicht?«

Winnie griff nach Sams Hand und löste sie ungeschickt von Annies Handgelenk. Dabei sagte er: »Wir *verstehen* es, alter Junge. Weißt du, ich liebe sie auch und *weiß*, daß sie dich liebt. Und wie du weißt, mag ich dich auch sehr.« Er lachte, und es klang, als imitiere er sich selbst.
Sam schüttelte Winnies Hand ab. »Hör mit dem dummen Gerede auf, Winnie. Glaubst du, sie würde mit dir davonlaufen, wenn du pleite wärst? Mach dir doch nichts vor.«
Die drei ehemaligen Verbündeten sahen sich einen Augenblick hilflos an. Sam drehte sich um und ging zu seinem Wagen. Annie wäre ihm beinahe gefolgt, aber Winnie nahm entschlossen ihren Arm und führte sie zum Flugzeug zurück. Als sie ins Cockpit kletterte, schrie Sam von seinem Wagen herüber: »Es wird nie funktionieren! Ich bin immer dabei. Jeden Tag. Jede Nacht. Du kommst wieder zurück! Annie, du ...«
Die Wagentür schlug zu. Sam ließ den Motor an, und Annie hörte das Quietschen der Reifen, als er davonfuhr.
»O Gott, Winnie, bitte beeil dich«, drängte Annie. Sie drückte die Stirn gegen das Kabinendach und versuchte, dem Wagen nicht nachzusehen, tat es aber doch. Winnie ließ die beiden Motoren an. Annie stellte fest, daß Sam den Wagen im Gras angehalten hatte. Er saß zusammengesunken hinter dem Steuer und starrte auf das Flugzeug. Als die P 38 sich in Bewegung setzte, hämmerte Sam schreiend mit den Fäusten auf das Steuerrad ein. Die Maschine rollte zum Ende der Bahn, und Annie verlor den Wagen aus den Augen, bis Winnie für den Start wendete. Sam stand inzwischen neben dem Wagen. Als das Flugzeug aufstieg, hob er den Arm und winkte. Winnie drehte ab. Sam entschwand ihren Blicken, und Annie schloß die Augen.

Nach der Landung auf dem Flughafen Brookhaven auf Long Island fuhren sie nach New York und nahmen im Plaza Hotel getrennte Zimmer. Sie bestellten für den nächsten Tag ein Umzugsunternehmen in Sams Wohnung und beaufsichtigten das Packen von Annies Kleidern und ihrer Habe. Die Sachen wurden alle in Winnies Wohnung in der Park Avenue gebracht. Annie hatte diese Wohnung nie gesehen, aber die Verlegenheit, die sie beide empfanden, schloß aus, daß sie dort blieben. Sie sprachen wenig und nur mit grimmiger Entschlossenheit. Winnie machte Vorschläge, Annie stimmte zu, und es wurden Vorbereitungen getroffen. Früh am nächsten Morgen fuhren sie nach Brookhaven

zurück und flogen nach Nassau, wo sie nach dem Mittagessen heirateten.
Die Zeremonie auf dem Standesamt in Nassau vergrößerte nur ihre Niedergeschlagenheit. Winnie zog im richtigen Augenblick einen alten Ring mit Rosensaphiren, um die sich Diamanten wanden, hervor. Er steckte ihn an Annies Finger und sagte entschuldigend: »Er hat meiner Großmutter gehört. Es ist ein französisches Stück.« Als der Empfangschef des Strandhotels ihnen begeistert die Flitterwochensuite empfahl, entschieden sie sich für ein Penthaus mit getrennten Schlafzimmern.
»Also, liebe Annie, wir sind keine Kinder«, begann Winnie, sobald der Hoteldiener gegangen war. Er versuchte, feierlich-lustig zu klingen. »Wir wissen beide, daß Sex immer sozusagen die Landung nach einem Flug ist, und ich hasse Pflichtübungen, wie Hochzeitsnachtriten es sind. Außerdem war ich nicht in der Drogerie – du?«
»Ich benutze schon lange ein Pessar.«
»Ah, ich verstehe. Nun ja, ich nehme an, Sam wird bei allen möglichen Gelegenheiten in unseren Köpfen herumgeistern.«
Winnie lächelte. Er bemühte sich sehr, der Situation die Spannung zu nehmen. Sie standen an den entgegengesetzten Enden des merkwürdigen, überladenen Wohnzimmers. An einer Stirnwand befand sich ein Billardtisch, an der anderen ein Stutzflügel – beide in weißem Schleiflack mit Goldornamenten. Der Rest der Einrichtung bestand aus imitierten Louis-Seize-Möbeln. Die Augusthitze war zermürbend feucht, und die Klimaanlage blies eine ungleichmäßige Kühle durch ihre Kleider, die ihnen noch am Körper klebten. Winnie hatte energisch die Brauen über den traurigen Augen hochgezogen.
»Das hier ist ungefähr so surreal, wie die Welt werden kann. Es tut mir so leid, liebe Annie.«
»Du weißt, ich liebe dich, Winnie«, sagte Annie mit der ganzen Überzeugung, die sie aufbringen konnte. Es stimmte, aber sie kannten beide die Grenzen dieser Wahrheit.
»Natürlich. Das weiß ich.« Er kam langsam zu ihr herüber und hielt ihre Hand, wie er es so oft getan hatte, wenn sie seine Unterstützung brauchte. Annie umarmte ihn, aber sie spürte seine widerstrebende Spannung, selbst als er liebenswürdig die Arme halb um sie legte. Sein Körper kam ihr dünner vor als in ihrer Erinnerung. Er lachte leise an ihrem Ohr.

»Was ist?« fragte Annie, ohne ihn loszulassen.
»Ich habe aus dem Fenster auf die stechende Sonne da draußen geblickt und auf die lächerlichen französischen Möbel und dabei einen Augenblick völlig vergessen, wo auf der Welt wir sind. Innenarchitekten sind die wahren Teufel unserer Zivilisation!« Er wandte sich ab. »Mein Gott, wäre das ein Bühnenbild. Wie hieß doch das Musical über die Fremdenlegion in der Sahara? Dieser dämliche *Wüstensong*!«
»Das ist kein Musical«, sagte Annie mit einem vornehmen Näseln und setzte sich in einen der harten Sessel. Sie zog die Schuhe aus und legte die gekreuzten Beine auf ein Sofa mit Goldborten.
»Nein, ganz bestimmt nicht. Es ist seltsam, Annie. Da sind wir nun, frisch verheiratet, und ich habe nicht die geringste Ahnung, wohin wir gehen. Wie lange wollen wir in Nassau bleiben? Was tun wir als nächstes? Allein der Gedanke –.«
»Winnie, ich bin zu müde, um darüber nachzudenken. Ich möchte ein Bad nehmen und versuchen zu schlafen. Laß uns einfach hier in diesem komischen Penthaus bleiben, bis wir keine Lust mehr dazu haben. Ich bin für keinen großartigen Plan und für keine festgelegten Reiseziele.«
Winnie stimmte ihr zu. Sie ging hinüber zu ihm und wollte ihm einen Gutenachtkuß geben. Aber als ihre Blicke sich trafen, sah sie, wie befangen er wirkte.
Annie versuchte, sich lustig über ihn zu machen. »Winnie, wir haben uns *immer* geküßt. Nur weil wir verheiratet sind, müssen wir nicht anfangen, uns die Hand zu geben.«
Winnie schlug die Hand vor das Gesicht. »Ich kann es nicht glauben. Plötzlich bin ich schüchtern! Ich war in meinem ganzen Leben noch nie schüchtern. Annie, so eine Ehe ist sehr heikel.«
»Das habe ich gehört«, erwiderte sie spaßhaft. Aber Winnie konnte seine Verlegenheit nicht überspielen und unbeschwert sein. Schließlich küßten sie sich.
»Gute Nacht, liebe Annie. Und wenn einer von uns nicht schlafen kann, treffen wir uns hier draußen zu einer Partie Billard. Abgemacht?«
»Abgemacht«, sagte sie.
In der Badewanne fiel Annie die Szene auf dem Flugplatz in Saratoga ein. Beim Gedanken an Sams Worte krampfte sich ihr der Magen zusammen. »Glaubst du, sie würde mit dir davonlaufen, wenn du pleite

wärst?« Das war sehr gemein gewesen. Sie war beinahe sicher, daß Sam das selbst nicht glaubte. Er hatte es gesagt, um ihr weh zu tun, und es war ihm gelungen.

Sie zwang sich, an etwas anderes zu denken, und zählte leise die Namen der Stuten und Hengste auf den beiden Farmen von Rosewood auf. Als sie in ihr Nachthemd schlüpfte, erinnerte sie sich, daß Winnie gesagt hatte, er mache mit dem Stall im Jahr dreihundertfünfzigtausend Dollar Verlust. Sie war sehr überrascht gewesen und hatte ihm gesagt, er müsse unbedingt etwas dagegen unternehmen.

Sie saß im Dunkeln auf der Bettkante und fragte sich, ob Sams Behauptung stimmte, und ob sie Winnie nur geheiratet hatte, um die Möglichkeit zu haben, etwas mit Rosewood zu unternehmen. Ihr wurde klar, daß die Ehe ein Fehlschlag werden konnte. Vor Nervosität begann sie zu schwitzen. Sie dachte daran, daß Sam angedeutet hatte, er werde sich scheiden lassen; und sie dachte an seinen Versuch, es so darzustellen, als sei es ihre Idee. Wenn er es nun tatsächlich tat? Wenn er alles im Stich ließ und sie suchte?

Annie hielt den Kopf mit beiden Händen und versuchte, den wahren Grund dafür zu finden, daß sie in einem Hotel in Nassau saß und mit einem guten Freund verheiratet war, anstatt mit dem Mann, den sie liebte. Sie war achtzehn Jahre alt. Sie hatte das Gefühl, den Rest ihres Lebens verschenkt zu haben.

Sie und Winnie verließen das Penthaus in den nächsten Tagen kaum. Man brachte ihnen das Essen. Der tägliche Mittagsschlaf wurde zum Ritual, und die Zeit im Badezimmer wurde so lange wie möglich ausgedehnt. Wenn sie ausgingen, machten sie einen Spaziergang am Ufer entlang oder fuhren mit einem Taxi zu einem anderen Strand und gingen dort spazieren. Wenn sie zurückkamen, schliefen sie wieder in ihren getrennten Zimmern.

Im Laufe der Woche sahen sie mehrere Filme und betrachteten ein paar Sehenswürdigkeiten. Schließlich kamen sie in die Stimmung, ein wenig zu feiern. Sie fanden ein Restaurant am Ufer, wo ein schlechtes Trio verstaubte Schlager spielte. Die Langusten waren jedoch gut, und sie toasteten sich mit Veuve Cliquot zu. Als sie auf der Tanzfläche standen, überfiel sie beide dieselbe Erinnerung. Sie sahen sich an und wußten es.

»Ganz wie in alten Zeiten ...«, sang Winnie, obwohl das Trio etwas anderes spielte.
»Wir wollen doch nicht, daß es so ist«, sagte Annie mit der Sicherheit, die ihr der Champagner gab. »Das ist weiß Gott nicht das El Morocco oder der Travers Ball, und Sam Cumberland wird nicht im nächsten Augenblick hereinmarschieren. Du und ich, Winnie, wir sind in irgendeinem Schuppen in Nassau. Und ich liebe dich. *Also*, was wollen wir machen?«
Winnie schwieg einen Augenblick. Dann sagte er mit trockenem Mund: »Ich finde, wir sollten nach dem Tanz ins Hotel zurückgehen.« Er hob die Augenbrauen und fuhr fort: »Wir könnten uns die Kleider vom Leib reißen und sehen, was passiert, wenn überhaupt etwas passiert.«
Annie lachte. »Ich reiß dir deine vom Leib, wenn du mir meine herunterreißt.«
»Gut. Aber sei vorsichtig mit deinen Fingernägeln.«
»Gehen wir.«
»Was für eine gute Idee.«
Die Champagnerstimmung hielt an, während sie zu Fuß zum Hotel zurückgingen. »Ich muß dich warnen«, sagte Winnie, »ich habe Narben und Leberflecken, ich bin kitzlig, und ich ...«
»Ach ja? Ich schlage vor, du sagst mir besser jetzt alles.«
»Alles? Nun ja, ich muß öfter niesen ...«
Sie gingen durch die Hotelhalle und nahmen den Fahrstuhl zum Penthaus. Sobald die Tür hinter ihnen geschlossen war, lehnte Winnie sich dagegen und sagte: »Mein Gott, ich habe das Gefühl, es ist das erste Mal!«
»Nun ja, das ist es für uns auch.«
»Wie wollen wir anfangen?« fragte er.
»Wie fängst du normalerweise an?«
»Was hältst du von Champagner und einem Pessar?« Winnie lachte. »Ich kann nicht glauben, daß ich das gesagt habe ...«
»Es klingt nicht schlecht.« Annie kicherte.
Winnie ging zur Bar neben dem Billardtisch. Annie verschwand in ihrem Zimmer. Sie zog die Schuhe aus, öffnete den Reißverschluß ihres Kleides und sah sich plötzlich in dem großen goldgerahmten Spiegel. Wieder einmal erschien ihr die Situation unmöglich. Sie kam in einem

saphirfarbenen seidenen Morgenmantel ins Wohnzimmer, als der Champagnerkorken knallte und Winnie zwei Gläser füllte.

»Weißt du, Annie«, sagte er, ohne sich umzudrehen, »beim ersten Mal war ich dreizehn und völlig ahnungslos. Die Tochter unseres Gärtners war sechzehn und sehr neugierig. Ich bin wirklich zu alt, um noch einmal das ›erste Mal‹ durchzumachen. Also mußt du mich irgendwie davon überzeugen, daß es wirklich nicht das erste Mal ist. Ich ...« Er drehte sich mit den Gläsern in der Hand um und sah, daß Annie völlig nackt einige Schritte vor ihm stand. Er holte tief Luft und sank theatralisch auf die Knie, ohne dabei einen Tropfen zu verschütten.

»Champagner?« fragte er.

»Aber sicher«, sagte Annie, setzte sich neben ihn und nahm ein Glas. Sie stellte fest, daß seine Hände zitterten.

»Du bist ... einfach ... wundervoll. Ich bin ... überwältigt.«

»Du hast das meiste an mir schon früher so gesehen, erinnerst du dich? Jetzt bist du an der Reihe.«

»An der Reihe?«

»Dich auszuziehen.«

Er trank einen großen Schluck Champagner. »Im Showbusiness herrscht eine kluge Regel: Auf eine solche Nummer darf nichts mehr folgen.«

»Also gut. Wenn du willst, könnten wir einfach beisammensitzen und Champagner trinken.«

Er sah sie an und reichte ihr förmlich sein Glas. »Würdest du das freundlicherweise einen Augenblick halten?«

Ohne aufzustehen, zog er sich hastig aus und warf Schuhe, Hemd, Krawatte, Jacke, Socken und Unterwäsche in alle Richtungen. Nachdem er nackt war, griff er beiläufig nach seinem Glas. »Siehst du, jede Nummer braucht Abwechslung durch Komik, und darauf trinke ich.«

Sie stießen an und tranken. Annie streckte den Arm aus und stellte ihr Glas auf einen Tisch. Winnie beobachtete sie, während er trank, und seine Augen wurden groß, als sie neben ihn rutschte und ihn umarmte. Er rollte das leere Glas über den Teppich und schlang die Arme um sie. Stumm küßten sie sich auf den Hals und vermieden es, sich anzusehen. Er berührte mehrmals zögernd ihre Brüste, zog aber die Hände immer wieder verlegen zurück. Annie versuchte, die für ihn günstigste Stellung einzunehmen, und schließlich drang er in sie ein. Sie hielten sich angespannt und stumm eng umschlungen und reagierten beide erwartungsvoll. Winnie ließ nicht erkennen, ob er den Höhepunkt erreicht hatte, aber er hörte allmählich auf, sich zu bewegen. Eine Weile lag er auf ihr, ohne etwas zu sagen. Dann rollte er herunter und setzte sich auf. Er griff nach dem leeren Champagnerglas und drehte es in der Hand.

Annie starrte bewegungslos an die Decke. Langsam richtete sie sich auf, stützte sich auf einen Ellbogen, drehte sich dann um und sah Winnie an.

Er sagte: »Nun ja, er ist tatsächlich hier bei uns.«

»Nein, das ist er nicht.«

Winnie lächelte traurig. »Wir wollen einander nie belügen, Annie, auch nicht, wenn es darum geht, was wir denken. Wenn wir die Wahrheit nicht hören wollen, fragen wir lieber nicht.«

»Ich lüge nicht, Winnie. Er ist nicht hier. Ich liebe dich.«

Auch Winnie sprach den Namen nicht aus. Er stand auf und ging zur Tür seines Zimmers. »Ich glaube, es ist Zeit, daß wir aus Nassau abreisen. Warum packen wir nicht und fliegen morgen?«

»Winnie, hör auf damit!« sagte Annie und stand ebenfalls auf. »Wir kennen uns zu gut, um uns wegen so etwas Sorgen zu machen. Wir müssen heute nacht nichts beweisen.«

Der Ausdruck in Winnies Gesicht gab Annie die erste Vorstellung davon, welch eine Katastrophe ihre Ehe möglicherweise sein würde. »Ja. Die Zeit ist ganz sicher auf unserer Seite, nicht wahr? Macht es dir etwas aus, das anzuziehen?« Er hob ihren Morgenmantel auf und hielt ihn ihr entgegen. »Ich weiß, du bist es gewöhnt, so herumzulaufen. Trotzdem ...«

»Winnie! Nein! Vergiß nicht, wir waren beide so nervös, wir ...«

»Sei mir gegenüber nicht gönnerhaft, Annie. Niemals! Nimm deinen Morgenmantel!«

Annie tat es. Vor Staunen über die Schärfe in seiner Stimme stand ihr der Mund offen.

»Es tut mir leid«, sagte er und preßte die Hand an die Stirn. »Ich gehe packen.« Er verschwand in seinem Zimmer und schloß die Tür. Annie hörte es klicken. Er hatte abgeschlossen.

Sie wartete kaum eine Sekunde, ehe sie versuchte, die Tür zu öffnen.

»Winnie!«

»Nicht jetzt, Annie!«

»Dann sag mir, wann!« Sie ging in ihr Zimmer.

Noch vor dem Morgengrauen hörte Annie, daß Winnie im Wohnzimmer herumging. Sie zog schnell den Morgenmantel an und ging hinaus.

»Liebe Annie, kannst du mir verzeihen?« Winnie eilte ihr entgegen und küßte sie auf die Wange. »Ich habe mich gestern abend wie ein Schwachkopf benommen. Habe ich dich geweckt?«

»Nein. Und du hast nichts getan, was dir leid tun muß.«

»Nun ja, *ich* finde schon, und es tut mir wirklich leid. Hast du gepackt? Ich dachte, wir trinken Kaffee und fahren dann zum Flugplatz. Was meinst du dazu? Mir ist eine absolut großartige Idee gekommen, und ich möchte sie mit dir ausprobieren. Es geht um Rosewood. Weißt du noch, wie wir darüber geredet und geredet und *geredet* haben? Und du hast immer gesagt, wie leicht es wäre, den Stall wieder hochzubringen, mit neuen Blutlinien ...«

»Ich habe nie gesagt, es würde ›leicht‹ sein.«

»Aber du würdest es doch gerne tun, oder nicht?«

»Sicher, wenn *du* es möchtest«, sagte sie und versuchte, nicht zu eifrig zu klingen.

»Ich *hätte* es gerne«, sagte Winnie.

»Wirst du mir nicht helfen?« Annie lächelte, denn sie spürte, daß sie Freunde waren.

»Doch, natürlich. Du hast mein Interesse wieder geweckt. Außerdem bezahle ich alles. Ich habe gehört, das ist die beste Hilfe, die man bekommen kann.«

»Wo werden wir leben?« fragte sie und begann sich vorzustellen, wie aufregend es sein würde.

»Das kannst du entscheiden. Wir können wählen zwischen Lexington, Millbrook oder der Normandie. Natürlich muß ich wegen der Familienangelegenheiten viel in New York sein.«

Er beobachtete sie. Annie begriff sofort, daß er die Trennung vorschlug, und sie wollte laut dagegen protestieren. Aber sie sah Winnies Angst vor dem, was sie mit ihrer Heirat angerichtet hatten. Seine Idee war das sofort gefundene Gegenmittel. Wenn sie sich weigerte, seinen Vorschlag anzunehmen, würden sie vielleicht überhaupt keine Chance haben.

»Fahren wir zum Flughafen, Winnie«, sagte sie munter. »Ich brauche keinen Kaffee.«

14

Die Rosewood Farm in Millbrook, New York, lag zwei Stunden nördlich von New York City. Die Entfernung zwischen beiden Orten war eine Barriere, die Annie nie durchbrach. Im Laufe der Monate wurde es nur eine der Barrieren zwischen ihr und Winnie, der mehr und mehr Zeit in der Stadt verbrachte. Er verabschiedete sich mit charmanten Entschuldigungen, die nur selten seine wachsende Verzweiflung verbargen. Sie erlebten einige wenige wirklich glückliche Augenblicke, wenn er seine Rolle als Professor Higgins übernahm und Annie mehr über Vollblutzucht und Blutlinien beibrachte.

Die Farm umfaßte beinahe zweihundert Morgen Land und lag zwischen zwei Hügeln. Vier große Bäche durchflossen das Gebiet. Zwei davon mündeten in einen fünf Morgen großen See. Die Zäune der Koppeln zogen sich durch das ebene Gelände, das Generationen von Farmern gerodet hatten, ehe die Familie Sumner es erwarb. Bei Annies Ankunft standen etwa zwei Dutzend Zuchtstuten in den Ställen, und vom ersten Morgen an ritt sie die eine oder andere und erkundete den Besitz bis in die entferntesten Winkel.

Das Haupthaus in seiner symmetrischen Kolonialarchitektur und dem Mittelkamin war vor zweihundert Jahren erbaut worden. Die Sumners hatten zwei Flügel im selben Stil angebaut. Es stand auf einem der beiden Hügel, und man konnte von dort meilenweit nach Westen blicken. Das Haus war selbst für eine Familie zu groß, und wenn Annie allein war, empfand sie die Größe trotz des Personals als eine Last. Die Zimmer hatten Fußböden aus breiten Eichendielen und waren angefüllt mit frühen amerikanischen Möbeln und georgianischem Silber, das Winnies Großmutter liebevoll zusammengetragen hatte. Winnie bemerkte

einmal spöttisch, alles im Haus sei original, ausgenommen die Menschen.
Im ersten Jahr war Annie viel allein. Sie füllte die Zeit, indem sie allmählich die Aufsicht über das Gestüt übernahm, in den Ställen arbeitete und Blutlinien studierte. Es gab einen langen Winter. Winnie nahm das schlechte Wetter zum Vorwand, um länger in New York zu bleiben. Auf Rosewood trafen Einladungen zum Abendessen auf den benachbarten Farmen ein – hauptsächlich von Freunden der Familie Sumner. Da Annie nie genau wußte, wann Winnie kam, lehnte sie alle mit der Entschuldigung ab, sie und Winnie seien auf der anderen Rosewood-Farm in Kentucky. Sie flogen mehrmals mit der P 38 nach Lexington, aber es ging ihnen dabei mehr um das Fliegen als um den Besuch, und sie kamen jedesmal bald zurück.
Annie begann vorsichtig, Verbesserungsvorschläge für Rosewood zu machen. Winnie ließ ihr freie Hand und beendete Diskussionen über dieses Thema so schnell wie möglich. Im Frühwinter ließ sie fast ein Dutzend der besten Zuchtstuten in Millbrook von Hengsten decken, die in New York standen. Die Verhandlungen am Telefon mit Züchtern in Kentucky erwiesen sich als schwieriger. Aber Rosewoods Stuten waren von so hoher Qualität, daß Annie mehrere erstklassige Hengste für sie buchen konnte.
Zu ihrem ersten Hochzeitstag im August hatte Annie eine Überraschung für Winnie vorbereitet. Sie wußte, er würde ihr wie an Weihnachten und zu ihrem Geburtstag Schmuck schenken, den sie nie trug. Annies Überraschung war Rosewood, wie es sein und was es für sie beide bedeuten konnte.
Winnie traf wie erwartet zum Abendessen ein und überreichte ihr ein altes Saphirarmband, das gut zu ihrem Ehering paßte. Er erzählte ihr die Geschichte des Armbandes, und nachdem Annie sich glücklich bei ihm bedankt hatte, wechselte er das Thema. »Wann möchtest du das nächste Mal nach Lexington? Was meinst du?« fragte er beiläufig beim Lachs. Annie hatte ihn selbst zubereitet, weil sie wußte, daß Winnie ihn gerne aß. Sie konnte sich nicht an die ständige Anwesenheit von Dienstboten gewöhnen und hatte ihnen deshalb einen freien Abend gegeben.
»Ich möchte nicht nach Lexington.« Es tat ihr leid, das zu sagen, aber sie hatte sich in Rosewood House vom ersten Tag an nicht wohl gefühlt.

Es war ein altes, herrschaftliches Plantagenhaus aus Ziegelsteinen mit Säulen. »Aber falls wir endlich etwas wegen des Stalls unternehmen wollen«, sagte sie leichthin, »sollten wir vermutlich im November zur Auktion der Zuchtstuten in Keeneland hinunterfahren.«

Winnie kaute einen Augenblick. »Du klingst . . . zuversichtlich.«

Die leichte Bitterkeit in seinem Ton ließ Annie aufhorchen. »Was meinst du damit?«

»Ich meine, liebe Annie, du bist offenbar dabei, Rosewood im gottverdammten Vollblut-Geschäft wieder auf einen der vorderen Plätze zu bringen . . . Übrigens, der Lachs ist hervorragend.«

»Einen Augenblick, Winnie. Nicht *ich* bin es, *wir* sind es. *Wir* haben es gemeinsam beschlossen. Alles, was du mir beigebracht hast . . .«

»Liebe Annie, wir müssen uns doch nicht bis in alle Ewigkeit etwas vormachen. Das Bankkonto steht dir offen. Tu mit Rosewood, was du willst. Um die Wahrheit zu sagen, es ist mir wirklich gleichgültig, solange ich nicht in irgendeiner Weise etwas damit zu tun habe.«

»Das glaube ich nicht, Winnie«, erwiderte sie. »Ich weiß noch, wie aufgeregt du warst, als du mir beigebracht hast, wie man Blutlinien findet, und ich habe nicht vergessen, wie wir . . .«

»Ich war glücklich«, rief Winnie, »weil ich damit wenigstens einmal Erfolg bei dir hatte!« Er nahm sich zusammen und trank einen großen Schluck von dem Weißwein. »Ist dir nie in den Sinn gekommen, liebe Annie, daß das Durchforsten dieser vielen endlosen Stammbäume und das Ausdenken kleiner Nicks, als gehe es darum, Diamanten zu säen, mich auch in mehrere jämmerliche Generationen von falschem Familienstolz zurückgeschleppt hat? Mein Gott, ich habe den ganzen Mist gelernt, weil ich hoffte, meinen Vater damit wieder ins Leben zurückzuholen. Daß er seine Verpflichtung gegenüber diesem gottverdammten Stall schlecht erfüllte, hatte ihn so sehr deprimiert, daß er es aufgab, sich um die meisten anderen Dinge zu kümmern. Und dazu gehörten mit Sicherheit auch seine Söhne.« Er sah sie über den Tisch hinweg entschuldigend an. »Solche flammenden Wahrheiten erleichtern einem das Leben nicht gerade. Aber ich habe mir diese Erklärung zurechtgelegt, um mich selbst zu verstehen.«

»Winnie, es tut mir weh, daß du so leidest.«

»Ich weiß«, sagte er ruhig. »Und mir tut es leid, daß du so bequem in der Nähe bist, und ich auf dich einschlagen kann. Es fällt mir unter anderem auch deshalb so schwer, hier draußen zu bleiben, weil ich mich dafür hasse, daß ich auf dich einschlage. Ich frage mich oft, wie lange du das erträgst.«

Annie stand auf, ging zu ihm hinüber und legte die Arme um ihn. Sein Körper auf dem Stuhl blieb starr. »Länger, als wir brauchen, um darüber hinwegzukommen«, sagte sie. »Ich möchte dir zeigen, was ich hier getan habe, und das hat nichts mit deinem Vater oder einem anderen Sumner zu tun. Es hat mit dir und mir zu tun.«

Winnie streckte die Hand aus und strich zögernd über ihre Haare, als er sagte: »Liebe Annie, warum erträgst du mich?«

»O Winnie, niemand hat mich je so sehr geliebt wie du. Wir müssen uns nur gegenseitig vertrauen.«

Sie küßte ihn und sah ihn abwartend an. Er lächelte unsicher.

»Komm mit«, sagte sie, »ich will dir etwas zeigen.«

Sie führte Winnie aus dem Eßzimmer durch die weite Halle zum Wohnzimmer. Es war mit Kastanienholz getäfelt, hatte einen offenen Kamin und überquellende Bücherregale. Annie benutzte es als Arbeitszimmer, und es war einer der wenigen Räume, in denen sie sich oft aufhielt. Auf einem antiken Klapptisch lagen die Gestütsbücher von Rosewood und eine ganze Reihe von Werken über die Geschichte des Vollbluts. Annie schob sie beiseite und hielt damit die Ecken mehrerer Baupläne fest, die sie nacheinander entrollte.

Winnie blickte darauf und sagte zurückhaltend: »Ach du meine Güte, warst du fleißig.«

»Du hast gesagt, wenn wir es wirklich richtig anpacken wollen, brauchen wir einen neuen Stall für die Hengste und zwanzig neue Boxen für Stuten«, sagte sie und wies eifrig auf die Pläne. »Die Nordkoppel ist ideal für die Hengste – dort und weiter im Westen. Hinter dem Eichenwäldchen ist Platz für einen Stall mit Koppeln für die Stuten und ihre Fohlen. Der Bach fließt hier. Ich habe das Land neu vermessen lassen, übrigens zum ersten Mal seit fünfundsechzig Jahren. Und weißt du, daß dir zweihundertundvier Morgen, anstatt hundertsiebenundneunzig gehören? Ein Teil ist sumpfiges Land, aber es ist schön. Dort wächst eine Menge Hartriegel, und es gibt sogar Hirsche.«

Winnie zeigte flüchtig einen Funken Interesse, als er die Pläne genauer betrachtete. »Für wie viele Hengste ist Platz?«

»Für drei, aber eine Erweiterung ist vorgesehen, falls wir mehr brauchen. Wir haben hier dreiundzwanzig Stuten und hundertzweiundvierzig in Lexington. Es hängt ganz davon ab, was wir dort unten tun wollen.«

»Es sieht sehr gut aus, Annie, wirklich.«

»Ich würde gerne Angebote einholen, damit wir im Frühjahr anfangen können. Auf den Sommerauktionen kaufen wir dann einen erstklassigen Einjährigen und bringen die Sache in Gang. Wenn es hier klappt, gehen wir nach Lexington und machen es dort genauso.«

Winnie hob den Blick von den Plänen. Er sah ihre Begeisterung und lächelte sie an. »Tu das, Annie. Es klingt wunderbar.«

Das Haras de la Brise erwähnte sie nicht. Die Erinnerung war noch zu lebendig. Sie war dankbar, daß auch Winnie nicht davon sprach. »Morgen führe ich dich herum und zeige dir genau, wo alles stehen wird. Oh, und ungefähr drei Viertel aller Koppelzäune müssen erneuert werden. Aber wir können eine Menge Geld sparen, wenn wir drei Querstangen anstatt vier nehmen.«

Winnie nahm seine Professor-Higgins-Haltung an und erklärte: »Es gibt Drei-Stangen-Farmen und es gibt Vier-Stangen-Farmen, Eliza. Drei Stangen bedeuten eine schäbige, armselige Farm, wahrscheinlich eine Reitschule im Besitz eines kleinen Diktators, die von eifrigen jungen Mädchen und völlig frustrierten Ehefrauen besucht wird. Vier Stangen sind das Zeichen eines echten Pferdemannes oder einer echten Pferdefrau. Wenn du eine Drei-Stangen-Farm siehst, fahr daran vorbei.« Er ging zur Bar an einem Ende des Zimmers. »Für dich auch etwas?«

»Gerne«, sagte Annie. Sie war bereit zu trinken, wenn sie Winnie dadurch zum Bleiben bewegen konnte. »Einen kleinen. Ich muß früh aufstehen.«

»Natürlich mußt du das«, sagte er, während er zwei Gläser auf den Tisch stellte und Scotch eingoß. »Und nachdem du die Ställe ausgemistet hast, kommst du hierher und studierst deine *Bücher*.« Wieder schwang Bitterkeit in seinem Ton mit, aber Winnie kicherte, um sie auszugleichen. »Ich kann mir nicht vorstellen, warum ich die viele Zeit damit verbracht habe, den Weg eines Gens durch die unzähligen Kanäle der Fortpflanzung bei Pferden vorauszuberechnen. Das führt nur zu Siegern und Verlierern. Die Fortpflanzung in *menschlichen* Familien führt andererseits gelegentlich zum Außergewöhnlichen oder zum eher typisch Lächerlichen, und zwar oft innerhalb einer einzigen Generation. Menschliche Gene, vermischt mit Geld, Liebe, Lust, Illegitimität und Ehrgeiz – das ist eindeutig ein amüsanteres Studienobjekt.« Er kam zurück, reichte Annie ein Glas und nahm einen großen Schluck.

»Nicht, wenn man ein Gestüt führen will«, sagte Annie.

Er starrte sie einen Augenblick an und trank noch einmal.

»Nein, natürlich nicht. Die Absicht richtet sich dabei ganz auf die Zucht, nicht wahr?« Er ging gereizt hin und her, während Annie am Tisch stehenblieb. »Nun, ich muß ebenfalls früh aufstehen. Ich habe nämlich *auch* eine Absicht – ich will um elf im Büro sein, einen Blick auf die Aufstellung der Immobilien werfen und dann mit meinem Börsenmakler, meinem Anwalt, dem Banker, dem Steuerberater und vor allen Dingen mit meinem Schneider sprechen. Zum Mittagessen gehe ich in einen meiner Clubs. Der Brook hat das beste Silber, der Knickerbocker das beste Essen, im Racquet habe ich die besten Freunde und im Union gibt es die größten Snobs. In jedem finde ich Gesellschaft irgendeiner Art für einen langen Nachmittag mit Drinks und Billard, Bridge oder Backgammon. Selbst nach einem so erschöpfenden Tag sind meine Abende gefüllt mit Essenseinladungen, denn in dieser Saison spiele ich bei den Wenigen, die Bescheid wissen, mehr oder weniger wieder meine alte Rolle und springe ein, wenn ein Mann am Tisch fehlt.«

Er blieb stehen, sah Annie wehmütig an und leerte dabei sein Glas. Danach ging er zur Bar.

»Winnie, wenn du Rosewood loswerden willst, dann vergiß es, und ich komme nach New York. Wenn du willst, schon morgen. Ich kann es nicht ertragen, zu sehen, daß du das alles so sehr haßt.«

Er gab keine Antwort, bis er sein Glas gefüllt hatte und der letzte Tropfen vom Flaschenhals fiel. »Wir haben uns darauf geeinigt, daß du dich nie mit den feinen Leuten abgeben oder riskieren mußt, zufällig ...« Er drehte sich schnell um und stellte die Flasche in das Bord hinter der Bar. »Das würde ich nie von dir verlangen. Und du kannst sicher sein, Annie, ich hasse nichts so sehr wie mich selbst. Darauf trinke ich.« Beim Trinken hoben sich in Erwartung ihrer Reaktion die Augenbrauen über den Rand des Glases. Als er nur ihre Niedergeschlagenheit sah, sagte er: »Ich glaube, ich gehe zu Bett. Ich schlafe im Gästezimmer.«

»Schlaf, wo du willst«, sagte Annie entschlossen. »Aber *du* kannst sicher sein, für welches der neuen antiken Betten du dich auch entscheidest, ich schlafe bei dir. Ich liebe dich nämlich, Winnie. Ich liebe dich wirklich.«

Sie sahen sich an. Winnie stellte das Glas ab und trat zu Annie. Sie umarmten sich und standen lange schweigend und eng umschlungen. Schließlich nahm er ihren Arm und führte sie aus dem Zimmer.

»Ich denke so oft an dich«, sagte er. »Fühlst du dich wohl hier, liebe Annie? Gehst du aus? Besuchst du Leute oder bekommst du Besuch?«

»Nein. Die Leute sind freundlich. Vielleicht sind sie auch neugierig. Ich glaube, sie sind immer noch mißtrauisch, weil ein Showgirl den Sumner-Erben geheiratet hat.« Sie runzelte die Stirn und suchte nach einer besseren Erklärung. »Mach dir keine Sorgen, Winnie. Ich habe keine Angst vor ihnen. Es ist mir nicht wichtig, viele Leute zu kennen. Aber was wir hier tun, ist mir wichtig, und ich habe wirklich nicht allzuviel Zeit für etwas anderes.« Sie erreichten die Treppe, und Annie wandte sich ihm zu. »Klingt das irgendwie vernünftig?«

Winnie lächelte. Seine Augen glänzten vor Bewunderung und vom Whisky. »Völlig, liebe Annie. Genauso vernünftig, als wenn jemand sagt, er ist Vegetarier. Leider sind die feinen Leute ebenso versessen auf rohes Fleisch wie auf Unterhaltung und auf Glanz und Glitzer.«

Annie lachte, nahm ihn bei der Hand, und sie stiegen die Treppe hinauf in ihr Schlafzimmer. »Ich werde nie verstehen, weshalb sich die feinen Leute mit Pferden abgeben. Ich nehme an, es ist ein Weg, um mit ihrem Geld zu protzen, aber Pferdeschweiß und Pferdeäpfel scheinen einfach nicht zu Unterhaltung und Glanz und Glitzer zu passen.«

»Nun ja, wir brauchen etwas, worüber wir uns unterhalten können«, sagte Winnie, während Annie begann, sich auszuziehen. Winnie beobachtete sie nicht, sondern sprach schnell weiter, während er sich langsam auszog. »Was man in diesem Land als Gesellschaft bezeichnet, sind im wesentlichen nur verschiedene Kreise mit Geld – neues, altes, angelsächsisches, jüdisches, legales oder illegales Geld –, die umeinanderwirbeln wie in einem Inferno. Wenn ein Kreis etwas tut, versuchen die anderen mitzumachen, oder sie tun selbst etwas Größeres.«

Er zog einen Pyjama an, der im Schrank hing. »August Belmont, einer der größten gesellschaftlichen Aufsteiger aller Zeiten, hat hier oben damit angefangen. Im Süden war es mit Pferderennen nach dem Bürgerkrieg aus, also kamen sie nach Norden. Belmont und Leonard Jerome eröffneten eine Rennbahn auf Long Island. Das war Jerome Park. Sie waren beide reich und machten den Rennsport respektabel. Die High Society kehrte ins Clubhaus zurück, zusammen mit Wetten und Korruption, die für die Reichen dem Unternehmen den Reiz des Verruchten gaben. Leonard Jerome hat in seinem Leben nichts Bedeutenderes getan, als – ohne eigenes Zutun – Großvater von Winston Churchill zu werden. Der Sohn von August Belmont gründete den Jockey Club und leitete ihn mit Fanatismus und eiserner Hand. Er baute Belmont Park, um gesellschaftlich an der Spitze zu bleiben, und tat dann etwas, wofür man ihm auch in Zukunft viele seiner Sünden vergeben wird. Er züchtete Man o' War! Allerdings verkaufte er ihn für fünftausend Dollar und mußte erleben, daß der größte Hengst seiner Zeit zwanzig der einundzwanzig Rennen gewann, die er lief, und dabei fünf Weltrekorde aufstellte. Ich würde auf diese sublime Form der Gerechtigkeit trinken, aber ich habe mein Glas unten gelassen.«

Winnie schlüpfte unter die Decke und lag neben Annie, ohne sie zu berühren. Sie schmiegte sich an ihn, legte ihren Kopf auf seine Schulter und einen Arm auf seine Brust.

»Ich habe Man o' War einmal gesehen«, sagte sie.

»Ja? Wann?«

»Als Fünfjährige. Ich erinnere mich kaum noch daran. Ich glaube, es war ein oder zwei Jahre bevor er eingegangen ist, also muß er beinahe dreißig gewesen sein. Meine Mutter ist mit mir nach Lexington gefahren, um das Kriegsende zu feiern, wie sie sagte. Aber ich glaube, sie wußte, daß sie sterben würde und wollte mit mir irgendwohin, wo sie mit mir reden konnte. Wir sind mit dem Frühzug von Ashland nach Lexington gefahren. An den Zug, ja, daran erinnere ich mich noch. Es war mein erster Ausflug, und ich bin die ganze Nacht aufgeblieben. In Lexington sind wir zuerst durch die Geschäfte gegangen und haben zu Mittag gegessen. Dann haben wir eine Busrundfahrt gemacht, und ich bin eingeschlafen. Dort, wo Man o' War stand, sind wir ausgestiegen . . .«

»Auf Faraway Farm«, sagte Winnie.

»Ich glaube, ja. Ich wollte nicht aus dem Bus steigen, um einen alten Gaul zu sehen. Meine Mama hat mich mitgezogen, und wir standen zwischen – es müssen tausend Leute gewesen sein, stiegen dann wieder in den Bus, und ich bin wieder eingeschlafen. Abends im Zug hat sie mir gesagt, daß sie krank sei, und sie bat mich, ihr zu helfen. Sie ist noch im selben Jahr gestorben. An Man o' War erinnere ich mich überhaupt nicht.«

Winnie umarmte sie, und sie lagen schweigend beisammen.

»Und was hat der Professor dir über Man o' War gesagt?« fragte er nach einer Weile pedantisch mit Higginsscher ›Es-grünt-so-grün‹-Toleranz.

»Man o' War ist eines der besten Beispiele für die Tatsache, daß die Vererbungskraft von Stuten stärker ist als die von Hengsten.« Im Gegensatz zu Winnies Imitationskünsten wagte Annie nicht, etwas an ihrer Aussprache zu ändern.

»Und wie, Eliza, zeigte sich diese Tatsache bei Man o' War?«

Die vertrauten alten Rollen lockerten die Atmosphäre. Annie lachte leise. »Sein Vater war ein widerspenstiger, gemeiner Hengst namens Fair Play, der nie ein Rennen gewann. Und *sein* Vater war Hastings, der versuchte, jedes Pferd zu beißen, das versuchte, ihn auf der Bahn zu überholen.«

»Richtig, mein Kind. Das hast du *gut* gelernt!«

»Aber Man o' Wars Mama Mahuba war eine Amazone. Von ihr hatte er den raumgreifenden Gang, ein Schienbein – nein, wie heißt es noch? – ein Kanonenbein, das über zwei Zentimeter länger und eine Brust, die zehn Zentimeter breiter war als der Durchschnitt und ein freundliches Wesen, das ihn zum Liebling aller machte. Von seinem störrischen Vater hatte er nur die Gewohnheit, seine Hufe zu beknabbern, so wie Menschen Fingernägel kauen.«

Winnie lachte, und bald hingen sie ihren Gedanken nach. Winnie sagte: »Jemand hat einmal geschrieben, Man o' War glich so sehr einer lebenden Flamme, wie es einem Pferd überhaupt möglich ist. Mein Gott! Der Gedanke, so etwas zu finden ...« Es war das letzte, woran Annie sich erinnerte.

Als sie am nächsten Morgen aufwachte, war Winnie weg. Er rief später am Morgen an – »nach meinem Banker, aber vor dem Steuerberater« – und erklärte, ihm sei mitten in der Nacht sein früher Termin beim Schneider eingefallen. »Es war schön, dich zu sehen, Annie, und deine Ideen für Rosewood sind super. Also, mit Volldampf voraus, liebste Annie.«

Der Winter setzte ein, und Winnies wöchentliche Besuche wurden kürzer. Sie flogen zusammen in der P 38 zur Auktion der Keeneland-Zuchtstuten nach Lexington. Wie geplant ging Winnie, ausgestattet mit Annies Auktionskatalog voller Anmerkungen, allein zur abendlichen Eröffnungsauktion. Zwischen ihnen herrschte ein stillschweigendes Einverständnis: Caernarvon würde ebenfalls kaufen. Annie wartete in Rosewood House auf ihn, und ihre Aufregung schwand, als die Stunden ohne einen Telefonanruf vergingen. Sie wanderte ziellos durch das herrschaftliche Haus, betrachtete die Porträts düster blickender Familienangehöriger und der Spitzenpferde von Rosewood aus den zwanziger und dreißiger Jahren. Im Trophäenzimmer glänzten in Vitrinen Gold- und Silberteller, Trophäen und Cups, und auf Wandborden lagen Alben mit Fotografien und Zeitungsausschnitten, die die Laufbahn der einzelnen Gewinner dokumentierten. Im Wohnzimmer standen auf dem Flügel und zahlreichen Tischen haufenweise silbergerahmte Fotos von Mitgliedern und Freunden der Familie Sumner. Einige hatte Annie kennengelernt, andere kannte sie nur von Bildern, die sie in Millbrook weggeräumt hatte.

Auf einem Tisch in der Eingangshalle lag ein dickes Gästebuch mit dem geprägten Familienwappen, das ein steigendes Pferd und einen lateinischen Satz zeigte. Winnie hatte ihr erklärt, das Wappen habe ein Designer vom Broadway in überschäumender Bewunderung für die Familie entworfen, und ein anglophiler Großonkel habe es bei einem College für Heraldik in England als Familienwappen registrieren lassen. Für die vergangenen acht Jahre fanden sich nur ein halbes Dutzend Einträge. Annie blätterte durch die dicken Seiten und sah, daß in vergangenen Zeiten im Frühjahr und im Herbst viele berühmte Freunde und Verwandte der Familie hier zusammengekommen waren, wobei die Geselligkeit ihren Höhepunkt in der Derbywoche und am Erntedankfest erreichte. Als Annie das Buch zuschlug und sich in der Halle umsah, ließ die Leere von Rosewood House sie frösteln. Eilig ging sie in die alte Küche, den einzigen Raum, in dem sie sich wohl fühlte. Dort setzte sie sich auf einen Hocker und wartete.

Winnie kam sehr spät zurück und war völlig betrunken. Er erklärte, ehe er auf einem der Sofas im Wohnzimmer einschlief, er habe bei drei Stuten, die sie ausgesucht hatten, überboten, und zwar hauptsächlich deshalb, weil Caernarvon sie ebenfalls haben wollte. »Nein, liebe

Annie, Sam war nicht da«, stieß er plötzlich wütend hervor. »Frank Carney, sein Trainer, hat das für ihn erledigt, so wie wir alle tun, was Sam uns aufträgt. Ich habe wie ein Verrückter geboten, um etwas zu beweisen, und ich hasse es, daran zu denken, was.«

Annie ließ ihn auf dem Sofa schlafen. Am nächsten Tag flog er ohne jede Erklärung allein nach New York zurück. Annie blieb nur lange genug in Rosewood House, um die Ankunft der drei neuen Zuchtstuten zu beaufsichtigen. Die über zweitausend Hektar große Farm bedrückte Annie, weil sie sah, daß auf dem Land, den Koppeln und Nebengebäuden soviel zu tun war. Sie versuchte, weder daran noch an das Personal oder an Rosewood House zu denken. Solange in Millbrook noch nicht alles fertig war, mußte Lexington warten. Sie flog nach New York zurück, wo ein Wagen von der Farm sie am Flughafen abholte.

Von nun an hielt sich Winnie selten länger als einen Tag in Millbrook auf, und selbst dann herrschte die gespannte Atmosphäre von Pflichtbesuchen. Annie tat weiterhin, was sie konnte, um ihm die Lage zu erleichtern. Aber nichts schien zu helfen. Sie füllte ihre Zeit mit harter Arbeit und Planungen für den Beginn der Bauarbeiten im Frühjahr. Die Angebote trafen ein, aber Winnie diskutierte nicht einmal darüber, sondern sagte nur, sie möge das tun, was sie für richtig hielt. Er kam am Heiligabend, schenkte ihr ein Diamantcollier und verbrachte den Vormittag mit dem Verteilen von Umschlägen mit Weihnachtsgeld an das Personal. Dann fuhr er nach New York zurück – für eine Reihe von Partys, wie er sagte, die er nicht versäumen durfte. Annie erhob keine Einwände und gestand sich ihre Erleichterung ein, nachdem er gegangen war. Sie überlegte nicht einmal, ob er wieder mit irgendwelchen Ex-Debütantinnen schlief, die wußten, daß sie bei ihm kein Risiko eingingen. Als ihr klar wurde, daß es ihr gleichgültig war, begann sie zu fürchten, daß die Zeit ihnen nicht helfen werde.

Das Abfohlen begann im Februar und März, und Annie fuhr ständig zwischen den beiden Farmen hin und her. Die Tierärzte hatten in dieser Zeit am meisten zu tun, und in Kentucky reagierten einige verblüfft oder regelrecht gereizt auf Annies hartnäckige Fragen, für die sie sich zwar entschuldigte, die sie aber niemals unterdrückte. Mit dem Herannahen des Frühlings wuchs ihr Gefühl, zur Farm zu gehören. Diese Vorstellung verstärkte sich mit der Geburt jedes Fohlens, als gehöre es mit zum Neubeginn von Rosewood.

Als die Erde auftaute, und die Frühjahrsregen einsetzten, blieb Annie in Millbrook, um mit dem Bau der neuen Ställe zu beginnen. Sie hoffte, daß Winnie durch diese Arbeiten irgendwie wieder zur Farm zurückgezogen werde.

Eines Tages gaben sie und der Bauunternehmer den Arbeitern gerade Anweisungen für die Zäune der neuen Koppeln, als Annie sah, wie eine Limousine an dem Häuschen vorbeifuhr, das als Büro diente. Im ersten Augenblick glaubte sie, Winnie sei gekommen und habe in New York einen Wagen gemietet, weil er zuviel getrunken hatte. Es war ein Cadillac. Der Chauffeur ging in das Büro, kam wieder heraus und fuhr zu der Stelle, an der Annie arbeitete.

Die hintere Wagentür wurde geöffnet, und Phil Angelo stieg aus. Er grinste, als er Annies erstaunten Gesichtsausdruck sah, und steckte einen Zahnstocher in den Mund.

»Hallo Annie, wie geht's?«

Ihr wurde flau im Magen, als sie zu ihm hinüberging, damit niemand hörte, was sie miteinander sprachen.

»Bist du als Bote hier oder um mich zu erpressen?«

Sein Grinsen verschwand, und er starrte sie böse an. »Charlie will dich sehen. Es ist lange her. Und er hat vielleicht noch vierundzwanzig Stunden«, sagte er lässig und vorwurfsvoll.

Die Nachricht erschütterte Annie nicht, und sie bekam auch keine Schuldgefühle. Sie hatte gehofft, Charlie sei irgendwann friedlich gestorben. Sie wollte ihn als den ersten Menschen nach ihrer Mutter in Erinnerung behalten, dem sie wirklich etwas bedeutet hatte, und nicht an alles andere denken, besonders nicht an Phil Angelo.

»Wo ist er?« fragte sie.

»In der Stadt. He, keine Sorge«, sagte Phil. »Um Himmels willen, er bezahlt den Wagen. Kommst du mit oder nicht?«

»Nur, wenn du vorne sitzt.«

Sein Gesicht verzog sich zu einer brutalen Maske. »Hör zu, du Nutte. Du kannst deine Votze benutzen, um von den reichen Kerlen zu bekommen, was du willst. Aber mir war sie schon immer scheißegal.«

Annie gab ihm, so fest sie konnte, eine Ohrfeige. Der Zahnstocher fiel ihm aus dem Mund und auf die Erde. Die Bauarbeiter setzten sich in Bewegung, um ihr zu helfen.

Phil grinste höhnisch. »Wenn du das noch einmal machst, schlag ich dir

alle Zähne ein.« Er stieß mit der Zunge innen gegen die Backe und fragte: »Kommst du mit?«
»Warte vor dem Haus.« Sie ging zu den Arbeitern zurück, um ihnen letzte Anweisungen für die Koppelzäune zu geben. Als sie hörte, wie sich die Limousine hinter ihr entfernte, spürte sie, daß ihr der kalte Schweiß auf der Stirn stand.
Annie ritt zurück zum Stall und ging von dort zum Haupthaus. Während sie ihre Arbeitskleider auszog und schnell duschte, fragte sie sich, ob Charlie Angst hatte. Sie bezweifelte es. Er war sein ganzes Leben lang dem Tode nahe gewesen und hatte seine eigenen Vorstellungen davon, was ihn erwartete. Einmal hatte er zu ihr gesagt: »Gott und den Himmel hat der erste Mann erfunden, der vor dem Sterben Angst hatte. Das kannst du mir glauben, Annie, den Tod hat Gott in sechs Sekunden erschaffen.«
Annie lächelte. Sie war froh, daß sie Charlie noch einmal sehen würde, selbst wenn es bedeutete, mit Phil Angelo in einem Wagen zu fahren.

15

»Hallo Charlie.«

Annie sprach laut. Charlie lag gegen Kissen gestützt unter einem Sauerstoffzelt und schlief. Das dicke Plastikmaterial, das ihn von der Hüfte aufwärts einhüllte, entstellte sein Gesicht. Die Haut war bleich, und der offene Mund hing auf einer Seite merkwürdig herunter. Er blinzelte, und als er sie sah, lächelte er schwach. Dabei zog er den anderen Mundwinkel hoch und blickte ihr in die Augen. Annie trug Charlie zuliebe einen marineblauen Blazer über einer weißen Bluse und einer weißen Hose. Aber ihr wurde sofort klar, daß es in dem antiseptischen Zimmer auf solche Dinge nicht mehr ankam.

»Alle anderen bitte raus«, krächzte Charlie gerade laut genug, daß man ihn hörte. Die Krankenschwester sah Teddy Lapps an, der nickte. Phil folgte den beiden aus dem Schlafzimmer. Annie stand allein neben dem großen alten Eichenbett, für das in dem niedrigen Raum in dem neuen Hochhaus auf der East Side kaum genug Platz war. Sie warf einen Blick auf die Doppelzylinder mit Sauerstoff. Die Wohnung stand voll von Charlies schweren Eichenmöbeln und den dick gepolsterten, dunkelbraunen Sofas und Sesseln, die für die kleinen Zimmer einfach zu groß waren.

»Du hast mich angelogen, Annie.« Das schwache Lächeln verschwand nicht von seinem Mund, und seine Stimme klang, als habe er ihr bereits vergeben.

Annie begriff sofort, daß er von der Liste sprach, und daß Phil Angelo sie verraten hatte. Sie sagte: »Tut mir leid, Charlie.«

Er tat ihre Entschuldigung mit einer schwachen Handbewegung ab. »Ich weiß, warum du es getan hast«, sagte er langsam und machte dabei

immer wieder Pausen, in denen er keuchend den Sauerstoff einatmete. »Damit ich den Angel nicht umbringen mußte, weil er zuviel weiß. Du hast ihm einen Gefallen getan. Der Dummkopf. Er weiß nicht, wann er gut dran ist... Als ich richtig krank geworden bin, hat er versucht mich zu erpressen. Ich sollte ihm verraten, wer alles auf der Liste steht. Er hat gesagt, er hätte Vito Genoveses Namen gesehen. Es stimmte, er wußte genau, wo die Leiche liegt. Er hat gesagt, er würde Don Vitone sagen, daß ich verkalkt bin und von den alten Zeiten rede.« Charlie lachte – es klang wie ein kurzes, pfeifendes Ächzen.
Annie drehte an einem der kleinen Messingknöpfe ihres Blazers und konnte nicht sprechen. Sie wußte, Vito Genovese war seit den dreißiger Jahren Lucky Lucianos Partner im Bordell- und Drogengeschäft. Als Luciano deportiert wurde, hatte Genovese ihre gemeinsamen Interessen vertreten. Er hatte hundert Mafia-Führer aus dem ganzen Land zusammengerufen, um sich zum obersten Boss ernennen zu lassen. Durch einen Zufall führte die Ortspolizei von Apalachin, Pennsylvania, in dem winzigen Ort, in dem das Treffen stattfand, gerade an diesem Tag eine Razzia durch. Der Volltreffer der Polizei erregte so großes Aufsehen, daß die Bundesregierung gegen Genovese schnell eine hieb- und stichfeste Anklage wegen Rauschgifthandels erhob. Annie hatte erst vor ein paar Monaten gelesen, daß er zu fünfzehn Jahren im Staatsgefängnis von Atlanta verurteilt worden war.
»Charlie, es ist meine Schuld«, sagte Annie. Phils Erpressungsversuch machte sie wütend. »Ich tu alles, was Sie sagen.«
»Ich habe dich nicht gebeten zu kommen, damit du dich entschuldigst«, erwiderte er. »Du hättest es mir nur sagen sollen. Damals hätte ich den Angel umlegen lassen können. Jetzt kann ich es nicht mehr.«
»Warum nicht?« fragte Annie. »*Ich* werde es tun!« Sie war so entschlossen wie noch nie in ihrem Leben. Nervös drehte sie immer weiter an dem Messingknopf.
Charlie lächelte. »Ich kann es nicht, und du kannst es nicht. Für mich ist er nicht mehr wichtig, aber für dich schon. Er hat alles so eingefädelt, daß Don Vitone von dir und meiner Liste erfährt, wenn ihm etwas zustößt. Was du dir mit deinem Anwalt ausgedacht hast, funktioniert also nicht mehr. Genovese sitzt bereits, und er hat völlig den Verstand verloren. Er läßt aus dem Zuchthaus heraus Leute umbringen. Wenn er deinen Namen jemals erfährt, bist du tot.«

Charlie hatte zuviel geredet. Er lehnte sich mit schmerzverzerrtem Gesicht in die Kissen zurück und rang nach Luft. Er röchelte immer lauter. Annie drehte sich um, weil sie die Krankenschwester holen wollte, aber Charlie stieß stöhnend hervor: »Nein! Warte!« Sie blieb stehen und beobachtete, wie er den Sauerstoff einsog und allmählich ruhiger wurde.

»Willst du nicht wissen, was du tun sollst?« sagte er und versuchte zu lächeln.

»Doch, aber sprechen Sie nicht, wenn es weh tut.«

»Hör zu . . ., Phil wird versuchen, dich soweit einzuschüchtern, daß du ihm die Liste gibst. Tu das *niemals*. Er glaubt, die Liste kann ihn reich machen. Sie wird euch beide nur das Leben kosten. Bereite alles vor, damit jeder auf der Liste erfährt, daß der Angel sie gesehen hat. Auf diese Weise sind ihm die Hände gebunden.«

Annie nickte. Ihre Lippen wurden schmal vor Zorn. »Wie kann ich ihn mir vom Leib halten?«

»Er hängt an dir, Annie, seit er die Liste gesehen hat. Du wirst ihn nie mehr los. So ist das Leben. Der Dreck klebt an einem, und man glaubt, man kann ihn abwaschen. Aber das kann man nicht. Man muß damit leben. Also, du wirst folgendes tun. Erinnerst du dich an den Namen Carlo Gambino?«

Annie nickte.

»Vito Genovese hat doch Albert Anastasia ermorden lassen, und Carlo Gambino war einer der Männer, die ihn auf dem Friseurstuhl erschossen haben. Erinnerst du dich an die Bilder?«

»Ja«, erwiderte Annie mit trockenem Mund.

»Du sagst Phil, und ich bestätige es, daß ich ein kleines Abkommen mit Gambino getroffen habe. Um einem sterbenden Freund einen Gefallen zu tun, hat er versprochen, Phil zu erledigen, wenn dir etwas zustößt. Das wäre also das. Du mußt mir aber versprechen, daß du ihm niemals die Liste gibst.«

Annie dachte daran, wie sie Phil mit der Pistole gezwungen hatte, das Blatt Papier zu Boden fallen zu lassen. »Ich verspreche es«, sagte sie und wünschte, sie hätte damals geschossen.

»Also gut. Jetzt sag mir, wie es dir geht. Und wenn du noch mehr Geheimnisse hast, kannst du sie mir ruhig anvertrauen. Bei mir sind sie ziemlich sicher.« Er streckte mühsam die Hand unter dem Sauerstoffzelt hervor. Annie zog einen Stuhl neben das Bett, damit sie seine Hand halten konnte. Sie erzählte ihm offen von Sam, von Winnie und ihren Hoffnungen für Rosewood. Sie hatte nicht vorgehabt, soviel zu reden, aber Charlie hörte ihr offenbar gerne zu. Während sie die Ställe beschrieb, bemerkte sie, daß sich seine schlaffe Gesichtshaut bläulich verfärbte. Charlie drückte ihr die Hand.

»Du bekommst meine Pferde, Annie. Und meine Bücher.«

Annie beugte sich vor, um ihre Wange an seine Hand zu drücken. Sie war erschreckend kalt.

»Danke, daß du gekommen bist«, murmelte Charlie. »Du bist der einzige Mensch, den ich sehen wollte.« Er öffnete kurz die Augen. »Du siehst so schön aus mit deinen goldblonden Haaren.« Dann schloß er die Augen wieder. »Sag ihnen, ich will jetzt schlafen. Vielleicht lassen sie mich dann in Ruhe.« Er drückte noch einmal Annies Hand und sagte: »Nimm dich vor den reichen Männern in acht, Annie.« Seine kalten Finger lagen leblos in ihrer Hand.

Annie drückte einen Kuß auf seinen Handrücken. Dann hob sie einen Zipfel des Sauerstoffzelts hoch und legte Charlies Arm auf seine Brust.

»Leb wohl, Charlie«, sagte sie, ohne zu wissen, ob er sie hörte, »ich werde dich immer lieben.«

Als sie in den Flur kam, saßen Teddy Lapps und die Krankenschwester im Wohnzimmer. Sie standen auf und sahen sie erwartungsvoll an. Phil blieb in einem tiefen Sessel sitzen. Er hatte die Arme auf die Lehnen gelegt und die Beine nebeneinander gestellt, so daß es aussah, als sitze er auf einem Thron. Er verzog das Gesicht leicht zu einem hämischen Grinsen, aber Annie ignorierte es.

»Charlie hat gesagt, er will schlafen«, erklärte sie und knöpfte den Blazer zu.

Die Krankenschwester nickte, griff nach einer Tasse und ging in die Küche.

Annie wandte sich an Teddy Lapps. Der bullige Mann trug immer noch Sachen, die ihm zu eng waren. Er stand hilflos vor ihr, als habe er sich verirrt. »Auf Wiedersehen, Teddy. Ich gehe. Ich hoffe, Sie kommen zurecht.«

»Ich komme bestimmt zurecht, Annie. Danke.«

Sie gaben sich die Hand, und Teddy brachte sie zur Wohnungstür. Annie hörte, daß Phil schnell aufstand und ihnen folgte. Er nahm besitzergreifend ihren Arm und führte sie zum Fahrstuhl. Annie entzog ihm den Arm. »Du mußt mich nicht hinunterbringen. Ich komme allein nach Hause.« Sie drückte den Fahrstuhlknopf.

Offenbar hatte Phil auf diesen Augenblick gewartet, weil er glaubte, sie habe Angst oder sei erschrocken nach dem, was Charlie ihr gesagt haben mußte. Er sah sie mißtrauisch an.

»Wir müssen miteinander reden.«

»Nein. Ich habe dir nichts zu sagen.«

»Du dumme Nutte. Hat Charlie dir nicht ...«

»Er hat mir gesagt, wie schlau du dir vorgekommen bist, als du versucht hast, ihn zu erpressen, und daß er gelacht hat.«

Sie sah, wie er die Hände zu Fäusten ballte. Sie drückte noch einmal auf den Fahrstuhlknopf.

»Ich will die verdammte Liste.«

»Du wirst sie nie bekommen, Phil. Also kannst du nur versuchen, Vito Genovese zu erpressen. Ich würde liebend gerne sehen, wie du das anstellst, obwohl das nicht nur dich, sondern auch mich das Leben kosten würde. Ich rate dir also noch einmal: Denk am besten überhaupt nicht an das, was du weißt. Dein Name ist zusammen mit der Liste bei meinem Anwalt. Ein Wort von dir, und alle Herren auf der Liste rücken dir auf den Pelz.« Der Fahrstuhl ließ eine Ewigkeit auf sich warten.

Phil starrte sie an, und seine Lippen wurden schmal. »Nachdem du so reich geheiratet hast, weißt du nicht mehr, was es bedeutet, kein Geld zu haben. Wir könnten Millionen machen, Annie.« Er sah, daß sie ungeduldig wurde. Er blickte sich vorsichtig um und sagte dann zu ihr: »Das werde ich dir heimzahlen, Annie. Irgendwie, irgendwann, wenn du nicht weißt, daß es dir blüht ...«

»Versuche nicht mehr, mir Angst zu machen. Dafür hängen wir einfach zu eng zusammen. Also sei nicht so dumm und so geldgierig, wenn dir dein Leben lieb ist.«

Er hob die Faust, ließ sie aber sofort wieder sinken, weil sich die Fahrstuhltür öffnete. Annie trat in den Fahrstuhl, drehte sich um und durchbohrte ihn mit einem harten, entschlossenen Blick. Der Fahrstuhlführer wartete und sah Phil fragend an.

»Und vergiß nicht, Charlie nach Carlo Gambino zu fragen«, sagte Annie.

»Was ist mit ihm?« fragte Phil. Der Name hatte ihn vorsichtig gemacht. Er streckte schnell den Fuß vor, um zu verhindern, daß sich die Fahrstuhltür schloß.

»Das Ding, das du drehen wolltest, hat Charlie überhaupt nicht gefallen. Deshalb hat er Gambino gebeten, einem sterbenden Freund einen Gefallen zu tun und auf mich aufzupassen. Wenn ich belästigt werde, bist du tot.«

Der Fahrstuhlführer starrte Annie an. Phil zog den Fuß zurück. Er war blaß geworden, und der Mund stand ihm offen. Die Fahrstuhltür schloß sich.

Auf der Straße begann Annie zu schluchzen und konnte nicht mehr aufhören. Sie eilte an dem wartenden Cadillac vorbei, um das Haus, in dem Charlie im Sterben lag, schnell hinter sich zu lassen. Sie preßte das Taschentuch an ihr Gesicht und lief, blind vor Tränen, mit unsicheren Schritten über die Straße. Eine Hupe dröhnte, und ein Taxi hielt mit quietschenden Bremsen dicht vor ihr. Annie eilte weiter, sie rannte um die nächste Ecke und eine andere Straße entlang. Die Tränen strömten ihr über das Gesicht, während sie auf Verkehrsampeln starrte und sich ziellos treiben ließ, ohne etwas wahrzunehmen, bis sie viele Straßen weiter vom Gehweg auf die Straße trat und an der Bordsteinkante umknickte. Sie hinkte mit schmerzendem Knöchel zum nächsten Gebäude und lehnte sich an die Mauer. Die grelle Sonne spiegelte sich in einer Fensterscheibe auf der anderen Straßenseite. Annie legte schützend die Hand vor die Augen, während die Menschen an ihr vorübergingen. Sie starrte auf die Gesichter. Einige erwiderten ihren Blick verwundert. Dann blieb jemand stehen und sprach sie an.

»Annie!« Es war Sam. Ihr blieb das Herz stehen. Ohne nachzudenken, rannte sie auf die Straße. Bremsen quietschten, ein Wagen fuhr mit einem dumpfen Schlag gegen die Stoßstange seines Vordermanns, jemand schrie sie an. Annie wollte umdrehen, aber dann spürte sie Sams Hand auf ihrem Arm. Er führte sie auf den Gehweg und sagte leise: »Geh weiter. Es ist alles in Ordnung.« Sie weinte nicht mehr, tat, was er ihr sagte, und rang nach Luft. Ein wütender Fahrer schimpfte lauthals hinter ihnen her. Sam führte sie schnell um die nächste Ecke. Dann blieb er stehen und sah sie an. Seine blauen Augen blitzten, und er lächelte sie verschmitzt an. Sie lehnte sich an ihn. Die Vertrautheit seines Körpers durchzuckte sie wie ein Blitz.

»Wir sind auf der Seventy-eighth Street, Annie. Das ist für uns Kannibalen-Land«, flüsterte er und fuhr ihr zärtlich über die Haare. »Also kein guter Ort für uns.«
»Wohin können wir gehen?« fragte sie.
»In die Bemelmans Bar, wenn du es noch zwei Kreuzungen weiter schaffst, ohne überfahren zu werden. Warte dort auf mich.«
Annie sah ihn an und nickte.
»Ich gehe jetzt auf die andere Straßenseite, aber ich lasse dich nicht aus den Augen«, sagte Sam. »Wenn du es dir anders überlegst und davonläufst, bin ich sofort wieder bei dir.«
Er küßte sie sanft, als sei in den vergangenen anderthalb Jahren nichts geschehen, und ging in Richtung Madison Avenue.
Annie fuhr sich mit dem zerknüllten und nassen Taschentuch über das Gesicht. Als sie die Madison Avenue erreichte, sah sie Sam auf der anderen Straßenseite. Sie ging schnell weiter und erreichte die Drehtür des Carlyle Hotel mit seiner berühmten Bar. Bevor sie eintrat, warf sie noch einen Blick über die Schulter, entdeckte Sam aber nicht.
Wegen der Nähe zum Cumberland-Revier, wie sie es nannten, hatten Annie und Winnie oft in Bemelmans Bar auf Sam gewartet. Sie setzte sich diesmal an einen Tisch auf der anderen Seite des Raums und nicht auf einen ihrer früheren Stammplätze. Als der Kellner zu ihr kam, wurde ihr plötzlich bewußt, wie sie aussehen mußte. Sie bestellte schnell eine Limonade und eilte aus der Bar durch eine kleine Vorhalle zur Damentoilette. Dort kühlte sie ihre rotgeweinten Augen mit kaltem Wasser. Die Toilettenfrau reichte ihr ein Handtuch. Als Annie in ihrer Geldbörse ein Fünfzigcentstück suchte, stellte sie fest, daß ihre Hände zitterten. Dann ging sie eilig in die Bar zurück und dachte, Sam werde sie dort erwarten.
Statt dessen hörte sie einen Hoteldiener rufen: »Miss Grebauer, eine Nachricht für Miss Grebauer.« Annie sank das Herz. Sam hatte es sich anders überlegt. Vermutlich war es auch besser so. Trotzdem tat es sehr weh. Sie suchte noch ein Fünfzigcentstück und gab es dem Hoteldiener, der ihr einen Umschlag reichte. Annie ging nicht zu ihrem Tisch zurück, sondern öffnete das Couvert auf der Stelle. Sie fand keine Nachricht, sondern nur einen Zimmerschlüssel.
Erleichtert und glücklich eilte sie durch die Halle, lief die Stufen zum Fahrstuhl hinunter und nannte dem Fahrstuhlführer die Zimmernum-

mer. Im nächsten Augenblick stand sie vor der Zimmertür und klopfte. Sie versuchte, nicht zu lachen und nicht wieder zu weinen.
»Es ist offen«, rief Sam, und Annie trat ein. Er stand in einem hübschen Salon. Er trug einen graugestreiften Anzug, dunkelbraune Schuhe und einen rot und grau gestreiften Schlips. Die etwas zerzausten schwarzen Haare fielen ihm in die Stirn. Seine Hand lag auf der Lehne eines großgeblümten Ohrensessels.
»Glück gehabt«, sagte er, »sie hatten nur noch diese eine Suite.«
Er machte einen Schritt auf sie zu, blieb dann aber stehen. Annie drückte die Tür hinter sich zu, rannte durch den Raum und warf sich in seine Arme. Sie küßte ihn heftig und drückte ihn fest an sich. Sam hob sie hoch und trug sie ins Schlafzimmer. Er legte sie auf das Bett und begann, sie auszuziehen. Der Messingknopf, den sie an Charlies Krankenbett gedreht hatte, sprang ab. Annie setzte sich auf und streifte schnell alle Kleider ab. Als sie den Kopf hob, trafen sich ihre Blicke, während er sich auszog. Der Ausdruck des Verlangens in seinen Augen machte ihr angst.
»Ich weiß nicht, wie wir hierher gekommen sind«, sagte er, »und ich weiß nicht, wann wir uns wiedersehen werden. Deshalb will ich dich mit Haut und Haaren.«
Er schob den Kopf zwischen ihre Beine, seine Hände griffen nach ihren Brüsten. Als sie sich unter ihm wand, küßte er in der vertrauten Art Bauch, Brüste und ihren Hals. Sie schlang ihre Beine um seine Hüften, und er drang in sie, aber langsam. Er ließ sie warten, bedeckte ihren Mund mit seinen Lippen, und dann drang er tiefer und tiefer in sie ein.
In gierigem Verlangen schrie sie auf. Er hob sie hoch und drückte ihren Rücken gegen das gepolsterte Kopfteil des Bettes. Er umfaßte ihr Gesäß, sie das seine und überließ sich der Explosion der Sinne, die schlagartig einsetzte und sie überwältigte. Sie kam, dann, fast schmerzhaft, noch einmal. Aber er hörte nicht auf, hielt sie hoch, stützte sie mit seinen Schenkeln, küßte ihren Hals, ihre Brüste, drückte ihre Arme an das Kopfteil, stieß fester, schneller, von einer Seite, dann von der anderen, bis sich alle seine Muskeln anspannten, und er aufschrie. Er umklammerte ihre Schultern, fiel auf das Bett und zog sie auf sich.
Sie blieben regungslos liegen. Ein Strahl der Nachmittagssonne fand den Weg durch einen Spalt der geschlossenen Vorhänge und traf sie.

»Ich habe ...«, setzte er an und holte Luft, »ich habe dir so unendlich viel zu sagen. Ich weiß nicht, womit ich anfangen soll. Wieviel Zeit haben wir?«
»Ich weiß nicht«, sagte sie.
»Also gut, hör zu. Du wirst es nicht glauben, aber in der letzten Woche war ich in meiner alten Wohnung. Ich habe dort gesessen und an uns gedacht.« Er schwieg, als habe er eine Frage gestellt und erwarte von ihr eine Antwort.
»Und ...«, half sie ihm weiter.
Er legte die Hände auf ihre Hüften und drückte sie fest an sich. »Ich habe immer wieder nach dem Telefonhörer gegriffen. Ich habe sogar deine Nummer gewählt, aber wieder aufgelegt, denn ich wußte nicht, wer sich melden würde.« Er bewegte sich unter ihr und fragte dann mit einem Anflug von Gereiztheit: »Was ist mit euch beiden los? In der Stadt kursieren die wildesten Gerüchte.«
Annie stützte sich ärgerlich auf die Ellbogen und sah ihn an. »Wie das? Was kann man schon erzählen? Mein Gott, ich lebe in Rosewood wie eine Nonne.«
Sam musterte sie einen Augenblick lang. »Winnie ist nicht gerade ein Mönch gewesen. Er erscheint betrunken zum Dinner und verabschiedet sich noch betrunkener.«
Annie sank wieder auf seine Brust. Sie wollte nicht an Winnie denken, aber der Kummer hatte sie bereits wieder erfaßt.
»Sam, sag mir die Wahrheit ..., er schläft sicher mit der einen oder anderen verheirateten Frau. Hab' ich recht?«
»Ehrlich gesagt, ich weiß es nicht, aber ich bezweifle es. Er macht seine betrunkenen Anträge so laut, daß alle, auch die Ehemänner, sie hören können. Die ehemaligen Anwärterinnen mögen das nicht. Ich habe versucht, mit ihm zu reden. Aber in meiner Gegenwart wird er sofort nervös. Er läßt sich auf kein persönliches Gespräch ein, nennt mich ›alter Junge‹ und erzählt mir den neuesten schmutzigen Witz, den er im Brook gehört hat.«
Annie löste sich aus seinen Armen, stand auf und ging schnell in die Mitte des Raums. Sie hob den abgesprungenen Knopf auf und steckte ihn in die Jackentasche, dann suchte sie ihre Kleider zusammen. Sam trat hinter sie und umfaßte ihre Schultern.
»Sag mir«, flüsterte er, »was ist nur los mit euch?«

»Ich weiß nicht, was ich tun soll. Ich schäme mich, aber ich habe alles versucht. O mein Gott, Sam, es tut mir leid, aber ich liebe dich so sehr.«

Annie zitterte, und er legte einen Arm über ihre Brüste, den anderen über ihren Leib. »Annie«, sagte er ihr leise ins Ohr, »laß dich scheiden.«

Seine Worte trafen sie tief. Sie holte Luft, befreite sich aus seinen Armen und begann, sich anzuziehen.

»Das kann ich nicht. Es würde auch ihm weh tun.«

»Und wie geht es ihm jetzt?« fragte Sam, »weder du noch er werden ohne Schmerzen wieder aus der Sache herauskommen. Denk doch nur daran, wie ihr euch darauf eingelassen habt.«

Annie hakte den Büstenhalter zu. Ihr entging der Zorn in Sams Stimme nicht. »Ich habe mich darauf eingelassen, um einem Mann, den ich sehr geliebt habe, eine gute Frau zu sein. Ich liebe Winnie immer noch«, fügte sie hinzu und ärgerte sich darüber, daß es wie eine Rechtfertigung und Verteidigung klang.

Sam setzte sich auf das Bett. Er reichte ihr die Hose. »Vielleicht stimmt das, Annie. Aber jetzt richtet sein und nicht dein Verhalten Schaden an.«

Sie nahm die Hose und drehte sich um. »Was weißt du schon darüber?«

»Nicht viel, aber genug. Er redet ständig davon, wie glücklich du bist, und wie sehr du für Rosewood arbeitest. Er sagt, du wirst das Gestüt bald übernehmen. Laß dich scheiden, Annie. Er wird dir Rosewood nur allzu gern überlassen.«

»Du meine Güte, Sam, du bist mit deinen Ratschlägen sehr unbefangen.« Sie zog die Pumps an. Noch immer nackt, stand Sam auf und streckte die Arme nach ihr aus. Sie mußte an Charlies Hand unter dem Sauerstoffzelt denken und an Phils erhobene Fäuste vor dem Fahrstuhl.

Sam umklammerte ihre Schultern. »Ich weiß nicht, was mit euch beiden los ist«, sagte er, »aber es bringt ihn um. Weißt du, daß sie ihm wegen Trunkenheit den Pilotenschein entzogen haben?«

Verlegen darüber, weil sie das nicht wußte, schüttelte sie den Kopf und löste sich von ihm. Sie zog den Vorhang auf und blickte aus dem Fenster. Die Sonnenstrahlen fielen schräg über das graue Betongebäude auf der anderen Straßenseite. Sie mußte nach Rosewood zurück. Der

Nachtwächter war neu. Sie mußte das Mischen des Futters für die abendliche Fütterung der Pferde beaufsichtigen. Annie biß sich auf die Lippen und verstand nicht, weshalb sie jetzt an so etwas dachte.

Als sie sich umdrehte, zog Sam die Hose hoch und griff nach seinem Hemd. Sein Körper glänzte immer noch vor Schweiß. Sie betrachtete ihn und versuchte, sich alle Einzelheiten einzuprägen.

»Annie, ohne dich bin ich nur ein halber Mensch. Ich werde nicht aufhören, dich zu lieben.« Sie lächelte dankbar und wollte es ihm glauben.

Während er sich weiter anzog, dachte er laut darüber nach, wann und unter welchen Umständen sie sich wiedersehen könnten. Aber er fand keine Antwort auf seine Fragen, denn ihre Begegnung war für sie beide so überraschend gewesen. Sam ließ ein Taxi für Annie rufen. Sie hörte den merkwürdigen Klang seiner Stimme, als er sagte: »Ja, die Dame heißt Mrs. Winton Sumner.«

Sie küßten sich sehnsüchtig, bevor sie das Zimmer verließen. Er ließ ihre Hand nicht los, als er sie zum Fahrstuhl begleitete. »An deiner Jacke fehlt ein Knopf«, sagte er, versuchte zu lachen, und zog an dem Faden. Dann schloß er sie in die Arme, aber die Fahrstuhltür öffnete sich. Sie betrat den Fahrstuhl und sah hilflos zu, wie die Türen sich schlossen.

Als Annie durch die Bar ging, fiel es ihren Augen schwer, sich an das Dämmerlicht dort zu gewöhnen, und sie blieb zögernd stehen. Sie sah draußen vor der Drehtür das wartende Taxi. Plötzlich hörte sie eine vertraute Stimme. Instinktiv drehte sie sich in Richtung Winnie. Er saß mit der Frau eines Mannes, den sie beide kannten, an ihrem üblichen Tisch. Die Frau mit den elegant frisierten Haaren erkannte Annie und erstarrte. Winnie hob den Kopf, sah Annie und schloß die Augen, während sich sein Gesicht schmerzlich verzog. Dann ließ er den Kopf hängen.

Annie lief durch die Drehtür und stieg so schnell in das Taxi, daß der Fahrer keine Zeit fand, ihr die Tür aufzuhalten.

»Mrs. Sumner?«

»Ja. Würden Sie bitte sofort losfahren?«

Während der langsamen Fahrt durch den dichten Verkehr aus Manhattan kämpfte Annie mit ihren Gefühlen. Sie weinte stumm auf dem Rücksitz und drückte sich in eine Ecke, um von dem Fahrer nicht durch den Rückspiegel gesehen zu werden. Am meisten Sorgen machte sie sich um Winnie. Was würde er denken, wenn er seine Verlegenheit überwunden hatte. Er würde sich fragen, weshalb sie in New York war und durch Bemelmans Bar eilte. Bestimmt würde er sie darauf ansprechen, und Annie versuchte, sich eine Lüge auszudenken, die ihn nie überzeugen würde. Sie versuchte, sich vorzustellen, was es bei Winnie auslösen werde, daß sie wieder Sams Geliebte war. Der Gedanke machte ihr angst.

Als der Wagen durch die Tore von Rosewood fuhr, war es bereits halb neun. Als sie das Haupthaus betrat, klingelte das Telefon. Annie hoffte, es werde nicht Winnie sein. Sie hatte sich dazu entschlossen, nicht zu lügen, aber sie sah sich noch nicht in der Lage, ihm die Wahrheit zu sagen. »Hallo.«

»Was um Himmels willen hast du Winnie gesagt?« fragte Sam aufgebracht.

»Nichts. Ich habe ihn nur –«

»Lüg nicht, Annie. Er hat gesagt, du hast ihm alles über diesen Nachmittag erzählt.«

»Nein, das stimmt nicht. Und ich lüge nicht, Sam! Er hat nur gesehen, wie ich aus dem Hotel gelaufen bin. Er muß sich seinen Teil gedacht haben, und wie es scheint, hast du ihm seinen Verdacht bestätigt.« Sam schwieg. »Wann hast du ihn gesehen?« fragte sie.

»Ich habe ihn nicht gesehen. Er hat mich vom Racquet Club aus angerufen.«

»War er betrunken?«

»So nüchtern habe ich ihn schon seit Jahren nicht mehr erlebt. Er hat gesagt, er sei dir zufällig im Hotel begegnet, und du hättest ihm gesagt, du seist mit mir zusammengewesen. Er wollte mir nur sagen, das sei alles in Ordnung. Er habe von Anfang an gewußt, daß dir nur etwas an mir liegt und dann an Rosewood –«

»Mein Gott, Sam, wo ist er jetzt?«

»Ich weiß es nicht. Ich bin im Club. Ich bin sofort hergefahren, aber er war schon weg. Der Barkeeper sagt, er sei etwa eine Stunde hier gewesen, habe Kaffee getrunken und habe sich fröhlich mit den zufällig anwesenden Migliedern unterhalten. Dann habe er sich Briefpapier geben lassen.«

»Briefpapier?«

»Ja, er hat einen Brief geschrieben und ist dann gegangen.« Sams Stimme klang noch immer vorwurfsvoll.
»Wie konntest du nur glauben, daß ich ihm etwas sage!« Annie spürte, wie ihr die Kehle trocken wurde. »Ich habe ihn nur gesehen. Er war in Begleitung . . . einer Frau. Ich habe kein Wort gesagt . . .«
»Wer war das?«
»Ich will sie da rauslassen.«
»Ich möchte ihn nur finden«, sagte Sam. »Wenn er sich bei dir meldet, sag ihm, er soll mich unbedingt anrufen und bei mir zu Hause eine Nachricht hinterlassen.«
»Willst du nach Brookhaven?«
Er schwieg kurz. »Wir haben immer dieselben Gedanken, Annie. Das war schon immer so. Ich habe dort bereits angerufen. Aber es hat sich niemand gemeldet. Wir sprechen später miteinander.« Er legte auf.
Annie ging nach oben in ihr Zimmer, zog die Arbeitsbluse, einen alten Pullover und die ausgebleichten Jeans an. Sie schaltete ihre Privatnummer hinunter zu den Ställen. Dann eilte sie hinaus, um beim Mischen des Futters noch zu helfen. Der neue Nachtwächter überprüfte den Futterplan und wies sie auf drei Fehler hin, die sie gemacht hatte. Annie überließ ihm den Rest und versuchte sich darauf zu konzentrieren, den richtigen Eimer in die richtige Box zu bringen.
Nach der Fütterung beschäftigte sie sich mit einigen Routinearbeiten. Sie striegelte ein Pferd, wendete das Stroh in den Boxen und erneuerte die Fesselbandagen. Als es nichts mehr zu tun gab, ging sie zu einer alten Stute und klopfte ihr den Hals.
Der Nachtwächter wünschte eine gute Nacht und legte sich auf sein Lager in der Sattelkammer. Die müde Stute sank schließlich auf die Knie, legte sich auf die Seite und schlief ein. Die kühle Nachtluft war feucht. Annie setzte sich auf das Stroh und lehnte sich Wärme suchend an den Pferderücken. Sie dachte an Charlies kalte Hand und an den kühlen Zimmerschlüssel in dem Umschlag. Annie starrte in die Dunkelheit und sah Winnies gequälten, sich selbst Vorwürfe machenden Blick vor sich. Wäre ich doch klüger gewesen, dachte Annie, wäre ich doch so stark gewesen, zum Tisch zu gehen, seine Hand zu nehmen, ihn zum Wagen zu führen und ihn mit hierher zu bringen. Das hätte Annie vielleicht getan, wenn sie nicht vor ihrer eigenen Affäre davongelaufen wäre. Winnie mußte das sehr schnell begriffen haben.

Annie zog die Knie an, legte die Arme darum und den Kopf darauf. Hoffentlich war mit Winnie alles in Ordnung. Sie verstand, weshalb er Sam belogen hatte. Winnies Schmerz war so groß, daß er auch davor nicht zurückschreckte.

Annie kaute an einem Fingernagel. Der angebissene Nagel schnitt ihr ins Fleisch. Als das Telefon klingelte, hatte Annie drei Nägel abgerissen, und die Finger bluteten. Die Uhr draußen an der Wand zeigte zwei Uhr zwanzig.

»Hallo.«

»Ist dort Mrs. Sumner?«

»Ja.«

»Hier spricht die Flugleitung vom Flughafen Idlewild. Über Block Island ist eine Privatmaschine vom Typ P-38 abgestürzt. Wir versuchen, die Absturzstelle ausfindig zu machen ...«

Die P-38 war einmal über den Leuchtturm von Block Island hinweggeflogen, hatte eine Schleife gezogen, den Leuchtturm direkt angesteuert und war im letzten Moment abgebogen und dann zweihundert Meter entfernt gegen die Klippe geprallt. Das Flugzeug war explodiert, und die Wrackteile fielen auf den Strand. Die Leiche des Piloten hatte man nicht gefunden.

Annie ging zum Haupthaus zurück. Sie schaltete das Telefon um und wartete neben dem Apparat in der Küche auf Sams Anruf.

Als der Morgen anbrach, wußte sie, Sam würde nicht anrufen – nie.

16

Annie folgte dem devoten Gemeindediener von St. Luke, der einen schwarzen Frack trug, durch eine Seitentür zur ersten Reihe im Kirchenschiff. Dort saßen bereits Winnies zwei Brüder, der Rennfahrer mit einer schönen blonden Freundin und der jüngere Bruder mit seiner dritten Frau in drei Jahren, einer schmallippigen ehemaligen Stewardeß mit berechnenden Augen.

Annies Gesicht verschwand hinter einem dichten schwarzen Schleier. Ohne es zu wollen, stellte sie mit einem Blick fest, daß die Kirche bis zum letzten Platz besetzt war. Der Gemeindediener zog sich zurück; im selben Augenblick ertönte von der Rückseite die salbungsvolle Stimme des Pfarrers: »Ich bin die Auferstehung und das Leben, spricht der HERR. Wer an mich glaubt, soll leben, auch wenn er tot war, und wer lebt und an mich glaubt, soll nie sterben . . .«

Die Gemeinde hinter Annie erhob sich. Auch sie stand auf, während der Pfarrer weitersprach. Er schritt durch den Mittelgang, gefolgt von einem Meßdiener mit einem einfachen Messingkreuz. Sie trugen schwarze Talare, jedoch ohne die üblichen weißen Chorröcke.

Soweit Annie das wußte, hatte Winnie nie einen Gottesdienst in St. Luke besucht, sondern war hier nur zu Trauungen gewesen. Wie sein Vater hatte er jedoch eine jährliche Spende gegeben. Das hatte ihr der würdevolle Pfarrer tapfer lächelnd mitgeteilt, der als erster am Morgen nach dem Flugzeugabsturz in Millbrook erschien. Er fuhr mit seinem Dienstwagen mit Chauffeur vor. Von da an klingelte das Telefon pausenlos. Der Gestütsleiter nahm die Anrufe und Nachrichten entgegen. Gelegentlich blätterte Annie in den Notizen, um zu sehen, ob Sam angerufen hatte. Bestürzt stellte

sie fest, daß die meisten Anrufe von Zeitungen und Zeitschriften kamen.
Der Pfarrer von St. Luke war trotz seines geistlichen Amtes ein welterfahrener Mann, der mit dem Tod, seinen komplizierten gesellschaftlichen Verwicklungen und Ritualen bestens vertraut war. Er stellte sich vor, daß ein ehemaliges Showgirl, das zur Mrs. Winton Sumner III geworden war, vermutlich nicht genau wußte, was von ihr erwartet wurde. Offenbar waren ihm die Hintergründe der Ehe ebenso bekannt wie die Spannungen, die sie in der Sumner-Familie ausgelöst hatten. Er erkundigte sich als erstes, ob sie mit ihm beten wolle, und schlug Annie dann vor, ihren Anwalt zu rufen. Annie verzichtete auf Gebete, aber bedankte sich für seinen Rat.
Archibald Delansig erschien zwei Stunden später aus New York. Er schüttelte ihr die Hand, bekundete sein Beileid und sah sie dabei mit halb geschlossenen Augen an, als schien ihm bewußt zu werden, daß die Lage vielschichtiger war, als er es angenommen hatte. Dann übernahm er es, mit der Polizei und den Untersuchungsbeamten der Luftfahrtbehörde zu sprechen. Er kümmerte sich auch um das Begräbnis und die Presse, die sich im Verlauf des Tages immer weniger abschütteln lassen wollte. Delansig stellte dienstfreie Polizisten aus Millbrook zur Bewachung der Haupteinfahrt und des Gestüts ein und sorgte so dafür, daß Annie nicht von Fotografen belästigt wurde, die das große Tor belagerten, und vor möglichen Überraschungsaktionen von Phil Angelo sicher war.
Aber trotz der ungetrübten Zusammenarbeit mit dem Pfarrer und seinen gut geschulten Leuten von St. Luke war es noch schwieriger, den Gedenkgottesdienst zu überstehen. Schon am frühen Morgen des Trauergottesdienstes belagerte die Presse das Kirchenportal in der Fifth Avenue und den Büroeingang um die Ecke. New Yorker Polizisten waren überall in Stellung gegangen und trugen zur allgemeinen Spannung bei. Delansig veranlaßte, daß einer der Beamten aus Millbrook vor der Kirche vorfuhr und dort lange genug die Sirene seines Wagens heulen ließ, damit die Fotografen dorthin rannten. Dann parkte er den großen Kombi des Rennstalls in der zweiten Reihe vor dem Büroeingang und führte Annie schnell durch die Reihe der Polizisten in die Sakristei, wo sie auf den Anfang des Gottesdienstes wartete.
Auf ihrem Platz in der Kirchenbank hörte Annie die Worte des Pfar-

rers, der einen Psalm las, und ein Schluchzen in ihrem Rücken. Sie hatte seit der Nacht von Winnies Tod nicht mehr geweint. Tränen schienen ihr nicht die richtige Art zu trauern. Sie wußte, auch Charlie Dell war gestorben, obwohl man es ihr nicht gesagt hatte und sie nicht zu fragen wagte. Einmal war sie ans Telefon gegangen, und eine Männerstimme hatte sie mit den Worten beschimpft: »Du verdammtes Flittchen! Du hast ihn dazu getrieben, um an sein ...« Sie hatte zitternd aufgelegt. Am selben Tag erschien Winnies Bruder – der mit den vielen Frauen. Er ließ sich weder von dem Verwalter noch von Delansig abwimmeln und fragte dann Annie: »Also, Kleine, wieviel bekomme ich und wann?« Er saß jetzt neben ihr auf der Kirchenbank.
Viele von Winnies Kommilitonen aus Princeton sowie Onkel, Tanten und Cousinen hatten angerufen oder geschrieben. Sie bemühten sich alle darum, das Richtige zu sagen, taten es aber mit der kühlen Distanz, mit der man eine gesellschaftliche Pflicht erfüllt. Sie saßen jetzt hinter ihr als Teil der Gemeinde von St. Luke. Vermutlich befand sich auch Sam mit Belinda und Mr. und Mrs. Cumberland unter ihnen. Annie hob den Kopf und betrachtete das Buntglasfenster auf der einen Seite des Kirchenschiffs. Sie erinnerte sich daran, daß ein Cumberland einen Teil der Kirche gestiftet hatte.
In ihrer schwarzen Krokodilledertasche befand sich Winnies Brief. Sie hatte ihn für den Fall mitgenommen, daß sie Sam sah. Eine Stunde vor dem Gottesdienst hatte Annie den Brief noch einmal gelesen und dabei langsam die beiden Seiten des dicken Büttenpapiers mit dem geprägten Wappen des Racquet Club glattgestrichen.

17. April 1959

Liebste Annie,
bitte glaube nicht, ich schreibe betrunkenes Geschwätz. Die Koffeindosis in meinem Gehirn macht mich so hellwach wie bei einem Mordkommando.
Ich habe bereits viele Jahre, bevor ich das große Glück hatte, Dir zu begegnen, erkannt, wie ausgesprochen nutzlos ich auf diesem Planeten bin. Auch das schöne Leben, das ich mir gemacht habe, täuscht mich nicht über die meisten meiner Probleme hinweg. Die Rezepte zu ihrer Lösung sind für mich nicht mehr sinnvoll.
Als Sam mich aufforderte, sich auf die Sache mit ihm und Dir einzulassen, fand ich die Idee genial. Ich sah darin eine Möglichkeit, dem

gesellschaftlichen Pack mit einem einmaligen Menschen ein Schnippchen zu schlagen. Du warst von Anfang an herzerfrischend. Sam war mein bester Freund, und einen Augenblick lang habe ich mich nützlich gefühlt – jawohl.
Leider wollte es das Schicksal, daß ich mich in Dich verliebe. Ich habe die kühnsten Träume geschmiedet, aber sie waren nur für mich sinnvoll. Während die Ereignisse im Umfeld unserer kleinen Ménage à trois ihren unvermeidlich traurigen Verlauf nahmen, wartete ich geduldig auf die Chance, Dich zu heiraten. Du schienst die ideale Ergänzung der Sumner-Linie zu sein, als Trägerin neuen Bluts der Realität oder ähnlichem Unsinn. Ich habe aufrichtig geglaubt, daß wir im Laufe der Zeit und mit Liebe ein glückliches Paar werden könnten. Und ich gestehe, ich habe auch von unseren Kindern geträumt. Aber wie alle utopischen Visionen hatte auch diese einen unvermeidlichen Fehler in der Rechnung – Sam.
Liebe Annie, ich habe gerade mit ihm telefoniert, denn ich wollte mich vergewissern, ob meine Vermutung richtig ist, nachdem ich Dich heute nachmittag gesehen hatte. Ich habe aber in diesem Augenblick nicht an die Unberechenbarkeit meiner Gefühle gedacht. Ich habe ihm viele schreckliche Dinge gesagt – alles Lügen! Eigentlich kann ich es nicht erklären, aber ich wollte irgendwie, daß er Dich so haßt wie ich mich oder – nach psychologischen Theorien – etwas in dieser Art. Zeige ihm diesen Brief, wenn er so dumm war, mir zu glauben.
Er kommt hierher, deshalb muß ich mich beeilen. Mir fällt ein, daß Du bald Geburtstag hast, den ich Dir verderben werde. Aber liebe Annie, ich versichere Dir, was ich tue, ist ein Geschenk für Dich und noch mehr für mich. Glaube mir das – und glaube mir, daß ich Dich hoffnungslos und vielleicht dummerweise liebe, aber vielleicht auch so aufrichtig und uneingeschränkt, wie ich noch nie in der Lage war zu lieben.

W.

Annie hatte den Brief zwei Tage nach dem Flugzeugabsturz erhalten. Sie wollte Sam anrufen, aber das war nicht möglich. Hätte sie ihm Winnies Brief mit der Post geschickt, wäre das keine Garantie dafür gewesen, daß nur er ihn zu sehen bekam. Delansig hatte den Gedächtnisgottesdienst so organisiert, daß sie keinen Menschen und schon gar nicht Sam sehen würde. Ihr wäre es lieber gewesen, wenn nichts dergleichen stattgefunden hätte, aber Delansig bestand darauf. »Mrs. Sumner, der Gottesdienst erfüllt eine wichtige Funktion«, erklärte er ihr. »Alle sollen die Feier und ihren Auftritt in der Kirche haben, und jeder kann denken, was er will. Es ist eine Art Schlußstrich. Danach ist alles vorbei.« Annie hatte dieses Argument eingesehen. Wenigstens gab es keinen Sarg. Winnies sterbliche Überreste waren verbrannt worden. Die Urne würde in aller Stille im Familiengrab der Sumners in der Nähe von Locust Valley beigesetzt werden.

Plötzlich wurde das Kreuz neben ihr vorbeigetragen. Ihre Beine drohten nachzugeben, als sie aufstand und der Pfarrer von der Kanzel kam. Er begann wieder zu rezitieren: »Der vom Weibe geborene Mensch hat nur ein kurzes, von Leid erfülltes Leben. Mitten im Leben sind wir vom Tod umfangen. Wer wird uns erlösen, wenn nicht DU, o HERR ...« Neben Annie blieb er stehen und drückte ihr, in einer Geste der Teilnahme und des kirchlichen Verzeihens, wie sie glaubte, die Hand, was jedoch leider die allgemeine Aufmerksamkeit auf sie lenkte. Der Pfarrer lächelte begütigend, schritt dann weiter durch den Mittelgang und sprach die letzten Worte mit gekonntem Pathos.

Annie wünschte sich sehnlichst, die Kirche zu verlassen. Als der Gemeindediener schließlich vor dem Altar erschien, erhob sie sich und folgte ihm durch die Seitenkapelle hinaus. Zwei weitere, ebenfalls in Fräcke gekleidete Gemeindediener bewachten den Eingang zur Sakristei. Als Annie durch die Tür trat, glaubte sie, Delansig werde sie stützen müssen, weil ihr die Beine so sehr zitterten. Delansig war jedoch nicht allein. Neben ihm stand Sam.

»Mr. Cumberland ist während des Gottesdienstes hereingekommen, Mrs. Sumner«, erklärte Delansig schnell. »Ich dachte, Sie würden ihn vielleicht sprechen wollen.« Er hob die Stimme zu einer Art Frage.

»Ja«, erwiderte Annie und legte den Schleier über den kleinen Samthut.

»Bitte beeilen Sie sich«, riet Delansig. »Da draußen ist die Hölle los.« Er ging hinaus und schloß die reichgeschnitzte Holztür hinter sich.

Sam trug einen schwarzen Anzug mit Schleife. Er stand neben einem schwarzen Holzschrank für die Meßgewänder. Der Raum war dunkel, und die Luft roch abgestanden, wie Annie fand. Sie konnte Sams Gesicht nicht deutlich sehen. Sie betastete ihre Tasche, öffnete sie und spürte Winnies Brief.

»Ich weiß nicht, was du den Journalisten sagen wirst, Annie, aber ich möchte, daß du mich da raushältst.« Sein verletzender Ton ließ sie innehalten. »Du hast mir gesagt, daß du nicht mit Winnie gesprochen hast. Aber er hat das Gegenteil behauptet. Und es fällt mir schwer, ihm jetzt nicht zu glauben.«

»Sam!« stieß sie entsetzt hervor und versuchte, etwas im Halbdunkel zu sehen. Sie machte einen Schritt auf ihn zu. Aber er senkte den Kopf, und seine abwehrende Haltung ließ sie erstarren.

»Ich zweifle nicht daran, daß ich der einzige bin, der weiß, was du zu ihm gesagt hast«, fuhr er abweisend fort, »und ich weiß auch nichts von einer Frau, die an jenem Nachmittag angeblich in seiner Begleitung war. Ich habe den Mund gehalten und werde es auch weiterhin tun, wenn du nicht darüber sprichst, weshalb du im Carlyle Hotel warst, oder irgend etwas über mich verlauten läßt.«

Annie umklammerte Winnies Brief in ihrer Handtasche. »Nichts darf den Namen Cumberland beschmutzen«, sagte sie bitter, »auch wenn du dafür behaupten mußt, daß ich lüge. Die Frau ist verheiratet. Glaubst du, sie wird das an die große Glocke hängen . . .?«

»Weshalb sollte Winnie sagen . . .?« rief er wütend, zügelte aber dann seinen Zorn.

Annie nahm die Hand aus der Tasche und drückte die Bügel zu. »Ich bezweifle, daß du es je erfahren wirst, Sam. Und ich werde nie wissen, wie du glauben kannst . . .« Sie konnte nicht weitersprechen.

Sie drehte sich um und öffnete die Tür der Sakristei. Delansig stand wartend davor, und sie hörte die Menschenmenge draußen. Sie zog den Schleier wieder vor das Gesicht, er reichte ihr den Arm und sagte: »Gehen wir.«

Annie überließ sich Delansig und den Polizisten, die sie schnell in den Wagen brachten. Vor ihnen fuhr ein Streifenwagen der New Yorker Polizei, und ein Wagen der Beamten aus Millbrook folgte ihnen mit Sirenengeheul. Trotz der gesenkten Augen blendete sie das Blitzlicht der Fotografen, die noch durch das Wagenfenster und die Windschutzscheibe fotografierten. Annie schlug die Hände vor das Gesicht. Mehrere Leute wurden vom Kühler gezogen, während der Wagen sich langsam von der Kirche entfernte. Die Polizeisirenen verstummten zwei

Straßen weiter. Endlich war es still. Erst jetzt nahm Annie die Hände vom Gesicht und sah sich um. Sie fuhren mit hoher Geschwindigkeit durch den Central Park. Erleichtert nahm Annie den Hut ab.
»Alles in Ordnung, Mrs. Sumner?« fragte Delansig.
Sie nickte und wickelte den Schleier um den Hut, den sie dann auf den Rücksitz legte. »Ich habe Ihnen gegenüber Sam Cumberland nie erwähnt. Weshalb haben Sie ihn in die Sakristei gelassen?«
Delansig schwieg einen Augenblick. »Ich habe gehört, daß Sie den Verwalter angewiesen haben, Sie ans Telefon zu holen, wenn Sam Cumberland anruft. Deshalb dachte ich, er sei wichtig.«
»Das war er.«
Die Endgültigkeit in ihrer Stimme veranlaßte Delansig, sie anzusehen, aber er schwieg. Trotz der vielen Dinge, über die sie noch sprechen mußten, fuhren sie schweigend nach Millbrook zurück. Annie erinnerte sich an die Worte des Pfarrers: »Mitten im Leben sind wir vom Tod umfangen...« Sie war noch nicht zwanzig und bereits vom Tod gelähmt. Charlie war tot, Winnie war tot, Sam war tot. Der Wagen fuhr durch das im Frühling erwachende Land, aber sie sah nichts davon.

In den nächsten Wochen arbeitete Annie, wann immer sie konnte, in den Ställen von Rosewood. Der Neubau wurde vertagt, bis der Nachlaß geklärt war und Annie entschieden hatte, was sie tun wollte. In den Nächten kämpfte sie mit Schlaflosigkeit und Verzweiflung. Ihren Geburtstag hatte sie verschwiegen und selbst so gut wie vergessen.
Annie beantwortete Delansigs Fragen zu Winnies Nachlaß so gut sie konnte. Sie vertraute ihm. Er kam beinahe täglich nach Millbrook, studierte die Akten und die Urkunden im Büro und fuhr abends zurück nach Scarsdale zu seiner Familie. Wenn er einen Tag in seinem New Yorker Büro verbrachte oder mit den Anwälten der Familie Sumner verhandelte, rief er Annie an und unterrichtete sie über die Einzelheiten des Vermögens, wie er es nach und nach zusammenstellte.
Die Testamentseröffnung fand drei Wochen nach dem Begräbnis im alten Besprechungszimmer der Kanzlei der Sumner-Anwälte statt. Delansig begleitete Annie, aber er wartete vor dem dunklen Gebäude in der Wall Street, um sie anschließend nach Hause zu bringen. Es wäre ihr lieber gewesen, wenn sie ihn an ihrer Seite gehabt hätte, aber man hatte sich darauf geeinigt, ohne die Anwälte zu erscheinen.

Annie saß auf einem Stuhl mit einer geraden hohen Rückenlehne vor dem Intarsientisch im Besprechungszimmer der Kanzlei und wartete, während die anderen ihre Plätze einnahmen. Winnies Brüder sprachen beim Eintreten kein Wort mit ihr und setzten sich so, daß sie Annie nicht ansehen mußten. Es waren viele Leute gekommen. Annie sah eine kleine Gruppe Angestellter aus Lexington und Millbrook und nickte ihnen zu. Vertreter der verschiedenen Wohlfahrtseinrichtungen kamen zu ihr, stellten sich höflich vor und begrüßten sie. Annie reagierte so gut wie möglich, obwohl es ihr schwerfiel, in dieser gespannten Atmosphäre ein Wort über die Lippen zu bringen.

Der Senior-Anwalt der Kanzlei, ein alter Mann mit langen weißen Haaren und einem gebieterischen Gesicht, setzte sich an das Kopfende des Tischs, begann sofort mit den juristischen Erläuterungen und verlas dann Winnies Testament. Während Annie zuhörte, schoß ihr plötzlich völlig zusammenhanglos ein Gedanke durch den Kopf. Ihre Periode war überfällig – schon mehr als eine Woche, beinahe zwei Wochen. Sie saß regungslos, wie ihr Delansig eingeschärft hatte, aber unter dem Tisch zog sie an dem eingerissenen Daumennagel.

»... Ich bestimme meine Frau, Annie Grebauer Sumner, zur Vollstreckerin dieses Testaments mit allen Rechten und ...«

Wenn sie schwanger sein sollte, dann war Sam der Vater. In den letzten Monaten hatten sie und Winnie nicht einmal versucht, miteinander zu schlafen. An jenem Tag im Hotel mit Sam hatte sie nichts dabei gehabt, um sich zu schützen, und wenn, dann hätte sie nicht daran gedacht ... Annie wußte, sollte sie schwanger sein, dann würden alle und auch die Presse, wenn sie es erfuhren, mit größtem Vergnügen und einer gewissen Erregung bis zu Winnies Todestag zurückrechnen. Aber sie würden keinen Zusammenhang mit Sam herstellen können. Wenn ein Kind auf die Welt kam, dann würde es ein Sumner sein.

»... und meiner Frau, Annie Grebauer Sumner, vererbe ich alles Vermögen aus dem Sumner Trust IV. Das Guthaben beläuft sich nach dem Stand vom 1. Januar 1959 auf mindestens sechsundzwanzig Millionen Dollar ...«

Die beiden Brüder warfen sich schnell einen Blick zu, dann drehten sie sich um und sahen Annie böse an. Sie betrachtete ihre Hände. Der Daumen blutete. Winnies Brief lag in der Handtasche. Er war jetzt nutzlos, es sei denn als Beweis für die Vermutung der giftigen Meute, daß der Flugzeugabsturz kein Unfall war, wie die Untersuchung mit offensichtlich offizieller Billigung ergeben hatte. Annie bewahrte den Brief auf, denn ihr fehlte Winnie sehr.

»... des weiteren vererbe ich meiner Frau, Annie Grebauer Sumner, ungeteilt die als Rosewood Stables eingetragene Gesellschaft einschließlich aller Anteile und Bestände der beiden Besitztümer dieses Namens in Millbrook, New York, und Lexington, Kentucky, ebenso Haras de la Brise im Départment de Calvados, Normandie, Frankreich. Die Loge in der Rennbahn der New York Racing Association ist eingeschlossen ...«

Welche Chance hatte ein Kind ohne Winnie als Vermittler zwischen ihr und den Reichen? Sam würde auch nachrechnen. Nach der Geburt des Kindes konnte er neun Monate zurückzählen. Da er jedoch nicht wußte, daß Annie nicht mehr mit Winnie geschlafen hatte, konnte Sam sich einreden, er sei nicht der Vater. Wenn er sich die mögliche Wahrheit eingestand und sich damit konfrontiert sah, würde er alles leugnen. Annie hörte die vielen Einzelheiten ihres Erbes und hoffte plötzlich, schwanger zu sein. Unter dem Tisch zählte sie an den Fingern ab. Das Kind würde im Januar zur Welt kommen – im Januar 1960. Dann war sie zwanzig – vier mal fünf.

»... ich vererbe meiner Frau, Annie Grebauer Sumner, auch alle Kunst- und Silbergegenstände in der Wohnung 600 Park Avenue, wie sie im Versicherungsschein Nr. 667883 HJ4 der Summerville Insurance Company aufgeführt sind. Alle anderen Gegenstände der Wohnung sollen zwischen meinen Brüdern so geteilt werden, wie sie es für richtig halten, ebenso das Inventar des Familiensitzes in Locust Valley, Long Island, New –«

»Mein Gott, sie bekommt alles!« unterbrach der Bruder mit den vielen Scheidungen den Anwalt. In die drückende Stille sagte der andere: »Das meiste Silber hat meiner Mutter gehört.« Es klang, als unterstelle er Annie eine Entweihung.

Annie hielt sich an Delansigs Rat. Sie sagte nichts und reagierte nicht. Der Anwalt räusperte sich warnend und fuhr fort.

»Und meinen Brüdern, James Delany Sumner und George Lawton Sumner, vererbe ich alle Immobilien, die derzeit von der im Familienbesitz befindlichen Glendenning Realty verwaltet werden. Der Wert dieser Besitztümer beläuft sich zum 1. Januar 1959 nach vorsichtiger

Schätzung auf 51,7 Millionen Dollar. Es sind keine liquiden Guthaben, und sie müssen verwaltet werden. Dazu zählt auch die Glendenning Loge in der Metropolitan Opera. Zusammen mit dem Vermögen, das mein Vater für meine Brüder vorgesehen hat, sind dies die gerechten Anteile der wesentlichen Werte des Besitzes, wie mein Vater ihn mir anvertraut hat –«

»Was bedeutet ›müssen verwaltet werden‹?« rief der Rennfahrer.

»Wir werden das Testament anfechten, verdammt noch mal! Wir werden es anfechten!« schimpfte der andere Bruder.

»Das wird kaum möglich sein, Mr. Sumner!« donnerte der Anwalt die beiden an, »ich habe dieses Testament geschrieben, und meine Testamente werden nicht angefochten!« Er starrte den einen Bruder an und dann den anderen. »Die geforderte Verwaltung bedeutet, daß Sie entweder verkaufen können oder zum ersten Mal in Ihrem Leben arbeiten müssen, um zu verhindern, daß Ihnen das Vermögen unter Ihren Fingern zerrinnt. Ich sollte Sie beide auch daran erinnern, und Sie können Ihre Anwälte daran erinnern, daß Ihre Eltern nach britischer Tradition das Erstgeburtsrecht vertreten haben. Insofern hat Ihr jetzt verstorbener Bruder *alles* von Ihren Eltern geerbt, und das haben Sie nicht angefochten. Ihr Bruder hätte juristisch gesehen jedes Recht dazu, *alles* seiner Frau zu vererben. Er hat sich jedoch entschlossen zu teilen. Ich möchte meinen, jeder Richter in diesem Land wird das so sehen, auch wenn Sie es offenbar nicht tun. Darf ich jetzt das Testament weiter verlesen?«

Wirkungsvoll zum Schweigen gebracht, hörten die beiden Brüder zu, während die Vermächtnisse für etwa zwei Dutzend Dienstboten und dreißig Wohltätigkeitsorganisationen verlesen wurden. Annie registrierte nur, daß die Kirche St. Luke $ 25 000 erhielt. Der Pfarrer wird zufrieden sein, dachte sie und verstand jetzt besser, weshalb die Reichen im Testament Kirchen, Krankenhäuser, Clubs und Stammplätze in Belmont und in der Oper nicht vergaßen. Es diente der Kontinuität, die der Tod untermauern und nicht untergraben sollte.

Nach der Verlesung des Testaments erhob sich der Anwalt, übergab die Abschriften und gab denen die Hand, die sich von ihm verabschiedeten. Die Brüder schnitten ihn und verließen als erste das Besprechungszimmer. Nachdem sie gegangen waren, erhob sich Annie und bedankte sich bei dem Anwalt. Er hatte sie zwar energisch verteidigt, aber jetzt gab er ihr nur betont flüchtig die Hand. Annie spürte die allzu vertraute Verachtung und begriff, er hatte sie keineswegs verteidigt, sondern sich nur schützend vor sein Werk, das Testament, gestellt. Als langjähriger Anwalt der Familie Sumner sah er in Annie nur eine erfolgreiche Glücksjägerin, die erschreckend jung war. Annie drehte sich um und verließ den Raum.

Auf der Fahrt über den West Side Highway besprach sie mit Delansig Einzelheiten des Testaments anhand der Abschrift, und plötzlich wußte sie ganz genau, was sie tun würde.

»Ich werde Rosewood verkaufen und in Frankreich leben.«

»Wie bitte?« fragte Delansig und warf ihr hinter dem Steuer einen kurzen Blick zu. »Sie haben gerade über die Kunstgegenstände in der New Yorker Wohnung gesprochen.«

»Wir verkaufen, was sich verkaufen läßt, und geben den Brüdern das alberne Silber zurück. Alles andere wird eingelagert. Ich möchte nicht hierbleiben«, erklärte sie ruhig. »Alle meine Pläne hier standen im Zusammenhang mit meinem Mann. Er haßte Rosewood, und es ist mir nicht gelungen, das zu ändern, bevor es zu spät war. Es wird besser sein, mich von allem zu befreien und in Frankreich neu zu beginnen.«

»Ich weiß nicht, ob das eine gute Idee ist, Mrs. Sumner«, erwiderte Delansig aufrichtig besorgt. »Kennen Sie dort jemanden?«

»Nein, niemanden. Und niemand kennt mich. Ich war mit meinem Mann einmal im *Haras*. Ich weiß also, was ich dort vorfinde ... Ich kann es Ihnen auch jetzt schon sagen. Ich glaube, ich bekomme ein Kind.«

Delansig versuchte, seine Überraschung hinter seiner strikten Anwaltsdisziplin zu verbergen, aber es gelang ihm nicht. »Du meine Güte, das tut mir aber leid!«

»Warum?« fragte Annie.

»Weil das Ihr Leben mit Sicherheit erschweren wird ..., und es ist traurig, daß das Kind nie seinen Vater kennenlernen wird.«

Annie erwiderte nichts.

»Mrs. Sumner, wenn Sie in Kürze nach Frankreich gehen, dann sollte ich Sie darauf hinweisen, daß meine Kanzlei in Paris Kontakte zu ausgezeichneten Ärzten hat. Gewisse Eingriffe sind in Frankreich illegal, deshalb würden sie sich mit Ihnen in Casablanca in einer Privatklinik

treffen, wenn Sie an einen Abbruch der ...« Er schwieg unvermittelt.
Eine Privatklinik in Casablanca. Die Reichen haben alles so gut organisiert, dachte Annie, und zum ersten Mal wurde ihr bewußt, daß sie jetzt auch reich war. Seit der Heirat stand ihr soviel Geld zur Verfügung, wie sie wollte oder brauchte, aber es war ihr nie in den Sinn gekommen, daß sie reich war. Sie spielte lediglich eine aufwendige Rolle und hatte nicht den geringsten Einfluß auf das, was geschah. Jetzt lag alle Macht bei ihr. Sie überging Delansigs Angebot und überraschte ihn mit einer Frage.
»Wie lange dauert es, bis man es einer Frau ansieht?«
»Also, soviel ich weiß, drei oder vier Monate.«
»Ich möchte, daß Sie die beiden Gestüte schon morgen zum Verkauf anbieten. Wir beraumen eine Versteigerung aller Rosewood-Vollblüter an. Die Versteigerung müßte so kurz wie möglich vor der Sommerauktion in Keeneland liegen. Ich werde den Bestand in Millbrook nach Lexington bringen. Es wäre mir lieb, wenn Sie auch dort sind, damit bei der Versteigerung alles glatt läuft. Alle, die länger als zwei Jahre für Rosewood gearbeitet haben und nicht das Risiko mit neuen Besitzern eingehen wollen, bekommen ein halbes Jahresgehalt ... Glauben Sie, daß sich das alles in drei Monaten bewerkstelligen läßt?«
»Ich bezweifle, daß wir Rosewood so schnell verkaufen können«, wandte er ein, »und ein halbes Jahresgehalt ist sehr, sehr viel.«
»Kann ich es mir leisten?«
»O ja, Mrs. Sumner«, erwiderte er, »Sie können es sich ohne weiteres leisten.«
Annie sah ihn prüfend an. Es klang plötzlich so anders, wie er ›Mrs. Sumner‹ gesagt hatte. Nach seinem ›Miss Grebauer‹ hatte es bis heute immer etwas unnatürlich gewirkt. Seit Wochen verbrachten sie beinahe jeden Tag miteinander. Er war mindestens ein dutzend Jahre älter als sie. Annie wollte ihm eigentlich vorschlagen, daß sie sich mit den Vornamen ansprachen. Aber als er eben ›Mrs. Sumner‹ gesagt hatte, klang es zum ersten Mal richtig – nicht vorsichtig, nicht respektvoll oder förmlich, sondern einfach authentisch. Annie überlegte, ob das Geld sie in seinen Augen verändert hatte oder ob in ihr irgendwie eine Veränderung vorgegangen war.

Einen Monat später stand die Schwangerschaft eindeutig fest. Die zweite Periode war ausgeblieben, und der Arzt in Manhattan, den sie aufgesucht hatte, teilte ihr mit, die Tests seien positiv, und gab ihr Ratschläge für die Ernährung. Das Unvermeidliche überraschte, ängstigte und beglückte Annie. Sie arbeitete weiterhin in den Ställen und hoffte, daß die Vorbereitungen für die Versteigerung sie ablenken würden. Man änderte das Futter, damit die Pferde an Gewicht zunahmen. Sie wies die Stallburschen an, es mit dem Striegeln und der Pflege besonders genau zu nehmen. Außerdem untersagte sie, die Tiere in die grelle Sonne zu lassen, damit das Fell nicht ausbleichte. Annie pendelte mit Delansig zwischen Millbrook und Lexington hin und her. Sie bereiteten die Versteigerung und den Verkauf der Gestüte vor. Nach dem mürrischen Anruf eines unbekannten Trainers im Belmont Park fuhr eines Tages ohne weitere Ankündigung ein Pferdetransporter mit zwölf Pferden in Millbrook vor. Als erstes führte man Jaybird, eines von Charlie Dells Rennpferden, heraus. Annie hatte ihn in Saratoga gepflegt und trockengeführt. Glücklicherweise gab es in Rosewood genug freie Boxen für Charlies Pferde. In einem Stall fand sich auch eine Ecke für die sechzehn Bücherkisten, die am selben Tag von einem Lastwagen gebracht wurden.

Anhand der Unterlagen, die mit Charlies Erbe eintrafen, waren Jaybird und die anderen Pferde Rennen gelaufen, die sie verloren hatten. Die Tiere befanden sich in einem bedauernswerten Zustand. Tierarzt und Hufschmied mußten sich sofort um sie kümmern. In den folgenden Monaten reagierten die Pferde gut auf Annies große Zuwendung und Pflege. Frühmorgens machte sie lange erholsame Ritte mit Jaybird, die ihnen beiden gut taten. Während sie eines Tages über die Wiesen trabte, erinnerte sich Annie, daß die schwangere Mrs. Cumberland sich bei den Konzerten der New Yorker Philharmoniker in die erste Reihe gesetzt hatte, damit Sam ein besonderes Verständnis für Musik entwikkeln würde. Sie mußte laut lachen, was Jaybird erschreckte, und er brach seitlich aus.

Es erschienen in beiden Gestüten mögliche Käufer und Interessenten. Delansig bekam zu hören, daß man in Kreisen der Vollblutzüchter den übereilten Verkauf von Rosewood und seiner großen Tradition durch die Sumner-Witwe mit Kopfschütteln und Ablehnung bedachte. Es wurden Angebote gemacht, die aber alle nicht Annies Preisvorstellungen entsprachen. Inzwischen mußte sie bereits weite und legere Kleidung tragen. Annie überwachte die Verladung der Millbrook-Pferde, die in den Süden transportiert wurden, in einer bequem sitzenden Hose und einem langen Arbeitshemd, unter dem ihr wachsender Leibesumfang verschwand. Die Versteigerung von einhundertdreißig Vollblütern aus den Ställen von Rosewood sollte zwei Tage vor der Sommerauktion in Keeneland stattfinden. Zu diesem Ereignis kamen Käufer mit den besten Beständen aus der ganzen Welt nach Lexington. Mit einer Reihe von Anzeigen im *Vollblut* und *Vollblutzüchter,* im *Morning Telegraph* und in den Zeitungen von Lexington und Louisville hofften Annie und Delansig, die Keeneland-Käufer davon zu überzeugen, ihre Gebote zwei Tage früher abzugeben.

Die Versteigerung sollte um zehn Uhr morgens beginnen und, wie sich herausstellte, am heißesten und drückendsten Tag des Sommers. Annie trug ein Baumwollhemd, darüber eine weitgeschnittene Jacke und einen langen Schal, der ihr über die Brust fiel. Es war eine geschickte und wirkungsvolle Tarnung.

Das Versteigerungsunternehmen hatte vor den Stallungen zweihundert Klappstühle um einen Auktionsring aufgestellt. Annie begrüßte die eintreffenden Leute, aber man musterte sie eher neugierig oder ablehnend als höflich. Eine halbe Stunde vor Beginn der Versteigerung waren fast alle Plätze besetzt. Eine Gruppe Männer stand etwas abseits und unterhielt sich leise.

Einen davon kannte Annie. Es war Frank Carney. Er sprach mit einem untersetzten kahlköpfigen Mann, der Annie beobachtete, während er Frank zuhörte. Dann lächelte er unschuldig wie ein Engel und kam strahlend auf sie zu, als begegneten sie sich zufällig auf einer einsamen Landstraße. Frank Carney warf Annie einen Blick zu und nickte. Die Kraft seiner blaugrünen Augen hatte auf Annie eine unerwartete Wirkung.

»Mrs. Sumner, ich bin Albert Beasley. Wie geht es Ihnen?« Er drückte ihr die Hand.

»Ganz gut, Mr. Beasley. Das ist Archy Delansig. Er hilft mir so ungefähr bei allem.«

»Muß ein Anwalt sein«, erwiderte er und lachte leise. »Ja also, gnädige Ma'am, ich sehe, was Sie hier tun, und ich muß sagen, meiner Meinung nach ist es ein großer Jammer. Ich frage mich, ob Sie nicht eine Alternative in Erwägung ziehen würden.«

Annie warf einen Blick auf den Versteigerungsring, in dem Arbeiter die Sägespäne mit Rechen glattzogen. Dann sah sie Frank Carney an. Er ließ sie nicht aus den Augen.

»Mr. Beasley, wenn Sie mir verraten, wie ich hundertdreißig Pferde halten kann, ohne mir darüber Gedanken machen zu müssen, wäre ich an Ihren Vorschlägen interessiert.«

Er lachte erfreut – mehr mit dem Bauch, als daß etwas zu hören war. »Ma'am, hier nennen mich alle Chigger. Bitte ... Mir gehört die Blue Bell Farm draußen an der Versailles Road. Ich habe mir vor ein paar Tagen Ihren Katalog kommen lassen und mich eingehend damit beschäftigt. Außerdem habe ich mit meinen Freunden dort drüben gesprochen. Wir glauben, Sie haben ein paar Zuchtlinien, die zu besitzen von großem Vorteil ist. Da sie Rosewood verkaufen, überlege ich, ob wir beide nicht einen Weg finden, bei dem ich für Ihre Pferde in meinem Gestüt sorge. Sie können heute natürlich ein paar verkaufen, aber wir könnten uns um den wertvollen Bestand kümmern.«

Annie und Delansig sahen sich kurz an. Sie kannten beide die Blue Bell Farm. Es war keines der berühmten Bluegrass-Gestüte, aber sie stand in hohem Ansehen in Hinblick auf Pflege, Zucht, Einreiten und Fohlen von Vollbütern.

»Ich sage Ihnen, Ma'am«, fuhr Chigger Beasley fort, »Sie haben hier ein paar Vollblüter, wie man sie nicht alle Tage findet. Vielleicht möchten Sie alles loswerden, und das verstehe ich. So etwas kommt im Leben vor. Andererseits können sich die Dinge für Sie eines Tages ändern, und dann bedauern Sie den Verkauf. Wenn Sie nicht unter allen Umständen entschlossen sind, die Pferde heute vormittag zu verkaufen, dann bin ich sicher, daß wir uns heute noch einigen. Sie können natürlich nicht die Versteigerung absagen, aber wenn Sie ein paar der Pferde zurückkaufen, verlieren Sie nur die Kommission des Auktionators.«

Annie musterte ihn prüfend, dann drehte sie sich um und blickte auf den Ring. »Bleiben Sie hier und raten Sie mir, welche ich verkaufen und welche ich zurückkaufen soll?«

»Aber ja, Ma'am, natürlich.«

»Mr. Delansig, sagen Sie dem Auktionator, er soll uns im Auge behalten.«

Delansig eilte davon. Annie blickte an Chigger Beasley vorbei zu der Gruppe, mit der er sich unterhalten hatte.

»Was will Caernarvon hier?« fragte sie.
»Ma'am, Caernarvon ist eigentlich nicht hier. Sie wollen natürlich in Keeneland kaufen. Aber Frank Carney sagt, er interessiert sich für Ihre Pferde, und er geht seine eigenen Wege. Er weiß mehr über Vollblüter als alle zusammen. Um ehrlich zu sein, Frank hat mich angerufen und hat mir klargemacht, daß ich mit Ihnen sprechen soll.«
Frank Carney bemerkte, daß Annie in seine Richtung blickte. Sie bedankte sich bei ihm mit einem Lächeln, während Beasley weitersprach. Franks Gesicht wurde weich, aber er drehte den Kopf zur Seite, ehe sein Ausdruck etwas verriet.
»Erlauben Sie mir die Bemerkung, daß Ihnen etwas fehlt.«
»Und das wäre?«
»Mit den Rosewood-Hengsten ist nicht mehr viel los. Ich meine, vielleicht bleiben Sie noch ein paar Tage und kommen zur Keeneland-Versteigerung. Dort bietet man ein paar Hengste an, die für Sie wirklich gute Möglichkeiten bieten.«
»Vermutlich kommen alle nach Keeneland, Mr. Beasley«, sagte sie.
»Ja, Ma'am, alle. Blue Bell hat ein paar Sitze in der ersten Reihe. Übrigens, wollen Sie mich nicht doch Chigger nennen?«
»Wie kommen Sie zu diesem Namen?«
»Weil ich den Leuten schnell unter die Haut gehe, und wenn sie dann zu heftig an mir kratzen, mache ich sie verrückt. Also, Sie sind von Kentucky, nicht wahr? Wie Sie reden, müssen Sie aus der Gegend sein.«
Annie mußte lachen. Er setzte seinen Dialekt wie sie ein, um sich beliebt zu machen, zu entwaffnen und den Eindruck zu erwecken, er sei nicht so klug, wie er es ganz bestimmt war.
In den nächsten zwei Stunden kauften Annie, Delansig und Chigger Beasley vierundsechzig Pferde zurück, und dann trafen sie ihr Abkommen. Delansig machte einen Vertragsentwurf für das Fair-Lady-Gestüt mit Annie als Vorsitzender und Chigger Beasley als stellvertretendem Vorsitzenden und ihm als Schatzmeister. Sie beschäftigten sich mit dem Keeneland-Katalog und fanden einen Hengst, der unter der Nummer 38 am ersten Tag versteigert werden sollte. Dieser Hengst würde eine ideale Ergänzung für die vorhandenen Vollblüter sein, die Annie gehörten.
»Jährlinge kaufen, Ma'am«, sagte Chigger, »ist reine Glückssache.

Möglicherweise müssen Sie an die hunderttausend hinblättern, um herauszufinden, ob der Hengst laufen kann und nicht steril ist.«
Annie machte die Summe sprachlos, aber sie hatte noch etwas anderes im Sinn.
»Kann ich mir das leisten, Mr. Delansig?«
»Nach meiner kurzen Vollblutausbildung, würde ich sagen, Sie können es sich leisten, Mrs. Sumner.«

Einen Tag vor der Keeneland-Versteigerung nahm Annie keine Angebote für die beiden Rosewood-Gestüte mehr entgegen. Sie erzielte nicht den Preis, den sie sich vorgestellt hatte, aber sie wollte verkaufen, ehe sie das Land verließ. Dann machte sie sich ans Packen und begann mit den Umstandskleidern. Die dehnbaren Bundhosen, die weiten Kleider und Umstandsblusen lagen noch mit den Preisschildern in ihrer Verpackung. Annie reservierte ein Abteil in dem Nachtzug, der Lexington am Abend nach der Versteigerung verließ. Sie legte gerade die Umstandskleider in die Schublade des Überseekoffers, als sie plötzlich rot wurde, denn während sie sich vorbeugte, bewegte sich das Kind in ihrem Bauch. Sie richtete sich auf, wartete darauf, daß die Bewegung sich wiederholte, und jubelte glücklich, als es geschah. In diesem Augenblick schien alles andere, was sie noch tun mußte, völlig unwichtig zu sein.
Als sie und Archy Delansig im Keeneland-Auktionspavillon erschienen, trug Annie einen dunklen Regenmantel über einem einfach hochgeschlossenen, schwarzen Jerseykleid, schwarze Strümpfe und schwarze Schuhe. Man sah ihr an, daß sie in Trauer ging, und ohne Mantel konnte man deutlich die Schwangerschaft sehen. Chigger Beasley erwartete sie in der überfüllten Halle. Er und Delansig begleiteten Annie dann zu dem verglasten Auktionsrund. Als sie die Tür zum Mittelgang öffneten, sah Annie, daß die Versteigerung bereits im Gang war. Alle Plätze waren besetzt. Auf der großen Tafel wurde die Nummer 36 zur Versteigerung angezeigt. Man führte das Pferd durch den mit Sägemehl bestreuten Ring vor dem hohen Podest, auf dem die Auktionatoren agierten, die in unglaublicher Geschwindigkeit Gebote und Zusatzgebote wiederholten.
Chigger Beasley wollte vorangehen.
»Einen Augenblick, Chigger«, sagte Annie und zog den Mantel aus, »es

wäre mir lieb, wenn Sie beide mich allein dort hinunter gehen lassen. Ich kaufe das Pferd.«

Ein Blick auf das Umstandskleid ließ die beiden Männer zögern. »Also, Ma'am, meine Mutter hat mir immer gesagt, daß man eine Dame zu ihrem Platz begleitet«, meinte Chigger lächelnd.

»Das stimmt«, erwiderte sie, reichte ihm den Mantel und fügte im breitesten Dialekt hinzu, »ich weiß nicht so genau, ob ich wirklich eine Dame bin. Und wenn Ihre Mutter wüßte, daß ich schwanger bin, würde Sie Ihnen sagen, mir meinen Willen zu lassen.«

Chigger lachte und gab sich geschlagen. Delansig sagte: »Wir bleiben in der Nähe.«

Annie ging durch den Mittelgang hinunter zu den ersten Reihen. Als man sie rechts und links in dem Halbrund erkannte, durchbrach Flüstern die rhythmischen Rufe des Auktionators. Annie ging langsam bis zur dritten Reihe. Dort hingen auf den Rückenlehnen von vier Stühlen Schilder mit der Aufschrift BLUE BELL FARM. Sie setzte sich aber nicht schnell, sondern blickte von der einen Seite zur anderen unter dem Vorwand, ihren Platz zu suchen. In Wirklichkeit wollte sie ihren schwangeren Bauch so gut wie möglich zur Schau bieten.

Ein Teil der Züchter kannte sie nicht, und diese Männer sahen in ihr nur eine hübsche Schwangere in einem schwarzen Kleid. Aber auch viele bekannte Gesichter fanden sich unter den Leuten, Winnies Freunde, alte Bekannte aus Saratoga und Lexington, und zwei Reihen hinter ihr auf der anderen Seite des Ganges saß Sam Cumberland neben Frank Carney. Noch ehe Annie Platz nahm, sah sie Sams schokkiertes Gesicht.

Die Nummer 36 war inzwischen verkauft, und die Nummer 37, eine kastanienbraune Stute, wurde hereingeführt.

Annie griff nach dem Katalog, der auf dem Stuhl neben ihr lag, und gab vor, darin zu lesen. In dem Versteigerungspavillon wurde immer viel geredet, aber ihr Auftritt hatte eine hörbare Reaktion hinterlassen, die während der kurzen Versteigerung der Stute anhielt. Dann führte man die Nummer 38 herein. Die Nummer hing dem Hengst auf einer kleinen quadratischen Tafel auf der Hüfte. Er wieherte durchdringend und versuchte, sich sofort vom Führzügel loszureißen.

Die Gebote begannen schnell bei $ 25 000. Annie hörte zu ihrer großen Freude Frank Carney $ 50 000 bieten, und dann sorgte er dafür, daß der

Preis in Fünftausend-Dollar-Sprüngen auf $ 75 000 anstieg. Zwei Mitbieter stiegen aus. In der Halle war man aufmerksam geworden. Der Auktionator sah sich nach einem weiteren Gebot um, aber es wurde still aus Achtung vor soviel Geld.

Als der Auktionator den Hammer fallen lassen wollte, hob Annie jedoch die Hand. Einer der im Saal aufgestellten Männer, die Gebote registrierten, sah es und gab ihr Gebot sofort an den Auktionator weiter. Frank Carney überbot sie, und im Handumdrehen war Annie bei $ 90 000 angelangt.

»Ma'am«, meldete sich der Auktionator vom Podest, »wir kennen den Bieter nicht. Bieten Sie für die Blue Bell Farm?«

»Nein, ich biete für mich. Mein Name ist Mrs. Annie Sumner«, antwortete sie laut und deutlich, worauf in der Halle die Spannung spürbar stieg.

Dann hörte man Sams Stimme, der mit gespielter Lässigkeit, die Annie so gut an ihm kannte, sagte: »Hundert.«

Der Auktionator auf dem Podium nahm das Gebot an und rief sofort: »Einhunderttausend Dollar zum ersten«, und sprach weiter.

Die Wirkung der plötzlichen Verdoppelung im Gebot und die psychologische Schwelle von 100 000 Dollar sollte alle Mitbieter ausschalten.

»Hundertfünfundzwanzig«, sagte Annie zu dem Mann, der das Gebot dem Auktionator zurief, der es sofort aufnahm und wartete, aber hinter Annie blieb es still. Schließlich ließ der Auktionator den Hammer fallen. Ein Angestellter eilte zu Annie und ließ sie auf dem Verkaufsabschnitt unterschreiben. Annie erhob sich zu der Unterschrift, um der Menge das Schauspiel in aller Deutlichkeit zu bieten. Dann ging sie die Stufen hinauf und lächelte Sam allen sichtbar freundlich und dankbar zu. Er durchbohrte sie mit seinen Augen und blickte dann zur Seite. Frank Carney lächelte jedoch schwach und schien ihr zu gratulieren.

Jemand fing an zu klatschen, und Annie fand, da sie das Duell gewonnen hatte, verdiente sie auch etwas Beifall. Es war jedoch kein spontanes Klatschen, sondern die skandierte, verächtliche Parodie von Applaus. Schnell nahmen andere das rhythmische Klatschen auf, das Annie in den Ohren dröhnte, während sie oben am Ausgang anlangte. Trotzdem lächelte sie und drehte sich in scheinbarer Dankbarkeit für die Ovation um. Sie blieb lange genug stehen, um ihnen allen klarzumachen, sie werde nicht davonlaufen und sich verspotten lassen.

Chigger Beasley und Delansig traten zu ihr und brachten sie unter Glückwünschen zum Bahnhof. Sie halfen ihr beim Einsteigen, und nach der Verabschiedung mit vielen guten Wünschen saß sie endlich allein in ihrem Abteil. Viele Stunden starrte sie in die mondhelle Nacht, bis der Zug am Ufer des Ohio vorbeifuhr, wo sie aufgewachsen war. Sie preßte Hände und Gesicht ans Fenster, sah aber im Mondschein nur undeutlich Cowells Bluff, dann die Zufahrtsstraße und den Feldweg zu der Hütte. Blitzschnell war alles vorbei. Der Zug donnerte über die Brücke, fuhr über den Big Sandy River und weiter durch West Virginia. Annie setzte sich wieder und legte beide Hände auf den Bauch. Sie dachte an die Blumenbeete ihrer Mutter und lächelte. Als der Schaffner kam, um ihr das Bett zu machen, war sie bereits eingeschlafen.

In New York fuhr sie von der Pennsylvania Station direkt zum Landungssteg 43, ging an Bord der *S. S. Independence* in ihre Kabine und fuhr nach Southampton und dann nach Cherbourg.

Zweiter Teil

Glorious Girl

1965–1975

17

»Bonjour, Maman.«

Annie lag im Bett und setzte sich auf. Ein Traum, den sie sofort vergaß, ängstigte sie unbestimmt. Der kleine Junge in seinem Schlafanzug stand vor ihr und wartete darauf, aufgefordert zu werden, zu ihr ins Bett zu dürfen. Er umklammerte ihre große Zehe unter der Decke. Lächelnd breitete sie die Arme aus. Er hüpfte auf das Bett und warf sich ungestüm in ihre Arme.

»*Good morning, Henry*«, sagte Annie bewußt auf englisch, denn sie wollte, daß er neben Französisch auch Englisch lernte. »Hast du gut geschlafen?«

In den flachsblonden Haaren des kleinen Jungen zeigte sich nur ein Schimmer der rötlich-goldenen Haare seiner Mutter. Er hatte tiefliegende Augen. Sie waren so blau wie die seines Vaters. Aber mehr hatte er von ihm nicht. Er besaß ein unvergleichliches Lächeln, bei dem er die Nase etwas hochzog. Er war ein hübscher Junge, lachte gerne und schwieg sofort, wenn ihn etwas verwirrte. Selbst in seiner Nachdenklichkeit lag die Begeisterungsfähigkeit eines Fünfjährigen, der die Welt entdeckt.

»*Maman, allons-y!* Ich habe Hunger«, krähte er, sprang aus dem Bett und zog an Annies Hand.

»Zieh dich an. Ich glaube, Yvette macht Brioches. Vergiß nicht den Pullover, den ich dir auf den Stuhl gelegt habe. Es soll heute kalt werden.«

Als der Junge durch den Flur zu seinem Zimmer rannte, öffnete Annie die Vorhänge in ihrem Schlafzimmer und blickte hinaus. Die drei Stallburschen arbeiteten bereits in den Stallungen. Hinter den kahlen schwarzen Zweigen der Apfelbäume im Garten erstreckte sich das leicht gewellte Land von Calvados bis hin zur Côte Fleurie, der Blumenküste.

Plötzlich fiel ihr der Traum wieder ein. Sie war wieder in Saratoga, arbeitete aber für Caernarvon. Sie striegelte Certainty. Beim Bürsten des Fells lösten sich die Haare in dicken Büscheln. Darunter kam die kahle Haut zum Vorschein. Sie versuchte, das Fell anzudrücken, aber immer mehr löste sich, bis nur noch ein Skelett vor ihr stand, das ihr den bleichen Schädel zuwandte. Die Augen in den Höhlen sahen sie vorwurfsvoll an.

Bei der Erinnerung an den Traum überlief sie ein Schauer, aber auch die Kälte im Zimmer ließ sie frösteln. Annie zog schnell den Morgenmantel an. Trotz der neuen Zentralheizung und dem drei Jahre währenden Kampf gegen den Schwamm in den Balken und Decken des alten Château war es im Herbst und im Winter in den Morgenstunden eiskalt. Selbst wenn die Ölheizung brannte, dauerte es sehr lange, bis sich die Steinböden der Räume erwärmten. Im Vergleich zu ihrem ersten Winter in Frankreich, als das Kind auf die Welt gekommen war und sie es jede Nacht unter drei Bettdecken wärmend an sich drückte, war das jedoch eine große Verbesserung.

Annie war stolz auf die Veränderungen im Château de la Brise. Sie hatte nicht nur Wasser- und Stromleitungen erneuern lassen, sondern auch die Räume renoviert, neu eingerichtet und in einigen Fällen völlig umgestaltet. Aus einem verfallenen Speisegewölbe war ein vorbildliches Waschhaus geworden, und ein ehemaliger Keller war durch eine spezielle Beleuchtung zu einem Gewächshaus geworden, in dem sie das ganze Jahr hindurch Blumen, Kräuter und Pflanzen zog. Eine unbenutzte Abstellkammer hatte Annie zu ihrem Ankleidezimmer mit einem Bad aus blaßgrünem Marmor gemacht. Die neue Zentralheizung sorgte dort für wohlige Wärme.

Wieder einmal war es Winter – ihr fünfter. Ihr Sohn Henry war im ersten Winter, im Januar, zur Welt gekommen. Henry war ein empfindliches Baby, das ständig schrie; Annie mußte ihn monatelang mit sich herumtragen und konnte kaum schlafen. In den ersten drei Jahren bekam er oft Fieber und war anfällig für alle Krankheiten. Aber in den letzten beiden Jahren war er kräftig und temperamentvoll geworden, und jetzt hatte sie einen fröhlichen, munteren Jungen.

Annie setzte sich auf ein Sofa, um die Unterwäsche anzuziehen, und dachte dabei an den vergangenen Abend und an die Worte einer älteren Frau.

»Meine Liebe, in Ihnen sitzt eine Leidenschaft, gegen die Sie sich wehren.« Die Frau sagte das lächelnd, aber in ihren Augen lag ein Vorwurf.

Madame Marie Pichon war Gast auf dem Haras von Comte und Comtesse de Deaubry, einem der wenigen Ehepaare in der Nachbarschaft, die Annies schützende Zurückhaltung durchbrochen hatten. Die Comtesse stammte aus Burlingame in Kalifornien. Das Ehepaar besaß zwei kleine Töchter und züchtete Pferde. Am Markttag im Dorf hörten sie eines Tages, wie Annie sich mit einem sechs Monate alten Baby auf dem Arm und der französischen Sprache abmühte. Sie boten ihr freundlich Hilfe an. Annie verhielt sich noch immer zurückhaltend gegenüber der Comtesse de Deaubry, aber sie pflegte die Beziehung, die auf gemeinsamen Problemen mit kleinen Kindern beruhte, und darauf, als Amerikaner in der Normandie zu leben.

Madame Pichon saß beim Abendessen rechts neben dem Comte und von Annie aus gesehen an der anderen Seite der Tafel. Im Verlauf der Mahlzeit erfuhr Annie, daß diese Frau die berühmteste Pferdezüchterin in Frankreich war und man sie für ihre Heldentaten während der Nazibesetzung mit dem Croix de Combattante ausgezeichnet hatte. Als ihr Mann noch lebte, schickten sie Pferde zu allen großen Rennen in Europa und gewannen viele. Annie bemerkte, daß Madame Pichon sie beobachtete. Als die Gesellschaft zu Kaffee und Calvados im Salon der Deaubrys Platz nahm, ergriff sie Annies Arm und sagte: »Setzen Sie sich zu mir, damit wir uns unterhalten können. Wie ich höre, haben Sie Pferde.«

Die beiden Frauen verstanden sich vom ersten Augenblick an. Sie sprachen viele Stunden miteinander, tauschten Ideen aus und Ereignisse aus ihrem Leben. Als die anderen Gäste sich verabschiedeten, saßen sie noch eine Stunde zusammen, bis auch die Gastgeber zu Bett gingen. Die beiden Frauen blieben allein am Kamin zurück. Annie betrachtete die weißhaarige Frau, in deren lebhaften und durchdringend grauen Augen sich die Flammen widerspiegelten. Sie besaß ein scharf geschnittenes Gesicht, straffe Wangen, schmale Lippen und unter dem kastanienbraunen Samtkleid spitze Ellenbogen. Sie hielt sich kerzengerade. Das ausgeprägte Kinn schien allem Nachdruck zu verleihen, was sie mit ihrer klaren, ruhigen Stimme sagte.

»Wissen Sie, Ann*ie*«, Madame Pichon betonte die zweite Silbe ihres Namens, »ich habe ein Programm auf meinem Haras de la Poire für junge Leute, die meinen Umgang mit Pferden erlernen wollen. Für mich sind es meine *Stagiaires,* und sie arbeiten alle sehr intensiv. Sie wohnen im Château als meine Gäste und helfen mir bei allem. Das Château ist nicht weit von hier, ungefähr in einer Stunde zu erreichen, und liegt im Herzen von Pay d'Auge in der Nähe von Potigny. Wir züchten dort Vollblüter. Vielleicht möchten Sie mit Ihrem Sohn eine Weile zu mir kommen. Wir werden ihm ein Pony geben, außerdem gibt es bei uns in Kürze einen Wurf junger Hunde. Er wird also beschäftigt sein . . . und Sie auch.« Annie wollte spontan die Einladung annehmen, aber gleichzeitig spürte sie die vertraute Panik. »Vielen Dank, Madame, ich würde gerne kommen, aber . . .«

»Ach ja, natürlich, die ewigen ›Aber‹«, sagte sie freundlich lächelnd, obwohl ihre Augen verrieten, daß sie Annies Einwände beiseite wischte. »Trinken wir noch einen Schluck von diesem wunderbaren Calvados und hoffen wir, daß er alle die ›Aber‹ in unserem Leben auflöst.«

Damit war der Abend zu Ende gewesen und Annie zu ihrem Château zurückgekehrt. Während sie sich die Haare bürstete, wurde ihr bewußt, wie automatisch sie die Einladung abgelehnt hatte. Annie mußte sich eingestehen, daß sie fünf Jahre lang im Haras de la Brise gelebt hatte, als sei es eine Festung. Sie vermied alle Einmischungen von außen, alle emotionalen und sonstigen Störungen. Bei den sehr seltenen Einladungen bekam sie immer einen geeigneten Tischnachbarn. Diese Herren waren stets charmant, intelligent, amüsant und sahen gut aus, aber sie wollten immer eine Eroberung machen. Und so bestürmte man Annie mit Einladungen ins Casino in Deauville, auf die Yacht, zu einem Polospiel und zu einem Spaziergang im Mondlicht. Annie lehnte ausnahmslos ab. Sie tat es freundlich, aber entschlossen genug, um die Leidenschaft zu dämpfen und in einigen Fällen die Eitelkeit zu verletzen. Manche der Franzosen wollten sich mit der Zurückweisung einfach nicht abfinden. Einer der Herren warf ihr sogar Frigidität vor, und zu seiner Überraschung schloß sie das als Möglichkeit nicht aus. Annie hatte seit dem Nachmittag im Carlyle Hotel, als sie ihren Sohn empfing, mit keinem Mann mehr geschlafen.

Vor ein paar Monaten war sie zum ersten Mal seit ihrer Rückkehr nach Frankreich in Paris gewesen. Sie wollte Henry den Louvre zeigen. Ihm gefiel zwar die Fahrt mit dem Zug, aber die Kunst langweilte ihn sehr schnell. Die Erinnerungen an den einen kurzen Tag mit Sam und Winnie in Paris weckten Annies Schmerz aufs neue. Sie fuhr deshalb früh mit Henry nach La Brise zurück. Dort litt sie nicht unter solchen Erinnerungen, denn im *Haras* stand das Zusammenleben mit ihrem Sohn für sie im Vordergrund.

Vom ersten Augenblick nach ihrer Rückkehr in La Brise begann Annie, das Gestüt mit neuem Leben zu erfüllen; und sie kümmerte sich mit großem Eifer um den Bestand, der so viele Jahre vernachlässigt worden war. Noch während der Schwangerschaft überwachte sie die Sanierung der Stallungen. Sie verkaufte alle Pferde, für die sie keinen Nutzen hatte, und bei Henrys Geburt besaß sie nur noch zehn Pferde. Ein paar wenige Arbeiter aus dem Dorf pflegten ihre Stallungen makellos. Schon bald nach der Geburt fing sie wieder an zu reiten und hatte seitdem keinen Tag ausgesetzt.

Sie ließ ihre besten Stuten von guten Hengsten beschälen, die in einem oder dem anderen der zweihundert *Haras* der Provinz standen. Die Fohlen verkaufte sie als Jährlinge im Sommer in Deauville, aber ein paar behielt sie. Annie ging nie zu den Auktionen und begleitete ihre Stuten auch nicht zu den Stallungen ihrer Nachbarn. Gelegentlich erkundigte man sich bei ihr, ob sie für andere Besitzer Pferde in Pension übernehmen würde, aber sie lehnte solche Angebote immer ab. Das Haras de la Brise hatte ihr fünf Jahre lang Schutz geboten, und Annie wollte diese Sicherheit nicht durch Verpflichtungen mit der Außenwelt aufs Spiel setzen.

Sie eilte ins Schlafzimmer, um sich fertig anzuziehen, und hob die *International Herald Tribune* vom Boden auf, die sie dort am Vorabend hatte fallen lassen. Mit der Zeitung in der Hand erinnerte sich Annie daran, daß sie vor beinahe zwei Jahren in der *Tribune* die Todesanzeige von J. Cardell Cumberland und eine Woche später die seiner Frau Cornelia Talasker Cumberland gelesen hatte, die nach dem natürlichen Tod ihres Mannes vermutlich an einer Mischung aus Trauer und Willensentscheidung gestorben war. Der Berichterstatter zitierte ihre Worte am Grab ihres Mannes: »Ohne ihn will ich nicht mehr leben.« Es klang so, als teile sie Gott mit, was sie von IHM erwartete.

Annie dachte ein paar Tage über die Todesanzeigen nach und schrieb Sam dann ein paar teilnahmsvolle Worte ohne jede Anspielung an die Vergangenheit. Drei Wochen später erhielt sie eine geprägte Karte, in der man ihr mitteilte, daß ›die Familie Cumberland Ihre Anteilnahme aufrichtig zu würdigen weiß‹. Annie stellte sich vor, wie Sam ihren Brief las und diese unpersönliche Antwort befahl, oder daß Belinda alle Kondolenzschreiben beantwortete, und Sam ihren Brief nicht zu sehen bekam, oder daß nur eine Sekretärin alle Briefe las und beantwortete.

Eine weniger schmerzliche als beängstigende Erinnerung folgte meist auf die Gedanken an den Tod der Cumberlands. Als Annie Reithose, Stiefel, Pullover und Jacke anzog, dachte sie wieder an den unangemeldeten Besuch. Es war kurz nach ihrem zweiundzwanzigsten Geburtstag gewesen. Aus dem Bürofenster sah sie einen Wagen, der sich dem Château näherte. Das Fahrzeug fuhr langsam die lange Auffahrt zwischen den Apfelbäumen entlang, die zu dieser Zeit rosa blühten. Annie fiel auf, daß es ein amerikanischer Wagen, ein schwarzer Chevrolet, war, und bei seinem Näherkommen entdeckte sie das französischen Nummernschild mit einer Diplomatennummer. Zwei Männer in schwarzen Anzügen stiegen aus, der eine trug eine Aktentasche. In der Eingangshalle sagte der Mann mit der Aktentasche: »Ich bin Ben Stewart vom amerikanischen Justizministerium. Das ist Lyle McCracken vom FBI.« Sie zeigten ihr beide die Dienstausweise.

Um ihre Erregung zu verbergen, lächelte Annie freundlich und führte die Herren in das kleine Wohnzimmer, das sie zu einem Büro umgewandelt hatte. Sie schloß die Tür, was selten geschah. Als die Herren Platz genommen hatten und die Aktentasche geöffnet wurde, fragte Annie: »Sollte ich meinen Anwalt bei mir haben?«

»Ach, ich glaube, das müssen Sie entscheiden, Mrs. Sumner«, erwiderte der Herr vom Justizministerium. »Wir hätten ganz bestimmt nichts dagegen. Wir möchten nur ein paar Informationen.«

Annie lächelte, aber sie war verwirrt. »Also gut, ich werde sehen, ob ich Ihnen helfen kann. Ich möchte nicht unbedingt meinen Anwalt bemühen.« Sie hoffte, ihre Antwort werde den erwünschten Eindruck erwecken, daß sie nichts zu verbergen habe. Zum ersten Mal dachte sie an die Pistole, die sie aus Amerika mitgebracht hatte. Sie lag im Handschuhfach ihres Renault.

»Kennen Sie oder hatten Sie je Kontakt mit einem gewissen Vito Genovese, bekannt als Don Vitone?« fragte Ben Stewart freimütig und mit einem Anflug von Neugier.

»Nein, Sir.« Annie hätte am liebsten sofort zum Telefon gegriffen, aber zu dieser morgendlichen Zeit konnte sie Delansig noch nicht in New York erreichen, selbst wenn sie so schnell eine Verbindung bekommen hätte.

»Kennen Sie oder hatten Sie je Kontakt mit einem gewissen Joseph Valachi?«

»Nein, Sir.« Annie hatte diesen Namen noch nie gehört. Vielleicht war die ganze Angelegenheit doch harmlos.

»Kennen Sie oder hatten Sie je Kontakt mit einem gewissen Charlie Del-Vicario bekannt als Charlie Dell?«

»Ja, Sir. Ich habe einmal für ihn gearbeitet.« Ihr fiel auf, daß der FBI-Mann bis jetzt geschwiegen und sie nur beobachtet hatte.

»Waren Sie mit ihm befreundet, Mrs. Sumner?« fragte Stewart.

»Ich habe ihn oft zum Rennplatz gefahren. Er hat mir geholfen, dort eine Arbeit zu bekommen.«

»Aha«, sagte er und warf einen Blick auf seine Unterlagen. »Na ja, er hat Ihnen ein Dutzend Vollblüter und sechzehn Bücherkisten vererbt.« Er lächelte Annie scheinbar verwirrt an, als sei ihm plötzlich bewußt, was er ihr gesagt hatte.

»Ja, zu dieser Zeit besaß ich einen eigenen Rennstall und konnte mich um die Tiere kümmern. Die Bücher . . . na ja, durch ihn habe ich gelernt, mich für Bücher zu interessieren . . . Ist etwas nicht in Ordnung? Wenn das so ist, dann sollte ich unbedingt meinen Anwalt anrufen. Ich muß Sie dann bitten, noch einmal hierher zu kommen, wenn er hier ist.«

Die beiden Männer sahen sich an, und der Mann vom FBI fuhr fort: »Mrs. Sumner, es ist alles in Ordnung, und wir wollen Sie in keiner Weise belästigen. Wir sind hier, weil wir einen Zeugen haben. Er heißt Joe Valachi. Er ist ein sehr wichtiger Zeuge, ein Mitglied der Mafia, oder wie er es ausdrückt, La Cosa Nostra. Er unterrichtet uns über die gesamte Struktur des organisierten Verbrechens in Amerika. Aber wenn wir seine Aussagen benutzen wollen, müssen wir uns davon überzeugen, daß er nicht lügt oder übertreibt, um sich zu rächen, oder versucht, uns etwas zu erzählen, was wir hören möchten, nur um von uns mit Nachsicht behandelt zu werden. Er saß mit Vito Genovese im Gefängnis in Atlanta. Vito Genovese hat befohlen, ihn umzubringen. Valachi weiß nicht genau weshalb. Offenbar hat Charlie Dell für Genovese vor ein paar Jahren eine Leiche begraben. Wie Valachi sagt, sei Charlie Dell als Leichenbestatter bekannt gewesen. Irgendwie muß Genovese zu der Überzeugung gelangt sein, Valachi wisse etwas über diese Leiche und versuche, ihn zu erpressen. Genovese gab Valachi den Todeskuß, und deshalb sucht Valachi jetzt bei uns Schutz. Für uns ist es von allergrößter Bedeutung, die Motive von Genovese und Valachi zu kennen. Deshalb haben wir uns auf den weiten Weg gemacht, um mit Ihnen zu sprechen.«

Annie betrachtete entsetzt McCracken. Sie begriff sehr wohl, er mochte noch sehr viel mehr wissen. Es fiel ihr schwer, mit ruhiger Stimme zu sagen: »Ich kann mir nicht vorstellen, wie ich Ihnen helfen kann, aber ich will es versuchen. Als ich Charlie kennenlernte, war er bereits alt und ziemlich krank. Er schien sich nur noch für Pferderennen zu interessieren. Er bezahlte mich dafür, ihn zum Rennplatz zu fahren, aber wir haben nie über seine Vergangenheit gesprochen.«

»Haben Sie etwas davon gewußt?« fragte Stewart, »ich meine, daß er Leichen der Unterwelt überall in New York in Gebäuden eingemauert hat?«

»Ich habe davon gehört«, erwiderte Annie und empfand jedes Wort wie eine Rasierklinge zwischen den Lippen, »als ich ihn eine Weile kannte. Ich konnte es nicht glauben. Er war so liebenswürdig zu mir ... Ich war sechzehn, als ich ihn kennenlernte. Er war wie eine Art Großvater für mich. Er hatte nie Kinder, deshalb ...«

»Wer hat Ihnen davon erzählt?« fragte McCracken gezielt.

Annie erkannte schlagartig, daß diese Herren nicht nur Kontakt zu ihr aufgenommen hatten. »Andere, die für ihn gearbeitet haben.«

Die beiden Männer sahen sich an.

»Mrs. Sumner«, sagte Stewart, »kennen Sie oder hatten Sie Kontakt mit einem gewissen Philip Angelo, bekannt als Angel?«

»Ja.« Sie wußte jetzt, daß Angel in seiner Dummheit vorgeprescht war und versucht hatte, Genovese zu erpressen. Wieviel hat Phil ihnen wohl gesagt, überlegte Annie fieberhaft.

»Können Sie uns etwas über ihn sagen?«

Annie lächelte bitter. »Jetzt mache ich mir langsam Sorgen. Ich habe das Gefühl, Sie suchen etwas, das ich Ihnen wohl kaum geben kann. Und ich möchte unter keinen Umständen in Schwierigkeiten geraten, indem ich es versuche. Ich werde Ihnen über Phil etwas sagen, aber wenn wir dieses Gespräch weiterführen wollen, dann möchte ich meinen Anwalt anrufen.«

McCracken sah sie kurz an. »Erzählen Sie uns von Phil.«

»Er hat mit Charlie beim Rennen auf Pferde gesetzt. Er wußte um Charlies Vergangenheit und hat mir davon berichtet. Ich glaube, er wollte mich beeindrucken oder mir Angst machen. Ich mochte Phil Angelo nicht sehr. Und das beruhte auf Gegenseitigkeit.«

»Hat Phil Angelo etwas mit Charlie Dells Beseitigung von Leichen zu tun?« McCracken sah sie durchdringend an.

»Ich weiß es nicht«, erwiderte Annie. »Ich glaube nicht. Soweit ich weiß, zog sich Charlie aus dem Geschäftsleben zurück, bevor sie sich kennenlernten. Sie haben nur auf Pferde gesetzt. Ich glaube, Phil schuldete Charlie Geld.«

Der Mann vom FBI nickte und stand auf. »Danke, Mrs. Sumner. Sie müssen Ihren Anwalt nicht anrufen. Wenn wir noch einmal mit Ihnen reden müssen, werden wir uns rechtzeitig ankündigen.« Er zögerte. Und als der Mann vom Justizministerium seine Aktentasche schloß, fragte er: »Wissen Sie zufällig, wo wir Mr. Angelo erreichen können? Er ist offenbar untergetaucht.«

Aufrichtig erleichtert, erwiderte Annie: »Sir, ich habe nie gewußt, wo er wohnt.«

»Vielen Dank für Ihre Mühe, Mrs. Sumner«, sagte Stewart. »Ach übrigens, Vera Kovalchik läßt Sie grüßen.«

McCracken sah ihn finster an, weil er diese Information preisgegeben hatte, aber Stewart hob nur die Schultern. Annie sagte lachend: »Ich kannte noch nicht einmal ihren Nachnamen.«

Als sie sich verabschiedet hatten, ließ Annie ein Gespräch bei Delansig in Scarsdale anmelden. Nach zwei Stunden kam die Verbindung zustande. Noch an diesem Abend erschien ein Leibwächter aus Paris und zog in dem kleinen Pförtnerhaus des Château ein. Er fügte sich mühelos in die Reihen der anderen Arbeiter ein. Dieser ehemalige Fallschirmjäger zeigte sich immer dann, wenn irgendwelche Fremden sich dem *Haras* näherten. Solange Phil Angelo lebte, sei er nun ›untergetaucht‹ oder nicht, rechnete Annie damit, daß er auf ihren Spuren war.

»*Maman! Maman!* Yvette hat keine Brioches gemacht. Sie macht Omelette. Ich hasse Eier! *Les œufs sont écœurants!*«
Henry stand breitbeinig im Parterre, hatte die Hände in die Hüfte gestemmt und funkelte sie wütend an. Ein richtiger kleiner Mann, dachte Annie, der auf französisch seine Ansprüche stellt. Sie staunte nach fünf Jahren noch immer darüber, einen Sohn zu haben, der dazu noch französisch sprach, und mußte sich beherrschen, ihn nicht in die Arme zu schließen und an sich zu drücken. Sie reagierte auf seinen Zorn mit Freundlichkeit und sagte: »Eier sind *sehr* gut für dich. Obwohl dir das natürlich nicht wichtig ist, nicht wahr? Was ist es denn für ein Omelett?«
»*Je n'sais pas.*« Er rümpfte die Nase. »Sie hat sie noch nicht gemacht.«
»Und wie wäre es, wenn wir das Omelett mit Erdbeermarmelade füllen?«
»Marmelade in einem Omelett?«
»Das schmeckt sehr gut.«
Er dachte darüber nach. »Ich werde ein wenig versuchen.« Dann griff er lächelnd nach ihrer Hand und zog an ihrem Ehering, wie er es schon als Baby getan hatte. Er führte sie durch das Eßzimmer in die Küche, wo sie beide die Köchin begrüßten.
Annie konnte inzwischen genug Französisch, um sich mit ihren Leuten zu verständigen. Sie standen immer unbewegt vor ihr, während sie deutete, gestikulierte und pantomimisch ihre Wünsche erläuterte. Sie zogen eine Ausländerin einem abwesenden Herrn vor und warteten geduldig, bis sie Annie verstanden hatten. Dann hoben sie in der typischen Art der wortkargen Landbevölkerung die Augenbrauen, sagten: »Ah« und machten sich an die Arbeit. Glücklicherweise hatte Annie einen Vorarbeiter für die Stallungen gefunden, der in England, in Newmarket, gelernt hatte. Er konnte soviel Englisch wie Annie Französisch. Im vergangenen Jahr fungierte jedoch Henry mehrmals als ihr kleiner Übersetzer.
Während Yvette aus zwei langstieligen Kupfertöpfen den Milchkaffee in die Tassen goß, sah Annie zu, wie ihr Sohn sich vorsichtig ein winziges Stück Omelette abschnitt, in den Mund steckte und zufrieden kaute.
»Du mußt siebenundfünfzigmal kauen«, sagte Annie scherzhaft.

Noch mit vollem Mund fragte Henry: »Mama, ist mein Vater hier oder in Amerika gestorben?«
Manchmal war Annie dankbar, daß ihre Angestellten kein Englisch verstanden. »Du weißt doch, in Amerika.«
»In einem Flugzeug?«
»Ja.« Sie sah wie immer seine zornige Reaktion, die Annie nicht verstand, aber auch nicht hinterfragte. Er aß weiter und redete beim Kauen. »Wann fahren wir dorthin?«
»Rede nicht mit vollem Mund, Henry. Ich weiß es nicht. Möchtest du nach Amerika?«
»*Mais certainement*. Ich möchte dort in die Schule. Ich bin doch Amerikaner, Mama.«
Ja, er war ein Amerikaner. Das verkündete er immer, wenn er jemandem vorgestellt wurde. »Ich bin Henry Sumner. Ich bin ein Amerikaner.« Annie beschäftigte sich seit einer Weile mit dem Gedanken an die Schule. Im nächsten Herbst sollte er in den Kindergarten gehen und im Jahr darauf in die Schule kommen – möglicherweise in Frankreich, aber weder Sohn noch Mutter konnten sich für diesen Gedanken erwärmen. Die Vorstellung einer Rückkehr nach Amerika war für Annie jedoch die Erneuerung eines Alptraums.
»Henry, man hat dich und mich als Gäste auf eines der berühmtesten Gestüte in Frankreich eingeladen. Möchtest du hin?«
Er sah sie mißtrauisch an und aß weiter. Schon sehr früh hatte Annie bemerkt, daß er auf jede Art Veränderung, auf alles Neue mit größter Vorsicht reagierte. Das war einer seiner Wesenszüge. Annie fragte sich oft, ob er das von ihr geerbt oder von ihr übernommen hatte.
»Wir haben *un grand Haras* hier«, sagte er und benutzte sein Französisch als Schutz, was oft geschah.
»Ja, es ist ein schönes Gestüt. Aber die Frau, die uns eingeladen hat, will dir ein Pony geben, und sie möchte, daß du ihr hilfst, dich um die jungen Hunde zu kümmern, die –«
»Junge Hunde? Was für Hunde?«
Henry hatte bereits ein Pony, auf dem er reiten lernte. Aber es gab auf La Brise keine Hunde, und er hatte sich oft einen Hund gewünscht. Annie glaubte, die jungen Hunde würden den Ausschlag für Henry geben. Nach dem morgendlichen Ausritt schrieb sie Madame Pichon, obwohl sie noch immer nicht wußte, was für sie den Ausschlag gab.

Chère Madame,
der Calvados hat sein Werk getan. Die ›Aber‹ sind aufgelöst. Mein Sohn will unbedingt dabeisein, wenn die Hündchen auf die Welt kommen. Wann dürfen wir uns bei Ihnen einfinden?

Madame Pichons Antwort kam postwendend:

Ma chère Annie,
ich freue mich. Kommen Sie, so schnell Sie können. Wir rechnen mit den Hündchen in zwei Wochen, aber es kann auch früher sein.

Drei Tage später fuhren Annie und Henry unter den knorrigen Ästen der Platanen entlang, die den Weg rechts und links säumten. Die lange Allee führte geradewegs zu einem hohen schmiedeeisernen Tor und dann in leichtem Bogen auf den gepflasterten Hof eines Château. Es war größer als La Brise. Die Gebäude stammten aus allen möglichen Epochen der Architektur. Türme und Gauben in unregelmäßigen Abständen ragten aus dem Dach, auf dem sich vier unterschiedlich hohe Schornsteine befanden. An einem Ende befand sich ein kleiner italienischer Balkon, am anderen das Geländer einer Terrasse im zweiten Stock. Das sehr alte Bauwerk stand inmitten von sorgfältig geschnittenen Birnbäumen – eine Seltenheit in Calvados. Weiter unten lag ein kleiner See. Dahinter erstreckten sich gepflügte Felder und die riesengroßen Stallungen. Ein dichter Eichenwald warf dunkle Schatten auf das Land.
Madame Pichon begrüßte Annie und Henry in Arbeitssachen an der Haustür – sie trug Stiefel und eine Reithose – und führte sie zu ihrem Zimmer, von dem sie einen Blick auf den See hatten. Nach dem Auspacken und Umziehen lernte Henry sofort Vouvray, den weiß gefleckten Springerspaniel, kennen. Die Hündin lag zufrieden in einer warmen Ecke der Küche und wartete auf den Nachwuchs. Dann liefen sie zu einem Stall im Wald, wo er ›sein‹ Pony kennenlernte, ein braunes Landais mit weichem Fell und gutmütigem Wesen. Danach war Henry beschäftigt und ließ seine Mutter und Madame Pichon in Ruhe einen Rundgang machen.
»Ich habe hier viele Regeln«, erklärte Annies Gastgeberin, »für die Pferde und für mich. Ich kann Ihnen versichern, jede Regel ist bereits

nicht eingehalten worden, aber trotzdem muß man sie alle haben. Ein Beispiel: Wir ziehen uns zum Abendessen um und sind immer pünktlich. Wir bauen unser Futter selbst an, denn das gekaufte Futter steckt voller Chemikalien. Ich bestehe für die Tiere auf derselben Sauberkeit – angefangen beim wertvollsten Hengst bis zu den Hühnern. *Keine Chemikalien!* Die beste Therapie gegen alle Krankheiten ist es, daß wir alle so gesund wie möglich leben. Wenn eine Krankheit auftritt, muß man den Patienten isolieren und gut pflegen, und dazu gehört dann natürlich auch Medizin. Dann sind ein paar wenige, sorgfältig ausgewählte Chemikalien angebracht. Schließlich sind meine Pferde keine Anhänger der Christlichen Wissenschaften und ich auch nicht.«

Sie lachte leise und zufrieden. An einer Koppel blieb Madame stehen und sagte zu Annie: »Unsere wichtigste Regel im Haras de la Poire ist es, mit einem Ziel aufzustehen und jeden Augenblick des Tages darauf hinzuarbeiten. Es ist dabei nicht wichtig, ob es ein großes oder ein kleines Ziel ist und auch nicht, ob man es in einem Tag erreicht. Das kann auch am nächsten Tag geschehen. Aber man muß wissen, wie das Ziel aussieht, wenn man die Augen aufschlägt, oder der Tag wird mit unsinniger Geschäftigkeit vertan. Und so vergeuden die meisten Menschen ihr Leben. Na bitte! Das ist die *erste* Predigt!«

Annie lachte mit Madame. Sie liefen einen ausgetretenen Pfad durch den Wald, der zu einem anderen Stall führte, und Madame fuhr fort: »Das müssen wir auch für Sie finden, Ann*ie* – ein klares Ziel, mit dem sie aufwachen. Ich möchte ehrlich sein und Ihnen sagen, ich hoffe, es wird dasselbe Ziel sein wie meins.«

Annie lächelte. »Ich bezweifle, daß ich es Ihnen gleichtun kann, aber vielleicht sagen Sie mir, was das für ein Ziel ist.«

Madame Pichon zögerte, sah Annie an und erwiderte dann: »Gern, Vollblutpferde züchten, nicht mehr und nicht weniger. Und natürlich *gibt* es nicht mehr auf der Welt.«

Annie blickte zur Seite und schwieg. Die beiden Frauen gingen weiter durch den Wald. Sie hörten das Gebimmel von Kuhglocken und sahen dann auf einer Wiese in der Nähe die braungefleckten Kühe der Normandie.

»Sie sind sich so sicher, Madame«, sagte Annie schließlich. »Ich leider nicht. Ich denke, ich sollte Ihnen das gleich sagen. Früher glaubte ich einmal, nur Pferde seien wichtig, aber jetzt denke ich manchmal, es ist das Dümmste auf der Welt, womit Menschen ihre Zeit verbringen können.«

»Ann*ie*! Natürlich gibt es wichtigere Dinge im Leben, und vielleicht werden einige auch für Sie kommen. Aber ohne ein Ziel, das Ihrer Leidenschaft entspringt, können Sie nichts richtig bewältigen. Für mich arbeiten Generation um Generation sechzig Familien. Als die Nazis hier waren, haben wir natürlich für unser Land und für unsere Seelen gekämpft. Aber ohne mein Ziel, mit dem ich aufwache, könnte ich nicht wagen, für sechzig Familien die Verantwortung zu tragen. Finden Sie nicht auch? Wie hätte ich es gewagt, mich gegen die Gestapo zu behaupten, als sie entdeckten, daß ich Pferde versorge, die Juden gehören? Ann*ie*, mein Ziel, *c'est moi!*« Sie lachte glücklich.

In den nächsten Monaten forderte Madame Pichon, wie es ihren Grundsätzen entsprach, von den sechs jungen *Stagiaires* Höchstleistungen bei der Pflege der fast zweihundert Pferde. Sie bemühten sich, mit ihrem Tempo Schritt zu halten. Henry fühlte sich wohl auf dem *Haras*. Er verbrachte viel Zeit mit seinem Pony und schloß Freundschaften mit den gleichaltrigen Kindern der Bauernfamilien. Nachdem Vouvray einen Wurf von elf Hündchen hatte, war Henry Tag für Tag vollauf beschäftigt.

Annie arbeitete so schwer wie noch nie in ihrem Leben und stellte fest, daß sie noch nie so glücklich, fröhlich und zufrieden gewesen war. Ihr blieb einfach keine Zeit, an Vergangenes zu denken oder sich quälenden Erinnerungen zu überlassen. Annie führte das auf Madame Pichon zurück. Sie überließ sich ihrer ›Methode‹ und nannte sie im Spaß ›die Zauberin‹. Als Madame das hörte, hob sie zwar die Augenbrauen, hatte aber keine Einwände.

»Die Zucht klassischer Vollblüter«, sagte Madame Pichon eines Abends nach dem Essen zu den am Tisch versammelten *Stagiaires*, »bedeutet nichts anderes, als Hengste und Stuten zu züchten, die die klassischen Rennen über Entfernungen von eintausendfünfhundert Meter und länger gewinnen. Natürlich sind die Pedigrees wichtig. Ich kenne sie alle auswendig. Aber die Sache mit dem Stammbaum wird bei weitem überbewertet.

Ich habe einen Bekannten in England. Er ist ein Büchersammler. Er stellte fest, daß im zweiten Band ihres heiligen *General Stud Book* von

1827 im Vorwort eingestanden wird, daß der erste Band, auf dem *alles* basiert, zu schnell zusammengestellt wurde, so daß der Herausgeber nicht genug Zeit hatte, viele der ersten Pedigrees auf die Richtigkeit zu überprüfen! Das heißt doch nur: All das Aufhebens, das um Byerly Turk und Godolphin Arabian gemacht wird, ist ein Märchen!«
Sie trank einen Schluck Calvados und rechnete mit einem Einwand.
»Aber Madame, das Stutbuch ist doch zweifellos wichtig«, meldete sich ein junger Engländer zu Wort, »als Nachweis der Reinheit der Rasse.«
»Ich bin der Meinung«, erwiderte Madame Pichon mit sichtlichem Genuß an der Diskussion, »man soll alles auf die Rennbahn lassen, was als Pferd bezeichnet werden kann. Die Leistung und nicht die Abstammung soll den Beweis der Rasse erbringen. Wenn sie gewinnen, kann man die Tiere in die Bücher aufnehmen, sei es nun ein Clydesdale oder ein Shetlandpony! Die Reinheit der Rasse kann zum Selbstzweck werden. Nehmen wir zum Beispiel England!«
Der junge englische *Stagiaire* lächelte und verdrehte die Augen, denn er kannte ihre Anglophobie.
»Der britische Jockey Club«, fuhr sie fort, »hielt sich bis 1949 an die Regel, amerikanische Vollblüter nicht in das Stutbuch aufzunehmen, weil man sie für nicht reinrassig hielt. Also, der übliche Unsinn! Die Engländer mußten ihre Vorurteile revidieren, denn die amerikanischen ›Halbblüter‹ gingen regelmäßig an den Start und gewannen ihre wichtigsten Rennen.«
Madame Pichon setzte sich nach dem Essen mit Annie im Wohnzimmer in die Fensternische. Alle wußten, Madame wählte diesen Platz, wenn sie mit jemandem ungestört sprechen wollte.
»Ann*ie*, was geschieht eigentlich mit Ihren Pferden, die Sie in Kentucky zurückgelassen haben? Ich habe mir die Pedigrees angesehen, die Sie erwähnt haben. Ich meine, es müßten inzwischen Ergebnisse vorliegen.«
»Wir haben ein paar Jährlinge, das heißt nach Silvester sind sie Zweijährige, mit denen Mr. Beasley offenbar sehr zufrieden ist.«
»Ich habe eine sehr gute Idee«, sagte Madame und war bereits völlig von der Idee angetan. »Warum bringen Sie nicht zwei der Jährlinge nach La Poire. Wir werden sie dann zusammen einreiten und ihnen das Rennen beibringen. Dann werden Sie erst wirklich begreifen, was wir

hier machen. Sie müssen auch verstehen, warum wir sie so und nicht anders füttern und pflegen, um sie als Rennpferde aufzubauen. In den ersten achtzehn Monaten bilden sich die Knochen und der Charakter. Dann ist es wichtig, sich mit ihnen zu beschäftigen. Danach ist es die Sache des Trainers und des Jockeys herauszufinden, was in ihnen steckt, und die Leistung *au point* zu halten. Aber bis es soweit ist, können wir unseren Spaß mit den Tieren haben.«

Seit ihrer Ankunft in La Poire sank Annie meist nach dem Abendessen sofort ins Bett und schlief bereits, noch bevor sie richtig lag, ohne an etwas zu denken. Nach der Abreise aus Kentucky erhielt sie mit den Rechnungen monatliche Berichte von der Blue Bell Farm. Alle drei Monate schickte man ihr detaillierte Informationen über jedes Pferd, das Beasley für Annie versorgte. Sie und Chigger telefonierten über die Zucht und darüber, welche der Fohlen und Jährlinge verkauft werden sollten. Chigger leistete sehr gute Arbeit, und Annie griff nicht aktiv in das Geschehen dort ein. Sie las die Berichte mit schwerem Herzen, denn sie erinnerten sie schmerzlich an die Vergangenheit. Bei der Vorstellung, zwei der Jährlinge nach La Poire zu bringen und sie mit Madame Pichon einzureiten, konnte Annie nicht einschlafen.

Sie blickte zu Henry, der in einem kleinen Bett am Fußende schlief. Er atmete tief, lag unter zwei Decken und der Bettdecke auf dem Rücken und hatte das Gesicht komisch verzogen. Henry hatte sich nicht ein einziges Mal darüber beschwert, nicht mehr sein eigenes Kinderzimmer zu haben. Henry fand es natürlich herrlich, mit seiner Mutter in dem großen Raum im La Poire Château sein zu dürfen. Er sah zu, wie sie jeden Morgen vor Sonnenaufgang den Kamin anzündete, und durfte dann zu ihr ins Bett, bis es im Zimmer warm war. Annie dachte daran, als sie ihn gefragt hatte, ob ihm sein Zuhause nicht fehle. Henry antwortete wie aus der Pistole geschossen: »Du meinst La Brise? Das ist nicht mein Zuhause. Mein Zuhause ist in Amerika. Und dort finden wir einen Vater.«

Annie hörte unten das Telefon klingeln und warf einen Blick auf den Wecker – es war fünfzehn Minuten nach zwei. Zu dieser Zeit war ein Anruf ungewöhnlich. Aber sie dachte nicht weiter darüber nach, bis sie in den Räumen unten Bewegung hörte und dann draußen mehrere Wagen vorfuhren. Henry wachte auf, sprang aus dem Bett und lief ans Fenster. Er öffnete die Fensterläden und blickte hinunter auf den Hof.

»Mama, da unten ist was los!«
»Zieh dich an. Wir gehen hinunter.«
Als sie sich angekleidet hatten, zog er sie an der Hand aus dem Zimmer und die große Steintreppe hinunter. Einige der Hausangestellten eilten schweigend an ihnen vorbei. Sie wirkten so ernst, daß Annie keine Fragen stellte. Draußen in der feuchten kalten Nacht stellten Annie und Henry sich etwas abseits von den anderen unter die Äste eines Birnbaumes.
Die Scheinwerfer mehrerer Lastwagen beleuchteten die Stufen vor dem Château. Madame Pichon in einen schwarzen Mantel gehüllt stand inmitten von etwa zwei Dutzend Landarbeitern und Dienstboten, die alle durcheinanderredeten. Ihr Atem bildete weiße Wölkchen in der kalten Luft. Madame hörte eine Weile ihren Leuten zu, ohne etwas zu sagen, dann ergriff sie sehr ernst und mit großem Nachdruck das Wort.
»Was sagt sie, Henry?« flüsterte Annie.
»›Sie haben schon öfter Männer gebracht. Wir müssen uns vergewissern und nicht ja sagen, nur weil wir es uns so sehr wünschen.‹«
In der Biegung der Auffahrt tauchten Scheinwerfer auf und beleuchteten die knorrigen Äste und dicken Stämme der Platanen. Drei schwarze Citroën fuhren vor und hielten in der Nähe der Gruppe um Madame Pichon. Die Wagentüren wurden alle gleichzeitig geöffnet. Soldaten in Uniform führten schnell und dienstbeflissen einen Mann und eine Frau in schmutziger und zerrissener Zivilkleidung aus dem mittleren Wagen in das Licht der Scheinwerfer. Die Soldaten hielten den Mann und die Frau an den Armen fest. Andere Soldaten folgten mit Maschinenpistolen.
»Bonsoir, Madame Pichon«, sagte ein Beamter und trat zu ihr. Er trug einen schwarzen Hut und einen dicken Mantel. Dann forderte er sie mit einer Geste auf, zu den Gefangenen zu gehen. *»Voici notre homme.«*
Die von den Autoscheinwerfern angestrahlte Frau sank auf den Pflastersteinen auf die Knie. Die Soldaten an ihrer Seite ließen sie dort. Der Mann blickte mit überheblicher Gleichgültigkeit in die Dunkelheit und schien sich um das, was geschah, nicht zu kümmern.
Die Zuschauer verstummten, bis auf eine Frau, die unzusammenhängend zu schreien anfing. Als Madame Pichon ins Scheinwerferlicht trat und vor dem Mann stand, wurde es auf dem Platz totenstill. Sie mu-

sterte ihn mit bleichem Gesicht und sagte ernst: *Bonsoir, Capitaine Hultz.«*
Eine Frau, die in der Küche arbeitete, begann zu schluchzen. Einige Männer brüllten etwas. Der Gefangene ignorierte sie alle und sagte etwas auf französisch.
Annie sah Henry in der Hoffnung an, er werde ihr übersetzen.
»Madame Pichon nennt ihn Hauptmann Soundso«, flüsterte Henry. »Aber er sagt, er habe alles vergessen.«
Eine der Bauersfrauen trat neben Madame Pichon ins Scheinwerferlicht. Ehe sie jemand daran hindern konnte, riß sie Mantel und Bluse auf und enthüllte die vernarbten und entstellten Reste ihrer linken Brust. *»Un petit souvenir, Capitaine!«* rief sie und spuckte dem Mann ins Gesicht. Dann fing sie heftig an zu schluchzen. Madame Pichon legte tröstend die Arme um sie.
»Allez«, sagte der Beamte, und die Soldaten brachten den Gefangenen in den mittleren Wagen zurück. Die Frau in seiner Begleitung stand mühsam auf und wollte folgen. Aber man hielt sie zurück. Annie sah, daß die Frau schwanger war.
»Vous-êtes sûr, Madame?« fragte der Beamte Madame Pichon.
»Demandez-les«, erwiderte Madame Pichon.
»Er will wissen, ob Madame sicher ist«, flüsterte Henry. »Sie hat ihn aufgefordert, die anderen zu fragen ...«
Ohne auf die Aufforderung zu warten, riefen die Leute unter Flüchen und Schluchzen durcheinander: *»Oui, oui, oui ...«*
»Merci bien«, bedankte sich der Beamte bei allen und verneigte sich ernst. Dann sagte er zu Madame Pichon: *»La femme n'est pas importante. Est-ce-qu'il y a un hôtel par ici?«*
»A Potigny.«
Henry übersetzte: »Er sagt, die Frau sei nicht wichtig. Deshalb will man sie in das Hotel nach Potigny bringen.«
Der Beamte verbeugte sich vor Madame Pichon und sagte: *»Au'voir, Madame«*, und setzte sich in den ersten Wagen. Die Frau mußte auf dem Rücksitz Platz nehmen. Die drei Citroën wendeten auf dem Hof und fuhren schnell durch die Platanenallee davon. Die Gruppe sah ihnen schweigend nach. Dann gingen die Leute, ohne viel miteinander zu sprechen, auseinander. Die einen fuhren in den Lkws davon, die anderen verschwanden im Château. Madame Pichon hielt noch immer die

Frau, die den Hauptmann ins Gesicht gespuckt hatte, bis andere kamen und sie wegführten. Die Frau weinte nicht mehr, bewegte sich aber noch völlig benommen.

Als niemand mehr da war, drehte sich Madame Pichon um und ging die Stufen hinauf. Sie entdeckte plötzlich Annie und Henry unter dem Birnbaum, streckte die Arme nach ihnen aus und drückte sie beide fest an sich. Dann sagte sie leise: »Dieser Mann hat eine Wunde in unserer Erinnerung aufgerissen. Sie können sich nicht vorstellen, Annie, was hier geschehen ist. Und es ist besser, wenn Sie es nicht wissen. Aus Angst vor den Schmerzen wagen wir nicht, uns daran zu erinnern. Selbst das Wissen, das sie endlich den Schlächter gefaßt haben, bereitet uns ebensoviel Qual wie Befriedigung.« Sie stützte sich auf Annie, während sie schweigend die Stufen hinauf und durch die große Tür traten.

Annie fragte: »Was wird mit der Frau geschehen?«

»Was geht mich das an«, entfuhr es Madame Pichon, und sie sah Annie finster an. »Sie verdient alles, was auch geschehen mag.«

»Ich glaube, sie ist schwanger«, sagte Annie.

Während sie durch die Eingangshalle zum Wohnzimmer gingen, schwieg Madame Pichon nachdenklich. Dann schüttelte sie energisch den Kopf.

»Zwanzig Jahre«, sagte sie, »zwanzig Jahre sind vergangen, und der Mann stinkt förmlich noch immer vor Überheblichkeit und nach Folter.« Noch nie hatte Annie sie so erregt und aufgebracht erlebt. Sie nahm Henrys Hand und führte sie beide zum Platz in der Fensternische.

»Hultz war Befehlshaber der Garnison in Caen. Er haßte die Stadt, denn er wollte nach Paris und sie auch. Sie kommt aus einer österreichischen Adelsfamilie und bestand bei jedem auf ihrem ›von‹. Mein Gott, sie war unverbesserlich! Als das Dritte Reich mit der Vichy-Regierung Frieden schloß, kam Hultz hierher und suchte nach Pferden, die Juden gehörten. Mein Mann und ich pflegten viele Jahre die Pferde von Joseph Widener. Jean Stern hatte hier Pferde untergestellt, auch Lord Dolby, ein Engländer, und deshalb Feind der Deutschen. Wir änderten die Papiere, die Ställe und die Namen der Eigentümer. Aber das Dritte Reich interessierte sich sehr für Zucht ...«

Madame Pichon holte tief Luft und fuhr dann mit belegter Stimme fort: »Wenn es um rassenreines Blut ging, war Hitler wie besessen. Er schickte seine Leute, um französische Zuchtpferde zu ›kaufen‹. Und Sie nahmen sich, was sie wollten. Gewiß, wir haben ein paar unserer besten Pferde im Wald versteckt. Aber sie nahmen sich so viele, so viele . . .«

Niedergeschlagen hielt sie inne. »Natürlich vermuteten die Nazis, daß wir sie überlistet hatten«, erzählte Madame und lief erregt im Zimmer auf und ab. »Sie gaben Hauptmann Hultz die Schuld. Er mußte den ganzen Krieg über in Caen bleiben. Er war verbittert, wütend und richtete seine besondere Aufmerksamkeit auf Haras de la Poire. Er bedrohte uns, schickte meinen Mann und mich zur Gestapo nach Paris und beschlagnahmte unser Getreide. Aber er konnte uns nicht vernichten! Wir ernteten nachts und versteckten die Pferde im Wald. Wir fütterten die Pferde mit dem Wenigen, was wir hatten – wir alle, die Bauern und wir. Alle fütterten die Pferde, und wir mußten oft hungern. Oh, es war schrecklich!« Sie drehte sich plötzlich um und sah Annie mit leuchtenden Augen an. »Verstehen Sie, Ann*ie*, was ich mit ›Aufgabe‹ meine?« Annie nickte und spürte, wie Henry ihr die Hand drückte.

Madame Pichon nahm ihre ruhelose Wanderung wieder auf. »Als das Ende nahte, wollte er seine Vorgesetzten beeindrucken und behauptete, ein Widerstandsnest entdeckt zu haben. Sie schickten die Folterknechte der SS, und Hultz bediente sich ihrer nach seinem Ermessen. Und er beteiligte sich an den Foltern, wenn ihm danach zumute war. Er war ein Ungeheuer! Sie haben gesehen, was er Emilie angetan hat.«

Zum ersten Mal schien sie sich Henrys Anwesenheit bewußt zu sein. Sie lief zu ihm und kniete vor ihm nieder.

»Ah, *mon petit chèr*, das solltest du nicht hören – noch nicht.«

»Was geschah dann?« fragte der Kleine mit großen Augen.

Sie setzte sich neben ihn, nahm seine Hand und sagte: »Wir haben überlebt. Die Deutschen konnten uns nicht beweisen, daß wir für den Widerstand tätig waren, obwohl wir täglich Botschaften weitergaben und einmal einen abgestürzten amerikanischen Piloten versteckten. Die Nazis haben uns Tag und Nacht bewacht. Hultz wollte uns umbringen. Einen Tag nach der Invasion der Normandie fuhr er in seinem Stabswagen hier vor. Wir sahen ihn im Hof vom Schlafzimmerfenster aus. Er versammelte seine Leute um sich und zog die Pistole. Aber als er die Stufen hinauflief, hörten wir die amerikanischen Panzer auf den Feldern. Wir konnten sie sehen! Seine österreichische Frau schrie ihm etwas zu, und sie rannten zu dem Wagen zurück, sprangen hinein und fuhren davon ... Ich habe ihn seit zwanzig Jahren nicht mehr gesehen.«

»Was war das für ein Widerstand?« fragte Henry schnell.

»Ich werde dir morgen alle Geschichten erzählen, aber jetzt mußt du wieder ins Bett. *Embrasse-moi.*«

Henry gab Madame Pichon einen Kuß auf die Wange, und die drei verließen das Wohnzimmer.

»Geh schon hinauf, Henry. Ich komme gleich nach«, sagte Annie. Als der Junge die Treppe hinauflief, fragte sie: »Und was ist mit der Frau?«

Madame Pichon verzog verächtlich das Gesicht. »›Madame Von‹ ... so haben wir sie genannt. Eine dieser dummen Frauen, die nur das eine Talent haben – das Beste aus dem zu machen, was es einbringt, mit einem Mann ins Bett zu gehen.«

»Aber was soll jetzt mit ihr geschehen?«

»Wer weiß? Man wird ihr das Hotel für eine Woche bezahlen. Sie haben Hultz zur Identifikation mitten in der Nacht hierher gebracht, ehe die Zeitungen die Geschichte an die große Glocke hängen. Er ist ein Verbrecher, also kommt er ins Gefängnis. Sie ist Abschaum, also wird man sie entsprechend ... behandeln.«

Annie betrachtete sie einen Augenblick und sagte: »Gute Nacht, Madame.« Dann eilte sie die Treppe hinauf. Annie kannte das Hotel in Potigny. Es war nur acht Kilometer entfernt, ein altes Hotel direkt neben dem Bahnhof. Annie hatte es oft gesehen, wenn sie Lieferungen für das Gestüt abholte. Sie dachte daran, schwanger und allein zu sein, und sie wußte, was Angst bedeutet.

Henry stellte noch ein paar Fragen über ›Pferde, die man im Wald versteckt‹, und schlief dann wieder ein. Aber Annie wußte, was sie tun mußte. Sie zog die Reithose und eine dicke Jacke an. Sie schlüpfte in den Lammfellmantel und eilte die Treppe hinunter. Sie warf einen Blick in das Wohnzimmer. Dort saß Madame Pichon in ihrem Sessel und sah sie mit großen Augen an. Annie suchte nach Worten, um ihr Vorhaben zu erklären, und machte einen Schritt auf sie zu.

Aber Madame Pichon hob die Hand und sagte: »Gehen Sie, Ann*ie*. Sie können es, ich nicht.«

Annie fuhr mit dem Renault über die vereiste Straße nach Potigny. Eine dünne Schneeschicht machte sie gefährlich glatt. Die Hauptstraße führte zu dem Platz, auf dessen einer Seite der alte Backsteinbahnhof stand und auf der anderen das zweistöckige Hotel, Fachwerkbau. Als Annie sich dem Hotel näherte, bot sich ihr das Bild, das sie erwartet hatte. Vor dem Hotel standen kreuz und quer Lkws, einige mit offenen Türen und eingeschalteten Scheinwerfern. Es schneite nicht mehr, aber es wehte ein eiskalter Wind. Als Annie sich näherte, wurde die Hoteltür aufgestoßen. Ein Lichtschein fiel auf die Straße. Eine Gruppe von Männern und Frauen zerrte die Österreicherin an den Armen aus dem Haus. Man hatte ihr die Haare abgeschnitten – stellenweise bis auf die Haut.

Annie bremste den Wagen und sah, wie eine der Bäuerinnen mit einer blitzenden Schere noch mehr Haare abschnitt – es waren nicht mehr viel übrig. Annie fürchtete, die Schere werde bald das Gesicht des Opfers entstellen, und sprang aus dem Wagen. Man warf die Österreicherin auf den Boden. Männer und Frauen begannen, sie zu treten. Annie drehte sich um, beugte sich zum Handschuhfach und nahm den Revolver heraus. Dann richtete sie sich auf und feuerte in die Luft. Der Schuß knallte ohrenbetäubend durch die Nacht.

Die Menschen wurden still. Niemand bewegte sich. Dann fingen sie an zu murmeln, und einige schimpften wütend. Eine Frau begann aufs neue, die Österreicherin mit Tritten zu bearbeiten. Die schwangere Frau preßte die Hände auf den Bauch und stöhnte vor Schmerzen.

Annie zielte über die Köpfe der Leute und feuerte noch einmal. Dann senkte sie die Pistole und zielte auf die Menschen. Krampfhaft versuchte sie, die richtigen französischen Worte zu finden, und rief so laut sie konnte: »*L'enfant est innocent! L'enfant est innocent!*«

Annie hatte keine Ahnung, ob die Menschen wußten, daß die Frau schwanger war. Einige der Männer betrachteten sich jedenfalls die am Boden liegende Frau genauer. Annie sah, wie eine Bäuerin vom Haras de la Poire sich vorbeugte und auf die Österreicherin spuckte. Die meisten anderen taten es ihr nach. Ein paar warfen Annie wütende Blicke zu, aber dann entfernten sie sich langsam. Die Frau lag noch immer stöhnend am Boden, als der letzte Lkw in der Dunkelheit verschwand.

Annie lief zu der Frau und wollte ihr beim Aufstehen helfen. »*Venez!*

Venez avec moi!« rief Annie und schob die Pistole in die Manteltasche. Die Österreicherin sah sie ängstlich und mißtrauisch an und rührte sich nicht von der Stelle.
»O Gott, wie kann ich mich Ihnen verständlich machen?« fragte Annie, deutete auf den Renault und machte der Frau mit Gesten klar, ihr zu folgen. »*Venez! Vitement!*« Annie rechnete jeden Augenblick damit, daß die Polizei erschien. Dann würde es Schwierigkeiten geben, denn sie hatte geschossen. Die Österreicherin sah sie mit großen fragenden Augen an. Dann stand sie mit Annies Hilfe langsam auf und hinkte zum Wagen. Sie ließ sich erschöpft auf den Sitz fallen und preßte die Hand stöhnend in die Seite. Annie beobachtete sie aus den Augenwinkeln, startete den Wagen und ließ den Motor aufheulen. Die großen blauen Augen der Frau wirkten hohl vor Erschöpfung und lagen tief unter der hohen Stirn. Aber die gebogene Nase und die schmalen, fest aufeinandergepreßten Lippen verrieten immer noch einen Rest von Würde. Der Wagen fuhr schnell über den Platz zur Hauptstraße.
Sie schwiegen. Als sie zu der großen Kreuzung in der Stadt kamen, bog Annie in Richtung Paris ab. Die Österreicherin fragte mürrisch und mit heiserer Stimme: »Wohin bringen Sie mich?«
»Sie sprechen englisch?« fragte Annie.
»Natürlich«, erklärte ihre Beifahrerin in einem hoheitsvollen Ton, dem die vergangenen zwanzig Jahre und auch die beiden letzten Stunden nichts anzuhaben schienen.
Annie warf verstohlen einen Blick auf die hochgezogenen Augenbrauen und das herrisch vorgestreckte Kinn. »Wir können in zwei Stunden in Paris sein«, Annie unterdrückte ihren Zorn. »Werden Sie so lange durchhalten?«
Die Frau legte instinktiv die Hand auf ihren Leib: »Ja.«
»Ich bringe Sie in das amerikanische Krankenhaus in Paris«, Annie bemerkte aus dem Augenwinkel die Überraschung der Frau. Dann konzentrierte sie sich auf die Straße.
Lange Zeit schwiegen sie beide. Schließlich fragte die Österreicherin: »Wer sind Sie? Und warum tun Sie das?«
Annie zögerte vorsichtig mit einer Antwort, dann sagte sie: »Ich war heute nacht im Haras de la Poire. Ich habe gesehen, daß Sie schwanger sind.«
»Aber Sie sind Amerikanerin.«

»Ja«, erwiderte Annie.

»Hat *la grande* Madame Pichon Sie geschickt?«

»Nein, ich dachte, Sie brauchen vielleicht Hilfe.«

Die Österreicherin starrte in die dunkle Nacht, dann sagte sie: »Ja, das stimmt. Danke.« Annie hörte, daß Sie es trotz des überheblichen Tons aufrichtig meinte.

Viele Kilometer legten sie schweigend zurück. Schließlich zeigte sich ein rosa Morgen hinter den Hügeln am Horizont. Annie glaubte, ihre Mitfahrerin sei eingeschlafen, und war froh darüber. Die Frau schien Verachtung für eine Tugend zu halten.

»Ich komme aus der Familie von Herschfeldt«, sagte sie plötzlich und sah Annie an. Aber dann schüttelte sie den Kopf. »Nein, Amerikaner verstehen nichts davon. Dieser Name ruft Achtung hervor. Unser Haus in Wien war eines der größten. Jetzt gibt es dieses Haus nicht mehr. Alles, alles ist nicht mehr. Wir hatten einen Spiegelsaal für Bälle. Dort habe ich Tanzen gelernt...« Sie lehnte sich zurück, ließ den Kopf gegen die Rückenlehne sinken und schloß die Augen.

Dann sah sie Annie an und sagte widerwillig: »Ich werde Ihnen etwas verraten, worüber Sie lachen werden. Meine Großmutter, also die Mutter meiner Mutter, ist Jüdin. Die von Herschfeldts sind in Wien mächtig genug, daß man über so etwas hinwegsieht, einfach nicht darüber spricht. Aber die Deutschen sind anders. Hultz ist Hauptmann. Und sein Rang war hoch genug, um über die Halbjüdin der von Herschfeldts Nachforschungen anzustellen, und er konnte mich schützen, wenn andere es herausfinden sollten. Aber er machte mich dafür verantwortlich, daß er nach Caen abkommandiert wurde. Den ganzen Krieg über drohte er mir, und ich mußte bei ihm bleiben. Verstehen Sie?«

Annie nickte. Die Österreicherin sah sie an und strich sich dann gewohnheitsmäßig über die Haare. Als sie den geschorenen Kopf spürte, betrachtete sie sich im Rückspiegel. Sprachlos starrte sie den kahlen Schädel an. Annie hörte sie schluchzen. Sie fuhr weiter, aber als das Weinen nicht aufhörte, legte sie einen Arm um die bebenden Schultern der Frau, der die Tränen über die Wangen liefen. Plötzlich riß die Österreicherin die Wagentür auf und versuchte hinauszuspringen. Der Wagen geriet ins Schleudern. Annie trat fest auf die Bremse, packte die Frau am Arm und ließ sie nicht los.

»Nein! Ich will sterben!« schrie die Frau.
»Nehmen Sie Vernunft an, verdammt noch mal!« schrie Annie zurück, während der Wagen über die vereiste Straße rutschte, gegen etwas stieß, sich auf der Stelle drehte und mit einem Ruck stehenblieb.
Annie klopfte das Herz bis zum Hals. Der Motor lief noch. Die Beifahrertür stand offen. Annie mußte husten und spürte einen heftigen Schmerz in ihrer Schulter.
»Versuchen Sie das nicht noch einmal!« schimpfte sie plötzlich. »Sie haben nicht das Recht, mich oder Ihr Baby zu töten!«
Die Frau griff nach der Tür und zog sie zu.
»Wer sind Sie?« fragte sie leise, und zum ersten Mal lag keine Überheblichkeit in ihrer Stimme.
Annie wendete den Wagen und fuhr weiter. »Hören Sie, ich will Ihnen helfen. Mehr müssen Sie nicht wissen. Wenn Ihr Kind heranwächst, werden Sie einmal froh über diese Nacht sein.« Sie griff mit der einen Hand am Steuerrad über die andere und fügte hinzu: »Hier, nehmen Sie das.«
Annie streifte mühsam ihren Ehering vom Finger und legte ihn der Österreicherin in die Hand. »Tragen Sie ihn. Die Menschen wollen einen Ring sehen, wenn Sie ein Kind haben.«
»Ist das Ihr Ehering?« fragte die Frau und staunte über das Geschenk.
Annie antwortete nicht. Sie sprachen kein Wort mehr miteinander, bis Annie sich bei ihr nach dem Weg zum Krankenhaus in Neuilly erkundigte, das direkt vor den Toren von Paris lag.
Als Annie die Frau in der Ambulanz einem Arzt übergeben hatte, ging sie zur Aufnahme, ließ der Frau ein Privatzimmer geben und rief Delansig in Scarsdale an. Erstaunlicherweise bekam sie sofort eine Verbindung.
»Tut mir leid, daß ich Sie wecke, aber die Sache ist sehr dringend. Bitte entschuldigen Sie mich bei Ihrer Frau.«
»Keine Sorge, ich muß heute morgen früh im Gericht sein, deshalb bin ich noch sehr spät auf. Gibt es ein Problem?«
»Erfreulicherweise nicht mir mir. Sie haben doch einmal von gewissen Ärzten gesprochen, die für Geld auch nach Casablanca fliegen.«
Es entstand eine Pause. »Brauchen Sie einen solchen Arzt, Mrs. Sumner?«

Trotz ihrer Müdigkeit lachte Annie. »Nein! Wie vermutlich immer alle sagen: ›Es ist für eine Freundin.‹ Sie befindet sich im amerikanischen Krankenhaus in Neuilly und braucht ›besondere‹ Pflege, wie das heißt. Wenn Sie das in die Wege leiten könnten, sagen Sie bitte dem Arzt, er soll dafür sorgen, daß sie das Kind bekommt. Die Frau ist sehr verängstigt und schwer depressiv. Und sagen Sie, er soll sich wegen ihres Aussehens keine Sorgen machen. Man hat ihr die Haare abgeschnitten.«

»Das klingt ungewöhnlich«, sagte Delansig. »Darf ich fragen ...?«

»Nein«, erwiderte Annie, »und noch etwas. Stellen Sie bitte fest, ob es noch eine Art Fürsorgeinstitution für Opfer des Zweiten Weltkriegs gibt. Diese Frau hat keine Papiere, keine Identität und ist in den letzten zwanzig Jahren durch Europa geirrt.«

»Ihr Name?«

»Erfinden Sie einen.«

»Jetzt?«

»Ja. Ich sage ihr dann, wie sie heißt.«

»Ist sie Jüdin? Verschiedene sehr gute Organisationen bemühen sich um die Umsiedlung von Juden.«

»Zu einem Viertel.«

»Das war genug, um sie nach Auschwitz zu bringen, also ist es auch genug für diese Organisationen. Ich werde sehen, was sich tun läßt.«

»Wie soll sie heißen?«

»Ich bin nicht gut im Erfinden von Namen. Was ist sie, eine Polin, eine Deutsche?«

»Nicht ganz.«

»Ich weiß nicht. Der beste Anwalt unserer Kanzlei für Zivilprozesse heißt Herskewitz.«

»Wie heißt seine Frau?«

»Georgia.«

»Nein. Wie wäre es mit Vera?«

»Vera Herskewitz, die kahlköpfige Dame. Nein, die schwangere kahlköpfige Dame.«

»Sie können weiterarbeiten.«

Annie legte auf und rief dann im Haras de La Poire an. Sie ließ ausrichten, daß sie bis zum Abendessen zurück sein werde. Dem Krankenhaus gab Annie den Namen und die Telefonnummer ihres Pariser Bankiers. Sie würde ihn beauftragen, nicht zu verraten, von wem das Geld für die

Arzt- und Krankenhausrechnungen und die monatliche Zahlung für ›Vera Herskewitz‹ kam, mit der sie die nötigsten Ausgaben bis zur Entbindung bestreiten konnte. Danach würde sich eine jüdische Organisation um sie kümmern.

Eine Stunde später stand Annie auf der Privatstation des Krankenhauses einem vornehmen, weißhaarigen Gynäkologen in einem tadellos sitzenden Anzug gegenüber. Er hatte an der Columbia Presbyterian University in New York studiert und untersuchte jetzt Vera Herskewitz. Die Patientin reagierte kaum – weder auf ihren Namen noch auf die Untersuchung.

»Die Verletzungen an den Beinen und am Rücken sind erheblich, müssen aber nicht genäht werden. Vielleicht sind ein paar Rippen gebrochen, aber ich möchte sie nicht röntgen, um das genau festzustellen ... Vielleicht könnten wir uns kurz draußen unterhalten?«

»Reden Sie nur hier, Herr Doktor. Sie muß es hören.«

»Ich würde so schnell wie möglich eine Perücke empfehlen. Das Personal ist natürlich neugierig.«

»Ich werde mich darum kümmern. Sie werden mich nicht wiedersehen, Herr Doktor. Bitte kümmern Sie sich um die Frau. Wenn sie entlassen wird, bekommt sie Geld und kann eine Wohnung mieten, bis das Baby kommt. Bis dahin hoffe ich, daß die Fürsorgeinstitution sich einschaltet, denn Mrs. Herskewitz hat keine Papiere und erinnert sich kaum an das, was ihr widerfahren ist«, erklärte Annie mit Nachdruck.

»Ich verstehe. Ich werde heute abend noch einmal vorbeikommen.« Er verabschiedete sich von den beiden Frauen und ging.

Annie sah die Österreicherin an, die an die Decke starrte. Sie trug den Ring am Mittelfinger. Ohne einen Blick auf Annie zu werfen, stieß sie hervor: »Ich hasse Sie, weil Sie mich zwingen zu leben.«

»Ich weiß«, sagte Annie ruhig. »So wirkt die Vergangenheit. Sie holt einen ein. Aber vielleicht wird das Baby Sie davon erlösen.«

Die Frau antwortete nicht. Annie verließ das Zimmer. Sie setzte sich mit einem Perückenmacher in Verbindung und veranlaßte, daß ein Wohnungsmakler mit der Patientin Kontakt aufnahm. Dann tankte sie, aß schnell etwas und fuhr nach Potigny zurück. Unterwegs mußte sie anhalten. Annie konnte vor Erschöpfung nicht mehr die Augen offenhalten und schlief zwei Stunden im Wagen.

Sie erschien zu spät zum Abendessen im Haras de la Poire und eilte durch die Halle, denn sie wollte die Mahlzeit nicht stören. Als sie den schweren Lammfellmantel über die Arme sinken ließ, hörte sie Lachen, eine neue Stimme und Henry, der offenbar im Mittelpunkt der Aufmerksamkeit stand. Als sie die Treppe hinauf wollte, rief Madame Pichon: »Ann*ie* . . .«

Sie drehte sich um und sah die ältere Frau mit ausgebreiteten Armen in der Tür stehen. Annie ließ den Mantel fallen, und sie umarmten sich. Madame Pichon fragte: »Alles in Ordnung?« Als Annie nickte, sagte sie: »Wir wollen nie mehr davon sprechen.« Dann führte sie Annie in das Eßzimmer.

»Mama!« jubelte Henry, sprang von seinem Stuhl und rannte auf sie zu. Alle *Stagiaires* erhoben sich zu ihrer Begrüßung. Henry umklammerte ihre Hand, und Madame führte sie um den Tisch herum, um Annie mit jemandem bekannt zu machen.

»Wir haben für ein paar Tage einen Gast. Lord Dolby, darf ich Ann*ie* Sumner vorstellen. Lord Dolby besitzt eines der ältesten Gestüte von England, und er erlaubt uns, für einige seiner besten . . .«

Annie hörte nicht mehr zu. Der Mann erhob sich mit einem eher gelangweilten Lächeln und reichte ihr die Hand. Er war um die dreißig und unglaublich groß. Dichte wellige kastanienbraune Haare fielen ihm auf die Schulter. Er hatte blitzende beredte blaue Augen und einen sorgfältig getrimmten Bart. Er schien ein Kostüm zu tragen, das aus einem bunt gestreiften Hemd bestand, einer leuchtenden Krawatte und einer Jacke im edwardianischen Stil, die bis zu den Knien reichte.

Annie schob eine Locke aus der Stirn. Als sie zu ihm aufblickte, hatte sie das seltene Gefühl, klein zu sein.

»Mama, wo ist dein Ehering?«

Ehe sie antworten konnte, erklärte Lord Dolby mit volltönender Stimme: »Offenbar hat sie ihn verloren, Henry, damit ich sie heiraten kann!«

Alle lachten über den Spaß mit Ausnahme von Henry, der aus dem Eßzimmer rannte.

18

Als die anderen das Essen fortsetzten, eilte Annie nach oben zu Henry. Er stand mitten im Zimmer und weinte vor Zorn.
»Das war der Ring meines Vaters!«
Annie wollte ihn in die Arme schließen, aber er wich zurück.
»Wo ist der Ring?« fragte er.
»Ich habe ihn der Frau gegeben, die wir gestern nacht gesehen haben.«
»Sie ist ein Nazi!« schrie er.
»Die Bauersfrauen haben ihr die Haare abgeschnitten, sie getreten und ihr die Rippen gebrochen. Die Frau bekommt ein Kind. Sie hat keine Familie, keine Freunde . . . niemand, der ihr hilft.«
Henry drehte den Kopf zur Seite und versuchte, die Tränen zu unterdrücken. »Wenn wir uns auf den Feldern manchmal ausgeruht haben, habe ich den Ring so lange angesehen, bis ich mit geschlossenen Augen die Acht sah, die die Diamenten bilden.« Impulsiv warf er sich in ihre Arme, und Annie drückte ihn fest an sich. »Der Ring war das einzige, was wir von ihm hatten«, stieß er hervor.
»Henry«, erwiderte Annie leise, »alles was wir haben, kommt von ihm.«
Er ließ sich von ihr in den Armen halten, bis das Schluchzen nachließ.
»Mama, werde ich jemals einen Vater haben? Ich meine, einen lebenden Vater?«
»Das weiß ich nicht, Henry. Wir werden Ausschau halten, und wenn wir einen finden, den wir mögen, dann . . .«
»Entführen wir ihn!«
»Bestimmt!«

Annie brachte ihren Sohn zu Bett und blieb eine Weile bei ihm sitzen, bis er eingeschlafen war. Dann wusch sie sich und zog ein enganliegendes weiches Wollkleid an. Als Annie in den Speisesaal kam, musterte sie Madame mit einem trockenen Lächeln. Der Platz neben Lord Dolby war für sie reserviert, und er unterhielt sie für den Rest des Abends, bis alle anderen im Château bereits im Bett lagen.

»Sie sind wirklich unmöglich«, sagte Annie. Sie stand im Wohnzimmer mit dem Rücken zum Feuer im offenen Kamin. Ein Sturm jagte von England kommend über das Meer, und der Wind heulte in dem alten Schornstein. Er saß in einem dick gepolsterten Sessel, rauchte eine Zigarre und trank Calvados. Die langen Beine hatte er ausgestreckt. Annie fiel auf, daß er Hausschuhe aus grünem Gobelin trug.

»Stimmt«, erwiderte er, »das liegt in unserer Familie. Der Großonkel meiner Großmutter zum Beispiel war ein Graf aus der Ukraine, den man zum Zaren brachte, weil er in einer einzigen Nacht zweiundsiebzig am Ort ansässige Jungfrauen entjungfert hat. Und bitte kommen Sie mir jetzt nicht mit dem neuen Feminismus. Ich weiß es aus zuverlässiger Quelle, daß die betroffenen Jungfrauen sich ihm bereitwillig hingaben und sehr zufrieden waren.«

»Was hat der Zar getan?«

»Ich glaube, er hat ihm einen Orden verliehen. Sie sehen also, Annie, wir müssen unbedingt etwas aus dieser wahnwitzigen Anziehung machen, die wir füreinander empfinden.«

Annie lachte. »Freuen wir uns darüber aus einer sicheren Distanz«, sagte sie.

»Das ist jetzt bereits unmöglich. Wenn Sie zum Einlenken bereit sind, lassen Sie es mich rechtzeitig wissen, damit ich gut darauf vorbereitet bin, Sie in Staunen zu versetzen.«

»Oh, wollen Sie auch einen Orden? Was haben Sie vor?« fragte Annie, drehte sich um und blickte ins Feuer, damit er nicht ihr Erstaunen über den eigenen Annäherungsversuch sah.

»Worte können der Erfahrung nicht gerecht werden. Es gibt deshalb nur einen Weg, um es herauszufinden.« Sie hörte, wie er die Zigarre ausdrückte. »Aber ganz davon abgesehen, ich bin bei den Rothschilds zu einem Fest eingeladen. Es soll in zwei Wochen stattfinden. Wollen Sie mich begleiten?«

»Gern«, sagte Annie und drehte sich um, »warum nicht?«

»Ausgezeichnet. Es ist ein Kostümball. Wollen Sie meine Dulcinea sein? Ich werde als Don Quichotte kommen.« Der Zigarrenrauch schwebte über seinem Kopf, als er den Stummel in einen silbernen Aschenbecher legte und Annie herausfordernd anlächelte. Er betrachtete sie und strich sich über den Bart.

Annie erinnerte sich daran, als Charlie Dell ihr den dicken in Leder gebundenen Band mit der Prägung CERVANTES gegeben hatte. Sie hatte das Buch mit nach Saratoga genommen und es bald nach der Rückkehr in der New York Public Library zu Ende gelesen. Als sie jetzt Bernard Dolbys Lächeln erwiderte, wollte sie ihm zu verstehen geben, daß sie das Buch kannte. Beim Essen hatte er ihr von seinem Studium in Eton und Oxford erzählt, was bei Annie große Achtung auslöste. Jetzt wollte sie ihn beeindrucken und sagte: »Ich glaube, Dulcinea ist besser als Rosinante«, und lachte mit leichtem Erröten.

Er reagierte nicht auf die literarische Anspielung, sondern erhob sich und warf die letzte Zigarre verächtlich in den Kamin. Dann blieb er mit einem Ellbogen auf den Kaminsims gelehnt neben ihr stehen.

»Ich möchte Ihnen einen Vorschlag machen«, sagte er verschmitzt lächelnd. »Es geht dabei mehr um Geschäfte als um persönliche Dinge. Ich habe einen zweijährigen Hengst. Er ist das Ergebnis eines Zuchtprogramms, das ich für unser Gestüt beinahe vor zehn Jahren begonnen habe. Da mein Vater nach dem Krieg alles verkaufen mußte, um die Steuern zu bezahlen, hat es so lange gedauert, das Dolby-Gestüt wieder auf die Beine zu bringen. Ich glaube, dieser Hengst kann uns wieder Ansehen verschaffen. Er heißt Dionysus, der Vater ist Stamblit, ein Sohn von Pollygraph. Dionysus wird in Newmarket trainiert. Ich melde ihn zum Prix Morny in Deauville im August. Wären Sie nicht an einer Teilhaberschaft interessiert?«

Der Prix Morny gehörte in Europa zu den wichtigsten Rennen für Zweijährige. »Eine Teilhaberschaft, wie das?« fragte Annie. »Ich weiß noch nicht einmal, ob ich dann noch hier bin.« Aber sie spürte bereits das bekannte Prickeln der Erregung bei dem Gedanken an die Rennbahn.

»Madame Pichon hat mir gesagt, wenn Sie *wollen*, können Sie hier sein«, erwiderte er und starrte auf den Calvados, den er schwenkte. »Sie hält sehr viel von Ihnen. Sie sagt, Sie sind für die Pferdezucht geboren.« Er hob die linke Augenbraue und sah sie prüfend an. »Wie ich höre, sind Sie auch eine hervorragende Reiterin und wollen ein paar Jährlinge zum Einreiten hierher bringen. Das alles paßt wunderbar zusammen.« Er leerte das Glas und sagte: »Ihnen gehören auch ein paar erstklassige Stuten in Kentucky. Mein Vorschlag: Beteiligen Sie sich zu fünfzig Prozent an Dionysus, wenn er den Prix Morny gewinnt. Über den Preis werden wir uns einigen. Wir können dann in Zukunft bei den Nachkommen halbe-halbe machen.«

Das Angebot schmeichelte Annie ebenso wie Madame Pichons Meinung von ihr. Aber ihr fiel noch etwas ein. »Ist Stamblit nicht ein Bruder von Nearctic?«

Er quittierte ihr Wissen über Stammbäume mit einem anerkennenden Blick.

»Ja, das stimmt«, sagte Dolby, »aber als Hengst wird Stamblit weniger beachtet, denn der Ruhm gilt zur Zeit dem unglaublichen Northern Dancer. Mein Gott, was ist der Dancer für ein Pferd! Nun ja, aber mir ist der unbekannte, ungeprüfte Hengst lieber!« Er blickte belustigt auf sie herab.

»Madame Pichon wäre stolz auf Sie«, sagte Annie etwas verwirrt, denn ihr wurde wieder einmal bewußt, wie groß er war. Außerdem registrierte sie deutlich seine Nähe. Wie lange war es her, seit ein Mann ihr so nahe gekommen war? »Hören Sie zu, Bernard – entschuldigen Sie«, korrigierte sie sich und betonte nach englischer Manier die erste Silbe, »*Ber*nard. Ich werde bleiben und mir Dionysus ansehen. Wenn der Hengst mir gefällt, werden wir uns im Falle eines Sieges auf einen Preis einigen, und wenn er *nicht* den Prix Morny gewinnt, macht es auch nichts.«

Die Vorstellung, einen Anteil an einem Hengst zu besitzen, sei er nun Sieger des Rennens oder nicht, faszinierte sie. Nearctic, der Vater von Northern Dancer, war der Sohn von Nearco, dem großen italienischen Hengst, der sich als einer der bedeutendsten Beschäler des Jahrhunderts erwies. Northern Dancer, einer seiner Enkel, war in Amerika das Pferd des Jahres gewesen und hatte den Rekord des Kentucky Derbys im letzten Frühjahr gebrochen. Annie wollte sich die Gelegenheit nicht entgehen lassen, einen Zugang zur Nearco-Linie zu bekommen, noch dazu wenn Lord Dolbys Hengst den Prix Morny gewinnen würde.

Er reichte ihr die Hand, um die Abmachung zu besiegeln.

»Finden Sie nicht auch, um diese Einigung zu feiern, sollten wir jetzt

miteinander schlafen?« fragte er und gab ihre Hand nicht frei. Er unterstrich seine Worte mit einem gewinnenden Lächeln.
»Sie sind wirklich unmöglich!«
»Ich finde es wirklich unmöglich, allein in meinem Bett zu liegen, wenn ich mit Ihnen schlafen könnte.«
Er hob langsam ihre Hand zu seinen Lippen, und als sie ihn gewähren ließ, zog er sie an sich und küßte sie. Seine Größe gab ihr das Gefühl, sein Körper könne sie einhüllen. Sein Bart strich über ihre Nase und das Kinn. Ihn umgab ein angenehmer männlicher Geruch, und seine Lippen schmeckten nach süßem Calvados und aromatischem kubanischen Tabak. Obwohl er nichts weiter tat, als ihre Hand zu halten, spürte Annie ihr klopfendes Herz, löste sich von ihm und sah zu ihm hoch.
Ohne die leiseste Spur von Aufdringlichkeit lächelte er sie an und legte den Kopf fragend zur Seite.
»Sie sind in der Übung, nicht wahr?« fragte Annie. »Sind Sie immer so gut?«
Er lachte leise. »Ich arbeite mit großem Nachdruck daran, mich in dem zu vervollkommnen, was mir gefällt.« Er küßte wieder ihre Lippen. »Damit mir das gelingt, nutze ich jede Gelegenheit zum Üben. Hin und wieder führt das zum Erfolg, aber nicht immer.« Er zog sie eng an sich und küßte ihre Augen. »Aber Annie, ich versichere dir, das Vergnügen dieses Versuchs ist bereits Erfolg genug.«
»Ich glaube, Sie üben auch die richtigen Worte«, flüsterte Annie. »Haben die Frauen nicht etwas dagegen, als Versuchskaninchen zu dienen?«
Er richtete sich etwas auf und erwiderte mit leichtem Schulterzucken: »Offenbar nicht. Frauen haben ihre eigenen Prioritäten«, sagte er, und es klang belustigt und zuversichtlich. »Ich freue mich immer, ihnen zu Diensten zu sein.«
Sie sah ihn kurz an. »Ich habe in diesem Zusammenhang noch nie etwas von Prioritäten gehört...«
»Gehen wir?« fragte er, ohne auf ihren Einwurf zu achten.
Annie betrachtete ihn. Der Wind heulte und ließ die Fensterläden klappern. Sie wollte nein sagen, aber sie nickte, ehe ihr das Wort über die Lippen kam.
Er legte den Arm um ihre Schultern und führte sie aus dem Wohnzim-

mer die Treppe hinauf. Die Windböen sorgten für einen seltsamen Gesang der Schornsteine auf dem Dach des Château. In dem zugigen Schlafzimmer entzündete Bernard Dolby zwei Kerzen, die unruhig flackerten. Annie stand am Fußende des uralten Himmelbetts vor dem Mann, der sie zu entkleiden begann. Aber dann unterbrach sie ihn und ließ ihn zusehen, wie sie sich langsam im Kerzenlicht auszog. Sein Gesicht wurde weich. Er zog sich schnell aus, und sie drängten sich aneinander. Er hob sie auf das Bett.

Zunächst zweifelte Annie an ihrer Fähigkeit, sich ihm hinzugeben, aber er war sehr behutsam und machte sie mit seiner Zunge und den Fingern bereit. Als er den breiten muskulösen Körper über sie schob und die dichten Brusthaare ihre Brüste berührten, entspannte sie sich, und ihre Leidenschaft erwachte. Er war sich seiner Größe bewußt und drang sehr zart in sie ein, streichelte sie mit den Händen und Lippen und vermied es, sie mit seinem ganzen Gewicht zu belasten. Sie sah, wie er sie betrachtete, immer heftiger atmete, und wie eine Mischung aus Überraschung und Bewunderung sein Gesicht überflog. Annie griff nach seinem Kopf und zog ihn an sich. Sie küßte ihn heftig und zwang ihn, rückwärts vom Bettrand auf den Boden zu gleiten. Sie saß auf ihm, stützte sich mit den Knien und preßte die Oberschenkel zusammen, als sie sich auf ihm hob und senkte. Er öffnete den Mund mehr und mehr, bis er schließlich ein geflüstertes Stöhnen ausstieß, als er sie mehrmals heftig von unten hob.

Annie war glücklich. Sie lachte lautlos, als der riesige Bernard Dolby schließlich in erschöpfter Befriedigung auf dem Rücken lag. Annie beugte sich vor, küßte ihn noch einmal, stand auf und zog sich das Kleid über.

»Warte Annie«, stöhnte er, »ich bin noch nicht fertig. Ich revanchiere mich *immer* für das Vergnügen.«

»Immer? Das ist wohl eine Garantie? Also dafür bekommst du bestimmt einen Orden.« Sie lachte, küßte ihn, als er sich aufrichtete, nahm schnell Unterwäsche und Schuhe und lief in den Gang hinaus. Sie eilte lautlos in ihr Zimmer und unterdrückte das Lachen, als sie einige Stufen übersprang. Sie hatte keine Angst. Sie fühlte nicht den quälenden Schmerz der Liebe. Sie hatte sich verführen lassen und jede Sekunde genossen. Mehr konnte sie nicht verlangen. Als sie Henry die Bettdecke über die Schultern zog, wußte Annie, mehr wollte sie nicht.

Nach dem Umkleiden und Waschen zog sie die Bettdecke über sich. Die Ereignisse, die Namen und Begegnungen des Tages kreisten in ihrem Bewußtsein: Bernard Dolby, Dionysus, Vera Herskewitz, Rothschild. Beim Einschlafen lächelte sie.

Für das Fest kaufte sich Annie bei Christian Dior in Paris ein geeignetes Kleid. Als sie und Bernard auf dem Landsitz der Rothschilds erschienen, begrüßte sie ein Haushofmeister in gepuderter Perücke und in der historisch getreuen Livree aus der Zeit Ludwigs XIV. Er stand oben an einer Treppe, die zum Ballsaal führte, und verkündete die Namen der eintreffenden Gäste. Bernard flüsterte dem Haushofmeister die Namen zu, der daraufhin rief: »Der Sehr Ehrenwerte Lord Dolby und die Gräfin von Catlettsburg!« Annie und Bernard lachten, während sie die Treppe hinuntergingen. Es wurde viel fotografiert, und er machte sie mit vielen »*sehr* vornehmen Leuten« bekannt, wie Annie sagte. Trotz der versammelten Titel und des blauen Bluts aus ganz Europa fühlte Annie sich nicht so verlegen und beklommen wie auf den Partys der Gesellschaft von New York. Annie war begeistert, und sie ihrerseits galt als eine bezaubernde Überraschung. Bernard Dolby sah sie strahlen und war entsprechend von ihrem Zauber gebannt. Bevor sie am nächsten Morgen das Landgasthaus verließen, in dem sie übernachtet hatten, lud er sie zu einem Fest in Paris in zwei Wochen ein.
»Gern«, sagte sie glücklich, »warum nicht?«
Drei Tage später trafen ihre zwei Jährlinge auf dem Haras de la Poire ein. Der elfstündige Flug von Kentucky und die dreistündige Fahrt im Lkw vom Flughafen Orly hatten sie mitgenommen. Aber nach einigen Tagen sprangen sie nach Annies Pflege munter über die Koppel, mischten sich zufrieden unter die anderen Jährlinge und fraßen ohne Zögern die besondere Hafermischung. Sie wieherten und galoppierten übermütig über die Wiese.
»Als Jährlinge sind sie wie Jugendliche«, erklärte Madame Pichon, wie immer ganz die Lehrerin. »Sie haben zuviel Kraft und können mit ihrer Körpergröße noch nichts anfangen. Deshalb geraten sie leicht in Schwierigkeiten und verletzen sich. Aber wir werden sie als Erwachsene behandeln. Wir füttern sie von Anfang an wie ausgewachsene Pferde und verlangen von ihnen, daß sie erwachsen werden. Bald werden die Gelenke sich festigen. Sie müssen Auslauf haben. Es ist ver-

rückt, wie manche Leute sie im Stall einsperren. Wenn sie sich nicht benehmen können, müssen sie diszipliniert werden, aber nie durch Strafe, denn das würde sie ängstlich machen oder in ihrer Entwicklung bremsen. Ein Jährling muß sich entwickeln, und zwar *jetzt, weiter,* immer weiter bis zum Ziel!«

In den Wintermonaten zeigte Madame Pichon Annie, wie man das Erstarken der Gelenke fühlt und auch die Hitze einer Infektion oder Verletzung. Annie betastete die Knie- und Fesselgelenke ihrer Jährlinge und spürte den Raum zwischen den einzelnen Knochen – ein natürlicher Entwicklungszustand.

»Ich werde Ihnen Schautafeln dieser Knochen zeigen. Sie müssen jeden einzigen auswendig lernen und auch wissen, welche Funktion sie im Zusammenspiel mit den anderen haben. Dann verstehen Sie, weshalb die meisten Pferde lahmen. Sie müssen zu viel laufen und zu lange, bevor diese Knochen zusammengewachsen und in der Lage sind, Lasten zu tragen. Wenn die Beine erst einmal überbeansprucht und verletzt sind, ist es sehr problematisch, das wieder in Ordnung zu bringen. Dann greift man oft zu Medikamenten, um die schmerzhaften Symptome der Verletzung zu beseitigen, damit das Pferd unter allen Umständen läuft. Es ist ein *Verbrechen*!«

Selbst bei Regen und Schneetreiben beobachteten die beiden Frauen die zwei Jährlinge. Eines Tages tranken sie aus der Thermoskanne eine Tasse Kaffee. Madame Pichon betrachtete die beiden Pferde lange schweigend, und Annie versuchte, das zu sehen, was ihre Lehrerin sah.

»Sie wachsen jetzt so schnell, daß sie jeden Tag anders sind«, erklärte Madame Pichon. »Sie müssen den Unterschied wahrnehmen, ihn sehen und verstehen, wie der Jährling sich dadurch verändert.«

Sie lächelte nachdenklich. »Federico Tesio ist einer der großen Züchter des Jahrhunderts. Er saß stundenlang in seiner Koppel und betrachtete nur seine Pferde. Wenn jemand wagte, ihn anzusprechen, jagte er ihn zum Teufel. Er hatte wenig Geld. Sein Gestüt in Norditalien hatte nichts von den modernen Einrichtungen. Auch auf den Auktionen in England betrachtete er stundenlang die Pferde in den Boxen. Er konnte sich keine teuren Pferde leisten, aber er entdeckte, was er suchte. Wenn er eine Stute beschälen ließ, konnte er das Fohlen voraussagen, es geradezu sehen. Ich glaube, er war ein bißchen verrückt. Aber sein Erfolg war verblüffend, und er hat den großen Ribot und natürlich Nearco als Ergebnis seiner Zucht vorzuweisen. Nur wenn man weiß, wie man ein Pferd betrachtet, lernt man es kennen. Dann weiß man, ob es zur alljährlichen Sommerauktion gemästet werden muß, um ein glänzendes Fell zu bekommen, wann man es einreiten und zum Training vorbereiten muß. Die Entscheidung liegt bei Ihnen. Unsicherheit kann zum finanziellen Ruin führen.«

»Das ist der bitterste Teil«, sagte Annie. »Ich kann mir nicht vorstellen, auch nur einen von diesen beiden zu verkaufen.«

»Sie dürfen sich nie in Ihre Pferde verlieben. Die Pferde sind nicht Ihre Kinder. Sie sind Teil des Geschäfts.« Madame Pichon unterbrach sich, seufzte und fügte dann hinzu: »Diese Regel breche ich am häufigsten. Mein Herz ist so vernarbt wie eine alte Walnuß.«

»Wann muß ich die Entscheidung treffen?«

»Nun ja, in Deauville ist im August die beste Auktion für Jährlinge. Sie ist gleichbedeutend mit Keeneland und Saratoga. Sie müssen ein paar Monate haben, um das Pferd für die Auktion vorzubereiten. Wenn Sie ein Pferd für ein Rennen nominieren wollen, reiten wir es hier im Juni ein. Bis dahin müssen Sie sich entscheiden.«

»Könnte ich in Deauville verkaufen?« fragte Annie.

»Allein ihre Pedigrees würden beide Pferde in die Reihe der ausgewählten Tiere plazieren. Unsere Arbeit wird dazu beitragen, und wenn sie vom Haras de la Poire kommen, dann ist es garantiert«, erklärte sie stolz. »Cheegar Beasley hat sehr gute Arbeit geleistet ... ach Annie, was bedeutet eigentlich ›Cheegar‹?«

»Es ist ein Insekt, das überall in den Südstaaten lebt. Es bohrt sich unter die Haut. Wenn das der Fall ist, muß man es manchmal mit dem Messer oder einer Nadel herausholen. Mr. Beasley gefällt dieser Vergleich. Er ist sogar stolz darauf.«

»Ich finde, Cheegar Beasley versteht etwas von Pferden. Das sind zwei schöne Jährlinge.«

»Henry möchte den Hengst Moonshot nennen«, erzählte Annie. »Mein Sohn ist von den Astronauten sehr beeindruckt. Er schneidet alle ihre Bilder aus den Illustrierten aus. Aber die Namensgebung überläßt er großzügig mir.«

»Er muß wissen, daß Sie vielleicht die Tiere verkaufen.«

Annie nickte. »Er weiß es, aber das gefällt ihm überhaupt nicht.«
Ein paar Tage später saß Henry im Wohnzimmer auf dem Boden und schnitt Bilder aus Zeitschriften aus. Als er auf der Suche nach Reportagen über den Mondflug der amerikanischen Astronauten in einem Stapel Illustrierten blätterte, sah er zu seiner Überraschung ein Bild von seiner Mutter mit Lord Dolby. Er lief in die Küche und zeigte dem Personal und Madam Pichon stolz das Bild. Alle begannen zu lachen. Als er den Grund für das Gelächter wissen wollte, sagte Madame, Henry müsse ihr bei einer Überraschung helfen.
Am Abend erhob sich Madame Pichon beim Essen mit dem Weinglas in der Hand und sagte: »Ich möchte auf das Wohl unserer vornehmen Freundin und Kollegin trinken, die die ganze Zeit über ihre wahre Abstammung verschwiegen hat. Wir glaubten, sie sei ein Kind aus den Bergen von Kentucky und habe sich mit viel Mühe und Arbeit in der harten Welt behauptet. Jetzt erfahren wir, daß sie von Adel ist, und wer weiß, welche Geschichten sie uns noch erzählen wird. Meine Damen und Herren, ich trinke auf die Gräfin von Catlettsburg!«
Alle Anwesenden waren auf diesen Spaß vorbereitet und erhoben sich, während Henry die Illustrierte vor seine Mutter legte. Als sie das Bild sah, schlug Annie die Hände vors Gesicht und lachte. Von diesem Abend an war Annie im Haras die ›Gräfin‹.
Henry brachte den beiden Jährlingen jeden Tag ein Bündel Möhren aus der Küche. Der Hengst und die Stute gewöhnten sich schnell an diesen Leckerbissen und galoppierten über die Koppel, wenn sie den Sechsjährigen von weitem sahen.
»Mama!« rief er eines Tages, »sie sind beide so schnell. Sie werden jedes Rennen gewinnen!« Er musterte seine Mutter, um zu sehen, ob sie seine Meinung teilte.
»Sie entwickeln sich gut«, sagte Annie.
Henry spürte sehr wohl, daß seine Anpreisungskünste nur teilweise Erfolg hatten, und hielt nachdenklich seinen beiden Lieblingen die Möhren zum Fressen hin. »Wo sind ihre Mütter und Väter? In Kentucky?« erkundigte er sich.
»Ja«, erwiderte Annie, »aber Moonshots Vater lebt auf einer Farm in Maryland.«
»Glaubst du, er sehnt sich nach den beiden?«
Annie sah Henry an, der auf der untersten Planke des Zauns mit den

Möhren stand. Sie antwortete: »Tiere sind anders als wir. Sie sind schon selbständig, auch wenn sie noch sehr jung sind. Es würde mich nicht überraschen, wenn diese zwei ihre Mütter bereits vergessen haben.«

»Das glaube ich nicht«, erklärte Henry energisch, »wie können sie das?«

»Henry, die meisten Fohlen sehen nie ihre Väter . . .«

Kaum war der Satz ausgesprochen, zuckte sie zusammen. Henry sprang vom Zaun und stellte sich breitbeinig vor sie hin. Dann sagte er mit verkniffenem Mund: »Dann haben sie es gut, nicht wahr? Sie vergessen so leicht . . .«

»Manchmal könnte man das meinen«, sagte sie, »aber es gibt soviel, um sich daran zu erinnern. Und deshalb sind wir besser dran.«

Sie streckte ihm die Hand entgegen, aber er wich zurück. »Warum mußte mein Vater sterben?« rief er zornig. »Ich will, daß er zurückkommt! Ich will ihn wiederhaben!«

»Er fehlt mir auch, Henry . . .«

»Aber du kannst dich an ihn erinnern – ich nicht! Ich kenne nur sein Bild. Aber das ist nichts. An wen soll ich mich erinnern?«

In seinen tiefliegenden Augen standen Tränen. Annie kniete vor ihm nieder und nahm ihn in die Arme. Er wehrte sich nicht, reagierte aber auch nicht.

»Im Leben geht es oft nicht gerecht zu, Henry«, versuchte Annie ihn zu trösten, »manchmal gibt es einen Grund dafür und manchmal nicht. Es ist nicht fair, daß du keinen Vater hast. Das wissen wir beide. Aber was sollen wir tun? Sollen wir viel Zeit damit verschwenden, nach Gründen dafür zu suchen, was wir nicht haben? Oder sollen wir das Beste aus dem machen, was wir haben? Auch ohne einen Vater geht es uns sehr viel besser als den meisten anderen Menschen. Und wir haben soviel zu tun.«

Während Annie ihn umarmte, wußte sie, der Tag würde kommen, an dem sie ihm alles erzählen mußte. Sie hatte ihn zwar nicht belogen und wollte es auch vermeiden, aber sie gestand sich ein, daß sie eines Tages nicht mehr würde ausweichen können.

»Mama«, fragte Henry über ihre Schulter, »glaubst du, Moonshot wird mich vergessen, wenn wir ihn verkaufen?«

»Das weiß man nicht. Pferde haben manchmal ein unglaublich gutes

Gedächtnis. Ich habe einmal einem Pferd aus einer Notlage geholfen, und es hat sich noch Jahre später an mich erinnert.«
Sie beugte sich zurück und sah ihn an, denn sie hoffte, das würde ihn trösten. Er betrachtete Moonshot, der noch am Zaun stand und auf mehr Möhren hoffte.
»Ich hoffe, daß er mich vergißt«, sagte er, »es ist nicht fair, ihn zu verkaufen, wenn er uns nicht vergessen kann.« Er lief zum Zaun und streckte Moonshot die letzte Möhre entgegen.
Die Ironie des Schicksals wollte es, daß Annie anfing, die feinen Änderungen in der Entwicklung der Jährlinge zu sehen, die mit Schnelligkeit und Konzentration zu tun hatten. Der Hengst fiel immer als erster in Galopp, aber dann sprang er herum und sah sich jedesmal nach seiner Gefährtin auf der Koppel um. Annie nannte die Stute nach einem Lied, das ihr gefiel, ›Moonglow‹. Die Stute setzte sich zwar langsamer in Bewegung, aber sie lief geradewegs zu ihren Möhren, ohne nach rechts und nach links zu schauen. Während die beiden Pferde heranwuchsen, bildeten sich auch ihre Körper aus. Annie bemerkte immer deutlicher die Überlegenheit der Stute. Die Länge der Beine schien besser proportioniert, die Gangart wirkte müheloser und weniger ruckhaft als die des Hengstes.
Ende April blühten die Birnbäume in der Nähe des Dressurplatzes. Milde Windböen verhießen warmes Wetter, aber meist brachten sie Regen. Madame Pichon zeigte Annie, wie man mit den Jährlingen im Kreis an der siebeneinhalb Meter langen Longe und einer langen Dressurpeitsche arbeitet, indem sie die Pferde zuerst in der einen und dann in der anderen Richtung die Runde laufen ließ.
»So können sie ihre Laufmuskeln ohne die Last eines Reiters entwikkeln. Sehen Sie, beim Gehen im Kreis ist der Pferdekörper leicht geneigt. Das macht ihn geschmeidig und entwickelt das Muskelspiel zuerst auf der einen und dann auf der anderen Seite. Die Übung strafft das Rückgrat und führt zu einem runden Rücken. Und achten Sie darauf, wie das Pferd zum besseren Gleichgewicht die Hinterbeine unter den Körper bringt. Sehen Sie es?« Annie wollte etwas sagen, aber Madame Pichon sprach weiter.
»Ebenso wichtig wie das körperliche Üben ist die Disziplin. Wir beschäftigen uns bereits seit Wochen tagtäglich mit ihnen, und jetzt vertrauen sie uns. Sehr bald werden wir den Zaum mit Gebiß anlegen. Wir

machen das hier früher als anderswo, weil wir die jungen Pferde als Erwachsene behandeln.«

Annie wurde immer vertrauter mit der Longe und der Dressurpeitsche. Moonglow entwickelte eine weiche, fließende Gangart, bei der die Hinterbeine im Trab genau in die Spur der Vorderbeine traten, und beim leichten Galopp griff sie weit aus. Im Juni war Annie klar, daß sie die Stute von Nearcos Enkel decken lassen wollte. Andererseits wußte sie auch, daß sie den Hengst verkaufen würde.

Erstaunlicherweise wußte es auch Henry. Eine Woche vor dem Einreiten der Jährlinge kehrte Henry ungewöhnlich schweigsam mit seiner Mutter zum Haupthaus zurück. Annie stellte ihm mehrere Fragen über seinen Tag. Sie wußte, er war mit ein paar Bauernkindern zum Schwimmen gegangen, und sie wunderte sich über seine Wortkargheit. Plötzlich blieb er mitten auf der Wiese stehen. Seine Lippen zitterten.

»Du wirst Moonshot verkaufen müssen, Mama. Mit seiner Gangart stimmt etwas nicht. Ich glaube, er galoppiert nicht gern.«

Annie staunte. »Ich glaube, du hast recht, Henry.«

Er warf sich in ihre Arme und flüsterte: »Vielleicht ist es besser, überhaupt nicht zu lieben.«

»Das kannst du nicht, Henry! Du darfst nicht aufhören zu lieben, nur weil es manchmal weh tut. Was wäre denn, wenn wir beide uns aus Selbstschutz nicht mehr lieben würden? Ich könnte das nicht. Und du?«

»Nein. Aber warum müssen wir all das verlieren, was wir wirklich lieben?«

»Vermutlich weil wir auch die unerfreulichen Dinge verlieren.«

Er löste sich von ihr. »Und das wäre?«

»Fehler«, antwortete sie, »schlechte Menschen, die man kennenlernt.«

Er nickte klug. »Ja, ich weiß, was du meinst. Aber sie zu verlieren, ist einfach, denn es macht einen glücklich. Was soll man aber tun, wenn man ein Pferd verliert oder den besten Freund oder etwas Ähnliches?«

»Du kommst darüber hinweg und findest etwas anderes. Es wird nicht Moonshot sein oder genau derselbe Freund, aber es bleiben noch viele Möglichkeiten.«

Der Junge sah sie finster an. »Ich werde nie einen anderen Vater finden!«
»Du wirst nicht Winnie Sumner finden und ich auch nicht. Vielleicht werden wir nie einen Menschen finden, der ihn ersetzt. Aber wir müssen tun, was wir tun können, und die Hoffnung nicht aufgeben.«
»Ist das auch der Grund dafür gewesen, daß du den Ehering verschenkt hast?«
Annie lachte überrascht. »Vielleicht, obwohl ich bis jetzt nicht auf diesen Gedanken gekommen bin. Eigentlich solltest du nicht etwas über mich wissen, das noch nicht einmal ich weiß.«
Der Zorn verschwand, und er lächelte sie dankbar an. »Ich hab' dich lieb, Mama.«
»Ich bin so froh, und ich habe dich auch lieb, mein Schatz.«
»Aber sonst werde ich nichts lieben«, erklärte er.
»Das würde ich mir an deiner Stelle nicht vornehmen. Wir gehen besser eins, zwei, drei vorwärts, findest du nicht auch?« meinte Annie.
Er nahm ihre Hand und zog sie zum Château. Dann sah er sie lausbübisch von der Seite an und sagte: »Wie Lord Dolby.«
»Ja, wie Lord Dolby.«
»Ich mag ihn«, sagte Henry, »er ist lustig und *so groß*.«
»Das . . . stimmt.«
»Aber wirst du ihn heiraten, wie er sagt?«
»Wann hat er das gesagt?«
»Am ersten Abend, als er dich sah.«
»Das hat er nur im Spaß gesagt, Henry. Eine Heirat ist sehr kompliziert. Das alles ist nur ein Spaß für Lord Dolby gewesen.«
»Als er neulich hier war, hat er mich auf sein Schloß nach England eingeladen«, erklärte Henry stolz. »War das auch ein Spaß?« Er sah sie prüfend an.
Annie hob die Schultern. »Ich weiß nicht. Ich werde ihn danach fragen, wenn er hier wieder auftaucht. Komm jetzt, du mußt vor dem Essen noch duschen.«
Annie erfuhr von Madame Pichon und aus den englischen Rennblättern und Zeitschriften, daß Lord Dolby sein Gestüt mit beachtlichem Geschick, Hingabe und Intelligenz wieder in Gang gebracht hatte. Als Großbankier in London war er sehr erfolgreich gewesen und konnte jetzt nicht nur sein Familienschloß in Warwickshire wieder instand

setzen lassen, sondern auch das Familiengestüt zu neuem Leben erwekken. Lord Dolby erzählte Annie, er habe zunächst fünf Jahre ernsthaft Stammbäume studiert und danach fünf Jahre lang auf Auktionen Stuten ausgewählt. Schließlich ließ er seine Stuten von teuren Hengsten decken, die seinen Zuchtvorstellungen entsprachen. Die Ergebnisse sollten sich in diesem Jahr auf den Rennen der Zwei- und Dreijährigen bewähren. Und die Pferde würden zum ersten Mal seit dem Zweiten Weltkrieg wieder die Dolby-Farben Lila, Rosa und Weiß tragen.

Die Verbindung der Familie Dolby mit dem Haras de la Poire begann zwischen den beiden Weltkriegen mit Bernards Vater. Der alte Lord Dolby hatte Madame Pichon viele seiner erstklassigen Jährlinge zur Pflege und zum Einreiten geschickt. Während des Krieges beschlagnahmten die Nazis Lord Dolbys Tiere in La Poire. Aber Madame Pichon reiste sofort nach Kriegsende nach Deutschland und machte drei der besten Pferde wieder ausfindig. Sie brachte die Tiere nach Frankreich zurück, wo sie sich unter ihrer persönlichen Pflege erholten. Als Bernard wieder das Dolby-Gestüt aufbauen wollte, kam er als erstes zu Madame Pichon.

»Er ist ganz genau wie sein Vater, obwohl er dünner und zurückhaltender ist«, berichtete Madame Pichon. »Sein Vater war ein Riese in der Länge und in der Breite. Er paßte nicht in unsere Badewannen. Sein Kammerdiener mußte ihm das Wasser übergießen. Und *kaum* war ich Witwe, wurde er amourös. Er ›schlich‹ mitten in der Nacht zu meinem Zimmer, machte dabei soviel Lärm wie ein Nashorn im Busch und klopfte an meine Tür. Er gab mir vor, unbedingt seine Träume erzählen zu wollen. Ich habe es nie gewagt, ihm zu öffnen. Aber er war wirklich ein liebenswerter Mann.«

Unter Madame Pichons Anleitung legte Annie Moonglow einen Sattel auf und ließ sie im tiefen Sand an der Longe laufen, um sie an das Gewicht zu gewöhnen. Dann ›bestieg‹ sie Moonglow, das heißt, sie legte sich quer über den Sattel, um die Stute an das Gewicht eines Reiters zu gewöhnen. Und als sie später aufsaß, ritt sie von da an täglich mit Moonglow im Galopp durch den Wald. Moonshot dagegen bekam Mastfutter in Vorbereitung auf den Verkauf. Und Henry fütterte ihn Tag für Tag mit Möhren.

An der Spitze der zehn Pferde aus dem Dolby-Gestüt, die zu den Rennen in Deauville eintrafen, stand Dionysus. Bernard mietete am Strand in Deauville eine Villa für die Saison. Er und sein Trainer legten jeden Tag die halbe Stunde zum Haras de la Poire zurück, und sie überwachten die Arbeit mit Dionysus und den anderen Dolby-Pferden auf der sandigen Galoppstrecke durch den Wald.

Annie war jeden Morgen zur Stelle und beobachtete die Pferde. Dionysus war ein schöner, großer, kräftiger Rotschimmel. Annie überzeugte sich davon, daß seine Gelenke bereits so stark wie Stahlseile waren. Wenn er freien Auslauf bekam, galoppierte er geschmeidig und ausdauernd. Annie konnte sich durchaus vorstellen, daß er den Prix Morny gewinnen würde, und begann mit Bernard, über den Preis zu verhandeln.

Außerdem überwachte sie den letzten Schliff von Moonglows Training, ehe die Stute dem Trainer übergeben wurde, und bereitete Moonshot zum Verkauf in Deauville vor.

»Ich glaube, wir sehen uns besser erst wieder nach dem Rennen«, sagte Annie eines Vormittags. Sie und Bernard verbrachten hin und wieder eine Nacht zusammen in seiner Villa am Strand. Aber beide standen unter dem Druck des Rennens und der Auktion. »Wenn ich bei dir bleibe«, erklärte sie, »muß ich um fünf Uhr morgens wieder hier sein. Und ich lasse Henry nicht allzu gerne über Nacht allein.«

»Na ja, du könntest doch Henry mitbringen«, erwiderte Bernard, während sie zum Mittagessen zum Château durch den Wald gingen. »Du kennst doch Mrs. Forbes. Sie ist eine erstklassige Haushälterin, und der Strand beginnt direkt vor der Haustür. Außerdem möchtest du doch bestimmt im August in Deauville sein. Er ist einer der elegantesten und bezauberndsten Orte auf der ganzen Welt. Wir sind zu nicht wenigen großen Festen eingeladen, und im Casino ist jeden Abend eine große Fete. Dort trifft sich alles.«

»Das interessiert mich nicht. Und mir hat nichts gefehlt, als ich im vergangenen August nicht in Deauville war. Ich würde dich gerne begleiten, aber ich kann unmöglich Feste feiern, die ganze Nacht im Casino tanzen und dann hier todmüde zur Arbeit erscheinen.«

Er seufzte. »Ich werde versuchen, ohne dich durch die Saison zu kommen.«

»Du wirst dich blendend amüsieren. Ich sehe bereits die langbeinigen Verehrerinnen, die sich um dich drängen.«

»Sie haben es nicht auf den Titel abgesehen, das kann ich dir versichern. Es liegt an meinem Sternenwesen. Also hör zu, wir müssen uns auf etwas freuen können. Wenn Dionysus den Prix Morny gewinnt, mußt du seinen Sieg mit mir feiern. Bis dahin hast du alle deine Pflichten erfüllt. Deine Stute ist bei einem der besten Trainer Frankreichs, dein Hengst ist auf der Auktion für Tausende von Francs verkauft, und Henry bleibt bei uns, bis er einschläft. Dann hast du wirklich keinen Grund, dir nicht auch ein wenig Freude zu gönnen . . . mit mir.«

»Abgemacht.« Sie schüttelte ihm wie schon einmal die Hand, und er zog sie an sich und küßte sie wie damals. Dann löste sie sich von ihm. Er sagte im Spaß: »Bestimmt hätte Madame Pichon nichts dagegen, wenn wir ein oder zwei Stunden in deinem Zimmer verschwinden.«

»Du bist unmöglich!« erwiderte Annie, »wir sehen uns bei der Siegerehrung.«

Das Rennen um den Prix Morny fand am zweiten Sonntag der Deauville-Saison statt. An diesem Morgen wurden auch die besten Jährlinge der Auktion versteigert. Moonshot sollte unter den ersten aufgerufen werden. Er gehörte zu den elf Jährlingen vom Haras de la Poire, die an den prestigeträchtigen ersten Tagen der Auktion den Interessenten angeboten wurden. Zwei Tage vor dem Verkauf fuhr Madame Pichon mit Henry und Annie zu den Boxen in der Nähe des Auktionspavillons, wo die Jährlinge den möglichen Käufern vorgeführt wurden. Der kleine Henry stand neben der Box von Moonshot und musterte jeden Interessenten mit finsteren Blicken, der seinen Hengst herausbringen und zur Begutachtung herumführen ließ. Annie stellte fest, daß mehrere echte Begeisterung zeigten. Sie brauchte nur zwei Interessenten, die sich beim Bieten hochsteigerten.

Am Tag des Rennens und der Auktion verließen Madame Pichon und Henry früh das Château. Sie wollten zum letzten Kämmen und Bürsten rechtzeitig bei den Pferden sein. Annie blieb bei Dionysus, um die Verladung für die kurze Fahrt zum Hippodrome de la Touques zu überwachen. Lord Dolby erschien mit dem Trainer, und Annie sah zu, wie mehrere Stallknechte den Hengst in den Wagen führten. Annie fuhr mit Bernard und dem Trainer voraus. Ihnen folgte der Pferdetransporter zu den Ställen der Rennbahn. Als der Zweijährige in der Box stand, küßte Annie den aufgeregten Bernard und eilte über die Straße zum Auktionspavillon.

Die dreihundert Plätze waren besetzt und die Auktion bereits im Gange. Annie öffnete schnell den Katalog und warf einen Blick auf die angezeigte Nummer. Sie fand Henry und Madame Pichon vor Moonshots Box. Der Junge verhielt sich tapfer, aber beide Frauen verstanden seine Verzweiflung, als der Verkauf näherrückte.
»Wenn ich eine Million Francs hätte, würde ich ihn kaufen«, erklärte Henry. Und als letzten Ausweg machte er seiner Mutter ein Angebot: »Wenn du mir das Geld leihst, Mama, werde ich ihn gut pflegen und dir das Geld zurückzahlen, wenn er ein Rennen gewinnt.«
Annie hätte beinahe eingelenkt, da er es sich so sehr wünschte, aber Madame Pichon dachte sehr viel pragmatischer. »Henry, wir müssen immer das tun, was für das Pferd das Beste ist. In diesem Fall hast du und deine Mutter eine Entscheidung getroffen. Du bist zu dem Schluß gekommen, der Hengst ist für euch nicht der Richtige. Es war eine schwere Entscheidung, eine tapfere Entscheidung. Und jetzt ist es besser, wenn der Hengst einen Besitzer bekommt, der ihn haben möchte und unter Beweis stellt, daß ihr euch geirrt habt.«
Der Junge sah Madame Pichon nachdenklich an. »Ich hoffe, das wird geschehen.« Moonshots Nummer wurde aufgerufen, und die drei folgten dem Jährling zu dem Gehege hinter dem Auktionsring. Henry strich dem Hengst zärtlich über die Nüstern und verabschiedete sich mit zitternden Lippen. Dann gingen sie in den Pavillon und blieben an der Rückseite stehen. Als man den Hengst in den Auktionsring führte, beobachtete Henry das Geschehen nur noch mit mißmutiger Gelassenheit. Annie fand, er sei plötzlich etwas erwachsener geworden, aber sie konnte nicht so recht froh darüber sein.
Madame Pichon stieß sie mit dem Ellbogen an. Die Gebote kamen schnell und in kurzer Folge und kletterten im Handumdrehen über die Hunderttausender-Grenze. Annie konnte nicht feststellen, wer bot, sondern starrte nur wie gebannt auf den Auktionator, der in rasendem Französisch die Gebote wiederholte. Auf der Anzeigetafel wurden die Francs schnell in Dollar umgerechnet. Sie sah $ 18000, und die Zahlen näherten sich bereits der 200000-Francs-Grenze. Dann entstand eine Pause. Der Auktionator lockte und heizte die Stimmung an, und plötzlich kam ein um 25000 Francs höheres Gebot. Damit schien der Auktionator zufrieden zu sein. Er ließ schnell den Hammer fallen. Glücklich umarmte Madame Pichon ihre Freundin, die über die Schulter

ihrer Lehrerin hinweg sah, daß auf der Anzeigetafel der Verkaufspreis mit ›$ 40909,00‹ angegeben wurde. Diese Summe hätte sie nicht zu träumen gewagt. Dann bemerkte sie, daß Henry davonlief.
»Wohin willst du, Henry?«
»Ich möchte dem neuen Besitzer den Namen sagen.«
»Mein Schatz, wer den Jährling gekauft hat, darf ihm den Namen geben.«
Der Junge hob die Schultern. »Ich möchte ja nur einen Vorschlag machen.«
Annie ließ ihn gehen. Sie freute sich darauf, Chigger Beasley von ihrem Erfolg zu berichten, und auch auf Bernards Reaktion. Der Junge blieb dem Mann auf den Fersen, der zu dem Käufer ging, um sich die Unterschrift geben zu lassen. Annie folgte ihm mit den Blicken und dachte gerade, sie könne sich jetzt ein paar Überraschungen für Henry, Madame und Bernard leisten ...
Der neue Besitzer drehte sich um und unterschrieb. Henry richtete in seiner ernsthaftesten Erwachsenenart das Wort an ihn. Der Mann hörte zu, lächelte und bückte sich dann, um Henry die Hand zu schütteln. Annie sah, wie Henry die Lippen bewegte und sicher wieder einmal voll Stolz sagte: »Ich heiße Henry Sumner. Ich bin Amerikaner.«
Der Käufer war Sam Cumberland. Sein Schock war unübersehbar. Er richtete sich schnell auf und blickte forschend über die Menge.
»Kümmern Sie sich bitte um Henry«, bat Annie schnell Madame Pichon und verließ den Pavillon.

Es wurde der längste Tag ihres Lebens. Annie blieb in der Nähe von Dionysus bis zum Rennen um den Prix Morny und verließ die Box nur, wenn sie am anderen Ende der Stallungen eine Silhouette sah, die Sam hätte sein können. Henry und Madame Pichon kamen kurz vorbei, aber sie wollten wieder zu der Auktion zurück, um die Versteigerung der anderen Jährlinge von La Poire mitzuerleben. Henry wirkte etwas begütigt und berichtete, der neue Besitzer habe versprochen, den Namen Moonshot wenn möglich zu verwenden. Madame Pichon sagte Annie, das Gestüt Caernarvon habe den Hengst gekauft, und Sam Cumberland sei mit Henry zu ihr gekommen, um sich vorzustellen. »Er hat gesagt, ihn beeindrucke das Pedigree des Hengstes mehr als sein Aussehen.« Sie musterte Annie prüfend und erwartete eine Reaktion. Als das nicht geschah, eilte sie mit Henry davon. Bernhard erschien eben-

falls. Er hob sich mit einem weißen edwardianischen Anzug und einem breitkrempigen Panamahut deutlich von der Menge ab.
Da alle von der allgemeinen Spannung und Erregung erfaßt waren, bemerkte niemand Annies tödliche Ruhe. Sie wußte, Sam würde sie suchen. Das hatte sie auf seinem Gesicht gesehen, als er Henry begegnete. Es würde auch nicht schwer sein, sie zu finden. Selbst im August war Deauville eine sehr kleine Stadt, besonders in der Welt des Rennsports und der Pferdezüchter.
Eine elegant gekleidete Menschenmenge hatte sich auf den Tribünen des Hippodrome de la Touques eingefunden. Die ersten Rennen wurden gelaufen, aber Annie blieb im Schutz der Stallungen. Um sich zu beschäftigen, flocht sie Dionysus die Mähne und dachte dabei ohne Reue oder Verlangen an Sam.
»Le Prix Morny. Préparez pour le rond de présentation«, verkündete der Lautsprecher am Ende des Stalls. Annie folgte Dionysus und seinem Stallburschen aus der Box und durch die Tore des Rennplatzes zum Sattelplatz, wo sich bereits die Menschen drängten. Über den Kanal trieben Wolken und verdeckten plötzlich die Sonne. Die alten Fachwerkgebäude um den Sattelplatz lagen im Schatten. Unzählige Geranien, Begonien und Stiefmütterchen schmückten die Einfassung des Rings und die Tribünen in der Nähe. Die Blumen wurden von der heftigen Brise erfaßt und wiegten sich im Wind.
Die Schönheit des Hippodromes erhöhte Annies Gefühl der Erwartung. Sie bemühte sich mit aller Kraft darum, ihre Nerven unter Kontrolle zu behalten, und folgte Dionysus zum Sattelplatz.
Bernard Dolby wartete dort. Er hielt den Hut fest, den der Wind davontreiben wollte. Als der Trainer und der Bursche des Jockeys Dionysus sattelten, lächelten Bernard und Annie sich an. Sie sah, wie die Jockeys erschienen und zu den Pferden traten. Madame Pichon und Henry kamen und vergaßen die Aufregung der Auktion, denn die Spannung vor dem Rennen erfaßte auch sie. Die Menschen drängten sich am Zaun, um das Ritual der Vorbereitungen zu beobachten. Als die Jockeys das Zeichen zum Aufsitzen erhielten, hörte sie eine bekannte Stimme: »Hallo, Annie.«
Nach einem flüchtigen Blick erwiderte sie mit vorbereiteter Gelassenheit: »Hallo, Sam«, und sah hinter dem schützenden Lächeln seine fragenden Augen. Sie wußte, er war ebenso vorsichtig wie sie.

Ohne nachzudenken, verließ sie mit den Besitzern und den Pferden den Sattelplatz. Sie folgte aber nicht Lord Dolby und seiner Gesellschaft in die Loge, sondern blieb auf der Rückseite der Tribüne. Vom ersten Augenblick an, als die Startklappen aufflogen, war Dionysus' Sieg nicht gefährdet. Er führte vom Start bis zum Ziel, gewann mit eindeutigen drei Längen Vorsprung und lief die zwölfhundert Meter für einen Zweijährigen beinahe in Rekordzeit. Aber Annies Gefühle waren nicht mehr bei dem Rennen. Als der Jockey den Hengst zurückbrachte, lief sie hinunter zur Siegerehrung, wo ein überglücklicher Bernard Dolby bereits seinen Hengst in Empfang nahm. Annie sah mit einer Gleichgültigkeit zu, die sie zutiefst bedauerte, gegen die sie sich aber nicht wehren konnte.

In diesem Augenblick begann mit einem Blitz und einem Donnerschlag einer der plötzlichen Regengüsse der Normandie. Regenschirme wurden überall aufgespannt, aber Bernard wollte in seiner Freude nichts davon wissen. Als er Annie sah, winkte er ihr zu, bei der Siegerehrung an seiner Seite zu sein. Er führte den Hengst, blieb stehen und reagierte bereitwillig auf die Bitten der Fotografen. Annie drehte sich um und verschwand schnell aus dem Gedränge.

Völlig durchnäßt erreichte sie den Parkplatz und rief ein Taxi. Madame Pichon würde Henry in der Dolby-Villa abliefern. Bei einem Sieg sollte dort gefeiert werden. Das Haus stand allen Gratulanten offen. Anschließend fand ein Essen in Les Ambassadeurs statt, dem Restaurant des Casinos, und danach wollten sie im Nightclub tanzen. Annie eilte in die Villa. Man führte sie in ihr Zimmer, wo ihre Kleidung und Henrys Sachen bereits abgeliefert worden waren.

In dem tropfnassen Kleid betrachtete sich Annie im Spiegel über dem Schminktisch. Sie sah den offenen Schrank, in den Lord Dolbys Butler das Abendkleid gehängt hatte. Sie sah sich noch einmal an und senkte schnell den Blick, denn sie wollte sich nicht eingestehen, was ihre Augen verrieten: Sie könnte sich sofort wieder in Sam verlieben.

Beim Essen saß Annie rechts neben Bernard Dolby. Sie trug ein neues Kleid aus jadegrüner Seide mit einem weiten langen Rock und einem tiefen Ausschnitt. Sie begrüßte und unterhielt sich mit Bernards Gästen, britischen Bankiers, einem Marquis, einem griechischen Reeder, verschiedenen französischen Vollblutzüchtern und zahllosen Leuten, die erschienen, um dem Besitzer des Siegers zu gratulieren. Madame

Pichon saß ihr gegenüber. Ihr entgingen nicht Annies Versuche, die innere Zerrissenheit zu überspielen, aber sie schwieg. Barnard äußerte sich gelegentlich über Annies seltsame Zerstreutheit, aber das beeinträchtigte nicht seinen Triumph.

Als die Gesellschaft das Restaurant verließ und unter den riesigen Kronleuchtern des Casinos über die weichen Teppiche an den Roulette-Tischen vorbeiging und an den Salles privées, wo Bakkarat ohne Einsatzbegrenzung gespielt wurde, blieb Annie bewußt stehen und sah sich nach Sam um. Im Nightclub des Casinos saß sie geistesabwesend an ihrem Tisch. Sie konnte und wollte sich nicht auf das konzentrieren, was um sie herum geschah oder worüber gesprochen wurde. Champagner wurde ausgeschenkt, Trinksprüche ausgebracht, ein Zauberer unterhielt die Gäste mit seinen Künsten. Georges Guetary sang, und dann wurde getanzt. Annie absolvierte das Programm mit solcher Konzentration und Fehlerlosigkeit, daß sie zuerst nicht bemerkte, als Sam erschien und hinter ihrem Stuhl stand.

»Ich erlaube mir die Frage, ob die Gräfin von Catlettsburg mir einen Tanz schenken will?« sagte er leichthin und in dem spöttischen Ton, wie er unter Freunden üblich ist.

Sie hatte ihn nicht kommen sehen. Trotzdem reagierte sie ebenso unbeschwert: »Aber mit Vergnügen, Sam. Kennst du Lord Dolby? Und du hast Madame Marie Pichon bereits kennengelernt. Sam Cumberland ...« Gekonnt machte sie ihn mit ihren Freunden bekannt. Die meisten kannten Sam und er sie. Er begrüßte alle und gratulierte Bernard Dolby. Er beglückwünschte Madame Pichon und führte Annie dann auf die Tanzfläche.

»Du hast also ein Bild der Gräfin gesehen?« fragte Annie über die Schulter.

»In *Town and Country*. Es hat in Lexington großen Eindruck gemacht. Alle waren begeistert«, erwiderte er, als sie die Tanzfläche betraten.

»Das kann ich mir vorstellen.« Sie lachte, drehte sich um und hob zum Tanz bereit die Arme. Er zögerte einen Augenblick und sah sie an. In seinen Augen lagen Vorsicht und Entschlossenheit im Widerstreit miteinander. Dann nahm er sie in die Arme, und sie tanzten. Sie schwiegen beide. Annie schloß die Augen und versuchte, nicht zu denken, zu fühlen und sich Fragen zu stellen. Es gelang ihr beinahe. Sie erinnerte sich nur an ihre eigenwilligen Variationen beim Tanzen, und ihr entging auch nicht die Mühelosigkeit, mit der ihre Körper miteinander verschmolzen.

Die Musik brach plötzlich ab. Sie lösten sich langsam und beteiligten sich am Applaus.

»Ist dieser Junge mein Sohn?« fragte Sam mutig. Es klang, als habe er die Frage oft geübt.

Annie glaubte, auf alles vorbereitet zu sein, aber nicht auf eine Lüge. »Nein, das ist er nicht.«

Sam kannte sie jedoch zu gut und lächelte wissend. »Danke für den Versuch. Ich wünschte, ich hätte es gewußt. Was bin ich doch für ein *Idiot*! Ich habe nicht im Traum daran gedacht, bis heute, als er plötzlich ... Ich hätte ...« Er zögerte, schüttelte den Kopf, nahm ihren Arm und führte sie an den Tisch zurück. »Es ist etwas zu spät für edle Absichtserklärungen, nicht wahr? Danke für den Tanz, Annie. Es ist schön zu sehen, daß du so ... glücklich aussiehst.«

»Danke, Sam. Das bin ich«, erwiderte Annie an seiner Seite. »Wie geht es dir?«

Er lachte tonlos und ließ sie zwischen den Tischen vorgehen, aber ihre Hand blieb in seiner. Ehe sie den Dolby-Tisch erreichten, zog er sie zu sich und sagte: »Ich war zum letzten Mal an dem Nachmittag glücklich, als ich dir in der Madison Avenue unvermutet begegnet bin.«

Annie sah ihn an, holte tief Luft und fragte: »Und jetzt?«

Sein Lächeln verriet seine Gefühle, aber auch seine Verzweiflung. Er warf einen Blick auf den Dolby-Tisch, und dann sah er sie wieder an. »Ich müßte eigentlich schon in Paris sein. Mein Flugzeug startet sehr früh. Ich bin geblieben, um die Sache mit dem Jungen herauszufinden. Wenn du je etwas für ihn brauchst ...«, er wandte sich gequält ab und schüttelte den Kopf. »Annie, es gibt zu viele Fragen, und es bleibt zu wenig Zeit. Viele Leute warten auf uns. Ich würde lieber die ganze Nacht hier mit dir stehen, als irgendwo sonst auf der Welt zu sein. Aber du weißt, und ich weiß, wie vorsichtig wir sein müssen.«

Er suchte ihr Verständnis, und sie nickte stumm. Er lächelte, beugte sich vor, küßte sie auf die Wange, drehte sich um und ging durch die Tische zum Ausgang.

Annie sah ihm etwas zu lange nach, ehe sie zu ihrem Tisch zurückkehrte. Bernard unterhielt sich angeregt, aber er sah sie trotzdem schnell und besorgt an. Annie lächelte ihm unbeschwert zu, aber ihr

Lächeln konnte Madame Pichon nicht täuschen. Als sie sich verabschiedete, um nach Hause zu fahren, sagte sie zu Annie: »Komm morgen zu mir. Dann reden wir miteinander.«
Annie wollte nicht mehr an das denken, was mit Sam geschehen war. Sie überließ sich der Fröhlichkeit des Abends, unterhielt sich angeregt, tanzte mit den anderen Gästen und brachte Bernard zum Lachen. Die Gesellschaft traf sich nach dem Casino in der Villa des Reeders zum Ouzo. Zu Ehren von Dionysus warfen sie die Gläser in den Kamin. Dann tanzten sie angetrunken und ausgelassen griechische Tänze. Annie blieb in scheinbarer Hochstimmung, bis sie mit Bernard im Rolls-Royce des Griechen nach Hause gebracht wurde.
»Mein Liebling«, sagte Bernard, »ich glaube, heute sind wir plötzlich sehr gute Freunde geworden.«
Annie sah ihn an, denn sie erwartete, er sei verletzt oder zornig. Aber er nahm ihre Hand und küßte sie zärtlich. »Und da ich jetzt dein bester Freund bin, kannst du mir alles über ihn erzählen. Ich habe selten erlebt, daß Cupido jemanden so ins Herz trifft wie heute dich. Die Cumberlands kommen von Wales, das habe ich irgendwo einmal gelesen . . .«
Annie erzählte ihm soviel sie konnte, aber nicht alles. Auch nicht, daß Sam Henrys Vater war, aber sie erzählte von dem Komplott zu dritt, der Heirat, Winnies Tod und mehr. So viel hatte sie in Jahren nicht an die Vergangenheit gedacht. Bei Calvados saßen sie auf der Terrasse der Villa. Vor ihnen lag das Meer, und sie unterhielten sich Stunde um Stunde. Der Wind vom Kanal wehte warm und angenehm.
»Ich habe nicht gewußt, daß Sam hier sein würde«, sagte Annie, »und es tut mir aufrichtig leid, daß er auf deiner Feier erschienen ist.«
»Liebling«, sagte Barnard und schob das Problem beiseite, »er hat die Feier nicht beeinträchtigt, nur deine Freude daran. Egoistisch wie ich bin, wünschte ich, er wäre morgen erschienen. Aber andererseits können wir auf diese Weise Freunde sein und Partner bei dem großen Hengst. Das wäre das. Die eigentliche Frage ist: Was machst du mit Sam?«
»Ich weiß es nicht«, antwortete Annie, obwohl ihr immer wieder Wunschbilder durch den Kopf gingen, die sie aber jedesmal entschlossen zur Seite schob. »Es gibt so vieles, was ich nicht weiß.«
»Das ist alles nicht wichtig, wenn ich so sagen darf. Deinen Worten

entnehme ich, daß der arme Kerl schon lange unglücklich ist ..., wenn man ihm glauben soll. Oder rührt er bei dir damit nur an eine gewisse, vertraute Saite?«

»Nein, ich glaube ihm«, sagte Annie.

»Dann, Liebes, ist dein Weg klar«, sagte Bernard. »Nimm ihn dir. Er und die Frau, die bisher in seinem Leben gewesen ist, hatten genug Zeit miteinander, und wenn sie bis jetzt nicht klargekommen sind, dann hat er, wie ich glaube, das Recht, wie es alle patriotischen Amerikaner haben, sein Glück zu suchen.«

Annie lächelte nicht überzeugt. »Ihn mir nehmen? Findest du nicht, das ist etwas plump?«

»Liebling, es ist unmöglich. Aber was soll's? Und da wir von unmöglich reden, ich gehe jetzt allein ins Bett.« Er lächelte traurig. »Komm, wir müssen lernen, uns so keusch wie Kinder zu küssen.«

Sie küßten sich liebevoll die Wangen und umarmten sich dann. »Annie«, sagte er, »du bist die Art Frau, die einen Mann wie mich davon überzeugt, daß er ein Narr ist, dich gehen zu lassen. Weiß dieser Cumberland eigentlich, wie glücklich er ist?« Er wünschte ihr eine gute Nacht, und sie blieb auf der Terrasse sitzen.

Annie trank langsam ihren Calvados aus und sah dem Spiel der Wellen zu, die sich am Strand überschlugen und über dem Sand einen Schaumteppich breiteten. Der Morgen brach an einem wolkenlosen Himmel an. Der Regen vom Vortag hatte an der blühenden Küste die Luft gereinigt. Sie schien einen süßen Beigeschmack zu haben. Das sanfte Klatschen der Wellen und das leise Rauschen der Brandung bemächtigten sich ihrer Gedanken, und alle ›Wenn und Aber‹ verschwanden.

Sie glaubte, alles, was sie tun würde, habe bereits Gestalt angenommen. Sie mußte es nur noch entdecken und sich in allen Einzelheiten damit beschäftigen. Es gab keinen Alptraum mehr. Der Gedanke, nach Amerika zurückzukehren und dort ein Zuhause zu gründen, machten sie so glücklich, daß Annie Schuhe und Strümpfe auszog und zum Strand hinunterlief. Der weite Rock bauschte sich im Wind. Das Wasser war kalt. Sie hob den Saum und lief durch die flachen Wellen. Sie genoß die wohltuende Wirkung des Calvados und die leichte Trunkenheit.

Sie lachte. Dann zog etwas ihre Aufmerksamkeit auf sich. Sie blieb stehen, hob den Kopf und sah den weißen Kondensstreifen eines Flug-

zeugs am Himmel, das auf den noch immer dunklen Horizont im Westen zuflog. Annie lachte wieder. Sie glaubte nicht daran, daß Sam vielleicht in diesem Flugzeug saß, aber sie freute sich darüber, daß die Möglichkeit bestand.
Hinter ihr hörte sie plötzlich das Getrappel von Hufen. Sie drehte sich um und sah zehn Vollblüter durch die sanfte Brandung der Wellen am Strand entlang galoppieren. Als sie rechts und links an ihr vorbeirasten, winkten die Stallburschen ihr zu und begrüßten sie fröhlich. Sie winkte zurück, und ganz mechanisch musterte sie die Pferde kritisch. Nicht ein einziges besaß einen Makel. Die fliegende Schönheit und Anmut ihrer Bewegungen wirkten auf Annie in diesem Augenblick wie eine Zustimmung für das, was sie tun wollte.

19

DIE GRÄFIN KAUFT LIMETEEN

21. Oktober – Eines der ältesten Bluegrass-Gestüte hat in der letzten Woche den Besitzer gewechselt. Mrs. Winton Sumner III, die Witwe des verstorbenen Besitzers der berühmten Rosewood-Ställe, hat Berichten zufolge die Limeteen-Farm für 1,75 Millionen $ gekauft. Das 450 Morgen Land umfassende Gestüt im Fayette County gehört zu den drei Rennställen in Kentucky, die eine eigene Übungsbahn besitzen. Limeteen geriet nach dem Tod seines langjährigen Besitzers Oberst Matthew Scanlon in Schwierigkeiten und wurde vor zwei Jahren von seinen Erben zum Verkauf angeboten.

Mrs. Sumner ist in Kentucky geboren und lebt zur Zeit in Frankreich. Nach den Aussagen ihres Geschäftspartners, Mr. A. R. Beasley von der Blue Bell Farm, beabsichtigt Mrs. Sumner, sich in Zukunft mehr der Vollblutzucht zu widmen. Ihre Entscheidung wurde wesentlich von ihrem Aufenthalt auf dem berühmten Haras de la Poire beeinflußt, wo eine Reihe von Europas größten Trainern und Pferdekennern von der angesehenen Züchterin Madame Marie Pichon ausgebildet wurden. »Soweit ich weiß«, sagte Mr. Beasley, »will sie (Mrs. Sumner) sich jetzt ihren Platz unter den Gestüten erobern und hat sich für ihre Heimat Kentucky entschieden.«

Die aus Catlettsburg stammende Mrs. Sumner nannte man in Europa ›die Gräfin von Catlettsburg‹. Nach einer Besichtigung von Limeteen vor wenigen Tagen kehrte sie nach Frankreich zurück, um den Umzug vorzubereiten.

Der Artikel erschien auf der letzten Seite des *Lexington Herald-Leader* unter ›Geschäftsnachrichten‹, wo die Berichte über die Bluegrass-Industrie – Gerste, Tabak, Bourbon Whiskey und Vollblutzucht – standen. Belinda Cumberland las den Artikel bereits am frühen Morgen des Tages, an dem die Zeitung erschien. Sie saß im Wagen und ließ sich vom Caernarvon-Gestüt zur Fuchsjagd bringen, wo sie bei der Iroquois-Fuchsjagd, einem altehrwürdigen Ereignis in Lexington, den Ehrenplatz hinter dem Jagdmeister einnehmen würde. Die Nachricht trug noch mehr zu ihrem Unmut bei. Es war ihr nicht gelungen, den Bund ihrer gelbbraunen Reithose zuzuknöpfen, und die schwarze taillierte Reitjacke mit den drei Köpfen saß unangenehm eng. Die Appetitzügler wirkten nicht, sondern brachten ihr nur schlaflose Nächte. Ihre Gereiztheit wuchs bedenklich.
Belinda ließ die schlechte Laune an ihren Jagdgenossen aus. Sie tadelte einige der Gäste, weil sie zu nahe hinter den Hunden ritten. Ihr Zorn steigerte sich auf dem Ritt. Sie gab dem sechsjährigen Jagdpferd die Peitsche und zwang den Hengst, eine Hürde zu nehmen, die sie noch nie gesprungen war. Das Pferd scheute im letzten Moment, und Belinda flog allein im hohen Bogen über die Hürde. Sie landete auf der Schulter und brach sich das Schlüsselbein. Der erste Teilnehmer der Jagdgesellschaft, der ihr zu Hilfe kam, hörte aus dem Mund dieser vornehmen Dame Flüche, wie er es sich nie hätte träumen lassen.
Im Krankenhaus wurde die linke Hälfte ihres Oberkörpers eingegipst. Trotzdem konnte Belinda später ihrem Mann die Zeitung an den Kopf werfen, als er sie auf der Privatstation besuchte.
»Na los, Süßer! Lies das!« schrie sie Sam an, »Geschäftsnachrichten, unten links. Ich weiß, du wirst dich darüber ganz besonders freuen!« Dann zeigte sie ihrem Mann, so gut es in diesem Zustand möglich war, die kalte Schulter.
Als Sam ihr Zimmer verließ, las er den Artikel. Ein Lächeln ließ sein Gesicht erstrahlen, während er im Gang stand. Er las den Bericht noch ein zweites Mal, ehe er fröhlich zum Aufzug ging.
Zwei Tage später traf die Zeitung siebenundvierzig Meilen südlich von Lexington auf dem Highway 25 im Truck Surplus mit der Post ein. Der Gebrauchtwagenhändler hatte sie abonniert, um über die Preise in der Stadt auf dem laufenden zu sein. Sein junger Verkäufer las die Zeitung als Vorbereitung auf seinen nächsten Kunden. Es erschienen nicht viele

im Truck Surplus, aber wenn, dann sorgte der blonde Lockenkopf in Verbindung mit seinen überzeugenden Lügen dafür, daß das Geschäft praktisch jedesmal zustande kam. Der Besitzer entdeckte schnell dieses Talent des jungen Mannes und gab sogar seinem mürrischen Bruder einen Job. Er durfte auf dem Hinterhof Räder wechseln und auswuchten und die Fahrzeuge waschen, ehe sie vorne zum Verkauf angeboten wurden. An jedem Donnerstag hatten die beiden Brüder dienstfrei, um ihren Bewährungshelfer in Berea zu sehen.

Der junge Mann wollte nicht mehr lange Autos verkaufen. Als er den Artikel gelesen hatte, fuhr er sich mit der Hand durch die blonden Locken, vergewisserte sich, daß er allein war, griff nach dem Telefon und wählte.

»Sie wünschen?« fragte die Vermittlung gelangweilt.

»Ich möchte ein Gespräch nach New York. Gebühren bezahlt der Teilnehmer. Er heißt Angel. Die Nummer ist 212-555-2837.«

»Und Ihr Name?«

»Sagen Sie nur Jimmy Lee.«

Nachdem Phil Angelo aufgelegt hatte, blickte er lange auf das Telefon. Es stand auf einem Nachttisch in dem winzigen Broadway-Hotelzimmer, wo er seit Charlie Dells Tod wohnte. »Sechsundzwanzig Millionen Dollar«, murmelte er wie immer, wenn er an Annie dachte. Die Summe hatte er zum ersten Mal in der Zeitung gelesen, als ihr skandalumwittertes Sumner-Erbe die Klatschspalten füllte. Damals platzte Phil vor Zorn. Seiner Überzeugung nach gehörte ein Großteil dieser Summe von Rechts wegen ihm. Schließlich hatte sie ihn daran gehindert, Charlie Dells Liste gewinnbringend einzusetzen. Als Phil versuchte, mit dem wenigen Wissen, das er besaß, einen Versuch zu starten und Vito Genovese einen Erpresserbrief schickte, hätte er sich beinahe die Finger verbrannt. Nachdem Joe Valachi auspackte, erlebte er ein gefährliches halbes Jahr. Das FBI nahm sich Phil vor, danach sorgte Vito Genoveses Mafia-Familie dafür, daß er von der Straße verschwand, und ließ ihn einen Monat in einem Keller von der Bildfläche verschwinden.

Sie hielten ihn nicht für den Erpresser, aber sie wollten nicht, daß das FBI ihn weiterhin unter den Fittichen hatte. Angel redete sich heraus, aber in beiden Fällen konnte er sich glücklich preisen, daß er mit dem

Leben davonkam. Er hätte liebend gern Annie etwas angehängt, aber dann hätten alle gewußt, daß er und nicht Joe Valachi versucht hatte, Vito Genovese zu erpressen. Annie schuldete ihm also eine Gefälligkeit, weil er den Mund gehalten hatte. Vermutlich hatte er ihr das sorglose Leben als eine reiche Frau ermöglicht. Jetzt kehrte sie also in die USA zurück. Seine Stunde war gekommen. Er würde sich schadlos halten. Er hatte noch keinen Plan, aber ihm würde schon etwas einfallen...

Vielleicht helfen mir sogar ihre blöden Brüder dabei, dachte er, vielleicht auch nicht.

Er spielte mit dem Telefonkabel und wickelte es sich um die langen Finger. Nachdem der Leichenbestatter Charlie Dells ausgemergelten Körper weggebracht hatte, blieb Phil zwei Stunden allein in der Wohnung. Er stellte alles auf den Kopf. Er brach Charlies Schreibtisch auf und durchsuchte seine Akten. Es war seine letzte Chance, die Liste doch noch zu finden. Er fand sie nicht, aber er stieß auf eine Kopie von Charlies Testament und auf die Rechnung der Detektei in Cincinnati, die Charlie beauftragt hatte, Nachforschungen über ANNIE GREBAUER, CATLETTSBURG, KENTUCKY anzustellen.

Durch die Kopie des Testaments erfuhr Phil unter anderem, daß Teddy Lapps 150 000 $ in bar bekommen sollte; Vera Kovalchik wurde Besitzerin ihrer beiden Schönheitssalons in Queens, und Charlies Schwester erbte eine halbe Million in Form von regelmäßigen Zahlungen, die sofort eingestellt wurden, falls sie ihren Sohn aus der Anstalt herausholte, wo er untergebracht war. Phil Angelo wurden alle Schulden erlassen. Mit anderen Worten, er erbte keinen Penny von Charlie Dell – aber seine Schulden beliefen sich bis zu diesem Zeitpunkt immerhin auf 168 000 $. An dem Nachmittag, als das Begräbnis stattfand, spielte Phil Billard.

Gegen Bezahlung erhielt er von der Detektei dieselbe Auskunft über Annie wie Charlie Dell. Ohne seine Identität preiszugeben, nahm Phil zu Annies Brüdern Kontakt auf, die im staatlichen Gefängnis von Kentucky saßen, und bezahlte sie in bar für alle Informationen über ihre Schwester. Sogar Phil Angelo fand das abscheulich, was sie behaupteten mit Annie angestellt zu haben, aber er hielt die Verbindung aufrecht, denn er stellte sich vor, das könnte sich eines Tages als nützlich erweisen. Phil begriff auch, daß Jimmy Lee bei weitem der Klügere war

und sich so sehr nach ›dem großen Coup‹ sehnte, daß er zu allem bereit war.
Der Heizkörper in Phils Zimmer begann zu klopfen, als er aus dem schmutzigen Fenster blickte. Phil haßte die Armut, in der er lebte. Annie hatte ihn um die große Chance gebracht. Er biß die Zähne aufeinander. Er würde sich seinen Anteil holen und dann so leben, wie es ihm zustand – und das bald!
Phil zog hastig den Mantel an und eilte aus dem Zimmer. Auf der Straße ging er schnell durch die eisige Kälte und mußte ständig husten. Sein ›Büro‹ war der ›Needle Park‹ auf der West Side. Er verkaufte den Dealern Heroin. Die Genovese-Familie hat ihm angeboten, sich in den unteren Rängen ihres Drogenhandels nützlich zu machen – ein solches Angebot wagte niemand abzulehnen. Jetzt nahm er die Bestellungen entgegen und zwang einige Fixerinnen, mit ihm zu schlafen, damit sie ihren Stoff bekamen. Phil war ein guter Verkäufer. Er verdiente genug, um seine Anzüge zu bezahlen und seine Spielleidenschaft. Aber er hatte das Leben auf der Straße satt und wollte seine Bosse davon überzeugen, ihn wieder zurück zu den Rennbahnen zu lassen. Bald würde sich das Blatt für ihn wenden. Annie mußte ihn bezahlen.

Beim jährlichen Ausklang der Rennsaison, wenn in New York alle Rennen gelaufen waren und Caernarvons Vollblüter für den Winter nach South Carolina und Florida transportiert wurden, blieb Frank Carney meist auf dem Caernarvon-Gestüt in Kentucky. Er las nicht den Artikel im *Herald-Leader*, aber jemand erzählte ihm die Neuigkeit. Frank hatte Limeteens Niedergang mit angesehen. Er kannte Hugger Elway, den Hausmeister dort, als er noch als Junge für Caernarvon die Pferde trokkenführte.
Frank Carney besaß eine große Hochachtung vor der Tradition dieses Gestüts. Nachdem drei Generationen mit Sorgfalt und Bedacht Pferde gekauft und mit viel Können und Hingabe gezüchtet hatten, gewannen einige der Vollblüter für den jungen Oberst Scanlon wichtige Rennen. Er war im Ersten Weltkrieg ein echter Oberst aus Kentucky gewesen und hatte Limeteen Hall als Hochzeitsgeschenk für seine Braut gebaut.
Das weiträumige Gebäude aus Klinkersteinen in der typisch klassischen Kolonialarchitektur stand auf einer kleinen Anhöhe über der Farm.

Sechs eindrucksvolle dorische Holzsäulen verliehen der breiten Steinterrasse die weithin sichtbare Würde. Aber die Rennstrecke brauchte einen neuen Belag. Die Stallungen für die Stuten, Fohlen und Hengste mußten dringend saniert und modernisiert werden. Die Weiden waren nicht gemäht, und um die Koppeln mußten die Zäune erneuert werden.

Frank stand eines Morgens am Eingang von Limeteen Hall und betrachtete die zerschlissenen und ausgebleichten Samtvorhänge, die sich von den Wänden lösende Tapete und auch die Regenschäden an der Decke und auf der breiten geschwungenen Freitreppe, die in den ersten Stock führte.

»Die Gräfin muß sich beeilen«, sagte er zu Hugger Elway, als sie die schwere Tür schlossen, »sonst findet sie hier nur noch eine Ruine und einen Schuttberg.«

Frank Carvey leistete sich nie Gefühle, denn er vertrat den Glauben, Zurschaustellung von Gefühlen sei unmännlich und beeinträchtige die zu bewältigenden Aufgaben. Er besaß jedoch starke Gefühle, und sein Herz hing an Pferden, und er bewunderte Grundbesitz mit einer langen Tradition. Er war weder mit dem einen noch dem anderen groß geworden, sondern zog mit seiner ständig wachsenden Familie durch die Südstaaten. Sein Vater mühte sich als Pächter, der seine Pacht mit der Ernte bezahlte. Er machte Schulden, mußte aufgeben und zog weiter zu einem anderen gepachteten Grundstück, wo er sich nie länger als drei Jahre halten konnte. Als Frank und seine acht Geschwister alt genug waren, mußten sie arbeiten, und wenn der Job eine Zukunft versprach, ließ man sie bei dem Arbeitgeber zurück. Frank hatte das große Glück, als Zehnjähriger auf dem Caernarvon-Gestüt zu landen. Aber mit dreiunddreißig besaß er noch immer weder Pferde noch Land, und die Sehnsucht danach ließ ihn das Herz bluten.

Er ging nach der Besichtigung von Limeteen zu seinem Wagen zurück und dachte an die neue Besitzerin. Er erinnerte sich daran, als er sie in Saratoga dabei überraschte, wie sie versucht hatte, Certainty einen Zuckerwürfel zu geben. Eine hübschere junge Frau hatte er noch nie in seinem Leben in den Ställen hinter der Rennbahn gesehen. Schöne Frauen machten ihn immer verlegen, und deshalb hatte er sich damals seiner Autorität als Trainer bedient, um mit ihr zu reden.

Das nächste Mal sah er sie bei der Siegerehrung von Certainty. Sie war herangewachsen. Und dann, es war in demselben Sommer, blieb Certainty auf dem Weg zu den Travers Stakes stehen, um sie zu begrüßen. Sie sah so schön aus, daß Frank kaum wagte, sie anzusehen, denn er befürchtete, die Konzentration für das Rennen zu verlieren. Ein Jahr später riet er Chigger Beasley, mit ihr ins Geschäft zu kommen, und damals brachte er es sogar über sich, ihr bei der Rosewood-Auktion zuzunicken.

Frank sah sie zum letzten Mal, als sie im schwarzen Trauerkleid der Menge bei der Keeneland-Select-Sommerauktion die Stirn bot. Er fand, daß sie zuviel für den Jährling zahlte, aber er erinnerte sich daran, daß es ihr gelang, Sam Cumberland echt wütend zu machen. Frank hatte sie damals mit einem Lächeln zu ihrem Erfolg beglückwünscht, aber er wußte nicht, ob sie es bemerkt hatte. Und als dann ein Teil der Anwesenden sie in Verlegenheit bringen wollte, bewahrte sie eine bewundernswerte Haltung. Sie blieb oben an der Treppe stehen und blickte auf diese viele Menschen hinunter, die wie toll gewordene Affen klatschten. Er hörte auch die Gerüchte, sie habe ihren Mann in den Selbstmord getrieben. Nachdem er Annie Sumner im Verlauf mehrerer Jahre hin und wieder gesehen hatte, fand Frank Carney, nur jemand, dem nichts mehr am Leben lag, wäre so tollkühn, diese Frau zu heiraten.

Er fuhr die fünfhundert Meter lange, holprig asphaltierte Auffahrt von Limeteen hinunter. Auf beiden Seiten standen Eichen, und dahinter sah er die verfaulten Koppelzäune. Die Muskeln in Franks linkem Arm verkrampften sich – ein vertrautes Symptom nach dem jahrelangen Graben von Pfosten für Zäune. Er massierte die schmerzenden Muskeln und betrachtete dabei seine andere Hand, die auf dem Lenkrad lag. Er sah Stacheldrahtnarben, Schwielen und eine lange Narbe, die vom Handgelenk bis zu den Knöcheln verlief. Ein Hengst hatte ihn über eine Koppel geschleift.

Frank runzelte die Stirn und dachte an die letzte Auseinandersetzung mit Sam Cumberland. Als er auf die Ironworks Pike einbog, öffnete er das Handschuhfach. Darin lag ein Flachmann mit Marker's Mark Bourbon. Diesen täglichen Luxus erlaubte er sich. Es war zwar noch früh am Tag, aber er griff nach der Flasche und zog den Korken mit beiden Zähnen heraus.

Im Januar feierten sie Henrys siebten Geburtstag im Haras de la Poire und verabschiedeten sich von allen ihren Freunden. Eine Woche später landeten Annie und Henry auf dem Bluegrass-Flughafen. Als sie die lange Auffahrt zu Limeteen Hall hinauffuhren, rief Henry überglücklich: »Wir sind zu Hause!«
Er sprang aus dem Taxi, griff wie immer nach der Hand seiner Mutter und zog sie mit sich. Annie ließ sich von ihm die Stufen hinauf und über die vordere Terrasse zu der riesigen Haustür ziehen. Mit einem großen eisernen Schlüssel öffneten sie gemeinsam das alte Schloß. Sie traten ein und standen in der großen Halle wie vor einigen Monaten, als sie von Frankreich hierher gekommen waren, um die Farm zu kaufen.
»Gefällt es dir noch immer?« fragte Annie.
»Ich finde es wunderbar!« rief Henry, nahm ein Stück Tapete, die sich von der Wand löste, und zog sie bis zur Decke ab. Ohne Zögern packte er den nächsten Streifen.
»Hör auf! Du machst nur noch mehr Dreck, Henry!«
»Ich werde mir jetzt *mein* Zimmer ansehen!« jubelte er und rannte die Treppe hinauf.
Annie sah die Seekisten, die sie aus Frankreich hatte schicken lassen, vor einer Wand gestapelt. Sie hatte sich entschlossen, zwei Tage früher zu kommen, als man sie erwartete. Sie wollte mit Henry allein hier sein, ehe die Handwerker ans Werk gingen. Der Taxifahrer brachte ihr Gepäck. Annie stellte dankbar fest, daß das Haus bereits geheizt wurde.
Sie bezahlte den Chauffeur. Dann schlenderte sie durch die leeren Räume, die Bibliothek mit der verzogenen Eichentäfelung, das Eßzimmer mit den fleckigen und von Spinnweben überzogenen Spiegeln – einer lag in Stücken am Boden. Danach betrat sie das riesige Wohnzimmer. Farbe und Stuck hatten sich von der Decke gelöst und lagen am Boden. Die sechs Glasflügeltüren verrieten Eleganz trotz der fehlenden Scheiben und Beschläge. Die Türen führten auf eine große Terrasse. Von dort hatte man den Blick auf einen vereisten Teich und fünfzig Morgen Weideland. Ein sanfter Hügel bildete mit dichten, hohen Eichen auf der Spitze den Abschluß des Panoramas. Ein leichter Regen brachte die dünne Schneedecke zum Verschwinden.
Annie fuhr mit dem Finger über eine verstaubte Fensterscheibe und

schrak zusammen. Auf der Terrasse erschien Hugger Elway, der Hausmeister, mit seiner Frau. Annie lächelte ihnen zu. Dann bemühten Hugger und sie sich, eine der Glastüren zu öffnen. Das Hausmeisterehepaar war in den mittleren Jahren, kräftig, vernünftig und ehrlich. Sie waren entsetzt darüber, daß sie keine Zeit gefunden hatten, vor Annies Ankunft das Haus sauberzumachen. Annie versicherte den beiden, es sei ihre Absicht gewesen, ohne Vorankündigung hier anzukommen. Ohne viele Worte machten die beiden sich an die Arbeit.

Hugger Elway brachte das Gepäck in die beiden Zimmer oben, in denen Betten standen. Mrs. Elway begann, die Küche zu putzen. Den Rest des Tages verbrachten sie mit dem Auspacken, dem Überprüfen der Lichtleitungen und Lampen und der noch funktionstüchtigen Toiletten. Sie entdeckten neue Teile des Hauses und neue Probleme, die ihnen bei dem ersten Besuch nicht in die Augen gefallen waren. Annie ging nicht zu den Stallungen hinunter. Der geschäftliche Teil der Limeteen-Farm sollte dem zweiten Tag vorbehalten sein.

Als die Elways am Abend in ihr Haus zurückkehrten, setzten sich Annie und Henry vor das Kaminfeuer, das Mr. Elway in der Bibliothek angezündet hatte. Sie saßen auf dicken Decken, die Annie aus Frankreich hatte schicken lassen, und aßen zum Abendessen *Burgoo* und Pekanauflauf – beides stammte aus Mrs. Elways Kühlschrank.

»Mama«, sagte Henry und blickte auf die Schüssel mit dem seltsam duftenden Eintopf, »was ist *Burgoo?*«

Annie war damit groß geworden. Sie wußte, eine ehrliche Beschreibung würde Henrys Appetit nicht gerade anregen, deshalb sagte sie ausweichend: »Nun ja, es ist eine Art Kentucky-*Bouillabaisse*, aber ohne Fisch. Jeder macht diesen Eintopf anders, aber ich bin überzeugt, Mrs. Elway macht ihn besser als alle anderen.« Sie probierte schnell und bekundete ihre Zufriedenheit. »Mmmmm, köstlich. Es wird dir schmecken.«

Henry mochte die Kentucky-*Bouillabaisse* und Mrs. Elway. Er probierte vorsichtig einen Löffel und aß dann schnell seinen Teller leer. Erst jetzt verriet ihm Annie das wenig erlesene Rezept: »Sojabohnen, andere Bohnen und alles auf einer Farm, was nicht zappelt.« Henry legte den Kopf schief und sagte: »Mama, das ist ja widerlich ..., aber kann ich noch einen Teller haben?«

Beim Essen sagte Henry: »Manchmal verstehe ich nicht, was Mr. und

Mrs. Elway sagen. Sie reden so komisch gedehnt. Übrigens, Mama, seit wir hier sind, redest du manchmal auch so komisch.«
Annie lachte. Sie wußte, daß sie unwillkürlich wieder den Dialekt ihrer Kindheit sprach. »Du wirst dich daran gewöhnen, Henry, und vermutlich bald ebenso sprechen.«
»Dann ist das meine dritte Sprache!«
Sie brachte ihn ins Bett. Er durfte eine Lampe brennen lassen, weil er behauptete: »Ich möchte erst noch richtig mein Zimmer kennenlernen!« Annie mußte sich keine Sorgen machen, daß er nicht einschlafen würde. Es war für sie beide ein langer Tag gewesen, und sie waren todmüde. Annie konnte vor Aufregung, endlich in Limeteen zu sein, trotzdem noch nicht schlafen. Sie zog sich einen warmen Samtmorgenmantel an und ging noch einmal die knarrende Treppe hinunter.
Der Regen draußen hatte sich wieder in Schneetreiben verwandelt. Sie hörte, wie der Wind die Fenster klappern ließ. Limeteen Hall erinnerte sie an das Château de la Brise im ersten Winter, als Henry auf die Welt gekommen war. Annie setzte sich auf die unterste Stufe und sah den Staub auf dem Morgenmantel. Sie fand es albern, hier auf der Treppe zu sitzen, aber sie wußte genau, sie durfte noch nicht ins Bett gehen. Deshalb blieb sie sitzen, betrachtete sich die Spuren des Verfalls und überlegte, wo man am besten mit der Instandsetzung anfangen sollte.
Plötzlich erhellten Scheinwerfer die Terrasse und fielen durch die Glastüren neben der Haustür. Als die Scheinwerfer erloschen, dachte Annie instinktiv an die Pistole. Sie lag oben in einer ihrer Reisetaschen. Als sie aufstand, um die Waffe zu holen, hörte sie ein lautes Klopfen.
»Annie!«
Es war Sam. Er klopfte noch einmal, und sie lief schnell zur Tür, damit Henry nicht aufwachen würde. Annie schloß auf. Als sie die Tür öffnete, erinnerte sie sich energisch daran, wie schnell ihre Gefühle für ihn alles über den Haufen werfen konnten, was sie tun wollte. Er kam herein und mit ihm eine Schneewolke. Annie schloß die Tür, lehnte sich dagegen und sah ihn an.
»Was um alles in der Welt führt dich heute abend hierher?« fragte sie, als er den breitkrempigen Lederhut abnahm. Er trug eine dicke Lederjacke, Kordhose und Stiefel. Er schlug den Hut gegen die Beine, um den Schnee zu entfernen, stand in der Halle und betrachtete sie.
»Hast du geglaubt, ich würde nicht erfahren, daß du kommst?« fragte

er. »Hast du nicht damit gerechnet, daß ich zu deiner Begrüßung hier sein werde? Ich bin die letzten vier Abende hier gewesen, und heute habe ich endlich Licht gesehen.«

Annie kannte zwar sein strategisches Vorgehen, wenn er sich etwas in den Kopf gesetzt hatte, aber sie wollte es genau wissen. »Wie ist dir das gelungen, Sam?«

Er schüttelte Schnee von den Schultern, sah sie an und sagte: »Du kommst gleich zur Sache, wie? Also bitte, hier hast du das glückliche Bild: Wir waren in den Weihnachtsferien mit den Kindern in Palm Beach. Belinda ist im letzten Jahr fünfunddreißig geworden und hat bei den Turnieren in Europa schlecht abgeschnitten. Sie macht ihr Gewicht dafür verantwortlich, und für das Gewicht macht sie ihre Unzufriedenheit verantwortlich, und dreimal darfst du raten, wen sie dafür verantwortlich macht. Auf einem Ball lernte sie einen sehr angesehenen Modearzt kennen, und er hat ihr sogenannte Appetitzügler verschrieben. Aber das hilft auch nichts, sie nimmt zu und wird immer unglücklicher.« Erstaunt sah er sich in der leeren Eingangshalle um, holte tief Luft und fuhr fort: »Ich habe in Lexington erfahren, wann mit deiner Ankunft zu rechnen sei. Als es Zeit wurde, die Kinder nach New York zurückzubringen, weil die Schule wieder anfing, habe ich Belinda gesagt, ich würde eine Weile hier bleiben. Wir bemühen uns inzwischen nicht mehr um Erklärungen oder Entschuldigungen. Seit Vaters Tod mußte ich oft hier sein ... Übrigens, weißt du, daß meine Mutter und Vater ...?«

Annie nickte. »Ich habe dir geschrieben.«

Er sah sie erstaunt an. »Ich habe den Brief nie bekommen. Vermutlich hat die Sekretärin ...« Er begann, unruhig in der Halle auf und ab zu gehen und schob mit dem Fuß die auf dem Boden liegende Tapete zur Seite. »Ich will ehrlich sein. Vermutlich wäre es auch nicht anders gewesen, wenn ich deinen Brief bekommen hätte. Ich hätte dir nicht geantwortet. Winnies Tod saß mir noch immer in den Knochen, und ich gestehe: Ich habe dich dafür verantwortlich gemacht.«

»Und jetzt?« fragte Annie, »machst du mich noch immer dafür verantwortlich?«

Er blieb stehen und lehnte sich an das Treppengeländer.

»An meinem Vorwurf hatte sich nichts geändert, bis ich dich in Deauville gesehen habe. Dann dachte ich, selbst wenn alles so gewesen sein sollte, ist es auch nicht weiter wichtig. Aber als ich in jener Nacht das Casino verließ, habe ich über die Sache noch einmal ganz genau nachgedacht. Plötzlich fand ich es sehr, sehr merkwürdig, daß ich einfach das geglaubt habe, was Winnie mir am Telefon über dich gesagt hat. Abgesehen davon war es dir so unähnlich, ihm etwas in dieser Art zu erzählen. Das paßte überhaupt nicht zu dir.«

Er löste sich vom Treppengeländer, richtete sich auf, ließ die Hutkrempe durch die Finger gleiten und sah sie an. »Ich glaube, damals wollte ich einfach das Schlimmste von dir denken, weil ich meinem besten Freund gestehen mußte, daß ich mit seiner Frau geschlafen hatte. Nach seinem Selbstmord redete ich mir das alles noch mehr ein.«

Die Windböen prallten gegen die Haustür. Annie wollte zum Wohnzimmer, denn in der zugigen Halle war es ungemütlich. Aber dann blieb sie stehen.

»Winnie hat mir damals einen Brief geschrieben«, sagte sie, »darin erklärt er, warum er so schreckliche Dinge über mich gesagt hat.«

Sam machte einen Schritt auf sie zu. »Und warum hast du ihn mir nicht gezeigt?«

»Dazu hatte ich keine Gelegenheit, Sam«, erwiderte sie und versuchte, den aufsteigenden Zorn unter Kontrolle zu behalten. »Außerdem schien es eine Art Verrat an mir zu sein, daß du ihm so hundertprozentig geglaubt hast.«

Er blickte auf den Hut. »Das stimmt.«

»Als es ernst wurde«, sagte sie mit erhobener Stimme und ließ ihn nicht aus den Augen, »hast du dich in deine schützende Upper-class-Überlegenheit zurückgezogen, weil es dort für dich sicherer und bequemer war.«

»O verdammt! Das hat nun wirklich nichts damit zu tun ...«

»Mach dir nichts vor, Sam«, unterbrach ihn Annie, »ich war ein verbotenes Vergnügen und eine Übertretung der Regeln. Es hat dir großen Spaß bereitet, diese Regeln zu übertreten, als wir unser geheimes kleines Spiel spielten. Aber der Verrat war mehr als das. Du hast mich geliebt.« Sie ging auf ihn zu. »Aber selbst das reichte nicht aus, als das Vergnügen sich in eine Tragödie verwandelte. Du hast versucht, dich mit mir zu einigen. Weißt du noch? In der *Kirche*? Nichts Anstößiges und Niedriges sollte deinen ehrwürdigen Namen und deine vollkommene Familie beschmutzen!«

Sie sahen sich an. Der Wind fuhr unter eine lose Tapete, hob sie langsam, und dann fiel sie raschelnd auf den Boden.
»Wenn das noch immer deine Meinung ist«, sagte Sam leise und drohend, »warum zum Teufel bin ich dann hier?«
»Es ist *nicht* . . .«
»Mama . . .«
Henry stand oben an der Treppe und blickte verschlafen, aber neugierig zu ihnen hinunter.
»Henry, du sollst doch schlafen. Komm herunter und sag guten Tag. Paß auf die Stufen auf.«
Henry kam schnell die Treppe herunter. »Ich kenne Sie! Sie haben Moonshot gekauft! Wie geht es ihm? Ich habe nicht gewußt, daß Sie hier wohnen.«
»Henry, das ist Mr. Cumberland. Gib ihm ordentlich die Hand, wie es sich gehört.« Es waren die üblichen Verhaltensmaßregeln, aber plötzlich klangen sie merkwürdig gekünstelt.
»Moonshot geht es gut, Henry«, erwiderte Sam und drückte die ausgestreckte kleine Hand. »Er ist in South Carolina bei unserem Trainer. Aber ich glaube, im Frühling wird er wieder hier sein.«
»Wirklich? Super! Darf ich ihn dann besuchen?«
»Jederzeit. Und der Jockey-Club hat dem Namen Moonshot zugestimmt. Wenn ich also nicht da sein sollte, mußt du nur nach Moonshot fragen.«
»So, Henry, jetzt aber ab ins Bett«, sagte Annie.
»Wir hätten Moonshot nie verkaufen dürfen, Mama«, sagte der Junge und drückte seiner Mutter einen Kuß auf die Wange. »Mr. Cumberland wird *viele* Rennen mit ihm gewinnen.«
Sie sahen beide Henry nach, der fröhlich die Treppe hinauflief und oben in seinem Zimmer verschwand.
»Ahnt man hier, wer Henrys Vater wirklich ist?« fragte Annie ruhig.
Sam drehte sich um und sah sie an. »Es gab die üblichen häßlichen Bemerkungen, als du deine Schwangerschaft in Keeneland bekanntgemacht hast. Aber ich kam nicht ins Gerede. Allgemein glaubt man, daß Winnie der Vater ist. Die Familie Sumner war entsetzt, aber jetzt haben sie sich wohl damit abgefunden. Mein Gott, noch nicht einmal ich habe etwas vermutet, bis ich den Kleinen sah.«
»Und woher kam deine Gewißheit?«

Sam blickte in die Dunkelheit, schüttelte den Kopf und lief dann unruhig hin und her.
»*Ich weiß es nicht.* Als er mir seinen Namen nannte, war es mir einfach klar.«
Er hob die Schultern, ließ sie langsam sinken und sah sie an.
Annie wich seinem Blick nicht aus. »Meinst du, es wird allen anderen auch klar sein, wenn sie uns zusammen sehen?«
»Ich glaube, zu solchen Schlußfolgerungen ist zu viel Zeit vergangen.«
Seine Antwort kam schnell, aber dann zögerte er, bevor er den eigentlichen Gedanken aussprach: »*Werden* sie uns zusammen sehen?«
»Ich verstecke mich nicht mehr.«
»Das werde ich auch nie wieder von dir verlangen.«
»Dann würde ich sagen, da es dir und mir irgendwie gelungen ist, in dieser zugigen Halle zu stehen und miteinander zu reden, erhöht es die Wahrscheinlichkeit, daß man uns zusammen sieht, doch sehr.«
»Du schienst vorhin so zornig zu sein.«
Sie drehte sich um und entfernte sich von ihm.
»Ich werde immer zornig und verletzt darüber sein, was mit uns nach Winnies Tod geschah. Aber das ist nicht alles . . . ich habe auch andere Erinnerungen. In Deauville im Casino hast du gesagt, wir müssen vorsichtig sein. Ich bin deiner Meinung. Aber wie auch immer, wir haben keine Wahl. Ich weiß es jetzt mit unumstößlicher Gewißheit. Wir haben uns fünf Jahre nicht gesehen! Das klingt so, als hätten wir sogar aufgehört, aneinander zu denken. Und dann sehen wir uns kurz, tanzen in Deauville einen Tanz . . . und hier sind wir, umkreisen uns, sind *wirklich* vorsichtig, denn wenn die Leute wollen, können alle mit ansehen, was geschieht.« Bei diesen Worten schlug sie sich vor die Stirn. »›Wenn die Leute wollen‹? So etwas zu sagen, ist mir seit Jahren nicht in den Sinn gekommen.«
Sam erwiderte langsam: »Mir ist es gleichgültig, Annie.« Bei dem sehnsüchtigen Ton in seiner Stimme wollte Annie zu ihm gehen, aber sie hielt sich zurück und ließ ihn weitersprechen. »Sollen sie doch zusehen. Ich liebe dich. Ich bin der Meinung, ich habe nie aufgehört, dich zu lieben. Ich glaube, ich habe in den fünf Jahren nur nicht gewagt, an dieser Liebe zu rühren. Vielleicht wird das Zusammenkommen noch immer unser Problem sein, aber meine ganze Liebe gehört dir.«
Sam bewegte sich nicht. Er wartete darauf, daß Annie zu ihm kam.

»Sam«, sagte sie, »ich bin zu einem Menschen geworden, der mir gefällt. Und an dir beunruhigt mich am meisten, daß ich mich verliere.«

Er ließ den Hut fallen und machte einen Schritt auf sie zu. Sie zögerte einen Augenblick, dann lief sie durch die Halle und sank in seine Arme. Fest aneinander gedrückt, küßten sie sich leidenschaftlich. Dann standen sie still, ohne sich voneinander zu lösen. Sie lauschten auf den Wind und blickten auf den Gips am Boden und auf die Schatten um sie herum.

Sie begannen, gleichzeitig zu sprechen, und mußten lachen.

»Wolltest du etwas über Henry sagen?« fragte Annie leise in sein Ohr.

»Ja, ich wollte wissen, ob er tief und fest schläft.«

»Es ist seine erste Nacht in einem fremden Haus, und ich würde mich nicht wundern, wenn er noch einmal herunterkommt.«

»Ich möchte jetzt nicht gehen und dich allein lassen.«

»Dann bleib. Ein paar Zärtlichkeiten dürfen wir uns sicher erlauben.«

Er küßte sie. Langsam glitten seine Hände über ihren Rücken, dann über den Bauch und über die Brüste.

»Sam, nicht zuviel . . .«

»Können wir uns denn nicht wenigstens setzen, oder . . .«

»Keine Stühle, hier gibt es nichts. Aber im Kamin brennt noch Feuer.«

Sie nahm seine Hand und führte ihn in die Bibliothek.

Sam sah die Verwahrlosung und sagte: »Ich weiß nicht, wie du das schaffen wirst, Annie. Das Haus ist fast eine Ruine. Es ist allgemein bekannt, daß Oberst Scanlon mit sechzig keinen Penny mehr investiert hat und alles herunterkommen ließ, denn er hatte die Vorstellung, daß mit seinem Tod auch das Haus zusammenfallen würde. So wie es aussieht, hat nicht viel dazu gefehlt. Man muß Millionen hineinstecken, um . . .«

Er unterbrach sich mitten im Satz und sah Annie entschuldigend an, als habe er sich danebenbenommen.

»Na ja«, sagte sie, »das eine habe ich bei den Reichen inzwischen gelernt, sie reden nur mit Ihresgleichen ungezwungen über Geld. Offenbar muß ich wenigstens bei dir Fortschritte gemacht haben.«

Sam lachte. »Offenbar ja.« Er ging zum Kamin und legte Holz aufs Feuer.

»Erzähl mir, Sam, wie geht es dir? Was ist bei dir geschehen?«
»Sie haben mich zum Kämmerer des Jockey-Clubs gemacht. Natürlich wollen sie damit die Familientradition wahren. Uns steht jetzt ein echter Kampf ins Haus. Plötzlich will man am Renntag die Anwendung von Pharmazeutika, sprich Drogen, legalisieren. Ich werde mich engagieren, obwohl für den Jockey-Club nur das Prestige auf dem Spiel steht. Für die Politiker sind wir nicht viel mehr als Steuer bringende Gebrauchtwagenhändler.«
»Wenn sie Drogen am Renntag legalisieren, können die Trainer, auch wenn sie es wollen, nicht mehr auf solche Mittel verzichten, nur um mitzuhalten.«
»Ich weiß...«, Sam schüttelte bedrückt den Kopf. »Alles wird anders, Annie, zu viel Doping und zu viel Geld.« Dann lächelte er sie an und fragte: »Und was hast du für Pläne? Was hast du hier vor?«
»Ich werde alles tun, was notwendig ist, um das Beste zu bekommen. Bei mir gibt es keine Kompromisse. Vom ersten Tag an stelle ich Qualität über die Zucht, die Ausbildung und das Rennen klassischer Vollblüter.« Sie setzte sich auf einen Stapel Decken, schloß die Arme um die Knie und blickte ins Feuer, das langsam wieder zu brennen begann.
Sam blickte auf sie hinunter. »Für all das wirst du vielleicht nicht genug Geld haben, Annie. Ich wüßte im Grunde niemanden, der soviel Geld hat.«
»Vielleicht hast du recht. Vielleicht verliere ich alles bei dem Versuch und bin am Ende wieder da, wo du mich gefunden hast.«
»So einfach ist das nicht. Man gewöhnt sich daran, Geld zu haben«, erwiderte er.
»Das weiß ich, und deshalb habe ich für Henrys Zukunft bereits Vorsorge getroffen. Aber das Geld gehört mir nicht. Ich habe es nur auf Grund dieser traurigen Geschichte. Ich möchte es ausgeben und dafür sorgen, daß sich etwas Besseres damit verbindet.«
Er zog die Jacke aus und legte sie auf die Decken. »Pferde kooperieren nicht immer mit solch edlen Absichten.«
»Das weiß ich, aber ich werde es trotzdem tun.«
»Erzähl mir mehr von deinen Plänen.« Er legte sich zu ihren Füßen auf die Decken, stützte den Kopf auf die eine Hand und sah sie an.
»Ich möchte hundert Stuten haben, acht eigene Hengste und zwanzig erstklassige zum Beschälen, darunter auch Certainty, wenn du mir eine

Nominierung verkaufst. Angenommen, siebzig Prozent der Fohlen bleiben am Leben, dann haben wir jedes Jahr siebzig Jährlinge. Die Hälfte verkaufen wir, die andere Hälfte wird von uns trainiert.«

»Du bekommst von mir eine Nominierung für Certainty als ›Willkommensgeschenk‹.«

»Nein, das darfst du mir nicht schenken. Wir werden Geschäft und Privates immer voneinander trennen.«

Sam lachte. »Wer soll dein Trainer sein?«

»Das weiß ich noch nicht. Ich will den besten. Ich möchte einen Trainer nur für Limeteen finden, aber wenn das nicht möglich ist, werde ich mir von den öffentlichen Trainern die besten suchen.« Sie wiegte den Oberkörper und genoß die Aufregung, Sam ihre Pläne zu erzählen.

»Es ist sehr schwer, den richtigen Trainer zu finden«, sagte Sam und blickte ins Feuer, »man weiß nie, was eigentlich in den Leuten steckt. Frank Carney hat als Junge für uns Pferde trockengeführt. Vater war stolz auf seine Entdeckung, so stolz wie auf einen Jährling, der ein Derby gewinnt. Ich glaube, für Frank lebt Vater noch. Und er trinkt.« Dann sah er sie an. »Wenn du das alles in die Tat umsetzt, dann hast du in drei Jahren hundert Pferde zum Trainieren. Wie soll Limeteen das bewältigen?«

»Das geht schon. Ich werde vierhundert Morgen Weideland einzäunen und zwei Ställe für je zwanzig Stuten bauen. Dann habe ich insgesamt fünf. Die beiden Fohlenställe werden in Ordnung gebracht. Ich lasse einen neuen Stall für die Hengste bauen und einen zum Fohlen mit allen wissenschaftlichen Schikanen wie in einem Krankenhaus. Die Stallungen für die Jährlinge und zum Training müssen abgerissen und wieder aufgebaut werden. Aber darüber muß ich mir erst noch klar werden. Die Rennbahn braucht einen neuen Belag und ein neues Starttor. Aber ansonsten können wir sofort anfangen.«

Sam lachte leise und schüttelte den Kopf. »Du hast ja schon viel nachgedacht.«

»Ja, über sehr viel«, sagte Annie und lehnte sich zurück und stützte sich auf die Ellbogen. Das war eine altvertraute Geste der Aufforderung, die Sam sofort registrierte. Annie wollte diesmal jedoch nicht und stand auf. »Tut mir leid, Sam. Alte Gewohnheiten. Aber ich bin noch nicht ganz soweit.«

Sam sah zu ihr auf und sie auf ihn hinunter. Sie waren beide vorsichtig, aber sie spürten deutlich den starken elektrisierenden Strom, der sie verband. Dann stand er auch auf, griff nach seiner Jacke und zog sie an.

»Also gut«, sagte er, »aber mach dir um uns keine Gedanken. Jetzt ist alles anders. Wir sind nicht mehr so verrückt wie damals, Annie. Für uns ist alles neu.«

Annie lächelte und nahm seinen Arm. Dann gingen sie zusammen zur Haustür. Er hob seinen Hut auf und schloß den Reißverschluß der Jacke. Dann beugte er sich zu ihr und küßte sie zärtlich auf die Lippen.

»Ich werde bei allem, was du tust, dir nie im Weg stehen«, sagte er, »auch nicht in dem, was du werden möchtest, was immer das auch sein mag. Ich möchte dich nur lieben und dir zur Seite stehen mit Limeteen, wenn du etwas brauchst. Ach, und noch etwas. Wenn du neue Koppelzäune machst, dann benutze druckimprägniertes Holz. Die hübschen weißen Zäune sind nur für Leute, die an ihre Bilder in den Illustrierten denken.«

Er küßte sie noch einmal und sagte: »Mein Gott, bin ich froh, daß du hier bist.« Dann öffnete er die Haustür und verschwand in der stürmischen Nacht.

20

Annie ging mit den Pedigree-Angaben zweier Hengste, für die sie sich interessierte, durch die Halle. Sie wollte sich einen Hut aufsetzen und dann hinaus zu den Bauarbeitern. In diesem Augenblick klingelte es an der Tür. Als ihre neue Hausangestellte oben an der Treppe erschien, bedeutete sie ihr, oben zu bleiben.

»Ich mache auf, Josie«, rief Annie und öffnete die große Tür.

Sie sah zuerst die blonden Locken, die so viel heller waren als ihr bernsteinfarbenes Haar. Jimmy Lee und Fungo standen mit unfreundlichen Mienen vor ihr. Annie wich drei Schritte zurück und begann, sichtbar zu zittern. Als erstes dachte sie an die Pistole, die inzwischen in der verschlossenen Schreibtischschublade der Bibliothek lag.

»Ist was, Annie?« fragte Jimmy Lee verschlagen und mit falscher Besorgnis. »Es sind doch nur wir, Jimmy Lee und Fungo.« Für Annie klangen seine Worte wie ein Zischen.

»Hi, Annie«, sagte Fungo, und es klang dumpf und drohend.

Sie suchte Halt, um sich zu stützen, fand aber nichts. Die Sonne stand in ihrem Rücken. Annie war soweit zurückgewichen, daß sie nur die Umrisse der beiden sah. Fungo hob den Arm, um eine Fliege zu verscheuchen, die auf seinem dicken geschorenen Kopf saß.

»Was wollt ihr?« fragte sie mit zugeschnürter Kehle, so daß es eher wie ein Räuspern klang. Plötzlich fiel ihr ein, daß Henry in zwei Stunden von der Schule zurückkam.

»Tja, wir haben gute Nachrichten und schlechte Nachrichten«, erwiderte Jimmy Lee. Annie sah zwar im Gegenlicht sein Gesicht nur undeutlich, aber die zu einem spöttischen Grinsen entblößten Zähne entgingen ihr nicht. »Können wir reinkommen?« fragte er.

Annie richtete sich abwehrend auf, aber sie nickte. Josie arbeitete oben, die Köchin war in der Küche, und vier Schreiner befestigten Zierleisten im Eßzimmer. Annie zitterten noch immer die Hände. Sie versuchte, das Zittern zu unterdrücken, faltete die Pedigree-Angaben und steckte sie in die Gesäßtasche ihrer Jeans.

Die Brüder betraten die neu gestrichene und tapezierte Halle und sahen sich um. Fungo bekam große Augen, aber Jimmy Lee tat, als habe er nichts anderes erwartet. Sie trugen beide alte Arbeitshemden, Overalls und derbe Stiefel. Jeder hatte einen Matchsack über dem Rücken.

»Hübsch, Annie, wirklich«, sagte Jimmy Lee mit einem Lächeln, das ein vertrauliches, verbrecherisches Geheimnis anzudeuten schien. Dann stellte er seinen Matchsack auf den Boden, ohne dazu aufgefordert worden zu sein, und sagte: »Zuerst die gute Nachricht. Wir haben unsere Zeit abgedient und müssen auch nicht mehr zu dem Bewährungshelfer. Wir hätten dich gern früher besucht, aber wir wollten das erst hinter uns bringen. Wie heißt es doch? Wir haben der Gesellschaft unsere Schulden bezahlt und sind wieder so unschuldig wie ein neugeborenes Kind.«

Annie roch Fungos Ausdünstung – der einst so vertraute Schweißgeruch, der sie heute wie damals in Angst und Schrecken versetzte. Er fragte: »Soll ich die Tür schließen, Annie?«

Sie starrte die beiden an. »Wie könnt ihr es wagen . . .?« Aber sie beendete die Frage nicht, denn sie kannte bereits die Antwort. Jimmy Lee würde aufs Ganze gehen, und Fungo würde alles tun, wenn Jimmy Lee es ihm befahl.

»Ja«, sagte Annie, »schließ die Tür, Fungo.« Dann sah sie Jimmy Lee an. »Und die schlechte Nachricht?«

Jimmy Lees Gesicht nahm eine scheinheilige Trauermiene an. »Es geht um Pa«, antwortete er, »er ist immer noch im Bau und hat einen Gehirntumor . . . Für uns ist das Gefängnis der Bau«, erklärte er ernsthaft, »weißt du, sie geben ihm keine Bewährung, weil er vor drei Jahren einen beschissenen Aufseher umgebracht hat. Der Mann hat ihn schikaniert, und da hat er ihn mit dem Pickel erschlagen.« Jimmy Lee lächelte sie honigsüß an, und Annie erinnerte sich daran, daß er immer so lächelte, kurz bevor er das Messer zog.

Sie ging zur Bibliothek. Unerklärlicherweise waren ihr bei der Nachricht über den Zustand ihres Vaters die Tränen gekommen, und sie

wollte nicht, daß die Brüder das sahen. »Folgt mir«, rief sie über die Schulter zurück und versuchte dabei, energisch zu klingen.
Die Eichentäfelung war zur Restauration entfernt worden. Abgesehen von einem abgedeckten Schreibtisch standen hier keine Möbel. Die abgenommenen Vorhänge und herausgebrochener Putz lagen auf dem Boden. Annie wollte die Tür schließen, unterließ es aber dann. Sie blieb in der Nähe der Tür stehen, holte tief Luft und erklärte: »Jetzt sagt mir, was ihr wollt, denn hier werdet ihr nicht bleiben!«
Fungo blinzelte mit den kleinen Augen und sah hilfesuchend Jimmy Lee an, denn er wußte nicht, was er tun sollte. Als sein Bruder nicht reagierte, verzog er nachdenklich die feiste Stirn.
Jimmy Lee ließ Annie nicht aus den Augen und lächelte. »Die Vergangenheit ist begraben, Annie. Wir suchen einen Weg, um beide aus dem Dreck zu kommen. Wie es aussieht, geht es dir sehr gut. Das ist schön. Wir sind deine Brüder, und wir möchten dir natürlich keine Schwierigkeiten machen. Nicht wahr, Fungo? Aber vielleicht kannst du dir vorstellen, was wir brauchen, Annie. Wir wollen anständig leben. Wenn du uns hier nicht haben willst, dann kann ja vielleicht einer deiner reichen Freunde ...«
»Warte hier«, sagte Annie, denn sie hörte sehr wohl seine Drohung. Sie trat durch die Tür und schloß sie hinter sich. Dann lief sie die Treppe hinauf und befahl Josie, die Bibliothekstür nicht aus den Augen zu lassen und sie sofort zu rufen, wenn sie geöffnet wurde. Dann rief sie von ihrem Telefon am Bett Archibald Delansig in New York an.
Als sie nach zwanzig Minuten in die Bibliothek zurückkehrte, saß Fungo mit dem Rücken an die Wand gelehnt auf dem Boden. Jimmy Lee blickte aus dem Fenster. Auf der Koppel waren Leute mit dem Aufstellen der Zäune beschäftigt. Jimmy Lee drehte sich um und sah Annie mit einem breiten Grinsen erwartungsvoll an.
»Vor dem Haus steht ein Wagen«, erklärte Annie, »zwei meiner Sicherheitsleute fahren euch in ein Motel. Wenn ihr dort seid, geben sie euch etwas Geld. Ihr könnt dort bleiben, bis ihr von mir hört. Wir versuchen, einen Besuch bei Vater zu arrangieren. Ihr könnt mitkommen, wenn ihr wollt. Wenn nicht, ist mir das auch recht. Vor dem Besuch im Gefängnis hört ihr noch von mir.«
»Oh, wir wollen ihn besuchen«, beteuerte Jimmy Lee, »du doch auch, Fungo, nicht wahr?«

Sein Bruder schien anderer Meinung zu sein. Unter der plattgedrückten, gebrochenen Nase schob er die dicke Unterlippe verdrießlich vor und starrte Annie mit derselben Bosheit an wie früher in der Hütte, wenn er sich an ihr vergehen wollte. Sie drehte sich schnell um und verließ die Bibliothek.
Die Brüder folgten ihr. Einer der Sicherheitsleute erwartete sie in der Halle. Er führte die beiden Brüder zu einem Geländewagen der Farm und warf ihre Matchsäcke auf die Ladefläche. Als die Brüder das Haus verließen, schwiegen sie. Auch Annie sagte nichts. Sie sah dem Wagen nach, der die Eichenallee hinunterfuhr und dann an dem Fahrzeug der Gärtner vorbeikam, die die Bäume schnitten. Als Annie nichts mehr von dem Wagen sah, warf sie einen Blick auf die Uhr und dachte wieder daran, daß Henry bald aus der Schule zurück sein würde. Sie lief ins Haus zurück und holte die Pistole.
Auch in der Nacht behielt sie die Waffe bei sich. Sie hatte angeordnet, daß einer der Wachen draußen vor dem Haus im Wagen saß. Aber sie konnte trotzdem nicht schlafen. Sie lief durch das Haus und setzte sich in die einzelnen Zimmer – einige waren beinahe bezugsfertig, in anderen standen noch Gerüste und lagen die Werkzeuge der Handwerker. Annie lauschte auf Geräusche eines Einbruchs. Sie überprüfte immer wieder die Schlösser der Türen. Als der Morgen anbrach, saß sie erschöpft und übermüdet bei Henry im Zimmer auf einem Stuhl.
Delansig erschien am späten Vormittag. Er erkundigte sich im Büro des Gouverneurs nach den Möglichkeiten einer Begnadigung ihres Vaters und vereinbarte im Gefängnis den Termin für einen Besuch. Dann dachten er und Annie über einen Plan für die zwei Brüder nach.
Nach einer weiteren fast schlaflosen Nacht fuhr sie mit Delansig zum Bluegrass Airport, wo eine kleine Chartermaschine sie erwartete. Ein Mann der Sicherheitskräfte von Limeteen hatte die zwei Brüder im Motel abgeholt und ebenfalls zum Flughafen gebracht. Sie standen neben dem Flugzeug und warteten, bis Annie die wenigen Stufen hinaufgegangen war. Fungo trug noch immer seine Arbeitskluft mit den schweißnassen Achselhöhlen, schmutzige Jeans und einen breiten Gürtel unter dem dicken Bauch. Jimmy Lee dagegen hatte zu diesem Anlaß eine saubere Hose und ein frisches Hemd angezogen. Delansig stellte sich den Brüdern vor und schüttelte ihnen die Hand. Fungo machte diese Geste verlegen, und er ergriff kaum die dargebotene Hand; Jimmy

Lee dagegen drückte sie kräftig, lächelte strahlend und sagte: »Freut mich sehr, Sie kennenzulernen, Herr Anwalt.«
Die beiden nahmen hinter Annie und Delansig in der kleinen Flugzeugkabine Platz. Niemand sagte etwas während des Flugs und im Wagen auf der Fahrt vom Paduah-Flughafen zum Kentucky-Staatsgefängnis.
»Na großartig, wieder hier zu sein, nicht wahr, Fungo?« sagte Jimmy Lee, als sie auf den ungepflasterten Parkplatz fuhren. »Aber dieser Sauhaufen! Ich hätte doch gedacht, daß sie uns mit einer Blaskapelle begrüßen.« Er sah Delansig und Annie, die vorne saßen, herausfordernd an. Als sie nicht reagierten, beugte er sich vor und sagte: »Ich weiß ja, daß wir hier sind, um den alten Pa zu besuchen, aber müssen wir nicht zuerst mal miteinander reden? Also Fungo und ich können ja nicht eine Ewigkeit in einem Motel bleiben.«
»Jimmy Lee«, erwiderte Delansig schnell, als er den Wagen einparkte, »Mrs. Sumner möchte Ihnen einen Vorschlag unterbreiten, aber sie möchte erst den Besuch hinter sich bringen. Wir dachten, wir können auf dem Rückweg nach Lexington miteinander reden.«
»Ach so. Also das kann ich Ihnen versichern, alles, was Mrs. Sumner möchte, ist für uns in Ordnung«, erwiderte Jimmy Lee.
In dem hundertjährigen festungsartigen Backsteinbau führte man sie durch vergitterte Schiebetüren und überließ sie einer Reihe Wachen. Als sie wieder durch einen langen Gang kamen, griff Annie nach Delansigs Arm und begann zu zittern. Delansig spürte ihre Schwäche und sah sie prüfend an. Dann bedeutete er ihr, daß sie es sich noch anders überlegen könnte, aber Annie ging weiter.
Eine Wache führte sie in das Gefängniskrankenhaus, wo ein Arzt und eine Krankenschwester sie erwarteten. Die Vorstellung war kurz, und der Arzt machte ihnen schnell klar, daß er wenig Zeit habe.
»Der Tumor war schon weit fortgeschritten, als man ihn hier einlieferte«, erklärte er sachlich, »Sprache und Gedächtnis sind beeinträchtigt, die eine Körperhälfte ist gelähmt, und er ist inkontinent.«
»Erkennt er die Menschen in seiner Umgebung?« erkundigte sich Annie.
Der Arzt überhörte im Augenblick die Frage und gab einem Wächter durch vergitterte Türen hindurch ein Zeichen. »Diese Station unterliegt besonderen Sicherheitsvorschriften. Bitte bleiben Sie zusammen«, sagte der Arzt routinemäßig und führte sie in einen Saal mit zwanzig

Betten. Es war ein bunkerartiger Raum, der stark nach Desinfektionsmitteln roch. Durch die vergitterten Fenster unterhalb der Decke drangen gedämpft die hellen Sonnenstrahlen des Frühlings.
»Vielleicht erkennt er Sie. Es kommt darauf an«, beantwortete der Arzt verspätet Annies Frage, während sie unter zuckenden Neonlampen durch den Raum liefen.
»Ach, sieh mal an«, rief einer der Patienten, als sie an seinem Bett vorüberkamen, »das fette Schwein. Was willst du denn hier?« Annie sah, wie Fungo zögerte und drohend den Mann im Bett ansah, aber Jimmy Lee gab ihm einen Stoß, und sie gingen weiter. An alten Metallständern hingen Infusionsflaschen. Ein Nachtgeschirr stand auf dem Boden. Die Krankenschwester stieg ungerührt darüber hinweg. Man rollte ein Wägelchen mit schmutzigen Laken an ihnen vorbei.
Die drei Geschwister blieben vor dem Bett stehen, auf das der Arzt mit einem kurzen Nicken wies. Die Schwester glättete geschäftig die Bettdecke. Die Brüder blieben am Fußende, Annie ging an der Seite zum Kopfende und betrachtete ihren Vater.
Unter halb geschlossenen Lidern sah man die milchigweißen Augen. Die eine Seite des Mundes stand offen, durch den er schwer atmete. Der linke Arm lag wie der gebrochene Flügel eines Vogels in einer unnatürlichen Stellung auf der Brust.
Annie sah über das Bett hinweg Delansig an. »Können wir bei diesem Zustand nicht seine Entlassung erwirken?« fragte sie.
»Wenn Sie es wünschen, werden wir ein Gnadengesuch an den Gouverneur richten. Aber es wird einige Zeit dauern, bis es von der Bürokratie abgewickelt ist.«
»Sie lassen ihn nicht raus, Annie«, flüsterte Jimmy Lee rechthaberisch, »er hat den Wärter erschlagen.«
Annie ignorierte ihren Bruder. »Herr Doktor, kann man nicht operieren?«
»Sie finden bestimmt jemand, der ihn operiert und das Gehirngewebe herausschneidet, das der Tumor bereits erfaßt hat. Aber man kann unmöglich alles entfernen, und dann wächst der Tumor weiter.«
»Wie lange hat er noch zu leben?« fragte sie und sah ihren Vater wieder an.
»Je nachdem. Vielleicht ein paar Wochen. Es können aber auch Monate sein.«

Annie schwieg einen Augenblick, dann berührte sie den angewinkelten Arm. »Daddy . . . Daddy.«
»Verdammt, Annie, laß ihn in Ruhe«, sagte Jimmy Lee mit sichtlichem Unwillen.
»Daddy«, wiederholte sie und schüttelte sanft den Arm ihres Vaters. »Daddy . . .«
»Was wollen wir in diesem gottverdammten Krankenhaus? Machen wir, daß wir hier wegkommen«, schimpfte Fungo.
»Nun los, Annie«, drängte auch Jimmy Lee, »für uns ist das nicht gerade ein schöner Ort.«
»Ich bin gekommen, um ihn zu sehen«, erwiderte Annie eisig, »ich will noch eine Weile bleiben. Wenn ihr wollt, könnt ihr draußen im Wagen warten.«
Jimmy Lee sah Delansig an, lächelte frech und sagte: »Adieu, Daddy«, drehte sich um und ging davon. Fungo folgte ihm mürrisch.
»Bis dann, fettes Schwein. Du bist bestimmt bald wieder hier«, rief der Patient.
Fungo wollte sich auf ihn stürzen, aber Jimmy Lee legte beide Arme um den dicken Bauch seines Bruders und hielt ihn fest. Zu dem Mann im Bett sagte er: »Aber zuerst wirst du in deiner eigenen Scheiße sterben. Vielleicht kommen wir zu deiner Beerdigung, nicht wahr, Fungo?«
Der Wärter an der Tür näherte sich ihnen, und sie eilten aus dem Saal. Hinter ihnen schloß sich die vergitterte Schiebetür.
»Daddy, Daddy«, wiederholte Annie und streckte ihm sanft den gelähmten Arm. Dann legte sie beide Hände um die Hand ihres Vaters. Schließlich sagte sie mit schmerzlich verzerrtem Gesicht: »Ich bin es, Annie.«
Er reagierte sofort. Die Augen blinzelten und versuchten, etwas zu sehen.
»Annie? Mein kleines Mädchen? Fröhliche Weihnachten, Kleines!« Er schien mit einer Zunge aus Holz zu sprechen und brachte die Worte nur undeutlich lallend hervor. Aus dem einen Mundwinkel floß Speichel, der von einem bereitliegenden Handtuch aufgefangen wurde. Annie erstarrte. Sie hatte vergessen, wie brutal er aussah. Die Augen verschwanden fast unter der heruntergezogenen Stirn. Die Wangen waren eingefallen, und durch die Lähmung traten die verfaulten und verwach-

senen Zähne unnatürlich aus dem beinahe lippenlosen haiähnlichen Mund hervor.
»Frohe Weihnachten, Daddy«, sagte Annie und zwang sich zu einem Lächeln, falls er sie doch sehen konnte. »Ich habe eine Überraschung für dich.«
»Du bist doch ein Schatz. Das machst du immer, nicht wahr? Ich habe auch was für dich und deine Mami. Wo ist sie? Sag ihr, sie soll hereinkommen. Die Frau sollte bei der Hitze wirklich nicht zu lange im Garten arbeiten...«
»Daddy«, unterbrach ihn Annie und hielt immer noch seine Hand, »sie wird gleich kommen. Ich wollte dir nur sagen, daß ich dich lieb habe und sie auch. Mami liebt dich auch.«
Der Patient starrte die Besucherin an. Seine Augen bewegten sich mißtrauisch hin und her. »Ich kenne dich nicht. Ich habe dich noch nie gesehen«, sagte er abwehrend.
»Ich bin Annie, Daddy. Ich bin inzwischen erwachsen.« Sie lächelte ihn aufmunternd an und hoffte, seine Erinnerung zu wecken.
»Deine Mama liebt mich nicht. Sie ist tot. Am Tag *deiner Geburt* begann sie zu sterben!« Er lachte leise und spuckte dabei Schleim auf das Handtuch. »Wo sind meine Jungs?« fragte er röchelnd.
Annie wollte ihre Hand zurückziehen, aber er umfaßte mit der gesunden Hand ihr Handgelenk, hielt Annie fest und begann, laut zu lachen. »Einer von den beiden soll uns mal mit dir was vorführen...« Annie zog heftiger, um sich aus seinem eisernen Griff zu befreien.
»Na los, Annie. Du weißt doch, wie langweilig das Leben hier ist.«
Annie befreite sich mit einem so heftigen Ruck, daß er beinahe aus dem Bett fiel. Der Katheter verschob sich. Die Windel platzte auf, und Urin lief auf das Bettuch. Delansig hielt Annie, während der Arzt und die Schwester versuchten, den um sich schlagenden und brüllenden Patienten zu bändigen. Die Männer in den umliegenden Betten begannen zu lachen. Andere johlten und freuten sich lautstark über die Abwechslung. Delansig führte Annie durch den Gang aus dem Krankensaal. Zwei Wärter eilten herbei. Annie warf keinen Blick zurück auf den tobenden Vater.
Draußen im Gang brach Annie zusammen und weinte. Delansig wollte sie stützen, aber sie schüttelte den Kopf, ging zur Wand, lehnte sich mit der einen Hand dagegen und legte die andere über die Augen. Als einer

der Wärter den Saal verließ, hörte man durch die sich kurz öffnende Tür das Gebrüll ihres Vaters. Delansig bedeutete dem Wärter zu warten.

Annie löste sich schließlich von der Wand. Delansig bot ihr seinen Arm, und sie gingen gefolgt von dem Wärter durch den Korridor. Annie starrte geradeaus. Sie sah nichts, bis sie die Gefängnistore erreichten. Die Brüder warteten neben dem Mietwagen. Jimmy Lee warf mit Steinen auf einen Vogel, der auf der Telefonleitung saß. Fungo hockte auf dem Kühler und sah zu.

Annie sagte: »Ich kann mit ihnen nicht in einem Wagen sitzen. Erledigen Sie alles hier. Geben Sie ihnen Geld für die Rückkehr nach Lexington oder dahin, wohin sie gehen.«

Delansig und Annie näherten sich dem Wagen. Jimmy Lee verbeugte sich spöttisch und hielt ihr die vordere Wagentür auf. Aber Annie stieg nicht ein. Delansig holte seine Aktentasche aus dem Kofferraum. Unter den neugierigen und mißtrauischen Blicken der Brüder zog er ein Dokument heraus und legte es auf den vorderen Kotflügel. An das Dokument waren mit einer Büroklammer zwei Zweitausenddollarscheine gesteckt. Der Anwalt vergewisserte sich, daß die Brüder das Geld sahen, bevor er etwas sagte. Aber weder Jimmy Lee noch Fungo, der immer noch auf dem Kühler saß, ließen ihn aus den Augen.

»Was soll das bedeuten, Herr Anwalt?« fragte Jimmy Lee und grinste ihn kumpelhaft an.

»Dies ist eine Vereinbarung zwischen Ihnen und Mrs. Sumner. Sie wird jedem von Ihnen monatlich eintausend Dollar bezahlen, wenn Sie ihre Anweisungen befolgen.«

Die beiden Brüder sahen sich an. Dann drehte Jimmy Lee sich Annie zu und rief strahlend: »Also, Annie, das ist . . . ich wollte schon sagen ›zuviel‹, aber bei Gott, es ist angemessen. Sauber! Wirklich sauber!«

»Es gibt ein paar Bedingungen«, fuhr Delansig fort.

»So«, brummte Fungo, »das hab' ich mir gedacht.«

»Erstens, Mrs. Sumner will Sie nie wiedersehen. Sie werden Kentucky verlassen und nie wieder zurückkommen. Zweitens, Sie tun nichts, um Ihre Beziehung zu ihr bekanntzumachen. Das heißt, von dem Augenblick an sagen Sie keinem Menschen ein Wort. Wenn Sie gefragt werden, geben Sie keine Antwort.«

Fungo wollte etwas sagen und sprang vom Kühler. Jimmy Lee bedeutete ihm mit einem Blick, den Mund zu halten, und lächelte dann Delansig an. Annie beachteten sie nicht mehr.

»Drittens, wo Sie auch sein mögen, wenn Mrs. Sumner Sie auch nur zufällig sieht, werden die Zahlungen eingestellt. Es liegt an Ihnen, ihr aus dem Weg zu gehen. Und der letzte Punkt: Die Vereinbarung tritt sofort in Kraft. Sie kehren allein nach Lexington zurück, werden dort Ihre Sachen holen und Kentucky auf der Stelle verlassen. Ich gebe Ihnen zusätzlich einhundert Dollar.« Er zog die Brieftasche heraus.

»Jedem?« fragte Jimmy Lee und strahlte.

»Jedem«, stieß Annie hervor.

»Das kann man doch nicht von uns verlangen«, sagte Fungo aufgebracht zu seinem Bruder. »Er hat doch gesagt ...«

»Halt's Maul, Fungo«, befahl Jimmy Lee, »es gibt keinen Menschen, der uns regelmäßig Geld gibt, verstanden?!«

»Wer hat von Ihnen etwas verlangt, Fungo?« fragte Delansig.

»Herr Anwalt, wir stehen hier nicht vor Gericht«, sagte Jimmy Lee lächelnd. »Lassen Sie das, Sie müssen uns nicht beeindrucken.«

Die zwei Brüder sahen Annie an. Fungo wollte das Geld, und Jimmy Lee freute sich schamlos, denn er war über das Angebot zufrieden. »Also gut, Annie, wir unterschreiben.«

Die zwei Brüder unterschrieben. Delansig gab jedem einen Durchschlag und das Geld. Annie setzte sich auf den Beifahrersitz und wartete auf Delansig, der die Aktentasche schloß, einstieg und den Motor startete. Jimmy Lee klopfte an die Glasscheibe. Annie öffnete das Fenster, ohne ihn anzusehen.

»Vielen Dank, Schwester, und *fuck you*!«

Delansig gab Gas und warf durch den Rückspiegel noch einen Blick auf die beiden Brüder, die auf dem Parkplatz standen. Fungo betrachtete seine zweitausend Dollar. Jimmy Lee hob einen Stein auf und warf ihn dem Wagen hinterher.

Annie schwieg auf der Fahrt zum Flugplatz und hielt die Augen geschlossen. Delansig versuchte nicht, ein Gespräch in Gang zu bringen. Erst nach dem Start der Chartermaschine begann Annie zu sprechen.

»Es muß Ihnen schlecht geworden sein bei dem, was Sie heute gesehen haben.« Sie ließ den Kopf wieder gegen die Rückenlehne sinken. »Wenn er doch nur geschwiegen hätte, nachdem ich ihm gesagt hatte, daß ich ihn liebhabe.«

Delansig sah sie an und dachte, sie werde wieder weinen. Annie blickte starr geradeaus und sagte: »Ich werde nicht zulassen, daß Henry davon etwas erfährt.«
Delansig wollte ihre Sorgen besänftigen und sagte: »Ihre Brüder haben sich über das Geld gefreut.«
»Ja«, sagte sie langsam, »aber was geschieht, wenn sie mehr wollen? Henry und ich sind nur eine unvollständige Familie. In gewisser Weise sind wir ungeschützt. Diese beiden können uns jederzeit erpressen.« Sie ließ den Kopf hängen.
»Sie sind nicht so verwundbar, wie Sie sich jetzt fühlen, Mrs. Sumner«, erklärte Delansig, »und die zwei sind zu geldgierig, um ihr Einkommen zu gefährden.«
»Sie denken wie ein Anwalt, Mr. Delansig, und glauben, ein guter Vertrag ist die Grundlage für ein gutes Abkommen. Aber das, was Sie heute gesehen haben, war meine Familie, *meine* Familie. Und in dieser Familie entwickelt sich nichts, wie es sein sollte.«
Es dauerte eine Weile, bis Annie sich von dem Besuch im Gefängnis erholte. In den folgenden Wochen lief sie in vielen schlaflosen Nächten durch das zu einer Baustelle verwandelte Limeteen Hall. Sie stellte noch mehr Sicherheitskräfte ein, die das Gelände Tag und Nacht bewachten. Einer der Männer mußte Henry jeden Tag zur Schule bringen und wieder abholen. Annie ließ im ganzen Haus eine aufwendige Warnanlage mit einem direkten Notruf zur Polizeistation von Fayette County installieren. Auf ihren nächtlichen Wanderungen versteckte sie die Pistole an immer neuen Plätzen. Tag für Tag erschienen etwa hundert Arbeiter. Annie musterte die Leute beklommen, denn sie fürchtete immer, die allzu bekannten blonden Locken oder den aufgeschwemmten Körper von Fungo inmitten der Arbeitstrupps zu entdecken.

Annie erzählte Sam nichts von ihren Brüdern oder der Fahrt zum Gefängnis. Als ihre Beziehung wieder begann, verhielten sie sich diskret, aber sie machten kein Geheimnis daraus. Sie sahen sich, wann immer es möglich war, und schliefen miteinander, wo sich eine Gelegenheit dazu bot. Aber das Wann und Wo war immer schwierig. Sams Leben wurde von einem ausgebuchten Terminplan bestimmt, und er mußte sich jede Fahrt nach Lexington erkämpfen. Wenn er kam, dann hatte Annie keine Lust, über ihre Familie zu sprechen.

»Weißt du«, sagte er einmal am Anfang des Sommers, »wenn du mir gesagt hättest, daß wir mittags in einem Zimmer des Campbell House Hotels miteinander schlafen, dann hätte ich dir das nie geglaubt.«
»Es ist schon merkwürdig«, stimmte Annie zu und schmiegte sich an seinen Rücken, während sie im Bett lagen, »aber es ist sicher besser als nichts.«
»Ich kann nichts dabei finden, wenn du in Caernarvon übernachtest. Außer mir ist doch niemand da.«
»Und der Butler, die Köchinnen und die Dienstmädchen.« Sie küßte ihm den Rücken und legte ihm die Arme auf die Brust. »Das bringe ich noch nicht über mich, Sam.«
»Warum nicht? Wem zum Teufel, glaubst du, werden sie etwas sagen?« fragte er plötzlich zornig, »und selbst wenn sie es tun, was soll's?«
»Es ist jetzt keine gute Zeit dazu«, sagte sie leise.
»Glaubst du wirklich, es wird sich viel daran bessern«, erwiderte er, löste sich aus ihren Armen und legte sich auf den Rücken. »Du bist dabei, deinen Rennstall in Gang zu bringen. Warte erst einmal ab, bis es soweit ist. Die Arbeit hört nicht mehr auf, Annie. Du übernimmst dich schon jetzt. Gewiß, du kommst hierher, aber es dauert mehr als eine Viertelstunde, bis du *wirklich* bei mir bist.«
»Und eine Viertelstunde, nachdem wir miteinander geschlafen haben, fängst du an, dich über etwas zu ärgern.« Sie setzte sich auf und stellte die Füße auf den Boden. Aber er legte die Hände auf ihre Schultern, und sie ließ sich wieder in seine Arme ziehen.
»Tut mir leid«, sagte er, »ich habe auch Probleme, und offenbar lasse ich sie an dir aus.«
»Was ist los?«
Er stieß einen gereizten Seufzer aus. »Frank Carney. Er ist wirklich ein Säufer.«
»Ach ja?« fragte Annie überrascht, »wie ich höre, trinkt er ein wenig. Aber Whiskey ist in diesem Beruf nicht gerade etwas Unbekanntes. Er leistet doch eindeutig gute Arbeit für Caernarvon.«
Sam schüttelte den Kopf. »Es sieht inzwischen schlimm aus. Ohne eine Flasche Whiskey kommt er nicht über den Tag. Es ist wirklich ein Trauerspiel. Ich bin in seinem Alter und mit ihm groß geworden. Er hat mir einmal erzählt, daß sein Vater selbstgebrannten Alkohol trinkt. Der Mann hat ihn an seinen Kindern ausprobiert, um herauszufinden, wie

schnell sie einschliefen, oder ob es ihnen übel davon wurde. Der Alkohol hat Carney fest im Griff. Er sitzt ihm bereits in den Knochen.«
»Schon am ersten Tag, als ich auf der Rennbahn war, habe ich von Frank Carney gehört. Was macht er dir denn für Probleme?«
»Er ist ein großer Pferdekenner. Wenn es um Pferde geht, irrt er sich nie. Aber der Whiskey schafft ihn. Seit dem Tod meines Vaters tut er so, als würde *ich* für *ihn* arbeiten.«
»Ich glaube, das ist das eigentliche Problem und weniger der Whiskey.«
»Verdammt, Annie, es ist sehr viel komplizierter als das. Er hat in der letzten Woche in Belmont einen Hengst laufen lassen, der zusammengebrochen ist. Er hat mich noch nicht einmal angerufen. Er behauptet, er hätte versucht, mich anzurufen, aber er mußte den Hengst einschläfern. Und das Schlimmste, später habe ich erfahren, daß er morgens beim Training den Hengst zu hart angepackt hat, und alle im Stall haben den Whiskey in seinem Atem gerochen. So etwas hat er nie getan, als mein Vater noch lebte. Seit mein Vater tot ist, benimmt sich Carney so, als habe er alles geerbt!«
Annie erwiderte nichts, sondern fragte: »Was hast du vor, Sam?«
»Ich weiß es nicht«, erwiderte er gereizt und beunruhigt, »es ist verflixt schwer, für einen Rennstall einen eigenen Trainer zu finden. Bei dieser Entscheidung geht es um eine lebenslängliche Bindung. Vater war immer nobel. Er wollte vor allem eine angenehme ungestörte Regelmäßigkeit, wenig neue Gesichter und auf keinen Fall Auseinandersetzungen mit den Angestellten. Siege waren nicht so wichtig wie ein gutes Leben und anständiges Benehmen. So war es früher. Aber wenn man heute nicht gewinnt, ist man nichts als reich und eine Karikatur... Und das will ich dir sagen. Ich hoffe nur, daß Frank Carney nicht...«
Er sprach den Satz nicht zu Ende, und Annie forderte ihn auch nicht dazu auf.
Eine Woche später rief Chigger Beasley bei Annie an. »Caernarvons Trainer, Frank Carney, ist entlassen worden«, berichtete er ihr. »Es wird morgen in den Sportnachrichten stehen.«
»Das ist für Caernarvon ein großer Verlust«, erwiderte Annie unverbindlich.
»Zweifellos«, sagte Chigger, »aber es könnte für Limeteen von großem Nutzen sein. Frank ist ein alter Freund von mir. Er besucht mich in der nächsten Woche, Annie. Dann könnten Sie mit ihm sprechen.

Limeteen hat alles – nur noch keinen Trainer. Und dieser Mann ist der beste.«

»Warum hat Caernarvon ihn entlassen?« fragte sie und dachte bereits an Sams Reaktion, wenn sie Frank Carney einstellen würde.

»Na ja, da gibt es verschiedene Versionen, und es kommt darauf an, wen man hört«, erwiderte Chigger. »Caernarvon *sagt*, ein Wechsel sei an der Zeit, aber den Gerüchten nach haben sie ihn entlassen, weil Frank trinkt. Frank hat mir gesagt, es habe eine Meinungsverschiedenheit zwischen Trainer und Besitzer gegeben. Aber solche Meinungsverschiedenheiten sind seit erdenklichen Zeiten im Rennsport an der Tagesordnung. Nun ja, was für ein Grund es auch sein mag, man bleibt nicht, wenn solche Gefühle die Atmosphäre immer mehr belasten.«

»Trinkt er wirklich?«

Chigger seufzte. »Also, Ma'am ... Ich kenne Frank seit zwanzig Jahren, und er hat seit langem eine Vorliebe für Bourbon. Aber wenn es um den Rennstall geht, dann habe ich mit ihm noch nie Probleme gehabt, und seine Pferde übrigens auch nicht. Sie gewinnen!«

Annie fuhr in der nächsten Woche zur Blue Bell Farm. Am Flughafen sah Annie das endlose Grasland im morgendlichen Sonnenlicht. Das saftige Gras hatte eine wunderbare Farbe, es jedoch ›blaues Gras‹ zu nennen, war eine Übertreibung der Einheimischen. »Wenn man das Gras ansieht und dabei blau denkt, dann wird es immer blauer«, hatte sie einmal zu Sam gesagt und ihn damit zum Lachen gebracht. Annie runzelte die Stirn und dachte, wie selten sie jetzt noch Grund zum Lachen hatten ...

Als sie die Blue Bell Farm erreichte, saß Chigger Beasley mit Frank Carney auf einem Zaun. Sie beobachteten beide eine Stute, die ihr neugeborenes Fohlen an die Welt draußen gewöhnte. Die beiden Männer wollten vom Zaun steigen und Annie begrüßen, aber sie bedeutete ihnen, dort zu bleiben, und setzte sich zu ihnen. Chigger machte sie kurz mit Frank Carney bekannt, der ihr an Chigger vorbei die Hand reichte und ihr direkt in die Augen sah. »Freut mich, Sie wiederzusehen, Ma'am.«

Annie spürte die Schwielen seiner Hand und registrierte die aufrichtige Anständigkeit, die in seinem kurzen Blick lag.

»Danke«, erwiderte sie herzlich, »ich habe Sie zum letztenmal bei der Versteigerung der Rosewood-Pferde gesehen.«

»Nein, ein paar Tage später in Keeneland.«
»Das stimmt. Ja, ich erinnere mich.«
Er nickte leicht und blickte dann wieder zu der Stute und dem Fohlen. Er sah gut aus – nicht so faszinierend gut wie ein Sam Cumberland, aber er besaß ein kräftiges, eindrucksvolles Gesicht mit klar geschnittenen, kantigen Zügen. Seine Augen sind so blaugrün wie das Gras, dachte Annie und mußte lächeln.
»Was meinst du?« fragte Chigger, der wieder zu dem Fohlen blickte.
»Weiß noch nicht«, erwiderte Frank, »laß mir noch etwas Zeit.«
»Soviel du willst. Ich muß ins Büro. Bitte entschuldigt mich.«
Chigger zwinkerte Annie zu, als er vom Zaun stieg. Jetzt beobachteten sie und Frank Carney die Stute mit ihrem Fohlen.
»Das war mehr als eindeutig«, sagte Annie.
»Chigger ist manchmal so verschlagen wie ein hungriges Maultier«, sagte er, ohne den Blick von den Pferden zu wenden.
»Es ist bedauerlich, daß Sie nach so langer Zeit Caernarvon verlassen.«
»Ach, das Leben geht weiter.« Er kniff wegen der hellen Sonne die Augen zusammen und neigte etwas den Kopf, als das Fohlen seine Mutter zu einem Erkundungsgang verließ. Frank hatte sandbraune Haare. Sie waren, wie Annie fand, altmodisch kurz an den Seiten und auf dem Kopf ohne rechte Façon geschnitten. Die Haare lagen ihm wie vom Regen flachgedrücktes Gras in allen Richtungen auf dem Kopf.
»Wie wär's, wenn Sie mir sagen, was Chigger Ihnen über Limeteen erzählt hat, damit ich nicht alles wiederholen muß«, sagte Annie.
»Tja«, erwiderte er und sprang vom Zaun, »seiner Meinung nach haben Sie offenbar ebensoviel Geld wie Ehrgeiz, aber vielleicht nicht genug.« Nach diesen Worten ging er über die Koppel auf die Stute zu.
Annie stieß seine Direktheit ebenso vor den Kopf wie sein abruptes Weggehen. Sie wollte ihm nach, aber statt dessen rief sie ihm hinterher: »Sehr richtig. Können Sie mir ein paar Vorschläge machen?«
»Vielleicht«, rief er zurück und ging weiter auf die Stute zu. Der näherkommende Fremde machte das Fohlen ängstlich. Es lief zu seiner Mutter und sah Frank durch die Beine der Stute mit großen Augen an. Die Stute beobachtete Frank mit aufgestellten Ohren und geblähten Nüstern. Annie hörte nicht, ob er etwas sagte, aber er ging langsam und gleichmäßig weiter, bis er das Pferd erreicht hatte. Die Stute beschnup-

perte seine Hand und hatte gegen ihn keine Einwände, obwohl das Fohlen erschrocken davonsprang. Dann kam es mit komisch nickendem Kopf langsam wieder näher und schnupperte an Carneys ausgestreckter Hand. Bald ließ es sich von ihm den Hals streicheln, der bedächtig seine Beine betrachtete. Dann kam er langsam zu Annie zurück. Die Stute fraß wieder Gras, aber das neugierige Fohlen folgte verstohlen Frank. Als er es bemerkte, sprang es aufgeregt wiehernd davon.

Am Koppelzaun angelangt, legte Frank in der Nähe von Annie die Arme über das oberste Brett und fragte: »Was halten Sie von dem Fohlen?«

Annie hatte sich das Fohlen genau angesehen und hoffte, mit ihrer Ansicht richtig zu liegen. »Es wirft etwas komisch die Vorderbeine, aber das wird sich vermutlich geben. Ansonsten ist es ein hübsches kleines Fohlen.«

»Es gehört Ihnen«, sagte er, »der Vater ist Little Slam.«

Chigger Beasley hatte den Jährling Little Slam getauft, den Annie vor acht Jahren bei der Keeneland-Auktion im Duell mit Sam Cumberland ersteigert hatte. Mit den Farben von Blue Bell hatte Little Slam vier Rennen gewonnen und sich auch als Zuchthengst inzwischen als sehr erfolgreich erwiesen. Seine ersten Nachkommen nahmen jetzt an den ersten Rennen teil. Chigger hatte den Hengst mit den meisten von Annies Stuten gepaart, und die Jährlinge erzielten bei den Auktionen hervorragende Preise.

»Ich habe Glück gehabt, Ihnen damals Little Slam nicht zu überlassen«, sagte Annie.

Frank sah zu ihr hinauf und dann wieder zur Seite. »Ich glaube, mit Glück hatte das nicht so viel zu tun. Ich habe Chigger gesagt, daß dies ein guter Hengst ist. Aber ich habe bei achtzigtausend nicht mehr geboten. Sam Cumberland mochte das Pferd, und normalerweise bekommt er das, was er will. Aber Sie haben sehr viel mehr geboten, als der Jährling es wert war ... ich denke, Sie hatten dafür besondere Gründe.« Er schwieg und betrachtete das Fohlen.

»Ich fand, ich konnte es mir leisten«, sagte Annie, »und *mir* gefiel der Hengst auch.«

Frank Carney erklärte: »Nun ja, wenn man zuviel Geld für ein Pferd ausgibt, nur weil man es sich leisten kann, dann ist man bestimmt bald bankrott.«

Annie saß verwirrt auf dem Zaun. Sie ärgerte sich und fühlte sich in die Enge getrieben. Sie blickte auf Frank Carneys sandbraune Haare und sagte: »Sie sagen wohl immer, was Sie denken?«

»Ja, Ma'am, immer.«

»Darauf kann ich mich also verlassen.«

»O ja. Nehmen wir zum Beispiel den Grund dafür, weshalb Sie und ich hier miteinander reden. Sie suchen einen Trainer, und ich suche einen Job. Seit ich Caernarvon verlassen habe, sind eine Reihe Pferdebesitzer zu mir gekommen und haben mir geraten, in einem eigenen öffentlichen Stall ihre Pferde für sie zu trainieren, gute Pferde, die in New York und in Florida zu den Rennen gemeldet werden. Belmont Park und Hialeah haben mir so viele Boxen angeboten, wie ich haben möchte. Weshalb glauben Sie also, ich sollte die Probleme und Beschränkungen auf mich nehmen, die ein Privattrainer mit einem unbekannten Stall hat?«

»Das will ich Ihnen beantworten«, sagte Annie, stieg vom Zaun und wartete so lange, bis er sie ansah. »Aber zuerst müssen Sie mir etwas beantworten, was mich beschäftigt. Was ist mit Ihrem Trinken?«

Sein Gesicht blieb unbewegt. Dann drehte er sich um und lief am Zaun entlang.

»Also, Frank, glauben Sie nicht auch, daß die Leute Sie danach fragen?«

Er blieb stehen. »Natürlich werden sie fragen, aber verdammt noch mal, ich werde ihnen darauf keine Antwort geben müssen.« Er drehte sich um. »Ich möchte Ihnen eine ähnliche Frage stellen. Was geht zwischen Ihnen und Sam Cumberland vor? Auch darüber reden die Leute. Es geht mich nichts an. Er hat Ihnen ein paar Hengste für die Zucht verkauft, und ich habe für ihn gearbeitet. Aber es könnte für uns beide echt schwierig werden, wenn ...«

Er schwieg und sah sie an.

»Ich will Ihnen sagen, wie ich die Vorzüge eines privaten Trainers einschätze. Mit einem öffentlichen Stall jagen Sie die ganze Zeit hinter den besten Pferden her, die Sie bekommen können, und Sie müssen dafür sorgen, bei den Besitzern, die diese Pferde haben, im besten Licht dazustehen. Mit den guten Pferden müssen Sie schnell viel Geld verdienen, oder Sie verlieren diese Pferde. Die Besitzer werden Sie vielleicht beim Kauf und bei der Zucht um Rat fragen, aber die meiste Zeit müssen Sie darauf warten, daß sich die Erwartungen anderer erfüllen, und dann können Sie nur hoffen, daß die Zuchtergebnisse Ihrem Stall anvertraut werden. Außerdem müssen Sie in einem öffentlichen Stall mit zwanzig verschiedenen Besitzern auskommen, und jeder von denen weiß von A bis Z ganz genau, wie Sie was tun sollen. In einem privaten Stall haben Sie es nur mit einem Besitzer zu tun.«

Sie lächelte ihn an. Er kniff die Augen zusammen und blickte dann zu einer anderen Koppel. Annie fuhr fort: »In Limeteen kann der Trainer einen neuen Stall in jeder Hinsicht zum besten Rennstall der Welt machen. Ich habe genug Geld, um die Sache in Gang zu bringen, und ich habe es nicht eilig mit einer Siegerehrung. Ich will es von Anfang an richtig machen, aber es wird von meinem Trainer abhängen, daß der Stall und die Zucht Bestand haben.«

Frank gab keine Antwort. Annie ließ ihm Zeit mit der Antwort. Er steckte die Hände in die Gesäßtaschen und trat gegen die Grashalme. »Über etwas sollten wir uns einigen. Wenn die Sache funktioniert, sollten Fragen über mein Trinken oder Sam Cumberland nicht gestellt werden, wenn weder das eine noch das andere mit der Arbeit in Konflikt gerät.«

Annie mußte daran denken, was der Alkohol bei ihrem Vater bewirkt hatte. Sie glaubte nicht daran, daß dieser Mann ein Säufer war. Da irrte sich Sam. »Einverstanden«, sagte sie.

Frank nickte. »Dann sollten Sie mich wohl auffordern, mit nach Limeteen zu kommen, damit ich mir ansehe, was dort geschieht.«

Frank saß schweigend in ihrem neuen Wagen – einem Jaguar. Die Ledersitze und der luxuriöse Plüschteppich bereiteten ihm sichtlich Unbehagen, obwohl er keine Bemerkung darüber machte. Als sie durch Lexington fuhren, fragte Annie: »Wie geht es Certainty?«

»Gut. Er war der vierte unter den besten Vollblütern im letzten Jahr. Er ist wirklich ein Klassehengst.«

»Ihr bester, den Sie trainiert haben?« fragte Annie.

»Schwer zu sagen, aber beinahe. Caernarvon hat viele gute Pferde. Aber dieser Hengst hat etwas, das nur wenige haben. Er ist das ehrlichste Pferd, das ich kenne. Keine Allüren, keine Hinterlist, sondern einfach ein gutes Pferd ...«

Er wirkte verlegen. Und als er weitersprach, hatte Annie den Eindruck, daß er das Thema wechseln wollte.

»Ich möchte Ihnen auch das sagen. Ich lasse kein Pferd rennen, das nicht soweit ist. Und ich benutze keine Drogen, um sie zu einem Rennen bereit zu machen. Wenn ein Pferd wund oder verletzt ist, werde ich es nicht mit schmerzstillenden Mitteln täuschen. Ich lasse es ausruhen oder nicht mehr rennen. Das muß meine Entscheidung sein.«
»Sind Sie ein Heu-Hafer-und-Wasser-Fanatiker?«
»Nein, überhaupt nicht. Ich möchte nur, daß ein Pferd fit ist, wenn es an den Start geht, und nicht mit Medikamenten vollgestopft wird.«
»Das ist in Ordnung«, sagte Annie, »aber ich möchte über Ihre Entscheidungen informiert werden. Und vielleicht bin ich der Meinung, ein Pferd aus irgendeinem Grund aus einem Rennen zurückzuziehen. Dieses Recht behalte ich mir vor.«
»Sie sind die Besitzerin«, erwiderte er trocken, »es sind Ihre Pferde.«
Annie erwiderte: »Meiner Überzeugung nach ist das eine Illusion. Als ich Pferde gepflegt habe, bedeutete der Besitzer mir nichts. Jedes Pferd, das ich pflegte, hat *mir* gehört!« Sie sah ihn an und stellte fest, daß er lächelte.
Während die Handwerker, Planierraupen und Landarbeiter am Wirken waren, inspizierte Frank Carney Limeteen Farm. Ihm gefiel das, was er sah, das heißt, ihm schien zumindest nichts zu mißfallen. Er schlug vor, die neuen Stallungen für die Stuten von den anderen entfernt zu bauen, falls bei einer Epidemie eine Isolation notwendig sein würde. Auf der Übungsbahn, die gerade ausgehoben wurde, hielt er eine dikkere Lehmschicht über dem Sand für notwendig als Schutz für die Knöchel der jungen Pferde. Sie sprachen über die europäischen Trainingsmethoden und die Galoppstrecken. Sie einigten sich, auch in Limeteen eine solche Strecke mit in das Trainingsprogramm einzubeziehen, falls man auf dem hügeligen Gelände eine entsprechend flache Bahn finden würde.
Henry kam mit seinem neuen Freund Speed Oliver aus der Schule. Speed war ein gleichaltriger Schwarzer. Seine Eltern wohnten in einem der Bauernhäuser auf Limeteen. Die beiden Olivers hatten seit beinahe fünfzehn Jahren auf den Gestüten und auf allen Rennstrecken in Lexington gearbeitet. Ihr Sohn George Junior wurde von allen nur Speed genannt, weil er nie ging, sondern nur rannte. Er war ihr einziges Kind, und für die Olivers war Limeteen seit der Geburt ihres Sohnes der erste feste Wohnsitz.

Annie rief die Jungs herüber und stellte sie dem Trainer vor. »Das ist mein Sohn, Henry, das ist Mr. Carney.«
Henry streckte die Hand aus und sagte wie immer: »Guten Tag, ich bin Henry Sumner.« Inzwischen verzichtete er darauf, auch seine Nationalität zu nennen.
Frank schüttelte ihm die Hand und sagte: »Guten Tag, Hank.«
Der neue Name überraschte Henry, aber er reagierte darauf nur mit einem verlegenen Lächeln.
»Und das ist Speed Oliver«, sagte Annie, »seine Eltern wohnen hier.«
»Ich kenne deinen Daddy«, sagte Frank und schüttelte Speed die Hand, »er hat früher bei Calumet gearbeitet, nicht wahr?«
»Ja, Sir«, sagte Speed stolz, »o ja.«
»Wir wollen uns das neue Starttor ansehen«, sagte Henry, »komm Speed«, und schon rannten die beiden hinüber zur Rennstrecke.
Frank sah ihnen nach und bemerkte, daß Annie ihn musterte. »Nette Jungs«, sagte er schnell und ging energisch in Richtung Auffahrt, wo der Jaguar parkte. Annie ließ ihn gehen. Sie spürte, daß er es nicht unhöflich meinte. Bei ihren Gesprächen hatte er sich drei- oder viermal wortlos entfernt. Es schien eine Art Methode zu sein, um denjenigen, mit dem er sich unterhielt, zu überraschen. Aber er brachte Annie damit immer wieder weit mehr aus dem Gleichgewicht, als er es war, und er unterbrach auf diese Weise wirkungsvoll ein Gespräch, das schwierig werden konnte. Als er den Wagen erreichte, schob er die Hände in die Gesäßtaschen und wartete. Dabei zog er mit der Stiefelspitze Furchen im Sand. Annie folgte ihm langsam.
Als sie bei ihm war, sah er sie an.
»George Oliver ist einer der besten Pferdepfleger«, sagte er, »wie haben Sie ihn bekommen?«
»Ich habe ihm und seiner Frau ein Zuhause angeboten. Sie wollten nicht mehr umherziehen, sondern sich irgendwo niederlassen. Er soll die Verantwortung für die Hengste übernehmen.«
Frank nickte. »Ich will Ihnen ein Geheimnis anvertrauen. Bruna Oliver ist die beste Köchin von Kentucky.«
»Das haben wir bereits festgestellt.«
Dann fragte er: »Haben Sie schon Ihre Rennfarben?«
Der Jockey-Club hatte in der vergangenen Woche Annies Wahl bestätigt. »Gelbe und weiße Streifen«, antwortete sie.

Frank beobachtete, wie ein Kran über dem Fohlenstall einen Eisenträger in Position brachte. Er verschränkte die Arme und lehnte sich gegen den Wagen. »Was ist aus der Stute geworden, die Chigger Ihnen im letzten Jahr nach Frankreich geschickt hat?«

Annie zweifelte nicht daran, daß er die Antwort kannte. »Ich habe sie Moonglow genannt. Wir hatten Pech mit ihr. Ich habe sie eingeritten und dachte, sie sei wirklich sehr gut. Aber beim Training in Chantilly hat sie sich im Stall verletzt – ein Bruch des Mittelfußknochens. Das führte zu Carpitis und Knochenwucherung. Ich fürchte, sie wird nie ein Rennen laufen, aber sie ist trotzdem eine schöne Stute.«

»Vielleicht lassen Sie die Stute zurückbringen, und wir schicken Sie zu Certainty.«

Annie sah ihn an. Sie dachte an Certaintys Pedigree und dann an Moonglows. Annie kannte nicht die Stammbäume aller Pferde auf der Welt, aber diese beiden waren für sie etwas Besonderes. Das klang nach einem sehr guten Vorschlag. Sie hatte von Sam eine Paarung mit Certainty gekauft. Die Stute konnte in einer Woche aus Frankreich hier sein.

Frank zog weiter Furchen mit seiner Stiefelspitze.

»Frank, ich möchte Sie als Trainer für Limeteen Farm.« Sie wartete auf seine Reaktion. Mit dem Wagen im Rücken und Annie, die vor ihm stand, hatte er keinen Fluchtweg. »Ich gebe Ihnen die üblichen zehn Prozent von allen Preisen, die wir gewinnen, und als Gehalt im ersten Jahr eintausend mehr als das, was Sie bei Caernarvon bekommen haben.«

»Ich werde darüber nachdenken«, sagte er, öffnete die Wagentür und stieg ein. Dann zog er die Tür zu.

Annie mußte lächeln und fuhr Frank Carney zur Blue Bell Farm zurück. Auf dem Weg durchbrach sie nicht das Schweigen. Als er vor Chigger Beasleys Büro ausstieg, beugte er sich durch die offene Tür und sagte: »Ich glaube, ein Vertrag ist nicht nötig. Wenn einer von uns beiden nicht zufrieden ist, dann soll er gehen können. Das ist genug. Und wenn es Ihnen recht ist, dann brauche ich keine großen Verlautbarungen. Die Leute werden es ohnehin erfahren.«

Annie nickte. Er reichte ihr die Hand, die sie kurz schüttelte, und wieder einmal drehte er sich auf dem Absatz um und ging davon.

Zwei Wochen später erhielt Annie von den Behörden die Nachricht, daß ihr Vater gestorben war. Sie beauftragte ein Bestattungsunternehmen mit der Einäscherung. Die Urne wurde auf dem lokalen Friedhof beigesetzt und trug nur die gesetzlich erforderliche Erkennungsmarke. Annies Trauer bestand aus monatelangen Alpträumen, die sie plagten. Die Träume waren so realistisch, daß sie Nacht für Nacht glaubte, wieder in der Hütte in der Nähe der Gleise zu sein. Fungo preßte sie gegen die Wand, damit Jimmy Lee sein Vergnügen mit ihr hatte, während ihre Mutter sterbend im Bett neben dem Ofen lag. Mit etwas Glück wachte sie auf. Aber selbst nach den körperlich sehr anstrengenden Tagen auf Limeteen fürchtete sie sich vor dem Schlafen.
Annie beauftragte Delansig, ihre Brüder vom Tod des Vaters in Kenntnis zu setzen. Das tat er mit der nächsten monatlichen Zahlung. Ihrer Adresse nach lebten sie inzwischen in Brooklyn.

21

Die schlichte Absicht, ein Pferderennen mit seinen zahllosen Varianten zu gewinnen, widersetzt sich dem komplizierten Räderwerk administrativer Zugriffe. Die Geldgier sorgte Ende der sechziger Jahre jedoch für eine Annäherung und schließlich unlösbare Verbindung von Politik und Kommerz. Langsam, aber unaufhaltsam wurde eine Versuchung unwiderstehlich und eroberte die Gesetzgeber in allen Bundesstaaten, in denen Pferderennen stattfinden. Viele hielten das für einen Segen, andere sprachen von einer Katastrophe.

»Ich brauche noch zehn Millionen Dollar für den verfluchten Jahresetat. Können Sie mir das Geld beschaffen?« erklärte einer der führenden Senatoren eines Morgens vor der Haushaltsdebatte. Er kostete den dünnen Kaffee, den ihm sein Mitarbeiter auf den mit Akten überladenen Schreibtisch stellte.

»Ja, Herr Senator«, erwiderte ihm der drahtige junge Jurist, denn er hatte in den ersten vier Monaten seiner Dienstzeit gelernt, daß sein Chef, der im Staat als der ›politischste aller Politiker‹ galt, seinen Titel nicht oft genug hören konnte. In der allerersten Stunde hatte er auch erfahren, daß sein Chef nach Washington ins Weiße Haus wollte und entschlossen war, den Haushalt in seinem Bundesstaat auszugleichen, um seine Chancen zu verbessern.

Der Senator sah seinen Adjutanten mit zusammengekniffenen Augen an – Augen, die nach Jahren der Kompromisse und des Mißtrauens trübe geworden waren. »Woher?« fragte er drohend und musterte das gestickte Muster auf dem leuchtend bunten Schlips seines Mitarbeiters und die winzigen Initialen auf der Hemdentasche. Ihn ärgerten die dichten welligen Haare des Mannes. Er versuchte eindeutig, wie Bob

Kennedy auszusehen, und schlimm genug für den Senator der alten Schule und des alten Stils, der Kerl sah ihm tatsächlich ähnlich.
»Vom Rennplatz«, antwortete der Adjutant strahlend und beging den Fehler zu glauben, sein jugendlicher Humor würde dem alten Elefanten gefallen.
»Wenn Ihnen nichts anderes einfällt«, sagte der Senator mit erhobener Stimme, »dann können Sie Ihr drittklassiges Juraexamen in den Papierkorb werfen! Was wollen Sie damit sagen? Wir nehmen uns bereits sieben Prozent aus dieser staatlichen Quelle. Zwei der Rennbahnen fordern lautstark von uns, weniger zu verlangen, denn sie stehen vor dem Bankrott!«
Der junge Mann erwiderte unerschrocken: »Und wir erlauben nur einhundertvierzig Renntage auf den drei Rennbahnen. Und zur Zeit hat das Jahr dreihundertfünfundsechzig Tage, Herr Senator«, erklärte er, »und zwölftausend Wähler, die direkt in der Rennindustrie des Staates beschäftigt sind. Wenn wir ihnen die Hand reichen, wählen sie uns.« Er lachte anmaßend laut.
Der Senator trank noch einen Schluck Kaffee, ohne aber diesmal zu kosten, und sah den jungen Mann vernichtend an. Er begann, ihn zu verabscheuen. Die Idee schien jedoch sehr interessant. »Mit wem haben Sie darüber gesprochen?«
»Mit *allen* möglichen hervorragenden Menschen«, erwiderte der Adjutant und entschied sich unvermittelt, charmant zu sein, denn er freute sich über den Ärger seines Chefs, »zum Beispiel mit dem Vorsitzenden der staatlichen Rennkommission, den übrigens Ihr Freund, der Gouverneur, ernannt hat, außerdem mit der nationalen Horsemen's Benevolent and Protective Association. Sie sind die einflußreichsten Vollblutbesitzer und Trainer im Land . . . und mit dem Tierarzt meines Hundes.«
»Dem Tierarzt Ihres *Hundes*?« grollte der Senator. Der Kaffee und dieser Kerl waren nicht nach seinem Geschmack. Er schob den Unterkiefer vor, bearbeitete das Doppelkinn mit seinen dicken Fingern und blickte mißbilligend auf den Schreibtisch. Der Adjutant nahm sich kaum Zeit zum Luftholen.
»Ja, er ist erst vor kurzem hier ansässig geworden. Davor war er der leitende Veterinär zweier Rennstrecken, bis er den Mund zu voll nahm. Wie er sagt, hat er seinen Job aufgegeben, weil er Pferde liebt und die

Menschen zu sehr verachtet. Aber für Dackel ist er eine unschlagbare Kapazität. Mein Felix zum Beispiel ...«

»Hören Sie auf, mit mir zu spielen, junger Mann«, unterbrach ihn der Senator und richtete seine Augen auf das Nagetiergebiß dieses Ehrgeizlings. »Was haben diese Leute zu einer Verlängerung der Rennsaison zu sagen?«

»Alle mit Ausnahme meines Tierarztes sind dafür«, erwiderte der Adjutant.

»Ich scheiß auf Ihren Tierarzt. Wie schnell können wir die zuständige Expertenkommission zu einem Hearing einberufen? Ich möchte die zusätzlichen Einnahmen noch in *diesem Jahr* in meinem Haushalt.«

»Tja, Herr Senator, es gibt da ein kleines Problem.«

»Aha! Und das wäre?«

»Die Pferde.«

»Die Pferde?« donnerte er. »Hören Sie zu, junger Mensch! In meinen dreißig Jahren in diesem gottverdammten Amt habe ich noch nicht ein einziges Pferd an der Wahlurne gesehen. Wo liegt also das Problem?«

»Wenn wir die Rennsaison der drei Rennbahnen, sagen wir, um das Zweieinhalbfache verlängern –«, der Adjutant machte eine Pause, um dem Gehirn des Senators Zeit zu lassen, die zusätzliche mathematische Komponente zu verarbeiten, »das heißt, wenn wir von dreihundertfünfzig Renntagen im Jahr ausgehen, dann müssen sehr viel mehr Rennen mit ungefähr derselben Anzahl Pferde gelaufen werden. Ich meine Pferde, die sich zu einem Rennen eignen. Das bedeutet, die Pferde müssen mehr rennen und außerdem zu allen Jahreszeiten ... etwa im *Winter*, wenn die Rennbahn gefroren ist.« Er sprach die Worte langsam und mit besonderer Betonung aus.

Der Senator ärgerte sich über diese Belehrung, und noch mehr reizte ihn der anmaßende Ton, aber er ahnte, daß eine wichtige Information kommen würde. »Und?« fragte er ungehalten, »die Pferde sind zum Rennen gezüchtet worden, so wie Rindvieh dazu da ist, Steaks zu liefern.«

»Ein ausgezeichnetes Argument, Herr Senator. Der Unterschied besteht nur darin, wenn wir ein Steak essen, müssen wir nicht mit ansehen, wie das Rind geschlachtet wird. Wenn Pferde zu viel rennen, können sie Zerrungen, Schwellungen, *Schmerzen* bekommen und zusammenbrechen. Das bedeutet, sie leiden und sie laufen schlecht, oder sie sterben bei einem Rennen. Ihre Beine versagen ihnen den Dienst, oder das Herz bleibt stehen. Sie fallen auf der Rennstrecke um, töten vielleicht einen Jockey und reißen ein oder zwei Pferde bei dem Sturz mit sich. Die Leute bezahlen zwar Eintritt bei einem Autorennen, um das grausige Schauspiel zu erleben, wie ein Fahrer in seinem Wagen verbrennt, aber niemand möchte, daß ein Tier verletzt wird oder stirbt – noch dazu, wenn es so groß und so schön ist wie ein Vollbluthengst. Wenn das zu häufig geschieht, dann werden die Leute vielleicht lieber ihr Geld auf etwas anderes setzen.«

»Sie wollen mir also sagen, daß wir nicht das ganze Jahr über eine Rennsaison haben können?« fragte der Senator.

»O nein, Herr Senator. Das können wir«, beteuerte der Adjutant, »wir müssen nur zulassen, daß die Trainer und die Veterinäre den Pferden ein wenig helfen. Und ich kann Ihnen versichern, dazu scheinen diese Leute nur allzu bereit zu sein.«

»Helfen – wie?«

»Mit bestimmten Drogen . . .«

»Nun langt es aber!« Der Senator erhob sich, denn er wußte, jetzt war der junge Mann mit der Sprache heraus, und er hätte ihm am liebsten eine Ohrfeige gegeben. »Wir haben Hippies, die Marihuana rauchen, Heroinsüchtige, die zu allem fähig sind, und Sie wollen von mir verlangen, daß ich das Doping von Pferden legalisiere?«

»Im Augenblick«, fuhr der Adjutant fort, ohne auf den Ausbruch des Senators einzugehen, »haben wir in diesem Staat sehr strikte Bestimmungen über die Anwendung von Medikamenten am Renntag. Aber die Horsemen's Benevolent and Protective Association setzt sich, wie sie es nennen, für ein ›kontrolliertes Medikamentenprogramm‹ ein.«

»Also gut! Wenn die Besitzer es so wollen, wo liegt dann das Problem?« fragte der Senator und warf ungeduldig einen Blick auf seine Armbanduhr.

Der Adjutant wußte, die Haushaltsdebatte stand bevor, und die Zeit wurde knapp. Er fand immer mehr Gefallen an dem grausamen Spiel, denn er war sich jetzt seines Sieges bewußt. Der Fisch hatte den Köder geschluckt und zappelte an der Angel. »Die Besitzer wollen Sieger. Und nur sehr wenige wollen einem Pferd mit entzündeten Gelenken zugestehen, was es wirklich braucht – Ruhe und Zeit. Die meisten können sich das heute nicht mehr leisten. Verstehen Sie, es kostet zehntausend

Dollar pro Jahr, um ein Pferd für die Saison zu trainieren und zu pflegen, und nicht alle der Vollblüter laufen soviel Geld durch Siege wieder ein. Wenn also eine Injektion mit Buten dafür sorgt, daß ein Pferd trotz allem noch läuft und sein Geld verdient, dann ist das in Ordnung. Und jetzt meldet sich mein Veterinär zu Wort, denn das Problem besteht darin, daß viele dieser Medikamente nicht zu einer Heilung führen. Sie nehmen nur den Schmerz und lassen die Schwellung abklingen. Wenn sich also ein Pferd eine Sehne zerrt, und man injiziert ihm Buten, dann läuft es zwar ohne Schmerzen, aber die Sehne reißt, und es wird zum Krüppel. Wenn ein chronisches Problem mit den Kniegelenken auftritt, und man injiziert über längere Zeit Kortison oder Steroide, dann frißt die Medizin das Gelenk wie Termiten ein Holzbein.«

Der Senator schüttelte sich. »Und das wollen die Rennstallbesitzer?«

»Es sind Idealisten, Herr Senator. Sie glauben natürlich in ihrem kindlichen Gemüt, daß so etwas niemals *ihrem* Pferd zustoßen kann. Aber die bedauerlichen Folgen für die Pferde können sich einstellen bei einer Rennsaison, die auf das ganze Jahr ausgedehnt wird. Wenn solche Symptome auftreten, möchten diese Leute alles benutzen können, was zu haben ist, um ihr Pferd wieder auf die Rennbahn zu bringen. Und wir brauchen diese Pferde, damit die Rennscheine ausgefüllt werden, damit gewettet wird, damit wir die Steuern kassieren . . . und Sie einen ausgeglichenen Haushalt haben.«

Die beiden Männer sahen sich an. »Machen Sie mir einen Gesetzesentwurf für diese Sache«, sagte der Senator, »aber sorgen Sie auf alle Fälle dafür, daß es so klingt, als sei dieses Gesetz zum Besten der Pferde. Und sorgen Sie für eine Pressemitteilung, die so fromm ist wie die Bibel. Ich möchte keine grauen Haare bekommen, nur weil mich der Tierschutzverein ins Kreuzfeuer nimmt.« Er schüttelte den Kopf. »Sie wollen ihre eigenen Pferde dopen . . . es ist nicht zu glauben.«

»Man sagt in diesen Kreisen, die Welt ist nur eine Metapher für den Rennplatz«, erklärte der Adjutant und lachte triumphierend, »und nicht umgekehrt, verstehen Sie, Herr Senator?«

Die Nachricht, daß wieder ein Staat die Rennsaison verlängerte oder eine unterschiedliche Medikamentenliste am Renntag legalisierte, machte immer auf der Titelseite des *Lexington Herald-Leader* Schlagzeilen. Colorado und Kalifornien waren die ersten; Florida, Pennsylvania, Maryland und vierzehn andere Landesregierungen beschäftigten sich mit diesen Vorbildern und berieten über ähnliche zusätzliche Steuereinnahmen durch die Rennstrecken. In diesem Zusammenhang diskutierte man auch in jedem Staat über ein Medikamentenprogramm. Kentucky legalisierte sehr schnell die Anwendung von etwa vierzig Medikamenten am Renntag. Von den großen Staaten wehrte sich nur New York gegen den Einsatz von Medikamenten am Renntag, obwohl die Rennsaison auf das ganze Jahr verlängert wurde. Sechs Tage in der Woche fanden auch im Winter im Aqueduct Rennen statt – auch bei gefrorenem Boden.

Als Sam Cumberland der neue Kämmerer des Jockey-Clubs wurde, geriet er mitten in die Auseinandersetzung. Er unterstützte den Jockey-Club in seinen Bemühungen, andere Landesregierungen und die Öffentlichkeit von den Gefahren zu überzeugen, die eine Legalisierung des Dopings darstellte. Und so sah er sich gezwungen, seine geplanten Besuche in Kentucky immer öfter zu verschieben.

Eine Woche nach der Einstellung von Frank Carney als Trainer für Limeteen rief Sam sie an: »Annie, ich kann am Donnerstag nicht wie geplant kommen, aber ich habe eine bessere Idee.«

Annie saß auf einem Sägebock und hatte das Telefon auf den Knien, während die Schreiner im Raum nebenan arbeiteten. Hier sollte ihr Büro entstehen. Sie war auf Sams Zorn wegen der Sache mit Frank gefaßt und hörte ihm vorsichtig zu, denn sie wußte nicht, ob Sam die Nachricht bereits erfahren hatte. »Mir gefallen deine Ideen immer, Sam«, sagte sie.

»Ich muß am Donnerstag in Harrisburg, Pennsylvania, vor einem Ausschuß sprechen. Wie wär's, wenn du mich begleitest? Ich habe gerade ein Flugzeug gekauft und kann dich auf dem Weg dorthin mitnehmen.«

»Oh, du weißt sehr gut, wie man einer Frau den Kopf verdreht, Mister Cumberland. Was ist denn das für ein Flugzeug?«

»Ein kleiner Jet. Ich habe ihn Gwydian wie den alten Eisenbahnwagen getauft, erinnerst du dich? Und was würdest du sagen, wenn du als Vollblutzüchterin auch eine Aussage machst?«

Annie stand auf. »Ich wüßte nicht, was ich sagen sollte.«

»Aber natürlich weißt du das. Du mußt nur das wiederholen, was du mir gesagt hast. Wir haben doch schon darüber gesprochen. Und das kann ich dir verraten, die meisten von uns denken so. Ich brauche so viel Unterstützung wie möglich. Ich könnte dich am Donnerstagmorgen um zehn Uhr abholen. Dann fliegen wir weiter und werden am Nachmittag ein paar Stunden auf die Leute einreden. Ich verspreche dir, wenn Henry ins Bett muß, bist du wieder zurück. Ich habe am nächsten Morgen eine Stiftungssitzung. Ich muß also auch zurück. Und natürlich gibt es Mittag- und Abendessen im Flugzeug.«

»Das ist alles?«

»Ja, kommst du mit?«

»Ja, aber ich kann dir nicht versprechen, daß ich eine Aussage mache.«

Er schwieg und sagte dann: »Das wirst du, Annie. Ich kenne dich. Also bereite dich besser vor. Dann bis Mittwoch morgen im Bluegrass Airport. Ich liebe dich.«

»Sam . . .«

»Ja?«

»Hast du gehört, daß ich Frank Carney eingestellt habe?«

»Ja.«

»Und . . . sagst du nichts dazu?«

»Das ist deine Angelegenheit, Annie. Du hast mit mir nicht darüber gesprochen, also muß ich auch nichts dazu sagen.«

»Ich habe mit dir darüber gesprochen – im Campbell House Hotel. Erinnerst du dich nicht?«

»Das stimmt nicht. Ich habe mit *dir* darüber gesprochen. Du hast nur zugehört. Ich habe dir gesagt, daß er trinkt. Wenn du mich gefragt hättest, würde ich dir gesagt haben, daß er auch primitiv ist – echter Abschaum aus der Gosse, mehr nicht.«

Sie hatte mit seinem Zorn gerechnet, aber er nicht mit ihrem. »Das waren *deine* Probleme mit ihm, Sam. Aber du wirst ganz bestimmt wissen, daß ich in beiden Dingen mehr Erfahrungen habe als du.«

Es entstand eine Pause, dann sagte er ungeduldig: »Ich würde es sehr begrüßen, wenn du keine Stuten, die er auswählt, nach Caernarvon bringst.« Das war eine unverhüllte Drohung.

»Sam, ich schicke eine Stute mit dem Namen Moonglow zu Certainty. Dein Verwalter hat sie akzeptiert. Frank Carney hat diesen Vorschlag gemacht, und das Pedigree der Stute ist für deinen Hengst gut genug. Ich habe dafür bezahlt. Wenn du das verhinderst, brichst du einen Vertrag, ganz zu schweigen dein Wort.«

»Verdammt noch mal, Annie, was ist denn mit dir los?« schrie er durch die Leitung, »*natürlich* hat Carney Certainty vorgeschlagen. Er will es mir heimzahlen und einen Teil meines besten Hengstes mitnehmen . . ., obwohl ich nicht daran zweifle, daß er glaubt, Certainty sei *sein* Pferd!«

Annie war einen Augenblick lang verunsichert, bis sie an die beiden Pferde dachte, um die es ging. »Die Pedigrees sind zu ideal, um an eine kleinliche Rache zu denken, Sam. Er hat eine gute Wahl getroffen, und ich werde sie unterstützen.«

Wieder entstand eine Pause. »Annie, ich möchte dir etwas sagen. Es ist nichts Neues, denn auch du weißt das bereits über diese Branche. Jeder glaubt, er sei klüger als der andere. Der Sieg ist noch süßer, wenn man einen anderen damit zum Verlierer macht, ihn aussticht und ihm beweist, wie dumm er war. Also glaube nicht, du könntest mir etwas über Frank Carney sagen. Versuch, was du willst, aber eines Tages wirst du eingestehen müssen, daß ich recht hatte.«

»Das bezweifle ich. Durch Frank Carney bist du kein Verlierer gewesen, aber ich danke dir für den Rat.« Trotz ihrer Wut wollte sie das Gespräch nicht ausufern lassen. »Ich weiß, dies ist kein geschäftlicher Anruf. Wann treffen wir uns am Mittwoch?«

Er machte wieder eine Pause, dann sagte er: »Um zehn«, und legte auf.

Annie stellte das Telefon auf den Boden und legte den Kopf auf den Sägebock. Ihre Beziehung war inzwischen allgemein bekannt. Die Zeit notwendiger Diskretion war vorüber. Es gab wieder Gerüchte und Spekulationen, aber man fand sich auch damit ab. Die sechziger Jahre waren nicht eine Zeit kleinlicher Verurteilung, und Lexington war schon seit langem an die verwirrenden Beziehungen der Rennpferdegesellschaft gewöhnt.

Annie ging zu dem großen Fenster, durch das sie die neuen Bauten und die Übungsbahn dahinter sah. Sie fragte sich, was wohl mit Sam geschehen würde. Was konnte mit Sam geschehen? Seit ihrer Rückkehr aus Frankreich hörte sie ständig Gerüchte über Belinda Cumberland. Sie hatte mit dem Reiten aufgehört und war zunehmend unberechenbarer geworden. Dann hatte sie sich zurückgezogen. Es war jedermann bekannt, daß sie von einem Modearzt zum anderen, von einer Kur zur anderen ging und eine Diät nach der anderen versuchte in dem panischen Versuch abzunehmen. Auf den New Yorker Wohltätigkeitsveranstaltungen und den Empfängen der Cumberland-Stiftung erschien sie mit Schmuck von Harry Winston, frisiert von Kenneth und in Kreationen von Blass, aber die Fotografen zeigten immer ihre verbitterte Miene und den matronenhaften Körper. Als Witz erzählte man sich, Belinda und Sam erscheinen zusammen, sitzen getrennt, gehen zusammen und schlafen getrennt. Abgesehen von den gesellschaftlichen Verpflichtungen sahen sie sich so selten wie möglich.

Annie verließ das im Rohbau befindliche Büro und ging den Fußweg zu Limeteen Hall hinauf. Henry mußte jeden Augenblick aus der Schule kommen. Sie fragte sich, ob sie und Sam je heiraten würden. Dann drehte sie sich um und warf einen Blick auf das geschäftigte Treiben überall um sie herum. Beim Weitergehen fand sie keine Antwort auf ihre Frage und beschloß, sich für die nahe Zukunft keine allzugroßen Hoffnungen zu machen.

Annie erwies sich nicht nur als gute Sprecherin vor dem Ausschuß in Pennsylvania, sondern war auch so überzeugend mit ihren Argumenten, daß Sam sich wenn möglich immer ihre Mithilfe sicherte. Für den Rest des Jahres erschien Annie in den Sitzungssälen hinter den Mikrofonen, verlas ihre Rede und beantwortete dann die Fragen der Abgeordneten und der Fachleute. Sie hatte sich bestens vorbereitet, damit keine Frage sie überraschen konnte. Aber ihr wachsendes Engagement für dieses Thema überraschte sie.

Während dieser Aufklärungskampagne wurden die meisten Bauarbeiten in der neuen Limeteen Farm durchgeführt. So schnell wie möglich ließ Annie ihre Stuten und den Hengst Little Slam von Chigger Beasleys Blue Bell Farm bringen. Im Sommer und Herbst kaufte Limeteen nach Frank Carneys Anweisungen viele erstklassige Stuten, aber auch Jährlinge und Decktermine bei wichtigen Zuchthengsten. Carney unterwies die Pfleger und Farmarbeiter und bildete sie so aus, daß sie seinen Vorstellungen von Zuverlässigkeit und Sorgfalt entsprachen. Als das Gestüt größer wurde, genoß Limeteen bereits einen erstklassigen Ruf, ohne bisher bei den Rennen einen Sieg vorweisen zu können.

Frank wohnte in einem kleinen Bungalow drei Meilen von der Farm entfernt und arbeitete in Limeteen von fünf Uhr morgens bis neun oder zehn Uhr abends. Prinzipiell erschien er nicht in Limeteen Hall, obwohl Annie ihn immer wieder einlud. Alle Geschäfte mit ihr erledigte er schnell in den Stallungen oder dem neuen Büro, wobei er typischerweise immer wieder unvermittelt aufstand und zu seiner Arbeit zurückkehrte. Nicht ein einziges Mal registrierte Annie Anzeichen dafür, daß er trank. Ihr fiel jedoch Henrys wachsende Zuneigung und Verehrung für den Trainer auf. Wenn Henry von einem der Männer des Sicherheitstrupps aus der Schule nach Hause gebracht wurde, lief er zu Speed, der ebenfalls aus der Schule kam, dann rannten die beiden Jungen sofort zu den Ställen und suchten Frank. Eines Tages stellte sich Henry einem Besucher mit den Worten vor: »Guten Tag, ich bin Hank Sumner.« Er forderte seine Mutter nie auf, ihn Hank zu rufen, aber er liebte diesen Namen, und Annie stellte fest, daß alle seine Schulkameraden ihn so nannten.

Henry und Frank wurden bald ein unzertrennliches Gespann. Wenn Annie einmal nachmittags Frank ohne Henry sah, machte sie sich Gedanken, wo ihr Sohn wohl sein mochte. Er lernte von Frank alles über Pferde und glänzte bei Annie mit seinem Wissen. Außerdem übernahm er immer mehr den Dialekt und schien die ersten sieben Jahre in Frankreich zu vergessen. Nur ›Mama‹ behielt er bei, obwohl auch das inzwischen etwas anders klang.

Als sie eines Abends auf der Terrasse vor der Küche saßen und ihnen Bruna Oliver das Abendessen brachte, fragte Henry: »Mama, hast du eigentlich gewußt, daß Mr. Carney die Stuten ausgesucht hat, die Mr. Beasley mit Little Slam gepaart hat, um Moonshot und Moonglow zu bekommen?«

»Nein. Hat Frank dir das erzählt?«

»Nein, nicht direkt«, erwiderte Henry, »aber so war es. Mr. Beasley hat es mir gesagt. Man paart immer die Besten mit den Besten und hofft auf das Beste«, sagte er und zitierte die abgedroschene Phrase mit der Ernsthaftigkeit einer gerade entdeckten Wahrheit. »Deshalb ist Moonglows Fohlen für Mr. Carney etwas ganz Besonderes. Es wird die dritte Generation sein, die er genau verfolgt.«

»Es freut mich, daß du Mr. Carney so gern hast«, sagte Annie, »ich mag ihn auch.«

»Ich wünschte, er wäre mein Vater«, sagte Henry leichthin und aß mit großem Appetit Brunas Apfelmus. »Er hat versprochen, daß ich und Speed Moonglows Fohlen pflegen dürfen.«

Annie gab sich große Mühe, auf die beiden überraschenden Informationen nicht allzu heftig zu reagieren.
»Weißt du übrigens, daß sie uns, also Speed und mich, hier alle die Scotch-Jungen nennen«, fuhr er fort, »du weißt schon nach dem Black and White Whiskey. Sie nennen Mr. Carney und mich Hank und Frank, und sie nennen dich die Gräfin.«
»Ach ja.« Annie hatte versucht, diesen Titel durch Ignorieren in Vergessenheit geraten zu lassen, aber die gelegentlichen Wiederholungen in den Zeitungen sorgten dafür, daß er sich hartnäckig hielt.
»Ja, das sagen alle mit Ausnahme von Mr. Carney.«
»Was sagt er?« fragte Annie.
»Mrs. Sumner. Warum eigentlich, Mama? Er kennt dich doch jetzt gut genug, um dich auch mit dem Vornamen anzureden, findest du nicht auch?«
»Eigentlich schon«, sagte sie, »aber er und ich arbeiten zusammen. Ich glaube, er verzichtet aus Höflichkeit auf diese Anrede.«
»Aber du sagst Frank zu ihm. Liegt das daran, weil du die Chefin bist?«
Annie lachte. »Vielleicht.«
Henry ließ sich aber nicht ablenken und erklärte ernsthaft: »Ich finde das schade, denn ihr könnt offenbar nicht einfach Freunde sein. Er ist außer Speed mein bester Freund. Ich finde übrigens, er ist für dich ein besserer Freund als Mr. Cumberland.«
Annie aß weiter. Henry sah Sam Cumberland nur, wenn er in Limeteen Hall erschien, um sie abzuholen, wenn sie miteinander ausgingen. »Wie kommst du darauf?« fragte Annie, »ich dachte, du magst Mr. Cumberland.«
»Ach, er ist in Ordnung. Er ist aber immer irgendwie nervös, wenn er hier ist. Natürlich liebt er dich! Wenn du die Treppe herunterkommst, und er sieht dich, verschlingt er dich mit den Augen. Es ist nicht zum Aushalten.«
Annie lachte wieder, aber mehr um ihre Verlegenheit zu tarnen.
»Mama, ist er verheiratet?«
»Ja«, antwortete sie knapp.
»Wird er sich scheiden lassen?«
»Nein, davon weiß ich nichts.«
»Gut. Das heißt also, du heiratest ihn nicht. Ach, ich sollte dir übrigens sagen, daß der Fliegenvernichter in der Übungshalle kaputt ist.«

In der Zeit, in der die Stuten ihre Fohlen warfen, herrschte wie überall in Bluegrass auch auf der Limeteen Farm Hochbetrieb. Man rechnete dort in diesem Jahr aufgrund der Neuerwerbungen und der ehemaligen Stuten von Rosewood mit fünfunddreißig Geburten.

Moonglows Fohlen wurde mit besonderer Spannung erwartet. Henry und Speed striegelten, rieben und bürsteten die Stute mit größter Hingabe und halfen dem Stallknecht beim Ausmisten. Sie erschienen jeden Morgen um halb sechs im Stall und versorgten Moonglow, bis es Zeit war, in die Schule zu gehen. Nachmittags ritten sie abwechselnd Moonglow und führten sie dann am Zügel – bei gutem Wetter auf der Koppel und bei schlechtem Wetter in der Übungshalle. Als Moonglow im Februar schließlich eine größere Box im Fohlenstall bekam, wollten die Jungs unbedingt bei der Geburt dabeisein und bestürmten Annie und Bruna, es ihnen zu erlauben.

»Bitte, vergiß das eine nicht«, erklärte Annie ihrem Sohn eines Morgens beim Frühstück, »und das kannst du auch Speed sagen. Meistens geschieht es mitten in der Nacht, und wenn alles gutgeht, dauert es nur eine halbe Stunde. Möglicherweise wird niemand von uns dabei sein.«

»Frank schon«, erwiderte Henry mit sichtlichem Stolz auf die inzwischen übliche Benutzung des Vornamens. »Er weiß, wann es soweit ist, und er kann uns rufen. Weißt du, Mama, bei Moonglow hat sich heute morgen das Euter gefüllt. Das bedeutet, das Kol . . ., das Kol . . ., das Kolostrum ist schon in der Zitze«, berichtete er so lässig wie möglich und bestrich dabei den Toast mit Marmelade. »Ich glaube, heute nacht oder spätestens morgen ist es soweit.«

Als in der zweiten Nacht nach dem Einschießen der Milch in das Euter das Telefon neben Annies Bett klingelte, stand Henry sofort in der Tür. Annie hörte Frank sagen: »Moonglows Wehen haben eingesetzt, aber es gibt ein Problem. Ich habe den Tierarzt gerufen, aber er ist zu einem Notfall nach Spendthrift gerufen worden. Ich werde es bei anderen versuchen . . .«

Annie sah Henry und sagte: »Wir kommen sofort.«

Al Hawkins, der Oberpfleger der Stuten, stand mit Frank bei Moonglow im Stall. Etwas weiter entfernt warteten Speed mit seiner Mutter und seinem Vater.

Frank Carney flüsterte kaum hörbar: »Sie ist aufgestanden und hat sich bereits zweimal wieder hingelegt. Nun geht das schon eine Stunde so. Ihre Kräfte nehmen ab, und auch das Fohlen wird nicht viel länger aushalten.«

Moonglow lag auf der Seite. Dampf stieg von ihrem Körper auf. Sie hatte die Beine gestreckt und zuckte bei jeder neuen Wehe.

»Was ist los?« fragte Annie.

»Ich glaube, das Fohlen liegt in der falschen Stellung. Moonglow hat versucht aufzustehen und versucht, es zu drehen ... o je.«

Das Zucken hatte aufgehört. Die Stute rollte mit den Augen und rang mit offenem Maul nach Luft.

»Hank! Speed!« rief Frank den beiden zu, »redet mit ihr. Euch kennt sie am besten. Sorgt dafür, daß sie aufsteht. *Sie muß aufstehen.*« Während die beiden zu der Stute liefen, zog Frank das dicke Hemd aus und ging zu einem Waschbecken.

»George, Al, wenn nötig hebt sie hoch. Sie muß auf die Beine kommen«, befahl er George Oliver und dem Oberpfleger. Er hielt seine Arme unter heißes Wasser und seifte sich ein. »Annie, wenn sie steht, nehmen Sie den Schweif und halten ihn zur Seite.«

Annie folgte den beiden Männern in die Box. Ihr wurde bewußt, daß Frank sie zum ersten Mal mit dem Vornamen angesprochen hatte. Die beiden Jungs redeten auf Moonglow ein. Zuerst liebevoll, aber dann begann Henry zu schreien. »Du mußt aufstehen! Du mußt! Sonst wird dein Kind sterben!«

Moonglow hob den Kopf und versuchte hochzukommen. »Los, du mußt hoch!« schrie Speed, »du mußt aufstehen!«

Annie hörte, wie Frank unter dem kochend heißen Wasser stöhnte. Dann kam er mit nacktem Oberkörper und tropfnaß zu ihnen, und gemeinsam redeten sie auf die Stute ein, die sich abmühte, schließlich das Gewicht auf die Knie verlagerte und dann aufstand. Sofort verteilten sich die beiden Männer und die Jungen und stützten sie. Annie nahm den Schweif und hielt ihn zur Seite, während Frank vorsichtig die Hand in die Vagina steckte und dann langsam den Arm fast bis zu den Schultern in die Gebärmutter.

Er und Annie standen dicht voreinander. Er sah sie in einer Mischung aus Zärtlichkeit und Intensität an, wie sie es noch nie erlebt hatte. »Hier ist ein Bein ... gut, der Puls ist gut ... ich finde den anderen Fuß nicht, und mir scheint, der Kopf ist noch im Jenseits.«

Er betastete weiter das Innere der Stute, ohne den Blick von Annie zu wenden. »Gut so, haltet sie fest. Hank, sie muß dich sehen. Du mußt lächeln und ihr klarmachen, daß alles in Ordnung ist.« Er zog den Arm heraus, drehte Annie den Rücken zu und schob den anderen Arm wieder in die Gebärmutter. Annie sah, wie seine Rücken- und Nackenmuskeln sich spannten, während er versuchte, das Fohlen zu drehen. Schließlich murmelte er: »Na los, noch ein bißchen, Kleines.« Plötzlich gab es einen Ruck, Moonglow schwankte und warf den Kopf.

»Haltet sie!« befahl Frank ruhig, zog den Arm heraus, drehte sich um und schob den anderen Arm wieder in die Vagina. Sein Oberkörper war mit Fruchtwasser bedeckt. Als er Annie wieder sah, lächelte er kurz und sagte: »Es hat sich gedreht. Jetzt brauchen wir noch das eine Bein ... und hier *haben wir es.*«

Annie sah ihn mit trockenem Mund an. Seine Zärtlichkeit und seine Sicherheit ließen sie zittern. »Ich werde jetzt das Fohlen in den Geburtskanal ziehen«, erklärte er leise, aber so, daß die anderen ihn hören konnten. »Dann müßten die Wehen wieder einsetzen, also seid vorsichtig. Sie wird schnell niedersinken, und dann kommt das Fohlen heraus. Also los.«

Annie sah, wie sich seine Schulter spannte, als er sehr sanft zog. Schweiß trat ihm auf die Stirn, und er biß vor Anstrengung die Zähne aufeinander, aber er ließ Annie nicht aus den Augen, und auch sie wollte den Blick nicht von ihm wenden.

Moonglow zitterte, sank auf die Knie und rollte zur Seite. Frank zog schnell den Arm zurück, während alle zur Seite sprangen und die Box verließen.

»Al, hol mir das Jod«, sagte Frank, eilte zum Becken und wusch sich. Annie drehte sich um und sah, wie Moonglow kämpfte. Nach wenigen Minuten entdeckten sie die vorderen Hufe und die Nüstern des Fohlens. »Es ist da!« rief Henry und versuchte, so ruhig und gelassen zu klingen wie möglich.

»Hank und Speed, haltet die Handtücher bereit und vergeßt nicht, ihr müßt sehr behutsam sein«, befahl ihnen Frank.

Nach weiteren Minuten größter Anstrengungen war das Fohlen zwar noch in der weißbläulichen Hülle, aber beinahe ganz zu sehen. Als die Fesselgelenke erschienen, schien es zu zittern. Frank, noch immer naß vom Waschen, entfernte die Fruchtblase von den Nüstern und saugte das Fruchtwasser mit einer Pipette ab. Sofort begann das Fohlen zu atmen. Frank nickte den beiden Jungs zu, die das Fohlen mit den Handtüchern abrieben und damit den Blutkreislauf anregten.

»Ihr müßt auf die Nabelschnur aufpassen«, sagte Frank ruhig und wies in Richtung der über einen halben Meter langen Nabelschnur, die das Fohlen noch mit der Mutter verband. Während die zwei das Fohlen trockenrieben, hielt Frank die Überreste der Fruchtblase der erschöpften Stute hin, die sie beschnupperte und dann fraß. Bald darauf richtete sich Moonglow auf, drehte den Hals und beschnupperte zärtlich das Fohlen. Frank nahm die Nabelschnur und wollte das Fohlen näher zu seiner Mutter bringen. »Halt das, Speed.«

Der Junge tat automatisch wie ihm befohlen und nahm die Nabelschnur, aber als er sie in den Händen hielt, staunte er über das Blut, das in der Größe von Vogeleiern noch darin pulsierte. Seine Augen wurden groß, und Henry mußte lachen.

Das Fohlen hob den Kopf und sah Henry an. Die beiden wußten, sie hatten ihre Aufgabe erfüllt. Es war Zeit, die Box zu verlassen. Sie warfen einen fragenden Blick auf Frank, der ihnen bestätigend zunickte. In diesem Augenblick schlug das Fohlen mit den Vorderbeinen aus und durchtrennte damit die Nabelschnur. Die beiden verfolgten das weitere Geschehen über die Abtrennung der Box hinweg. Nur Frank blieb bei der Stute. Er streichelte sie, bis Moonglow sich erstaunlich geschickt erhob und neben dem Fohlen stand. Es bewegte den Kopf hin und her und rollte dann auf das Brustbein. Nach kurzem Ruhen versuchte es mühsam aufzustehen, sank aber wieder zusammen und stützte sich schließlich schwankend auf die Vorderbeine. In dieser Stellung schien es völlig ermattet zu verharren.

»Wir haben ein weibliches Füllen. Eigentlich müssen sie es selbst schaffen, aber ich werde ihm beim Aufstehen helfen. Die Kleine hatte eine schwere Geburt und muß schnellstens etwas trinken.« Frank umfaßte den Schweif mit beiden Händen und hob das Fohlen mit einem Ruck hoch. Es streckte die Hinterbeine aus und stand. Frank legte die Arme behutsam um das Fohlen und hielt es, während es zur Mutter stakste. Zunächst fand es nicht das beinahe unerreichbare Euter, aber dann lehnte es sich gegen das Bein der Stute und begann zu trinken. Moonglow wich aus, aber Frank half dem Fohlen. Als es schließlich richtig stand und gierig zum ersten Mal die Muttermilch trank, nahm Frank

eine flache Schale Jod und desinfizierte damit den Stummel der abgerissenen Nabelschnur. Dann verließ auch er die Box. Alle drängten sich um ihn und umarmten sich, aber sie taten es schweigend aus Rücksicht auf die Mutter und das Fohlen.
»Geschafft!« flüsterte Henry, und alle nickten. Annie hatte den einen Arm um ihren Sohn gelegt und den anderen um Franks Hüfte. Plötzlich wurde ihr sein Körper bewußt. Sie vermied es, ihn anzusehen, bis sie seine Hand auf ihren Rippen spürte. Er drehte sich ihr zu, als sie zu ihm aufsah. Ihre Augen trafen sich nur für den Bruchteil einer Sekunde.
»Oh«, sagte Bruna Oliver, trat zur Box und sagte bewundernd in lang gedehntem Kentucky-Slang: *»She is such a glorious girl!«*
Alle lachten über Bruna. Frank nahm sein Hemd und zog es über. Henry ergriff wie immer Annies Hand und lief mit ihr zur Abtrennung. »O Mama, Bruna hat recht. Ich weiß, wie wir das Fohlen nennen: Glorious Girl!«
Jetzt blickten alle erwartungsvoll auf Annie. Sie nickte schnell. »Wir werden morgen im Jockey-Club versuchen, diesen Namen anzumelden. Sind es weniger als achtzehn Buchstaben?«
»Zwölf und ein Zwischenraum«, sagte Speed.
Sie blieben noch ein paar Minuten. Der Tierarzt erschien, und dann mußten Henry und Speed wieder ins Bett. Als sie gingen, kam Annie an Frank vorbei.
»Danke, Frank. Das haben Sie einfach wunderbar gemacht.«
»Ich freue mich, daß es gutgegangen ist.«
Ohne eine weitere Geste gingen sie auseinander.

22

Bereits in den nächsten beiden Jahren erreichte Limeteen seinen vollen Bestand an Pferden. Annie kaufte einige Tiere bei Auktionen und bei Verkaufsrennen, und sie behielt die besten Fohlen ihrer Stuten. So konnte sie an einem Sommertag aus den Fenstern von Limeteen Hall blicken und auf allen Koppeln Vollblüter sehen.

Der weiß und gelb gestreifte Renndreß von Limeteen war bald auf den Bahnen von Florida bis New York erfolgreich. Den ersten Sieg bei einem Stakes-Rennen gab es beim Frühjahrs-Meeting 1970 in Churchill Downs, eine Woche nach dem Kentucky Derby. Als der Gewinner von Louisville nach Limeteen zurückgebracht worden war, gab Annie in den Stallungen eine Party für alle Beschäftigten.

Sie hielt eine kurze Rede und feierte den vierjährigen Hengst, den Frank im Jahr zuvor bei einem Verkaufsrennen in Keeneland für sechstausend Dollar entdeckt hatte. Sie sprach Frank die verdiente Anerkennung dafür aus, daß er aus dem zwölfmaligen Verlierer einen Sieger gemacht hatte, und sagte dann bewegt: »Behaltet diesen Tag alle im Gedächtnis. Das ist nur der erste Stakes-Gewinn für Limeteen. Ihm werden noch viele folgen!« Annie war eine beliebte Chefin. Das lag hauptsächlich daran, weil sie keine Besitzerin war, die sich durch die Autorität ihres Reichtums von den Leuten abhob. Sie demonstrierte ihre Macht auch nicht bei gelegentlichen Besuchen während der Morgenarbeit, um dabei die leutselige Herrschaft zu spielen. Ihre Tagesarbeit begann in einem der Ställe. Sie mistete eine beliebige Box aus und arbeitete dann nach Franks Anweisungen mit Pferden auf der Übungsbahn oder auf den Galoppstrecken. Erst danach ging sie in ihr Büro, um zu entscheiden, wie sie ihr Geld ausgab. Und sie gab Geld aus!

In der Zeit vom Kauf von Limeteen bis zu dem ersten Sieg in einem Stakes-Rennen wurde Annie um zwölfeinhalb Millionen Dollar ärmer. Jeder der auf der Farm Beschäftigten wußte, Limeteen brauchte einen großen Sieger, um den Stall wirklich auf die Beine zu bringen und die Lage soweit zu verändern, daß das Geld nicht mehr in Strömen abfloß, sondern zumindest tropfenweise wieder hereinkam. Mit der Geburt von Glorious Girl wuchs die Hoffnung, daß die Tochter von Moonglow und Certainty dieser Sieger sein werde.

Unter Frank Carneys Anleitung wurden Henry und Speed Oliver Schritt für Schritt in den Werdegang des Füllens mit einbezogen. Im wahrsten Sinne des Wortes wuchsen sie mit Glorious Girl, und jeder von beiden hatte bei ihrer Pflege bestimmte Pflichten. Aus dem Füllen wurde eine schnelle, langbeinige braune Stute, die das Galoppieren liebte. Die beiden Jungen baten Frank, sie bei der Morgenarbeit reiten zu dürfen, aber er erlaubte es nicht. Sie hatten zwar beide die Größe von Jockeys, aber mit ihren zehn Jahren besaßen sie noch nicht die Kraft und brauchten noch sehr viel mehr Erfahrung, ehe sie ein Vollblut im Training unter Kontrolle halten konnten. Henry und Speed versuchten auf ihre Art, sich diese Qualifikationen anzueignen, und ritten auf Farmpferden über die zwei Meilen langen Galoppstrecken um die Wette. Bei diesen Rennen herrschte zwischen ihnen eine starke Rivalität, die sich jedoch niemals auf die Pflege von Glorious Girl auswirkte.

Eines Abends fuhren Annie und Sam zu einem Dinner auf eine benachbarte Farm, und Annie sagte: »Ich glaube, wir werden Glorious Girl im Herbst in Churchill Downs laufen lassen.« Man sah ihr die Aufregung an. »Frank ist im allgemeinen dagegen, Zweijährige auf die Bahn zu schicken. Aber er glaubt, sie ist . . .« Als sie Sams finsteres Gesicht sah, schüttelte sie den Kopf: »Tut mir leid. Ich wollte dir nur von –«

»Wunderbar«, unterbrach er sie sarkastisch. »Ich kann mir nicht vorstellen, worüber ich lieber sprechen würde als über Frank Carneys Meinung von einem Pferd.«

Sie fuhren schweigend weiter. Annie trug ein neues schulterfreies schwarzweiß bedrucktes Sommerkleid mit schmalen Trägern. Ihre Haare waren hoch aufgesteckt – eine elegante, angenehme Frisur in der drückenden Hitze. Sie hatte sich beim Anziehen über das Kleid gefreut, und sie hatte sich auf den Abend gefreut.

»Worüber *können* wir denn reden, Sam?«
»Mein Gott, Annie, über alles, was du willst.«
»Wirklich? Dann erzähl mir doch etwas von Barky und Alycia. Erzähl mir von Caernarvon. Erzähl mir etwas von Belinda. O Gott, wir können über so vieles nicht reden. Unsere Unterhaltungen sind wie der gefährliche Weg durch ein Minenfeld.«
»Es hebt die Stimmung nicht gerade, wenn ich dir von Belinda erzähle.«
»Es könnte helfen«, sagte Annie ruhig.
»Ich komme nicht hierher, um mich an deiner Schulter über meine familiären Schwierigkeiten auszuweinen. Ich bin hier, um sie zu vergessen.«
»Das ist das Problem, Sam. Wenn wir uns treffen, müssen wir alles andere vergessen. Das ist schrecklich. Ich möchte alles wissen, was in deinem Leben geschieht. Möchtest du denn nicht wissen, wie sich Limeteen entwickelt?«
»Ich werde dir etwas verraten. Das lese ich im *Morning Telegraph*, verstanden?«
»Gut.« Sie schwiegen für den Rest der Fahrt, verabschiedeten sich früh von ihren Gastgebern und hatten Sex in Sams Haus. Nachdem er eingeschlafen war, ging Annie, um wie üblich am Morgen für Henry und die Arbeit zu Hause zu sein.
Ein Zusammentreffen mit Sam war inzwischen für Annie mehr Routine als eine Freude geworden. Sie schwiegen immer öfter, und die Routine bekam etwas von einer Pflicht. Wenn Sam anrief, um eine Verabredung abzusagen, fühlte Annie sich oft ebenso erleichtert wie enttäuscht.

Ihre ganze Aufmerksamkeit galt Glorious Girl. Das Training ging weiter, und Annie richtete es so ein, daß sie bei der Morgenarbeit der Stute immer an der Bahn stand. An den Wochenenden waren auch Henry und Speed dort zu finden.
»Wir haben am Galoppwechsel gearbeitet«, sagte Frank Carney. Er saß auf seinem Farmpferd und blickte über die Bahn. Annie und die beiden Jungen standen an der Umzäunung. »Beobachtet sie im Bogen.«
Die drei sahen die Stute vom anderen Ende der Bahn über die Gerade näherkommen.

»Was ist Galoppwechsel, Mama?« fragte Henry leise, damit er seine Unwissenheit vor Frank nicht verriet.
»Es ist vermutlich das Wichtigste, was ein Rennpferd lernen muß«, erwiderte Annie. »Bei den Galoppsprüngen kommt das Pferd nicht mit beiden Vorderfüßen gleichzeitig auf, sondern nur mit einem, und das andere folgt. Das stützende Vorderbein wird dadurch bereits auf der Geraden stark belastet, im Bogen jedoch noch sehr viel mehr. Hier in Amerika laufen die Pferde links um die Bahn, also entgegen dem Uhrzeigersinn. Um die Belastung zu verringern und um dem Pferd zu helfen, sich in den Bogen zu legen, bringt man ihm bei, auf der Geraden mit dem rechten Vorderbein zuerst aufzukommen – das nennt man den Rechtsgalopp –, und wenn es in einen Bogen geht, zum linken überzuwechseln – in den Linksgalopp. Jetzt paß auf! Beobachte ihren Schritt.«
Glorious Girl galoppierte mit fließenden Bewegungen auf sie zu. Im Bogen schwebte sie einen Augenblick lang frei in der Luft und streckte dann, ohne aus dem Rhythmus zu kommen, das linke Vorderbein vor und kam damit auf. Das vertraute Galoppgeräusch wurde dabei nicht einen Augenblick unterbrochen.
Henry und Speed jubelten anerkennend.
»Frank«, rief Annie, »sie macht das völlig mühelos!«
»Sie läuft wirklich gerne«, sagte Speed ernst. Er ließ die Stute nicht aus den Augen. Ihr Reiter verlangsamte jetzt das Tempo. Speed eilte mit dem langen Zügel über der Schulter zur Zaunlücke, um Glorious Girl nach der Morgenarbeit trockenzuführen und dann in ihre Box zurückzubringen. Heute war er damit an der Reihe, aber Henry rannte trotzdem hinter ihm her.
»Ich denke an das Pocahantas-Stakes«, sagte Frank. »Churchill Downs, erste Woche im November. Lassen Sie Glorious Girl drei Wochen vorher ihr erstes Rennen laufen.«
»Über welche Entfernung geht das Pocahantas?«
»Eine Meile.«
»Das ist eine ziemlich lange Strecke für eine Zweijährige.«
»Nicht länger als für die anderen Stuten in diesem Rennen auch. Es wäre schön, wenn Limeteen im Winter eine Zweijährige im Stall stehen hätte, die ein Stakes gewonnen hat. Ich bringe Zweijährige nicht oft auf die Bahn. Aber sie wird soweit sein, Annie.«

Sie hob bei dem persönlichen ›Annie‹ den Kopf und sah ihn an. Er reagierte nicht. Er saß immer noch auf dem Pferd und blickte der jungen Stute nach. Seit der Geburt von Glorious Girl vor über zwei Jahren hatten sie Tag für Tag gemeinsam auf der Farm gearbeitet, ohne daß er sie noch einmal mit dem Vornamen angesprochen hätte.
»Sie haben mich nicht mehr Annie genannt, seit der Nacht, in der sie geboren wurde.«
»Tut mir leid«, sagte er, ohne sie anzusehen.
»Macht nichts«, sagte sie. »Es ist irgendwie komisch, daß Sie es in all der Zeit nie getan haben. Ich wünschte, Sie täten es immer.«
Frank blickte angestrengt auf die Übungsbahn, obwohl dort im Augenblick keine Pferde zu sehen waren. Annie bemerkte, wie sich seine Kiefermuskeln spannten.
»Also gut«, sagte er plötzlich.
Sie spürte, daß sie dabei waren, eine Barriere zu durchbrechen, und wollte sich die Gelegenheit nicht entgehen lassen. »Ich weiß, Henry hat Sie schon hundertmal zum Abendessen eingeladen. Möchten Sie nicht heute abend kommen?« Anstatt ungezwungen, wie Annie es beabsichtigt hatte, klang die Einladung irgendwie steif. Frank lächelte nicht, aber Annie sprach entschlossen weiter: »Bruna hat zwar ihren freien Tag. Es gibt aber noch Rhabarberkuchen, und Henry und ich, wir können ein teuflisch scharfes Huhn nach einem mexikanischen Rezept kochen.«
Frank Carney beugte sich mit den Zügeln in der Hand über den Sattelknauf und blickte zu ihr hinunter. Annie sah, wie seine blaugrünen Augen von ihrem Gesicht zu ihrem Körper glitten und dann schnell wieder zu ihren Augen. »Sehen wir erst mal zu, daß wir die Stute auf die Rennbahn bringen«, sagte er in der vertraulichen Art, in der er in der Nacht bei der Geburt von Glorious Girl mit ihr gesprochen hatte. »Dann unterhalten wir uns über das Abendessen.«
Er stieß dem Pferd die Absätze in die Weichen und ritt zur Zaunlücke und zum Stall zurück. Annie stand noch lange an der Umzäunung und versuchte vergeblich, sich die Spannung zwischen ihr und Frank zu erklären. Als ihr das wieder einmal nicht gelang, ging sie nachdenklich in ihr Büro und meldete Glorious Girl für das Pocahantas Stakes an.
Die junge Stute zeigte beim Training weiterhin gute Leistungen. Im Laufe der nächsten Wochen entwickelte und proportionierte sich ihr

Körper, und sie blieb erstaunlich gut in Form. Im Oktober lief sie ihr erstes Rennen, ein Ausgleichsrennen in Keeneland, und gewann mit zwei Längen Vorsprung. Als sie drei Wochen später für das Pocahantas nach Churchill Downs verladen wurde, überstand sie die dreistündige Fahrt so mühelos, daß Henry und Speed, die sie im Transporter begleitet hatten, schworen, Glorious Girl habe unterwegs geschlafen.
Der Tag des Rennens war eine andere Sache. Glorious Girl scheute und war sichtlich nervös, sobald Besucher kamen. Die beiden Jungen brachten sie abwechselnd aus der Box und führten sie herum, aber sie blieb unruhig. Beim Satteln stieg sie mehrmals, und Frank mußte sie festhalten. Sobald jedoch der Jockey auf ihrem Rücken saß, wurde sie ruhig.
Die beiden Jungen warfen eine Münze in die Luft, und Oliver Speed fiel die Ehre zu, Glorious Girl im Führring zu führen. Sein Lächeln verriet, wie stolz er darauf war. Nachdem er die Stute dem Jockey überließ, folgte Speed den Pferdepflegern durch den Tunnel zur Bahn.
Annie und Henry beeilten sich, in eine der Besitzer-Logen zu kommen. Annie rechnete nicht damit, Frank Carney während des Rennens zu sehen. Er hatte die Gewohnheit, sich einen Platz zu suchen, wo er unbeobachtet war. Erst nach dem Rennen erschien er mit dem Pfleger auf der Bahn und begleitete das Pferd zur Box zurück. Bei einem Sieg vermied er es, an der Preisverleihung teilzunehmen, obwohl alle ihn dazu drängten. »Nur zwei Leute gewinnen ein Rennen und verdienen es, fotografiert zu werden – der Jockey und das Pferd«, hatte er einmal erklärt. »Und meistens sollte der Jockey sich auch abseits halten.«
Glorious Girl kam gut vom Start ab und fand einen günstigen Platz auf der Innenbahn. Ihr Jockey hielt sie hinter den Anführern, bis sich im Einlaufbogen eine Lücke auftat. Annie und Henry jubelten mit der Menge, als Glorious Girl die Lücke entdeckte, hindurchschoß, sich auf der Einlaufgeraden an die Spitze des Felds setzte und mit einer halben Länge siegte.
Henry zog Annie aufgeregt die Stufen hinunter. Menschen, die Annie noch nie gesehen hatte, beglückwünschten sie, und einige nannten sie Gräfin. Annie begrüßte sie alle und bedankte sich. Die Freude und das Glück gaben ihr das Gefühl, ein Luftballon zu sein, den Henry an der Schnur festhielt. Auf der Bahn rannte Henry sofort zu Speed. Die beiden Jungen schlugen sich auf den Rücken, lachten und gratulierten sich lautstark und ausgelassen gegenseitig.

Annie spürte plötzlich, daß Frank hinter ihr stand.
»Na, das hat sie wohl für uns getan«, sagte er.
Annie drehte sich spontan um und umarmte ihn. Sie spürte, daß er sie einen Augenblick festhielt. Er berührte ungeschickt ihr Haar. Sie löste sich von ihm, um ihn anzusehen. Frank blickte ihr mit so unverhülltem Verlangen in die Augen, wie sie das noch nie bei ihm erlebt hatte. Glorious Girl kam zurück. Das Publikum applaudierte, und der Beifall wurde immer lauter. Annie wandte sich ab. Franks Blick beunruhigte sie.
Frank zog sich wie immer zurück und überließ seinen Platz bei der Siegerehrung ohne Bedauern Henry und Speed. Nachdem Fotos gemacht worden waren, begleiteten sie alle die Stute zu dem Unterstand, wo die Urinproben genommen wurden.
Während der Feier mit der Belegschaft von Limeteen vermieden Frank und Annie es, sich anzusehen. Danach fuhr Annie mit den beiden Jungen nach Lexington zurück. Sie lieferte den müden Speed im Haus seiner Eltern ab und schaffte es kaum, Henry die Stufen von Limeteen Hall hinaufzuschleppen, ehe er einschlief. Sie nahm ein Bad und ging zu Bett. Sie war hellwach und sah in ihrer Vorstellung das Rennen immer und immer wieder. Sie sah auch Franks Blick und gestand sich etwas von dem ein, was er bedeutete.
Das Stalltelefon klingelte. Annie fuhr hoch. Auf ihrer Uhr war es fünfzehn Minuten nach drei. Sie nahm ab, und Frank sagte: »Ich bin total betrunken. Also sollten wir besser jetzt miteinander reden. Ich komme zur vorderen Veranda.«
Annie zog den Bademantel an und ging die Treppe hinunter. Sie hörte, wie sein Kombi auf dem Kies der Auffahrt hielt. Als sie die Haustür öffnete, lehnte Frank an einer Säule. Er richtete sich auf, stellte sich breitbeinig hin, um das Gleichgewicht nicht zu verlieren, und nahm langsam die Hände aus den Jackentaschen. Annie schloß die Tür hinter sich. Es war kalt, sie spürte die eisige Luft durch den Bademantel hindurch. Der beinahe volle Mond warf die schrägen Schatten der Säulen über die Veranda und streifte sie mit Schatten und Mondlicht. Annie stand im Schatten, Frank im Licht. Die Haare fielen ihm schräg in die Stirn. Als sie sein angespanntes Gesicht sah, stockte ihr der Atem.
»Ich kann nicht länger hier arbeiten«, sagte er und blickte ihr in die Augen. »Sie wissen, was passiert ist. So kann ich nicht weitermachen. Also werde ich gehen, wie wir vereinbart haben.«

Annie sagte ruhig: »Sagen Sie mir, was geschehen ist, Frank.«
»Das wissen Sie sehr gut, verdammt noch mal«, sagte er. Annie konnte nicht entscheiden, ob es gequält oder gereizt klang.
»Vermutlich weiß ich es. Aber sind Sie nicht betrunken genug, um es offen auszusprechen? Oder werden Sie einfach wieder davonlaufen?« Sie machte einen Schritt auf ihn zu und trat in das Mondlicht.
Er starrte sie an und hob die Hand, wie um zu verhindern, daß ihm ein Gespenst zu nahe kam. Dann ließ er die Hand wieder sinken, und sie blieb wie leblos seitlich an seinem Körper hängen. »Ich bin hierher gekommen und habe mir vorgemacht, die Arbeit würde genügen, um nicht von Ihnen verwirrt zu werden. Als ich herausfand, daß ich mich geirrt hatte, hat mir der gute alte Bourbon geholfen, damit fertig zu werden. Aber das wirkt nicht mehr. Ich muß nachts zuviel trinken, um zu vergessen, daß ich tagsüber in Ihrer Nähe bin.« Er trat einen Schritt zurück und wollte in den Schatten, blieb aber stehen, obwohl Annie keine Anstalten machte, zurückzuweichen. »Es kann jederzeit passieren, daß die Nacht sich in den Tag hineinzieht und dadurch Probleme bei unserer Arbeit entstehen. Ich möchte nicht, daß die Arbeit durch irgend etwas gestört wird, also gehe ich.«
Er fuhr sich mit der narbigen Hand durch die Haare und wartete auf ihre Antwort.
»Wie soll Ihnen das Weggehen helfen? Und was ist mit der Farm?« fragte Annie, die sich nicht klar über ihre Absichten war.
Frank schüttelte den Kopf. »Tun Sie mir das nicht an. Die Hoffnung wird mich nicht hier halten. Sie finden jetzt leicht einen anderen Trainer.«
Nach kurzem Zögern ging Annie zu ihm hinüber, hob den Kopf und sagte: »Frank, ich spreche nicht von Trainern oder Besitzern und du auch nicht.«
Sie stellte sich auf die Zehenspitzen und küßte ihn. Ihr Körper drückte sich an ihn, ihre Brüste berührten seine Brust. Langsam umfaßte er sie mit seinen langen Armen und preßte sie an sich. Aller Widerstand war geschwunden. Nach dem Kuß hielten sie sich immer noch umschlungen und wagten nicht, sich loszulassen.
Er sagte: »Das sollte nicht sein.«
»Da bin ich nicht so sicher«, sagte Annie.
»Ich dachte nicht, daß du eine Ahnung ...«

»In der Nacht, als Glorious Girl geboren wurde, habe ich es gespürt, mir es aber nicht eingestanden.«
Sie küßte ihn noch einmal. Er erwiderte den Kuß, hielt sich aber zurück.
»Es ist nicht leicht zu glauben, was hier vorgeht«, sagte er.
»Warum nicht?«
»Dafür gibt es zwei Gründe. Mir gelingt es selten, das zu bekommen, was ich möchte, und dann ist da Sam Cumberland.«
Annie legte den Kopf an seine Schulter. »Ich weiß es nicht. Laß mir Zeit. Ich hatte auch nicht erwartet, daß es so kommen würde.«
Er holte tief Luft und atmete langsam wieder aus. »Vermutlich ist es das Beste, wenn ich dir alles gleich sage. Ich habe daran gedacht, mich um dich und Hank zu kümmern, und ich möchte mit dir vielleicht auch noch andere Kinder haben. So sieht es bei mir aus.«
Annie richtete sich verblüfft auf. Er sah sie voll schlichter Offenheit an. Sie lächelte dankbar. Dann hatte sie das Gefühl, als werde ihr langsam die Kehle zugeschnürt, und sie umarmte ihn. »Wie betrunken bist du?«
»Ich kann mich nicht erinnern, schon einmal soviel getrunken zu haben wie heute nacht. Also sollte ich *wirklich* betrunken sein. Aber ich habe mich um drei Uhr morgens schon lange nicht mehr so nüchtern gefühlt.«
»Glaubst du, du könntest mit dem Trinken aufhören?« fragte sie.
Sie spürte, wie sein Körper sich spannte. Dann fuhr er mit einer Hand mehrmals durch die Haare, ehe er antwortete: »Ich könnte es versuchen. Aber möglicherweise hättest du dann eine Zeitlang einen Verrückten um dich.«
»Das macht nichts«, sagte Annie. »Wir beschäftigen dich. Ich würde sagen, wir müssen uns über ein paar Dinge klar werden. Aber wenn du das tust, bin ich bereit, mich auf das einzulassen, was geschieht.«
Sie sahen sich an. Frank nickte. »Mir ist es recht.« Er küßte sie sanft. »Ich kann nicht glauben, daß du es überhaupt versuchen willst.«
»Das will ich. Das will ich wirklich ... Wir machen jetzt lieber Schluß«, sagte sie und lächelte. »Wir müssen ungefähr in einer Stunde aufstehen.«
Sie küßten sich noch einmal, und Annie sah ihm nach, als er die Stufen hinunterging. Der Kies knirschte unter seinen Stiefeln. Als er neben

seinem Kombi stand und die Tür öffnete, drehte er sich noch einmal um. Annie konnte im hellen Mondlicht erkennen, daß sein Blick sich auf die Fassade von Limeteen Hall richtete.
»Es ist nur ein Haus«, rief sie.
»Ein bißchen groß, findest du nicht auch?« sagte er, setzte sich ans Steuer und fuhr die Auffahrt hinunter.

Beinahe tausend Meilen entfernt waren Annies Brüder an der Gegengeraden von Suffolk Downs außerhalb Bostons am Werk. Fungo hörte in der Dunkelheit, wie Jimmy Lee auf ihn zurannte. Der Mond schien zu hell, und die Brüder hatten sich deshalb Sorgen gemacht. Fungo bückte sich und bog mit brutaler Gewalt den starken Maschendrahtzaun nach oben, während Jimmy Lee sich auf die Erde fallen ließ und darunter hindurchrollte. Dann bog Fungo, so schnell er konnte, den Zaun wieder in die alte Lage und beeilte sich, um seinen Bruder einzuholen, der zu einem rostigen Kombi rannte, der weiter unten am Weg stand.
In dem Wagen saß Phil Angelo und las im Schein einer Taschenlampe den *Morning Telegraph*. Er sah die beiden Brüder kommen und ließ den Motor an. Sobald sie auf dem Rücksitz saßen, fuhr er los.
»Hast du alle Nadeln?« fragte Phil.
»Ja, sicher«, erwiderte Jimmy Lee.
»Zeig sie mir«, sagte Phil.
Jimmy Lee erwiderte beleidigt: »Ich hab doch gesagt, ich hab sie.«
Phil trat heftig auf die Bremse und drehte sich um. »Ich will sie sehen, du Arsch! In Timonium hast du nachts eine fallen lassen, und am nächsten Tag haben mich die Männer von Pinkerton überall gesucht. Ich habe einen Ruf zu wahren, kapiert?«
Mißmutig griff Jimmy Lee in sein Hemd, unter dem er einen Stoffgürtel um die Brust geschnallt hatte. Er riß den Klettverschluß auf, darunter steckten vier Injektionsnadeln. Er zeigte sie Phil. »In Ordnung?«
Phil fuhr weiter. »In Ordnung. Sag mir, wem du eine Ladung verpaßt hast.«
Jimme Lee war am Ende seiner Geduld. Aber er mußte mit Angel über etwas Wichtiges sprechen, und deshalb blieb er ruhig. »Caple Jumper, Bluebuster, Charlene G. und Maxomachine.«
»In welchem Stall war Bluebuster?«

»Scheiße, Angel! Stall achtzehn, fünfte Box vom Eingang. An den Hinterbeinen weiße Fesseln, ein gezackter weißer Fleck auf der Nase.«

Phil Angelo nickte. »Gut. Allmählich wirst du ein ziemlich guter Stecher, Jimmy Lee. Du und das Monster, ihr seid ein gutes Paar. Wo wollen wir frühstücken?«

Fungo haßte Phil Angelo und hätte am liebsten auf ihn eingeschlagen. Aber Jimmy Lees warnender Blick hinderte ihn daran. Jimmy Lee zwang sich zu einem Lächeln und sagte dann: »Wir haben eine Idee, über die wir mit dir reden wollen.«

»Ach ja?« erwiderte Phil. »Stammt sie von Fungo oder von dir?« Er lachte leise.

»Es geht um Annie«, sagte Jimmy Lee und beobachtete im Rückspiegel, wie das Grinsen von Phils Gesicht verschwand.

»Was ist mit ihr?« fragte Phil.

»Wir wollen dich dabeihaben. Du hast die Verbindungen, die wir vielleicht brauchen, um uns zu verstecken, und Ähnliches. Es wird Zeit und Geld kosten, die Sache vorzubereiten, aber wir haben uns schon alles überlegt.«

»Wovon zum Teufel redest du denn?«

»Sie hat Millionen . . . und einen kleinen Sohn«, antwortete Jimmy Lee, machte eine bedeutungsvolle Pause und beobachtete erwartungsvoll Phils Gesicht im Spiegel.

Phil reagierte im ersten Augenblick nicht. Aber dann überraschte sein heftiger Ausbruch Jimmy Lee. »Du blöder Sack!« schrie er. »Glaubst du, weil du dir ein paar Pferde merken kannst, könntest du so was durchziehen? Ich will dir etwas sagen. Entführung ist ein Verbrechen und kein Kinderspiel. Da hast du es nicht mit den blöden Kerlen von Pinkerton auf der Rennbahn zu tun. Wenn du geschnappt wirst, gibt es keinen Richter, dem du irgendein Märchen erzählen kannst. Du entführst jemanden, und du hast das FBI auf dem Hals. Und wenn etwas schiefgeht, dann bedeutet das Mord! Keiner meiner Verbindungsleute hat Lust, auf diese Art aufzufallen. Also, ihr zwei Hübschen, bleibt ganz ruhig sitzen, geht in euch und sagt hundertmal ›Dummkopf‹ zueinander.«

Die Brüder hatten wochenlang an ihrem Plan gearbeitet. Als Phil ihn jetzt in Bausch und Bogen ablehnte, platzte ihr Traum wie eine Seifenblase.

»Wenn ihr natürlich ein bißchen was im Kopf hättet, würdet ihr sehen, was auf der Hand liegt«, sagte Phil und warf den *Morning Telegraph* auf den Rücksitz. »Limeteen hatte gestern einen Sieger, eine zweijährige Stute, beim Pocahantas. Das ist ein ziemlich bedeutendes Stakes-Rennen. Das Pferd hat einiges Aufsehen erregt. Wenn es auch weiterhin gewinnt, wird es wertvoll.« Er griff nach oben und verstellte den Rückspiegel, damit er die Gesichter der beiden Brüder sehen konnte. »Nun denkt einmal nach. Wer ist hinter euch her, wenn ihr ein Pferd entführt? Auch wenn ihr es umbringen müßt? Na!« Er lächelte zynisch. »Die Hersteller von Hundefutter, sonst niemand!«
Phil genoß seine Überlegenheit und lachte zufrieden mit sich. Das Lachen klang wie ein hohes nasales Prusten. Das hatten die Brüder noch nie bei ihm gehört. Sie sahen ihn verdutzt an. Jimmy Lee hob die Augenbrauen. Fungo sah darin die Erlaubnis zu lächeln. Endlich hatten sie Angels Interesse geweckt.

Eine Stunde später landete der Gwydian auf dem Bluegrass-Flughafen. Ein Wagen von Caernarvon holte Sam Cumberland ab und brachte ihn zur Farm. Inzwischen ging es bereits auf sechs Uhr morgens. Jetzt konnte er schon Annie anrufen.
Annie mistete gerade eine Box aus, als ein Pfleger kam, um sie zu rufen. Während sie eilig zum Telefon in der Sattelkammer ging, spürte sie ihre Müdigkeit.
»Hallo?«
»Meinen Glückwunsch«, sagte Sam.
»Danke, Sam. Wo bist du?«
»Hier. Ich bin vor ungefähr einer Stunde mit der Maschine angekommen.«
»Auf dem Weg zu einer Anhörung?«
»Nein, auf dem Weg zurück nach New York. Ich habe in Kansas von Glorious Girls Erfolg gehört, und ich freue mich sehr für dich, Annie.«
Sam freute sich wirklich, sie konnte es hören. »Sam, sie ist wundervoll gelaufen! Ich wünschte, du wärst dabei gewesen.« Sie legte die Hand über die Augen, weil ihr bewußt wurde, daß sie aus alter Gewohnheit wünschte, er solle alles sehen, was sie sah. Gleichzeitig wußte sie, wenn Sam dagewesen wäre, hätte sie Frank niemals umarmt.

»Erzähl mir das alles heute abend«, sagte Sam. »Komm zum Essen herüber. Das Personal hat frei, also sind nur wir im Haus. Zieh etwas Bequemes an. Komm gegen sieben.«

»Ach du liebe Zeit, wir feiern heute nachmittag den Sieg von Glorious Girl.«

Schweigen. Dann sagte er: »Kannst du hinterher kommen? Ich möchte dich wirklich sehen.«

Irgend etwas stimmte nicht. Annie hörte es an seiner Stimme. »Ich komme, sobald ich kann.«

Es gelang ihr, über Mittag kurz zu schlafen. Als sie aufwachte, brachte ihr Bruna Oliver die Zeitungen von Lexington und Louisville. Sie hatten im Sportteil alle einen Leitartikel über Glorious Girl. In der *Times-Herald* war ein Bild mit der Stute vor der Preisübergabe in der Nähe des Podiums. Im Hintergrund sah man Annie, die Frank umarmte. Sofort wurde ihr klar, daß Sam das Bild gesehen hatte.

Frank Carney ließ bei der Feier durch nichts erkennen, daß die nächtliche Begegnung etwas anderes als ein Traum gewesen war. Aber als er einen kurzen Toast auf die Stute ausbringen mußte, sorgte er dafür, daß Annie sah, wie er sich Ginger Ale eingoß.

Annie traf kurz nach neun vor dem großen Herrenhaus im Kolonialstil ein. Sam öffnete ihr die Tür. Er wirkte abgespannt und mitgenommen. Er lächelte, küßte sie liebevoll und erklärte, seine Müdigkeit rühre daher, daß er in den letzten Wochen kreuz und quer durch das Land geflogen sei. Er führte sie in die Bibliothek. Das Feuer im Kamin beleuchtete die Chrysanthemen in den Blumentöpfen. Ein kleiner Tisch mit einer Kerze und einer Flasche Wein war für zwei Personen gedeckt. Auf dem Fußhocker vor einem Ohrensessel lag eine *Times-Herald*.

»Ich hoffe, du magst Lammkoteletts«, sagte er. »Etwas anderes kann ich nämlich nicht kochen.«

Sam trug eine braune Cordhose, ein dunkelgrünes Wollhemd, eine Kamelhaar-Strickjacke und eine gelbe gestrickte Krawatte. Annie hörte zu, während er von seinen Bemühungen in Sachen Drogenverbot bei den Behörden in verschiedenen Staaten und den deprimierenden Ergebnissen der Anhörungen berichtete. Plötzlich sah Annie die Narben auf Franks Handrücken vor sich. Sie rückte unbehaglich im Sessel hin und her und sagte: »Vielleicht ist es Zeit, die Politiker zu vergessen. Wir müssen uns wohl direkt an die Öffentlichkeit wenden.«

»Nein, darum geht es nicht«, erwiderte er gereizt, und es klang wütender als notwendig. »Den Zuschauern ist das egal. Sie wollen es einfach nicht wissen. Wen zum Teufel kümmert es, ob ihr Baseball-Star eine Cortisonschulter hat, solange er gut werfen kann? Glaubst du, die kümmern sich auch nur einen Dreck um ein Pferd?« Er sah sie vorwurfsvoll an und versuchte, seinen zornigen Ton zu mildern. Dann fügte er nachdenklich und betont ruhig hinzu: »Die Zuschauer gehen zur Rennbahn, um zu wetten, nicht, um Pferde laufen zu sehen. Viele sehen sich das Rennen nicht einmal an. Sie warten nur auf die Ergebnisse.«
»Ich glaube nicht, daß sie wirklich alle so schlimm sind. Ich kannte Leute, die gewettet haben, und sie liebten wirklich ...«
»Oh, ich bin *sicher*, daß du solche Leute kanntest«, sagte er. »Diese Art Leute, die beim Hahnenkampf und bei einer Bärenhatz wetten würden, wenn sie dazu die Möglichkeit hätten.«
Die Anspielung war klar, aber Annie wollte, daß Sam es offen aussprach, deshalb fragte sie: »Was soll das bedeuten?«
»Nichts«, erwiderte er, stand auf und ging zu dem Ohrensessel. Er ließ sich hineinfallen und sagte: »Weißt du, daß sie den *Morning Telegraph* einstellen und statt dessen die *Daily Racing Form* im ganzen Osten verkaufen?« Diese Frage war so irrelevant, daß selbst Sam verlegen wurde. Er lächelte schwach, ehe er den Blick abwandte. »Irgendwann im nächsten Jahr.«
Annie wartete, bis er sie wieder ansah, und sagte dann ruhig: »Ich hätte nie gedacht, daß du ein Snob bist, Sam. Dazu muß man unsicher sein, das habe ich von Winnie gelernt. Aber mein Gott, du bist wirklich sehr intolerant gegenüber Leuten, die nicht soviel Glück haben wie du.«
Sam wirkte plötzlich erschöpft. Er stützte das Kinn auf den Daumen einer Hand und drückte den Zeigefinger an die Schläfe. »Triffst du dich mit Frank Carney?«
»Ich treffe ihn jeden Tag«, sagte Annie ungezwungen.
»Also gut. Werden wir deutlich, wenn du darauf bestehst. Warst du mit Frank Carney im Bett?«
»Nein«, erwiderte Annie ärgerlich und fügte hinzu: »Noch nicht.«
»Noch nicht«, wiederholte Sam. »Und was erhoffst du dir von einer Beziehung mit einem Säufer, wie immer diese Beziehung aussehen mag?«
»Besteht bei einer Beziehung mit einem verheirateten Mann größere Hoffnung?«

»Ah. Ich verstehe.« Sam schüttelte angewidert den Kopf.
»Was?«
»Ich nehme an, eine Scheidung. Es tut mir wirklich leid, daß du das verlangst.«
»Ich habe es nicht verlangt! Sam, ich kenne dich seit fünfzehn Jahren. Du warst *immer* verheiratet. Nichts, was ich jemals tun kann, wird daran etwas ändern, denn sonst hätte es sich inzwischen geändert. Und ich will dir noch etwas sagen. Ich weiß verdammt noch mal sehr gut, daß du mich nie heiraten würdest, selbst wenn du dich scheiden läßt.«
Zum ersten Mal, wie Annie glaubte, sah Sam sie haßerfüllt an. »Und ich bin sicher, Frank wird dich heiraten. Gewiß«, sagte er und stand auf, »ich sehe ihn vor mir, wie der Herr auf Limeteen Hall mit einem silbernen Becher in der Hand herumwankt. Der Becher klebt offenbar an seiner Hand. Ihr werdet ein hübsches Paar abgeben...«
Annie stand auf. »Ich gehe, Sam.«
»Ja«, sagte er, ohne sich nach ihr umzudrehen. »Ich bin sicher, ihr beide werdet sehr glücklich sein.«
Annie verließ die Bibliothek, und Sam folgte ihr zur Haustür. »Ich bin sicher, die Romanze der beiden schlichten edlen Landmenschen, die zusammen in der reinrassigen Welt des Vollbluts ihren Weg gehen, ist in deinen Augen etwas Gutes. Mach dir nichts vor, Annie. Er hat nicht deine Klasse. Er wird vielleicht eine Weile herumschwirren...«
»Sei still, Sam«, sagte sie und trat aus dem Haus. »Deine Vorstellungen von Vollblut stützten sich schon immer zu sehr auf einen Stammbaum.« Ehe sie gehen konnte, packte er sie, zog sie die Stufe nach oben in seine Arme und küßte sie. Annie war so wütend, daß sie ihn nur von sich stoßen und zu ihrem Wagen laufen konnte. Als sie auf der kreisförmigen Auffahrt zur Straße fuhr, sah sie ihn in der Tür stehen.
Während Annie unter dem eindrucksvollen schmiedeeisernen Torbogen von Caernarvon hindurchfuhr, der von zwei alten Backsteinpilastern getragen wurde, empfand sie eine große innere Ruhe. Bisher hatte sie sich immer niedergeschmettert gefühlt, wenn sie und Sam sich trennten. Sie fragte sich, was an diesem Tag so anders war. Lag es an Frank? War es Sams letzter Kuß gewesen und die damit angedeutete Möglichkeit einer Rückkehr? Oder war sie einfach ein anderer Mensch geworden?
Annie hoffte, das sei der Grund.

23

Über Weihnachten flogen Annie und Henry nach Florida, um in Hialeah beim Training von Glorious Girl für ihr erstes Rennen als Dreijährige dabeizusein. Alle Vollblüter haben am ersten Januar Geburtstag, ganz gleich, wann sie geboren werden. Glorious Girl war im Februar geboren, aber sie wurde am Neujahrstag zusammen mit jeder anderen Stute und jedem anderen Hengst ihres Jahrgangs offiziell ein dreijähriges Pferd. Frank wollte sie früh in der Saison laufen lassen und trainierte sie für ein Rennen Mitte Januar.

Im Turf Club hörte Annie, daß Sam seine Frau vor kurzem nach Topeka, der Hauptstadt von Kansas, in eine berühmte Klinik für psychische Störungen gebracht hatte. Als Annie über den Termin nachdachte, wurde ihr plötzlich klar, daß Sam bei ihrem letzten Abendessen aus Kansas gekommen sein mußte.

Die Neuigkeit beunruhigte sie sehr. Jedesmal, wenn sie daran dachte, Sam anzurufen, entschied sie sich dagegen. Der Bruch zwischen ihnen schien endgültig zu sein. Ihr Versuch, Mitgefühl zu zeigen, wäre grundlos, wenn nicht sogar grausam gewesen. Wenn Annie an die *Times-Herald* in seiner Bibliothek dachte, fragte sie sich, was Sam zu ihr gesagt haben würde, wenn das Bild von ihr und Frank nicht erschienen wäre ...

In Hialeah wurden noch acht andere Pferde von Limeteen trainiert. Annie und Henry trafen Frank jeden Morgen an der Gegengeraden. Sie sahen bei der Morgenarbeit zu, sprachen mit Presseleuten, unterhielten sich mit anderen Besitzern und Trainern und trafen endgültige Entscheidungen über die Kampagne für Glorious Girl. Wenn Henry sich in den Ställen umsah und Annie und Frank allein an den Rails zurückließ, mußten sie sich eingestehen, daß die Spannung und Erwartung sie beide reizbar machte. Sie waren an einen solchen Schwebezustand nicht gewöhnt und versuchten tapfer, sich unter Kontrolle zu halten.

»Achtunddreißig«, sagte Annie, als einer ihrer Hengste einen Sechshundert-Meter-Galopp beendete.

»Und noch etwas darüber«, sagte Frank, der auch keine Stoppuhr bei sich hatte. »Deine Uhr im Kopf wird ziemlich gut.«

Die frühe Morgenluft war kühl, aber schwer vor Feuchtigkeit. Die berühmten Flamingos der Rennbahn stolzierten auf dem Innenfeld herum und warfen sich voreinander in Pose. Ein Trainingsreiter erschien mit Glorious Girl auf der Bahn und ritt im Schritt zu den Rails.

»Zieh eine lockere Runde mit ihr«, sagte Frank. »Dann laß sie achthundert Meter in etwa fünfzig Sekunden laufen. Du mußt sie zurückhalten. Sie legt gern los.«

»Okay!« sagte der junge Mann und begann seine Runde.

»Zweiundfünfzig«, sagte Frank.

Annie wußte nicht, was er meinte. »Wie bitte?«

»Tage ohne Whiskey.«

Annie lächelte und beschloß, es zu wagen, ihm die Hand auf den Arm zu legen. »Wird es leichter?« fragte sie, als er den Arm zurückzog, weil er sich bewußt war, daß man sie möglicherweise beobachtete.

»Kein bißchen«, erwiderte Frank. »Aber wenigstens wird mir jetzt nicht jeden Morgen ein glühendes Hufeisen auf den Kopf genagelt.«

»Wenn es sechzig Tage sind, feiern wir . . . mit Ginger Ale.«

»Sagen wir, wenn es sechsundneunzig Tage sind.«

»Was meinst du damit?«

»Wenn Glorious Girl hier gewinnt, meine ich, daß sie Oaklawn Park in Hot Springs läuft. Dort gibt es ein gutes Vorbereitungsrennen. Danach kommt das Fantasy Stakes. Das sind für mich sechsundneunzig Tage, und sie hat sich dann für das Kentucky Oaks in Churchill Downs qualifiziert. Wenn sie das gewinnt, hast du wirklich eine ordentliche Stute.«

Das Kentucky Oaks wurde einen Tag vor dem Derby gelaufen und war zu diesem Zeitpunkt der Saison das wichtigste Rennen für Stuten. Annie wurde bei dieser Vorstellung nervös. »Frank, mein Gott! Glaubst du, sie schafft es?«

»Wenn wir sie in Form halten können, ja! Ich bin froh, wenn ich sie nach Arkansas bringe. Hier sind mir zu viele Drogen im Spiel. Man sagt, selbst die blöden Flamingos sind süchtig.«

Instinktiv drehten sie sich beide um und sahen zu, wie Glorious Girl die Morgenarbeit begann. Frank fuhr fort. »Ich kämpfe immer noch gegen den Alkohol. Laß mich erst nach Arkansas gehen. Du kommst zu den beiden Rennen von Glorious Girl. Dann wollen wir sehen, wo wir stehen.« Ohne den Blick von der Stute zu wenden, die gerade den zweiten Zweihundert-Meter-Pfosten passierte, legte er seine Hand auf Annies Hand, die die Stange umklammerte. »Ich hätte nicht einmal daran gedacht, mit dem Trinken aufzuhören, wenn du mich nicht dazu aufgefordert hättest.«

Es war ein Geschenk. Annie wollte es erwidern. »Ich treffe mich nicht mehr mit Sam Cumberland.«

Er drückte ihr die Hand.

»Neunundvierzig und zwei«, sagte sie, als Glorious Girl über die Ziellinie galoppierte und der junge Trainingsreiter sich in die Steigbügel stellte.

»Ich würde sagen, genau neunundvierzig«, meinte Frank. »Etwas zu schnell, aber das ist in Ordnung. Sie würde auch mit einem Amboß am Bein mit dem Wind um die Wette laufen, genau wie ihr Vater es getan hat. Man muß aufpassen, daß man sich nicht in eine solche Stute verliebt.« Er sah Annie an.

»Da muß man sehr aufpassen«, sagte Annie.

Glorious Girl gewann das Ausgleichsrennen in Hialeah mit sieben Längen Vorsprung. Die Presse wurde zunehmend aufmerksam auf die junge Stute. Annie kehrte nach Limeteen zurück, und sie und Frank telefonierten jeden Tag miteinander – immer wegen geschäftlicher Dinge. Erst am Ende der Gespräche erlaubten sie sich eine Äußerung zu ihrem Privatleben.

»Achtundsechzig«, sagte er etwa und hängte auf.

Eines Abends sagte Annie nicht auf Wiedersehen, sondern: »Zwölf.«

»Was heißt das?«

»In zwölf Tagen fahre ich nach Hot Springs.«

Er reagierte zuerst nicht. Dann hörte sie leises Lachen. »Du kannst einen wirklich von der Arbeit ablenken, wenn du so etwas sagst.« Er legte auf.

Annie kam an einem strahlenden Aprilnachmittag in Hot Springs an. Der Frühling erfüllte alles mit dem Duft von Magnolien und Hartriegel, die in jedem Garten blühten. Es wehte eine warme Brise, und die Menschen trugen leichte Leinen- und Baumwollkleidung. Annie fuhr mit ihrem Mietwagen geradewegs zur Gegengeraden von Oaklawn Park und suchte sich ihren Weg zum Stall von Limeteen. Die meisten Pfleger sahen sich die Rennen an. Annie fand Frank allein in der Box von Glorious Girl. Er striegelte sie gerade.

»Ich hatte gehofft, daß ich dich genau hier finden würde«, sagte Annie, noch ehe er ihre Anwesenheit bemerkte.

Frank blickte nicht auf, sondern bearbeitete die Flanke der Stute. »Ich warte schon so lange auf dich, daß ich Glorious Girl beinahe das Fell vom Leib gestriegelt habe.« Dann drehte er sich um und hakte das Netz aus. Annie ging schnell zu ihm, und sie umarmten sich stumm auf dem sauberen Stroh und im Schatten der Box. Nach einer Weile lösten sie sich voneinander, sahen sich an, küßten sich wieder und hielten sich umarmt, bis Glorious Girl sich unruhig bewegte. Als sie den Schutz der Box verließen, berührten sie sich nicht mehr. Sie standen vor dem Netz und sahen zu, wie die Stute von dem aufgehängten Heu fraß, während sie miteinander sprachen.

»Annie, ich verstehe nichts von der Sache«, sagte er. »Aber wenn ich darüber nachdenke, scheint es nur eines zu geben. Ich möchte dich heiraten. Wenn du auch so denkst, sollten wir es vielleicht tun und sagen, der Rest ist nicht wichtig.«

Annie fand, das entsprach ganz Frank Carney, ihr auf diese Art einen Heiratsantrag zu machen: ohne Untertöne, ohne Umschweife und mit einer Schlußfolgerung, zu der er mit seiner schlichten Aufrichtigkeit gelangt war.

»Was meinst du mit ›Rest‹?« fragte sie und bemühte sich, ruhig zu klingen.

»Ich meine damit, was die Leute denken, wenn ein Trainer nach oben heiratet. Du weißt schon, vom Stall ins Herrenhaus.«

Zwei Pfleger gingen hinter ihrem Rücken vorüber, und deshalb griff Annie nicht nach seiner Hand. Sie sagte: »Ich kümmere mich schon lange nicht mehr darum, was die Leute denken.«

Frank schwieg. »Dann liegt es wohl bei dir«, sagte er.

»Vermutlich.«

»Ein paar Dinge solltest du wissen. Wenn du ablehnst, bleibe ich trotzdem dein Trainer, wenn du es willst. Und ganz gleich, wie du dich entscheidest, ich habe vor, trocken zu bleiben.«

Annie hielt den Blick auf die Stute gerichtet, als sie Franks Hand berührte. »Es gibt einfach sehr vieles, was wir voneinander nicht wissen«, sagte sie sanft.

Er hielt ihre Hand fest. »Wir haben beide die Armut kennengelernt, Annie, und noch sehr viel mehr. Wir haben uns beide hochgearbeitet. Der einzige Unterschied, über den wir uns Gedanken machen müssen, besteht darin, daß du Geld hast. Wir wissen das meiste von dem, was wichtig ist. Den Rest können wir lernen.«

»Wir haben noch nicht einmal miteinander geschlafen«, sagte sie und wandte sich ihm zu.

Annie konnte nicht sagen, ob er verlegen war oder nicht. Jedenfalls nahm er die Augen nicht von Glorious Girl, als er erwiderte: »Nach allem, was ich gehört habe, war das einmal selbstverständlich.«

Annie begann zu lachen, und er sah sie lächelnd an. Dann streckte er die Hand aus, hakte das Netz aus und zog sie in die Box zurück.

»Entschuldige, mein Mädchen«, sagte Frank zu der Stute, als er das Netz wieder einhakte, Annie in die Arme zog und sie küßte. Er wurde zunehmend leidenschaftlicher. Aber dann trat er zurück und hielt sie an den Schultern fest. »Ich bin nicht abergläubisch oder so etwas. Aber ich habe eine ziemlich genaue Vorstellung davon, wie das alles laufen soll.«

Annie umarmte ihn. »Dann sag es mir.«

Frank blickte auf Glorious Girl. »Wenn sie morgen gut läuft, melden wir sie für das Fantasy Stakes an. Das gibt dir ein paar Wochen Zeit, um über alles nachzudenken. Dann kommst du mit Hank, und, wenn du willst, mit Speed zum Rennen wieder hierher. Es wäre mir lieb, ich würde dich vorher nicht sehen, denn ich habe viel um die Ohren. Du kannst mir die Antwort bei der Preisverleihung geben.«

»Normalerweise bist du da nie dabei«, sagte Annie. »Und wenn sie nicht gewinnt?«

Frank tätschelte Glorious Girl am Hals. Die Stute wieherte leise. »Sie wird gewinnen, und dieses eine Mal bin ich dabei, soviel ist sicher ... Übrigens, weißt du, daß man in Arkansas rund um die Uhr innerhalb von einer Stunde heiraten kann?«

Annie sah ihn an. »Ach du meine Güte, du hast ja wirklich an alles gedacht! Du bist mit Glorious Girl doch nicht deshalb nach Arkansas gegangen, weil man hier so schnell Heiratsurkunden ausstellt, oder?«
»Nein«, erwiderte er. »Es hat sich ganz zufällig so ergeben, daß es mit dem Fantasy Stakes zusammenfällt. Wenn es klappt, heißt das natürlich, ich kann Hank bitten, mein Trauzeuge zu sein.«

Beim Vorbereitungsrennen, einem Zwölfhundert-Meter-Sprint, wurde Glorious Girl gleich an der Startbox von einem anderen Pferd gerammt. Sie stolperte und lief als letzte hinter dem Feld her. Aber im Bogen überholte sie die anderen und arbeitete sich im Finish bis auf eine halbe Länge an die Siegerin heran. Sie wurde zwar nur Zweite, aber sie war bei weitem das beste Rennen gelaufen, und weder Frank noch Annie bezweifelten, daß sie das nächste Mal gewinnen konnte.
Annie kehrte nach Limeteen zurück, und es fiel ihr schwer, Frank nicht mehrmals am Tag anzurufen. Die Leute auf der Farm bemerkten ihre Hochstimmung und teilten sie. Jeder war gespannt, wie Glorious Girl beim Fantasy Stakes abschneiden würde. Henry war beinahe ebenso aufgeregt wie Annie. Fünf Tage vor der Fahrt hatten er und Speed bereits gepackt. Diesmal würden sie nicht als Pfleger dabeisein können. Sie hatten diese Verantwortung bereits abgegeben, als Glorious Girl von Kentucky nach Florida gebracht worden war. Trotzdem, ihr Pferd lief zum ersten Mal ein wirklich wichtiges Rennen, und sie konnten ihre Aufregung kaum im Zaum halten.
Eines Abends ging Annie nach dem Essen mit Henry in die Bibliothek und machte Feuer im Kamin. Die schöne alte Täfelung glänzte, als sie sich in die großen Ledersessel setzten. Henry sah sie erwartungsvoll an, denn üblicherweise wurde er nach dem Abendessen auf sein Zimmer geschickt, um Hausaufgaben zu machen. Annies Augen wanderten einen Augenblick ruhelos über die Reihen von Charlie Dells ledergebundenen Büchern.
»Was tun wir hier?« fragte Henry.
»Ich muß dich in einer Sache um Rat fragen.«
»In welcher?« fragte Henry mit einem Blick auf die geschlossene Tür.
»Frank Carney«, sagte Annie. Obwohl sie versuchte, sich zu beherrschen, verriet ihr Lächeln zuviel von ihrem Glück.

»*Du wirst ihn heiraten!*« rief Henry hocherfreut und ohne jedes Zeichen von Überraschung.
»Leise, Henry. Ich wollte es eigentlich *dir* sagen, nicht du mir. Woher weißt du es?«
»Ich wußte es nicht. Aber ich habe *schon lange* daran gedacht! Ich habe gehofft, es würde so kommen.« Dann blickte er mit der ganzen Befangenheit seiner elf Jahre zu Boden und sagte: »Seit wir aus Frankreich gekommen sind, habe ich immer geglaubt, daß ich hier einen Vater bekomme. Ich bin so froh, daß er es ist und nicht Mr. Cumberland. Es hat so lange gedauert, Mama. Aber das Warten hat sich gelohnt.«
Sie umarmten sich. Annie spürte, wie ihr die Tränen in die Augen traten, und blinzelte, um sie zurückzudrängen. »Es macht mich wirklich froh, daß du glücklich darüber bist«, flüsterte sie.
»Wann wird es sein?« fragte Henry.
»Ich denke, gleich nach dem Fantasy Stakes. Aber du darfst niemandem etwas davon sagen. Es muß bis nach der Hochzeit ein Geheimnis bleiben.«
»Mama, das ist ja bald . . . aber Speed muß ich es sagen.«
»Warum?«
»Er ist mein bester Freund. Wir haben geschworen, nie ein Geheimnis voreinander zu haben. Außerdem würde er es wirklich wissen wollen. Er hält genauso viel von Frank wie ich.«
»Tatsächlich?«
»Speed sagt, daß es für Frank keinen Unterschied zwischen Schwarzen und Weißen gibt. Er hat mir gesagt, daß Nigger – Speed hat das Wort gebraucht, nicht ich – es auf Limeteen viel leichter haben. Wenn der Boss so denkt, scheint das ansteckend zu sein. Außerdem behandelt Frank mich genauso wie Speed . . . wie eine Art, na ja, wie einen Sohn.« Henry lächelte glücklich. »Ich meine, ich könnte wirklich langsam einen Vater brauchen.«
Annie lachte. »Kann Speed ein Geheimnis für sich behalten?«
»Ja, Mama, bestimmt! Darf ich jetzt gehen und es ihm sagen?«
»Morgen früh.«
Speed wahrte das Geheimnis selbst seinen Eltern gegenüber. Erst als die drei Verbündeten am Morgen vor dem Rennen im Flugzeug nach Arkansas saßen, wagten sie, laut darüber zu sprechen. Speed sagte scheu und sehr ernst zu Annie: »Ich bin wirklich sehr froh für

Sie, Ma'am. Ich glaube, Sie könnten keinen besseren Mann heiraten.«
Ihre Aufregung und das Glücksgefühl hielten an, bis Annie Oaklawn Park vor sich sah und auf den Parkplatz fuhr. Ihr Körper verspannte sich, und ihr Mund wurde trocken. Die beiden Jungen wurden aus einer ähnlichen Beklemmung heraus still. Üblicherweise waren Jugendliche unter sechzehn Jahren auf der Rennbahn nicht zugelassen. Deshalb hatte Annie schriftlich die besondere Erlaubnis eingeholt, die man Kindern von Besitzer-Familien erteilte. Sie gingen schweigend zu ihren Plätzen in der Loge von Limeteen. Bei ihrer Ankunft wurde gerade das dritte Rennen gelaufen. Annie sah verdutzt ihren weißen und gelben Dreß auf einem Pferd, das als Zweiter einlief. Sie erinnerte sich, daß Frank erwähnt hatte, es werde ein Hengst von Limeteen laufen. Normalerweise hätte sie nicht nur ihr Pferd erkannt, sondern auch die meisten anderen im Rennen. Sie fühlte sich seltsam unausgeglichen.
Henry und Speed wurden auf ihren Sitzen unruhig, und Annie erlaubte ihnen, sich umzusehen. Sie ermahnte die beiden jedoch, sich von der Gegengeraden fernzuhalten und ohne einen Besuch am Führring rechtzeitig zum Hauptrennen zurückzukommen. Rennen wurden gelaufen, von denen Annie kaum Notiz nahm. Sie würde heiraten. Konnte Glorious Girl verlieren? Ein anderes Mal vielleicht, heute nicht. Dann fiel Annie das Vorbereitungsrennen mit dem Anrempeln und Stolpern ein, und von neuem quälten sie die ewigen Zweifel.
Die Jungen waren zum Aufgalopp des Fantasy Stakes auf ihren Plätzen. Alle drei beobachteten durch Ferngläser, wie Glorious Girl vor der Haupttribüne tänzelte und dann für die Aufwärmphase davongaloppierte. Das Feld bestand aus acht weiteren Stuten, darunter drei Siegerinnen in anderen Rennen. Annie bekam ein flaues Gefühl im Magen, als sie zum Totalisator hinüberblickte. Glorious Girl wurde als dritte Favoritin mit sieben für eins notiert. Die Stute ging ohne Schwierigkeiten in die Startbox und wartete geduldig, während die anderen ihre Plätze einnahmen.
Der Start kam für Annie wie immer überraschend. Sie rechnete mit einem Augenblick der Ruhe, ehe die Starterklappen aufsprangen. Aber kein offizieller Starter wartete jemals auf einen solchen unwahrscheinlichen Moment. Glorious Girl kam gut ab und setzte sich, wie sie es gerne tat, auf der Innenbahn an die Spitze. Ihr Jockey ritt sie nicht aus, sondern sparte soviel von ihren Kräften auf, wie er konnte. Auf der

Gegengeraden machte ihr niemand den Platz streitig. Aber Annie stöhnte innerlich, als sie die Zwischenzeiten für die beiden ersten Viertelmeilen auf dem Totalisator sah. Das Rennen ging über eineinachtel Meilen, zweihundert Meter mehr, als Glorious Girl je gelaufen war, und ihr Tempo war zu schnell.

Vor dem Einlaufbogen zogen zwei andere Stuten vor, und ganz kurz liefen alle drei Kopf an Kopf. Dann fiel Glorious Girl zurück, und die beiden anderen setzten sich am Übergang vom Bogen zur Einlaufgeraden an die Spitze. Annie hörte, wie Henry und Speed wie aus einem Munde aufstöhnten. Die beiden Stuten drängten zu schnell vor Glorious Girl auf die Innenbahn und brachten sie dadurch zum Stolpern. Sie wäre beinahe gestürzt, doch der Jockey zog noch rechtzeitig ihren Hals hoch. Inzwischen hatten zwei weitere Stuten sie überholt.

Ohne zu zögern, wechselte Glorious Girl nach außen und galoppierte weiter. Zuerst zog sie an den beiden Stuten vorbei, die sie zuletzt überholt hatten, und dann verfolgte sie mit einer mutigen Anstrengung die beiden Spitzenpferde. Eine der Stuten wurde schwächer, fiel plötzlich zurück und rammte Glorious Girl heftig, die davon scheinbar keine Notiz nahm. Sie kam nicht aus dem Rhythmus, ihre Sprünge wurden noch ausgreifender. Die andere Stute stürmte weiter, aber Glorious Girl hatte inzwischen eine Schwungkraft entwickelt, die sie mit einer halben Länge Vorsprung über die Ziellinie brachte.

Erst dann drang das Toben und Geschrei um sie herum in Annies Bewußtsein. Die beiden Jungen boxten aufeinander ein, machten Luftsprünge und umarmten Annie. Dann eilten die drei durch den Gang und die Stufen hinunter zur Bahn. Auf dem Totalisator blinkte ein Fragezeichen, aber Annie wußte, es betraf die Stute, die Glorious Girl gerammt hatte und dritte geworden war.

Sie sahen Frank alle gleichzeitig. Er lächelte nicht, während er mit den Pflegern mitten auf der Bahn stand und auf die Rückkehr von Glorious Girl wartete. Seine unübersehbare Besorgnis dämpfte ihr Hochgefühl. Frank beobachtete aufmerksam, wie die Stute im Kanter zurückkam und in einiger Entfernung vor ihm in Schritt fiel. Während der Pfleger von Limeteen den Führzügel einhakte, rief Frank dem Jockey eine Frage zu und bückte sich schnell, um das Fesselgelenk und das Kanonenbein des rechten Hinterbeins zu befühlen. Der Jockey antwortete scheinbar glücklich. Frank richtete sich auf und lächelte erleichtert. So hatte

Annie ihn noch nie lächeln sehen. Der Pfleger führte Glorious Girl zu ihr, und sie beobachtete Frank. Er entdeckte sie. Der flüchtige Zweifel verschwand von seinem Gesicht, sobald er ihr Lächeln sah.
Die beiden Jungen rannten ihm entgegen und begrüßten ihn. Dann nahmen sie ihn an den Händen und zogen ihn mit zur Siegerehrung. Die Frau des Gouverneurs und der Aufsichtsratsvorsitzende von Oaklawn erschienen, um die Fantasy-Trophäe zu überreichen. Die Fotografen verlangten lautstark, daß sie sich aufstellten. Frank reagierte steif auf die Kameras. Immerhin schaffte er es, sich neben Annie zu stellen. Dann fragte er sie: »Und?«
»Du weißt es bereits. Ja, natürlich.«
Sie sahen sich glücklich an, während die Blitzlichter zuckten. »Wir wollen nichts tun, was ihnen hilft, ihre Zeitungen zu verkaufen. Aber ich habe für alle Fälle einen Friedensrichter aufgetrieben, der im Stall auf uns wartet.«
Annie war so verblüfft, daß sie nur lachen konnte. »Mir soll es recht sein. Glorious Girl kann Brautjungfer spielen. Hast du etwas dagegen?«
»Nein. Aber dieser Zusammenstoß hat mir Sorgen gemacht. Mein Gott, was ist sie für ein Rennen gelaufen! Soviel Mut habe ich bei einem Pferd noch nie gesehen. Laß uns hier verschwinden und heiraten. Wir müssen Glorious Girl nach Churchill Downs bringen.«

Die kurze Zeremonie fand vor der Box von Glorious Girl statt. Die Stute wieherte leise, als Frank von Henry einen schmalen Goldring entgegennahm, den er an Annies Finger steckte. Die Flitterwochen begannen an diesem Abend in einem nahe gelegenen Holiday Inn.
Henry und Speed waren nach dem Abendessen im Hotelrestaurant, bei dem sie zum erstenmal Champagner getrunken hatten, unnatürlich still. Annie und Frank brachten die beiden zu ihrem Zimmer. Die vier hatten bereits die schockierten und anklagenden Blicke anderer Gäste auf sich gezogen. Die Vorstellung, daß ein schwarzer Junge in einem der Hotelbetten schlief, hätte durchaus bei einigen zu sinnloser Gewalttätigkeit führen können.
»Ihr legt die Schließkette vor«, sagte Frank, »und öffnet niemandem außer uns. Habt ihr gehört?«
Die beiden Jungen hatten sich schon lange mit den Kompliziertheiten

ihrer Freundschaft abgefunden und machten sich wegen dieser Vorsichtsmaßnahme offenbar keine Sorgen.
»Wo ist euer Zimmer?« fragte Henry.
»Weiter unten, am Ende des Gangs.«
Die Jungen wechselten einen schnellen Blick und wünschten ihnen unisono vielsagend eine »Gute Na-acht!«
Frank und Annie waren darauf nicht vorbereitet. Sie lachten leise, gingen hinaus und schlossen die Tür hinter sich. Zwischen dem hemmungslosen Gelächter der beiden hörten sie, wie die Kette vorgelegt wurde. Frank nahm Annies Hand, und sie gingen durch den Flur zu ihrem Zimmer. Annie sah Frank schulterzuckend an, und er schüttelte den Kopf über die beiden. Er zog den Zimmerschlüssel aus der Jackentasche, öffnete die Tür, schloß sie und legte ebenfalls die Kette vor. Annie stand zwischen dem Fußende der Doppelbetten und dem Tisch mit dem Fernsehapparat. An der türkisfarbigen Wand hing das Bild eines Segelbootes. Dann sah sie auf dem Tisch am Fenster eine Vase mit einem riesigen Strauß Sonnenhüte.
Frank trat hinter sie und legte ihr den Arm um die Taille. »Es sind sechsundneunzig«, sagte er und küßte sanft ihren Nacken.
Sie lehnte sich an ihn und legte ihre Hände auf seine Hände. »Ich kenne niemanden, der stark genug war, das zu tun, was du geschafft hast. Wir können jetzt aufhören zu zählen.«
Sie nahm eine seiner Hände und führte sie unter ihren Büstenhalter. Ihre Brust hatte sich bereits vor Erregung gestrafft und war so empfindlich, daß Annie am ganzen Körper bebte, als er sie mit seiner rauhen Hand umfaßte.
Er hielt sie sanft an sich gedrückt und wiegte sie, während er ihre Brust streichelte und ihren Nacken, das Ohr und die Haare küßte. Mit der anderen Hand knöpfte er das Kleid vom Saum bis zum Kragen auf, trat zurück und streifte es von ihrem Körper. Annie drehte sich um und fühlte sich seltsam scheu, als sie ihn ansah. Er ließ das Kleid zu Boden fallen, kam zu ihr und küßte sie leicht auf den Mund, während er sie umarmte und ihren Büstenhalter aufhakte. Seine Hände glitten langsam über ihren Rücken nach unten.
Annie erschien es, als stehe die Welt still, und nichts bewege sich außer seinen Händen auf ihrem Körper. Sie ließ sich ruhig und still von den Wellen des Verlangens durchfluten. Er schob Slip und Strumpfhose

nach unten, und sie schlüpfte heraus. Sie glaubte zu schweben. Als er sie hochhob, fühlte sie sich sehr leicht und sehr verletzlich: Sie war nackt, und er war angezogen. Ihre Blicke trafen sich, und Annie überließ sich ihrem Vertrauen zu ihm. Er legte sie auf das Bett und ohne sich auszuziehen liebkoste er sie mit den Händen, während er sie überall küßte.

Als er die Kleider abstreifte, befand Annie sich bereits in einem solchen Zustand der Lust, daß sie kaum noch etwas bewußt wahrnahm. Seine Bewegungen waren leicht, und als er in sie eindrang, schien er über ihr zu schweben und sie nur dort zu berühren, wo ihr Körper bereit war, mit ihm zu verschmelzen. Sie hörte sich stöhnen und wußte nicht, wie sie aufhören sollte. Er bewegte sich gleichmäßig und tief in ihr, und sie wurde von einer Flut von Empfindungen überschwemmt, die ihren Körper sättigte und mit ungeahnten Gefühlen erfüllte. Seine Bewegungen ließen ihr keine Atempause, und noch einmal schlugen die Wogen über ihr zusammen, so daß sie kaum atmen konnte. Sie merkte es nicht, als er sich zurückzog, und erinnerte sich nur daran, daß sie sich auf die Seite drehte und spürte, wie sich sein harter Körper in die Rundung ihres Rückens schmiegte und seine narbigen Hände ihre Brüste umfaßt hielten.

Annie wachte im Laufe der Nacht einmal auf, drehte sich in Franks Armen und stellte fest, daß er ebenfalls wach war. »Mein Gott, Frank. Mein Gott«, flüsterte sie und schlief wieder ein.

Solche Nächte waren in ihren Flitterwochen nicht ungewöhnlich. Es war eine Zeit unglaublicher Intensität, die während des Trainings für das Kentucky Oaks anhielt. Obwohl Frank sich auf Glorious Girl konzentrierte und Annie zwischen Churchill Downs und Limeteen pendelte, weil sie sich um Henry kümmern mußte, verbrachte das Paar die drei Wochen, als sei es von der übrigen Welt abgeschnitten und nicht wie üblich völlig von einem wichtigen Rennen in Anspruch genommen.

Glorious Girl führte vom Start bis zum Ziel und gewann das Rennen mit zwei Längen Vorsprung. Zusammen mit ihrer Heirat brachte der Sieg Limeteen, seiner Besitzerin und seinem Trainer ungeahnte Anerkennung. Der erste launische Anflug von Ruhm war nicht leicht zu verkraften, besonders für Frank nicht, den das sofortige Eingreifen der Öffentlichkeit in ihr Leben störte. Am Tag nach dem Rennen fuhren

Frank und Annie vom Derby-Tag in Louisville davon. Die Rückfahrt nach Lexington war eine große Erleichterung, aber als Annies Jaguar sich Limeteen Hall näherte, sagte Frank: »Das wird vielleicht das schwerste an der ganzen Sache werden.«

»Vergiß nicht, es ist nur ein Haus«, sagte Annie.

Seine Augen richteten sich auf sie, aber Annie sah kein Lächeln darin.

Als sie vorfuhren, kam Henry aus dem Haus gerannt und begrüßte sie. Für den Abend war eine große Party geplant, und dann würde auch Glorious Girl von Churchill Downs zurück sein.

»Es wird einige Zeit dauern, bis ich mich da drinnen wohl fühle«, sagte Frank vor dem Aussteigen. »Nimm es bitte nicht persönlich.«

»Woher weißt du das? Du hast das Haus überhaupt noch nicht gesehen.«

»Ich habe es einmal gesehen, bevor du gekommen bist. Es ist einfach nicht meine Art Haus.«

»Nun, jetzt ist es dein Haus, und ich kann es kaum abwarten, es dir zu zeigen.«

Annie und Henry führten Frank durch Limeteen Hall, und trotz seines anfänglichen Widerstands schien er zu akzeptieren, was er sah. Ständig klingelte das Telefon. In der Küche kochte ein halbes Dutzend Frauen zusammen mit Bruna Oliver und Mrs. Elway für die Party. Die Feier galt angeblich der Stute, doch sie entwickelte sich zu einer Art Hochzeitsfest. Angestellte kamen ins Haus, um zu gratulieren, und erbaten Anweisungen, wo die Wagen parken, wo Stühle aufgestellt und wer hinter den Bars stehen sollte. Es waren noch andere Gäste angekündigt. Der *Herald-Leader* plante, Fotografen zu schicken.

Frank versuchte, dem Durcheinander zu entgehen, und machte sich mit Annie auf die Suche nach einem kleinen Zimmer im Haus – »irgend etwas, wo ich eine Menge von meinem Zeug aufbewahren kann. Glaub mir, du möchtest es bestimmt nirgendwo haben.«

»Du willst jetzt schon ein eigenes Zimmer?« Annie lächelte.

»Es wird kein Bett darin stehen«, beruhigte er sie. Dann sagte er ernst: »Ich kann mit dieser ganzen öffentlichen Aufmerksamkeit nicht gut umgehen, Annie. Ich hoffe, du bist bereit, das zu übernehmen. Ich kann recht gut mit Pferden reden, aber diese Zeitungsleute machen mich wirklich nervös. Allmächtiger Gott, wenn ich an den Quatsch denke, den sie loslassen, weil wir geheiratet haben.«

»Wenn die Zeitungen einen Tag alt sind, landen sie im Mülleimer«, sagte Annie, als sie ihm einen alten Abstellraum unter dem Dach zeigte. Während Frank überlegte, hörten sie jemanden die Treppe heraufpoltern. Es war der Gestütsleiter.
»Die Polizei ist am Telefon«, rief er, keuchend vom schnellen Treppensteigen. »Glorious Girl ist entführt worden!«

24

Leutnant Ben Reed, der Untersuchungsbeamte der Polizeibehörde von Kentucky, hatte eine einundzwanzigjährige Berufserfahrung, aber noch nie einen Fall erlebt, bei dem ein Pferd entführt wurde. Er war ein dicker, melancholischer Mann mit dünnen grauen Haaren und einem vom Wetter gegerbten Gesicht. Nach seiner Ankunft auf Limeteen faßte er seine Erfahrungen über Entführungen folgendermaßen zusammen.

»Wenn man Glück hat, ist die Sache schnell vorbei. Wenn etwas falsch läuft, kann sich alles in die Länge ziehen. Es ist deshalb das Beste herauszufinden, was die Entführer wollen, und dann geht man auf ihre Forderungen ein, um das Pferd so schnell wie möglich zurückzubekommen. Ich halte nicht viel von Tricks, obwohl das FBI wirklich gut darin ist, solchen Leuten Fallen zu stellen, damit man sie später erwischt.«

Er verlagerte sein Gewicht in dem weichen Ledersessel und sah Frank Carney an, der die Hände in den Gesäßtaschen vergraben hatte und mit der Schulter an den Bücherregalen der Bibliothek lehnte.

»Ist das FBI eingeschaltet?« fragte Annie eher vorsichtig als erfreut. Sie saß an ihrem Schreibtisch, aber ihr war aufgefallen, daß der Beamte es vorzog, seine Worte an Frank zu richten, obwohl Frank scheinbar aus dem Fenster blickte.

Sie hörten, wie draußen auf dem Kies der Auffahrt wieder ein Wagen hielt. Es kamen immer noch Gäste, obwohl die Siegesfeier für Glorious Girl abgesagt worden war. Wenn die Leute die Neuigkeit von der Entführung hörten, blieben sie trotzdem. Es dauerte nicht lange, bis die Reporter eintrafen und dann der erste von mehreren Fernsehübertragungswagen. Frank schlug vor, das Tor der Farm zu schließen, aber es war zu spät. Aus den Erfahrungen der letzten Zeit wußte er, daß es oft schwieriger war, mit einem einzelnen Reporter fertigzuwerden als mit einer ganzen Gruppe. Der Gedanke erbitterte ihn, daß auf den Stufen vor dem Eingang eine Menge Leute warteten, die an nichts anderes dachten, als mit dem Leid und der Aufregung dieses schrecklichen Vorfalls ihren Zeitungen eine Sensation zu liefern.

»Tja, Ma'am, was das FBI angeht«, erwiderte Ben Reed, »wir schalten es bei Entführungen grundsätzlich ein, also haben wir dort angerufen. Offen gestanden, wir können die Unterstützung dieser Leute brauchen. Nicht einmal in Kentucky gibt es ein besonderes Gesetz, das die Strafen für Diebstahl oder Töten eines Pferdes festsetzt. Die Entführer haben juristisch gesehen nur etwas gestohlen, das einen bestimmten Wert hat. Aber *vielleicht* werden sie das Pferd über eine Staatsgrenze bringen. Das ist aus unserer Sicht ausreichend, um das FBI in den Fall einzubeziehen. Selbstverständlich haben wir bereits in ganz Kentucky Kontrollpunkte eingerichtet und jeden Flughafen im Umkreis von fünfhundert Meilen informiert. Das kann ich Ihnen versprechen, jeder wird nach diesem Pferd suchen. Ich will damit sagen, es handelt sich schließlich um einen Sieger des Kentucky Oaks!«

»Im Blue-Grass-Gebiet gibt es vielleicht drei- oder vierhunderttausend Pferde«, sagte Frank sachlich. »Die meisten Leute können einen Braunen nicht von einem dunklen Fuchs unterscheiden. Es würde mich nicht überraschen, wenn morgen jeder glaubt, er hätte die Stute gefunden. Wie sehen die Entführer aus?«

»Nach dem, was Ihr Fahrer und der Pfleger ausgesagt haben, sind es ein paar Hippies mit fettigen schwarzen Haaren, ungepflegten Bärten, Sonnenbrillen und diesen kleinen goldenen Ohrringen. Sie tragen gebatikte T-Shirts, Jeans und Tennisschuhe, die die Hippies alle tragen, wenn es nicht stinkende Sandalen sind. Nur einer von ihnen hat gesprochen, und nach Aussagen Ihres Fahrers klang es, als ob er von irgendwo hier unten kommt. Aber wer immer sie waren, diese Kerle wußten, was sie taten. Es war eine gut geplante Aktion.«

Annie überdachte noch einmal den Ablauf der Entführung: Der Wagen von Limeteen mußte an der ersten Kreuzung auf der Bundesstraße halten, denn zwei gestohlene Autos versperrten ihm den Weg; zwei Hippies mit Schrotflinten fesselten den Fahrer und den Pfleger und sperrten die beiden Männer hinten in den Wagen zu Glorious Girl; nach etwa zwanzig Minuten Fahrt wurden sie in der Nähe von Elizabeth Station vom Wagen auf einen Feldweg geworfen, und es dauerte eine Stunde, ehe sie sich befreien konnten und ein Telefon fanden. Der leere Transporter von Limeteen stand etwa eine Meile weiter ...

Polizeileutnant Reed verriet den Carneys nichts von dem Blut, das man in dem leeren Wagen entdeckt hatte. Es wurde bereits untersucht, um festzustellen, ob es von einem Menschen oder dem Pferd stammte. »Ich müßte Ihnen ein paar Fragen stellen, wenn Sie nichts dagegen haben«, sagte er. »Können Sie mir etwas zu dem Pferd sagen? Ist es gutmütig? Oder wird es Schwierigkeiten machen?«

Annie und Frank sahen sich an und gestanden sich mit diesem Blick stumm ihre Ängste ein. »Die Stute benimmt sich gut, wenn sie richtig behandelt wird«, antwortete Frank. »Aber wie jedes nervöse Rennpferd reagiert sie störrisch, wenn sie etwas beunruhigt. Ich hoffe nur, die beiden können mit Pferden umgehen.« Ohne die Hände aus den Taschen zu nehmen, trat er unruhig an ein Fenster.

»Wieviel ist das Pferd wert? Ich meine, hinter was sind diese Leute her?« fragte Polizeileutnant Reed.

»Nach dem Oaks habe ich sie für eine Viertelmillion versichert«, sagte Annie. »Das ist allerdings nicht ihr wirklicher Wert. Wenn Glorious Girl weiter gewinnt, verdoppelt er sich. Und die Fohlen, je nachdem, mit wem wir sie zusammenbringen ... sagen wir, ein Dutzend Fohlen insgesamt, das geht in die Millionen. Und wenn darunter Sieger von Stakes-Rennen sind ...«

Annie konnte nicht weitersprechen, denn sie dachte an die Pläne, die sie und Frank hatten. Glorious Girl sollte in Belmont die Rennen um die dreifache Krone für Stuten laufen, danach im Alabama Stakes in Saratoga. Nach diesen Erfolgen sollte sie von Dionysus belegt werden, einem Hengst, der Lord Dolby gehörte und zu einem europäischen Champion geworden war, oder irgendwann, wenn sie einen Termin kaufen konnten, sogar von Northern Dancer.

»Aber Leutnant Reed«, fuhr Annie entschlossen fort, »etwas muß ich Ihnen gleich sagen. Wir werden keinen Dollar Lösegeld bezahlen. Mir ist es gleich, wieviel sie verlangen, wir lassen uns auf nichts ein.«

Der Polizeibeamte runzelte die Stirn. »Warum nicht?«

»Wenn diese beiden Männer Geld mit einer Entführung machen, ist kein Pferd im Blue Grass oder irgendwo auf der Welt mehr sicher. Es ist leicht, ein Pferd zu entführen. Man kann es nicht so gut bewachen wie einen Menschen. Mein Gott, die Sicherheitsmaßnahmen, die von den Versicherungsgesellschaften inzwischen gefordert werden, kosten ungeheuer viel. Wenn wir das Lösegeld bezahlen, werden Sie, Leutnant Reed, mehr mit Pferdeentführungen zu tun haben, als Ihnen oder dem FBI lieb ist, und zwar selbst dann, wenn wir Glorious Girl zurückbekommen.«

»Haben Sie Ihrer Versicherung gegenüber erwähnt, daß Sie kein Lösegeld zahlen wollen?« fragte Reed.

»Man weiß dort, wie ich denke«, erwiderte Annie, »und berücksichtigt es. Aber das ist mir gleichgültig. Es ist meine Entscheidung.«

»Ich verstehe, was Sie meinen, Mrs. Carney«, sagte Polizeileutnant Reed, als er sich aus dem niedrigen Sessel herausarbeitete. »Aber ich fürchte, wenn Sie auf diesem Standpunkt bestehen, werden Sie Ihr Pferd verlieren, falls wir es nicht rechtzeitig finden.«

Annie blickte auf die Schreibtischplatte. Der Polizeibeamte ging langsam zur Tür. »Ich lasse Ihr Telefon abhören und die Gespräche mitschneiden. Wenn die Entführer anrufen, halten Sie den Anrufer hin, damit wir feststellen können, woher das Gespräch kommt. Verlangen Sie Beweise, daß es dem Pferd gut geht. Ich lasse ein paar Beamte hier, die Ihnen die Leute vom Haus fernhalten.« An der Tür zögerte er. »Wissen Sie, ich frage mich einfach, weshalb die Entführer sich ausgerechnet Ihre Stute ausgesucht haben. Selbst ich weiß, daß es jede Menge Pferde gibt, die wertvoller sind. Warum nicht den Derbysieger? Oder Nashua? Wie auch immer. Wissen Sie, ob irgend jemand es möglicherweise gerade auf Sie abgesehen hat?«

Annie erwiderte nichts. Sie wollte ihren Verdacht nicht eingestehen. Frank kam vom Fenster zurück und sagte bitter: »Das liegt alles an diesen verdammten Zeitungen und dem Fernsehen mit dem ganzen Gerede von der Heirat ›der Gräfin‹ und ihrem vielen Geld. Und zu all dem hat sie auch noch diese hervorragende Stute. Mein Gott, jeder im Land weiß mittlerweile alles über Limeteen, und im Augenblick laufen die Reporter wie Ameisen hier überall herum.«

Seine Feindseligkeit erstaunte und alarmierte Annie.

»Wenn Sie können«, sagte Polizeileutnant Reed verständnisvoll, »versuchen Sie trotzdem, mit der Presse zusammenzuarbeiten. Sie brauchen diese Leute auf Ihrer Seite, denn je mehr Informationen sie bekommen, desto schwieriger wird es für die Entführer sein. Geben Sie ihnen Bilder von der Stute. Mit Bildern werden sie sich eine Zeitlang zufriedengeben.« Er nickte. »Bis bald.«

Als Annie und Frank allein waren, machte keiner von beiden Anstalten, auf den anderen zuzugehen. Annie hatte Delansig angerufen und ihn gebeten, ihre Brüder ausfindig zu machen, die sie aber sonst niemandem gegenüber erwähnte. Es gab keinen bestimmten Grund, sie zu verdächtigen. Seit der Unterzeichnung des Abkommens hatte Annie nichts mehr von ihnen gehört. Sie bekamen ihre monatliche Überweisung und hielten sich wie versprochen von ihr fern. Annie konnte nur schwer glauben, daß sie intelligent genug sein sollten, eine solche Entführung zu planen, obwohl sie wußte, daß es ein Fehler war, Jimmy Lee zu unterschätzen.

Frank ging zur Tür.

»Wohin gehst du?«

»Ich kann das Warten nicht ertragen. Ich werde Glorious Girl suchen.«

»Wir sollen am Telefon bleiben.«

»Es ist nur einer nötig, um am Telefon zu reden.«

»Frank, geh jetzt bitte nicht weg.« Annie sagte das bittend, aber es klang auch gereizt.

Ehe Frank etwas erwidern konnte, klopfte jemand an die Tür der Bibliothek.

»Wer zum Teufel ist da?« fragte Frank.

»Nur der alte Chigger«, erhielt er zur Antwort. Frank öffnete die Tür. Chigger Beasley trat ein und begann sofort zu sprechen. »Ich habe diese Kerle von der Presse mit so viel Pferdegeschichten unterhalten, wie mir eingefallen sind. Aber wenn Sie wollen, können Sie ja jetzt vielleicht mit ihnen reden.«

»Ich nicht«, erwiderte Frank.

Chigger sah ihn an und sagte: »Na ja, Frank, die wollen nicht Sie, sondern ›die Gräfin‹.«

»Das ist mir nur recht«, erwiderte Frank angewidert. »Sie kann mit diesen Leuten reden, und ich kann hier weg.«

Er griff nach der Türklinke.

»Frank!« rief Annie plötzlich alarmiert.

Wegen Chiggers Anwesenheit konnte sie nicht sagen, was sie eigentlich sagen wollte. »Bleib nicht zu lange weg. Was auch geschieht, ich brauche dich hier.« Sie sagte das so liebevoll sie konnte, wußte jedoch, daß Frank es vielleicht als Befehl auffassen würde. Vor Chigger Beasley erwiderte er nichts, sondern nickte nur und verließ das Zimmer. Annie und Chigger sahen sich einen Augenblick an.

Dann sagte Annie: »Also gut, Chigger, gehen wir hinaus und sprechen wir mit ihnen.«

Das Telefon klingelte. Annie erstarrte.

Beasley eilte zur Tür, aber dort stand bereits ein Polizeibeamter.

»Bitte nehmen Sie ab, Ma'am. Wir sind bereit.« Er ging schnell wieder zurück zu seinen Geräten.

Annie griff nach dem Hörer.

»Hallo?«

»Annie, hier ist Sam. Ich habe gerade von der Sache mit Glorious Girl erfahren. Kann ich irgend etwas tun?«

Ihre Kehle war wie zugeschnürt. Sie kannte seinen Stolz und wußte, was es ihn gekostet hatte anzurufen. Sie räusperte sich und versuchte, ihre Stimme unter Kontrolle zu behalten. »Würdest du für mich mit den Presseleuten sprechen?«

»Mach dir deshalb keine Sorgen. Sie werden dir den Hof machen«, sagte er, und in seiner Stimme lag der vertraute, tröstliche Humor. »Annie ...«

Es entstand eine Pause, und Annie wartete nervös darauf, was er sagen würde. »Das Gespräch wird mitgeschnitten«, sagte sie, als Henry zögernd durch die offene Tür kam.

»Okay«, sagte Sam. »Ich bin hier in Lexington. Ruf mich an, wenn ich etwas tun kann.«

»Danke, Sam.«

Sie legte auf und ging schnell zu Henry hinüber.

Er hatte gehört, mit wem sie gesprochen hatte, und trat einen Schritt zurück.

»Wohin geht Frank?« fragte er.

»Er sucht Glorious Girl.«

Henrys Augen wurden groß vor Angst, und er rannte zur Tür. »Ich fahre mit ihm!« rief er zurück. Aber vor dem Haus stellte er fest, daß sich Franks Kombi bereits auf dem Weg zum Seitentor der Farm befand. Annie sah, wie Henry über eine Koppel rannte, weil er hoffte, den Wagen einzuholen. Aber es war zu spät. Er stand winkend und rufend auf der Koppel, während der Kombi auf der Landstraße verschwand.

In einer mit Brettern vernagelten Garage am Rande von Frankfort, etwa zwanzig Meilen von Limeteen entfernt, verbrannten in einem Ölfaß Haare. Jimmy Lee und Fungo hatten sich rasiert und das Wasser dafür auf einer kleinen Elektroplatte erhitzt. Jetzt hatten sie zahlreiche blutige Stellen an Kinn und Hals. Davor hatten sie sich mit einem Apparat, den Angel zu diesem Zweck mitgebracht hatte, gegenseitig die Haare kurz geschoren.

Sie gossen Benzin auf die gebatikten T-Shirts und schmuddeligen Jeans und warfen sie auf die brennenden Haare. Inzwischen trugen sie saubere Arbeitshemden, Baumwollhosen und Arbeitsstiefel. Jimmy Lee griff nach unten, um sein Messer geradezurichten, das in einem Stiefel steckte, und warf dabei einen Blick auf seinen Bruder, der in die Flammen starrte.

»Scheiße, Fungo, ich hatte ganz vergessen, wie sehr du Cary Grant ähnlich siehst.«

»Halt's Maul! Dein Gesicht ist auch nicht gerade hübsch.« Er rieb sich das Ohrläppchen. »Ich habe von diesem gottverdammten Ring eine Entzündung am Ohr.«

Jimmy Lee nickte. »Du wirst es überleben.« Er fuhr sich noch einmal mit der Hand über den Kopf und war froh, von den langen Haaren befreit zu sein, die er seit dem vergangenen Herbst hatte wachsen lassen. Die kurzen Stoppeln auf seinem Kopf waren noch schwarz, denn sie hatten sich vorsichtshalber die Haare gefärbt. Aber die blonden Haare würden schnell wieder dicht nachwachsen.

Sie hörten, wie sich das Pferd bewegte, und blickten zu der Behelfsbox hinüber, die sie auf einer Seite der Garage gebaut hatten. Der Lieferwagen und der Pferdetransporter, die sie nach der Entführung benutzt hatten, standen auf der anderen Seite.

»Dieser verdammte Gaul«, knurrte Fungo wütend.

»He, Bruder, immer mit der Ruhe«, sagte Jimmy Lee gelassen. »Das Vieh ist eine Million wert.«

»Der hat mir beinahe die Scheiße aus dem Leib getreten«, erwiderte Fungo und betastete vorsichtig seine Rippen.

Jimmy Lee lachte: »Ich habe noch nie erlebt, daß dich jemand so umgehauen hat wie dieser Gaul. Du bist glatt drei Meter durch die Luft geflogen.« Bei der Erinnerung daran schüttelte er in gespieltem Staunen den Kopf. Dann wurde er ernst. »Aber du darfst nicht mehr auf das Vieh einschlagen. Der Gaul muß aufstehen und vor der Kamera hübsch aussehen. Ein Vierkantholz richtet zu großen Schaden an.«
Glorious Girl lag mit gefesselten Vorder- und Hinterbeinen mit einem Strick um den Hals auf der Seite. An ihrer Flanke waren zwei tiefe Wunden; auf dem verkrusteten Blut saßen die Fliegen. Die Augen der Stute standen offen, aber sie war nicht bei Bewußtsein und atmete stoßweise und keuchend.
»Halt du nur deine Spritze bereit«, brummte Fungo. »Das kannst du mir glauben, wenn das Vieh mich noch einmal tritt, schlag ich es tot.«
»Das tust du nicht«, sagte Jimmy Lee warnend. »Der Gaul geht an unsere Schwester zurück, und wir verschwinden mit einer Menge von ihrem Geld aus Kentucky.«
Das Lösegeld war auch ein wunder Punkt für Fungo. »Nicht annähernd genug«, schimpfte er, »wir haben unsere Köpfe hingehalten und alles riskiert. Ich frage dich, wieso bekommt dieser Dreckskerl Angel die Hälfte, und wir müssen uns die andere Hälfte teilen? Und erzähl mir nicht wieder, wir hätten es ohne ihn nicht geschafft. Wir haben es geschafft, verdammt noch mal! Und er sitzt seelenruhig in seinem Zimmer im Motel und wartet, bis wir ihn anrufen, damit er herkommen, das Scheißbild machen und nach Cincinnati fahren kann. Das hätten wir alles selber machen können!«
Jimmy Lee sah seinen Bruder an und lächelte boshaft. »Vielleicht bekommt er nicht die Hälfte.«
Fungo überlegte mit offenem Mund. »Was soll das heißen?« fragte er.
»Ich halte die Spritze bereit und du das Vierkantholz, verstanden?«
Fungo starrte ihn an und sagte: »Na klar! Das klingt schon besser...«
Die beiden Brüder lachten, und das Geld verdoppelte sich in ihren Köpfen sofort.

In den nächsten Tagen erhielten Limeteen und die Polizei vierhundertzehn Meldungen von Leuten, die alle mit Bestimmtheit Glorious Girl gesehen hatten. Außerdem gab es zwei Anrufe von Verrückten, die Lösegeld forderten. Der Leiter des FBI-Büros in Louisville schaltete sich ein. Er riet Annie, sie möge der Presse sagen, Glorious Girl leide an einer Krankheit und müsse wöchentlich ein bestimmtes Medikament bekommen, um überleben zu können. Dahinter stand die Idee, daß jeder Tierarzt in Kentucky sich an die Behörden wenden werde, wenn jemand dieses Medikament bei ihm verlangte. Annie befürchtete aber, die Entführer könnten daraufhin versuchen, selbst die Stute mit Injektionen zu behandeln, und ihr damit gesundheitlich schaden. Deshalb lehnte sie den Vorschlag ab.

Am zweiten Tag traf in Cincinnati ein abgestempelter Umschlag ein. Er enthielt eine Polaroid-Aufnahme von Glorious Girl. Auf ihrer Flanke klebte als Beweis dafür, daß das Photo nach der Entführung aufgenommen war, der *Herald-Leader* mit der Schlagzeile über die Entführung der Stute. Eine Nachricht, die mit ausgeschnittenen Zeitschriftenbuchstaben zusammengesetzt war, klebte auf der Rückseite des Bildes: VIELE GRÜSSE VOM AUSSENSEITER.

Als Annie später am Tag einen Anruf entgegennahm, sagte jemand mit einer merkwürdig verstellten Stimme: »Hallo, Gräfin. Hier ist der Außenseiter. Ich weiß, das Gespräch wird mitgeschnitten, und deshalb muß ich schnell sein. Hören Sie genau zu. Ich kenne den Wert der Stute, also versuchen Sie nicht, mit uns zu verhandeln. Sie ist in Sicherheit. Wenn Sie Ihr Pferd zurückhaben wollen, gehen Sie zur Bank und lassen Sie sich eine Million in Hundertdollarscheinen geben. Wenn sie markiert sind, werden Sie das bereuen. Stecken Sie das Geld in irgend etwas, das sich leicht tragen läßt. Ich sage Ihnen morgen gegen vier, was Sie damit tun sollen.«

»Morgen?« Annie versuchte, die Person am Telefon zu halten. »So schnell kann ich keine Million auftreiben. Und woher weiß ich, daß Glorious Girl immer noch in Sicherheit ist? Ein Pferd ist sehr leicht zu verletzen.«

»Hals- und Beinbruch, Annie«, sagte die Stimme ungerührt. »Eine Million in Hundertdollarscheinen. Morgen um vier.« Es klickte, und die Leitung war tot.

Annie saß allein in der Bibliothek, wo sie wie abgesprochen gewartet hatte. Polizeileutnant Reed und der Beamte, der alle Gespräche mitschnitt, kamen eilig herein und sahen Annie fragend an.

Sie schüttelte verzweifelt den Kopf. »Ich konnte nicht hören, ob es ein Mann oder eine Frau war.«
»Ich glaube, es war ein Mann«, sagte der Beamte. »Er hat irgendeinen Filter benutzt.«
»Er hat Sie Annie genannt«, sagte Reed in der Hoffnung, das habe etwas zu bedeuten.
»Er hat mich auch Gräfin genannt«, erwiderte sie. »Jeder kennt meinen Vornamen. Was soll ich ihm morgen sagen?«
Die beiden Männer sahen sie an. Schließlich meinte Reed: »Sie bitten um mehr Zeit. Sie werden sagen, eine Million ist zuviel. Sie halten ihn am Telefon fest, solange Sie können, und wenn es sein muß, sagen Sie ihm, daß Sie nicht zahlen werden.« Sie wußten alle, was das bedeutete.
Annie stand auf und trat ans Fenster. »Könnten Sie bitte Ihren Leuten sagen, sie sollen Ausschau nach dem Wagen meines Mannes halten und ihn auffordern, nach Hause zu kommen?«
»Jawohl, Ma'am«, erwiderte Reed. »Und wir werden von jetzt bis morgen um vier die Telefongespräche übernehmen.«
Die beiden Männer verließen die Bibliothek, und Annie warf einen Blick zur Uhr auf dem Kaminsims. Es war viertel nach zwei. Es blieben weniger als sechsundzwanzig Stunden, um Glorious Girl zu finden. Frank war den ganzen Tag und die ganze Nacht weggeblieben. Auf der vorderen Veranda warteten immer noch die Presseleute. Falls Frank zurückgekommen war und sie gesehen hatte, war er bestimmt wieder davongefahren.
Annie blickte noch einmal auf die Uhr. In eineinhalb Stunden würde Henry von der Schule nach Hause kommen. Sie ging mit der vagen Vorstellung, für ihn etwas zu essen vorzubereiten, zur Tür. Aber mitten im Raum blieb sie stehen. Sollte sie Polizeileutnant Reed von ihren Brüdern erzählen? Würde die Information helfen, sie festzunehmen, wenn sie die Entführer waren? Annie konnte sich aber nicht vorstellen, wie. Und dann würde die ganze Geschichte an die Presse gehen, und Henry wäre mit diesem Teil seines Erbes konfrontiert. Gewiß, früher oder später mußte sie es ihm sagen, aber er war noch keine elf Jahre alt. Nein, nicht jetzt, beschloß sie wieder einmal. Die Uhr zeigte zwanzig Minuten nach zwei. Sie mußten Glorious Girl finden. Jimmy Lee und Fungo durften nicht erwähnt werden. Annie eilte aus der Bibliothek, um irgend etwas zu tun.

Das FBI-Büro Louisville schickte Berichte über den Fall an das Hauptquartier in Washington. Von dort verteilte man sie an eine ganze Reihe Büros und Agenten, für die der Fall in der einen oder anderen Hinsicht interessant sein mochte. Sonderagent Lyle McCracken stand auch auf dieser Liste. Er arbeitete an diesem Tag im New Yorker FBI-Büro und griff nach dem Bericht über die Entführung von Glorious Girl.

Er überflog ihn und legte die Akte zunächst beiseite, denn er hatte eine Reihe dringender Dinge zu erledigen. Als langjähriger Experte für die inneren Strukturen der New Yorker Mafia-Familien zog McCracken Nutzen daraus, daß sich Edgar Hoover und das FBI endlich für das organisierte Verbrechern interessierten. Das FBI war zwar bestrebt, die Leute mit den großen Namen zur Strecke zu bringen, doch der Fall Joe Valachi hatte McCracken eine wichtige Lektion erteilt. Der Kopf einer Familie besaß die Macht, Zeugen umzubringen, Richter und Gerichte zu bestechen und die gerissensten Anwälte zu bezahlen. Ein solcher Mann ließ sich aber nicht leicht einschüchtern. Man erfuhr jedoch oft mehr, wenn man jemanden vom Fußvolk in die Enge trieb und ihm so einheizte, daß er schließlich zusammenbrach und wichtige Informationen ausspuckte.

Nach dieser Strategie hatte McCracken unter vielen anderen auch Phil Angelo im Auge behalten, der nach dem Fall Valachi einige Zeit Mitglied der Genovese-Familie gewesen war. Nach dem Handel mit Heroin hatte er in den vergangenen ein oder zwei Jahren mit Hilfe von Drogen erfolgreich den Ausgang von Pferderennen beeinflußt. Nach Berichten von McCrackens Informanten hatte Angel in letzter Zeit Jockeys bestochen, damit sie ihre Pferde nicht ausritten. McCracken wollte sich Phil Angelo gerade vorknöpfen, als der Betrüger plötzlich von der Bildfläche verschwunden war.

Deshalb wandte sich der Sonderagent zunächst anderen Fällen zu. Während er am Schreibtisch arbeitete, fiel ihm aber unvermittelt wieder ein Satz aus dem Bericht des Büros in Kentucky ein. »Die Besitzerin, Mrs. Ann Carney, ehemals Mrs. Winton Sumner III ...« Es klickte, und die gedankliche Verbindung zu Phil Angelo war hergestellt. McCracken erinnerte sich auch an seine Reise nach Frankreich, an die schöne junge Frau mit den blonden Haaren. Goldblond, hatte jemand gesagt. Er lächelte, denn er wußte, er war schlecht in Personenbeschreibungen, obwohl er niemals ein Gesicht vergaß. Es war für ihn ein seltener Genuß gewesen, sich ihr Gesicht einzuprägen.

Als er das Büro in Louisville anrief, erfuhr er von der Lösegeldforderung in Millionenhöhe und Mrs. Carneys Absicht, nicht zu zahlen. Er bot sofort an, sich einzuschalten. Seine Sekretärin reservierte ein Flugticket, und er ließ die Akte von Mrs. Sumner aus dem Archiv holen. Phil Angelos Akte kannte er auswendig.

McCracken bewunderte die Philosophie Machiavellis mehr als die Theorien von Edgar Hoover, und er wandte im Getriebe der barocken Politik des FBI vorzugsweise die Techniken des großen italienischen Meisters an. Eine Lösegeldforderung in Millionenhöhe für ein siegreiches Pferd, das einer schönen Frau mit Vergangenheit gehörte, würde Schlagzeilen machen – besonders, wenn das Pferd getötet wurde. Edgar Hoovers einzige Leidenschaft schienen glorifizierende Presseberichte über sein Amt zu sein. Außerdem liebte der Chef Pferderennen. McCracken ahnte, daß er in diesem Fall Hoover unter Umständen eine Freude bereiten und in seiner Gunst etwas höher rücken konnte.

Am Abend las er auf dem Flug nach Lexington noch einmal Annies Akte. Er erinnerte sich an das meiste. Ihm fiel auf, daß sie einen Waffenschein für eine Pistole mit einem 38er Kaliber beantragt hatte, und berechtigt war, sie ›auf der Farm‹ zu tragen. McCracken hatte vergessen, daß ihre beiden Brüder und ihr Vater wegen Diebstahls verurteilt worden waren. Er wollte ihre Akten sofort nach der Landung anfordern.

Während der ganzen Nacht tat die Polizei ihr Bestes, um den unzähligen Hinweisen auf Glorious Girl nachzugehen. Ein Beamter hatte jede leerstehende Scheune in den fünf Bezirken und dreißig Quadratmeilen des Blue-Grass-Gebiets inspiziert. Hunderte von Pferdetransportern, abgestellten Wohnwagen, Kinos und Einkaufszentren wurden durchsucht.

Die Stadt Frankfort spielte bei all diesen Überlegungen kaum eine Rolle. Es war reiner Zufall, daß ein Polizeibeamter auf seinem Rückweg um drei Uhr morgens beschloß, an einer Garage vorbeizufahren, deren Besitzer sich über den Mann beschwerte, der die Garage seit einigen Monaten gemietet hatte. Der Mieter weigerte sich, den Besitzer auch nur in die Nähe der Garage zu lassen. Bei jeder öffentlichen Fahndung riefen sehr viele Leute mit persönlichen Streitigkeiten an, um anderen Schwierigkeiten zu machen oder sie in eine peinliche Lage zu bringen.

Aber der Beamte wollte trotzdem im Vorbeifahren einen Blick auf die Garage werfen. Sie stand nur eine Meile von der Hauptstraße entfernt, und der Abstecher würde kaum Zeit kosten.
Die Garage befand sich an einer einsamen Straße in der Nähe der Bahnlinie. Beim Näherkommen sah der Beamte Licht, das an den Rändern der vernagelten Fenster nach außen drang. Er stellte sofort den Motor ab, schaltete die Scheinwerfer aus und ließ den Wagen rollen, während er nach einem Platz Ausschau hielt, wo er ungesehen parken konnte. Er fand keinen, und deshalb fuhr er so nahe an die Garage heran, wie er konnte. Der Beamte zog die Dienstpistole aus dem Halfter.
In der Garage war Glorious Girl mit Mühe auf die Beine gekommen. Obwohl diese gefesselt waren, versuchte sie zu steigen, und Fungo riß an dem Strick um ihren Hals, um sie daran zu hindern. Im Schein der schwankenden Hundert-Watt-Glühbirne gab Jimmy Lee der Stute eine weitere Injektion. Fungos Zorn hatte sich mittlerweile noch gesteigert und ein Ziel gefunden. »Dieser verdammte Angel! Warum ist er nicht hier, wenn *wirklich* etwas zu tun ist!«
Jimmy Lee erwiderte nichts. Er wartete darauf, daß die Injektion wirkte. Die Stute wieherte einmal, dann gaben ihre Vorderbeine nach, und sie stürzte zu Boden.
»Verdammt, wie lange wird das Zeug . . . ?«
»Halt die Klappe!« antwortete Jimmy Lee.
Sie hörten, wie draußen ein Wagen angelassen wurde. Jimmy Lee rannte durch die Garage, packte eine der Schrotflinten, schob den Türriegel zurück und war mit einem Satz draußen. Er kam gerade noch rechtzeitig um die Ecke und sah, wie ein unbeleuchteter Polizeiwagen mit großer Geschwindigkeit davonfuhr. Ein Bulle kam nie allein. Er holte Verstärkung. Jimmy Lee wußte, es war alles vorbei.
»Hast du etwas gesehen?« fragte Fungo, als er hinter seinen Bruder trat.
»Irgendein Arsch in einem tiefgelegten Chevrolet. Wahrscheinlich ist er unterwegs und sucht etwas fürs Bett.« Fungo lachte grunzend und folgte Jimmy Lee zurück in die Garage.
»Verdammt, bin ich müde«, sagte Fungo.
»Weißt du, Fungo, du hast recht«, Jimmy Lee legte ohne jede Eile die Schrotflinte an ihren Platz zurück, zog seine Jeansjacke an und setzte den Hut auf.

»Womit?« fragte Fungo.
»Mit dem Angel. Ich geh zur Telefonzelle und ruf den Scheißkerl an. Er soll gefälligst herkommen, damit wir zur Abwechslung eine Weile in dem gottverdammten Motel schlafen können. Ich bin auch müde.«
»Verdammt *richtig*!« stimmte Fungo ihm zu. »Weck ihn auf und sag dem Lahmarsch, er soll sich bewegen!«
»Ich bin bald wieder da«, sagte Jimmy Lee. »Bring den Gaul nicht um, verstanden?« Er grinste seinen Bruder freundlich an.
Fungo lachte, als Jimmy Lee hinausging. Er drehte die Glühbirne aus der Fassung und ging zu der Matratze neben dem Pferdetransporter. Er legte sich hin und schlief bald wieder ein. Er war hungrig. Angel brachte nie genug zu essen. Fungo träumte von gebackenem Schinken mit Chilisoße, Eiern und Grütze.
Als ihn der Lautsprecher weckte, konnte er sich im ersten Moment nicht daran erinnern, wo er war.
»Hier spricht die Polizei. Die Garage ist umstellt. Legen Sie beide Hände flach auf den Kopf und kommen Sie durch die Hintertür heraus.«
Fungo rannte zur Tür, stolperte im Dunkeln über die Matratze und stürzte auf den Betonboden. Durch die Ritzen zwischen den Brettern vor den Fenstern sah er Scheinwerfer und Blaulichter. Dann hörte er den Lautsprecher wieder. »Sie haben dreißig Sekunden Zeit, um aus der Tür zu kommen! Sie sind umstellt! Dreißig ... neunundzwanzig ... achtundzwanzig ...«
Fungo sah sich um und begriff, daß er in der Falle saß. Er hatte schon oft in der Falle gesessen, und er reagierte dann immer mit rasendem Zorn auf das, was ihn wieder einmal dahin gebracht hatte. Diesmal fand sein Zorn jedoch ein Ziel. Er packte die Schrotflinte und sprang mit einem Satz zu dem Pferdetransporter. Darin lag ein blutiges Vierkantholz, das er schon einmal benutzt hatte. Er legte die Schrotflinte ab und packte das Vierkantholz. Es war ein gutes Gefühl, das Holz in den Händen zu haben. Es schien seine Arme länger und stärker zu machen.
»Sechzehn ... fünfzehn ... vierzehn ...«
Fungo trat in die Box und starrte auf das betäubte Pferd hinunter, das auf der Seite lag. Er hob das Kantholz über den Kopf. Das war Annies Pferd! Er schlug mit dem Holz auf die Vorderbeine der Stute. Sie richtete sich trotz des Medikaments auf und stieß ein hohes, durchdringen-

des Wiehern aus, das Fungo erschreckte. Aber er zögerte nur ganz kurz, ehe er das Holz noch einmal hob und niedersausen ließ.
»Sieben ... sechs ...« Draußen hörte man das Pferd klagend wiehern und zählte nicht weiter. Die Beamten stürmten mit Tränengaspistolen und Schrotflinten die Garage. Sie schlugen die Tür ein und sahen im blendenden Schein ihrer Flutlichter das hoch erhobene Kantholz.
»Noch ein Schlag, und Sie sind tot!« schrie ein Polizist und feuerte einen Warnschuß ab. Das Holz verharrte in der Luft, während zwei Beamte sich auf Fungo stürzten und ihn zu Boden schlugen. Die Stute wieherte immer noch markerschütternd, als ein Polizist den Scheinwerfer auf sie richtete.
»O mein Gott«, sagte er.

Annie wurde vom Dröhnen eines Hubschraubers geweckt, der in der Koppel neben der Auffahrt landete. Dort war er auch schon am Vortag gelandet, um Meldung über die Suche aus der Luft zu machen. Annie sah, daß es draußen noch dunkel war, und zog schnell Jeans, Stiefel und einen Pullover an. Sie griff nach ihrer Umhängetasche und tastete nach der Pistole, die seit dem Verschwinden der Stute darin lag. Henry erwartete sie bereits angezogen im Flur. Als sie die Treppe nach unten kamen, ließ ein Beamter gerade Polizeileutnant Reed und einen anderen Mann ins Haus. »Wir haben sie gefunden«, sagte Reed ohne eine Spur von Triumph in der Stimme.
»Lebend?« fragte Annie.
Reed nickte nur und sagte: »Das ist Sonderagent McCracken vom FBI. Wir müssen uns beeilen. Ich glaube, der Junge bleibt besser hier. Es ist kein Platz im Hubschrauber.«
Annie erkannte den FBI-Agenten sofort. Aber es blieb ihr keine Zeit zu überlegen, was seine Anwesenheit zu bedeuten hatte.
»Mama, ich möchte mitkommen.« Henry umklammerte ihre Hand.
Annie kniete sich neben ihn. »Wenn es Zeit zum Aufstehen ist, gehst du zu Speed hinunter und sagst ihm, daß wir sie gefunden haben. Dann könnt ihr beide im Transporter mitfahren.« Sie wandte sich an den Polizeibeamten, der im Haus bleiben würde. Er nickte zustimmend.
»Wohin soll der Transporter kommen?« fragte sie Reed.
»Ich weiß die Adresse nicht genau«, erwiderte er ungeduldig. »Wir geben sie durch. Wir müssen los.«

Annie küßte Henry und ging mit den beiden Männern eilig durch die Haustür nach draußen. Erst als sie in der Luft waren, begann sie den Grund dafür zu ahnen, daß der Polizeibeamte Henry nicht dabeihaben wollte. Sie blickte zu McCracken hinüber, der wie Reed einen Kopfhörer aufhatte, und abwechselnd lauschte und sprach. Sie gaben Einsatzbefehle und mahnten ihre Leute zu Vorsicht und Geheimhaltung.

Mit blendenden Lichtern landete der Hubschrauber auf dem Asphalt der Straße vor der Garage. Annie rannte mit Reed und McCracken unter dem kreisenden Propeller hervor und folgte zwei Polizeibeamten in die Garage. Selbst durch das Dröhnen des Hubschraubermotors hörte sie das qualvolle Wiehern der Stute. Tragbare Flutlichter erhellten das Innere der Garage und die behelfsmäßige Box. Annie rannte hinüber und sah mit einem Blick die schmerzverdrehten Augen der Stute, den Schaum und das Blut an den Nüstern und die weißen Knochen der Vorderbeine, die aus dem blutigen, zerrissenen Fell hervorragten.

»Wir wußten nicht, wie Sie es haben wollten«, sagte Polizeileutnant Reed. »Ob Sie wegen Ihrer Versicherung einen Tierarzt brauchen oder ...«

Ohne eine Sekunde zu zögern, griff Annie in die Tasche, holte die Pistole heraus und näherte sich der Stute. Ein Polizeibeamter saß neben ihrem Kopf. Er hielt die eigene Pistole schußbereit, und als er aufblickte, sah er Tränenspuren auf Annies Wangen, die im Licht glänzten.

»Ich tu' es gern für Sie, Ma'am«, sagte er.

»Nein, ich muß es tun«, sagte Annie und zeichnete mit dem Finger schnell ein X von Glorious Girls linkem Ohr zum rechten Auge und vom rechten Ohr zum linken Auge. Sie hielt den Lauf der Pistole an den Schnittpunkt. Die Stute sah sie in panischer Angst an. Als sie jedoch Annie erkannte, versuchte sie, den Kopf zu heben. Annie drückte ab und sah zu, wie er zurückfiel. Sie war taub von dem Knall, als sie Glorious Girl am Kopf streichelte, wo er noch nicht blutig war. Dann drehte sie sich um und fragte laut, damit alle es hörten: »Wo sind sie?«

Niemand sagte ein Wort. Annie stand auf und legte die Pistole in die Tasche zurück. Sie sah Reed und den FBI-Agenten. »Haben Sie die Männer gefunden? Wo sind sie?«

McCracken trat vor und nahm ihren Arm. »Kommen Sie mit«, sagte er

und führte sie nach draußen. Man brachte sie zu einem der vielen Polizeiwagen, die neben der Garage parkten. Ein Beamter öffnete die hintere Tür. McCracken griff hinein und zog Fungo an den Handschellen heraus.
Er blutete im Gesicht von dem Schlag, durch den er zu Boden gegangen war, und er saugte an der Unterlippe, wie er es immer tat, wenn er Angst hatte und nicht in der Lage war, etwas dagegen zu unternehmen. Er reagierte nicht, als er Annie sah. Sie griff nach der Tasche, hielt aber mitten in der Bewegung inne. Sie wollte nicht, daß man ihr die Pistole wegnahm.
»Wo ist Jimmy Lee?« schrie sie Fungo an.
»Ist das Ihr Bruder?« fragte McCracken, nicht erstaunt, sondern mehr für die Akten.
Als Annie nickte, sagte Polizeileutnant Reed wütend: »Sie hätten uns etwas von Ihren Brüdern sagen sollen, Mrs. Carney.«
»Ja, vermutlich. Ich habe Schwierigkeiten, es mir selbst einzugestehen«, sagte Annie. Sie drehte sich um und ging davon.
McCracken schob Fungo wieder in den Wagen und schloß die Tür. Ohne einen Ton in der Stimme, der ein Urteil über Annie hätte andeuten können, sagte der FBI-Agent: »Er sagt, die beiden anderen an der Entführung beteiligten Männer sind im Best Western Motel in Frankfort. Wir kümmern uns jetzt darum. Ich lasse Sie von einem Polizeibeamten nach Hause fahren. Es wird von hier etwa eine halbe bis eine dreiviertel Stunde dauern.«
»Warten Sie. *Zwei* andere Männer?« fragte Annie.
»Ja. Ihr Bruder Jimmy Lee und Angel, Phil Angelo.« Als er sah, wie Annie erschrocken zusammenzuckte, fügte er hinzu: »Nachdem wir die beiden festgenommen haben, müssen wir uns unterhalten, Mrs. Sumner ... Verzeihung, Mrs. Carney. Ja, diesmal werden Sie Ihren Anwalt bestimmt dabei haben wollen.«
Annie reagierte nicht auf die deutliche Warnung. Sie sah zu, wie McCracken zusammen mit Reed in einen der wartenden Polizeiwagen stieg und mit einem halben Dutzend anderer im Gefolge mit großer Geschwindigkeit davonfuhr. Ein Beamter kam näher, und Annie ging automatisch in Richtung Garage, um bei Glorious Girl zu sein. Dann blieb sie stehen. Sie mußte es Henry sagen. Annie schloß die Augen und sah, wie sie abdrückte und der Pferdekopf zurückfiel.

»Mrs. Carney, ich habe Anweisung, Sie nach Limeteen Hall zurückzubringen«, sagte der junge Polizist.
Annie blickte noch einmal zur Garage und eilte zum Wagen.

Auf der Straße Nr. 60 zwischen Winchester und Lexington schaltete ein Polizeibeamter das Blaulicht ein und hielt neben Frank Carneys Kombi.
»Mr. Carney?« fragte der Polizist.
»Ja.«
»Wir sind gebeten worden, Sie zu suchen und Ihnen zu sagen, Mrs. Carney möchte, daß Sie nach Hause kommen.«
Franks Gesicht verfinsterte sich bei dieser dienstlichen Aufforderung. »Ich war gerade auf dem Weg.«
»Haben Sie die Stute gesucht? Ich bezweifle, daß Sie sie hier im Bezirk finden.«
»Ein Paar zusätzliche Augen schaden nie«, erwiderte Frank. »Danke für die Nachricht.« Er fuhr davon. Seit drei Tagen hatte er kaum geschlafen. Er war zu müde, um noch von Nutzen zu sein, und wollte jetzt wissen, wie es Annie ging. Er war bereits einmal auf Limeteen gewesen, hatte aber von der Auffahrt aus die Fernsehübertragungswagen und die Reporter auf den Stufen gesehen und war wieder weggefahren.
Seit er nicht mehr trank, hatte er sich noch nie so sehr nach Bourbon gesehnt wie bei der Suche nach Glorious Girl. Ihm war auch noch nie bewußt gewesen, wie viele Bars und Gasthäuser es gab. Aber er hielt nur an Scheunen, an Schuppen und Warenhäusern, an jedem Gebäude, in dem man vielleicht ein Pferd verstecken konnte. Er fuhr mit dem schrecklichen Gefühl nach Lexington zurück, daß er die Stute verloren hatte, und er versuchte, nicht daran zu denken.

Annie gelang es mit Mühe, sich bei dem Polizeibeamten zu bedanken, der sie bis zu den Stufen von Limeteen Hall fuhr. Es war ein schöner Morgen, und der eichenbestandene Hügel hinter der Farm lag im Sonnenschein. Die Stallarbeiter trafen ein und begannen ihre Arbeit. Als Annie ins Haus trat, hörte sie aus der Küche Geräusche, die auf Frühstück hinwiesen, und sie ging ins Eßzimmer. Durch die Fenster sah sie zwei Pferde, die mit ihren Reitern bereits auf der Übungsbahn arbeiteten.

Bruna Oliver stand in der Küche und kochte Kaffee. Sie blickte Annie fragend an. Annie schüttelte den Kopf.

»Ich mußte sie erschießen«, sagte Annie tonlos und schluckte schwer, um ihre Stimme unter Kontrolle zu halten.

»O Mrs. Carney, das tut mir so leid.«

Annie dankte ihr. »Kann ich bitte Kaffee haben? Was ist mit dem Polizeibeamten an der Haustür? Und all den Presseleuten?«

»Der Polizist ist unten am Tor. Nachdem Sie mit dem Hubschrauber weg waren, sind viele Beamte abgefahren. Die anderen haben die Presseleute verscheucht.«

Annie sank auf einen Küchenstuhl und machte Anstalten, die Umhängetasche abzustellen. »Wo ist Henry?«

»Er ist noch nicht unten. Ich wollte ihn gerade wecken, damit er rechtzeitig zur Schule kommt.«

»Heute gibt es keine Schule«, erwiderte Annie. Sie ließ sich von Bruna Oliver einen Becher Kaffee geben und stand wieder auf. »Ich hole ihn. Wenn Sie wollen, gehen Sie und sagen Sie es Speed ...«

»Danke, Ma'am. Das würde ich gerne tun. Es wird den Jungen das Herz brechen«, sagte Bruna, und die Tränen traten ihr in die Augen.

Annie ging rasch zur Treppe. Beim Hinaufsteigen wappnete sie sich gegen Henrys Reaktion auf die Nachricht. Sie öffnete die Tür und war entschlossen, nicht ihrer eigenen Trauer nachzugeben, sondern –

Der Becher fiel ihr aus der Hand und zerbrach. Heißer Kaffee spritzte auf ihre Stiefel.

»Ich habe dich kommen hören, Schwester«, flüsterte Jimmy Lee. »Ich bin wirklich froh, daß du es bist. Mach die Tür zu.« Er stand mitten im Raum und lächelte. Sein Gesicht befand sich direkt neben Henrys.

Jimmy Lee hatte dem Jungen einen Arm um die Hüfte gelegt. Mit der anderen Hand hielt er ein Messer an Henrys Kehle. Annie hörte ihren Bruder kaum. In ihr Bewußtsein drang ein Laut wie ein schriller hoher Violinenton. Sie schloß die Tür. Henrys entsetzter Gesichtsausdruck verdrängte ihre eigene Panik.

»Hast du dein Pferd zurückbekommen?« fragte Jimmy Lee. »Ich habe einen Wagen geklaut und war gerade rechtzeitig hier, um zu sehen, wie du im Hubschrauber davongeflogen bist. Wirklich toll, Annie.«

»Bitte laß ihn los«, sagte sie so ruhig sie konnte.

»Wen? Meinen *Neffen*? Ach zum Teufel, dem fehlt nichts. Wir haben uns sehr gut unterhalten.« Er lächelte und starrte Annie bösartig an. »*Das* hatte ich von Anfang an vor, aber dein Freund Phil Angelo wollte diesen beschissenen *Gaul*!«

»Bitte . . .«, flehte Annie. Im selben Moment wurde ihr klar, daß die Tasche immer noch über ihrer Schulter hing.

»Deine Bitten tun mir gut, Schwesterherz. Das gefällt mir. Hast du die Million?«

Irgendwie begann Annies Verstand zu arbeiten. »Noch nicht. Wir hatten Zeit bis vier Uhr. Die Bank bringt das Geld heute morgen.«

»Um wieviel Uhr?« fragte Jimmy Lee.

»Gleich um zehn, nachdem sie öffnet.«

»Zehn? Na ja, so lange können wir warten, nicht wahr?« Seine Augen waren groß und erwartungsvoll auf sie gerichtet. »Und dann bringt ihr beide, ich meine du und mein Neffe, mich im Wagen weg von hier. Soweit weg, um ganz sicher zu sein, daß uns niemand im Hubschrauber oder irgendeinem anderen gottverdammten Ding verfolgt. Wenn das klappt, seid ihr beide vielleicht ohne allzugroßen Schaden aus der Sache heraus. In Ordnung, Henry?«

Der Junge sah seine Mutter an und sagte tapfer: »Ich bin einverstanden.«

»Jimmy Lee, du kannst nicht bis zehn Uhr das Messer so halten. Ich tu, was du willst. Aber nimm bitte das Messer weg.«

»Ich werd dir genau sagen, was du tun wirst«, erwiderte er plötzlich gehässig. »Du bleibst, wo du bist, bis jemand heraufkommt, um dich zu suchen. Dann sagst du, was hier vorgeht, und läßt alles vorbereiten, damit wir abhauen können, sobald das Geld da ist.« Er schleppte den Jungen zu einem Sessel und setzte ihn hinein, ohne das Messer von seiner Kehle zu nehmen. »Na Annie, was macht übrigens Onkel Fungo. Stell dich an die Wand und erzähl es uns.«

Annie wich beim Reden langsam zurück, bis sie die Wand erreichte. »Sie haben ihn in der Garage gefunden. Er hat der Polizei erzählt, wo Phil Angelo zu finden ist. Sie dachten, du wärst auch dort.«

»Ha! Ich würde verdammt gerne das Gesicht von Angel sehen, wenn sie bei ihm im Zimmer stehen. Hat Fungo den beschissenen Gaul umgebracht?«

»Nein«, sagte Annie und begann zu weinen.

»Hast du ein Glück, Schwester«, sagte Jimmy Lee übermütig, richtete

sich hinter dem Sessel auf und fuchtelte mit dem Messer über Henrys Kopf. »Zum Teufel noch mal, warum weinst du denn? Vermutlich verlierst du doch nichts außer einer Million Dollar.«
Annie griff langsam in die Tasche, holte ein Taschentuch heraus und schluchzte heftiger, während sie gleichzeitig die Tasche offenhielt.
Jimmy Lee trat neben Henrys Sessel und richtete das Messer wieder auf den Jungen. »Mir bricht das Herz, Schwester. Also hör jetzt auf, verstanden? Wir brauchen kein ...«
Annie zog blitzschnell die Pistole aus der Handtasche, zielte auf Jimmy Lees Kopf und drückte ab. Er duckte sich, aber die Kugel streifte sein Ohr. Er stand mit dem Messer in der Hand gebückt und starr vor Schreck etwa einen halben Meter von Henry entfernt.
»Henry, *lauf*! Hol Hilfe. Keine Bewegung, Jimmy Lee. Keinen Zentimeter.«
Henry starrte sie an, sprang vom Sessel auf und rannte aus dem Zimmer.
»Mein Gott, Annie, du hast mir beinahe das Ohr abgeschossen«, sagte Jimmy Lee, ohne sich zu rühren. »Hör zu, hilf mir. Ich bin dein Bruder.«
»Wirf das Messer weg!« befahl Annie.
»Laß mich nur hier raus.« Er faßte mit der anderen Hand an sein Ohr. Sie war sofort blutig.
»Beweg dich nicht mehr, Jimmy Lee. Wirf das Messer ...«
Er starrte auf seine blutverschmierte Hand und richtete sich langsam auf. Dann hielt er Annie die Hand entgegen und lächelte ungläubig. »Wie kannst du so etwas machen?« Er sprang auf sie zu. Annie drückte zweimal hintereinander ab. Die Wucht, mit der die Kugeln seine Brust trafen, hob die Kraft seines Sprungs auf, und einen Augenblick stand er aufrecht. Er lächelte immer noch, aber starrte sie völlig überrascht an. Dann, als das Blut zwischen den weißen Zähnen seines lächelnden Mundes hervorquoll, fiel er vorwärts, und sein Kopf landete auf Annies Stiefel.

25

Während der Ausschuß der New Yorker Renn- und Wettkommission tagte, schwoll der Lärm der wartenden Reporter im Flur an. Archibald Delansig saß mit Annie an einem kleinen Tisch vor einem schmutzigen Fenster. Sie beobachteten die Ausschußmitglieder. Einige blickten nervös zur Tür, wo zwei gelangweilte Polizeibeamte Wache standen.
In den vergangenen drei Jahren hatten die Zeitungen wiederholt festgestellt, Annie sei hart im Nehmen. Während der Untersuchungen zur Entführung von Glorious Girl und Jimmy Lees Tod, während Fungos Prozeß und bei den vernichtenden Aussagen Phil Angelos über ihre Vergangenheit und während der sich ständig verschlechternden Beziehung zu Henry und Frank empfand sich Annie niemals als ›hart im Nehmen‹. Sie hielt sich für glücklich, wenn sie sich wie gelähmt und betäubt fühlte. Nach der ersten Welle der Sympathie, die auf den Tod von Glorious Girl und die Beinahe-Katastrophe der versuchten Geiselnahme Henrys durch Jimmy Lee folgte, wurde die Öffentlichkeit mit faszinierenden Geschichten über Annies frühere Verbindungen zu Kreisen des organisierten Verbrechens versorgt, die das FBI mit Absicht in Umlauf brachte. Ein Sturm der Entrüstung und des Zorns erhob sich – nicht nur in der Öffentlichkeit, sondern auch in Rennkreisen. Deshalb war sie gezwungen gewesen, um das Recht zu kämpfen, ihre Pferde bei den Rennen laufen zu lassen. In vier Staaten hatte man ihr die Lizenz bereits entzogen, und auch in New York bestand keine große Hoffnung, sie zu behalten.
Draußen in Manhattan waren es fünfunddreißig Grad. Die Klimaanlage im Gebäude rauschte nur, ohne richtig zu funktionieren. Straßenlärm und ein gelegentliches fernes Hupen drangen durch die Luft-

schächte, aber kein kühler Hauch erreichte den drückend heißen Raum.

Die Lehne von Annies Holzstuhl drückte sich ihr schmerzhaft in den Rücken. Sie starrte durch zwei gerissene Lamellen der Jalousie auf einen Baumwipfel. »Worauf warten sie?« fragte sie flüsternd. »Wir wissen doch alle, was sie sagen werden.«

Delansig beugte sich rasch zu ihr herüber. »Wenn wir vor Gericht gehen müssen, ist es wichtig, *wie* sie es sagen«, erklärte er mit gedämpfter Stimme.

Annie sah ihn mit einem flüchtigen verzagten Lächeln an. »Ich war drei Jahre lang in Anhörungen«, sagte sie. »Glauben Sie, ich habe noch ein weiteres Leben zur Verfügung, das ich vor Gerichten verbringen kann?«

Delansig warf ihr einen verständnisvollen Blick zu. Sie lächelte wieder und bat ihn damit um Verzeihung für ihre Gereiztheit. Wie er es schon hundertmal getan hatte, zuckte er nur die Schultern. Annie blickte wieder durch das Loch in der Jalousie auf den heißen Dunst und die welken Blätter eines Sommertags in New York. Sie hatte in vier Staaten Anhörungen durchgestanden und wußte, daß das Ergebnis hier nur das gleiche sein konnte.

Sie verlagerte das Gewicht, um ihren Rücken zu entlasten, und entdeckte in dem für Zuschauer reservierten Teil des Raums McCracken. Er wartete, wie er seit drei Jahren gewartet hatte, um zu ihren Gunsten auszusagen. Das hatte er ihr angeboten. Er würde seinem vernichtenden FBI-Bericht über ihren ›Umgang mit kriminellen Elementen‹, den er nach Phil Angelos Informationen erstellt hatte, widersprechen, wenn sie ihm Charlie Dells Liste überließ. McCracken spürte Annies Blick und drehte sich nach ihr um. Sie sah ihn einen Augenblick an und verlagerte wieder ihr Gewicht.

Jede staatliche Rennkommission hatte eiserne Regeln in Hinblick auf jegliche vorausgesetzten oder nachweisbaren Verbindungen zur Unterwelt. Der Rennsport war der Öffentlichkeit unterschwellig immer suspekt, und deshalb konnte keine Kommission auch nur den Hauch eines Makels dulden. Üblicherweise reagierten die Rennkreise bei jedem Hinweis auf Verstöße mit Leugnen. Dann ging man den Anschuldigungen so unauffällig und vertraulich wie möglich nach. Erreichte die Sache jedoch ein solches Ausmaß, daß die Öffentlichkeit aufmerksam wurde, bildete man Ausschüsse, erstellte Berichte, oder die Untersuchungen dauerten so lange, daß die notorisch kurze Aufmerksamkeitsspanne der Öffentlichkeit überschritten wurde und die Neugier erlosch. Die danach gefaßten Beschlüsse waren Musterbeispiele an Vernebelungstaktik.

Annies Vergangenheit und ihre Ehen, aber vor allem ihre Bilder in den Zeitungen und die aufwendigen Berichte im Fernsehen hatten den unglückseligen Ausgang der Entführung von Glorious Girl, die nach dem Tod von Jimmy Lee eingeleitete Untersuchung und das darauffolgende Verfahren gegen Fungo zu einem aufsehenerregenden Skandal werden lassen. Journalisten und Reporter übertrieben, wenn sie Annies gutes Aussehen beschrieben: ›Mrs. Sumner-Carneys sinnliches Grübchenlächeln‹ war nur eine der Phrasen, mit denen sie ihre Artikel begannen. ›Beine, lang genug, um jeden Hengst zu reiten und zu zähmen‹ und ›Haare von der Farbe rotgoldener, mit Tau benetzter Herbstblätter‹ zählten zu den journalistischen Ergüssen, die Annie über sich ergehen lassen mußte. Die Rennwelt konnte bei dieser Publicity die kriminellen Implikationen ihrer Geschichte nicht verdrängen. Der Rennsport mußte rechtschaffen erscheinen, und deshalb mußte ihre Strafe hart sein.

Der Tumult vor dem Raum bedeutete, daß die Presse wieder einmal geduldig auf Annie wartete. Sie wußte, die Ausschußmitglieder waren nervös. Der Druck, unter dem sie standen, bedeutete fraglos, daß man ihr wie in den anderen Staaten, in Florida, Kalifornien, Kentucky und Maryland, die Lizenz entziehen würde.

»Der Ausschuß ist der Auffassung«, tönte der Vorsitzende, »daß eindeutige Beweise für eine Verbindung zwischen Mrs. Carney und gewissen Elementen vorliegen, die den Interessen des Rennsports abträglich sind und ihm schaden. Trotz Mrs. Carneys derzeitiger Stellung und ihrer Erklärungen zu ihrer Vergangenheit kann der Bericht des Bundeskriminalamtes in Hinblick auf ihre Beziehung zu einem gewissen Charles Del Vicario alias Charlie Dell und einem gewissen Philip Angelo nicht übergangen werden . . .«

»Ich möchte eine Erklärung abgeben«, flüsterte Annie Delansig zu.

»Denken Sie daran, daß Sie eines Tages hier sein werden, um Ihre Lizenz zurückzubekommen«, riet ihr Anwalt.

Der Vorsitzende sprach weiter, und Annie beobachtete, wie die Stenographin alles aufnahm. Annie dachte daran, daß jedes Wort weniger für die Akten als für die Presse festgehalten wurde, um der Öffentlichkeit vorzuführen, wie der Staat sich gegen das ›Böse‹ behauptete, das hier die Gestalt ›der Gräfin‹ annahm.

»Deshalb entscheidet der Ausschuß, daß Mrs. Ann Carney die Lizenz als Besitzerin entzogen wird und daß jedes Pferd im Besitz von Limeteen Farm auf allen Rennplätzen des Staates New York von der Teilnahme an Rennen ausgeschlossen wird.« Er hob den Hammer, aber bevor er ihn fallen lassen konnte, war Delansig aufgestanden.

»Meine Klientin hat eine Erklärung abzugeben«, sagte er und setzte sich.

Mehrere Ausschußmitglieder hatten sich bereits in der Erwartung erhoben, gehen zu können. Sie nahmen mit dem Ausdruck gelangweilter Ungeduld wieder Platz. Schweißperlen standen auf ihren Oberlippen, und die Sommeranzüge hatten dunkle Schweißflecken unter den Achseln.

»Meine Herren. Ich habe nichts Unrechtes getan«, sagte sie, und ihr Kentucky-Dialekt machte sich stärker bemerkbar als üblich. In der Öffentlichkeit kam das häufiger vor. »Ich habe meine Beziehung zu den beiden Personen erklärt, die Ihnen Sorgen bereiten, und ich habe mit keinem von beiden etwas Unrechtes getan. Da meine Bestrafung dem Zweck dienen soll, Ihr Ansehen in der Öffentlichkeit zu wahren, möchte ich die Öffentlichkeit und Sie davon in Kenntnis setzen, daß dieser Ausschuß vom FBI in seinem Bemühen benutzt wird, mich einzuschüchtern.« Ihr entging nicht, daß einer der Männer nervös zu Lyle McCracken hinüberblickte.

Annie folgte seinem Blick mit den Augen. McCracken sah sie ebenso ungerührt und teilnahmslos an wie damals, als er Charlie Dells Liste von ihr verlangt hatte. Selbst als er ihr und Delansig erklärte, welchen Druck das FBI ausüben werde, wenn Annie nicht mit ihm zusammenarbeite, hatte er es in dieser leidenschaftslosen Art getan.

»Ich habe dem FBI nichts zu gestehen«, fuhr Annie fort. »Ich habe Ihnen nichts zu gestehen. Sie können mir *nichts* vorwerfen, was mein angebliches Unrecht angeht. New York war meine letzte Hoffnung. Ich habe achtundfünfzig Pferde im Training. Sie verdienen die Chance zu laufen. Wenn Sie in meiner Heimat nicht laufen können, werde ich sie nach Europa bringen. Ich bedaure, daß Sie vom FBI so benutzt worden sind. Vor allem bedaure ich die siebzig oder achtzig Menschen, die ich arbeitslos machen muß. Aber ich *werde* zurückkommen. Sie können mit mir rechnen. Danke.«

Als Annie sich setzte, hörte sie nervöses Räuspern, das Scharren von Stühlen und das Rascheln von Papier. Dann wurde die Tür hinter ihr geöffnet, und die Presseleute im Flur drängten herein. Annie drehte sich um und sah gerade noch, wie McCracken den Raum verließ. Er war ein Unbekannter, und die Journalisten beachteten ihn nicht.

Beim Geräusch des fallenden Hammers drehte sie sich erstaunt um. Die Ausschußmitglieder, die bereits Anstalten machten, den Tisch zu verlassen, blieben stehen. Zum großen Ärger der Presse wurde die Tür wieder geschlossen. Der Ausschußvorsitzende sah Annie mit funkelnden Augen an und senkte die Stimme. »Ich möchte Ihnen auch etwas sagen, Mrs. Carney« – er winkte ungeduldig in Richtung Stenographin – »das ist inoffiziell, Ethel. Die Sitzung ist geschlossen. Mrs. Carney, wir sind von niemandem benutzt worden. Und Sie und der ganze Rennsport haben verdammt viel Glück, daß man zur Zeit gerade versucht, den Präsidenten abzusetzen. Sonst würde man Ihnen nämlich sehr viel mehr Aufmerksamkeit widmen, als man es bereits tut. Sie sollten uns dankbar sein.«

Annie wollte etwas erwidern. Aber Delansig legte ihr die Hand auf den Arm. Die Ausschußmitglieder gingen nacheinander schweigend an ihnen vorbei. Die beiden Beamten öffneten wieder die Tür. Die Fragen, mit denen die Presseleute den Ausschuß bestürmten, wurden lauter.

Delansig stand am Tisch und packte seine Akten in die Tasche. Annie sagte: »Ich hätte ihm die Liste einfach geben sollen.«

»Ich versichere Ihnen noch einmal, das hätten Sie *nicht* tun dürfen«, erwiderte Delansig geduldig.

»Dann könnte ich meine Pferde immer noch laufen lassen.«

»Und Sie säßen wegen Unterschlagung von Beweismaterial im Gefängnis.«

Es war ein alter Streitpunkt. Annie wußte, er hatte recht. Nach zugesicherter Immunität in Hinblick auf die Entführung von Glorious Girl hatte Phil Angelo nicht nur gegen Fungo ausgesagt, sondern dem FBI auch von der Liste erzählt. Delansig und Annie hatten die Existenz einer solchen Liste geleugnet und darauf bestanden, es handle sich um eine Erfindung des FBI-Informanten. Sie hatten behauptet, die Idee mit der Liste sei ihm gekommen, um sich beim FBI in ein gutes Licht zu rücken, während er gleichzeitig sein Abkommen mit den Beamten traf. Delansig hatte die Gerichte überzeugen können. Vorladungen wegen der Liste und Befragungen am Lügendetektor wurden auf diese Weise verhindert. McCracken allerdings glaubte Phil Angelo und gab selbst nach Angels Verschwinden nicht auf. Das FBI ging daraufhin dazu über, die staatlichen Rennausschüsse und die Presse mit genügend Material zu versorgen, damit man Mrs. Carney wegen ihrer Verbindungen zur Unterwelt schuldig sprechen konnte.

Beinahe jeder Mörder auf der Liste war tot: Vito Genovese, Frank Costellano, Lucky Luciano. Aber Meyer Lanski und Carlo Gambino mußten mit Gefängnisstrafen wegen Steuerbetrugs rechnen. Eine Anklage wegen Mord, selbst wenn das Verbrechen dreißig Jahre zurücklag, würde unter Umständen mithelfen, sie ins Gefängnis zu bringen. McCracken vermutete richtig, daß Lansky und Gambino auf der Liste standen, wenn es diese Liste gab.

»Sind Sie soweit?« fragte Delansig.

Annie stand auf. »Es ist für mich inzwischen eine solche Routine, daß es mir wie eine Nummer im Nightclub vorkommt.«

Delansig lächelte. »Sind Sie sicher, daß Ihr Wagen unten wartet?«

»Er wartet«, sagte Annie und setzte das Lächeln für die Öffentlichkeit auf, das sie mittlerweile perfekt beherrschte. Delansig nickte, als er es sah, und Annie sagte: »Noch einmal vielen Dank. Ohne Sie hätte ich das nie durchgestanden.«

»Es tut mir leid, daß wir kein besseres Ergebnis erreichen konnten.«

»Es gab kein besseres. Die Vergangenheit hatte mich schon lange verfolgt. Ich bin nur froh, daß es endlich vorbei ist.« Sobald sie das sagte, dachte sie an Henry und Frank, und sie wußte, daß es nicht stimmte – es war nicht vorbei. Die Vergangenheit ließ sich nicht abschütteln.

Die beiden Beamten an der Tür bereiteten sich auf ihr Kommen vor. Delansig zog einen Zwanzigdollarschein aus der Tasche und bat einen von ihnen, sie zum Fahrstuhl zu bringen.

Wegen der vielen Mikrophone, Blitzlichter, Scheinwerfer und Fernsehkameras kamen sie nur langsam voran. Annie lächelte, und Delansig beantwortete Fragen. Die Presse kannte das Ergebnis der Anhörung und wollte Reue sehen, die Annie verweigerte. Die körperlichen und verbalen Rempeleien wurden hektischer. Annie wurde von einem

Blitzlicht geblendet, das nur wenige Zentimeter vor ihrem Gesicht aufflammte, so daß sie einen Augenblick lang nichts sah. Vor dem Fahrstuhl am Ende des Gangs wartete ein anderer Polizeibeamter. Annie hielt beim Gehen den Blick fest auf den Fahrstuhl gerichtet und lächelte pausenlos.

Der Polizist und Delansig hielten die Presse zurück. Der Anwalt rief laut: »Ich habe eine Erklärung von Mrs. Carney...« Die Fahrstuhltüren schlossen sich, und sie war allein.

Annie betrachtete die Leute, die in den Stockwerken darunter einstiegen. Nur zwei Männer schienen sie zu erkennen, und nur einer davon reagierte auf ihren Blick. Er lächelte anmaßend vertraulich. Annie erwiderte das Lächeln, denn sie wollte nicht noch mehr Abneigung provozieren. Es hatte ihr nie etwas ausgemacht, auf den Rennplätzen angesprochen oder erkannt zu werden. Aber sie fand es enervierend, inzwischen so berühmt zu sein, daß man sie bereits in einem Fahrstuhl mit wissenden Blicken bedachte.

Im Erdgeschoß angekommen, eilte Annie durch die Halle zur Drehtür. Sie wußte, der Wagen würde warten. Trotzdem wirkte sein Anblick beruhigend, und sie lächelte erleichtert. Der Chauffeur öffnete die Tür. Annie stieg ein und ließ sich in die tiefen, weichen Polster des alten Rolls-Royce fallen.

»Haben sie es getan?« fragte Sam und griff nach ihrer Hand.

Annie nickte und dachte daran, wie sie nach Certaintys Rettung das erste Mal mit Sam Cumberland in diesem Wagen gesessen hatte. Sie zuckte unwillkürlich zusammen.

»Ist alles in Ordnung?« fragte er fürsorglich, während der Rolls sich in den Verkehr einfädelte.

»Ich dachte gerade daran, wie ich mich hier einmal übergeben habe.«

Zuerst verstand er sie nicht. Dann lächelte er, beugte sich zu ihr und küßte sie. »Das war ein großer Tag.« Er legte den Arm um sie und zog ihren Kopf an seine Schulter. »Und wenn du dein nächstes Rennen in Belmont gewinnst, wird wieder ein großer Tag sein. Diese feige, elende Bande...«

Annie erwiderte nichts. Ihr Zorn hielt nun schon so lange an und hatte sie erschöpft. Sie mußt sich unbedingt erholen, und zwar von allem. Die öffentlichen Kämpfe waren zu Ende. Aber das grausame Spiel ging weiter. Jetzt warteten auf sie Auseinandersetzungen anderer Art.

»Sam, ich muß dir etwas sagen. Ich bin wieder schwanger.«
Er rührte sich nicht. Annies Kopf lag immer noch an seiner Schulter, sie fühlte sich völlig entkräftet.
»Weiß Frank davon?« fragte Sam.
Die Bitterkeit lag ihr wie ein Stein im Magen. »Wenn es später als ein Uhr ist, hat mein Mann angefangen, sich einmal durch Lexington zu trinken. Ich bezweifle, daß es ihn interessieren würde.«
Ihre Schwangerschaft würde natürlich eine niederschmetternde Nachricht für Frank sein – ganz gleich, ob er betrunken oder nüchtern war, wenn er es erfuhr. Aber Annie konnte ihren Zorn auf ihn nicht länger unterdrücken. Er tobte sich in grausamen Phantasievorstellungen aus, in denen sie ihn dafür bestrafte, daß er sie und Henry dem Alkohol zuliebe im Stich gelassen hatte. Annie hielt jede Grausamkeit, die sie Frank antat, für gerechtfertigt, weil er sie seit dem Tod von Glorious Girl damit quälte, daß er sich stumm immer weiter von ihr zurückzog.
»Wirst du mich heiraten?« fragte Sam.
Die Frage überraschte Annie so sehr, daß sie sich aufrichtete und ihn mit offenem Mund ansah. »Nein, natürlich nicht. Das können wir nicht.«
Der Rolls-Royce fuhr in den Midtown-Tunnel. Sie empfand die Dunkelheit als Erleichterung. Sie konnte nicht glauben, daß ihr Sam einen Heiratsantrag gemacht hatte. Sie hielten sich bei der Hand.
Annie dachte an Sams Frau. Das ist auch etwas aus der Vergangenheit, dachte sie, das mich ständig verfolgt.
Belinda hatte einige Zeit in der Menninger-Klinik verbracht und war danach über ein Jahr ambulant dort behandelt worden. Seit ihrer Rückkehr nach New York lebte sie in Nummer 10, wohin Sam während ihrer Abwesenheit umgezogen war. Belinda gab das gesellschaftliche Leben zugunsten der Häuslichkeit völlig auf. Sie wollte sich den Kindern widmen, obwohl weder ihr Sohn noch ihre Tochter sonderlich geneigt waren, soviel Hingabe entsprechend zu würdigen, denn sie waren in Privatschulen. Alycia besuchte Sweet Briar und Barky St. Paul's, und sie gingen ihre eigenen Wege. Belinda verbrachte ihre Tage in dem Atelier, das sie sich im dritten Stock eingerichtet hatte, und machte Skulpturen in Ton. Bilder ihrer Arbeiten waren in mehreren schicken Magazinen erschienen, aber sie erlaubte nicht, daß man sie selbst foto-

grafierte. Der private Kurator, der Kunstwerke für die Cumberland-Stiftung auswählte, war beim Verkauf einiger Stücke von Belinda behilflich. Sie glichen sehr den überlangen Figuren Giacomettis. Die Ähnlichkeit war so deutlich, daß sie immer registriert, aber kaum einmal erwähnt wurde. Sam hatte in dem Jahr, in dem die Beziehung zwischen ihm und Annie wieder aufgelebt war, nur einmal von ihr gesprochen. Belinda hatte ihn gefragt, ob er Henry Sumners Vater sei. Sam gab es zu. Belinda lachte und sagte, sie habe es schon immer vermutet. Danach sprach sie nie mehr darüber.

Als der Wagen aus dem Tunnel herausfuhr, fand Annie das Tageslicht so grell wie das Blitzlicht, das sie geblendet hatte.

»Ich meine es ernst«, sagte Sam.

»Ich weiß, und dafür liebe ich dich.«

»Wir könnten uns beide scheiden lassen.«

»Nicht jetzt, großer Gott, nicht jetzt. Es ist alles ins Wanken geraten, und ich habe das Gefühl, wenn ich noch etwas ändere, stürzt das Ganze wie ein Kartenhaus in sich zusammen. Außerdem«, sagte sie sehr ruhig, »bin ich nicht sicher, daß es uns bestimmt ist, jemals zu heiraten.«

Sie spürte seine Überraschung. Der Griff um ihre Hand wurde fester.

»Bestimmt ist? Was zum Teufel soll das heißen?«

Annie schüttelte den Kopf. Sie konnte ihm darauf keine Antwort geben.

»Dann verrate mir bitte«, sagte Sam, ließ ihre Hand los und lehnte sich zurück, um sie anzusehen, »welchen Namen du dem Kind geben willst – Carney?«

Annie senkte den Kopf und schloß die Augen. »Ja, vermutlich.«

»Es ist unser Kind, so wie Henry unser Kind ist. Ich finde es schrecklich, einen Sohn zu haben, der ein Fremder für mich ist. Es kümmert mich nicht mehr, was irgend jemand denkt. Ich kann dir nicht sagen, wie oft ich ihm sagen wollte, daß ich sein Vater bin. Weißt du, daß er mich nicht einmal ansieht?«

Mich auch nicht, dachte sie, erwiderte aber nichts. Sie erinnerte sich an Henrys Gesichtsausdruck, als er in das Zimmer gerannt war, nachdem sie Jimmy Lee erschossen hatte. Er hatte sie entsetzt angestarrt, und sie ließ die Pistole fallen, um ihn an sich zu drücken, während andere Leute ins Zimmer stürzten. Aber Henry war zurückgewichen. »Mir fehlt nichts«, sagte er und blickte auf die Leiche seines Onkels hinunter, von dem er bis zu diesem Morgen nie etwas gehört hatte. »Wo ist Frank?« fragte er. Als er sah, daß Annie darauf keine Antwort wußte, ging er auf ihre Bitte mit in ihr Zimmer und hörte zu, während sie ihm von ihrer Familie erzählte. Seine einzige Reaktion war die Frage, ob er eine Weile bei den Olivers schlafen könne.

Eine Stunde später, als Sam auf Limeteen erschien, um ihr behilflich zu sein, hatte Henry sie wieder auf diese niederschmetternde Weise angesehen. Während sie und Sam mit dem Untersuchungsrichter und den Polizeibeamten in die Bibliothek gingen, sah Annie, wie ihr Sohn sie von der Treppe aus beobachtete. Sie ging schnell durch die Halle und nahm seine Hand. »Sie versuchen, ihn zu finden, Henry«, sagte sie. Er entzog ihr die Hand. »Was will *er* denn hier?« Sam hörte die Frage nicht. Sie antwortete: »Mr. Cumberland möchte helfen ...« Henry rannte an ihr vorbei und aus dem Haus.

Als Frank schließlich nach Limeteen Hall zurückkam, konnte man den Jungen nirgends finden. Sam war immer noch da, wie Frank feststellte, sobald er das Haus betrat. Sam ging sofort, aber der Schaden war nicht mehr gutzumachen. Die Zeit besorgte das übrige. Noch einmal hatte Henry sie so voller Qual angesehen. Er war eines Abends in ihr Zimmer gekommen, um zu fragen: »Warum wohnt Frank nicht mehr hier, Mama?«

»Er will es nicht mehr, Henry.«

»Weil er sich betrinkt?«

»Wo hast du das gehört?«

»In der Schule.«

»Ich kenne nicht alle Gründe dafür. Und auch in deiner Schule kennt sie niemand. Ich hoffe nur, er kommt zurück.«

»Bitte, Mama, du mußt ihn dazu bringen, daß er zurückkommt.« Henry war noch nie den Tränen so nahe gewesen.

Danach beobachtete er stumm, was geschah, ohne Annie noch einmal richtig in die Augen zu sehen. Frank begann, immer früher am Tag zu trinken, und war nicht in den Ställen, wenn der Junge von der Schule nach Hause kam. Dann kam es soweit, daß Henry ihm aus dem Weg ging. Als Annie schließlich ihrem Sohn erzählte, daß sie sich wieder mit Sam Cumberland traf, sagte Henry nichts.

Annie blickte durch das Fenster des Rolls-Royce. Im Herbst würde Henry auf ein Internat gehen. Als sie ihm das vorschlug, hatte er so schnell zugestimmt, daß es sie traurig machte, denn sie spürte seine Erleichterung darüber, von zu Hause wegzukommen.
Sam gab sich mit ihrer Antwort nicht zufrieden und stellte weitere Fragen. »Und wie zum Teufel bist du darauf gekommen, daß es uns nicht bestimmt ist zu heiraten?« Die leichte Schärfe in Sams Ton wich Zorn. »Haben wir nicht alles getan, um uns voneinander fernzuhalten? Und nichts hilft. Wir kommen immer und immer wieder zueinander zurück. Ich möchte etwas von diesem Kind haben, Annie. Schließlich ist es unser zweites. Und du gehst wieder einmal rechtzeitig vor der Geburt nach Europa . . .«
In dem eintretenden Schweigen gestand Annie sich ein, daß sie nicht verantwortungsbewußt genug darauf geachtet hatte, täglich die Pille zu nehmen. Sie hatte plötzlich die Vorstellung, sie sei schwanger geworden, weil sie im Unterbewußtsein Frank dafür bestrafen wollte, daß er sie verlassen hatte. Dann kam ihr die Idee, es könne auch damit zusammenhängen, daß sie glaubte, Henry verloren zu haben. Vielleicht wollte sie an seiner Stelle ein anderes Kind. Sie fand beide Gedanken schrecklich und haßte sich, weil sie möglicherweise der Wahrheit entsprachen.
Die Klimaanlage hatte die Luft im Wagen gekühlt. »Sam, ich weiß nicht, ob es je einen richtigen Zeitpunkt für uns gegeben hat. Aber jetzt ist es zu spät. Ich habe den einen Bruder erschossen und den zweiten wieder ins Gefängnis gebracht. Ich bin von den Rennplätzen verwiesen, die Leute glauben, ich habe Verbindungen zur Mafia, und mein Mann trinkt sich zu Tode. Ich kann nicht einfach mit meinem Liebhaber davonlaufen, ihn seiner Frau wegnehmen und sein Kind bekommen.«
Er fuhr ihr mit den Fingern durch die Haare. »Aber du *wirst* das Kind bekommen, nicht wahr?«
»Ich habe daran gedacht abzutreiben. Aber das möchte ich nicht. Ich möchte ein Kind.«
»Kannst du dann nicht verstehen, daß ich sein Vater sein will? Es weiß diesmal ohnehin jeder, daß ich es bin. Wir waren im letzten Jahr nicht gerade sehr diskret.«
»Sam, hättest du mich gebeten, dich zu heiraten, wenn ich nicht schwanger wäre?«

Er zögerte. »Vielleicht nicht im Augenblick. Aber ich glaube, es ist fair, wenn ich sage, ich habe immer wieder daran gedacht, seit ...? Seit sechzehn Jahren?«

Annie lächelte. »Ich wünschte, ich hätte es gewußt.«

»Annie, du hast es gewußt. Du hast besser als ich gewußt, was für uns wichtig ist.« Er legte lächelnd die Hände in den Schoß, als sei er mit dieser Tatsache völlig einverstanden.

»Du bist mein bester Freund und meine große Liebe«, sagte sie und nahm seine Hand. »Aber ich werde dich nicht heiraten ... und ich kann selbst nicht glauben, daß ich das sage.«

Sam überließ ihr die Hand, während er näher an sie heranrückte. Doch Annie sah, wie sein Gesichtsausdruck sich vor Enttäuschung verhärtete. An seinen Schläfen mischten sich graue Stellen unter das Schwarz, und seine Augenbrauen waren breiter, ja sogar buschig geworden und nicht mehr glatt und schmal wie früher. Seine blauen Augen wirkten immer noch lebendig und schienen von vielen Ideen und Möglichkeiten zu sprechen, auch wenn sich die Lachfältchen in den Augenwinkeln tief eingegraben hatten.

»Also spielen wir wieder einmal«, fragte Sam, »so wie wir es mit Henry getan haben? Was glaubst du, wie lange das gutgehen wird? Mein Gott, ich finde, er sollte die Wahrheit erfahren!«

»Ich muß ihm sagen, daß ich schwanger bin, Sam, und daß du der Vater bist. Das reicht für den Augenblick, meinst du nicht auch? Ich habe vor, es ihm zu sagen, wenn er etwas älter ist, ein klein wenig reifer. Jetzt bringe ich es noch nicht über mich ...«

Sie saßen regungslos nebeneinander. Aus Furcht, es könne mißverstanden werden, wollte keiner die Hand des anderen loslassen. Der Rolls-Royce fuhr durch die Hitzewellen und flimmernden Luftspiegelungen auf der Schnellstraße nach Long Island. Annie dachte plötzlich an ihre gemeinsamen Pläne. Sie wußte, sie stimmten alle nicht mit der Wirklichkeit überein, und schloß die Augen, um darüber nachzudenken, wie sie sich ändern ließen.

In der Sommersaison liefen sechzehn Pferde von Limeteen beim Meeting in Belmont. Annie war jeden Morgen an der Gegengeraden gewesen, um sie bei der Arbeit zu beobachten und mit den Trainern zu sprechen. Frank war nicht da. Sie hatten sich darauf geeinigt, daß er in Lexington blieb, um ›die Farm zu leiten‹. Diese Verantwortung war jedoch zunehmend dem Verwalter und seinen Gehilfen zugefallen. Als Frank wieder anfing zu trinken, brachte Annie ihre Pferde allmählich bei einer Reihe öffentlicher Trainer an verschiedenen Rennbahnen unter. Soweit sie wußte, zeigte Frank nie eine Reaktion auf die leeren Boxen, wenn er in den Ställen erschien. Er erledigte mürrisch seine Arbeiten und verschwand um die Mittagszeit wieder.

Während Annie in Belmont arbeitete und sich auf die Anhörungen vor dem Rennausschuß vorbereitete, wohnte sie wieder in Sams altem Apartment am Central Park West, wo ihre Beziehung begonnen hatte. Er verbrachte die Nächte meist bei ihr und fuhr sie morgens oft nach Belmont, wo auch Caernarvon eine Reihe Pferde stehen hatte. Als jedoch die Anhörungen begannen, verbrachte Annie ebensoviel Zeit in Delansigs Büro und in den Sitzungssälen wie auf der Bahn. Jeder an der Gegengeraden wußte, wie der Ausschuß entscheiden würde. Offen blieb nur, an wie vielen Rennen Limeteen noch teilnehmen konnte, ehe Annies Lizenz eingezogen wurde. Sam hatte vorgeschlagen, nach der Entscheidung der Kommission sollten sie auf der Caernarvon Farm auf Long Island über die Zukunft nachdenken. Jetzt lag Annies Gepäck im Kofferraum des Rolls-Royce. Als sie das alles geplant hatten, war es ihnen völlig richtig erschienen.

»Sam, ich kann heute nicht mitkommen. Sagst du Simon bitte, er soll wenden und mich zum La Guardia fahren?«

»Wie bitte?« fragte er gereizt.

»Ich kann einfach nicht. Ich muß zurück nach Limeteen. Ich muß anfangen, die Pferde zu verladen, und alles für den Aufenthalt in Europa planen ...«

Es waren schlechte Entschuldigungen, das wußten sie beide, und Annie gestand: »Ich muß Frank sagen, daß ich schwanger bin.«

»Du könntest ihn anrufen«, erwiderte Sam, der sich nur noch mühsam beherrschen konnte.

»Ich würde ihm so etwas niemals am Telefon sagen.«

Sam zog seine Hand zurück und drückte den Knopf, um die Trennscheibe herunterzulassen.

»Simon«, sagte er mit ruhiger Stimme und sehr höflich, »die Pläne haben sich geändert. Zum La-Guardia-Flughafen, bitte.«

»Jawohl, Sir«, erwiderte der Chauffeur.

Sam schloß das Fenster wieder. »Weißt du, du hast immer noch nicht alle Gründe für deinen plötzlichen Sinneswandel genannt. Aber ich will verdammt sein, wenn ich hier sitze und dich danach frage. Vielleicht weißt du es selbst nicht. Ich glaube, in den Jahren dieser ... turbulenten Beziehung habe ich etwas gelernt. Wenn du eine Entscheidung triffst, ist dein Instinkt stärker als die Vernunft, und es ist immer sinnlos, wenn ich versuche, dich umzustimmen. Du weißt sehr gut, ich schätze Unbeständigkeit nicht besonders. Ich sage nicht, das sei eine Tugend, mir machen plötzliche Veränderungen einfach Schwierigkeiten. Ich bin zwar auch von nicht wenigen schmerzlichen Trümmerbergen meines Lebens umgeben, aber ich versuche, mich als ordentlicher Mensch dazwischen zu bewegen.« Dann machte er sich über seine gespreizte Redeweise lustig. »O Gott, das hätte Winnie sagen können.« Er lächelte sie an und fuhr schnell fort: »Annie, ich hoffe, du hast ein neues Maß an Toleranz bei mir festgestellt. Aber es gibt verdammt noch mal Grenzen. Ich habe mich wirklich auf diese gemeinsame Zeit gefreut. Ich nehme an, ich lerne gerade das wahre Ausmaß meiner Anpassungsfähigkeit kennen, aber ich kann nicht endlos tolerant sein. Wie ich mich kenne, wird irgend etwas das Faß zum Überlaufen bringen.«

»Ich höre die Warnung«, sagte Annie.

»Ich hoffe, du hörst eine ganze Menge mehr als das«, erwiderte er. »Ich fliege in ein paar Tagen nach Lexington – sobald ich alle meine Pläne für die nächsten zwei Wochen geändert habe. Wird Henry da sein? Vielleicht ist das dann der richtige Zeitpunkt, um ihm alles über mich zu sagen.«

»Er ist im Sommerlager. Sam, warte noch etwas. Bitte.«

Er hob die Hand, um zu zeigen, daß er nachgab, und ließ sie in seinen Schoß fallen. Sie sprachen über die Transportprobleme, die ein Umzug nach Europa mit sich brachte, bis sie La Guardia erreichten. Sam brachte sie zum Flugsteig, und als die ersten Passagiere einstiegen, küßte er sie sehnsüchtig und sagte: »Ich werde ein so guter Vater sein, wie du es erlaubst.«

»Ich weiß«, sagte Annie und ging zur Maschine. Sie versuchte, auf dem Flug zu lesen, und hielt eine Zeitschrift in der Hand, nahm aber kein Wort auf. Beim Umsteigen in Pittsburgh meldete sie ein Telefongespräch mit Sam an, stornierte es jedoch, ehe sie verbunden wurde. Statt dessen rief sie auf Limeteen an, damit jemand sie am Blue-Grass-Flughafen abholte.

Sobald sie in Limeteen Hall angekommen war, zog sie ihre Arbeitskleider an und ging hinunter zu den Ställen. Ihr erster Weg führte zu den Hengsten, wo George Oliver mit Speed Reittechnik übte. Auf einem Ballen Heu lag ein Sattel, und an einem Pfosten war Rennzaumzeug aufgehängt. Die beiden begrüßten Annie überrascht und aufrichtig erfreut. Speed reichte ihr kaum bis zu den Schultern. So plötzlich wie Henry hoch aufgeschossen war, hatte Speed aufgehört zu wachsen. Er blieb einen Meter achtundfünfzig groß. Henry dagegen wuchs immer noch, war mager, linkisch und inzwischen einen Meter fünfundsiebzig. Speed störte es nicht, daß er so klein war. Das hatte ihm sogar ein neues Ziel gegeben. Er war wild entschlossen, Jockey zu werden.

Annie berichtete Speed und seinem Vater, wie der New Yorker Rennausschuß entschieden hatte. Limeteen würde als Gestüt weiterarbeiten, aber nicht mehr trainieren. Die Rennpferde würden entweder verkauft oder nach Europa gebracht, wo Annie sie laufen lassen wollte, bis man ihr die amerikanischen Lizenzen zurückgab.

»Wir werden Sie wirklich sehr vermissen, Mrs. Carney«, sagte Speed traurig.

»Du, dein Vater und deine Mutter, ihr müßt die Farm in Gang halten, Speed. Ich verspreche dir, ich komme zurück. Bis dahin wirst du beim Derby reiten.«

»Ich warte damit, bis ich es auf einem Pferd von Limeteen tun kann«, erwiderte er mit Emphase. Dann ging er zum Heuballen zurück und arbeitete weiter. Als Annie mit dem Vater des Jungen allein war, sagte sie leise: »George, ich möchte Frank das alles sagen, ehe er es morgen in den Zeitungen liest. Haben Sie eine Ahnung, wo ich ihn heute abend finden kann?«

George Oliver senkte den schwarzen Kopf und überlegte einen Augenblick, wie er diese Information über einen alkoholabhängigen weißen Ehemann einer reichen weißen Ehefrau beibringen sollte. »Soviel ich gehört habe, fängt er nicht an einem bestimmten Platz an. Aber üblicherweise endet er in der Campbell House Bar.« Er zögerte, und Annie sah, wie traurig dieses Thema ihn machte. »Sie bringen ihn dort zu Bett, wenn er nicht fahren kann.«

»Danke, George.«

»Ja, Ma'am.«

Zwei Stunden später saß Annie an einem Tisch in der Campbell House

Bar und beobachtete, wie die Eiswürfel in ihrem Ginger Ale schmolzen. Seit einer halben Stunde spielte eine Rockgruppe, und Annie glaubte, taub zu werden. Wie es sich gehörte, lag der Raum beinahe im Dunkeln, und die kleine Tanzfläche bot gerade soviel Platz, daß ein paar Geschäftsleute und Frauen aus dem Ort sich darauf bewegen konnten. Sie wirkten zu alt für die Musik und trotz ihrer Partner sehr allein.

Frank kam mit großen Schritten herein und warf einen Geldschein auf die Theke. Der Barkeeper stellte wortlos ein Glas und eine Flasche Jack Daniels vor ihn hin. Frank nahm beides in die Hand und ging auf einen Ecktisch zu. Als er Annie entdeckte, blieb er stehen. Selbst im Halbdunkel konnte Annie sehen, daß er rot geränderte Augen hatte. Er stand einen Augenblick schweigend da und überdachte die Situation.

»Hast du deine Lizenz verloren?« fragte er laut über die Musik hinweg. Es klang nicht gehässig, und er sprach auch nicht schleppend, aber langsamer als üblich.

Annie nickte. Er machte ein finsteres Gesicht und blickte dann auf die leeren Tische rechts und links. Nach kurzem Überlegen setzte er sich Annie gegenüber. Er zerriß mit den Fingernägeln die Plastikkappe der Flasche, schraubte den Verschluß ab, füllte das Glas und trank. Im Spaß, nicht aus Grausamkeit hielt er Annie die Flasche entgegen, um den Whiskey mit ihr zu teilen. Sie blickte auf die Tanzenden.

Frank füllte das Glas noch einmal. »Du hättest nicht hierherzukommen brauchen, um es mir zu sagen. Ich hätte es morgen in der Zeitung gelesen.« Er trank aus und goß sich wieder ein. »Wenn ich gewußt hätte, daß du kommst, hätte ich früher angefangen.«

»Wieviel brauchst du, Frank?«

»Wie?« Die Musik war zu laut, obwohl sie in einer Nische saßen.

»Wieviel brauchst du?« wiederholte Annie lauter.

»Ich versuche, die Flasche zu leeren. Und halte mir keine Vorträge, Annie. Das ist mein Territorium. Ich arbeite auf deinem, aber das hier ist meins. Außerdem mag ich die Band.« Er wandte sich unsicher ab und blickte zu den Musikern, während er etwas langsamer von dem Whiskey trank.

»Ich möchte dir etwas anderes sagen, solange du noch etwas verstehen kannst. Ich bekomme ein Kind.«

Seine narbige Hand packte sie an der Schulter. Das Glas fiel zu Boden und rollte, ohne zu zerbrechen, davon. Er starrte sie mit gespenstisch geweiteten Augen an, und sie sah das Weiß um die Pupillen. Sein

Mund bewegte sich, aber er brachte keinen Ton hervor. Als der Griff an ihrer Schulter zu schmerzen begann, ließ er los, stützte sich beim Aufstehen auf den Tisch, griff nach der Flasche und verließ die Bar.

Annie machte Anstalten, ihm zu folgen. Dann fragte sie sich, was es dazu noch zu sagen gab. Sie setzte sich wieder und ließ ihn gehen. Es war seine Entscheidung. Seit sie ihn kannte, war er immer davongelaufen. Seit dem Tod von Glorious Girl hatte er sich von ihr zurückgezogen – zuerst aus ihrem Bett, dann aus ihrem Haus und schließlich aus ihrem Leben. Was hatte er erwartet? Dann dachte sie an die Flitterwochen, als er ihr gesagt hatte, wie gerne er Kinder haben wollte, und sie versprach, sobald Glorious Girl wieder auf Limeteen sei, könnten sie . . .

Annie stand auf. Vielleicht, wenn sie versucht hätte . . ., aber was? Sie hatte es versucht. Frank hatte sie verlassen, lange bevor sie anfing, sich wieder mit Sam zu treffen. Trotzdem empfand sie tiefe Reue und schreckliche Schuldgefühle, als sie unter dem ohrenbetäubenden Lärm der schrecklichen Musik die Bar verließ.

Eine Stunde später saß Frank in seinem Kombi und hatte den Jack Daniels ausgetrunken. Er zerschlug die Flasche auf dem Armaturenbrett und starrte auf den zersplitterten Flaschenhals. Die Scherben warf er aus dem Fenster.

Er stieg aus dem Wagen und lief los, ohne die Tür zu schließen. Er kannte die Landstraße gut und verließ sie an der Stelle, wo der Weidezaun von Caernarvon fast bis an die Straße heranreichte. Beim Übersteigen rutschte er ab, fiel und schlug sich das Schienbein auf. Er kannte den Farmbetrieb so gut, daß er sicher war, er würde niemandem auffallen und von niemandem gestört werden. Er ging an dem dunkelbraunen Zaun entlang zum Hengststall.

Die großen Schiebetüren waren geschlossen, doch Frank wußte, die Seitentür stand immer offen. Er wußte auch, daß der Pfleger üblicherweise in einem Zimmer über dem Stall schlief. Er wußte jedoch nicht genau, was er tun wollte.

Aus dem Zimmer oben hörte er aus dem Radio die mahnende Stimme eines Pfarrers, der vor der Hölle und ewiger Verdammnis warnte. Frank vermutete, der Pfleger war eingeschlafen, ohne den Apparat auszuschalten. Im Stall standen vier Hengste. Er war eines der architektonischen Schmuckstücke, die die Cumberlands kurz vor Franks Entlassung hatten bauen lassen. Er kannte die Pedigrees der vier Hengste immer noch auswendig. Im Vorübergehen begrüßte er sie alle. Kurz, bevor er Certaintys Box erreichte, fiel sein Blick auf einen Glaskasten über einer Reihe Feuerlöscher, in dem eine leuchtend rote Axt lag. Sie hatte unten eine Schneide und war oben spitz wie ein Pickel. Er starrte darauf und sah Annie wieder vor sich, die an der Umzäunung des Führrings stand, als Certainty den Belmont Cup gewonnen hatte. In diesem Augenblick durchzuckte ihn der schneidende Haß mit solcher Wucht, daß er fast zu Boden gefallen wäre. Da hörte er das leise Wiehern des Hengstes.

Frank sah einen ordentlich gerollten Führzügel, der neben der Schiebetür der Box hing, so wie er es seinen Pflegern beigebracht hatte. Er nahm ihn und öffnete die Tür. Certainty stand mitten in der Box. Er hatte den Kopf gehoben, um besser riechen und sehen zu können. Frank ging über das Heu und befestigte den Führzügel am Halfter. Das Ende knotete er an einer der Stangen fest, die die obere Hälfte der Boxenwände bildeten. Während er die Box verließ, erinnerte er sich daran, daß Annie den Hengst an dem Tag gerettet hatte, als sie Sam Cumberland kennenlernte. Er betrachtete aufmerksam den Glaskasten, um herauszufinden, wie er sich öffnen ließ. Schließlich schlug er die Scheibe mit der Hand ein und nahm die Axt aus der Halterung. Er hatte sich in die Hand geschnitten, spürte jedoch keine Schmerzen. An dem roten Axtstiel war sein Blut kaum zu erkennen.

Als Frank wieder in die Box kam, wehrte Certainty sich bereits gegen den Führzügel. Der Hengst schnaubte, warf den Kopf und versuchte, sich loszureißen. Er sah Frank mit der Axt und geriet instinktiv in Panik. Er stieg, und sein durchdringendes Wiehern drang laut durch die Nacht. Frank hörte über sich Schritte, und das Radio wurde ausgeschaltet. Er ging näher an den Hengst heran und hob die Axt. Er bewegte sich mit dem Pferd. Er wußte genau, wie es steigen würde, wo die Vorderhufe in die Luft schlagen würden, und wann es den Kopf senken mußte, um neue Kraft zu sammeln und um das Gleichgewicht nicht zu verlieren. Es ist wie ein mörderischer Tanz, dachte Frank, wie mein Tanz mit Annie, allerdings nicht auf der Tanzfläche. Flüchtig dachte er daran, daß der Hengst auf dem Weg zum Travers Stake stehengeblieben war, um Annie zu begrüßen. Ein Huf fuhr dicht an seinem Ohr vorbei, und Certaintys Vorderhufe kamen gerade in dem Augenblick auf dem Boden auf, als jemand am anderen Ende des Stalls zu schreien begann. Frank holte aus. Die Axt traf den Kopf des Hengstes und spaltete ihn.

26

In den ersten drei Jahren an der Seminary High School in Virginia, einem Backsteingebäude mit Säulen, begriff Henry Sumner, daß der wahre Zweck dieser Institution darin bestand, den Schülern den Sinn für Tradition beizubringen. Die Schirmherren dieser besonderen Erziehungsmethode waren die Väter, selbst ehemalige Schüler, die die Schule finanzierten. Sie wollten ihre Söhne nicht nur bilden, noch wichtiger war, sie sollten das unvergessene Bild vom strahlenden Glanz der Südstaaten verinnerlichen. Nach Henrys Ansicht hatte die Schule in erster Linie die Aufgabe, diese glorifizierte Vergangenheit mit allem Nachdruck auf dem männlichen Ideal des höflichen, aber starren Feudalismus am Leben zu erhalten. Deshalb trichterte man jedem der Söhne zuerst die nichtakademischen Modelle paternalistischer Verhaltensmuster ein – Sitten, Kleidung, Männlichkeit, Vorurteile und Sehweisen. Die Seminary High School oder kurz S. H. S. war kein Ort, wo man Entdeckungen machte, sondern wo man nach dem Bild des Vaters geprägt wurde.

Henry hatte im Gegensatz zu den meisten anderen, die an der Schule lernten, die Zukunft dieses Erbes zu verkörpern, keine Erinnerung an einen Vater. Er hielt sich auch nicht gerade für einen Südstaatler. Henry identifizierte sich niemals wirklich mit seiner High School oder ihrem unterschwelligen Sinn, sondern hielt seinen Aufenthalt dort für eine Art Flucht. Mit den Jahren wurde alles, was sich auf Limeteen ereignet hatte, zu einem Teil seiner Erinnerungen, den er aus guten Gründen nicht antastete.

Er hatte festgestellt, daß man an der S. H. S. gute Noten bekam, wenn man Fakten auswendig lernte. Die Reihen lateinischer oder französischer Verben, die Algebragleichungen, die chemischen Formeln und historischen Daten wurden nur um ihrer selbst willen geschätzt. Sie wurden losgelöst von jeder möglichen Bedeutung und Anwendung eingepaukt. Henry lernte, daß es ein unnötiges Risiko bedeutete, von den Fakten zu ihrer Interpretation überzugehen. Solche Freidenkerei weckte in den würdigen Lehrkräften der S. H. S. den Verdacht einer gewissen geistigen Individualität und galt als Anzeichen einer potentiellen Rebellion.

Andererseits konnte ein ganzes Schuljahr durch eine gute Leistung im Football einen besonderen Glorienschein zaubern. Wie an jeder anderen amerikanischen High School sorgten ein paar brillante Sekunden auf dem Footballfeld dafür, daß ein Schüler der S. H. S. zumindest bis zum nächsten Spiel von beinahe allen anderen Aufgaben befreit wurde. An der S. H. S. galt Football nicht nur als eine sportliche Pflicht, sondern war gleichbedeutend mit den personifizierten Werten der Tradition – also Gott, der Konföderation und ganz sicher dem Vater. Jede Schülergruppe hatte ihre eigene Mannschaft, angefangen von der Keksmannschaft der Jüngsten, die nach einem Spiel traditionell Milch und Kekse bekamen, über die Hundertdreißiger – so genannt nach dem Gewicht der Spieler –, die JA, die Juniorauswahl, und die B-Mannschaft bis hin zur Schulauswahl.

Mitglieder der Schulauswahl waren eine Elite – Gegenstand der Ehrfurcht und Empfänger von Privilegien. Im Herbst saßen sie im Eßsaal an einem eigenen Trainingstisch, dem einzigen, an dem, wie das Gerücht ging, das Essen frei von Salpeter blieb. In der Sporthalle hatten sie einen separaten Umkleideraum mit Duschen, als verdiene ihre Sportlichkeit ein eigenes Heiligtum. Henry beobachtete die Mitglieder der Schulauswahl, die schon früh von der achten Stunde befreit wurden, in der die anderen Schüler Aufgaben machten oder studierten. Sie entfernten sich dann von den anderen mit einem solchen Selbstvertrauen, mit solcher Sicherheit, daß er sie nur darum beneiden konnte. Selbst wenn sie dumm genug waren, die Schularbeiten zu verpatzen, selbst wenn sie in der Nase bohrten oder nach Schweiß rochen, so wurden doch viele dieser nicht ganz gottähnlichen Qualitäten durch die traditionelle Ehrerbietung vor dieser Elite-Mannschaft der S. H. S. ausgeglichen.

Henry gehörte nie zu einer Footballmannschaft. Er spielte zwar hin und wieder, weil alle bis auf einige Jungen spielten, die Geländewanderungen machten und deshalb als Schwule galten. Henry war groß und schlaksig und weder schnell noch gut genug, um einen Ball zu halten. Im Footballdreß sah er seiner Meinung nach aus wie eine Comic-Figur von Walt Disney. Wenn er sich furchtlos, aber mit schlechtem Augenmaß auf einen Läufer warf, landete er unvermeidlich auf der Erde. Wenn er einen Paß fing, prallte der Ball laut von irgendeinem Teil der Polsterung ab. Blockierte er einen Gegenspieler und drückte ihn mit aller Macht weg, rutschte er üblicherweise ab und landete im zunehmend vertrauter werdenden Staub. Bei jedem Sturz gab es Quetschungen, gezerrte Muskeln und verstauchte Gelenke. Henry nahm diese Schmerzen so hin, wie man es von ihm erwartete. Er sprang sofort wieder auf und gab niemals auch nur durch eine Grimasse oder ein Hinken zu erkennen, daß ihm etwas weh tat.

Als kleiner Junge hatte er insgeheim eine Theorie entwickelt. Er erkannte, daß Schmerzen ihn ablenken konnten, wenn er sich auf die Einzelheiten dieser Schmerzen konzentrierte. In seiner Vorstellung beschrieb und registrierte er jedes betroffene Körperteil und versuchte, es mit größter Genauigkeit zu beobachten. Wenn eine Injektionsnadel sich seinem zitternden Arm näherte, betrachtete er aufmerksam die angeschrägte Spitze, während sie in die Haut drang. Dann stellte er sich vor, wie sie ihren Weg durch die Zellgewebeschichten nahm und schließlich die Aderwand durchstieß. Wurde die Nadel herausgezogen, sah er im Geist, wie sich die einzelnen Schichten der Haut so schnell wieder schlossen, daß kaum Blut herausdrang. Er untersuchte in seiner Vorstellung die Elemente eines bestimmten Schmerzes, zerlegte ihn in seine einzelnen Bestandteile, und dadurch erschien er ihm insgesamt schwächer.

Nun wandte Henry diese Technik bei den Verletzungen an, die er sich beim Footballspielen zuzog. Er schloß die Augen, konzentrierte sich und sah, wie das Blut durch den beschädigten Knorpel seines pochenden Knies pulsierte. Er stellte sich die zerrissenen Kapillargefäße vor, die Muskelstränge und den vielschichtigen Heilungsprozeß. Da er in Biologie hervorragend war, unterstützte vieles von dem, was er im Unterricht lernte, sein Vorstellungsvermögen.

Während der Jahre an der High School begann Henry allmählich, körperlichen Schmerz als einen geheimen Partner zu betrachten. Beim

Footballtraining bedeutete diese Kontrolle über physisches Unbehagen, daß er im Fegefeuer für untalentierte Junioren mithalten konnte, wenn auch nicht als Star, ja noch nicht einmal in den ersten Reihen der B-Mannschaft. Trotzdem war er ein Spieler. Er konnte Rempeleien vertragen, danach aufstehen, weitermachen und so ein heroisches Beispiel für das High-School-Ethos der angestrebten Männlichkeit sein.
Aus Gründen, die Henry nicht verstand, aber auch nicht hinterfragte, hatte sich Jim Rathbone, der Star der Schulauswahl, mit ihm angefreundet. Sie waren beide Junioren und völlige Gegensätze – der einzige Grund, den jemand für ihre Freundschaft finden konnte. An einem Freitagnachmittag wurde Jim aus dem rauhen Training genommen, um zu vermeiden, daß er sich am Tag vor dem Spiel gegen St. Mary überanstrengte. Er schlenderte langsam zu den Spielern der B-Mannschaft, die mit verschränkten Armen und unter die Achselhöhlen gepreßten Händen düster dem Gerangel um den Ball zusahen. Dann entdeckte Jim seinen Freund Henry und lief zu ihm hinüber. Sie beobachteten, wie der Ersatzspieler für Jim den Ball ungeschickt auffing, und hörten, wie Mr. Leeny, der Trainer, sagte: »Jenkins, stehen Sie nicht wie ein Obelisk herum, wenn Sie den Ball fallenlassen. Fallen Sie auf ihn drauf!«
Jim Rathbone sah Henry an und sagte leise: »Der Leeny-Peeny von Pizza!« Henry lachte verblüfft über diesen Witz und machte dadurch die Zielscheibe des Spotts auf sich aufmerksam. Henry hatte plötzlich ein Gefühl der Beklemmung, und er spürte, wie ihm vor Nervosität der Schweiß über die Rippen lief.
»Wir lachen nicht über Fehler anderer Spieler, Mr. Sumner«, ermahnte ihn Mr. Leeny.
Henry hätte geschwiegen, aber Jim trieb die Sache weiter.
»Er hat nicht über Jenkins gelacht, Mr. Leeny.« Jim Rathbone lachte mit einer Mischung aus Unverfrorenheit und Stolz. »Hank hat über mich gelacht.«
Niemand an der Schule hatte bis dahin Henrys Spitznamen benutzt. Der Klang hallte merkwürdig in Henrys Kopf wider.
»Ach so«, erwiderte Mr. Leeny. »Vielleicht hat Hank die Güte, einen Augenblick auf Sie zu verzichten, damit Sie einen Paß für uns laufen können.«
Wie in Internaten üblich, machte die Nachricht von Jim Rathbones Wi-

derrede auf Mr. Leenys Rüge unter den Schülern schnell die Runde. Beim Abendessen war die Geschichte nicht nur überall bekannt, sondern selbst einige Lehrer ersetzten bereits ›Henry‹ durch ›Hank‹.

Henry begriff, daß der Spitzname an ihm hängenbleiben würde, als sei er irgendwie umgetauft worden. Der Name an sich war ihm gleichgültig, aber sein Klang rief Erinnerungen wach, die er sorgsam in einen fernen Winkel eingesperrt hatte. Sie drängten sich auch in etwas anderes, sehr Eigenartiges, das er als ›das Schweigen‹ bezeichnete. Es war ein Gefühl, als weiche alles um ihn herum zurück, als befinde er sich in einem Ton-Vakuum, in dem sich die Luft allerdings fest anfühlte. Das Vakuum zog ihn auf eine merkwürdige Barriere zu, die zu überschreiten er nicht überleben würde.

Diese Empfindung hatte bereits zu Hause eingesetzt, einige Jahre bevor er an die S. H. S. gekommen war. Er erinnerte sich aber nicht an das erste Mal. Wenn Henry spürte, daß ›das Schweigen‹ einsetzte, zwang er sich durch reine Willenskraft, sich selbst als Rolle zu spielen. Damit verdeckte er nicht nur vor den anderen seine Angst, sondern versuchte abzublocken, was immer geschehen mochte. Der innere Terror erreichte einen Punkt, an dem er glaubte, er werde unvermeidlich über die unbekannte Barriere gezogen, und dann gab es für ihn keinen Rückweg mehr.

Seit er an der Schule war, hatte ihn ›das Schweigen‹ außer in den Ferien zu Hause nicht mehr heimgesucht. Selbst dann war es nie so schlimm, daß er nicht dagegen ankämpfen konnte. In der Nacht jedoch, nachdem er ›Hank‹ geworden war, lag er nach dem Lichtlöschen in seinem Bett und erinnerte sich daran, wie er Frank Carney und Oliver Speed half, das Grab für Glorious Girl zu schaufeln. Es lag auf der Weide auf der Westseite unter den Eichen, die die Auffahrt säumten. Dann dachte er an Certainty und stellte sich die Axt in dem Pferdekopf vor. Er erinnerte sich auch daran, wie er sich von Frank Carney verabschiedet hatte, ehe dieser ins Gefängnis mußte.

»Mir ist egal, was geschehen ist. Du bist immer noch mein Vater.«

»Ich bin nicht dein Vater, Henry. Das hast du nicht verdient.«

Der Ausdruck tiefster Niedergeschlagenheit auf Franks Gesicht ging Henry nicht aus dem Sinn. Er versuchte, dieses Bild zu verdrängen, und dachte daran, wie er zum ersten Mal seine kleine Schwester gesehen hatte, die Helena Carney hieß. Es war in London, und er war zu

Weihnachten nach Europa geflogen. Sam Cumberland war da, und Henry erinnerte sich, daß ihm die Art nicht gefallen hatte, wie Sam Cumberland das Baby hielt. Dann fiel ihm sein Onkel Fungo ein, der im Jahr davor bei einem Streit in demselben Gefängnis ums Leben gekommen war, in dem jetzt Frank Carney saß.

Henry konnte keine Verbindung zwischen den Bildern herstellen oder sie unter Kontrolle halten. Das Durcheinander ängstigte ihn so sehr, daß sich die Luft verdickte, die auf seine Trommelfelle drückte. Er dachte daran, wie seine Mutter ihm erklärt hatte, daß der Mann, der blutüberströmt vor ihren Füßen lag, ihr Bruder sei. Henry hatte das Gefühl, daß das Bett und der Fußboden unter ihm nachgaben. Er fiel ins Bodenlose . . .

Henry sprang aus dem Bett und rannte in den Flur. Am anderen Ende brannte Licht, und er blieb dort. Er lief zwischen den Duschen und den Waschbecken hin und her und schlief schließlich auf einer der Toiletten ein.

Als er das Weckläuten der Glocke auf dem Hauptgebäude hörte, schleppte er sich zurück in sein Zimmer. Langsam zog er die Khakihose an, die Turnschuhe, die allmählich auseinanderfielen, das blaue Hemd mit dem geknöpften Kragen, unter dem bereits die Krawatte hing, und schließlich die zu vielen Anlässen vorgeschriebene Alltagsjacke.

Die beiden Essensglocken läuteten, und ohne zu wissen, wie er in den Eßsaal gekommen war, stellte Henry plötzlich fest, daß er seinen Saft trank. Er hatte das Gefühl, die Luft sei zum Atmen zu dick. Er wußte nicht, wie er vom Tisch aufstehen sollte, und fühlte sich nicht mehr in der Lage, in sein Zimmer im Wohnheim zurückzugehen und sich die Zähne zu putzen oder den Rückweg über den Campus zu schaffen.

In der Kapelle dachte Henry an seine Schwester, von der die Leute sagten, sie sei ›unehelich‹, und dann dachte er an Frank, der verzweifelt geschrien hatte, nachdem er Certainty umbrachte. Man habe ihn schreiend gefunden, hieß es – keine Worte, nur ein unmenschliches Geheul. Im Unterricht blieb Henry stumm und teilnahmslos. Die Luft wurde dicker. Er sah und hörte die Lehrer nicht und folgte einfach den anderen Schülern, wenn er von einem Klassenzimmer ins nächste ging. Im Studierzimmer versuchte er verzweifelt, sich darauf zu konzentrieren, was mit ihm geschah. Aber es war diesmal anders, als wenn er Schmerzen hatte. Er konnte nicht mit Bestimmtheit sagen, was er *fühlte*, und erst recht nicht das Gefühl zerlegen, um seine einzelnen Bestandteile zu untersuchen. Henry wußte nur, irgendwo gab es einen bröckelnden Rand, der langsam immer weiter abbrach, aber er konnte nicht genau bestimmen, wo. Henry ging unter, und er sah keine Richtung, denn er verlor das Gefühl für Gleichgewicht.

Beim Mittagessen trat im Eßsaal die neue Sitzordnung für den zweiten Teil des Semesters in Kraft. Henry stellte fest, daß er Jim Rathbone gegenübersaß.

»He, Hank, wie findest du das?!«

Der Direktor läutete das Glöckchen, und es trat Stille ein. Henry schloß die Augen. »Der Herr segne diese Speise, uns zum Wohl und . . .«

Der Direktor sprach das Gebet monoton und schnell. Henry öffnete mit einem Ruck die Augen und sah, daß Jim Rathbone ihn anblickte. Er hatte den Finger tief in die Nase gesteckt, als bohre er in seinem Gehirn.

». . . durch Jesus Christus unseren Herrn. Amen.«

Die Beine von dreihundert Stühlen wurden mehr oder weniger leise über den Boden geschoben, und Henry lachte kurz, als Jim schnell den Finger aus der Nase nahm und eine unschuldige Miene aufsetzte.

»Meine Herren«, begann Mr. Wilder, der Lehrer an der Stirnseite, »es ist mir ein Vergnügen, Sie alle hier an meinem Tisch zu haben. Auch in diesem Semester verlange ich von Ihnen nur zwei Dinge: Pünktlichkeit und Ordentlichkeit. Denken Sie daran, wenn Sie zum Essen kommen, daß Mrs. Wilder und ich Sie ansehen müssen, und Sie sollten uns dieses Erlebnis so angenehm wie möglich machen. Als Gegenleistung für Ihre Rücksichtnahme werde ich dafür sorgen, daß Sie soviel zu essen bekommen, wie die Küche hergibt. Wenn Sie diesen Pflichten der Höflichkeit nicht nachkommen sollten, sind Sie so lange wandelnde Strafpunkte, bis in der Hölle eine Eiszeit hereinbricht. Haben wir uns verstanden, meine Herren?«

Den Jungen gefielen die tönenden Ermahnungen von ›Adler‹ Wilder. Er war der beliebteste Lehrer der Schule. Als Trainer der Läufer und als bester Lehrer der S.H.S. brachte man ihm großen Respekt entgegen. Er gab Physik und Biologie, und sein Unterricht galt als der zuverlässigste Intelligenztest an der Schule. Die Schüler verehrten ihn, weil er wie ein echter Südstaatler redete. Sie fürchteten seinen messerscharfen Blick, wenn es um Dummheit oder Rücksichtslosigkeit ging, und bewunderten seine undefinierbare Aura von Männlichkeit.

»Mr. Sumner, würden Sie bitte das Kartoffelpüree weiterreichen?«
Henry spürte, wie sich die Aufmerksamkeit des ganzen Tischs auf ihn richtete. Als er die weiße Porzellanschüssel weitergab, setzte ›das Schweigen‹ wieder ein. »Ja, Sir«, sagte er und hoffte, der Adler würde sich einem Thema zuwenden, das ihn nicht betraf. Er wußte, Mr. Wilder mochte ihn. Henry hatte die beste Biologienote, die in den letzten zehn Jahren vergeben worden war, und im Augenblick bekam er in Physik eine Eins nach der anderen.
»Wissen Sie, Mr. Sumner«, sagte der Adler laut genug, daß der ganze Tisch sein Geständnis hörte, »bevor ich Mrs. Wilder kennenlernte, habe ich regelmäßig als Ausgleicher gearbeitet. Können Sie mir ein paar Tips von Limeteen geben?«
Ein gähnender Abgrund öffnete sich vor Henry, und ihn überkam ein panisches Gefühl der Einsamkeit. Er mußte etwas sagen.
»Äh, nun ja, Sir, ich wette nicht. Ich beschäftige mich mehr mit Zucht.«
Dieses Wort elektrisierte alle. Der Adler ermahnte Henry mit einem Blick, das Gespräch im Rahmen zu halten. »Vielleicht kann ich Ihr Wissen im Biologieunterricht verwenden.«
»Ja, Sir.«
Der Adler wandte sich ab, um seiner Frau von dem gekochten Schinken mit Ananasscheiben vorzulegen, und alle begannen zu essen. Henry schwitzte. Von dem Essensgeruch wurde ihm beinahe übel.
Er blickte über den Tisch und stellte fest, daß Jim Rathbone ihn mit einem seltsamen Ausdruck ansah. Dann verzog er das Gesicht zu einem anerkennenden Lächeln. Henry blickte auf seine Ananasscheibe und suchte nach einer Möglichkeit, sie nicht essen zu müssen. Er hatte den Eindruck, in einer Falle zu sitzen. Er wandte sich ab, begegnete aber nur dem müden Blick von Allen Sneed. Er war in einem höheren Semester und kam aus New York. An einer Südstaatenschule war er zwar ein Yankee, doch er genoß eine Spur Achtung, weil er einer alten Familie aus Baltimore entstammte. Außerdem waren seine versnobten, bissigen Äußerungen über andere auf eine gemeine Art amüsant. Henry mochte ihn nicht, konnte im Augenblick jedoch nichts unternehmen, denn Allen Sneed und Jim und der Adler schienen plötzlich vor ihm zu schweben. Er dagegen sank durch die dicker werdende Luft nach unten, die sich um ihn herum zu verhärten schien wie der transparente Klebstoff an Modellflugzeugen.

An die nächsten Stunden erinnerte Henry sich nicht. Er nahm seine Umgebung erst wieder wahr, als er einen unerträglichen Schmerz in der Schulter spürte, und feststellte, daß er auf dem Sportplatz auf dem Boden lag. Er hielt die Knie von Bubba Dawson umklammert.

»Ein guter Angriff, Hank«, sagte Bubba, als er aufstand und Henry kräftig auf die schmerzende Schulter schlug.

»Sind Sie verletzt, Mr. Sumner?« Mr. Leeny blickte auf Henry hinunter. Auch Jim Rathbone war da.

Henry nickte. Aus Angst, er würde lachen, wagte er nicht zu sprechen. Er spürte, wie das Kalzium pulsierte, die Schulter umspülte, und wie sich die winzigen Partikel an Knochen hängten. Die Gesichter, die auf ihn herunterblickten, waren statisch; sie glitten nicht mehr davon. Er nahm den festen Boden unter sich wahr und den Geruch von Erde und zertrampeltem Gras. Er atmete tief ein, wodurch der Schmerz sich an sich selbst rieb. Er lächelte und spürte, daß ein Knochenrand sich über zerissene Nervenendungen schob wie auf den Bildern von Unterwasser-Telefonkabeln, die er in *Scientific American* gesehen hatte. Die Kabel bestanden aus Myriaden einzelner Drähte, die auf wunderbare Weise ihr Gegenstück auf der anderen Seite des Atlantik suchten.

»He, Hank, worüber lachst du denn?« fragte ein anderer Spieler. »Bist du verletzt oder was ist los?«

»Ich heiße *Henry*, verdammt noch mal!« schrie er immer noch lächelnd.

Die anderen übergingen sein seltsames Benehmen und halfen ihm beim Aufstehen. Der Schmerz hämmerte in seinem Körper, während Mrs. Leeny und der Manager der Schulauswahl ihn über das Spielfeld zum Sanitätsraum führten. Als die Krankenschwester mit der Schere sein Trikot und die Polster aufgeschnitten hatte, sah er unglaubliche Farben, die der Schmerz mit jedem Herzschlag hinter seine Augen wirbelte. Sein Blick schien durch wechselnde Farbspektren zu dringen, die sich mit jedem Pulsschlag veränderten wie ein Kaleidoskop, das man schüttelt. Als der Schularzt erschien, nahm Henry keine Schmerzen mehr wahr. Und irgendwie fiel er auch nicht länger durch ›das Schweigen‹ in die Tiefe.

Die verrenkte Schulter, als die sich seine Verletzung herausstellte, befreite Henry für den Rest der Spielzeit vom Footballspielen. Er trainierte weiter, war dem Manager behilflich, und als es ihm besserging, half er Jim Rathbone beim Aufwärmen seines Wurfarms. Henry wurde sehr geschickt darin, den Ball mit einem Arm zu fangen und dem Star der Mannschaft zurückzuwerfen. Wie erwartet, führte Jim die Schulauswahl beim Heimspiel gegen ihren Erzrivalen zum Sieg, und Henry genoß den Ruhm seines Freundes.

Jim nannte Henry nie mehr Hank, und auch mehrere andere benutzten diesen Spitznamen nicht. Trotzdem war sich Henry bewußt, daß die Bilder von Limeteen in seinem Gedächtnis warteten. Er vertrieb sie hartnäckig, und während er für die Prüfungen lernte, drehten sich seine Gedanken nächtelang im Kreis.

Henry und Jim arbeiteten ihre Strafpunkte oft gemeinsam ab – entweder indem sie viermal den fünfhundert Meter langen Weg abgingen, der um die Hauptgebäude der Schule führte, oder indem sie im Haus eines Lehrers kleinere Tätigkeiten verrichteten. Dabei entsprachen fünfzehn Minuten Arbeit einem Strafpunkt. Aber man konnte sich leicht fünf in der Woche einhandeln, wenn man im Studierzimmer redete oder es versäumte, ›oben‹ am Tisch des Adlers eine Krawatte zu tragen. Wenn der Adler sie ertappte, ließ er Henry und Jim in seinem Haus Holz hacken und Anmachholz vorbereiten. Diese Methode, Strafpunkte abzuarbeiten, wurde sehr geschätzt, denn Mrs. Wilder spendierte nach getaner Arbeit im allgemeinen heiße Schokolade und Pekannuß-Brötchen.

Einige Jahre zuvor war am Haus der Wilders ein großer Baum gefällt worden. Zurück blieb ein kniehoher Stumpf, der sich als Hackklotz eignete. Es gab eine Zwei-Mann-Säge, eine große Axt und ein Beil. Henry und Jim begannen gemeinsam die Arbeit mit der Säge und zerkleinerten dann das gesägte Holz. Solange sich Henrys Schulter nicht gebessert hatte, machte er mit dem Beil Anmachholz. Danach arbeitete er mit der Axt. Er mochte das Gefühl, das sich einstellte, wenn er die Axt schwang, und spürte, wie sich dadurch seine ganze kinetische Energie in der scharfen stählernen Schneide konzentrierte. Bei jedem Hieb drang die Schneide durch das Holz und zerteilte es in Splitter. Manchmal wetteiferten er und Jim darum, wer einen Klotz mit den wenigsten Hieben spalten konnte. Üblicherweise gewann Henry. Das lag nicht daran, weil er größere Körperkräfte besaß, sondern weil er genauer zielen konnte und die bessere motorische Steuerung hatte. Man konnte stolz darauf sein, wenn man bei irgendeiner körperlichen Betätigung

besser war als Jim Rathbone, und Henry bildete sich auf seine Leistung etwas ein.
Während der Prüfungen in den letzten beiden Wochen des Quartals begann das Wintertraining auf ›freiwilliger‹ Basis. Früher hatte Henry im Winter trainiert – wenn auch nur, weil er dadurch laufen konnte. Einen Wettkampf hatte er nie gewonnen. Jetzt machte er sich Sorgen wegen Französisch, englischer Geschichte, historischer Daten, dem Genus von Substantiven, Namen und unregelmäßigen Verben, und ihm kam nicht einmal der Gedanke, das Training vor dem Ende der Prüfungen und den Weihnachtsferien aufzunehmen. Aber eine Woche vor Beginn der Prüfungen kam Mr. Wilder, der Trainer der Läufer, in der Halle des Hauptgebäudes zu ihm.
»Na, Mr. Sumner, ich darf doch annehmen, daß Sie zum Wintertraining hinauskommen.«
»Ja, Sir. Ich habe daran gedacht.«
»Gut.« Der Adler sah Henry herausfordernd an. »Mir ist neulich zum ersten Mal klar geworden, daß Sie ein Langstreckenläufer sind. Ich hätte es früher erkennen müssen. Aber offensichtlich hat mich Ihre Begabung für Physik blind gemacht. Ich möchte Sie heute nachmittag draußen sehen. Rasmussen macht dieses Jahr seinen Abschluß. Vielleicht haben Sie auf Langstrecken eine Zukunft, sagen wir als Speedball!« Er lächelte ermutigend und ging schnell durch die Halle in das Lehrerzimmer.
Speedball!
Henry starrte hinter Mr. Wilder her. Der Spitzname weckte seine Erwartungen. Er staunte, daß tatsächlich jemand wollte, daß er Sport trieb. Der Adler war dafür bekannt, daß er den Starläufern der Schule Namen gab. Jeder an der S. H. S. hatte von ›Swifty‹ Logan gehört, der den Schulrekord über hundert Meter hielt und später an den Olympischen Spielen teilgenommen hatte. Aber fünfzehnhundert Meter?
Nach allgemeiner Ansicht an der Schule war jemand, der die fünfzehnhundert Meter lief, ein stoischer Exzentriker. Jordan Rasmussen, der augenblickliche Fünfzehnhundert-Meter-Läufer der Schulmannschaft, war ein perfektes Beispiel. Er stand im Ruf, ein Bücherwurm zu sein, lernte besessen und benahm sich angeblich seltsam, wenn es um Hunde ging. Henry bezweifelte, daß in der Mannschaft große Konkurrenz um den Platz des Fünfzehnhundert-Meter-Läufers herrschte, und dachte,

durch häufiges Laufen werde er soweit in Form kommen, das offensichtliche Vertrauen des Adlers zu rechtfertigen.
Während des Unterrichts an diesem Vormittag wurde Henry immer aufgeregter. Er sah sich auf der Winterbahn laufen, einem alten Holzoval, das auf einem Trainingsplatz aufgestellt wurde, solange sich die neue Sporthalle noch im Bau befand. Er spürte bereits, wie sich seine Muskeln in die Kurven legten, seine Beine sich vorwärtsbewegten und die Entfernung locker hinter sich brachten.
Und ›Speedball‹ – was würde dieser Name bedeuten? Eindeutig schien es auf ein besonderes Vertrauen zwischen ihm und dem Adler hinzuweisen. Er überlegte, ob Mr. Wilder von der Hank-Henry-Geschichte gehört hatte. Wenn der Adler den Namen ›Speedball‹ vor den anderen Schülern benutzte, würden sie ihn nie mehr ›Hank‹ nennen, das wußte er. Speedball Sumner! Ja, so wollte er heißen. Das war sein Name . . .
Beim Mittagessen hörte er zufrieden auf das Tischgebet und lächelte bei der Vorstellung, was Jim Rathbone auf der anderen Tischseite sagen würde, wenn er ›Speedball‹ zum ersten Mal hörte. Er aß den Spanischen Reis und die Würstchen und hielt seine wachsende Erregung, so gut er konnte, unter Kontrolle. Jim fing seinen Blick auf und gab ihm zu verstehen, er benehme sich etwas merkwürdig.
Henry lächelte und wandte gespielt gelangweilt den Blick ab.
»Weißt du, *Hank*«, sagte Allen Sneed mit einer verächtlichen Betonung des Namens, »als ich am letzten Wochenende zu Hause war, habe ich etwas Interessantes über dich erfahren.« Sein Ton klang drohend, obwohl er so leise sprach, daß man ihn nur am unteren Tischende verstehen konnte.
»Und du kannst es natürlich nicht erwarten, mir das zu erzählen«, erwiderte Henry. Er wußte, es gab keinen anderen Schutz vor Allen Sneeds bösartigen Bemerkungen, als zu demonstrieren, daß sie wirkungslos blieben.
»Oh, ich *könnte* damit warten. Aber weshalb sollte ich? Meine Familie kennt alle Sumners, verstehst du? Sie sind zusammen mit ihnen aufgewachsen. Dein Vater und mein Vater haben sogar jahrelang im Racquet Club zusammen Backgammon gespielt.«
»Ein langes Spiel«, sagte Henry. Die anderen am Tisch lachten, besonders Jim Rathbone.
Das Gelächter reizte Allen Sneed, und er kniff die Augen zusammen,

als er weitersprach. »Viele von den Sumners sagen allerdings, daß dein Vater nicht wirklich dein Vater war. Sie haben anscheinend den Verdacht, es ist Samuel Cumberland von *den* Cumberlands.« Er blickte die anderen am Tischende an, um zu sehen, wie sie reagierten.

»Halt die Klappe, Sneed!« sagte Jim Rathbone.

Allen Sneed beachtete ihn nicht. »Winton Sumner, dein ›Vater‹, hatte offenbar denselben Verdacht. Man sagt, daß er sich deshalb das Leben genommen hat.« Henry war mit einem Satz auf der anderen Seite des Tischs, packte Allen Sneed an der Krawatte und schlug mit der Faust auf ihn ein. Sneed zog ihn mit aller Kraft rückwärts, und die beiden fielen zu Boden, zusammen mit Besteck, Tellern und Gläsern, die klirrend zerbrachen.

Henry schlug immer noch auf Sneed ein, als Jim Rathbone ihn hochzog und festhielt. Der Adler half Allen Sneed, auf die Beine zu kommen, der sich mehr Sorgen wegen der Flecken auf seinem Hemd als um alles andere zu machen schien. Im ganzen Speisesaal herrschte eine tödliche Stille.

»Meine Herren, jeder von Ihnen bekommt zwanzig Strafpunkte«, sagte der Adler mit bedrohlich ruhiger Stimme. »Sie sind beide entschuldigt. Gehen Sie auf Ihre Zimmer und säubern Sie sich.«

Henry stellte fest, daß er kaum atmen konnte, und ging sofort zur nächsten Tür, die ins Freie führte. Er hörte, daß ihm jemand folgte, drehte sich um und sah, daß Jim Rathbone ihn begleitete.

»Er ist ein Scheißkerl«, sagte Jim.

Sie liefen schnell zu dem Gebäude, in dem sich Henrys Zimmer befand. Als sie die Haustür erreichten, blieb Henry stehen und starrte darauf.

»Alles in Ordnung?« fragte Jim.

Henry nickte und hatte plötzlich den Drang, ihm von ›Speedball‹, seinem neuen Namen zu erzählen. Er zögerte, denn es war besser, wenn Jim und die anderen es eher nebenbei erfuhren. Der Adler würde ihn beim Training so anreden, und wenn die anderen Sportler ihn hörten, würde sich der neue Name ganz natürlich in der ganzen Schule verbreiten.

»Hör zu«, sagte Jim, »ich spiele heute nachmittag in der B-Mannschaft.« Er dribbelte und schoß mit der Ferse einen imaginären Ball. »Na?! Warum kommst du nicht mit mir raus? Mein Gott, du lernst zuviel. Deine Augen sehen irgendwie merkwürdig aus.«

Henry versuchte, beiläufig zu klingen, als er sagte: »Der Adler hat mich aufgefordert, zum Training der Läufer zu kommen. Für die fünfzehnhundert Meter. Vielleicht mache ich das.«
»Er hat dich aufgefordert? He, das ist ja toll! Aber Scheiße, fünfzehnhundert Meter?« Er lächelte.
Henry spielte durch ein Schulterzucken Lässigkeit, obwohl er sehr wohl wußte, daß Adlers Angebot eine Sensation war, und zwang sich, ebenfalls zu lächeln.
Jim sah ihn einen Augenblick an. »Mach dir keine Sorgen wegen dem, was Sneed gesagt hat. Er ist ein Riesenarschloch, und jeder weiß es.«
Henry lächelte dankbar, drehte sich um und ging ins Haus.
Es blieb ihm eine Stunde bis zum Training. Henry stand in seinem Zimmer und konzentrierte sich mit aller Kraft auf ›Speedball‹. Er beschloß spontan, einen Brief nach London zu schreiben. Henry berichtete Mama, er lerne wie besessen für die Prüfungen, versuche, möglichst wenig Strafpunkte zu bekommen, freue sich auf die Weihnachtsferien und darauf, sie in zwei Wochen zu sehen. Ganz am Ende konnte er sich nicht zurückhalten und schrieb: »Übrigens hat man hier angefangen, mich ›Speedball‹ zu nennen. Ich werde die fünfzehnhundert Meter laufen. Alles Liebe, Henry.« Als er den Umschlag zuklebte, fielen Tränen darauf und verwischten die Anschrift. Er hielt den Brief in der Hand und sagte zornig: »Wie viele Väter...? Wie viele Lügen...?« Er zerriß den Brief langsam in zwei Stücke und warf ihn in den Papierkorb.
Als er eilig zur Sporthalle lief, fielen große Schneeflocken, die auf der Erde schmolzen. Er zog sich um und joggte vom Umkleideraum zum Platz. Die anderen Mannschaftsmitglieder hatten sich auf einer Seite der schwarzen Holzbahn versammelt. Er erwiderte trotzig ihre Blicke und begriff, daß sie alle von Sneeds Behauptung wußten. Das Grau ihrer Trainingsanzüge war so kalt wie das Grau des Himmels. Während der Aufwärmübungen wurde der Sportplatz um sie herum weiß. Mr. Wilder trug seinen uralten dunkelbraunen Mantel, einen zerknitterten Tweedhut und Überschuhe. Er ging zwischen den Sportlern hin und her und sah zu, wie sie ihre Muskeln lockerten. Als er an Henry vorüberkam, nickte er. Henry gab undemonstrativ zu erkennen, daß er es bemerkte. Aber als er sich vorzustellen versuchte, wann der Adler ihm seinen Namen geben würde, erfaßte ihn freudige Erwartung.

Er mußte in Bewegung bleiben. Während andere liefen, joggte er am äußeren Rand um die Bretterbahn, gewöhnte sich an die erhöhten Kurven, schwitzte und spürte, wie sich die Sohlen seiner glatten schwarzen Laufschuhe fest wie ein Handschlag auf das feuchte Holz drückten.

Dann hörte er den Adler rufen: »Ich möchte die Langstreckenläufer hier drüben haben.« Henry ging schnell hinüber und stellte sich zu den vier anderen Läufern. Bis auf Henry und einen Neuling, einen mageren Jungen, waren sie alle in den oberen Klassen.

»Gut, Mr. Rasmussen«, sagte der Adler zum derzeitigen Fünfzehnhundert-Meter-Läufer, »laufen Sie mit ihnen einmal die halbe Strecke und übernehmen Sie sich nicht. Wir haben Beinbruch-Wetter, und die Bretter sind naß.«

Siebenhundertfünfzig Meter bedeuteten fünf Runden auf dem kleinen Holzring. Jordan Rasmussen drehte sich um und begann aus dem Stand heraus mit mühelosen langen Schritten zu laufen. Henry folgte ihm mit den anderen, und weil es so plötzlich geschah, bekam er Herzklopfen. Er lief in die erste erhöhte Kurve und spürte das inzwischen vertraute Klatschen gegen die Schuhsohlen. Auf der Geraden beschleunigte er und rückte näher an Rasmussen heran. Die anderen Läufer drängten sich um ihn, und jeder versuchte, eine günstige Position zu finden. Es war kein Wettlauf, aber sie liefen natürlich alle um die Wette.

Am Ende der ersten Runde fühlte sich Henry gut. Als er an Mr. Wilder vorüberkam, glaubte er zu sehen, daß er wieder lächelte. Henry legte einen Sprint ein und überholte direkt vor der Kurve einen anderen Läufer, den mageren Neuen. Henry hielt den Blick nach vorne gerichtet. Zwischen ihm und Jordan Rasmussen befand sich nur noch ein Läufer. Das Holz unter ihm schien ihn jedesmal, wenn sein Fuß auftrat, vorwärtszuschnellen.

Als Henry an Mr. Wilder vorbeiflog und die dritte Runde begann, sagte er sich, er werde den Läufer vor ihm überholen, sobald er das nächste Mal in die Gerade ging. Am Ausgang der Kurve spürte er jedoch, wie sich sein Magen plötzlich zusammenzog. Er wußte im selben Augenblick, er würde sich übergeben. Das überraschte ihn und machte ihn wütend. Nur noch zwei Runden, mehr nicht. Er hörte jemanden hinter sich atmen, dann neben sich und sah in der Geraden, daß der magere Neuling ihn allmählich überholte. Henry spürte, daß er auf dem Kopf

und unter den Armen zu schwitzen begann. Das war etwas völlig Ungewohntes. Dann hörte er Mr. Wilder von der anderen Seite rufen.
»Na, ›Speedball‹, nun legen Sie mal los!«
Henry würgte, schaffte es jedoch, sich nicht zu übergeben. Er zwang seine Füße, sich schneller auf dem Holz zu bewegen, das sich plötzlich wie weicher Sand anfühlte. Er hörte sein Herz in den Ohren pochen und das Lachen einiger Schüler, die schrien: »Speedball! He, Speedball! Nun mal los, Speedball!«
Er versuchte, seine Beine zum Weitermachen zu bringen, aber sie wurden steif. Er würgte wieder und wußte, beim nächsten Mal würde es herauskommen. Da er die Bahn nicht beschmutzen wollte, sprang er in der erhöhten Kurve ab und fiel in den Schnee.
Er versuchte, sich unauffällig zu übergeben, und hörte, wie die anderen Mitglieder der Mannschaft riefen: »Speedball! Komm schon, Speedball!«
Nachdem er sich übergeben hatte, sprang Henry zurück auf die Bahn, um das Rennen zu beenden. Aber die anderen Läufer gingen auf ihrer letzten Runde gerade in die Kurve, und er mußte ihnen den Weg freimachen. Als sie an ihm vorbeizogen, hörte Henry, wie jemand rief: »Geschafft, Speedball!« Der magere Neuling hatte Jordan Rasmussen eingeholt.
Henry beobachtete den fallenden Schnee und begann, durch die weiße Decke zu sinken. Der transparente Modell-Leim umfloß ihn und wurde schneller als gewöhnlich hart – infolge der Kälte, wie Henry vermutete.
»Alles in Ordnung, mein Junge?« Der Adler stand neben ihm auf der Bahn. Henry blickte durch die Schneeflocken und sah, wie Jordan Rasmussen dem Neuling auf die Schulter klopfte. »Gehen Sie lieber hinein und duschen Sie«, sagte Mr. Wilder. Er lächelte bedauernd und bestätigte damit, was mit dem Namen geschehen war. Henry wandte sich ab und lief durch den Schnee zurück zur Sporthalle. Im Umkleideraum im Untergeschoß hörte er die Sprünge der Basketballspieler über ihm, die von einem Ende der Halle zum anderen stürmten. Jim Rathbone lachte vermutlich, wenn er einem anderen den Ball abnahm ...
Und plötzlich begriff Henry das ganze Ausmaß der Lüge seiner Mutter, die ihm alles bedeutete, und er spürte, wie seine Welt unter ihm zusam-

menbrach. Er rang keuchend nach Luft und glaubte, er werde in Panik geraten und anfangen zu schreien, wie Frank es getan hatte.
Mit einer Willenskraft, von deren Existenz er bis dahin nichts gewußt hatte, zog er sich an und ging hinüber zum Haus des Adlers. Auf der Rückseite zog er das Beil aus dem Baumstumpf, auf dem ein Klotz zum Spalten lag. Henry wußte, er würde schreien. Er schob den Klotz beiseite, streckte sein Bein auf dem Baumstumpf aus und hob das Beil hoch über den Kopf. Er spürte, wie sich seine Kraft in der scharfen Schneide sammelte, und ließ sie genau an der Stelle niedersausen, auf die er gezielt hatte – am Schienbein, fünf Zentimeter über dem Knöchel. Ehe er etwas spürte, hörte er das Splittern des Knochens. Vermutlich hatte Certaintys Schädelknochen das gleiche Geräusch gemacht. Dann traf ihn der Schmerz wie ein Schlag, und er fiel rückwärts auf die Erde. Er spürte die Nässe an seinem Bein, drehte den Kopf und sah, wie sich das rote Blut im weißen Schnee ausbreitete.
Die Haustür wurde zugeschlagen. »Willie, lauf nach nebenan und hol Hilfe!«
»Was ist denn mit *dem* los?«
»Halt den Mund, Willie, und *hol Hilfe!*«
Es bereitete Henry schreckliche Schmerzen, als er spürte, wie etwas um sein Bein gebunden wurde. Er sah Mrs. Wilder und lächelte.
Henry wußte, an den Rändern der Wunde versuchten die zerrissenen Kapillargefäße bereits wieder, sich zu schließen. Die Blutgerinnung hatte eingesetzt. Es war ein einfacher Bruch. Henry wußte, er würde gut heilen. Er hatte nicht so fest zugeschlagen wie Frank. Aber seine Mutter hatte Frank auch mehr angetan. Das Blut, das über den bloßgelegten Knochen und die zerrissene Haut floß – vermutlich war auch eine Arterie durchtrennt –, trat den eindringenden Bakterien entgegen, und die weißen Blutkörperchen bekämpften sie erfolgreich. Es handelte sich um einen glatten Bruch, und das Blut lagerte weiches Kalzium ab. Wenn das Bein gerichtet war, würde der Bruch sofort zu verheilen beginnen. Bis dahin tobte der Kampf zwischen Blut und Infektion, und der Schmerz würde jede Synapse im Gehirn besetzen, die komplexe Dringlichkeitssignale durch das gesamte Nervensystem schickten. Henry konzentrierte sich und verfolgte einen Impuls auf seinem Weg vom Schienbein hinauf zum Gehirn, hindurch und hinunter zu den Nerven, die diesmal mit einem musikalischen Rhythmus und nicht mit

Farben darauf zu reagieren schienen. Er schloß die Augen. Die Tür fiel wieder ins Schloß, und er hörte, wie Leute anfingen zu rufen.
Dann konnte er sie nicht mehr hören oder sehen. Er spürte, wie mit dem Schmerz etwas Neues und Fremdes durch seinen Körper floß. Es war Haß, und der Haß schaffte Klarheit in seinem Kopf. Henry wußte, er würde die Prüfungen am Ende des Semesters nicht ablegen. Er würde die S. H. S. verlassen und über Weihnachten nicht nach London fliegen. Er würde Frank Carney im Gefängnis besuchen. Frank würde verstehen, was er getan hatte, und ihm endlich die Wahrheit sagen.

Dritter Teil

Base Blood

1980–1990

27

Gegen Ende 1980 stellte sich heraus, daß Kalifornien offenbar als erster Staat bereit war, Annie die Lizenz zurückzugeben. Als Delansig sie in London anrief, um ihr von dieser Möglichkeit zu berichten, freute sie sich sehr und vergaß ihren Groll. Der Vorgang mochte ein oder zwei Jahre dauern, aber es wurde zunehmend wichtig, Limeteens Rennpferde so bald wie möglich in die Vereinigten Staaten zurückzubringen. Außerdem würde der Aufenthalt in Kalifornien ihr bei anderen, persönlicheren Plänen nützlich sein.

Die Detektei, die Annie nach Henrys Verschwinden von der S. H. S. eingeschaltet hatte, machte ihn schließlich ausfindig. Er lebte in einem Wohnwagen auf einer kleinen Ranch südlich von San Francisco und arbeitete als Pferdepfleger. Nachdem er aufgespürt worden war, erklärte er den Detektiven, er habe seiner Mutter nichts zu sagen und verlange, daß sie ihn in Ruhe lasse. Die Briefe, die Annie danach an ihren Sohn schrieb, blieben unbeantwortet. Als sie überraschend auf der Ranch erschien, sah Henry sie aus dem Wagen steigen und verschwand.

Annie gab sich nicht der Illusion hin, durch ihre Anwesenheit in Kalifornien oder Limeteens Rückkehr nach Amerika werde sich die enge Beziehung zu Henry wiederherstellen lassen. Sie glaubte jedoch, daß sich ihr zumindest die Möglichkeit bieten werde, mit ihm zu reden. Der Strohhalm, an den sie sich klammerte, war ihre und Henrys Freundschaft mit Speed Oliver.

Der junge Schwarze blieb während Annies Aufenthalt in Europa auf Limeteen. Dort erwarb er sich einen Ruf als Trainingsreiter, der sich im ganzen Blue Grass, dem Pferdezuchtgebiet von Kentucky, verbreitete, da viele Besitzer, Züchter und Trainer mit ihren Pferden auf der

Übungsbahn von Limeteen arbeiteten. Speed hatte sich zu einem jungen Mann mit blitzschnellem Reaktionsvermögen und geschmeidiger Kraft entwickelt. Er war klein und zierlich, nur einen Meter achtundfünfzig groß und wog etwas über fünfzig Kilo. Bei einem von Annies Besuchen bat Speed sie, ihn nach Limeteens Rückkehr auf die amerikanischen Rennbahnen als Jockey einzusetzen. Annie erklärte sich sofort dazu bereit. Im Laufe der Unterhaltung verriet ihr Speed, daß er mehrere Briefe von Henry erhalten hatte. Vielleicht würden die Bande der Freundschaft Mutter und Sohn zumindest auf dieselbe Rennbahn bringen. Die Chancen dafür standen nicht sehr gut, aber Annie hatte schon oft in ihrem Leben auf wenig aussichtsreiche Unternehmungen gesetzt.

Limeteens erfolgreiches Auftreten in Europa war teuer und schwierig gewesen. Für den Erwerb eines irischen Gestüts im County Limerick, für das Haras de la Brise in Frankreich und für den Kauf von Jährlingen und Zuchtstuten mit guten Stammbäumen hatte Annie einen großen Teil des verbliebenen Vermögens ausgegeben. Trotzdem setzte sie als Züchterin nach wie vor auf die besten Pferde Europas, und oft erfüllten sich ihre Hoffnungen. Beraten von dem inzwischen glücklich verheirateten und erfolgreichen Bernard Dolby in England und der immer noch kraftvoll energischen Madame Pichon in Frankreich brachte Annie Limeteens Farben Gelb und Weiß zu allen bedeutenden Turfereignissen Europas. Ihre Pferde siegten in Goodwood, in Ascot, in Doncaster, auf dem Curragh, in Chantilly, Deauville und in Longchamps, aber Annie sehnte sich trotz allem ungeduldig nach einer Rückkehr zu den Rennbahnen der Vereinigten Staaten.

Doch trotz der Siegerpreise und der Deckgebühren für ihre Hengste stiegen die Kosten für den Betrieb der drei Farmen in Lexington, County Limerick und in der Normandie immer höher und sogar schneller als der Wert ihrer Pferde. Ein neues Element schlich sich in das Geschäft mit Vollblütern ein, und dieses Element hatte weniger mit Pferderennen zu tun als mit Spekulationen, Steuern und Investitionsstrategien. Damit kam auch eine neue Art des Sich-Durchsetzens ins Spiel. Jetzt hieß es nicht mehr: »Mein Pferd gewinnt gegen ›dein Pferd‹«, sondern immer öfter: »Ich habe mehr Geld als du.« Nachdem jemand ein Pferd für eine enorme Summe gekauft und somit seinen Wert festgesetzt hatte, brauchte er es nur so lange laufen zu lassen, bis es als vielversprechend galt. Seine tatsächlichen Qualitäten mußte es auf der Rennbahn nicht mehr beweisen.

Am Ende der siebziger Jahre hatte Annie ein Erlebnis mit dem ›neuen Geld‹, das sie nie vergaß. Ganz plötzlich und überraschend stiegen die Preise auf den Jährlingsauktionen in Newmarket und Dublin ungerechtfertigt an. Bei einer Herbstauktion von Goff bot Annie für eine Stute, zu deren Stammeltern Nearco und Hyperion gehörten. Annie wollte sie Rennen laufen lassen, und, wenn die Stute erfolgreich war, mit Northern Dancer paaren, um den Vorteil der ähnlichen Abstammung zu nutzen. Limeteen hatte auf dem Curragh eine Reihe irischer Rennen gewonnen, und deshalb hielt man Annie für eine interessante Ausländerin, die klug für ihr irisches Gestüt einkaufte. Die Atmosphäre bei Auktionen in Irland war lockerer und weniger prätentiös als bei englischen oder amerikanischen, und deshalb waren bei den Gesprächen um den Auktionsring neben dem Geschäft auch immer Humor oder freimütige Äußerungen mit im Spiel.

Annie machte ein hohes Eröffnungsangebot für die Stute und ging mit, als der Betrag auf über hunderttausend irische Guineas kletterte. Bei einhundertfünfzehntausend glaubte sie, die Stute zu haben, aber noch ehe der Hammer fiel, begann eine neue Gruppe von Interessenten gegeneinander zu bieten. Innerhalb von Sekunden war Annie mit einem Preis von zweihundertfünfundzwanzigtausend Guineas konfrontiert.

»Gegen wen biete ich?« fragte sie flüsternd einen Trainer, der neben ihr saß.

Der Mann blickte sich in der Halle um – seine Augen verschwanden fast völlig unter dem breiten Mützenschirm.

»Gegen die Gangster und gegen die Araber. Sie können die Stute abschreiben.«

Noch während er sprach, stieg das Gebot auf über dreihunderttausend. Annie verabschiedete sich in bestürztem Schweigen von dem Gedanken, das Pferd zu bekommen.

›Sangster-Gangster‹ war der Spitzname der Journalisten für eine Gruppe von Experten für Stammbäume, für das Exterieur von Pferden und für Geld. Robert Sangster, der Erbe eines riesigen Vermögens, dessen Anfänge in Gewinnen beim englischen Fußballtoto lagen, scharte diese Männer um sich, weil er sich darum bemühte, die Nachkom-

menschaft von Northern Dancer aufzukaufen. Zu den ›Gangstern‹ gehörte Vincent O'Brien, ein Schwager von Sangster und Trainer von sechs Siegern im Epsom-Derby, aber auch der griechische Reeder Stavros Niarchos, ein früherer Rivale Sangsters bei Auktionen.
Auf der anderen Seite des Pavillons entdeckte Annie eine Reihe von Arabern in sportlicher westlicher Kleidung. Sie ließen kaum eine Reaktion auf die ausgerufenen Beträge erkennen, erhielten aber schließlich den Zuschlag. Annie kannte sie nicht und wußte auch nicht, welcher Familie sie angehörten. Mehrere reiche Ölscheichs mit britischer Erziehung waren gleichzeitig auf den Auktionen aufgetaucht. Am meisten fielen die vier Söhne von Scheich Raschid al-Maktoum aus Dubai auf, einem der Stadtstaaten am Persischen Golf, die sich zu den Vereinigten Arabischen Emiraten zusammengeschlossen hatten. Es ging das Gerücht, jeder der vier Brüder habe wöchentlich ein persönliches steuerfreies Einkommen von einer Million Dollar. Durch ihre britischen Berater angeregt, interessierten sie sich ebenfalls für die Northern-Dancer-Linie und nahmen den finanziellen Wettkampf mit Robert Sangster auf. Infolgedessen gaben die Araber 1981 bei den Auktionen in Lexington und Saratoga für siebenundzwanzig Jährlinge 10,7 Millionen Dollar aus. Bei einem der Pferde, einem Nachkommen von Northern Dancer, erhielt Scheich Mohammed, der den Hengst als Geschenk für seinen älteren Bruder kaufte, den Zuschlag bei 3,3 Millionen Dollar. Auf derselben Auktion ersteigerte Sangster zwei Hengste aus der Northern-Dancer-Linie für 2,9 Millionen und 3,5 Millionen Dollar.
Während ihres Exils in Europa flog Annie mit ihrer Tochter Helena jedes Jahr in die Vereinigten Staaten zurück, um sich mit Sam bei den Sommerauktionen zu treffen. Sie war immer mehr davon überzeugt, daß die Fixierung auf Northern Dancer als eine vorübergehende Mode einzustufen sei. Sie kannte mehrere amerikanische Züchter mit hervorragenden von Northern Dancer gedeckten Stuten, und diese Leute konnten die Auktionsduelle Sangster-Araber vor Aufregung kaum erwarten. Niemand wußte, wie lange diese ›Mode‹ dauern würde, aber die Züchter versuchten unter allen Umständen mitzuhalten. Alle schienen zu übersehen, daß die Nachkommen von Northern Dancer nur auf den Grasgeläufen in Europa überragende Leistungen brachten. Die ganze Vollblutwelt war davon betroffen, daß ein paar reiche Männer die Preise bedenkenlos in schwindelerregende Höhen trieben. Für sie

wurde die Rennbahn zu einem nützlichen Werbemedium, um ihre Deckrechte zu verkaufen. Sie interessierten sich nur dafür, wie viele Rennen ein Pferd laufen mußte, um sein Pedigree, seinen Preis und seine Stellung als Deckhengst zu rechtfertigen.

Als Annie im Sommer 1982 die Auktionen besuchte, waren die Formalitäten für die Erteilung ihrer Lizenz in Kalifornien erledigt. Im Monat davor hatten zwei Enkel von Northern Dancer im Besitz von Robert Sangster das irische, das englische und das französische Derby gewonnen und damit die Northern-Dancer-Theorien bestätigt. Das sorgte zuerst auf den Auktionen von Keeneland und Fasig-Tipton in Lexington und ein paar Wochen später in Saratoga für große Aufregung und hohe Gebote. Sangster bezahlte unter anderem 4,25 Millionen für einen weiteren Enkel von Northern Dancer. Die Brüder aus Dubai flogen zu jeder Auktion mit ihren Beratern und erschienen gelegentlich auch mit einem zweitrangigen britischen Aristokraten, der sie begleitete, weil der Flug in einer privaten Boeing 747 ein kostenloses Vergnügen war. Die Brüder ersteigerten einundsechzig Jährlinge für beinahe 30 Millionen Dollar.

Im Auktionspavillon in Saratoga saß eines Tages ein Reporter hinter Annie. Er redete mit gespieltem Interesse von ihrer wieder erteilten Lizenz und stellte dann eine Frage über sie und Sam. Annie fiel ihm ins Wort und sagte: »In diesem Sommer gibt es hier zwanzig einjährige Hengste und Stuten, die für jeweils über eine Million Dollar verkauft werden. Das ist wirklich beängstigend. Warum schreiben Sie nicht über Pferde?«

Der Reporter ließ sich nicht abwimmeln und flüsterte ihr über die Schulter zu: »Verraten Sie mir, was daran so beängstigend ist. Den Züchtern gefällt es.«

»Sicher gefällt es ihnen. Aber was bedeutet es für den einfachen Rennplatzbesucher, der seine zwei Dollar wettet? Ohne diese Leute sind all diese hohen Preise nämlich nichts als eine Orgie für Eunuchen.«

Der Reporter lachte. »Kann ich Sie zitieren, Gräfin?«

»Sicher«, sagte Annie. »Das wird vermutlich meinen Ruf verbessern. Aber denken Sie über das nach, was ich gesagt habe. Für zwei Dollar kauft man sich auf dem Rennplatz einen kleinen Traum. Und deshalb kommen die Leute. Aber wir verlieren sie an die staatliche Lotterie, an Atlantic City.«

Der Reporter widersprach: »Aus den jährlichen Besucherzahlen geht hervor, daß von allen professionellen Sportarten bei Pferderennen immer noch die meisten Eintrittskarten verkauft werden.«
Annie erwiderte rasch: »Es ist allgemein bekannt, daß diese Zahlen lügen. Es handelt sich dabei um die Leute, die immer wieder kommen. Der König in diesem Sport der Könige ist der Zwei-Dollar-Wetter, und er möchte gute Pferde sehen. Wenn die Preise weiter so steigen, wird kein Besitzer seine teuren Pferde länger als unbedingt nötig auf der Bahn lassen. Und warum soll das Publikum kommen, wenn keine guten Pferde mehr laufen? *Das*, mein Lieber, ist beängstigend.«
Am nächsten Tag erschien das Gespräch in der Zeitung – aparterweise auf derselben Seite wie ein Interview mit Sam Cumberland. An einer anderen Stelle, in einer Klatschspalte, wurde ausführlich über ihre ›Freundschaft‹ berichtet. Sam hatte sich in dem Interview ebenso wie Annie nur über Pferderennen geäußert und war wie sie persönlichen Dingen ausgewichen. Als bekannter Züchter und Besitzer und als langjähriges prominentes Mitglied des Jockey-Clubs machte er die Rennplätze für das Besucherproblem verantwortlich. In den siebziger Jahren hatten sich die Rennplatzbesitzer gegen Fernsehübertragungen gewehrt. »Damals«, so wurde Sam zitiert, »glaubte man, wenn die Leute die Rennen im Wohnzimmer sehen könnten, würden sie ihre Wetten einfach telefonisch bei den Buchmachern plazieren, und die Rennplätze würden Besucher und die unverzichtbaren Direktwetten verlieren. Das war eine falsche Logik. Das Publikum saß vor der Mattscheibe und wurde süchtig nach Fußball, Tennis, Basketball, ja sogar nach Kegeln! Das Ergebnis war, die Veranstaltungen der meisten Zuschauersportarten waren regelmäßig ausverkauft und Pferderennen inzwischen beinahe vergessen.«
Sam berichtete, daß er durch die Vereinigten Staaten zu all den Leuten gereist war, die seine Vorschläge dazu hören wollten, wie das Fernsehen zurück zu den Rennplätzen zu bringen sei. Er erklärte, um die Medien zu interessieren, müßten die Rennen wichtiger werden. Am schnellsten sei das mit Geld zu erreichen. Außer den drei Triple-Crown-Rennen im Frühjahr müsse es weitere Ereignisse geben, über die es sich lohne zu berichten. Das erste Millionen-Rennen, das Arlington Million in Arlington Park in Chicago, war 1981 ein großer Erfolg gewesen. Deshalb schloß Sam sich den Züchtern an, die das Konzept für einen

Zehn-Millionen-Dollar-Renntag vorlegten. Breeder's Cup sollte das Rennen heißen. Es würde das absolute Spitzenereignis des Weltrennsports sein, und Sam rührte in dem Interview die Werbetrommel dafür. Er gab offen zu, mit einem solchen Renntag, der für 1984 geplant sei, beabsichtige man, sich vier Stunden beste Sendezeit im Fernsehen zu sichern.

Annie hatte acht Jahre in Europa verbracht. Sie kehrte sehr viel ärmer nach Amerika zurück. Sie begann die Rennsaison auf den amerikanischen Plätzen voller Erwartung, obwohl es im wesentlichen eine finanzielle Notwendigkeit war. Für die Steuerbehörde galt als feste Regel, daß ein Rennstall in zwei von sieben Jahren Gewinne machen mußte. Andernfalls wurde der Betrieb als gewinnbringendes Hobby und nicht als Geschäftsunternehmen besteuert. Limeteen brauchte eine profitable Saison. Wenn Annie nicht auf der Rennbahn siegte, mußte sie einige ihrer wertvollen Pferde verkaufen, um Gewinn zu machen.

Bei den Jährlingsauktionen in Lexington und Saratoga versuchte sie, einiges von dem aufzukaufen, was Sangster und die Scheichs übersahen. Allerdings mußten sie und Delansig zum ersten Mal Geld bei den Banken aufnehmen und durch Limeteen absichern. Das war ungewohnt und beunruhigend. Einige Tage bevor ihr die Lizenz offiziell erteilt wurde, flog sie mit ihrer Tochter nach Kalifornien. In die Genugtuung über ihre Rückkehr mischte sich die harte Notwendigkeit des Erfolgs.

Annie stand in Del Mar an der Einzäunung hinter der Gegengeraden und spürte die warme Brise vom Pazifik und den feuchten morgendlichen Dunst.

»Mami, ich bin müde«, sagte Helena und lehnte sich an sie.

»Du hast gesagt, du willst mitkommen, Helena. Du kannst ja zum Wagen zurückgehen und schlafen.«

Ihre Tochter schüttelte den Kopf, und dabei flogen ihr die schwarzen Locken lustig um das Gesicht. Mit ihren dunkelblauen Augen beobachtete sie die anderen Leute an den Rails, die bei der Morgenarbeit zusahen. Annie lächelte, denn sie wußte, Helena war mitgekommen, um nach Filmstars Ausschau zu halten. Das Mädchen hatte irgendwo gehört, daß das Clubhaus der alten Rennbahn, ein exotischer Bau im spanischen Missionsstil, ein Anziehungspunkt für viele Berühmtheiten Hollywoods war. Manche kamen als Besitzer, um ihre Pferde beim

Training zu beobachten, wie Bing Crosby es früher getan hatte, dem der Rennplatz viel verdankte. Annie hoffte für ihre Tochter, daß sich ein bekanntes Gesicht unter den Zuschauern befand. Helena Carney hatte mit ihren sieben Jahren an den Rails der meisten europäischen Rennplätze gestanden und schien das inzwischen langweilig zu finden. Zumindest nahm Annie es an.

»Mami, wie lange bleiben wir?«

»Wir gehen, sobald alle unsere Pferde gearbeitet haben«, sagte Annie. Ihr fiel wieder einmal die englische Aussprache ihrer Tochter auf, eine Folge vieler Wochenenden auf dem Schloß der Dolbys in Warwickshire.

Helena verlagerte seufzend das Gewicht von einem Bein auf das andere, verschränkte die Arme und verdrehte ergeben die Augen. Als sie sah, daß ihre Mutter sie beobachtete und über das theatralische Getue lächelte, lachte sie und schlang die Arme um Annies Hüfte. »Ich hab' dich lieb, Mami«, sagte sie und lächelte zu ihrer Mutter hinauf, »und eigentlich brauch' ich keinen Papi.«

Das hatte Helena auch einige Jahre zuvor gesagt, als Annie ihr, so gut sie konnte, erklärte, daß sie zwar den Namen Carney trage, daß aber in Wirklichkeit Sam Cumberland ihr Vater sei. Seltsamerweise wurde der Satz »und eigentlich brauch' ich keinen Papi« zu einer stehenden Redewendung – ein automatischer Refrain in liebevollen Augenblicken.

Helena hatte Sam im Laufe der Jahre regelmäßig in England gesehen, wenn er Annie besuchte. Sie stellte ihm alle Fragen, die ihr bei dem Versuch einfielen, die außergewöhnliche Lage zu verstehen, und sie brachte ihn mit ihrer entzückenden Art soweit, zu erklären, warum er ihr Vater sei, aber sie nicht eine ›Cumberland‹. Einmal fragte sie sogar mit erwartungsvollen großen und strahlenden Augen: »Mami, bin ich ein Bastard?« Sam gegenüber benahm sich Helena noch altklüger und fragte ihn: »Und warum bist du mit einer anderen Frau verheiratet, wenn du Mami lieb hast und ich deine Tochter bin?«

Sam gab sich stets große Mühe, eine zu starke emotionale Bindung zu seiner kleinen Tochter nicht zuzulassen, aber es gelang ihm nicht. Er betete Helena an. So versuchte er aufrichtig, ihr seine Verpflichtungen gegenüber seiner Frau und den anderen Kindern klarzumachen. Für Helena lag die Lösung des Problems auf der Hand, und sie fragte: »Warum bringst du sie nicht um?« Solche Fragen führten zu umständlichen Erklärungen, die entweder mit Ablenkungsmanövern oder in

Ausgelassenheit endeten. Helena wußte, daß sie einen Bruder hatte. Aber sie sprach nie von ihm, weil ihr auffiel, wie traurig ihre Mutter dann wurde. Und Carney? Das war einfach der Name eines Mannes, von dem sich ihre Mutter hatte scheiden lassen.

»Sieh mal, Mami, da kommt Speed!« rief Helena begeistert, als der junge Reiter auf einem dreijährigen Hengst vorbeigaloppierte, der sich temperamentvoll in die Kurve legte und mühelos den Galopp wechselte. Speed stand gebückt im Sattel und hatte den Hengst fest unter Kontrolle. Er war mit den Pferden von Limeteen nach Kalifornien gekommen und arbeitete jeden Morgen mit ihnen. An diesem Nachmittag sollte er sein erstes Rennen als Nachwuchsjockey reiten – in einem von fünfzehn Rennen, für die Annie ihre Pferde in Del Mar angemeldet hatte. Danach würden sie in Santa Anita laufen. Speed gab sein Debüt bei einem Aufgewichtsrennen für junge Stuten mit einem zusätzlichen Preisgeld von fünftausend Dollar. Annie brauchte jeden Cent davon.

Nachdem er eine Meile in zwei Minuten geritten war, kam Speed im Schritt zurück und auf Annie und Helena zu.

»Guten Morgen, Mrs. Carney. Hallo, Helena!« rief er und brachte das Pferd vor ihnen zum Stehen.

Helena wich verlegen zurück und drückte sich an Annie. »Hallo«, sagte sie zurückhaltend und verschwand schnell in Richtung Wagen.

»Ich glaube, sie ist etwas scheu, Speed«, sagte Annie. Sie staunte wieder einmal darüber, wie unbefangen ihre Tochter Erwachsenen gegenüber war und wie unwohl sie sich in Gesellschaft von Jugendlichen oder Kindern fühlte.

»Schon in Ordnung, Ma'am. Wir werden noch Freunde werden.« Speed lächelte und tätschelte den Hengst.

»Wie ist er?«

»Ganz in seinem Element. Er ist genauso bereit wie ich«, erklärte Speed zuversichtlich.

»Ich weiß, daß du bereit bist. Übrigens Speed, ich muß dir etwas gestehen. Ich benutze dich als Köder.«

Einen Augenblick war der junge Jockey verwirrt. Dann verstand er. »Sie meinen für Hank?«

»Ich habe ihn lange nicht mehr gesehen. Ich hoffe, er kommt, um dabeizusein, wenn du gewinnst. Vielleicht nicht heute, aber irgendwann, solange wir hier sind.«

»Wenn er sich blicken läßt«, sagte Speed und lächelte noch breiter, weil er sich darüber freute, daß Annie nicht an seinem Sieg zweifelte, »schleppe ich ihn sofort zu Ihnen. Ein Sohn sollte mit seiner Mutter reden.«

Während Speed auf dem Hengst zum Durchlaß in der Umzäunung ritt, hatte Annie plötzlich Angst. Und wenn Henry tatsächlich kam? Was sollte sie ihm sagen? Annie mußte sich eingestehen, sie wußte es nicht. Und das verwirrte sie. Dann beruhigte sie sich mit der Möglichkeit, daß er nicht kommen würde, und ging zum Wagen zurück, um nach Helena zu sehen.

Sie fuhren zu ihrem Strand-Apartment im La Jolla Beach and Tennis Club. Helena ging zur Tennisstunde, während Annie sich massieren ließ. Sie versuchte zu schlafen, konnte es aber nicht. Sie war erleichtert, als Helena am Nachmittag beschloß, mit Bridey, der jungen irischen Gesellschafterin, am Strand zu bleiben. Annie zog ein bedrucktes Seidenkleid und bequeme Pumps an. Dabei beschäftigte sie weniger der Gedanke an den Sieg ihres Pferdes als das mögliche Interesse der Presse für ihre Vergangenheit. Sie kam zu früh in Del Mar an und fuhr zwanzig Meilen weiter, um sich die Zeit zu vertreiben. Eine Stunde vor Beginn des ersten Rennens stand sie in ihrer Loge. Sie ging noch einmal in den Turf Club und bestellte ein reichhaltiges Mittagessen, das sie nicht essen konnte. Sie starrte auf die alten Fotos an den Wänden – Bing Crosby, Bob Hope, Betty Grable, Paulette Goddard – und auf die Uhr. Sie wünschte, Sam wäre da, aber ihr fiel ein, daß an diesem Nachmittag drei Pferde von Caernarvon in Saratoga liefen.

Durch die großen Glasfenster beobachtete sie die Ankunft des Sonderzugs aus Los Angeles. Die Fahrgäste eilten zwischen den sich wiegenden Palmen zu den Eingängen, während aus dem Lautsprecher Bing Crosbys Stimme drang, der schmetterte: »*... where the surf meets the turf at Del Mar.*« Annie ging zu ihrer Loge zurück, vertiefte sich in die Rennzeitung und las die Angaben zu früheren Teilnehmern und ehemaligen Siegern des Rennens, in dem seit über acht Jahren zum ersten Mal wieder ein Pferd von Limeteen laufen würde.

»Hallo, Ann.«

Annie erkannte die weibliche Stimme nicht. Sie erwartete, eine Fremde zu sehen, denn keiner ihrer Bekannten nannte sie Ann. Die dicke Frau am Eingang der Loge trug ein leuchtendrot geblümtes, langes und formloses Kleid. Die dünnen blonden Haare waren kurz geschnitten und nachlässig frisiert, das Gesicht schien auf einem Fleischpolster zu schwimmen. Die Züge kamen Annie vertraut vor, obwohl sie nicht wußte, wer diese Frau sein mochte. Trotzdem stand Annie auf und lächelte.

»Belinda Cumberland«, sagte die Frau und beobachtete, wie Annie versuchte, ihr Erschrecken zu verbergen. »Ja, ich weiß, ich habe genug für zwei auf den Knochen.« Sie hielt das Kleid von ihrem Körper ab und lächelte bitter, als habe sie es satt, diesen Satz sagen zu müssen. Obwohl sie sichtlich unter Spannung stand, war ihre weiche gedehnte Aussprache unverändert.

»Setzen Sie sich, Belinda«, sagte Annie, und sie nahmen beide Platz. Sie blickten auf die leere Bahn und beobachteten die Traktoren, die versetzt über den Sand fuhren und ihn glattzogen.

»Ich bin hergekommen, um Sam zu treffen«, sagte Belinda, ohne den Versuch einer Entschuldigung zu machen. »Ich habe von Ihrem großen Tag gelesen und dachte, er sei bei Ihnen.«

»Caernarvon ist in Saratoga ziemlich engagiert«, erwiderte Annie, um das Thema Sam zu vermeiden.

»Wie immer«, sagte Belinda mit einer gewissen Gereiztheit, die Annie bewußt überhörte.

»Was machen Sie hier in Kalifornien, Belinda?« fragte Annie.

Belinda sah sie an, aber Annie hielt den Blick fest auf den ersten Traktor gerichtet, während sie spürte, wie Belinda sie musterte.

»Ursprünglich«, sagte Belinda, »bin ich hergekommen, um zum *Golden Door* zu gehen. Aber nach vier Wochen hatte ich genug.« Ein gakkerndes Lachen brachte Annie dazu, Belinda anzusehen, von deren gedunsenem Gesicht gerade ein irres Grinsen wich. »In den letzten sechs Monaten war ich oben in Esalen.«

»Ist Esalen auch ein Badeort?«

Belinda warf den Kopf zurück und lachte so schrill, daß sich die Leute in den Nachbarlogen umdrehten. »Richtig! Ein Badeort. Aber es heißt, dort wird man das Fett im Gehirn los. Das Problem ist, es verschwindet aus meinem Kopf und setzt sich woanders fest. Genaugenommen, so ziemlich überall.« Sie rutschte unruhig auf dem Stuhl hin und her, schien jedoch keine bequeme Haltung zu finden.

»Machen Sie noch Tonplastiken?« fragte Annie schnell, um das Thema zu wechseln.

»Werden Sie nicht gönnerhaft, Ann!« fauchte Belinda.
Annie wich ihrem Blick nicht aus. »Belinda, das würde ich nicht wagen.«
Die beiden Frauen musterten sich kurz. Der Trompeter gab das Signal, und sie richteten erleichtert ihre Aufmerksamkeit auf die Pferde, die an den Start kamen.
»Meine Arbeiten mit Ton waren doch nur Scheiße. Jawohl, Scheiße. Das hat Sam immer gesagt: ›Scheiße.‹« Belinda beugte sich vor und stützte die Arme auf das Geländer der Loge. »Das war es auch. Dieser ganze beschissene *Ton* war nur eine sehr teure Wand zwischen mir und dem Rest meines Lebens.« Sie schnaubte. »Die Figuren wurden dünner und dünner, während ich dicker und dicker wurde. Oh, *das* wird denen in Esalen gefallen, wenn sie es hören! Wo ist übrigens Ihre Tochter?«
Die Frage kam völlig unvermittelt und scheinbar ohne jede Verstimmung.
»Sie ist am Strand«, sagte Annie. »Sie interessiert sich nicht allzusehr für den Rennplatz.«
»Ach! Genau wie meine kleinen Schätzchen! Keines von meinen beiden Kindern kann Pferde ausstehen. Barky bekommt immer noch einen Hautausschlag und fängt an zu niesen, sobald ein Pferd in seiner Nähe ist. Und Alycia haßt Pferde vermutlich, weil ich sie gezwungen habe, so oft zu reiten, als sie ...« Belinda sah Annie an und lachte verschwörerisch. »Da sitzen wir also, Sam Cumberlands zwei Zuchtstuten und reden über die Fohlen, die wir geworfen haben. Ist das nicht hübsch?«
In diesem Augenblick sah Annie, daß Henry sich der Loge näherte. Sie erkannte ihn mehr an seinem Gang als am Gesicht. Er trug Stiefel, Jeans, ein offenes Hemd und eine alte Leinenjacke. Die sandfarbenen Haare waren kurz geschnitten und fielen ihm zu beiden Seiten des Mittelscheitels in die Stirn. Beim Näherkommen bemerkte Annie, daß er eine Metallbrille mit runden Gläsern trug. Die Brille konnte die auffallend hellblauen Augen seines Vaters nicht verbergen.
»Hallo, Mutter«, sagte er mit ausdruckslosem Lächeln.
Belinda schluckte. »Wie?«
»Hallo, Henry«, sagte Annie. Sie versuchte, ruhig zu bleiben. Das merkwürdige Wort, mit dem er sie begrüßt hatte, war ihr deutlicher bewußt als alles andere. »Das ist Belinda Cumberland.«

Henry holte Luft, wandte sich der anderen Frau zu und lächelte trokken. »Tatsächlich«, sagte er und streckte ihr die Hand entgegen.
Belinda warf einen Blick darauf, ergriff sie jedoch nicht. »Ich glaube, das tu' ich mir heute nicht auch noch an«, sagte sie knapp und kühl.
»Belinda . . .« begann Annie.
»Sie hätten mir sagen können, daß er kommt, Ann!«
»Ich wußte es nicht.«
»Und das soll ich Ihnen glauben!«
»Sie hat recht, Mrs. Cumberland«, sagte Henry leise. »Sie hat seit fünf oder sechs Jahren nichts von mir gehört.«
»Großer Gott, wir sind alle verrückt!« sagte Belinda. Sie schob sich an Henry vorbei und watschelte schnell durch den Gang zwischen den Logen davon.
»Henry, bitte geh nicht weg«, bat Annie, als sie vor der Loge stand. »Ich komme gleich wieder.«
»Oh, ich bleibe hier«, sagte er beinahe spöttisch.
Annie folgte Belinda durch die Menge, die sich vorwärtsdrängte, um das erste Rennen zu sehen, und sie versuchte, nicht an das Wort ›Mutter‹ zu denken. Vor dem inzwischen leeren Führring holte sie Belinda ein.
»Belinda, warten Sie einen Augenblick.« Annie ergriff sie am Arm.
»Laß mich los, verdammte Nutte!« stieß Belinda hervor, als sie stehenblieb und sich umdrehte. Sobald sie das gesagt hatte, riß sie erschrokken Mund und Augen auf – dadurch wurde ihr Gesicht noch breiter. »Das habe ich nicht so gemeint. Mein Gott, so habe ich das nicht gemeint.«
»Das weiß ich«, sagte Annie schnell. »Belinda, können Sie nicht bleiben?«
»Nein, nein, Liebes, das kann ich unmöglich«, sagte Belinda in einem kleinmädchenhaften Singsang. »Du hast dein großes *Rennen* und deinen *Sohn* . . . und meinen *Mann.*« Sie drehte sich um und blickte in die grelle Sonne. Ihren Zorn schien sie vergessen zu haben. »Richten Sie ihm aus, ich habe ›Guten Tag‹ gesagt oder ›Auf Wiedersehen‹ oder irgend etwas . . . und wagen Sie ja nicht, etwas für mich zu tun, verstanden?«
Annie hörte den vertrauten Plantagenton der Herrin gegenüber dem ›Gesindel‹ und begriff, daß sie nicht mehr tun konnte. Belinda ging in

Richtung Hauptausgang davon. Dabei verlagerte sie bei jedem Schritt das Gewicht und betastete nervös, was von ihren Haaren noch übriggeblieben war. Während Annie zur Haupttribüne zurückging, schwoll der Lärm der Zuschauer an.

Im Clubhaus mußte sie sich durch die Menschenmenge hindurchkämpfen, die sich zum Führring, den Wettschaltern oder den Imbißständen drängte. Annie dachte daran, wie Henry auf dem Haras de la Poire reiten gelernt hatte, und sie konnte die Erinnerung nicht mit dem Menschen in Zusammenhang bringen, der in der Loge auf sie wartete.

Bei ihrem Näherkommen stand Henry auf und trat beiseite, als sie an seinem Stuhl vorbeiging. Nachdem sie beide saßen, sagte er: »Mrs. Cumberland ist anders als auf den Bildern, an die ich mich erinnere.«

»Ja«, erwiderte Annie, die nicht gewillt war, darüber zu sprechen.

»Du hast dich kein bißchen verändert«, stellte Henry fest. Es war nicht als Kompliment gedacht.

»Du schon«, erklärte Annie.

»Ja, sehr.«

»Warum erzählst du mir nicht davon?« schlug sie lächelnd vor.

Er sagte sarkastisch: »Nun ja, warum eigentlich nicht?« Das ausdruckslose kalte Lächeln, das Annie bereits aufgefallen war, erschien wieder auf seinem Gesicht, als er zu reden begann.

»Also, wo wollen wir anfangen? Vermutlich an dem Punkt, als ich erfuhr, daß ich ein Bastard bin, nachdem du mir all diese sehr geschickten Lügen erzählt hattest.«

In seinen Worten schwang kein Gefühl mit, aber Annie schloß gequält die Augen. »Bitte«, sagte sie.

»Es ist eine schlichte Tatsache, Mutter. Ich habe mich ziemlich mühelos daran gewöhnt. Es ist nur ein Punkt in der Zeit . . . so eine Art ›davor‹ und ›danach‹. Jedenfalls war ich nicht allzu scharf darauf, mit diesem Status an der Seminary High School zu bleiben. Deshalb bin ich so bald als möglich, noch ehe du von London zurückfliegen konntest, davongehumpelt und . . . Nun ja, als erstes bin ich nach New York gefahren, um Sam Cumberland umzubringen.« Er lachte leise und schüttelte den Kopf. »Nach diesem dramatischen Schritt bin ich hier gelandet, habe Arbeit gefunden und mich häuslich niedergelassen.« Er lachte kurz und spöttisch. »Du weißt von deinen Detektiven, wo ich lebe«, sagte er vorwurfsvoll.

Annie nickte schweigend. Er sollte weitersprechen, aber sie wollte sein Lächeln nicht sehen.
»Außerdem bin ich auf die Universität gegangen – genauer gesagt, nach Stanford. Und ich habe meinen Abschluß mit summa cum laude gemacht. Natürlich wußte zunächst niemand, daß ich dort studiert habe. Weißt du, ich bin auf den Campus gegangen und habe mich einfach in Vorlesungen gesetzt. Dann wurde mir klar, daß keiner genau darauf achtet, wer in den Hörsälen sitzt. Also habe ich angefangen, mir die Bücher zu kaufen. Das Problem waren die Labors. Sie kontrollieren ziemlich genau, wer wohin darf. Also habe ich mich um eine Pförtnerstelle beworben. Damit hatte ich die Erlaubnis, die Gebäude zu betreten, und ich bin einfach die ganze Nacht dort geblieben. Morgens war ich rechtzeitig zurück auf der Farm, um die Pferde zu füttern. Kannst du mir folgen?« fragte er, als diktiere er einen Brief.
Annie sagte: »Ich hätte dir das Studium bezahlt. Ich hätte dich nicht gestört.«
»Es hätte mich gestört . . . damals. Aber die Zeiten haben sich geändert«, sagte er, als wolle er etwas andeuten, obwohl Annie nicht erraten konnte, was. »Ein Professor hat mich nämlich eines Nachts entdeckt und gesehen, was ich tat. Es stellte sich heraus, daß er das Nobel-Genie am Ort war. Sein Spezialgebiet ist Genetik und meines auch. Anstatt mich zu melden, hat er mich zu seinem Assistenten gemacht, meine Examensarbeiten zensiert und all den Scheiß, und er hat dafür gesorgt, daß Arbeiten von mir veröffentlicht worden sind.«
»Ich würde sie gerne lesen, ganz gleich, was es ist«, sagte Annie.
»Gut. Ich lege sie zu den anderen Sachen, die ich dir schicke. Ich möchte, daß du weißt, was für ein braver Junge ich gewesen bin.«
Annie versuchte, den Sarkasmus zu ignorieren. »Was willst du mir denn noch schicken?«
»Einen Prospekt«, erwiderte Henry. »Verstehst du, der Professor in Stanford und ich, wir haben etwas herausgefunden. Das wollen wir patentieren lassen und dann Lizenzen dafür vergeben. Es hat etwas mit Gentechnik zu tun. Wir brauchen Kapital, um eine Firma zu gründen. Ich meine, wir können uns vor Angeboten nicht retten, aber wenn wir Geld von jemandem nehmen, müssen wir mit den Geldgebern teilen, und dazu sind wir zu geldgierig.« Er lachte über sich selbst und sah seine Mutter an.

»Henry, es ist leider kein guter Zeitpunkt für mich, um dir Geld zu leihen.«

»Ich will dein Geld nicht. Es war natürlich eigenlich nie wirklich dein Geld, oder? Aber vergessen wir das. Ich will das Treuhandvermögen, das du für mich angelegt hast. Das Kapital. Es müßten inzwischen etwa eineinhalb Millionen sein.« Er stellte den Fuß auf das Geländer und kippte den Stuhl nach hinten. »Meine Anwälte wollten dir deshalb schreiben. Aber als ich gelesen habe, daß du nach Del Mar kommst und daß Speed für dich reitet, dachte ich, ich fahre selbst her, frage dich und wette zehn Dollar auf Speed. Glaubst du, er gewinnt?«

»Das Treuhandvermögen«, begann Annie, die seine spöttische Art zunehmend reizte, »sollte sicherstellen, daß du nie ohne Geld bist. Du hast beschlossen, die Einkünfte daraus nicht anzurühren, und sie haben sich angesammelt. Dieses Geld will ich dir gerne schicken, aber das Kapital . . . das ist etwas anderes.«

»Mutter«, sagte Henry und wippte mit dem Stuhl langsam vorwärts und rückwärts. »Ich weiß es zu schätzen, daß dir mein Wohl so sehr am Herzen liegt. Aber ich komme seit einiger Zeit ohne das aus. Ich bin zweiundzwanzig, und –«

»Ich weiß, wie alt du bist«, sagte Annie so verärgert, daß er ihr einen irritierten Blick zuwarf.

»Du meine Güte«, sagte er und stellte seine Füße und die Stuhlbeine wieder auf den Boden. »Ich habe das Gefühl, wir gehen uns gegenseitig ziemlich auf die Nerven, also will ich dir nur noch sagen . . .« Annie spürte, wie sich ihr Magen zusammenkrampfte, als müsse sie sich vor einem Schlag unter die Gürtellinie schützen. Henry redete immer noch lächelnd und unbekümmert, und es klang so belanglos, als wolle er sich die Zeit vertreiben. »Meine Anwälte sind in solchen Sachen sehr gut. Ich werde klagen, um an das Kapital heranzukommen. Vielleicht verliere ich. Aber ich halte es fünf, sechs Jahre durch, verschaffe mir Depositionen, gehe vor Gericht, lege Berufung ein und erinnere dadurch Gott und die Welt an deine Freunde von der Mafia. Ich werde der Presse von den vielen Vätern erzählen, die ich mir alle aussuchen kann, und davon, was für eine wunderbare Mutter du warst.« Er lachte. »Ist die amerikanische Justiz nicht großartig?«

Annie stand zu Henrys Überraschung auf. Er rührte sich nicht von der Stelle. »Nach meiner Erfahrung«, sagte sie, »findest du einen Anwalt, der alles tut, was du willst, solange du zahlen kannst. Aber wer wird deine Anwälte nach fünf oder sechs Jahren bezahlen, wenn du verlierst?«

Henry blickte lächelnd zu ihr hoch. Aber in seinen Augen lag kalte Verachtung. »Du gibst vorher nach.«

Annie zögerte. »Wahrscheinlich hast du recht. Ich werde mir die Sache überlegen.« Sie wandte sich zum Gehen und sagte: »Ich weiß nicht, was für ein Mensch du jetzt bist. Also sei nicht überrascht, wenn ich dich wie einen Fremden behandle. Aber du sollst wissen, mir hat mein Sohn sehr gefehlt.«

»Oh, du meinst den, den du so lange belogen hast, den netten, legitimen, den du siebzehn Jahre erfunden hast, und der deinetwegen voll auf die Schnauze gefallen ist? Du sollst wissen, den gibt es nicht mehr. Jetzt hast du *mich* am Hals . . . Mutter.«

Annie trat aus der Loge.

»Wir treffen uns unten«, sagte Henry. »Du hast Speed für sein erstes Rennen doch ein gutes Pferd gegeben, nicht wahr?«

Sie eilte durch den Gang davon und begriff, daß er nur gekommen war, um sich Geld zu beschaffen und um Speed zu sehen.

Erst als sie sich an die Umzäunung vor der Haupttribüne klammerte und Speed sah, der im weiß und gelb gestreiften Dreß von Limeteen vorbeiritt, schüttelte sie ihre düsteren Gedanken ab. Sie hatte den Zeitpunkt verpaßt, um vor dem Rennen mit dem kalifornischen Trainer und Speed auf dem Sattelplatz zu sprechen. Die Menge jubelte, als ihre Stute durchs Ziel ging und mit drei Längen Vorsprung siegte.

Annie ging zu dem Tor zwischen Haupttribüne und Clubhaus, zeigte ihren Besitzerausweis und trat in den Führring. Speed kam gerade mit der Stute zurück. Er grüßte die Stewards stolz mit erhobener Gerte und saß ab. Dann entdeckte er Henry. Die beiden jungen Männer liefen aufeinander zu, umarmten sich, lachten und redeten beide gleichzeitig.

Einen Augenblick sah Annie ihren Sohn wieder. Eine schmerzliche Welle der Liebe stieg in ihr auf, als sie sich daran erinnerte, wie die beiden Jungen sie und Frank in der Nacht umarmt hatten, als sie alle gemeinsam bei der Geburt von Glorious Girl mitgeholfen hatten. Bei der Siegerehrung beglückwünschte sie Speed mit einem Lächeln. Sie stellten sich alle drei vor dem Pferd auf, und der Fotograf der Rennbahn

machte Aufnahmen. Dann verschwanden Henry und Speed in Richtung Jockeyzimmer und ließen Annie allein zurück.
Bei ihrer Ankunft im Beach Club standen in ihrem Zimmer bereits fünf Dutzend gelbe und weiße Rosen mit einer Karte von Sam: »Caernarvon heißt Limeteen zu Hause willkommen.« Sie aß mit Helena zu Abend und empfand das mangelnde Interesse ihrer Tochter an den Ereignissen des Tages als große Erleichterung. Nachdem Helena zu Bett gegangen war, rief sie Sam in dem Haus am Saranac Lake an, weil sie unbedingt mit ihm sprechen wollte. Der Butler erklärte, Sam sei noch nicht aus Saratoga zurück. Annie hinterließ eine Nachricht und bat um Sams Rückruf am nächsten Tag.
Um vier Uhr morgens klingelte das Telefon. Es war Belinda.
»Ihretwegen habe ich mehr als eine schlaflose Nacht gehabt. Deshalb entschuldige ich mich nicht dafür, daß ich um diese Zeit anrufe. Ich möchte, daß Sie Sam etwas ausrichten. Ich werde in Venedig leben, wenn es nicht unter meinem Gewicht versinkt. Ich habe einen Palazzo gekauft . . .« Belinda klang verdächtig ruhig.
»Belinda, sind Sie . . . ?«
»Betrunken? Nein. Verrückt? Sie haben mir hier gesagt, etwas Vernünftigeres kann ich überhaupt nicht tun. Seit ich dich und den Jungen heute gesehen habe, glaube ich es. Sam gehört jetzt ganz Ihnen, Liebes. Ich hoffe, du hast ebensoviel Freude an ihm, wie ich sie hatte.«
Die Verbindung brach ab.

28

Barky Cumberlands Freunde konnten die Neuigkeit kaum glauben. Nach dem Abbruch seines Studiums in Princeton hatte er sich den Ruf erworben, mit jeder hübschen Debütantin der feinen Gesellschaft ins Bett gehen zu wollen. Oft erreichte er auch sein Ziel, denn er war ein ungewöhnlich begehrter Junggeselle – er war reich und sah nicht schlecht aus, wenn man eine gewisse geistige und körperliche Schwerfälligkeit übersah. Er hatte nicht das blendende Aussehen seines Vaters, aber Barky Cumberlands blaue Augen funkelten attraktiv genug über dem schmallippigen, üblicherweise zu einem sarkastischen Lächeln verzogenen Mund, um die ehrgeizigen jungen Damen der besseren Gesellschaft schwach werden zu lassen. Niemand glaubte ernsthaft daran, daß Barky wirklich dem Eheleben verfallen könnte. Aber trotz aller Unkenrufe wurde die Hochzeit schließlich für Juni angekündigt – eine große Trauung in St. Luke und ein Empfang im Museum of Modern Art, in dessen Kuratorium sein Vater saß.

In den Büros der Maklerfirma an der Wall Street, wo Barky arbeitete und seine Prämien damit verdiente, daß er das Konto des größten Kunden, die Cumberland-Stiftung, durcheinanderbrachte, schmeichelte man ihm mit der Bezeichnung ›unser Ritter ohne Furcht und Tadel‹, aber hinter seinem Rücken galt er als ›die Nervensäge‹. Die Vorstellung, daß er heiraten würde, war um so absurder, als es sich bei der Braut um eine Jüdin und die Tochter einer Köchin handelte. Niemand ließ sich jedoch auch nur eine Spur Snobismus oder das geringste Vorurteil anmerken, aber der Ton der Leute verriet, daß die Heirat in ihren Augen viel Stoff für saftigen Klatsch bot. Es galt in New York als hoffnungslos altmodisch, wegen einer Mischehe die Brauen zu heben, aber

Bemerkungen über die ökonomischen Gegensätze dieser Verbindung konnten sich Barkys Freunde nicht verkneifen. Als die Einladungen verschickt und Hochzeitsgeschenke gekauft wurden, wichen die subtilen Töne boshafteren Sticheleien. »Wenigstens ist sie eine Weiße«, war einer der beliebtesten Kommentare.
Und ›sie‹ war auffallend schön. Zumindest teilweise sprachen Neid und Eifersucht aus den mehr oder weniger freundlichen Äußerungen. Greta Herskewitz war brünett, hatte hohe Wangenknochen, einen sinnlichen Mund, große Nasenflügel und dichte Wimpern. Sie hatte sich in Albany als Modell Geld für das Studium verdient, war nach New York gekommen und studierte an der Columbia University. Sie ließ wissen, daß ihre verwitwete Mutter an Krebs gestorben war. Den Rest ihrer Ausgaben verdiente sie sich in New York als Modell mit wesentlich höheren Gagen als in Albany. Es blieb ihr auch genug Zeit für Werbeaufnahmen, mit denen sich schicke Kleider und ein bescheidenes Apartment bezahlen ließen.
Greta hatte Barky auf der Yacht der Cumberlands kennengelernt, einem der letzten rahgetakelten Schoner in Privatbesitz. Barky wurde siebenundzwanzig, und die *Merlin,* ein sechsunddreißig Meter langes Schiff, lag für die Geburtstagsparty im Yachthafen an der Seventyninth Street. Es begann auf die übliche Art. Barky sah ein schönes neues Gesicht, behauptete, der ganze Luxus sei doch bedeutungslos, erklärte den Unterschied zwischen einem Stagsegel und einem Gaffelsegel und forderte Greta dann in seiner unnachahmlichen Art auf, mit ihm zu ›vögeln‹. Greta reagierte darauf sehr originell: Sie warf ihn über Bord. Nach diesem Bad war Barky ihr mit Leib und Seele verfallen. Er verfolgte Greta mit ungewöhnlicher Leidenschaft und überschüttete sie mit Geschenken. Als sie seine Ausdauer schließlich belohnte und mit ihm ins Bett ging, trug sie bereits einen Verlobungsring mit einem viereckigen, sechskarätigen Diamanten am Finger und hatte eine Einladung zum Mittagessen in der Nummer 10, um Barkys Vater kennenzulernen.
Greta war inzwischen klar geworden, daß New York, die Welt der Modells und die Cumberlands, kurz alle, sich mit ganzer Leidenschaft an dem Tauschgeschäft Geld gegen Schönheit beteiligten. Die Modells, mit denen sie arbeitete, erzählten ständig von riesigen Häusern und Reisen in ferne Länder, die Männer ihnen als Vorgeschmack auf das Eheleben

und als Anreiz zum Sex boten. In Begleitung von Barky Cumberland lernte Greta viele ungewöhnlich schöne Frauen kennen, die mit unvorstellbar gewöhnlichen Männern verheiratet waren und in streng abgesteckter Glückseligkeit inmitten von einst ungeahntem Luxus lebten.
Greta sah in der Ehe mit Barky einen Handel. Sein Vermögen und ihre Schönheit machten die Transaktion gesellschaftlich akzeptabel. Barky war ein bißchen langweilig und nicht sehr intelligent. Er hatte wenig Ehrgeiz, aber den brauchte er auch nicht. Gretas Ehrgeiz reichte für beide. Wie sie es als Modell gelernt hatte, trug sie nun die Garderobe, die von ihr erwartet wurde, und verhielt sich so, wie es am besten ihrem Ziel nützte, in die Reihen der vornehmen Cumberlands aufgenommen zu werden, selbst wenn sie dazu Barkys Frau werden mußte.
Als Vorbereitung auf das Mittagessen in Nummer 10 machte sie ihre Hausaufgaben und informierte sich gründlich. Sie staunte über das breite Spektrum der finanziellen Interessen der Cumberlands. Es reichte von Fluggesellschaften, Ferienhotels und Schiffahrtslinien bis zu Computerfirmen. Die Cumberland-Stiftung bedachte Krankenhäuser, Universitäten, karitative und kulturelle Einrichtungen mit jährlichen Zuschüssen in Millionenhöhe. Der Gulfstream Jet der Cumberlands trug den Namen Gwydian in Erinnerung an den privaten Salonwagen, den er ersetzt hatte. In den fünf Häusern in New York, auf Long Island, in Palm Beach, Lexington und am Saranac Lake gab es jeweils festes Personal. In jedem befand sich eine Sammlung unbezahlbarer Antiquitäten und Kunstwerke, und alle waren sie angefüllt mit den kostbaren Erinnerungen und Anekdoten mehrerer Generationen. Caernarvon galt zwar als einer der letzten großen amerikanischen Rennställe in Privatbesitz, doch Greta las, daß Barkys Vater etwas fehlte, was er unbedingt haben wollte: einen Derbysieger. Ein Zweijähriger von Caernarvon hatte im vergangenen Jahr in seinem ersten Rennen den Breeder's Cup Juvenile gewonnen – er gehörte zu einem von drei Hengsten, die der Stall für das Kentucky Derby in diesem Frühjahr vorbereitete.
Greta informierte sich, so gut sie konnte, auch über die Skandale der Familie – über die ›Andere‹, die zwei Kinder von Samuel Cumberland III hatte, über die Scheidung, bei der viel schmutzige Wäsche gewaschen worden war, und staunte über die aufsehenerregende Übersiedlung von Barkys Mutter nach Venedig, für die man allgemein Annie Carney, die ›Gräfin‹, verantwortlich machte. Auf dem Weg zum Mit-

tagessen in der Nummer 10 erkundigte sich Greta bei Barky nach dieser Frau. Das führte zu dem einzigen vehementen Ausbruch, den sie bei ihm bis jetzt erlebt hatte. Als sie sich jedoch dem Haus näherten, sank Barkys flammender Zorn bereits wieder in sich zusammen.
Der Butler öffnete die Tür und führte sie in den Salon. Barky machte ein paar Späße, und Greta fiel auf, daß der Butler mit kühler Würde und offenbar trainierter Toleranz darauf reagierte. Der Salon quoll über von bunten Frühlingsblumen, die in dekorativem Kontrast zu den vornehm zurückhaltenden lachsfarbenen Wänden standen. In einem Sessel mit einem Gobelinbezug saß eine junge Frau und strickte.
»Alycia!« rief Barky. »Was tust du denn hier? Ach, das ist Greta Herskewitz. Meine Schwester, Alycia Stewart.«
Die junge Frau stand auf, begrüßte ihren Bruder mit einem Kuß auf die Wange und gab Greta die Hand. »Ich bin sicher, ich bin hier, um Sie kennenzulernen.« Sie lächelte herzlich und Greta ebenfalls.
»Ein Befehl des alten Herrn?« fragte Barky munter und sorglos.
»Ja, er hat mich mit seinem Jet abholen lassen. Er hat gesagt, es ist irgend etwas los.«
»Nun ja, ich habe ihm gesagt, daß ich sie heiraten will.«
»Das dachte ich mir«, sagte Alycia und lächelte wieder. »Deshalb bin ich auch gekommen. Also, Greta, willkommen in der Familie. Barky, bring sie mit, wenn du das nächste Mal zur Entenjagd kommst.«
»Großer Gott!« rief Barky. »Was ist denn das?« Er starrte auf ein Gemälde über dem Kamin, das den Dogenpalast in Venedig zeigte.
»Der neue Canaletto«, sagte Alycia. »Papa ist sehr stolz darauf. Aber erinnere ihn bitte nicht daran, daß Mami ganz in der Nähe wohnt.«
»Wo ist er?«
»Ich glaube, er kommt bald. Er sitzt mit einer Schar Anwälte oben im Arbeitszimmer. Greta, einen Sherry für Sie?«
»Nein danke.« Greta mochte die reizlose, grobknochige junge Frau in ihrem Tweedkostüm, zu dem sie als Schmuck nur eine zweireihige Perlenkette trug. Was ihr an Schönheit fehlte, machte sie durch ihr lebhaftes Wesen wett. Greta beneidete sie um ihre Selbstsicherheit, die sie als ein Erbteil erkannte, das offenbar auf Tradition beruhender Reichtum mit sich brachte. Alycia reichte ihrem Bruder einen Sherry und begann, über ihre Hunde zu sprechen. Sie züchtete Welsh Corgies auf der Farm in Maryland, wo sie mit ihrem Mann lebte.

Als Sam den Salon betrat, lachten die drei jungen Leute. Greta war erleichtert über ihre Unbefangenheit im Haus der Cumberlands. Aber sobald sie ihren künftigen Schwiegervater sah, spürte sie instinktiv sein Mißtrauen ihr gegenüber. Er besaß einen beachtlichen Charme, der sich sofort zeigte. Obwohl Greta sein Bild oft in Zeitschriften gesehen hatte, überraschte es sie, daß er wirklich so erstaunlich gut aussah. Er machte – möglicherweise harmlose – Scherze über Barky, der das offenbar gutmütig hinnahm. Trotzdem spürte Greta unverkennbar Sam Cumberlands unantastbare Macht.
»Nun, Greta, es scheint, Sie haben meinem Sohn völlig den Kopf verdreht«, scherzte er, während er an ihrer Seite in ein kleines Eßzimmer ging. Der Butler rückte den Damen die Stühle zurecht. »Aber ich glaube, seine Schwester und ich, wir sollten Ihnen die schreckliche Wahrheit über ihn nicht verheimlichen ...«
Beim Essen registrierte Greta, daß ein Mädchen die Suppentassen und die Teller brachte, der Butler den Wein einschenkte und das Essen servierte und ein anderes Mädchen die Teller abräumte. Greta aß wenig, beteiligte sich vorsichtigerweise nicht an den Scherzen und war mehr mit ihren Befürchtungen beschäftigt. Mr. Cumberland stellte ihr hin und wieder zwar erfreulich einfallsreiche Fragen über ihr Studium und die Arbeit als Modell, sah sie aber nicht an, selbst wenn er mit ihr sprach. Er zog seine Tochter mit ihren entsetzlichen Hunden auf und Barky mit gewissen fürchterlichen Wertpapieren, die er für die Stiftung gekauft hatte. Er erzählte mehrere Geschichten über die Araber, die ihre Einkaufstrips zu den Vollblutauktionen allmählich satt hatten, und er äußerte die witzige Vermutung, sie würden demnächst den Staat Kentucky aufkaufen und unter dem Namen Kentuckystan ein unabhängiges Emirat ausrufen.
Erst nachdem der Butler das Schokoladensoufflé serviert hatte, ging die Befragung weiter.
»Greta«, begann Sam Cumberland, »Barky hat erwähnt, daß Ihre Lebensgeschichte sehr ungewöhnlich ist. Erzählen Sie uns doch etwas über Ihre Familie.« Er beschäftigte sich dabei eingehend mit seinem Soufflé.
Greta lächelte Barky zu, der ihr warnend einen unübersehbar gönnerhaften Blick zuwarf. »Sie ist überhaupt nicht ungewöhnlich, Mr. Cumberland. Eigentlich gibt es wenig zu berichten. Ich habe meines Wis-

sens keine ›Familie‹ außer meiner Mutter.« Sie wußte, Sam Cumberland hatte seine Hausaufgaben vermutlich ebenso gut gemacht wie sie. »Im Zweiten Weltkrieg ist irgend etwas geschehen. Sie hat das Gedächtnis verloren und ist offenbar zwanzig Jahre durch Europa gezogen. Das erste, woran sie sich erinnerte, war, daß sie schwanger in einer Klinik in Paris lag. Wahrscheinlich war alles für sie eine Hölle gewesen, aber sie hat überlebt. Ich glaube, sie war eine großartige Frau.«

»Und danach kam sie in die Vereinigten Staaten?« fragte Sam, ehe er einen Bissen von seinem Soufflé nahm.

»Ja, nach meiner Geburt in Paris«, erwiderte Greta. Sie war sich sehr wohl bewußt, daß sie hier einem Kreuzverhör unterzogen wurde. »Durch den Suchdienst der hebräischen Einwandererhilfe sind wir nach Albany gekommen. Meine Mutter hat dort als Köchin gearbeitet, bis sie vor ein paar Jahren an Krebs starb.«

Barky runzelte die Stirn, schluckte unruhig, schwieg aber.

Sein Vater sah ihn über den Tisch hinweg an und sagte: »Ja, Barky hat den Suchdienst erwähnt. Diese Leute haben nach dem Zweiten Weltkrieg sehr viel für jüdische Flüchtlinge getan. Die Cumberland-Stiftung hat mit ihrer finanziellen Hilfe dazu beigetragen.« Nun sah er Greta endlich an und lächelte. »Übrigens, woher wußte Ihre Mutter, daß sie Jüdin war, wenn sie das Gedächtnis verloren hatte?«

»Während sie in Paris auf meine Geburt wartete«, erwiderte Greta, »ging sie eines Tages zufällig in eine Synagoge. Sie wußte sofort, daß dies ein vertrauter Ort für sie war. Instinktiv war ihr klar, daß sie schon früher in Synagogen gewesen sein mußte. Sie ging von da an jeden Tag dorthin... Wollen Sie auf etwas Bestimmtes hinaus, Mr. Cumberland?« Sie versuchte, ihr Soufflé ebenso beiläufig zu essen wie er. Aus dem Augenwinkel bemerkte sie, daß Barky und Alycia sich erschrocken ansahen.

»Amnesie ist ein faszinierendes Phänomen«, sagte Sam. »Und oft sehr praktisch. Sie sind in Paris im Amerikanischen Krankenhaus geboren worden. Der Arzt, der Ihre Mutter betreute, lebt nicht mehr. Er war einer der berühmtesten und teuersten Gynäkologen Europas. Flüchtlinge, besonders, wenn sie jahrelang ziellos herumgeirrt sind, haben selten Zugang zu solchen Ärzten. Wie hat Ihre Mutter das gemacht?« fragte er unschuldig.

Greta legte die schwere silberne Gabel über den Teller – es war die dritte Gabel, die sie bei diesem Mittagessen benutzt hatte. Sie wünschte, Barky hätte den Mut aufgebracht, sich gegen dieses Verhör zu wehren. Aber er blieb stumm. »Ich weiß es nicht, Mr. Cumberland«, sagte sie und lächelte ihn an. »Es tut mir leid, daß meine Mutter nicht mehr am Leben ist, damit sie es Ihnen erklären könnte . . . wenn sie dazu in der Lage gewesen wäre. Aber ich sehe, Sie haben gründliche Nachforschungen angestellt. Ist es üblich, daß ein wichtiger Förderer einer karitativen Organisation vertrauliche Informationen bekommt? Ich frage mich, ob Sie über Alycias Ehemann ebenso vollständige Auskünfte eingeholt haben wie offensichtlich über mich.«

Sam wischte sich sorgfältig die Hände an der Serviette ab und legte sie neben seinem Teller auf den Tisch.

»Man hat Horace ganz genau unter die Lupe genommen, Greta«, sagte Alycia, »von Kopf bis Fuß.«

»Horace ist ein anständiger Junge«, erklärte Mr. Cumberland. »Er hatte absolut nichts zu verbergen. Er war völlig damit einverstanden, vor der Hochzeit einen Vertrag zu unterschreiben. Alycia wird es Ihnen erklären, Greta.«

Endlich wurde Barky lebendig. Er warf seiner Schwester einen schnellen Blick zu. »Das hat Horace getan?« fragte er erstaunt.

Alycia nickte. Ihr wurde plötzlich der eigentliche Grund ihrer Anwesenheit klar. Sie blickte auf ihre Hände, die sie im Schoß faltete, und fragte geistesabwesend: »Wo ist mein Strickzeug?«

Sam stand auf und sagte: »Den Kaffee gibt es drüben. Übrigens, haben Sie den Canaletto gesehen?« Er lächelte Greta freundlich an, die das Lächeln sofort erwiderte. Dann hob sie langsam die Hände. An der einen Hand trug sie Barkys Verlobungsring, an der anderen einen mit Diamanten besetzten Saphirring, den sie von ihrer Mutter hatte. Sie zog den Verlobungsring vom Finger und legte ihn auf die Spitzendecke.

»Der Canaletto ist wunderbar«, sagte sie. »Sie sollten stolz auf eine so gute Kapitalanlage sein. Aber vielen Dank, keinen Kaffee für mich. Ich gehe.«

Sie stand auf und ging zur Tür, die in die Eingangshalle führte.

»Greta!« rief Barky. Er eilte ihr nach und stellte sich neben sie.

Sie lächelte traurig und sagte: »Barky, du hast mir nicht verraten, daß dein Vater ein Antisemit ist.« Sie warf einen Blick zu Sam hinüber und sah, daß ihn diese Anschuldigung traf. »Er läßt von seiner Stiftung viel

Geld an jüdische Wohlfahrtseinrichtungen verteilen, aber er möchte nicht, daß sein Sohn eine Jüdin heiratet.« Dann wurde sie wütend. »Und ich möchte nicht, daß jemand, der selbst einen gewissen Ruf hat, den Einfluß nutzt, den ihm sein vieles Geld verschafft, und versucht, meine Mutter zu verleumden. Sie hatte ein schweres Leben, sie verdient Achtung.«

Sie verließ das Zimmer und ging zur Haustür. Der Butler war gerade unterwegs in den Salon und trug auf einem Silbertablett Mokkatassen und eine silberne Kaffeekanne. Mit einer gewandten Bewegung stellte er das Tablett auf einem Stuhl ab und öffnete Greta die Haustür. Sie hörte laute Stimmen, zögerte aber nicht. Sie verließ das Haus, trat durch das schmiedeeiserne Tor und lief den Gehweg entlang, wo in Pflanzbehältern bereits hübsche Frühlingsblumen blühten.

»Greta!« rief Barky atemlos, der aus dem Haus gerannt kam und sie bald einholte. Er hielt den Ring zwischen Zeigefinger und Daumen. »Es wird keine Nachforschungen mehr geben! Es wird keinen Vertrag vor der Hochzeit geben! Ich heirate dich, da kann kommen, was will!«

»Wir werden sehen«, sagte Greta zweifelnd und ließ sich von Barky den Verlobungsring wieder an den Finger stecken.

In den folgenden Wochen war Greta meist zurückhaltend, was den Streit anbelangte. Ein Fotograf, der für ein mondänes New Yorker Klatschmagazin arbeitete, machte eine hinreißende Aufnahme von ihr. Eine Woche später erschien ein kurzer Artikel, in dem die antisemitischen Vorbehalte der Cumberlands mehr oder weniger deutlich zur Sprache kamen. Daneben befanden sich schlechte Schnappschüsse von Barky und Sam Cumberland.

Barky berichtete Greta, wie wütend sein Vater über die Geschichte war. Der Streit zwischen Vater und Sohn schien Barkys Liebe nur noch zu steigern, und er berichtete ihr in allen Einzelheiten, wie er seinem Vater die Stirn geboten hatte. Greta war eine aufmerksame Zuhörerin, vermied es jedoch sorgfältig, etwas gegen Sam Cumberland zu sagen. Sie war sich ihrer Sache so sicher, daß sie bereits überlegte, von wem sie das Brautkleid entwerfen lassen sollte.

Ihre Fototermine verdreifachten sich, und sie brach das Frühjahrssemester ab, um sie alle wahrnehmen zu können. Die Modewelt nahm aufgeregt von ihrer Verbindung mit den Cumberlands Notiz, und zum ersten Mal erschien ihr Bild in den großen überregionalen Zeitschriften. Schließlich erhielt sie auf schwerem geprägten Briefpapier ein paar handgeschriebene Zeilen von Samuel Barkeley Cumberland III.

Liebe Greta,
mich bekümmern die bösartigen Gerüchte, die kursieren. Ich bin in keiner Art und Weise und in keiner Form ein Antisemit und bedaure das Mißverständnis, durch das Sie diesen Eindruck möglicherweise gewonnen haben.
Würden Sie mit Barky und mir am Donnerstag, also am 8., im Le Cirque zu Abend essen? Ich bin inzwischen überzeugt, daß Sie und mein Sohn sich lieben, und wir drei haben vieles zu besprechen.

Herzlich,
Sam Cumberland

»Er wollte seine ›Freundin‹, Mrs. Carney, zu dem Essen einladen«, sagte Barky, als Greta ihm den Brief zeigte. »Eine Art Doppelrendezvous! Aber ich habe es ihm energisch verboten.« Greta mußte über den resoluten Ton beinahe lächeln, den Barky sich zugelegt hatte, wenn es um seinen Vater ging.
»Das Le Cirque ist nicht gerade privat«, sagte sie.
»Pa ist nicht dumm. Er will, daß es alle wissen. Entweder bereinigt er die Sache auf diese Weise, oder er muß einem jüdischen Verein eine Million spendieren.«
»Gut«, sagte Greta und überlegte bereits, welche ihrer Freunde anwesend sein sollten.

Am Donnerstagabend warteten über zwanzig Fotografen vor dem Restaurant in der Sixty-fifth Street. Am nächsten Tag erschienen Bilder des lächelnden Trios in allen Zeitungen, mit Ausnahme der *New York Times*. Die Vermutungen der Klatschkolumnisten bestätigten sich einige Wochen später, als die Verlobung offiziell in der *Times* angezeigt wurde. Die Hochzeit war für den Juni angesetzt, in der Woche nach dem letzten Rennen um die Triple Crown.
Während der Vorbereitungen für das große Ereignis erhielt Greta einen anderen Brief. Er war an ihre Agentur gerichtet, und anstelle ihres Namens befand sich ein mit Klebestreifen befestigtes kleines Bild aus einer

Zeitschrift auf dem Umschlag. Er enthielt ein gefaltetes Blatt, das an einem größeren Bild aus derselben Nummer hing. Es gehörte zu einer doppelseitigen Anzeige für private Charterjets, die in mehreren Flugzeitschriften erschienen war. Das Bild im Umschlag war eine halbseitige Nahaufnahme Gretas, die den Kopf lässig in die Hand stützte und durch das Flugzeugfenster einen flammenden Sonnenuntergang betrachtete. Um den Ring ihrer Mutter an Gretas Finger war mit Filzschreiber ein Kreis gezogen, und am unteren Bildrand stand: »Woher haben Sie den Ring?«

Greta zog den Ring vor Aufnahmen üblicherweise vom Finger, aber er hatte dem Fotografen gefallen. Angeheftet an das Bild war ein Blatt Tabellenpapier, auf dem stand:

Die Zeitschrift hat mir die Adresse Ihrer Agentur gegeben, die mir Ihren Namen nicht nennen wollte. Der Ring sieht aus wie ein Ehering, den meine Mutter einmal besaß. Keine Sorge, ich will ihn nicht zurück. Ich bin nur neugierig.

Henry Sumner
415-555-3128

Greta war mehr als neugierig. Sie war überrascht und erschrocken. Der Name auf dem Tabellenpapier sagte ihr nichts. Sie fand schnell heraus, daß es sich bei der Vorwahl um die Nummer für die Umgebung von San Francisco handelte. Der Brief konnte von irgendeinem Verrückten stammen, der ein Modell kennenlernen wollte. Andererseits war der Absender vielleicht der Sohn der Frau, die das Leben von Gretas Mutter und auch ihres damals in Paris gerettet hatte. Gleichzeitig stellte der Mann ein Risiko dar, denn durch ihn konnte die Herkunft ihrer Mutter bekannt werden.

Zwei Monate vor ihrem Tod hatte Gretas Mutter zum ersten Mal über ihr angeblich vergessenes Leben gesprochen. Sie tat es hauptsächlich in der Absicht, Greta ein Gefühl für ihre vornehme Herkunft zu geben. »Vergiß nie«, schloß Gretas Mutter ihren Bericht, »du bist eine von Herschfeldt. Du kannst *heute* noch nach Wien fahren und selbst feststellen, was für eine große Familie das ist. Ich möchte, daß du alles bekommst, was ich verloren habe.«

Sie gab Greta den Ring und ein Sparbuch mit wöchentlichen Einzahlungen, die sich insgesamt auf ein paar tausend Dollar beliefen. Greta begriff, daß sie nach dem Tod der Mutter nach Wien fliegen sollte, als werde die Familie von Herschfeldt sie automatisch willkommen heißen und in ihr vermutlich glückliches Leben aufnehmen. Wenn ihre Mutter unter dem Einfluß von schmerzstillenden Mitteln phantasierte, hatte sie mehr als einmal gesagt: »Ich sehe dich in unserem Ballsaal vor den bodenlangen Spiegeln tanzen, meine schöne Greta, mit hübschen Offizieren und Adligen, die alle hoffen, dich einen Augenblick in den Park entführen zu können ...«

Greta war nicht nach Wien gereist. Sie hatte den Kaddisch gebetet, ihre Mutter in Albany begraben und war dann nach New York gefahren. Die Tochter vertraute nicht auf den Glauben ihrer Mutter an Wiener Gastfreundschaft und Ballsäle mit Spiegeln. Die Geschichten der Mutter über die von Herschfeldts hatten keinen Einfluß auf ihr Leben, bis Sam Cumberland Nachforschungen über ihre Herkunft anstellte. Wenn die Wahrheit ans Licht kommen sollte, würde sich herausstellen, daß Greta eher ein Nazi-Schicksal und weniger eine jüdische Vergangenheit vorzuweisen hatte.

Wer immer Henry Sumner sein mochte, seine Mutter wußte vermutlich etwas über ›Madame Von‹ und Hauptmann Hultz, den Kriegsverbrecher. Greta bezweifelte, daß Barky dem Druck zur Lösung der Verlobung widerstehen konnte, falls Mr. Cumberland diesen Teil der Geschichte herausfinden würde.

Eine Woche überlegte Greta hin und her, ob sie den Brief ignorieren sollte oder nicht. Doch die Neugier auf die unbekannte Frau, die ihre Mutter vor den wütenden Franzosen gerettet und ihr den Ring geschenkt hatte, und die Befürchtungen, daß jemand, der so viel über sie wußte, sich möglicherweise ihrer Kontrolle entzog, bewogen Greta schließlich zu einer Initiative. Sie stand in der Küche ihrer Wohnung auf der West Side und wählte die Nummer.

»Mr. Sumners Anschluß«, meldete sich eine Frauenstimme geschäftsmäßig.

Darauf war Greta nicht vorbereitet und stotterte: »Ich ... ist Mr. Sumner zu sprechen?«

»Wie ist Ihr Name, bitte?«

»Mein ... Sagen Sie ihm, ich rufe auf seine Anfrage wegen eines Rings an.«

»Mr. Sumner ist in einer Besprechung. Kann er Sie zurückrufen?«

Greta zögerte. Die Ausweichmanöver der Sekretärin reizten sie. »Es handelt sich um eine persönliche Angelegenheit. An Ihrer Stelle würde ich es ihm sofort sagen.«

Ein kurzes Schweigen, dann sagte die Frau: »Einen Augenblick, bitte.«

Während sie wartete, kam Greta der Gedanke, daß der Mann und seine angebliche Mutter, wer immer die beiden waren, möglicherweise versuchen würde, sie zu erpressen. Sie wollte gerade auflegen, als eine Stimme sehr schnell zu reden begann. Sie nahm den Hörer wieder ans Ohr.

»... also *sind* Sie neugierig. Nun ja, fangen wir am besten in Frankreich an. Ich weiß nicht mehr viel, denn ich war damals ungefähr fünf Jahre alt. Ich hatte seit Jahren nicht mehr an den Ring gedacht, bis ich ihn auf diesem Bild mit Ihnen gesehen habe. Ich nehme an, der Ring ist eines dieser Glitzerdinger, die sich irgendwo in meinem Gehirn festgesetzt haben, und er hat das leise Echo der verlorenen Kindheit oder so etwas Ähnliches in mir wachgerufen. Wie auch immer, meine Mutter hat den Ring in Paris einer Frau gegeben, irgendwann 1965, 1966 ... Sagt Ihnen das etwas?«

Greta starrte auf den Ring an ihrem Finger und stellte fest, daß ihre Hand zitterte. Als sie zu sprechen versuchte, kämpfte sie gegen die aufsteigende Panik an. In der Hoffnung, herauszufinden, wieviel er wußte, fragte sie: »Wer war diese Frau in Paris?«

Die Pause am anderen Ende war zu lange, um sich mit Nachdenken erklären zu lassen. »Ich habe das Gefühl, Sie kennen diesen Teil der Geschichte, und ich bin Ihnen gegenüber im Nachteil. Sie wissen, wer ich bin, und wie Sie mich erreichen können. Ich weiß nur, wie Sie aussehen.«

Greta war klar, daß er ohne große Mühe ihren Namen herausbekommen konnte. Sie fragte: »Was wollen Sie?«

»Nichts«, sagte er überrascht. »Oh ... Moment mal. Ich verstehe. Sie machen sich Sorgen, ich könnte etwas wissen, was Ihnen möglicherweise schadet. Nun, das glaube ich nicht. Ich erinnere mich nur, daß diese Frau mitten in der Nacht auf einem Gestüt in der Normandie auftauchte, wo meine Mutter arbeitete. Es hing mit dem Krieg und dem Widerstand zusammen. Ich weiß nicht, wie. Aber die Frau war in

Schwierigkeiten, und meine Mutter ist weggefahren, um ihr zu helfen. Als Mutter zurückkam, war der Ring weg. Das ist eigentlich alles, was ich noch weiß. Ich habe Ihnen geschrieben, weil, nun ja, meine Mutter hatte den Ring von dem Mann bekommen, der angeblich mein Vater war. Es stellte sich heraus, daß es nicht stimmte. Aber zum Teufel, ein Bastard ist immer neugierig.« Er lachte leise, und Greta staunte über seine offene Art.

»Lebt Ihre Mutter noch?« fragte sie und versuchte, locker zu klingen.

»O ja, doch. Hören Sie, ich halte nichts davon, Leuten Angst einzujagen oder jemandem Probleme zu machen. Mir wird ganz plötzlich klar, daß mein Brief vielleicht sehr merkwürdig wirkt. Also lassen wir das beiseite. Ich bin am nächsten ... einen Augenblick, wo ist mein Terminkalender ... also Mittwoch in einer Woche bin ich in New York, und zwar für zwei Tage. Falls Sie mit mir sprechen wollen, ich bin im Ritz-Carlton, Central Park South zu finden. Wenn ich nichts von Ihnen höre, vergesse ich den Ring. Es ist nicht weiter wichtig. Was sonst noch? Oh, meine Mutter. Wenn es Ihnen hilft, sie hieß bei meiner Geburt Annie Sumner. Aber sie hat wieder geheiratet und heißt jetzt Annie Carney. Ihr gehört Limeteen Farm. Wenn Sie sich überhaupt für Pferderennen interessieren, werden Sie vielleicht ...«

Greta legte entsetzt den Hörer auf und wich erschrocken vom Telefon zurück. Sie wußte sehr wohl, wer Annie Carney war, und jetzt begriff sie auch, wer Henry Sumner war. Früher oder später würde er alles wissen. Es gab zu viele Bilder von ihr und Barky, und sie konnte nicht hoffen, daß der uneheliche Sohn ihres künftigen Schwiegervaters keines davon sehen werde. Sie starrte immer noch auf das Telefon, während sie auf einen alten Briefumschlag schrieb: »Mittwoch, Ritz-Carlton.«

In den nächsten Tagen war Greta nervös und reizbar. Barky beschwerte sich und war seinerseits verstimmt. Aber insgeheim entschuldigte er Gretas Verhalten mit ihrer Nervosität vor der Hochzeit. Als er ihr anbot, wieder in Nummer 10 zu schlafen, damit sie mehr für sich sein konnte, ärgerte ihn Greta noch mehr, indem sie bereitwillig und erleichtert zustimmte. Die Tage vergingen langsam. Das Kentucky Derby fand statt, aber Caernarvon siegte nicht. Deshalb stand für die Cumberlands nun die Hochzeit im Mittelpunkt. Greta glaubte, die Hochzeit im Juni werde ein leichtes sein im Vergleich zu ihrem Zusammentreffen mit Henry Sumner. Sie versuchte, sich darauf vorzubereiten. Sie dachte darüber nach, was sie sagen, was sie ihm anbieten würde, damit er schwieg. Wenn es Geld war, würde sie es bekommen – vermutlich von Barky. Wenn Sumner dadurch zugänglicher wurde, daß sie mit ihm ins Bett ging, würde sie es tun. Trotzdem mißtraute sie jeder Strategie und verbrachte die meisten Nächte damit, gegen ihre Ängste anzukämpfen.

Schließlich war es Mittwoch abend. An diesem Tag gaben irgendwelche Freunde der Cumberlands für das junge Paar ein Abendessen. Greta wollte anschließend sofort zum Ritz-Carlton gehen. Sie hatte jedoch nicht damit gerechnet, Annie Carney zu begegnen.

»Verdammter Kerl!« flüsterte Barky aufgebracht, während er im Marmorflur der Wohnung in der Park Avenue dem Hausmädchen seinen Mantel reichte. »Pa hat diese Nutte mitgebracht.«

Der Frühlingsabend erschien Greta zu warm, und ihr langes, schulterfreies schwarzes Taftkleid kam ihr plötzlich zu eng vor. Sie entdeckte Mrs. Carney sofort, zog den Ring ihrer Mutter vom Finger und legte ihn in die Handtasche. Greta war überrascht von Annies Schönheit und scheinbarer Jugend. Sie bewunderte den rötlichen Schimmer der goldblonden Haare und das Grübchen, das genau an der richtigen Stelle erschien, wenn sie lächelte. Sie hatte einen schlanken, straffen Körper, den das trägerlose Kleid aus blaßgrünem Crêpe de Chine mit dem weiten Rock zur Geltung brachte. Es waren viele Gäste da. Deshalb blieb Greta Zeit, sich von dem Schreck zu erholen und sich auf den unvermeidlichen Augenblick der Begegnung vorzubereiten. Auch Barkys Empörung konnte sich legen.

Schließlich machte Sam Cumberland die beiden Frauen miteinander bekannt. Barky begrüßte Mrs. Carney mit steifer Höflichkeit. Sie gab Greta die Hand und sagte: »Hallo, Greta.« Dann legte sie als Reaktion auf Gretas neugierigen Blick den Kopf schief, ohne ihre Hand loszulassen.

Greta lächelte.

»Barky hat großes Glück«, sagte Mrs. Carney, ohne dabei auch nur einen Blick auf Gretas künftigen Ehemann zu werfen. Die Gastgeberin unterbrach sie und entführte die Ehrengäste, um die anderen zu begrüßen. Greta zitterte inzwischen, konnte es jedoch verbergen, indem sie sich an Barkys Arm festhielt.

Greta vermied es den ganzen Abend, in Mrs. Carneys Richtung zu blicken. Glücklicherweise saßen sie an Tischen in verschiedenen Zimmern. Als Mrs. Carney schließlich mit Mr. Cumberland ging, verabschiedete sie sich von ihr, sagte aber nur: »Gute Nacht, Greta.«

Barky setzte Greta vor ihrer Haustür ab und küßte sie zum Abschied leidenschaftlich. Dabei beschwerte er sich immer noch über Mrs. Carneys Anwesenheit und Gretas Geistesabwesenheit an diesem Abend. Sobald sein Wagen um die Ecke gebogen war, eilte Greta zur Columbus Avenue und hielt ein Taxi an. Fünfzehn Minuten später erreichte sie das Hotel. Es war ein Uhr dreißig. Sie ging zum Haustelefon und ließ sich mit Henry Sumners Zimmer verbinden.

»Hallo?«

Greta zögerte angstvoll, als sei sie dabei, einen Schuß abzufeuern. »Ich ... der Ring. Ich bin in der Halle.«

Es entstand eine Pause. »Großartig. Ich bin sofort unten.«

Greta sah mehrere Sessel, ging aber erregt in der Halle auf und ab. Ehe sie sich beruhigt hatte, trat ein Mann mit Stiefeln, Jeans, einem offenen Hemd und einer Lederjacke aus dem Fahrstuhl. Als er sie sah, kam er lächelnd auf sie zu. Greta wäre am liebsten davongelaufen.

»Wie es scheint, bin ich etwas zu schlicht angezogen«, sagte er.

Greta erwiderte sein Lächeln nicht. Sie starrte in sein Gesicht, aus dem sie Sam Cumberlands Augen anblickten. Vermutlich bemerkte die Ähnlichkeit niemand, der nicht wußte, in welcher Beziehung die beiden zueinander standen, denn sie beschränkte sich im wesentlichen auf die Augen. Der junge Mann trug eine Brille. Er hatte sandfarbene Haare, und selbst wenn er lächelte, waren seine Lippen schmaler als die seines Vaters. Er war auch schlanker und einige Zentimeter größer als Sam Cumberland, und seine Bewegungen waren kraftvoller.

»Henry Sumner«, begrüßte er sie und streckte ihr die Hand entgegen, um spaßhaft anzudeuten, daß sie sich ebenfalls vorstellen möge.

»Greta von Herschfeldt«, hörte sie sich wie aus weiter Ferne sagen. Plötzlich schluckte sie und begann zu würgen. Sie hielt beide Hände vor den Mund und ließ ihre Tasche fallen. Henry hob sie auf, faßte Greta um die Hüfte und half ihr durch die Halle hinaus auf die Straße.

Er hielt ihr den Kopf, als sie sich über den Bordstein beugte und würgte. Sie hatte wenig gegessen, noch weniger getrunken, und so be-

fand sich außer Galle kaum etwas in ihrem Magen. Sie spuckte aus und richtete sich auf. Sie konnte ihn nicht ansehen.
»Tut mir leid«, sagte sie.
Er zuckte die Schultern. »Das spart uns eine Menge Zeit. Es stellt sich immer irgendwie eine echte Intimität ein, wenn man jemandem den Kopf hält, während er spuckt. Fühlst du dich jetzt besser?«
Sie schüttelte den Kopf.
»Möchtest du eine Weile laufen?«
»Mir ist kalt.«
»Du kannst das anziehen.« Er zog die Jacke aus und hängte sie ihr über die Schultern.
»Und du?« fragte Greta. Sie konnte ihn immer noch nicht ansehen.
»Es ist eine Frühlingsnacht. Wenn du anfängst, dich schwach zu fühlen oder so, sag es.«
Sie gingen die Straße am Central Park entlang. Er stellte keine Fragen und machte auch keine Konversation. Greta war dankbar dafür.
»Was weißt du über mich?« fragte sie. Dabei hatte sie sich eisern unter Kontrolle, fühlte sich aber gleichzeitig unendlich erleichtert.
»Der Fotograf ist dir nicht gerecht geworden.« Er ging ein paar Schritte, ehe er weitersprach. »Und ganz gleich, was der Ring für dich bedeutet, die Sache macht dir schreckliche Angst. Warum, weiß ich nicht, und ich muß es auch nicht wissen. Ich meine, was ich gesagt habe. Ich vergesse das Ganze.«
»Früher oder später wirst du es erfahren«, sagte Greta, während sie die Handtasche aufklappte und ihm den Ring gab.
»Ja?«
Greta blieb stehen und sah ihn an. »Ich habe heute bei einem Abendessen deine Mutter kennengelernt. Ich werde in dreieinhalb Wochen Barky Cumberland heiraten.«
Sie beobachtete aufmerksam seinen Gesichtsausdruck. Er blinzelte einmal.
»Meinen Glückwunsch«, sagte er gleichmütig und gab ihr den Ring zurück, ohne einen Blick darauf geworfen zu haben.
Greta konnte ihre Neugier nicht länger unterdrücken. »Weiß deine Mutter von mir?« Sie steckte den Ring wieder an den Finger.
»Keine Ahnung«, erwiderte er vorsichtig. »Ich habe den Namen von Herschfeldt noch nie gehört. Aber meine Mutter und ich, wir sprechen

nicht miteinander.« Sein Blick wurde weicher, und er fragte: »Greta, was zum Teufel macht dir solche Angst?«

»Ich habe den Namen noch nie zuvor laut ausgesprochen.« Greta schluchzte auf, ehe sie es verhindern konnte. Sie preßte beide Hände an den Mund. Während sie im gespenstisch bläulichweißen Licht der Straßenlampen stand, wußte sie, daß sie ihm alles erzählen würde. Sie sah keine Möglichkeit, es zu verhindern, obwohl sie nicht wußte, was dann geschehen würde.

Sie gingen weiter, und Greta unterdrückte ihr Schluchzen. Eine Stunde später wechselte sie das Thema und erzählte, was ihre Mutter über Wien und die von Herschfeldts gesagt hatte, ehe sie berichtete, was sie über ihren Vater, den Nazihauptmann, den Mörder und Kriegsverbrecher wußte. Henry stellte hin und wieder eine Frage, äußerte sich aber nicht. Greta sprach von ihrer Kindheit in Albany, von der Lüge ihres geheimen Lebens, über ihre Arbeit als Modell und schließlich über Barky.

Henry lachte bei der Geschichte mit Barky immer wieder leise, und Greta begann schließlich, laut zu lachen. Sie hatte noch nie so ungezwungen gelacht, und das tat so unglaublich gut. Sie fand es wunderbar.

Dann kam ihr eine Frage in den Sinn, und sie sprach sie aus, ohne an die Folgen zu denken. »Ist Sam Cumberland wirklich dein Vater?«

Er ging weiter. Greta beobachtete ihn und sah, wie sein Gesicht wieder ausdruckslos wurde.

»Ich habe dir alles gesagt. Also kann ich dich auch alles fragen.«

Sie gingen ein paar Schritte weiter, ehe Henry reagierte. Er blieb stehen und sah sie an. Dann lächelte er dünn und fragte: »Willst du es wirklich wissen?«

»Ja!« sagte sie, richtete sich im Überschwang des Augenblicks auf und küßte ihn.

Er legte langsam die Arme um sie und küßte sie so sanft, als sei es der erste Kuß seines Lebens.

Als Greta sich losmachte, blickte sie ihm in die Augen und sagte: »Ich glaube, ich bin heute nacht mehr als verrückt.«

»Entweder das oder mehr als vernünftig. Willst du nun meine Geschichte hören? Sie ist nicht so gut wie deine, aber zumindest bin ich auch ein uneheliches Kind.«

Sie gingen weiter. Eine Stunde später setzten sie sich in ein Restaurant am Broadway, das die ganze Nacht geöffnet hatte, und bestellten ein großes Frühstück. Greta konnte sich nicht daran erinnern, jemals so hungrig gewesen zu sein. Hinterher gingen sie zum Lincoln Center und setzten sich auf den Rand des Springbrunnens. Der Himmel wurde hell, als Henry sagte: »Ich habe meine kleine Schwester nicht mehr gesehen, seit sie ein Baby war. Sie weiß kaum, wer Frank Carney ist. Mutter hat ihr von Anfang an gesagt, daß Sam Cumberland ihr Vater ist. Sie wollte denselben Fehler nicht zweimal machen . . . Ich habe gehört, Helena ist ein ausgelassenes Mädchen. Sie ist jetzt zehn und geht hier in New York zur Schule. Meine Mutter hat ein Haus gekauft und lebt teils hier, teils auf Limeteen.«
»Warum heiraten sie und Sam Cumberland nicht?« fragte Greta. Sie saß neben Henry, hatte den Kopf an seine Schulter gelegt und die Arme um seine Hüfte geschlungen.
»Das verstehe ich auch nicht. Die beiden hätten es wirklich verdient.«
Sie schwiegen einen Augenblick und beobachteten, wie lange Schatten auf die Plaza fielen.
»Ich muß gehen«, sagte Greta und stand auf.
»Wohin?«
»Zurück. Eine Freundin von Barkys Mutter gibt heute im Colony Club ein Mittagessen.«
Henry erwiderte mit gespieltem Schaudern: »Du kannst nicht zurück.«
Greta lächelte zweifelnd: »Warum nicht?«
»Die Wahrheit ist heraus.«
»Was meinst du damit?« fragte sie und fürchtete sich vor der Antwort.
»Vor heute nacht war die Lüge für dich Wirklichkeit. Jetzt ist es nur eine große Lüge, und sie wird von Tag zu Tag größer, wenn du so weitermachst.« Er stand lächelnd auf und legte ihr die Hände auf die Schultern. »Ich weiß, wie du dich fühlst. Es ist schrecklich. Als ich meine wahre kleine Geschichte herausfand, hätte ich am liebsten alles getan, um die Dinge so zu lassen, wie sie hätten sein sollen.« Er schüttelte langsam den Kopf. »Aber es war zu spät. Wenn du weißt, daß es eine Lüge ist, gibt es keinen Weg zurück.« Er beugte sich vor, legte seine Stirn an ihre und sagte langsam: »Greta von Herschfeldt Hultz,

kannst du dir vorstellen, was Barky Cumberland tun wird, wenn du es ihm sagst? Und du wirst es ihm sagen, weil es die Wahrheit ist.« Er begann zu lachen.

Greta wich zurück. »Aber ich muß doch ... heute zu dem *Mittagessen* ...«, rief sie lachend, »... im Colony Club!«

Henry bog sich vor Lachen. »*Natürlich* mußt du das!« schrie er den Fassaden des Lincoln Center zu. »So werden doch die wirklich großen Lügen aufrechterhalten!«

»Was kann ich denn tun?« fragte sie.

Er dachte einen Augenblick nach, ergriff ihren Arm und flüsterte ihr ins Ohr: »Ich habe von Leuten gehört, die mit einem Leben Schluß machen und ein neues anfangen wollen. Sie gehen an den Strand, ziehen die Kleider aus, legen den Schmuck ab, lassen ihre Papiere zurück und schwimmen davon und in ein anderes Leben.«

»Ich kann nicht schwimmen«, sagte Greta und spürte an ihrer Wange, daß er lächelte.

»Du kannst laufen«, erwiderte er. »Zum Teufel, du bist die ganze Nacht vor dem Mittagessen im Colony Club davongelaufen. Bleib lieber nicht stehen, Greta.«

Sie lehnte sich zurück, um sein Gesicht zu sehen. »Was willst du damit sagen? Wohin kann ich denn gehen?«

»Wohin du willst. Aber wenn du mich schon fragst, nutze ich das aus und sage: Verschwinde und komm mit mir zurück in mein Hotel. Du kannst von dort die notwendigen Nachrichten schicken, und heute abend sind wir hier weg.«

Greta stand wie gelähmt vor ihm. Sie konnte nicht sprechen.

Henry lachte leise. »Mach dir keine Sorgen wegen Kleidern oder Zahnbürsten oder deiner Wohnung. Wenn du willst, daß es so ist, kann es so sein.«

Greta hörte die Herausforderung, aber ihre Gewohnheit, zuerst gründlich zu überlegen, ließ sich nicht so leicht abschütteln. »Du hast gesagt, du bist so eine Art verrückter Wissenschaftler, der in einem Schuppen herumwerkelt. Du lebst in einem Wohnwagen.«

Er nahm ihre Hand, und sie liefen zur Straße.

»Vorsicht«, mahnte er. »Das hast du gesagt, wie es einer von den Cumberlands tun würde. Also gut, die Sache ist so. Ich habe vor ein paar Jahren eine Ranch gekauft. Der sogenannte Schuppen ist ein hochmodernes Labor. Mein Partner und ich haben eine Firma, die ein paar Patente besitzt. Ich bin hier in New York, um die letzten Einzelheiten mit der Anlagenbank auszuarbeiten, die uns an die Börse bringt. Das Angebot sind hundertzehn Millionen. Mein Partner und ich, wir behalten fünfzig Prozent der Anteile. In zwei Wochen müßten meine auf dem Papier fünfundzwanzig Millionen wert sein. Gemessen an den Cumberlands ist das zwar Kleingeld, aber es reicht, um die Frühstücksbrötchen zu kaufen. Die Bankleute haben mich mit ihrer Maschine hergebracht. Ich wollte noch einen Tag bleiben, aber wir können fliegen, wann du willst. Und der Wohnwagen ist eigentlich nicht schlecht, aber wenn du darauf bestehst, kann ich auf ihn verzichten. Ich hatte nur noch keine Zeit, in das Haus umzuziehen.«

Greta ging schweigend neben Henry her zum Hotel und hielt seine Hand. In seiner Suite blieb sie mitten im Wohnzimmer stehen. Sie trug immer noch seine Lederjacke über dem Abendkleid.

»Ich bin schon verschwunden«, sagte sie.

»Noch nicht«, sagte er, kam zu ihr und begann, sie auszuziehen.

Das schwarze Taftkleid fiel schnell zu Boden. Mit einer sanften Bewegung schob er ihr mühelos Strumpfhose und Slip über die Beine nach unten. Ihr Büstenhalter hakte sich auf dem Rücken auf. Er nahm behutsam zuerst ihre Diamantclips und dann das Armband ab. Sie streifte den Verlobungsring vom Finger und ließ ihn zu Boden fallen.

Henry trat zurück und betrachtete sie, als sie bis auf den Ring seiner Mutter an der Hand nackt vor ihm stand. Greta machte keinen Versuch, sich zu bedecken, denn sie wollte, daß er sie sah. Sie fühlte sich nicht verlegen und war auch nicht ängstlich.

»Jetzt bist du unsichtbar«, sagte er, und sie mußte lächeln. Sie sah zu, wie er sich auszog. Auf dem Bett drückten sie sich aneinander. Während sie sich liebten, fühlte sich Greta nicht wie üblich zur Befriedigung verpflichtet. Ihr Genuß genügte für sie beide. Sie konnte es kaum ertragen, daß er sich von ihr trennte, nachdem sie dreimal den Höhepunkt erreicht hatten und das Telefon plötzlich klingelte. Vor dem Hotel wartete ein Wagen auf ihn.

Henry bat die Firma Bendel, eine Verkäuferin zum Hotel zu schicken. Greta schrieb zwei Briefe auf Henrys Tabellenpapier: einen kurzen an ihre Gastgeberin im Colony Club und einen langen an Barky, den sie mit dem Schmuck, den sie getragen hatte, einschließlich des Verlobungsrings, in eine Schatulle legte. In beiden Briefen schrieb sie ohne Angabe von Gründen nur, daß die Hochzeit nicht stattfinden werde. Ein Botendienst holte die Briefe ab, um sie den Empfängern zuzustellen. Die Einzelheiten für den Gang von Henrys Firma an die Börse waren am frühen Nachmittag ausgearbeitet, und bei Sonnenuntergang starteten er und Greta in einem Learjet in Richtung Kalifornien.

Sie erfuhren nichts von den Auswirkungen. Greta erfüllte ihr Verschwinden mit jubelnder Erleichterung. Auf der vernachlässigten Pferderanch mit mehreren Korralen (keine Koppeln, wie Henry ihr erklärte), etwa zwanzig Zuchtstuten und dem Wohnwagen in einem Eukalyptuswäldchen hatte sie zum ersten Mal im Leben das Gefühl von Wirklichkeit. In mehreren Scheunen und Schuppen befanden sich die Hightech-Labors einer Firma mit dem Namen Dynagen. Beinahe hundert Menschen kamen und gingen täglich, einschließlich der Wachleute, die um den unauffälligen Maschendrahtzaun um den fünfzig Morgen großen Besitz patrouillierten. Die Autos standen auf einem Parkplatz, der hinter dichten Büschen und Eukalyptusbäumen verborgen war. Manchmal konnte Greta nicht glauben, daß so viele Menschen um sie herum waren, denn sie bekam nur wenige zu Gesicht.

Es machte Henry großes Vergnügen, ihr die Laboratorien und die Pläne mit den Pferden zu erklären. Allerdings fand Greta die Theorien und die Einzelheiten leicht erschreckend. Sie lernte Henrys Kollegen kennen und fühlte sich auf der Ranch bald zu Hause. Das zweistöckige Haupthaus war mit Schindeln verkleidet und stand seit mehreren Jahren leer. Aber es war solide, geräumig und voller Möglichkeiten. Dahinter befanden sich, umgeben von knorrigen alten kalifornischen Eichen, ein leerer Swimmingpool und ein Tennisplatz. An mehreren Wochenenden fuhren sie nach San Francisco, und Greta vervollständigte ihre Garderobe. Sie aßen gut, machten stundenlange Spaziergänge und erzählten einander mehr über sich selbst.

»Ich muß diese Woche nach Kentucky«, sagte Henry eines Abends in dem Chinarestaurant, in das er am liebsten ging. »Ich werde ein sehr gutes Pferd für ein Projekt kaufen, an dem wir auf der Ranch arbeiten. Komm mit, es wird dir wahrscheinlich gefallen. Wir gehen zur Keeneland-Sommerauktion. Ein Mann namens Sangster und ein paar Brüder, Araber aus Dubai, die alle Welt die Dubai-Brüder nennt, überbieten sich gegenseitig und kaufen Jährlinge für Millionen.«

»Natürlich«, erwiderte Greta lächelnd. »Noch habe ich keine Lust darauf, von dir getrennt zu sein.«
Henry lachte und nahm ihre Hand. »Eines solltest du wissen. Sam Cumberland wird vermutlich auch dort sein. Er gehört zu einer Gruppe von Investoren, die versuchen wollen, Schluß damit zu machen, daß Sangster und die Araber mit den besten Pferden abziehen. Meine Mutter wird ihn möglicherweise begleiten. Aber ich bin ziemlich sicher, daß wir ihnen aus dem Weg gehen können.«
Greta blickte durch das große Glasfenster.
»Und Barky?«
»Ich bezweifle, daß er auch da sein wird. Ich habe immer gehört, er ist allergisch gegen Pferde. Er bekommt einen Ausschlag oder so etwas.«
»Und er niest«, ergänzte Greta. »Es klingt, als seien die Cumberlands wie immer mit sich selbst beschäftigt. Aber wenn du hingehen kannst, kann ich es auch. Ich will nicht aus Angst vor ihnen hier bleiben. Außerdem bin ich immer noch unsichtbar.«

Henry und Greta kamen dienstags in Lexington an und fuhren vom Blue-Grass-Flughafen geradewegs zum Aktionspavillon auf dem Rennplatz. Die Parkplätze waren voll, und die uniformierten Männer am Eingang des eindrucksvollen Steingebäudes hatten Hochbetrieb. Die Auktion war bereits im Gange, als Henry vor Greta zu den für seine Firma reservierten Plätzen ging. Sie spürten die gespannte Atmosphäre im Pavillon sehr deutlich, ehe sie Platz genommen hatten.
Im Sägemehl des Auktionsrings stand ein Jährling mit der Nummer 215 an der Flanke. Der Auktionator war mit Hingabe bei der Sache, aber noch ehe sie ein Wort verstanden, sahen Henry und Greta das letzte Gebot an der Tafel. Vor ihren Augen stieg es von 6,5 Millionen auf 7 Millionen, dann auf 7,5 und schließlich auf 8 Millionen Dollar. Die Männer mit schwarzen Krawatten, die die Gebote der Interessenten entgegennahmen, riefen und winkten hektisch. Der Auktionator unterbrach seinen schnellen Singsang keinen Augenblick.
»Okay, ich habe neun Millionen von Dale dort hinten. Neun Millionen, wer bietet zehn? Neuneinhalb Millionen, wer bietet zehn? Neun Komma sieben Millionen, wer bietet, wer bietet zehn Millionen, bieten Sie zehn, Sir? Der HERR gibt mit Freuden. Neun Komma acht Millio-

nen, zehn Millionen. Neun, Komma neun, wer bietet zehn? Zehn dort hinten ...«

Die Erklärung für den unglaublichen Preis lieferte der Katalog. Der Vater des Jährlings war Nijinsky, ein Sohn von Northern Dancer, zu dessen Nachkommen bereits achtzig Sieger gehörten. Die Mutter des Jährlings war My Charmer, die neun Jahre zuvor Seattle Slew gefohlt hatte.

Greta entdeckte Mrs. Carney und Sam Cumberland. Im selben Moment hörte sie irgendwo in ihrem Rücken ein vertrautes Niesen und dann noch eines. Sie hatte zu große Angst, um sich zu bewegen. Mr. Cumberland saß am nächsten Gang etwa zehn Reihen weiter unten. Er und ein paar andere Männer steckten die Köpfe zusammen, und er sprach mit einem gutaussehenden Mann mit makellosen Zähnen, sorgsam gefönten ergrauenden Haaren und einer Brille mit getönten Gläsern.

»Das ist Wayne Lukas«, flüsterte Henry. »Ein Trainer. Er ist unheimlich auf Draht und hat viel Geld hinter sich. Sangster tritt bei Auktionen nie selbst in Erscheinung. Die Dubai-Brüder sehe ich nicht.«

Lukas nickte einem der Männer mit den schwarzen Krawatten zu, und die Gebote stiegen weiter. Greta hörte wieder ein Niesen, drehte sich um und sah Barky am oberen Ende des nächsten Gangs stehen. Er blickte auf die Gruppe um seinen Vater hinunter. Sie packte Henry am Arm, als Barky begann, die Stufen des Pavillons nach unten zu gehen. Niemand beachtete ihn, die Blicke der Menge hingen an dem jungen Hengst und der Anzeigetafel, auf der inzwischen 11700000 $ zu lesen stand.

»Wollen Sie ihn für zwölf. Zwölf, höre ich zwölf? Nur Mut, Sir! Er ist der geborene Sieger, aber sind wir das nicht alle? Also gut, jetzt sprechen Sie meine Sprache. Zwölf Millionen sind geboten!«

Barky befand sich auf halbem Weg nach unten, als er eine kleine Pistole aus der Jackentasche zog und noch einmal nieste. Greta und Henry sahen die Waffe, aber noch ehe Greta schreien konnte, war Henry auf den Beinen, sprang gelenkig über die Reihen erschrockener Leute hinweg und trat dabei auf die Armlehnen der Sessel. Schließlich erreichte er den nächsten Gang. Barky sagte etwas und richtete die Pistole auf Mrs. Carneys Hinterkopf. Im selben Moment sprang Henry über zehn Stufen hinweg nach unten. Mrs. Carney drehte sich um und sah die Waffe, als Henry mit der Schulter Barky im Rücken rammte. Die beiden Männer rollten die Stufen hinunter und vor die Füße des Mannes, der dem Auktionator gerade das Gebot von Wayne Lukas zurief und sich keine Sekunde von seiner Arbeit ablenken ließ.

»Danke, Sir! Dale, dort hinten, ich habe zwölf Komma vier Millionen. Wie ist es mit dreizehn Millionen, und wir hören damit wirklich auf? Dreizehn Millionen . . . ?«

Henry und Barky rangen miteinander, während Sicherheitsbeamte sie umstellten. Henrys Brille ging zu Bruch, und er blutete an der Wange. Die Sicherheitsbeamten rissen Barky die Waffe aus der Hand und schleppten die beiden Halbbrüder durch eine Tür hinter dem Auktionsring hinaus. Der Jährling stand gelassen im Sägemehl und nahm von alldem keine Notiz.

Greta sah sich im Pavillon um. Die Gruppe um Wayne Lukas beriet. Sam Cumberland redete auf Annie Carney ein, die wie erstarrt auf ihrem Platz saß. Dann, als das Paar aufstand und eilig die Stufen hinaufstieg, sagte Wayne Lukas: »Ja!«

»Danke! Dreizehn Millionen. Dreizehn Millionen, Dale! Gehen Sie auf dreizehn fünf, Dale? Haben Sie sich an diesem Bonbon verschluckt? Gut, ich warte. Dreizehn Millionen Dollar . . .«

Greta stand auf und verließ den Pavillon, um herauszufinden, wohin man Henry und Barky gebracht hatte.

Robert Sangster erhielt den Zuschlag bei einem Gebot von dreizehn Komma eins Millionen Dollar. Es war der höchste Preis, der jemals für einen Jährling bezahlt worden war, der noch kein Rennen gelaufen hatte und dessen Fähigkeiten sich nicht genau beurteilen ließen. Zwei Jahre später lief der inzwischen dreijährige Hengst mit dem vielversprechenden Namen Seattle Dancer unter den Farben von Stavros Niarchos, dem Partner von Sangster, fünf Rennen in Irland und Frankreich, gewann wenig und wurde als Deckhengst aufgestellt.

29

Phil Angelo saß in einem Restaurant in der Madison Avenue und fuhr mit der Hand über die beschlagene Fensterscheibe, damit er den Gehweg im Auge behalten konnte. Der Märzwind wehte Papier und Plastik gegen die Füße der Passanten und Hausmauern. Trotzdem hielt sich hartnäckig ein Anflug von Frühlingswärme in der Luft. Phil blickte auf seine Armbanduhr. Die Rolex stammte von einem Kunden, der eine Überdosis genommen hatte. Phil war nicht sicher gewesen, ob der Mann noch lebte, doch später hörte er, daß er beim Eintreffen der Polizei bereits tot war.

Der Zahnstocher in seinem Mund brach ab, und er spuckte die beiden Stücke auf den Boden. Er drehte sich um und sah sich in der verspiegelten Säule in seiner Nähe. Phil runzelte die Stirn. Ganz gleich, was er mit den wenigen, verbliebenen Haaren anfing, am Vorderkopf wurde er kahl. Er dachte an die üppige Tolle von früher. Er hatte einmal versucht, eine Sonnenbrille über die Stelle zu schieben, an der ihm die Haare ausgingen. Das war damals allgemein Mode gewesen. Aber sein Lieferant hatte gelacht und gefragt: »Wozu soll denn das gut sein? Willst du deinen Kopf vor einem Sonnenstich schützen oder spielst du einen schwulen Hollywood-Regisseur?«

Phil blickte wieder durch die freie Stelle in der beschlagenen Scheibe. Sie war spät dran. Aber sie würde kommen. Sie kamen immer. Es war das einzige im Leben, worauf Phil bauen konnte.

Die Kellnerin ging vorbei und füllte ungefragt seine Tasse auf. Sie war jung, hübsch, hatte gefärbte blonde Haare und einen ganz netten Po – vermutlich eine arbeitslose Schauspielerin. Phil bedachte sie mit seinem besonderen Lächeln, einer Mischung aus Dankbarkeit und Anzüg-

lichkeit. Die junge Frau sah es, durchschaute es und ging, ohne die Miene zu verziehen, zu den Gästen am Nebentisch. Als Phils Blick den Bewegungen ihres Hinterns folgte, sah er sich wieder im Spiegel.
Billig – die Schuhe, der Anzug, die Krawatte, der Burberry-Trenchcoat vom Ausverkauf mit dem dämlichen, häßlichen braunen Plaidmuster. Billig. Alles, was er trug, wirkte billig. Er haßte es, sich morgens anzuziehen, er haßte es, wenn ihn jemand sah, der ihn kannte, er haßte es, sich selbst zu sehen. Er starrte auf sein Spiegelbild und bemitleidete sich aufrichtig.
Nichts hatte mehr geklappt, seit diese dämlichen Brüder die Entführung der Stute verpfuscht hatten. Phil blieb zwar das Gefängnis erspart, aber es waren zu viele Leute auf ihn aufmerksam geworden. Zuerst mußte er dem FBI alles mögliche vormachen, und später durfte er nach der Pfeife der Gangster tanzen.
Die Kerle im dunklen Anzug waren kein Problem. Sie wollten nur, daß er Fungo belastete und über die Cosa Nostra redete. Er erzählte ihnen von Annies Liste. Das lenkte sie soweit ab, daß sie nicht fragten, was er sonst noch wußte, und sie gaben ihm Immunität.
Die Immunität bedeutete der Genovese-Familie nichts. Als sie von der Liste erfuhren, schnappten sie sich Phil auf der Straße und steckten ihn in einen Fleischkühlraum. Als er blau war, holten sie ihn heraus und fragten nach der Liste. Phil erzählte ihnen, das habe er erfunden, damit er beim FBI nicht singen mußte. Er erklärte, er habe Charlie Dell gekannt und sich an Joe Valachis Erpressungsversuch erinnert. Dabei sei ihm die Idee mit der Liste gekommen, und er habe das FBI dazu gebracht, ihm zu glauben. Wenn die Genovese-Familie Beweise suche, dann möge sie nur verfolgen, was das FBI mit Annie Carney anstellte, um sie zur Herausgabe der Liste zu zwingen.
Die Gangster schlugen ihn zusammen und warfen ihn wieder in den Kühlraum. Phil ließ alles über sich ergehen. Er wußte, es war seine einzige Chance, am Leben zu bleiben. Er wurde wieder blau und verlor das Bewußtsein. Man holte ihn heraus und sperrte ihn einen Monat in einem Kellerraum ein. Zu essen bekam er nur Thunfisch und Corn Flakes. Dann ließ man ihn ohne Erklärung laufen. Die Mafia glaubte ihm offenbar. Phil tauchte unter und ließ sich ein paar Jahre nicht blikken. Er schlug sich durch, indem er gelegentlich Aufträge der Gambino-Familie erledigte.

Aber von da an konnte sich Phil auf keine Rennbahn mehr wagen. Die Leute von Pinkerton entdeckten ihn, sobald er durch das Drehkreuz ging, und jagten ihn sogar von den Parkplätzen. Die Jockeys in den Kneipen in der Umgebung der Gegengeraden behandelten ihn, als habe er Aids, und Trainer, mit denen er zusammengearbeitet hatte, sagten ihm ins Gesicht, er möge verschwinden und sich nicht mehr blicken lassen. Selbst Pfleger und Trainingsreiter wußten von der Sache und gingen ihm aus dem Weg. Er begriff, daß selbst dann niemand ein Glas mit ihm trinken würde, wenn er eine Runde ausgab. Nach einiger Zeit machte er nicht einmal mehr den Versuch.

Die Buchmacher redeten mit ihm. Phil wettete Tausende und konnte nicht aufhören. Einmal ging er in Las Vegas zu den Anonymen Spielern und erzählte allen von seiner schrecklichen Sucht. Er genoß es ungeheuer, daß er sie mit den erbärmlichen Einzelheiten schockierte. Nachdem er jede Menge gut gemeinter Unterstützung erhalten hatte, ging er zur Feier des Tages geradewegs in den ›horse room‹ in Caesar's Palace und setzte tausend Dollar auf einen Außenseiter bei einem Rennen in Meadowlands. Das Pferd galt zu Recht als Außenseiter, es ging dreißig Längen hinter dem Sieger durch das Ziel.

Es kam schließlich soweit, daß Phil den Buchmachern über hunderttausend Dollar schuldete. Daraufhin tauchten die Geldverleiher bei ihm auf. Als er zum ersten Mal die zweimonatlich fälligen fünfundzwanzig Prozent Zinsen nicht bezahlen konnte, erschienen die Schläger, um ihn zu warnen. Beim zweiten Mal schlugen sie ihn zusammen und rissen ihm den letzten maßgeschneiderten Anzug vom Leib. Beim dritten Mal, der üblicherweise ›letzten Warnung‹, wie sie sagten, brachen sie ihm mit einem großen Schraubenschlüssel das Handgelenk.

Danach ging Phil wieder auf die Straße und verkaufte Heroin und Kokain. Im Laufe der Jahre wurden seine Schulden weniger, aber er lebte wieder in einem Loch und trug billige Sachen. Außerdem wußte jeder Bescheid, und kein Buchmacher nahm Geld von ihm, solange seine Schulden nicht abbezahlt waren. Es brachte ihn fast um. Während Phil jetzt auf sein Spiegelbild starrte, dachte er, daß es sich bei einem solchen Leben kaum lohnte, zur Toilette zu gehen.

»Was siehst du denn da, John Travolta – Ravolta?«

Er grinste in den Spiegel. Dabei fiel sein Blick auf zu viele Falten. Er drehte sich nach dem Mädchen um, das sich ihm gegenüber an den

Tisch setzte. Sie verzog das milchweiße Gesicht zu einem frechen kleinen Grinsen. Phil gestand sich ein, die Kleine mit den dichten schwarzen Locken war bereits ›Klasse‹. Sie hatte lange Beine und Brüste, die die Schulbluse und den Pullover strafften. Und sie hatte das Grübchen ihrer Mutter.
»Wie geht's, Helena?«
»Tut mir leid, daß ich so spät bin«, sagte sie atemlos. »Ich mußte die blöde Kuh abhängen, die auf mich aufpaßt.«
»Ein Coke für sie«, sagte Phil zu der blonden Kellnerin.
»Diese Art Coke will ich nicht«, sagte Helena in dem Versuch zu flirten. »Du weißt, was ich will.«
O ja, dachte Phil, sie ist reif zum Pflücken. »*Wie* alt bist du?« fragte er wieder einmal.
Sie verdrehte die Augen und tat, als langweile sie diese Frage entsetzlich. Aber dabei lächelte sie geschmeichelt über sein Interesse. »Alt genug, um zu wissen, daß man sich einen alten Casanova zehn Meter vom Leib halten muß.« Sie lachte, denn so etwas hatte sie bisher nur ihren Freundinnen gegenüber gesagt.
Die Kellnerin stellte das Coke auf den Tisch und legte den Bon dazu.
»Nein, im Ernst«, beharrte Phil, als mache er Spaß. »Wie alt bist du?«
Ihr Lächeln verschwand, und sie sah ihn etwas ängstlich an. »Wen interessiert das denn?« erwiderte sie gereizt. »Damit du es weißt, im Dezember werde ich vierzehn. Hast du den Stoff dabei?«
»Nein.«
Sie richtete sich auf und starrte ihn an. »Wie?«
Phil grinste. »Denk daran, was für ein Gefühl das ist, wenn wir uns das nächste Mal sehen. Denk daran, wie es ist, wenn ich nichts für dich habe. Denn beim nächsten Mal gibt es nichts, wenn du nicht das Doppelte bezahlst.«
Helenas Mund stand offen. »Scheißkerl! Ich kann nicht...«
»Halt die Klappe. Da gibt es nichts zu diskutieren.«
»Ich nehme meiner Mutter alles Geld aus der Handtasche, das ich finde. Ich kann nicht...«
»Nimm mehr. Nimm Sachen aus der Wohnung. Verkauf sie. Mir ist es scheißegal, wie du dir Geld beschaffst. Aber du beschaffst dir besser welches.«
»Dann geb' ich es eben einfach auf«, erklärte sie entschlossen.

»Gut«, sagte er und machte Anstalten aufzustehen.
»Warte!« flüsterte sie erschrocken. Er setzte sich wieder, und sie sah sich verzweifelt um, als suche sie Hilfe. »Hast du etwas dabei?«
»Du weißt, ich bin es gewöhnt, zuerst Geld zu sehen.«
»Du bist wirklich ein echter Dealer. Heißt du wirklich Pope?«
»Nein, ich bin Nancy Reagan in Verkleidung.«
Das Mädchen kramte in der Schultasche und sagte: »Na ja, einfach nein sagen, als ob das so leicht wäre . . . Du warst immer so nett.«
»Ich bin nett«, sagte Phil und blickte sich mit gelangweilter Miene im Restaurant um, ehe das Geld den Besitzer wechselte. »Denk an das Risiko, das ich eingehe, wenn ich dir den Stoff beschaffe. Manche Leute sind der Meinung, dafür gehöre ich auf den elektrischen Stuhl.«
Helena gab ihm die Geldscheine. Er steckte sie in die Tasche, ohne hinzusehen. Dann stand er auf. »Der Stoff liegt unter dem Serviettenständer. Rühr ihn nicht an, bis ich draußen bin. Trink dein Coke, ich zahle an der Kasse. Und nimm nicht zuviel auf einmal. Sonst explodiert dein hübscher Kopf.« Er grinste mahnend. »Vergiß nicht. Das Doppelte beim nächsten Mal. Weißt du, wann und wo?«
»Donnerstag, beim Schlittschuhlaufen.«
Als Phil an der Kasse stand, beobachtete er Helena. Sie griff nach dem Serviettenständer, drehte sich um, und als sie ihn sah, verzog sie das Gesicht und lehnte sich steif an die Lehne der Bank.
Ja, dachte Phil, sie war reif, und er hatte sie am Haken. Er stellte sich vor, wie stramm ihre Brüste waren. Er erhielt das Wechselgeld zurück, nahm sich einen frischen Zahnstocher und verließ das Restaurant. Er war stolz auf sich.
Er hatte sich von Annie ferngehalten. Die Leute, für die er arbeitete, hatten ihm klargemacht, daß es ihnen nicht gefallen würde, wenn er noch einmal Aufmerksamkeit auf sich zog. Aber als er hörte, daß Annie mit ihrer Tochter in der Stadt lebte, konnte er der Verlockung nicht widerstehen. Es war nicht leicht gewesen, an das Mädchen heranzukommen. Ihre teure Schule war wie eine Festung, und nach dem Unterricht holte die Haushälterin Helena im Wagen ab. Samstags ging Helena jedoch mit drei Freundinnen durch die Madison Avenue zu den Kinos in der Eighty-sixth Street. Nach dem Film liefen sie zur Ninetieth Street und in den Central Park. Dort rauchten sie Zigaretten. Es dauerte vier Wochen, bis Phil einen Weg gefunden hatte, um unauffällig mit ihr be-

kannt zu werden. Aber sein Plan funktionierte. Er ging im Park mit einer Tüte Orangen an den Mädchen vorbei, und die Tüte platzte. Die Mädchen sammelten die Orangen kichernd auf und steckten sie in ihre Taschen. In der folgenden Woche gab er ihnen Zigaretten und benahm sich reizend. Bald darauf schlug er ihnen vor, etwas Besseres zu rauchen. Zuerst brachte er gutes Marihuana und dann Kokain.

Helena erwies sich als die Anführerin. Sie war vorlaut, hochnäsig und vor ihren Freundinnen zu allem bereit. Phil belieferte sie, damit sie angeben konnte. Als die anderen schließlich der Mut verließ, machte er es Helena leicht, allein zu kommen. Er lehnte es oft ab, sie zu beliefern, und äußerte sich besorgt darüber, daß sie zu tief in die Sache hineingerate, aber sie bat ihn immer wieder darum. Es gefiel ihr nicht, als er schließlich anfing, Geld zu nehmen. Aber er erklärte ihr, daß er für den Stoff zahlen müsse, und sie akzeptierte es.

Phil steckte den neuen Zahnstocher in den Mund und schob ihn mit der Zunge an den Zähnen entlang. Es war genau der richtige Zeitpunkt, den Preis zu verdoppeln. Sie würde bald eine stärkere Dosis brauchen, und ihm war das nur recht. Er ging über die Straße und überlegte, wann Annie herausfinden würde, was vorging. Er stellte sich genußvoll ihre Reaktion vor und überlegte, wie er dafür sorgen konnte, daß Annie von seinem Werk erfuhr.

Wie auch immer, er mußte vorsichtig sein. Er lief in Richtung downtown zu seinem bevorzugten Wettbüro. Er war ziemlich sicher, er konnte Helena nicht nur soweit bringen, daß sie von dem Stoff nicht mehr loskam, sondern früher oder später würde er an sie herankommen. Annie würde rasen vor Wut. Phil lächelte. Dreizehn? Verdammt noch mal, er war bald dreißig. Er fühlte sich so phantastisch, er mußte einfach eine Wette anlegen. Keine große, aber an diesem Morgen hatte er in der *Form* einen Außenseiter entdeckt, der zu langen Odds notiert wurde und im neunten Rennen in Aqueduct lief. Wenn er sich beeilte, schaffte er es noch.

Phil hatte keinen Grund anzunehmen, daß Bridey, die irische Haushälterin, die sich um Helena kümmerte, wenn Annie in Lexington war, ihn in diesem Augenblick beobachtete. Helenas seltsames Benehmen und ihr häufiges plötzliches Verschwinden machten sie seit einiger Zeit argwöhnisch. An diesem Tag hatte Bridey ihren Schützling bewußt entkommen lassen und war Helena dann zu dem Treffen mit diesem

Mann gefolgt, der für Bridey nichts als Abschaum mit einem Zahnstocher im Gesicht war.

Als Helena das Restaurant verließ, beobachtete Bridey aus sicherer Entfernung, wie ihr Schützling eilig zur Fifth Avenue und in den Central Park ging. Dann begann sie so schnell nach Norden, in Richtung Metropolitan Museum, zu laufen, daß Bridey die Verfolgung aufgeben mußte. Sie sah Helena kopfschüttelnd nach und kehrte zu dem Haus in der Seventy-third Street zurück, wo sie mit dem Mädchen und Mrs. Carney wohnte, seit Pferde von Limeteen wieder in New York liefen. Bridey beschloß, Mrs. Carney anzurufen. Sie hatte Helena in ihrem Zimmer einmal beim Rauchen ertappt, aber geschwiegen, nachdem Helena sie unter Tränen anflehte, sie nicht zu verraten. Der Vorfall an diesem Tag erschien ihr jedoch sehr viel schwerwiegender und besorgniserregender. Der Anblick des Mannes, den Bridey mit Helena im Restaurant gesehen hatte, alarmierte sie, und ihr Verantwortungsbewußtsein ließ sie nicht länger schweigen.

Sobald Annie von Bridey erfahren hatte, was geschehen war, flog sie von der Farm nach New York zurück. Sie hatte keine Ahnung, wer der Mann war oder was er tat. Aber ihr war aufgefallen, daß Helena zunehmend abweisender wurde und daß ihre Stimmungen völlig ungewohnt und beängstigend schwankten.

Annie, Bridey und Helena saßen gemütlich beim Abendessen. Mutter und Tochter tauschten die letzten Neuigkeiten aus und machten Pläne für eine Reise nach Saint Bart's in den Osterferien.

»Aber ohne Pferde!« forderte Helena im Spaß. »Und wenn ich sehe, daß du die *Racing Form* liest, verbrenne ich sie!«

»Ich verspreche es«, sagte Annie und lachte fröhlich mit ihrer Tochter. Dabei fragte sie sich, ob sie und Bridey sich vielleicht unnötige Sorgen machten.

Plötzlich sprang Helena auf und sagte wütend: »Ich spreche kein Französisch! Warum müssen wir auf so eine blöde Insel fahren? Ich will nicht nach *Saint Bart's*!« Damit marschierte sie aus dem Eßzimmer.

Annie und Bridey sahen sich an, und Annie folgte ihrer Tochter nach oben.

Sie klopfte an die Tür von Helenas Zimmer.

»Ich *habe gewußt*, daß du heraufkommen würdest!« rief Helena, »ich habe es genau gewußt!«

»Nun ja, da bin ich. Kann ich hereinkommen?«
»Sicher *kannst* du hereinkommen. Aber *darfst* du?« sagte Helena sarkastisch in einer Art Singsang.
»Solchen Quatsch lernen wir an meiner *wunderbaren* Schule!« Sie riß die Tür auf. »Aber sicher, *Mami*, komm doch herein.« Sie ging mit großen Schritten zur gegenüberliegenden Wand, drehte sich um, verschränkte die Arme und musterte ihre Mutter überheblich.
»Wollen wir uns streiten?« fragte Annie.
»Nein!« erwiderte Helena übertrieben mürrisch.
»Weshalb benimmst du dich dann so?«
Helenas Blick wanderte durch das Zimmer. »Es tut mir leid, Mami«, sagte sie aufrichtig und versuchte damit, aus der Falle zu schlüpfen. »Wirklich. Vergessen wir es. Du solltest nur einmal *sehen*, wie viele Hausaufgaben ich heute abend zu machen habe. Verstehst du, was passiert, wenn man das X auf die andere Seite des Gleichheitszeichens verschiebt? Es wird geteilt oder so was.« Sie lief rasch zu dem Tisch, den sie als Schreibtisch benutzte, und klappte die Schultasche auf.
»Irgend etwas ist mit dir passiert, Helena«, sagte Annie und versuchte, eher eindringlich als drohend zu klingen. »Ich möchte wissen, was.«
Helena senkte den Kopf und lehnte sich an den Tisch. »Na ja«, sagte sie, »ich glaube, es sind zwei Dinge. Diese Perioden machen mich wirklich nervös. Seit das angefangen hat, glaube ich manchmal, daß mir die Haut abgezogen wird.« Sie hob den Kopf und sah ihre Mutter wütend an. »Und weißt du, Mami, ein uneheliches Kind zu sein, ist auch nicht mehr das, was es einmal war. Die Leute reden jetzt ständig über mich *und* Henry, wo immer *der* auch sein mag. Du weißt schon wie, so in der Art, Bastarde liegen bei denen in der Familie . . . Familie! Welche *Familie?* Mein Bruder ist auf dem Mond, mein Vater lebt woanders, und meine Mutter geht frühmorgens zum Rennplatz, selbst wenn sie einmal da ist. Ich werde zu vielen Partys *nicht* eingeladen. Na ja, du bist eben nicht so oft hier, darum hörst du davon nichts. Und wenn ich zum Tanzen gehe, kann ich ganz sicher sein, daß sehr schnell jeder weiß, daß ich der Bastard in der Gruppe bin. Also, Mami, warum zum Teufel habe ich keinen Vater?«
»Den hast du. Sam Cumberland ist dein Vater«, sagte Annie. Der Ausbruch schockierte sie, aber sie konnte nicht so recht an die Empörung glauben.

»Oh, sicher«, sagte Helena herausfordernd. »Und warum ist er nicht da? Warum lebt er drei Straßen weiter? Warum kommt er beim Elternabend nicht in die Schule? Warum schleicht er sich heimlich hier ein, um mit dir zu schlafen? Und warum zum Teufel heiratet ihr nicht endlich?«

»Auf deine letzte Frage weiß ich keine richtige Antwort. Aber er schleicht sich nicht heimlich hier ein. Das weißt du. Er kommt, um uns beide zu besuchen. Wir wohnen hauptsächlich aus diesem Grund hier. Helena, ich will versuchen, alle deine Fragen zu beantworten, wenn du mir eine Frage beantwortest.«

»Welche?«

»Wer war der Mann, mit dem du dich in diesem Restaurant getroffen hast?«

Auf Helenas blassem Gesicht erschienen hektische rote Flecken, und sie riß die Augen auf. »Wie ...?« Dann funkelte sie ihre Mutter wütend an und schrie: »Das geht dich überhaupt nichts an!«

»Es ist mich nichts angegangen, weil ich nichts davon wußte«, sagte Annie. »Aber ich versichere dir, jetzt geht es mich etwas an. Wer ist dieser Mann?«

Helena richtete sich auf und stellte sich auf die Zehenspitzen, als wolle sie fliegen. »Er heißt Pope, aber in Wirklichkeit ist er Nancy Reagan in Verkleidung.« Sie begann zu lachen – zu hart und zu laut.

»Helena, wenn du es mir nicht sagst, verspreche ich dir, daß du keine Möglichkeit mehr haben wirst, ihn allein zu treffen.«

»Mami, tu das bitte nicht«, bat Helena.

»Das muß ich. Du bist meine Tochter, und ich liebe dich wirklich sehr. Für dich mag das kein wichtiger Grund sein, aber für mich ist es das. Etwas geht mit dir vor, und das gefällt mir nicht. Ich weiß nicht, ob der Mann etwas damit zu tun hat. Und wenn du mir nichts von ihm erzählst, muß ich verhindern, daß du dich mit ihm triffst. Verstehst du das?«

Helena blickte zu Boden und murmelte: »Ja.«

Annie wußte, welchen Druck sie auf ihre Tochter ausgeübt hatte, und wollte Helena die Sache erleichtern, indem sie zur Tür ging. »Warum versuchst du nicht, eine Möglichkeit zu finden, wie du mit mir darüber sprechen kannst? Und dafür versuche ich dahinterzukommen, warum Sam Cumberland und ich eigentlich nicht heiraten. Abgemacht?«

»Abgemacht«, sagte Helena tonlos, ohne aufzublicken.
Annie bedrängte sie nicht weiter. Sie saß bis spät in die Nacht am Schreibtisch und beschäftigte sich mit Bankauszügen, Steuerrückzahlungen und Bankkrediten. Sie hoffte, Helena werde auftauchen, ehe sie zu Bett ging, und sei es auch nur, um Gute Nacht zu sagen. Aber sie kam nicht mehr aus ihrem Zimmer, und als Annie nach oben ging, um ihr einen Gutenachtkuß zu geben, lag Helena in ihrer üblichen Haltung zusammengerollt im Bett und schien zu schlafen.
Nach dem ermüdenden Flug von Lexington und deprimiert von den Zahlen, die verrieten, daß sich Limeteens finanzielle Lage weiter verschlechterte, schlief Annie schwer. Als sie am nächsten Morgen wie immer um fünf aufwachte, fühlte sie sich keineswegs ausgeruht. Sie blieb im Bett liegen, schlief ein und wachte wieder auf. Schließlich ging sie in die Küche hinunter, wo Bridey bereits das Frühstück vorbereitete.
Die Haushälterin war überrascht, Mrs. Carney anstatt ihres jungen Schützlings zu sehen, und ging nach oben, um herauszufinden, wo Helena blieb, denn es war bald Zeit für die Schule. Annie hörte, wie die Haushälterin mehrere Türen öffnete, und sprang schon vom Tisch auf, bevor Bridey rief. Helena war nicht im Haus, und es fehlten ein paar ihrer Kleider. Innerhalb weniger Minuten stellte Annie fest, daß ihre Handtasche ebenfalls fehlte.
Sie rief die Polizei an und engagierte wieder einmal Privatdetektive. Bis mittags hatten die Detektive herausgefunden, daß mit Annies Kreditkarte von American Expreß an diesem Morgen um drei Uhr vierundzwanzig an einem durchgehend geöffneten Automaten achttausend Dollar in Travellerschecks abgehoben worden waren. Annie ging an eine Mappe in ihrem Schreibtisch und stellte fest, daß das Formular von American Express mit ihrer Geheimnummer verschwunden war. Die Travellerschecks wurden zwar sofort gesperrt, aber das Unternehmen meldete einige Zeit später, daß sie bereits bei einer Bank auf der West Side eingelöst worden waren. Das war eine besonders schlechte Nachricht, denn so hinterließen die Schecks keine Spur, die die Polizei verfolgen konnte. Mit achttausend Dollar in bar konnte Helena sich verstecken oder überall hingehen.
Bei der Durchsuchung von Helenas Zimmer fand ein Privatdetektiv in einem ihrer fünfunddreißig kleinen Stoffschweine eine Plastikampulle.

Sie wurde sofort zur Analyse weggebracht. Als man Spuren von Kokain darin entdeckte, nahm man Bridey zur Wache mit. Sie sollte versuchen, den Mann anhand von Polizeifotos zu identifizieren.
Annie rief Sam an, erreichte ihn aber nicht. Sie hinterließ in seinem Büro und in Nummer 10 die Nachricht, er solle zurückrufen, es sei dringend. Üblicherweise konnte sie ihn auf der einen oder anderen Privatnummer erreichen und hinterließ deshalb selten Nachrichten. Ihre Beziehung war zwar allgemein bekannt, aber sie achteten auf eine gewisse Diskretion. Annie hatte noch keine Gelegenheit gehabt, Sam von ihrer plötzlichen Rückkehr nach New York und den Grund dafür zu informieren. Daß Helena weggelaufen war, erschütterte sie tiefer als Henrys Verschwinden oder Barkys Versuch, sie zu erschießen. Helenas Verbindung zur Drogenszene konnte bedeuten, daß sie möglicherweise nicht ganz freiwillig verschwunden war.
Annie saß in ihrem kleinen Arbeitszimmer und starrte auf den Telefonapparat. Die vergangenen fünf Jahre hatten von ihr verlangt, daß sie ständig pendelte. Bei dem Versuch, Limeteen zu retten, hatte sie zeitweise zweimal in der Woche von Manhattan nach Maryland fliegen müssen. Annie wußte, ihre Abwesenheit bedeutete für Helena eine Härte, aber sie hatte nicht erkannt, daß deshalb ihre Tochter so wütend war – und auch auf Sam. Sie hätte es merken müssen. Annie war unruhig und beschloß spazierenzugehen. Sie trug Bridey auf, eventuelle Nachrichten aufzuschreiben. Falls Mr. Cumberland anrief, solle sie sagen, Annie sei in einer halben Stunde zurück und müsse ihn unter allen Umständen sehen.

Annie lief durch die Madison Avenue und stellte fest, daß sie die Gesichter aller Vorübergehenden musterte und sogar die Leute auf der anderen Straßenseite prüfend ansah. Da sie wußte, sie würde Helena in der Madison Avenue nicht begegnen, zwang sie sich, an andere Dinge zu denken. Ein rauher Märzwind wehte. Im Schaufenster eines teuren Optikers sah sie eine Brille mit runden Gläsern und einem dünnen Metallgestell. Das erinnerte sie an Henrys zerbrochene Brille und an sein blutendes Gesicht im Auktionspavillon. Sie ging weiter und versuchte sich abzulenken, hatte aber das Gefühl, sie könne an nichts Unverfängliches denken.
Annie hatte Henry seit beinahe drei Jahren nicht mehr gesehen – seit

diesem schrecklichen Augenblick, als er und Barky in Keeneland die Stufen hinuntergerollt und von den Sicherheitsbeamten abgeführt worden waren. Annie war von Barkys Worten wie gelähmt gewesen. Er hatte gezischt: »Du und deine Bastarde, ihr macht meine Familie kaputt!« Sie sah die Pistole vor ihrem Gesicht und den mörderischen Ausdruck in Barkys Augen eine Sekunde, bevor ihr Sohn ihn von rückwärts angesprungen war. Sam hatte sie die Stufen hinauf und in das Büro des Direktors von Keeneland geführt. Der Mann fand heraus, was die Sicherheitsbeamten mit Barky und Helena gemacht hatten. Als Annie und Sam in Begleitung des Direktors im Büro der Sicherheitsabteilung erschienen, war Henry bereits gegangen. Er hatte einen falschen Namen angegeben und erklärt, er kenne Barky nicht. Er habe nur auf die Pistole reagiert. Er wollte keinen Dank und wollte auch keine Aufmerksamkeit erregen.

Sam hatte seinen beachtlichen Einfluß aufgeboten, damit Barky in eine Klinik und nicht in das Bezirksgefängnis überführt wurde. Barky war völlig durcheinander. Er redete laut und zusammenhanglos, und in seiner Tirade tauchte immer wieder der Name Greta Herskewitz auf. Er hatte Henry nie zuvor gesehen und deshalb seinen Halbbruder nicht erkannt. Trotzdem war es schwer, seine hartnäckig wiederholte Behauptung, er habe Greta gesehen, nicht als einen weiteren Beweis für seine Verwirrtheit zu betrachten.

In der allgemeinen Aufregung über die alle Rekorde brechenden Kaufsummen blieb der Zwischenfall bei Presse und Publikum weitgehend unbeachtet. Henry rief seine Mutter jedoch zwei Tage später auf Limeteen an.

»Ich habe gehört, Barky behauptet, er habe Greta gesehen, und niemand glaubt ihm«, sagte er ohne jede Begrüßung. »Ich weiß nicht, ob er den Verstand verloren hat, weil er dich erschießen wollte, aber er hat Greta gesehen. Sie war mit mir dort.«

»Danke für ...« Annie hörte das Klicken, als er auflegte, noch ehe sie den Satz beenden konnte.

Sie erzählte Sam, was Henry gesagt hatte, und sie versuchten, sich einen Reim darauf zu machen. Dann gab Sam die Information an Barkys Arzt in der Klinik in Michigan weiter, wohin man Barky gebracht hatte, um sich von seinem Nervenzusammenbruch, wie man es bezeichnete, zu erholen. Der Arzt sagte, die Information über Greta sei inzwischen bedeutungslos. Barky verbringe seine Tage damit, die Bibel zu lesen, und erwähne seine ehemalige Verlobte in der Therapie nur selten.

Auf ihrem Gang durch die Madison Avenue überlegte Annie, ob es sich bei dem Mann, den Helena im Restaurant getroffen hatte, möglicherweise um Barky handelte. Sie verwarf die Idee beinahe so schnell, wie sie ihr gekommen war. Barky arbeitete seit seiner Entlassung aus der Klinik für die Sekte Freiheit in Christus irgendwo in North Carolina. Annie bezweifelte, daß er viel von Drogen wußte. Beim Gedanken daran, was Sam alles unternommen hatte, um Barky den Zugang zu dem Geld zu verwehren, das er der Sekte stiften wollte, seufzte sie und schüttelte müde und bedauernd den Kopf.

Plötzlich entdeckte sie Sam auf der anderen Straßenseite. Es herrschte gerade kein Verkehr, und sie überquerte die Straße. Auf halbem Weg sah sie, wie er lachte und die Hand einer Frau hochhob, die neben ihm ging. Er küßte die Hand liebevoll, und die Frau berührte ihn an der Wange. Annie blieb stehen und drehte sich um, aber inzwischen kamen hupende Autos herangefahren. Als Annie zurückblickte, stellte sie fest, daß Sam und die Frau sie gesehen hatten. Sie fühlten sich offenbar ertappt, zeigten aber keine Verlegenheit. Sam warf der Frau einen Blick zu, ließ sie stehen und ging in Annies Richtung. Es war eine hübsche Frau mit braunen Haaren. Ihr Nerzmantel stand offen, und man sah darunter ein elegantes Chanel-Kostüm und Goldketten. Sie trug eine klassische Frisur. Und sie war jung, sehr jung. Sie verstand Sams Blick und ging wortlos in die entgegengesetzte Richtung.

Als Annie den Gehweg erreicht hatte, holte Sam sie ein und sagte: »Ich dachte, du bist in Lexington.«

»Offensichtlich«, sagte Annie, in der Hoffnung, Sam werde die Sache aufklären, und sie sei harmlos. Aber sie wußte, daß es nicht so war.

»Ich hatte die feste Absicht, es dir zu sagen ...«

»O Gott.«

»... sobald es etwas zu sagen gibt.«

»Und dieser Augenblick ist gekommen.« Annie versuchte, wütend zu werden, damit sie nicht zusammenbrach.

»Ja«, sagte er nicht unfreundlich, aber ohne sich zu verteidigen. »Annie, wir müssen miteinander reden. Allein. Können wir ein Taxi nehmen und zu dir fahren? Oder ist Helena zu Hause?«

»Laufen wir doch ein Stück«, sagte Annie und ging weiter. Nachdem sie ein paar Schritte nebeneinander her gegangen waren, sagte sie: »Tu mir einen Gefallen, Sam. Erzähl mir alles über sie. Ich möchte es nicht von anderen Leuten erfahren, und ich möchte keine Vermutungen anstellen müssen.« Sie versuchte, nicht bitter zu klingen.

»Ich habe es nicht gewollt«, sagte Sam. »Es ist einfach geschehen. Sie ist die geschiedene Frau von Charlie Pendergrasts Neffen. Charlie war mit mir in Princeton. Wir kennen die Pendergrasts schon ewig. Ich lernte sie vor Jahren auf ihrer Hochzeit kennen. Sie ist eine Buchanan. Danach habe ich sie lange nicht mehr gesehen, bis ich sie zufällig in Palm Beach bei einer Dinnerparty traf. Und nun ja...«

Sie blieben an einer Ampel stehen und gingen dann bei Grün weiter. Annie begriff nicht, wo ihr Zorn blieb. Sam hatte soviel gesagt, was sie unter anderen Umständen wütend gemacht hätte. Sie brauchte einen Wutausbruch und stellte Fragen, von denen sie hoffte, sie würden ihr dazu verhelfen. »Wann war das?«

»Anfang des Jahres, irgendwann nach den Feiertagen.«

Annie versuchte, sich daran zu erinnern, wann sie und Sam danach zusammengewesen waren. »Drei Monate... Wie alt ist sie?«

Sam ging schweigend neben ihr her und erwiderte schließlich kalt und gereizt: »Zweiunddreißig, beinahe dreiunddreißig.«

Über fünfundzwanzig Jahre jünger als Sam. Schlimmer noch, über fünfzehn Jahre jünger als Annie. »Alycias Alter... Hat sie Kinder?« Die Frage lag auf der Hand. Doch sie erstickte Annies aufsteigenden Zorn, denn sie wurde dadurch an ihre Sorge um Helena erinnert, neben der alles andere unwichtig wurde.

»Nein, glücklicherweise nicht«, erwiderte Sam. »Ich sage das nicht unsertwegen. Bei einer Scheidung ist es so nur viel besser...« Er brach ab, denn er wußte, er würde nur tiefer in dieses Thema eindringen, das wie ein Faß ohne Boden war.

»Wie heißt sie, Sam?«

»Glynn.«

»Glynn«, wiederholte Annie und ging rasch weiter in dem Bewußtsein, daß Sam trotz seiner Unruhe gezwungen war, ihr zu folgen. Aber selbst unter diesen Umständen wollte sie ihn bei sich haben. »Was glaubst du, ist es etwas Vorübergehendes oder eine etwas... dauerhaftere Angelegenheit?«

»Ich glaube nicht, daß es ›etwas Vorübergehendes‹ ist, aber über Dauer haben wir nicht gesprochen. Der Punkt ist, Annie, meine Gefühle sind so, daß ich glaube, du und ich . . . können nicht . . .« Er beendete den Satz nicht.
»Nein, das können wir nicht«, stimmte Annie ihm zu. »Begleitest du mich bitte noch zurück?«
»Natürlich«, sagte Sam erleichtert darüber, daß die Unterhaltung zu einer klaren Schlußfolgerung geführt hatte. »Da ist noch etwas. Ich habe es schon früher gesagt, und du hast dich dafür entschieden, keinen Gebrauch davon zu machen. Wir kennen uns schon sehr lange, Annie. Ich will diese Zeit nicht vergessen oder durch Bitterkeit verlieren. Ich hoffe, ich kann Helena immer noch sehen und einen Teil der Ausgaben für sie übernehmen. Ich weiß auch, in welchen Schwierigkeiten du mit Limeteen bist. Wie gesagt, du kannst dich auf mich verlassen. Soviel du brauchst und jederzeit. Laß es mich nur wissen.«
Sie gingen schweigend einen Häuserblock weiter, ehe Annie sagte: »Wenn wir verheiratet wären, würden wir zu unseren Anwälten gehen und Geld benutzen, um uns gegenseitig zu bestrafen, um uns zu rächen . . . und dann all die Erinnerungen, die Schuldgefühle und das Versagen in Verachtung verwandeln, indem wir Schecks unterschreiben. Alles voll bezahlt, sozusagen. Ich werde nie einen Preis für uns festsetzen, Sam. Ich will nicht ausbezahlt werden.«
»Das habe ich nicht gemeint.«
»Wenn ich dich jetzt um zehn Millionen Dollar bitten würde, könntest du nach Hause gehen, den Scheck ausstellen und eine Menge Türen hinter dir schließen. Du könntest dich fröhlich in diese Sache mit . . . Glynn stürzen, und es müßte dich sehr viel weniger beunruhigen, daß du vor dem davongelaufen bist, was wir beinahe dreiundzwanzig Jahre miteinander geteilt haben – was immer es war. Abgesehen davon klingt es ideal für dich. Schließlich ist eine Buchanan . . . mein Gott, Sam! Hat ein reicher Mann das Recht, einen alten Körper einfach gegen einen jungen auszutauschen? Warum habe ich es nicht kommen sehen?«
»Hör zu, Annie. Jede Beziehung wächst oder sie stirbt. Ich habe dich mehr als einmal gebeten, mich zu heiraten. Es war die selbstverständlichste Sache für uns. Ich wollte es und ich brauchte es. Du hast es abgelehnt. Mehr als einmal. *Du* wolltest, daß wir getrennt leben. Und

selbst nach der Sache mit Henry warst *du* damit zufrieden, daß Helena keinen Vater hatte, der mit ihr in einem Haus lebt . . .«

»Ich war nicht zufrieden damit! Es gab so viele Gründe dafür, Sam! Stell es jetzt nicht dar, als sei es so einfach gewesen.«

»Ich weiß, es war nicht einfach. Gott weiß, nichts, was uns betrifft, war jemals einfach. Aber wir hätten darum kämpfen können, uns näher zu kommen. Statt dessen haben wir uns bequem auf Distanz voneinander gehalten. Offensichtlich hat das viel leeren Platz geschaffen, der gefüllt werden konnte.«

»Mit einer jungen, frischen Frau, ohne all die Probleme, die wir haben durch . . . wie wollen wir es nennen . . . unsere Vergangenheit?«

»Annie, die Probleme waren nicht . . . das Problem. Wir waren in eine Sackgasse geraten, wir sind auf der Stelle getreten. Mein Gott, du weißt, was ich meine. Sag mir, warum wir nicht geheiratet haben.«

Annie blickte zum Himmel auf und hoffte, Sterne zu sehen. Sie entdeckte keine. »Helena hat mich das gestern abend auch gefragt.«

»Das überrascht mich nicht. Und ich will dir sagen, ganz gleich, was geschehen ist, wir sind uns so nahe gekommen, wie wir überhaupt konnten. Du würdest nie zulassen, daß sich irgend jemand oder irgend etwas zwischen dich und all das stellt, wofür du gearbeitet hast. Für dich stehen die Pferde an allererster Stelle, Annie. Die Leitung und der Erfolg von Limeteen, die Sorge um die verdammten Pferde, das schließt mich und Henry und genaugenommen sogar Helena aus. Ich bin sicher, die beiden würden mir zustimmen. So bist du. Daran ist nichts Verkehrtes – obwohl sie in diesem Punkt vielleicht anderer Meinung wären.«

Annie schloß kurz die Augen. Sie wehrte sich gegen die aufsteigenden Tränen. »Du triffst mich dort, wo es wirklich schmerzt. Du weißt nicht, was mit Helena los ist, also tust du es nicht absichtlich. Aber es ist schrecklich.«

»Was ist los?« fragte er besorgt.

»Ich habe ein paar schwere Fehler gemacht. Andere Dinge, die passiert sind, hatte ich nicht unter Kontrolle. Ich gebe mir selbst an vielem die Schuld, aber nicht an allem. Ich werde jetzt nicht aufgeben oder zusammenbrechen, nachdem du jemanden gefunden hast, um den ›leeren‹ Platz zu füllen. Das *tu'* ich einfach nicht. Und außerdem, es gibt Wichtigeres.« Sie sah Sam flehend an.

»Das weiß ich. Was ist mit Helena?«
Annie berichtete ihm die Einzelheiten. Sam bot Hilfe an – sein Einfluß, sein Geld, alles, was nötig war. Annie erkannte, er konnte Hilfe anbieten, aber es stand kein Muß dahinter – wie es bei wahren Eltern der Fall ist. Seine Liebe war eine Entscheidung, ihre Liebe war Instinkt. Vielleicht lag darin der größte Unterschied zwischen ihnen, und Annie konnte nicht anders, als es ihm zu verübeln.
Sie mußte ihm versprechen anzurufen, wenn sie etwas brauchte. Sie standen vor der Haustür. Annie steckte den Schlüssel ins Schloß, und als sie die Tür öffnete, sagte sie: »Ich kenne Frauen, die sich mit kurzen Affären abfinden und darauf warten, daß ihre Männer zu ihnen zurückkommen. Ich weiß nicht, ob es für dich eine kurze Affäre ist, aber ganz gleich, komm nicht zurück. Ich werde es nicht noch einmal versuchen.«
Sam sagte nichts, sondern nickte nur zustimmend. Annie schloß rasch die Tür hinter sich. Sie fürchtete, die Beine könnten ihr jederzeit den Dienst versagen, und eilte zur Treppe, um in ihr Schlafzimmer zu gehen. Sie hörte Geräusche aus dem Wohnzimmer, und Bridey erschien im Flur. Sie sah völlig verstört aus und deutete nur wortlos in Richtung Wohnzimmer.
Annie folgte ihr in den hell erleuchteten Raum, und ihr krampfte sich der Magen zusammen. Am Kamin stand verlegen ein Polizist in Uniform, und zwei Männer erhoben sich aus den Chintzsesseln, um sie zu begrüßen. Der eine war Lyle McCracken.
Annie war beinahe dankbar. »Sie sind in meinem Haus nicht willkommen, Mr. McCracken.« Der Zorn hielt sie aufrecht, als reite sie sich selbst, wie ein Phantomjockey, der sie peitschte, damit sie nicht außer Kontrolle geriet.
»Mrs. Carney«, sagte der FBI-Agent höflich, »das ist Leutnant Donner von der New Yorker Polizei, und das ist Wachtmeister O'Fallon. Wir haben etwas, das wir Ihnen zeigen möchten.«
Wie um sich vorzustellen, hielt ihr Leutnant Donner eine Polizeiakte mit Photos entgegen. Es waren Aufnahmen von Phil Angelo im Profil und mit voll zugewandtem Gesicht. Verwirrt und wie betäubt sah Annie den Leutnant an. Dann begriff sie und wandte sich nach Bridey um. Die Haushälterin fühlte sich in Gegenwart der Beamten immer noch sehr unwohl und sagte: »Das ist der Mann. Ich habe ihn gesehen.«

Annie starrte auf die Photos von Phil. »Wenn ich ihn vor Ihnen sehe«, sagte sie mit kaltem Zorn, »bringe ich ihn um. Und mir ist gleichgültig, ob Sie wissen, daß ich es getan habe.«
Die beiden Männer wechselten einen schnellen Blick. Dann sagte Leutnant Donner: »Mrs. Carney, Sie sollten einiges wissen. Wir haben heute in New York etwa dreihundert Anrufe wegen vermißter Kinder bekommen. Unsere Möglichkeiten sind sehr beschränkt, und unsere Amtsgewalt endet ungefähr an der Stadtgrenze. Mr. McCracken hat mir versichert, daß er und sein Amt sich nicht für Sie interessieren, sondern nur für Angel. Ihrer Tochter zuliebe könnten Sie und ich die Hilfe des FBI gut gebrauchen. Sie wissen, was ich meine.«
Annie warf einen Blick auf Lyle McCracken. »Ich weiß es, Leutnant Donner«, sagte sie. »Aber ich habe meine Erfahrungen mit dem FBI und mit Mr. McCracken gemacht. Ich glaube nichts von dem, was sie sagen, und das sollten Sie auch nicht tun. Er hätte mich mit Freuden ruiniert und es beinahe auch geschafft.« Sie wandte sich wieder Leutnant Donner zu. »Doch wenn Sie glauben, daß er helfen wird, meine Tochter zu suchen, tu' ich alles, was Sie sagen. Aber ich bestehe auf einem Grundsatz. Ich arbeite mit Ihnen zusammen, Leutnant Donner, und Mr. McCracken betritt mein Haus nicht mehr.«
Der FBI-Agent sagte: »Ich werde draußen warten«, und ging aus dem Zimmer. Annie fiel auf, daß er gealtert war – er hatte gebeugte Schultern und war um die Taille dicker geworden. Die Augen waren wie früher kalt, gefühllos und grau.
Sobald sie die Haustür ins Schloß fallen hörte, sagte Annie: »Leutnant Donner, entweder lügt er, oder Sie lügen. Phil Angelo hat mit dem FBI zusammengearbeitet. Er war der Hauptbelastungszeuge des FBI gegen mich, und man hat ihn frei ausgehen lassen. Wissen Sie das?«
Leutnant Donner lächelte. »Es ist so, als werfe man einen Fisch wieder ins Wasser, den man gefangen hat. Die größeren Fische fressen ihn üblicherweise sofort. Aber wenn sie das nicht tun, wächst der Fisch und lernt viel von dem, was im Teich vorgeht. Wenn man ihn also wieder fängt und hat ihn wirklich gut am Haken, etwa weil er einem kleinen Mädchen Drogen verkauft, dann kann man ihn zappeln lassen, bis er redet. Oder man macht einen sehr guten Handel und wirft ihn noch einmal zurück. Vielleicht auch beides.«
»Ich lasse nicht zu, daß meine Tochter zu so etwas benutzt wird!«

Der Polizeibeamte lächelte wieder und schüttelte den Kopf: »Nein, machen Sie sich deshalb keine Sorgen. Wissen Sie, soweit ich es beurteilen kann, und das sage ich nicht, um Sie zu verletzen, hat Ihre Tochter selbst die Entscheidung getroffen. Sie muß nur aussagen, daß er ihr Drogen verkauft hat. Dafür bekommen Sie Ihre Tochter *vielleicht* zurück.« Er beobachtete Annie, um zu sehen, wie sie reagierte. Sie wurde leichenblaß und setzte sich schnell auf eine Couch. Leutnant Donner zuckte fatalistisch die Schultern. »McCracken hat eine Menge Möglichkeiten beim FBI. Er will diesen Angel unbedingt haben. Ich kann Ihnen sagen, wenn in der Akte dieses Kerls nicht ein Hinweis auf das FBI stehen würde, und wenn McCracken nicht sofort erschienen wäre, stünden die Chancen für Sie mehr als schlecht, daß der Fall Ihrer Tochter vor Weihnachten auch nur auf irgendeinem Schreibtisch gelandet wäre.«

»Interessieren Sie sich für Pferderennen, Leutnant?«

»O ja, und ich kann Ihnen sagen, Limeteen war gut zu mir. Vor ein paar Jahren ist da in Belmont ein Außenseiter gelaufen ...«

»Sweet Steven.«

»Genau. Ich verdanke Ihnen einiges.«

»Sie haben mir nichts zu verdanken. Finden Sie nur meine Tochter. Was soll ich tun?«

Er preßte die Lippen zusammen und schüttelte den Kopf. »Sie müssen warten. Wenn sie anruft, machen Sie es ihr leicht, nach Hause zurückzukommen. Ich meine, werden Sie nicht böse oder so. Wenn sie sich bei Ihnen meldet, lassen Sie es uns sofort wissen. Während Sie warten, werde ich Sie auf dem laufenden halten. Ich werde tun, was ich kann, um Ihre Tochter zu finden. Sehr viel ist es nicht. Sie könnte inzwischen in Südamerika sein. Aber etwas Besseres kann ich Ihnen nicht anbieten.«

»Sie hat ihren Paß nicht mitgenommen. Ich habe nachgesehen.«

Leutnant Donner sagte: »Das ist eine Hilfe. Vielleicht hat sie nicht daran gedacht, allzu weit zu gehen. Bitte beantworten Sie mir ein paar Fragen über ihre Freundinnen, und wo sie sich üblicherweise aufgehalten hat ...«

Der Leutnant hielt Wort. Er rief Annie täglich an, um ihr zu berichten, was sich ergeben hatte, und das war Tag für Tag nichts. Die Grundregel wurde streng beachtet. Annie sah und hörte nichts mehr von

McCracken, obwohl sie von Leutnant Donner erfuhr, daß das FBI eine landesweite Fahnung nach Helena Carney und Phil Angelo gestartet hatte.

Annie blieb in New York. Sie schlief kaum, aß wenig, starrte von den Fenstern auf die Straße und rannte zum Telefon, sobald es klingelte. Dann erwartete sie jedesmal, Helena zu hören, die sagte: »Mami, bitte komm und hol mich.« Statt dessen mußte sie mit den Trainern sprechen, die Limeteens Pferde auf die nächste Saison vorbereiteten, oder mit dem Gestütsleiter. Zu Beginn des Frühjahrs gab es für Züchter-Besitzer am meisten zu tun, und für Annie war in diesem Jahr jede Entscheidung von großer Bedeutung. Nachdem Sam nicht mehr da war, erkannte sie, wie oft sie ihn als Resonanzboden für ihre Probleme benutzt hatte, und wie wertvoll sein Rat für sie gewesen war. Sie gestand sich ein, daß sie hauptsächlich deshalb nicht ausging, weil sie die entsetzliche Möglichkeit fürchtete, ihm und Glynn noch einmal auf der Straße zu begegnen.

Eine Woche verging. Helena befand sich zwanzig Straßen südlich und fünf Avenues westlich in Hell's Kitchen in einer Wohnung im vierten Stock, die Phil Angelo sein Zuhause nannte. Er hatte Helena alle Kleider weggenommen, damit sie nicht fliehen konnte. Die achttausend Dollar, die sie ihm gab, weil sie glaubte, er werde ihr helfen, sich zu verbergen, hatte er eingesteckt. Als Gegenleistung gab er ihr chinesisches und mexikanisches Essen, das er nach Hause brachte, beinahe soviel Kokain, wie sie wollte, und sein Bett.

Helena verlor schnell das Gefühl für Zeit und für einen Großteil der Wirklichkeit. Wenn sie allein war, versuchte sie manchmal, die Wohnungstür zu öffnen. Aber sie war verriegelt und abgeschlossen, und Helena besaß keine Schlüssel. Sie wußte nie genau, wann Phil zurückkommen würde, und wartete immer aufgeregt und verzweifelt auf ihn. Was er üblicherweise mit ihr tat, ehe er ihr die Drogen gab, war brutal und schmerzhaft. Aber Helena hatte es bis zum nächsten Mal beinahe vergessen.

Irgendwann hämmerte jemand gegen die Tür und schrie. Phil erkannte die Stimme. Er zog die Hose an und schob die Riegel zurück. Drei Männer kamen herein und starrten Helena an, die auf dem Bett lag. Einer von ihnen fing an zu reden. Helena zog ein Bettuch über sich und blickte an die Decke. Phil zeterte und schrie. Der Fremde sagte etwas, das Helena im Gedächtnis blieb.

»... aber wir können das FBI nicht brauchen, Phil. Sie suchen dich im ganzen Land. Also knöpf dir die Hose zu. Du machst Urlaub.« Der Mann blickte auf Helena. »Meine Güte, Phil, du hast wirklich einen Sinn für Klasse, weißt du das?«

Phil erwiderte nichts, sondern zog sich schnell an. Dann trat er ans Bett. Er schlug Helena ins Gesicht, zerrte sie hoch, bis sie saß, und zischte: »Denk daran. Sag deiner Mutter, Angel läßt grüßen. Wiederhol es!« Er hob die Hand, um sie noch einmal zu schlagen, und Helena sagte schnell: »Angel läßt grüßen.«

Phil ließ los, und sie sank wieder auf das Bett. Als sie sich umsah, waren die Männer verschwunden, und die Wohnungstür stand offen. Sie sprang auf und schloß sie. Es war noch dunkel. Sie suchte überall in der Wohnung nach ihren Kleidern. Da sie nur Phils Sachen fand, zog sie einen glänzenden dunklen Anzug an, rollte die Jackenärmel hoch und zog genug Socken übereinander an, damit sie die Schuhe nicht verlor. Sie öffnete die Tür und stand lange davor, weil sie sich zu sehr fürchtete hinauszugehen. Schließlich stieg sie die scheinbar endlosen Treppen hinunter und erreichte die Straße. Sie erinnerte sich nicht mehr daran, wo sie war. Deshalb ging sie zur nächsten Ecke und starrte auf die Straßenschilder. Ein Polizeiwagen fuhr vorbei und hielt plötzlich an. Zwei Polizisten sprangen heraus und kamen auf sie zu. Helena fing an zu rennen und verlor beide Schuhe, ehe die Beamten sie einholten.

Annie verbrachte eine Woche bei Helena im Krankenhaus. Ihre Tochter sagte nur, was Phil ihr aufgetragen hatte. Sonst blieb sie stumm; sie erhielt Beruhigungsmittel. Die Ärzte empfahlen eine Privatklinik in Connecticut, die auf Drogenentzug spezialisiert war. Annie arrangierte die Verlegung und begleitete das Mädchen im Krankenwagen. Erst dann nahm Helena wieder die Verbindung zu ihr auf. Sie griff nach der Hand ihrer Mutter und hielt sie auf der ganzen Fahrt fest umklammert. In der Klinik sagte man Annie, ihre Unterstützung sei in einer bestimmten Phase der Behandlung von entscheidender Bedeutung, aber sie möge für die ersten Wochen keine Besuche oder Telefonate einplanen. Annie umarmte und küßte Helena zum Abschied. Sie verließ die Klinik in dem Gefühl, man habe einen Teil von ihr aus dem Herz gerissen.

Sie rechnete fest damit, daß Limeteen ihr helfen werde, die Wochen des Wartens auf Helena und den Schmerz über den Verlust von Sam besser zu ertragen, und flog nach Lexington. Bei ihrer Ankunft berichtete der Farmverwalter, zwei Tage später sei eine Besprechung mit den drei Banken angesetzt, bei denen Annie durch Limeteen abgesicherte Kredite aufgenommen hatte. Annie zog Delansig und Chigger Beasley mit hinzu. Die Banker kamen sofort zur Sache. Falls Limeteen keinen zufriedenstellenden Umschuldungsplan vorlegte, denke man daran, Annie zu zwingen, einen Vergleich anzumelden. Es gelang Delansig, die Banker davon zu überzeugen, daß ein solches Vorgehen ihre Chancen gefährde, das Geld überhaupt jemals zu bekommen. Chigger machte ihnen in seiner gerissenen Schlangenbeschwörer-Art klar, daß ein solches Vorgehen alle Vollblutzüchter so verschrecken müsse, daß sie keiner Bank mehr trauen würden. Die Banken verlängerten Annies Kredit um weitere sechs Monate bis zum Ende der laufenden Rennsaison.
An diesem Nachmittag ging Annie den Stapel Post durch, die sich in ihrer Abwesenheit angesammelt hatte. Als sie einen dick gefütterten Umschlag öffnete, fiel ihr Ehering heraus. Der Umschlag enthielt außerdem einen Brief:

Liebe Mrs. Carney,
Henry weiß, daß ich Ihnen schreibe, allerdings billigt er es nicht. Ich möchte schon lange, daß Sie die Wahrheit über mich wissen, aber ich konnte sie Ihnen aus vielen Gründen nicht sagen. Sie erinnern sich vielleicht, daß wir uns damals kennenlernten, als ich Barky Cumberland heiraten wollte. Ich lege den Ring bei. Sie haben ihn meiner Mutter einige Zeit vor meiner Geburt gegeben. Als erstes muß ich Ihnen also für mein Leben danken und für alles, was Sie für meine Mutter getan haben. Und nun mein unbeschreibliches Glück.
Henry und ich haben letzte Woche geheiratet. Ich hatte mir sehr gewünscht, daß Sie dabei wären, aber Henry hat nein gesagt. Ich verspreche Ihnen, ich werde tun, was ich kann, um Sie beide wieder zu versöhnen. Sie verstehen sicher, das wird nicht leicht sein. Inzwischen sollen Sie wissen, daß ich Ihnen zutiefst dankbar bin.
Greta

Annie schloß die Tür und saß mehrere Stunden in ihrem Arbeitszimmer. Zum ersten Mal konnte sie nicht in die Ställe hinuntergehen, um sich abzulenken. Sie weinte nicht, statt dessen spürte sie, wie sich eine todesähnliche Starre in ihrem Körper auszubreiten begann. Sie glaubte, sofort wegzumüssen, weil Limeteen sonst mit ihr sterben werde. Deshalb ging sie eilig in ihr Zimmer, stopfte ein paar Kleider in eine Tasche und rannte aus dem Haus. Als sie davonfuhr, wußte sie, daß sie nicht floh, sondern die Farm nur von ihrer Anwesenheit befreite.

30

Annie zupfte nervös an der eingerissenen Nagelhaut an einem Finger. Sie nahm das störende Stück zwischen die Zähne, und obwohl es schmerzte, zog sie langsam daran, bis es abriß. Als sie an dem Finger lutschte, schmeckte sie Blut. Sie dachte an andere Gelegenheiten, bei denen die Finger manchmal wochenlang entzündet gewesen waren und nicht abheilten.

Ihr kam es vor, als lägen ihre Nerven alle auf der Hautoberfläche, als fahre jemand mit dem Rasierapparat darüber und schabe sie wund. Annie war nicht wegen des Alleinseins verzweifelt. Das hatte sie schon lange als eine Bedingung ihres Lebens akzeptiert. Ganz gleich, ob sie den ganzen Tag ziellos durch die Gegend fuhr, oder wie in diesem Augenblick schwitzend auf einem durchgelegenen Bett im Dixie Motel lag, sie fand keinen Ausweg aus ihrer Qual. Es blieb nur die vergebliche Frage: »Warum sind sie alle in mein Leben gekommen, wenn es so enden soll?«

Es gab niemanden mehr, der sie sah, wie sie war, der noch mit ihr zusammensein wollte. Sie mißtraute jedem Bedürfnis nach anderen Menschen. Sie neigte dazu, sich nach dem zu beurteilen, was sie durchgemacht hatte, und nicht danach, wen sie gekannt und geliebt oder was sie geleistet hatte. Seit Wochen konnte sie ihre Tochter, ihre mißbrauchte, drogenabhängige Tochter nicht besuchen, und ihren Sohn hatte sie seit Jahren nicht gesehen. Schrecklich und niederschmetternd war, daß so vieles mit Sam zusammenhing. Daß sie ihn verloren hatte, war das Schlimmste, denn er kannte sie am besten. Und wie konnte er nach all dieser Zeit . . . ?

Der glühende Zorn verstärkte ihre Niedergeschlagenheit nur, und

Annie versuchte, die Gedanken an Sam unter Kontrolle zu halten. Sie kannte ihn besser, als er sich selbst kannte, und wußte deshalb alle Antworten auf die Frage: Wie konnte er?
Annie lag in dem kleinen Hotel am Straßenrand auf ihrem Bett, und die Säure des Zorns und das Gift der Qual kreisten so unablässig in ihr wie das Blut. Sie wünschte, dieses Gefühl würde sie soweit aufrütteln, daß sie sich bewegte. Aber sie wußte, dazu reichte es nicht. Sie fühlte sich gelähmt, erstickt, und sie sog mit einem keuchenden Atemzug die feuchte Frühlingsluft ein.
Wieder ein Frühling. Hoffnung und Erwartung. Sie hatte Sam Anfang April kennengelernt. Ihr wurde klar, daß es vor beinahe genau dreiunddreißig Jahren gewesen war. Trotz der Hitze begann sie zu zittern und schnappte wieder nach Luft. Sie bedeckte das Gesicht mit den schmerzenden Fingern und sagte laut: »Das ist so *lange*, Sam.« Und wie schon öfter in den letzten zehn Tagen dachte sie daran, daß sie ihr Leben sinnlos vergeudet hatte, und daran, es zu beenden.
Das Geräusch der Insekten, die gegen das Fliegengitter der Fenster prallten, drang wieder in ihr Bewußtsein. Sie lag nackt auf dem Rükken; winzige Schweißperlen bedeckten ihren Körper. Sie überlegte, wie viele Menschen allein in einem Motel an irgendeinem zerfallenden Highway lagen und bereit waren zu sterben. Rein aus dem Gefühl der Kameradschaft heraus lachte Annie leise und rauh. Die morgendliche Feuchtigkeit des Südstaatenfrühlings wurde drückender. Annie wischte sich mit dem klumpigen Kissen den Schweiß vom Gesicht. Der Bezug war sauberer als das rauhe Handtuch, das an einem Nagel neben dem Waschbecken hing. Dann dachte sie daran, weshalb sie in das Dixie Motel gekommen war, und das war Anlaß genug, sich aufzusetzen und die Füße auf den Boden zu stellen.
Annie ging zum Waschbecken hinüber und war bereit, der Sauberkeit des Wassers, wenn auch nicht der des Handtuchs zu trauen. Sie schaltete die Fünfundzwanzig-Watt-Birne über dem gesprungenen Spiegel ein und betrachtete ihren Körper. Sie wünschte, Sam stehe hinter ihr, greife nach ihr, berühre sie dort, wo er wußte, daß sie berührt werden wollte. Ohne Vorwarnung stürmten zu viele Erinnerungen auf sie ein. Die Kehle war ihr wie zugeschnürt, und sie mußte wieder nach Atem ringen.
Sie stützte sich mit den Armen auf das Waschbecken und ließ den Kopf

hängen. Der Schmerz sank in ihren Magen und dann in die Beine, die unter ihr nachzugeben drohten. Sie hörte zweimal ihr Herz schlagen; es setzte aus, baute Druck auf und klopfte dann hart. Sie murmelte ruhig: »Woran denkt man denn sonst, als an Selbstmord und Sex, wenn man allein in einem schäbigen Motel ist?«

Annie drehte den Hahn auf und bespritzte Gesicht und Körper mit kaltem Wasser, ohne die wachsende Pfütze auf dem Boden zu beachten. Ihre Finger schmerzten, doch sie dachte einfach nicht daran. Der Rest ihres Körpers war in Ordnung. Durch das Reiten bewahrte sie sich einen geraden Rücken, straffe Oberarme und Schultern, feste Brüste, einen flachen Bauch, einen kleinen Hintern und harte Schenkel. Ihre Haut war nicht so weich wie früher, obwohl sie als Schutz vor der Sonne Strohhüte trug. Ihre Haare waren im Augenblick wirr, aber immer noch dicht und goldblond. Sie entdeckte eines der vereinzelten grauen Haare, riß es aber nicht aus, sondern schob es mit der Hand zurück.

Ohne sich abzutrocknen, wandte sie sich schnell vom Spiegel ab und ging zu dem Stuhl, auf dem ihre Kleider lagen. Sie mußte nicht auf die Uhr sehen, um zu wissen, daß es fünf war. Ganz gleich, wo sie sich befand, oder was sie am Abend zuvor getan hatte: In New York, in Kalifornien, auf dem Gestüt in Irland oder dem Haras in Frankreich wachte Annie auf, wenn es in Kentucky fünf Uhr morgens war. Eine zwanzigjährige Gewohnheit wird nicht von Zeitzonen und Verpflichtungen durchbrochen oder wie in diesem Fall von Verzweiflung, die Annie ohnehin am Schlafen hinderte.

Seit sie Limeteen vor zehn Tagen verlassen hatte, war fünf Uhr morgens die schlimmste Zeit. Dann überfiel sie alles, dem sie sich stellen wollte, mit voller Wucht, besonders ihre Selbstanklagen wegen Helena. Bis jetzt hatte sie noch keine dieser Schutzmechanismen entwickelt, die sich durch Distanz und eine andere Perspektive angeblich einstellen.

Sie hatte den Weg in das Dixie Motel gefunden, weil es etwa eine halbe Meile von der Rennbahn entfernt lag, wo an diesem Tag die letzten Rennen des Frühjahrsmeetings gelaufen wurden. Es war keine erstklassige Rennbahn. Sie war heruntergekommen, und es ging das Gerücht, sie werde schließen. Annie wollte nur in der Nähe von Pferden sein, die ihr helfen würden, den Fünf-Uhr-Horror durchzustehen. Danach ging wenigstens die Sonne auf.

Annie zog Hose und Stiefel an und stopfte das Hemd in die Hose. Sie griff nach ihrer Tasche, öffnete den Haken der Fliegentür und trat hinaus. Die Metallfeder an der Tür dehnte sich geräuschvoll, und Annie drehte sich schnell um, weil sie verhindern wollte, daß die Tür mit einem lauten Knall zufiel und jemanden weckte, der glücklicherweise schlief. Der Kombiwagen der Farm parkte neben dem Häuschen. Annie fuhr rückwärts vom Gelände und dann auf den Highway 207. Sie öffnete die Fenster, und der Wind kühlte sie ab, während er ihre Sachen trocknete.

Vermutlich dachten die Leute auf der Farm, sie habe eine Art Nervenzusammenbruch. Offenbar hatte niemand die Polizei benachrichtigt, denn sie fuhr zwar durch mehrere Staaten, aber der Wagen wäre leicht zu finden gewesen. Sie blickte zum Handschuhfach und dann wieder auf die Straße. Die 38er lag auf ihrem Platz. Vier Bilder, die der Anblick der Pistole wieder lebendig werden ließ, stiegen flüchtig in ihr auf: Blimpie am Boden von Charlie Dells Arbeitszimmer – die Schüsse über die Köpfe der Franzosen – der überraschte Ausdruck auf Jimmy Lees Gesicht, kurz ehe das Blut aus seinem Mund quoll – und der Lauf am Kopf von Glorious Girl. Nur bei diesem Bild kamen ihr wie immer die Tränen. Auch das neue Bild tauchte wieder vor ihr auf – sie hielt die Pistole an ihren Kopf. Annie glaubte, die Idee, sich zu erschießen, habe ebensoviel mit dem Auslöschen von Erinnerungen zu tun wie mit dem Beenden ihres Lebens.

»Eine Totaloperation«, sagte sie laut.

Es dämmerte allmählich. In der Ferne sah sie die Umrisse der Tribüne. Sie kannte die Anlage nicht und fuhr langsamer, weil sie eine Zugangsstraße suchte. Mehrere andere Scheinwerferpaare bogen in der Dunkelheit ab, und Annie folgte ihnen. Keines der Fahrzeuge hielt bei dem Pförtner an, der die Hände in die Taschen gesteckt hatte und an seinem Häuschen neben der Zufahrt mit der ausgehakten Absperrkette stand.

An Annies Stoßstange befanden sich Aufkleber von Saratoga, Churchill Downs, Keeneland und Belmont, die sie als Besitzerin auswiesen. Der Pförtner, ein alter Mann, der das Uniformhemd des Sicherheitspersonals trug, griff grüßend an die Mütze mit der Konföderationsflagge über dem Schirm. Er hatte nicht vor, Annie anzuhalten. Also fuhr sie durch. Dann sah sie auf der rechten Straße die Bahn.

Aus dem Bodennebel, der das Oval der Bahn verbarg, tauchten nacheinander drei Pferde auf. Die Trainingsreiter standen mit gestreckten Beinen in den Steigbügeln. Die Pferde liefen im leichten Galopp in den Bogen und verschwanden wieder im Nebel. Annie hörte noch andere kommen und roch den süßlichen Duft von Pferdeäpfeln. Sie fuhr zum nächsten Stallgebäude und parkte. Um nicht erkannt zu werden, holte sie einen alten Tweedhut aus dem Türfach und verbarg ihre Haare darunter. Dann stieg sie aus, setzte die Sonnenbrille auf und ging hinüber zur Bahn.
Als sie die Umzäunung erreichte, stützte sie sich dankbar mit den Händen darauf. Eine Gruppe Hengste galoppierte vorbei, darunter einer, der geradezu über die Bahn flog. Ihnen folgte ein anderer schwerfälliger im langsamen Galopp, der ein lautes, natürliches und rhythmisches Stöhnen von sich gab.
Danach wurde es für einen Augenblick unglaublich still. Annie sah sich um. Es kam ihr vor, als sei die Zeit stehengeblieben und habe sie an einem Ort tiefster Ruhe zurückgelassen. Einige tausend Sitze auf der Tribüne waren Zeugen. Die Sonne brannte orange über dem Dunst. Eine einzelne verdorrte Eiche stand wie ein Wächter auf dem Rasen innerhalb des Ovals. Der Bann des Augenblicks wurde gebrochen durch das Donnern von Pferdehufen und das laute Rufen eines Reiters.
»Hoh, hoh, hoh, verdammt!«
Ein Hengst tauchte auf, und der Nebel bildete Wirbel. Er stieg, machte einen Satz zur Seite und warf den Reiter sauber aus dem Sattel.
»Sch-ei-ße!« schrie der Reiter, als er stürzte und auf der Erde landete. Der Hengst galoppierte allein weiter und wurde schneller und schneller, während er an Annie vorüberschoß. Automatisch begann sie zu zählen, als er mit fliegenden Steigbügeln den Achthundert-Meter-Pfosten passierte. Sie hatte die weiße Fessel am rechten Vorderbein gesehen, die blitzförmige Blesse, die seinen Kopf teilte, und den feinen Schaum auf dem rötlichbraunen Fell. Außerdem fiel ihr auf, daß er verstärkt mit dem linken Hinterfuß auftrat und daß seine hinteren Sprunggelenke geschwollen waren. Aber die Schnelligkeit! Er passierte den Zielpfosten und den Clubhausbogen und erreichte den Vierhundert-Meter-Pfosten.
Annie sagte leise und ungläubig eine Zahl. »Mein Gott!« Selbst für ein reiterloses Pferd war die Zeit unfaßlich. Auf der anderen Seite der Bahn

wurde der Hengst schließlich langsamer. Die Sirene des Rettungswagens, der vor der Tribüne parkte, heulte auf, um alle zu warnen, daß ein Pferd durchgegangen war.

»Der verdammte Gaul kann das verdammte Rennen nicht abwarten!« Der Trainingsreiter war wieder auf die Beine gekommen, hielt sich die Rippen und humpelte von der Bahn. Als er Annie sah, lächelte er und schüttelte den Kopf.

»Sieht aus, als hätte er Schmerzen in den Hinterbeinen«, sagte Annie und versuchte nicht zu zeigen, daß sie mehr wissen wollte.

»O ja, er hat hinten richtige X-Beine. Aber das hält ihn nicht vom Rennen ab. Das Problem ist, er kommt nicht allzu weit.« Sie blickten die Gegengerade hinunter, wo sich gerade ein Reiter dem Hengst näherte, der sich widerstandslos einfangen ließ. Selbst aus der Entfernung konnten Annie und der Trainingsreiter sein Keuchen hören. Es unterschied sich vom normalen rhythmischen Geräusch beim Galopp. Es kam hart und tief aus der Lunge.

»Ich nehme an, er hat schwer gearbeitet«, sagte Annie.

»Ja, das Problem ist nur, er läuft heute nachmittag beim Verkaufsrennen. Ich sollte ihn zurückhalten und nur eine kleine Runde drehen. Mist, mein Trainer reißt mir den Kopf ab.« Er spuckte aus, während ein anderer Reiter ihm den laut keuchenden Hengst zurückbrachte.

Annie stand an der Umzäunung und beobachtete jede Bewegung des Hengstes. Der Reiter lachte und fragte: »Willst du es noch einmal versuchen, Benny, oder soll ich ihn rausbringen?«

»Ich sag dir, der Kerl hat drei Eier, und es ist Frühling, das ist alles.«

Der Trainingsreiter nahm die Zügel und sprang mühelos in den Sattel. Der Hengst blieb ruhig. Er stand mit gesenktem Kopf da und atmete immer noch mühsam. Dann sah er, daß Annie ihn beobachtete. Das lenkte ihn vom Atemholen ab, und er hob den Kopf. Er stellte die Ohren, blähte die Nüstern und sah Annie an. Sie blickte ihm direkt in die Augen.

»Komm schon, du verdammter Klepper«, sagte der Trainingsreiter. »Wenn dich heute jemand kauft, muß ich nicht noch einmal einen Tag auf *deinem* Rücken und *meinem Arsch* anfangen.«

»Könnten Sie mit ihm einen Augenblick herüberkommen?« fragte Annie.

»Aber ja doch, Verehrteste.«

Ohne den Blick zu senken, setzte sich der Hengst langsam in Bewegung und beobachtete Annie dabei aufmerksam. Als er die Umzäunung erreichte, zitterte er. Er blickte nach unten und begann an dem Holz zu knabbern, wobei er krampfhaft den Hals bog und rülpsend Luft einsog.

»Ein Aufsetzer ist er außerdem?« fragte Annie.

»Wie angekündigt. Seine Box sieht aus, als hätten die Termiten eine Orgie gefeiert.«

»Wer ist Ihr Trainer?«

»Willie Sorbie, das heißt, das war er, bis mir der verdammte Gaul davongelaufen ist. Komm schon, laß das Holz in Ruhe, du verrückter . . .«

»Was für Rennen gibt es heute?« fragte Annie etwas zu eifrig, wie sie wußte.

»Tausend Meter, Jungfern, Zweijährige und Fünftausend-Dollar-Verkaufsrennen«, erwiderte der Trainingsreiter. Er deutete ihre Aufregung falsch und lächelte überheblich. »Aber setzen Sie nicht auf ihn, Verehrteste. Er läuft nur sechshundert oder achthundert Meter, dann bekommt er keine Luft mehr. He, sind Sie neu hier in der Gegend?«

Annie lächelte, damit er weitersprach. »Ja. Wie heißt er?«

»Base Blood. Aber er ist ein Verlierer. Im fünften Rennen habe ich eine Stute, ein echter Geheimtip . . . Vielleicht erzähl' ich Ihnen mehr davon drüben in der Kantine. Wir nennen sie den Schwitzkasten, aber der Kaffee ist nicht schlecht.«

»Glauben Sie nicht, Sie sollten den Hengst lieber hinausführen?«

Der Mann sah sie überrascht an und sagte: »O ja, vielen Dank für den Rat, Verehrteste. Den brauche ich heute morgen wirklich. Komm schon, du verdammter Pisser.« Gereizt zog er die Zügel an und wendete das Pferd. Base Blood widersetzte sich einen Augenblick störrisch und sah Annie an, ehe er dem Befehl seines Reiters folgte.

Annie ging schnell an der Umzäunung entlang, damit sie einen guten Blick auf den davongehenden Hengst hatte. Die Kruppe senkte sich beim Gehen, und das sprach von einer ernsthaften Entzündung der Sprunggelenke. Die zehenweite Stellung der Hinterbeine war deutlich zu erkennen, das hieß, er stellte die Hinterhufe weit aus. Aber das geradezu einmalige Verhältnis von Gliedmaßen und Körper, Base Bloods ganzes Exterieur, ließ Annies Herzschlag zum zweiten Mal an diesem

Morgen stocken und dann aufgeregt pochen. Sie wußte, niemand hatte sich die Mühe gemacht, über das Koppen und die fehlerhafte Stellung der Hinterbeine hinwegzusehen. Sie wollte dem Pferd in die Box folgen, seine Knochen, die fiebrigen Gelenke abtasten. Unbewußt rieb sie die Finger aneinander. Sie vermutete, daß Base Blood etwa ein Meter siebenundsechzig hoch war und daß sein Rücken die ideale Länge für die Beine hatte. Im Gegensatz zu dem, was das Keuchen vermuten ließ, hatte er eine tiefe Brust mit genug Raum für die Ausdehnung der Lunge, den er nur nutzen mußte.

Annie eilte zum Wagen, zog hastig das Fernglas unter dem Vordersitz hervor und lief schnell zurück an die Umzäunung. Sie beobachtete Base Blood, der durch den Durchlaß in Richtung Ställe verschwand. Als Annie ihn aus dem Blick verlor, lächelte sie. Sie nahm sich nicht die Zeit, über die Folgen nachzudenken. Sie wollte nur noch ein Telefon finden und ihren Gestütsleiter anrufen. Er würde den Computer einschalten und über die vierundzwanzig Stunden offene Leitung des Jokkey-Clubs Base Bloods Abstammung feststellen, obwohl diese Informationen nichts an Annies Entschluß ändern würden. Außerdem wollte sie ihn beauftragen, den kleinen Pferdetransporter zu schicken, um den Hengst abzuholen.

Sie ging schnell zum Wagen zurück. Am Stallgebäude sah sie die Trokkenführer, die ihre Pferde im Kreis führten, Pferdepfleger, die Boxen ausmisteten und Pferde abrieben, und Trainingsreiter, die auf die nächste Gruppe warteten und mit den Trainern sprachen. Plötzlich entdeckte sie Frank Carney, der sie anstarrte, als stehe er vor einem Exekutionskommando. Annie blieb stehen, als ein anderer Mann den Zügel der Stute übernahm, die Frank geführt hatte. Frank ließ los, ohne den Blick von Annie zu wenden. Die Haare lagen ihm immer noch nach allen Richtungen am Kopf wie Korn nach dem Regen, aber sie waren grau, beinahe weiß geworden.

»Hallo Frank«, sagte Annie. Sie wollte nicht vorgeben, sie habe ihn nicht gesehen.

Als er ihre Stimme hörte, verzog er das Gesicht. Dann schüttelte er den Kopf und kam zu ihr herüber.

»Das hat mir heute gerade noch gefehlt.«

Seine Stimme war rauh, und es klang wie ein Husten.

Annie versuchte, keine Reaktion auf seinen Anblick zu zeigen: Tiefe

Falten hatten sich in seine ledrige Haut eingegraben. Sie zogen sich über die Wangen und durch die Haut um die Augen. Mund und Unterkiefer wirkten wie früher hart und verschlossen. Er hielt sich gerade, und die blaugrünen Augen funkelten immer noch haßerfüllt.

»Also?«

»Ich wußte nicht, daß du hier bist, Frank. Ich komme aus anderen Gründen.«

In seinem faltigen Gesicht zeigte sich Überraschung. Dann wirkte es wieder verschlossen und böse.

»Treib keine Spielchen mit mir, Annie.«

»Ich werde dich nicht belästigen.«

Im Laufe der Jahre hatte Annie hin und wieder Gerüchte gehört, nach seiner Entlassung aus dem Gefängnis habe Frank bei Jahrmarktsrennen gearbeitet. Sie unterbrach die Leute jedesmal, sobald sie seinen Namen erwähnten. Sie wünschte ihm nichts Schlechtes, aber sie hatte nie mehr etwas mit ihm zu tun haben wollen – bis zu diesem Augenblick.

»Allerdings könnte ich tatsächlich jemanden brauchen, der mir einen Gefallen tut.«

Frank Carney sah sie mit wachsendem Zorn an. »Was für einen?«

»Ich brauche jemanden, der ein Pferd für mich anfordert.«

Er wandte den Blick ab und fuhr sich mit der Hand durch die Haare. »An der Gegengeraden sind zwanzig Trainer, die alles tun würden, um für die Gräfin von Limeteen ein Pferd anfordern zu dürfen.«

»Denen kann ich nicht vertrauen, Frank.«

Der tiefere Sinn ihrer Worte überraschte Annie ebenso wie Frank. Er reagierte darauf, indem er sie stehenließ. Annie folgte ihm, ohne zu zögern, und hatte ihn bald eingeholt. Sie gingen hartnäckig schweigend nebeneinander her.

»Hast du Sam Cumberland jemals geheiratet?« fragte er schließlich. »Ich habe die Gesellschaftsnachrichten eine Weile nicht gelesen.«

»Nein. Trinkst du immer noch genug Jack Daniels, um zweimal in der Woche im Straßengraben zu landen?«

»Ich kann mir keinen Jack Daniels leisten.«

Ein Pferd wurde an ihnen vorbeigeführt. Es scheute und wieherte. Aber sie drehten sich beide nicht danach um, sondern gingen in gespanntem Schweigen weiter.

Frank hustete und fragte: »Wo ist das Pferd, das du kaufen willst?«

»Ich weiß es nicht. Der Trainer heißt Willie Sorby.«
»Wie schön. Der Mann mit den Milkshakes.«
»Was heißt das?«
»Wenn du ein Problempferd hast, gehst du mit ihm zu Willie, und er mischt etwas zusammen, damit der arme Gaul die Bahn schafft.«
»Deshalb ist er vermutlich bei der Arbeit heute morgen in Schweiß geraten.«
»Wie heißt er?«
»Base Blood.«
Frank blieb stehen. »Ein Brauner mit einer fehlerhaften Stellung der Hinterbeine?«
»Kennst du ihn?«
»Ich habe ihn gesehen. Annie, er ist ein Aufsetzer.«
»Ich weiß. Er ist achthundert Meter in sechsundvierzig Sekunden gelaufen! Das ist unglaublich, selbst ohne Reiter ...«
»Ohne Reiter? Annie ...«
»Er *wollte* laufen. Der Mann ließ ihn nicht, und da hat er ihn abgeworfen. Ich habe noch kein Pferd gesehen, das so gerne laufen wollte. Er ist kein schöner Hengst. Aber er hat starke Schultern, und er ist durchweg auf der Außenbahn gelaufen, ohne daß es ihm jemand gesagt hat. Er hat eine Entzündung, weil er auf dem kranken Huf läuft. Aber seine Beine ...« Sie brach unvermittelt ab und sah Frank Carney an. »Mein Gott, jetzt versuche ich schon wieder, dich von einem Pferd zu überzeugen.«
»Du bist eine Besitzerin, Annie«, sagte er geringschätzig. »Besitzer tun das.«
Pfleger und Trainingsreiter führten unter gegenseitigen Begrüßungen und Beschimpfungen Stuten und Hengste vorbei. Annie und Frank blickten wütend in entgegengesetzte Richtungen. Annie war seit langem nicht mehr auf einer Provinzrennbahn gewesen, und der Zustand und die Qualität der meisten Pferde, die sie sah, deprimierten sie. Mißgestaltete oder alte, kranke und wunde Tiere, manche mit einem Senkrücken – sie waren die Reste von zigtausend Vollblütern, die Jahr für Jahr geboren wurden und es nicht schafften. Sie wurden auf solche Bahnen geschickt und für soviel Geld verheizt, wie sie einlaufen konnten, ehe sie zusammenbrachen und zugrundegerichtet waren. Und für diesen Fall stand immer der Lastwagen einer Hundefutterfabrik bereit.

»Wir können dabei genausogut Kaffee trinken«, sagte Frank. Sie gingen schweigend zur Kantine. Es war eine rein funktionale, ungestrichene Baracke auf einer Betonplatte, und es gab das übliche Kantinenessen. Frank hielt ihr aus alter Gewohnheit die Fliegentür auf. Annie kommentierte die höfliche Geste nicht. An der Theke nahm sie zu ihrem Kaffee zwei Doughnuts, denn sie fühlte sich plötzlich so hungrig wie seit ein paar Wochen nicht. Sie saßen sich an einem kleinen Plastiktisch auf Metallklappstühlen gegenüber. Annie beobachtete, daß Frank sehr viel Zucker nahm, eine Gewohnheit, die sie nicht kannte.

»Also worum geht es, Annie?«

»Ich möchte, daß du heute nachmittag dieses Pferd für mich anforderst. Ich habe keine Lizenz für die Bahn, und es soll niemand erfahren, daß ich der Käufer bin.«

Frank sah sie an, trank einen Schluck kochend heißen Kaffee und atmete laut aus. »Mein Pfleger hat vor einer Woche gekündigt. Ich miste meine Boxen selbst aus, zusammen mit einem grünen Jungen, der behauptet, er will etwas lernen. Ich habe einem meiner Besitzer gesagt, daß ich seine Stute heute nicht laufen lasse, weil sie so wund ist, daß sie kaum aufstehen kann. Der Besitzer hat eine Freundin, die den ganzen Weg von Atlanta hierher kommt, und er wollte mit seinem Dreß auf der Bahn vor ihr angeben. Also hat er heute in aller Frühe angerufen und mir die Stute weggenommen. Ich habe sie gerade zu einem Mann gebracht, der sie mit soviel Cortison vollpumpt, daß ihr ein Bart wächst, wenn sie lange genug am Leben bleibt ...«

»Du hältst dich immer noch strikt an die Regel: nur Heu, Hafer und Wasser?« fragte Annie mit einem Anflug von Respekt in der Stimme.

»Möglichst. Das ist hier nicht leicht. Es wird soviel mit Drogen herumgepfuscht, daß ein Pferd unter Umständen schon high ist, wenn es nur tief einatmet. Aber was ich dir sagen will, Annie, ich habe nur noch zwei Pferde. Einen Sechsjährigen, und von dem anderen, einem halb blinden und völlig lahmen Wallach will ich gar nicht reden. Die Rennbahnleitung weiß, daß ich in der Sattelkammer schlafe. Man würde mir keinen Kredit geben, um den Klepper anzufordern.«

»Ich habe das Geld für das Pferd und deine Kommission noch vor dem Rennen hier.«

Frank starrte sie an. Die Feindseligkeit, die sich etwas gelegt hatte, kam wieder voll durch.

»Ich will dir eins sagen. Im Gefängnis haben sie mir ›vorgeschlagen‹, mit der Psychotherapeutin zu sprechen. Ich habe mich geweigert, bis mir ein anderer Mann sagte, das mache sich gut vor dem Begnadigungsausschuß. Also bin ich zu ihr gegangen. Diese nette Verrückte und ich haben uns jede Woche fünfzig Minuten unterhalten – reine Verschwendung von Zeit und Steuergeldern. Aber sie hat etwas gesagt, nämlich, daß es nichts mit Fusel oder damit zu tun hatte, und daß du ein Kind von Sam Cumberland bekommen würdest, als ich Certainty umbrachte. Ich habe es getan, um den Teil von mir zu töten, der dich geliebt hat. Das glaube ich, und ich werde *niemals* irgendwelche Kommissionen oder Gebühren von dir annehmen!«

»Dann ist Limeteen dir einen Gefallen schuldig.«

»Ich verlange von niemandem einen Gefallen.«

»Zum Teufel, was kann ich denn tun, Frank?«

»Du kannst mir sagen, warum du heute auf dieser Bahn auftauchen mußt.«

»Das ist eine zu lange Geschichte, Frank. Wichtig ist nur, daß ich den Hengst haben will. Und was willst *du*?«

Er sah sie an und trank dann seinen Kaffee in einem Zug aus. Annie war der Kaffee immer noch zu heiß, und sie hatte auch keine Lust mehr, etwas zu essen.

Frank stellte den Becher auf den Tisch zurück und sagte bitter: »Nichts.« Er stand auf. »Besorg dir dein Geld. Ich treffe dich um zwölf vor dem Büro und hinterlege es. Und laß deine Haare unter dem Hut.«

Er sah sie kurz an, ging hinaus, und die Fliegentür schloß sich mit einem Knall. Annie beobachtete, wie er mit großen Schritten über den Weg zum Stall ging. Sie überlegte, worum er sie gebeten hätte, wenn er nicht so halsstarrig, so stolz und so stark gewesen wäre.

Wahrscheinlich wollte er nicht mehr, als ein anständiges Pferd trainieren. Sie zweifelte keinen Augenblick daran, daß er immer noch mehr von Pferden verstand als irgend jemand sonst auf der Welt. Vermutlich litt er entsetzlich darunter, daß er nicht mit Tieren von hoher Qualität arbeiten konnte. Sie traf ihre Entscheidung spontan, noch ehe sie den Grund dafür kannte. Wenn Base Blood das Pferd war, für das sie es hielt, würde Frank Carney . . .

Sie schüttelte den Kopf und trank ihren Kaffee. Nach dem, was er mit

Certainty getan hatte, konnte sie Frank nie mehr ein Pferd anvertrauen. Sie dachte daran, wie lange es gedauert haben mußte, bis jemand, der ein Pferd getötet und dafür im Gefängnis gesessen hatte, in irgendeinem Staat eine Lizenz erhielt und auch nur einen einzigen Besitzer soweit brachte, ihm zu vertrauen. Sie überlegte, wie viele Jahre er auf heruntergekommenen Rennbahnen Krüppel trainiert und darauf gewartet hatte, daß ihm ein Pferd über den Weg laufen würde, dem er helfen konnte zu gewinnen. Er hätte sie bitten können. Aber Frank nahm in seinem Leben nie den kurzen Weg und würde es niemals tun.

Die Gefängnispsychiaterin hatte recht, dachte Annie. Ihr fiel wieder ein, was Frank damals zu ihr gesagt hatte: »Wenn ich nicht Certainty umgebracht hätte, hätte ich dich umgebracht.«

Annie bedauerte, daß sie sich daran erinnerte. Sie stand auf und suchte ein Telefon.

31

Kurz vor der Zielgeraden, am Ende der achthundert Meter, lagen zwischen Base Blood und dem zweiten Pferd sechs Längen. Dann war es vorbei. Er schaffte noch den Einlaufbogen, aber auf der Geraden bekam er Schwierigkeiten. Annie hörte sein Keuchen über den Lärm der wenigen Zuschauer hinweg. Base Blood war mit einer Quote von zwanzig für eins gestartet und hatte relativ wenige Fans auf der Tribüne. Selbst die, die ihr Geld auf ihn gesetzt hatten, bekannten sich zu dieser klugen Entscheidung nicht durch die üblichen anfeuernden Zurufe. Der Jockey gebrauchte unbarmherzig die Gerte, als Base Blood bei jedem Galoppsprung den Hals tiefer senkte. Das Feld rückte schnell auf. Plötzlich stolperte Base Blood.

Annie zuckte zusammen und murmelte:

»Verdammt.« Frank Carney ließ den Hengst nicht aus den Augen. Mit einem Blick erkannte Annie an ihm den vertrauten Zorn über die Mißhandlung eines Pferdes. Base Blood riß sich zusammen und taumelte weiter, ohne auf die Gertenhiebe zu reagieren. Das Feld erreichte ihn. Er holte keuchend Luft und stürmte vorwärts. Eines der anderen Pferde zog auf der Ziellinie mit ihm gleich. Annie hielt die Luft an. Die Rennbahnleitung hatte einen Grund, das Leuchtsignal mit dem pulsierenden ›Foto‹ einzuschalten – ein schwacher Versuch, in den langen Nachmittag ein wenig Aufregung zu bringen.

»Siehst du, was ich meine?« fragte Annie, als das Feld an ihnen vorbeizog. Sie und Frank Carney standen mit den Pflegern nahe der Ziellinie. Annie trug immer noch den Hut und die Sonnenbrille. In ihren Adern floß nach diesem Rennen das unausweichliche Adrenalin, und sie kniff die Augen zusammen. Sie beobachtete, wie der Hengst zurückkam, und hoffte, er werde nicht zusammenbrechen. Er keuchte immer noch, als er zitternd in Schritt fiel. Dann blieb er regungslos stehen, sehr zum Ärger des Jockeys, der ihn mit der Gerte weiter trieb. Annie machte Anstalten, auf die Bahn zu gehen, aber Frank packte sie mit seiner schwieligen Hand am Ellbogen und hielt sie fest.

»Du hast ihn noch lange genug«, sagte er. »Keine Sorge. Der verkraftet alles, was dieser Trottel mit ihm macht.« Er drehte den Kopf und sah sie an. »Du hast recht. Das ist ein guter Hengst«, er blickte wieder auf die Bahn, »aber mit einer Menge Probleme.«

Annie sagte nichts. Sie war dankbar, daß Frank Carney ihr Urteil bestätigte. Sie spürte, wie sich die Finger von ihrem Arm lösten. Seine Meinung von einem Pferd bedeutete ihr immer noch mehr als die aller anderen, und sie wußte, er würde nie eine positive Bewertung abgeben, wenn er nicht selber daran glaubte.

Sie sahen zu, wie die Pferde zur Ziellinie zurücktrotteten. Base Blood kam als letzter. Er hatte eindeutig starke Schmerzen in den Hinterbeinen, und Annie verzog mitfühlend das Gesicht. Frank gab zu erkennen, daß er ebenso empfand. Der Jockey warf die Gerte über den Kopf seines Jockeydieners hinweg, und sie landete vor Annies Füßen auf der Erde. Sie hob die Gerte auf und ging mit dem Rennbahnangestellten hinüber, der Jockey und Pfleger davon informieren würde, daß das Pferd angefordert worden war. Base Blood stand erschöpft da und atmete pfeifend. Er blickte auf, und als er Annie sah, hob er als Zeichen, daß er sie kannte, den Kopf.

Auf dem Totalisator gegenüber der Tribüne leuchteten die Nummern auf und verkündeten, daß das andere Pferd gesiegt hatte. Der Jockey glitt von Base Blood herunter. Er sah Frank Carney in der Nähe und begriff, daß er Base Blood angefordert hatte.

»Hast du den Scheißkerl gekauft, Carney?«

Frank nickte.

»Herzlichen Glückwunsch! Ein großartiger Kauf! Fünftausend für tausend Pfund Hundefutter.« Er lachte, bis er einen Luftzug an seinem Ohr spürte.

»Gehört die Ihnen?« fragte Annie. Der Jockey drehte sich nach ihr um, und sie hielt ihm die Gerte vor die Nase.

»Jawohl«, sagte er und stemmte die Hände in die Hüften. Annie ließ die Gerte in einen Haufen Pferdeäpfel fallen und trat mit dem Stiefel darauf.

»He«, protestierte der Jockey, »was soll denn das, zum Teufel?«
»Damit Sie wissen, was ich von Ihrem Ritt halte«, erwiderte Annie knapp. »Ich sollte Sie so schlagen, wie Sie den Hengst geschlagen haben!« Sie drehte sich um und folgte Base Blood. Einige Jockeys und Pfleger, die zugehört hatten, johlten.
Annie ignorierte es. Sie beobachtete Base Blood, der von seinem Pfleger über die Bahn geführt wurde. Sie ging neben ihm her und versuchte zu erkennen, wie wund er war. Der Hengst beobachtete sie ebenfalls, obwohl er den gesenkten Hals beinahe waagerecht über dem Boden hielt und immer noch keuchte und pfiff. Plötzlich hustete er so krampfhaft, daß er stehenbleiben mußte.
Frank trat neben Annie. »Er ist wirklich wund«, sagte er ruhig.
»Ja«, sagte Annie. Sie wollte zwar Fragen stellen, hielt sich jedoch zurück.
»Vielleicht hat er Blutungen in der Lunge. Wenn es so ist, laß es von selbst abheilen. Gib ihm auf keinen Fall ...« Er schwieg.
Annie wußte, weshalb, und sah ihn nicht an. Ihre gemeinsame Vergangenheit war wieder in seine Gegenwart eingedrungen. Annie bedauerte es. Sie wollte, daß er ihr half, und irgendwie mußte sie es schaffen, daß er über diese Vergangenheit hinwegsah.
Als sie die Absperrung vor dem Unterstand erreichten, wo die Urinproben genommen wurden, trat Annie zu Base Bloods Pfleger. »Hast du etwas dagegen, wenn ich ihn abspritze?«
Der Pfleger war ein siebzehnjähriger Junge mit schlechten Zähnen und glatten Haaren. Er blickte sich um, weil er sicher sein wollte, daß die Tierärzte und die Aufsicht die Übergabe beobachteten. »Mir soll es recht sein«, sagte er und nahm Base Blood das Zaumzeug ab. Annie streifte ihm schnell das mitgebrachte Halfter über und hakte den Führzügel ein. Dabei hob Base Blood den Kopf und beschnupperte ihre Hand.
»Da haben Sie wirklich ein gutes Pferd, Ma'am«, sagte der Pfleger. »Ich weiß, er ist ein Luftschlucker, und er ist wund. Aber wenn Sie ihn darüber wegbekommen ... er hat ein großes Herz ... er wird immer versuchen zu siegen.« Aus Verlegenheit darüber, daß er seine Gefühle enthüllt hatte, wandte sich der Pfleger zum Gehen.
»Danke«, rief Annie. »Wir werden gut für ihn sorgen.«
»Darf ich Ihnen noch etwas sagen?«

»Natürlich«, Annie nahm die Sonnenbrille ab. Falls jemand sie erkannte, sollte der Junge wissen, wer sie war.
»Als Base Blood vier Tage alt war, hat man ihm die Mutter weggenommen«, sagte der Pfleger, ohne Annie direkt anzusehen. »Sie mußte ein anderes, älteres Fohlen aus einer besseren Blutlinie säugen, dessen Mutter beim Abfohlen verendet war. Base Blood sollte getötet werden, aber er gefiel einem Mann. Er durfte sich selbst eine Stute suchen, die ihn annehmen würde. Aber das hat keine getan, und eine hat ihn schwer getreten. Also hat man ihn mit der Flasche gefüttert, bis er groß genug war, um ihn als Absetzer zu verkaufen. Sein Besitzer hat ihn für fünfzig Dollar bekommen.«
Annie wandte sich ab, als wolle sie den Wasserhahn aufdrehen. Sie konnte nicht sprechen. Frank Carney sagte: »Bei dem Profit, den er macht, kann er sehr glücklich sein.«
»Oh, das ist er bestimmt«, erwiderte der Pfleger und sah Base Blood an. »Ich habe den Hengst wirklich gern gehabt.«
Frank hob zum Abschied die Hand, und der Junge verließ langsam den abgesperrten Platz. Keiner von beiden sprach. Annie legte die Sonnenbrille auf ein Fensterbrett. Das Wasser plätscherte, und Frank sah ihr zu. Er nahm die Sonnenbrille und steckte sie in seine Tasche.

Als Annie Base Blood abgespritzt hatte, führte sie ihn im Kreis. Sie vermied jeden Blickkontakt mit Frank. Üblicherweise dauerte es zwanzig Minuten, bis ein Pferd soweit abgekühlt war, daß es urinierte. Annie brauchte die Zeit. Als sie ihn zum fünfzehnten Mal um den Unterstand geführt hatte, sagte Frank: »Er ist soweit.«
Annie brachte den Hengst in eine Box, und ein Mann folgte ihr mit dem Gefäß.
Sie wartete mit Frank vor der Box, während der Mann drinnen leise pfiff. Beide hatten dieses Ritual viele hundert Male erlebt. Trotzdem wirkte es immer noch leicht lächerlich und löste ihre Spannung etwas. Annie nutzte die veränderte Stimmung.
»Ich weiß, das Meeting ist heute zu Ende. Aber ich glaube, es wäre ein Fehler, ihn sofort zu verladen.«
Frank reagierte nicht. Sie erinnerte sich daran, daß sie ihm keine direkte Frage gestellt hatte. »Stimmst du mir zu, Frank?«
»Ja.«

»Können wir deine leere Box benutzen?«
»Geht in Ordnung«, sagte er. »Aber ich möchte nicht, daß einer deiner feinen Transporter an meiner Sattelkammer vorfährt.«
»Dann lasse ich ihn außerhalb parken«, sagte sie, »und wir führen Base Blood hinüber, wenn wir abfahren. Es kommt ein Pfleger mit, der wird ihn versorgen.«
Frank gab ihr die Sonnenbrille zurück. Die Tür der Box ging auf. Der Tierarzt entnahm Base Blood am Hals eine Ampulle Blut. Der Hengst reagierte nicht darauf, sondern beobachtete Annie. Sie führte ihn durch die Absperrung hinüber zu Franks Boxen am anderen Ende der Gegengeraden.

Annie wollte so schnell wie möglich mit der medizinischen Versorgung von Base Blood beginnen: Röntgenuntersuchungen, eine Lungenendoskopie und Blutuntersuchungen. Sie brauchte Rat wegen der Hinterbeine und des Luftschluckens. Sie wollte Frank fragen, verstummte aber nach dem ersten Wort, als sie mit den Augen seinem Blick folgte. Aus den Nüstern des Hengstes lief Blut.
Annie hielt den Zügel, während Frank in Base Bloods Nüstern blickte und dann in seinen Hals. Sie sah die tätowierte Nummer auf der Innenseite der Oberlippe, wie es der Vorschrift für die Zulassung von Rennpferden entsprach. Auf der Bahn wurde ein anderes Rennen gelaufen, aber Annie und Frank achteten nicht auf die Pferde, die hinter den Rails donnernd an ihnen vorbeigaloppierten.
»Ich finde nichts«, sagte Frank. »Du mußt eine Endoskopie machen lassen.«
Annie nutzte die Gelegenheit und tat, was sie schon den ganzen Tag unbedingt hatte tun wollen. Sie übergab Frank den Zügel, bückte sich und fuhr mit den Fingern über die Gelenke der Hinterbeine. Beide Sprunggelenke waren fiebrig heiß.
»Mein Gott«, sagte sie und blickte zu Frank Carney auf.
»Er ist jung. Wenn du ihm genügend Ruhe gönnst, gibt es nichts, was er nicht übersteht.«
Annie kniete sich neben Base Bloods rechtes Hinterbein. Ihre Hand lag immer noch auf dem Sprunggelenk. »Frank, bin ich verrückt?«
Carney trat beiseite und betrachtete Base Bloods Vorderbeine, Brust und Kopf. »Nicht im Hinblick auf das Pferd.«

Annie lachte, stand auf und schob eine Haarsträhne unter den Hut. Frank ließ sie stehen und führte das Pferd weiter in Richtung Stall. Annie gönnte ihm das Vergnügen und folgte ihm. Als sie ihn eingeholt hatte, ging sie schweigend neben ihm her und überlegte, ob sie ihn bitten könne, ihr zu helfen, Base Bloods Beine mit Eis zu kühlen. Sie hatte sich gerade entschlossen, es zu tun, als er plötzlich fragte:
»Was macht Hank?«
Frank hätte ihr ebensogut einen Faustschlag in den Magen versetzen können. Üblicherweise hatte Annie immer eine Antwort auf diese Frage parat und ihre Gefühle fest im Griff. Frank Carney konnte sie jedoch nicht so antworten wie allen anderen.
Er drehte den Kopf und sah soviel Qual in ihrem Gesicht, daß er sagte: »Tut mir leid.«
Tränen stiegen ihr in die Augen und begannen so schnell zu fließen, daß sie sich am unteren Rand der Gläser sammelten. Annie mußte die Brille abnehmen und fuhr sich mit dem Ärmel über das Gesicht. Sie wußte, Frank hatte die Frage nicht gestellt, um sie zu quälen. Er hatte ihren Sohn geliebt.
»Ich habe gehört, daß er letzten Monat geheiratet hat... Ich habe ihn seit Jahren nicht mehr gesehen«, sagte sie mit belegter Stimme im Weitergehen. Sie kämpfte mit den Tränen und setzte die Sonnenbrille wieder auf. Sie blickte auf Base Blood und erkannte, wie sehr sie die Hoffnung brauchte.
»Hat er dir je gesagt, daß er mich im Gefängnis besucht hat?«
»Nein. Wann war das?«
»Er hatte das Bein im Gips und war gerade in der Schule abgehauen.«
»War er wütend auf mich?«
»Sehr wütend.«
Nach einem kurzen Schweigen sagte Annie: »Ich hätte ihm die Wahrheit über seinen Vater sagen sollen, bevor ein anderer es tat.«
»Du hättest sie uns beiden sagen sollen«, erwiderte Frank, und der alte Zorn stieg wieder in ihm auf.
»Es ging dich nichts an, wer sein Vater war. Das war vorbei. Vergangenheit.« Ihre Stimme klang unsicher. Sie wußte, daß Frank es gehört hatte.
»Soweit ich mich erinnere, war sein Vater am Leben und ist es immer

noch. Wie zum Teufel kannst du sagen, es war vorbei? Allmächtiger, Annie . . .«
»Ich hatte angefangen und wollte dir alles erzählen, Frank, das weißt du. Aber über solche Dinge spricht man nicht mit einem Säufer.«
Sie hörte, wie er heftig den Atem ausstieß, als habe er einen Schlag in die Magengrube erhalten. Annie wollte ihm den Zügel aus der Hand reißen, aber sie wußte, das wäre kindisch gewesen.
»Hank hat dich eine Lügnerin genannt«, fuhr Frank hartnäckig fort. »Ich habe ihm gesagt, du hättest noch nie im Leben gelogen, sondern vielleicht nur die Wahrheit verschwiegen. Ich habe ihm gesagt, daß viele Leute über bestimmte Dinge nicht reden und deshalb trotzdem nicht lügen, besonders dann nicht, wenn es schmerzliche Dinge sind. Er sagte in etwa, daß du seine Mutter bist, sei die große Lüge seines Lebens geworden. Ich habe ihm gesagt, er sei . . .«
»Gib mir mein Pferd«, sagte Annie, die sich bemühte, nicht wieder zu weinen. »Ich bringe es heute noch von hier weg. Ich will nichts mehr davon hören.«
Frank gab ihr den Zügel und sagte sachlich: »Das ist dumm.« Sie wußte, er hatte recht. Sie standen zu beiden Seiten von Base Blood auf dem Weg und starrten sich an.
Plötzlich hörte Annie das vertraute, tiefe Motorgeräusch der Zugmaschine mit dem Pferdetransporter von Limeteen und das kurze hohe Hupen, als sie vom Highway abbog. Der Wagen für sechs Pferde stand in Belmont, und deshalb hatte Annie den großen Zwölfertransport bestellt. Die beiden drehten sich um und beobachteten, wie der riesige Achtachser, eine Spezialanfertigung, durch das Tor fuhr. Annie sah, daß Orin, der Fahrer, sich aus dem Fenster des Führerhauses beugte und den Pförtner nach dem Weg fragte. Wie von ihr gewünscht, saß der Pfleger Hartley auf dem Beifahrersitz. Sie waren am Morgen nach Annies Anruf abgefahren und hatten nicht allzu lange gebraucht. Der Transporter war in den Farben von Limeteen lackiert und trug auf beiden Seiten unter den Fensterreihen mit den dunklen Scheiben in großen, deutlichen Buchstaben die Aufschrift LIMETEEN FARM. Annie wußte, mit ihrer Anonymität war es jetzt vorbei.
Frank ging in die entgegengesetzte Richtung davon.
»Frank«, rief Annie ihm nach.
Er blieb nicht stehen, als er sagte: »Ich habe dir gesagt, ich kann auf das

Aufsehen verzichten. Du hast das Pferd. Ich schicke dir die Papiere nach der üblichen Wartezeit von dreißig Tagen.«
»Frank, einen Augenblick.« Sie blickte ihm nach, bis er stehenblieb. »Ich sorge dafür, daß der Transporter von hier verschwindet. Würdest du Base Blood bitte in die Box führen?«
Er starrte einen Augenblick in die Luft, kam dann zurück und griff nach dem Zügel. Dabei sah er sie wieder zornig an. »Ich kühle ihm die Beine mit Eis«, sagte er und bemühte sich, es wie eine Feststellung klingen zu lassen, und nicht so, als tue er ihr einen Gefallen.
Annie hatte zwar einen Pfleger, der das übernehmen konnte, und im Transporter gab es eine Eismaschine, aber sie sagte: »Danke. Wunderbar.«
Base Blood drehte sich zweimal nach Annie um, die ihm nachblickte, als er hinter Frank Carney herging. Annie lächelte. Sie wußte, der Hengst hatte so gute Augen, daß er ihr Lächeln sehen würde. Base Blood sollte wissen, daß sie ihn nicht im Stich ließ. Dann hörte sie, wie Orin den Gang einlegte. Sie eilte in Richtung Tor, denn sie hoffte, den Transporter von der Gegengeraden verschwinden zu lassen, ohne daß er allzu großes Aufsehen erregte.
Es war zu spät. Als sie das Führerhaus erreichte, hatte sich bereits eine kleine Gruppe Neugieriger versammelt und stellte Vermutungen über den Transporter und seinen Sinn an. Einige, die selbstsicherer waren als die anderen, bewunderten die schwere Zugmaschine und die Chromverzierungen. Als sie Annie näherkommen sahen, erkannten die Leute sie trotz Hut und Sonnenbrille und riefen ihr entgegen: »He, Gräfin, kaufen Sie oder verkaufen Sie?« – »Will Limeteen vielleicht den besten Trockenführer von hier bis Tampa einstellen?« – »Haben Sie da drin ein paar Belmont-Sieger?«
Es war alles freundlich und scherzhaft gemeint. Annie beantwortete jede Frage mit routinierter Munterkeit, und Hartley half ihr, ins Führerhaus zu klettern. Während Orin das riesige Fahrzeug wendete, wuchs die Gruppe der Neugierigen, denn die Nachricht von Annies Anwesenheit verbreitete sich schnell. Obwohl sie nicht darauf vorbereitet war, schob Annie lässig Haarsträhnen unter den Hut und spielte mit gewohnter Unbefangenheit die Gräfin von Limeteen. Hartley und Orin freuten sich, sie zu sehen, vermieden es jedoch sorgsam, ihre Neugier zu zeigen. Annie stellte die üblichen Fragen über die Fahrt und die Vor-

gänge auf der Farm. Dann dämpfte sie die Erwartungen der beiden Männer in Hinblick auf den Hengst, den sie abholen sollten.
Annie bezahlte dem Besitzer des Dixie Motel etwas, damit der Transporter auf einem Feld hinter dem Motel parken durfte. Sie half Orin und Hartley, in dem eichengetäfelten Transporter eine Box einzurichten. Dann fuhren sie im Kombi mit sechs Ballen Stroh und Luzerne zu Frank Carneys Stall zurück.
Vor Base Bloods Box wartete eine Gruppe von sechs Männern. Einer hatte eine Kamera bei sich, zwei trugen Krawatten. Sie gehörten zur Leitung der Rennbahn, und als Annie sie auf dem Weg in die Box grüßte, waren sie so freundlich wie alte Hunde. Der Hengst war hellwach. Seine Ohren und Nüstern zuckten wachsam, um die Aktivitäten um ihn herum zu deuten. Annie näherte sich ihm langsam und sah, daß die beiden Vorderbeine in einer Wanne mit Eis standen. Um die hinteren Sprunggelenke trug er Bandagen; die Binden waren mit einer von Frank Carneys Salben bestrichen.
Ein Blitzlicht flammte auf und erschreckte sowohl den Hengst als auch Annie. Sie unterdrückte ihren Ärger und redete Base Blood mit gedämpfter Stimme gut zu, um ihn zu beruhigen und ihm Sicherheit zu geben. Der Hengst wieherte leise, als Annie ihn streichelte. Hartley ging mit Orins Hilfe an die Arbeit. Sie misteten die Box aus und brachten aus dem Stroh vom Wagen eine frische Streu ein. Annie ging hinaus, um die Leute abzulenken. Nach ein paar Fotos und Antworten auf die Fragen entschuldigte sie sich und machte sich auf den Weg zur Sattelkammer am Ende des Stallgebäudes.
Wenn Frank noch da war, wollte sie sich bei ihm bedanken. Die Tür war offen. Sie blickte in den Raum und sah seinen Rücken. Er stand vor einem offenen Wandschrank. Zwischen den Flaschen mit Einreibemitteln und Tiegeln mit Salben nahm er eine kleine Flasche Jack Daniels heraus und steckte sie in die Innentasche seiner alten Jeansjacke. Dann drehte er sich um und kam heraus. Als er Annie vor der Tür stehen sah, verlangsamte er kaum seinen Schritt. »Keine Vorträge.«
»Ich dachte, du kannst dir keinen Jack Daniels leisten«, sagte Annie angewidert.
Frank sah sie gehässig an. »Ich spare ihn mir für besondere Gelegenheiten auf«, sagte er, »und heute war eine ganz besondere Gelegenheit.«
Er ging an ihr vorbei und verschwand um die Ecke des Stalls.

Annie machte Anstalten, ihm zu folgen, ging aber dann zu Base Bloods Box zurück.

»Hartley, Sie werden die Nacht hier bleiben müssen, verstanden?«

»Ja, Ma'am.«

»Orin und ich, wir bringen Ihnen das Abendessen herüber.« Annie wagte nicht, mehr zu sagen, weil sie fürchtete, sonst ihren Zorn zu zeigen. Sie ging vor der Box auf und ab, während die beiden Männer ihre Arbeit beendeten. Beim Umdrehen sah sie einmal, daß Base Blood sie beobachtete, und sie ging hinüber, um ihn zu streicheln.

»Ich verstehe nichts mehr in meinem Leben«, sagte sie leise, »aber dich verstehe ich.«

Später am Abend lag sie wieder nackt und schweißgebadet auf dem Bett im Dixie Motel, konnte nicht einschlafen und lauschte auf die Insekten vor den Fliegenfenstern. Seit dem Morgen hatte sich so vieles verändert. Sie dachte daran, wie oft in ihrem Leben ein Pferd ihr die Hoffnung gegeben hatte, es werde alles in Ordnung kommen.

Annie hatte die Holztür offen gelassen, und die Glühbirne auf der kleinen Veranda brannte noch. Sie drehte sich auf die Seite und ließ sich von der Luft den feuchten Rücken kühlen. Dann schwang sie die Beine über den Bettrand. Sie starrte auf den dünnen Lichtstrahl, der durch den ausgefransten Fenstervorhang drang und über ihre nackten Schenkel fiel.

Sie saß auf dem Bett, und als sie sich daran erinnerte, wie der Jockey am Nachmittag Base Blood gepeitscht hatte, wurde sie wieder zornig. Ihre Unterwäsche und das Arbeitshemd waren noch feucht; sie hatte die Sachen im Becken gewaschen. Trotzdem saß sie innerhalb weniger Minuten angezogen im Kombi und bog auf den Highway. Unterwegs fuhr sie sich mit den Fingern durch die Haare, damit sie nicht ganz so zerzaust aussahen.

Annie hatte in den dreißig Jahren auf der Rennbahn oft Leute erlebt, die ihre Hoffnungen auf ein Pferd setzten, und sie wußte, wie verrückt das war. Sie dachte an einen alten Trainer, der alles, was er besaß, in das Training eines Hengstes steckte. Annie hatte ihn gefragt: »Wie können Sie einen so großen Glauben an ein Pferd haben?« Er erwiderte achselzuckend: »Das weiß nur Gott.« Sein Hengst verlor fünf Rennen hintereinander, und der Trainer verschwand mit seinem Pferd in den niederen Regionen der Jahrmarktsrennen und Provinz-Rennplätze. Annie fuhr gerade selbst zu einem solchen Platz, wo sie *ihr* Pferd gefunden hatte, ihre Hoffnung – einen x-beinigen, Luft schluckenden Zweijährigen. Annie wußte, diese Art Hoffnung gab einem die Verzweiflung ein, aber sie würde ihren Glauben nicht aufgeben.

Hartley saß bei ihrer Ankunft schlafend vor Base Bloods Box auf einem Stuhl, den er mit der Lehne gegen die Wand gekippt hatte. Er hörte Annie und fuhr mit einem solchen Ruck auf, daß er beinahe mit dem Stuhl umgefallen wäre. Sie lächelten beide, und Annie erkundigte sich flüsternd nach dem Hengst; Hartley antwortete ebenfalls im Flüsterton. Base Blood kam auf die Beine, stand mit spielenden Ohren hinter dem Netz und beobachtete sie.

»Er ist wirklich sehr neugierig, Mrs. Carney, ja, das ist er ganz bestimmt«, sagte Hartley. »Er hat den ganzen Abend immer wieder nachgesehen, was hier los ist.«

Base Blood trug einen Kopperkragen, der verhinderte, daß er mit den Zähnen den Rand der Futterkrippe oder der Boxentür packen konnte. Jetzt streckte er den Kopf soweit er konnte über das Netz und wieherte leise. Annie trat zu ihm und ließ ihn an ihrer Hand schnuppern. Dann streichelte sie ihn langsam am Hals. Über seinen großen Kopf zog sich die blitzförmige Blesse. Plötzlich hatte Annie das Gefühl, als hätten ihre Hoffnungen angesichts der Wirklichkeit keine Chancen. Base Blood zitterte, trat auf der Stelle, wieherte noch einmal leise und legte sich wieder ins Stroh. Der Hengst schien ihr zu vertrauen und sie zu akzeptieren. Sie mußte einfach an ihn glauben.

Mit einem Blick stellte sie fest, daß in der Sattelkammer am Ende des Stallgebäudes noch Licht brannte. Ihr Magen zog sich zusammen. Sie hatte keine Lust, Frank Carney noch einmal betrunken zu sehen oder den Pfleger zum Zeugen einer solchen Begegnung zu machen.

»Dann bis morgen, Hartley«, sagte sie und ging zum Kombi. »Wir fahren früh los, damit wir zum Abendessen zu Hause sind.«

»Mir soll's recht sein, Ma'am.«

Als Annie den Wagen erreichte, hatte sie bereits beschlossen, wenigstens um den Stall herumzugehen. Sie redete sich ein, sich nur davon überzeugen zu wollen, daß ihre Vermutung stimmte. Als sie jedoch im Dunkeln vor dem Fenster der Sattelkammer stand, sah sie die Flasche Jack Daniels ungeöffnet auf dem Tisch stehen. Frank lief von einem

Ende des Raums zum anderen. Er hatte die Hände in die Gesäßtaschen der Jeans gesteckt und hielt die Schultern gebeugt. Die grauen Haare hingen ihm in die Stirn, und er starrte auf den Boden, während er langsam einen Schritt nach dem anderen machte.

Annie traten die Tränen in die Augen. Sie blinzelte, wandte sich ab und blickte in die dunkle Frühlingsnacht. Eines Tages, dachte sie, werde ich mir das mit Jimmy Lee, das mit Helena und mit Henry vielleicht vergeben können, aber das mit Frank nie.

»Was machst du da, Annie?« rief Frank von der Tür der Sattelkammer.

Annie fuhr sich schnell mit dem Ärmel über die Augen und trat ins Licht. »Ich konnte nicht schlafen und bin herübergekommen, um nach Base Blood zu sehen.«

»Und um dich im Vorbeigehen davon zu überzeugen, daß ich betrunken bin.« Er starrte sie an.

Leugnen war sinnlos, also nickte sie.

»Tut mir leid, daß ich dich enttäuschen muß«, sagte er.

Sie standen verlegen voreinander. Annie wandte sich zum Gehen. Nach einem Schritt drehte sie sich wieder um. »Weißt du, es gibt einige Dinge, über die wir nie gesprochen haben.«

»Das ist vielleicht ganz gut so.«

»Bist du nicht neugierig darauf, was damals wirklich geschehen ist?«

Ohne zu zögern, sagte er: »Nein, ich bin nicht neugierig.«

Sein mangelndes Interesse bestärkte sie in ihrem Entschluß, ihn zum Reden zu bringen. »Wirklich nicht? Du mußt dich gefragt haben, warum oder seit wann Sam und ich wieder zusammen waren. Weißt du, es war nicht gleich. Es dauerte beinahe zwei Jahre . . . Ich weiß, ich habe mich gefragt, wann genau du wieder angefangen hast zu trinken.«

Sie spürte, wie sich sein Körper vor Zorn straffte.

»Verdammt, Annie! Ich habe meine Antworten auf all diese Fragen, und du hast deine. Es hat keinen Sinn, die Einzelheiten jetzt wieder auszugraben. Der Tag geht vorüber, und ich möchte ihn ohne noch größeren Schaden oder noch mehr tote Vergangenheit hinter mich bringen.«

»Du haßt mich vielleicht aus den falschen Gründen. Zum Beispiel ist Sam Cumberland, als ich Glorious Girl und Jimmy Lee erschossen hatte, vor dir zur Stelle gewesen . . . ich meine, auf Limeteen . . .«

Frank fuhr sich mit der Hand über das Gesicht. Dann sah er sie voll tiefer Verachtung an.

»Es tut mir leid, Frank. Vergessen wir es.« Annie stand schweigend da und wußte nicht genau, was sie tun sollte.

Frank fragte: »Hattest du ihn angerufen oder was?«

Annie sprach, so ruhig sie konnte, als erzähle sie eine Geschichte, und sie vermied jeden Anschein einer Rechtfertigung. »Viele von den Leuten, die auf Limeteen arbeiteten, hatten Freunde bei Caernarvon. Nachdem das alles geschehen war, sind sie natürlich ans Telefon gegangen. Sam erfuhr es und kam sofort herüber, um zu helfen. Die Polizei hielt ihn am Tor an, und er fragte nach dir, Frank. Das weiß ich, sie haben mich angerufen, um es nachzuprüfen. Dann ließen sie ihn durch, und er fuhr zu den Ställen. Er wollte zuerst dich sprechen, und er suchte dich. Als er ins Haus kam, waren Henry und ich in keinem guten Zustand. Die Polizei und das FBI waren überall zugange. Sam hat alles in die Hand genommen. Ich brauchte jemanden, der das tat. Und ungefähr zu diesem Zeitpunkt bist du aufgetaucht. Aber wir haben erst lange, nachdem du ausgezogen warst, wieder miteinander geschlafen.«

Frank hatte beim Zuhören wieder die Hände in die Gesäßtaschen gesteckt. Er sah Annie nicht an, sondern hielt den Blick unverwandt auf seinen Stiefel gerichtet, mit dem er im Staub scharrte. Er holte tief Luft und atmete wieder aus, ehe er zu sprechen begann. »Als ich an diesem Morgen zurückkam, war ich zu müde, um zu denken. Ich fuhr hinauf, und vor dem Haus drängen sich diese gottverdammten Zeitungsleute, bestürmten mich mit Fragen und erzählten mir Dinge, mit denen ich nicht fertig werden konnte. Glorious Girl war tot, deine Brüder waren die Entführer – und ich hatte nicht einmal etwas von ihrer Existenz erfahren – und sie hatten Glorious Girl so zugerichtet, daß du die Stute erschießen mußtest.« Er schwieg, und Annie glaubte, er könne nicht weitersprechen. »Und dann erfuhr ich, daß du einen deiner Brüder erschossen hattest. Die Polizisten führten mich durch die Menge zur Veranda. Sobald ich die Haustür hinter mir schloß, hörte ich Sam Cumberland. Er war in der Bibliothek am Telefon und gab Anweisungen, als gehöre ihm alles.« Frank blickte zu Annie und sagte achselzuckend: »Es war seine Art Haus. Ich habe mich nie wohl darin gefühlt.«

»Ich weiß.«

Frank fuhr wieder mit dem Stiefel durch den Staub. »Hast du Lust, eine Weile zu laufen?«
»Ja«, sagte sie.
Sie versuchten zu schlendern, empfanden das Gehen jedoch als unangenehm, während sie den Stall umrundeten und in Richtung Bahn gingen. Die Nacht war beinahe schön, denn die Stechmücken und Insekten waren verschwunden. Hinter der Gegengeraden war um diese Stunde niemand wach. Der Dunst ließ Lichtwirbel um die wenigen Glühbirnen an den Ställen entstehen.
»Ich mußte in die Bibliothek gehen und ihn fragen, wo meine Frau war«, fuhr Frank fort. »Das Telefon klingelte. Er versuchte, die Sache zu erklären. Aber du kennst Sam. Wenn du einmal sein Angestellter warst, bist du nie etwas anderes für ihn. Er behandelte mich mit diesem hochnäsigen Charme, den er Dienstboten gegenüber an den Tag legt. Schließlich sagte ich ihm, er soll ans Telefon gehen, und das gefiel ihm nicht sehr. Er wies mit dem Finger zur Decke, das heißt, er wußte genau, wo dein Schlafzimmer war. Das machte mich so verrückt, daß ich mir in den nächsten Monaten ein paar hübsche Sachen ausdachte.«
Annie erinnerte sich daran. »Und oben hast du deine Frau vorgefunden, die wütend auf dich war, weil du nicht zur Stelle gewesen bist, als sie dich am meisten gebraucht hätte ... ich glaube, das habe ich dir ziemlich deutlich gesagt.«
Frank ging ein paar Schritte weiter, ehe er erwiderte: »Ich erinnere mich, daß du laut geworden bist. Aber das störte mich nicht, denn schließlich hatte ich selbst gerade erlebt, daß Zorn beinahe eine Erleichterung ist. Wirklich getroffen hat mich Hanks Verhalten. Er sah mich nicht an ... er hat mich danach nie mehr richtig angesehen. Er hat immer irgendwie zur Seite geblickt, als sei er nervös oder verlegen. Das schmerzte mehr als alles andere. Er war mir gegenüber nie mehr der alte.«
»Ja«, stimmte Annie ihm zu, »das war er niemandem gegenüber. Damals habe ich ihn verloren. Wir haben es allerdings beide erst sehr viel später begriffen.«
Die Ställe lagen hinter ihnen. Im Dunst ragten die Umrisse von Bäumen auf. Annie versuchte, nicht an Henry zu denken. Aber es gelang ihr nicht. Sie sah ihn als Baby in Frankreich vor sich, auf dem Haras de la Poire, auf Limeteen mit Speed Oliver und Glorious Girl und dann, als alles begann, wie ein Kartenhaus zusammenzubrechen.

»Du hast gesagt, du weißt nicht, wann ich wieder angefangen hatte zu trinken«, begann Frank. »Es war nicht sofort, obwohl ich verdammt sicher bin, nachdem ich Sam gesehen hatte, suchte ich nur noch eine Entschuldigung dafür. Ich blieb, arbeitete hart genug, um nicht zuviel denken zu müssen, und schlief in dem Zimmer unter dem Dach. Aber ich verlor dich, ich verlor Hank, ich verlor alles. Wir waren am Ende, Annie. Wir wußten es nicht, aber es war für uns beide – vielleicht für jedes Ehepaar – zuviel, um damit fertig zu werden. Es gab bereits genug, was allem entgegenstand – du warst Besitzerin und ich Trainer, ich trank, und du hattest so verdammt viel Geld.«

Annie schwieg, bis sie die Bahn erreichten. Sie lehnten sich an die Umzäunung und fühlten sich an diesem vertrauten Ort wohler.

»Sam hat mir die Entschuldigung geliefert, wieder zu trinken, nicht du«, sagte Frank. »Diese verrückte kleine Psychotherapeutin im Gefängnis hat mir das klargemacht. Ich habe keinen Schluck getrunken, bis ich davon überzeugt war, daß ihr wieder ein Verhältnis hattet, und ich weiß nicht, ob es zu diesem Zeitpunkt tatsächlich so war oder nicht. Ich habe dich dafür verantwortlich gemacht, aber in Wirklichkeit habe ich wieder getrunken, weil Sam Cumberland wieder einmal mehr das bekam, was er wollte.

Ich bin arm wie eine Kirchenmaus aufgewachsen und habe ständig erlebt, daß er alles bekommt, ohne sich darum bemühen zu müssen. Warum? Nur, weil er reiche Eltern hatte. Und nun war er wieder einmal da, nahm sich, was mein war . . . oder einmal gewesen war. Es erschien mir so hoffnungslos, und das überzeugte mich davon, daß ich ruhig wieder anfangen konnte zu trinken.« Selbst in der Dunkelheit sah Annie, daß seine Hände das Holz umklammerten. »Ich habe dich eigentlich erst dann gehaßt, als du mir das mit dem Baby gesagt hast.«

Es gelang ihm, das ohne Zorn in der Stimme und als schlichte Feststellung auszusprechen. Annie erwiderte: »Damals war es mir nicht klar, aber inzwischen glaube ich, daß ich wußte, ich hatte meinen Sohn verloren und wollte deshalb noch ein Kind . . . um eine neue Chance zu haben. Wie Helena bewiesen hat, funktioniert so etwas natürlich nie nach Wunsch.«

»Sie hätte unser Kind sein sollen.«

Annie hörte seinen veränderten Ton. Er klang sehnsuchtsvoll und bitter. »Du bist ausgezogen, Frank, lange bevor das passiert ist.«

»Du hast ihr meinen Namen gegeben.«
»Ihretwegen. Ich war damals mit dir verheiratet.«
»Du willst mir doch nicht sagen, du hättest jemanden getäuscht. Großer Gott, jeder wußte ...«
»Ich habe nicht versucht, etwas zu verbergen. Aber zu dieser Zeit ging es niemanden etwas an, und es war mir egal.«
Die beiden blickten auf die leere Bahn.
»Frank, wir wollen uns keine Vorwürfe mehr machen. Wir hatten beide unsere Gründe. Vielleicht keine guten, aber überzeugende Gründe. Es gibt keine Entschuldigung, und wir haben für unsere Fehler bezahlt – mein Gott und wie.« Annie wollte etwas zugeben, aber es sollte nicht klingen, als bitte sie ihn um Verzeihung. »Ich weiß, es war das Schlimmste, was dir widerfahren konnte. Ich habe es mir selbst hundertmal gesagt. Also gut, du kannst mich hassen, aber mach mir keine Vorwürfe mehr.«
Sie hörte, daß er sich unruhig bewegte, und sah, daß er mit ausgestreckten Armen die Stange umfaßt hielt und zu Boden blickte. Er sagte nichts, und das ärgerte Annie wieder. Wie sie es so oft getan hatte, wartete sie auf eine Reaktion von ihm.
»Wann willst du denn abfahren?« fragte er.
»Morgen früh, sobald ich den Transporter hierher bringen kann.«
»Gut, dann ist der Hengst bereit.« Frank stieß sich von der Umzäunung ab, und Annie erwartete, er werde stumm davongehen. Statt desen richtete er sich auf und hob langsam den Blick zum bedeckten Himmel.
»Annie«, sagte er, und es klang wie ein ersticktes Keuchen, »ich habe das noch niemandem gesagt, aber wir hassen uns schon so lange, daß ich möchte, daß du es weißt. Die Sache mit Certainty tut mir ... so schrecklich leid.« Er bewegte sich nicht.
Annies Blick hing an der verdorrten Eiche auf dem Rasen. »Das weiß ich schon die ganze Zeit. Jeder wußte es.«
Frank senkte langsam den Kopf. »Nicht jeder. Ein paar haben mit Vergnügen gerufen: ›Carney der Pferdekiller.‹«
»Zum Teufel mit ihnen«, sagte Annie leise. »Keine Vorwürfe mehr, Frank.«
Er schüttelte den Kopf. »Keine Vorwürfe, aber es gibt auch kein Vergessen. Oder?«
»Nein«, erwiderte Annie, »kein Vergessen.« Sie gingen zurück zu den Ställen.

»Du solltest noch etwas wissen. Als ich im Gefängnis war, hat mir dieser Angel geschrieben.«
Annie blieb stehen. »Wann?«
»Ich saß ungefähr seit einem Jahr. Es war fünf oder sechs Wochen, nachdem dein Bruder Fungo bei der Meuterei im Gefängnis getötet worden war. Aus heiterem Himmel kommt da ein Brief mit einem Hundertdollarschein im Umschlag. Er schrieb, er und ich hätten etwas gemeinsam, nämlich unseren Haß auf dich, und er wolle sich an dir rächen.«
»Ist das alles?«
»Es kamen noch zwei Briefe, jeweils mit hundert Dollar und dem Angebot, mir nach meiner Entlassung auf den New Yorker Rennbahnen eine Stelle zu verschaffen. Außerdem versprach er mir ein paar Pferde, wenn ich mit ihm zusammenarbeiten würde. Das war alles. Ich habe ihm nicht geantwortet und nie wieder etwas von ihm gehört.«
»Großer Gott«, sagte Annie und ging weiter, um zu verbergen, daß sie vor Angst zitterte.
»Überrascht es dich?« fragte Frank. »Abschaum bessert sich nicht.«
»Ich weiß. Er war statt dessen hinter meiner Tochter her.« Sie schüttelte den Kopf. »Ich dachte, nach Glorious Girl wäre er zufrieden.«
»So einer ist nie zufrieden. Es ärgert mich immer noch furchtbar, daß er davongekommen ist. Die Kerle beim FBI sollte man feuern, weil sie ihm ermöglicht haben, als Kronzeuge aufzutreten. Ich habe fünf Jahre bekommen. Phil Angelo hätte mindestens ebensoviel verdient, anstatt daß der dumme Fungo alles bekommen hat und dann auch noch umgebracht wird.« Er blickte zu Annie hinüber. »Ich habe gehört, du warst in Europa.«
»Ich mußte dort drüben meine Pferde laufen lassen, bis ich meine Besitzer-Lizenzen in Amerika zurückbekommen habe.« Sie wußte wieder einmal, welche Frage sie Frank stellen würde, bevor sie sich über den Grund klar war. Aber diesmal lag eine Absicht dahinter, und sie wagte nicht, über die Gründe nachzudenken. Sie beschloß, ihm etwas zu sagen, was niemand wußte.
»Willst du die ganze Geschichte hören, Frank? Es hat zwanzig Jahre gedauert, aber ich habe das ganze Geld durchgebracht. Ich habe immer gesagt, ich würde einmal einen erstklassigen Rennstall haben, und daß es so ist, habe ich hauptsächlich dir zu verdanken. Aber im Augenblick

bin ich pleite wie du. Ich lebe von Krediten und stecke bis zum Hals in Schulden.«

Er blieb stehen und sah sie an. Zum ersten Mal erlebte Annie, daß Frank schockiert war. »Limeteen hat zwei Sieger des Belmont Stakes und einen Derbysieger gezüchtet«, sagte er. »Du hast in Keeneland die Araber überboten.«

»Wir haben die Pferde gezüchtet, mußten sie aber an Syndikate und Gesellschaften verkaufen. Unsere Anteile gingen geradewegs zur Bank, und unsere Sieger haben sich in der Zucht nicht sehr gut ausgezahlt. Ich habe die Araber nie überboten. Sie haben die Preise auf die Spitze getrieben, und dabei ist mein letztes Geld draufgegangen. Es wird nicht lange dauern, und Limeteen macht den glanzvollsten Bankrott im ganzen Vollblutgeschäft.« Sie blickte zum Stall. »Da bin ich nun, kaufe auf einer Bahn in der tiefsten Provinz einen heruntergekommenen Zweijährigen, und dabei geht mir die ganze Zeit die Idee durch den Kopf, daß er mich retten kann.« Sie schüttelte den Kopf. »O ja, ich bin völlig verrückt.«

Als sie den Stall erreichten, machte sich Annie keine Sorgen mehr darüber, daß jemand sie mit Frank sehen könnte. Hartley saß mit ausgestreckten Beinen auf dem Stuhl und schnarchte laut. Vor Base Bloods Box blieben sie stehen und blickten auf das schlafende Tier. Der Hengst wälzte sich herum, wachte auf, rollte auf den Bauch und kam auf die Beine. Er sah die beiden vor der Tür, blieb aber stehen. Er wirkte sehr eindrucksvoll, als er aufmerksam den Kopf hob, ohne sich von dem Kopperkragen stören zu lassen.

»Frank . . .«, begann sie.

»Biete es mir nicht einmal an, Annie. Wir haben beide zu viele Narben davongetragen.«

»Hör zu, ich *kann* dir überhaupt nichts anbieten. Vergiß das nicht. Ich will nur sagen, das ist ein großartiges Pferd, und du bist ein hervorragender Trainer. Im Transporter ist Platz für dich. Es wäre sicher für uns beide sehr viel leichter, wenn du einfach hierbleibst, ich abfahre und wir dann mit unseren alten Narben und Entschuldigungen weiterleben. Aber der Wagen fährt morgen früh um halb sieben.«

Annies Stimme klang heftig. Base Blood wieherte durchdringend. Annie lächelte dem Hengst zu, drehte sich um und ließ Frank Carney zum ersten Mal im Leben stehen, ohne sich noch einmal umzudrehen.

32

Annie saß im Kombi und beobachtete Frank Carney, der Base Blood vom Transporter zum Stall führte. Hartley ging neben ihm her und wartete darauf, daß er ihm behilflich sein könnte. Frank ließ sich durch nichts anmerken, daß er wieder auf die Farm zurückgekommen war, und übergab dem Pfleger wortlos den Zügel. Er betrachtete die Beine des Hengstes, während Hartley das Tier im Kreis führte, um die Steifheit nach der langen Fahrt zu vertreiben. Weiter unten kam George Oliver aus dem Hengststall. Annie sah, daß er wie angewurzelt stehenblieb, als er plötzlich Frank mit seinen grauen Haaren erkannte, der wie üblich die Hände in die Gesäßtaschen gesteckt hatte. George trat langsam auf ihn zu und sagte seinen Namen. Die beiden Männer schüttelten sich stumm die Hand und beobachteten Base Blood, als handle es sich um einen ganz normalen Tag und ein ganz normales Pferd.

Der Hengst war immer noch wund und würde es auch noch einige Zeit bleiben. Annie sah, daß er ein Hinterbein stärker belastete und beide Hinterhufe beim Gehen weit auswärts stellte. Der Hufschmied würde sich am nächsten Morgen an die Arbeit machen, die Hufe allmählich in die richtige Form bringen und neue, seitlich erhöhte Eisen anpassen. Der Tierarzt würde außer der üblichen Untersuchung Bluttests machen, eine Lungenendoskopie und die Beine röntgen. Bald würde Annie etwas über das Pferd wissen, das sie für fünftausend Dollar von der Rennbahn weg gekauft hatte. Ihr fiel ein, daß sie den Gestütsleiter gebeten hatte, über den Computer Base Bloods Stammtafel anzufordern, und es drängte sie plötzlich, ins Büro zu gehen. Sie stieg aus, lief hinüber zu Hartley und nahm ihm den Zügel ab. Dann führte sie den Hengst im Kreis, während Frank und George zusahen.

Mehrere Arbeiter und Pfleger kamen vorbei, blieben stehen und betrachteten den Hengst. Die meisten waren zu jung, um Frank Carney zu kennen. Seit er Limeteen verlassen hatte, waren vierzehn Jahre vergangen. Bei Sonnenuntergang würde allerdings die ganze Farm seine Geschichte kennen und am nächsten Tag die Pferdewelt von Kentucky. Annie überlegte, ob er die unvermeidlichen halb abgewandten Blicke und die wissenden Fragen verkraften konnte. Sie war daran gewöhnt, Frank dagegen kam mit der Aufmerksamkeit der Leute nie zurecht.

Während am Morgen Hartley den Hengst für den Transport striegelte, hatte Frank vor der Box gewartet und zugesehen, als Annie vom Motel kam. An der Tür der Sattelkammer lag sein alter Seesack und stand die Holzkiste mit seinen Salben, Medikamenten und der Ausrüstung für die Pferdepflege.

»Ich fahre mit dem Pferd im Transporter«, hatte er erklärt. Es war die erste seiner Bedingungen. Dann nannte er die anderen: »Wenn auf Limeteen ein Zimmer über den Ställen frei ist, schlafe ich dort. Bezahle mich wie deinen besten Pfleger, bis Base Blood etwas gewinnt. Ich gebe ungefragt keine Ratschläge, nur zu diesem Hengst, und ich werde *niemals*, aus keinem Grund, Limeteen Hall betreten.«

Annie erklärte sich damit einverstanden, während der Hengst im frühen Morgenlicht wieherte und tänzelte. Hartley lachte und zog am Führzügel. »Er hat gefressen, als hätte er noch nie im Leben Luzerne bekommen.«

»Vermutlich hat er das auch nie«, erwiderte Frank und sagte dann zu Annie: »Ich werde ihn eine Weile versorgen. Gibt es noch die kleine Koppel neben Stall Zwei?«

»Ja«, erwiderte sie, und dabei wurde ihr klar, wie wenig sich seit seinem Weggang auf Limeteen verändert hatte.

»Ich möchte ihn aus der Box lassen, aber er soll nicht genug Platz haben, um zu galoppieren. Wir sollten einige Zeit nicht einmal daran denken, ihn aufzuzäumen oder zu satteln.«

Annie reagierte nicht auf das ›wir‹. »In Ordnung«, sagte sie. Auf der Fahrt putzte und striegelte er das Pferd noch einmal.

Der Hengst hatte sich bereits verändert. Woran es auch lag – an der Ruhe nach dem Rennen, an der Mischung aus Hafer und Melasse mit Vitaminen oder dem plötzlichen Interesse an neuen Gesichtern – Base Blood war ein munteres Tier.

»Bringen wir ihn hinein«, rief Frank, und Annie führte den Hengst zum Stall Zwei. Man hatte die Spezialbox vorbereitet und eine dicke Strohschütte eingebracht. Frank hatte am Anfang seiner Zeit auf Limeteen darauf bestanden, daß eine besondere Box für Aufsetzer gebaut wurde. Die Wände bestanden aus Metall, und es gab weder Kanten noch scharfe Ecken, die ein Pferd zwischen die Zähne nehmen konnte. Frank hatte schon mit Luftschluckern gearbeitet und glaubte, daß das wirkliche Potential solcher Pferde wegen dieser Unart oft übersehen wurde.

Andererseits erwies sich die Gewohnheit meist als nicht heilbar. Frank hatte Annie einmal von einem Aufsetzer erzählt, den er bei Caernarvon trainierte. Nach mehreren Monaten harter Arbeit hatte er dem Hengst das Holzkauen und Luftschlucken abgewöhnt. Er gewann hintereinander fünf Ausgleichsrennen. Danach siegte er bei seinem ersten Stakes, und bis dahin war die Unart vergessen. Als der Hengst jedoch zum Zielpfosten zurückkam, blieb er direkt vor dem Clubhaus stehen und begann an einer Stange der Umzäunung zu knabbern.

In der Box erwartete Base Blood ein nahrhafter Hafer-Kleie-Brei. Sobald er gefressen hatte, würde man die tragbare Krippe wegnehmen. Der Zweijährige entdeckte das Futter und ging bereitwillig in die Box. Annie hakte den Führzügel aus, tätschelte ihn und sah ihm dann zusammen mit Frank beim Fressen zu.

»Ich habe während der Fahrt darauf geachtet, wie er atmet«, sagte Frank. »Ich glaube, er hat etwas im Schlund, was da nicht sein sollte.«

Annie spürte eine Spannung im Magen. »Wie schlimm ist es?«

»Wir werden den Tierarzt fragen, wenn er die Endoskopie macht ... Weißt du, in welchem Zimmer ich schlafe?«

»Oben im Südzimmer. Auf der anderen Seite des Gangs ist Hartleys Zimmer.«

Frank nickte und ging. Annie wußte, sie konnte nichts Besseres tun, als seinem Beispiel zu folgen und geduldig abzuwarten.

Base Bloods Pedigree verriet nichts. Von einigen Vorfahren in der Hengstlinie hatte sie noch nie etwas gehört. Über Computer forderte sie beim Jockey-Club die Stammtafeln dieser unbekannten Hengste an. Aber auch dort fand sich nichts, woran sie ihre Hoffnungen festmachen oder womit sie ihr Vertrauen in Base Blood rechtfertigen konnte. Sein Vater trug den unglückseligen Namen Broadbent. Er war dreimal auf

Bahnen in Ohio gelaufen, hatte kein einziges Rennen gewonnen und nie einen Cent verdient. Base Bloods Mutter war überhaupt kein Rennen gelaufen und stammte selbst von einem unbedeutenden Hengst und einer ebenso unbedeutenden Stute ab.

Annie wußte, sie konnte sich kaum große Chancen ausrechnen. Wie alle, die sich in ein Pferd vernarren, dachte sie an Glückstreffer wie John Henry, einen Hengst, der fünfundzwanzigtausend Dollar gekostet hatte und sechseinhalb Millionen einlief. Sie kannte die Macht dieser Art Selbsttäuschung, sagte sich aber, daß man die hoffnungslose Abstammung späterer Derbysieger wie Carry Back und Canonero II einmal mit ›zwei Nullen machen eine Million‹ abgetan hatte. Annie blickte auf die Namen der Vorfahren des Hengstes und gab den Gedanken daran auf, daß seine Stammtafel ihren Traum rechtfertigen würde. Sie legte die Papiere in einen Aktendeckel und war überzeugt, daß ihr das, was sie mit eigenen Augen gesehen hatte, genügen werde, bis Base Blood wieder lief.

Das dauerte unvermeidlich noch einige Zeit. Der Tierarzt entdeckte mit Hilfe des Endoskops eine Membrane in Base Bloods Schlund, die zu verhindern schien, daß sich der Kehldeckel völlig öffnete. Der Kehldekkel ist eine bewegliche Klappe, die beim Schlucken die Luftröhre zur Lunge verschließt. Bei einer Anstrengung muß sie sich voll öffnen, damit genügend Luft in die Lunge des Tieres gelangt. Base Blood war ohne diese selbstverständliche Voraussetzung im Training gewesen. Der Tierarzt vermutete, durch die ständige Reizung infolge des Luftschluckens habe sich die Membrane gleichsam wie eine Schwiele gebildet. Sie mußte operativ entfernt werden. Ob die Membrane auf das Luftschlucken zurückzuführen war oder umgekehrt, darüber konnte man nur Vermutungen anstellen. Wenn sich der Kallus zuerst entwikkelt hatte und das Aufsetzen und Luftschlucken die Folgen waren, würde Base Blood die Gewohnheit nach Entfernung des Hindernisses vielleicht aufgeben.

Die Operation wurde im New Bolton Center der University of Pennsylvania durchgeführt, einer Art Mayo-Klinik für Pferde. New Bolton gehört weltweit zu den führenden Zentren für Pferdeforschung und Veterinärmedizin. Annie und Frank standen im Flur und beobachteten durch die kleinen Fenster in der Tür des Operationssaals, wie Base Blood nach der Narkose in die Knie sank und auf die Seite fiel. Er wurde mit Hilfe einer hydraulischen Hebevorrichtung auf den großen kippbaren Operationstisch in der Mitte des Raums gehievt. Die Operation durfte nur zwei Stunden dauern; die Narkose hielt keinesfalls länger vor. Selbst unter dem Einfluß des starken Anästhetikums zuckte Base Bloods Gaumen immer wieder nervös und blockierte den Zugang zum Kehldeckel. Schließlich wurde der Kallus abgetrennt, und der Arzt hielt ihn wie eine Trophäe hoch, damit Annie und Frank ihn sahen.

»Sieht aus wie ein Stück Kautabak«, sagte Frank und warf Annie schnell einen Blick zu.

Seit seiner Rückkehr nach Limeteen hatte er ihr nicht mehr in die Augen gesehen. Wenn sie sprachen, gelang es ihm immer, den Blick auf etwas anderes zu richten, als erfordere es seine Aufmerksamkeit. Die Angewohnheit reizte Annie oft, doch sie fand sich schließlich damit ab und akzeptierte diese Art Selbstschutz. Als sie nun jedoch allein mit ihm im Flur stand, beschloß sie, die Chance zu nutzen.

»Frank, ich hätte gern deinen Rat. Ich möchte mit dir über Limeteen sprechen.«

Er beobachtete schweigend eine Weile das Geschehen im Operationssaal. Dann sagte er: »Ich habe deine Bücher nicht gesehen, also weiß ich nicht, wie deine Lage wirklich ist. Aber es sieht so aus, als ob du zu den Leidtragenden dieser ganzen Veränderungen gehörst.«

Er schwieg, wie es seine Gewohnheit war, und wartete auf einen neuen Anstoß, die erneute Bitte, seine Meinung zu äußern.

»Sprich weiter, Frank. Laß dir doch nicht jedes Wort aus der Nase ziehen«, sagte sie gereizt.

Als gestehe er ein, bei seinem Spiel ertappt worden zu sein, fuhr er schnell fort: »Es hat sich alles geändert, Annie. Das ist kein Sport mehr. Beim Rennen waren die Pferde einmal ebenso wichtig wie Geld, wenn nicht sogar sehr viel wichtiger. Die Reichen *hatten* Geld und mußten nicht an Siege denken. Jetzt ist das beinahe alles nur noch Geschäft und Angeberei. Du hast Erfolg gehabt, Annie, im Sport und im Geschäft. Limeteen ist wahrscheinlich einer der besten Rennställe der Welt . . . so wie sie vor zehn, fünfzehn Jahren geführt wurden.«

Annie war gekränkt und reagierte zu schnell. »Du meinst, ungefähr damals, als du weggegangen bist.« Sie bedauerte die Bemerkung sofort. »Frank, vergiß bitte, daß ich das gesagt hab. Ich weiß, das hast du nicht gemeint. Sprich weiter.«

»Ich weiß einfach nicht, was mit dem Rennsport geschehen ist, und ich kann nicht genau sagen, wann er sich verändert hat. Vielleicht als du in Europa warst und ich im Gefängnis. Aber vielleicht ist es mit allen Dingen in diesem Land so gegangen. Das Geld hat verrückt gespielt und alle mit ihm. Ich weiß nur, jede Tradition, jedes Prinzip wird ausverkauft, und der Rennsport ist ein gutes Beispiel dafür. Du hältst dich an ein Prinzip, und die Leute halten dich für dumm.«
Seine Heftigkeit überraschte Annie. Frank schien verlegen zu sein, als er den Blick vom Fenster abwandte und sie offen ansah.
»Ich will dir damit eigentlich nur sagen, daß ein Unternehmen wie Limeteen heute nicht mehr überleben kann. Du hast nicht das Geld, um mit diesen nationalen oder internationalen Monster-Ställen zu konkurrieren, wie die Araber oder Sangster oder Wayne Lukas sie haben. Du verzettelst dich mit deinen Zuchtstuten in Irland und Frankreich und dem Gestüt und dem Rennstall hier. Das hat früher funktioniert, bevor die Preise gestiegen sind und gutes Zuchtmaterial erschwinglich war. Jetzt kann man sich so etwas nicht mehr leisten, wenn man nicht gerade ein Scheich ist. In deinen drei Gestüten stehen etwas mehr als dreihundert Pferde. Du solltest dich konsolidieren und dreißig behalten.«
»Dreißig!« rief Annie.
»Sag den Banken, daß du das vorhast, und sie werden vielleicht nicht in sechs Monaten alles übernehmen. Du verkaufst zweihundertfünfzig Pferde und hast ein bißchen Spielgeld. Damit kaufst du die Anteile an Zuchthengsten, die du brauchst, und bezahlst einen Teil deiner Schulden.«
»Von da ist es nur noch ein Schritt bis zum Rennstall, der allein auf dem Papier existiert.«
»Vielleicht, aber so wie die Dinge laufen, steht dir bald nicht einmal mehr dieser Schritt offen. Annie, ganz gleich, wie gut du bist, ganz gleich, wie hart du arbeitest, wenn du nicht eine ganze Menge Geld hast, wird dich Limeteen in der jetzigen Form ruinieren.«
Das Ärzteteam verfrachtete den Hengst vom Operationstisch auf einen großen Rollwagen. Base Blood lag immer noch ruhig. Der Chefchirurg blickte zur Tür und hob zum Zeichen des erfolgreichen Verlaufs den Daumen.
»Welche dreißig?« fragte Annie und nickte dem Arzt dankbar zu.

»Das muß ich erst feststellen.«
»Wäre Base Blood einer davon?«
»Ja.«
Das klang erstaunlich sicher. Annie drehte sich schnell um und sah Frank an. »Ja?«
Frank blickte auf den betäubten Hengst und sagte: »Du hast ein gutes Pferd gefunden. Vielleicht sogar ein großes. Er hat Stehvermögen, er läuft gern und hat in dem Rennen, das wir gesehen haben, großen Mut gezeigt. Aber er wird nie gewinnen, wenn er nicht gesund ist.«
»Das ist dein Problem«, sagte Annie. »Ich mache mir deshalb keine allzu großen Sorgen.«
Frank lächelte.
»Gib mir deine Liste, Frank. Ich vergleiche sie mit meiner. Das heißt nicht, daß ich alles tun werde, was du vorschlägst. Ich muß mir die Bücher vornehmen und selbst darüber nachdenken. Wenn ich deine Ratschläge befolge, will ich wieder einen Trainer haben. Ich weiß nicht, wie es für dich ist, zurück auf Limeteen zu sein. Aber ich weiß, es ist gut für die Farm. Beinahe alle sind froh, daß du wieder da bist, obwohl es eine Verschwendung deiner Fähigkeiten ist, daß du dich nur um ein Pferd kümmerst.«
Frank schüttelte bereits den Kopf. »Bis jetzt sind wir damit durchgekommen, Annie. Ich habe nur ein paarmal ein falsches Grinsen gesehen und nur ein paar dreckige Witze über uns gehört. Aber wenn ich wieder dein Trainer wäre, würde das zuviel Aufmerksamkeit erregen, und zwar von der Art, die schadet. Das kannst du einfach nicht brauchen, und ich auch nicht.«
Der Chirurg bedeutete ihnen winkend, sie sollten in den Operationssaal kommen. Frank machte Anstalten, Annie die Tür aufzuhalten, aber Annie streckte den Arm aus und hielt sie geschlossen. »Das können wir uns nicht aussuchen, Frank. Hör zu, ich kann alles verkaufen, und du gehst zurück auf drittklassige Rennbahnen. Dann wird uns kein Mensch beachten! Aber vergiß eins nicht. Was die Leute über dich auch sagen mögen, über mich sagen sie Schlimmeres. Das ist der Preis, den wir bezahlen, und Limeteen ist es wert. Dafür kann ich einiges an Aufmerksamkeit ertragen, und ich finde, du kannst es auch.«
Frank starrte sie an, und Annie wußte nicht, ob er sie beiseite schieben oder umarmen werde.

»Ich bringe den Hengst zurück und mache meine Hausaufgaben«, sagte er. »Du bringst deine Tochter zurück und machst deine Hausaufgaben. Dann sehen wir weiter. Aber wir muten uns mehr zu, als du glaubst, also erzähl mir nicht, du wüßtest, wieviel du verkraften kannst. Ich hasse dich immer noch, Annie. Ich bezweifle, daß ich mich ändern werde. Und ich weiß nicht, wieviel Schaden das anrichtet, wenn wir die Aufmerksamkeit auf uns lenken.«
»Dann sehen wir weiter«, sagte Annie und wiederholte damit seine Worte. Frank öffnete die Tür, und sie gingen hinein, um dem Chirurgen zu gratulieren.

An diesem Abend saß Annie in der Bahn nach New York und versuchte, Franks Vorschlag und seinen Haß voneinander zu trennen. Was er über Limeteen gesagt hatte, war niederschmetternd richtig. Es war hart gewesen, das zu hören, auch wenn es die Wahrheit war. Sie gestand sich auch ein, daß sie sich in dem Augenblick, als sie glaubte, Frank werde sie umarmen, gewünscht hatte, er würde es tun.
Der Zug fuhr donnernd in den Tunnel unter dem Hudson, und Annie blickte zum Fenster. Es spiegelte ihr Gesicht beinahe ebenso klar wie ein schwarzer Spiegel. Sie berührte die feinen Linien um die Augen, lächelte traurig und überlegte, ob sie auf Frank reagierte, weil es so lange her war, daß ein Mann solche Gefühle bei ihr hervorgerufen hatte. Als der Zug in die Pennsylvania Station einfuhr, stieg das Bild von Glynn in ihr auf, und sie fragte sich, wo Sam wohl an diesem Abend war. Sie griff nach ihrem Handkoffer, stieg eilig aus und nahm ein Taxi.
Sie kam zurück, um Helena abzuholen, die aus der Klinik in Connecticut entlassen wurde. Die Entzugsbehandlung war erfolgreich verlaufen, aber sie hatte Helena psychisch labil und verletzlich gemacht. Annie fuhr am nächsten Tag zur Klinik und wartete an der Rezeption. Beim Anblick ihrer Mutter begann Helena, lautlos zu weinen. Mit gesenktem Kopf kam sie in Annies Arme.
Sie fuhren zusammen nach Manhattan zurück. Annie blieb im Zimmer ihrer Tochter und hielt sie die ganze Nacht in den Armen, weil Helena immer wieder aufwachte. Am nächsten Tag flogen sie nach Lexington. Als Helena Limeteen Hall betrat, blieb sie stumm. Sie lächelte und reagierte höflich auf die Begrüßung des Personals, aber sie wirkte ängst-

lich. Annie hatte ein Zimmer direkt neben ihrem herrichten lassen, und ihre Tochter schien damit einverstanden. Annie ging in ihr Zimmer, um auszupacken. Als sie wieder herauskam, sah sie, daß Helena sich bereits umgezogen hatte, und Jeans, Stiefel und ein Arbeitshemd trug. Helena stand auf der Treppe nach unten und lächelte zaghaft. »Ich möchte Frank Carney kennenlernen«, sagte sie mit einem Anflug ihrer früheren Selbstsicherheit.

»Er ist in Stall Zwei«, sagte Annie, ehe ihre eigene Ängstlichkeit sie davon abhalten konnte. »Weißt du, welcher es ist?«

»Der zweite rechts.« Helena sah ihre Mutter zärtlich an. »Ich liebe dich, Mami, und eigentlich brauche ich ...« Sie beendete den vertrauten Satz über den unnötigen Vater nicht, sondern zuckte die Schultern und lächelte, ehe sie die Treppe hinunterstieg.

Annie ging in ihr Zimmer zurück und fragte sich, ob Helena durch die Therapie in der Klinik erkannt hatte, daß sie vermutlich doch einen Vater brauchte. Als Annie ihrer Tochter am Abend zuvor von Frank Carneys Rückkehr und von der schmerzlichen Situation mit Sam erzählt hatte, stellte Helena überraschenderweise nur Fragen über Frank. Sie wollte wissen, wie lange er im Gefängnis gewesen war, was er nach seiner Entlassung getan hatte und wie Annie ihm begegnet war. Zu Sams Verhalten äußerte sie sich nur mit einem Satz: »Mami, das mußte so kommen.« Dieser fatalistischen Feststellung konnte Annie nur widerwillig zustimmen, denn es war die Wahrheit.

Frank war in Base Bloods Box. Er rieb den Hengst ab und lauschte auf seinen Atem, wie er es seit der Rückkehr aus der Klinik ständig tat. Als er um das Tier herumging, sah er das Mädchen mit verschränkten Armen an der Tür der Box stehen. Er wußte, wer sie war, nickte und arbeitete weiter.

Base Blood spürte die Anwesenheit eines fremden Menschen und wandte den Kopf. Dann drehte er sich um und ging mit vorgestrecktem Kopf und spielenden Ohren auf Helena zu.

Helena wich zurück. »Was macht er? Wird er mich beißen?« fragte sie.

»Er will dich nur einmal ansehen«, sagte Frank. »Halte ihm die Hand unter die Nüstern, damit er daran riechen kann. So erkennen einen die Pferde.«

Helena folgte zögernd seinem Rat. Der Hengst beschnupperte ihre Hand und wieherte leise.

»Pferde sind so groß«, sagte Helena. »Ich habe immer Angst vor ihnen gehabt.«

»Das weiß er. Aber er wird es nicht ausnutzen. Er sagt sich, er wird von dir vermutlich hin und wieder eine Möhre bekommen, und deshalb will er sich gut mit dir stellen.«

Helena lachte kurz. »Ich bezweifle sehr, daß er so intelligent ist. Ich meine, Pferde sind doch dumme Tiere.«

Sie blickte zu Frank hinüber und stellte fest, daß er sie beobachtete. »Und du und ich, wir sind ja so intelligent, nicht wahr?« sagte er.

Sie zog gekränkt die Hand zurück, verschränkte wieder die Arme und starrte auf das dicke Strohpolster. Frank griff nach Base Bloods Halfter, drehte ihn um und rieb ihm die Hinterbeine ab.

Helena verlagerte gereizt das Gewicht von einem Bein auf das andere.

»Wie ist das denn, wenn eine Tochter mit Ihrem Namen herumläuft, die nicht Ihre Tochter ist?« Sie blickte schnell auf, um zu sehen, wie er darauf reagierte.

Frank arbeitete ohne erkennbare Reaktion weiter. Schließlich sagte er: »Ich bin darüber hinweggekommen, und ich freue mich, dich kennenzulernen.«

»Was meinen Sie damit, Sie sind darüber hinweggekommen? Woher wissen Sie das? Sie sind immer noch derselbe Mensch, oder? Sie könnten das gleiche wieder tun. Ich weiß, ich könnte es.«

Frank richtete sich auf und sah Helena über Base Bloods Kuppe hinweg an. Sie versuchte, energisch zu wirken, konnte ihre Angst jedoch nicht verbergen. Er fuhr mit der Hand über den Pferderücken. »Sicher könnte ich es wieder tun. Den Alptraum hatte ich jahrelang.«

Helena sah ihn an, runzelte die Stirn und blickte wieder auf das Stroh. »Ich glaube, ich halte das nicht durch.«

Frank musterte sie. »Holst du bitte den Striegel da drüben?«

Das Mädchen blickte sich um, sah Franks Kasten, bückte sich und fragte: »Welchen?«

»Den aus Metall mit den Zähnen.«

Helena reichte ihm den Striegel, aber Frank nahm ihn ihr nicht ab.

»Du fängst am Widerrist an«, sagte er, »und du arbeitest in Kreisen. Nicht zu fest, aber so, daß sich die alten Haare und der Schmutz lösen...«

»Ich?«
»Das kannst du ruhig tun.«
»Ach, noch mehr Therapie«, murmelte Helena geringschätzig.
»Ich arbeite einfach nicht gern allein. Aber es klingt, als könntest du ein bißchen Therapie brauchen.«
Helena starrte ihn an. Dann fuhr sie ungeschickt über Base Bloods Schulter, als sei der Striegel ein Federwisch.
»Du kannst fester draufdrücken. Du hast es mit Pferdehaut zu tun.« Frank sah ihr so lange zu, bis sie es richtig machte. Dann bückte er sich und massierte Base Bloods Hinterbeine, damit das Blut besser durch die entzündeten Stellen floß.
»Ich habe Pferde immer *gehaßt*«, sagte Helena und striegelte fester.
»Wie ist das möglich?«
»Was meinen Sie damit?«
»Hast du nie ein Pferd richtig kennengelernt?«
»Nein.«
»Kein einziges?«
»Nein.«
»Wie kannst du dir dann die Mühe machen, sie zu hassen?«
»Sie wissen, was ich meine. Als kleines Mädchen mußte ich mir ständig Pferde ansehen.«
»Nun ja, dann hast du das Ansehen gehaßt, nicht die Pferde.« Er rieb vorsichtig das rechte hintere Sprunggelenk und das Unterschenkelbein, das der Hengst wegen des kranken linken Beins stark belastete. »Manche Menschen halten Pferde für dumm. Aber ich habe durch Pferde in vielen Dingen mehr gelernt als durch Menschen.«
»Zum Beispiel?«
»Zum Beispiel, daß man nicht aufgeben darf. Niemals.«
Frank hörte, wie der Striegel innehielt und dann weiterfuhr. Er bearbeitete weiter das Sprunggelenk. Es war von Tag zu Tag weniger heiß, und die Knochen wuchsen gut zusammen. In ein paar Wochen mußte man den Hengst reiten, oder er würde die Koppel ruinieren.
»Natürlich muß man mit ihnen arbeiten, um etwas von ihnen zu lernen. Mit dem, zum Beispiel.«
»Ist er das Superpferd, von dem meine Mutter soviel redet?« fragte sie mit echt jugendlicher Geringschätzung.
»Schon wieder. Laß dir gesagt sein, ein Pferd bemerkt eine Menge Klei-

nigkeiten, etwa den Spott in deiner Stimme und deine Unruhe beim Hereinkommen. Das ist ein guter Hengst, und in Pferdejahren ist er ungefähr so alt wie du. Er hat viel durchgemacht. Man hat ihm sofort nach der Geburt die Mutter weggenommen und wollte ihn töten. Als er alt genug war, um Rennen zu laufen, hat man ihm Medikamente gegeben, damit er keine Schmerzen spürte und ihn in ein Rennen geschickt, bei dem ihm die Lunge hätte platzen können.«

Helena blickte auf Base Blood, hob langsam den Striegel und fuhr mit kreisförmigen Bewegungen über die Pferdeflanke. Sie bearbeitete auch die andere Seite, während Frank die Bandagen wechselte und alle vier Fesselbeine und Fesselgelenke nach möglichen Kalziumablagerungen, Knochensplittern und Fieber abtastete. Sie fühlten sich sauber und kühl an. Plötzlich durchströmte ihn ein Gefühl freudiger Erwartung, wie er es schon lange nicht mehr erlebt hatte. Als er sich aufrichtete, war Helena gerade mit der Flanke fertig.

»Und jetzt?« fragte sie abwartend.

»Morgen früh um halb sechs bist du hier. Man lernt ein Pferd dann wirklich kennen, wenn man seine Box ausmistet.«

Sie öffnete den Mund, um zu protestieren, schloß ihn aber entschlossen.

Von diesem Tag an war Helena um halb sechs Uhr morgens bei den Pflegern und Trainingsreitern von Stall Zwei. Als Base Blood soweit war, daß er geritten werden konnte, mistete Helena seinen Stall aus und wickelte seine Bandagen. Anfangs machte sie die Tatsache, daß sie die ›gestörte‹ Tochter der Besitzerin war, sehr befangen und sie blieb – wie die beiden anderen Carneys auf der Farm – für sich. Mit der Zeit lernte sie jedoch eine Grundregel der Vollblutwelt: Wer du bist, hängt davon ab, wer dein Pferd ist. Es machten ein paar Geschichten über sie die Runde, aber dann war für alle das einzig Wichtige an Helena der braune Hengst Base Blood.

Anfang Juli zäumte Frank den Hengst auf und forderte Helena auf, in den Sattel zu steigen. Sie tat es voller Angst. Frank und Annie führten Base Blood abwechselnd zunächst um den Stall und dann über die Farm. Beide waren zufrieden. Es gab kein Zeichen von Entzündungen, er stellte den rechten Hinterhuf immer noch etwas aus, aber das schien seinen Gang nicht zu beeinträchtigen, und das Atmen bereitete ihm keine Mühe mehr.

Als es Zeit war, die Arbeit mit dem Hengst zu beginnen, wählte Frank für diese Aufgabe einen erfahrenen Trainingsreiter. Base Blood war entschieden dagegen. Er scheute, drehte sich um und drückte sich an Helena.

»Okay, Helena«, sagte Frank, »ich helf dir beim Aufsitzen.«

»Nein!« sagte Helena. »Ich kann auf ihm sitzen, wenn er im Schritt geht, aber ich kann nicht reiten.«

»Ich reite die ganze Zeit nebenher und halte ihn am Zügel«, beruhigte sie Frank. »Außerdem ist es Zeit, daß du reiten lernst. Du mußt nur im Sattel bleiben. Er hat dir gerade gesagt, daß er schon auf dich aufpassen wird.«

Sie ritten zwei Wochen lang über die Galopps auf Limeteen. Helena ertrug ihre schreckliche Angst und das Wundsein mit geradezu stoischem Gleichmut. Annie begleitete die beiden oft und freute sich über die Fortschritte von Tochter und Hengst. Frank gab Helena ständig Anweisungen zu Gleichgewicht, Haltung und dem Gefühl für das Pferd. Als Helena ihre Mutter bat, ihr eine lange, weite lederne Reithose und Zehn-Pfund-Gewichte zur Stärkung ihrer Armmuskulatur zu kaufen, tat sie das ganz sachlich und sehr geschäftig. An diesem Tag hakte Frank den Führzügel aus und ließ Helena allein reiten. Sie kam glücklicher zum Stall zurück, als Annie sie jemals gesehen hatte. Anfang August, nach wochenlangen ausgedehnten Ritten auf den Galopps, waren beide bereit für die Arbeit auf der Übungsbahn.

In Mittelkentucky herrschte eine solch drückende Sommerhitze, daß nur die frühen Morgenstunden erträglich waren. Danach wurde es zu heiß und zu feucht. Das Wetter machte Pferde und Menschen reizbar. Als Base Blood am ersten Morgen zur Bahn kam, arbeiteten bereits einige andere Pferde mit ihren Trainingsreitern, die so früh wie möglich fertig werden wollten. Helena war noch nicht vor den Augen anderer auf der Bahn geritten, und die Aussicht machte sie nervös. Annie wollte zusehen; sie war erst am Abend zuvor aus Europa zurückgekommen. Frank half Helena beim Aufsitzen und führte den Hengst zum Durchlaß in der Umzäunung der Bahn. Beim Näherkommen tänzelte Base Blood und wieherte aufgeregt.

Frank zog den Führzügel an und sagte zu Helena: »Ich nehme an, er weiß, wohin es geht. Er will galoppieren, aber soweit bist du noch

nicht. Laß nicht zu, daß er dir davonläuft. Reite nur ein paar ruhige und gemütliche Runden.« Er hakte den Führzügel aus.
Helena nickte eifrig, nahm die Zügel auf und ritt langsam durch die Öffnung auf das Oval der Achthundert-Meter-Bahn. Base Blood begann wieder zu tänzeln, und sie zog die Zügel an. Sie sprach mit ihm und ritt weiter im Schritt. Allmählich ließ sie die Zügel locker, und Base Blood fiel in einen ruhigen Arbeitsgalopp. Einige Trainingsreiter, die Helena überholten, begrüßten sie mit lauten Rufen.
Annie trat neben Frank an die Rails. Ohne sie anzusehen, fragte er: »Wie war die Reise?«
»Eine Woche Zeitumstellung, kein Schlaf, Flugzeugessen, einmal Sieg und einmal dritter Platz in Newmarket, einmal zweiter Platz in Deauville. Das übliche, wenn man davon absieht, daß ich einem Interessenten das irische Gestüt gezeigt habe. Er hat mir ein gutes Angebot gemacht.«
Sie sahen sich an.
»So«, sagte Frank.
»Ja, so«, erwiderte Annie. »Ich befolge die meisten deiner Ratschläge.«
»Wann?«
»Ich will den Verkauf des Gestüts und einen Auflösungsverkauf eine Woche vor Ablauf der Frist der Banken ankündigen. Ich hoffe, wir gewinnen bis dahin ein paar Rennen, damit es nicht wie ein Notverkauf aussieht. Ich will fünfzig Pferde behalten, nicht dreißig. Dann ...«
»Aufgepaßt, Mädchen!«
Sie sahen beide, wie Base Blood in den flachen Renngalopp wechselte. Helena wollte es zunächst verhindern und zog die Zügel an. Dann gab sie nach und beugte sich weit nach vorne. Pferd und Reiterin stürmten an ihnen vorbei. Annie hatte zwar Angst um ihre Tochter, doch sie bemerkte trotzdem die enorme Kraft hinter Base Bloods leichten, langen, schmerzfreien Sprüngen. Als der Hengst den engen Bogen der kurzen Bahn erreichte, wechselte er mühelos die Hand und donnerte über die Gegengerade. Nach sechshundert Metern richtete Helena sich auf, zog die Zügel an und lehnte sich in den Steigbügeln zurück. Base Blood reagierte darauf, indem er wieder in einen ruhigen Galopp fiel.
Annie und Frank sagten gleichzeitig: »Fünfunddreißig« und sahen sich überrascht an.

»Erzähl niemandem etwas davon«, sagte Frank, »am besten denkst du nicht einmal daran.«
Doch Annie dachte bereits daran. August, September, Oktober. Im November fanden gute Rennen für Zweijährige statt. Wenn Base Blood vor dem Termin der Banken ein bedeutendes Rennen gewann . . .
»Er kann nichts dafür«, sagte Helena, als sie langsam näherritt. »Es war meine Schuld. Ich war mit ihm da draußen, und ganz plötzlich wollte ich ihn loslaufen lassen. Ich habe nichts getan. Er wußte es einfach, sobald ich es dachte und ist losgestürmt. Es tut mir leid.«
»Das ist mir egal, ob es dir leid tut«, sagte Frank wütend. »Wenn er dir noch einmal davonläuft, kommst du nicht mehr auf ihn rauf! Bring ihn zurück zum Stall und führ ihn trocken.«
Helena führte Base Blood mit zusammengepreßtem Mund durch den Durchlaß und in Richtung Stall Zwei. Frank blickte über die Bahn.
»Frank . . .«
»Ja, ich weiß, du bist bereit, ihn im November beim Breeder's Cup für Zweijährige laufen zu lassen, um den Banken zu zeigen, wie glücklich sie sich schätzen können, dich als Kundin zu haben.«
»Ich hätte bestimmt nichts dagegen. Leider war sein Vater nie für eine Eignungsprüfung genannt worden, und seine Vorbesitzer haben keine Nominierung bezahlt. Es würde mich etwas mehr als zweihunderttausend Dollar kosten, ihn für das Breeder's Cup anzumelden. Aber mein Gott, Frank, er . . .«
»Na ja«, sagte Frank. »Ich habe eine Menge über einen Zweijährigen von Caernarvon gehört, der diesen Sommer läuft. Er heißt Royal Blessing und ist Favorit für das Hopeful in Saratoga. Es würde großen Spaß machen, ihn zu schlagen.«
Annie erwiderte nichts. Sie hatte von Sams Hengst Royal Blessing seit seiner Geburt gehört. Selbst ihr alter Freund Bernard Dolby hatte in Newmarket von ihm gesprochen. In einem Interview, das sie in einer Rennzeitschrift gelesen hatte, sagte Sam: »Ich habe nie wie mein Vater und mein Großvater einen Sieger des Kentucky Derby gehabt. Ich hoffe, Royal Blessing wird es mir als Dreijähriger ermöglichen, die Familientradition fortzuführen. Sein Pedigree ist so makellos, wie man sich nur wünschen kann.«
Annie mußte ihm zustimmen. Caernarvon besaß Zuchtstuten aus den besten Stämmen der Welt. Zusammen mit Caernarvons Tradition und

dem Namen Cumberland ermöglichten sie den Zugang zu den besten Hengstlinien der Welt. Royal Blessings Mutter war eine Tochter von Nijinsky, dem großen Champion und Sohn von Northern Dancer. Sie war von Mr. Prospektor belegt worden, dem führenden amerikanischen Deckhengst. Damit waren Northern Dancer und Native Dancer zusammengeführt worden, die beiden stärksten klassischen Blutlinien im Rennsport. »Wir greifen zu weit vor«, sagte Annie. »Aber ich bin froh, daß wir ähnlich denken.«

»Laß mir zwei Wochen Zeit«, erwiderte Frank. »Danach weiß ich, ob er überhaupt schon ein Rennen laufen kann. Und dann müssen wir sehen, ob er ein Flieger oder ein Steher ist.«

»Du sollst nicht das Gefühl haben, du mußt etwas überstürzen. Wenn er nicht soweit ist, warten wir bis nächstes Jahr.« Sie wollte nicht weitersprechen, doch sie tat es. »Wenn er laufen kann, möchte ich es nicht hinausposaunen. Wir trainieren ihn hier und stehen so früh auf, daß selbst die Farmarbeiter nicht wissen, was vorgeht. Wenn das Training gut läuft, lassen wir Speed Oliver kommen. Das wird er für uns tun, und er ist ein guter Jockey geworden. Wir bitten in Churchill Downs für den Tag des Breeder's Cup um eine Box, aber nicht für die großen Rennen. Die kann ich mir nicht leisten. Wir bringen ihn am Tag zuvor hinüber ...«

»Ich weiß, was du denkst«, unterbrach sie Frank – ein ungewöhnlicher Hinweis darauf, daß er ebenfalls aufgeregt war. »Der Breeder's Cup umfaßt diese sieben Rennen, die im Fernsehen übertragen werden. Die Bahn füllt das Programm mit drei anderen. Das Iroquois Stakes, nicht wahr?«

Annie lächelte. »Es ist ein offenes Rennen für Zweijährige, an einem Tag der Millionen-Rennen, und der Preis sind lumpige fünfzigtausend Dollar, die ich brauche. Keiner wird es beachten, es sei denn, ein Teufelspferd taucht dabei auf. Dann werden sie den Film immer und immer wieder zeigen, und alle beim Breeder's Cup werden ihn sehen.«

Frank fuhr fort: »Und dann vergleichen sie es mit dem, was ein paar Stunden später passiert, wenn der Hengst von Caernarvon beim Dreijährigen-Rennen dieselbe Distanz läuft. Komisch, daß ›alle‹ immer dieselben ein oder zwei Leute sind.«

Sie sahen sich an, um sich zu bestätigen, daß sie wußten, wer ›alle‹ waren.

»Außerdem«, sagte Annie, »ist das Rennen samstags, und montags treffe ich mich mit den Bankern.«

Frank sagte: »Mir gefällt am besten an der Sache, daß wir Base Blood nach dem Rennen trockenführen und wegbringen können, ehe die Presse sich von den Rennen um den Breeder's Cup von dem Sieger trennen kann.«

Annie verscheuchte die Stechmücken, die ihr um den Kopf schwirrten.

»Früher oder später werden sie uns finden, Frank. Wenn Base Blood das ist, wofür wir ihn halten, wird er uns am Ende der siebzehnhundert Meter mitten in den ganzen Haufen der Presseleute hineinziehen. Dann müssen wir beide auf alles vorbereitet sein, was sie uns an den Kopf werfen.«

Frank nickte, biß die Zähne zusammen und ging mit den Händen in den Gesäßtaschen davon.

33

Als die Gräfin von Limeteen bei Speed Oliver anrief, bemühte er sich gerade darum, auf dem Laurel Race Course in Maryland gute Pferde zu finden. Seine Laufbahn als Jockey litt unter der Unbeständigkeit der Branche. Nach einer sehr vielversprechenden ersten Saison war er als erfolgreicher Nachwuchsjockey für Limeteen und andere Ställe in Kalifornien geritten. Als er jedoch in den Osten kam, verlor er zusammen mit seinem Status als Nachwuchsjockey die Gewichtserlaubnis. Es folgten mehrere harte Jahre, in denen er ständig auf der Suche nach guten Pferden war.

Wenn er Sieger ritt, reagierte die Presse natürlich wohlwollend darauf, daß er ein Schwarzer war. Aber normalerweise wurde Speed mit den alltäglichen Formen des Rassismus konfrontiert – meist subtil, mitunter jedoch auch schmerzhaft unverhüllt. Manche Besitzer aus den Südstaaten, die durch den merkwürdigen Feudalismus, den der Turf erlaubt, immer noch wie von der Außenwelt abgeschnitten waren, wollten in ihrem geheiligten Dreß einfach keinen ›Nigger‹ sehen. Dieses Wort war in den Clubs und Ställen nach wie vor allgemein üblich.

Speed bekam auch die Ressentiments seiner schwarzen Kollegen zu spüren, die an den Gegengeraden als Pferdepfleger, Trockenführer oder Trainingsreiter arbeiteten. Selbst sie benahmen sich manchmal, als kenne er seinen Platz nicht mehr. Das Jockeyzimmer stellte ein anderes Problem dar. Die spanischsprachige Gruppe war durch Kultur, Sprache und Blut geeint. Ihre Haut mochte noch so dunkel sein, aber für sie war Speed nicht einer der ihren. Die weißen Jockeys waren üblicherweise Einzelgänger und lebten nur ihrem Ehrgeiz. Deshalb fand Speed nur wenige Freunde. Nachdem er ein paar gute Preise eingeritten hatte, suchte er

sich einen tüchtigen Jockey-Agenten, erklärte sich mit der üblichen Fünfundzwanzig-Prozent-Kommission einverstanden, und gemeinsam zogen sie von einem Rennplatz der Ostküste zum anderen.
Mrs. Carney sprach am Telefon andeutungsweise von etwas ganz Besonderem. Speed hatte durch seine Eltern von den Gerüchten gehört, die auf der Farm kursierten – der Hengst wurde im Morgengrauen trainiert, ehe jemand auf den Beinen war. An seinem ersten Abend auf Limeteen schlenderte Speed vom Haus der Olivers hinüber zu Stall Zwei und begrüßte Frank Carney. Der erste Anblick von Base Blood enttäuschte den jungen Jockey etwas. Frank sagte über den Hengst nur: »Du reitest ihn, Speed, dann werden wir uns über ihn unterhalten.«
Am nächsten Morgen stand Speed vor Base Bloods Box und sah zu, wie Helena ihn im Dunkeln zäumte und sattelte. Der Hengst sah gut aus, aber er war nichts Besonderes – ein großer Rotbrauner mit einer weißen Fessel am rechten Vorderbein und einer merkwürdigen Blesse, die sich wie ein Blitz über den Kopf zog. Helena hatte ihn gestriegelt, und sein Fell glänzte sogar im Dunkeln. Aber Speed hatte schon viele Pferde gesehen. Ihn hätte nur ein geflügeltes Pferd beim ersten Anblick beeindruckt. Er hatte als Jockey gelernt, seinen Augen nicht zu trauen. Er urteilte mit dem Hintern.
»He, Helena, nachdem du ihn geputzt hast, glänzt er so, daß er mich blendet und ich ihn kaum ansehen kann.«
Sie lächelte und schnallte den Sattelgurt fest, erwiderte aber nichts. Speed verstand ihre Gefühle. Sie hatte den Hengst gepflegt und geritten, aber beim Rennen würde sie an den Rails stehen und zusehen müssen.
»Kannst du mir etwas über ihn sagen?« fragte Speed.
»Wie meinst du das?«
»Er ist dein Pferd. Wie läuft er am liebsten? Was sagst du zu ihm? Was für eine Art Geräusch machst du mit dem Mund? Was tut er, wenn du die Gerte benutzt? Und bitte sei besonders nett zu mir, damit er nicht glaubt, ich will ihn dir wegnehmen!«
Helena lachte leise, als sie den Hengst aus dem Stall führte und sich bei Speed einhängte, damit Base Blood sie zusammen sah. »Ich habe ihm die Gerte nie auch nur zeigen müssen«, sagte sie. »Ich reite ihn jedesmal nur mit der Hand. Wenn wir starten, sage ich ganz ruhig: ›Okay, Base Blood.‹ Dann rufe ich: ›Los!‹ Er versteht, daß es dann Zeit ist. Du

weißt einfach, daß er es versteht.« Sie traten aus dem Stall. Annie und Frank warteten, doch ehe sie die beiden erreichten, sagte Helena schnell: »Wenn ihn schon jemand anders reiten muß, dann bin ich froh, daß du es bist, Speed.«

»Danke«, sagte Speed, »ich auch. Guten Morgen, Mrs. Carney.«

Annie lächelte. »Speed, es ist so schön, dich wieder hier zu haben.«

»Ja, hier ist alles voller Erinnerungen«, erwiderte er liebenswürdig, wünschte aber sofort, er hätte es nicht gesagt.

»Ich sehe Scheinwerfer am hinteren Tor«, sagte Frank. »Gehen wir.«

Frank half Speed in den Sattel, ehe Base Blood wußte, wie ihm geschah. Er sah Helena, die mit dem Führzügel vor ihm stand, drehte den Kopf, um festzustellen, wer auf ihm saß, und begann zu buckeln.

»Es ist ja gut, Base Blood. So. Ganz ruhig. Er ist unser Freund«, sagte Helena in einem lockeren, sicheren Ton. Sie hielt den Hengst mit dem Zügel unter Kontrolle und zog entschlossen daran, bis Base Blood sich beruhigte.

Annie fragte: »Alles in Ordnung, Speed?«

»Ja, Ma'm. Alles klar.«

»Reite ihn erst ganz gemütlich, damit er sich an dich gewöhnt«, sagte Frank Carney. »Dann arbeitest du ihn eine Meile. Wir wissen, daß er schnell ist. Ich möchte seine Ausdauer prüfen. Halte ihn zurück und sieh, ob er ein gutes Finish schafft.«

Helena löste den Zügel und sah Base Blood nach. Annie und Frank gingen gemeinsam mit ihr zur Übungsbahn. Annie hatte bereits so viele ›ihrer‹ Pferde anderen überlassen müssen, deshalb konnte sie nachfühlen, was Helena empfand.

Es war ein ruhiger, kühler Morgen. Die Luft schien ohne die Feuchtigkeit, die sich erst tagsüber einstellte, gewichtslos zu sein. Im ersten Licht zeichneten sich die Umrisse der Hügel im Osten ab, aber die andere Seite der Bahn konnte man nicht deutlich erkennen. Sie hörten den Rhythmus von Base Bloods Hufen, der im Schritt über den weichen sandigen Lehm lief und tänzelte. Selbst manches von dem, was Speed im Unterhaltungston zu dem Hengst sagte, drang über die Bahn.

»He du, immer mit der Ruhe ... Ich weiß, du bist hier der Star, Kleiner. Aber ohne jemanden auf deinem Rücken kannst du keinen anderen Star schlagen ... und warum soll nicht ich das sein? Weißt du, es ist schließlich ein Teamsport ... Ruhig, ganz ruhig. Weiter. Etwas schnel-

ler ... Aha, das gefällt dir. Na ja, das habe ich gehört ... Okay, Base Blood, LOS!«
Die drei Zuschauer lehnten an der Umzäunung. Sie konnten Pferd und Reiter, die auf der Geraden näherkamen, nur undeutlich erkennen. Als der Hengst an ihnen vorbeischoß, bewunderte Helena Speeds fließende Bewegungen und die stählernen Muskeln von Armen und Händen, die die Zügel hielten. Frank sah den raumgreifenden Gang des Hengstes, seine Schnelligkeit, den Rhythmus seiner Sprünge. Annie sah beides und stieß einen leisen Schrei aus – kein Wort, nur einen Laut.
Pferd und Reiter nahmen den ersten Bogen. Der Rhythmus der Hufe veränderte sich beim Galoppwechsel kaum und blieb unverändert, während die beiden in der Dunkelheit verschwanden. Der Hengst nahm den zweiten Bogen ohne Schwierigkeiten und lief die achthundert Meter in achtundvierzig Sekunden. Danach umrundeten sie die Bahn noch einmal. Speed ließ den Hengst nicht langsamer werden, sondern hielt das Tempo und steigerte es schließlich für den Endspurt auf eine Meile. Sein Finish war gut und stark.
Sie sahen, wie Speed sich in den Steigbügeln aufrichtete und zu lachen begann. Frank und Annie warfen sich einen Blick zu. Annie murmelte: »Eine Minute siebenunddreißig.« Frank nickte. Speed jodelte mit Fistelstimme, als er an ihnen vorbeiraste. Allmählich wurde Base Blood langsamer, und Speed ritt zurück. Er hielt vor ihnen an und fragte: »Was für eine Zeit war das denn?«
»Speed«, sagte Frank, »im Augenblick nehmen wir keine Zeit. Zeit ist nur von Bedeutung, wenn du im Gefängnis sitzt.«
»Ich habe eine Zahl im Kopf, die ich einfach nicht glauben kann. Gut, dann vergesse ich sie eben. Helena, da hast du ein wunderbares Pferd gearbeitet, und was du getan hast, mag er sehr. Wir beide, du und ich, wir sind die Glücklichen, weißt du das? Alle anderen müssen zusehen. Aber etwas will ich heute morgen doch sagen: Es wird noch lange dauern, bis ich es verdiene, auf einem solchen Pferd zu sitzen. Trotzdem würde ich alles tun, um ihn zu reiten.«
Annie lächelte, und Frank sagte: »Bringt ihn zurück. Und, Helena, laß dir beim Trockenführen viel Zeit.«
Speed ritt durch den Durchlaß, und Helena beeilte sich, um nicht zurückzubleiben. Annie und Frank sahen dem Hengst nach, der munter auf sein Frühstück zulief. Einige Arbeiter waren inzwischen gekommen

und grüßten Helena und Speed mit einem fröhlichen ›Guten Morgen‹.
Annie sah, daß Frank den Kopf schüttelte, und fragte: »Was ist?«
Frank atmete lange aus und sagte: »Es gibt immer einen Morgen wie diesen. An den mußt du dich erinnern. Base Blood gehört uns, nur uns Vieren. Nach dem Samstag gehört er den anderen.«
An diesem stillen Morgen waren die Menge der Zuschauer, die vielen Fragen und das Rennen nur ferne Schatten. Frank hatte recht. Die stille Freude, die sie gerade erlebt hatten, würde es nicht wieder geben. Selbst wenn Base Blood siegte, würden immer zu viele Menschen um sie herum sein. Annie konnte es kaum abwarten, den Hengst der Welt vorzuführen. Doch sie wußte auch, was dadurch verlorengehen, was es sie alle kosten würde.
»Bist du vorbereitet, Frank?«
»Nein«, sagte er. »Das bin ich nie. Aber ich werde dort sein.«
Am Nachmittag begann es zu regnen. Als der Wetterbericht zwei Tage später keine Besserung ankündigte, änderten sie ihre Pläne. Base Blood wurde einen Tag früher nach Churchill Downs verladen, damit er die Möglichkeit hatte, auf dem aufgeweichten Boden zu arbeiten. Der Hengst hatte sich beim Training auf den nassen Galopps und auf der schlammigen Übungsbahn gut gehalten. Die unbekannten Faktoren waren jedoch nicht nur seine Reaktion auf die Zuschauer, auf eine neue Bahn, auf die Hochspannung an der Gegengeraden, sondern auch auf das Erlebnis, daß ihm Matsch um die Ohren spritzen würde, wenn andere Pferde vor ihm gingen.

Während der zweistündigen Fahrt von Lexington nach Louisville überlegten Annie und Frank, ob sie Base Blood Stollen verpassen sollten. Sie beschlossen, den Hufschmied nachkommen zu lassen, sobald sie das Geläuf gesehen hatten. Annie machte sich Vorwürfe und wünschte laut, sie hätte Base Blood zuerst ein oder zwei andere Rennen laufen lassen, ehe sie ihn dem Publikum des Breeder's Cup vorführte.
»Er hat die Zeit gebraucht«, sagte Frank. »Außerdem wird es niemandem auffallen, wenn er verliert. Sorgen müssen wir uns machen, *wenn* er gewinnt, und darum, *wie* er gewinnt.«
Der Regen hielt an, und Base Blood arbeitete am Freitagmorgen gut auf der nassen Bahn in Churchill Downs. Die meisten Pferde trugen Bree-

der's-Cup-Sattelunterlagen mit ihrem Namen, und deshalb beachtete niemand den großen Rotbraunen mit einem unbekannten schwarzen Trainingsreiter. Viele Leute erkannten Annie, aber nur wenige nahmen Notiz von Frank. Limeteen hatte eine einzige Box ganz am Ende der Gegengeraden, getrennt von den Ställen der Pferde, die in den Rennen um den Breeder's Cup liefen. Damit war sie auch sicher vor den Journalisten, die sich um die bekannten Trainer, Jockeys und Besitzer drängten.

Die Zeitnehmer der *Daily Racing Form* erwähnten Base Blood in der Sonderausgabe am Samstagmorgen nicht. Hinter seinem Namen war als Leistung nur der zweite Platz in einem Verkaufsrennen aufgeführt. Für das Rennen waren acht Pferde gemeldet. Base Blood hatte die Startbox Nummer 3 gezogen. Als Helena ihn zum Sattelplatz führte, war er zu langen Odds notiert – fünfundvierzig für eins. Das hieß, wenn er siegte, gab es eine hohe Quote.

Wegen des Regens und der geringen Bedeutung dieses frühen Rennens an einem Tag mit Millionen-Rennen fanden sich nur wenige Leute am Sattelplatz ein. Annie und Frank standen gemeinsam unter einem Schirm, bis Speeds Jockeydiener, ein von der Bahn gestellter pensionierter schwarzer Pferdepfleger, mit dem Sattel kam. Frank überzeugte sich, daß die Sattelunterlage richtig lag und der Sattelgurt festgeschnallt war. Als Speed im gelben und weißen Dreß von Limeteen erschien, verteilte Annie Hundert-Dollar-Sieg-Tickets an Speed und Helena, gab eines Frank und behielt eines für sich. Das war ein alter Brauch: der Besitzer verteilte diese sogenannten ›Stiefeltickets‹ im Führring, und man bewahrte sie im Stiefel auf.

»Das ist meine kleine Tradition«, sagte sie.

»Speed«, sagte Frank, »die Traktoren haben die Bahn den ganzen Morgen gewalzt und das Wasser herausgepreßt. Ich glaube, der Untergrund ist fest, aber halte ihn von der aufspritzenden Erde fern. Geh vorne und halte dich dort, aber reite ihn nicht aus, damit er sich nicht verausgabt. Er ist diese Distanz noch nie gelaufen. Aber mach dir deshalb keine Sorgen. Er hat das Zeug dazu. Wenn auf der Geraden alles gut läuft, wartest du nicht, bis du Gesellschaft bekommst. Er soll zeigen, was er kann.«

Der Steward am Sattelplatz rief: »Aufsitzen!« und Frank half dem Jockey in den Sattel. Helena streichelte Base Bloods Hals und ließ das

Halfter los. Der Hengst blieb einen Augenblick regungslos stehen und sah Annie ruhig an. Sie trat zu ihm und drückte behutsam ihre Wange an seinen Kopf. »Du bist das Beste, was mir je widerfahren ist«, sagte sie leise. »Geh und lauf!«

Nummer drei wurde aufgerufen, und Speed reihte sich ein, als die acht Hengste langsam den Führring umkreisten und auf ihrem Weg zum Aufgalopp im Tunnel unter der Haupttribüne verschwanden. Helena folgte ihnen zusammen mit den anderen Pferdepflegern. Dabei warf sie ihrer Mutter und Frank schnell noch einen nervösen, aufgeregten Blick zu.

Um keine Aufmerksamkeit zu erregen, hatte Annie auch keine Besitzer-Plätze gebucht. Aus seiner langen Erfahrung in Churchill Downs kannte Frank einen guten Aussichtspunkt neben einer Clubhaustreppe, wo sie sich unbeachtet hinstellen konnten. Das Publikum strömte zu den Sitzen. Die Hengste wurden in die Startboxen geführt. Annie und Frank schwiegen.

Die Startglocke läutete, und die Klappen sprangen auf. Base Blood setzte sich an die Spitze und lief im Clubhausbogen auf der Innenbahn. Er nahm die Gegengerade mit seinen langen, mühelosen Galoppsprüngen, und das Feld fiel allmählich zurück. Der Ansager kommentierte das Rennen ohne große Begeisterung, bis er die Zeiten für die ersten beiden Viertelmeilen sah. Plötzlich klang seine Stimme erregt, und die Zuschauer, die zum Teil noch uninteressiert herumliefen, wurden aufmerksam.

Im Einlaufbogen führte Base Blood mit fünf Längen und setzte zum Finish an. Durch das Fernglas sah Annie, daß Speed den Mund, nicht die Gerte gebrauchte. Mehrere tausend Zuschauer hatten auf einmal alles andere vergessen und wandten sich fasziniert der Einlaufgeraden zu, wo ein unbekanntes Pferd auftauchte und scheinbar allein durch Regen und Matsch galoppierte. Und doch lief Base Blood keinem leichten Sieg entgegen. Als er sich der Ziellinie näherte, hörte man auf den Tribünen sporadische Hurrarufe. Der Ansager schrie seinen Namen: »Base Blood... Base Blood!« Die letzten Sprünge waren groß und kraftvoll, und als Speed sich in den Steigbügeln aufrichtete, lief der Hengst noch beinahe zweihundert Meter im gestreckten Galopp weiter.

»Gehen wir«, sagte Frank und eilte die Treppe hinunter. Annie folgte ihm. Sie dachte dabei nicht an den Sieg, sondern voll Ehrfurcht an die Leistung, die sie gerade gesehen hatte. Sie erreichten die Bahn, als der Ansager gerade verkündete, daß Base Blood trotz aufgeweichtem Geläuf den Bahnrekord in Churchill Downs über siebzehnhundert Meter gebrochen hatte. Der Hengst kam zurück und atmete mühelos. Frank beobachtete wie üblich sein Näherkommen, stellte fest, daß alles in Ordnung war, und gab Helena ein Zeichen. Sie hakte den Führzügel ein, Speed nahm den Sattel ab und ging davon, um sich zurückwiegen zu lassen. Er kam bald wieder, und Helena erlaubte dem Fotografen der Bahn, zwei Bilder zu machen. Frank hielt sich abseits.

Danach führte Helena den Hengst zur Urinprobe an der Gegengeraden. Annie und Frank begleiteten sie. Annie beantwortete die Fragen der wenigen Fotografen und Journalisten, die eilig herbeikamen, um über das überraschende Ereignis zu berichten. Sie waren jedoch nicht auf den aufgeweichten Boden vorbereitet und blieben bald zurück. Als Annie an den Clubhauslogen vorbeiging, hoffte sie, daß Sam rechtzeitig gekommen war, um zu sehen, wie ihr Hengst den Rekord gebrochen hatte.

Es begann heftiger zu regnen, als sie von der Bahn zum Unterstand abbogen. Sie warteten zu dritt, bis man Base Blood Urin- und Blutproben genommen hatte. Dann führten sie ihn zu seiner Box. Die Nachricht war inzwischen zum Personal hinter der Gegengeraden gedrungen. Einige Pfleger und Trainer riefen ihnen Glückwünsche zu. Die meisten betrachteten den Hengst, als er vorbeilief, und bildeten sich stumm ein Urteil. Speed trug immer noch den Renndreß und wartete mit seinen Eltern in Base Bloods Box. Helena hatte sich gut gehalten. Aber als sie die Tränen in Bruna Olivers Augen sah und Speed, der ebenso breit lächelte wie sein Vater, begann sie gleichzeitig zu lachen und zu weinen. Da sie niemandem den Zügel übergeben konnte, umarmte sie den Hengst. Die Olivers kamen in den Regen hinaus, um Annie zu beglückwünschen. Nachdem sich die erste Aufregung gelegt hatte, schilderte Speed das Rennen, und alle hörten zu. Frank stand allein auf der anderen Seite von Base Blood. Als Annie ihm einen Blick zuwarf, wurde sein Gesichtsausdruck nicht weicher, aber er sagte leise: »Danke.«

Annie konnte nichts antworten. In diesem Augenblick glaubte sie wieder, daß Frank trotz allem der beste Mann war, den sie kannte. Gleichzeitig stieg der alte Zorn darüber in ihr auf, daß sie Sam Cumberland so lange geliebt hatte.

»Machen wir, daß wir hier wegkommen«, sagte Frank. »Wir können auf Limeteen feiern.«

Die sieben Rennen des Breeder's Cup beeindruckten mit ihrer Aufregung und ihrem Glanz die Presse zwar sehr, doch Base Bloods Rekordleistung fand große Beachtung. Er wurde Gegenstand öffentlicher Spekulationen und galt als einer der ersten Kandidaten für das Kentucky-Derby im folgenden Jahr. Royal Blessing, der Hengst von Caernarvon, war bereits erklärter Favorit, da er nach dem Saratoga Hopeful und dem Belmont Futurity das Breeder's Cup für Zweijährige gewonnen hatte. Allerdings brauchte er für die Strecke drei Fünftelsekunden länger als Base Blood bei dem früheren Rennen. Eine Fünftelsekunde gilt als eine Länge – demnach hatte Base Blood theoretisch also mit drei Längen gesiegt.

Trotzdem wurde Royal Blessing zum Zweijährigen des Jahres gewählt. Bei seiner Kampagne für den Eclipse Award erklärte Sam Cumberland einer Quelle zufolge: »Ich will dem Hengst von Limeteen nichts absprechen. Aber ein Pferd ohne Pedigree ist nicht unbedingt ein Champion, weil es bei einem Rennen ohne ernsthafte Konkurrenten einen Rekord gebrochen hat. Das macht Base Blood vielleicht zu einer Eintagsfliege. Ich kann Ihnen versichern, Royal Blessing mit seinen Siegen in allen großen Zweijährigen-Rennen ist keine Eintagsfliege.«

Bei Annies Besprechung mit den Bankern lachte sie beinahe über das veränderte Benehmen dieser Herren – besonders, nachdem sie 3,2 Millionen Dollar bezahlte, die der Verkauf des Gestüts in Irland eingebracht hatte. Einen Monat später überwies sie nach dem Auflösungsverkauf von zweihundertfünfundfünfzig Pferden eine weitere Million und erwarb mit dem Rest Anteile an Zuchthengsten. Limeteen war solvent, wenn auch finanziell nicht ganz gesund. Die Banken waren sehr erfreut über Base Blood im Stall und in den Büchern.

Auf Limeteen riefen Leute an, die früher nie mit Annie gesprochen hatten. Die Besitzer von Rennbahnen und die Trainer waren immer höflich, aber nie ganz so zuvorkommend gewesen. Sogar einige der exklusivsten Gestüte in Lexington meldeten sich – die Gestütsleiter berichteten ausführlich von ihren besonderen Fähigkeiten im Umgang mit Zuchthengsten und Syndikaten. Nachdem Frank entschieden hatte, welche der fünfzig verbliebenen Pferde von Limeteen im Winter in Kalifornien und Florida laufen sollten und mit welchen Jockeys, konnte Annie sie mühelos bei den besten Trainern des Landes unterbringen. Natürlich war sich jeder Trainer der Möglichkeit bewußt, daß er den unbekannten Rekordhalter in seinen Stall bekommen würde. Sie wußten alle von Frank Carneys Rückkehr nach Limeteen und beurteilten seine Stellung angesichts der Vergangenheit als ungesichert. Fünfzehn Pferde gingen zu öffentlichen Trainern. Unter normalen Umständen hätte Frank sie nach Hialeah gebracht und selbst trainiert. Aber er war entschlossen, sich nicht in die Öffentlichkeit zu begeben. Statt dessen fuhr er mit fünfzehn Zweijährigen, einschließlich Base Blood, und einigen älteren Pferden nach Aiken, South Carolina. Annie blieb auf Limeteen und kümmerte sich um die zwanzig Zuchtstuten. Einige davon entstammten den Stutenstämmen, die sie von Winnie Sumner geerbt hatte. Sie waren von Hengsten der besten Linien auf beiden Seiten des Atlantik trächtig. Im Zuge der Konsolidierung von Limeteen war von Irland und dem Haras de la Brise ein halbes Dutzend Stuten nach Kentucky gebracht worden.

Helena blieb bei ihrer Mutter, und wenn die Schule und ihre Hausaufgaben es erlaubten, arbeitete sie in den Ställen. Sie besuchte eine Privatschule in der Gegend. Nachdem sie den anfänglichen Klatsch über ihre Herkunft durchgestanden hatte, fand sie eine Reihe von Freundinnen. Etwas von ihrer übermütigen Fröhlichkeit stellte sich wieder ein, und man hörte sie in Limeteen Hall auch wieder öfter lachen. Die Schäden, die Phil Angelo angerichtet hatte, hinterließen jedoch Narben der Angst. Helena unterdrückte sie während der ausgefüllten Tage, aber sie kamen in schauerlichen Alpträumen zum Vorschein. In vielen Nächten wachte Annie von Helenas Schreien auf und eilte an das Bett ihrer Tochter. Deshalb blieb sie nie über Nacht weg. Wenn in Florida oder Kalifornien ein wichtiges Rennen stattfand, nahm Annie ihre Helena entweder mit oder sorgte dafür, daß sie abends wieder in Lexington war.

Helena wurde im Dezember vierzehn. Als ein besonderes Geschenk ihrer Mutter durfte sie sich im voraus das Fohlen einer Stute aussuchen. Mutter und Tochter wußten, dieses Geschenk war ein Glücksspiel. Trotz Pedigree und größter Umsicht konnte ein Fohlen mißgestaltet

oder sogar tot geboren werden. Möglicherweise war es später auch untauglich als Rennpferd. Trotzdem freute sich Helena über das Angebot riesig. Sie studierte bereits eingehend Stammtafeln und bat Annie, ihr bis Weihnachten Zeit für die Entscheidung zu lassen.
Das Geburtstagsgeschenk, das von Sam Cumberland eintraf, war kein Glücksspiel. Aber die Auseinandersetzung damit war noch schwieriger. Er schickte ein Paar Skier mit Stiefeln und eine hübsche Skiausrüstung einschließlich Schneebrille und Feuchtigkeitslotion. Ein Geburtstagsbrief lag bei. Darin gelang es Sam, ohne seine Vaterschaft zu erwähnen, lustig, liebevoll und rührend zu sein. Er schloß mit der Einladung an Helena, mit ihm im Gwydian nach Gstaad zu fliegen und die Feiertage dort zu verbringen, wenn ihre Mutter einverstanden war. Skiunterricht sei eingeschlossen.
Die Einladung reizte Helena sichtlich, und sie fragte ihre Mutter um Rat. Annie glaubte, daß Sam sich auf seine Weise bemühte, die Rolle als Vater zumindest teilweise zu übernehmen. Helena hatte eine beinahe tödliche Krise überlebt, und Sam war für sie nie ein richtiger Vater gewesen. Helena wollte ihre Mutter nicht verlassen, und das Unbekannte ängstigte sie selbst angesichts solcher luxuriösen Umstände immer noch. Gleichzeitig fand sie die Vorstellung sehr verlockend, in der Schweiz skifahren zu lernen.
Franks schlichteres Geburtstagsgeschenk gab aber den Ausschlag. Am Samstagmorgen nach ihrem Geburtstag waren Helena und Annie im Trainingszentrum in Aiken, wo die Pferde von Limeteen standen. Es handelte sich um den regelmäßigen vierzehntägigen Besuch, und Frank erwartete sie vor Base Bloods Box.
»Er hat etwas für dich da drinnen«, sagte Frank zu Helena.
Der Hengst begrüßte Helena wie üblich, indem er die Nüstern an sie drückte und wieherte. Deshalb dauerte es einige Zeit, bis sie sich umsehen konnte. Dann entdeckte sie in der Ecke der Box ein Paar handgearbeitete Cowboystiefel. Sie ging hinüber und nahm sie in die Hand. In beide war ihr Name eingeprägt: HELENA CARNEY.
Sie sah Frank einen Augenblick an, ehe sie mühsam hervorbrachte: »Ich habe das Gefühl ... es ist, als ob ich zum ersten Mal im Leben wirklich so heiße. Nein, ich meine, daß ... du mir den Namen gerade erst gegeben hast.« Die Erklärung stellte sie immer noch nicht zufrieden, und sie blickte zu Boden.

Annie beobachtete Frank, als ihre Tochter mit Tränen in den Augen und unsicheren Schritten zu ihm hinüberging und sich auf die Zehenspitzen stellte, um ihn auf die Wange zu küssen. Frank ließ es geschehen, nahm aber die Hände nicht aus den Taschen.
»Also, ich muß mit dir über etwas reden«, sagte er mit einer Ernsthaftigkeit, die es ihm ermöglichte, sich den Gefühlen des Augenblicks zu entziehen.
»Ich will zuerst die Stiefel anprobieren«, sagte Helena. Sie setzte sich glücklich auf den Boden und zog sie an. »Sie passen perfekt«, stellte sie glücklich fest.
»Ich gehe mit der ersten Abteilung raus, dann unterhalten wir uns.« Frank drehte sich nach den Trainingsreitern um, die gerade ankamen. Annie und Helena gingen in die Box und sahen sich Base Blood genauer an, bis sein Pfleger erschien. Frank wollte gerade die Arbeit mit der ersten Abteilung beginnen, und so gingen die drei zur Übungsbahn hinüber.
»Base Blood frißt nicht«, sagte Frank. »Er ist in der Box sehr unruhig und knabbert an der Futterkrippe.«
»O nein«, sagte Annie erschrocken. »Und was ist die Ursache?«
»Veränderungen machen Pferde nervös. Sie sind Routinegeschöpfe. Ich glaube, es ist Helena.«
»Ich?« fragte das Mädchen überrascht.
»Ich glaube, er vermißt dich. Er sieht dich alle zwei Wochen, und dann verschwindest du wieder. Er fühlt sich einsam. Man kann einem Pferd schwer erklären, daß du zur Schule gehen mußt.«
»Was hast du alles versucht?« fragte Annie mit einer Spur Angst in der Stimme. Wenn Base Blood wieder in seine alten Untugenden zurückfiel, besonders wenn er wieder anfing zu koppen, konnte das sein Leistungsvermögen ernsthaft beeinträchtigen.
»Ich habe ihm ein Radio in die Box gebracht, dann eine laut tickende Uhr, eine Katze und schließlich eine Ziege.«
Helena lachte, Annie nicht. »Was sollen wir mit ihm machen?«
»Gib ihm, was er will«, erwiderte Frank und nickte in Richtung Helena.
»Ich kann Helena nicht aus der Schule nehmen«, sagte Annie. Sie versuchte, nicht zu aufgeregt zu klingen, »sie muß zu Hause sein.«
»Das müßt ihr beiden entscheiden. Ich sage dir nur, was dem Pferd

fehlt.« Sie erreichten die Bahn, und niemand sprach, bis Frank schließlich fortfuhr: »Natürlich sollte ich dir sagen, daß das Haus, das ich gemietet habe, ein zweites Schlafzimmer hat. Und ich habe mich mit einem wirklich netten pensionierten Collegeprofessor unterhalten, der Helena gerne Unterricht geben würde.«

Mutter und Tochter staunten; Helena reagierte schneller.

»Mami?« fragte sie bittend.

Es verblüffte Annie, daß ihre Tochter so schnell einverstanden war.

»Was?« sagte sie.

»Na ja, was denkst du?«

»Ich denke an ein paar lange Nächte, die wir beide gehabt haben. Und was denkst *du*?«

Helena richtete sich kerzengerade auf. Dann senkte sie den Kopf und blickte zu Boden, während sie sprach. Aber allmählich hob sie den Kopf und sah ihrer Mutter in die Augen. »Ich denke, damit muß ich fertig werden, und ich bin bereit dazu. Wenn Frank es mit mir aushält, ist es vielleicht ein guter Zeitpunkt. Außerdem ist der Boden auf der Bahn zu Hause bald gefroren. Wir können Base Blood nicht zurückbringen. Wenn er mich braucht, sollte ich hier sein.«

Annie war sich bewußt, daß sie ihre Tochter beneidete, weil Frank Carney sie bei sich haben wollte und Base Blood sie brauchte. »Ich werde es mir überlegen.«

»Hast du Lust, heute morgen zu reiten?« fragte Frank.

»Aber sicher«, erwiderte Helena glücklich.

»Warum ziehst du dann nicht die neuen Salonstiefel aus und etwas an, in dem du arbeiten kannst? Dann übernimmst du in der nächsten Abteilung Base Blood.«

Helena rannte zurück zum Stall. Mehrere Hengste aus der ersten Abteilung kamen vorbei, und Annie versuchte, sich darauf zu konzentrieren. Frank rief einem Trainingsreiter etwas zu und schwieg dann ebenfalls.

»Ich kann es ihr nicht erlauben, Frank. Mein Gott, sie ist vierzehn. Es fällt ihr immer noch schwer zu verkraften, was geschehen ist. Das weißt du einfach nicht.«

»Annie, ich trainiere dein Pferd«, sagte Frank. »Ich habe dir gesagt, was es nach meiner Ansicht braucht und dir einen Weg gezeigt, es ihm zu geben. Die Entscheidung liegt bei dir.« Als er weitersprach, klang seine

Stimme hart. »Aber komm mir nicht damit, daß ich nichts weiß. Ich habe selbst einiges durchgemacht, und Helena weiß das. Sie weiß auch, daß ich nicht ihr Vater bin, und daß ich es hätte sein können. Ich bin ziemlich sicher, ich könnte ein guter Vater sein, zumindest bis zum Derby. Danach, na ja, wer weiß, was dann geschieht.«

»Das Derby?« Seit dem Sieg am Tag des Breeder's Cup wußten sie und Frank, daß sie Base Blood für das Kentucky Derby vorbereiten würden. Aber entweder aus Aberglauben oder weil sie sich vor Phantasievorstellungen hüten wollten, sprachen sie nie darüber. Natürlich hatten alle anderen, die über sie oder Base Blood redeten, Vorstellungen und Ideen in Hinblick auf das Derby.

»Wenn wir ihn in Form halten können, Annie, wird er jedes Pferd schlagen, das läuft.«

Frank gehörte nicht zu den Leuten, die übertreiben. Die ruhige Überzeugung, mit der er an diesem Dezembermorgen über ein Rennen am ersten Samstag im Mai sprach, erstaunte Annie. Er sagte, daß von fünfzigtausend Vollblütern in Base Bloods Alter und von den zwanzig besten, die vielleicht im Kentucky Derby laufen durften, ihr verwaister, koppender Hengst mit der blitzförmigen Blesse, der die Hinterhufe aussetzte und den sie auf einem drittklassigen Rennplatz gekauft hatte, gewinnen würde. Annie versuchte zu schlucken, doch ihre Kehle war wie zugeschnürt.

Frank lehnte sich an die Rails. »Hast du je von dem kalifornischen Stall Pearbreeze gehört?«

Annie schüttelte den Kopf. Sie konnte noch nicht über geschäftliche Dinge reden.

»Sie machen mit einem mysteriösen Zweijährigen Propaganda, der Exwhyzee heißt. Er hat ein paar große Rennen gewonnen. Ich habe gehört, sie trainieren ihn für die Triple Crown.«

Bei Annies letztem Aufenthalt in Kalifornien hatte jemand von diesem Hengst gesprochen. Sie wußte nur nicht mehr, wer.

»Es wird dich vielleicht interessieren, daß Pearbreeze im Besitz eines Unternehmens namens Dynagen ist. Ich bin ziemlich sicher, daß du davon schon einmal gehört hast«, sagte Frank.

Haras de la Brise, Haras de la Poire: Brise und Birne. Sobald Annie erfuhr, wem diese Farm in Kalifornien gehörte, verstand sie die Bedeutung des Namens. Für Henry waren die Jahre in Frankreich die glücklichste Zeit seines Lebens gewesen. Annie sah den ernsten kleinen Jungen vor sich, der in Deauville durch den Auktionspavillon gegangen war, um mit dem neuen Besitzer ›seines‹ Hengstes Moonshot zu sprechen, und der dann Sam Cumberland, seinem Vater, die Hand gegeben hatte. Annie glaubte, daß dieser Augenblick das Ende von Henrys Kindheit gewesen war. Das Ereignis hatte geradewegs dazu geführt, daß sie nach Amerika gekommen waren, und daß Henry in die vielen Verwicklungen ihres Lebens hineingezogen wurde. Inzwischen kannte sie Henry nicht einmal mehr, und sie warf sich wieder einmal vor, ihn zu all dem zurückgebracht zu haben, was sie hinter sich gelassen hatte.

Nun besaß Henry, der aus seinem Geld Millionen gemacht hatte, wie Sam und tausend andere auch einen Hengst, der möglicherweise gegen Base Blood laufen würde. Jeder in Amerika, der glaubte, einen guten Zweijährigen im Stall zu haben, hatte denselben Traum. Annie stieß sich von der Umzäunung ab und ging, ohne Frank zu stören, zurück zum Stall und zu ihrem Traum.

34

An Renntagen konnte Annie nicht schlafen. Sie stand vor Base Bloods Box, ehe er aufwachte, und wenn der Hengst sich rührte, saß sie mit angezogenen Knien an die Wand gelehnt neben ihm im Stroh. Er schnaubte, rollte sich auf die Knie und stand erwartungsvoll auf. Er wußte, er würde laufen. Solange sie allein zusammen waren, bürstete Annie ihm stumm Fell, Mähne und Schweif, und sie beruhigten sich gegenseitig. Für Annie war die stille Dunkelheit des frühen Morgens eine Zeit, in der sie die anderen Dinge des Lebens vergessen konnte. Base Blood schien Kräfte zu sammeln, nicht nur die im Training gewonnenen, sondern aus den Überresten des Erbes, die sich in seinem kärglichen Stammbaum gehalten hatten. Nichts sonst war in diesen Stunden von Bedeutung, nichts anderes berührte die beiden wirklich. Ihr stilles Zusammensein war so wirkungsvoll, daß Frank den Hengst an Renntagen morgens nie arbeiten ließ. Hätte Annie die Wahl gehabt, sie hätte den Augenblick, in dem sie die Siegestrophäe in Empfang nahm, mit Freuden gegen die Stunde vor Tagesanbruch im Stall eingetauscht. In diesem Frühjahr brauchte sie nicht zu wählen: Wenn Base Blood lief, bekam sie beides.

Der Tag des Derbys war für Pferde und Menschen ein Tag, der sich mit keinem anderen vergleichen ließ. Dieses Rennen, das seit einhundertfünfzehn Jahren in Churchill Downs gelaufen wurde, hatte in der amerikanischen Vollblut-Tradition eine mystische Bedeutung. Es proklamierte die potentielle Größe des Siegers, obwohl dieses Ereignis zu früh im Jahr und zu früh im Leben eines Dreijährigen stattfand. Unvermeidlich gab es Nennungen für zu viele Pferde, und manche qualifizierte nur das Ego des Besitzers. Es war ein überfülltes Rennen mit viel

Gedränge und oft gefährlichen Augenblicken. Der Gewinner des Kentucky Derby genoß von diesem Tag an den zweifelhaften Ruhm, das Pferd zu sein, das besiegt werden mußte. Das Rennen verpflichtete den Gewinner, Größe zu erreichen, aber diese Erwartung erfüllte sich selten. Nur elfmal in der achtzigjährigen Geschichte der Frühjahrsrennen um die dreifache Krone – das Derby, das Preakness und das Belmont Stakes – hatte ein Pferd in allen gesiegt.

Vor Base Bloods Box zeigte sich bereits das Derby-Phänomen. Eine neugierige Menge versammelte sich, Blitzlichter zuckten, und grelle Fernsehscheinwerfer brannten. Wenn der Hengst zur Morgenarbeit auf die Bahn geführt wurde, folgte ihm eine lärmende Gruppe Reporter und Gaffer. Base Blood nahm die Belästigung meist gelassen hin. Nach vier gewonnenen Rennen in diesem Jahr war er an solche Störungen gewöhnt. Bei den ersten beiden in Florida, dem Hutchinson Stakes und dem Florida Derby, war die Aufmerksamkeit nur lästig gewesen. Nach dem Sieg im Flamingo Stakes in Hialeah und danach dem Bluegrass Stakes in Keeneland wurden die Reporter jedoch hartnäckig.

»Morgen, Mami«, sagte Helena leise, als sie und Frank in die Box kamen. Das Mädchen streichelte Base Blood. »Hast du überhaupt geschlafen?«

»Wie üblich«, erwiderte Annie. Sie gab ihrer Tochter die Bürste und warf einen Blick auf Frank. Sein Gesicht war von bleierner Müdigkeit gezeichnet, aber seine Augen blickten wach und erwartungsvoll. Er war das ganze Frühjahr hindurch distanziert und wortkarg gewesen, hatte seine Pferde trainiert, Annie in Hinblick auf Limeteen beraten und die vielseitigen Bedürfnisse seines Derby-Kandidaten erfüllt. Helena war bei ihm geblieben, zuerst in dem gemieteten Haus in Aiken, und nachdem Base Blood nach Florida gebracht wurde, in Motelsuiten. Sie und Frank waren ein gutes Paar. Annie mußte das zugeben, obwohl sie die Leere bedauerte, die Helena in Limeteen Hall hinterließ. Frank achtete darauf, daß Helena lernte, und er überwachte ihren Stundenplan so strikt, daß Helena vor dem ersten Samstag im Mai ihren Lehrplan für das ganze Jahr bereits absolviert hatte. Jetzt konnte Helena ihm deshalb Gesellschaft leisten, und das war in der Vorbereitungszeit für das Derby mit all dem Druck und den Spannungen ein großer Luxus, aber es war auch sehr wichtig für sie beide. Im Laufe der Zeit vertrauten sie sich gegenseitig so weit, daß sie über ihre Probleme miteinander sprachen. Annie sah, wie die Beziehung sich vertiefte, und freute sich darüber.

Gleichzeitig beneidete sie Frank und Helena um diese Intimität. Helena blieb ihrer Mutter gegenüber liebevoll wie immer. Doch Annie spürte in ihren Gesprächen gewisse Grenzen, die zwischen ihrer Tochter und Frank offenbar nicht bestanden.

»Morgen, Ma'am«, sagte Speed Oliver, als er an der Tür erschien. »Helena, du bürstest Base Blood besser ein bißchen gegen den Strich. Er sieht zu gut aus.«

Sie lachte. »Was machst du denn so früh hier? Ich dachte schon, wir müßten dich wieder aus dem Bett holen.«

Speed schüttelte den Kopf. »Sobald ich die Augen zugemacht habe, bin ich in meiner Vorstellung dieses Rennen geritten.«

»Hast du gewonnen?« fragte Annie.

»Soweit bin ich nie gekommen. Ich habe allen Quatsch geträumt, den man sich nur vorstellen kann – riesiges Gedränge, ein Geläuf aus klebrigen Karamelbonbons, die Starterklappe ist für alle außer uns aufgesprungen ... ach, und das Verrückteste war ein Zirkuswagen, der im Einlaufbogen auf die Bahn gerollt kam. Dadurch wurden wir abgedrängt und sind in eine Schar Pinguine geraten.«

Speed hatte Base Blood in allen Rennen geritten. Dadurch war er inzwischen ein begehrter Jockey geworden und bekam andere erstklassige Pferde angeboten. Der Erfolg gab dem jungen Reiter ein erfreuliches Selbstvertrauen, und er wurde das Lieblingskind der amerikanischen Medien – ein ›erster Schwarzer‹, so wie der erste schwarze Astronaut, der erste schwarze Mittelstürmer, der erste schwarze Milliardär es gewesen waren. Speed würde als erster schwarzer Jockey seit 1911 das Kentucky Derby reiten, und er war stolz auf diesen Erfolg. Er erinnerte die Presseleute bei jeder Gelegenheit daran, daß vor dem Bürgerkrieg schwarze Jockeys die Rennbahnen beherrscht hatten. Zwischen 1875 und 1895 setzte jedoch die Gegenbewegung der Weißen ein. Trotzdem ritten schwarze Jockeys in jenen Jahren elf Derbysieger. Drei davon gewann Isaac Murphy, der Mann, der als der erste große schwarze Sportler in Amerika gilt. Speed hatte sich mit Murphys Leben beschäftigt und erzählte der Presse sehr viel über sein Idol. Murphy galt als einer der größten Jockeys der Geschichte. Er war eintausendvierhundertzwölf Rennen geritten und hatte sechshundertzwölf gewonnen, im Durchschnitt also vierundvierzig Prozent. In Speeds Spind im Jockeyzimmer hing gut sichtbar ein großes Bild von Murphy.

Auf die Frage, weshalb es seit damals keine berühmten schwarzen Jockeys mehr gegeben habe, hatte Speed sofort eine Antwort parat. »Die Jockey-Clubs haben den Schwarzen keine Lizenzen mehr für Bahnen erteilt, auf denen nur ihre Vorstellungen verwirklicht wurden. Außerdem vertraute man den Schwarzen keine Pferde von Weißen mehr an. Heute wollen die meisten Jungen Basketball spielen. Ich wollte auch Basketball spielen, weil das nicht lebensgefährlich ist. Aber können Sie sich das vorstellen? Man hat mir gesagt, ich sei zu klein.«

Die ersten Presseleute erschienen bereits vor dem Hellwerden an Base Bloods Box. »Ah, Gräfin . . . He, Frank, kann ich gerade ein paar Sätze . . .« Frank trat an die Boxentür, schloß die obere und die untere Hälfte und sagte erklärend: »Entschuldigung, aber um diese Zeit reden wir mit dem Pferd.«

Die vier standen schweigend in der Box. Helena bürstete Base Blood und nahm ihm die Stallbandagen ab. Frank fuhr noch einmal mit der Hand über die Beine. Annie hätte das auch gerne getan, nur um überhaupt etwas zu tun. Statt dessen stand sie mit Speed in einer Ecke und hörte, wie die Gruppe der wartenden Reporter draußen immer größer und lauter wurde. Auch Base Blood hörte es und begann unruhig, den Kopf zu bewegen.

»Also gut, bringen wir ihn raus«, sagte Frank. »Ich möchte, daß er zwanzig Minuten läuft. Aber bring ihn rein, wenn es zu viele Leute werden. Speed, du machst die Tür auf, und Helena, wenn du ihn hinausführst, biegst du sofort ab, damit er von den Blitzlichtern nicht ganz blind wird. Annie . . .?« Er zögerte, ihr Anweisungen zu geben.

»Ich gehe mit ihm raus«, sagte Annie beruhigend, um Frank zu zeigen, daß sie bereit war, den Blitzableiter für die Presse zu spielen. »Helena, bleib ja nicht stehen, wenn dich jemand darum bittet. Wenn du stehenbleiben mußt, denk nicht an mich. Führ ihn einfach weiter. Und halte nach den Farben von Caernarvon oder Pearbreeze Ausschau. Die Presseleute möchten für ihr Leben gern die Familie zusammen haben.«

Helena lächelte grimmig, als sie den Führzügel an Base Bloods Halfter einhakte. Die Derby-Teilnehmer standen in drei besonderen Ställen, und das fügte den vielen Belastungen eines Derby-Morgens noch die persönlichen Spannungen hinzu. Speed öffnete die Tür, und es entstand eine kurze Pause, als man ihn erkannte. Dann bestürmte man ihn mit Fragen, Blitzlichter zuckten, und die Scheinwerfer eines Fernsehteams beleuch-

teten den Platz vor dem Stall. Helena führte den Hengst mit großen Schritten hinaus. Ehe Annie ihr folgte, warf sie einen Blick zu Frank hinüber, der in die dunkle Box zurückwich. Er sah, daß sie ihn beobachtete, und schüttelte angewidert den Kopf. Annie trat hinaus und war augenblicklich von den Presseleuten umringt. Sie setzte ihr gewohntes Lächeln auf, folgte dem Hengst und beantwortete Fragen.
Die Reporter der Rennzeitungen waren absolute Profis und gaben sich mit Fragen über Rennen und Pferd zufrieden. Das Derby lockte jedoch auch eine andere Art Journalisten zu den Ställen. Daß Vollblüter eine ruhige, stille Umgebung brauchen, interessierte sie nicht. Sie kamen nicht nur wegen einer Pferdegeschichte. Annie zog sie an wie Honig die Ameisen. Annie hatte gelernt, daß Verärgerung und Klarstellungen den journalistischen Eifer nur beflügelten. Deshalb stellte sie sich diesen Leuten lächelnd, mit gelegentlichen witzigen Bemerkungen und lenkte sie ab, wenn die Fragen zu rücksichtslos wurden. Aber ihre Rüstung war dünn.
»Mrs. Carney, stimmt es, daß Sie nicht nur gewinnen, sondern daß Sie den Derby-Rekord brechen wollen?«
»Natürlich. Wir würden den Rekord liebend gerne brechen, aber das wird nicht geschehen. Als Secretariat damals den Rekord aufstellte, waren dreizehn Pferde am Start. Heute werden es zwanzig sein. Das sind zu viele Pferde für einen Rekord. Wir werden uns deshalb sehr freuen, wenn wir ganz einfach gewinnen.«
»Wer ist Ihre größte Konkurrenz?«
»Die anderen neunzehn.« Es wurde gelacht, doch der Mann ließ nicht locker.
»Nein, im Ernst. Nach der Morgennotierung steht der Hengst von Caernarvon bei neun für fünf, die vier Pferde von Lukas stehen bei vier für eins, und der kalifornische Hengst bei sechs für eins. Base Blood ist mit zwei für eins notiert.«
»Die Morgennotierung ist eine Religion, an die ich noch nie geglaubt habe.«
»Gräfin, Sie treten gegen Ihren Sohn und Ihren früheren Liebhaber an...«
Annie warf der Frau einen Blick zu, die sich schon die ganze Woche an den Ställen aufhielt. Für eine Reporterin an der Gegengeraden war sie immer zu elegant gekleidet.

»*Ich* trete nicht an«, erwiderte Annie. »Das tut mein Pferd.« Sie sah, daß die Frau offene Schuhe trug. Außerdem bemerkte sie etwa zehn Schritte weiter einen Haufen Pferdeäpfel. Die Reporterin lief neben ihr her und hielt Annie ein kleines Mikrophon vor die Nase.

»Annie, seien wir doch ehrlich! Ich weiß doch Bescheid. Ist das Rennen nicht eher ein Wettkampf zwischen Ihnen und diesen Männern?«

»Nein, da irren Sie sich.«

»Frank ...«

»Ich bin nicht Frank. Frank ist mein Trainer.«

Ein paar andere Reporter stellten Fragen, doch die Frau fuhr laut fort: »Ja, ganz sicher ist er Ihr Trainer. Aber er ist auch Ihr Ehemann oder nicht, und ist er wirklich der Vater – oh, Scheiße!« Sie blieb stehen, blickte auf die Pferdeäpfel hinunter und zog sehr vorsichtig den linken Fuß heraus.

Annie ging schnell weiter, und die übrigen Presseleute folgten ihr lachend und gutgelaunt. Nur eine Frage ließ sie aufmerksam werden.

»Wie steht es bei Limeteen mit Pferden und Drogen? Benutzen Sie nie Medikamente?«

»Da können Sie sicher sein. In den Ställen ständig, aber nicht an Renntagen.«

»Bedeutet das, Sie halten sich an die Regel: Heu, Hafer und Wasser?«

»Das ist genauso, als würde jemand sagen, die Leute dürfen nicht ins Krankenhaus gehen. Man kann Medikamente entweder als Medizin einsetzen oder als Dopingmittel. Wir benutzen bei Limeteen sehr viele Medikamente. Wenn es Sie interessiert, zeige ich Ihnen gelegentlich meine Tierarztrechnungen. Aber wir verwenden keine Drogen, um ein Pferd in die Startbox zu bekommen. Ein Pferd, das nicht gesund ist, läuft nicht.«

»Sie wollen damit sagen, wenn Base Blood ein Bluter wäre, würden sie ihn heute nicht mit Lasix laufen lassen?«

Annie wußte, worauf der Reporter hinauswollte, und versuchte, vorsichtig zu sein. »Nein, das würde ich nicht tun, weder ihn noch ein anderes Pferd von Limeteen. Das habe ich immer wieder erklärt, seit Lasix legalisiert worden ist.«

»Was halten Sie davon, daß Caernarvon es bei seinem Hengst heute zum ersten Mal benutzt?«

Sie wollte sagen, wie entsetzt sie darüber war, daß Sam so etwas zuließ. Aber sie wußte, wieviel ihm daran lag, ein Derby zu gewinnen.
»Das ist Caernarvons Sache«, erwiderte sie neutral.
»Es heißt, ein Pferd, das zum ersten Mal mit Lasix läuft, ist schneller als gewöhnlich.«
»So heißt es.«
»Finden Sie nicht, das gibt Royal Blessing einen unfairen Vorteil?«
Annie ließ ihrer Gereiztheit freien Lauf. »Versuchen Sie nicht, mir die Sporen zu geben und mich dahin zu bringen, daß ich sage, was Sie gerne hören möchten. Nach den Bestimmungen darf Lasix verabreicht werden, wenn ein Tierarzt bestätigt, daß es sich bei dem Pferd um einen Bluter handelt – zumindest gilt diese Regelung hier in Kentucky. Royal Blessing hat in diesem Frühjahr mehrmals Blut ausgeschieden ...«
»Trotzdem hat man bei seinen Rennen bis heute kein Lasix eingesetzt. Worauf führen Sie das zurück?«
Annie nahm den Köder nicht an. »Sie fragen die falsche Person. Sprechen Sie mit Sam Cumberland darüber.« Sie wußte, die Gruppe würde sich das Thema Sam Cumberland nicht so einfach entgehen lassen, und versuchte deshalb, dem Gespräch eine andere Wendung zu geben.
»Sehen Sie, das größte Problem mit Medikamenten ist die mangelnde Konsequenz. Wie viele Pferde werden heute mit Bute und Lasix laufen? In fünf Wochen, beim Belmont Stakes in New York dürfen sie es nicht. Es ist widersinnig. Wenn die einzelnen Staaten sich in dieser Sache nicht einigen, fordern wir doch die schwerfällige Behörde in Washington geradezu auf, sich damit zu befassen ... Entschuldigen Sie mich einen Augenblick.«
Ein Hengst kam ihnen entgegen. Es war ein dunkelbraunes Tier mit schwarzer Mähne und schwarzem Schweif, weißen Fesseln an den Vorderbeinen und einem großen Stern. Annie kannte das Pferd bereits. Wieder fiel ihr die Schönheit der Frau auf, die neben dem Hengst her ging, als sie plötzlich Henry erkannte. »Helena«, rief Annie, »wir kehren um.«
Helena wendete Base Blood, und dadurch löste sich die Gruppe um Annie auf. Sie ergriff die Gelegenheit, um neben Helena herzugehen.
»Ich habe ihn auch gesehen«, sagte Helena, »gerade, als du gerufen hast.«
»Früher oder später kommen wir mit ihm zusammen. Es war einfach nicht der richtige Zeitpunkt.«

»Hast du seine Frau gesehen?« fragte Helena. »Sie sieht toll aus.«
Annie stimmte ihr zu. Sie hatte von Greta nach dem kurzen Brief, der bei Winnies Ring gelegen hatte, nichts mehr gehört. Sie hatte öfter versucht zu antworten, doch es war ihr nie gelungen. Natürlich ließ Henry nichts von sich hören. Sie wußte nur, was sie in *Das Vollblut* las. Exwhyzee, der Hengst von Pearbreeze, hatte als Zweijähriger in Bay Meadows südlich von San Francisco in vier Rennen entweder den ersten oder den zweiten Platz belegt. Als Dreijähriger lief er in Santa Anita. Dort wurde er im San Vicente Dritter, gewann das San Rafael, wurde Zweiter in San Felipe und gewann im April das Santa Anita Derby.
Die Unfälle, die der Hengst überlebte, waren erstaunlicher als seine Erfolge. Nach den Rennen in Bay Meadows hatte er sich beide Vorderbeine verstaucht, war aber rechtzeitig für sein Debüt als Dreijähriger wieder am Start. Eine Woche vor dem San Felipe Stakes erkrankte er an einer Virusinfektion mit so hohem Fieber, daß die Nennung eigentlich hätte zurückgezogen werden müssen. Doch Exwhyzee überstand die Krankheit und wurde Zweiter, obwohl ihn ein anderes Pferd auf der Bahn behinderte und an der Fessel des linken Vorderbeins verletzte. Die Wunde war innerhalb einer Woche verheilt, und der Hengst nahm das Training wieder auf.
»Wir haben die Wunde ausgebrannt«, hatte Henry angeblich als Erklärung dafür gesagt. »Außerdem arbeitet in unseren Ställen ein alter Indianer, der ein Rezept für Eukalyptusumschläge kennt. Damit hat er ihn behandelt. Manche Leute halten Eukalyptus für ein Gift, aber bei Exwhyzee hat es gewirkt.«
Henrys Hengst hatte ein teures Pedigree. Für seinen Vater, einen Sohn von Nijinsky, hatte ein Agent von Pearbreeze bei der Auktion in Keeneland, einen Tag nach Barky Cumberlands Mordversuch, 1,8 Millionen Dollar bezahlt. Die Mutter, eine Enkeltochter von Native Dancer, ging ein Jahr später bei einer Zuchtstutenauktion in Saratoga für eine Million an Pearbreeze. Der Vater war seltsamerweise nie ein Rennen gelaufen. Pearbreeze erklärte es damit, daß der Hengst sich auf der Koppel das Sesambein gebrochen habe und der Bruch nie richtig verheilt sei. Der Unfall hatte die Vererbungskraft des Vaters jedenfalls nicht beeinträchtigt. Exwhyzee war ein außergewöhnlicher Hengst. Das sah Annie mit einem einzigen kurzen Blick.

Plötzlich tauchte Sam in einem Kamelhaarmantel und mit einem breitkrempigen braunen Filzhut auf. Ihm folgte eine Gruppe eleganter Leute mit Ferngläsern, die sich angeregt unterhielten. Wie immer war Sam am ersten Samstag im Mai tief gebräunt. Er war bester Laune, und seine Freunde, mit denen er sich französisch unterhielt, waren ebenso überschwenglich. Sam sah Base Blood, ehe er Annie oder Helena entdeckte, und erkannte den Hengst ebenso schnell wie die Journalisten ihn. Für die Reporter war es ein spannender Moment, und sie verteilten sich, um Aufnahmen machen zu können. Auf Sams Gesicht erschien sofort sein strahlendes Lächeln für die Öffentlichkeit, und Annie hätte beinahe gelacht. Sam kam mit ausgestreckten Armen, ganz Überraschung und Freude, auf sie zu, um sie demonstrativ zu umarmen.
Auch Annie lächelte, und während die Kameras klickten und die Blitzlichter zuckten, streckte sie die Hand aus, so daß Sam vor ihr stehenbleiben mußte. »Hallo, Sam«, sagte Annie liebenswürdig. »Begleite uns ein Stück.«
Helena stand auf der anderen Seite von Base Blood und murmelte: »Nicht zu fassen.«
Sam ergriff völlig ungezwungen Annies Hand und ging neben ihr her. »Guten Morgen«, sagte er. Dann blickte er zu seiner Tochter hinüber. »Hallo, Helena. Dein Hengst sieht großartig aus.«
»Ja . . . na ja, er kann es kaum mehr erwarten«, erwiderte Helena und versuchte, unbekümmert zu klingen. »Und da wir alle so gut erzogen sind, was macht deiner? Hat er sein Lasix schon bekommen?«
Annie entzog Sam ihre Hand, als er liebenswürdig erwiderte: »Ach weißt du, bei all den Problemen, die er hatte. Er ist immer noch wund, frißt nicht und war heute morgen etwas schwach . . .«
»Das heißt also«, Annie lächelte, »daß du dir ausrechnest, er wird es mit zwanzig Längen Vorsprung schaffen.«
Sam lachte eine Spur zu laut. Annie warf einen Blick auf seine eleganten Freunde, die ihnen, umringt von klickenden Kameras, so gut sie konnten, folgten. Sie sah Glynn nicht.
Als die Journalisten begannen, wieder Fragen zu stellen, löste sich Sam von Base Bloods kleiner Gruppe. Er rief fröhlich: »Viel Glück!« wimmelte die Reporter mit einem kühlen Lächeln ab und führte sein französisches Gefolge weiter.
Annie wußte sehr wohl, daß er ebenso spielte wie sie. Sie fragte sich,

was er wirklich empfand. Was hätten sie zueinander gesagt, wenn niemand an der Gegengeraden gewesen wäre? Bedauerte er auch nur im geringsten sein Verhalten, das in Annies Augen ein unverzeihlicher Verrat war? Die Wunde schmerzte inzwischen weniger dank des mitreißenden, vielversprechenden Base Blood und seltsamerweise auch dank Frank Carneys unerbittlicher Art. Es war zumindest eine beruhigende Konstante, ihn trotz seines stummen Hasses wieder um sich zu haben. Sie war sicher, sie konnte Sam nie mehr vertrauen. Aber nachdem sie ihn gesehen hatte, fragte sie sich, was er und sie selbst wirklich fühlten.

Royal Blessing hatte als Dreijähriger sein Versprechen als Sieger des Eclipse mehr als erfüllt. Er begann das Jahr mit einem soliden Gewinn im Fountain of Youth Stakes in Gulfstream Park und wurde für das Florida Derby trainiert, bei dem er gegen Base Blood laufen sollte. Der Hengst von Caernarvon wurde jedoch wegen einer schweren Virusinfektion zurückgezogen. Anfang April erschien er wieder auf der Bahn und errang einen knappen zweiten Platz im Gotham Stakes in Aqueduct. Nach dem Rennen entdeckte der Tierarzt von Caernarvon bei einer Endoskopie Blut in der Lunge. Trotzdem siegte der Hengst zwei Wochen später mit oder ohne Hilfe von Lasix beim Wood Memorial auf derselben Bahn. Er erreichte beinahe den Bahnrekord für das Achtzehnhundert-Meter-Rennen, und sein Jockey ritt ihn zweihundert Meter weiter, um dem Hengst einen Vorgeschmack auf die Derbystrecke zu geben. Die Zeitnehmer der *Racing Form* stoppten $2{,}2\tfrac{3}{5}$, drei Sekunden weniger als der von Secretariat aufgestellte Rekord.

Annie und Helena brachten Base Blood zurück in seine Box. Man hatte sie inzwischen ausgemistet und neues Stroh eingebracht. Frank war nirgendwo zu sehen. Die beiden spannten das Netz vor die Box. Sie taten es, um den Hengst drinnen als auch um die Presse draußen zu halten. Helena begann, ihn zu striegeln, und bald tauchten wieder Reporter auf und stellten Fragen. Annie ging zur Türöffnung, um sie zu beantworten. Sie hoffte, den Presseleuten genügend Informationen zu liefern, damit sie schließlich weitergehen würden. Sie erzählte noch einmal, wie sie Base Blood gefunden hatte, und sagte, sie freue sich, daß er beim Auslosen an diesem Tag einen Platz in der Mitte der Startmaschine und nicht an einem der beiden Enden gezogen hatte.

Dann rief ein Mann, den sie zuvor nie gesehen hatte, dem jedoch ein Presseausweis um den Hals hing, Helena zu:

»Junges Fräulein, äh, *Miss* Carney, welchem Ihrer Väter drücken Sie heute die Daumen?«
Annie wandte sich nach Helena um und bemerkte, wie die anderen Journalisten ihren Kollegen ungehalten ansahen. Helena hielt mit dem Bürsten inne und senkte langsam den Kopf. Annie hakte das Netz aus und ging auf den Mann zu, der boshaft lächelte. Wortlos holte sie aus und schlug ihm ins Gesicht. Er fing den Schlag mit dem Arm ab, taumelte aber unter der Wucht rückwärts.
»Sparen Sie sich Ihre schmutzigen Fragen für mich auf«, sagte Annie und folgte ihm. »Ich bin daran gewöhnt.«
»Hören Sie, Gräfin, Gefühle sind mein Metier«, sagte der Mann und hielt sich die Wange. »Außerdem bin ich kein Chauvinist. Mann oder Frau, ich schlage zurück.«
Er machte seine Ankündigung wahr und versetzte Annie einen so heftigen Stoß, daß sie stürzte. Ein paar Reporter packten ihn. Er riß sich los, wich zurück und fiel in eine Pfütze.
Es herrschte gespanntes Schweigen, als der Mann aufstand und seine Kleider säuberte. Annie war wie betäubt und hielt sich die schmerzende Hüfte. Plötzlich tauchte Frank auf. In der Hand hielt er eine Schaufel wie einen Baseballschläger. Die Leute wichen eilig zurück, und Annie sah Scheinwerfer und Blitzlichter aufflammen.
»Frank, nein!« rief sie.
Helena drängte sich durch die Menge und packte Frank. Er blickte auf das Mädchen hinunter, ließ die Schaufel sinken und strich Helena mit der anderen Hand über die Haare. Dann wandte er sich an den Reporter. »Die beiden Frauen können sich selbst verteidigen. Aber wenn *ich* Sie noch einmal in meinem Stall sehe, bekommen Sie es mit mir zu tun.«
»Du meine Güte«, sagte der Mann mit gespieltem Erschrecken, »und das nächste Mal haben Sie vielleicht eine Axt.«
Frank ließ die Schaufel fallen und wollte auf den Mann losgehen. Aber Helena und ein großer Fotograf hielten ihn fest, während andere den unverschämten Reporter mit Stößen und Schüben vertrieben. Beim Gehen schrie er: »Die zweite Runde folgt morgen in den Zeitungen!«
Annie legte den Arm um Helena. Frank rief die Pfleger von Limeteen, damit sie die Tür von Base Bloods Box schlossen. Mehrere Ordner er-

schienen. Sie wußten zwar nicht genau, was vorgefallen war, verwehrten den Presseleuten jedoch den weiteren Zugang zum Stall, während Helena und Annie sich in die Sattelkammer flüchteten.
Frank folgte ihnen und schloß die Tür. Die drei sahen sich an.
»Alles in Ordnung, Mami?«
Annie beruhigte Helena und sagte: »Wir werden dafür bezahlen, und das tut mir leid. Aber mein Gott, es hat mir gut getan, ihm eine runterzuhauen!« Trotz der Schmerzen in ihrer Hüfte fühlte sie sich sehr wohl. »Und er hat zurückgeschlagen, also kann er mich nicht verklagen. Es müßte ein Gesetz geben, das jemandem, der in der Öffentlichkeit steht, erlaubt, die Journalisten zu verprügeln, die wirklich gemeine Fragen stellen.«
Helena ging zur Tür. »Ich muß zurück zu Base Blood.«
»Bleib lieber eine Weile hier«, sagte Annie. »Sie warten immer noch.«
Helena erwiderte schulterzuckend: »Mami, sie werden immer da sein. Wir sind nicht wichtig. Ich muß Base Blood fertig striegeln.« Sie öffnete die Tür, sah sich noch einmal um und lächelte zuversichtlich. »Außerdem bin ich jetzt darauf vorbereitet. Vorhin wußte ich einfach nicht, daß so etwas kommen würde.« Sie ging hinaus und schloß die Tür hinter sich.
Sobald Annie zu Frank hinübersah, fuhr er sich mit der Hand durch die Haare und ging in die Ecke am Fenster. »Wir haben es geschafft«, sagte er. »Die graben alles wieder aus und schmieren es überall hin, wo es klebt.«
»Nicht, wenn Base Blood gewinnt. Sie werden ihre Geschichte über ihn schreiben, nicht über uns.«
Frank sah sie überrascht an. »Annie, ein Sieg im Pferderennen bedeutet eine Schlagzeile im Sportteil. Du, ich, Helena *und* Hank *und* Sam«, seine Gesichtsmuskeln spannten sich, und er blickte wieder aus dem Fenster, »wir bekommen Bilder auf der Titelseite und in den verdammten Klatschspalten.« Er schüttelte den Kopf. »Das einzig Gute wäre, daß Base Blood Letzter würde.«
»Er wird nicht Letzter«, sagte Annie.
Frank ging langsam auf und ab. Die Hände steckten in den Gesäßtaschen, und er blickte zu Boden. »Helena hat recht. Wir sind nicht wichtig ...«

Er blieb stehen und starrte auf die Tür, durch die das Mädchen verschwunden war. »Sie ist das Beste, was es gibt.« Dann sah er sich nach Annie um. Seine Gesichtshaut war so gespannt, daß Annie glaubte, sie werde reißen. »Verdammt, ich wünschte, sie wäre meine ...« Er konnte den Satz nicht beenden.

Annie wich seinem Blick nicht aus, und in ihren Augen zeigte sich der Zorn über seinen Vorwurf. »Warum hörst du nicht eine verdammte Sekunde lang auf, mich zu hassen, damit du begreifst, daß du im Augenblick Helenas Vater bist, falls sie überhaupt einen Vater hat! Wenn sie könnte, würde sie dir dasselbe sagen. Mein Gott, was du für das Mädchen, für uns *alle* getan hast!« Sie brach ab, denn sie spürte, daß ihre Stimme unsicher wurde. Als sie sah, daß sich in seinem Gesicht Verwirrung und Sehnsucht zeigten, wich sie zurück. Dabei stieß sie an den Tisch und warf einen Schweißschaber zu Boden. »Frank, ich meine nicht ...« Sie wußte nicht, was sie meinte.

»Was?« sagte er ungeduldig und kam auf sie zu.

Sie schrie beinahe. »Ich bin dir *dankbar*!«

»Noch etwas?« Er kam immer näher.

»Nein!«

Er stand direkt vor ihr und sah sie mit dem Blick an, den sie schon einmal an ihm bemerkt hatte – entweder würde er sie schlagen oder umarmen. »Du lügst«, sagte er.

Seine Hände umfaßten ihren Nacken, er zog sie an sich und küßte sie lange und leidenschaftlich. Sie schlang die Arme um ihn, preßte ihren Körper an seinen und erwiderte den Kuß.

Ein junger Pfleger öffnete die Tür, kam eilig herein, zögerte dann und sagte: »Entschuldigung.« Er hob den Schweißschaber auf, verschwand wieder und schloß die Tür hinter sich.

Frank hielt Annie immer noch fest und betrachtete sie prüfend. Ihre Unruhe war unübersehbar.

»Wir können das einfach vergessen«, sagte Frank.

»Nein, das können wir nicht, und ich will es nicht. Und jetzt?«

Er fuhr ihr vorsichtig mit der Hand über die Haare, wie er es früher getan hatte. Dann zog er die Hand zurück. »Wir haben ein Pferderennen«, sagte er. »Danach können wir vielleicht miteinander reden«, er lächelte flüchtig, »oder anfangen, mit Steinen aufeinander zu werfen.«

Annie lachte leise, nahm seinen Kopf in die Hände und küßte ihn noch einmal sanft. »Keine Versprechen.«
»Es ist ein großer Tag«, sagte Frank, »und das macht alle leicht verrückt. Trotzdem, du und ich, wir sind nicht so dumm, irgendwelche Versprechen zu machen.«
Annie wagte nicht, ihn anzusehen. Sie ließ ihn los. Frank öffnete die Tür, und sie gingen hinaus.

Base Blood nahm alles ganz gelassen. Er fraß mittags sein spezielles Renntagsfutter und legte sich kurz darauf ins Stroh, um zwei Stunden zu schlafen. Annie kämpfte sich im Kombi quer durch Louisville zu ihrem Motel, um sich so gut wie möglich auszuruhen und umzuziehen. Es herrschte dichter Verkehr. Etwa hunderttausend Menschen waren unterwegs, die sich entweder für das Programm interessierten oder nur zu dem Fest gingen. Ganz gleich, ob die Leute zur ›Millionaire's Row‹ strebten, den klimatisierten, bequemen Suiten für fünftausend Dollar am Tag samt Balkonen mit Blick auf den Clubhausbogen oder mit einem Liegestuhl und Sonnenöl zum Innenfeld der Bahn eilten, wo der Eintritt zwei Dollar kostete, alle standen sie im Bann der ungewöhnlichen Hitze und der Derby-Atmosphäre, einer Mischung aus Minze, Bourbon und Dixieland.
Limeteen hatte an diesem Tag keine anderen Pferde laufen, und alle, die mit Base Blood gekommen waren, sehnten sich vergeblich nach einer solchen Ablenkung. Das Warten auf die Lautsprecherdurchsage, mit der die Teilnehmer am achten Rennen in den Führring gerufen wurden, war schlimmer als das Warten darauf, daß eine Pfütze trocknet. Als der Aufruf schließlich kam, setzte sich die Mannschaft von Limeteen voll Erleichterung sofort in Bewegung. Helena trug ihre Arbeitssachen, als Konzession an das Derby allerdings ein kurzes Reitjackett. Sie hakte den Führzügel an Base Bloods Halfter ein und führte ihn aus der Box. Frank stand in der alten Leinenjacke und Krawatte, die er an Renntagen immer trug, in der Nähe. Die Pfleger und der Stallbursche von Limeteen sahen respektvoll zu, wie der Hengst an ihnen vorbeilief. Auch sie waren Beteiligte bei seiner großen Chance, berühmt zu werden. Frank ging neben Base Blood und richtete den Blick wie immer abwechselnd auf den Hengst und auf die Erde vor ihm. Auf die vielen Zurufe der Leute an der Gegengeraden erwiderte er: »Danke, wir freuen uns dar-

über.« Er meinte das wirklich ernst, denn er erinnerte sich daran, wo er und sein Pferd vor kaum mehr als einem Jahr gewesen waren.
Als sie den Durchlaß in der Umzäunung erreichten und auf die Bahn hinauskamen, war der Lärm, der von den Tribünen herüberdrang, wie eine Mauer. Vor ihnen und hinter ihnen gingen andere Pferde. Helena sah den Dreß von Caernarvon an dem Jockey direkt vor ihnen. Frank hielt den Kopf gesenkt und ließ sich von dem Pferd um den Clubhausbogen zum Tunnel, hindurch und zum Führring leiten. Er war auf Überraschungen gefaßt. Und dann, bei seinem ersten Blick über den Sattelplatz, entdeckte er Sam Cumberland, nicht weit von ihm entfernt Hank Sumner und an Platz 7 schließlich Annie.
Annie trug ein blaßgelbes und weißes Seidenkleid, einen Strohhut mit kleiner Krempe und sah entzückender aus, als er sie jemals gesehen hatte. Sie warf ihm ein Lächeln zu, das er nicht erwidern konnte. Auf drei Seiten des Platzes und auf den Balkonen der Tribüne drängte sich die Menge. Als Helena den Hengst zum Satteln führte, wieherte er bei Annies Anblick leise. Sie hielt den Zügel, während Helena und der Jockeydiener ihm die Sattelunterlage und den Sattel auflegten. Annie fuhr mit der Hand über Base Bloods Hals, spürte aber kein nervöses Zittern. Sie hatte Angst, ihre eigene Nervosität könne sich durch die Berührung übertragen, und zog die Hand weg. Sie hatte sowohl Henry und Greta als auch Sam und Glynn im Führring gesehen. Jeder mied den Blick des anderen. Base Blood streckte den Kopf vor und beschnupperte sie. Annie war ihm dafür dankbar.
Als die Jockeys in den Führring kamen, schwoll der Lärm der erwartungsvollen Menge an. Speed trat zu ihnen, als Frank gerade den Sattelgurt überprüfte. Speed hatte an diesem Tag bereits zwei Rennen geritten und eines davon gewonnen.
»Wie ist das Geläuf, Speed?« fragte Annie.
»Die Innenbahn scheint etwas holprig zu sein. Ich weiß nicht so recht, warum. Die anderen Jockeys meiden sie.«
Frank sagte: »Ich glaube, auch du solltest dich von der Innenbahn fernhalten. Er läuft gerne vorn, aber bei den vielen Pferden ist das vielleicht nicht möglich. Also, du weißt, Speed, das Wichtige ist . . .«
»Das Gedränge«, erwiderte der Jockey.
»Halte dich raus. Laß dich nicht einkeilen. Geh außen, wenn es sein muß. Dein Pferd hat Stehvermögen. Der kalifornische Hengst ist schnell.

Laß ihn laufen. Einer der Hengste von Lukas läuft vorn. Also werden die beiden das Tempo bestimmen. Du mußt den Hengst von Caernarvon im Auge behalten. Er ist ein Steher und kann die Strecke durchhalten. Laß ihn nicht davonlaufen. Na ja, also gewinn das Rennen.«

»Viel Glück, Speed«, flüsterte Annie, als sie ihm sein Stiefelticket gab.

Der Befehl zum Aufsitzen wurde gegeben, und Helena führte den Hengst. Frank half Speed in den Sattel, und sie sagte: »Speed, kein Mensch auf der Welt hat soviel Glück wie du, denn du darfst heute Base Blood reiten.«

Der Hengst tänzelte, nachdem er das Gewicht auf seinem Rücken spürte, und ließ schließlich auch seine Aufregung erkennen. Die Menge johlte und schrie. »Glaubst du, das weiß ich nicht?« rief Speed Helena zu, als er sich einreihte und um den Führring ritt. Das Publikum bedachte seine Favoriten mit Applaus. Die Pferde verschwanden im Tunnel, und die Leute strömten zurück zu den Tribünen.

Annie, Frank und Helena warteten einen Augenblick und ließen die anderen Besitzer vorgehen, um unnötige Begrüßungen zu vermeiden. Sie sahen sich an, aber es gab nichts zu sagen.

»Bis später.« Frank tauchte in der Menge unter. Helena nickte angespannt, legte den Kopf schief und folgte den anderen Pflegern durch den Tunnel auf die Bahn. Annie blieb allein zurück. Sie vergewisserte sich, daß Sam und Henry gegangen waren, ehe sie wie die anderen Besitzer in Richtung Logen ging.

In ihrer Loge begrüßten sie Chigger Beasley und seine Frau sowie das Ehepaar Delansig. Der Ansager forderte gerade das Publikum auf, sich zu erheben und ›My Old Kentucky Home‹ zu singen, als Annie hörte, wie Henry sagte: »Hallo, Mutter.«

Sie drehte sich um und sah ihn mit Greta vor der Loge stehen. Er trug einen dunklen Sommeranzug und ein offenes Hemd. Er lächelte nicht. Greta trug ein hellrotes Umstandskleid mit weißen Punkten und strahlte. Die Leute um sie herum begannen zu singen – auch Annies Gäste, die begriffen, welche Bedeutung dieser Begegnung zukam und froh waren, sich heraushalten zu können.

Annies Gesichtsausdruck verriet Greta, daß ihr die Überraschung gelungen war. »Ich bin so froh, daß es Ihnen niemand verraten hat«, sagte sie. »Wir wollten Sie sehen.« Sie blickte auf Henry und wartete darauf, daß er es bestätigte. Er sah seine Mutter nur an und sagte ausdruckslos: »Viel Glück.«

Annie konnte kaum sprechen. »Danke«, sagte sie trotz seines abweisenden Benehmens voll Wärme. »Wann ist es soweit?«

»Um den fünfzehnten Oktober«, sagte Greta rasch. Und dann: »Vielleicht sehen wir uns nach dem Rennen.« Sie runzelte leicht die Stirn, als räume sie ein, daß dieses Zusammentreffen, auf dem sie offenbar bestanden hatte, unangenehm war.

Henry sah seine Mutter ungerührt an, nahm Gretas Hand und führte sie durch den Gang zu ihrer Loge.

»*... We will sing one song for the old Kentucky home ...*«

Nachdem die Hymne zu Ende war, griff Annie nach dem Fernglas, damit niemand ihre Tränen sah. Sie richtete es auf Base Blood, als die Pferde sich nach dem Aufgalopp verteilten. Ihre Gäste respektierten das Schweigen, und Annie setzte das Glas erst ab, als die Pferde in die Startboxen geführt wurden. Sie beobachtete, wie die gelben und weißen Streifen mit dem Königsblau, Karminrot und Gold von Caernarvon und den drei ineinander verschlungenen schwarzen Kreisen auf weißem Grund von Pearbreeze vor ihren Augen verschwammen.

Die Starterklappen flogen auf, die Pferde stoben davon. Die Menge schrie, und Annie sah, daß Base Blood schneller wurde und sich an die Spitze setzte. Aber der Hengst, der in der Startmaschine neben ihm gewesen war, brach aus und behinderte ihn so sehr, daß Base Blood aus dem Rhythmus fiel und stolperte. Speed hängte sich in die Zügel, als Base Blood sich wieder fing. Aber er büßte seinen Vorsprung ein. Das Feld donnerte an der Tribüne vorbei zum Clubhausbogen. Der gelbe und weiße Dreß war auf dem zehnten Platz. Auf der Gegengeraden wurden Base Bloods Sprünge größer, und er gewann wieder an Boden. An der halben Meile hatte er das Vorderfeld erreicht.

Die Menge jubelte, als die Zeit angezeigt wurde, aber Annie blickte nicht zum Totalisator. Das Tempo war zu schnell, und sie beschwor Speed in Gedanken, sich zurückzuhalten. In Führung lagen ein Außenseiter und ein Pferd von Lukas, dicht gefolgt von Exwhyzee, einem anderen Pferd von Lukas und Royal Blessing. Base Blood lief zwei Hengste und eine Länge hinter ihnen. Er hielt seine Geschwindigkeit, als die beiden Pferde vor ihm zurückfielen. Kurz vor dem Einlaufbogen war er direkt hinter Royal Blessing.

Mehrere Pferde holten auf; ihre Jockeys trieben sie bereits an, um im Rennen zu bleiben. Am Bogen herrschte Gedränge, und mehrere Pferde an der Spitze begannen zu ermüden. Exwhyzee kämpfte mit einem Hengst von Lukas um die Führung, als Royal Blessing vorzog. Base Blood folgte dicht hinter ihm. Ein Dutzend zehn Zentner schwere Pferde kämpften bei einer Geschwindigkeit von fünfundsechzig Stundenkilometern auf wenigen Quadratmetern um Zentimeter. Im Bogen wurden die Pferde an der Spitze nach außen gedrückt, und auf der Innenbahn entstand eine Lücke. Royal Blessings Jockey sah es und trieb ihn mit der Gerte direkt vor Base Blood darauf zu. Speed parierte Base Blood hart und verlor dadurch Tempo. Andere Pferde waren dicht hinter ihnen und drängten Base Blood an den Hengst von Caernarvon.

Die Pferde nahmen den Bogen. Der Hengst von Lukas und Exwhyzee wurden sichtlich langsamer. Sie begannen abzufallen und trugen dadurch noch mehr zu dem Gedränge bei. Base Blood hatte keinen Platz. Ihn umgab ein Wall aus Pferden. Royal Blessing drängte sich vor, um die Führung auf der Innenbahn zu übernehmen, Exwhyzee und der andere fielen zurück, und ein zweiter Hengst von Lukas holte auf und schloß ihn damit völlig ein. Als die ersten Pferde jedoch die Einlaufgerade erreichten, verteilten sie sich auf der Bahn.

In diesem Augenblick rief Speed: »Okay, Base Blood, LOS!« und zeigte ihm einen freien Platz. Der Hengst stürmte vorwärts. Speed sah, daß Exwhyzee schwächer wurde, aber sein Jockey trieb ihn mit Gertenhieben auf beide Flanken weiter. Base Bloods Sprünge wurden größer, als er ihn am sechzehnten Pfosten überholte. Nun galt es, an drei und dann noch an zwei Pferden vorbeizuziehen – an dem Hengst von Lukas und Royal Blessing. Weiß und gelb schob sich langsam an Lukas vorbei. Hundert Meter vor der Ziellinie lief Base Blood in gleicher Höhe mit Royal Blessing. Auf den letzten Metern drückte Speed den Hals seines Hengstes vorwärts, und sie siegten mit einer Halslänge.

Ein Tumult brach los. Chigger Beasley brachte Annie zur Preisübergabe nach unten, wo die Fernsehleute übernahmen und sie an die richtige Stelle führten. Annie hatte Sam in seiner Loge gesehen. Sein Gesicht war vor Enttäuschung versteinert, aber bei ihrem Anblick war sein Ausdruck flüchtig weicher geworden. Frank erwartete Base Blood auf der Bahn. Als die Fotografen sich um ihn drängten, lief Helena schnell zu ihm hinüber und umarmte ihn spontan. Ohne den Blick von dem zurückkommenden Sieger zu nehmen, legte ihr Frank den Arm um die Schulter. Speeds Lächeln war bereits aus großer Entfernung zu erkennen, und er grüßte die Stewards mit einer stolzen Geste. Es war Zeit, in den Führring zurückzugehen.

Man legte Base Blood die berühmte Rosendecke über den Widerrist. Im Hagel der Blitzlichter konnte man kaum die Augen öffnen. Es gelang Annie und Helena nur, sich mit der Hand zu berühren. Base Blood keuchte immer noch. Er war schweißbedeckt und legte das Kinn auf Annies Schulter. »Du bist das Beste, was mir je widerfahren ist«, sagte sie leise. »Danke.«

Frank mied wie üblich die Kameras, und sie hörte ihn rufen: »Das Pferd muß bewegt werden!« Helena und Base Blood verschwanden. Die Fernsehleute drängten Annie, Frank und Speed, zur Pagode auf dem Innenfeld zu gehen, wo die feierliche Preisverleihung stattfand. Es gelang dem Gouverneur, neunmal das Wort ›Kentucky‹ einzuflechten, als er Annie beglückwünschte und ihr die Derbytrophäe überreichte. Der Fernsehkommentator war freundlich wie ein junger Hund. Er fragte sie alle, wie sie sich fühlten, was es für sie bedeutete und bemühte sich eifrig, das Hochgefühl nicht abflauen zu lassen, damit seine Zuschauer auf ihre Kosten kamen. Als der Mann von Frank wissen wollte, ob er stolz auf seine Tochter sei, machte Frank ein finsteres Gesicht, bis er begriff, daß es eine unschuldige Frage war, die auf einer falschen Annahme beruhte. Dann lächelte er trocken und sagte: »Ich könnte nicht stolzer sein.« Zu seiner Erleichterung wandte sich der Mann danach an Speed und bat ihn um einen Kommentar, während das Rennen auf den Bildschirmen noch einmal ablief. Auf die unvermeidliche Frage: »Wie fühlen Sie sich als der erste schwarze Jockey, der in diesem Jahrhundert das Derby gewonnen hat?« erwiderte Speed: »Das Gefühl ist weder schwarz noch weiß, sondern einfach toll.«

Die Fragen wurden direkter, als die drei im Anschluß an die Siegerehrung im Presseraum sechs Stockwerke über der Bahn erschienen. Etwa dreihundert Journalisten aus aller Welt erkundigten sich zuerst nach dem Pferd, dann nach den Plänen für die Triple Crown und unvermeidlich nach dem Vorfall vom Morgen. Das führte zu persönlichen Fragen über familiäre Beziehungen. Frank bahnte sich schließlich durch den überfüllten Raum einen Weg zur Tür. Annie und Speed versuchten, die

Fragen auf das Rennen zurückzuführen. Aber es war hoffnungslos. Deshalb entschuldigten sie sich ebenfalls und eilten hinter die Gegengerade zu Base Bloods Box.

Etwas mehr als zwei Wochen später saß Phil Angelo in einer Trattoria in San Fratello, einem Dorf am Fuß des Monte Soro in Sizilien. Er aß drei Kugeln Stracciatella, denn Eis war das einzige, was ihm an Italien gefiel. Er hatte wie befohlen in diesem Dorf ein ganzes Jahr in einem dunklen Zimmer verbracht, das einer geradezu klassischen alten *strega* gehörte.

Inzwischen arbeitete er als Kurier und verteilte Heroin in ganz Europa. Man erlaubte ihm seine eigenen Deals, und er hatte etwas Geld gespart. Allerdings erlaubte man ihm nicht, viel damit anzufangen: eine Nutte in München, ein Anzug in London, eine Nacht im Casino von Monte Carlo am Roulette. Danach mußte er immer wieder nach San Fratello zurück, herumsitzen und auf die nächste Tour warten. In diesem Jahr hatte die Hitze früh eingesetzt. Phil haßte die Hitze. Er haßte Sizilien, und er haßte das Warten.

Als er gerade den letzten Rest Eis hinunterschluckte, warf jemand eine *Daily Racing Form* auf seinen Tisch.

»Rate mal, wer das Preakness gewonnen hat«, sagte Juko und setzte sich ihm gegenüber. Er war Phils ›Vormund‹, seine Kontaktperson zu Genoveses Mafia-Familie, die seinen langen Urlaub in Sizilien arrangiert hatte. Juko war für Phils Sicherheit und sein Verhalten verantwortlich. Wenn er versuchen sollte, die Insel unerlaubt zu verlassen, würde Juko ihn umbringen. Phil mußte ihn täglich in der Trattoria treffen. Juko mochte Phil und unterhielt sich mit ihm gern über Pferde. Phil hielt ihn für einen dummen Itaker, der diese verantwortliche Stellung nicht verdiente. Juko war ein massiger, brutaler Typ mit einem Kopf wie ein Vorschlaghammer und kleinen Augen. Wenn er sprach, klang es immer, als sei er außer Atem, und diese Eigenart störte Phil.

»Was soll das?« fragte Phil und schob den beschlagenen Eisbecher beiseite.

»Du wirst schon sehen. Ich bekomme von dir tausend Lire.«

Phil schlug die Zeitung auf und las die Schlagzeile.

BASE BLOOD WIRD BEHINDERT
UND GEWINNT TROTZDEM DAS PREAKNESS
Ein Favorit für die Triple Crown

Juko sagte: »Offenbar hat Royal Blessing versucht, Base Blood in die Rails zu drängen.«

Phil ignorierte ihn. »O nein, du Hure«, murmelte er. »Du hast genug gehabt. Für dich gibt es keine dreifache Krone.« Er grinste Juko an, zog aus der Tasche einen Zehntausendlireschein, knüllte ihn zusammen und warf ihn zu Juko hinüber.

»Doppelt oder nichts für das Belmont Stakes?«

35

Annie stieg aus dem Taxi und eilte in das Mineola Holiday Inn. In den drei Wochen vor dem Belmont Stakes wohnten Helena und Frank im Hotel, damit sie es nicht weit zur Bahn hatten. Annie wäre gerne ebenfalls dort abgestiegen. Doch für sie gab es zu viele geschäftliche Angelegenheiten zu erledigen, und sie mußte sich um ihr Büro in der Stadt kümmern. Es war beinahe Mitternacht. Sie hatte ihr Haus in Manhattan nach einem alarmierenden Anruf von Helena vor etwa einer Stunde verlassen. Als Annie durch die Halle ging, hörte sie aus der Bar laute Musik. Sie betrat den halbdunklen, blau erleuchteten Raum und entdeckte Frank sofort. Vor ihm auf dem Tisch standen eine Flasche und ein Glas.

Annie setzte sich ihm gegenüber. Frank nickte, als habe er sie erwartet und trank aus. »Hat Helena dich angerufen?« fragte er.

»Sie ist ziemlich durcheinander«, sagte Annie.

Frank starrte auf die Flasche. »Ich dachte, es ist Zeit, daß ihr beide es wißt. Ich war es leid, mich in meinem Zimmer zu verstecken.« Er sah sie an. »Es wurde eine zu große Lüge.«

»Wann hast du angefangen?«

Er zuckte die Schultern. »Ich weiß es nicht genau. Irgendwann nach dem Derby, als sie mich den ›Mann mit der Axt‹ nannten. Überall tauchten diese Bilder auf.«

»Es waren keine echten Bilder, Frank. Dieses Schmierblatt hatte sie mit einem toten alten Pferd gestellt. Sie haben es sogar zugegeben.«

»Es hat jedenfalls eine Menge Leute daran erinnert, was ich getan habe.« Er hob die Flasche und goß sich ein. »Mich auch.«

Annie packte den Flaschenhals. »Frank, hör auf. Bitte.«

Etwas von dem Bourbon floß auf den Tisch. Frank hielt die Flasche fest, bis Annie losließ. Dann stellte er sie ab.

»Keine Sorge, Annie«, sagte er bitter. »Das wird nicht verhindern, daß dein Pferd die Triple Crown gewinnt. Und nach dem Belmont verschwinde ich, das verspreche ich dir.«

»Was redest du da?« sagte Annie wütend. »Base Blood ist nicht *mein* Pferd, er ist *unser* Pferd – meines, deines und Helenas.« Frank blinzelte und blickte durch den Raum. »Und was soll das heißen, du verschwindest? Denkst du, ich könnte Base Blood je einem anderen Trainer geben?«

»Das liegt bei dir. Du bist die Besitzerin.«

Annie lehnte sich zurück. Frank blickte auf die Flasche, griff aber nicht danach. Annie begann zu sprechen, zögerte, fuhr dann aber doch fort.

»Frank, nach dem Derby haben wir darüber gesprochen, daß wir den Abend zusammen in unserem Motel verbringen wollten.« Frank wandte den Blick ab; er war ebenso verlegen wie sie. »Warum bist du nicht gekommen? Ich habe gewartet, und du wußtest es.«

»Weil das eine noch größere Lüge gewesen wäre, als so zu tun, als sei ich kein Säufer.«

»Du bist kein Säufer, wenn du es nicht sein willst, und wir hätten diese Nacht zusammen verbringen können. Danach warst du anders, kalt und gemein. Als die Bilder in der Zeitung erschienen ... Hör zu, ich habe verstanden, was du durchmachst. Denk daran, ich mußte die Sache mit den alten Bildern vom Latin Quarter und all meinen sogenannten Mafia-Freunden über mich ergehen lassen. Und dann diesen Vorfall beim Preakness. Aber an diesem Abend«, sie wußte nicht, was sie sagen würde, »hätten wir vielleicht ...«

»Was?« stieß er zornig hervor, fuhr dann aber ruhig fort: »Miteinander ins Bett gehen können? Zwei Verliebte spielen können, solange wir wieder mit einem großen Pferd arbeiten? Vergiß nicht, das haben wir einmal gemacht, und die Tour wollte ich mit Sicherheit nicht wiederholen.«

Annie richtete sich auf. »Das kannst du doch nicht glauben. Ich habe dich geliebt, als wir geheiratet haben. Ich habe dich für den besten, stärksten Mann gehalten, den ich kannte. Dafür halte ich dich immer noch.«

Frank sah sie an. »Wenn du das glaubst, belügst du dich so, wie ich mich belogen habe.« Er blickte auf das leere Glas und begann, es langsam zu drehen. »Ich habe an dem Tag angefangen, dich zu lieben, als wir bei Chigger auf dem Koppelzaun saßen und darüber sprachen, ob du mich einstellen würdest. Und ich habe nie aufgehört ... selbst während ich dich haßte, auch wenn das seltsam klingen mag.«

»Aber warum bist du dann am Abend nach dem Derby – ?«

»Als ich durch den Flur zu deinem Zimmer ging ... und zwar stocknüchtern, erinnerte ich mich an etwas, das ich verdammt noch mal schon zu lange weiß. Ich wußte, daß du Sam Cumberland liebst, Annie, und ihn immer lieben wirst. Ich stand mit diesem Wissen im Flur, und ich brachte es nicht über mich, an deine Tür zu klopfen. Nach einer Weile bin ich wieder gegangen.«

Er goß sich schnell Whiskey ein, trank das Glas mit einem Zug leer und füllte es noch einmal.

Annie hielt ihn nicht davon ab. »Du irrst dich, Frank«, sagte sie. »Ich liebe Sam nicht. Ich habe dich einmal geliebt. Ich glaube, ich hätte dich wieder lieben können. Aber jetzt nicht.«

Sie stand auf. Frank griff über den Tisch hinweg nach ihrem Arm und hielt sie fest. »Einen Augenblick noch«, sagte er. »Wenn du schon hier bist, will ich dir etwas über Hanks Pferd erzählen.«

»Ich möchte gehen.«

Frank lockerte seinen Griff nicht, als er sagte: »Der Hengst Exwhyzee, der das Preakness gelaufen ist, war nicht derselbe wie der beim Derby.«

Er ließ sie los, und Annie setzte sich wieder. Hätte ein anderer als Frank diese unerhörte Behauptung aufgestellt, hätte sie nicht zugehört. Aber Frank würde selbst im betrunkenen Zustand eine solche Anschuldigung niemals grundlos vorbringen. »Wie meinst du das?«

»Ich kann es noch nicht beweisen. Und ich bin nicht in der Position, jemanden offiziell um Hilfe bitten zu können. Aber ich habe beide Rennen gesehen und bin verdammt sicher, Exwhyzee ..., das sind zwei Pferde.«

Annie sah ihn prüfend an. Sie wußte, wieviel er getrunken hatte, konnte seine Meinung aber nicht einfach ignorieren. »Frank, die Tätowierung auf der Lippe, der Film. Beim Preakness hat es all diese Probleme gegeben ... Ich vermute, kein Rennen ist in diesem Jahr gründlicher unter die Lupe genommen worden. Irgend jemand hätte einen Doppelgänger bemerkt.«

»Hör mir gut zu«, sagte Frank wütend. »Ich habe mir jeden Zentimeter von diesem Film angesehen und wahrscheinlich genauer als jeder andere. Die anderen haben auf die Behinderungen geachtet. Royal Blessings Jockey hat sich auf die Innenbahn gedrängt und versucht, Base Blood in die Rails zu treiben. Exwhyzee hat sich an die Spitze gesetzt. Er ist auf dem Film lange und klar zu sehen. Ich kann nicht genau sagen, was anders ist. Die beiden sehen gleich aus, sie laufen beinahe gleich. Aber als Base Blood auf der Geraden an ihm vorbeizog, wußte ich, daß es nicht der Hengst war, der im Derby gelaufen ist. Ich habe mich sogar mit dem Prüfer unterhalten. Er war sicher, daß die Tätowierung stimmte, die er vor dem Rennen im Führring gesehen hatte. Also habe ich nichts, woran ich mich halten könnte. Trotzdem bin ich mir verdammt sicher, Annie. Und ich habe auch nicht zu tief ins Glas geblickt.«

Er beobachtete Annie, um zu sehen, wie sie reagierte.

»Wenn es zwei Pferde geben sollte, die genau gleich aussehen«, sagte sie, »würde man einem vor seinem ersten Rennen die Nummer in die Lippe tätowieren. Es wäre nicht allzu schwierig, diese Nummer zu Hause im Stall auch dem zweiten Hengst zu verpassen.«

Frank nickte. »Und wenn man noch daran denkt, was Franks Firma macht, kommt man natürlich auf einen gewissen Verdacht ...«

Annie sah ihn an und versuchte schnell, sich daran zu erinnern, was sie gelesen hatte, um Franks Theorie folgen zu können. »Gentechnik.«

»Richtig. Ich habe mich über dieses Thema informiert, wenn ich nicht gerade getrunken habe.« Frank sprach langsam weiter, denn die ungewohnte Terminologie machte ihm Mühe. »Nehmen wir also an, sieben bis zehn Tage, nachdem Exwhyzees Mutter trächtig ist, entnehmen sie einen Klumpen Zellen und teilen sie unter dem Mikroskop. Dann pflanzen sie ein Embryo wieder der Mutter ein und das zweite einer anderen Stute.«

Annie nickte. Frank fuhr fort. »Mit Hereford-Rindern und Springpferden hat man das bereits gemacht. Im *Vollblut* sind ein paar Artikel darüber erschienen, und die klangen sehr beunruhigend. Man muß nur anfangen, mit künstlicher Befruchtung oder Embryoverpflanzung herumzuspielen, und es gibt eine Schwemme von Vollblütern. Man bekommt zwanzig Secretariats und vierzig Slews, und die Werte der Zuchttiere fallen ins Bodenlose. Hank kann in echte Schwierigkeiten geraten, denn ein künstlich gezeugtes Pferd darf weder ins Stutbuch aufgenommen werden noch auf die Rennbahn. Und wer einen Doppelgänger laufen läßt, muß dafür mit Gefängnis rechnen.« Er drehte das Glas mit der Hand, nahm es aber immer noch nicht hoch.

»Es würde nicht funktionieren«, sagte Annie. »Der Jockey-Club stellt die Blutgruppen von Fohlen fest. Wir schicken eine Blutprobe von jedem unserer Fohlen ein. Ich glaube nicht, daß man das schafft, Frank.«

»Die Blutgruppe ist noch kein Fingerabdruck. Und außerdem ist es möglich, zwei Stuten mit gleicher Blutgruppe zu finden, wenn man sorgfältig vorgeht. In diesem Fall spielt das allerdings keine Rolle. Die zweite Stute wäre nur ein Brutkasten. Genetisch bestünde keine Beziehung zu dem Embryo, das sie trägt. Bei der Geburt wäre die Blutgruppe der beiden Fohlen so identisch wie alles andere auch.«

Frank wirkte plötzlich so nüchtern, als habe er die Flasche nicht angerührt. »Zwei identische Hengste würden natürlich erklären, weshalb Exwhyzee sich in Kalifornien so oft und so schnell wieder erholt hat.«

Was diese Theorie in Hinblick auf Henry bedeutete, erinnerte Annie wieder einmal daran, wie wenig sie ihren Sohn kannte. »Wie können wir es beweisen, Frank? Wir können nicht einfach zur Rennleitung von Belmont gehen und sagen, wir haben da so einen Verdacht.«

»Wenn ich das herausgefunden habe, werde ich es dir verraten.« Frank prostete ihr spöttisch zu, und diesmal trank er langsam einen großen Schluck.

Annie konnte ihm nicht zusehen. »Ich gehe hinauf zu Helena. Morgen werde ich mir die Filme vom Derby und vom Preakness ansehen, obwohl ich bezweifle, daß ich dabei etwas entdecke ... Ich wünschte, ich wäre klug oder schlau genug, etwas zu tun, das dich dazu bringen würde, daß du mit dem Trinken aufhörst. Es ist schrecklich, Frank. Es ist, als wärst du schon nicht mehr bei uns.«

Er füllte bedächtig das Glas noch einmal.

Annie stand auf. »Wenn es ein anderer wäre ... Frank, ich muß dir etwas sagen. Wir haben noch eine Woche bis zum Belmont. Wenn jemand an der Gegengeraden merkt, daß du trinkst, bist du nicht länger Trainer bei Limeteen.«

»Man merkt es nicht, wenn ich es nicht will. Weißt du das nicht mehr?«
»Du solltest aufhören, und sei es auch nur deshalb, weil Helena darunter leidet. Sie liebt dich . . . sehr.«
Frank starrte ins Glas. »Das ist ein ziemlich gutes Argument, Annie. Aber es ist nicht klug oder schlau genug.«
Annie verließ die Bar und ging zum Aufzug. Noch während sie leise an Helenas Zimmertür klopfte, hoffte sie, ihre Tochter werde schlafen. Aber sie schlief nicht. Helenas Augen waren vom Weinen geschwollen.
»Mami, was sollen wir nur tun?«
Annie hielt ihre Tochter im Arm. »Wir müssen uns darauf vorbereiten, ohne ihn weiterzumachen.«
Helena entzog sich ihr. »Hast du ihn entlassen?«
»Nein. Das Belmont steht dicht vor der Tür. Es wäre weder ihm noch Base Blood gegenüber fair. Aber wenn sich sein Trinken bemerkbar macht, muß ich es tun. Er sagt, er wird nach dem Rennen gehen.«
»Wir können ihn nicht einfach aufgeben.«
»Wir werden ihn nie aufgeben, Helena. Das verspreche ich dir. Aber du mußt wissen, wenn *er* aufgibt, können wir nichts daran ändern.«
»Liebst du ihn, Mami?«
»Ja«, sagte Annie mit fester Stimme.
»Mehr als Sam Cumberland?« Helena beobachtete sie aufmerksam.
Annie lächelte, ging durch das Zimmer und blickte aus dem Fenster. »Mir ist im ganzen Leben nichts leichter gefallen, als mich in Sam zu verlieben. Es dauerte ungefähr eine Sekunde. Aber seit diesem Zeitpunkt ist es nie richtig gelaufen.«
»Liebst du ihn immer noch?«
Annie warf ihrer Tochter einen schnellen Blick zu. Dann sah sie sich im Wandspiegel an und nahm ihre Ohrclips ab. »Ich war mir so oft sicher, daß ich ihn nicht mehr liebe, und mußte dann feststellen, daß ich mich geirrt hatte. Deshalb werde ich nicht mehr sagen, ich bin absolut sicher. Im Augenblick weiß ich nur, daß ich Base Blood *liebe*, weil er Sams bestes Pferd auf der Bahn besiegt hat.«
Helena lächelte, als ihre Mutter die Ohrringe auf die Kommode legte. »Möchtest du, daß ich heute nacht hier schlafe? Wir müssen in viereinhalb Stunden aufstehen.«
Sie zogen sich schnell aus und legten sich in die beiden breiten Betten.

Dann fragte Helena: »Mami, darf ich zu dir kommen?« Annie hielt ihre Tochter im Arm und hoffte wie schon so oft, daß Helena ein leichteres Leben haben werde als sie. Helena wurde im Dezember fünfzehn – dreimal fünf. Annie war in diesem Alter aus der Hütte davongelaufen und nach New York gekommen.

»Sam schickt mir diese vielen Geschenke«, sagte Helena, »aber ich habe nicht das Gefühl, daß ich ihn wirklich kenne. Nur Frank ist wie ein richtiger Vater zu mir. Aber weißt du, ich möchte Sam liebhaben, und ich möchte wirklich, daß er mich liebhat. Ich nehme an, das ist biologisch bedingt oder so ... Als ich ihn beim Derby und beim Preakness im Führring gesehen habe, wollte ich, daß er mich bemerkt, daß er stolz auf mich ist, und daß er mich dieser eleganten Frau vorführt, die bei ihm war. Nun ja, sehr aufregend ist sie nicht. Sie ist einfach ... elegant. Das mag er offenbar. Ich hasse sie. Mami, was sollen wir nur mit Frank machen? Diese Bilder in der Zeitung waren so gemein. Nur diese widerlichen Reporter sind schuld daran. Ich ...«

»Wir wollen jetzt schlafen, Helena.«

»Ich hab dich lieb, Mami.«

»Und ich hab dich lieb«, erwiderte Annie. Sie hielt Helenas Kopf bequem an ihrer Schulter und fuhr mit der Hand durch die kurzen schwarzen Locken ihrer Tochter. Helena schlief bald ein und atmete schwer. Annie spielte immer noch mit ihren Haaren und dachte dabei an ihre Mutter. Sie besaß kein Photo von ihr; nach ihrem Tod war kein Bild von ihr in der Hütte aufbewahrt worden. Deshalb versuchte Annie, sie sich vorzustellen. Sie konnte sich noch gut daran erinnern, daß ihre Mutter oft traurig gelächelt hatte, als sie im Sterben lag. Annie drehte den Kopf zur Seite, küßte Helena auf die Haare und blickte auf sie hinunter. Sie ergänzte die verschwommenen Züge ihrer Mutter mit Einzelheiten von Helenas Gesicht.

Als sie am nächsten Morgen hinunterkamen, erwartete Frank sie bereits in der Halle. Wie angekündigt, verriet nichts in seinem Gesicht, daß er getrunken hatte. Sie schwiegen alle drei während der Fahrt nach Belmont. Speed wartete am Stall von Limeteen. Er ritt bei dem Meeting in Belmont jeden Nachmittag, stand aber früh auf, weil ihm viel daran lag, mit Base Blood zu arbeiten. Helena begann, die Box auszumisten, Frank teilte die Abteilungen für die Morgenarbeit ein, und Annie sprach an der Bahn mit ihrer Versicherungsagentin.

Die beiden Frauen hatten sich das ganze Frühjahr hindurch eine Woche vor jedem Rennen getroffen, um die jeweils neue Versicherungspolice für Base Blood zu besprechen. Die Versicherung trat in Kraft, sobald Base Blood die Ziellinie passiert hatte, sei es als Sieger, sei es als Verlierer. Annie vertraute Vanessa Blor seit Jahren. Sie war eine attraktive Blondine, die bereitwillig zugab, noch nie auf einem Pferd gesessen zu haben. Doch die Versicherungssummen, die sie ansetzte, verrieten eine differenzierte Einschätzung des augenblicklichen Wertes, den ein Rennpferd auf der Bahn hatte.

»Er ist jetzt mit einer Million versichert«, erklärte Vanessa. »Wenn er im Belmont Zweiter wird, verdoppelt sich sein Wert. Wenn er gewinnt, verdreifacht er sich.«

»Ist das alles?« fragte Annie. »Ich habe gelesen, Caernarvon hat für Royal Blessing über fünfundzwanzig Millionen abgeschlossen, und wir haben ihn zweimal geschlagen.«

Vanessa lächelte und zuckte die Schultern. »Der Hengst hat vermutlich das beste Pedigree, das man bei einem Pferd auf amerikanischen Bahnen findet. Man könnte ihn heute trotz der Niederlagen für dreißig Millionen syndikatisieren. Caernarvon braucht einen Sieg im Belmont, im Zuchtgeschäft sind sie schon abgesichert. Wissen Sie, Annie, Pedigrees sind die einzige Versicherung, die ich nicht verkaufe.«

»Wie lange müssen wir ihn noch schlagen, um zu beweisen, daß wir so gut sind wie er?«

Vanessa legte den Kopf schief. »Vielleicht drei oder vier Generationen.«

Annie sah die Agentin an und richtete dann den Blick auf die Bahn. »Ich glaube, ich muß länger leben, als ich gedacht hatte«, sagte sie. »Aber wir schlagen ihn auch weiterhin, rein zum Vergnügen. Wie hoch sind die Kosten für eine Drei-Millionen-Versicherung?«

»Die üblichen drei Komma acht Prozent des Versicherungswertes, es sei denn, Sie wollen eine Fruchtbarkeitsgarantie.«

»Das lassen wir darauf ankommen. Und was kostet es nun?«

»Hundertvierzehntausend.«

»Großer Gott!«

»Die fünf Millionen für die Triple Crown gibt es ja auch deshalb, damit man seinen treuen Versicherungsagenten bezahlen kann!«

Die beiden Frauen lachten. Annie sagte: »Dabei sind alle Risiken eingeschlossen. Und die Versicherung läuft ein Jahr.«

Vanessa erwiderte: »Ja, das ist einschließlich aller Risiken für ein Jahr oder bis zum nächsten Rennen, wenn es eins gibt. Dann müßten wir uns wieder unterhalten.«

Annie hörte die subtile Frage der Agentin danach, was geschehen würde, wenn Base Blood die dreifache Krone gewann. Sie und Frank hatten gewisse Vorstellungen von der Zukunft, sprachen aber nicht darüber. Sie hielten sich an den Grundsatz: ein Rennen nach dem anderen.

»Gut. Schließen Sie ab«, sagte Annie.

»Ich gehe und rufe sofort in London an.«

Annie begrüßte mehrere Trainer und Besitzer, die weiter unten an der Bahn an der Umzäunung lehnten. Sobald die Versicherungsagentin ging, näherte sich eine Gruppe wartender Journalisten, um ihr ein paar Fragen zu stellen. Seit dem Derby reagierte Annie darauf mit einem Lächeln im Gesicht und einem schweren Gefühl im Magen. Als erstes sprach sie mit dem Mann vom Fernsehen, der sie bat, das Interview zu verschieben, das aufgenommen und während der Sendung über das Belmont ausgestrahlt werden sollte. Als nächstes näherte sich ein Paar in Tweed mit einem Kassettenrecorder – er mit faltiger Stirn und Pfeife, sie mit einer toupierten Frisur, die von Haarspray gehalten wurde. Die beiden versuchten seit dem Derby, sich bei Annie einzuschmeicheln und eine ernsthafte, professionelle Freundschaft zu pflegen. Seit sich die Möglichkeit eines Triple-Crown-Erfolgs und damit eine Titelgeschichte abzeichnete, verstärkten sie ihre Bemühungen. Es sammelten sich mehrere Kolumnisten und Photographen um Annie, und sie tat ihr Bestes, um niemanden zu übergehen. Aufnahmen wurden gemacht und wohlüberlegte Fragen gestellt, denn Annie hatte erklärt, sie werde gehen, wenn die Fragen persönlich wurden.

Sie drehte sich um, weil gerade ein Hengst von Limeteen vorbeigaloppierte und entdeckte dabei ein anderes bekanntes Gesicht. Lyle McCrakken stand in der Nähe und wartete offenbar geduldig darauf, mit ihr sprechen zu können.

Sie entschuldigte sich bei den Presseleuten und ging hinüber zu ihm.

Ihr ärgerlicher Ton blieb ohne erkennbare Wirkung. »Mrs. Carney, wir haben erfahren, daß Phil Angelo wieder in New York ist.«

Annies Gereiztheit verwandelte sich in Angst. »Aha. Werden Sie noch einmal versuchen, mich zu ruinieren?« fragte sie und bemühte sich, ihre wirklichen Gefühle nicht zu zeigen.

McCracken ging nicht darauf ein. »Wir dachten, Sie sollten es wissen.«
»Danke für den Gefallen.«
»Sie könnten *uns* einen Gefallen tun.«
»Wirklich? Das ist ja wunderbar. Was kann das sein?«
»Wenn Angel Kontakt mit Ihnen aufnimmt, versuchen Sie, ein Zusammentreffen mit ihm zu arrangieren, und rufen uns dann an.« Er hielt Annie seine Visitenkarte hin. Darauf stand eine handgeschriebene Telefonnummer.
»Weshalb, glauben Sie, sollte er Kontakt mit mir aufnehmen?«
»Sie werden mir wohl zustimmen, wenn ich sage, daß er über die Jahre hinweg ein recht starkes, ja sogar ein irrationales Interesse an Ihnen gezeigt hat. Wenn dieses Interesse immer noch besteht, möchten wir Sie schützen ...«
»Und mich als Köder benutzen.«
Der FBI-Agent erwiderte nichts, sondern sah sie nur ruhig an.
»Mr. McCracken, er ist einer unter Tausenden von Dealern und Kinderschändern. Weshalb ist das FBI so sehr an ihm interessiert?«
Er zögerte bewußt, damit Annie es bemerkte. Dann sagte er: »Angel war in Sizilien, und man hat ihn oft als Kurier eingesetzt. Er hat Opium aus der Türkei in die Labors nach Marseille gebracht und dann das Heroin an Kontaktpersonen in ganz Europa übergeben, die es hierher geschafft haben. In einem Fall, an dem wir arbeiten, kennt er die Verbindungen und kann möglicherweise einige Lücken schließen. Außerdem liegt gegen ihn im Zusammenhang mit ihrer Tochter Anklage in mehreren Punkten vor.«
»Ja, ich erinnere mich«, sagte Annie und wandte sich zum Gehen. Dann blieb sie stehen. »Aber da wir von Gefallen reden, bitte ich Sie auch um einen.«
McCracken sah sie unbewegt an und erwiderte: »Wir handeln nicht unbedingt mit Gefallen. Aber sagen Sie mir, was Sie wollen.«
»Mein Sohn, Henry Sumner, besitzt den Rennstall Pearbreeze und ein Unternehmen mit dem Namen Dynagen. Seine Farm ist in Kalifornien, und er hat sechs Hengste, darunter einen, der Exwhyzee heißt. Er steht hier in Stall zwölf, und sein Trainer ist Vlad Gereet. Ich möchte wissen, ob mein Sohn irgendwo in der Nähe noch einen Stall gemietet hat.«

Der FBI-Agent schloß ganz langsam halb die Augen. »Es wird Sie freuen zu hören, daß ich einmal eine Nadel in einem Heuhaufen gefunden habe. Wann brauchen Sie diese Information?«

»Gestern abend.«

»Warum fragen Sie nicht Ihren Sohn?«

»Nun ja, *Sie* wissen doch, es gibt Dinge, die ein Sohn seiner Mutter nicht sagt.«

Annie steckte die Visitenkarte ein und ging wieder an die Rails.

Nach dem Rennen am Nachmittag fuhr Annie zurück zu ihrem Haus in New York. Sie führte die üblichen Telefonate mit Limeteen und sprach anschließend mit Delansig über die Neuigkeit, die McCracken ihr berichtet hatte. Mehrere Damen hatten Nachrichten hinterlassen; sie drängten Annie, am Belmont Ball teilzunehmen, und betonten, es handle sich um eine Wohltätigkeitsveranstaltung. Annie sagte zu. Sie aß spät und allein zu Abend. Als sie später in der Badewanne lag, klingelte es an der Haustür. Kurz darauf brachte Bridey ihr einen Umschlag mit der Aufschrift DRINGEND. Er enthielt eine kurze handschriftliche Nachricht auf dem Deckblatt des Rennprogramms.

Versuchen Sie es mit der Black Jacket Farm in Roxbury. Zufahrt von der Landstraße 67. Dynagen hat die Farm im Januar gekauft. Und denken Sie daran, eine Hand wäscht die andere.

Annie trocknete sich ab und zog einen Bademantel an. Vom Telefon an ihrem Bett rief sie Frank Carneys Zimmer im Hotel an. Aber er nahm nicht ab. Als Annie Helena anrief, war ihre Tochter sehr aufgeregt.

»Mami, er hat gesagt, er muß zur Bahn zurück. Wir hatten Probleme, weil die Installateure das Wasser abstellen mußten. Wir haben den ganzen Nachmittag Wassereimer geschleppt. Er hat mich nach den Rennen zurückgefahren, und wir haben zusammen zu Abend gegessen. Es war sehr schön. Wir haben wirklich ehrlich miteinander gesprochen. Aber dann hat er mich zum Lift gebracht. Ich bin sofort wieder hinuntergefahren und habe gesehen, wie er mit einer Flasche aus dem Haus gegangen ist.«

»Ich werde sehen, ob ich ihn finde. Dann rufe ich dich wieder an. Versuch zu schlafen.«

Annie rief in mehreren Ställen an der Gegengeraden in Belmont an, gab aber schließlich auf. Sie sagte sich, Frank habe Helena gegenüber nur eine Entschuldigung gebraucht, um allein zu sein und zu trinken. Sie suchte eine Landkarte und fand Roxbury, Connecticut. Nachdem sie einen dunkelblauen Pullover, Jeans und Tennisschuhe angezogen hatte, wollte sie gerade die Leihwagenfirma anrufen, als das Telefon klingelte.

»Hallo?«

»He Annie, wie geht's?«

Für einen Augenblick war ihr Haß größer als ihre Angst.

»Der Abschaum ist also wieder aufgetaucht.«

»Ich wußte, du würdest dich freuen, etwas von mir zu hören.«

»Was machst du hier? Bist du auf der Suche nach Sechsjährigen?«

»Daran hatte ich noch gar nicht gedacht. Kennst du welche?«

»Wo bist du, Phil? Ich würde dich wirklich gerne wiedersehen.«

»Ja, das höre ich an deiner Stimme. Paß auf, dein Interesse freut mich sehr, aber ich muß dir etwas Wichtiges sagen. Ich weiß nicht, ob deine Freunde mithören, und lange Telefongespräche machen mich nervös, kapiert?«

»Hast du einen Zahnstocher im Mund?«

»Nein, das habe ich aufgegeben, Tatsache. Warum?«

»Ich versuche, mich nur daran zu erinnern, wie du aussiehst. Aber sprich weiter.«

»Du erinnerst dich an mich, Annie. Ich kenne dich länger als jeder andere Mensch in deinem Leben, außer Sam Cumberland, stimmt's?« Er kicherte. »Für mich bist du nicht die Gräfin. Ich weiß, wer du bist, und woher du kommst. Wir haben zusammen angefangen, und wir hätten ein Vermögen machen können. Aber du hast mir alles versaut, Annie. Dir haben die reichen Kerle gefallen, und nun hast du deinen Stall, dein Geld und deinen reichen Freund. Na ja, weißt du, ich könnte auch soweit sein, wenn ich ein Loch in der Mitte hätte, und es so gewinnbringend benutzen würde wie du. Jetzt halt die Klappe und hör mir zu! Ich hab's eilig.«

»Was willst du?«

»Ich will nur, daß du weißt, daß ich zurück bin. Ich will deine Stimme hören . . . und dir sagen, daß du auf das alles kein Recht hast. Ich will meinen Teil, Annie, und ich werde dir deinen nehmen. Für den Anfang ist da ein Brand draußen in Belmont. Genauer gesagt, im Stall von Limeteen. Und die Sprinkler funktionieren nicht, weil heute jemand daran herumgespielt hat. Also steck dir deine Triple . . .«

Annie legte blitzschnell auf und rief nach Bridey. Sie konnte sich kaum konzentrieren, als sie den Wachdienst in Belmont anrief. Dort wußte man bereits von einem Brand, konnte ihr aber keine Einzelheiten sagen. Annie wählte McCrackens Nummer auf der Visitenkarte. Er hörte ihr einen Augenblick zu, unterbrach sie und sagte, sie solle ihn so schnell wie möglich am Hubschrauberlandeplatz auf der East Side treffen. Annie schickte Bridey auf die Straße, um ein Taxi zu besorgen. Dann rief sie Helena an.

Frank war nicht wegen der Probleme mit dem Wasser nach Belmont zurückgefahren. Auch nicht, weil er in Ruhe trinken wollte, obwohl er seine Flasche bei sich hatte. Er lehnte im Dunkeln an der Mauer eines Gebäudes gegenüber dem Stall von Pearbreeze. Von dort konnte er Exwhyzees Box gut im Auge behalten. Er wußte nicht genau, was er erwartete. Aber er war bereit, die ganze Nacht dort zu stehen, weil vielleicht etwas geschehen würde, das bewies, daß er die Wahrheit kannte.

Bei einem Brand in den Stallungen ändern sich alle Absichten, und als er das Geschrei und die Sirenen hörte, rannte er los, um zu helfen. Beim Näherkommen sah er, daß es sich um den Stall von Limeteen handelte. Er schrie etwas Unverständliches und lief noch schneller, denn er wußte, daß es trotz der Sprinkleranlage und der Brandschutzverordnungen in einem Stall immer genug Holz und Stroh gab, die einem Feuer Nahrung boten.

Frank hörte die Pferde wiehern und sah im selben Augenblick, wie die Flammen aus dem Dach schlugen. Als er um die Ecke des gegenüberliegenden Stalls bog, schien ihm das Feuer wie eine glühende Wand zu sein, vor der sich Menschen bewegten. Sie versuchten, Pferde festzuhalten, von denen manche versengte und rauchende Mähnen und Schweife hatten. Im nächsten Augenblick sah er, daß die Sprinkler nicht arbeiteten. Base Blood war noch nicht draußen. Die Flammen erreichten seine Box, und der Hengst wieherte in panischer Angst hinter der eisernen Gittertür. Am brennenden Ende des Stalls begann der Dachüberhang herunterzustürzen.

Frank hielt immer noch die Whiskeyflasche in der Hand. Er ließ sie fallen, griff nach einer Decke, tauchte sie in einen Eimer, den jemand gerade mit Wasser füllte, und rannte durch die Flammen zu Base Bloods Box. Es roch nach verbranntem Haar, und er wußte, daß es sein eigenes war. Er hängte sich die Decke über, mühte sich mit dem Eisengitter ab und verbrannte sich dabei die Hände. Schließlich hatte er den Riegel zurückgeschoben und sprang in die Box. Das Stroh begann bereits, sich durch die Hitze zu entzünden. Base Blood versuchte in seiner Todesangst, sich umzudrehen und dann zu steigen. Frank packte sein Halfter und redete auf das Tier ein, aber die Hitze war zu groß. Er warf Base Blood die Decke über den Kopf und zog sie ihm, so weit er konnte, über den Rücken. Er spürte, wie seine Kleider ohne den Schutz der nassen Decke sofort Feuer fingen. Er zerrte an Base Bloods Halfter. Der Hengst rührte sich nicht von der Stelle. Frank zog die Decke mit einem Ruck nach vorne und über Base Bloods Augen. Seine Haare fingen an zu brennen. Er schlug mit der einen Hand darauf und zerrte mit der anderen am Halfter. Unvermittelt machte Base Blood einen Satz in Richtung Tür. Frank verlor das Gleichgewicht und wurde mitgeschleift. Er stieß mit dem Kopf gegen die Wand und fiel bewußtlos zu Boden, während Base Blood nach draußen stürmte. Sekunden später stürzte der Dachüberhang herunter und blockierte die Türöffnung.

Als Helena in einem Taxi ankam, ließen die Pförtner den Wagen nicht durch. Sie stieg aus und rannte los. Von den Löschwagen führten Schläuche zu den Ställen, und Feuerwehrmänner richteten die Wasserstrahlen auf die Flammen in dem rauchenden Gerippe. Helena sah sofort, daß sich die Besatzung eines Rettungswagens in fieberhafter Eile um einen Mann auf einer Bahre bemühte. Helena durchbrach die Absperrung, die die Männer von Pinkerton und die Polizei errichtet hatten. Als sie nahe genug war, um den Mann auf der Bahre zu sehen, blieb sie stehen und mußte sich beinahe übergeben.

»Helena«, stöhnte er.

Man hatte seinen Körper bedeckt. Doch die Haut auf seinem verbrannten Kopf war aufgeplatzt. Er hatte keine Haare mehr, die Ohren waren Klumpen, die Augenlider abgebrannt. In beiden Armen steckten Injektionsnadeln. Die Rettungssanitäter sprachen ruhig und konzentriert miteinander. Ehe Helena anfangen konnte zu weinen, richteten sich

Franks Augen auf sie. Als er die Überreste seiner Lippen bewegte, trat Helena näher und beugte sich über ihn, damit sie ihn verstand. Einer der Sanitäter schrie sie an, sie solle verschwinden. Sie schrie zurück: »Er ist mein Vater!« Sie beugte sich tiefer und hielt das Ohr dicht an Franks Mund.

Er konnte kaum flüstern. »Du mußt dich um den Hengst kümmern.«

Helena nickte und richtete sich auf. Die Sanitäter trugen die Bahre zum Rettungswagen. Der Notarzt sagte: »Wir fahren zum Innenfeld. Es ist ein Hubschrauber unterwegs, um ihn in die Spezialklinik zu bringen. Wollen Sie mitkommen?«

Ehe Helena etwas erwidern konnte, schüttelte Frank den Kopf und stieß keuchend hervor: »Nein. Der Hengst!«

»Ich muß hierbleiben«, sagte Helena, als die Männer Frank in den Rettungswagen hoben und die Türen schlossen.

Als Annies Hubschrauber landete, hielten ihn die Sanitäter für den Rettungshubschrauber und holten die Bahre aus dem Wagen. Sie war das erste, was Annie sah, als sie, McCracken und zwei andere FBI-Agenten ausstiegen und eilig unter dem rotierenden Propeller hervorkamen. Der Fahrer des Rettungswagens schaltete das Blaulicht ein und signalisierte dem Hubschrauber, er müsse den Platz frei machen. Er rollte weiter, als Annie sich neben Franks Bahre kniete. Frank starrte sie an, bis das Propellergeräusch nur noch schwach zu hören war. Dann begann er zu sprechen, und Annie beugte den Kopf dicht über seine Lippen.

Die Worte klangen undeutlich und gingen ineinander über. Aber Annie verstand ihn. »Der Hengst okay. Das Wichtigste. Helena ...« Voll Angst um ihre Tochter richtete Annie sich auf und sah ihn an. »... hat gesagt, ich bin ihr –« Er bemühte sich krampfhaft, die aufgeplatzten Überreste seiner Unterlippe an die oberen Zähne zu ziehen, damit er ›Vater‹ sagen konnte.

Der Rettungshubschrauber landete, und Annie blickte zu dem Arzt auf. Die Frage stand in ihrem Gesicht geschrieben. Der Arzt war an solche Dinge gewöhnt und wandte den Blick ab. Aber dann sah er Annie an und schüttelte einmal den Kopf.

Frank begann wieder zu sprechen, und Annie beugte sich über ihn. »Laß ihn von keinem anderen trainieren«, sagte er. »Tu du es.« Der

Hubschrauber war gelandet. Sie hörte kaum noch, wie Frank sagte »Annie ... danke.«
Sie küßte ihn, ohne zu wissen, ob er es wahrnahm. Als ihre Lippen seine Wangen berührten, hörte sie ihn laut ausatmen. Er richtete die Augen auf sie, und dann wurden sie blicklos. Die Sanitäter nahmen die Bahre auf und trugen sie zum Hubschrauber. Annie folgte ihnen und versuchte, Franks Augen zu beobachten, während die Bahre im Hubschrauber festgemacht wurde. Jemand erkundigte sich laut rufend, ob sie eine Verwandte sei und einsteigen wolle. Annie schüttelte den Kopf. Vorsichtig zog sie sich aus dem Bereich des Propellers zurück. Sie sah zu, wie der Hubschrauber in den Nachthimmel aufstieg, dem die Lichter der Stadt einen trüben Schein gaben.
Jemand trat neben sie. Es war McCracken. »Ich habe die beiden Agenten vorgeschickt, um Helena zu suchen«, sagte er.
Annie sah ihn an und dachte dabei: Er hat Erfahrung darin, mit dieser Geschwindigkeit Leid in Aktion umzusetzen. Sie liefen eilig nebeneinander über den Rasen, über die Bahn und zur Brandstelle. Annie folgte einem FBI-Agenten durch die Trümmer zu einem Stall in der Nähe. Daneben hatte man mehrere Pferdetransporter aufgestellt, um Notboxen zur Verfügung zu haben. Die Männer von Limeteen, die im Wohnheim an der Gegengeraden schliefen, waren damit beschäftigt, die Pferde so gut sie konnten zu versorgen. Base Blood Status hatte ihm eine der wenigen verfügbaren Boxen in einem Stallgebäude gesichert. Annie sah, daß Helena ihn striegelte, und nutzte die Gelegenheit, nach den anderen Pferden zu sehen. Wie durch ein Wunder war keines ernsthaft verletzt, obwohl einige kleinere Verbrennungen erlitten und ihre Mähnen und Schweife weitgehend eingebüßt hatten. Sie wurden bereits von mehreren Tierärzten behandelt, und so ging Annie zurück zu Base Bloods Box. Dort erwartete sie McCracken.
»Ich lasse Sie und Ihre Tochter von Agenten schützen. Ich muß zurück zur Brandstelle. Die Untersuchungsbeamten sind bereits dort. Ehe Sie gehen, muß ich Sie sprechen.«
Annie ging schnell in die Box und befestigte das Netz. Base Blood wieherte, und Helena hob den Kopf, um festzustellen, wer kam. Aber sie bürstete weiter, während Annie Base Blood am Hals streichelte und leise mit ihm sprach. Durch sein Fell pulsierte Energie in ihre Hand, als seien es Stromstöße.

»Ich glaube, Frank wird sterben«, sagte Helena leise. Ihre Stimme zitterte nicht.
»Er ist tot«, sagte Annie. »Ich war bei ihm.«
Sie streichelte Base Blood immer noch, während sie ihre Tochter über den Pferderücken hinweg ansah. Helena starrte sie an. Ihre blauen Cumberland-Augen blickten verzweifelt.
Aber das tief verwurzelte Bewußtsein, daß der Hengst Ruhe brauchte, verhinderte, daß sie ihrem Schmerz freien Lauf ließ. Sie bürstete Base Blood auch dann weiter, als ihre stummen Tränen in das dünne Stroh der Box fielen.
»Du hast ihn Vater genannt«, sagte Annie.
Helena dachte einen Augenblick nach. »Ja, ich glaube. Hat er dir das gesagt?«
»Ja, und daß mit Base Blood alles in Ordnung ist. Und das, hat er gesagt, ist das Wichtigste.«
»Das ist es *nicht*!« widersprach Helena. »Frank war wichtiger als ...«
Sie schüttelte den Kopf und sprach nicht zu Ende.
Annie blickte auf Base Bloods Stallbandagen. Sie waren versengt und hingen in Fetzen herunter. »Du hast Frank damit sehr glücklich gemacht, Helena.« Sie bückte sich, nahm die Bandagen ab und betrachtete dabei prüfend jede Fessel. »Und Frank waren seine Pferde immer wichtiger als alles andere.«
»Außer dir«, sagte Helena. »Und vielleicht mir. Wir haben uns gerade heute abend über ›die Familie‹ unterhalten. Er liebte ...« Sie konnte nicht weitersprechen, und Annies Kehle war wie zugeschnürt, so daß sie nichts erwidern konnte. Mutter und Tochter arbeiteten noch eine halbe Stunde schweigend an dem Pferd und blieben dann vor der Box stehen, bis Base Blood mit dem Vorderhuf im Stroh scharrte und sich zum Schlafen niederlegte.

Der Turf reagierte spontan auf den Brand: Jeder auf dem Rennplatz bot Unterstützung an, und viele andere, die von dem Unglück gehört hatten, kamen, um zu helfen. Der Aufsichtsratsvorsitzende der Bahn hatte Sam Cumberland geweckt, um ihm die Nachricht mitzuteilen. Sam fuhr sofort nach Belmont und erschien um vier Uhr morgens an der Gegengeraden. Innerhalb einer Stunde waren acht seiner Pferde unterwegs zur Caernarvon Farm auf Long Island, um in seinem Stall Platz für einige von Annies Pferden zu machen. Diese freundliche Geste war dringend notwendig, denn die Stallungen in Belmont waren stets überfüllt. Unaufgefordert beaufsichtigte er das Sammeln und Verteilen von Zaum- und Sattelzeug, von Decken und Futter für alle Pferde von Limeteen. Als Annie ihn traf, wusch er gerade vor einer der Boxen, in denen nun Limeteens Pferde standen, einen alten Tränkeimer von Caernarvon aus.

»Ist mit dir und Helena alles in Ordnung?« fragte er, ohne seine Arbeit zu unterbrechen.

»Ja. Sie fährt mit mir zurück in die Stadt.«

»Ich hoffe, du hast nichts dagegen, daß ich das tue«, sagte Sam.

»Nein. Danke«, erwiderte Annie. Sie war vor Müdigkeit wie betäubt.

»Ich habe gehört, es war Brandstiftung.«

»Ja.«

»Wenn ich noch etwas tun kann, sag es bitte.«

»Das werde ich.«

»Ich nehme an, es wird eine Gedenkstunde geben. Frank und ich, wir waren keine Freunde. Aber hättest du etwas dagegen, wenn ich eine kurze Rede halte?«

»Das wäre schön«, erwiderte Annie und ging mit McCracken weiter.

Das FBI stellte zu Hause und auf der Bahn eine vierundzwanzigstündige Leibwache für Annie und Helena. Die Pferde von Limeteen wurden auf zwei Trainer verteilt, die auch Frank geschätzt hatte. Annie besaß keine Trainerlizenz und bat deshalb einen der Männer, sich für das Belmont Stakes als Base Bloods Trainer eintragen zu lassen. Er erklärte sich sofort damit einverstanden, daß sie und Helena mit dem Kandidaten für die Triple Crown nach ihren Vorstellungen arbeiteten.

Belmont Park setzte die Fahnen auf halbmast und veranstaltete drei Tage vor dem Belmont Stakes eine kleine Zeremonie. Vor dem ersten Rennen waren die Tribünen gefüllt mit Rennbahnbesuchern, und das Innenfeld um die Ziellinie mit den Leuten, die an der Gegengeraden arbeiteten. Weder Annie noch Helena fühlten sich in der Lage, etwas zu sagen. Im Führring stand ein Mikrofon, und nachdem der Vorsitzende des New Yorker Rennverbandes und mehrere Trainer Reden gehalten hatten, ergriff Sam als Vertreter des Jockey-Clubs das Wort. Er hatte Annie den Ablauf der Feier schriftlich vorgeschlagen, und sie hatte zugestimmt. Als er zu sprechen begann, sahen die Leute auf der Tribüne, wie Speed Oliver im Renndreß von Limeteen auf Base Blood von den Ställen auf die Bahn kam und über die Gegengerade galoppierte.

»Ich habe Frank Carney einmal entlassen«, sagte Frank. »Und innerhalb eines Monats wußte ich, ich hatte einen riesigen Fehler begangen. Denn Frank war einer dieser seltenen Menschen, die beinahe das ganze Wesen eines Pferdes erspüren, wenn sie es nur ansehen. Die meisten von uns wissen, was er geleistet hat, entweder weil wir ihn bei der Arbeit beobachtet oder auf seine Sieger gewettet haben. Diejenigen von uns, die ihn persönlich kannten, bewunderten seine außergewöhnlichen Fähigkeiten als Trainer. Wir wurden Zeugen, wie er als Mensch für seine Fehler büßte, und wie er überlebte und sich behauptete. Sein Tod war ein schwerer Verlust für den gesamten Rennsport, für seinen Geist und seine ideellen Werte. Es ist nicht überraschend, daß Frank Carney sein Leben geopfert hat, um ein Pferd zu retten ...«

Base Blood galoppierte um den Bogen und auf die Gerade. Sam fuhr fort.

»Allein an diese Tat wird man sich hier stets nicht nur als an einen heroischen Akt erinnern, sondern auch wegen der Überzeugung, der sie entsprang. Für einen Mann, der für etwas lebt und stirbt, das über ihn hinausgeht, haben das Leben und der Tod einen Sinn, den die meisten von uns nie verstehen werden. Für Frank war dieser Sinn etwas Wirkliches, und er hatte sich ihm voll und ganz verschrieben. Wenn er heute hier wäre, wäre er verlegen, weil jedes Lob und jede Art von Aufmerksamkeit ihn stets verlegen gemacht haben. Er würde die Hände in die Hosentaschen stecken und davongehen. Aber er würde stehenbleiben beim Anblick eines Pferdes, das über die Bahn läuft, dem Ziel zustrebt und darin seine Erfüllung findet, weil es dafür geboren und trainiert worden ist. Hier kommt er, Frank. Du wirst hier bei uns sein, solange Pferde auf der Bahn laufen.«

Die Leute auf den Tribünen und auf dem Innenfeld erhoben sich von den Plätzen, um das Pferd zu sehen. Base Blood fiel in gestreckten Galopp und donnerte mit erhobenem Kopf vorbei. Annie konnte nicht hinsehen. Statt dessen blickte sie zu Sam, und als ihre Augen sich begegneten, erwiderte er ihren Blick voll Sehnsucht.

Annie erinnerte sich daran, in diesem Führring gestanden zu haben, als Certainty den Belmont Cup gewonnen hatte. Frank hatte damals den

Führring gemieden, und Sam hatte gesagt, er habe sie wochenlang gesucht. Als Base Blood vorbeigaloppierte, drehte Sam sich nach ihm um. Annie sah, wie er mit seinen tiefliegenden Augen dem Weg des Hengstes folgte. Wie immer war er makellos gekleidet. Sein Gesicht war tief gebräunt, in den dichten Haaren wich das Schwarz allmählich dem Grau, das sich von den Schläfen her ausbreitete, und er hielt den schlanken Körper gerade aufgerichtet. Seine Schuhe sahen selbst in der aufgewühlten Erde des Führrings frisch geputzt aus.

Die Leute applaudierten, als Base Blood den Durchlaß in den Rails an der Gegengerade erreichte und verschwand. Bald würde das Rennprogramm des Tages beginnen, und die Gedenkstunde war zu Ende. Plötzlich erschien Henry und ging geradewegs zum Mikrofon. »Man hat mich nicht gebeten, heute zu sprechen«, begann er. »Ich glaube, ich sollte es tun, denn Frank Carney war für mich mehr ein Freund, mehr Vater und Mutter als jeder andere in meinem Leben . . .«

Annie entdeckte Greta in Henrys Nähe. Sie beugte sich zu ihm, als wolle sie ihn zurückziehen. Es verwirrte die Rennplatzbesucher, noch einen Redner zu hören, nachdem sie bereits das Interesse an der Feier verloren hatten, und sie machten genug Lärm, um Henry zu übertönen. Henrys Züge verrieten seine starken Gefühle, und Annie staunte darüber. »Deshalb möchte auch ich ihn ehren. Frank Carney hat niemals sich oder andere belogen. Er hat niemals versucht, jemanden zu täuschen . . .«

Sam trat zu Henry, legte ihm den Arm um die Schulter und sagte mit einem mitfühlenden Lächeln etwas zu ihm. Henry riß sich los und stieß dabei das Mikrofon um. Greta eilte zu Henry und zog ihn mit sich. Ihr Weg führte sie direkt an Annie und Helena vorbei.

»Das ist nicht wahr!« Helena stellte sich vor ihren Bruder. »Du hast eine Mutter. Du willst ganz einfach deinen Zorn nicht aufgeben. Das ist *deine* Entscheidung!«

Henry sah seine Schwester überrascht an.

»Helena«, sagte er schließlich, »es gibt vieles, was du nicht weißt.«

»Warum erzählst du es mir dann nicht«, erwiderte Helena verächtlich und wies auf ihre Mutter, »anstatt ihr an allem die Schuld zu geben, was dir gerade in den Sinn kommt.«

Greta zog Henry am Arm. »Bitte komm jetzt mit«, sagte sie drängend, und die beiden gingen eilig weiter.

Als die Gruppe im Führring sich auflöste, kam Sam herüber. Aber er schwieg.
»Eine großartige Rede«, sagte Helena.
»Danke. Es tut mir leid, was Henry ...«
»Schon gut«, sagte Annie.
Es entstand eine verlegene Pause. Dann folgten die drei in Begleitung der FBI-Agenten den anderen aus dem Führring.
»Wenn ich dich nicht mehr vorher sehe, viel Glück beim Belmont«, sagte Sam liebenswürdig.
»Für dich auch«, erwiderte Annie und wünschte, sie könnten sich jetzt trennen, denn sie sah, daß sich das Journalistenehepaar mit einem Fotografen näherte.
»Wir werden dich wieder schlagen«, sagte Helena herausfordernd. Sam lächelte nur anerkennend.
»Oh, glaubst du? Willst du darauf wetten?«
»Ich habe gehört, Herren und Damen wetten nicht bei einem sicheren Ausgang«, erwiderte Helena.
»Das tun sie tatsächlich nicht«, sagte Sam.
»Das kannst du mir glauben.«
»Wir winken dir bei der Siegerehrung zu«, rief Helena zurück, als sie mit ihrer Mutter um die Ecke bog.
Sam zögerte. Annie sah sich noch einmal um, und ihre Blicke trafen sich. Aber sie senkte die Augen, als sie die Hand hob und winkte.

Für Annie waren die nächsten Tage ausgefüllt mit ihrer neuen Aufgabe als Base-Blood-Trainerin und mit den ungewöhnlichen Anforderungen, die die Presse und die strengen Sicherheitsvorschriften für sie, Helena und den Hengst stellten. Die FBI-Agenten waren im Stadthaus stationiert, und die Leute von Pinkerton standen am Stall von Limeteen. Annie engagierte für die Dauer des Belmont Stakes zusätzlich private Leibwächter.
Lyle McCracken war überzeugt, Phil Angelo werde wieder anrufen. Aber er meldete sich nicht. Für den Fall, daß er in Belmont auftauchen sollte, verteilte man Fotos von Angel an alle Beschäftigten der Rennbahn. Unvermeidlich erschien das Bild in den Zeitungen, und wieder wurde über Annies Vergangenheit gesprochen. Annie warnte Helena und Speed vor der möglichen Gefahr, die Phil Angelos Rückkehr für sie

bedeutete. Sie engagierte auch Leibwächter für Speed; die Bewachung rund um die Uhr kostete für eine Woche zweiundzwanzigtausend Dollar. Es wurde daher noch zwingender, die Triple Crown und die damit verbundenen fünf Millionen zu gewinnen.

Nur die Arbeit mit Base Blood brachte ihr in diesen Tagen Erleichterung von ihrer Angst und ihrer Trauer. Der Hengst blickte sich jeden Morgen suchend nach Frank um, schien aber sein Fehlen nicht mehr zu bemerken, wenn Helena ihn aus der Box führte und Annie und Speed ihn für die Morgenarbeit erwarteten. Annie half Speed in den Sattel, so wie sie es bei Helena getan hatte, solange ihre Tochter Base Blood ritt. Bevor der Hengst sich auf den Weg machte, blickte er mit geblähten Nüstern und zuckenden Ohren aufmerksam von Mutter zu Tochter, als versuche er zu verstehen, was sich verändert hatte.

Sobald er jedoch in Richtung Bahn lief, begriff er seine Aufgabe, und oft tänzelte und schnaubte er erwartungsvoll. Annie und Helena führten ihn und wurden dabei so diskret wie möglich von FBI-Agenten und Leibwächtern begleitet. Wenn Base Blood auf der Bahn arbeitete, überprüften die Männer von Pinkerton die Personalien jedes Fremden, den sie an der Umzäunung oder auf den Tribünen entdeckten. Doch man konnte unmöglich ein Pferd auf offener Bahn schützen. Base Bloods Morgenarbeit wurde zu ständig wechselnden Zeiten angesetzt, und jeder Trainer, jeder Pfleger, jeder Trainingsreiter und Trockenführer achtete auf alles Ungewohnte oder auf plötzliche Bewegungen. Annie versuchte, sich auf den Hengst zu konzentrieren, auf seinen Gang, seine Beine, den Stil, die Haltung. Sie lauschte auf seinen Atem und glaubte, er werde alles tun, nur nicht gewinnen.

Am Morgen des Belmont Stakes saßen sie und Helena schweigend in seiner Box, bis er aufwachte. Er sprang auf die Beine und wieherte erwartungsvoll. Danach mußten sie wieder eine Ewigkeit auf den Aufruf zu seinem Rennen warten. Als sie ihn zum Führring brachten, schien die Menschenmenge sie zu erdrücken, und die Sicherheitsbeamten wurden wachsamer. Sechs der Männer hatten die Erlaubnis, sich im Führring aufzuhalten. Sie waren entsprechend gekleidet und versuchten, unauffällig zu bleiben. Aber das war eine unmögliche Aufgabe. Als Speed im Sattel saß, überzog leichter Schaum Base Bloods Flanken. Annie redete mit ihm, streichelte seinen Hals und hoffte, ihn zu beruhigen. Dann reihte er sich tänzelnd ein und scheute angesichts der Menge, die sich auf allen Seiten an der Umzäunung drängte.

Annie hielt den Blick fest auf Henrys Hengst Exwhyzee gerichtet. Sie hatte keine Zeit gehabt, sich die Filme der beiden ersten Rennen für die Triple Crown anzusehen oder zur Black Jacket Farm zu fahren. Dieses Problem würde sie nach dem Belmont Stakes untersuchen. Es gab keinen Beweis dafür, daß Henry einen Doppelgänger laufen ließ, und sie konnte ihn nicht einfach beschuldigen. Wann immer sie den Hengst von Pearbreeze beobachtete, sie konnte keinen Unterschied zu dem Pferd entdecken, das beim Derby und beim Preakness gelaufen war.

Sie und Helena lächelten sich zu, ehe sie mit ihren Leibwächtern den Pferden durch den Tunnel folgten. Annie ging zu ihrer Loge. Sie begrüßte die Beasleys und die Olivers, die sie mit dem Flugzeug in Lexington hatte abholen lassen, damit sie ihren Sohn sehen konnten, und richtete das Fernglas auf Base Blood. Er war nach dem Aufgalopp schweißnaß. Annie warf einen Blick auf den Totalisator, als der Hengst daran vorbeilief. Base Blood hatte Platz vier in einem Feld von sechs und war unumstrittener Favorit. Die Profis und die anderen, die sich beim Wetten auf ihr Gefühl verließen, hatten seine Odds auf zwei für eins gebracht.

Das Abreiten schien zu helfen. Base Blood ging ruhig in die Startmaschine und mußte nicht lange warten. Annie blickte über das Fernglas hinweg auf die Bahn. Die Größe des eineinhalb-Meilen-Ovals beeindruckte sie wie immer. Die Startklappen flogen auf, und als Annie das Glas neu einstellte, sah sie zufällig McCracken. Er stand mit dem Rücken zur Bahn an den Rails und beobachtete die Menge. In diesem Augenblick vergab ihm Annie alles.

Base Blood kam gut vom Start ab, und Speed nutzte die Gerade, um den Hengst an die Innenbahn zu bringen. Beim Clubhausbogen lief Base Blood hinter zwei Hengsten von Lukas und Royal Blessing als Vierter. Exwhyzee war dicht hinter ihnen. Auf der Gegengeraden ging Royal Blessing in Führung. Aus der Menge hörte man Jubelrufe, als auf dem Totalisator die Zwischenzeiten aufleuchteten: 23 Sekunden für die erste Viertelmeile, 46 Sekunden für die zweite und 1 Minute 10⅖ Sekunden für die dritte. Es waren rekordverdächtige Zeiten, aber für Annie war das Rennen zu schnell, und in Gedanken drängte sie Speed, sich zurückzuhalten.

Im Bogen trieben die Jockeys ihre Pferde an und wurden noch schneller. Plötzlich erhob sich ein wütender Aufschrei. Annie sah den Grund. Exwhyzee schob sich zwischen Base Blood und die Umzäunung, und als sie den Bogen umrundeten, drängte der Hengst von Pearbreeze, der Kopf an Kopf mit ihm lief, Base Blood immer weiter nach außen ab, so daß er mit jedem Sprung Boden verlor. Als sie die Einlaufgerade erreichten, machte sich die Anstrengung bei Exwhyzee bemerkbar. Base Blood lief weit ab von der Innenbahn auf dem fünften Platz.

Die Einlaufgerade von Belmont gehört zu den längsten der Welt, und in diesem Augenblick lag zwischen Base Blood und der Ziellinie eine weite Strecke. Der Hengst legte an Geschwindigkeit zu; er überholte sehr bald vier Konkurrenten und arbeitete sich auf der letzten Viertelmeile mit immer größeren Sprüngen an den Führer, an Royal Blessing, heran. Der Hengst von Caernarvon kämpfte mit angespannten Muskeln darum, das Tempo zu halten. Aber er fiel zurück, obwohl ihn sein Jockey rücksichtslos mit der Gerte bearbeitete. Base Blood setzte sich an die Spitze und vergrößerte den Abstand unter ohrenbetäubendem Lärm, der sich wie eine Woge von den Tribünen ergoß, immer weiter. Annie kam es vor, als passiere er die Ziellinie in einem dieser fliegenden Sprünge, wie man sie auf alten Pferdestichen sieht – über der Erde schwebend.

Sie murmelte leise: »Frank.« Dann nahm sie die überschwenglichen Glückwünsche ihrer Gäste entgegen und machte sich auf den Weg aus der Loge. Sie drängte die Olivers mitzukommen. Gleichzeitig stellte sie fest, daß die Männer von Pinkerton sich zu einer Phalanx formierten, um sie durch die Menge zu geleiten. Die Leibwächter nahmen ebenfalls ihre Plätze ein und fügten dem Tumult im Moment des Sieges ein Element professioneller Bedrohung hinzu.

»Gratuliere, Mutter«, sagte Henry ausdruckslos, als Annie an der Loge ihres Sohnes vorbeiging. Er war aufgestanden, lächelte bissig und hielt Gretas Hand.

»Danke, Henry«, erwiderte sie vorsichtig ohne jeden Anflug von Gefühl.

»Wir sind beim Travers wieder dabei«, sagte Henry herausfordernd, »und danach vielleicht beim Arc und dem Breeder's Cup. Unser Pferd ist das bessere. Die Zeit zeigt so etwas immer.« Er wandte sich ab, als sei damit alles gesagt. Greta lächelte traurig, bevor auch sie sich wieder ihren Gästen zuwandte.

»Meinetwegen«, sagte Annie. »Aber welches Pferd wirst du dann laufen lassen?«
Henry fuhr herum. Die Frage war vieldeutig genug, aber als er Annie ansah, schien er zu begreifen, was sie wußte.
Annie ging weiter und dachte an die Stuten, die einfach davonlaufen konnten, wenn sie sich schließlich damit abfanden, daß sie ein totes Fohlen geboren hatten.
Auf ihrem Weg zur Bahn bejubelten viele Zuschauer die ›Gräfin‹ und riefen ihr laut Glückwünsche zu. Annie lächelte, wie man es von ihr erwartete, dachte aber an bessere Zeiten, als der Sieg in einem Rennen bedeutet hatte, daß auch sie sich darüber freuen konnte.
Das Journalistenehepaar näherte sich ihr selbstsicher und zufrieden, weil Base Bloods Triple Crown ihnen eine Titelgeschichte sicherte. Ein Regieassistent vom Fernsehen stieß zu ihnen und drängte Annie, sich zu beeilen, damit der Bericht seines Senders rechtzeitig zu Ende war.
»Damit ist es geschafft!« rief der Journalist Annie laut und enthusiastisch entgegen.
»Was ist geschafft?« fragte Annie, die sich über seinen kindischen Tonfall amüsierte.
»Das macht ihn zum Pferd des Jahrhunderts!« sprudelte er hervor. »Das bringen wir auf der Titelseite!«
»Bezeichnen Sie ihn nicht als Pferd des Jahrhunderts«, erwiderte Annie rasch. Aber die beiden hörten ihr nicht zu. Sie fabrizierten bereits ihre Geschichte. Die naive Schlagzeile ärgerte Annie.
Die uniformierten Pinkerton-Männer der Bahn geleiteten die Gruppe zum Führring. Die Leibwächter, Männer in Anzügen, mit Sonnenbrillen und mit kleinen Kopfhörern im Ohr und Frauen, die Annie und Helena diskret in die Damentoilette folgten, bewegten sich geschickt durch das Gedränge und blickten mit ihren wachsamen Augen prüfend über die Menge. Annie überlegte, wo Sam sein mochte, und ob Phil Angelo sie von irgendwo beobachtete. Visierte er sie oder Base Blood vielleicht bereits durch das Fadenkreuz eines Gewehrs an? Davor hatte der FBI sie gewarnt und versucht, sie zu überreden, den Preis nicht in Empfang zu nehmen. Als sie auf die Bahn kam, umarmte sie die stumme, aber glückliche Helena. Sie schwiegen beide, bis Helena sagte: »Frank ...«
Annie umarmte sie noch einmal.

Plötzlich wurde ihr bewußt, daß das Getöse der Menge anschwoll, und sie blickte über die Bahn, weil sie dachte, Base Blood komme zurück. Aber der Sieger war wie üblich weit über die Ziellinie hinausgaloppiert. Annie blickte hinauf zu den Tribünen und erkannte, daß der Jubel ihr galt. Die Zuschauer hatten sich ihr zu Ehren von den Plätzen erhoben und klatschten, schrien und trampelten, so laut sie konnten.
Annie wußte, diese Art Ovation war verführerisch und nichtssagend, ganz besonders, wenn sie durch einen Skandal und einen traurigen Verlust stimuliert wurde. Base Bloods Geschichte und die Geschichte von Annie Grebauer Brown Sumner Carney, Gräfin von Limeteen, hatte Pferderennen von der Sportbeilage auf die Titelseiten gebracht und damit Franks Voraussage bestätigt. Annie winkte der Menge zu und wies dann auf die Bahn und das Pferd.
Base Blood kam im leichten Kanter mit einem strahlenden Speed Oliver auf dem Rücken zurück, ohne das Publikum zu beachten. Als er Helena und Annie entdeckte, tänzelte er, wie er es immer für sie tat. Sein Kopf war schmutzbespritzt, sein Fell glänzte vor Schweiß, aber er hielt die Augen auf Annie gerichtet und stellte die Ohren. Sie lächelte, als er herankam und ihr den schweren Kopf auf die Schulter legte.
Beinahe hundert Fotografen kämpften um den besten Platz. Helena hakte den Führzügel am Halfter ein. Annie streichelte den Pferdehals und sagte: »Base Blood, du bist das absolut Beste in unserem Leben.« Er begann sofort, wieder zu tänzeln. Speed hielt sich rasch an der Mähne fest, und die beiden Männer mit der Decke aus weißen Nelken mußten sich ducken und beiseite springen.
Dann nahm Base Blood die Zuschauer und die fremden Menschen im Führring wahr. Die sechs FBI-Agenten in den Jacketts von Limeteen sollten den Hengst beschützen. Mehrere Fernsehleute mit den Senderlogos auf den Brusttaschen riefen aufgeregt und gestikulierten in Richtung des Mikrofons, wo die Kameras, die Scheinwerfer und der Belmont Cup bereits warteten.
Als wolle Base Blood nicht, daß ihr gemeinsamer Moment gestört wurde, tänzelte er immer weiter um Annie herum, und alle wichen vorsichtshalber zurück. Helena übergab ihrer Mutter den Zügel. Annie war zu glücklich, um die Freude des Hengstes zu stören. Speed warf seinem Jockeydiener die unbenutzte Gerte zu, sprang lachend über Annie und Base Blood aus dem Sattel und lief zu seinen Eltern. Das Publikum ju-

belte, und die Fotografen und Fernsehteams versuchten immer noch lautstark, ihr Recht auf freien Zugang durchzusetzen.
Base Blood umkreiste Annie immer wieder langsam, sah sie dabei an und wieherte schließlich leise. Annie lachte, während sie im Mittelpunkt des Beifalls sich gemeinsam im Kreis drehten. Für ein paar kurze Augenblicke vergaßen sie die Zukunft, die Gefahr, die nächsten Rennen und die vielen Arten, auf die das Pferd des Jahrhunderts besiegt oder umgebracht werden konnte.

36

Phil Angelo saß in einer Bar auf der East Side von Manhattan und sah im Fernsehen Annie und Base Blood tanzen. Der dunkle Raum war klimatisiert, doch Phil schwitzte in seinem englischen Anzug. Im vergangenen Jahr war er geschäftlich nach London geschickt worden und hatte sich den Anzug für zweitausendzweihundert Dollar in Savile Row schneidern lassen. Er bezahlte dieses Geld mit Freuden. Für Phil war italienische Mode mit ihren formlosen, zerknitterten Hosen und Jacken nichts anderes als eine Verschwörung schwuler Itakerdesigner, die Kleidern den Anschein geben wollten, sie seien in einer Fabrik für billige Markisen genäht worden.

Zusammen mit dem Vollbart, den er sich wachsen ließ und der Brille mit den getönten Gläsern war der Anzug eine gute Verkleidung. Die Zeitungen hatten ein altes Bild von ihm abgedruckt. Damals hatte er noch sehr viel mehr Haare gehabt. Instinktiv blickte er zur Eingangstür und durch die großen Fenster auf das grelle Licht der Straße. Dann betrachtete er flüchtig die anderen Gäste in der Bar. Nach dem, was er mit Juko gemacht hatte, würde das FBI nicht so eifrig nach ihm suchen wie seine ehemaligen Arbeitgeber.

Phil lächelte vor sich hin. Alle Gefängniswärter sollten so enden. Und Juko war nicht weniger ein Gefängniswärter gewesen als irgend so ein fettes Schwein in Uniform. Gefängnis würde es für Phil nicht mehr geben, weder ein staatliches noch eines von der Art, in das ihn seine Gangsterfamilie gesteckt hatte – ohne Mauern, aber gesichert durch soviel Angst, daß er nicht einmal wagte, ohne Erlaubnis eine sizilianische Straße zu überqueren. Jetzt bewegte er sich frei in Manhattan – zwar vorsichtig, aber er ging, wohin er wollte, und tat, was er wollte. Er hatte etwas Geld in der Tasche und die Vorstellung, sehr viel mehr zu bekommen.

Seit er sich nicht mehr fürchtete, war das Leben nicht mehr schwierig. Phil wußte nicht, was ihn verändert hatte, aber er hatte eine Theorie. Sie gründete sich auf Gerechtigkeit. Als er von Base Bloods Sieg im Preakness und seiner Plazierung als Favorit für das Belmont gelesen hatte, war in Phil eine Veränderung vorgegangen. Er erinnerte sich, Witze mit Juko gemacht zu haben, obwohl er bereits plante, ihn umzubringen. Daß Annie Erfolg hatte, war so grenzenlos ungerecht, daß er sich berechtigt fühlte, die Sache nach seinem Ermessen richtigzustellen. Juko war kein Problem gewesen. Der Brand im Stall in Belmont war etwas schwieriger. Aber es hatte funktioniert, auch wenn nicht das Pferd, sondern der Trainer, ihr früherer Ehemann, daran glauben mußte. Das Beste daran war, daß sie wußte, wer es getan hatte. Und sie wußte auch, er würde wieder zuschlagen.

Das war Gerechtigkeit. Phil hatte ihr oft genug einen Gefallen getan. Wenn er sie zum Beispiel an jenem Morgen nicht aufgegabelt und ihr das Frühstück bezahlt hätte? Und ihr erster Job, die Bekanntschaft mit Charlie Dell, die Rettung vor Blimpie? Er hatte für diese Gefälligkeiten nur Probleme geerntet. Und dann verpatzte sie ihm die beste Chance, die einzige Chance, die er je gehabt hatte, zu soviel Geld zu kommen, wie er es eigentlich verdiente. Während sie einen Mann mit mehr Geld heiratete, als er sich je hätte träumen lassen, mußte er jeden Cent zusammenkratzen, immer wieder verschwinden und untertauchen. Er wurde geschnappt, verhört, zusammengeschlagen und benutzt. Mit Helena und mit Glorious Girl hatte er ihr geschadet, aber für dieses Vergnügen einen viel zu hohen Preis bezahlt. Er war für alle nur noch ein Botenjunge gewesen, der seinem Herrn wie ein folgsamer Hund gehorcht, und er hatte in Sizilien leben müssen!

In diesem Augenblick verkündete der Reporter, daß Base Blood den 1973 von Secretariat aufgestellten Rekord für das Belmont Stakes gebrochen hatte. Phil sah, wie Annie auf das Podium stieg, um den Belmont Cup sowie einen riesigen unechten Scheck über fünf Millionen Dollar entgegenzunehmen. Sie sah gut aus, aber sie lächelte nicht.

»Das gehört alles mir, Annie Grebauer«, murmelte er, »und du auch.« Er dachte daran, wie sie auf der Bühne des Latin Quarter ausgesehen hatte, wo sie praktisch nackt herumgelaufen war. Er hatte die Show viermal gesehen, ehe er Charlie Dell verriet, daß sie dort arbeitete. Phil bedauerte immer wieder, sie an jenem Tag in ihrer Wohnung über der Garage nicht genommen zu haben. Aber wenn er daran dachte, wie er damals ihre Brüste streichelte, fiel ihm ein, daß er dabei die Liste entdeckt hatte und daß ihm danach viel Geld durch die Lappen gegangen war – mindestens zehn Millionen Dollar, sagte er sich üblicherweise vor.

Im Fernsehen überreichte man Annie gerade die August-Belmont-Erinnerungstrophäe. Sie griff jedoch nicht nach dem Pokal, sondern sagte in die Kamera: »Limeteen nimmt diese Ehre in Erinnerung an Frank Carney entgegen.« Obwohl der Kommentator sie heftig drängte, lehnte sie jede weitere Äußerung ab. Beifall brandete auf, und auch viele Gäste der Bar applaudierten.

»Für wen hältst du dich eigentlich?« murmelte Phil etwas zu heftig. Mehrere Leute in seiner Nähe drehten sich nach ihm um.

Ein Mann sagte zu ihm: »Junge, wenn dein Pferd die dreifache Krone gewinnt, dann weißt du, wer du bist.« Die anderen Gäste stimmten ihm lachend zu und richteten ihre Aufmerksamkeit wieder auf den Bildschirm.

Phil warf einen Geldschein auf die Bar, nahm sich einen Zahnstochter und ging in den strahlenden Sonnenschein hinaus. Er wußte jedenfalls, wer sie war – ein Niemand aus einer Kleinstadt in Kentucky. Und als er sie in ihrer Jacke mit dem heraushängenden Futter entdeckt hatte, konnte sie nicht einmal ein Pferd im Kreis führen. Sie hätte bei ihm bleiben sollen. Statt dessen war sie mit den reichen Kerlen herumgezogen und hatte ihn vergessen, und sie hatte vergessen, wer sie war. Aber jetzt würde sie ihn nie mehr vergessen. »Du gehörst mir, Annie«, murmelte er und warf den benutzten Zahnstocher weg, weil ihm klar wurde, daß er sich damit verraten konnte. Er ging über die Straße, um wieder im Dunkeln zu sein.

Nachdem ihr vor den Fernsehkameras Scheck und Pokal überreicht worden waren, verbrachte Annie eine halbe Stunde im Presseraum der Rennbahn und beeilte sich dann, hinter die Gegengerade zu kommen, denn im Limeteen-Teil des Stalls von Caernarvon wurde gefeiert. Besitzer, Trainer, noch mehr Reporter und Kollegen von der Gegengeraden kamen zu Base Bloods Box, um zu gratulieren und den Hengst zu betrachten. Annie wußte am Ende nicht mehr, wie viele Leute ihr versichert hatten, sie würden ihren Enkelkindern von diesem Tag erzählen. Ebensoviele wünschten, Frank Carney hätte das Rennen miterleben können.

Annie und Helena blieben bei Base Blood. Lyle McCracken wartete geduldig in der Nähe. Es mußten Entscheidungen über die Sicherheitsmaßnahmen getroffen werden – sowohl in Hinblick auf die Leibwächter als auch auf das FBI. Annie und Helena trauerten immer noch um Frank. Die Triple-Crown-Kampagne war vorbei, und Annie wollte Base Blood mit dem Flugzeug nach Lexington bringen lassen, damit er sich auf Limeteen ausruhen konnte. Auch sie und Helena würden sich erholen, fern von den Gefühlen und dem Streß der Rennbahn. Danach wollten sie Pläne machen. Gerade, als sich in Annie eine leichte Vorfreude einstellen wollte, sah sie Sam und Henry. Sie standen abseits vom Gedränge im Stall beisammen und beobachteten Annie. Keiner von beiden sah so aus, als wolle er ihr gratulieren. Sam bat Annie mit einer Geste, zu ihnen zu kommen. Er war sichtlich beunruhigt. Annie trat so unbeschwert sie konnte zu ihnen.

»Henry hat uns zum Abendessen eingeladen«, begann Sam. »Er hat mir von seinen Zuchtexperimenten erzählt. Offenbar hat er Exwhyzee verladen und . . .«

»Verladen? Jetzt schon?« Beim Gedanken daran, wie der Hengst von Pearbreeze sich gegenüber Base Blood verhalten hatte, machte Annies Zorn sich Luft, ehe sie ihn unterdrücken konnte. »Da dein Hengst versucht hat, meinen von der Bahn zu drängen und dabei abgefallen ist, hat er nach dem Rennen gehinkt. Er sollte nirgendwohin gebracht werden.«

»Es ist nicht weit«, sagte Henry, und auf seinem Gesicht lag wieder ein kühles Lächeln.

»Zur Black Jacket Farm?« fragte Annie.

Henrys Lächeln wurde bitter. »Ja, Mutter. Er wird dort etwa um dieselbe Zeit ankommen wie wir. Ich habe einen Hubschrauber gechartert. Greta ist vorausgeflogen und er wird wieder zurück sein, bis wir draußen in Brookhaven sind . . . wenn du uns Gesellschaft leisten willst.«

»Ich kann Helena nicht allein lassen«, sagte Annie.

Henry erwiderte bissig: »Nimm sie mit. Dann sind wir eine große, glückliche Familie.«

Annie sagte McCracken, wohin sie gingen, und fragte, ob sie über das

Geschäftliche am nächsten Tag sprechen könnten. Er zögerte und erwiderte warnend, möglicherweise befinde sie sich zur Zeit in großer Gefahr, gab ihr aber keine weiteren Erklärungen. Annie fiel auf, daß der FBI-Agent ungewöhnlich vage blieb, und sie versuchte, ihn zu beruhigen. Niemand könne ihr folgen, und kein Mensch wisse, wohin sie unterwegs seien. Sie versprach McCracken, ihn am nächsten Morgen zu treffen. Dann überzeugte sie sich schnell davon, daß Base Bloods Sicherheit gewährleistet war.

Auf der Fahrt zum Flughafen in Brookhaven fiel kein Wort, abgesehen von Helenas Feststellung, ein Wagen des FBI folge ihnen. Annie überlegte, was ihr Sohn Sam wohl gesagt hatte, fragte aber nicht. Im Hubschrauber kletterte Henry auf den Platz neben dem Piloten, und die drei saßen hinten. Während der Hubschrauber aufstieg und über den Long Island Sund nach Norden in Richtung Connecticut flog, erinnerte sich Annie, daß sie mit Winnie von diesem Flughafen zu den Bahamas gestartet war. Sie blickte auf Sam, der ihr mit Helena gegenübersaß.

»Ich will es euch nur sagen«, hörten sie Henry über das laute Motorengeräusch des Hubschraubers hinweg, »ich bin nicht der Meinung, daß ich etwas Unrechtes getan habe. Alle Preisgelder von Exwhyzee sind hinterlegt und können jederzeit an den Besitzer des Pferdes überwiesen werden, das gewonnen hätte, wenn Exwhyzee nicht gelaufen wäre. Glaubt mir, ich habe das nicht wegen des Geldes getan.«

Sam erwiderte sofort ärgerlich: »Um Geld geht es hier überhaupt nicht. Also versuch nicht, dir dieses moralische Mäntelchen umzuhängen. Die Teilnahme deines Hengstes an einem Rennen, ganz gleich, welcher es war, hat die Variablen dieses Rennens verändert. Und die Tatsache, daß du solche prestigeträchtigen Rennen vor dem Derby gewonnen hast, hat die Pläne einer ganzen Reihe anderer Leute zunichte gemacht. Es war nichts als eine einzige Täuschung. Und ein *Unrecht*, ganz gleich, von welchem Standpunkt aus du es betrachtest.«

Henrys Augen hinter den Brillengläsern wurden groß, und er lachte geringschätzig. »Das Täuschen habe ich von Experten gelernt.« Er drehte sich um und blickte geradeaus.

Sam lehnte sich vor, damit Henry ihn hörte. »Wollen wir uns darauf einigen, daß wir die Situation von diesem Augenblick an sachlich diskutieren und uns nicht in Anschuldigungen und Selbstanklagen ergehen? Andernfalls können wir ebenso gut umkehren.«

Nach einem Augenblick sagte Henry über die Schulter: »Der Jockey-Club hat gesprochen.«
Helena meinte: »Es wäre nett zu wissen, wovon ihr alle redet.«
Der Hubschrauber setzte auf einem von Lichtern markierten Platz in Connecticut zur Ladung an. Die Sonne war gerade untergegangen, aber sie konnten ein weitläufiges weißes Haus im Kolonialstil mit grünen Fensterläden und in der Nähe mehrere rote Stallgebäude erkennen. Vor einem parkte ein neutral lackierter Pferdetransporter. Nachdem die Passagiere ausgestiegen waren, führte Henry sie in diesen Stall.
»Bringt sie einzeln raus«, sagte er zu den Pferdepflegern, die dort arbeiteten. »Zuerst Ex, dann Why und danach Zee.« Die drei identischen Hengste wurden aus ihren Boxen geführt, und Henry erklärte laut und voll Stolz: »Was ihr hier seht, ist eine außergewöhnliche wissenschaftliche Leistung. Genetische Zwillinge lassen sich relativ leicht produzieren, Drillinge nur sehr schwer. Das Embryo muß der Stute entnommen, geteilt, auf Nährlösung kultiviert, dann noch einmal geteilt und wieder kultiviert werden. Die drei neuen Embryos müssen den Ersatzmüttern chirurgisch eingepflanzt werden. Das Ganze diente dem Zweck, der Vollblutwelt die Zukunft vor Augen zu führen und, ich gebe es zu, das hohe Niveau meiner Firma zu demonstrieren. Wir hätten Ratten, Hunde oder Kühe benutzen können. Aber ich habe eine gewisse sentimentale Liebe zu Pferden, und deshalb habe ich Pferde gewählt. Außerdem ist das Rennen ein Zuschauersport. Wenn das alles ans Licht kommt, und ich versichere euch, damit habe ich von Anfang an gerechnet, wird es uns sehr viel mehr Aufmerksamkeit einbringen, als Ratten es getan hätten. Ich hätte die Hengste gerne die ganze Saison hindurch laufen lassen, aber Mutter hat das Geheimnis entdeckt... Wie ist dir das übrigens gelungen?«
Annie konnte den Blick nicht von den Pferden wenden. Als sie vorbeigeführt wurden, versuchte sie, einen Unterschied zwischen ihnen festzustellen, aber es gelang ihr nicht. Gebäude, Abzeichen, alles war völlig gleich.
»Frank Carney hat es gesehen«, sagte sie. »Er wußte, daß zwei verschiedene Pferde das Derby und das Preakness gelaufen sind. Soweit ich weiß, hat er es als einziger bemerkt. Er hat es mir am Tag vor seinem Tod gesagt. Ich hatte keine Zeit, es nachzuprüfen, sonst hätte ich deine Teilnahme am Belmont verhindert.«

»Da bin ich ganz sicher, Mutter.«
»Henry!« stieß Helena hervor, die endlich begriff, was sie vor sich sah, »du bist wirklich verrückt.«
»Warum?« fragte er, belustigt über diese Behauptung.
Seine Herablassung machte Helena ebenso wütend wie der Beweis, der ihnen vorgeführt wurde. »Weil du dir sehr schlau vorkommst, wenn du drei Pferde einsetzt«, sagte sie, »und damit jeden im Rennsport täuschst, nur um zu beweisen, was für ein Genie du bist.«
»Na ja, viele Leute benutzen Pferderennen, um das eine oder das andere zu beweisen«, erwiderte Henry gereizt. »Du bist zu jung für diese Art Redlichkeit und alt genug, um nicht mehr ganz so unschuldig zu sein.«
»Ich bin der Meinung, das wird persönlich«, erklärte Sam. »Und wir haben uns darauf geeinigt . . .«
Henry hob in gespielter Unterwürfigkeit die Arme. »Ich verteidige mich nur gegen meine zornige Schwester«, sagte er spöttisch.
Sam überging es. »Eine Rasse kann nur durch Ordnung gehalten werden. Was du getan hast, ließe sich praktisch nicht unter Kontrolle halten. Hast du Ersatzmütter mit der gleichen Blutgruppe wie die ursprüngliche Stute benutzt?«
»Das haben wir getan, aber nur aus wissenschaftlichen Gründen und nicht in der Absicht, die Hengste mit einem unanfechtbaren Pedigree zu verkaufen. Wie gesagt, wir hatten vor . . .«
»Ja, das habe ich gehört«, unterbrach ihn Sam angewidert. »Und selbst wenn du nur wegen Betrugs ins Gefängnis gehst, weil deine drei Pferde unter einem Namen gelaufen sind, oder wegen arglistiger Täuschung, wird das sehr viel Aufmerksamkeit auf Dynagen lenken. Und wir haben im *Wall Street Journal* gelesen, daß deine Firma das dringend braucht. Allen Unternehmen im gentechnischen Bereich, offenbar auch deinem, geht das Geld aus, und sie verkaufen an die Pharmaindustrie. Du warst bereit, Leuten mit einer weniger hohen Gesinnung als du sie glaubst zu haben, als Gegenleistung für neues Kapital zu demonstrieren, wie man das Vollblut als Rasse vernichtet.«
Henry lächelte. »Deine Analyse unserer Liquidität ist ziemlich exakt, aber ich werde nie ins Gefängnis kommen. Glaub mir, dafür sind meine Anwälte zu gut.«
Der letzte der drei identischen Hengste wurde in seine Box zurückge-

führt. An seinem Gang konnte man erkennen, daß er am Nachmittag beim Belmont gelaufen war. Henry schickte die Pferdepfleger weg. Sam und Annie standen im Stall und sahen sich an. Helena musterte ihren geradezu anmaßend selbstsicheren Bruder mit verschränkten Armen.

»Ich muß dir sagen«, fuhr Henry fort, »daß mir das Vollblut völlig egal ist. Bei dir und deinen Freunden vom Jockey-Club ist das anders, denn es hängt alles mit Tradition und eurem Erbe zusammen. Das wirst du doch sicher zugeben, Sam. Aber *dieser* Teil deiner Familie hat nicht gerade viel mit Tradition und Erbe zu tun, oder? Entschuldigung, wahrscheinlich werde ich wieder persönlich. Ich bin der Ansicht, das Vollblut braucht alle Hilfe, die es bekommen kann. Der Genpool wird kleiner, und die Vollblüter haben vermutlich das Maximum ihres genetischen Potentials erreicht.«

Helena verdrehte die Augen, aber Henry sprach weiter. »Es wird nichts Neues in die Rasse eingebracht, was den Genpool variieren und ihn verbessern könnte. Ja, Mutters Pferd, eine biologische Laune, hat heute einen Rekord gebrochen, aber nur mit zwei Fünftel Sekunden und nach *sechzehn Jahren*. Für die Rasse bleibt das ohne jede Bedeutung. Mutter wird das sehr bald feststellen, wenn sie versucht, Base Blood als Zuchthengst aufzustellen. Ohne Pedigree ist sehr wenig da, was man seinen Nachkommen vererben kann, nicht wahr?« Henry grinste und blickte von einem zum anderen.

»Keine einzige deiner Ideen«, sagte Annie langsam, »liefert dir eine Entschuldigung für den Diebstahl. Du hast sehr vielen Leuten die Chancen gestohlen, als du bei den Rennen in Kalifornien jedesmal einen anderen Hengst auf die Bahn geschickt hast.«

In diesem Augenblick betrat Greta den Stall. Sie blieb etwas abseits von den dreien stehen und sagte: »Es hat jemand vom FBI angerufen, um sich zu erkundigen, ob ihr sicher angekommen seid und wann ihr zurückfliegt.«

Sam ging hinüber zu Greta. Seit ihrem Bruch mit Barky hatte er nicht mehr mit ihr gesprochen. »Guten Abend, Greta«, sagte er. »Wir haben uns über Ex, Why und Zee unterhalten. Zweifellos sind Sie mit der Situation vertraut.«

Alle warteten auf ihre Reaktion. »Ich habe von den drei Hengsten vor zwei Wochen erfahren, als wir nach dem Preakness hierhergekommen

sind.« Ihr Ton verriet, daß sie beunruhigt war, aber sie sagte nichts gegen Henry.
»Ich bin völlig anderer Meinung als du, Henry«, sagte Sam ruhig. »Ich versichere dir, ich kenne jede genetische Studie, die du gelesen hast, zumindest im Hinblick auf Vollblüter. Für mich besitzt die Rasse immer noch genug genetische Vielfalt. Aber selbst wenn du recht haben solltest, warum vertrittst du deine Sache nicht offen und ruinierst statt dessen eine ganze Rennsaison?«
Das Grinsen verschwand von Henrys Gesicht. »Vergiß nicht, mir ist die Rasse gleichgültig. Sie bedeutet mir überhaupt nichts. Meine Lüge war nichts anderes als eure Lügen, und ich habe es genossen, wie meine Hengste euren ein paar Schwierigkeiten gemacht haben. Aber das ist etwas Persönliches, und darüber wollen wir ja nicht sprechen. Sagen wir einfach, es ist Zeitverschwendung, sich über Theorien zu streiten. Weißt du auch, warum? Weil folgendes geschehen wird. In fünf, sechs Jahren ist die Embryoverpflanzung legalisiert. Der Jockey-Club und der Breeder's Cup werden sich dann die allergrößte Mühe geben, sie zu rechtfertigen und zu propagieren.«
Er sah Sam starr an, der sagte: »Weiter.«
»In diesem Land gibt es etwa hundert Rennbahnen«, fuhr Henry lehrerhaft fort. »Dort werden jährlich über achtzigtausend Rennen veranstaltet. Die Zahl der Fohlen lag in den vergangenen fünf Jahren jeweils konstant unter fünfzigtausend. Es gibt jetzt schon nicht mehr genug Qualitätspferde, um die Rennprogramme zu füllen. Und in vier Staaten werden neue Rennbahnen gebaut. Das bedeutet vielleicht viertausendfünfhundert Rennen mehr, die beschickt werden müssen. Die Besucher mögen keine Rennen mit drei oder vier zweitklassigen Pferden. Die Bahnen werden gezwungen sein, andere Rassen zuzulassen, um das Programm zu füllen – und zwar Quarter Horses und Araber. Glaubst du, die Besitzer von Vollblütern werden diesen Konkurrenten die Bahnen überlassen, wenn sie drei oder vier oder wer weiß wie viele Qualitätspferde für dieselben Deckgebühren und in derselben Zeit produzieren können wie eins?«
Sam erwiderte nichts. Niemand bewegte sich. Henry spürte, daß sein Argument ins Schwarze getroffen hatte, und fuhr fort. »Ich will euch etwas sagen. Bei Pferden gibt es Größe und Würde, bei Menschen findet man verdammt wenig davon. Die Genmanipulation wird ebenso

schnell legalisiert sein wie der Einsatz von Drogen am Renntag. Und wenn es soweit ist, bin ich bereit.«

»Vorausgesetzt, du sitzt nicht im Gefängnis«, sagte Sam. »Weißt du, es ist dein Recht, auf deine Mutter und auf mich zornig zu sein. Aber mir kommt es so vor, als hältst du etwas zu lange an deinem Zorn fest. Wir sind uns beide vollauf bewußt, daß du nicht grundlos das Bedürfnis hast, uns zu verletzen. Deine Theorien über Vollblüter sind nichts als eine Entschuldigung für dein Benehmen.«

»Sagst du das als Pferdezüchter«, fragte Henry scheinheilig, »oder als Vater?«

Sam blinzelte, aber das war seine einzige Reaktion. Er fragte ebenso ruhig wie sachlich: »Ist der Hubschrauber noch da? Ich bedaure, aber ich werde nicht zum Abendessen bleiben.«

Der höfliche Ton ärgerte Henry. »Gehst du, um bei den Stewards alles auszuplaudern? Mein Gott, Sam, ich weiß noch, daß du für deinen *richtigen* Sohn in ganz Kentucky deinen Einfluß geltend gemacht hast, um ihn vor der Anklage wegen versuchtem Mord zu bewahren. Du erinnerst dich doch, Mama?«

»Henry!« rief Greta. »Hör auf! Was redest du denn?«

Henry wandte sich gereizt nach ihr um. Aber Annie verhinderte, daß er sie anfuhr, indem sie sagte: »Henry, du begreifst nicht, daß nichts, was du sagst oder tust, uns mehr bestrafen kann, als wir uns selbst bestraft haben. Ich bin sicher, wir werden alles tun, um zu verhindern, daß du ins Gefängnis mußt, damit dein Kind . . . unser Enkelkind«, sie zögerte, wagte aber nicht, Sam anzusehen, »einen Vater hat, der bei ihm zu Hause ist. Sprich mit deinen Anwälten, damit sie die Sache so vorteilhaft wie möglich für dich darstellen. Wir werden achtundvierzig Stunden warten. Bist du damit einverstanden, Sam?«

Sam nickte, und Annie fuhr fort: »Greta, ich hoffe, daß wir irgendwann einmal alle gemeinsam zu Abend essen werden. Aber heute ist wirklich nicht der richtige Zeitpunkt dazu.«

»Nein«, erwiderte Greta. »Das verstehe ich.« Sie ging durch den Stall und griff nach Henrys Arm. Er sah nicht sie an, sondern seine Mutter.

Annie erwiderte seinen Blick und sagte: »Ich habe viele Jahre darauf gewartet, daß du mich wieder Mama nennst, aber nicht so, wie du es gerade getan hast. Wenn es dir Vergnügen macht, es zu erfahren, es hat mir sehr weh getan.« Sam folgte ihr aus dem Stall.

»Henry, kann ich hierbleiben?« fragte Helena. »Ich muß morgen früh zurücksein, um Base Blood zu versorgen, aber ich würde gerne mit euch zu Abend essen.«

»Sicher«, sagte Henry überrascht, aber vorsichtig. Greta lächelte. Helena ging schnell hinter Annie und Sam her.

»Ich glaube, ich weiß, *wo* Henry ist«, sagte sie mit einer Autorität, die für ihre vierzehn Jahre ungewöhnlich war. »Ich war auch eine Weile dort.«

»Vielleicht«, sagte Annie. »Aber sei nicht enttäuscht. Ich bin zu Hause.«

»Wir sehen uns morgen früh an Base Bloods Box.«

Der Hubschrauber schwebte über der Black Jacket Farm. Annie sah, wie ihre Tochter winkte und zusammen mit Henry und Greta zum Haupthaus ging. Dann drehte der Helikopter und flog nach Süden. Annie und Sam saßen sich auf den Rücksitzen gegenüber und blickten stumm aus dem Fenster. Annie dachte an Henry und Greta, an ihr Baby, an den sterbenden Frank, an Phil Angelo und gab die Hoffnung auf, daß sie jemals Ordnung in ihr Leben bringen würde. Als sie Sams Hand auf ihrem Haar spürte, schmiegte sie sich in seine Arme. Sie hielten sich wortlos umschlungen, während sie in die Dunkelheit flogen.

Der Hubschrauber brachte sie zum Hubschrauberlandeplatz auf der East Side. Sie saßen nebeneinander, ohne ein Wort zu sagen. Nach dem Aussteigen erfaßte sie der Luftwirbel des Propellers, und sie umarmten sich wieder. Schließlich gingen sie weiter.

»Ich nehme ein Taxi«, sagte Annie, um klarzustellen, daß sie sich hier trennen würden.

»Gut«, erwiderte Sam, der es akzeptierte.

Sein Gesichtsausdruck war eine Mischung aus Zuneigung und Verzweiflung. »Meinen Glückwunsch, Annie.«

»Danke, Sam. Ich ...«

Sie wandte sich ab und ging zu dem kleinen Flughafengebäude. An der Tür hätte sie sich beinahe umgesehen. Aber sie gestattete sich diese Regung, dieses Eingeständnis nicht, sondern lief durch die Halle zum Ausgang und winkte ein Taxi. Dann sah sie, daß McCracken aus einem unauffälligen Wagen stieg.

»Mrs. Carney, wir müssen Sie von einigen Dingen in Kenntnis setzen«, sagte er auf dem Weg zu Annies Haus. »Vor dem Brand wußten wir nicht, ob es sich tatsächlich so verhält. Danach wollten wir das Rennen nicht stören und haben außergewöhnliche Vorsichtsmaßnahmen ergriffen. Und ich dachte mir, Sie hatten heute abend eine kleine Feier verdient, ehe ich es Ihnen sage.«

»Was ist es?« fragte Annie.

»Wir haben einen Informanten in der Mafia-Familie, für die Phil Angelo gearbeitet hat. Sie suchen ihn ebenfalls. Sie wollen ihn umbringen, aber wir brauchen ihn lebend. Offenbar hat er im Ausland einen Mann ermordet, der ihn bewachte. Diese Leute glauben, Angel ist nicht mehr zurechnungsfähig, und sie machen sich Sorgen, er könnte versuchen, sie umzulegen. Wir machen uns aus demselben Grund Sorgen um Sie. Ich wollte Ihnen das so schnell wie möglich nach dem Rennen sagen. Ich habe die Black Jacket Farm angerufen ...«

Annie war vor Angst völlig erschöpft. Aber irgend etwas fehlte. »Daß er einen Wächter umgebracht hat, bedeutet nicht, daß er verrückt ist ...« Als sie McCrackens Gesicht sah, verstummte sie.

»Er hat dem Mann aus unmittelbarer Nähe mit einer Schrotflinte ins Gesicht geschossen und ihn in einer alten Scheune mit den Füßen an einem Balken aufgehängt. Zwischen die Beine hängte er einen toten Hund – eine obszöne Botschaft an seine Arbeitgeber. Und dann hat er quer über den Rücken des Mannes mit einem Tranchiermesser ›fünf Millionen‹ geschrieben.« McCracken wandte sich ihr zu, um die Wirkung seiner Schilderung zu sehen. »Deshalb möchten wir, daß Sie von jetzt an vorsichtiger sind.«

»Bitte«, sagte Annie, »meine Tochter ... die Black Jacket Farm ...«

»Unsere Leute sind losgefahren, sobald ich wußte, daß Ihre Tochter nicht mit Ihnen zurückkommen würde.«

»Danke.«

McCracken erwiderte nichts.

37

»Ja?« sagte Archie Delansig in den Hörer.
»Jemand namens Angelo«, sagte seine Sekretärin.
»Stellen Sie durch. Schalten Sie das Band ein.« Es klickte mehrere Male, dann fragte der Anwalt: »Mr. Angelo?«
Phil lachte.
»Mich hat noch nie im Leben jemand so genannt.«
»Was kann ich für Sie tun?«
»Schneiden Sie das mit?«
»Ich wollte Sie gerade davon in Kenntnis setzen.«
»Ja, sicher. Nun ja, ich möchte alle ein bißchen zum Lachen bringen. Ich will eine Scheidung.« Er lachte.
Delansig ließ ihm sein Vergnügen und sagte dann: »Ich bedaure, aber das verstehe ich nicht.«
»Sicher tust du das, Delansig. Du kennst die Geschichte. Annie und ich, wir waren lange zusammen, nicht auf irgendeine legale Weise, aber sagen wir geistig, wissen Sie? Unsere Verbindung reicht weit zurück. Sie hat eine Menge Geld gemacht, sie hat viel Erfolg, einen Rennstall und seit ein paar Tagen die dreifache Krone – alles durch mich. Und deshalb geht es dabei um eine Menge gemeinsames Eigentum, kapiert? Wie gesagt, nicht legal, sondern geistig. Also, ich will aus dieser Verbindung aussteigen. Und ich wette, Annie geht es genauso. Aber um das zufriedenstellend zu tun, das heißt, damit ich auf eine Art leben kann, an die ich noch nicht gewöhnt bin«, er lachte immer noch, »brauche ich eine Menge Geld. Und deshalb habe ich dich angerufen. Du wirst es mir nämlich beschaffen.«
»Wieviel?« fragte Delansig.

Die schnelle Reaktion überraschte Phil. Nach einem Moment sagte er: »Ich will das Gefühl haben, ich hätte die Triple Crown gewonnen.«
»Fünf Millionen?«
»Du hast es erraten.«
»Das müßte leicht zu machen sein.«
Es herrschte Schweigen. »Was?« rief Phil. »Leicht?«
»Sehr leicht. Das Schwierige ist, wie Sie garantieren wollen, daß Sie nicht wiederkommen und mehr verlangen. Niemals.«
»He, das ist nicht schwierig. Das garantiere ich nicht. Ich garantiere nur, wenn ich die fünf Millionen nicht in fünf Tagen habe, nehme ich mir die Freiheit, immer wieder zuzuschlagen, und keiner weiß, worauf ich es abgesehen habe. Menschen sind dabei nicht ausgenommen.«
»Das ist keine Scheidung, Mr. Angelo. Das ist Erpressung.«
»Nenn es, wie du willst. Ich will fünf Millionen.«
Delansig machte eine Pause, um anzudeuten, er denke nach. »Wann und wo?«
Phil begann zu lachen. »Komm schon, Delansig. Ich bin ein bißchen schlauer. Hör zu, ich hätte diese Pferdeentführung durchgezogen, wenn diese beiden dummen Brüder von Annie nicht gewesen wären. Es ist halb vier. Ich ruf dich in genau fünf Tagen um diese Zeit an. Dann hast du das Geld. Und sei bereit, dich sofort in Bewegung zu setzen. Keine Begleitung, okay?«
»Nein.«
»Was?«
»Ihr Vorschlag taugt so wenig, daß es sich nicht lohnt, ihn überhaupt an meine Klientin weiterzuleiten. Ich glaube, Sie wissen selbst, wie dumm er ist, und Sie planen etwas anderes. Meine Klientin und das FBI – und nicht zu vergessen die Familie Genovese – rechnen bereits damit, daß Sie das Schlimmste versuchen. Sie sind auf alles vorbereitet und haben entsprechend vorgesorgt, um Sie auf die eine oder andere Weise daran zu hindern. Wenn ich wetten würde, würde ich sagen, die anderen haben die besseren Odds als Sie. Aber ich bin kein Wetter, ich bin nur ein Anwalt. Deshalb muß ich Ihnen sagen, Ihr Plan ist ein Ablenkungsmanöver. Sollte er das nicht sein, nun ja, dann müssen Sie einen besseren Vorschlag machen.«
»Du Scheißkerl, du spielst mit einem Mord.«
»Nennen Sie es, wie Sie wollen, Mr. Angelo. Trotzdem ist es ein dum-

mer Vorschlag. So etwas hätten sich die beiden Brüder ausdenken können. Wenn Ihnen etwas Besseres einfällt, rufen Sie mich an, nur so, um mich zum Lachen zu bringen.«

Delansig legte auf.

Die Aufzeichnung des Gesprächs endete mit einem längeren Fluch Phil Angelos.

Delansig wandte diese Technik oft im Gericht an: Er machte die Leute wütend, und in diesem Zustand begingen sie manchmal Fehler. Er wartete, bis sein eigener Zorn sich gelegt hatte. Dann rief er Annie an und spielte ihr die Aufzeichnung vor. Annie saß im Büro ihres Hauses und lauschte schweigend. Nur gegen Ende, als Phil Angelo von Mord sprach, stöhnte sie einmal auf.

Um das anschließende Schweigen zu brechen, sagte Delansig: »Das FBI wird vermutlich wütend darüber sein, daß ich das Angebot nicht akzeptiert habe, weil sie glauben, sie hätten mir unbemerkt folgen können. Ich hätte es gerne angenommen, wenn ich sicher gewesen wäre, daß es etwas geholfen hätte. Aber ich halte Phil Angelo nicht für ganz so unvorsichtig. Ich hoffe, ich habe ihm einen Schlag im Subtilen versetzt.«

»Das hoffe ich auch«, sagte Annie. »Was soll ich tun, wenn er anruft?«

»Ihre Telefone hier und in Lexington werden abgehört. Das wird er wissen. Aber versuchen Sie, ihn hinzuhalten, damit er redet. Gehen Sie auf alles ein, um die Verbindung nicht abreißen zu lassen.«

Es entstand eine lange Pause. Delansig fragte sich, ob Annie noch am Telefon war. »Wie sollen wir so weiterleben? Geben Sie auch Rat in dieser Frage?«

»Nein. Aber aus persönlicher langjähriger Beobachtung kann ich sagen, daß ich außer Ihnen niemanden kenne, der den Mumm hat, das durchzustehen.«

»Danke. Sagen Sie eigentlich immer das Richtige?«

»Phil Angelo glaubt das nicht.«

»Nein«, stimmte sie zu. »Auf Wiedersehen, Mr. Delansig.«

»Auf Wiedersehen, Mrs. Carney.«

Innerhalb einer Woche waren Annie, Helena und Base Blood zusammen mit ihren Leibwächtern und den FBI-Agenten zurück auf Limeteen in Lexington. Es kamen sofort Angebote der großen Rennbahnen in Amerika und Europa, die den Gewinner der Triple Crown zu ihren Meetings einluden. Annie plante bereits eine Kampagne für Base Blood. Nach einer langen Ruhepause würde sie ihn für das Travers im August trainieren, danach sollte er beim St. Leger in England gegen Bernard Dolbys Sieger im Epsom-Derby laufen und im Oktober, mit der neunzigjährigen Madame Pichon als Zuschauerin, würde er in Longchamp seinen Anspruch auf den Prix de l'Arc de Triomphe geltend machen. Wenn alles gutging, würde Annie die Nennung für das Breeder's Cup Classic im November bezahlen. Falls er all diese Rennen gewann, was man beinahe nicht erwarten konnte, verdiente er einen so grandiosen Titel wie ›Pferd des Jahrhunderts‹.

Der Skandal um Exwhyzee wurde, von Henrys Anwälten glänzend manipuliert, publik. Henry legte ein umfassendes Geständnis ab und gab alle Preisgelder zurück. Er gestand seinen Fehler ein, machte dabei aber gleichzeitig seine Theorien bekannt und erläuterte Dynagens Leistungen in der Gentechnik selbst gegenüber dem Rennbüro, dem Geschworenengericht und den Medien. Er wurde wegen Betrugs angeklagt, aber die drei identischen Hengste, die bei den Rennen um die Triple Crown so bemerkenswert erfolgreich gelaufen waren, blieben Gegenstand wissenschaftlicher Untersuchungen und öffentlicher Neugier. Als Folge davon stiegen trotz der Probleme des Aufsichtsratsvorsitzenden die Aktien von Dynagen den ganzen Sommer über. Während ein Verhandlungstermin nach dem anderen aus verfahrenstechnischen Gründen verschoben wurde, begann das Investitionskapital wieder zu fließen. Henry erreichte genau das, was er erreichen wollte.

Auf Limeteen ging es Base Blood gut. Annie hatte auf der Farm strikte Sicherheitsmaßnahmen angeordnet, und die FBI-Agenten kamen jeden Tag vorbei. Die Öffentlichkeit verlangte trotz der Bedrohung energisch Zugang zu dem Hengst. Man erlaubte täglich einige sorgsam ausgewählte Besucher in Stall Zwei. Base Blood freute sich allmählich auf diese Audienzen. Wenn Helena ihn aus der Box zur Koppel führte, hielt er oft beim Anblick der ersten Kamera an und stellte sich mit eindrucksvoll geblähten Nüstern in Pose.

Helena war Ende Juni mit Base Blood gerade auf dem Weg zur Koppel, als ein Pferdepfleger eine Stute vom Hufschmied zurück in ihre Box führte. Die Stute war in der Rosse, und Base Blood reagierte instinktiv. Etwa zweihundert Meter trennten die beiden Tiere. Er riß Helena mit einem Ruck den Führzügel aus der Hand und stürmte davon. Innerhalb weniger Augenblicke hatte er die Stute erreicht, die ihn kommen sah und den Pfleger durch ihre Instinkte ebenfalls überraschte. Ehe jemand es verhindern konnte, wieherte die Stute, stellte sich erwartungsvoll zitternd in Positur und nahm Base Blood ohne das übliche abwehrende Ausschlagen auf. Dem Pferdepfleger blieb kaum etwas anderes übrig, als den Kopf der Stute festzuhalten, während der Hengst sie bestieg. Ein Trainingsreiter, der zufällig in der Nähe war, sprang schnell dazu und zog ihren Schweif beiseite, damit nicht einzelne Haare den Hengst verletzten. Jemand eilte in den Hengststall, um George Oliver zu holen. Aber als er und Helena ankamen, hatte sich Base Blood bereits von der Stute gelöst und stolzierte fröhlich wiehernd davon.

Zehn Tage später verkündete der Tierarzt, die Stute sei trächtig. Es gab keinen Grund, stolz auf diese Situation zu sein. In einem erstklassigen Stall durfte eine solche unkontrollierte Paarung eigentlich nicht vorkommen. Sie verursachte sowohl Helena als auch Annie einige Verlegenheit. Nachdem sie sich jedoch mit den zu erwartenden Problemen einer Geburt so spät im Jahr abgefunden hatten, lachten sie und freuten sich über diese Aussicht. Die Stute entstammte einer starken Stutenlinie, und es war eine gute, wenn auch keine ideale Verbindung.

Sechs Wochen vor dem Travers Stakes begann Annie das Training, um Base Blood für das Millionen-Rennen in Saratoga in Hochform zu bringen. Sie besaß einen Triple-Crown-Gewinner, der einen Rekord hielt, und war so kühn zu versuchen, seine Leistung zu steigern. Nach altem Brauch auf amerikanischen Bahnen wurden Rennpferde dreiundzwanzig Stunden am Tag in einer drei Meter fünfzig mal vier Meter achtzig großen Box gehalten. In der einen verbleibenden Stunde wurden sie gearbeitet, gewaschen und geführt. Annie war diese Methode immer unlogisch erschienen. Sie dachte an die Galoppstrecken auf dem Haras de la Poire und das Training im französischen Trainingszentrum in Chantilly. Dort zogen sich meilenweit gepflegte Pfade durch die Wälder, und regelmäßige lange Ausritte gehörten zum Konditionstraining der Tiere. Sie erinnerte sich an Madame Pichon, die immer und immer wieder gesagt hatte: »Man kann ein Vollblut nicht zum Gefangenen machen!«

Als das Training wieder richtig begann, war Base Blood jeden Tag fünf Stunden aus der Box. Annie wechselte zwischen der üblichen Morgenarbeit auf der Übungsbahn und nachmittäglichen Ausritten über fünf Meilen im Schritt und leichten Galopp. Als Vorbereitung auf die Rennen in Europa ließ sie ihn auf der Bahn auch im Uhrzeigersinn laufen. Sie schickte ihn auch mehrmals im Wagen nach Keeneland. Die Rennbahn war zwar im Sommer geschlossen, doch die Direktion erlaubte Annie großzügig, ihn auf der Grasbahn zu arbeiten. Base Blood reagierte auf jede Variante mit beträchtlichem Eifer und Geschick. Die Herausforderung der neuen Routine stimulierte ihn, und er zeigte in seiner Arbeit eine neue Energie.

In der Aussicht auf das Rennen in Saratoga beantragte Annie ihre Trainerlizenz für den Staat New York. Sie bestand die schriftliche Prüfung und erhielt ihre Papiere mit einer für die Bürokratie ungewohnten Schnelligkeit. Als sie zusah, wie Helena den Hengst für den Flug nach Albany in die Maschine führte, hatte Annie das klare und deutliche Gefühl – es war nicht nur das übliche und verständliche Wunschdenken –, Base Blood werde die Welt wieder einmal in Staunen versetzen. In den letzten Wochen hatte sie seine Zeiten niemandem verraten – sie waren kaum zu glauben.

Annie hatte die Ankunft an der Gegengeraden in Saratoga so eingerichtet, daß die meisten Helfer für das wichtigste Rennen des Tages an der Umzäunung stehen konnten. Aber ihr Plan funktionierte nicht. Vor dem Stall von Limeteen wartete eine große Gruppe Menschen darauf, einen Blick auf den Gewinner der Triple Crown werfen zu können. Als Helena Base Blood über die Klappe des Transporters führte, herrschte respektvolles Schweigen. Dann rief eine tiefe Stimme: »Wenn das Base Blood ist, sieht meiner dagegen ja gut aus!« Gelächter und Gejohle folgten, und Base Blood tänzelte für sein Publikum.

Annie blickte sich um und sah vertraute Gesichter. Beinahe fünfunddreißig Jahre waren vergangen, seit sie hier gearbeitet hatte. Erinnerungen gingen ihr durch den Kopf und durchbrachen die hart gewordene Schale der erfolgreichen Rennstallbesitzerin. Sie beschäftigte sich in der Box und hoffte, Saratoga werde sich nie verändern, was auch immer mit dem Rest der Welt geschah. Welcher Ort verkörperte die höchsten Traditionen des amerikanischen Rennsports besser als Saratoga? Annie hatte hier angefangen und Pferde trockengeführt. Jetzt kam sie mit einem Triple-Crown-Gewinner zurück, der sich seinen Weg weiter bahnen würde, und damit schloß sich der ungewöhnliche Kreis ihrer

Laufbahn. Annie ließ nicht zu, daß Phil Angelos Drohung dieses Gefühl störte.

Es war die Woche des Travers. Das Wetter spielte mit: morgens herrschte dunstige Kühle, die Tage waren sonnig und trocken und die Nächte angenehm. Leuchtend rote Geranien markierten die vielen Ebenen der glänzenden weißen Haupttribüne. Die Bahn trocknete jeden Morgen ab und wurde schnell und leicht. Immer mehr Leute kamen zum Frühstück auf die Clubhaus-Terrasse und warteten darauf, Base Blood bei der Arbeit zu sehen, auch wenn aus Sicherheitsgründen stets ein anderes Pferd zwischen ihm und dem Publikum mitlief.
Nach Frank Carneys Tod hatte Annie sich den vielen gesellschaftlichen Verpflichtungen entzogen, die der Besitz eines großen Siegers mit sich brachte. Sie beschloß jedoch, zum Travers Ball zu gehen, da die Organisatorin ausdrücklich auch Helena eingeladen hatte. Es war lange her, daß Mutter und Tochter sich elegant angezogen hatten. Es kam ihnen seltsam vor, nach so vielen Monaten in Jeans, Arbeitshemden und Stiefeln lange schulterfreie Abendkleider zu tragen. Sie standen in einem Zimmer im oberen Stock des alten Holzhauses, das Annie ein paar Straßen von der Bahn entfernt gemietet hatte, und gaben sich gegenseitig Ratschläge, halfen sich beim Schminken, beim Frisieren, bei Reißverschlüssen und Haken. Da sie wußten, daß ihre Leibwächter unten warteten, gaben sie sich Mühe, nicht ständig zu lachen.
»Glaubst du, Sam wird auch da sein?« fragte Helena und beugte sich zum Spiegel, um ihren Eyeliner aufzutragen.
»Das könnte sein«, erwiderte Annie. »Aber ich bezweifle es. Die Cumberlands gehen üblicherweise nicht hin, es sei denn, sie haben im Jahr davor gewonnen, und die Dekorationen sind in ihren Farben.« Annie stand hinter Helena und steckte ihr goldblondes Haar auf.
»Hast du ihn gesehen?« fragte Helena und begutachtete zuerst das eine und dann das andere Auge im Spiegel.
»Seit dem Tag in Belmont nicht mehr. Und du?«
Helena schüttelte den Kopf, griff mit einem Papiertuch in eine Cremedose und wischte den Eyeliner ab. »Ich war einmal morgens am Stall von Caernarvon. Ich wollte mir Royal Blessing ansehen und feststellen, was die Konkurrenz so macht. Aber Sam war nicht da.« Dann sah sie ihre Mutter an und sagte: »Weißt du übrigens, diese elegante Frau, mit

der er zusammenwar, ist ihm davongelaufen und hat einen anderen geheiratet.«

Annie merkte, daß sie beobachtet wurde, und lachte leise. »Vermutlich willst du sehen, ob mein Herz stehenbleibt oder etwas Ähnliches. Tut mir leid. Es hat nicht ein einziges Mal ausgesetzt.«

Sie beschäftigten sich schweigend weiter mit ihrer Toilette. Annie steckte die Haarnadeln fest und überlegte, wann Sam wohl Glynn verloren hatte. Aber sie erkundigte sich bei ihrer Tochter nicht nach Einzelheiten. Sie empfand keinen Triumph, kein Mitgefühl.

»Wenn er heute abend da ist«, sagte Helena, »dann soll er gefälligst mit mir tanzen.« Sie ließ Wasser in das Waschbecken laufen.

Annie lächelte ihrer Tochter im Spiegel zu und sagte: »Ich bin sicher, das wird er tun. Er ist ein sehr guter Tänzer.«

»Ja, ich wette, das ist er. Sehr elegant, sehr altmodisch. Es wäre ungefähr so, als ob Fred Astaire mit Madonna tanzt. Mami, ich schminke mir die Augen nicht. Es sieht wirklich blöde an mir aus.« Sie begann, sich das Gesicht zu waschen.

Annie lächelte und ging in ihr Zimmer, um sich fertig anzuziehen. Sie beschloß, keinen Schmuck anzulegen. Aber dann fiel ihr Blick zufällig auf Winnies Ring in der Schmuckschatulle. Sie dachte an den Travers Ball, bei dem er ihr den Heiratsantrag gemacht hatte, und steckte den Ring an ihren Finger. Aus dem nostalgischen Gefühl des Abends heraus nahm sie die einreihige Perlenkette, die Charlie Dell ihr geschenkt hatte, und ging damit in Helenas Zimmer.

Beim Anblick ihrer Tochter in einem trägerlosen blaßblauen Kleid aus Seidentaft stockte Annie der Atem. Sie legte Helena die Perlen um und sicherte den Verschluß.

»O Mami, woher stammen denn die?«

»Von jemandem, der mir eine Kindheit schenken wollte. Aber das konnte er nicht, und deshalb schenkte er mir die Perlen. Er hätte sich darüber gefreut, daß du sie trägst.«

Helena umarmte ihre Mutter und sagte: »Komm, gehen wir auf den Ball!«

Sam Cumberland war einer der ersten, den sie bei ihrer Ankunft in dem alten Backsteingebäude sahen. Er begrüßte sie beide mit ungezwungenem Charme. Helena warf ihrer Mutter einen Blick zu und verdrehte die Augen. Am Tisch der Vorsitzenden des Ballkomitees half er

Annie auf ihren Platz neben dem Star einer Fernsehkrimiserie, die sie nie gesehen hatte. Sobald der Star das erfuhr, brachte er kein Interesse mehr für sie auf. Auf ihrer anderen Seite saß der Chef der japanischen Rennsportbehörde, der kaum Englisch sprach.

Helena saß auf der anderen Seite des Tischs zwischen Sam und einem großen, gutaussehenden Studenten, der seine Tischnachbarin sichtlich interessiert betrachtete. Da Annie nichts anderes zu tun hatte, beobachtete sie ihr Gegenüber. Sam brachte die beiden jungen Leute im Handumdrehen zum Lachen, und Helena ging mit unverhüllter Zuneigung auf seine harmlosen Sticheleien ein. Sam forderte Helena zum Tanzen auf, sobald sich eine Gelegenheit bot. Sie erreichten die Tanzfläche, bevor zu großes Gedränge herrschte, und sie drehten sich so schwungvoll im Kreis, daß sie Aufmerksamkeit erregten. Der allein zurückgebliebene junge Mann wandte jedenfalls den Blick nicht von ihnen.

Annie wußte nicht mehr genau, wann ihre Tochter tanzen gelernt hatte. Es mußte wohl in der Schule gewesen sein. Aber sie staunte, daß Helena so gut tanzte. Annie entging auch nicht, daß Sam einen kleinen Hüpfschritt einlegte, wie sie und er es immer getan hatten. Helena schaffte es beim zweiten Versuch, und als sie den Blick ihrer Mutter auffing, zuckte sie ergeben mit den Schultern. Sam sah sich nach Annie um, als der Schauspieler sich gerade verpflichtet fühlte, sie zum Tanzen aufzufordern.

Im Laufe des Abends tanzte Sam mit jeder Frau am Tisch außer Annie. Helena wurde ganz von ihrem jungen Tischnachbarn mit Beschlag belegt, mit dem sie sich zuerst scheu, dann aber voll lebhafter Neugier unterhielt. Annie arbeitete sich durch mehrere Gänge und versuchte mit ein paar wenigen sorgsam überlegten Sätzen eine Unterhaltung mit dem japanischen Herrn. Sie mochte ihn, und er lud Base Blood zum Japan Cup im November nach Japan ein. Ehe Annie darauf etwas Angemessenes erwidern konnte, stand Sam an ihrer Seite und sagte: »Annie?«

Sie blickte auf und erkannte, daß er unsicher war, wie sie reagieren werde. Sie entschuldigte sich bei dem Japaner und ging zur Tanzfläche, wo Sam sie in die Arme nahm. Sie tanzten eng, denn alles andere wäre Annie unnatürlich vorgekommen. Dieser Tanz war aufregend in seiner Vertrautheit.

»Hast du den Abend geplant?« fragte sie.
»Wie meinst du das?«
»Nachdem wir alle so gemütlich am selben Tisch saßen, kam mir die Idee, daß du vielleicht die Sitzordnung arrangiert hast.«
»Nun, Millie hat mich gefragt, wie sie dich hierher bekommen kann, und ich habe beschlossen, das auszunutzen. War es richtig so?«
»Natürlich. Der Schauspieler hätte statt mir einen Spiegel vorgezogen, und der nette Japaner und ich, wir haben Scharaden gespielt. Jetzt erzähl mir nur noch, der junge Mann neben Helena studiert in Princeton.«
Sie tanzten ein paar Schritte weiter, ehe sie sagte: »Nein, Sam. Du bist einsam.«
Er lehnte sich zurück, um sie anzusehen. »Hast du von der Sache mit Glynn gehört?«
»Nur, daß sie einen anderen geheiratet hat.«
Sam lächelte freudlos. »Einen Mann, der vier Jahre jünger ist als sie.«
Annie äußerte sich nicht dazu. Dann drückte Sam sie wieder an sich.
»Was würde es für dich bedeuten, wenn ich dir sage, daß es nichts mit meiner Einsamkeit zu tun hat. Daß Glynn mich verlassen hat, war eine ebenso große Erleichterung wie ein Schlag für mein Ego. Ich weiß seit einiger Zeit – und glaube mir, nicht erst seit dem Bruch mit Glynn –, *wenn* ich eine Chance habe, für den Rest meines Lebens mit jemandem zusammenzusein, dann nur mit dir.«
»Das täte mir sehr leid«, sagte Annie ohne jeden Groll.
Er kam aus dem Tritt, faßte sich aber geschickt wieder. »Was bedeutete es dann für dich, daß wir uns im Hubschrauber in den Armen gehalten haben? Und was empfindest du jetzt? Was bedeutet das alles?«
»Es bedeutet, daß wir uns geliebt haben«, erwiderte sie, »daß wir vieles gemeinsam erlebt und wegen einiger unserer Fehler viel gelitten haben. Aber das ist alles Vergangenheit, Sam, nicht die Zukunft.«
»Mami«, Helena tanzte plötzlich mit dem jungen Mann neben ihnen, »Charlie möchte dich etwas fragen.«
»Mrs. Carney«, begann er, »ich habe gehört, Helena muß morgen sehr früh aufstehen. Deshalb würde ich sie gerne nach Hause bringen.«
Annie zögerte, aber Sam erklärte: »Ich kenne Charlie Todd seit seiner Geburt. Er ist ein sehr guter Student, kein Eintrag in die Verkehrssün-

derkartei, und er trinkt nicht, denn er ist Junior-Tennismeister von Massachusetts. Ich sehe nur ein einziges Problem – er hat keine Ahnung von Vollblütern.«

»Aber ich bin bereit zu lernen«, sagte Charlie und sah Annie charmant an.

»Also gut«, sagte Annie. »Aber fahren Sie bitte geradewegs nach Hause. Ich bin bald zurück.«

»Ich dachte, ich nehme ihn mit, damit er Base Blood kennenlernt«, sagte Helena. »Nur ganz kurz.«

Annie erklärte sich einverstanden, und Helena küßte sie. Die jungen Leute eilten zurück zum Tisch. Annie und Sam tanzten weiter.

»Wo waren wir?« fragte Annie.

»Nirgends«, erwiderte Sam.

»Sam, was hast du erwartet?«

»Nichts. Ich habe nur gehofft. Ich hoffe immer noch.«

»Tu es nicht. Du glaubst, was du sagst. Und es gibt sehr vieles in mir, was dich immer lieben wird. Aber ich weiß, wir können nicht zusammenleben.«

Sie tanzten schweigend. Trotz allem, was gesagt worden war, wollte keiner den anderen so schnell gehen lassen.

»Erinnerst du dich noch an den Travers Ball, bei dem Belinda meiner Mutter von uns erzählt hat?«

»Ja«, sagte Annie. »An diesem Abend hat Winnie mich gebeten, ihn zu heiraten.« Sie berührte den Ring in Sams Nacken mit ihrem Daumen.

»Das wußte ich nicht«, sagte Sam. »Hier?«

Annie nickte. »Du und deine Eltern, ihr wart gerade gegangen. Wir tanzten immer noch, dort drüben.«

»Hast du sofort ja gesagt?«

»Ich glaube, ich habe nicht direkt ja gesagt. Wir haben einfach geheiratet.«

»Ja. Das ist mir alles wieder eingefallen, als wir in Brookhaven in den Hubschrauber gestiegen sind.«

»Mir auch.«

»Nun, ich werde dich das auch fragen und laß mich bitte ausreden. Ich habe alles gehört, was du heute abend gesagt hast. Und ich weiß, nachdem du von der Sache mit Glynn erfahren hattest, hast du gesagt, du würdest es nie mehr mit mir versuchen. Aber ich möchte dich heiraten. Ich werde dich jederzeit heiraten, sobald du deine Meinung änderst. Ich gebe zu, wir waren nicht gerade füreinander geschaffen. Aber vielleicht haben wir diese lange Zeit, die Kämpfe und das Leid gebraucht, um zu verstehen, wie wir zusammenleben können. Ich finde, wir können jederzeit zusammenleben, wenn wir es wollen.«

»Ich bin anderer Ansicht, Sam«, sagte Annie leise. »Aber danke für das Angebot.« Sie hielt Sams Hand liebevoll fest, als sie sich aus seinen Armen löste. »Und warte bitte nicht darauf, daß ich meine Meinung ändere.«

»Das ist meine Sache«, erwiderte er, und das verschwörerische Lächeln erschien wieder auf seinem Gesicht.

Sie gingen Hand in Hand zurück zum Tisch. Sam rückte Annie den Stuhl zurecht und bedankte sich bei ihr für den Tanz. Kurze Zeit später entschuldigte sie sich bei der Tischgesellschaft. Alle außer Sam wünschten ihr Glück und Erfolg.

»Vergiß nicht, das Travers ist berühmt für die Niederlagen von Favoriten«, sagte er laut genug, damit die anderen es hörten. Alle lachten und applaudierten.

Annie lächelte und rief zurück: »Das Travers steckt schon immer voller Überraschungen. Vielleicht haben wir eine Überraschung für dich.« Sie verließ den Ball und wurde nach Hause gefahren.

Helena und Charlie Todd waren in seinem Geländewagen unterwegs zur Rennbahn und unterhielten sich dabei angeregt. Helenas Leibwächter folgte in einem anderen Wagen. Helena erfuhr, daß Charlie als Kind beide Eltern verloren hatte und bei einer ganzen Reihe Onkel und Tanten aufgewachsen war. Sie tauschten Ansichten über Eltern und Familien aus und sprachen darüber, was sie später tun wollten. Charlie parkte den Wagen am Ende von Base Bloods Stall. Auf dem Weg zur Box unterhielten sie sich immer noch. Base Blood sah sie kommen und wieherte zur Begrüßung leise. Einer der Leibwächter trat auf sie zu. Als er Helena erkannte, gab er den Weg frei. In der Nähe standen drei uniformierte Wachmänner von Pinkerton. Nur durch einen Zufall erkannte Helena in einem davon Phil Angelo. Er trug eine dicke Hornbrille und hatte einen ungepflegten Vollbart. Er wandte sich schnell ab. Ohne zu überlegen, packte Helena eine Mistgabel und rannte auf die

Pinkerton-Wachen zu. Die anderen beiden Männer sahen sie kommen und reagierten schnell genug, damit Phil schützend den Arm vor das Gesicht halten konnte. Zwei Zinken der Gabel drangen durch seinen Unterarm hindurch und in seine Wange. Er schrie, als Helena die Gabel zurückzog, um noch einmal zuzustoßen. Aber Charlie und ein Wachmann hielten sie fest. Base Blood wieherte aufgeregt und stellte sich halb auf die Hinterbeine.

Helena schrie: »Haltet ihn! Laßt mich los!«

Charlie ließ los, aber der Wachmann lockerte seinen Griff nicht. Der Leibwächter, der Helena vom Ball gefolgt war, kam mit einer Pistole in der Hand herbeigerannt.

»Verfolgen Sie ihn!« schrie sie. »Es ist Phil Angelo!«

Die Wachmänner warfen sich einen Blick zu und sahen dann Helena dümmlich an. Der Leibwächter reagierte sofort. Er lief mit den Pinkerton-Männern davon, die mit ihren Trillerpfeifen Verstärkung herbeiriefen. Helena ging zu Base Blood, um ihn zu beruhigen. Gleichzeitig stellte sie dem anderen Leibwächter, den sie am Stall getroffen hatten, Fragen und gab ihm Anweisungen.

»Wie lange war er da? War er in der Box?«

»Er ist gerade eben gekommen. Die Leute von Pinkerton haben gesagt, er sei ein Neuer. Aber ich habe ihn nicht ...«

»War er in der Nähe der Box?«

»Ich ... ich glaube nicht.«

»Das reicht nicht. Gehen Sie zum Telefon. Rufen Sie den Sicherheitsdienst der Bahn an und fordern Sie mehr Männer. Erzählen Sie ihnen von Phil Angelo und sagen Sie, wir brauchen einen Tierarzt, der einen Bluttest macht. Dann rufen Sie meine Mutter an und berichten ihr, was geschehen ist. Sie ist entweder auf dem Ball oder zu Hause zu erreichen.«

Der Mann rannte zum nächsten Telefon, und Helena merkte, daß Charlie sie anstarrte. Dann wurde ihr bewußt, daß ihr Abendkleid zerrissen war und ihren Busen beinahe völlig entblößte. Sie zog das Oberteil hoch und klemmte es unter dem Arm fest. Blut war auf ihre Schulter gespritzt. Charlie zog ein Taschentuch hervor und wischte es ab.

»Wer war das?« fragte er.

»Ein alter Feind«, erwiderte Helena. »Base Blood scheint ihn erkannt zu haben. Ich überlege, ob er ihn vor dem Brand gesehen hat. Wahrscheinlich hat er versucht, Base Blood auszuschalten, vielleicht sogar zu töten.«

»Wie kann er das Pferd ausschalten?«

»Den Hengst, würde man sagen. Die leichteste Methode wäre, ihm ein Beruhigungsmittel zu injizieren, so eine neue Designerdroge, die den Medikamentenherstellern einen Schritt voraus ist. Tut mir leid, Charlie. Ich muß hierbleiben.«

»Kann ich auch bleiben?«

Nicht weit entfernt stand Phil Angelo in einer Box und zog so schnell er konnte die Pinkerton-Uniform aus. Helena hatte seinen Unterarm durchstochen. Er verwünschte sie, während er sich das Blut vom Gesicht wischte und sich vorsichtig mit dem Hemd abmühte, um das schlafende Pferd nicht zu wecken. Er trug seine Sachen unter der Uniform, hatte aber nicht damit gerechnet, verletzt zu werden und zu bluten. Nachdem er die Uniform ausgezogen hatte, fiel ihm die Brille ein. Er warf sie ins Stroh, als er die Box verließ und gemächlich auf das Loch im Zaun zulief. Er wußte, daß man die Injektionsnadeln in der Uniform finden würde. Aber das war jetzt gleichgültig. Er mußte sich den Bart abrasieren und jemanden finden, der die Armverletzungen behandelte. Er tastete nach der Pistole, die er mit der Uniform bekommen hatte, verwünschte Helena und fragte sich, weshalb sie zum Stall gekommen war. Die Pistole steckte im Hosenbund. Er überprüfte noch einmal, ob sie gesichert war. Bei seinem Pech an diesem Abend hätte es ihn nicht überrascht, wenn die 38er losgegangen wäre und ihm die Hoden abgerissen hätte.

Phil erreichte den Maschendrahtzaun und fand das Loch, das er in der vergangenen Nacht herausgeschnitten hatte. Der schwere Zaun gab nach, und er rollte sich darunter durch. Als sein verletzter Arm die Erde berührte, stöhnte er. Beim Aufstehen fühlte er sich schwindlig. Er ging aber so normal wie möglich weiter und überquerte die Union Avenue. Auf dem dunkelblauen Hemd sah man das Blut nicht. Aber schließlich begann es, von seinen Fingern zu tropfen.

Zwei Polizeiwagen fuhren auf ihrem Weg zum Haupteingang der Bahn beinahe geräuschlos an ihm vorbei. Nach weiteren hundert Metern sah er sein Auto auf dem Parkplatz einer Pizzastube und beeilte sich, es zu erreichen. Er öffnete die Fahrertür und sank erschöpft auf den Sitz.

»Wir gehen nach Plan Zwei vor«, sagte Phil laut, »sobald ich ein Heftpflaster auf dem Arm habe.«
Er ließ den Motor an und fuhr vom Parkplatz. Auf dem Weg zur Innenstadt hoffte er, er werde Glück haben. Fünf Millionen waren ein riskantes Spiel. Er hatte das Glück verdient. Er parkte den Wagen vor einem Supermarkt, stieg aus und wartete, bis das Schwindelgefühl nachließ. Dann ging er in die kühle, sternenhelle Nacht.

38

Das gesamte Personal der Rennbahn in Saratoga erhielt Bilder von Phil Angelo mit und ohne Brille, mit und ohne Bart. Lyle McCracken war mitten in der Nacht mit einer neuen Mannschaft von zwölf FBI-Agenten angekommen. Die Männer überwachten die Einhaltung der Sicherheitsmaßnahmen. Der Zugang zu Base Bloods Box war bis auf seine Betreuer für alle gesperrt. Wie immer an Renntagen schnaubte er am Morgen vor Erregung. Mutter und Tochter blieben so lange wie möglich bei ihm in der Box und genossen an diesem Tag wieder einmal das Hochgefühl, den Hengst für das Rennen vorzubereiten. McCracken hatte sofort vorgeschlagen, den Hengst zurückzuziehen und ihn, Annie und Helena aus Saratoga wegzubringen. Er plädierte eindringlich dafür und stellte ihnen deutlich die möglichen drohenden Gefahren vor Augen. Als Speed ankam, berichteten sie dem Jockey von McCrackens ernsten Warnungen. Er reagierte darauf wie Annie und Helena: Base Blood läuft. McCracken fand sich mit ihrer Unnachgiebigkeit ab, forderte jedoch gewisse Beschränkungen, mit denen sie sich einverstanden erklärten. Base Bloods Renntag-Routine wurde nicht geändert. Als das Travers über die Lautsprecher an der Gegengeraden angekündigt wurde, führte ihn Helena zu dem baumbestandenen Sattelplatz, wo Annie zu ihnen stieß. Sie wurden beide von ihren Leibwächtern begleitet, die entsprechend gekleidet waren: der von Helena in den Jacken der Pferdepfleger von Limeteen, der von Annie in Anzug und Krawatte. Inzwischen hatte sich unter den Leuten im Führring herumgesprochen, daß Base Bloods Sicherheit gefährdet war. Auch Sam hörte davon, und er kam, sobald er konnte, zu Annie und Helena herüber. Sie standen bei Base Blood, der gerade gesattelt wurde.

Beim Anblick der vielen Leibwächter sagte Sam: »Ich habe dich heute morgen gesucht. Aber man hat mich nicht durchgelassen. Hat Henry dich erreicht?«
Annie schüttelte überrascht den Kopf. »Wann hat er denn angerufen?«
»Er und Greta sind seit gestern abend hier. Vermutlich hat er dich nicht gefunden. Er scheint sich sehr geändert zu haben. Sie sind heute morgen zu mir in den Stall gekommen, und sie werden in meiner Loge sitzen. Ich nehme an, all diese Leute passen gut auf euch auf.«
Annie beruhigte ihn. Sam wandte sich an Helena, die Base Bloods Zügel hielt. »Dein Hengst sieht großartig aus. Aber ich glaube, heute werden wir ihn schlagen.«
»Wollen wir wetten?« fragte Helena herausfordernd.
»Um alles, was du willst«, sagte Sam.
»Um einen Tanz bei der nächsten Gelegenheit.«
»Abgemacht«, erwiderte Sam in dem Versuch, die Spannung zu mildern. »Übrigens, du hast großen Eindruck auf Charlie Todd gemacht.«
Helena errötete. »Keinen so tiefen wie auf Phil Angelo«, sagte sie stolz, um das Thema zu wechseln. »Einen Augenblick länger, und er wäre nicht mehr davongelaufen.« Unwillkürlich blickten sie alle drei auf die Gesichter der vielen Menschen hinter den weißen Rails, die das Satteln der Pferde beobachteten. Dann sagte Sam: »Seid vorsichtig, ihr zwei«, und zu Annie: »Was ich gestern abend gesagt habe, war ernst gemeint.«
Die Jockeys kamen, und Sam ging zu dem numerierten Baum zurück, unter dem ein Pferdepfleger von Caernarvon Royal Blessing im Kreis führte. Speed Oliver folgten zwei seiner riesigen Leibwächter, die zusammen mit den anderen die Menge im Auge behielten, während der Jockey mit Annie sprach.
»Speed, ich muß dir nichts sagen.«
Er lächelte und erwiderte: »Dann werde ich Ihnen etwas sagen. He, das ist ja eine Umkehrung! Ich setze mich sofort an die Spitze und halte ihn dort. Er soll alles zeigen, was bei dem ganzen Supertraining herausgekommen ist, von dem wir gehört haben. Da nur vier andere Hengste laufen, sehe ich nicht, daß es Gedränge gibt. Und wenn Royal Blessing irgendwelche Tricks versucht, hängen wir ihn ab!«

Speed blickte auf Base Blood und grinste. »Der Hengst ist gut dran«, sagte er. »Trotz der vielen Leibwächter, die hier rumlaufen, glaubt er, es ist ein ganz normales Rennen. So werde ich ihn jedenfalls auch reiten.«

Annie half ihm in den Sattel, und Helena brachte den Hengst vom Sattelstand zu seinem Platz unter den Bäumen. Die Menge begann zu applaudieren und zu rufen, und Base Blood führte sein übliches Seitwärtstänzeln vor. Der Ordner rief die Nummern auf, und die fünf Hengste bildeten eine Reihe und gingen im Schritt um den Führring. Die bewundernden und aufmunternden Zurufe, die Base Blood galten, wurden lauter, und er warf den Kopf hoch.

Aber plötzlich blieb er stehen. Sein Blick richtete sich auf die Menge, die Nüstern weiteten sich, die Ohren spielten. Er sah etwas und versuchte, es zu verstehen. Helena zog am Zügel und riß schließlich daran. Base Blood wandte den Blick nicht von der Menge und wieherte laut. Der Ordner forderte Helena auf, den Hengst in Gang zu bringen. Speed redete auf ihn ein und tätschelte ihn. Aber Base Blood bewegte sich nicht von der Stelle.

Annie ging durch den Führring, als der Ordner seine zweite Mahnung aussprach. Sie berührte den Hengst am Hals und streichelte ihn sanft. Dabei spürte sie, daß er anders als sonst reagierte. Trotzdem sagte sie: »Base Blood, Base Blood hör zu. Komm, lauf. Es ist Zeit.«

Base Blood warf den Kopf hoch und wandte sich ihr zu. Er wieherte leise und legte ihr den Kopf auf die Schulter. Die Menge lachte und klatschte noch mehr. Der Hengst begann sofort zu tänzeln, und Helena führte ihn, gefolgt von den Leibwächtern, für den Aufgalopp zur Bahn.

Annie wartete wie verabredet, während die Leute den Führring verließen und gemächlich zu ihren Logen gingen. Die Zuschauer und Ausgleicher beeilten sich, zurück zum Clubhaus oder zur Tribüne zu kommen oder zu den Liegestühlen unter den Bäumen, wo Fernsehmonitore aufgestellt waren. Annie rieb die Finger ihrer Hand aneinander und versuchte zu definieren, was sie von Base Blood gespürt hatte.

»Mrs. Carney.« Neben ihr stand Lyle McCracken. Annie machte sich inmitten ihrer Leibwächter auf den Weg zum Sitzungszimmer des Aufsichtsrats. Sie hatte sich mit McCracken darauf geeinigt, von dort zuzusehen, und falls Base Blood gewann, würde sie dort auch die Trophäe entgegennehmen. Plötzlich hörte sie eine vertraute Stimme.

»Mama.«
Annie hatte keinen Blick auf die Menschen geworfen, die noch am Führring warteten. An der Umzäunung standen Henry und Greta. Sie war schön wie immer, und man sah ihre Schwangerschaft deutlicher. Auf Henrys Gesicht lag das vertraute Lächeln, das Annie schon so lange nicht mehr gesehen hatte. Sie ging zu den beiden hinüber, küßte Greta auf die Wange und sah dann Henry an. »Ich bin so froh, daß du gekommen bist«, sagte sie.
»Das wollte ich mir nicht entgehen lassen«, sagte Henry. »Greta hat mich davon überzeugt, daß ich nicht nur ein Verbrecher war, sondern auch ein Ekel. Ich hoffe, du kannst nach dem Rennen anfangen, mir zu verzeihen.«
Annie konnte nur nicken. Dann sagte Henry: »Einen hübschen Ring hast du da.« Greta sah ihn, und die drei umarmten sich so gut es ging über die Rails hinweg. McCracken kam näher, und Annie setzte ihren Weg fort.
Phil Angelo steuerte seinen Rollstuhl so schnell er konnte durch die Menge vor der Haupttribüne. Er spielte mit perversem Vergnügen einen Behinderten, wie er sie so oft auf Rennbahnen gesehen hatte: Er trug Shorts, damit die Schienen an seinen Beinen ins Auge fielen, und einen breitkrempigen Strohhut, der ihn vor der Sonne und vor prüfenden Blicken schützte. Aus dem Vollbart war ein Oberlippenbart geworden, und er hatte sich die Beine rasiert, damit sie bleicher aussahen. Die Beinschienen schnitten ihm ins Fleisch, und die Wattebäusche, mit denen er Lippen und Wangen ausgestopft hatte, verzogen sein Gesicht so sehr, daß es ihm unbehaglich wurde. Immerhin, die Verkleidung wirkte. Er verließ sich auf das Mitgefühl, das die Leute beim Anblick seiner Beinschienen überkam, und fuhr allmählich zu der Stelle der Umzäunung, die dem letzten Zweihundert-Meter-Pfosten am Einlauf direkt gegenüberlag. Jetzt war er dort, wo er sein wollte.
Er konnte nicht glauben, daß der Hengst ihn offenbar in der Menge entdeckt hatte und wie angewurzelt stehengeblieben war. Das machte Phil Angst. Er war so schnell davongefahren, wie er den Rollstuhl durch die Menge steuern konnte.
Er blickte über das Geläuf auf das Innenfeld. Außer ein paar Fotografen hielt sich dort niemand auf. Sie überprüften ihre Kameras, die an den Rails befestigt waren. Phil betastete nervös die Haltebänder der

Schienen, um herauszufinden, wie schnell er sie abnehmen konnte, wenn nach Beginn des Rennens niemand mehr auf ihn achten würde. Er rechnete sich gute Chancen aus, sich durch die Menge hindurchzudrängen und unterzutauchen. Er trug ein anderes Hemd und andere Shorts unter den Sachen, die man sah. Es würde große Verwirrung entstehen, und er hatte vor, dabei zu verschwinden.

Neben Base Blood ritt ein bewaffneter Polizist. Er trug die auf der Bahn übliche Reithose und ein Reitjackett. Er hatte Base Blood am Führzügel auf der Innenseite seines Pferdes und schirmte ihn so gegen die Zuschauer ab. Speed redete wie üblich munter auf den Hengst ein, suchte eine Stelle in der Mähne, wo er sich notfalls festhalten konnte und richtete seine Gedanken auf das Rennen. Am Zweihundert-Meter-Pfosten blieb Base Blood wieder stehen und brachte den Polizisten auf seinem Pferd ebenfalls zum Halten. Base Blood blickte sich nicht um, aber Speed spürte, daß er stark zitterte. Er trieb den Hengst vorwärts, und der Polizist straffte den Führzügel. Die anderen Pferde galoppierten an ihnen vorbei. Base Blood hob den Kopf, wieherte durchdringend und rannte los. Speed war froh, daß er sich an der Mähne festhalten konnte. Er ließ die Zügel locker und hoffte, was immer Base Blood beunruhigt haben mochte, würde durch den kurzen Galopp vertrieben. Als sie zu den Startboxen zurückkamen, wirkte Base Blood wieder ganz normal, entschlossen und bereit.

Annie saß neben Lyle McCracken in dem weißgetünchten Raum im Erdgeschoß des Clubhauses an einem Tisch und blickte auf den Monitor. Hinter ihnen standen zwei FBI-Agenten, einer davon mit einem Sprechfunkgerät.

»Helena?« fragte Annie McCracken, der den Agenten ansah. Der Mann sprach in sein Funkgerät und erwiderte: »Auf ihrem Platz.«

Im Raum befanden sich mehrere Vorstandsmitglieder mit ihren Gästen, die der Menge entgehen wollten und die Klimaanlage genossen. Der Lärm von der Tribüne über ihnen klang wie ein hohles Echo. Das alte Gebäude paßte sich dem Gewicht der Zuschauer an, und man hörte immer wieder das Knarren von belastetem Holz.

Die Startglocke ertönte, und die fünf Hengste stürmten aus den Startboxen. Speed setzte sich mit Base Blood sofort an die Spitze und lenkte ihn vor dem Feld auf die Innenbahn. Royal Blessings Jockey hatte offenbar Anweisung, sich dicht bei dem Anführer zu halten und ihm ein

zu schnelles Tempo aufzuzwingen. Speed brauchte sich keine Sorgen zu machen. Base Blood lief gleichmäßig.
Auf der Gegengerade vergrößerte Base Blood seinen Vorsprung auf vier Längen. Keines der anderen Pferde konnte mithalten. Im Schlußbogen griff Royal Bloods Jockey bereits zur Gerte – erfolglos. Base Blood zog weiter vor und lief auf der Geraden allein.
Speed schrie wie üblich: »Okay, Base Blood, LOS!« Aber das schien unnötig zu sein. Speed sah sich um, weil er feststellen wollte, ob er verfolgt wurde. Als er den Blick wieder nach vorn richtete, sah er, daß jemand in Shorts über die Umzäunung vor der Tribüne sprang. Ein zweiter Mann, ein Polizist, war sofort mit einem Sprung ebenfalls auf der Bahn. Der Jockey spürte, wie der Hengst reagierte und schneller lief. Der Mann in Shorts rannte zur Bahnmitte. Jetzt verfolgten ihn zwei Beamte. Mit ein paar Sprüngen erreichte der Mann die Umzäunung an der Innenbahn und hob eine Pistole. Speed versuchte, Base Blood seitwärts zu lenken. Aber er spürte zweimal dicht hintereinander einen Ruck unter sich und sah zwei Rauchwölkchen aus dem Pistolenlauf aufsteigen. Er machte sich auf den Sturz gefaßt. Der Hengst zitterte, galoppierte aber weiter. Plötzlich keuchte er schwer, während die Schreie und das Gekreisch der Menge über sie hereinbrachen. Der Mann auf der Bahn wich zurück, um noch einmal anzulegen, aber Base Blood überrannte ihn, ehe er feuern konnte. Speed sah einen Ausdruck ungläubigen Entsetzens auf dem mittlerweile vertrauten Gesicht, als Base Bloods Vorderhuf ihm den Schädel spaltete.
Der Hengst stürmte weiter. Speed sah, daß Blut aus seinem Maul sprühte und wollte das Tempo verlangsamen. Aber er wagte nicht, sich der Kraft zu widersetzen, die den Hengst zur Ziellinie trieb. Speed wußte, Base Blood starb. Tränen traten ihm in die Augen, und er schrie noch einmal: »Los, Base Blood, LOS!« Der Hengst sprang und strauchelte einmal, aber Speed brachte ihn hoch. Er sah die Ziellinie und setzte sich in den Sattel, damit ihn der Hengst dorthin brachte. Noch zehn Sprünge, noch fünf, und Base Blood begann einzuknicken. Doch es gelang ihm, weiterzustürmen. Die letzten Schritte waren ruckartig und hielten nur durch den Schwung seinen Körper aufrecht. Er passierte die Ziellinie und stürzte nach zwei weiteren Sprüngen auf die rechte Seite. Dabei schleuderte er Speed von seinem Rücken, der sich mehrmals überschlug und über die Bahn rollte. Einen nicht enden

wollenden Augenblick lang rannten Base Bloods Beine noch durch die Luft. Dann wurden sie still.
Annie war aufgesprungen und an der Tür, noch ehe der zweite Hengst die Ziellinie erreichte. McCracken stand bereits dort und hielt die Tür geschlossen.
»Mrs. Carney, das war vielleicht nur ein Teil des Plans«, sagte er warnend.
»Das ist mir egal!« erwiderte sie. »Haben Sie gesehen, er hat keinen Augenblick gezögert? Base Blood wußte es.« Ein Ausdruck kalter Entschlossenheit trat auf ihr Gesicht. »Mr. McCracken, bringen Sie mich zur Bahn.«
Er zögerte. Dann winkte er die anderen beiden Agenten herbei. Von außen pochte jemand an die Tür. Als sie aufging, folgte Annie dem Trupp Männer, die sich schnell einen Weg durch die entsetzten Zuschauer vor der Tribüne bahnten. Annies Leibwächter, die Männer von Pinkerton und mehrere andere Agenten schlossen sich ihnen an, ehe sie die Ziellinie erreichten. Annie sah Helena neben Base Blood knien. Dann entdeckte sie Sam und Henry, die sich durch die Menge drängten. Annie streckte die Arme nach ihnen aus. McCracken ließ die beiden durch.
Zu dritt eilten sie auf die Bahn, wo die Ordner versuchten, zwischen Bahnfunktionären und Presseleuten und den Neugierigen zu unterscheiden. Weiter unten auf der Geraden fuhr der eckige Pferdekrankenwagen langsam an dem Kordon von FBI-Agenten und Polizisten vorbei, um Phil Angelos blutende zertrampelte Leiche zu holen. Der andere Arztwagen, der beim Rennen hinterherfuhr, stand bereits neben Speed Oliver, der offensichtlich Schmerzen hatte. Als er Annie sah, machte er sich von den Sanitätern los und kam hinkend auf sie zu. Ein Arm baumelte unnatürlich an seinem Körper.
Helena streichelte Base Bloods Backe. Ihre Hände waren blutig. Annie ging schnell hinüber und beugte sich zu ihr. »Er ist . . .«, sagte Helena, und ihr Gesicht verzog sich vor Schmerz.
»Helena«, begann Annie. Beim Klang ihrer Stimme durchlief Base Blood ein Zittern. Sein Vorderbein bewegte sich und trat in die Luft. Er hob den Kopf, sah Annie an und wieherte leise. Dann keuchte er erstickt, und sein Kopf fiel leblos auf die Erde. Annies Hand lag bereits auf seinen Lippen. »Du bist das Beste, was . . .«

Sie stand auf und nahm Helena in die Arme. Sam trat zu ihnen. Henry und Speed standen in der Nähe. Der Tierarzt lauschte durch das Stethoskop auf Base Bloods Herzschlag. Er stand auf und schüttelte bedauernd den Kopf. Die Männer vom Pferdekrankenwagen wollten die Sichtblende ausrollen, um zu verhindern, daß das Publikum den Abtransport des toten Base Blood sah.
Aber Sam trat dazwischen und rief: »Einen Augenblick! Alles zurücktreten. Fahren Sie den Wagen einen Augenblick weg und treten Sie zurück.« Alle wichen zurück, und Base Blood lag allein auf der Bahn. Es dauerte keine Minute, und die sechzigtausendköpfige Menge war verstummt.

Epilog

Das Fohlen löste sich von seiner Mutter, rannte auf seinen unverhältnismäßig langen Beinen, die einen eigenen Willen zu haben schienen, über die Koppel und blieb dann so plötzlich stehen, daß es beinahe mit den Hinterbeinen einknickte. Es nickte mehrmals und streckte den Hals so weit vor, daß es das Gleichgewicht verlor, um zu sehen, was Annie in den Armen hielt. Das Fohlen war an sie gewöhnt und kam ganz nahe heran, um zu schnuppern. Als das Baby die Arme nach ihm ausstreckte, stob es wiehernd davon.

Annie hielt ihre Enkeltochter so, daß sie sehen konnte, wie das Fohlen übermütig zu seiner Mutter galoppierte. Das Baby schrie; es versuchte, das kleine Pferd zum Zurückkommen zu bewegen.

»Mit ihm wollte ich dich bekannt machen, Kate«, sagte Annie zu dem fünf Monate alten Kind. »Er heißt Base Line. Kannst du das sagen?«

Annie hatte die kleine Kate seit beinahe einer Woche in ihrer Obhut, und sie genoß es. Sie würde ihre Enkeltochter auf Limeteen Hall vermissen, wenn Greta und Henry aus den Ferien zurückkamen. Henry hatte seine Verteidigung aufgegeben, sich schuldig bekannt und war nach sechs Monaten aus dem Gefängnis entlassen worden.

Der Kombi der Farm fuhr an Limeteen Hall vorbei und den Weg entlang zu der Koppel, wo Annie mit dem Baby auf dem Arm stand. Helena drehte das Fenster herunter. Im Wagen saßen dicht gedrängt ihre Schulfreundinnen im Tennisdreß.

»Mami, können sie alle bleiben und eine Kleinigkeit essen? Ich mache Brote.«

»Natürlich. Aber mach auch ein paar für mich.«

Nach Base Bloods Tod war Helena nicht mehr zur Gegengeraden zurückgekehrt. In den Monaten, die darauf folgten, hatte sie weiterhin vor und nach der Schule auf der Farm geholfen und war mit ihrer Mutter ausgeritten, wenn auch nur, um ihr Gesellschaft zu leisten. Bald wurden andere Interessen wach, und nachdem Charlie Todd mit Sam einen Besuch auf Caernarvon verabredet hatte und an Weihnachten nach Limeteen gekommen war, begann Helena, mit Feuereifer Tennis zu spielen. Anfangs war Annie traurig darüber gewesen, daß ihre Tochter all das ablehnte, was Annie am wichtigsten in ihrem Leben war. Aber sie fand sich damit ab, nachdem sie erkannte, daß die Erfahrung ihrer Tochter mit einem Hengst wie Base Blood zu ideal, zu sehr ein Traum gewesen war.

Annie hielt Kate in die Höhe, um die Neugier des Fohlens noch einmal zu reizen, und dachte über die Vergangenheit nach. Sie fragte sich, ob es noch mehr Fehler gab, die sie einholen würden. Sie erinnerte sich, daß sie mehrere Monate nach Base Bloods Tod in Sams Armen gelegen und ihrer Trauer zum ersten Mal freien Lauf gelassen hatte.

»Es kommt mir vor, als hätte ihn meine Vergangenheit umgebracht«, hatte sie gesagt. »Früher oder später mußte sie mich einholen, und sie hat ihn das Leben gekostet.«

Sam hielt sie lange im Arm und ließ sie weinen. Als sie ruhiger wurde, sagte er: »Du kannst deine Schuldgefühle vergessen. Als du das Glück hattest, ihn zu finden, konntest du *wegen* deiner Vergangenheit sehen, was in ihm steckte. Du hast ihm sein Leben geschenkt.«

Annie fiel ein, daß sie an diesem Tag eine Karotte eingesteckt hatte. Sie hielt sie Base Line entgegen, der sofort wieder mit auf und ab schaukelndem Kopf näherkam. Die kleine Kate Sumner quiekte vor Vergnügen. Der Hengst war am letzten Tag von Annies fünfzigstem Lebensjahr geboren worden – fünfmal zehn –, und er würde später als die anderen Fohlen angeritten und trainiert werden.

Annie hatte bereits beschlossen, daß Base Line als Zweijähriger nicht laufen würde. Aber wenn er drei war . . .

Danksagung

Ich bin Tom und Marguerite Whitney zutiefst dankbar für ihre Begeisterung und ihr Wissen, mit denen sie mich unterstützt haben. Andrew Beyer und Whitney Tower haben freundlicherweise das Manuskript gelesen und mich beraten. Die meisten ihrer Ratschläge habe ich befolgt; für eventuell noch verbleibende Fehler bin ich selbst verantwortlich.

Dankbar bin ich allen, die mir Zeit und Unterstützung zuteil werden ließen, ganz besonders Cot und Anne Campbell, John und Betty Hettinger, dem Rt. Hon. Earl of Harrington, Christian de Lagarde, Evelyn de Rothschild, Criquette Head, Hamish Scott-Dalgleish, Alfred Gwynne Vanderbilt, Henry D. White, Mary Lou Whitney, Robert Barry, Jonathan Irwin, Del Carroll, Nina Hahn, ›Jello‹ Hall, The Lady Camrose, der Familie Bell von der Jonabel Farm, John und Lee Carroll, Merry Farrington und der inzwischen verstorbenen Liz Tippett.

Die Public-Relations-Direktoren dreier Rennplätze haben mir sehr geholfen: Karl Schmidt von Churchill Downs, Jim Peden von Hollywood Park und besonders Steven Schwartz von der New York Racing Association in Saratoga. Louis Romanet verschaffte mir freundlicherweise Zugang zur Rennwelt in Frankreich.

Zwei Bücher aus einer ganzen Reihe von Werken verdienen besondere Erwähnung: *The Horse Traders* von Steven Crist und *The Thoroughbred Business* von Jocelyn de Moubray.

Mein besonderer Dank gilt Nan A. Talese, meiner Lektorin, die mitgeholfen hat, aus meinem Manuskript ein Buch zu machen. Sie hat sehr früh auf den Roman gesetzt und die Wette gehalten. Meine Redakteurin Frances Apt ist für jeden Autor ein Volltreffer, der das Glück hat,

mit ihr zusammenzuarbeiten. Ich verdanke viel meiner Agentin Helen Brann, die neben Pferden auch etwas von Schriftstellern versteht. Auch sie hat mich dazu angespornt, dieses Buch zu schreiben.
Eileen Fitzgerald hat für mich recherchiert. Sie alle, wie auch Robert J. Baumann und Susan Kinsolving haben am Entstehen des Buches mitgewirkt. Meine Assistentin Susan York schließlich hat dem Roman hingebungsvoll zahllose Arbeitsstunden gewidmet.